I0560975

BERNART VON VENTADORN

SEINE LIEDER

MIT EINLEITUNG UND GLOSSAR

HERAUSGEGEBEN

VON

CARL APPEL

HALLE a. S.

VERLAG VON MAX NIEMEYER

1915

ЧИПРК

BERNART VON VENTADORN

SEINE LIEDER

MIT EINLEITUNG UND GLOSSAR

HERAUSGEGEBEN

VON

CARL APPEL

HALLE a. S.
VERLAG VON MAX NIEMEYER
1915

Das folgende Buch ist zu nicht kleinem Teile entstanden, während die Wolke des Krieges drohend, bald näher, bald ferner, über der Wohnstatt des Verfassers schwebt. Wie ein Hohn klingt die dünne Saite des mittelalterlichen Sängers in den Lärm der modernen Waffen, wie ein Hohn erscheint des Philologen Suchen nach einer winzigen Wahrheit im Sturm der Lüge, der durch die Welt braust. Die Arbeit des deutschen Verfassers wurde unternommen in der Hoffnung einen bescheidenen Beitrag zur Geschichte romanischer Geistesentwicklung zu leisten. Die Erwartung durch solche Tätigkeit auch zu einer geistigen Annäherung der Völker beizutragen, scheint sich als ein Selbstbetrug weltfremder Seelen zu erweisen. Mehr als auf anderen Gebieten haben auf dem der romanischen Philologie Deutsche und Franzosen Hand in Hand gearbeitet. Gerade bei französischen Romanisten scheint dabei der Haß gegen Deutschland besonders heftig entflammt zu sein. So muß ohne solch Hoffen dem Verfasser das Bewußtsein stillen und steten Bemühens genügen, durch welches auch er seinen „Militarismus" zu betätigen sucht. Es war sein Wunsch gewesen, das Buch dem französischen und dem englischen Freunde zu widmen, mit denen er in friedlich schönen Tagen die Heimat seines Trobadors durchwanderte. Es ist jetzt nicht an der Zeit, ihnen die öffentliche Versicherung seiner Hochschätzung aufzudrängen. Daß kein Krieg, kein Völkerhaß die Gefühle erschüttern kann, die er seit Jahrzehnten für sie hegt, wissen die, welche es angeht, ohne daß er seine in ihrem Lande kompromittierende Freundschaft laut bezeugt.

Auch an diesem Buche ist die Erregung der Zeit natürlich nicht spurlos vorübergegangen. Manche Quelle, die der Verfasser noch benutzen wollte, ist ihm während seiner Arbeit unzugänglich geworden. Manches Kapitel hat er nicht die

Sammlung gefunden auszubauen, wie es seine Absicht war. Das gilt für den Abschnitt über die Dichtung Bernarts, deren Ursprünge und deren Einfluß auf Provenzalen und Franzosen eingehender verfolgt werden sollten. Das gilt ferner für die Musik des Trobadors, welche voll zu würdigen zwar die eigenen Kräfte nicht ausgereicht hätten. Es war aber meine Hoffnung, von anderer Hand eine Bearbeitung der Melodien beigeben zu können. An Stelle dieser vielleicht ohnehin verfrühten Ausgabe wird dem Leser wenigstens der größte Teil des Materials unterbreitet. Die Tafeln bringen sämtliche überlieferten Noten aus den Hdss. G und R. Die in X enthaltenen sind in der Wiedergabe der Société des Anciens Textes leicht zugänglich. Die Photographien aus W konnte ich mir während des Krieges nicht mehr verschaffen.

Für die Ansichten, welche der Einleitung beigegeben sind, hätte ich gern bessere gebracht. Auch das ist durch die Umstände der Zeit vereitelt worden. Die jetzt mitgeteilten sind nur Ansichtskarten entnommen, werden aber doch dienen können, den Text anschaulich zu ergänzen.

Der Variantenapparat der Texte wird eher zu reichlich als zu gering geboten. Für die diplomatisch abgedruckten Manuskripte habe ich mich auf die Ausgaben verlassen. Die anderen Handschriften sind fast alle von mir selbst verglichen worden. Die Stücke aus N sind von Herrn Dr. W. Friedmann für mich abgeschrieben. Für Photographien aus L und aus der Hds. Gil y Gil bin ich den Herren C. de Lollis und Massó y Torrents zu Dank verpflichtet. Abweichend vom Üblichen werden im Variantenapparat hier und da auch die Hdss. genannt, welche die in den Text aufgenommene Lesart enthalten. Es sollte so dem Benutzer erspart werden, erst mühsam abzuzählen, auf welche Manuskripte sich die gewählte Lesart beruft.

Die Übersetzungen sollen nur für die Auffassungen des Herausgebers Gewähr leisten, machen also auf Treue, nicht auf Geschick des Ausdrucks, Anspruch.

Manche Unregelmäßigkeit in der Schreibung der Texte und manches andere Versehen möge durch die Unruhe erklärt werden, welche der Kampf um Deutschlands Sein und geistiges Leben in jede Seele trägt.

Breslau, im April 1915.

Einleitung.

Im Herzen des Departements Corrèze, das mit der südlichen Hälfte der Haute-Vienne zusammen das alte Limousin bildet, jene Grafschaft, die den Trobadors als eigentliche Heimstätte ihrer Dichtung galt, liegen die Ruinen des Schlosses Ventadour. Nicht oft werden sie vom Fuße des gewöhnlichen Reisenden betreten. In gemächlicher Eile führt uns die Lokalbahn von Brive oder Tulle nach der einsamen Station Egletons; und von dort haben wir noch gut eine Stunde zu wandern. Es ist ein köstliches Gehen auf der hochgelegenen Straße durch die auf- und abwogende Landschaft des Limousin; kein wildes Bergland mit kühn umrissenen Zügen; in weiten, flachen Linien bewegen sich die Höhen; die Täler sind tief eingeschnitten, so daß das Auge meist über sie hinweg zum anderen Rande gleitet. Aber wir sind in einem Hochlande. Fast 600 Meter liegt Egletons über dem Meere, und so umgibt uns keine südlich weiche Landschaft. Ein gewisser Ernst ist über die Natur gebreitet, ein Maßhalten in allen Dingen, in den Linien wie in den Farben wie im Wohlstand des Landes.

Ein sauber gehaltener Landweg führt uns zwischen Hecken und Baumgruppen nach Osten. Aber weshalb sollen wir ver-

suchen ihn zu schildern, da niemand ihn poetischer und malerischer beschreiben kann als Justin H. Smith in seinen „Troubadours at Home" getan hat.

In trobadorischem Enthusiasmus nennt er den Weg nach Ventadour den schönsten aller Landwege [1]:

„Zunächst: er geht niemals geradeaus, und man kann keinen Augenblick im voraus raten, welche Richtung er nehmen oder ob er bergauf oder bergab gehen wird. Noch würde man raten können, hinter was für einer Wand er sich im nächsten Augenblick verbergen wird. Hier ist er säuberlich umschlossen; da geht er kühn durchs offene Land. Hier steigt das Feld über euren Kopf hinweg, dort gleitet es auf beiden Seiten hinab. Der Schlehdorn wechselt mit der wilden Rose und diese wieder mit dem Hagedorn. Eine Ulme geleitet euch zu einer Fichte, eine Lärche zur Eiche. Der Ginster wirft seine leuchtend gelben Blumen aus dem Gebüsch und fürchtet sich nicht, eine Rose zu treffen. Die grünliche Blüte des Hanf grüßt uns heimatlich. Die Stechpalme erinnert, daß hier einst auch die englische Sprache gesprochen wurde. Eine hinabschwankende Reihe dicker Steine endet in einem dichten Busch von Farren. Und dann beginnt eine Wand von Apfelbaumzweigen, mit langem, grauem Moos bedeckt. Dann ein Geflecht von grünsprossenden Trieben der Mispel. Eine knorrige Eiche reckt einen gewundenen Zweig aus, und erschreckt wirft sich der Weg in ein Gehölz von Kiefern und Birken. Mannshoher Weizen bewacht darauf die Straße, und dann kommen wir wieder zu Steinen, die mit tiefen gelben Moospolstern bedeckt sind. Hier steht ein altes eichenes Kreuz, sturmzerfressen bis zum Mark.

Der Landweg öffnet sich. Um einen kleinen Gemeindeplatz stehen drei oder vier steinerne Häuschen. Die steilen Strohdächer reichen fast bis zum Grund herab; Dachluken

---

[1] „An alley is better than a street, a road better than an alley, a lane better than a road; and the superlative of all lanes is the lane of Ventadour." Eine „lane" im eigentlichen Sinne der englischen Landschaft, ein Weg mit hohen grünen Hecken, die ihn wie Mauern umschließen, ist freilich jene Straße nicht. Wir können schon bei unserem „Landweg" bleiben.

1. Aus Egletons.

In der Mauer eine Pforte und ein Wappenschild, die beide aus dem Schloß von
Ventadour stammen sollen.

2. Pforte aus Ventadour.

sitzen mitten auf ihnen wie Vogelnester. Ein Weinstock klettert unter der Traufe entlang. Flieder beugt sich weit über den Gartenzaun hinaus. Auf der einen Seite steht ein patriarchalischer Nußbaum, und unter ihm ein steinernes Kruzifix, das vielleicht seine tausend Jahr alt ist. Und den ganzen Weg entlang sind mit freigebiger Hand Maßliebchen und Klee, Butterblumen und Vergißmeinnicht ausgesät, und auf den Bäumen haben die Vögel ihren Sang nicht gespart. So ist die Ouverture zu Ventadour." (II, 151—153.)

Die strohgedeckten, ziemlich armseligen und unreinlichen Häuser gehören zum Dörfchen Moustier Ventadour. Noch einige Minuten weiter liegt auf einem langgestreckten Rücken das Schloß oder was von ihm übrig ist. Denn zunächst sieht man kaum anderes als in Bäumen und Büschen vergrabenes Mauerwerk. Geradeaus öffnet sich in einem Steinwall ein schmales halbverschüttetes Tor. Aber wir müssen mit dem Pförtner, den wir aus Moustier Ventadour geholt haben (denn die Ruine ist von aller Menschheit verlassen), den Bergrücken in tief eingeschnittenem Wege unter hohen Bäumen ostwärts umgehen, um zum eigentlichen Eingang zu gelangen. Da erhebt sich nun freilich die Ringmauer der Burg aus wohlbehauenen Steinen zu stattlicher Höhe. Wir treten durch ein geräumiges Tor und haben nun zur Rechten einen mächtigen, wohl erhaltenen, runden Turm. In einer langen Ellipse erstreckt sich die Burg von Nordwest nach Südost. Ich zähle, sehr ungefähr, 35 Schritt vom Eingangstor nach der gegenüberliegenden Ringmauer, 210 von der nordwestlichen zur südöstlichen Spitze. Eingangstor und runder Turm bilden etwa die Mitte der Nordostseite. Von da gehen starke Mauern nach rechts und links, nach Südosten sich noch einmal zu einer hohen schmalen Wand erhebend. Inmitten dieser Wand, die wie eine Kulisse dasteht, sieht man den Rest eines Kamins, zum Zeichen, daß sich dort behagliche Wohnräume befanden. Vom Rundturm zur anderen Seite hinüber zieht sich Mauerwerk, welches das Burginnere in zwei etwas ungleiche Hälften scheidet. Auf jener Seite sind stattliche Reste eines mehrstöckigen Bauwerks mit viereckigem Turm. Verfallene Stufen führen aus einem unteren Gemach in gewundenem Gang zu jener Posterne, die wir zuerst gesehen hatten.

An allen Mauern ziehen sich Efeu und Dornen in dichtem Gewirr empor. Fichten und Eichen haben von allen Seiten die Wälle erstiegen und den Burghof selbst erobert. Bis auf die Höhe des Bergfried haben sich zierliche Birken eingenistet.

Nach Südosten zu werden die Mauern niedriger, der Hof schmaler. Ein zweiter Querbau schneidet die äußerste Spitze der Burg ab, und dort ist nun der Burggarten, von dem wir tief hinabsehen in das Tal des Pont-Rouge, welcher das Schloß von Ventadour wie ein Kap umfließt. Es ist nur ein schmales Flüßchen, aber die Weite und Tiefe des Tales zeigt, mit welcher Gewalt es sich in die felsige Hochfläche eingegraben hat. Von dort unten gesehen steht die Burg auf einem ansehnlichen Berge. Mit Recht konnte ihre Festigkeit hier mehr der Natur als künstlichen Werken überlassen werden.

Und nun lasse ich wieder dem Poeten das Wort, der die Heimat der Troubadours geschildert hat: „Hier ruhen wir auf der niedrigen Brüstung, unter den Mispelbäumen, und schauen hinunter auf das Flüßchen und hinaus über die Obstgärten und die Haine, die abgerundeten Granitkuppen, die mit Kastanienwäldern bedeckt sind, und die Felder, auf denen das rote Vieh weidet, das Michelet so charakteristisch für das Limousin fand. Der Wind, der anschwillt und vergeht, rauscht in den Kiefern und wogt in den Eschen. In dieser Einsamkeit scheinen nicht nur die Vögel, scheint auch jedes Blatt seine Zunge zu haben. Welche Schönheit fehlt hier wohl? Ventadorn war einst eine starke Veste; als es in späteren Tagen in englische Hände fiel, konnte sogar der schreckliche Du Guesclin es nicht zurückgewinnen. Aber jetzt ist es besser als eine Festung. Es ist ein Gedicht, nein, ein Band von Gedichten.

Hier ist die wilde Ballade aus Efeu, Busch und Blüten; hier das Epos: Schlucht und Abgrund, Turm und Wall; hier die Lyrik: Sonne und Wolken im Blau, der klingende Fluß, der Wind, der Chor versteckter Nachtigallen und die Lerche am Tor des Himmels. Die Geschichte hat den Band mit Bildern gefüllt, die Poesie mit Musik. So weit ich in der Welt gewesen bin, gibt es keinen Fleck, wo so viele Fäden von Reiz und Interesse zu einem so köstlichen Muster verwoben sind. Und schließlich zu all der stillen Poesie, der

3. Der runde Turm.

4. Aus dem Innern des Schlosses.

stummen Geschichte und der schweigenden Romantik kommt das was spricht, was singt: denn dies war die Heimat Bernarts von Ventadour und die Wiege des eigentlichen provenzalischen Gesanges." (II 154 f.)

Das Schloß, dessen poesievolle Einsamkeit hoffentlich nicht so bald durch Turistenströme seines Dornröschenzaubers beraubt wird, gehörte als eines der stattlichsten unter den vielen Schlössern des Bas Limousin den Vizegrafen von Ventadour, welche Vasallen der Grafen von Poitou und Herzöge von Aquitanien (comes oder dux Pictavensium, dux Aquitanorum) waren, die sich gleichzeitig Vizegrafen des Limousin nannten.

Die ältesten Nachrichten über das Geschlecht von Ventadour werden uns von Gottfried von Vigeois überliefert.[1]) Die regierenden Vizegrafen des 12. und 13. Jahr-

---

[1]) Ex Chronico Gaufredi prioris Vosiensis. Recueil des historiens des Gaules et de la France. Vol. XII, p. 424.

Cap. XXIV. De Ventadorensibus Vicecomitibus.

Archambaldus qui vindicavit patrem et occidit fratrem [*]), de Rotberga sorore Vicecomitis de Rupecavardi [**]) genuit Archambaldum, Ebolum atque Bernardum.

Isti diviserunt terram suam; primus Archambaldus tenuit castrum de Comborno, Ebolus Ventadour; caeteras possessiones, castella vel oppida,

[*]) Bezieht sich auf das, was im 23. Kapitel (Genus Combornensium et Turrennensium Vicecomitum) u. a. erzählt wird: Ebolus (von Comborn und Turenne) genuit Archambaldum, cujus matre legitima adhuc vivente, non legitime aliam duxit, de qua genuit Guillermum et Rotbertum. Cernens Archambaldus patrem diligere fratres plus quam se, unum ex illis Robertum occidit. Quapropter pulsus a patre, profugus factus est. Post dies multos occidit militem quemdam qui olim in praelio patrem plagâ insanabili vulneraverat: qua de re exhilaratus Ebolus, precibus multorum apud Tutelam cum filio pacem fecit, deditque Guillermo, consensu Archambaldi, Ebolus castrum de Torenna.

[**]) Rochechouart.

hunderts führten alle den Namen Eble (Ebolus). Sie gehörten zu den angesehensten Herren des mittleren Südfrankreich und verschwägerten sich mit den Geschlechtern von Limoges, von Turenne, von Montpellier u. a.

———

aequâ lance diviserunt. Bernardo unusquisque viginti quinque mansos dedit, id est, quinquaginta de communi, et Ecclesiam de Belmond, quae tunc non erat munita.

Ebolus de Ventadour, de Almode sorore Alduini Borrel, patris Roberti de Monbrond, genuit Ebolum qui usque ad senectam alacritatis carmina dilexit. Hic de Agne filia Guillelmi de Montlusson (*alias* de Montelucio) Arverniae castro, genuit Ebolum. Idem cum reverteretur ab Hierosolymis apud Castrum Cassinum obiens tumulatur. Ipse ex filia Guillelmi de Montepislerio, quae vocatur Alaiz, genuit plures. Primus Guillelmus Abbas Tutelensis ***) equum dum ascenderet (*alias* committeret) adolescens corruens, expiravit; alter Ebolus Cluniacensis Monachus, Decanus de Mauriac; item Bernardus Monachus et Abbas Tutelensis, Guido Canonicus de Magalona, Raymundus et Helias Canonici S. Stephani Lemovicensis; Ebolus qui ex baptismo Archambaldus; itemque alius Ebolus, qui fratrem aliquoties praeliis vexavit.

Ebolus qui et Archambaldus, ex Sibylla filia Radulfi de Faya, qui fuit frater Guillelmi Vicecomitis de Castelleyrac (*alias* Castelleyal), genuit Ebolum, cui Ademarus Vicecomes Lemovicensis filiam suam Mariam desponsavit, sed sine haerede obiit. Post idem Ebolus, de Maria sorore Raymundi de Torenna, genuit Raymundum et Ebolum.

Die Nachrichten Gottfrieds von Vigeois werden aus anderen Quellen durch Baluze ergänzt, der in seiner Histoire de la Maison d'Auvergne Bd. I p. 284 ff. als erster die Genealogie des Hauses Ventadour zusammenstellt. Wenn wir uns das wesentliche dieser Nachrichten für das 12. Jahrhundert ausziehen, ergibt sich der folgende Stammbaum:

Archambaud II., Vicomte de Comborn,
verh. mit Rotberge de Rochechouart

Archambaud III.	Eble I.	und zwei weitere
Vic. de Comborn	Vic. de Ventadour,	Kinder
	verh. mit Almod	
	Eble II., cantator	

———

***) Guillelmus ad Abbatiam Tutelensem anno 1192 pervenit (Gall. Christ. Nov. T 2, col. 608). Zu dieser Anm. bei Bouquet macht Salvadori (oder Ronconi?), Propugnatore XIV, 1 p. 186 die Notiz: Quì poi non si capisce. Come? Guiglielmo fu il primo figlio di Ebolo III ed Alaiz, e, fatto abate nel 92, si dice morto adolescente della Cronaca?

5. Aus dem Innern des Schlosses.

6. Blick vom Schloß ins Tal.

Einer von ihnen, Ebolus II., zählt zu den ältesten uns bekannten provenzalischen Dichtern. Zwar besitzen wir kein Lied von ihm, aber die provenzalischen und lateinischen Nachrichten berichten übereinstimmend von seiner Liebe zur Dichtkunst; die lateinischen geben ihm den Namen Ebolus cantator. Eine Anekdote, die Gottfried von Vigeois von ihm erzählt, ist zu bezeichnend für jene Zeit, als daß wir sie hier nicht wiedergeben sollten, zumal ihre Erinnerung uns die Ruinen des Schlosses von Ventadour mit Leben erfüllt:

„Eble, der Bruder Peters von Pierre-Buffière (bei Limoges), war sehr geschickt in Liedern, wodurch er die hohe Gunst Wilhelms (von Aquitanien, des Trobadors), des Sohnes Guidos, gewann. Diese beiden aber, eifersüchtig aufeinander, brannten darauf, ob nicht einer den Ruf des andern durch irgend ein Bemerken unhöfischen Benehmens schädigen könnte. Es geschah nun, daß Eble nach Poitiers kam und ins Schloß trat, als der Graf gerade Mittag aß. Es wurden ihm viele Speisen vorgesetzt, doch nicht allsogleich. Nachdem der Graf gegessen

---

verh. mit Agnes de Montluçon
|
Eble III., † 1170,
verheiratet

1. mit Margarethe von Turenne,   2. mit Alaiz, Tochter Wilhelms I.
Witwe Adhemars IV. von Li-   von Montpellier
moges, der 1148 starb,

|
Tochter Matabrune   Eble IV. Archambaud,   und weitere wenigstens
                        verheiratet spätestens 1174   sechs Kinder
                        mit Sibyle de la Faye

Eble V. (trat 1221 in den Orden von   und weitere zwei Kinder
Grammont), verheiratet mit
1. Marie de Limoges,   2. Marie de Tu-
Tochter Aymars V.   renne
von Limoges

Eble VI.   und weitere wenigstens fünf Kinder

Schon mit Eble V. kommen wir weit über die Zeit unseres Trobadors hinaus.

Einen teilweise eingehenderen Stammbaum bringt Ronconi im Propugnatore XIV, 1881, p. 187.

hatte, soll ihm Eble gesagt haben: ,Es schicke sich für einen Grafen nicht, für einen so geringen Vizegrafen so viele Speisen wieder aufzuwärmen.' Als Eble einige Tage später nach Hause zurückkehrte, folgte ihm der Graf unvermutet. Als Eble speiste, zog plötzlich der Herzog mit hundert Kriegern ins Schloß von Ventadour ein. Eble, der wohl merkte, daß man ihn zum besten haben wollte, befahl, daß ihnen schleunigst Wasser über die Hände gegossen werden sollte (als Vorbereitung zum Essen). Unterdes laufen seine Leute überall im Schloß umher, reißen Allen weg, was sie zu essen haben, und tragen es eiligst zur Küche. Und es war gerade ein Festtag, an dem man Hühner und Gänse und alle Art von Geflügel aß. So bereiten sie ein so üppiges Mahl, daß der prächtige Hochzeitstag irgend eines Fürsten zu sein schien. Als es Abend ward, kommt dann, ohne das Wissen Ebles, ein Landmann mit einem von Rindern gezogenen Wagen und ruft laut wie ein Herold: ,Die jungen Herren des Grafen von Poitiers mögen nun nur kommen und sehen, wie das Wachs im Hofe des Herrn von Ventadour abgeliefert wird.' Indem er so rief, stieg er auf den Wagen, nahm eine Zimmermannsaxt und zerschlug die Reifen des Wagens (durch welche die Last dort festgehalten wurde). Nachdem so die Stangen zerbrochen waren, fielen die mannigfachsten und zahllose Formen des reinsten Wachses herunter. Der Bauer stieg dann, als ob er das für nichts hielt, wieder auf seinen Wagen und fuhr nach seinem Hofe bei Malmont (wenige Kilometer von Ventadour) zurück.

Als der Graf das gesehen hatte, rühmte er überall das treffliche Benehmen und die Betriebsamkeit Ebles.

Eble aber belohnte jenen Landmann, indem er ihm und seinen Kindern den besagten Hof von Malmont überließ. Und diese wurden später mit dem Rittergürtel geschmückt und sind heute die Neffen des Archambaut von Solignac und des Alboenus, Archidiakon von Limoges." [1])

Wie es mit der Wahrheit dieser Erzählung steht, müssen wir natürlich dahingestellt sein lassen. Es ist leicht möglich, daß ein paar Spottverse, wie wir deren so viele haben, das

[1]) Bouquet XII 445, Labbe Nova Bibliotheca II 322, auch bei Chabaneau, Biographies des Troubadours, p. 8 b.

Gedächtnis eines ähnlichen Vorgangs überlieferten. Jedenfalls zeigt sie uns, wie, der Tradition nach, Ebolus cantator im Rahmen naiver Lebensformen den Höfischkeitsidealen der Zeit entsprach. Literarhistorisch ist uns die Anekdote wertvoll, weil sie auf die engen Beziehungen zwischen den Höfen von Poitiers und Ventadour hinweist.

In solcher Umgebung also wuchs Bernart von Ventadour auf.

Über seine Herkunft und seine Schicksale gibt uns die Biographie Nachricht, welche in einer Anzahl von Handschriften seinen Liedern voraufgeht.

Wir besitzen sie in drei Fassungen:

A) *Hdss. A* 86 (*De Lollis p.* 260), *B* 55 (*ib. p.* 690, *Mahn Biogr. II*), *E* 190, *I* 26 (*Mahn Biogr. III*), *K* 15, *R* 1 b. — *Gedruckt: Parn. Occ. p.* 3; *Choix* 5, 69; *Mahn Werke* 1, 10; *H. Bischoff, Biographie des Troub. Bernhard von Vent.*, 1873, *S.* 5; *Mahn Biogr.* [2] *Nr.* 2, 3; *Chabaneau Biogr. p.* 218 (*bez.* 10, *nach ER*); *Monaci, Testi ant. prov. col.* 42; *Crescini, Manualetto* [2] *p.* 386; *meine Chrest. Nr.* 122 b, *S.* 189. — *Orthographie nach A.* [1]

B) *Hds. N*[?] 21 (*Arch.* 102, 198, *Chabaneau, Biogr. p.* 219).

Bernartz de Ventedorn si fo de Limozin, del castel de Ventedorn. Hom fo de paubra generation, fills d'un sirven

Bernartz de Ventador si fo de Lemoisin, d'un chastel de Ventador, de paubra generation, fils d'un sirven e d'una

---

[1] *Für die Varianten siehe meine Chrest.*

qu'era forniers, q'escaudava
lo forn per cozer lo pan del
castel de Ventedorn.

E venc bels hom et adreitz,
e saup ben trobar e cantar,
et era cortes et enseignatz.
E·l vescoms de Ventedorn, lo
sieus seigner, s'abellic mout
de lui e de son trobar e de
son chantar, e fetz li grand'
honor. E·l vescoms de Ventedorn si avia moiller bella e
gaia e joven e gentil; et abellic se d'en Bernart e de las
soas chanssos, et enamoret se
de lui et el de lieis, si q'el
fetz sos vers e sas chanssos
d'ella, de l'amor q'el avia ad
ella, e de la valor de la dompna.

5 fornegeira, si con dis Peire
d'Alvergne de lui en son chantar, qan dis mal de totz los
trobadors:

Lo terz Bernartz de Ventador,
10 q'es meindre d'en Borneil un
[dorn.
en son paire ac bon sirven
qe portav'ades arc d'alborn;
e sa mair'escaudava·l forn,
15 e·l pair' adusia l'essermen.

Mas de qi q'el fos fils, Dieus
li det bella persona et avinen,
e gentil cor, don fo el comensamen gentilessa, e det li sen
20 e saber e cortesia e gen parlar; et aveia sotilessa et art
de trobar bos motz e gais sons.
Et enamoret se de la vescomtessa de Ventador, moillier
25 de so seingnor. E Dieus li det
tant de ventura, per son bel
captenemen e per son gai
trobar, q'ella li volc ben outra
mesura, qe noi gardet sen, ni
30 gentilessa ni honor, ni valor,
ni blasme, mas fugi son sen,
e seget sa voluntat, si con
dis n'Arnautz de Meruoil:

Consir lo joi, et oblit la foudat,
35 e fuc mon sen, e sec ma volun-
[tat,
e si con dis Gui d'Uisel:
Q'enaissi s'aven de fin aman
qe·l sens non a poder contra·l
40 [talan.

10. dun b. 15. paire dusia.

Et el fo honoratz e presiatz
per tota bona gen, e sas
chansos honradas e grasidas.
E fo vesuz et ausiz e receu-
45 buz mout voluntiers, e foron
li faich grand'honor e gran
don per los grans barons e
per los grans homes, don
el anava en gran arnes et en
50 gran honor.

Mout duret lonc temps lor
amors anz qe·l vescoms, maritz
de la dompna, ni las gens s'en
aperceubessen. E qan lo vescoms s'en fo aperceubutz, en
estraigniet en Bernart de si,
e pois fetz la moiller serrar e
gardar. Adoncs fetz la dompna
dar comjat a'n Bernat, e fetz li
dir qe·is partis e·is loignes
d'aquella encontrada.

Mout duret lor amors longa
sason enans qe·l vescoms, sos
maritz, s'en aperceubes. E
qan s'en fo aperceubutz, mout
55 fo dolens e tris; e mes la vescomtessa, sa moillier, en gran
tristessa et en gran dolor; e
fez dar cumjat a Bernat de
Ventador q'el issis de la sua
60 encontrada.

Et el s'en partic et anet
s'en a la duqessa de Nor-
mandia, q'era joves e de gran
valor, e s'entendia mout en
pretz et en honor et els ben-
ditz de sa lauzor.

Et el sen issi e s'en anet en
Normandia, a la dukessa q'era
adonc domna dels Normans,
65 et era joves e gaia e de gran
valor e de prez e de gran
poder, et entendia mout en
honor et en prez.

E plazion li fort li vers e
las chanssos d'en Bernart, don
ella lo receup e l'onret e
l'acuillic e·l fetz mout grans
plazers. Lonc temps estet en
la cort de la duqessa, et enamoret se d'ella, e la dompna

Et ella lo receub con gran
70 plaiser e con grant honor, e
fo mout alegra de la soa ven-
guda, e fetz lo seingnor e
maistre de tota la soa cort.
Et enaissi con el s'enamoret
75 de la moillier de son seingnor,

54. fo *felut*; aperceubut.
73. l. sai c.

s'enamoret de lui, don en
Bernartz en fetz maintas
bonas chanssos.

Mas lo reis Enrics d'Englaterra la pres per moiller, e
la trais de Normandia e menet
la·n en Englaterra; e·n Bernartz remas adoncs de sai
tristz e dolens.

E partic se de Normandia
e venc s'en al bon comte
Raimon de Toloza, et estet
ab lui en sa cort entro qe·l
coms mori. E qan lo coms
fo mortz, en Bernartz abando-
net lo mon e·l trobar e·l
chantar e·l solatz del segle
e pois se rendet a l'orden de
Dalon; e lai el fenic.

E tot so q'ieu vos ai dich
de lui, si me comtet e·m dis
lo vescoms n'Ebles de Ventedorn, que fo fills de la vescomtessa q'en Bernartz amet
tant.

enaissi s'enamoret de la duchessa, et ella de lui. Lonc
temps ac gran joia d'ella, e
gran benanansa, entro q'ella
80 tolc lo rei Enric d'Angleterra
per marit e qe la·n mena
outra lo braç del mar d'Angleterra, si q'el no la vi mai, ni
so mesatge,
85

don el puois de duol e de
tristessa qe ac de lei, si se
fetz monges en l'abaia de
Dalon; et aqui persevera tro
95 a la fin.

90

100

*Für den letzten Satz, von
Zeile 95 ab haben die Handschriften* ER: E lo coms
n'Ebles de Ventadorn, que
fo fils de la vescomtessa qu'en
Bernartz amet, comtet a (a
fehlt R) me, n'Uc de Saint
Circ (Aric *R*) so qu'ieu ai fait
escriure d'en Bernart. *Handschrift* IK *hat:* Et ieu, n'Ucs

*Es folgen die Anfangsverse
von 37 Liedern — darunter
die ihm mit Unrecht beigelegten
331, 1 (siehe unten seite 340
bez. meine Chrest. Nr. 21)
und 167, 49 (siehe unten
seite 325 ff.) — in der Reihenfolge, welche im Kapitel über
die Überlieferung angegeben
werden wird. Vor dem Lied*

de Saint Circ de lui so qu'ieu
ai escrit, si me contet lo vescoms n'Ebles que fo fils della
vescomtessa qu'en Bernartz
amet.

Era'm cosselhatz, senhor *steht
eine Razo, die unten seite* 31 f.
abgedruckt ist.

C) *Die Handschrift Gil y Gil in Saragossa stimmt im wesentlichen mit der Fassung* ABEIKR *überein bis zu Zeile* 58.
(1 Bernart de uentadorn [*so immer*]. 2 lomozi. 4 s. del
castel q. 6 f. a c. pa. [d. c. d. V. *fehlt*]. 16 bels homs era
e a. 17 chantar e trobar e uenc c. 19 v. lo sieu seyner
de u. 22 fazia. 24 m. joue e gentil e gaia e si sabeli
den b. 28 el de la domna. 29 sas ch. e sos v. 31 ualor
de lieis. 51 Lonc temps duret l. a. 52 m. d. l. d. *fehlt*.
53 ni lautra gens sen aperceubes. 55—60 sen aperceup
si sestranhet de lui. e la domna li fes d. c. an Bernart quel
se p. 62 el si sen p. e sen a. a la duguessa. 64 joue
65 mout *fehlt*. 66 e en ben de lauzor).

Dann aber geht es weiter: E plazion li fort las chansos
d'en Bernat e'ill vers, e ela lo receup alegramen. Granz temps
estet .B. en sa cort, e lai fes mantas chansos. E apelava la .B.
Alauzeta per amor d'un cavalier que l'amava, e ella apelet
lui Rai.   5

E un jorn venc lo cavaliers a la duguessa, e entrat en
la cambra. La dona que'l vi, leva adonc lo pan del mantel, e
mes li sobr'al col, e laissa si cazer e lieg. E .B. vi tot, car una
donzela de la domna li ac mostrat cubertamen. E per
aquesta razo fes adonc la canso que dis: Quan vei l'alauzeta 10
mover.

E non paset puei gran temps que'l reis Enrics d'Englaterra
passet e Normandia, e vi la dughessa, e agradet li tan que
per forsza la pres e menet la en Enguelterra (car era mortz
sos maritz), e lai la pres a moyler.   15

B. vi so, si fo trist tan que per panc el no'n mori de dol.
E maintenen el si parti de Normandia, e venc al comte Ramon.
E'l coms lo receup alegramen, e mis lo en gran riqueza, e de-

12. rei enric dalgenterra. 14. sorsza 14. mort so marit 16. fo *fehlt*
17. cont 18. miz ell.

moret li, tro que·l coms mori. B. remas dolens e marritz. E
20 per aquella tristeza el si mis el ordre de Dalon e fes penitença.
E aqui mori.

Sia coneguda cauza a totz homes auzens, que·l coms
n'Ebles de Ventadorn, que fo filhs d'aquela meseysza ves-
contesa que .B. tant amet, contet a me, Uc de Sain Circ, tot
25 aiso qu'ieu ai fag escriure d'en .B. en aquest liure de las soas
chansos.

———————

Die ältere Trobadorforschung hat die „Biographien" als,
im großen und ganzen, zuverlässige Quellen angenommen,
und so ist diese Lebensbeschreibung Bernarts die Grundlage
für die Darstellung Diez's in den „Leben und Werken"
geworden, wie für H. Bischoffs „Biographie des Troubadours Bernhard von Ventadour", für Suchier, Carducci, Ronconi usw.

Es war das um so natürlicher, als man von dieser Lebensnachricht zunächst nur die einfachste Fassung kannte; und
gerade hier schien ja die Glaubwürdigkeit durch den Schlußsatz gesichert. Diez sprach von der Biographie Bernarts
als von einer „fast urkundlichen Nachricht" (L. und W.[2]
S. 16).

Wir haben seitdem gelernt, dieser Quelle mit großem
Mißtrauen zu begegnen. Und auch gerade unsere Erzählung
zeigt ja in ihren beiden anderen Fassungen deutlich, wie die
Willkür am Werke war, aus den Liedern des Trobadors selbst
und anderer Dichter die Lebensschicksale mit oft ungeschickter
Phantasie herauszulesen.

Aber auch die scheinbar so wohl bezeugte einfachste
Fassung verrät in dem was sie über die Herzogin der Normandie und ihre Verbindung mit Heinrich von England erzählt, ihre historische Unzuverlässigkeit so deutlich, daß schon
Diez sagen mußte: „Die Lebensnachricht über Bernart wird

19. cont 20. quella 24. totz 25. l. a. d. l.

in dieser Periode zur Sage: sie widerspricht der Geschichte offenbar, wenn sie angibt, Bernart habe sich lange Zeit bei der Herzogin in Normandie aufgehalten, bis König Heinrich von England sie zur Gattin genommen und abgeholt habe. Eleonore hielt sich nur zwei Jahre in Normandie auf und begleitete alsdann den König Heinrich, der sich vor seiner Thronbesteigung mit ihr vermählt (und sie dadurch zur Herzogin der Normandie gemacht) hatte, nach England. Wir können nur so viel zugeben, daß Bernart die Dame noch als Herzogin von Normandie, d. h. zwischen 1152 und 1154, besuchte." L. und W.², S. 25.

Aber auch die Beglaubigung der Lebensnachricht durch ihren Schlußsatz muß unser Mißtrauen erwecken. Es kann sich bei der Vizegräfin von Ventadour, welche Bernart geliebt hat, nach dem was wir über die Chronologie des Trobadors erfahren werden, wohl nur um eine der beiden Gattinnen Ebles III. handeln, der 1170 gestorben ist (siehe den Stammbaum S. IX). Suchier hat die erste Gattin, Margarethe von Turenne, als diese Geliebte wahrscheinlich machen wollen (Jahrbuch XIV, 125). Dann aber würde Uc de Saint-Circ sich geirrt haben, wenn er sagt, daß der Vizegraf, auf den er sich beruft, der Sohn dieser Dame gewesen wäre, denn Eble IV. war vielmehr Sohn der Alaiz von Montpellier. Aber auch wenn man Alaiz für die geliebte Vizegräfin hält (wobei man, da Eble III. sie erst 1151 heiratete, in Schwierigkeiten für den Aufenthalt Bernarts in der Normandie 1152—54 gerät), ist schwer glaublich, daß Eble IV. dem Uc de Saint-Circ vom Verhältnis seiner Mutter zu Bernart erzählen konnte. Denn Eble IV. war, nach dem Zeugnis Baluzes (I 285), 1174 schon verheiratet, muß also im Anfang der fünfziger Jahre geboren sein (dazu stimmt auch, was wir von der Verheiratung seiner Mutter wissen). Nun fällt aber die literarische Tätigkeit Ucs de Saint-Circ in das zweite bis sechste Jahrzehnt des 13. Jahrhunderts.[1] Mithin kann er erst am Ende des 12. Jahrhunderts geboren sein. So könnte also höchstens

---

[1] Siehe Jeanroy et Salverda de Grave, Poésies de Uc de Saint-Circ, p. XII und 155—159. Das 23. Lied wird auf 1240—41, das 20. auf 1239, das 19. auf 1252—55 datiert.

der bejahrte Eble IV. dem Knaben Uc de Saint-Circ jene Liebesgeschichte erzählt haben, wenn Eble überhaupt so lange gelebt hat. Wahrscheinlich war aber Eble IV. schon tot, ehe Uc geboren wurde, so daß es sich allenfalls um Eble V., den Enkel der Alaiz, als den Zeugen Ucs handeln könnte; und wahrscheinlich ist auch, daß Uc die Biographie Bernarts, wenn er sie überhaupt verfaßt hat, erst gegen Ende seines Lebens niederschrieb (siehe Gröber in Rom. Studien II 494). Aber selbst wenn Eble IV. die Geschichte erzählt hätte, welchen Wert hätte sie wohl, da wir sehen. daß zum wenigsten mehr als ein halbes Jahrhundert zwischen den Ereignissen und der Erzählung lag?

Was hätte aber denn nun der angebliche Eble dem Uc Vertrauenswertes erzählt, wenn diese Mitteilung auf so schwachen Füßen steht? Was über die Herkunft Bernarts gesagt wird, stammt nicht von ihm, sondern, wie die Fassung N² mit Recht sagt, von Peire d'Alvernhe. Die Liebe zur Herzogin der Normandie ist, wie sie berichtet wird, historisch unmöglich. Den Aufenthalt beim Grafen von Toulouse konnte der Biograph, wie wir später sehen werden, aus den Gedichten Bernarts selbst erschließen. So bleibt höchstens, was über das Ende des Dichters im Kloster erzählt wird.

Zu alle dem kommt nun, daß Fassung N² gar nichts von Uc de Saint-Circ und seinem Bürgen weiß, daß in der einfachsten und immerhin noch zuverlässigsten Fassung nur die Handschriften EIKR den Namen Ucs nennen, während AB nur sagen: *so qu'ieu vos ai dich*, daß in der Saragossaer Handschrift dagegen Uc und sein Zeuge für eine ganz andere, und recht törichte, Erzählung haftbar gemacht werden. Nicht einmal der Name Ucs steht also recht sicher. Er ist vielleicht erst später für jenes unbestimmte *ieu* eingetreten.[1] So müssen wir denn, ohne Rücksicht auf diese Quelle, versuchen, aus Bernarts eigenen und seiner Zeitgenossen Worten einige Nachricht über sein Leben zu gewinnen.

---

[1] Diese Zweifel sind zuerst von Schultz-Gora in einer sorgfältigen Anmerkung des Archiv f. d. St. d. n. Spr. Bd. 92, S. 230 f. vorgetragen worden, dann von Zingarelli in den Ricerche su Bernart de Ventadorn, p. 313ss. wiederholt.

Die niedere Herkunft Bernarts wird uns, wie wir schon sahen, durch Peire d'Alvernhe bezeugt. Er widmet die vierte Strophe seiner berühmten Satire unserem Trobador. Sie lautet in der im wesentlichen übereinstimmenden Fassung der Handschriften ACDIKN² R:

> *El ters: Bernartz de Ventadorn,*
> *qu'es menres de Bornel un dorn:*
> *en son paire ac bon sirven*
> *per trair' ab arc manal d'alborn,*
> *e sa maire calfava'l forn*
> *et amassava l'issermen.* [1]

Wir haben keinen Anlaß zu bezweifeln, was uns Peire hier von den Eltern Bernarts erzählt. Wenn Zingarelli an die Stelle des Kriegsknechts als Vater unseres Dichters einen behäbigen Bürger setzen möchte,[2] so ist zu bemerken, daß

---

[1] Siehe, abgesehen von früheren Drucken, meine Chrest. Nr. 80 S. 117; Zenker, Die Lieder Peires von Auvergne, Erlangen 1900, S. 111. Die Varianten außer an diesen Stellen: Zeitschrift für rom. Phil. 14, 162.

Mit den genannten Handschriften stimmen a und die oben S. XII abgedruckte Fassung der Biographie N² in den ersten fünf Zeilen in der Hauptsache überein. Die sechste aber lautet in

N²   *e'l paire dusia les sermen*
a   *e'l gars amassava'l sierment.*

Die Lesung N² dürfen wir ablehnen. Vom Vater ist ja die Rede gewesen, und es ist unwahrscheinlich, daß die Strophe noch einmal zu ihm zurückkehrt. Aber a ist erwägenswert. Es ist sehr natürlich, daß auch vom jungen Bernart gesprochen wird, nachdem von beiden Eltern die Rede war. Die Form *sermen* existierte und existiert neben *cissermen* (siehe Levy: *sermen* und Mistral *sarment*). Die Handschrift a nimmt auch sonst eine selbständige Stellung ein, so daß die Erhaltung einer richtigen Lesart in diesem einzigen Manuskript wohl möglich ist.

Bemerkenswert ist, mit welcher Leichtfertigkeit auch hier Uc de Saint-Circ, oder wer immer der Verfasser der Biographie Bernarts war, verfuhr. Bei ihm wurde der Vater zum *fornier q'escaudava lo forn per cozer lo pan del castel de Ventadorn*. Von der Mutter ist nicht die Rede. Der Redaktor von N², der die Strophe zitiert, mußte freilich die Sache richtigstellen.

[2] Zingarelli, Ricerche, p. 329: „facilmente egli fu un borghese di condizione non disagiata". Er glaubt (übrigens mit offenbarem Unrecht) daß Peire d'Alvernhe in seiner Satire nicht die privaten Verhältnisse seiner Berufsgenossen angreifen wolle, sondern ihre Kunst. Auch das was er von Bernart sage, habe Bezug auf sein Dichten: „il tirar d'arco o il portar

Ventadour immer nur ein Schloß und ein Dorf war, wo es für
wohlhabende Bürger kaum eine Stätte gab.

sempre l'arco, e il metter fuoco al forno sono probabilmente espressioni
poetiche di Bernart, delle quali il bizzarro Alverniate ha fatto la caricatura
in quel modo" (p. 323). Er beruft sich darauf, daß Bernart im 12. Gedicht
v. 12 vom „Ofen" spricht *c'anc no·m gardei, tro fui en mei la flama, Que
m'art plus fort, no·m feira foc de forn*, daß auch *escalfar* bei ihm begegne:
40, 39, und daß er oft von *foc* und *flama* rede. In betreff des *bon sirven* aber,
der der Vater gewesen sein soll, sagt er (p. 325): „è una caricatura delle
frequentissime dichiarazioni di servitù che il poeta faceva alla sua donna",
und sammelt die Fälle, in welchen Bernart von seinem Dienen spricht
(siehe unser Glossar unter *servir, servidor*). Peire bediene sich dieses Bildes
und Ausdrucks nicht: „Nelle sue poesie amorose egli non adopera mai l'im-
magine e l'espressione di servire", und sagt dann „Un tale uomo potè can-
zonare Bernart de Ventadorn, come figliuolo di un servo perchè tante volte
protestava di voler servire".

Die Behauptung daß Peire nicht, ebenso wohl wie jeder Trobador,
von seinem „Dienen" im Minnedienst gesprochen habe, wird durch einen
Blick in das Glossar zu Zenkers Ausgabe schnell widerlegt. Daß Bernart
auch einmal das Wort *forn* gebraucht, erklärt sich einfach daraus, daß er,
wie Peire, eines Reimes auf *Ventadorn* bedurfte; und wie oft die Dichter
in der Provence, wie allerwärts, von der Liebesglut, Liebesflamme reden,
braucht nicht erst nachgewiesen werden, (*ardors, flama, foc* sind gleich
die ersten Bilder, welche Stössel in seiner ungewandten, aber material-
reichen Arbeit über „Die Bilder und Vergleiche der altprovenzalischen
Lyrik" aufzählt, Seite 5, § 1). Mit solchem Spott wäre Bernart nicht mehr
als irgend ein anderer getroffen worden.

So geschickt Zingarelli seine These verteidigt, sie wird dem un-
befangenen Leser zu gesucht erscheinen.

Bei der Wichtigkeit der Satire Peire d'Alvernhes für die provenzalische
Literaturgeschichte verlohnt es aber wohl, auf ihre Art und mögliche Ent-
stehung noch etwas näher einzugehen, um so den Wert ihrer einzelnen
Aussagen besser abwägen zu können.

Peire sagt von seinem Gedicht am Schluß:

> *Lo vers fo faitz als enflabotz*
> *a Puoich-vert tot jogan rizen,*

also im Übermut eines geselligen Kreises ist bei bestimmter Gelegenheit
das Lied gedichtet und vorgetragen. Puivert gibt es zwei: im Dép. Vaucluse
bei Apt und im Dép. Aude, etwa 30 km südwestlich Limoux, in den Aus-
läufern der Pyrenäen. In diesem letzten Puivert suchen Zenker und Smith die
Szene der Trobadorsatire (Zenker S. 32, Smith, The Troubadours at home,
I p. 314). Und es würde nicht übel dazu stimmen, daß als erster, der verspottet wird, Peire Rogier erscheint. Wir sind dann nicht weit von Narbonne,
wo Peire Rogier bei Ermengarda lebte. Daß dieser Trobador vielleicht beim

Aber wie die Lebensnachricht in N². zwar aus freier Phantasie, aber doch sehr verständig, fortfährt: *de qi q'el fos*

Vortrag der Satire gegenwärtig war, habe ich schon in meiner Ausgabe seiner Lieder (S. 10, Anmerkung) ausgesprochen. indem ich auf seine Stellung im Gedicht hinwies und auf die Variante in CR: *chantet d'amor a prezen*, als ob man erst kürzlich ein Lied von ihm gehört hätte.

Aber auch abgesehen hiervon scheint es mir sicher, daß wenigstens eine Anzahl der Verspotteten gegenwärtig war, als Peire *jogan rizen* sein Gedicht den *enflabotz* vortrug. Erst dadurch erhält die Satire ihre rechte Pikanterie. Als zweiter wird Giraut de Bornelh genannt; er sieht aus wie ein trockener Schlauch und singt wie eine alte Eimerträgerin. Mußten die Anwesenden nicht das Äußere und den Gesang Girauts persönlich kennen, um den Spott zu würdigen? Auf Bernart folgt der Limousiner aus Brive, ein Spielmann, der bettelt und kläglich singt. Guillem de Ribas singt wie ein Fink und verdreht seine Augen. so daß sie aussehen wie die einer Figur aus Silber. Grimoart Gausmar ist zwar eigentlich Ritter, zieht aber als Joglar umher; er eignet sich indes so wenig dazu, daß man ihm nichts schenken sollte. Peire de Monzo (?) hat vom Grafen von Toulouse ein unpassendes Geschenk angenommen. Bernart aus Sayssac bettelt sogar um einen alten Mantel. Mir scheint, daß wir es bei diesen fünf, vom Lemoziner bis zu Bernart de Sayssac, mit Spielleuten, nicht mit Trobadors, zu tun haben. Wohl mögen sie, wie Lemozi, auch einmal einen Vers als eigenen singen. Im allgemeinen ist es eine pauvre Gesellschaft, die hier verhöhnt wird. Ihr Auftreten in der Satire erklärt sich am natürlichsten daraus, daß sie in der Gesellschaft von Puivert ihre Stimme haben erschallen lassen und nun auf ihren Lohn warten. Lemozi ist. wie wir wissen, der Spielmann Bernarts von Ventadorn. Dessen Lieder hatte er vielleicht vorgesungen, und wird deshalb gleich hinter ihm genannt. War nun auch Bernart selbst gegenwärtig? Es mag sein. Er hatte zu Narbonne, und vermutlich zu Peire Rogier, persönliche Beziehungen. Vielleicht aber wird sein Name nur durch den seines Rivalen Giraut und durch seinen Spielmann herbeigezogen.

Mit der 10. Strophe scheint eine neue Reihe zu beginnen. Jetzt handelt es sich, wenn ich in meinem Peire Rogier S. 10 richtig identifiziert habe, um Raimbaut d'Aurenga; und bei ihm wird von der Art seiner Dichtung gesprochen. Und ebenso sind en Eble de Sagna (*a cuy anc d'amor non vene les*), Gnossalbo Roitz (*que's fai de son trobar formitz*) und der Lombarde Cossezen (der kecke Sonette mit *motz maribotz e bastartz*, d. h. mit nicht rein provenzalischen, aber auch nicht rein lombardischen Worten, macht) Dichter, nicht Spielleute. Ob auch für einen oder den anderen von ihnen die persönliche Gegenwart anzunehmen ist, lasse ich dahingestellt. Raimbaut d'Aurenga wird in Puivert am Fuß der Pyrenäen schwerlich gewesen sein. Aber wir wissen ja, daß Peire Rogier bei Raimbaut war (*Senh'en Raymbaut, per vezer de vos lo conort e'l solatz Suy sai vengutz tost e vintz* ... siehe meine Ausgabe des Peire Rogier S. 60 ff). Und so könnte man an das Puivert im Dép. Vaucluse denken, in dem die Satire zur Zeit des Besuches

fils, Dieus li det bella persona et arinen. e gentil cor, e det li sen e saber e cortesia e gen parlar. Der begabte junge Dichter erhielt irgendwie die Möglichkeit, sich eine gewisse Bildung anzueignen.

Welcher Art diese Bildung war, ist freilich schwer zu sagen. Daß er lesen und schreiben konnte (was sich ja auch für einen Trobador noch nicht von selbst verstand) erzählt er uns selbst wiederholt: 6, 50 *De l'aiga que dels olhs plor, Escriu salutz mais de cen ...*, 16, 37 *eu ai be trobat legen Que gota d'aiga que chai, Fer en un loc tan soven Tro chava la peira dura,* 17, 54 *agradam qu'eu escria Los motz, e s'a leis plazia, Legis los al meu sauramen.*

Unsere Anmerkung zu 16, 38 verweist auf die Ovidischen Stellen, die Bernart gelesen haben könnte. So würde es sich da also sogar um das Lesen lateinischer Texte handeln können. Sicherer aber als hieraus und aus der Erwähnung des Peleus und Narcisus (s. Anm. zu 1. 46 und Metam. III, 407 ff.), die er vielleicht schon aus einer altfranzösischen Dichtung kennen könnte, würde sich die Lateinkenntnis Bernarts aus dem Vers 26, 32 ergeben, wenn er in der Tat, wie meine Anmerkung vermutet, auf die Ars amatoria zurückgeht (vgl. auch die Anm. zu 27, 45).

Für einen Einfluß scholastischer Bildung kann man vielleicht die ganze oft sehr verwickelte Ausdrucksweise der Trobadorsprache, mit ihren überaus reichlichen konjunktionalen, relativen und adverbialen Verknüpfungen, geltend machen, und wenn man dies als Eigenheit des gesamten Trobadorstils bezeichnen muß, ist doch zu sagen, daß Bernart noch in der Zeit der Entwicklung dieses Stils steht und zu seiner Verbreitung

---

Peire Rogiers bei Raimbaut entstanden wäre. Dieses Puivert ist von Orange, oder von Courtezon, der Residenz Raimbauts (Art de vérifier les dates II 10 p. 435) nicht weiter entfernt als das andere von Narbonne. En Raimbaut wird als einziger ohne weitere Bezeichnung genannt, als ob er allen Anwesenden bekannt ist. Giraut von Bornelhs enge persönliche Beziehungen zu Raimbaut kennen wir auch, so daß sich hieraus seine hervortretende Stellung im Gedicht erklären würde. Aber dieses Puivert in Vaucluse scheint keine mittelalterliche Geschichte zu haben, während sich bei dem im Dép. Aude noch jetzt die Ruinen eines sehr stattlichen Schlosses erheben (siehe Joanne, Dictionnaire géographique de la France, s. v.). So wird es bei diesem Puivert bleiben müssen.

wesentlich beigetragen haben wird. Scholastisch mag auch die Auffassung des Verhältnisses von *cor* und *esperit* sein, wie sie uns besonders 44, 33 ff. entgegentritt: *Mo cor ai pres d'Amor, Que l'esperitz lai cor. Mas lo cors es sai, alhor, Lonh de leis, en Fransa* (vgl. auch 15, 47 Anm.; 33, 23; 40, 60).

Davon aber, daß Bernart etwa auf dem Wege gewesen wäre, Geistlicher zu werden, läßt sich keine Spur erkennen (denn die Anführung einer Schriftstelle, 30, 40—42, läßt sich als solche Spur natürlich nicht anführen). Eher noch könnte man aus mancherlei Ausdrücken der Rechtssprache, die er verwendet,[1] abnehmen, daß er eine gewisse juristische Bildung (in dem Maße wie eine solche damals in Südfrankreich existierte) genossen hat und auf den Wegen eines Pier della Vigna, Giacomo da Lentini, später eines Cino da Pistoja und Brunetto Latini war, und wie noch der größte Trobador, Petrarca, dem juristischen Studium entlief.

Aber alles das führt zu nichts Greifbarem. Wir können uns auch keine Vorstellung davon machen, wie sich Bernart seine Bildung angeeignet hat. Auf dem Schloß Ventadour wird schwerlich viel Gelegenheit dafür gewesen sein.

Wohl aber hat man angenommen, daß er dort, vom Vizegrafen Ebolus cantator selbst, Unterricht in der Dichtkunst erhalten habe. Diez (L. und W.² S. 17) hat sich dafür auf zwei Stellen des Trobadors gestützt: 30, 22 *Ja mais no serai chantaire Ni de l'escola n'Eblo*, und 13, 55 *Ventadorn er greu mais ses chantador, Quel plus cortes e que mais sap d'amor M'en essenhet aitan com eu n'apren.*

Daß der dort genannte Herr Eble der Vizegraf ist, soll nicht bezweifelt werden; und selbstverständlich hat der sangeskundige Herr von Ventadorn, der mit Wilhelm von Poitiers,

---

[1] S. die vielfache Verwendung von *plai* und *plaideyar*, *forfaich* und *forfachura*, s. *requisitz li serai* 10, 21, *concluire* 29, 30, *asegurar* 16, 24 u. a. Nicht nur die zufällige Auswahl seiner Texte wird es veranlaßt haben, daß Wechssler in seinem, die Rechtsverhältnisse des Frauendienstes behandelnden Aufsatze „Frauendienst und Vassallität" (Zeitschr. f. frz. Spr. u. Litt. XXIV, 159 ff.) unseren Trobador 14mal, unvergleichlich häufiger als jeden anderen, zitiert. Bernart hat von rechtlichen Bildern für das Minneverhältnis (die freilich schon bei Wilhelm von Poitiers und Cercamon begegnen) als erster einen sehr umfassenden Gebrauch gemacht.

mit Cercamon und vielleicht auch mit Marcabru in Ver-
bindung stand, Einfluß auf den jungen, in seinem Schlosse auf-
wachsenden Dichter gehabt. Aber die Auffassung von einem
Unterricht, den Bernart bei ihm genossen hätte, hat schon
Zingarelli (Ricerche p. 332) mit gutem Bedacht auf bescheidene
Grenzen zurückgeführt.

In der Tat handelt es sich an jener Stelle gar nicht um
persönliche Beziehungen, sondern der Name ist zum Programm
geworden. Die *escola n'Eblo* bezeichnet eine literarische
Richtung, der, wie wir sehen werden, Marcabru feindlich
gegenüber stand. Die zweite von Diez genannte Stelle möchte
ich (s. S. XXXII) ganz anders deuten, als von ihm und anderen
geschehen ist.

Das eine aber ist gewiß: daß Bernart schon, so lange er
noch in Ventadorn war, begonnen hat zu dichten; es sei denn,
daß man den eigenen Worten des Dichters nicht trauen darf.

Dieses letzte freilich ist jetzt, wie es scheint, die Ansicht
vieler, die sich mit der provenzalischen Dichtkunst beschäftigen.
Die neuere Forschung ist in betreff der Wahrheit dessen, was
die Trobadors in ihren Liedern aussprechen, sehr skeptisch
geworden. Selbst für unseren Bernart, dem man immer wirk-
liche Wärme des Empfindens nachgerühmt hat, sagt Zingarelli
am Schluß seiner Ricerche (p. 392), daß seine Poesie außerhalb
der Wirklichkeit stehe: „Bernart de Ventadorn volle rappre-
sentare il vero con gentilezza e sentimento; ma la tradizione
non gl'imponeva di manifestare i casi occorsi a lui proprio,
sibbene la invenzione di situazioni poetiche con forme atte a
destare ammirazione per la sua virtuosità. Il fatto stesso che
egli non nomina mai le persone col loro vero nome dimostra
che egli non vuole e non può tenersi attaccato alla realtà
delle cose, *e che per lui la poesia sta fuori della realtà*".
Freilich wird durch dieses Resultat die Arbeit der Ricerche
selbst als überflüssig erwiesen, denn, wenn den Gedichten
keinerlei Erlebnis zugrunde liegt, alles nur erdachte Stimmung
ist, hat es keinen Zweck mehr, die Lieder danach zu gruppieren,
ob sie mit einer „ersten Liebe in Ventadorn" zu tun haben
(diese erste Liebe wird denn doch als real angenommen,
„presupponendo come reale il primo amore in Ventadorn",
p. 336 unten; aber weshalb diese eher als eine andere?) oder

mit einer neuen Liebe, und kaum einmal, ob sie „rime della delusione" oder „canzoni di lontananza" (p. 379) sind.

Weit schärfer noch als Zingarelli spricht sich, um nur ein paar der letzten Äußerungen in dieser Frage anzuführen, Stroński über die Wahrhaftigkeit der Trobadors aus: „Au lieu de nous apparaître comme des confessions très personnelles, ces chansons amoureuses ne sont pour nous que des réflexions laborieuses sur l'amour, des inventions des différentes situations auxquelles l'amour peut donner lieu, des tissus de motifs littéraires et de lieux communs, n'ayant aucun rapport avec la réalité. Ce n'est pas à des expressions d'amour que nous avons affaire, c'est à des observations sur l'amour". (Le Troubadour Folquet de Marseille, 1910, p. 66*.) „En général, dirons-nous, il n'y a aucun rapport entre les poètes et les dames. Tout simplement, parce que les dames des chansons sont, en règle générale, de purs fantômes imaginaires" (ib. p. 68*).

Diese neuere Anschauung ist eine berechtigte Reaktion gegen die älteren Versuche, gestützt auf die „Biographien" die Liebesgeschichte der einzelnen Trobadors zu schreiben. Diese Biographien haben sich als Werke später Phantasie erwiesen und sind (abgesehen von einigen Resten guter alter Tradition und abgesehen von dem was ihre Verfasser richtig aus den Liedern selbst erschlossen haben) in keiner Weise geeignet, der Lebensgeschichte der Trobadors als Grundlage zu dienen.

Der bloßen Liebesvorstellung ist sicherlich von den ersten Anfängen der Trobadorkunst an ein großer Raum zu gewähren. Schon Wilhelm von Poitiers sagt in seinem merkwürdigen Traumlied (*Farai un vers de dreyt nien*, Jeanroy IV) v. 25 ff.: *Amigu'ai ieu, no sai qui s'es, Qu'anc non la vi, si m'ajut fes, Nim fes quem plassa ni quem pes*, und v. 31: *Anc non la vi, et am la fort*, v. 37: *Fay ai lo vers, no say de cuy*.[1])

Und an den Grafen von Poitiers schließt sich unmittelbar Jaufre Rudel: *No sap chantar* (Stimming VI, S. 54) v. 7 ff.:

---

[1]) Ähnliche Stimmung spricht aus den Versen: *Pus vezem de novelh florir* (Jeanroy VII) v. 13: *A totz jorns m'es pres enaissi Qu'anc d'aquo qu'amiey non jauzi, Ni o faray, ni anc no fi* (vgl. hiermit Jaufre Rudel, *No sap chantar* v. 25: *Ben sai c'anc de leis no·m jauzi Ni ja de mi no·s jauzira*).

Nulhs hom no's meravilh de mi S'ieu am so que no veirai ja.
Qu'el cor joi d'autr'amor non a Mas d'aissela que anc non vi.
Aber wenn wir es hier, bis zu einem gewissen Grade, nur mit
einem jeu d'esprit, einem jeu de l'imagination zu tun haben,
wie Gaston Paris es nannte (Mélanges de Littérature française
p. 522, 528), steht deshalb die ganze Liebespoesie der Trobadors auf unrealem Boden?

Stroński fordert uns auf, bei der Beurteilung der er-
zählten Liebesabenteuer seines Trobadors, des Folquet de
Marselha, dem „simple bon sens" Raum zu geben: „Car enfin,
ne faut-il pas accorder, dans notre conception de la vie au
moyen-âge, quelque place au simple bon sens? Comment
s'imagine-t-on un troubadour de condition bourgeoise, marchand
à Marseille, homme marié et père de famille, qui, à la cour
vicomtale de sa ville, devient amoureux de la femme du vicomte, se mêle à des intrigues amoureuses, sème la discorde
entre trois dames de la haute société féodale, provoque la
jalousie de la vicomtesse, puis, à cause de cette disgrâce,
abandonne sa ville, sa famille, ses affaires et se rend à la
cour de Montpellier, où il noue des relations nouvelles avec
la maîtresse de cette cour, princesse impériale de naissance,
en contribuant peut-être à provoquer un scandale et la répu-
diation de cette dame, pour revenir enfin à la vicomtesse,
toujours en amoureux. De quel œil les maris de ces dames
d'une part et l'épouse du troubadour d'autre part, observent-
ils la naissance et le développement de sentiments qui en-
traînent des troubles si sérieux? En aucun temps et dans
aucunes circonstances de pareilles coutumes ne peuvent être
regardées comme régulières ou probables" (p. 67*). Es ist keine
Frage, daß wir es in der Erzählung von den Abenteuern
Folquets mit einem Roman, nicht mit einer Biographie, zu
tun haben. Hat es aber, weil dieser falsch ist, im Leben
Folquets überhaupt keinen Roman gegeben, der seinen Liedern
zugrunde liegen konnte? oder, allgemeiner gesprochen, sollen
wir in den Liedern der Trobadors überhaupt nur „des tissus
de motifs littéraires et de lieux communs" sehen, „n'ayant
aucun rapport avec la réalité"?

Man muß dem simple bon sens nicht beim Negieren allein
sein Recht einräumen. Wie stellt man sich vor, daß die

Trobadors ihr Publikum, das doch nicht aus modernen Ästheten, sondern aus Menschen mit kräftigem Wirklichkeitssinn bestand, immer nur von „purs fantômes imaginaires" unterhalten hätten? Mußten sie nicht wenigstens die Illusion der Wirklichkeit erwecken, um nicht alsbald, statt zum Gegenstand einer gewissen Anteilnahme, zum Gegenstand des Spottes zu werden? Daß man hinter ihren Liedern Realitäten sehen wollte, bezeugen uns für die etwas späteren Zeitgenossen die Biographien. Aber auch schon bei ihrem unmittelbaren Publikum wollten sie ernst genommen werden, nicht nur als Spiegelfechter erscheinen. Guilhem de Saint Disdier sagt Grdr. 234, 11 v. 41 —46 (s. unten S. 334): *Un fol afic ant pres ist enreios Encontr'amor, e fant gran vilanatge: S'una dompna lauzatz que sera pros, Clamaran vos feignedor, per usatge. Ieu no m'en feing, mas depuois q'ieu la vic. Vuelh sas onors e son pretz mantener.* Wenn aber den Trobadors daran liegen mußte, bei ihren Hörern den Glauben an die Wirklichkeit ihrer Liebe zu erwecken, wird es uns dann nicht, 750 Jahre später, schwer sein, über Wahrheit oder Unwahrheit ihrer Gefühle zu entscheiden?

Es war für den Trobador, aus seiner Lage heraus, eine Notwendigkeit, irgend einer Dame seine Liebe und seine Lieder darzubringen. Dieses Verhältnis wird sehr oft vielfach zunächst ein rein gewolltes gewesen sein. So sagt Elias Cairel, Grdr. 133, 3 v. 61 ff. (s. unten S. 325): *Nuills hom non pot ben chantar Sens amar: Pero s'ieu agues Gaia dompna, tal qe'm plagues, Jes no sai tant desesperatz Q'ieu non ames, si fos amatz.* Unser Bernart, 12, v. 29 f.: *A las autras sui ... eschazutz: La cals se vol, me pot vas se atraire,* 19, v. 1 ff.: *Estat ai com om esperdutz Per amor un lonc estatge. Mas era'm sui reconogutz Qu'eu avia faih folatge.* Die Dame, der er gehuldigt hatte, hat ihn zum besten gehabt. Jetzt aber (v. 13) *segrai son uzatge: De cui que'm volha, serai drutz. E trametrai per tot salutz Et aurai mais cor volatge.* Und schnell findet er eine andere (v. 22): *autra n'am, plus bel'e melhor, Que'm cal e m'ayud'e'm socor E'm fai de s'amor esmenda.*[1])

---

[1]) Dieselbe Lebens- und Liebesauffassung tritt uns in der Tenzone mit Peirol entgegen, die wir aber unserem Bernart mit Sicherheit nicht

Wie weit nun ein so gesuchtes und gefundenes Trobador-
verhältnis zu einer Liebe wurde, oder uns in den Liedern
wirklich als solche erscheint, das hing vom Temperament des
Dichters ab, oder von seiner Fähigkeit, seine Empfindungen
beim Dichten zu steigern und künstlerisch zu gestalten.
Ruhen in seiner Seele warme oder sogar heftige Gefühle, ist
es dann nicht menschlich, ja wenn der Trobador wirklich ein
Dichter war, notwendig, für sie einen Anhalt im realen Leben
zu finden? So werden wir als Unterlage für die Lieder der
Trobadors eine Mischung von Dichtung und Wahrheit, von
Wollen und Empfinden anzunehmen haben, nicht viel anders als
für anderes Dichten auch. Freilich werden wir uns als geliebte
Damen der Trobadors nicht nur fürstliche Damen vorstellen
müssen, wie die Biographien es beinahe als selbstverständlich
voraussetzen, die Lieder es aber keineswegs erweisen. Dem
höfischen Kreise gehörten sie wohl an, waren dem niedrig
geborenen Dichter aber nicht immer so hoffnungslos un-
erreichbar wie diese vermuteten Gräfinnen und Königinnen.

Neben den auf realen Verhältnissen beruhenden Liedern
gibt es dann, wie wir am Beispiel Wilhelms von Poitou und
Jaufre Rudels sehen, solche, die in der Tat den Boden wirklichen Daseins verlassen und dem Traume oder der Phantasie
folgen. Wie weit dann auch für diese Dichtung eine Bedeutung zu suchen ist, in welchem Maße die phantastische
Liebe zu einer symbolischen oder allegorischen, vielleicht die
irdische zu einer himmlischen Liebe geworden ist, das ist ein
Problem, welches wir bei unserem Bernart zunächst keinen
Anlaß haben weiter zu erörtern.

Es soll endlich keineswegs in Abrede gestellt werden, daß
mancher Trobador die Kunst ohne Aufwand von Gefühlen als
Handwerk betrieb und seine Kanzonen bearbeitete wie der
Silberschmied seinen Kelch, der Schnitzer seine Holzfigur.
Bei unserem Bernart aber dürfen wir uns hinter seinen
Aziman und Conort Wesen von Fleisch und Blut vorstellen,
ebenso wie hinter Dantes Beatrice und Petrarcas Laura.

---

zuschreiben wollen (s. unten S. 279) v. 31 ff.: *E s'ilh serva cor de leo,
No m'a ges tot lo mon serrat, Qu'en sai tal una, per ma fe, C'am mais,
s'un baizar me core, Que de leis, si·l m'agues donat.*

Welchen Namen sie im Leben führten, kann uns im Grunde gleichgültig sein, ebenso wie bei diesen beiden, da wir von ihrem Wesen, das zu kennen uns allein wichtig sein würde, doch nichts erfahren. Für uns ist von Interesse, wie der Dichter ein Fühlen zum Ausdruck brachte, das im Augenblick des Dichtens wirklich in ihm vorhanden war, wenn auch über das Empfinden des Alltagslebens hinaus gesteigert, und von Interesse ist, inwieweit die verschiedenen Lieder einen Zusammenhang unter sich haben, sich in ihnen ein „Liebesroman" abspiegelt. Und diese letzte Frage wenigstens kann Gegenstand der Untersuchung für uns sein.

Daß Bernart seine Liebe als wirklich erscheinen lassen will, ist offenbar. Zwar zeichnet er uns kein Porträt der Geliebten, sagt uns nie die Farbe ihres Haars und ihrer Augen (leiht ihr indes auch nicht die vagen Züge des typischen mittelalterlichen Liebesideals). Aber er sagt uns, was sie zu ihm gesprochen hat: *una vetz me dis Que pros om s'afortis E malvatz s'esparenta* (37, 18—20), *en aquella setmana Can eu parti de lai, Me dis en razo plana Que mos chantars li plai* (ib. v. 53—56), *Soven me rept'em plaideya Em vai ochaisos troban* (29, 25—26), oder er führt an, was er zu ihr gesagt hat: *era pot ilh be saber S'es vers aco qu'elh dizia, Qu'en terr'estranha'm n'iria* (45, 45—47). Er erzählt, daß die Geliebte die Kunst des Lesens versteht: *Ela sap letras et enten* (17, 53). Er spricht von dem Kuß, den sie ihm geschenkt hat: *sa bela bocha rizens . . . ab un doutz baisar m'aucis, Si ab autre no m'es guirens* (1, 41—44), *car vos plac que'm fezetz tan d'onor Lo jorn que'm detz en baizan vostr'amor . . .* (13, 16 f.). Am unmittelbarsten und rührendsten tritt die Geliebte hervor, wo Bernart sich ihres Verhaltens beim Abschied erinnert: *Manhtas vetz m'es pois membrat De so que'm fetz al comjat: Qu'elh vi cobrir sa faisso, C'anc no'm poc dir oc ni no* (6, 53—56).

Wie aber der Roman seines Herzens sich abgespielt hat, wie viele Kapitel es darin gab, in welcher Reihe die Lieder aufeinander folgen, das sind Fragen, für deren Beantwortung uns vielfach die Elemente fehlen.

Fast die einzige Unterlage sind die Verstecknamen. Aber auch bei deren Verwertung ist große Vorsicht geboten. Die

Verstecknamen sind bekanntlich nicht immer Bezeichnungen für geliebte Damen; sie können sich auch auf Gönner oder Freunde, Gönnerinnen oder Freundinnen, auf Sangesgenossen oder Spielleute des Dichters beziehen. Das wäre nun gleichgültig für den chronologischen Wert des Senhals, wenn die Beziehung zu einem solchen Gönner, oder wer es sei, als charakteristisch für eine gewisse Lebenszeit des Dichters gelten könnte, so daß die Lieder, welche das Senhal enthalten, aus derselben Epoche stammen müßten, und wenn zweitens die Verse, welche die Verstecknamen enthalten, immer mit dem ganzen Liede gleichzeitig wären. Vom ersten aber wissen wir nichts. Es ist in der Tat sehr möglich, daß z. B. die Beziehungen zu einem Gönner sich über eine sehr lange Zeit erstreckten. Das zweite ist wahrscheinlich sehr oft nicht der Fall.

Denn wie haben wir uns die Tornaden, welche meist die Verstecknamen enthalten, als entstanden zu denken? Oft sicherlich so, daß der Dichter, nachdem er sein eigentliches Lied beendet hat, sich mit einigen huldigenden Worten an den anwesenden Gönner wendet. Aber dann sandte er sein neues Lied auch hinaus zu anderen, deren Gunst er früher gewonnen hatte oder deren Gunst er erst gewinnen wollte. Oder aber er wurde vielleicht um ein jetzt erst in der Ferne bekannt gewordenes älteres Lied gebeten. In beiden Fällen wird er dem Lied einige neue Geleitverse hinzugefügt haben, so daß die Tornada zu ganz anderer Zeit entstanden sein kann als das Gedicht selbst und das Senhal keinen Aufschluß über dessen Entstehungszeit liefert. Hieraus wird sich auch zum Teil erklären, daß die Handschriften in der Überlieferung der Tornaden so stark abweichen.[1])

---

[1]) In der Tornada des 4. Liedes wird die Kanzone zwei Spielleuten anempfohlen. Dem zweiten wird gesagt, wohin er sie tragen soll. Die Bestimmung des ersten bleibt unerwähnt. Das 6. Lied wendet sich im Eingang an die Hörer und bittet sie um Rat. Die zweite Tornada wendet sich an den Spielmann Garsio mit dem Auftrag *Messatgier* um Rat zu fragen. Die Tornada ist also unabhängig vom Liede, ja, im Widerspruch mit ihm, und wird erst nachträglich angehängt sein. Im 21. Lied richtet sich die letzte Tornaden-Strophe an den König von England, die eigentliche Tornada an die Besucher des Poi. Man kann nicht wissen, ob beide zu gleicher Zeit entstanden sind.

So gilt es denn zu untersuchen, welcher Art das Senhal ist, ob es die geliebte Dame oder eine andere Person bezeichnet, und, wenn das letztere der Fall ist, ob die Verse, welche das Senhal enthalten, als gleichzeitig mit dem Liede anzusehen sind oder vielleicht als später hinzugefügt.

Man sieht, wie zweifelhaft die Aussichten sind, aus den Verstecknamen, und mit ihrer Hilfe aus dem Inhalt der Lieder, einen sicheren Gewinn für die Lebensgeschichte des Verfassers zu ziehen. Immerhin muß der Versuch unternommen werden.

Zwei Tatsachen sind uns wenigstens sicher: der Aufenthalt Bernarts in Ventadorn und der beim König von England. Und daß dieser König Heinrich II., die als *reina dels Normans* genannte Königin Eleonore ist, daran ist den Versen 24, 53 f. gegenüber zu zweifeln unmöglich. Wir stehen hier auch zeitlich auf einigermaßen gesichertem Boden.

So beginnen wir mit den Liedern, welche diesen beiden Epochen in Bernarts Leben angehören müssen.

Die Ventadornlieder.

Den Namen seiner Heimat nennt Bernart in zwei Liedern: Nr. 12 und 13.

Das **13.** Lied *Be·m cuidei de chantar sofrir*, ist ein Ausruf jubelnden Glückes. Trotz der kalten Jahreszeit muß der Dichter singen, denn es ergeht ihm so wohl, daß er für alle Welt den besten Trost in ihrer Mühsal habe: seine Dame hat ihm in einem Kuß ihre Liebe geschenkt und er ist nun vom Glück berauscht. Das Lied schließt mit der Tornada:

> *Ventadorn er greu mais ses chantador,*
> *qu'el plus cortes e que mais sap d'amor*
> *m'en essenhet aitan com eu n'apren.*

Diez hat, wie wir oben S. XXIII sahen, diese Verse zusammengestellt mit denen aus dem 30. Liede, welche eine Art von entgegengesetzter Versicherung aussprechen (30, 22—25):

> *Ja mais no serai chantaire*
> *ni de l'escola n'Eblo,*
> *que mos chantars no val gaire*
> *ni mas voutas ni mei so.*

Da wir Eble II. von Ventadour als Ebolus Cantator und
„valde graciosus in cantilenis" kennen, was liegt näher als
in dem, welcher jener Tornada zufolge Bernart das Singen
lehrte, ebenso wie im Eble von 30,23, den Vizegrafen zu
erkennen?

Ist das aber in der Tat der Sinn jener Verse? Wenn
Bernart sich auch 30,23 von der Schule des Herrn Eble los-
sagt, also zugeben mag, daß er ihr früher angehörte, daß er
vom Herrn Eble gelernt habe, sein wahrer Lehrmeister ist
doch, wie er uns so oft sagt, die Liebe. Das aber wird er
uns auch in der Tornada wiederholen: Der *plus cortes e que
mais sap d'amor* ist die Geliebte des Dichters selbst (von
ihren Damen in Ausdrücken männlichen Geschlechts zu reden
ist ja den Trobadors ganz geläufig; fast alle Verstecknamen,
die sich auf Damen beziehen, sind männlich). Sie lehrte ihn,
wieviel er von der Liebe weiß, und da er so voller Liebe ist,
wird Ventadorn nimmer ohne Sänger sein.

Ist nun das Lied auch in Ventadorn gedichtet? Das ist
nicht sicher. Vielleicht wollte Bernart nur sagen, daß er als
Sänger stets den Ruhm Ventadorns verbreiten werde; vielleicht
wollte er nur das Lied mit diesem Namen zeichnen. Aber
wahrscheinlich ist wenigstens, daß das Gedicht noch der Zeit
angehört, in welcher der Trobador in enger Verbindung mit
seiner Heimat stand, und daß die Dame, von welcher er sang,
der Gesellschaft von Ventadour angehörte.

Noch sicherer ergibt sich das aus dem Anfang des
12. Liedes: *Be m'an perdut lai enves Ventadorn Tuih mei
amic, pois ma domna no m'ama; Et er be dreihz que ja mais
lai no torn, C'ades estai vas me saucatj'e grama.* Es ist des
Dichters Abschied von Ventadorn. Ist es aber der erste Abschied? Die 6. Strophe sendet in die Provence *jois e salutz
E mais de bes c'om no lor sap retraire*, und versichert, daß
der Dichter nicht mehr Freude habe, als er seinem Bel-Vezer
und Herrn Fachura und Herrn Alvernhatz, dem Herrn von
Beaucaire, verdanke. Bernart hat also (wenn die Strophe
nicht dem Liede erst später hinzugefügt ist, und das anzunehmen fehlt ein genügender Grund) seine Kreise schon
über die engste Heimat hinaus gezogen. Wo er sich jetzt
befindet, läßt sich nicht sagen. Nicht in Ventadour und

nicht in der Provence. Vielleicht bei Bel-Vezer und Herrn Alvernhatz?

Dem Ventadourzyklus werden wir auch das 28. Lied zurechnen, denn in ihm versichert er (v. 25): *Pois fom amdui efan, L'am ades e la blan.* Es ist, natürlich vor No. 12, vermutlich aber auch vor Nr. 13 zu stellen. Die Bitte, welche er dort (im Frühling) v. 52 ausspricht: daß ihn die Geliebte küssend belohne, erscheint (im Winter) 13, 17 erfüllt. Das Geleit wendet sich an Bel-Vezer, die wir schwerlich in Ventadour suchen dürfen. Es ist vielleicht der Canzone erst angefügt, als Bernart sie versandte.

Gehört nun auch Nr. 30 nach Ventadorn, mit den Versen, die den Herrn Eble nennen? Das ist an sich nicht notwendig, denn Bernart konnte immer und überall versichern, daß er nicht zur *escola n'Eblo* gehören wolle. Aber die Worte mögen zeigen, daß seine Gedanken noch mit Ventadorn zusammenhängen. V. 51: *Totz tems vos ai desirada* stimmt zu *Pois fom amdui efan* ... Nichts spricht, soweit ich sehe, gegen die Beziehung auf Ventadorn; so mag das Lied hier einzureihen sein, und natürlich vor dem Abschiedslied Nr. 12 (s. v. 34 f. *si'n breu tems no's mellura, Vengut er al partimen*), und auch wohl vor Nr. 13 und 28, so daß die Reihe der Ventadornlieder wäre:

Nr. 30, 28, 13, 12.

Wer die Dame in Ventadorn war, der Bernart seine Lieder widmete, erfahren wir nicht. Daß es die Vizegräfin selbst gewesen sei, ist eine durch nichts gestützte Vermutung der alten Lebensnachricht.

Die englischen Lieder.

In England ist das **26.** Lied gedichtet: *Lancan vei per mei la landa.* Der Trobador hat, wenn man ihm glauben darf, mehr als zwei Jahre lang geschwiegen. Jetzt, bevor der Winter hereinbricht, will er seinen Gesang wieder hören lassen. Nicht eben erst hat er die geliebte Dame kennen gelernt. Er hat sie umworben, aber sie hat seinen Werbungen Hochmut entgegengesetzt. Und doch zeigte sie ihm so freundliches Wesen, daß er glauben darf, sie wolle ihn lieben (v. 15 —18); und er hofft, sie werde ihn doch einmal dahin rufen,

on se despolha (v.30), so daß er ihr demütig die Schuhe von den Füßen ziehen darf.

Jetzt ist er von ihr getrennt. Das Lied ist *part la fera mar prionda* gedichtet. Wenn der König es will, wird er die Geliebte noch vor dem Winter sehen. Wenn indes sein Aziman nicht wäre, so würde er bis nach dem Weihnachtsfest *engles* und *normans* bleiben.

Wir gewinnen also aus dem Liede die Gewißheit, daß Bernart in England war (aus v. 38 *outra la terra normanda* den Schluß zu ziehen, daß er den Weg über die Normandie genommen habe, wäre natürlich zu gewagt; das Wort *normanda* wird vom Reim herbeigeführt). Ferner geht aus der Verbindung von V. 41 und 47 mit Sicherheit hervor, daß der Name Aziman die Geliebte, und nicht etwa einen Gönner oder eine Gönnerin bezeichnet.

Weshalb der Dichter zwei Jahre lang stumm war, da doch seine Liebe schon längere Zeit währt, erfahren wir nicht.

Hat hier der König den Dichter von der Geliebten fern gehalten, so hält in Lied **21**, *Ges de chantar no·m pren talans*, die Geliebte ihn vom König fern: *Fons Salada*, sage dem König *que Mos Azimans mi te car eu vas lui no vau*.

Da wir dem Dichter doch werden glauben müssen (wohin kämen wir sonst mit unseren Interpretationskünsten?), daß er vor dem Lied 26 in der Tat lange Zeit hindurch geschwiegen hat, werden wir Lied 21 nicht vor, sondern nach 26 entstanden sein lassen. Bernart ist also nach dem Aufenthalt in England zu seinem Aziman gegangen, wie es die Tornaden von 26 ja auch in Aussicht stellten. Daß er augenblicklich in der Nähe der Geliebten weile, wird nicht etwa dadurch widerlegt, daß er v. 37 sagt *e mandet me ... Que per paor remania Car ela plus no·m fazia*. Daß sie ihm das nicht direkt, sondern durch einen Boten sagt, ist nur natürlich. Vielleicht klingt das Lied recht demütig nach den kühnen Erwartungen, die das frühere auszusprechen wagte. Immerhin hören wir, daß die Dame freundlich zum Dichter spricht und ihm weitgehende Hoffnungen gestattet (v. 35—40).

Ganz voller Liebessicherheit ist das im Frühling entstandene Lied **33** *Pel doutz chan que·l rossinhols fai*, in welchem der Dichter wiederum sagt (v. 38), daß er um der Geliebten willen vom König geschieden sei (und daß der König

der von England ist, wird dadurch klargestellt, daß die
Tornada sich an die *Reina dels Normans* wendet). Aber auch
von der Geliebten hat er sich trotz seiner Seligkeit entfernt
(*si tot lo cors s'en es lonhans* v. 25), und er weiß nicht, wann
er sie wiedersehen wird (v. 36 *No sai coras mais vos veirai*).
Es ist nicht leicht, diese doppelte Entfernung in Einklang
zu bringen. Vielleicht gibt v. 40 ff. die Lösung: *eus serai en
cort prezenters Entre domnas e charalers*. Vom König ist er,
wie wir sahen, zu seinem Aziman gegangen. Dort hat er
freundlichste Aufnahme gefunden. Jetzt aber, im Frühling,
folgt er dem Ruf an eine *Cort* und er verspricht dort unter Rittern
und Damen dienstbereit für die Geliebte zu sein. Handelt es
sich um einen bestimmten Hof? Dagegen mag sprechen, daß
en cort prezentier auch sonst geläufig ist (s. Levy VI, 541 b).
Aber 21, 60 spricht vom *Poi* (im Liede *aprendon per la ria
Cil c'al Poi lo volran saber*). Unwillkürlich fällt da die *Cort
del Poi* ein, von welcher in Richart de Berbezilhs Lied
Atressi com l'orifanz (Chr. 29, 7) und in einer wohlbekannten
Erzählung des Novellino (Chabaneau, Biographies p. 45) die
Rede ist. Ist nun auch Bernart an die *Cort del Poi* gezogen,
für die er schon das 21. Lied gedichtet hatte? Jedenfalls
dürfen wir jene Tornada zu 21 als ein Zeugnis für die
Existenz der Versammlungen in Le Puy schon für die Zeit
Bernarts willkommen heißen.

Wie immer es mit dieser *cort* stehe, es wird uns nur
möglich sein, die Reihenfolge 26. 21. 33 anzunehmen.

Mit 33 dürfen wir das Lied 36 *Pois preyatz me,
senhor*, vereinen. Hier erfüllt der Dichter das in jenem
Liede gegebene Versprechen. Er befindet sich am Hofe, und
er wird natürlich gebeten zu singen: *Pois preyatz me, senhor,
Qu'eu chan, eu chantarai* (s. die Anm. zu v. 1, S. 208). Er
singt von seinem Liebesglück, v. 12 f.: *eu am la belazor Et
ilh me (qu'eu o sai)!* Das ganze Gedicht ist, wenn er auch
fern von der Geliebten ist, voll Liebessicherheit. Es schließt
mit dem Wunsch, daß er mit seinem *Escudier*[1]) als Vagant

---

[1]) Daß dieser Escudier Heinrich II. sei, wie Zingarelli, S. 380, annahm,
dürfen wir ablehnen. Wenn das Lied in Le Puy gesungen ist, liegt viel
näher zu denken, daß der Versteckname einen der dort mit Bernart ver-
sammelten Sangesgenossen bezeichne.

durch die Welt wandern möge, der Freund mit dem was ihm das Liebste sei, und er mit seinem Aziman.

So darf man diese Lieder in der Folge 26. 31. 33. 36 vereinen.

Und zu diesen Liedern werden wir nun noch zwei Gedichte stellen können, **15** und **17**, die zwar Aziman nicht nennen, in denen aber von „dem König" gesprochen wird. Wir wissen von keinem anderen König, bei dem Bernart geweilt hätte, als Heinrich II.[1]) Von einem bestimmten König aber ist offenbar für Bernart und seine Zuhörer 15, 40; 17, 7 die Rede. In Lied 15, *Chantars no pot gaire valer*, ist die Stimmung ganz ähnlich wie in den Azimanliedern. Auch hier ist der Dichter seines Liebesglücks sicher. Auch hier zeigt die Geliebte ihm *bels semblans*, 15, 37 wie 21, 35; 26, 18; 33, 28; 36, 53. Aus einem Nichts hat sie ihn zum *ric home* gemacht (v. 42).

Anders in Lied 17 *En cossirer et en esmai.* Hier ist der Dichter ganz Demut und Sorge. Er wagt es nicht, der Dame seine Liebe zu gestehen, denn ehe sie ihn lieben würde, erwartet er vom Winde hinweggeführt zu werden. Aber doch ist er nicht ganz ohne Hoffnung, denn auch hier wieder sehen wir, daß er sich ihres *bel doutz semblan* erfreuen kann und ihren *solatz* genießt. So wird er denn, da er nicht wagt, ihr etwas zu sagen, und noch weniger einen Boten zu ihr schicken kann, einen Brief an sie schreiben, den sie lesen möge.

Wir werden beide Lieder auf die gleiche Dame beziehen können (vgl. 15, 40: 17, 7; 15, 46—48: 17, 42 ff.). Beide scheinen in der Nähe der Geliebten entstanden zu sein. Vielleicht fallen sie zwischen 26 und 21 und füllen so die Lücke, die wir dort empfinden mußten.

Es kann verführerisch erscheinen, den Azimanliedern auch No. **27**, *Lonc tems a qu'eu no chantei mai*, anzugliedern. Auch in ihm fühlt sich der Trobador der Liebe seiner Dame gewiß; auch hier gewährt sie ihm, so weit sie irgend kann, ihren *bel semblan* (v. 28 ff.) und er darf, wie in 26, 30 und 36, 30 ff. so kühn sein sie zu bitten, daß sie ihm eine Nacht

---

[1]) Daß 17, 22 gesagt wird: *Si sabia c'a un tenen En fos tot' Espanha mia* . . . deutet natürlich nicht etwa darauf, daß der Dichter in Spanien war.

dahin bringe *o's despolha*. Aber gerade der Vers, welcher das Gedicht am engsten dem englischen Zyklus anzuschließen scheint, macht Schwierigkeit: v. 34 ff. *no'm pot re far quem dolha Amors, can n'ai lo chauzit D'aitan cum mars clau ni revol*. Wenn man diesen Worten irgend welchen geographischen Wert für die Biographie des Dichters beilegen will, muß man aus ihnen schließen, daß seine Geliebte sich in England befand. Aus St. 26 aber haben wir gesehen, daß sie dort nicht war. So bleibt die Zugehörigkeit zu den Azimanliedern zweifelhaft.

Eher mag das leidenschaftliche, von Liebeslust erfüllte Lied 44, *Tant ai mo cor ple de joya*, hierhergehören. Der Dichter weilt (fern von der Geliebten) in *Fransa* (v. 36). Was die Trobadors unter *Fransa* verstehen, lehrt uns das bekannte Partimen zwischen Albert und dem Mönch (Chrest. Nr. 97):

> *Monges, cauzetz, segon vostra sciensa,*
> *qual valon mais: Catalan o Frances?*
> *e met de sai Guascuenha e Proensa*
> *e Limozin, Alvernh' e Vianes,*
> *e de lai met la terra dels dos res.*

In v. 20 und 23 desselben Gedichts wird dann die *terra dels dos res* noch weiter unterschieden als *Peitau* und *Fransa*, so daß hier *Fransa* nur das nördliche Gebiet der *terra dels dos res* bedeutet.

Da wir von einem Aufenthalt Bernarts bei Ludwig VII. nichts wissen, wird derjenige der beiden Könige, in dessen Gebiet der Trobador damals weilte, wieder Heinrich II. sein, nur daß er diesmal sich im festländischen Teil seines Reiches aufhielt.

Wo das Lied einzufügen ist, wenn es überhaupt diesem Zyklus angehört, bleibt ungewiß. Vielleicht ist es (da der Dichter vor Nr. 26 doch zwei Jahre geschwiegen haben will) auf der Heimkehr von England nach dem Süden entstanden?

Auch Nr. 37, *Can la frej'aura venta*, hat Diez (L. und W.² 26), zweifelnd, hierher gestellt, und man kann dafür, außer der Stimmung des Liedes, wenigstens die große Ähnlichkeit der Form in 36 und 37 geltend machen; aber Sicherheit wird sich kaum gewinnen lassen.

So können wir denn also die Reihe der Azimanlieder etwa in folgender Weise anordnen:

26 (17? 15? 44?), 21, 33, 36.

Für die Bestimmung der Person, welche Bernart als seinen Aziman bezeichnete, haben wir nicht den mindesten Anhalt. So lange man der alten Lebensnachricht folgte, nach welcher Bernart Eleonore seine Lieder gewidmet hätte, war es natürlich in ihr den Aziman des Dichters zu erkennen. So hat offenbar Diez getan (L. und W.[2] S. 25 ff.), obwohl er von der Bedeutung des Verstecknamens nicht besonders spricht. So Bischoff S. 28; und auch Zingarelli glaubte noch den Namen mit voller Sicherheit auf Eleonore beziehen zu können. Aber durfte, bei aller vorauszusetzenden Freiheit des Trobadorgesanges, ein Bernart von Ventadorn, der Sohn eines Bogenschützen und einer Ofenheizerin, seine Bitten zu einer Königin von England erheben, daß sie ihn dahin bringe *o·s despolha,* und vor allem, durfte er, bei aller Konvention, diese so zielbewußte Werbung in Liedern aussprechen, die er dem König, ihrem Gemahl, widmete? Sicherlich mit Recht haben Jeanroy, Romania 36, 118, und Crescini, Nuove postille, p. 72 ss., die Beziehung auf Eleonore abgelehnt. Pätzold, die individuellen Eigentümlichkeiten einiger hervorragender Trobadors, S. 32 Anm. 3, sieht im Aziman die erste Geliebte, die Vizegräfin von Ventadorn. Nur so weit wird man mit ihm übereinstimmen können, daß der Trobador seine Liebe zum Aziman schon nach England hinüberbrachte (s. Lied 26).

Conort- und Viennelieder.

Daß der Versteckname Conort eine Geliebte bezeichnet, geht aus Lied **16**, *Conortz, era sai eu be,* deutlich hervor. Bernart beklagt sich in ihm, daß er von seinem Conort keine Botschaft erhalte. Jetzt werde er von ihm vergessen, nachdem er doch früher so ehrenvoll behandelt worden sei. Aber der Dichter muß sich der Torheit anklagen, wenn er sie um des eigenen Vergehens willen beschuldigt, denn er ist solange von ihr ferngeblieben, daß er jetzt nicht mehr wagt, zu ihr zu kommen, es sei denn, daß sie ihm freundlichen Empfangs versichert. Doch in der Liebe darf man ja keinen Verstand

erwarten, und so hofft er, werde ihm die Dame damit ent-
schuldigen, wenn er ihr standhaft diene. In der Tornada läßt
Bernart seinem Frances sagen, daß er von seinem Conort noch
Glück erwarte.

Der Dichter weilt also fern von der Geliebten. In v. 27,
mitten im Liede, versichert er etwas *fe qu'eu dei a l'Alvernhatz*. Hält er sich also bei diesem Gönner auf?

Aus gleicher Situation wie 16 scheint **20** *Gent estera
que chantes*, hervorgegangen zu sein. Auch dies ein Lied
aus der Ferne, auch hier der heiße Wunsch zum *onrat
paradis* zurückzukehren. Die Schuld an seinem Fortgang
haben die *lauzenger engres*. Derjenige, dem er glaubte trauen
zu können, hat sich zum Späher seiner Liebe gemacht. Nur
aus Sorge für deren Heimlichkeit ist er von der Dame geschieden; und so hofft er von der Geliebten für sein Leid
entschädigt zu werden.

Früher als 16 und 20 scheint Nr. **22**, *Ja mos chantars
no m'er onors*, zu sein, das durch v. 28, 32 diesem Lieder-
kreise zugewiesen wird. Der Dichter weilt offenbar in der
Nähe seines Conort. Der Gegenstand seiner Klage ist die
Ungewißheit ihrer Gegenliebe. Bald glaubt er die Geliebte zu
besitzen, bald hat er nichts von ihr (v. 36 *er'ai leis, era no'n ai ges*).
Die Dame hat ihm Anlaß gegeben, auf ihre Liebe zu rechnen,
denn er schilt ihr *va cor e doptos* (v. 35) und klagt über Trug
und Verrat (v. 54). Auch hier schon die Sorge vor den *enveyos* (v. 11).

Noch früher muß man Nr. **45**, *Tuih cil que'm preyon
qu'eu chan*, setzen. Das Lied spricht mit Bitterkeit von
einer Liebe, die nur einen Tag gedauert habe (v. 18 f.). Gern
würde der Dichter an der Minne für das Leid, das sie ihm
angetan hat, handgreifliche Rache nehmen. Aber Gott will
nicht, daß man an sie mit Gewalt herankomme. So wendet
er sich von der Verräterin ab. Doch von einer Seite kommt
ihm Hoffnung und Trost: sein Conort will, daß er singe und
lache. So viel Gutes tut er ihm an, daß er ihn zum König
von Frankreich machen würde, wenn es in seiner Macht
stände (vgl. 16, 10; 20, 42—45).

Also noch ist Conort nicht die geliebte Dame. Noch
leidet Bernart unter der Wunde, die ihm eine andere ge-

schlagen hat (wie schmerzlich die Wunde ist, verraten noch
die Worte: v. 18 „gar gut war meine Liebe“ *mout fo bona'lh
mia* und verrät das ganze Lied). Aber die tröstende Hand
ist bereit. Mit diesem Liede wendet sich der Dichter neuer
Hoffnung zu, und wir dürfen in ihm die Erklärung des Bei-
namens Conort für die neue Geliebte finden.

So ist denn also dies das erste der Conortlieder, die wir
in der Folge 45, 22, 20, 16 gruppieren können.

Durch seine letzte Strophe tritt aber nun Nr. 45 in enge
Verbindung einerseits mit 43, andererseits mit 14.

Man wird die Verse

> *Lemozi, a Deu coman*
> *leis que no'm vol retener,*
> *qu'era pot ilh be saber*
> *s'es vers aco que'lh dizia,*
> *qu'en terr'estranha'm n'iria,*
> *pois Deus ni fes ni fiansa*
> *no m'i poc far acordansa*

nicht trennen wollen von 43, 53—58:

> *aissi'm part de leis e'm recre;*
> *mort m'a, e per mort li respon,*
> *e vau m'en, pus ilh no'm rete,*
> *chaitius, en issilh, no sai on.*

Die Tenzone mit Lemozi aber klagt in derselben schmerz-
lichen Art und mit Worten, die immer an 43 und 45 erinnern,
über den Verrat der so warm geliebten:

> *mos cors me vol de dol partir.*
> *bels amics, a Deu vos coman,*
> *que mort m'a una mala res,*
> *c'anc no'n me valc Deus ni merces.*

Und auch hier kehrt das Spiel mit Conort wieder, v. 23—24:

> *no i a conort qui fort no'm pes,*
> *car o ilh es,[1] cosselh no'n pres,*

aber in einer Weise, die zeigt, daß eine ernsthafte Verbindung

---

[1] S. das Spiel mit *sai* und *lai* in 45, 51, 52, 55, in Nr. 14 gegenüber diesem *o ilh es* das *sai* in v. 2.

mit Conort noch nicht existiert. Hier wie in 45, 50—52 gibt sich noch immer die Hoffnung zu erkennen, daß eine Rückkehr zur Treulosen, die ihn verabschiedet hat, möglich ist, wie ihn ja denn auch Lemozi darauf vertröstet. Die beiden eben zitierten Verse sind wie ein Verrat an der neuen Dame, den Bernart zu begehen bereit ist, wenn die erste ihn wieder aufnehmen will.

Daß die Tenzone mit Lemozi fingiert ist, wie Zingarelli, Ricerche p. 322 meinte, widerlegt sich durch ihre Verbindung mit 45, wo keinerlei Anlaß ist, Lemozi für eine nur vorgegebene Person zu halten, wie denn ja auch in der Satire Peire d'Alvernhe's Lemozi neben Bernart verspottet erscheint.

Lied 22 wie 45 wenden sich in einer letzten Tornada beide an *Romeu*, und in beiden Tornaden tritt wieder der Gegensatz von *lai* und *sai* hervor.

Nr. 22: *Messatgers, vai t'en via plana*
a mon Romeu, lai vas Viana.
e digas li qu'eu lai fora tornatz,
si mos De-Cor m'agues salutz mandatz.

Nr. 45: *Romeu man que per m'amia*
e per lui farai semblansa
qu'eu ai sai bon'esperansa.

Die Tornada von 45 will sich mit ihrem doppelsinnigen *farai semblansa* vielleicht wie die Tenzone mit Lemozi die Rückkehr zur ersten Geliebten offen halten. Aus 22 aber erfahren wir nun, daß diese erste Geliebte in Vienne weilte, und wir dürfen sie mit dem *De-Cor* identifizieren, dessen Grüße den Dichter nach Vienne zurückgeführt hätten.

Durch diese Lokalisierung aber wird mit diesen Liedern wieder Nr. 5 *Anc no gardei sazo ni mes* vereinigt, das in gleich warmen, überzeugenden Worten wie die anderen von der Liebe zu einer alle Frauen der Welt übertreffenden Dame in Vienne singt. Dieses Lied steht offenbar an der Spitze der ganzen Reihe, die wir also als

5, 43, 45, 14, 22, 20, 16[1])

anordnen können.

---

[1]) Zu Lied 27, das hier vielleicht noch anzureihen ist S. XLVIII.

Lesen wir nun den ganzen Zyklus nochmals über, so so wird sich uns der Gedanke aufdrängen, daß vielleicht alle Lieder ein und derselben Dame gelten, und daß Conort zuerst, in Lied 45, nur eine fingierte Persönlichkeit ist, mit welcher Bernart die Eifersucht der Geliebten in Vienne erregen wollte (daher in 14 die merkwürdige Versicherung v. 23 *no i a conort qui fort no·m pes*, daher 22, 28 *e pois mos conortz no·n es res*), die aber schließlich mit ihr, als Bernart das Spiel aufgedeckt hatte, zu einer Person verschmolz (vgl. auch 22, 33 f. mit 5, 29—35). Ist dies aber in der Tat das Verhältnis, so brauchen wir in 45 nicht mehr, wie die einleitende Notiz zum Text es wollte (s. S. 269), die Strophen VI und VII, den Handschriften entgegen, umstellen, und *farai semblansa* v. 54, das in der Tat heißen kann „ich lasse erkennen", wie es die Anmerkung erklärt, ist in des Dichters eigentlicher Absicht doch: „ich stelle mich als ob ..."

Alvernhatz und Bel-Vezer.

Im 16. Liede ist uns, v. 27, der Name *Alvernhatz* begegnet[1]), welcher auch in 12, 42 und 29, 58 wiederkehrt, in diesen beiden Gedichten verbunden mit *Bel-Vezer*, demjenigen Verstecknamen, den wir am häufigsten bei Bernart antreffen. Wie steht es mit der Bedeutung dieser beiden Namen?

Daß *Bel-Vezer* die vom Dichter geliebte Dame bezeichnet, scheint aus 1, 57—60 hervorzugehen:

> *Bels-Vezers, senes doptansa*
> *sai que vostre pretz enansa,*
> *que tantz sabetz de plazers far e dir:*
> *de vos amar no·s pot nuls om sofrir.*

Wer anders kann das Ziel der Liebe aller Menschen sein, als die Dame deren hohen Preis er soeben gesungen hat?

Und das 28. Lied scheint uns auch den Schlüssel für die Bedeutung des Namens zu geben. Die Tornada sagt:

---

[1]) Nach der von mir für Bernart angenommenen Lautbehandlung sollte der Name die Form *Auvernhatz* haben. Aber die Handschriften zeigen fast ausnahmslos *l*.

> *Bel-Vezer, si no fos*
> *mos enans totz en vos,*
> *laissat agra chansos*
> *per mal dels enoyos.*

Also um seines Bel-Vezer willen singt der Dichter. Sein Lied aber gilt derjenigen, die er von Kindheit an geliebt hat, v. 25 f.: *Pois fom amdui efan L'am ades e la blan.* Schon Diez (L. und W.² S. 19 Anm. 1), hatte, wie nach ihm Bischoff, in Bel-Vezer die Vizegräfin von Ventadour gesehen, indem er sich auf das 12. Lied stützte „wo Bernart erklärt, er sei von Ventadour vertrieben und ohne allen Trost, da nur sein Bel-Vezer ihn zu trösten vermöge".

Aber im 8. Liede wendet sich der Trobador von einer Dame ab, für die er vergeblich viele *bonas chansons* und *bos vers* gedichtet hat. Jetzt hat eine andere ihm Freude zurückgegeben. Indem nun Bernart zu seiner Kanzone sagt, v. 54—56: *Mo Bel-Vezer me saluda. Qui c'aya valor perduda, La sua creis e melhura* stellt er doch wohl die frühere Geliebte, welche ihren Wert verloren hat, der jetzigen, d. h. seinem *Bel Vezer*, gegenüber? Dann ist also *Bel-Vezer* nicht diejenige, die er von Kindheit ab standhaft geliebt hat.

Und in 41, 51 werden *Bel Vezer* und *midons* ausdrücklich geschieden nebeneinander gestellt: *Sol Deus midons e mo Bel-Vezer sal, Tot ai can volh, qu'eu no deman ren al.* Hier kann *Bel-Vezer* nur dann das Senhal der Geliebten sein, wenn uns Bernart mit seinen Worten gänzlich in die Irre führen will, so daß wir alle Hoffnung aufgeben müßten, irgend sicheren Gewinn aus ihnen zu ziehen.

Ist denn nun aber die zitierte Tornada des 1. Liedes ein sicheres Zeugnis für die Identität des *Bel-Vezer* mit der Geliebten? Sicherlich nicht. Im Gegenteil: kann es denn wirklich der Wunsch des Dichters sein, daß alle Menschen seine Dame lieben (*de vos amar no·s pot nuls om sofrir*)? Im 29. Lied versichert Bernart dem *Tristan*, v. 61 f.:

> *Tristan, si no·us es veyaire,*
> *mais vos am que no solh faire,*

und doch hatte er v. 7 f. gesagt: *E fatz esfortz, car sai faire Bo vers, pois no sui amaire.* Das Lieben, von dem er zu

Bel-Vezer und zu *Tristan* spricht, ist ein anderes als das für die Geliebte. *Bel-Vezer* ist nicht die geliebte Dame, und auch Diez hat dies später eingesehen (s. den Nachtrag zu seiner ursprünglichen Anmerkung L. und W. S. 19).

Daß aber der Versteckname doch eine Dame bezeichnet, geht aus 42, 52 hervor. Das Lied hatte schon v. 33 zwischen der Geliebten und Bel-Vezer unterschieden: *fe qu'eu dei leis e mo Bel-Vezer*. Die Tornada sagt dann:

> *Mo messatger man a mo Bel-Vezer,*
> *que cilh que'm tolc lo sen e lo saber,*
> *me tol midons e leis, que no la reya.*

Wieder von der Geliebten unterscheidet auch Nr. 12 den *Bel-Vezer*. Es ist das schon oft besprochene Abschiedslied von Ventadorn. Dort weilt die Geliebte, deren Härte ihm jede Freude genommen hat. Jetzt sendet er Grüße in die Provence, v. 36 ff.:

> *En Proensa tramet jois e salutz …*
> *e fatz esfortz, miracles e vertutz,*
> *car eu lor man de so don non ai gaire;*
> *qu'eu non ai joi, mas tan can m'en adutz*
> *mos Bels-Vezers e'n Fachura, mos drutz,*
> *e'n Alvernhatz, lo senher de Belcaire.*

Und zu diesen Versen stellt sich wieder 29, 57—60:

> *Enaissi fos pres com eu sui*
> *mos Alvernhatz, e foram dui,*
> *que plus no's poques estraire*
> *d'en Bel-Vezer de Belcaire.*

En Alvernhatz wird uns an der ersten Stelle also, in ungewöhnlicher Bestimmung eines Versteckenamens, als *senher de Belcaire* bezeichnet. Daß die Trobadors mit dem Namen des Herren von Beaucaire den Grafen von Toulouse benannten, ist schon mehrfach festgestellt (Prov. Inedita aus Pariser Hdss. S. 347, de Lollis, Sordello di Goito, p. 253 Anm. zu III, 22 und p. 258 Anm. zu IV, 21, wo die in Betracht kommenden Stellen aufgezählt werden, Zenker, Peire von Auvergne S. 31, Zingarelli, Ricerche p. 381 s.). So haben wir in Alvernhatz denjenigen Grafen von Toulouse, der der Zeit nach einzig in

Betracht kommen kann, Raimon V. (1148—94) zu sehen. Weshalb Bernart ihn seinen Auvergner nennt, bleibt uns freilich im Dunkeln. Zingarelli kann (Ricerche p. 382) nur darauf hinweisen, daß geographische Namen öfter als Verstecknamen gebraucht werden, ohne daß wir den Zusammenhang zwischen Ort und Person erkennen.

In *Bel-Vezer* aber erkennt Zingarelli, Ricerche p. 383, die Gattin Raimons, wobei es sich um Constance handeln kann, die Schwester Ludwig VII, welche Raimon im Jahre 1166 verstieß, oder um Richildis, die Witwe des Grafen Raimon Berengar II. der Provence. Zingarelli sagt zu der letztzitierten Tornada: „Anche la dama è detta di Belcaire; e non è possibile l'equivoco che accanto al *senher de Belcaire* si parlasse di una donna che a questa città appartenesse per ragioni non identiche: se il signor Alvernhatz fosse innamorato così fortemente, come della sua donna lui Bernardo, egli non potrebbe staccarsi da Belvezer; dunque stavano insieme, e il signore doveva pur allontanarsi qualche volta per le faccende del suo governo. La canzone parrebbe scritta durante un'assenza di Raimondo V dalla sua corte, il quale, com'è noto, fu il più attivo e intraprendente dei conti che tennero quel dominio".[1] Enthalten aber die Worte Bernarts, wenn wir sie so auffassen, nicht einen Vorwurf gegen *Alvernhatz* als Gatten? Durfte sich Bernart in dieser Weise in die

---

[1] Den gleichen Schluß zieht Zingarelli aus den Versen 12, 40—42. Er liest sie: *Qu'ieu non ai joi mas tan com m'en aduiz Mos Bels Vezers e'n Faituratz sos drutz, En Alvernhatz lo senher de Belcaire* und übersetzt, p. 347: „chè io non ho altra giocondità fuor che quanta me n'adduce il mio Belvezer, ed il signor Ammaliato suo amico, signor Alvernhatz, signore di Beaucaire". Also *Faituratz, drutz, Alvernhatz* und *senher de Belcaire* gehen alle auf dieselbe Persönlichkeit: Raimon V. Daß der Gatte auch als *drut* bezeichnet werde, sei nicht verwunderlich (p. 383): „nulla d'illecito era nel concetto di *drut*, e a denotare l'amoroso marito il poeta se ne sarà servito, accanto al *faiturat*, per un complimento". Er führt, nach Godefroy, als Beleg eine altfranzösische Stelle aus der Chronik Philippe Mouskets an, wo Helena als *feme et druc* des Königs *Menelau* gemeint wird.

Die Lesung, und damit die Auffassung, des v. 41 steht aber sehr unsicher. Ich habe mich, wie die Anmerkung zu dem Vers ausführt, für *mos drutz* und für die Scheidung von *en Faciura* und *n'Alvernhatz* als zwei Personen entschieden. Dann ist aus diesen Versen nichts Bestimmteres über das Verhältnis *Bel-Vezer's* zum *Alvernhatz* zu entnehmen.

persönlichsten Verhältnisse des Grafen mischen? Die Worte
scheinen mir der Beziehung von *Bel-Vezer* auf die Gattin
Raimons V. wenig günstig zu sein. Auch Jeanroy lehnt diese
Beziehung ab (Rom. 36, 120): „je ne crois pas que le poète
eût jamais osé faire allusion aux amours, même légitimes, du
comte de Toulouse, en le désignant par une périphrase si
transparente. Une allusion à de pareilles amours n'est guère
dans l'esprit de la lyrique courtoise et le mot *drutz* s'appli-
querait bien mal à un mari". Wenn aber Jeanroy fortfährt:
„Il y a, ce me semble, une explication bien plus naturelle:
Belvezer pouvait être simplement une dame de Beaucaire et
Alvernhatz, *sos drutz* (Jeanroy bleibt bei der Lesung Zingarellis), a pu être dit 'sire de Beaucaire' par ellipse, pour
'seigneur et maître' de cette dame", so scheint mir auch diese
Erklärung, die den Namen *senher de Belcaire* in so neuer Art
deuten will, wenig plausibel. Mir scheint aus 29, 60 nicht
einmal mit Sicherheit hervorzugehen, daß *en Bel-Vezer* durch
de Belcaire weiter bestimmt wird. Es ist doch etwas ganz
anderes, wenn Bernart 23, 58 von *midons de* (oder *a*) *Narbona*
spricht, wo es sich um Ermengarda von Narbonne handelt,
als wenn hier dem Verstecknamen *Bel-Vezer* ein *de Belcaire*
hinzugefügt würde, um die Dame als Bewohnerin von Beaucaire zu bezeichnen. Die Worte könnten vielleicht auch ge-
deutet werden: so daß er sich nicht leichter von *en Bel-Vezer*
als von Beaucaire losmachen könnte (*de = de de*, wie Tobler,
Verm. Beitr. I² S. 218 ff. durch zahlreiche Beispiele belegt hat),
so daß hiermit eine ganz besonders starke Bindung an *Bel-*
Vezer gewünscht würde (vielleicht auch: so daß er sich nicht
leichter losmachen könnte, als *en Bel-Vezer* von Beaucaire,
so daß *Bel-Vezer* hier besonders stark an Beaucaire gebunden
erscheint?).

So wird denn doch der Zusammenhang zwischen *Alvern-*
hatz und *Bel-Vezer* weit lockerer als Zingarelli ihn angenommen hatte. Wir können nur sagen, daß *Bel-Vezer* eine
Gönnerin, wie *Alvernhatz* den Gönner Raimon V., bezeichnet,
daß sie an zwei Stellen nebeneinander erscheinen, wogegen
Bel-Vezer an zahlreichen anderen Stellen allein auftritt. In
8, 53 schickt Bernart seine Kanzone nach *La Mura* mit
Grüßen an *Bel-Vezer*, so daß wir da einen Aufenthaltsort

dieser Gönnerin kennen lernen, ohne ihn aber mit Sicherheit bestimmen zu können. Es gibt verschiedene *La Mura* in Südfrankreich. Das bekannteste ist das im Dauphiné belegene. Und da Bernart ja bis nach Vienne kam, von dessen Grafen oder Dauphins der Dauphiné seinen Namen trägt, ist es keineswegs ausgeschlossen, daß hier jenes alpine *La Mure* gemeint ist. Daß nun aber *Bel-Vezer* die Herrin von Vienne selbst gewesen sei, etwa Marguerite von Bourgogne, die von 1142 ab die Vormundschaft für ihren jungen Sohn Guigues V. führte, oder dessen Gattin Beatrix von Montferrat, ist damit natürlich noch nicht gesagt.

Da *Alvernhatz* und *Bel-Vezer* einen Gönner und eine Gönnerin bezeichnen, können wir aus dem Vorkommen des Namens in den Gedichten höchstens dann einen Schluß auf deren Entstehungsumstände ziehen, wenn die Namen nicht nur in der Tornada stehen, sondern mit dem Gedicht selbst unlösbar verbunden sind. *Alvernhatz* begegnete uns in 12, 16, 29; *Bel-Vezer* kommt in 1, 8, 12, 28, 29, 41, 42 vor. In 12, 16, 42 gehören die betreffenden Verse zum Liede selbst. In 12 nennt die letzte Strophe *Bel-Vezer* und *en Alvernhatz*; in 16 steht mitten im Lied, v. 27, *fe qu'eu dei a l'Alvernhatz*, 42 ebenso, v. 33, *fe qu'eu dei leis e mo Bel-Vezer*. Gedicht 12 aber gehört, wie wir sahen, dem Ventadornzyklus an, Gedicht 16 dem Conortkreise, dessen Dame wir glaubten mit der Geliebten in Vienne identifizieren zu sollen. Also nicht einmal hier läßt sich ein chronologischer Schluß aus den Verstecknamen gewinnen.

Tristan.

Als Versteckname für eine geliebte Dame haben Diez (L. und W.[2] S. 30, freilich mit einem „vielleicht"), Bischoff (S. 46 ff) und Zingarelli (S. 338, 380) auch den Namen *Tristan* aufgefaßt, welcher in den Liedern 4, 29, 42, 43 begegnet. Und zwar sah Bischoff mit Bestimmtheit, Zingarelli zweifelnd die Vizegräfin von Ventadorn in diesem Tristan (p. 380: Dous Esgart, Tristan, Conort, i quali sembrano una stessa persona, forse la donna del primo amore).

Daß es sich um die Geliebte handelt, scheint aus Lied 4 und 29 auch deutlich hervorzugehen. Dort schilt in der ersten

Tornada Bernart auf die Härte der Geliebten: *Non fatz mas gabar e rire, Domna, can eu reus deman; E si ros amasset tan, Alres ros n'arengr' a dire.* Und dann folgt die zweite Tornada: *Ma chanso apren a dire. Alegret: et tu, Ferran, Porta la'm a mo Tristan, que sap be gabar e rire.* Und Lied 29 am Schluß: *Tristan, si no'us es reyaire, Mais ros am que no solh faire.*

Hier wird ja geradezu gesagt, daß der Dichter Tristan liebt. Aber welch lahme Liebesversicherung! Und diese Tornada kommt erst hinter einer anderen, die sich an *Alvernhatz* und *Bel-Vezer* wendet. Freilich bedeutet nach Bischoff auch Bel-Vezer die Vizegräfin, so daß die gleiche Dame mit doppeltem Senhal benannt wäre. Aber wozu dieses verschmitzte Versteckspielen, wenn Bernart das 4. Lied durch den Spielmann direkt an Tristan sendet, dieser also mit der Bedeutung des Namens wohl bekannt war? Wir haben schon bei Bel-Vezer gesehen (S. XLIII), daß *amar* in 29, 62 nicht das Lieben in seinem prägnanten Sinne bezeichnet. *Tristan* ist ein Freund oder eine Freundin, ein Gönner oder eine Gönnerin wie *Alvernhatz* und *Bel-Vezer*. Und dazu stimmt denn auch, daß sich der Dichter in der Tornada zu 42 bei *Tristan* entschuldigt (wiederum nachdem er sich zuerst an *Bel-Vezer* gewendet hat), daß er ihn nicht aufsucht: *Amics Tristan, car eu no'us posc vezer, A Deu ros do, cal que part que m'esteya,* und daß er ihn am Schluß des 43. Liedes versichert, er, *Tristan,* werde nichts (kein Lied) mehr von ihm empfangen, da er, in Trauer über die Grausamkeit der Geliebten, vom Singen lasse.

Von den anderen Senhals haben wir in *De-Cor* 22, 64 geglaubt, die Geliebte in Vienne sehen zu dürfen (S. XLI). Denselben Namen werden wir auch in 27, 64 erkennen, so daß auch dieses Lied dem Conort-Vienne Cyclus zuzurechnen wäre (die Reimfolgen von 22 und 27 zeigen auch eine gewisse Verwandtschaft).

An *mo Cortes* sendet Bernart sein 31. Lied, v. 57—59: *A mo Cortes, lai on ilh es, Tramet lo vers, e ja no'lh pes Car n'ai estat tan lonjamen.* Das Lied ist allem Anschein nach in

der Nähe der geliebten Dame gedichtet (siehe v. 41 ff). Dann kann *mo Cortes* nicht Bezeichnung der Geliebten sein, sondern ist Name einer Gönnerin.

Von *Escuder* haben wir oben (S. XXXV Anmerkung) gesprochen. Der Name bezieht sich auf einen Freund, vielleicht einen Sangesgenossen des Dichters.

Na Dous-Esgar, 19, 50: *Deu lau qu'era sai chantar, Mal grat n'aya na Dous-Esgar E cil a cui s'acompanha.* Das Lied wendet sich, nach langem Schweigen, von einer Unerbittlichen ab zu einer Dame, von welcher der Dichter Erhörung hofft. Ist *Dous-Esgar* also jene Hartherzige selbst? oder ihre Gefährtin?

Zu *En Fachura* 12, 41 siehe S. XLIV und die Anmerkung zum Verse, S. 73 f.

Mo Frances wird 10, 51 und 16, 50 genannt. Aus den beiden Stellen geht hervor, daß es sich um einen Freund oder Gönner handelt, der *part Mauren* weilt. Von diesem Ort werden wir nachher (S. LIII) sprechen.

Über *Lemozi* (14; 45, 43) siehe S. XXI Anm.

Mit *Fis-Jois* 19, 52 ist nach Zingarelli, p. 361 (der in der Anmerkung 2 darauf hinweist, daß auch Peire Rogier und Giraut de Bornelh den gleichen Verstecknamen gebrauchen) die Geliebte des Liedes gemeint. Dazu scheint auch zu stimmen *vos am e us volh.* Wie kann aber der Dichter dieser Dame versichern *ges no us posc oblidar*, wenn er sich ihr doch, wie der Inhalt dieses Liedes zeigt, eben erst zuwendet? Es muß sich mit diesem *amar* verhalten wie mit dem oben S. XLIII f. besprochenen. Der Name bezeichnet also eine Gönnerin oder Freundin, vielleicht auch einen Gönner oder Freund.

Als *Messatger* haben wir in den meisten Fällen den Boten, den Joglar, des Dichters zu erkennen, siehe 10, 50; 18, 29; 22, 61; 42, 50; 44, 73; (17, 49 steht das Wort als Appellativ). 33, 43 wird der *Messatger* mit Namen, *Huguet*, genannt. Fraglich ist nur 39, 57: *Messatger, vai, e no m'en prezes mens, S'eu del anar vas midons sui temens*, wenn etwa *prezes* dort als 2. Kj. Praes. zu gelten hat (ich habe es als 3. Kj. Praet. aufgefaßt), vor allem aber 6, 63: *Garsio, aram chantat Ma chanso, e la m portat A mo Messager, qu'i fo, Qu'el quer cosselh qu'el me do.* Hier ist *Messatger* nicht der

Bote, welcher das Lied bringt, sondern diejenige Person, der
es gebracht wird. Aber auch hier wird der Name den bezeichnen, der sonst der Bote bei der Geliebten war (*qu'i fo*),
freilich nicht ein untergeordneter Spielmann, sondern ein Joglar,
der dem Dichter zugleich Freund ist.[1]

Über *Romeu* siehe S. XLI. Zingarelli (p. 383 s.) will in ihm
einen Grafen von Vienne sehen, sei es Guigo V. oder Alberic
Taillefer. Die Hypothese beruht aber auf keiner irgendwie
sicheren Grundlage. Wenn *Romeu* in Vienne weilte, ist damit
nicht gesagt, daß wir es mit dem Herrn der Grafschaft zu tun
haben.

So sind wir denn zur Erkenntnis von drei Liederkreisen
gelangt, die wir als zusammenhängend aus der Gesamtheit
der Überlieferung ausscheiden können:

[1] Von Spielleuten des Dichters lernen wir mit Namen die folgenden
kennen:

Alegret und *Ferran* in der Tornada zu 4. Beide sendet Bernart
gleichzeitig mit seinem Liede hinaus, *Ferran* zu *Tristan*, *Alegret* ohne
bestimmte, im Gedicht ausgesprochene Adresse.

Corona wird 23, 57 beauftragt, den Vers zur Herrin in Narbonne,
das heißt, wie wir sehen werden, wahrscheinlich zu der von den Trobadors
so vielfach gefeierten Ermengarda zu bringen. Auch in 35, 43 wird Corona
als Spielmann genannt.

Fonsalada soll das 21., eines der Azimanlieder, zum König (von
England) tragen. Er wird von Bernart als sein *drogoman* bezeichnet. Soll
das darauf hindeuten, daß er dem König zugleich, soweit es nötig ist, das
ihm immerhin nicht eigene Idiom vermitteln soll? Das wäre wohl zuviel
in das Wort hineingelegt. Es bezeichnet in der Sprache der Trobadors
auch einfach den Boten. Zingarelli möchte, p. 386, mit *Fonsalada* den im
33. Liede genannten *Huguet* identifizieren. Aber mit welchem Recht?

Garsio soll das 6. Lied zu *Messatger* bringen.

Huguet ist der *cortes messatgers*, also doch wohl nicht ein gewöhnlicher Spielmann, des 33. Liedes zur Königin der Normannen. Wenn die
Namenform *Huguet* in AIKN richtig ist, gegenüber *Ugonet* in CDG, könnten
wir darin vielleicht Hinweis auf die nördliche Herkunft dieses Boten sehen.
Ugonet macht den Vers um eine Silbe zu lang, woher denn C *mos* unterdrückt, a *Nugo* schreibt.

die Ventadornlieder:

30. *Lo tems vai e ven e vire*
28. *Lo gens tems de pascor*
13. *Be'm cuidei de chantar sofrir*
12. *Be m'an perdut lai enves Ventadorn*

die Azimanlieder:

26. *Lancan vei per mei la landa*
(? 17. *En cossirer et en esmai*)
(? 15. *Chantars no pot gaire valer*)
(? 44. *Tant ai mo cor ple de joya*)
21. *Ges de chantar no'm pren talans*
33. *Pel doutz chan que'l rossinhols fai*
36. *Pois preyatz me, senhor*

die Conort- und Viennelieder:

5. *Anc no gardei sazo ni mes*
43. *Can vei la lauzeta mover*
45. *Tuih cil que'm preyon qu'eu chan*
14. *Bernart de Ventadorn, del chan*
22. *Ja mos chantars no m'er onors*
20. *Gent estera que chantes*
16. *Conortz, era sai eu be*
(? 27. *Lonc tems a qu'eu no chantei mai*).

Zu einer weitergehenden biographischen Gruppierung wird sich schwer mit einiger Sicherheit gelangen lassen. Die Stimmungen, welche der Dichter zeigt, die wenigen Tatsachen, von welchen er redet, können sich zu jeder Zeit wiederholt haben. Eine Zusammengehörigkeit der Lieder läßt sich aus ihnen nicht erschließen.

Mit jenen drei Kreisen erhalten wir zugleich drei voneinander weit entlegene Stätten der dichterischen Tätigkeit Bernarts angewiesen: die Heimat Ventadorn, den Hof König Heinrichs II. in England und Frankreich, und Vienne.

Die Namen, welche der Trobador uns nennt, zeigen noch Beziehungen zu anderen fürstlichen Höfen, ohne daß wir mit der gleichen Sicherheit sagen können, daß der Dichter an ihnen geweilt habe. Bestimmt anzunehmen ist wohl sein

d*

Aufenthalt bei Raimon von Toulouse, wenn wir ihn mit Recht als *senher de Belcaire* im Herrn Alvernhatz erkannt haben. Die alte Biographie scheint aus derselben Bezeichnung den gleichen Schluß gezogen zu haben. Die zeitliche Bestimmung aber, daß Bernart bis zum Tode des Grafen bei ihm gewesen sei, hat der Biograph wieder hinzugedichtet. Wir wissen nichts von der Lebensdauer des Dichters, noch von seinem Ende im Kloster.

Das 12. Gedicht, welches Herrn Alvernhatz den Herrn von Beaucaire nennt, wird mit Grüßen in die Provence gesandt. Daraus kann man allenfalls schließen, daß Raimon sich damals in seinen provenzalischen Besitzungen aufhielt. Daß Bernart selbst früher in der Provence gewesen sei, ist daraus natürlich nicht zu folgern.

Das 23. Lied wendet sich, wie wir sahen, an *midons a Narbona.* Daß damit die Herrin von Narbonne, die Vizegräfin Ermengarda, gemeint sei, geht aus den Worten wieder nicht mit Sicherheit hervor. Vor allem sind sie nicht etwa so zu verstehen, als ob die fürstliche Ermengarda als die geliebte Dame des Dichters bezeichnet werden sollte. *Midons* heißt auch „Herrin" schlechtweg. [1]

Daß aber Bernart, wie andere Trobadors auch, am glänzenden Hof der Herrin von Narbonne gewesen sei, deren Ruf selbst von Wikingern der Orkneyinseln in nordischen Strophen gefeiert wurde (siehe Orkneyinga Saga ed. G. Vigfusson, 1887, p. 159 ss., englische Übersetzung von G. W. Dasent, 1894, p. 163 ss., Dozy, Recherches zur l'histoire et la littérature de l'Espagne II² p. 348), ist um so wahrscheinlicher, da wir sehr enge Beziehungen zwischen seinem Dichten und dem Peire Rogiers, Ermengardas besonderem Trobador, erkennen.

Derselbe Spielmann Corona, welchem das 23. Lied aufgetragen wird, soll auch das 35. zu *midons* bringen (s. S. L Anm.). Wir können nicht sagen, ob auch hier *midons* die Herrin von Narbonne ist.

Das in 8, 53 als Aufenthalt Bel-Vezers genannte *La Mura* haben wir (S. XLVII) zweifelnd, mit La Mure im Dauphiné zu-

---

[1] Beide Verwendungen von *midons,* als Titel und als Bezeichnung der Geliebten, stehen nebeneinander in Bertran de Borns *Domna, pois de me no·us chal* v. 27 und 29.

sammengebracht. Diese Deutung könnte durch die Erwähnung
von *Mauren* 10, 51 gestützt werden, wenn dieses etwa Moirans
im Departement Isère ist. Die Namensformen scheinen zwar
schlecht übereinzustimmen. Aber *mauren* steht nur in C,
mauron in R¹, *mai ren*(?) in N, dagegen *moi ren* in G, *moiron*
in P, *moren* in R². Orte des Namens Maurens zählt Zingarelli
p. 384 aus den Departements Dordogne, Haute Garonne, Gers,
Tarn auf. Aber alle diese sind winzige Orte ohne Spur einer
früheren größeren Bedeutung. Moirans, jetzt an den Bahnen von
Lyon oder Valence nach Grenoble (so daß also Grenoble und
La Mure *part Moiren* liegen würden) führt seinen Ursprung
bis auf die Keltenzeit zurück und besitzt eine Kirche aus dem
11. oder 12. Jahrhundert. Die durch den Reim gesicherte
Endung *-en* würde zum lateinischen Namen des Ortes Mor-
ginnum passen. So würden wir denn also auch hier ins Gebiet
der Grafen von Vienne und Grenoble geführt werden. Daß
Bernart selbst bis in dieses Alpenland gekommen sei, können
wir, auch wenn er wirklich dieses Moirans meint, natürlich
nicht sagen.

Die Lebenszeit Bernarts.

Alles was früher über die Zeit des Lebens und Dichtens
Bernarts gesagt worden ist, beruht auf der alten Biographie.
Diez erkannte zwar, wie wir sahen, daß diese dort, wo sie vom
Aufenthalt bei Eleonore in der Normandie spricht, zur Sage
wird, hält aber doch an der Tatsache jenes Aufenthaltes fest
und setzt ihn zwischen 1152 und 1154. Für den Beginn seines
Dichtens nimmt er „ungefähr 1140" an, weil Agnes von
Montluçon, die Gattin Ebles II. von Ventadorn, die seiner
Meinung nach die von Bernart geliebte Vizegräfin war, schon
1148 einen erwachsenen Sohn hatte (L. und W.² S. 32). Das
Ende des Trobadors wird durch den Tod Raimonds V. von
Toulouse, 1194, bestimmt, den ja, der Biographie zufolge,
Bernart überlebt hätte.

Etwas später, zwischen 1148 und 1152, kann Suchier den
Beginn von Bernarts dichterischer Tätigkeit ansetzen (Jahr-

buch XIV 126), da für ihn nicht Agnes von Montluçon, sondern die erste Gattin Ebles III., Margarete von Turenne, die Geliebte Bernarts war. Und noch etwas später mußte er für Bischoff fallen, da er die zweite Gattin, Adelheid von Montpellier, als Geliebte erkennt, und ihre Verbindung mit Eble III. ins Jahr 1151 setzt.

Chabaneau gibt für Bernarts Dichten die Jahre 1145—95 an, indem er für den Beginn der Ansicht Suchiers folgt. Für das Ende ist auch ihm die Angabe der Biographie maßgebend.

Zingarelli vermeidet, bestimmte Jahre zu nennen. Er hält aber an der Liebe in Ventadorn fest (p. 336), ohne sich über die Person der geliebten Dame auszusprechen. Er glaubt auch weiter an das Verhältnis zu Eleonore, ist aber geneigt, die Lieder, welche sich nur an den König Heinrich wenden, ohne der Königin Erwähnung zu tun, erst in die Zeit nach 1173 zu setzen, in welchem Jahre Eleonore die Seele des Aufstandes ihrer Söhne gegen Heinrich wurde.

Wenn man nun, wie wir getan haben, der alten Biographie jede urkundliche Bedeutung abspricht, so bleibt, soweit ich sehe, als einzige Grundlage einer zeitlichen Bestimmung einerseits die Erwähnung in der Trobadorsatire Peires d'Alvernhe, andererseits die Tatsache des Aufenthaltes in England.

Die Zeit der Satire Peires habe ich in meinem Peire Rogier (S. 10 Anmerkung) festzustellen gesucht, indem ich den v. 55 genannten *en Raimbaut* als Raimbant d'Aurenga deutete, der 1173 gestorben ist. Diese Vermutung ist, wie es scheint, allgemein angenommen worden. Die Dichterlaufbahn Peires hat, nach dem Urteil seines Monographen, spätestens 1155 begonnen (Zenker, S. 30). Sein erstes datierbares Gedicht fällt ins Jahr 1158 (ib. S. 24). Zwischen 1155 und 1173 also müssen wir die Satire setzen, oder, wie Zenker (S. 32) aus der hervorragenden Erwähnung Girauts von Bornelh schließt, zwischen 1160 und 1173, und zwar vermutlich in das Ende der sechziger oder den Anfang der siebziger Jahre.

In dieser Zeit war also Bernart von Ventadorn ein hochangesehener, wenn auch, dem Urteil Peire d'Alvernhes zu-

folge, dem Giraut de Bornelh einigermaßen nachstehender[1]) Dichter.

Von den Liedern des englischen Zyklus ist das 26. im Spätherbst (*Lancan vei per mei la landa Dels arbres chazer la folha, Ans que'lh frejura s'espanda Ni'l gens termini s'esconda, M'es bel que s'auzitz mos chans*) und in England (v. 38: *outra la terra normanda, Part la fera mar prionda,* s. S. XXXIII) geschrieben. Der Trobador befindet sich in der unmittelbaren Umgebung des Königs, denn von dessen Wünschen ist sein Aufenthalt abhängig: v. 43—45 *Si'l reis engles e'l ducs normans O vol, eu la veirai abans Que l'iverns nos sobreprenda.*

Mit diesen Worten scheint die zweite Tornada im Widerspruch zu stehen. Während dort das Wiedersehen mit der Geliebten auf dem Willen des Königs beruht, sagt Bernart hier, daß er seinem Aziman zuliebe jedenfalls noch vor Weihnachten aufhören wird, Engländer und Normanne zu sein, d. h. daß er nach dem Festland zurückkehren wird: *Pel rei sui engles e normans, E si no fos Mos Azimans Restera tro part calenda.*

Der Widerspruch läßt sich vielleicht so lösen, daß nach Bernarts Vermutung der König bis nach Weihnachten in England bleiben wird. Der Dichter würde sich nicht von ihm trennen, wenn nicht die Sehnsucht zur Geliebten ihn heimwärts zöge. Vor Weihnachten wird er jedenfalls zu ihr zurückkehren; am liebsten aber noch früher, ehe noch der eigentliche Winter hereinbricht. Das indes hängt vom Willen des Königs ab, sei es, daß dieser ihn früher entläßt, sei es, daß Heinrich vielleicht selbst nach Frankreich (und zwar wohl nach Südfrankreich; der Dichter will ja weder Engländer noch Normanne bleiben, s. v. 46) geht und den Dichter in seinem Gefolge mit sich führt.

Da die Blätter zwar fallen, der Winter aber mit seiner Kälte noch nicht hereingebrochen ist, wird es sich um den Spätherbst, etwa um die Zeit von Oktober bis Mitte Dezember,

---

[1]) So wenigstens, und nicht von körperlicher Größe geltend, werden wir das *menre* v. 20 verstehen müssen.

handeln. In dieser Zeit also befand sich Bernart in England beim König.

Der Jahre, in welchen Heinrich II. während der Monate Oktober bis Dezember in England weilte, sind nicht eben viele.

Im Jahre 1154 landete Heinrich, am 8. Dezember, an der Südküste, von Barfleur kommend, noch als Herzog der Normandie, und wurde am 19. in Westminster gekrönt. Man wird nicht annehmen dürfen, daß Bernart schon in diesen Dezembertagen, eben erst mit dem Herzog angelangt, seine Ungeduld nach Frankreich zu erkennen gab. Überdies würde erst vom 19. Dezember ab die Bezeichnung als *reis engles* eigentlich zutreffend gewesen sein. Von den folgenden 35 unruhigen Regierungsjahren Heinrichs, die ihn unausgesetzt von seinen englischen Besitzungen zu den festländischen, und von diesen zu jenen führten, brachte er nur in 13 Jahren das Weihnachtsfest in England zu: 1155, 1157, 1163, 1164, 1165, 1171, 1175, 1176, 1178, 1179, 1182, 1184, 1186.[1])

Wir werden uns für den Aufenthalt Bernarts auf die Jahre vor 1173 beschränken können, nicht sowohl der Satire Peires wegen, sondern weil sich das 33. Lied an die Königin wendet (v. 45). Zwar will, wie wir sahen (S. LIV), Zingarelli die englischen Gedichte teils vor, teils nach 1173 datieren. Wir haben aber keinen Anlaß, den Aufenthalt Bernarts in England auf längere Jahre auszudehnen. Die provenzalische Poesie hat am Hofe Heinrichs II. offenbar keine dauernde Stätte gefunden. Bernart ist der einzige Trobador, von dem wir mit Sicherheit wissen, daß er in England war. Nach dem Zerwürfnis im Jahre 1173 ist eine Huldigung Bernarts für Eleonore kaum mehr möglich. So ist also sein Aufenthalt in die Zeit vor 1173 zu versetzen.

Von den dann fraglichen Jahren kommt 1171 nicht in Betracht. Heinrich war im November und Dezember dieses Jahres, zwar *outra la fera mar prionda*, aber in Irland. Er machte sich damals zum Herrn der grünen Insel, schwerlich eine geeignete Zeit für Bernarts Liederspiel.

---

[1]) Siehe R. W. Eyton, Court, Household and Itinerary of King Henry II, London 1878.

Gegen die Jahre 1163—65 wäre etwa einzuwenden, daß Heinrich in ihnen durch seine kirchlichen Streitigkeiten genugsam in Anspruch genommen war; natürlich kein durchschlagendes Argument gegen den Aufenthalt Bernarts. Noch weniger spricht gegen das Jahr 1157. Am besten in jeder Hinsicht scheint mir aber doch 1155 zu passen. Heinrich hatte das ganze Jahr in England zugebracht. Im Herbst treffen wir ihn bald in Woodstock (nahe bei Oxford), bald in Newbury, zweimal in Windsor. Weihnachten feierte er in London (Eyton, p. 13 s.). Aber wenige Tage später brach er nach dem Kontinent auf. In den ersten Januartagen 1156 war er in Dover; von dort setzte er nach Wissant über; am 2. Februar war er in Rouen. Im selben Jahr besuchte er alle Teile seines französischen Reiches. Noch im Februar war er in Anjou und in Poitou, nahe der Heimat Bernarts, im Sommer wiederum in Anjou. Im Oktober kommt er zum ersten Mal nach Limoges und bringt nach kurzem Aufenthalt in der Normandie den Rest des Jahres, wie es scheint, in seinen südlichen Besitzungen zu. Das Weihnachtsfest scheint er in Bordeaux gefeiert zu haben (Eyton p. 19 s.).

So kann man, wenn man die Worte des Gedichts mit den historischen Tatsachen zusammenbringen will, vermuten, daß Bernart im November glaubte, vielleicht noch vor Weihnachten mit dem König nach Frankreich zu kommen und daß sich auf diese Aussicht die v. 43—45 bezogen. Aber natürlich sind das nur vage Möglichkeiten. [1]

[1] Eine weitere kühne Hypothese könnte Bernart von Ventadorn und Chrestiien von Troyes in diesem Jahre am Hofe Heinrichs zusammenführen. Daß Chrestiien nicht nur die provenzalische Poesie im allgemeinen, sondern auch gerade Bernarts Gedichte gekannt hat, zeigt sich in seinen paar sicheren Liedern. In *D'Amors qui m'a tolu a moi* hat das Lerchenlied deutliche Spuren hinterlassen:

1 ff. *D'Amors qui m'a tolu a moi*
n'a soi ne me viaut retenir,
me plaing

43.13. *tout m'a mo cor e tout m'a me*
55. *rau m'en pus ilh no·m rete*

16 ff. *Merci trovasse, au mien cuidier,*
s'ele fust en tot le conpas

41 ff. *Merces es perduda, per ver*
(et eu non o saubi anc mai),

Die Wahrscheinlichkeit spricht wohl dafür, daß Bernart durch die Verbindung seiner Landesherrin Eleonore mit

del monde, la ou je la quier.	*car cilh qui plus en degr'aver*
mes je croi qu'ele n'i est pas.	*no·n a ges; et on la querrai?**)

Der schöne Narcissus des Lerchenliedes (*aissi·m perdei com perdet se Lo bels Narcisus en la fon*) kehrt im Cliges 2767 wieder, mit Tantalus und allenfalls Medea, als einzige Namen die Chrestiien dem Ovid verdankt. Für Yvain v. 1650 ff. könnte er v. 33 desselben Liedes im Gedächtnis gehabt haben.

Natürlich hat Crestien die Lieder Bernarts in Frankreich hören können. Daß er aber in England war, scheint vor allem aus dem Cliges hervorzugehen.**) Sollte auch Crestiien, der sich im Cliges auf die Kathedralbibliothek von Beauvais beruft und dessen Aufenthalt in Flandern feststeht, nicht über den Kanal gegangen sein, wo sich der glänzendste französische Hof seiner Zeit befand? Das Jahr 1155 aber nun, nicht nur für Bernarts, sondern auch für Crestiiens Aufenthalt zu vermuten, können die Verse 4629 ff. des Cliges Anlaß geben:

> *Au jor qui fu nomez et pris*
> *Assamblent li baron de pris.*
> *Li rois Artus a toz les suens,*
> *Qu'eslëuz ot antre les buens,*
> *Devers Ossenefort se tint.*
> *Devers Galinguefort s'an vint*
> *Li plus de la chevalerie.*
> *Ne cuidiez pas que je vos die,*
> *Por feire demorer mon conte:*
> *Cil roi i furent et cil conte*
> *Et cil et cil et cil i furent.*

Wie kommt Crestiien dazu eine so glänzende Versammlung in das unbedeutende Galinguefort (der Name wird auch v. 4579 und 4592 genannt) zu verlegen? Nun, am 10. April 1155 fand zu Wallingford, das in der Tat unfern von Oxford liegt, eine große Versammlung Heinrichs II. mit seinen Baronen statt, welche dort dem König und seinen Erben den Eid der Treue schwören mußten.***)

Das ist natürlich nur eine sehr unsichere Vermutung, immerhin wohl der Erwägung wert.

---

*) Die gleichen Bernartschen Verse scheinen sich auch im anderen Liede Chrestiiens: *Amors tançon et bataille* v. 49 f. zu spiegeln:

> *Se merciz ne m'an aïe·*
> *Et pitiez, qui est perdue,*
> *tart iert la guerre fenie.*

**) Siehe Gaston Paris, Mélanges de Littérature française, p. 260. Ich habe dasselbe seit 1888 in meinen Vorlesungen gelehrt.

***) Lappenberg-Pauli, Geschichte von England, Hamburg 1853, III, S. 7, James H. Ramsay, the Angevin Empire, London 1903, p. 6, R. W. Eyton, l. c. unter dem Datum des 10. April 1155.

Heinrich an den normannisch-englischen Hof geführt worden ist. Die Krönung, welche im Dezember 1154 mit außerordentlicher Pracht in London vollzogen wurde, mußte eine große Anziehung auf Spielleute und höfische Sänger ausüben. So ist dies vielleicht die Gelegenheit, zu der Bernart nach England gekommen ist.

Nehmen wir, dieser, freilich recht unsicheren Hypothese entsprechend, die Jahre 1154—55 für den Aufenthalt Bernarts in England an, so können wir seine Geburt ganz ungefähr in die Jahre 1120—30 setzen. Bei der Abfassung der Satire Peire d'Alvernhes wäre er dann 40—50 Jahre alt gewesen. Die Zeit seines Todes zu bestimmen haben wir keinerlei Anhalt.

Bernarts Dichtung.

Chantars no pot gaire valer, si d'ins del cor no mou lo chans, sagt Bernart mit oft zitierten Worten am Eingang seines 15. Liedes. Und er wird nicht müde uns zu versichern, daß ihm der Gesang aus liebeerfülltem Herzen quillt: *Non es meravelha s'eu chan Melhs de nul autre chantador, Que plus me tra·l cors vas amor E melhs sui faihz a so coman* (31, 1—4); *Aissi com es l'amors sobrana, Per que mos cors melhur' e sana, Deuri' esser sobras lo vers qu'eu fatz Sobre totz chans, e volgutz e chantatz* (22, 5—8); *E s'eu sai chantar ni rire, Tot m'es per leis escharit ... Ve·us me del chantar garnit, Pois sa fin'amors m'o assol* (27, 59—65).

So versiegt ihm der Gesang, wenn ihm die Liebe ihre Freude versagt: *Ja mais no serai chantaire Ni de l'escola n'Eblo, Que mos chantars no val gaire Ni mas voutas ni mei so* (30, 22—25); *Tristans, ges no·n auretz de me, Qu'eu m'en vau, no sai on. De chantar me gic e·m recre, E de joi e d'amor m'escon* (43, 57—60); *Lemozi, no·us posc en chantan Respondre ne i sai avenir .... Que mort m'a una mala res* (14, 7 ff.); *Chantes qui chantar volria! Qu'eu no·n saup ni chap ni via, Pois perdei ma benanansa* (45, 4 ff.).

Aber das eigene Lied straft den Dichter ja Lügen. Trotz seines Schmerzes singt er: *Lo rossinhols s'esbaudeya Josta la flor el verjan, E pren m'en tan grans enveya Qu'eu no posc mudar, no chan; Mas no sai de que ni de cui, Car eu non am me ni autrui; E fatz esfortz, car sai faire Bo vers, pois no sui amaire* (29, 1—8). Ja, gerade um sein Leid zu verhüllen, läßt er seinen Gesang ertönen: *Per melhs cobrir lo mal pes e'l cossire Chan e deport et ai joi e solatz* (35, 1 f.); *E car non posc aver joi ni solatz, Chan per conort cen vetz que sui iratz* (20, 31 f.); *Tan n'ai de pezansa Que totz m'en desconort; Mas no·n fatz semblansa, C'ades chant e deport* (25, 33—36).

Und in der Tat, es hängt ja nicht von ihm ab, ob er singen will oder nicht. Er zieht als Sänger von Hof zu Hof. Man erwartet von ihm, daß er neue Lieder bringe. Um seines Publikums, um seiner Gönner willen muß er singen: *Pois preyatz me, senhor, Qu'eu chan, eu chantarai; E can cuit chantar, plor A l'ora c'o essai* (36, 1—4); *Bel-Vezer, si no fos Mos enans totz en vos, Laissat agra chansos Per mal dels enoyos* (28, 65—67).

Nicht anders als die Dichtung aller anderen Trobadors ist die seine Gesellschaftsdichtung. Keines seiner Lieder ist einzig gesungen, um das eigene Herz von seinem Leid zu befreien oder seiner Freude Luft zu machen. Immer sind sie für einen Kreis von Zuhörern bestimmt. An sie wendet er sich, indem er die Schönheit der Geliebten preist: *Pretz e beutat, valor e sen A plus qu'eu no vos sai dire* 27, 40; zu ihnen klagt er über sie und die Minne: *A totz me clam, senhor, De midons e d'Amor* 28, 9. Er erzählt ihnen, was ihm geschieht: *Estranha novela Podez de me auzir* ... 25, 14, sagt ihnen, daß er nach dem Willen seiner Dame König von Frankreich wäre: *dic vos que, s'ilh podia, Eu seria reis de Fransa* 45, 40. Er macht sie zum Richter über sich und die Geliebte: *Del major tort qu'eu anc lh'agues Vos dirai, s'us voletz, lo ver* ... 10, 30, oder fragt sie um Rat, was er tun soll, wenn die Geliebte einen anderen Freund zum Vertrauten nimmt: *Era·m cosselhatz, senhor, Vos c'avetz saber e sen* ... 6, 1 ff. Er wird von der Gesellschaft gebeten zu singen, und läßt sich, widerwillig, dazu bestimmen: *Tuih cil que·m preyon qu'eu chan, Volgra, saubesson lo ver S'eu n'ai aize ni lezer* ... 45, 1 ff.

Auch wenn Peire (d'Alvernhe?) Bernart fragt, weshalb er so lange nicht gesungen habe (2), oder Bernart (de Ventadorn?) dieselbe Frage dem Peirol vorlegt (32), oder Lemozi Bernart nach dem Stande seiner Liebe fragt (14), geschieht dies alles natürlich nicht um eine sachliche Antwort zu erhalten, sondern es handelt sich um ein poetisches Spiel zur Unterhaltung der höfischen Gesellschaft.

Die Lyrik Bernarts ist also wie alle Trobadorlyrik Gesellschaftsdichtung. Aber die Geselligkeit, an welche sich die Sänger wenden, ist keineswegs immer dieselbe.

Wir können in den Anfängen der Trobadordichtung auch in dieser Hinsicht eine deutliche Entwicklung beobachten, die bedeutungsvoll ist für die kulturhistorische Stellung dieser Literaturbewegung. Sie ist Zeugnis und Werkzeug für die Herausbildung einer verfeinerten Gesellschaft, neuer Lebensideale, einer neuen Weltanschauung, die wir auf allen Gebieten um die Wende des 11. zum 12. Jahrhundert sich geltend machen, und um die Mitte des 12. Jahrhunderts voll erblühen sehen.[1]

Wilhelm von Poitiers redet, wie Bernart, seine Zuhörer oft unmittelbar an. Aber nicht *senhor* nennt er sie, wie er, sondern *companho* (I. II. III).[2] Es sind die *cavallier*, die der Dichter I, 22 auffordert, ihn in einer Verlegenheit zu beraten, eine Gesellschaft männlicher Genossen, Waffengefährten, die bei trinkfester Unterhaltung kräftigen Witz verlangen. Natürlich handelt es sich um die Weiber, und so trägt

---

[1] In der Stadt des ältesten Trobadors stellt sich noch heute die Veränderung der Lebensauffassung, welche sich damals innerhalb weniger Jahrzehnte vollzog, so sinnfällig dar, daß auf der folgenden Tafel die beiden wichtigsten Denkmäler der Stadt aus jener Zeit nebeneinander gestellt werden mögen: Notre-Dame-la-Grande, am Anfang des Jahrhunderts, unter Wilhelm IX. erbaut, und die Kathedrale, welche als Stiftung Heinrichs II. von England und Eleonorens, der Gönner unseres Trobadors, im Jahre 1161 begonnen wurde. Beide Kirchen wird Bernart de Ventadorn gesehen haben. Ganz anders noch als in ihrem Äußeren kommt die machtvolle Entwicklung des Stils in der Innenkonstruktion der beiden Kirchen zum Ausdruck, von der leider hier ein Bild nicht gegeben werden kann.

[2] Man hat gezweifelt, ob mit dieser Anrede ein einzelner Gefährte gemeint ist (etwa der in XI, 21 genannte) oder ob wir einen Vok. Plur. darin erkennen sollen. Die Mehrheit wird durch II, 19: *non i a negu de vos la·m desautrei* gesichert.

Wilhelm ihnen seinen Zweifel vor, ob er es mit Frau Agnes oder mit Frau Arsen halten solle. Daß man eine Frau durch strenge Wachsamkeit nicht vor Liebesabenteuern bewahren kann, ist eine ausgemachte Sache, und wird von Wilhelm zweimal, in etwas gewählterer und in ungeschminkt obszöner Sprache, versichert. Ein anderes Mal erzählt er den Gefährten mit Behagen ein Abenteuer, das er mit Frau Agnes und Frau Ermessen erlebt haben will,[1]) oder prahlt, ihnen zur Freude (*sil pro s'azauton de mi Conosc assatz Qu'atressi dey voler lor fi E lor solatz*), mit seiner Leistungsfähigkeit im *juec doussā*.

Es soll nicht gesagt sein, daß nicht auch die Frauen dieser Männer einen derben Scherz vertragen konnten und vor deutlichen Worten zurückschreckten. Aber selbst wenn die Geselligkeit, der Wilhelm seine Lieder vortrug, immer die gleiche Zusammensetzung von Männern und Frauen gehabt haben sollte (was nach Art der Lieder doch wenig wahrscheinlich ist), so hatte er jedenfalls zwei verschiedene Arten zu ihr zu reden. Er kennt schon neben den Kreisen seiner grobkörnigen *Companho* ein Ideal höfischer Gesellschaft, in der keine gemeine Rede Eingang finden sollte (VII, 33 ff. demjenigen der lieben will, *coven li que sapcha far faigz avinens E que's gart en cort de parlar Vilanamens*). An diese Geselligkeit richtet Wilhelm seine Lieder VII—X (in Jeanroys Ausgabe).[2]) Und so stehen sich, wie schon Diez es ausgesprochen hat, bei ihm zwei Dichtgattungen deutlich geschieden nebeneinander: eine derbe Männerdichtung und eine zarte höfische. Dort ist nur von *amiguas* die Rede (VI, 37); hier wird die Geliebte die „Herrin" genannt (in unverkennbarer Absicht wiederholt VIII in jeder Strophe das Wort *domna*; IX, 21, 37 begegnet auch schon *midons*).

---

[1]) Die Namen sind natürlich fingiert, wie die ihrer Ehemänner, Herr Guari und Herr Bernart, und wie das ganze Erlebnis. Und so handelt es sich im I. Liede wohl auch um eine fingierte *n'Agnes* und *n'Arsen* (man beachte die Ähnlichkeit der Namen in beiden Liedern). Wie es mit *Gimel* und *Niort*, die Jeanroy für den Aufenthaltsort der beiden Damen hält, stehen mag, ist schwer auszumachen.

[2]) Es ist bemerkenswert, daß VII nach Narbonne gesandt wird. Dort finden wir später einen wichtigen Sitz höfischer Trobadorkunst.

7. Poitiers, Notre-Dame-la-Grande.

8. Poitiers, Kathedrale Saint-Pierre.

9. Notre-Dame-la-Grande, Portal.

(Das Portal der Kathedrale ist erst spät hinzugebaut und kann daher dem so charakteristischen Portal der Notre-Dame-Kirche nicht gegenübergestellt werden).

Die Anrede an die Zuhörer: *Companho*, findet sich in der Frühlyrik bei Bernart Marti wieder:[1]) 63, 5 *Companho, per companhia* (Inedita aus Pariser Handschriften, S. 27).

Der bisher wenig beachtete, aber für die Entwicklung des Trobadorgesanges nicht unwichtige Dichter äußert in diesem Liede recht leichtfertige Anschauungen: die Liebe, die ihm früher freundlich war, hat ihn jetzt betrogen. Da aber Liebe betrügt, so wollen auch wir alle betrügen: *Trichem tug, dompnejador! Que'l trichars abaisaria, Mas pel trichament ceria Feblezitz Lo tricx de la trichairitz.* „Schwerlich wird Liebe, so lange die Welt steht, ohne wetterwendische Hurerei sein. Es ist Brauch darüber zu lachen, wer auch darob weinen mag. Nimmer machte irgend ein Mensch in der Liebschaft der Unehre den Prozeß. Deshalb werde ich, wenn auch in Unehren, das Gute nehmen, was mir von der Liebe zufällt" (v. 40—49).

Ebenso klar spricht Bernart Marti im 3. Liede seine lockere Auffassung aus: *Dona es ras drut trefana De s'amor, pos tres n'a; pana Estra lei, si son trei. Mas ab son marit l'autrei Un amic cortes prezant. E si plus n'i vai sercant, Es desleialada E puta privada* (v. 10—17, Inedita S. 24). Und wiederum im 8. Liede (ib. S. 34): Man hat ihm gesagt, daß seine Geliebte ihn neulich betrogen habe. Wenn sie ihm aber mit schöner Lüge das Wahre zum Falschen verkehrt, will er von ihren Taten nichts wissen, *Car sin fauc fol' esbrugida E trop gran vertat l'enquier, Si auran m'amor delida E vieillas e lauzengier. Qui's vol, sen fassa janglaire, Mas mi apel, quan repaire, Son bon amic senhoriu* (v. 43—56).

Man sieht, nicht nur die Anrede *Companho* knüpft an die Männerlieder Wilhelms von Poitiers an, sondern auch die Lebens- und Liebesanschauung.

Dieses 8. Lied sendet Bernart Marti an Herrn Eble nach Marguarida. Welcher Ort Marguarida gemeint ist, kann ich nicht sagen. Aber Herr Eble ist uns wohl bekannt; denn es wird doch derselbe sein, den wir bei Cercamon (VII, 50), bei

---

[1]) Auch Raimbaut d'Aurenga (389, 24, MG 1030) und später noch Guilhem de Saint Didier (234,6, MW 2, 46) reden ihre Zuhörer mit *Companho* an. Etwas anderes ist es natürlich, wenn z. B. der Wächter in Giraut de Bornelhs berühmter Alba den Freund *Bel companho* nennt.

Marcabru (XXXI, 74), bei Guiraut de Cabreira (*Cabra juglar* s. Crescini, Manualetto 13, 30) und bei Bernart de Ventadorn (30, 23) finden.

Auch Cercamon sendet dem Herrn Eble ein Lied (den Planch auf den Tod Wilhelms X von Poitou, † 1137), so daß wir in ihm den Gönner beider Dichter sehen dürfen. Bei Guiraut de Cabreira lernen wir ihn selbst als Dichter, neben Jaufre Rudel, Marcabru und Herrn Alfons[1]) kennen: *Ja vers novel Bon d'en Rudel Non cug que't pas sotz lo guignon, De Markabrun Ni de negun (?) Ni de n'Anfos ni de n'Eblon.* Und als Dichter treffen wir ihn auch bei Marcabru und Bernart de Ventadorn. Bernart wendet sich, wie wir sahen (s. S. XXIII, XXXII) von Herrn Eble ab. Aber nur weil sein Dichten ihm bei der Geliebten nicht geholfen hat, will er nicht mehr zur Schule des Herrn Eble gehören, der er sonst offenbar anhängt.

Anders bei Marcabru. Da handelt es sich um ernste Feindschaft: *Ja no farai mai plevina Ieu per la troba n'Eblo, Que sentenssa follatina Manten encontra razo; Ai! Qu'ieu dis e dic e dirai Quez „amors" et „amars" brai, Hoc, E qui blasm' Amor, buzina* (31, 73—81) „Nimmer werde ich mich zur Dichtung[2]) des Herrn Eble verpflichten, denn törichte Lehre vertritt er gegen das Recht; denn ich sagte und sage und werde sagen, daß „Amors" und „Amars" gegeneinander schreien; und wer Amor tadelt, der lästert".

Was Marcabru unter der *troba n'Eblo* versteht, geht aus dem ganzen Gedicht hervor, das eine heftige Auseinandersetzung über den Unterschied wahrer (*Amor*) und falscher Liebe (*Amar*, mit dem so häufigen Wortspiel zum Adjektivum *amar*) enthält: *Bon' Amors porta meizina Per garir son compagno; Amars lo sieu disciplina E·l met en perdicio* (v. 28

---

[1]) Es wird derselbe *n'Anfos* sein, der auch im Planch Cercamons genannt wird (*Jovenz se clama chaitiu, Car un non troba on s'aiziu, Mas gan n'Anfos, q'a joi conquis*), und wieder derselbe bei Marcabru (36, 37), der seinerseits auch Guiraut Cabreira nennt (34, 36).

[2]) *troba* (*torba* A, *corba* R) ist unsicher in seiner Form und seiner Bedeutung. Suchier übersetzte, Jahrb. 14, 280 „Herrn Ebles Bande", Levy im Petit Dictionnaire „invention", Dejeanne „le trouver", Lewent, Zeitschrift 37, 436, entscheidet sich nicht. — Auch *buzinar* ist nicht klar, s. Levy, Supplwb. I, 160. Aber offenbar sind die beiden Begriffe des Lärmens und des Verkehrten mit dem Wort verbunden.

bis 31), und nun, zur Charakteristik des *Amar: Dompna non sap d'amor fina C'ama girbaut de maiso; Sa voluntatz l'amastina Cum fai lebrieir' ab gosso* usw. (v. 46 ff.). Marcabru führt auch hier den leidenschaftlichen Kampf gegen die Buhlerei, der bekanntlich durch sein ganzes Dichten hindurchgeht (s. schon Suchier, Jahrbuch 14, 276 ff.). Immer wieder schilt er, der der keuschen, natürlichen Liebe die innigsten und die schalkhaftesten Lieder gesungen hat (*A la fontana del vergier'* und *L'autrier jost 'una sebissa*) und der die schönsten Worte gefunden hat, sie zu preisen,[1] auf die Ehemänner, die sich zu „Liebhabern" machen. Die Frauen werden so zu Huren, die Kinder zu Bastarden. Es ist kein Zweifel, daß es sich für Marcabru um einen ernsten Schaden des wirklichen Lebens handelt, daß der Ehebruch ihm als ein Laster der Zeit erschien. Er sieht eine neue Mode aufgekommen. An die Stelle des alten Begriffes der Liebe ist ein anderer, verbrecherischer getreten (*fals amic, amador tafur, Baisson Amor e levo'l crim* 13, 9 ff.). Für dieses neue Lieben ist ihm die Bezeichnung *drut* charakteristisch: *Non sai la cals auctoritatz Lor mostra c'om los apel „drutz"* 39, 52 . . . *puois la flam'es nascuda De fol „drut" e de la „druda"* 5, 33 f. Auch *dompneiador* tritt gleichwertig dafür ein: . . . *E·ill moillerat l'ant sazida* (die *putia*) *E so·s fait „dompneiador"* 36, 27 f.

Dieses neue, verbrecherische Lieben aber ist durch Schuld der Dichter aufgekommen: *Trobador ab sen d'enfanssa Movon als pros atahina, E tornon en disciplina So que veritatz autreia, E fant los motz, per esmanssa, Entrebescatz de fraichura. — E meton en un' eganssa Falss'Amor encontra fina* . . . 37, 7 ff. Das ist die *garsonailla*, durch deren Rat *Verai' Amor* zugrunde geht: . . . *li plus non volon dir Vertat, tant volon mentir, Per conseill de garsonailla* 42, 26 ff. Das ist die *troba n'Eblo*, gegen die Marcabru eifert. So ist der sittliche Kampf zugleich ein literarischer. Die Dichtung Marcabrus wird, wie Arthur Franz, Über den Troubadour Marcabru, S. 5, mit Recht gesagt hat, eine Reaktion gegen die neue Dichtart. Daß aber der Kampf gegen

---

[1] Sehr bemerkenswert: *L'amors, don ieu sui mostraire Nasquet en un gentil aire, E·l luocs on ill es creguda, Es claus de rama branchuda E de chaut e de gelada, Qu'estrains no l'en puosca traire* 5, 49—54.

diese auch ein Kampf gegen die neue Sitte ist, zeigt, daß die „Liebe" von der die neuen Dichter reden, doch nicht nur in der Poesie existiert, wie wir Strónski u. a. behaupten sahen (s. oben S. XXV), sondern, daß sie auch dem realen Leben angehörte.[1]

Einer der von Marcabru gescholtenen Dichter ist gewiß Bernart Marti, dessen vorhin zitierte leichtfertige Worte: *Dona es vas drut trefana De s'amor, pos tres n'a ... Mas ab son marit l'autrei Un amic cortes prezant* in deutlicher Beziehung stehen zu Marcabru 15, 27: *cella qu'en pren dos ni tres E per un non si vol fiar, Ben deu sos pretz asordeiar E sa valors a chascun mes.* Aber dieser eine, den die Frau in Treue lieben soll, ist für Marcabru nicht der *drut*, wie für Bernart Marti, sondern der Gatte.[2]

Eigenartig ist die Stellung Cercamons zum alten und neuen Dichten. Er folgt offenbar der neuen Schule, wenn er ganz in den Formen der Minnedichtung sein demütiges und doch verwegenes Lieben besingt (*Dieus! si poirai l'ora veder Qu'eu puosca pres de lei jazer!* 1, 40 f. *Dieus mi respieyt tro qu'ieu l'agues O qu'ieu la vej'anar jazer* 2, 23). wie denn seine Lieder sich offenbar an die Minnelieder des Grafen von Poitiers anschließen.

Aber zwei seiner Gedichte zeigen ihn in engen Beziehungen zu Marcabru. Im 5. Liede (nach Dejeannes Zählung) schilt er ganz wie dieser auf die *moilleratz: Ben sai qe lor es mal estan, Als moilleratz, car se fan gai; „Domnejador" ni*

---

[1] Gehört zur Charakteristik der *troba n'Eblo* auch schon der Schluß der 8. Strophe des 31. Liedes: *Qui bon'Amor a rezina ... Tant li* (?, Dejeanne liest *la*) *fai ab dig verai Que no·il cal aver esmai, Hoc, Del „trut dullurut" n'Aiglina?* Die letzten Worte sollen doch wohl ein albernes Gesinge von Frau Aiglina bezeichnen. Ein Lied von Aigline haben wir bei Bartsch, Romanzen und Pastourellen, S. 17; aber dieses braucht und wird ja nicht gemeint sein.

[2] Für die Beziehungen zwischen beiden Dichtern ist auch bezeichnend das *bada fols bada*, das Bernart Marti (3, 27) der berühmten Pastorela Marcabrus (30, 55) entnommen hat. Vielleicht meint Marcabru auch Bernart, wenn er sagt: *menut trobador bergau Entrebesquill Mi tornon mon chant en badau E·n fant gratill* (33, 7 ff.). Bernart Marti spielt mit dem Wort *entrebesciu* im 8. Liede (v. 63—66), hat es aber vielleicht erst wieder dem *entrebescar* etc. bei Marcabru entnommen (s. 14, 35; 31, 40; 33, 10; 37, 12).

„drut" se fan; E·l guizardo qe lor n'eschai? Ditz el reprovier
lo pajes: „Q'a glazi fer, a glazi es Feritz d'eis lo seu colp
mortau" (v. 15—21), und weiterhin: Non a valor d'aissi enan
Cela c'ab dos ni ab tres jai (v. 36 f.) knüpft er wieder an
Marcabru 15, 27. Schwer vereinbar aber mit den vorhergehenden Strophen ist, was der Dichter in der 7. und in der
Tornada sagt: Saint Salvaire, fai m'albergan Lai el renh on
mi donz estai,[1] Ab la genzor, si q'en baizan Sien nostre coren
verai usw. (v. 43—52).

Ebenso widerspruchsvoll ist Lied 6, dessen Lob Fin'amor's
in eine Aufforderung zum Kreuzzug ausläuft, die auf einen
Zusammenhang mit Marcabrus Vers del lavador deutet (v. 43 f.,
Aras pot hom lavar et esclarzir De gran blasme, silh qu'en
son encombros). Aber die 4. und 5. Strophe scheinen gerade
gegen die Richtung Marcabrus Partei zu ergreifen: Ist trobador,
entre ver e mentir, Afollon drutz e molhers et espos, E van
dizen qu'Amors vay en biays, Per qu'el marit en devenon gilos,
E dompnas son intradas en pantays, Cui mout vol hom escoutar
et auzir. — Cist sirven fals fan a plusors gequir Pretz e Joven
e lonhar ad estros . . .[2]

So ergibt sich bei Cercamon in der Tat die Zwiespältigkeit,
welche auch Franz („Über den Troubadour Marcabru" S. 7—9
Anm.) an ihm erkannt hat. Auch mir erscheinen die Gedanken
Marcabrus bei Cercamon als etwas in seine Dichtart äußerlich
hineingekommenes. Eigentlich gehört er der Schule des Herrn
Eble an, dem er, wie wir sahen, sein 7. Lied gesandt hat.

Dagegen dürfen wir der Richtung Marcabrus den Trobador
Bernart de Venzac zurechnen, dessen Lieder in Inhalt und

---

[1] Vgl. Jaufre Rudel III, 26 lo renh on sos jois fo noiritz.

[2] Bemerkenswert ist auch, daß Cercamon im 33. Vers dieses Gedichts
von seinen Hörern als soudadiers spricht: Ves manhtas partz rei lo
segle fallir, Per qu'ieu n'estauc marritz e cossiros, Que soudadiers non
truep ab cui s'apays . . . Ebenso sagt Marcabru 3, 24 von den unnützen
Bäumen seiner Allegorie: Don los clamon flacs e baudux leu e tug l'autre
soudadier, und sein 19. (v. 19) und 44. (v. 1) Lied richtet er direkt an
die soudadier. So ist hier an die Stelle der cavalier, welche Wilhelm IX.
als Gefährten anredete, ein anderes Publikum getreten. Die soudadier
begegnen dann auch bei Bernart de Venzac 71, 1 v. 17 (Pariser Inedita S. 50).

Form denen Marcabrus so ähnlich sind, daß schon die Handschriften bei mehreren unsicher waren, wem sie angehörten.[1]

Eine Stelle für sich nimmt der zarteste und rätselvollste
der Frühtrobadors, J a u f r e R u d e l , ein. Seine Princesse
lointaine ist weder die Gräfin von Tripolis, wie es die alte
Biographie, noch Eleonore von Poitiers, wie Monaci (Rendi-
conti dei Lincei 17. Dez. 1893) wollte. Diejenige, welche der
Dichter nie gesehen hat, noch je sehen wird (VI, v. 8—10),
ist schwerlich überhaupt ein Wesen der realen Welt. Aber
es ist doch nun nicht damit getan, daß man, mit Gaston Paris,
von einem jeu d'esprit redet. Jaufre Rudel knüpft, wie wir
schon S. XXV sahen, an die Verse Wilhelms von Poitiers an,
in denen er sagt, er wisse nicht, wer seine Freundin sei, da
er sie nie sah (IV, 25 *Amigu'ai ieu, no sai qui s'es, Qu'anc non
la vi, si m'ajut fes*, ib. v. 31 *Anc non la vi et am la fort*).
Aber Wilhelm teilt uns sofort mit, daß er sein Lied von einem
„Nichts" machen wolle: *Farai un vers de dreyt nien*. Die
ungesehene Freundin tritt in die Reihe der anderen schwankenden Gestalten seiner träumerischen Phantasie. Jaufre Rudel
würde sein ganzes Dichten auf einem „Nichts" aufgebaut
haben, wenn hinter seiner ungesehenen Geliebten nicht eine
Idee stände. Seine anmutvollen Lieder verlangen nach einer
Lösung des in ihnen enthaltenen Rätsels. Ich habe geglaubt
die Lösung darin zu sehen, daß, wie später so oft, schon bei
ihm, nur in romantischerer Art, die Marienminne die genauen
Formen der Trobadorliebe angenommen hätte (Archiv 107, 338).
Mein Versuch hat nur vereinzelte Zustimmung gefunden. So
möge man etwas anderes versuchen.

Wir treffen Jaufre in persönlicher Verbindung mit Marcabru,
der sein 15. Lied an Herrn Jaufre Rudel *outra mar* sendet,
und wir werden den Zusammenhang mit dessen Gedanken
nicht ablehnen können. Die *Fin'Amor*, von welcher Jaufre

---

[1] Zenker hat in seinem Peire von Auvergne S. 4—11 den Nachlaß
Bernart de Venzacs besprochen. Für 293, 12 scheint mir zweifelhaft, ob es
nicht in der Tat dem Marcabru gehört. In 323, 5, das Zenker dem Bernart
zuspricht, statt Peire d'Alvernhe, findet sich (v. 15f.) die Fabel vom Esel
verwendet, der liebkosend dem Hunde seines Herrn nacheifert, die auch
Marcabru 39, 54 benutzt. Auch Suchier, Jahrbuch 14, 284, hat schon beide
Dichter in Verbindung gebracht.

sich nicht verraten glaubt, ist dieselbe *Fin'Amor*, in der Marcabru keinen Trug findet.[1]) Aber dem Dichter der *Amor lonhdana* ist eigen, was Marcabru oft rühmt, was aber sein leidenschaftliches Herz nur in einzelnen glücklichen Augenblicken besaß: die *mezura*.[2]) Dieselben Gedanken und Gefühle, welche Marcabru in seinem kraftvollen Dichten nicht ohne *motz vilas* den *soudadiers* vortrug, kleidete Jaufre in ein Gewand, welches der höfischen Gesellschaft, der *Cort*, angemessen war, für die schon Wilhelm IX. seine Minnelieder gesungen hatte. So nähern sich bei ihm die beiden literarischen Linien.

Von Peire d'Alvernhe haben wir drei oder vier rechte Minnelieder, mit allen Themen des Trobadorgesanges: IV—VI bei Zenker, zum Teil auch VIII;[3]) aber in diesem VIII. Liede versichert Peire schon, daß man den schelten solle, der „zu menschliche Freude" genießen will (*qui s'aconha De trop uman joi jauzir, Mal fai qui non lo calonha*, v. 49—51), und mit

---

[1]) Vgl. Jaufre IV, 35 *anc fin'amors home non trais* mit Marcabru 13, 20 *en aital amor m'aventur On non a engan ni refrim* und mit dem unter Marcabrus Einfluß stehenden Vers Cercamons VI, 55: *anc bon'amors non galiet ni frais* (oder *trais?*). In demselben Gedicht sagt Jaufre, daß er törichter Bürde entlastet sei: *car soi descargatz de fol fais*, v. 56, in offenbarer Anlehnung an Marcabru 7, 21: *Ben es cargatz de fol fais Qui d'amor es en pantais*. Auch das Schloß und der Turm, in welchem Jaufres Geliebte ruht (III, 17), ist schwerlich ohne Zusammenhang mit dem Schloß, dem Turm, in welchem bei Marcabru (11, 14 ff.) *Proeza, Jois* und *Jovens* eingeschlossen sind.

[2]) Das Lied, welches Marcabru ihm sandte (15), rühmt bezeichnenderweise gerade *cortezia* und *mezura*.

[3]) V zeigt deutlichen Anklang an Bernarts Lerchenlied: *Belh m'es quan l'alauza se fer En l'air, per on dissen lo rais, E monta, tro l's bel que's bais Sobre'l fuelh que brandal'h biza* (v. 8—11). In VIII nimmt Peire Abschied von einer *doussa terra* und einer *gent conha*, wie Bernart sich im 12. Liede von den Freunden in Ventadorn verabschiedet und im 43. und 45. in die *terr' estranha* geht. VI erinnert in seinem *purer d'amor lonhdan'e de vezis* v. 9 an Jaufre Rudel. In der Tornada sagt Peire dem Audric: *qu'om ses dompneis No cal ren plus que bels malvatz espics*. Audric ist wohl derselbe, mit dem Marcabru Spottlieder austauschte (Dejeanne XX und XX bis), und es ist nicht unmöglich, daß mit dem *ome ses dompneis* Marcabru gemeint ist, der so oft auf die *drut* und *dompneiador* schalt und XII bis v. 41 das *domnei* (wenigstens das der von ihm gemeinten *domneiadors*) als *joc azenin* bezeichnet hatte.

dem X. Liede stellt er sich offen und ausdrücklich auf die
Seite Marcabrus, der schon ebenso gedichtet habe wie er.[1])
Peire schließt sich hier in der Tat der Kreuzzugsmahnung
Marcabrus wie seinen sonstigen Anschauungen an. Lied VII
und XIII schelten, mit Gedanken und Worten Marcabrus, auf
die falsche trügerische Liebe, die man den *volpilhos acropitz*
überlassen solle, auf die Frauen, von denen man keine finde,
die nicht *drutz* und *maritz* betrüge, auf die *fals e fatz filhs
d'avols paires* und die *puta gens fradelha*.[2])

Aber Peire geht doch über Marcabru hinaus. Beide
Richtungen der Liebe, die Trobadorminne und die dem bloßen
Sinnengenuß abgewandte *Fin'Amor*, suchen in ihm nach einer
Vereinigung. Wenn Peire in schönen Bußliedern mit klaren
Worten von der Minne Abschied nimmt und sich der Weltlust
entzieht (XIV—XVII), oder in frommen Gebeten die Taten Gottes
lobt und um ein seliges Ende bittet (XVIII, XIX), sprechen
andere Lieder (I, II), von der Gottesminne in so zweisinniger, der
Weltdichtung unmittelbar entnommener Rede, daß der Heraus-
geber den Sinn dieser Lieder verkannt und sie für weltliche
Minnelieder gehalten hat.[3])

So legt die moralische Dichtung die rauhe, scheltende
Form ab und geht zu weicheren, innigeren (wenn auch weniger
kraftvollen) Weisen über. Auch sie wendet sich jetzt „ohne
gemeine Worte" einem höfischen Publikum zu. Die *Soudadier*

---

[1]) v. 38 ff.: *Marcabrus per gran dreitura Trobet d'atretal semblansa;
E tengon lo tug per fol Qui no conoissa natura E no·ill membre per que·s
nais* „... und alle halten ihn für einen Narren, der die Natur nicht kenne
und sich nicht erinnere, wozu er geboren sei (nämlich das Leben skrupellos
zu genießen)". So ist m. E. zu verstehen.

[2]) Auch das, freilich unklare, Bild des auf hohem Fels gebauten
Schlosses, in welchem sich der Dichter verteidigen müsse VII, 13 ff., ist
wohl aus Marcabru XI, 14 ff. entnommen. Die Abhängigkeit Peires von
Marcabru ist von Zenker, S. 40—66, besonders S. 65, eingehend dargetan.
Vgl. zur Charakteristik Peires bei Zenker mein wesentlich günstigeres Bild
in der Deutschen Literaturzeitung 1901, Sp. 2964—70, wo auch die Möglichkeit erörtert wird, daß in der Nachtigallenromanze Peire vielleicht
nicht der Nachahmer, sondern der Vorgänger Marcabrus gewesen sei.

[3]) Nennt Peire in der Trobadorsatire Bernart von Ventadorn geringer
als Giraut von Bornelh, weil Giraut der poeta rectitudinis ist, Bernart nur
der poeta amoris?

Marcabrus kommen, wenigstens für Verse und Canzonen
(anders steht es mit Sirventesen, Tenzonen und Partimens),
als Hörer der Trobadors einstweilen nicht mehr in Betracht.

Wenn so Peire d'Alvernhes Dichtung zu einer höfischen
Umgestaltung der Schule Marcabrus wird, dürfen wir in
Bernart de Ventadorn die höfische Vollendung der *escola
n'Eblo* sehen.[1]) Und darin erkennen wir seine literarhistorische
Bedeutung. Bernart ist der Typus des Trobadors mit all
seinen schönen Zügen schwärmerischen Empfindens, blühenden
und zarten Ausdrucks, begeisterter Huldigung des Weibes,
völliger Hingabe an die Minne, aber auch mit der ganzen
Einseitigkeit dieses Charakters. Keiner der hervorragenden
Trobadors ist so einzig und allein Minnedichter, ohne einen
Gedanken an die Händel dieser oder an die Ansprüche einer
anderen Welt, ohne ein Wort der Politik oder der Sittenlehre
oder der Frömmigkeit in seinem ganzen Werk.

Und so ist es denn, obwohl die Grundthemen des Trobadorgesanges schon oft zusammengestellt sind, nicht ohne Interesse
darzulegen, mit welchen Zügen die Trobadorminne gerade bei
ihm erscheint.

Der Sieg des Christentums über antike Anschauung hatte
das Ziel des Lebens über die Grenzen des Lebens hinaus
verlegt. Um jene Welt zu gewinnen, mußte der Mensch auf
das verzichten, was diese hier ihm zu bieten hatte. Entsagung
auf irdische Lust war die natürliche Konsequenz christlichen
Denkens geworden.

In der ersten weltlichen Lyrik des Abendlandes, der
provenzalischen, sehen wir die zurückgedrängten Triebe der
Weltfreude überraschend und übermächtig hervorbrechen. Ein
Geist der Lebenslust, der Genußsucht, hatte die Gesellschaft
Südfrankreichs erfaßt und drängte nach einem Ausdruck in
der äußeren Lebensbetätigung, in Kleidung, Bauten, Festen,
Verschwendung jeder Art, und in lebensfroher Dichtung.

---

[1]) Bezieht sich auf den (s. S. LXV ff.) von Marcabru, wie es scheint,
entfachten Streit um die Liebe noch die 6. Strophe in Bernarts Lied Nr. 13?
Das Lied gehört, wie wir S. XXXI sahen, des Dichters Frühzeit an.

Wenn in den Liedern der Trobadors ein Wort vielleicht noch häufiger erscheint als *amor*, so ist es das Wort *joi*. Nichts ist bezeichnender für den Geist, aus dem diese Dichtung geboren ist.[1])

Schon beim ersten Trobador finden wir es in reicher Verwendung. Wenn ich recht gezählt habe, begegnet es 13 mal in seinen elf Liedern. Und es ist bemerkenswert für den typischen Gebrauch des Wortes, aber auch für den fertigen Stil der Minnedichtung bei Wilhelm IX., daß es fast nur in seinen vier eigentlichen Minneliedern vorkommt (VII. 5, 11; VIII, 27; IX, 2, 9; 16, 19, 24 — also fünfmal in den 48 Versen des Liedes. Nur X enthält das Wort nicht). Außerhalb der Minnelieder finden wir es nur zweimal: in I, 2 versichert der Graf, er werde einen Vers machen *tot mesclat d'amor e de joy e de joven*. Das Wort steht also schon in der später immer wiederkehrenden alliterierenden Verbindung. Ungefähr gleichbedeutend mit *joven* ist *proeza*, mit dem *joi* in XI, 25 gepaart wird: *de proeza e de joi fui*. Die eigentliche Bedeutung, die *joi* bei Wilhelm hat, ist aber die der Sinnenlust. Von der Liebeslust, die ihm seine Dame gewährt, ruft er aus: *Totz lo joys del mon es nostre, Dompna, s'amduy nos amam* VIII, 27; *aitals jois no pot par trobar, E qui bel volria lauzar. D'un an no y poiri' avenir* IX, 16—18.

Nicht anders bei Cercamon.[2]) Weder Mann noch Weib haben irgend Wert, wenn sie ihn nicht von der Liebesfreude erhalten: *pretz e jois e tot quant es, e mays, N'auran* (von der Liebe) *aissilh qu'en seran poderos* VI, 9, *Domna non pot ren valer Per riquesa ni per poder, Se jois d'amor no l'espira* I, 21. So wird *joi* direkt zur Bezeichnung des Wertes des Menschen, im Gegensatz zu *malvestat*: VII, 5, *Malvestatz puej' e Jois dissen Despois muric lo Peitavis*. Und so kann denn auch der heftigste Widersacher der leichtfertigen Dichterschule

---

[1]) Settegast hat eine Abhandlung von mehr als 50 Seiten „Über Joi in der Sprache der Troubadours" geschrieben (Berichte über die Verhandlungen der Kgl. Sächs. Gesellschaft der Wissenschaften, philos.-histor. Klasse Bd. 41, 1889, S. 99 ff.), die kulturhistorische Seite des Problems aber fast ganz außer Betracht gelassen.

[2]) Um auch bei ihm eine Statistik zu geben: in seinen acht Liedern begegnet *joi* 13 mal, dazu zweimal *joia*.

Wilhelms IX., der Misanthrope Marcabru, in gleichem Maße wie der Graf, und doch in anderem Sinne, *Joi* preisen, seinen Untergang beklagen. Wie bei Cercamon wird bei ihm *Joi* und *Malvestat* gegenübergestellt: 36, 11 ff. *Empero si ai auzida Una estraigna clamor De Joi qu'eis plaing, ses ufana, Cui Malvestatz disciplina.* In einem Schlosse werden *Jois* und *Jovens* und *Proeza* zusammen belagert: 11, 17 ff. *Pres es lo castells e'l sala, Mas qu'en la tor es l'artilla On Jois e Jovens e silla (Proeza v. 13) Son jutjat a pena mala; Qu'usquecs crida: „fucc e flama! Via! dinz! e sia prisa! Degolem Joi e Joven, E Proeza si' aucisa!"* Und die Christen, welche den Übermut der Heiden ertragen, werden im *Vers del Lavador* gescholten als, v. 62 f., *Fraitz, faillitz, de proeza las, Que non amo joi ni deport.* So sind wir weit hinweg von dem *Joi*, den Wilhelm IX. besang.[1])

Von dieser transzendenten Auffassung der „Freude" ist der natürliche Bernart de Ventadorn entfernt. Für ihn ist *Joi* die Freude, welche ihn mit der Wonne ihres Besitzes oder mit der Sehnsucht ihres Begehrens erfüllt. Die ganze Welt, die ihn umgibt, vermag ihm diese Freude zu geben: 39, 5 Wann das Gras und die Blätter sprießen, die Knospe am Zweige bricht und die Nachtigall ihren Sang erhebt: *Joi ai de lui, e joi ai de la flor, E joi de me e de midons major; Daus totas partz sui de joi claus e sens: Mas sel es jois que totz autres jois vens.* Wenn er in seinem Liebesleid die Wonne der Natur um sich erblickt, zerfließt sein Herz vor Sehnen, 43, 5 ff. *Ai! tan grans enveya m'en ve De cui qu'eu veya jauzion, Meravilhas ai, car desse Lo cor de dezirer no'm fon.* Nur die Freude vermag das Leben lebenswert zu machen: 23, 10 *Ben es totz om d'avol vida C'ab joi non a son estatge*, 42, 5 *E no m'es vis c'om re poscha valer, S'eras no vol amor e joi aver.* Vor allem ist sein Gesang an die Freude gebunden: 1, 1 *Ab joi mou lo vers e'l comens, Et ab joi reman e fenis* (vgl. 33, 6; 41, 6).

Wenn so des Dichters Herz jeder Freude offen steht, seine eigentliche Freude kommt doch von der Liebe her. Auf sie

---

[1]) Von Jaufre Rudel soll hier nicht weiter gesprochen werden; aber auch bei ihm behält *Joi* seine Rolle. Das Wort begegnet in seinen sieben Liedern 15 mal.

richtet er all seine Sinne: 15, 6 *en joi d'amor ai et enten La boch'els olhs e'l cor e'l sen*, 13, 20 *Del joi qu'eu ai, no vei ni au, Ni no sai que'm dic ni que'm fau.* Diese Freude gerade ist es, die dem Menschen seinen Wert gibt, und so will er die Herrschaft der Welt nicht gegen die Liebesfreude eintauschen: 21, 25 *Per re non es om tan prezans Com per amor e per domnei, Que d'aqui mon deportz e chans E tot can a procz'abau. Nuls om ses amor re no vau, Per qu'eu no volh, sia mia Del mon totalh senhoria, Si ja joi non sabi'aver.* Er kann sie sich sichtbar vorstellen: 33, 8 *Qui sabia lo joi qu'eu ai, Que jois fos vezutz ni auzitz . . .* Sie wird für ihn zum persönlichen Wesen: 27, 17 *Si m'a Jois pres e sazit, No sai si'm sui aquel que sol!* Und weil die Freude, welche ihm von der Liebe kommt, die wahre Freude ist, wird die Geliebte selbst ihm „die Freude": 28, 35 *Las! e viure que'm val, S'eu no vei a jornal Mo fi joi natural En leih, sotz fenestral*, 33, 33 *Vos etz lo meus jois primers, E si seretz vos lo derrers, Tan com la vida m'er durans*, und er redet sie als *Fis-Jois* an (19, 52).

Die Liebe, welche so für Bernart den wesentlichen Inhalt der Welt ausmacht, ist auch ihm jenes sinnliche Begehren, welches schließlich, zarter oder weniger zart ausgesprochen, aller natürlichen Liebeslyrik zugrunde liegt. Bernart ist in seinem Ausdruck oft noch derb genug. Zwar so harte Worte, wie sie Wilhelm von Poitiers gebraucht, waren vom Stil seiner Dichtung ausgeschlossen. Will er auf die letzte Liebesgunst hinweisen, so redet er von *jauzir:* 25, 22 *Deus . . . m'en lais jauzir* (s. *jauzir, jauzidor, jauzimen* im Glossar), oder er sagt: 30, 59 *Cel qu'e'us a tan gen formada M'en do cel joi qu'eu n'aten*, oder 20, 25 *Prec m'esmen dins son ostatye L'afan*, oder er spricht von einem *plus* oder *mai.* Wenn die Geliebte ihm entbietet: *per paor remania, Car ela plus no'm fazia*, 21, 39, so ist das *plus* zwar zunächst nur: mehr als freundliche Worte und Blicke, ist aber doch zweifellos recht weitgehend gemeint, und 13, 18 hat er einen Kuß von ihr empfangen und sagt nun: *del plus, si'us platz, prendetz esgardamen*, und ähnlich 37, 47: *eu cre qu'a sotzmana N'aurai enquera mai* (als den freundlichen Verkehr mit ihr).

In der Beschreibung der Geliebten hält sich der Dichter von allem derb Sinnlichen fern. Wenn ihm einmal entschlüpft:

8, 39 *la neus, can ill es nuda, Par ras leis brun' et escura,*
fügt er doch gleich hinzu: *non o die mas per cuda.* Aber
seine Vorstellung sieht sie doch in unverhüllter Hingabe: er
wünscht sich in ihren Armen zu fühlen 24, 35 *no·m lais …*
Que no·m sent' entre sos bratz; er meint vor Sehnen zu sterben,
wenn er ihren Körper nicht liebkosen und an sich pressen
kann: 36, 30 *Ara cuit qu'en morrai Del dezirer que·m ve, Si·lh*
bela lai on jai, No m'aizis pres de se, Qu'eu la mani e bai Et
estrenha ras me So cors blanc, gras e le, und das *jazer* kehrt
mehrmals in seinen Liedern wieder: 28, 52 *Ben for'oi mais*
sazos … que·m fos dat guizerdos D'un jazer a rescos, 27, 46
Si no·m aizis lai on ill jai, Si qu'eu remir so bel cors gen,
Doncs per que m'a fach de nien? (vgl. 37, 47 *astrucs sojorn'*
e jai E malastrucs s'afana). Und das Dahinkommen, wo sich
die Dame entkleidet, ist doch wohl nicht in der Weise
als Vasallendienst aufzufassen, wie es Wechssler, Kultur-
problem des Minnesanges S. 164 f., erklärt: 26, 29 *Mal o fara,*
si no·m manda Venir lai on se despolha, Qu'eu sia per su
comanda Pres del leih, josta l'esponda …, 42, 42 … *tro per*
merce·m meta lai o·s despolha, denn was darunter zu verstehen
ist, wird ja 27, 43 ff. deutlich genug gesagt … *ab sol c'aya*
tan d'ardit C'una noih lai o·s despolha, Me mezes en loc aizit
E·m fezes del bratz latz al col. Und hierher gehört denn auch
die verwegene 5. Strophe des 28. Liedes.[1])

Was Bernart diesen kühnen Wünschen gegenüber von
erreichtem Gewinn erzählen kann, ist freilich wenig. Schon
bei ihm begegnet in rührenden Worten der beseligende Gruß
der Geliebten, von welchem später Dante in so inniger Weise
gesprochen hat: 40, 49 *Autz es lo pretz qu'es cossentitz, Car*
sol me denhet saludar. Moutas merces! Deus l·en ampar!
Die höchste Gunst, deren er sich rühmen kann, und das ist
ja in der Trobadorliebe in der Tat nichts Geringes, war ein
Kuß: 13, 17 … *car ros plac que·m fezetz tan d'onor Lo jorn*
que·m detz en baizan vostr' amor … (vgl. 1, 42; und war das nicht

---

[1]) Fast mit gleichen Worten wie Bernart redet schon Cercamon vom
jazer und von der entkleideten Geliebten: *eu posca pres de lei jazer* I, 41,
vgl. I, 54; II, 24, *eu no puesc lonjamen estar De sai cius ni de lai guerir,*
Si de josta mi despoliada Non la puesc baizar e tenir Dins cambra en-
cortinada IV, 45 ff.

vielleicht auch das Liebespfand, von dem er 20, 43 nicht zu reden wagt?). Auch der Kuß ist sonst immer nur der Gegenstand heißen Wunsches und berauschender Vorstellung: 39, 39 *Adones sai eu que vira la genzor ... E baizeralh la bocha en totz sens, Si que d'un mes i paregra lo sens* (vgl. 41, 31; 28, 52).

Und es konnte ja beim Charakter des Trobadorgesanges als geselliger Unterhaltung nicht anders sein. Wie hätte der Dichter dem höfischen Kreise von glücklichen Erfolgen seiner Liebe erzählen und sein Geheimnis offenbaren können? Nicht sowohl das Erreichen konnte Gegenstand der Mitteilung sein, sondern das Streben dahin, die Widerstände, die auf dem Wege lagen, das Werben und Versagen. Beglückte Liebe durfte sich nur in sehr diskretem Jubel äußern.

Und etwas anderes kommt zu diesen gesellschaftlichen Bedingungen hinzu: daß wir es mit gesungener Lyrik zu tun haben. Dem politischen und persönlichen Sirventes, der Tenzone und dem Partimen, der Pastorale und anderen mehr erzählenden Dichtgattungen kam es auf den wörtlichen Inhalt an. Vers und Kanzone waren vor allem Kunstform. Was Dante über den höchsten Adel der Kanzone sagte, De vulgari Eloq. II, 3: in artificiatis illud est nobilissimum quod totam comprendit artem: cum igitur ea que cantantur artificiata existant et in solis cantionibus ars tota comprendatur, cantiones nobilissime sunt, et sic modus earum nobilissimus aliorum, gilt vom Beginn der Trobadorzeit an. Daher der Stil der Sprache, *ses motz vilas,* daher die vom stofflichen Interesse sich lösende Haltung des Inhalts. Was uns in den Liedern, wie wir sie lesen, oft als eine gewisse Blutarmut erscheint, ist nur die Folge dieses künstlerischen Adels, des Fortschritts ästhetischen Stils, den sie der Kunst brachten; wobei freilich der Fortschritt in dieser Richtung zu dauernd fortwirkenden Ergebnissen nicht geführt hat. Scheint doch die Vollendung des musikalisch-poetischen Kunstwerkes der menschlichen Unzulänglichkeit nicht beschieden zu sein.

Wenn so aus Gründen der Kunst wie aus gesellschaftlichen Rücksichten die realen Ereignisse des Liebeslebens zurücktreten mußten, in welcher Art konnte dann der Dichter von der Liebe reden? Natürlich indem er rein lyrisch seine Leiden und Freuden ausdrückte, dann aber auch indem er Allgemeines

von der Liebe sprach, von ihren guten und schlimmen Seiten
redete, ihr Wesen selbst zu ergründen suchte. Man hatte die
Minne als Form geselligen Verkehrs entdeckt. Die höfische
Gesellschaft nahm lebhaftes Interesse an den neuen Ideen.
Die theoretische Beschäftigung mit der Minne wurde ein
modisches geselliges Spiel. So finden wir einen starken
didaktischen Zug in dieser Dichtung, der zugleich dem
Charakter ihrer Musik, den getragenen, oft verschnörkelten,
leidenschaftlosen Singweisen angemessen war.

Bei Bernart tritt diese lehrhafte Art nicht so stark wie
bei manchem anderen, wie z. B. bei Marcabru oder Giraut
von Bornelh, hervor. Davor schützte ihn die Lebendigkeit
seines Empfindens. Stets findet er schnell den Weg vom
Allgemeinen zum Persönlichen zurück. Immerhin ist auch
bei ihm die Liebe etwas, was man nicht nur fühlen und
betätigen, sondern was man auch verstehen muß: 43, 9 *Ai,
las! tan cuidava saber D'amor, e tan petit en sai!* (vgl. 15, 15
Amor blasmen per no-saber Fola gens). Einige seiner Gedichte
enthalten ganze Strophen lehrhaften Tones: 15, 3—5; 18, 2;
21, 2—4; 22, 2, 3; 23, 2; 29, 2; 42, 3.[1])

Was wir über das Wesen der Liebe hören, ist nichts
besonders tiefes. Es ist die Lehre von ihrer unbedingten
Herrschaft, die kein Ansehen der Person und kein Hemmnis
kennt: 42, 15 *en amor non a om senhoratge, E qui l'i quer,
vilanamen domneya, Que re no vol amors qu'esser no deya;
Paubres e rics fai andos d'un paratge; Can l'us amics vol
l'autre vil tener, Pauc pot amors ab ergolh remaner, Qu'ergolhs
dechai e fin'amors capdolha,* 18, 8 *Ges amors no's franh per ira
Ni se fenh per dih savai, Can es de bo pretz verai. Qui la te
en dissiplina, Re no sap que's fai, Que no cove ni s'eschai Que
nuls om la destrenha.* Wer sich ihr hingibt, trägt darin selbst
seinen Lohn davon, denn alle Lust und alle guten Taten
haben ihre Quelle in ihr: 21, 25 *Per re non es om tan prezans
Com per amor e per domnei, Que d'aqui mou deportz e chans*

---

[1]) So schon beim Grafen von Poitiers 7, 5—6. Bei Cercamon
kommen wir mit Lied 5 und 6 schon ganz in die didaktische Richtung
Marcabrus.

E tot can a proez'abau,[1]) 24, 17 *Ben a maurais cor c mendic, Qui ama c no·s melhura.* Wer der Liebe nicht folgt, kann daher keinen Wert besitzen: 21, 29 *Nuls om ses amor re no vau,* 23, 9 *Ben es totz om d'avol vida, C'ab joi non a son estatge E qui vas amor no guida So cor e so dezirer,* 31, 9 *Ben es mortz qui d'amor no sen Al cor cal que dousa sabor; E que val viure ses valor Mas per enoi far a la gen?*

Die Pflicht des Liebenden der Minne gegenüber ist vor allem Verschwiegenheit: 22, 21 *C'amors, pois om per tot s'en vana, Non es amors, mas es ufana,* und unbedingte, selbstlose Ergebenheit. Und hierauf bezieht sich die interessanteste der didaktischen Stellen Bernarts: Liebe darf keine Gegengabe verlangen; sie fällt nicht, wenn sie nicht *amors comunaus* ist, 15, 15 *Amor blasmen per no-saber, Fola gens; mas leis non es dans, C'amors no·n pot ges dechazer, Si non es amors comunaus.*

———

[1]) Die *proeza*, von welcher der Dichter spricht, betrifft allerdings nur, oder wenigstens zunächst, die geselligen Tugenden. Die Gegner geselligen Treibens sind zugleich die Gegner der Minne — und der Trobadors, für welche die Freude an höfischer Lust Lebensbedingung war. So schilt denn auch Bernart einmal, an der einzigen Stelle bei ihm, die Sirventesmäßigen Charakter zeigt, auf die liebefeindlichen, d. h. die kargen, Barone: 21, 9 *Dels baros comensa l'enjans, C'us no·n ama per bona fei. Per so·n sec als autres lo dans, E negus om de lor no·s jau. Ed amors no rema per au, Car be leu tals amaria Qui s'en te, Car no·s sabria a guiza d'amor chaptener* (vgl. 22, 19 f.). Die Wirkung der Liebe auf die geselligen Eigenschaften des Menschen hebt auch Wilhelm von Poitiers besonders hervor: 7, 31 *Obediensa deu portar A motas gens, qui vol amar, E coven li que sapcha far Faigz avinens, E que·s gart en cort de parlar Vilanamens.* Er zeigt aber auch schon in kräftigen Worten die Umwandlung des ganzen Menschen durch, wenigstens die belohnte, Liebe: 9, 25 *Per son joy pot malautz sanar, E per sa ira sas morir E savis hom enfolezir E bellis hom sa beutat mudar E·l plus cortes vilanejar E totz vilas encortezir* (nicht anders als Molière von der Liebe, dem grand maître, sagt: Ecole des Femmes III, 4 De la nature en nous il force les obstacles; Et ses efforts soudains ont de l'air des miracles: D'un avare a l'instant il fait un libéral, Un vaillant d'un poltron, un civil d'un brutal; Il rend agile à tout l'âme la plus pesante, Et donne de l'esprit à la plus innocente.) Ebenso Cercamon: 2, 51 *Per lieys serai o fals o fis, O drechurers o ples d'enjan, O totz vilas o totz cortes, O trebalhos o de lezer,* und für einen Kuß seiner Geliebten würde der friedliche Dichter sogar zum Helden werden: 1, 43 *Toz mos talenz m'ademplira Ma domna, sol d'un bais m'aizis, Qu'eu guerrejara mos vezis, E fora lares e donera, E·m fera grazir e temer E mos enemics bas chader, E tengra·l meu e·l garnira.*

*Aisso non es amors; aitaus No·n a mas lo nom e·l parven,
Que re non ama si no pren!* Hier scheint der Begriff der
entsagenden Liebe vorgebildet, der später bei Guilhem Mon-
tanhagol bis zur Forderung der keuschen Liebe gesteigert
wird: *Amors non es peccatz, Anz es vertutz que·ls malvatz Fai
bos, e·lh bo·n son melhor, E met om'en via De ben far tot dia;
E d'amor mou castitatz, Quar qui·n amor ben s'enten No pot
far que pueis mal renh* (s. 2, 13 ff. ed. Coulet, und die Einleitung der Ausgabe S. 50 ff.). Aber wenn bei Bernart die
Liebe ihren Lohn nicht verlangen soll (daß das doch geschieht,
ist Schuld derjenigen, die die Liebe zum Gegenstand des
Handels machen, der *merchadandas venaus* 15, 25), so ist es
doch für ihn selbstverständlich, daß Liebe Liebe weckt: 4, 25
*Amors sap dissendre Lai on li ren a plazer, E sap gen guizerdo
rendre Del maltraih e del doler.* So soll man denn geduldig
warten und die Liebe nicht schelten: 15, 29 *En agradar et en
voler Es l'amors de dos fis amans. Nula res no i pot pro tener,
Si·lh voluntatz non es egaus. E cel es be fols naturaus Que de
so que vol, la repren E·lh lauza so que no·lh es gen.*

Aber in der Liebe gibt es keinen Verstand: 16, 31 *qui en
amor quer sen, Cel non a sen ni mezura;* und so handelt denn
doch der Dichter gegen seine eigenen Worte und schilt Amor:
die Falschen und Übermütigen werden von ihr ebenso und
mehr belohnt als die Treuen und Demütigen. 29, 9 *Mais a
d'Amor qui domneya Ab orgolh et ab enjan, Que cel que tot
jorn merceya Ni·s vai trop umilian; C'a penas vol Amors celui
Qu'es francs e fis, si com eu sui. So m'a tout tot mon afaire
C'anc no fui faus ni trichaire* (vgl. 22, 13 ff.).

Es konnte nicht fehlen, daß diese unwiderstehliche launen-
hafte Macht auch als Person dargestellt wurde. Daß das in
wesentlichem Maße unter der Einwirkung des antiken Amor
geschehen sei, kann man ablehnen, weil die Liebe nicht als
männliche, sondern, dem grammatischen Geschlecht des provenzalischen Wortes gemäß, als weibliche Person vorgestellt wurde.
Die allegorisierende Neigung der Zeit genügt, ohne Einfluß
der Antike, die Personifikation zu erklären.[1] Die Gestalt

---

[1] Später freilich ist auch der *Dieus d'amor* in die prov. Dichtung
eingedrungen, s. Folquet de Marselha ed. Stroński 6, 23 und das allegorische
Gedicht des Peire Guillem, *Lai on cobra sos dregz estatz.*

erhielt auch keinerlei feste Umrisse, wie es dem klassischen
Amor doch entsprochen hätte. Nie finden wir bei den frühen
Trobadors, wie es später bei Guiraut de Calanso in Ver-
quickung provenzalischer und antiker Vorstellung geschah,
eine Andeutung ihrer äußeren Erscheinung. Oft ist die
Personifizierung so unbestimmt, daß man zweifeln kann, ob
es sich um die allegorische Figur oder um den abstrakten
Begriff handelt. Immerhin wird Amor sehr häufig direkt, also
als Person, angeredet (s. Glossar), meist mit dem Pronomen
vos, gelegentlich, im Augenblick des Unwillens, 39, 13, 15, mit
tu. Bisweilen scheint Amor und die geliebte Dame für den
Dichter in eins zusammenzufließen. Wenigstens redet er auch
die Geliebte als *Amor* an (s. Glossar).

Die Minne ist ihm natürlich auch als Person die absolute
Herrscherin, deren Macht er sich unterwirft, deren Beistand
er zu gewinnen sucht (3, 1). Meist aber erscheint sie ihm als
Feindin, gegen deren Willkür er, wenn auch aussichtslos,
kämpfen muß: *Ab Amor m'er a contendre, Que no m'en posc
estener . . . Mas eu non ai ges poder Que·m poscha d'Amor
defendre* 4, 17 ff. Die bildlichen Ausdrücke, in denen er von
ihr spricht, sind am häufigsten dem Kreise des Kampfes entnommen: 4, 35 *nuls om no pot ni auza Enves Amor contrastar;
Car Amors vens tota chauza*, 8, 13 *Lai on Amors s'atura Er
greu forsa defenduda*, 35, 6 *Tot m'a vencut, a forsa, ses batalha*,
42, 11 *Amors m'assalh, que·m sobresenhoreya*, 10, 8 *Amors, e
cals onors vos es . . . S'aucizetz celui c'avetz pres, Qu'enves vos
no s'auza mover* usw. Aber so grausam die Minne gegen den
Liebenden ist, gegen die Geliebte wagt sie nichts zu unter-
nehmen (s. 3, 35 Anm.), wie denn ihr Wesen ist, daß sie den
verfolgt, der ihr fliehen will, aber entweicht, wenn man ihr
nachstellt (s. 29, 45 Anm.). So verrät Amor den demütigen,
aufrichtigen Liebenden, der sich ihr ergeben hat (s. 4, 15;
28, 11; 45, 35). Der Dichter hat sich bitter über sie zu
beklagen (29, 9 ff.); ja, er läßt sich dazu hinreißen auszurufen:
45, 24 *s'eu l'agues en poder, Dic vos qu'en feira feunia!* aber
muß freilich hinzufügen *Deus no vol c'Amors sia Res don om
prenda venjansa Ab coup d'espa' o de lansa*.

Was so der Dichter in allgemeiner Art von der Minne
didaktisch und allegorisch zu sagen weiß, findet seine besondere

Darstellung im eigenen Verhältnis zu der oder zu den Geliebten. Von den äußeren Vorgängen darf er, wie wir sahen, kaum reden. Das romanhafte Interesse fehlt seiner Dichtung. Und es fehlt ihr auch, wie der Trobadordichtung überhaupt, da sie nicht sowohl tiefer Leidenschaft entspringt als einem gesellschaftlichen Bedürfnis, das tragische Element. Es ist viel von den *gelos* in den Trobadorliedern die Rede, aber ein tragisches Geschick von eifersüchtiger Hand erleidet ehebrecherische Liebe nur in der Lebensbeschreibung Guillem de Cabestanh's, und wir wissen, daß diese eine Novelle und keine Biographie ist. Was Bernart für seine Geliebte vom *gelos* zu befürchten hat, ist nicht der Tod von der Hand ihres Gatten, sondern: 41, 45 *si'l gelos vos bat de for, Gardatz qu'el no vos bat'al cor. Si'us fai enoi, e vos lui atertal, E ja ab vos no gazanh be per mal,* Verse, welche die kulturgeschichtliche Grundlage der Trobadordichtung plötzlich mit grellem Licht beleuchten.

Die Kunst des Trobadors besteht, bei solcher Enthaltung von äußerer Spannung, darin, den Empfindungen seines Liebeslebens nachzugehen, sie in möglichst mannigfacher Art zum Ausdruck zu bringen. Er wird zur Beobachtung der eigenen Seele gezwungen und in dieser psychologischen Analyse besteht zum guten Teil der literarhistorische Gewinn der Trobadorkunst.

Nur wenig erfahren wir naturgemäß von den Geliebten des Dichters, von denen keine sich individuell von der anderen abhebt. Wir können statt von den, von der Geliebten reden, die unter den verschiedenen Namen für uns doch immer wie eine erscheint. Natürlich ist sie schön. Aber auf eine detailliertere Schilderung ihrer Reize läßt sich Bernart nicht ein. Sie ist die schönste der Welt: 25, 40 *del mon la belazor,* 20, 37 *la genzer c'anc nasques E la melher qu'eu anc vis,* 35, 23 *gensor de leis no poc faire Beutatz,* 24, 22 *la gensor qued anc Deus fei Ni que sia el mon, so crei, Tan can te terra ni dura,* ja, sie ist *genzer c'obs no fora* 3, 47. Etwas eingehender: 12, 16 *bels e blancs es (sos cors), e frescs e gais e les E totz aitals com eu volh e dezire,* 16, 41 *Qui be remira ni ve Olhs e gola, fron e fatz, Aissi son finas beutatz Que mais ni menhs no i cove: Cors lonc, dreih e covinen, Gen afliban, conh' e gai.*

Om no'l pot lauzar tan gen Com la saup formar Natura,
30, 50 *Ai! bon'amors encobida, Cors be faihz, delgatz e plas,
Frescha chara colorida, Cui Deus formet ab sas mas!* Am
kühnsten im Ausdruck an der oben (S. LXXV) zitierten Stelle:
8, 36 *sos cors es bels e bos E blancs sotz la vestidura (Eu non
o dic mas per cuda), Que la neus, can ilh es nuda, Par ras
lei brun' et escura,* am anmutigsten aber das kurze: 3, 36 *sa
beutatz alugora Bel jorn e clarzis noih negra.*[1])

Am häufigsten und eingehendsten spricht er von ihren
Augen, den *bels olhs amoros de que'm poizon' e'm fachura*
8, 20 (vgl. 1, 50; 6, 41; 16, 42; 28, 58). Aus dem Formelhaften
hebt sich heraus, wenn er versichert: 15, 46 *Aicel jorns me
sembla nadaus, C'ab sos bels olhs espiritaus M'esgarda;
mas so fai tan len C'us sols dias me dura cen!* oder in der
bekannten Strophe des Lerchenliedes: 43, 17 *Anc non agui de
me poder Ni no fui meus de l'or' en sai Que'm laisset en sos
olhs vezer En un miralh que mout me plai. Miralhs, pus me
mirei en te, M'an mort li sospir de preon, C'aissi'm perdei com
perdet se Lo bels Narcisus en la fon.*

Natürlich ist die Geliebte hochgestellt. Aber die Ausdrücke des Dichters lassen immer zweifelhaft, ob sie sich auf
die gesellschaftliche Stellung der Dame oder auf ihre Vorzüge
im allgemeinen beziehen: 17, 5 *aras m'a dat (Amors) cor e
talen Qu'eu enqueses, si podia, Tal que, si'l reis l'enqueria, Auria
faih gran ardimen* (ähnlich 15, 40). So scheint mir selbst
35, 27 zweifelhaft: *eu fui tan auzatz Qu'en tan aut loc auzei
m'amor assire* (vgl. noch 4, 19; 43, 40).

Nie spricht der Dichter von den seelischen und
geistigen Eigenschaften seiner Geliebten. Er preist ihre
valor 5, 33—35; 27, 39; aber man kann zweifeln, ob diese sich

---

[1]) Diese Stelle erinnert an Wilhelm von Poitiers, der von seiner
Freude sagt: IX, 12 *Aquest deu sobre tot granar E part los autres esmerar,
Si cum sol brus jorns esclarzir,* und an Cercamon II, 21 *Quan totz lo
segles brunezis, Lay on ylh es, aqui resplan* (P. Rogier 356, 3 v. 41 *nuegz
n'esdeve jorns clars e gens* wird erst wieder Nachahmung Bernarts sein).
Auch sonst wenden schon beide ähnliche Wendungen an wie Bernart, um
ihre Damen zu schildern: Wilhelm VIII, 13 *plus es blanca qu'evori,* VIII, 33
anc no cug qu'en nasques semble En semblan del gran linh n'Adam,
Cercamon I, 36 *bell'e blancha plus c'us ermis,* IV, 16 *Fresc' a color e bel
esgar Et es blancha ses brunezir, Oc, e non es vernisada.*

auf die inneren Qualitäten der Dame stützt; ja, aus 25, 45 ff.: *Ja'l jorn qu'ela·s mire Ni pens de sa valor, No serai jauzire De leis ni de s'amor* scheint das Gegenteil hervorzugehen.[1])

Was der Dichter uns von ihrem Innern sagt, würde uns sogar ein wenig günstiges Bild ihrer Seele zeigen, wenn wir nicht bedächten, daß er fast immer ein unerfülltes Liebesverlangen sprechen läßt. So hören wir natürlich viel von ihrer Grausamkeit und ihrem *orgolh*, wenig von ihrer Güte: 10, 22 *Garit m'agra si m'aucizes, C'adoncs n'agra faih so voler. Mas eu no cre qu'ela fezes Re c'a me tornes a plazer*, 30, 33 *on plus la prec, plus m'es dura*, 43, 41 *Merces es perduda, per ver . . . Car cilh qui plus en degr'aver No·n a ges, et on la querrai?* usw.[2]) (vgl. 10, 41; 22, 29; 26, 9; 28, 41.) Allen gegenüber ist sie freundlich, nur gegen ihn nicht: 10, 41 *a totz es mai de bel aculhimen, Mas me tot sol azira e dechai*, 28, 57 *Can vei vostras faissos E·ls bels olhs amoros, Be·m meravilh de vos Com etz de mal respos. E semblar·m trassios, Can om par francs e bos E pois es orgolhos Lai on es poderos*, 29, 33 *Om no la ve que no creya Sos bels olhs e so semblan E no cre qu'ilh aver deya Felo cor ni mal talan; Mas l'aiga que soau s'adui, Es peyer que cela que brui. Enjan fai qui de bon aire Sembla e non o es gaire* (vgl. 43, 45 ff.). Sie spottet seiner und spielt mit ihm: 4, 57 *No·n fatz mas gabar e rire, Donna, can eu re·us deman*, 30, 8 *Pois ela no·n pert lo rire, A men ven e dols e dans*, 26, 15 *Tan sap d'engenh e de ganda C'ades cuit c'amar me volha. Be doussamen me truanda, C'ab bel semblan me cofonda.*[3]) So erscheint sie ihm als ein wechselvolles, schillerndes Wesen: 3, 45 *Doussa res, conhd' et avara, Umils, franch' et orgolhosa*, 22, 35 *tan a va cor e doptos Qu'er' ai leis, era no·n ai ges.*[4])

---

[1]) Hierin ist Cercamon mitteilsamer: IV, 2 *sobre totas deu prezar De dir ver, segon mon albir, D'enseguamen e de parlar*, aber was er weiter hinzufügt, zeigt, daß er doch nur deshalb ihr wahrhaftes Reden preist, weil sie ihn nicht verraten hat.

[2]) Vgl. Cercamon II, 27 *en lieys es tota la merces.*

[3]) Wilhelm von Poitiers VIII, 3 *Ma dona m'assai' e·m prueva Quossi de qual guiza l'am.*

[4]) Über die Psychologie des Weibes im allgemeinen spricht sich Bernart in solchem Zusammenhang zweimal pessimistisch aus: 28, 23 *eu*

f*

Wie die Leidenschaft zur Geliebten den Dichter ergreift, ohne daß er selbst sich dessen bewußt wird, hat er in lebendigem Bild geschildert: 12, 8 *Aissi co·l peis, qui s'eslaiss' el cadorn E no·n sap mot, tro que s'es pres en l'ama, M'eslaissei eu vas trop amar un jorn, C'anc no·m gardei, tro fui en mei la flama.* Er schaut ihr einmal ins Auge, und schon ists um ihn geschehen: 43, 17 (s. S. LXXXII.) Seitdem ist sein Verhältnis zu ihr das demütigster Ergebenheit: 21, 45 *Far me podetz e ben e mau; En la vostra merce sia; Qu'eu sui garnitz tota via Com fassa tot vostre plazer,* 39, 27 *anc de me no·lh auzei parlar, Ni re no·lh quer ni re no·lh man. Pero ill sap mo mal e ma dolor, E can li plai, mi fai ben et onor, E can li plai, eu m'en sofert ab mens, Per so c'a leis no·n avenha blastens.* Aber freilich selbst gegen ihren Willen (12, 24 *e l'amarai, be li plass' o be·lh pes*), ja, noch tot und begraben wird er sie lieben: 40, 71 *Mortz venh'a sel qui·m vol blasmar Qu'eu no l'am mortz e sebelitz.*[1])

Die Ergebenheit des Liebenden kleidet sich in die Formen der Vasallität:[2]) der Liebende wird der Lehnsmann, ja, der Knecht seiner Dame. Wie ein Vasall seinem Herrn, huldigt er der Geliebten kniend, mit gefalteten Händen und gebeugtem Hals: 20, 39 *Mas jonchas estau aclis, A genolhos et en pes, El vostre franc senhoratge,* 33, 31 *vostr'om sui juratz e plevitz,* 36, 50 *Mas jonchas, ab col cle, Vos m'autrei e·m coman,* 42, 38 *eu sui sos om liges, on que m'esteya, Si que de sus del chap*

---

no·m vau ges chanjan Si com las donnas fan, 43, 33 *D'aisso·s fa be femna parer Ma donna, per qu'e·lh o retrai, Car no vol so c'om deu voler, E so c'om li deveda, fai.*

[1]) Wenn die Ergebenheit, oder die Leidenschaft, Bernarts so weit geht, daß er die Geliebte selbst mit einem anderen *amic privat* zu teilen bereit ist (s. Str. 6), werden wir an Bernart Martis früher (S. LXIII) besprochene Lieder erinnert. Aber die unendlich zartere Auffassung des Problems bei Bernart zeigt deutlich den Unterschied der geselligen Formen.

[2]) Vgl. die schon S. XXIII in der Anm. genannte Arbeit von Wechssler. Die Stelle Wilhelms von Poitiers, welche für diese Auffassung des Minneverhältnisses in Betracht kommt, ist VIII, 7/8 *ans mi rent a lieys e·m liure, Qu'en sa carta·m pot escriure.* Bei Cercamon könnte allenfalls I, 23 hierher gehören: *ja de sos pes no·m partira,* vgl. Bernart 42, 41. Sonst nennt er ein Vasallenverhältnis des Liebenden nicht, denn *servir* I, 52; II, 35 ist dafür kaum hinreichend bezeichnend.

li ren mo gatge; *Mas mas jonchas li venh a so plazer, E ja no'm volh mais d'a sos pes mover, Tro per merce'm meta lai o's despolha* (s. die Anm. zu v. 39. Weniger eingehend sind 20, 48; 27, 57; 31, 49; 35, 13.) So kann denn die Dame ihren Liebhaber sogar schließlich verschenken oder verkaufen: 26, 28 *si'lh platz, que'm do o que'm venda.*

Das Dienen des Liebenden ist nun freilich an die größte Diskretion gebunden, denn Heimlichkeit ist ja Bedingung der Trobadorminne (s. 1, 20; 8, 47; 20, Str. 1—3; 22, 21; 25, 55; 27, Str. 3), wie schon Wilhelm von Poitiers sich seines *celar* rühmt (IX, 39), und seine Schweigsamkeit bei dem Abenteuer, das im V. Stück, allerdings nicht im Trobadorstil, erzählt wird, durch die praktische Probe erweist.

So ist des Dichters Leben vor allem ein Leben der Sehnsucht, des steten Denkens an die Geliebte, der Selbst-entrückung in diesen Gedanken: 25, 73 *Encontra'l damnatge E la pena qu'eu trai, Ai mo bon uzatge: C'ades consir de lui. Orgolh e folatge E vilania fai Qui'n mou mo coratge Ni d'alre'm met en plai,* 39, 9 *Ai las! com mor de cossirar! Que manhtas vetz en cossir tan: Lairo m'en poirian portar, Que re no sabria que's fan* (s. die so zahlreichen Belege für *cossir(e), cossirar, cossirer, dezir(e), dezirar, dezirer, deziron, pes, pesar* usw. im Glossar, wo keineswegs alle Stellen verzeichnet werden.) Der Gewinn der Liebe ist Seufzen und Weinen, Schmerz und Qual: 3, 56 *Soven plor tan que la chara N'ai destrech' e ver- gonhoza, E'l vis s'en dezacolora, Car vos don jauzir me degra, Pert, que de me no'us sove,* 4, 45 *las! mos cors no dorm ni pauza Ni pot en un loc estar, Ni eu no posc plus durar, Si'lh dolors no'm asoauza* (s. im Glossar *dol, doler, dolor, ira, irat, las, ai, ai las, plorar, sospir, sospirar* usw.). Ja, der Tod steht dem Liebenden immer vor Augen: 10, 7 *eu sai be que per amor morrai,* 16, 12 *per un pauc no mor desse,* 25, 24 *no'i a mas del morir,* 40, 75 *Tal ira'm sen al cor trenchar, Car me mor e volh trespassar, Mas ses leis no serai guaritz,* 41, 13 *s'om ja per ben amar mor, Eu en morrai, qu'ins en mo cor Li port amor tan fin' e natural Que tuih son faus vas me li plus leyal,* 43, 53 *Aissi'm part de leis c'm recre; Mort m'a, e per mort li respon, E vau m'en, pus ilh no'm rete, Chaitius,*

en issilh, no sai on[1]) (vgl. noch andere unter *morir, mort, aucire* im Glossar genannte Stellen).

So lebt der Liebende in steter Furcht: 31, 41 *Cant eu la vei, be m'es parven Als olhs, al vis, a la color, Car aissi tremble*[2]) *de paor Com fa la folha contral ven,* 1, 13 *greu veiretz fin'amansa Ses paor e ses doptansa, C'ades tem om vas so c'ama, falhir, Per qu'eu no·m aus de parlar enardir* (vgl. im Glossar *doptar, paor, temer*).

Das ganze 17. Gedicht handelt in anmutiger Weise von der Not, in welcher sich der Dichter befindet, weil er nicht einmal wagt, die Geliebte selbst oder durch einen Boten[3]) um Gnade anzuflehen, und aus der er sich schließlich befreien will, indem er sein Geständnis schriftlich sendet.

Nur Hoffen und Dulden können ihn zum Ziele führen: 9, 43 *eu sui tan bos sofrire C'atendre cuit per sofrir,* 36, 37 *Ges d'amar no·m recre Per mal ni per afan; E can Deus m'i fai be, No·l refut ni·l soan; E can bes no m'ave, Sai be sofrir lo dan, C'a las oras cove C'om s'an entrelonhan Per melhs salhir enan* (s. *sofrir, sofridor, sofertar, esper, esperansa*).[4])

Gegen die Feinde seiner Liebe, die *lauzenger,* muß er sich mit List wappnen: 19, 41 *Domna, pensem del enjanar Lauzengers, cui Deus contranha* ... 39, 48 *pus no·ns val arditz, valgues nos gens,*[5]) und ihnen gegenüber ist selbst die Lüge

---

[1]) Ebenso *mort m'a* auch in 14, 11 und ebenso bei Cercamon II, 41, der auch I, 35 (*eu morrai si ganre·m tira*) und IV, 33 mit dem Todesgedanken spielt, wie schon Wilhelm von Poitiers VIII, 17, 23. Die Verse in Bernarts 43. Gedicht zeigen übrigens, daß der Tod selbst an dieser ernst gemeinten Stelle nicht in eigentlichem Sinne zu nehmen ist.

[2]) Vgl. Wilhelm von Poitiers VIII, 31 *Per aquesta fri e tremble, Quar de tan bon'amor l'am,* Cercamon II, 31 *Totz trassalh e brant e fremis Per s'amor, dormen o velhan.*

[3]) So schon Wilhelm von Poitiers IX, 43 *Ren per autrui non l'aus mandar, Tal paor ay qu'ades s'azir, Ni ieu mezeys, tan tem falhir, No l'aus m'amor fort assemblar,* Cercamon II, 33 *Tal paor ai que no·m falhis, No sai pensar cum la deman.*

[4]) Wilhelm von Poitiers VII, 24 *A bon coratge bon poder Qui's ben suffrens,* Cercamon II, 43 ff., 57 (Richart de Berbezilh hat für die Lehre vom Dulden auf Ovid verwiesen: *Ovidis ditz en un libre, e no i men, Que per sofrir a hom d'amor son grat* MW. 3, 36, s. Am. 3, 11, 7; Ars am. 2, 178).

[5]) Siehe im Glossar *lauzenger.* Beim Grafen von Poitiers erscheint das Wort *lauzenger* oder *lauzenjador* noch nicht, aber die Gattung wird

erlaubt, deren Recht in Liebessachen der Dichter mit überraschendem Nachdruck verteidigt: 35, 37 *Ab lauzengers non ai ren a devire ... E dic vos tan que per mon escondire Et ab mentir lor ai chamjatz los datz*, 39, 53 *amar pot om e far semblan alhor, E gen mentir lai on non a autor. Bona donna, ab sol c'amar mi dens, Ja per mentir eu no serai atens, 1, 18 anc nulhs om mo joi no·m enquis, Qu'eu volonters no l'en mentis.*[1])

Schließlich aber ist, trotz allen Leides, die Liebe doch das einzige, was das Herz beglücken kann, und gerade im

---

von den Versen X, 25 f. getroffen: *eu non ai soing d'estraing lati Que·m parta de mon Bon-Vezi.* Dagegen sagt Cercamon IV, 10 f. von den *lauzenjadors* ganz wie Bernart 20, 10, daß sie ihn von der Geliebten getrennt haben.

[1]) Merkwürdig für unser ethisches Empfinden und bezeichnend für die sorglose Lebens- und Liebesauffassung der Zeit, ist die Art wie auch Bernart, gleich anderen Trobadors, den Namen Gottes in seine amoralischen Liebesangelegenheiten mischt. Nicht nur, daß er, begreiflicherweise, Gott eigenhändig die Geliebte läßt in ihrer Schönheit bilden: 30, 53 *cui Deus formet ab sas mas*, und ihn bittet, sie zu schützen (26, 42; 40, 51: 41, 40, 51). Er ist auch überzeugt, daß Gott mit seiner Liebe nicht nur einverstanden ist, sondern sie ihm selbst ins Herz gegeben habe: 7, 52 *Deus cuit que m'o aparelha C'aitan fui' amors m'eschaya*, 36, 10 *Gran ben e gran onor Conosc que Deus me fai, Qu'eu am la belazor Et ilh me (qu'eu o sai.)* [Ganz entsprechend sagt der Biograph in N von Bernarts Verhältnis zur Vizegräfin von Ventadorn, s. S. XII, 25, *Et Dieus li det tant de ventura ..., q'ella li vole ben outra mesura, que no i gardet sen ni gentilessa ni honor ni valor.*] Wenn er in seiner Liebe Gutes erfährt, hat er es Gott zu verdanken: 36, 39 *can Deus m'i fai be, No·l refut ni·l soan*, und die Geliebte soll ihn um Gottes willen seinen nüchternen Mund mit einem Kusse speisen: 9, 27 *per Deu li quer un do: Que ma bocha, que jeona, D'un douz baizar dejeo.* Er wendet Worte der Bibel auf seine Liebe an: 30, 41; 41, 21. Er bittet Gott ihm seine Liebe nicht zu nehmen: 15, 8; ja er wagt es, ihn um seinen Beistand anzugehen, nicht nur, indem er die Feinde seiner Liebe vernichtet: 19, 42; 23, 41 (das mag gedankenlose Formel sein), sondern auch das Herz der Geliebten soll er für ihn bewegen: 26, 22 *Deus, que tot lo mon garanda, Li met' en cor que m'acolha*, und selbst zur Erreichung der letzten Ziele ihm behilflich sein: 25, 22 *Deus, que·l mon chapdela, Si·lh platz, m'en lais jauzir*, 30, 58 *Cel que·us a tan gen formada, Me·n do cel joi qu'eu n'aten* (noch übermütiger mischt der Graf von Poitiers Gott in eine Sache, die ihn wahrlich nicht angeht: III, 7 *Senher Dieus, quez es del mon capdels e reis, Qui anc premiers gardet con, com non esteis?*' und wie Cercamon Gott für seine unverhülltesten Wünsche in Anspruch nimmt, haben wir oben, S. LXVI, gesehen).

Ausdruck des Liebesjubels kann sich der Dichter nicht genug tun. Wir haben oben gesehen, in welchen enthusiastischen Worten er seine Liebesfreude feiert (S. LXXIII), und diese Stellen ließen sich noch weiter vermehren: 1, 9 *Si m'apodera jois e'm vens: Meravilh' es com o sofris Car no die e non esbrüis Per cui sui tan gais e jauzens*, 17, 41 *Negus jois al meu no s'eschai, Can ma domna'm garda ni'm ve ..., E si'm durava lonjamen, Sobre sainhs li juraria Qu'el mon mais nulhs jois no sia* usw. Auch der Schmerz der Liebe ist ja Freude. Bernart kennt die Wollust der Tränen: 44, 69 *Tan l'am de bon' amor Que manhtas vetz en plor, Per o que melhor sabor M'en an li sospire* (vgl. 31, 25 ff.).

So schwankt das Leben des Liebenden zwischen Freud und Leid, und für dieses Hangen und Bangen findet Bernart oft überraschenden Ausdruck: 31, 25 *Aquest' amors me fer tan gen Al cor d'una dousa sabor: Cen vetz mor lo jorn de dolor E reviu de joi autras cen.* Auf die jubelnden Verse 39, 5 *Joi ai de lui e joi ai de la flor* usw. folgt in ergreifender Plötzlichkeit: *Ai las! com mor de cossirar! ...* (s. S. LXXXV). *Car una vetz tan midons no destrens Abans qu'eu fos del dezirer estens?* Das ganze 7. und 22. Lied ist ein Auf und Ab des Herzens (22, 41: *Tostems sec joi ir' e dolors E tostems ira jois e bes, Et eu no cre, si jois no fos, C'om ja saubes d'ira que's es*).

Aber unter allen Umständen will der Dichter der Liebe treu bleiben, denn nur sie gibt (s. S. LXXVII f.) dem Leben Wert: 15, 8 *Ja Deus no'm don aquel poder Que d'amor no'm prenda talans. Si ja re no'n sabi' aver, Mas chascun jorn m'en vengues maus, Totz tems n'aurai bo cor sivaus*, 21, 29 *Nuls om ses amor re no vau, Per qu'eu no volh, sia mia Del mon tota'lh senhoria, Si ja joi no'n sabi' aver*, 31, 13 *Ja Domnedeus no'm azir tan Qu'eu ja pois viva jorn ni mes, Pois que d'enoi serai mespres Ni d'amor non aurai talan.*

Metrik.

Metrik und Musik gehören für die provenzalische Lyrik noch eng zusammen, und wir sind bei Bernart in günstigerer Lage als bei den anderen älteren und den meisten späteren Trobadors, indem uns eine verhältnismäßig große Zahl seiner Singweisen bewahrt ist. So wollen wir Worte und Weisen bei ihm für unsere Untersuchung heranziehen, aber auch vergleichen, wie sich die anderen älteren Trobadors zu ihm verhalten. Wir besitzen in vier Handschriften die Notenreihen zu 19 Liedern Bernarts, deren Verzeichnis bei Jean Beck, die Melodien der Troubadours, S. 30, früher schon bei Restori, Musica dei Trovatori, p. 88, geboten wird.[1] Wie das Vorwort sagt, mußte ich mich auf die photographische Wiedergabe der beiden wichtigsten Manuskripte beschränken. Die für die Metrik wichtigen Verhältnisse ergeben sich im wesentlichen auch ohne kritische Bearbeitung dieser Noten.

Strophenformen Bernarts.[2]

1. VII d	[2.] (VI 3×2) III	3. VI d	4. VII (3×2)+1.	5. V d	6. VII d	7. VII d	
8 a	8 a	7⌣a	7⌣a	8 a	7 a	8	a = a
8 b	8 b	7⌣b	7 b	8 b	7 b	8	b b¹
8 b	8 b	7⌣c	7⌣a	8 b	7 a	8	b b²
8 a	8 a	7⌣d	7 b	8 a	7 b	7⌣c	α
7⌣c	7⌣c	7 e	7⌣a	8 c	7 c	7⌣d	β¹
7⌣c	8 d	7 e	7 b	8 c	7 c	7⌣d	β²
10 d	8 d	7⌣f	7 b	8 d	7 d	8 e	c
10 d		7 g	7⌣a		7⌣f	7⌣f	γ
		7⌣h					
		7 g					
		7 g					

---

[1]) Es sind vielmehr eigentlich nur 18, da zu Nr. 45 nur einige wenige Noten erhalten sind.

[2]) Die römische Ziffer über der Strophenform gibt die Strophenzahl an, die Bezeichnung dahinter die Verteilung der Reime auf die Strophen des Gedichts; d = durchgehende Reime (coblas unissonans). Die Querstriche bezeichnen Zahl und Umfang der Tornaden. Große Buchstaben = Refrain- reime, griechische = grammatische Reime. Kleine übergestellte Silben- zahlen und Reimbuchstaben (s. Nr. 10, 20) geben Binnenreime an.

XC

8.	9.	10.	11.	12.	13.	[14.]
VI d	V $(2\times2)+1$	VII d		VI 3×2	VI d	(V d) II
7 a	7 ⌣ a = a^1	8 a	nicht	10 a	8 a	8 a
7 b	7 b a^1	8 b	von	10 ⌣ b	8 b	8 b
7 b	7 ⌣ a a^2	8 a	Bernart	10 a	8 b	8 b
7 a	7 b a^2	8 b		10 ⌣ b	8 a	8 a
7 ⌣ c	7 b a^3	⁺10 dc		10 a	8 ⌣ c	8 c
7 ⌣ d	7 ⌣ a a^3	⁺10 dc		10 a	8 ⌣ c	8 c
7 ⌣ d	7 ⌣ a a^4	10 d		10 ⌣ b	10 d	
7 ⌣ c	7 b a^4				10 D	
					10 e	

15.	16.	17.	18.	19.	20.	21.
VII d	VI d	VII d	IV d	VI 3×2	V d	VII d
8 a	7 a	8 a	7 ⌣ à	8 a	7 a	8 a
8 b	7 b	8 b	7 b	7 ⌣ b	7 b	8 b
8 a	7 b	8 a	7 b	8 a	7 b	8 a
8 c	7 a	8 b	7 ⌣ c	7 ⌣ b	7 a	8 c
8 c	7 c	8 c	5 b	7 ⌣ b	7 ⌣ c	8 c
8 d	7 d	7 ⌣ d	7 b	8 a	7 d	7 ⌣ d
8 d	7 c	7 ⌣ d	6 ⌣ d	8 a	³7 ⌣ dc	7 ⌣ d
		7 ⌣ e	8 c	7 ⌣ b	7 e	8 e
					7 c	

22.	23.	24.	25.	26.	27.	28.	29.
VII d	VII d	V d	VII 7×1	VI d	VII d	VIII 4×2	VII d
8 a	7 ⌣ a	8 a	5 ⌣ a	7 ⌣ a	8 a	6 a	7 ⌣ a
8 b	7 ⌣ b	7 ⌣ b	6 b	7 ⌣ b	8 b	6 a	7 b
8 c	7 ⌣ a	7 c	5 ⌣ a	7 ⌣ a	8 b	6 a	7 ⌣ a
8 b	7 c	8 a	6 b	7 ⌣ c	7 ⌣ c	6 a	7 b
8 ⌣ d	7 ⌣ d	7 c	5 ⌣ a	8 d	7 ⌣ c	6 a	8 c
8 ⌣ d	7 ⌣ d	8 d	6 b	8 d	7 d	6 a	8 c
10 e	7 c	8 d	5 ⌣ a	7 ⌣ e	7 ⌣ e	6 a	7 ⌣ d
10 e	7 ⌣ b	7 ⌣ b	6 b		7 d	6 a	7 ⌣ d
			5 ⌣ a		8 f		
			6 b				
			5 ⌣ a				
			6 b				

30.[1] VIII 4×2	31.[2] VII (3×2)+1	32. (?) (VI d) III	33. VI d	34.	35. VII d
7 ⌣ a	8 a	8 a	8 a	nicht	10 ⌣ a
7 b	8 b	8 b	8 b	von	10 b
7 ⌣ a	8 b	8 b	8 b	Bernart	10 ⌣ a
7 b	8 a	8 a	8 c		10 b
7 ⌣ c	8 c	8 c	8 d		10 b
7 ⌣ c	8 d	8 c	8 d		10 ⌣ c
7 d	8 d	8 a	8 c		
	8 c				

36.[3] VI 3×2	37. VI 3×2	38. (?) III d	39. VII d	40. IX d	41. VI d	42.[4] VII (2×3)+1
6 a	6 ⌣ a	7 a	8 a	8 a	8 a	10 ⌣ a
6 b	6 b	7 b	8 b	8 b	8 b	10 ⌣ b
6 a	6 ⌣ a	7 b	8 a	8 b	8 a	10 ⌣ a
6 b	6 b	7 a	8 b	8 a	8 b	10 ⌣ a
6 a	6 ⌣ a	7 c	10 c	8 a	8 c	10 c
6 b	6 b	7 d	10 c	8 b	8 C	10 c
6 a	6 ⌣ a	7 d	10 d	8 b	10 d	10 ⌣ d
6 b	6 b	7 c	10 d	8 a	10 d	
6 b	6 b	7 ⌣ e				
	6 ⌣ a	7 f				

43. VII d	44.[5] VI 6×1	45. VII d
8 a	7 ⌣ a	7 a
8 b	5 ⌣ b	7 b
8 a	7 ⌣ a	7 b
8 b	5 ⌣ b	7 ⌣ c
8 c	7 ⌣ a	7 ⌣ c
8 d	5 ⌣ b	7 ⌣ d
8 c	7 ⌣ a	7 ⌣ d
8 d	5 ⌣ b	
	6 C	
	6 c	
	7 c	
	5 ⌣ b	

---

[1] a b c wechseln, d bleibt.
[2] $a^{1357} = c^{246}$, $c^{1357} = a^{246}$, b d bleiben.
[3] $b^{12} = a^{34}$, $b^{34} = a^{56}$.
[4] $a^{147} = b^{25} = d^{36}$, $b^{147} = d^{25} = a^{36}$, $d^{147} = a^{25} = b^{36}$, c bleibt.
[5] $b\,n = a\,n+1$, c bleibt.

Wilhelm von Poitiers.[1]

1. (X)[2]	2. (VI)[3]	3. (I)	4. (II)	5. (III)	6. (VIII)[3][4]	7. (IV)[3]
V 2+3	VIII 4×2	IX d	VII d	VII d	V 5×1	VIII 8×1
8 a	8 a	11 a	11 a	11 a	7 ⌣ a	8 a
8 a	8 a	11 a	11 a	11 a	7 ⌣ a	8 a
8 b	8 a	14 a	14 a	14 a	7 ⌣ a	8 a
8 c	8 a				7 B	4 b
8 b	4 b				7 ⌣ a	8 a
8 c	8 a				8 b	4 b
	4 b					

8. (IX)	9.	10. (XI)[3]	11. (VII)[3]	12. (V)
VIII d		X 10×1	VII 7×1	XIV 14×1
8 a	nicht von	8 a	8 a	8 a
8 b	Wilhelm	8 a	8 a	8 a
8 b		8 a	8 a	8 a
8 a		8 b	4 b	4 b
8 a			8 a	8 x
8 b			4 b	4 b

Cercamon.

1. (VIII)[5]	1ª. (V)		1ᵇ. (IV)	1ᶜ. (III)	2.
(VI 6×1) III			VII d	VI d	
7 ⌣ a	⁺8 ea	bez.	4 a	8 a	8 a	nicht von
7 b	8 b		4 b	8 b	8 b	Cercamon
7 ⌣ a	⁺8 ea		8 c	8 a	8 b	
7 b	8 b		4 a	8 b	8 a	
7 b	8 c		4 b	7 ⌣ c	8 a	
7 ⌣ a	8 c		8 c	8 b	8 c	
7 b	8 d		8 d	7 ⌣ c		
7 ⌣ a			8 d			
7 b			8 e			

[1]) Die bei Wilhelm von Poitiers und Cercamon hinter der Liedernummer in Parenthese folgenden römischen Zahlen bezeichnen die Reihenfolge in den Ausgaben Jeanroys und Dejeannes.

[2]) Reim $a^{12} = c^{345}$, $b^{12} = a^{345}$, $c^{12} = b^{345}$.

[3]) (Wilhelm 2, 6, 7, 10, 11) a wechselt, b bleibt.

[4]) Auch in der Tornada ist a abweichend vom a der letzten Strophe.

[5]) Die ersten drei Strophen gehören abwechselnd Mäistre und Guillalmi. In den letzten drei wechselt die Rede in 2 + 2 + 3 + 2 Versen.

	2ª. (VII)[1]	3. (I)	3ª. (VI)[2] = 330, 13	4. (II)
	IX (9×1)	VII d	X d	IX d
	8 a	7 ⌣ a	10 a	8 a
	8 a	8 b	10 b	8 b
	8 a	8 b	10 c	8 a
	8 a	7 ⌣ c	10 b	8 b
	8 a	8 d	10 c	8 c
	8 b	8 d	10 a	8 d
		7 ⌣ a		

Jaufre Rudel.

1.[3]	2.	3.	4.	5.[4]	6.	6ª.
VI 3×2	VII d	VI d	V d	V 2+3	VI d	IV d
8 a	8 a	8 a	8 a	7 ⌣ a	8 a	7 ⌣ +1 ⌣ aa
8 b	8 B	8 b	8 b	7 b	8 b	7 +1 bb
8 b	8 a	8 b	8 a	7 ⌣ c	8 a	7 +1 cc
8 a	8 B	8 a	8 b	7 d	8 b	8 +1 dd
8 c	8 c	8 a	8 c	7 ⌣ a	8 b	7 ⌣ e
8 c	8 c	8 b	8 c	7 ⌣ c	7 ⌣ c	
8 d	8 d		8 d	7 ⌣ e	8 d	
			8 e			

Marcabru.

1.[5]	2.[6]	3.	4.	5.	6.[7]
VI 6×1	VII	VI d	IX 10×1	IX d	[XIV 7×2] VII
8 a	8 a	8 a	8 a	7 ⌣ a	8 a
8 a	8 b	8 b	8 b	7 ⌣ a	8 a
8 a	8 b	8 b	4 a	7 ⌣ b	8 a
8 b	8 c	8 a	8 a	7 ⌣ b	8 b
8 a	8 d	8 a	8 c	7 ⌣ c	
8 a		8 B	8 b	7 ⌣ a	
8 c		8 b			
		8 a			

---

[1]) a wechselt, b bleibt.

[2]) Die bei Dejeanne als Strophe X gedruckten Verse werden den Beginn einer 9. Strophe, die als Strophe IX stehenden vier Verse eine doppelte Tornada bilden.

[3]) $a^{1256} = b^{34}$, $b^{1256} = a^{34}$, c d bleiben.

[4]) $acbd^{1245} = cadb^{34}$, e bleibt.   [5]) (Marcabru 1,4) a wechselt, b c bleiben.

[6]) d bleibt, a b c wechseln in scheinbar regelloser Art: a ist -â in Strophe 1, 7, -an in 4, -on in 2, 3, 5, 6; b = -on 1, 2, 4, 7, 8, -â 3, 6, -an 5; c = -um 1, 4, 5, -on 3, 6, 7, -a 2, 8.

[7]) (Nr. 6, 8, 18, 22, 23, 29) a wechselt, b bleibt.

7. VII 7×1	8.[1])[2]) XII 6×2	9. IX d	10.	11.[3]) VIII 4×2	12.
7 a	8 a	10 ⌣ a	nicht von	7 ⌣ a	nicht von
7 a	8 a	10 ⌣ a	Marcabru	7 ⌣ b	Marcabru
7 a	8 b	[4]10 ⌣ cb		7 ⌣ b	
7 a	8 a	[4]10 ⌣ cb		7 ⌣ a	
7 a	8 b			7 ⌣ c	
7 a				7 ⌣ d	
7 a				7 e	
7 a				7 ⌣ d	

12ª. IX d	13. VI d	14. VIII d 1 3 5 7 2 4 6 8	15. VII d	16.[4]) X 10×1	17. VII d
7 ⌣ a	8 a	7 ⌣ α b	8 a	4 a	7 a
7 b	8 b	7 b ⌣ α	8 a	4 a	7 a
8 b	8 a	7 a ⌣ β	8 b	8 b	7 ⌣ b
7 ⌣ a	8 b	7 ⌣ β a	8 a	4 c	7 a
7 c	8 c	7 g ⌣ γ	8 a	4 c	7 ⌣ b
	8 c	7 ⌣ γ g	8 b	8 b	7 a
	7 ⌣ d			oder	
				[4]8 ªa	
				8 b	
				[4]8 cc	
				8 b	

18.[1]) XII 12×1	19. VIII d	20.	21. VII d	22.[1]) IX 9×1	23.[1]) VII 7×1
7 ⌣ a	8 a	s. 43	7 ⌣ a	8 a	8 a
7 ⌣ a	8 a		5 ⌣ b	8 a	8 a
7 ⌣ a	8 b		7 ⌣ a	8 b	8 a
3 B	8 c		5 ⌣ b	8 a	8 b
7 ⌣ a	[4]8 dd		7 ⌣ a	8 a	
7 b	8 c		5 ⌣ b	8 b	
	8 c				
	8 b				

[1]) a wechselt, b bleibt (s. Nr. 6).
[2]) Strophe 11 und 12 haben nur vier Zeilen mit Reimstellung a a b a. Daran schließt sich eine Tornada b b a.
[3]) a b wechseln, c d e bleiben.
[4]) a c wechseln, b bleibt (s. Nr. 43).

24.[1]	25. 26.[2]	27.	28.	29.[3]	30.
VIII 8×1	VII d		VI d	V 2+1+2	XII 6×2
11 bb a	7 ⌣ a	nicht von	7 ⌣ a	8 a	7 ⌣ a
11 cc a	7 ⌣ a	Marcabru	7 ⌣ b	8 a	7 ⌣ a
14 dd a	7 ⌣ a		7 ⌣ a	8 a	7 ⌣ a
	7 ⌣ b		7 ⌣ b	8 b	7 ⌣ B
	3 c		7 ⌣ c	8 a	7 ⌣ a
	3 c		7 ⌣ c	8 b	7 ⌣ a
	3 c		7 ⌣ d		7 ⌣ b
	3 c				
	3 c				
	3 c				
	5 ⌣ b				

31.	32.[4]	33.	34.	35.[5]	36.[6]	37.
IX d	X 5×2	IX d	VII d	VIII	VI d	X d
7 ⌣ a	4 ⌣ a	8 a	8 a	8 a	7 ⌣ a	7 ⌣ a
7 b	6 b	8 b	8 b	8 b	7 b	7 ⌣ b
7 ⌣ a	4 ⌣ a	8 a	8 a	4 a	7 ⌣ a	7 ⌣ b
7 b	6 b	4 b	8 b	8 c	7 b	7 ⌣ c
1 C	4 ⌣ a	8 a	8 c	8 d	7 ⌣ c	7 ⌣ a
7 c	6 b	4 b	8 d	8 C	7 ⌣ d	7 ⌣ d
7 c	4 b		8 c	8 d		
1 D	6 ⌣ a			8 e		
7 ⌣ a	4 c			8 f		

[1]) a bleibt; die Binnenreime wechseln. Die Stelle des Binnenreimes ist nicht fest.

Strophe 1:	3 +4 +4	4 +3 +4	3 +4 +7
2:	3 +4 +4	3⌣+3⌣+3	3⌣+4⌣+7
3:	3 +3 +6	4 +3 +4	5 +2 +7
4:	3⌣+3⌣+4	3⌣+3⌣+4	3 +4 +7
5:	3⌣+3⌣+4	3 +4 +4	3⌣+3⌣+7
6:	3 +4 +4	5 +2 +4	3 +4 +7
7:	3 +4 +4	3 +4 +4	3 +4 +7
8:	3 +4 +4	3 +4 +4	4 +3 +7
9:			4 +3 +7

[2]) c wechselt, a b bleiben. Auch die Tornada hat anderes c als die letzte Strophe.

[3]) a wechselt, b bleibt (s. Nr. 6).

[4]) a b wechseln, c bleibt.

[5]) a ist sich gleich in Strophe 1, 2, 5, 6 und in 3, 4, 7, 8, $e^{1357} = f^{2468}$, $f^{1357} = e^{2468}$, b c d bleiben.

[6]) $c^{146} = d^{2357}$, $d^{146} = d^{2357}$ (die Reihenfolge ist wohl zu korrigieren).

38.[1]	39.	40.[2]			41.	42.[3]
IX (?)	IX d	VII (3×2)+1			IX d	V 5×1
		1,2	3—6	7		
7 ⌣ a	8 a	8 a	a	a	8 a	7 ⌣ a
7 b	8 b	8 b	a	a	8 a	7 b
7 ⌣ a	8 a	8 a	b	b	8 b	7 ⌣ a
7. b	8 b	8 b	b	b	8 c	7 b
7 c	8 c	8 c	c	c	8 c	7 c
7 d	8 d	8 c	c	c	8 b	7 c
7 ⌣ e	8 c	8 d	d	b		7 ⌣ d

43.[4]	44.[5]	45.
VI 6×1	IX 4×2+1	
4 a	8 a	s. 43
4 a	8 a	
8 b	8 a	
4 c	8 a	
4 c	6 ⌣ b	
8 b	4 c	
oder	6 ⌣ b	
⁴8 ᵃa	4 c	
8 b		
⁴8 cc		
8 b		

Strophenformen Bernarts in alphabetischer Folge der Reime.

1. a a a a a a a a	6 6 6 6 6 6 6 6	Nr. 28
2. a b a b a a b	10 10⌣10 10⌣10 10 10⌣	12
3. a b a b a b a b a b	5⌣6 5⌣6 5⌣6 5⌣6 5⌣6 5⌣6	25
4. a b a b a b a b b	6 6 6 6 6 6 6 6	36
5. a b a b a b a b b a	6⌣6 6⌣6 6⌣6 6⌣6 6 6⌣	37
6. a b a b a b a b C c c b	7 5⌣7 5⌣7 5⌣7 5⌣7 5⌣6 6 7 5⌣	44
7. a b a b a b b a	7⌣7 7⌣7 7⌣7 7 7⌣	4
8. a b a b b a a b	7⌣7 7 7⌣7 7 7⌣7⌣7	9
	8 7⌣8 7⌣7⌣8 8 7⌣	19
9. a b a b b c	10⌣10 10⌣10 10 10⌣	35
10. a b a b c c d	7⌣7 7⌣7 7⌣7⌣7	30

---

[1] a e behalten ihre Stellen; $b^{12579} = d^3 = c^{468}$, $c^{12579} = b^3 = b^{468}$, $d^{12579} = c^3 = d^{468}$. Der Reimwechsel vereinigt so 1 2 5 7 9 zu einer, 4 6 8 zu einer anderen Gruppe, läßt Strophe 3 vereinzelt. Liegt fehlerhafte Überlieferung vor oder mangelnde Kunstfertigkeit des Dichters?

[2] $d^7 = b^7$, also a a b b c c b.   [3] a wechselt, b c d bleiben.

[4] a c wechseln, b bleibt (s. Nr. 16).   [5] a wechselt, b c bleiben.

11. a b a b d c d c d	8 8 8 8 ⸗10 ⸗10 10	Nr. 10
12. a b a b c c d d	7 7 7 7 7 7 7 7	6
	7⌣7 7⌣7 8 8 7⌣7⌣	29
	8 8 8 8 8 10 10	41
	8 8 8 8 10̄ 10 10 10	39
13. a b a b c d c d	8 8 8 8 8 8 8 8	43
14. a b a b c d d c	8 8 8 8 7⌣7⌣8	17
15. a b a c c d d	8 8 8 8 8 8 8	15
16. a b a c c d d e	8 8 8 8 7⌣7⌣8	21
17. a b a c d d c b	7⌣7⌣7⌣7 7⌣7⌣7 7⌣	23
18. a b a c d d e	7⌣7⌣7⌣7⌣8 8 7⌣	26
19. a b b a a b b a	8 8 8 8 8 8 8 8	40
20. a b b a c c	8 8 8 8 8 8	14
21. a b b a c c a	8 8 8 8 8 8 8	32 (?)
22. a b b a c c d	8 8 8 8 8 8 8	5
	10⌣10⌣10⌣10⌣10 10 10⌣	42
23. a b b a c c d d	8 8 8 7⌣7⌣10 10	1
24. a b b a c c d d e	8 8 8 8⌣8⌣10 10 10	13
25. a b b a c d c e	7 7 7 7 7 7 7⌣	16
26. a b b a c d d c e e	7 7 7 7⌣7 ³7⌣7 7	20
27. a b b a c d d	8 8 8 7⌣8 8	2
28. a b b a c d d c	7 7 7 7⌣7⌣7⌣7⌣	8
	8 8 8 8 8 8 8 8	31
29. a b b a c d d c e f	7 7 7 7 7 7 7 7⌣7	38 (?)
30. a b b c b b d	7⌣7 7 7⌣5 7 6⌣	18
31. a b b c c d d	7 7 7 7⌣7⌣7⌣7⌣	45
32. a b b c c d e d f	8 8 7⌣7⌣7 7⌣7 8	27
33. a b b c d d c	8 8 8 8 8 8 8	33
34. a b b c d d e f	8 8 7⌣7⌣7⌣87⌣	7
35. a b c a c d d b	8 7⌣7 8 7 8 8 7⌣	24
36. a b c b d d e e	8 8 8 8⌣8⌣10 10	22
37. a b c d e e f g h g g	7⌣7⌣7⌣7⌣7 7 7⌣7 7⌣7 7	3

Die Strophenformen Wilhelms von Poitiers, Cercamons, Marcabrus
und Jaufre Rudels hat schon vor vielen Jahren Suchier, in Lemckes
Jahrbuch für romanische und englische Literatur, Bd. XIV, S. 294 ff.
einer Untersuchung unterzogen. Indem er von den Reimfolgen der
Strophen ausging, kam er zu zwölf Strophentypen, die sich seiner
Meinung nach auf zwei Grundtypen zurückführten: die ungeteilte
einreimige Strophe, wie sie uns am einfachsten bei Wilhelm Nr. 3, 4, 5
entgegentritt: $a_{11} a_{11} a_{15}$, und die Strophe mit zwei ungleichen Teilen,
wie bei Wilhelm Nr. 10: $a_8 a_8 a_8 b_4 x_8 b_4$ oder Marcabru Nr. 23:
$a_8 a_8 a_8 b_8$. Aus diesen beiden sollen, nach Suchier, alle anderen
Formen erwachsen sein.

Man sieht schon aus diesen Beispielen, daß man zu einer anderen Einteilung der Strophenformen kommen würde, wenn man nicht die Reimfolgen, sondern die Silbenzahlen der Verse zugrunde legt. Es ist offenbar, daß nur eine gleichmäßige Berücksichtigung beider Elemente zu einem befriedigenden Ergebnis führen kann. Als drittes Element aber tritt noch die musikalische Form der Strophe hinzu. Wie steht es nun, wenn die musikalische Architektur der Strophe nicht mit der aus Reimen und Silbenzahlen zu erschließenden übereinstimmen sollte? und die Untersuchung wird uns schnell zeigen, daß das in der Tat oft der Fall ist.

Daß die Musik für den Bau der Strophe maßgebend ist, hat uns schon Dante gesagt, De vulgari eloquentia II, X, 2—3: Dicimus ergo, quod omnis stantia ad quandam odam recipiendam armonizata est; sed in modis diversificari videntur; quia, quedam sunt sub una oda continua usque ad ultimum progressive, hoc est sine iteratione modulationis cuiusquam et sine diesi; et diesim dicimus deductionem vergentem de una oda in aliam ... Quedam vero sunt diesim patientes; et diesis esse non potest, secundum quod eam appellamus, nisi reiteratio unius ode fiat, vel ante diesim, vel post, vel undique. Und es versteht sich in der Tat von selbst, daß die Musik das Entscheidende ist, denn die Singweise ist die Grundlage jeder lyrischen Form. Die Existenz der Strophen selbst beruht ja auf der Wiederholung einer gleichen Melodie für die fortschreitenden Worte des Liedes.

Man wird nun freilich bei den Provenzalen die formale Abhängigkeit des Textes von der Singweise nicht so aufzufassen haben, daß der Trobador zuerst seine Weise komponiert habe und dann ans Dichten der Worte gegangen sei. Das könnte man etwa aus Bernarts Worten 27, 6 schließen: ... *Tan sui entratz en cossire Com pogues bos motz assire En est so, c'ai apedit.* In der Regel aber wird der Dichter den umgekehrten Weg geschritten sein. Indes schwebte ihm auch dann beim Dichten der ersten Strophe schon eine Reihe typischer Melodieformen vor, von denen er, mehr oder weniger bewußt, eine wählte. So gab er der Reimfolge und der Silbenzahl ein gewisses bekanntes Schema, ohne daß freilich, wenn die Singweise komponiert wurde, die musikalische Form immer mit dem ursprünglichen Sinn jenes Schemas übereinstimmte.

Dieses Verhältnis zwischen Text und Singweise gilt es nun an den vorhandenen Beispielen ältesten Trobadorgesanges zu erläutern.

Wir werden gut tun, dabei nicht an dem Wenigen vorüber-
zugehen, was wir von dem naturgemäß einfacheren Vortrag epischer
Dichtung wissen. Was über die Singweisen der eigentlichen Epen
zu sagen ist, hat zuerst Suchier gesammelt: Zeitschrift 19, 370 ff.
Es ergibt sich ihm, daß, wenn das epische Gedicht aus Sieben- oder
Achtsilbern bestand, die Melodie nach je zwei Versen wiederholt
wurde, wie wir es an der überlieferten Singweise von Aucassin und
Nicolete sehen, daß aber, wenn der Vers ein Zehn- oder Zwölf-
silbler war, sich die Melodie von Vers zu Vers wiederholte.[1]

Besser bekannt ist uns die Musik der auf der Grenze von
Epik und Lyrik stehenden französischen Chanson d'histoire. Fünf
von ihnen sind uns in ihrer Singweise überliefert:

En un vergier, Bartsch Romanzen und Pastourellen Nr. 9:

Str.: a a a a C^1 C^2 Singweise (Hds. X 65^v): a a a a' c d
(a C^2 10 silbler, C^1 (a' variiert den Schluß
6 silbler)   von a)

Bele Yolanz, Bartsch Nr. 7:

Str.: a a a a B^1 B^2 Singweise (Hds. X 64^v): a a b c b' d
(a 10 silbler, B   (b' variiert b)
8 silbler)

Au novel tens pascor, Bartsch Nr. 59:

Str.: a a a a a B^1 B^2 Singweise (Hds. X 66^v): a a' b c c' d e
(a 12 silbler, B
8 silbler)

Bele Doette, Bartsch Nr. 3:

Str.: a$_{10}$ a$_{10}$ a$_{10}$ a$_{10}$ B$_5$ (b$_2$)   Singweise (Hds. X 66^r): |: a b :| c. Die Noten
des 12 silblers fehlen

Oriolanz, Bartsch Nr. 10:

Str.: a a a a a B^1⌣ B^2⌣   Singweise (Hds. X 65^r): |: a b :| b' c d.
(8 silbler)

Die Kenntnis dieser musikalischen Strophenformen ist uns auch
für die Trobadorkunst wichtig, weil wir annehmen dürfen, daß die
metrisch ähnlich gebauten langversigen Strophen früher Zeit auch

---

[1] Die musikalische Phrase, welche Langlois, Zeitschrift 34, 351 zu
einer epischen Dichtung in Alexandrinern mitteilt, schließt aber durch ihre
Art die Wiederholung für jeden einzelnen Vers aus. Kein menschliches
Ohr und kein Organ würde dieses ewige Auf und Ab ertragen haben.
Hier kann es sich nur um den musikalischen Abschluß der Laissen handeln,
während die Verse der Laisse selbst vielleicht gesprochen wurden.

musikalisch ähnlich beschaffen gewesen sein werden. Das gilt für Wilhelms Nr. 2, 3, 4 mit der Strophe a_{11} a_{11} a_{15} und für Marcabrus Nr. 24: $^{bb}a_{11}$ $^{cc}a_{11}$ $^{dd}a_{14}$. Giraut de Bornelhs berühmte Alba hat gegenüber dem Strophenschema a_{10} a_{10} $b \smile_{10}$ $b \smile_{10}$ C_6 die Singweise: a a b c d, also ähnlich der Weise von *Bele Yolanz*.

Rein lyrischer Kunst gehört die Wiederholung desselben musikalischen Satzes für mehrere aufeinander folgende Verse begreiflicher Weise nicht an. Dagegen ist, wie im Volkslied, die Wiederholung einer zweizeiligen Melodie bei den Trobadors etwas durchaus gewöhnliches.

Von den ältesten Trobadors bis zu Bernart de Ventadorns Zeit sind uns 16 Melodien überliefert, die Marcabru, Jaufre Rudel, Peire d'Alvernhe, Beatritz de Dia,[1] Raimbaut d'Aurenga und Giraut de Bornelh (den wir hier schon anschließen wollen) gehören. Von ihnen zeigen sieben im Anfang der Strophe die Wiederholung |:a b:|, und zwar drei nur diese eine Wiederholung (vgl. oben *Bele Doette* und *Oriolanz*):

Jaufre Rudel, *No sap chantar qui'l so no di* (Grdr. 262, 3):
Str.: a b b a | a b   Singweise: |: a b :| c d.
(8 silbler)

Jaufre Rudel, *Qan lo rossignols el foillos* (263, 6):
Str.: a_8 b_8 a_8 b_8 b_8 $c \smile_7$ d_8 Singweise: |: a b :| c d e.

Giraut de Bornelh, *S'ie us quier cosselh, bel'ami' Alamanda* (242, 69):
Str.: $a \smile_{10}$ $a \smile_{10}$ $a \smile_{10}$ $a \smile_{10}$ $a \smile_{10}$ b_4 |] $a \smile_{10}$ b_6 Singweise: |: a b :| c d e f.

Die berühmte Pastorela Marcabrus: *L'autrier jost'una sebissa* (293, 30) wiederholt noch die Melodie des folgenden Verses:
Str.: $a \smile a \smile a \smile B$ $a \smile a \smile b$ Singweise: |: a b :| |: c :| d.
(7 silbler)

Drei Lieder zeigen eine gewisse Abrundung und Geschlossenheit der ganzen Weise, indem die Melodie des 2. bezw. 4. Verses am Ende der Strophe wiederkehrt, also:

|: a b :| c d b.

Das ist der Fall bei:

Jaufre Rudel, *Lanqan li jorn* (262, 2):
a B a B | c c d (8 silbler).

---

[1] Ich lasse die Autorfragen jetzt bei Seite.

Jaufre Rudel, *Qan lo rius* (262, 5):

a ⌣ b c ⌣ d a ⌣ c ⌣ e ⌣ (7 silbler).[1]

Beatritz de Dia, *A chantar m'er* (46, 2):

a ⌣ a ⌣ a ⌣ a ⌣ b a ⌣ b (10 silbler).[1]

Verschiedenartige Wiederholungen einzelner Versweisen zeigen:

Marcabrus *Vers del Lavador* (293, 35):

  Str.: a b a c d c d e f   Singweise: a b c d d a b' e f.
    (8 silbler)

Giraut de Bornelh, *Leu chansonet'e vil* (242, 45):

  Str.: a b b c c b | b d e d   Singweise: a b c d a b e f g h.
    (e 4 silbler, alle anderen
       6 silbler)

Giraut de Bornelh, *No posc sofrir* (242, 51 = Peire Cardenal 335, 7):

  Str.: a b a b c ⌣ d d c ⌣ d d   Singweise: a b c a' d e c' f g h.
    (a b d 8 silbler, c 6 silbler)

Keine genaue Wiederholung, aber ähnlichen Auf- und Abstieg aller musikalischen Zeilen hat Raimbaut d'Aurenga, *Pos tals sabers mi sors c'm creis* (389, 36, Strophenschema: $a_8 \; b_8 \; a_8 \; b_8 \; C \smile_7 \; c \smile_7 \; d_8 \; c \smile_7$). Ohne erkennbare Wiederholung sind Marcabru 13,18, Peire d'Alvernhe 4, 15. Freilich wird man bei all diesen Liedern, die keine deutliche Architektur aufweisen, den Vorbehalt machen, ob ihre Melodie uns richtig überliefert ist. An der Existenz musikalisch ungeteilter Strophen ist ja aber auch schon nach Dantes Worten nicht zu zweifeln.

Ein umfänglicheres musikalisches Material liegt uns zuerst in den 18 Liedern Bernarts vor. Den einfachsten Bau von ihnen hat

    Nr. 16. *Conortz, era sai eu be:*

      Str.: a b b a c ‖ d c e ⌣   Singweise: | : a b a' b' : |

d. h. Zeile 5—8 wiederholen die Melodie von 1—4 mit einer leichten Differenzierung am Schluß, entsprechend dem anderen Reimgeschlecht. Aber auch Zeile 1/2 und 3/4, und daher 5/6 und 7/8 entsprechen sich ungefähr, wie in Hds. G noch deutlicher ist als in R, so daß wir also fast ein episches, für die Lyrik recht eintöniges Schema haben: $4 \times$ a b.

---

[1] Die Verschiedenheit des Reimgeschlechts der letzten Zeile bringt nur eine leichte Variierung des melodischen Schlusses mit sich.

Sehr ähnlich, auf zwölf Verse ausgedehnt, ist

Nr. 25. *Lancan vei la folha:*

Str.: a ⌣ b a ⌣ b a ⌣ b a ⌣ b a ⌣ b a ⌣ b   Singweise: ⫾ : a b c d : ⫾ a′ b′ c′ d′.
(a ⌣ 5 silbler, b 6 silbler)

Wiederholung von a b im ersten Teil und ungegliederten zweiten Teil, also Pedes und Sirma nach Dantescher Benennung,

$$⫾ : a b : ⫾ c d e f$$

haben

Nr. 1:

Str.: a b b a c ⌣ c ⌣ d d (a b 8 silbler, c 7 silbler, d 10 silbler)

Nr. 17:

Str.: a b a b c d ⌣ d ⌣ c (a b c 8 silbler, d 7 silbler)

Nr. 41:

Str.: a b a b c C ‖ d d (a b c 8 silbler, d 10 silbler).

Zeile 5/6 variiert nochmals a b:

Nr. 4:

Str.: a ⌣ b a ⌣ b ‖ a ⌣ b b a ⌣   Singweise: ⫾ : a b : ⫾ a′ b′ c d.
(7 silbler)

Auch Wiederholung im zweiten Teil:

Nr. 6:

Str.: a b a b c c d d   Singweise: ⫾ : a b : ⫾ ⫾ : c : ⫾ d e,
(7 silbler)

also sehr ähnlich der Pastorela Marcabrus,

Nr. 36:

Str.: a b a b a b a b b   Singweise: ⫾ : a b : ⫾ ⫾ : c d : ⫾ d′;

die 9. Zeile variiert nachklingend die letzte Versuszeile.

Die vorhin hervorgehobene abgerundete Form:

$$⫾ : a b : ⫾ c d b$$

haben

Nr. 12:

Str.: a b ⌣ a b ⌣ a a b (10 silbler)

Nr. 42:

Str.: a ⌣ b ⌣ b ⌣ a ⌣ c c d ⌣ (10 silbler),

in diesem letzten Gedicht freilich nicht mit aller Sicherheit zu erkennen. Von den 18 uns bekannten Singweisen haben also acht zweizeilige Pedes.

Ungegliederte Singweise (sine iteratione modulationis cujusquam et sine diesi) haben

Nr. 7:

Str.: a b¹ b² α β¹ β² c γ (a b c 8 silbler, α β γ 7 silbler)

Nr. 19:

Str.: a b ◡ a b ◡ b ◡ a a b ◡ (a 8 silbler, b 7 silbler)

Nr. 24:

Str.: a b ◡ c a c d d b ◡ (a d 8 silbler, b c 7 silbler)

Nr. 43:

Str.: a b a b c d c d (8 silbler).

Ungegliederte Singweise, aber mit Wiederholung vereinzelter Verse:

Nr. 8:

Str.: a b b a c ◡ d ◡ d ◡ c ◡   Singweise: a b c d e f c' d'
(7 silbler)

Nr. 31:

Str.: a b b a c | d d c   Singweise: a b c d a' e f a'' ¹)
(8 silbler)

Nr. 23:

Str.: a ◡ b ◡ a ◡ c d ◡ d ◡ c b ◡   Singweise: a b a c d e f g
(7 silbler)

Nr. 39:

Str.: a b a b c c d d   Singweise: a b c a | : d : | e f.
(a b 8 silbler, c d 10 silbler)

——— ——— ——

Die musikalischen Strophenformen, welche wir so bei den ältesten Trobadors gefunden haben, bieten uns ein recht buntes Bild. Als symmetrische Grundformen haben sich herausgestellt bei der siebenzeiligen Strophe der Typus

|: a b :| c d b,

bei der sieben- oder achtzeiligen Strophe

|: a b :| c d e (f),

selten nur bei der achtzeiligen Strophe

|: a b :| |: c d :|.

Aber neben diesen einfachen finden wir eine reiche Flora zum Teil recht komplizierter Formen. Auch in musikalischer Hinsicht

¹) Eine gewisse Abrundung der Melodie findet in diesen Liedern statt, in dem die letzte oder die beiden letzten Zeilen zur Singweise früherer Verse zurückkehren.

hat sich die Trobadorlyrik offenbar schon in ihren Anfängen weit von volkstümlicher Art entfernt, die man doch gern als ihre Grundlage betrachtet. Bemerkenswert ist, daß Jaufre Rudel sich in allen vier überlieferten Melodien einer klar symmetrischen Architektur bedient.

Wir haben weiter beobachten können, daß (worauf ich schon in meiner Anmerkung in den Abhandlungen Prof. Tobler dargebracht, S. 56, aufmerksam gemacht habe) die zu erwartende Entsprechung von Reimschema und musikalischem Aufbau keineswegs immer stattfindet. Es stimmt zwar bei Bernart Nr. 6 das Schema: a b a b c c d d zur Singweise $|$: a b : $|$ $|$: c : $|$ d e, auch Nr. 12: a b ⌣ a b ⌣ a a b ⌣ zu $|$: a b : $|$ c d b, auch Nr. 25 und 41, s. oben; und Nr. 1: a b b a c ⌣ c ⌣ d d gegenüber $|$: a b : $|$ c d e f, Nr. 4: a ⌣ b a ⌣ b a ⌣ b b a ⌣ zu $|$: a b : $|$ a' b' c d, Nr. 36: a b a b a b a b b zu $|$: a b : $|$ $|$: c d : $|$ c' widersprechen sich wenigstens nicht. Bei Nr. 16: a b b a c d c c ⌣ aber würde man die Versus: $|$: a b : $|$ $|$: c d : $|$ nicht erwarten. Das Reimschema Nr. 43: a b a b c d c d dagegen verspricht diesen Aufbau, der aber gerade da nicht vorhanden ist. Daß die Pastorela Marcabrus die Singweise $|$: a b : $|$ $|$: c : $|$ d hat, würde man aus dem Reimschema a ⌣ a ⌣ a ⌣ B a ⌣ a ⌣ b schwerlich erschließen, ebensowenig Beatritz de Dia Nr. 2: $|$: a b : $|$ c d b aus a ⌣ a ⌣ a ⌣ a ⌣ b a ⌣ b, oder gar Jaufre Rudel Nr. 5: $|$: a b : $|$ c d b' aus a ⌣ b c ⌣ d a ⌣ c ⌣ e ⌣. Wie das geschehen kann, habe ich vorhin versucht zu erklären. Ursprüngliches Verhalten ist es kaum.

So müssen wir also sowohl die Singweisen wie die Reimfolgen der Trobadorlieder, beide für sich, in ihrer Entwicklung verfolgen. Leider sind uns die Melodien nur von verhältnismäßig wenigen erhalten. Aber etwas von ihnen ist uns geblieben: der syntaktische Aufbau der Strophen. Aus ihm dürfen wir, wenn die Einschnitte an bestimmter Stelle der Strophe wiederkehren, auf die Teile der Melodie schließen. Der Umfang der Tornada bestärkt uns gelegentlich in der so gewonnenen Annahme, bisweilen freilich widerspricht er ihr auch.

Bei unserer Prüfung der Struktur der Strophen werden wir am besten von der Verszahl der Strophen ausgehen. Die Nebeneinanderstellung dieser Verszahlen bei den ältesten Trobadors gibt uns zunächst ein interessantes Bild der Entwicklung. Wir haben bei

	Wilhelm v. Poitiers	Cercamon	Jaufre Rudel	Marcabru	Bernart v. Ventadorn
3zeilige Strophen:	3	—	—	1	—
4 „ „ :	1	—	—	3	—
5 „ „ :	—	—	1	3	—
6 „ „ :	6	4	1	15	2
7 „ „ :	1	3	4	9	11
8 „ „ :	—	—	1	7	20
9 „ „ :	—	1	—	2	4
10 „ „ :	—	—	—	—	2
11 „ „ :	—	—	—	2	1
12 „ „ :	—	—	—	—	2

Man sieht wie die kurzen Strophen verschwinden und wie die Zahl der langen schnell wächst. Bis zu Marcabru hat die sechszeilige Strophe das Übergewicht. Bei Jaufre Rudel tritt die siebenzeilige besonders hervor. Die zuerst seltene achtzeilige Strophe ist bei Bernart so häufig wie fast alle anderen zusammen. Längere Strophen als achtzeilige treten in der ältesten Zeit des Trobadorgesanges nur ganz vereinzelt auf.

In den dreizeiligen Strophen (Wilhelm Nr. 3, 4, 5: $a_{11} a_{11} a_{15}$, Marcabru Nr. 24: $^{bb}a_{11} {}^{cc}a_{11} {}^{dd}a_{11}$) scheinen die Verse musikalisch ziemlich selbstständig nebeneinander gestanden zu haben, wie es ihrer Länge und wie es dem nicht rein lyrischen Charakter der Stücke entspricht.

Die vierzeiligen Strophen (Wilhelms nach eigener Aussage auf lateinische Singweise [1]) gedichtete Nr. 10: a a | a b und Marcabrus Nr. 6 und 23: a a a b, Nr. 9: a ⌣ a ⌣ b ⌣ b ⌣) zerfallen in 2 + 2.

Die Fünfzeiler Marcabrus (Nr. 2: a | b b c d, Nr. 8: a a b a b, Nr. 12ᵃ: a ⌣₇ b₇ b₈ || a ⌣₇ c₇) lassen eine Einteilung nicht erkennen. Bei Jaufre Rudel finden wir eine fünfzeilige Strophe in dem von Bertoni aufgefundenem Gedicht *Qui non sap esser chantaire*, wenn wir die kurzen, 1 silbigen, bezw. 1 ⌣ silbigen, Nachschläge den Versen zurechnen:

$$7 ⌣ a + 1 ⌣ a$$
$$7 \quad b + 1 \quad b$$
$$7 \quad c + 1 \quad c$$
$$7 \quad d + 1 \quad d$$
$$7 ⌣ e$$

Auch dieser Text gestattet eine Zerlegung der Strophe nicht.

---

[1] So wenigstens wird man vielleicht, abweichend von der gewöhnlichen Auffassung, v. 24 *en romans et en son lati* DN lesen und verstehen dürfen.

Für die sechszeilige Strophe, die erste welche in zahlreichen Beispielen (28 mal) auftritt, dürfen wir zwei Arten der
Teilung annehmen: drei Verspaare, welche entweder gleichwertig
nebeneinander stehen: $2 + 2 + 2$, oder zu $2 + [2 + 2]$, oder
$[2 + 2] + 2$ gruppiert werden können, andererseits 2×3.

Bei Wilhelm IX (Nr. 1, 6, 7, 8, 11, 12), Cercamon (Dejeanne
II, III, VI, VII) und Jaufre Rudel scheinen nur die drei Verspaare vorzukommen, die man in einigen Liedern (Wilhelm Nr. 6:
a a | a B a b, Cercamon III; ebenso Marcabru Nr. 5: a ∪ a ∪ b ∪ b ∪ c ∪ a ∪
mit Tornada a ∪ a ∪, Nr. 15 trotz a a b a a b) zu $2 + 4$, in anderen
(Jaufre Rudel Nr. 3) zu $4 + 2$ gruppieren möchte. Bei Marcabru
haben drei von 15 Gedichten die Teilung 2×3 (Nr. 22: a a b | a | a b,
Nr. 16 und 43: $a_1 a_1 b_8 c_1 c_4 b_8$, wenn man diese nicht als ^{a}a b ^{c}c b,
mithin als 2×2, verstehen will.) Eine besondere Stelle nimmt
bei ihm Nr. 18 ein: a ∪ a ∪ a ∪ B a ∪ b, indem B als dreisilbiger
Refrain *Escoutatz* aus der Strophe von Siebensilbern herausfällt,
so daß diese auch als Fünfzeiler gerechnet werden kann. Jedenfalls aber haben wir es hier mit der Einteilung $3 + 1 + 2$ zu tun.

Bei unserem Bernart finden wir die Gruppierung $2 + 4$ in
Nr. 35: a ∪ b a ∪ b || b c ∪, $3 + 3$ in Nr. 11: a a b a a b.

Die siebenzeilige Strophe hat naturgemäß die Teile
4 (bezw. $2 + 2$) $+ 3$ und $3 + 4$ $(2 + 2)$. Diese zweite Zerlegung
finden wir bei Wilhelm Nr. 2: a a a | a b | a b, und dann erst wieder
bei Bernart Nr. 15: a b a c c d d. Alle anderen haben $2 + 2 + 3$
bezw. $4 + 3$: Cercamon I, IV, V, Jaufre Rudel Nr. 1, 2, 5 (?), 6,
Marcabru Nr. 1, 28 (?), 30, 31, 34, 38, 39, 40, 42, Bernart Nr. 5, 10,
12, 26, 30, 42, auch wohl Nr. 32, 33, 45, bei denen die Teilung
weniger sicher ist. Nr. 18: a ∪ b b c ∪ b b d ∪ scheint ungeteilte
Singweise zu haben.

Die achtzeilige Strophe zerfällt fast durchweg in $4 + 4$
(bezw. $[2 + 2] + [2 + 2]$.) Ungeteilt sind vielleicht Bernart Nr. 7:
a b^1 b^2 α β^1 β^2 c γ und Nr. 24: a b ∪ c a c d d b ∪.

Die neunzeilige Strophe begegnet siebenmal bei unseren
fünf Dichtern. Cercamon VIII hat $2 + 2 + 3 + 2$ (a ∪ b a ∪ b
b c ∪ b c ∪ b), Marcabru Nr. 32: $2 + 2 + 2 + 3$ (a ∪ b a ∪ b a ∪ b |
b a ∪ c), Bernart Nr. 27 und 36: $4 + 2 + 3$ (a b b c ∪ c ∪ d | e d f,
bezw. a b a b a b || a b b; musikalisch ist Nr. 36 aber: |: a b :| c d c d c′,
so daß wir $[2 + 2] + [2 + 3]$ zu gruppieren haben), Nr. 13 und 20:
$4 + 4 + 1$ (a b b a c ∪ c ∪ d D e, bezw. a b b a c ∪ d ^{d}c ∪ e e). Der

Vers del Lavador von Marcabru (Nr. 35) läßt eine deutliche Zerlegung nicht erkennen.

Die zehnzeiligen Strophen Bernarts Nr. 37 und 38 zerlegen sich wohl in $4 + 2 + 4$ (a $\smile$ b a $\smile$ b a $\smile$ b | a $\smile$ b b a $\smile$), bezw. in $4 + 4 + 2$ (a b b a c d d c e $\smile$ f).

Die elfzeiligen Estornellieder Marcabrus Nr. 25, 26: a $\smile$ a $\smile$ a $\smile$ b $\smile$ c c c c c c b $\smile$ in $[2 + 2] + [3 + 4]$. (Die Strophe als a $\smile$ a $\smile$ a $\smile$ b $\smile$ ^{c}c ^{c}c ^{c}c b $\smile$, also als einen Achtzeiler zu rechnen, verhindert die syntaktische Pause nach v. 7.) Das Lied Bernarts Nr. 3, dessen Attribution aber nicht unzweifelhaft ist, scheint keine deutliche Teilung zu haben.

Endlich die beiden zwölfzeiligen Strophen Bernarts Nr. 25 und 44 zerfallen in 3×4, bezw. $[4 + 4] + 4$ (a $\smile$ b a $\smile$ b a $\smile$ b a $\smile$ b a $\smile$ b a $\smile$ b und a $\smile$ b $\smile$ a $\smile$ b $\smile$ a $\smile$ b $\smile$ a $\smile$ b $\smile$ | C c c b $\smile$).

Aus dieser Übersicht geht das unbedingte Übergewicht der paarweisen über jede andere Gruppierung hervor. Was P. Meyer an der erzählenden und belehrenden Poesie des Nordens und Südens beobachtet hat (Rom. XXIII p. 1 ss.), daß sie sich in älterer Zeit fast ausschließlich der Couplets, wenigstens für kürzere Verse, bedient hat, gilt, mit einer gewissen Einschränkung, auch für die provenzalische Lyrik. Erst allmählich tritt eine Zusammenstellung zu drei Versen, und bei geradzahligen Gruppen, das Hinübergreifen des Satzes über das Verspaar hinaus, ein.

––––––––

Von einer Entwicklung der metrischen Form bei Bernart selbst zu reden, ist natürlich unmöglich, so lange wir über die Chronologie seiner Lieder im Unklaren bleiben, und wir sahen, daß wenig Aussicht vorhanden ist, darüber genauer unterrichtet zu werden. Aus der Zusammenstellung der Formen derjenigen Lieder, welche wir zu Zyklen glaubten gruppieren zu können, scheinen sich kaum besondere Schlüsse zu ergeben:

Ventadornlieder.

Nr. 30	VIII 4×2	a $\smile$ b a $\smile$ b c $\smile$ c $\smile$ d	7 silbler
28	VIII 4×2	a a a a a a a a	6 „
13	VI d	a b b a c $\smile$ c $\smile$ d D e	a b c 8 silbler, d e 10 silbler
12	VI 3×2	a b $\smile$ a b $\smile$	a a b $\smile$	10 silbler.

Azimanlieder.

Nr. 26	VI d	a ⌣ b ⌣ a ⌣ c ⌣ ‖ d d e ⌣	a b c e 7 silber, d 8 silbler
17?	VII d	a b a b ǀ c d ⌣ d ⌣ c	a b c 8 silbl., d 7 silbl.
15?	VII d	a b a c ǀ c ǀ d d	8 silbler
44?	VI 6×1	a ⌣ b ⌣ a ⌣ b ⌣ a ⌣ b ⌣ a ⌣ b ⌣ C c c b ⌣	7 5 7 5 7 5 7 5 6 6 7 5
21	VII d	a b a c c d ⌣ d ⌣ e	a b c 8 silbl., d 7 silbl.
33	VI d	a b b c ǀ d d c	8 silbler
36	VI 3×2	a b a b a b ⸢ a b b	6 silbler.

Conort- und Viennelieder.

5	V d	a b b a c c d	8 silbler
43	VII d	a b a b c d c d	8 „
45	VII d	a b b c ⌣ ‖ c ⌣ d ⌣ d ⌣	7 „
14	(V d) III	a b b a c c	8 „
22	VII d	a b c b ‖ d ⌣ d ⌣ c c	a b c d 8 silbler, e 10 silbler
20	V d	a b b a c ⌣ d d c ⌣ e e	7 silbler
16	VI d	a b b a c d c e ⌣	7 „
27?	VII d	a b b c ⌣ c ⌣ d e ⌣ d f	a b f 8 silbler, c d e 7 silbler.

Wiederkehr von Strophenformen Bernarts bei anderen Trobadors.

Diejenigen Strophenformen, welche wir außer bei Bernart auch bei anderen Trobadors finden, hat, allerdings mit einigen Versehen, Maus in seinem Buch über Peire Cardenals Strophenbau, S. 90, Anm. 4, zusammengestellt.

Es handelt sich, wenn wir unsere alphabetisch geordnete Liste zugrunde legen, um die folgenden Formen:

2. a b ⌣ a b ⌣ a a b ⌣, Zehnsilbler, Bernart 12; ebenso bei Guillem de la Tor 3, Peire Cardenal 16, Anonym 16. Die Reime sind aber nur in den beiden letztgenannten Stücken gleich. Eine Benutzung der Weise Bernarts kann also nicht behauptet werden.

5. a b a b a b a b b a, Bernart 37, wird in genauer Nachahmung durch die unflätige Strophe 461, 202, in G (Bertoni p. 432) wiederholt. Gleich die erste Zeile gibt die Parodie Bernarts zu erkennen.

6. $a_7\, b_5 \smile a_7\, b_5 \smile a_7\, b_5 \smile a_7\, b_5 \smile c_6\, c_6\, c_7\, b_5 \smile$, Bernart 44, kehrt in gleicher Art, und auch mit dem Reim *or* für c, bei Peire Cardenal 25 und bei Peire Bremon 9 wieder. Da auch Peire Cardenal wie Bernart die Reime nach der Formel $b^n = a^{n+1}$ abwechseln läßt,

nicht aber Peire Bremon, so kann zwar dieser sowohl auf Bernart wie auf Peire Cardenal zurückgehen, nicht aber Peire Cardenal auf ihn, statt auf Bernart. Die Reime *cnsa ia or* bei Peire Bremon zeigen denn auch, daß die 5. Strophe Peire Cardenals sein Vorbild gewesen ist. Das Gedicht Peire Cardenals hat Diez L. und W.², S. 369 mit Wahrscheinlichkeit ins Jahr 1219 gesetzt. S. Maus, S. 11—13.

7. a ∪ b a ∪ b a ∪ b b a ∪, Siebensilbler, Bernart 4 = Granet 2 (Granet 6, das Bartsch besonders aufführt, gehört zum gleichen Gedicht.) Auch die Reime bei Granet zeigen die Nachahmung Bernarts. Da Granet gegen den Grafen von Anjou dichtete, erkennen wir aus seiner Tenzone die Popularität der Bernartschen Weise bis in die zweite Hälfte des 13. Jahrhunderts.

8. a b a b b a a b finden wir zweimal bei Bernart: Nr. 9, Siebensilbler, a männlich, b weiblich, und zwar mit grammatischem Reim, und Nr. 19, a Achtsilbler männlich, b Siebensilbler weiblich. Dieses zweite Schema kehrt bei Beatritz de Dia Nr. 1 wieder, zugleich aber mit grammatischem Reim wie in Nr. 9, so daß wir beide Formen Bernarts bei Beatritz vereinigt finden (wenn man nicht annehmen will, daß Bernart die eine Form der Beatritz in zwei zerlegt habe.) Die Identifizierung der Trobairitz, welche nach der provenzalischen Lebensnachricht eine Zeitgenossin Bernarts war, mit einer historischen Gräfin Beatritz (von Valentinois?) ist bekanntlich sehr schwierig (s. Schultz, Prov. Dichterinnen, S. 8.) Es wäre uns wertvoll, persönliche Beziehungen unseres Sängers mit dieser leidenschaftlichen Frau festzustellen; aber das Material reicht schwerlich dazu aus.[1] Auch die anderen Formen der Beatritz (mit Ausnahme des altertümlichen 46, 2: a ∪ a ∪ a ∪ a ∪ b a ∪ b) finden ihre Parallelen bei Bernart:

46, 3 a b a c c d d	vgl. Bernart 15		
4 a b b a c d d c	„	„	8, 31
5 a b a b c c d d	„	„	6, 29,

aber die Silbenzahlen sind nicht genau gleich, und die Formen sind sehr einfach.

10. a ∪ b a ∪ b c ∪ c ∪ d, Siebensilbler, Nr. 30. Dieselbe Reimfolge begegnet mehrmals bei den alten Trobadors: Marcabru 28, 40

---

[1] 46, 1 v. 5 *om cuoill maintas retz los balais Ab qu'el mezeis se balaia* erinnert an Bernart 23, 27; 42, 30, Nr. 46, 2 v. 14, 15 *Mi faitz orguoill en ditz et en parvenssa E si etz francs vas totas autras gens* an Bernart 10, 41 f.

Strophe 1 und 2 und Nr. 42, Jaufre Rudel 2, Bernart Marti 8. Aber nur Bernart Marti ist auch in Silbenzahl und Reimgeschlecht identisch, und auch da ist der Unterschied, daß, während bei Bernart die Reime von zwei zu zwei Strophen wechseln, sie bei Bernart Marti durchgehen. So ist kaum wahrscheinlich, daß die Singweise des einen Liedes vom anderen benutzt wurde.

12. a b a b c c d d, viermal bei Bernart:

In Siebensilblern, Nr. 6, durch Peire Cardenal 55 mit gleichen Reimen nachgeahmt (*Tartarassa ni voutor*), s. Maus, S. 13. Eine genauere Datierung dieses Sirventes ist nicht möglich.

a b Achtsilbler, c d Zehnsilbler, Nr. 39; kehrt bei Perdigo 4 wieder. Die Reime zeigen eine gewisse Ähnlichkeit (Bernart: *ar an or ens,* Perdigo: *er en ir os*). Aber das mag auf Zufall beruhen. Eine innere Beziehung der beiden Lieder (auch das des Perdigo ist ein Liebeslied) ist nicht anzunehmen.

a b c Achtsilbler, d Zehnsilbler, Nr. 41; von Peire Cardenal 17 (MW. II, 224) nachgeahmt, mit gleichen Reimen und mit gleichem Refrainwort *cor,* s. Maus, S. 11. Das Lied Peire Cardenals ist ein Sirventes, dessen Datum nicht genau zu bestimmen ist. Ebenfalls in Form, Reimen und Refrainwort stimmt die Cobla 461, 159 überein (Meyer, Dern. Troub. p. 143, no. III). Man würde sie für eine Cobla des Sirventes Peire Cardenals ansehen können, wenn die Reimwörter nicht schon zum Teil dort begegneten.

13. a b a b c d c d, Achtsilbler, Nr. 43; nachgeahmt von Peire Cardenal 58 (s. Maus, S. 14), von Guillem Anelier 1 (MW. III, 282) und Joan Esteve 10 (MW. III, 258). Guillem Aneliers Lied, das um 1233 entstanden ist, wird Peire Cardenal nachgeahmt haben, dessen übliche Gedanken hier wiederkehren. Dagegen mag Joan Esteves Klagelied auf Guillem de Lodeva direkt auf Bernart zurückgehen; und da Guillem de Lodeva 1289 gestorben ist (s. Springer, Klagelied, S. 67), würde dann die Popularität des Lauzetaliedes noch für sehr späte Zeit erwiesen werden.

14. a b a b c d ⌣ d ⌣ c, a b c Achtsilbler, d Siebensilbler, Nr. 17. Gleiche Form, mit gleichen Silbenzahlen und gleichem Geschlecht bei Gavauda 6 (Rom. 34, 519). Aber die Reime sind verschieden. Das Gedicht Gavaudas ist eine Pastorela. Bei der Einfachheit der Form ist eine Nachahmung nicht anzunehmen.

18. a ⌣ b ⌣ a ⌣ c ⌣ d d e ⌣, a b c e Siebensilbler, d Achtsilbler, Nr. 26; nachgeahmt mit gleichen Reimen von Peire Cardenal 61

(MW. II, 235), s. Maus, S. 11. Das Datum dieses Sirventes ist nicht genauer anzugeben.

19. abbaabba, Achtsilbler, Nr. 40. Gleiche Reimreihen und gleiche Silbenzahlen haben Marcabru 3 (Dejeanne p. 9), Peire Cardenal 47 (MW. II, 231), Peire Bremon 17 (Pariser Inedita 222). Die Reime sind nur in den beiden letztgenannten Gedichten gleich. Das Sirventes Peire Cardenals, welches Peire Bremons Liebeslied nachahmt, kann frühestens 1215, kann aber auch erheblich später entstanden sein. — Marcabrus Lied ist ein Sirventes mit schwierigen Reimen. Bernart wird seine Form in voller Unabhängigkeit gefunden haben.

[20. abbacc, Achtsilbler, Tenzone Lemozis mit Bernart. Gleiche Form, aber ungleiche (wenn auch ähnliche: *an ir es : ir ar ei*) Reime hat die Cobla 461, 84 (Zts. IV, 509; Bertoni p. 81.) Ein Zusammenhang ist mindestens zweifelhaft].

22. abbaccd, Achtsilbler, Nr. 5. Gleiche Form haben: Jaufre Rudel 1 (Stimming, S. 49), Peire Rogier 7 (Appel, S. 62), Raimbaut d'Aurenga 34 (ib., S. 65), Gausbert Amiel 1 (MW. III, 314), Guillem Ademar 1 (MW. III, 188), Raimbaut de Vaqueiras 21 (Chrest. Nr. 41). Alle haben verschiedene Reime, selbst Peire Rogiers Lied und Raimbaut d'Aurengas Antwort darauf, für die man doch Benutzung derselben Melodie erwarten sollte. Daß eines der Gedichte der Singweise Bernarts gefolgt sei (für Jaufre Rudel wäre eher das Umgekehrte anzunehmen), läßt sich nicht nachweisen und ist nicht wahrscheinlich.

23. abbac⌣c⌣dd, ab Achtsilbler, c Siebensilbler, d Zehnsilbler, Nr. 1. Die gleiche Form bei Aimeric de Pegulhan 41 (Hds. A 382), Guigo de Cabanas 2 (Chig. 180), Guillem de Mur 7 = Guiraut Riquier 41 (MW. IV, 243), Raimon de Miraval 24 (MW. II, 118), Sordel 27 (De Lollis, p. 187.) Die gleichen Reime haben einerseits Bernart und Guillem de Mur, der also noch in später Zeit Bernarts Gedicht nachgeahmt hat, andererseits Raimon de Miraval, Guigo de Cabanas und Sordel, von denen De Lollis, p. 133, spricht.

26. abbac⸱d ᵈc⌣ee, Siebensilbler, Nr. 20. Eine sehr ähnliche Form zeigt Guiraut Riquier 53 (MW. IV, 43, anno 1276): A ᴬbbaCdcee, gleichfalls in Siebensilbern. Aber trotz der Ähnlichkeit der Form ist eine Beziehung nicht nachzuweisen.

27. a b b a c d d c, Achtsilbler, $a^{1357} = c^{246}$, $c^{1357} = a^{246}$, Nr. 31. Gleiche Reimfolge und gleiche Silbenzahlen bei Daude de Pradas 12, Peire Bremon de Toloza 14 und Uc Brunec 1. Aus Anlaß des Gedichts von Daude de Pradas habe ich, Pariser Inedita 89, auf die Gleichheit der Form in den ersten drei Liedern hingewiesen, die sich auch auf eine ähnliche Art des Reimwechsels erstreckt (a b^{135} — c d^{246}.) Bleibt aber schon hier, bei der Einfachheit der Form, der Zusammenhang zweifelhaft, so ist er für Uc Brunec jedenfalls abzulehnen.

31. a b b c ⌣ c ⌣ d ⌣ d ⌣, Siebensilbler, Nr. 45. Die gleiche Form, nur mit d als Refrainreimen, bei Raimon de Castelnou 5 (MW. III, 286.) Da auch die Reime eine gewisse Ähnlichkeit zeigen (*an er ia ansa : au ar ia oia*) ist eine Beeinflussung nicht abzulehnen, aber auch Raimons Lied ist ein Liebeslied, übernahm also schwerlich die Singweise.

32. a b b c ⌣ c ⌣ d e ⌣ d f, a b f Achtsilbler, c d e Siebensilbler, Nr. 27. Gleiche Reimfolge, aber andere Silbenzahlen und Reime, also keine Nachahmung, bei Giraut de Bornelh 18 (Kolsen, S. 308).

33. a b b c d d c, Achtsilbler, Nr. 33. Ebenso bei Arnaut de Titinhac 2 (MG. 597—99.) Da die Reime verschieden sind, innerer Zusammenhang sich nicht ergibt, ist Nachahmung nicht anzunehmen.

Aus der vorstehenden Untersuchung ergibt sich also, daß Nachahmungen bekannt sind bei

Nr.	1	durch	Guillem de Mur 7	(zweite Hälfte des 13. Jahrhunderts)
	4	„	Granet 2	„ „ „ 13. „
	6	„	Peire Cardenal 55	
	9 } 19 }	„	Beatritz de Dia 1 (?)	
	26	„	Peire Cardenal 61	
	37	„	Anonym 202	
	41	„	Peire Cardenal 17	
	43	„	„ „	58 und Joan Esteve 10 (a. 1289)
	44	„	„ „	25 (a. 1219).

Mit Ausnahme des Beatritz de Dia gehören alle diese nachahmenden Dichter dem 13., zum Teil erst dem Ende des 13. Jahrhunderts an.[1]

---

[1] Bemerkenswert ist, daß Bertran de Born sich keiner Melodie Bernarts bedient hat, obwohl beide in Beziehungen zum englischen Hof standen. Freilich sind überhaupt merkwürdig wenig fremde Strophenformen bei Bertran nachgewiesen. Maus kennt nur (S. 91, Anm. 6): Nr. 3 =

Das Verhältnis der beiden Versgeschlechter zueinander zeigt
bekanntlich bei den ältesten Trobadors eine fortschreitende Zahl
weiblicher Verse. Wilhelm von Poitiers hat weibliche Verse
(a ⌣ neben b) nur in einem einzigen Liede: Nr. 6 (Jeanroy VIII).
Bei Cercamon findet sich die Mischung der beiden Geschlechter in
drei von acht Gedichten (Dejeanne I, IV, VIII), bei Jaufre Rudel
in drei von sieben (Nr. 5, 6, 6ᵃ), bei Marcabru in 13 von 40. Aber
bei ihm, der auch hierin nach Originalität hascht, tritt der weibliche
Vers auch für sich strophenbildend auf. Sechs seiner Lieder
(5, 9, 21, 28, 30, 37) haben nur weibliche, eines (11) fast ausschließlich weibliche Verse, so daß nur 21 als rein männlich übrig
bleiben. Von Bernarts 39 von uns als sicher angenommenen
Liedern (ich zähle die Tenzonen nicht mit, da der Überlieferung
nach ihre Strophenform vom Gegner Bernarts bestimmt wird) zeigen
nur noch 12 ausschließlich männliche Verse; 27 haben gemischtes
Geschlecht. Rein weibliche Strophen hat er nicht, aber in einer
Reihe von Gedichten überwiegen doch die weiblichen Verse (3, 23,
26, 42, 44, s. die Liste der Strophenformen).

Für die Silbenzahlen der Verse ist bemerkenswert, daß
die für den ältesten Trobador so charakteristische und bei Marcabru
noch begegnende Verbindung des Acht- und Viersilbers und des Elf-
und Vierzehnsilbers bei Bernart verschwunden ist, daß andererseits
der Zehnsilber hervortritt. Die beiden Hauptverse sind, wie bei
den anderen ältesten Sängern, der, fast durchaus männliche, Acht-
silber und der, dagegen vorwiegend weibliche, Siebensilber. Im
Vergleich mit ihnen selten begegnet der beim Grafen von Poitiers,
Cercamon und Jaufre Rudel fehlende, bei Marcabru ganz vereinzelte
Fünf- und Sechssilber. Der Zehnsilber wurde von Suchier, Jahrb.
14, 293, als eine Einführung Bernarts bezeichnet. Seitdem ist ein
früher dem Peire Bremon zugeschriebenes Lied (330, 13), wohl
mit Recht dem Cercamon überwiesen worden (Dejeanne VI). Der
Herausgeber dieses Trobadors datiert es: vers 1146—47 (p. 6).
Noch älter ist Marcabru 9, wenn dieses Gedicht von Meyer mit
Recht vor 1135 angesetzt ist. So mag Marcabru die Priorität für die
Einführung des Zehnsilbers in die provenzalische Lyrik zukommen.

Raimbaut d'Aurenga 12 (nicht 3, wie Maus angibt), Nr. 16 = Raimbaut
d'Aurenga 5 (auch das Lied Raimbauts ein Sirventes, also vielleicht wieder
fremder Form folgend), Nr. 29 = Arnaut Daniel 17.

Die Verwendung der verschiedenen Versarten bei den ältesten Trobadors geht aus der folgenden Liste hervor:

Wilhelm IX: 8 silbler   1, 8, 10
                  8 und 4 silbler   2, 7, 11, 12
                  11 und 14 silbler   3, 4, 5
                  7, 7 $\smile$ und 8 silbler   6.

Cercamon: 8 silbler   V, III, VII, II
               10 silbler   VI
               7 und 7 $\smile$ silbler   VIII
               8 „ 7 $\smile$ „   IV, I.

Jaufre Rudel: 8 silbler   1, 2, 3, 4
               7 und 7 $\smile$ silbler   5
               8 „ 7 $\smile$ „   6,

dazu das eigenartige Lied 6ᵃ, dessen Verse verschieden aufgefaßt werden können.

Marcabru: 8 silbler   1, 2, 3, 6, 8, 15, 16 (?), 19, 22, 23, 29, 34, 39, 40, 41, 43 (?)
               7 silbler   7
               7 $\smile$ silbler   5, 28, 30, 37
               10 $\smile$ silbler   9
               1, 7 und 7 $\smile$ silbler   31
               3, 5 $\smile$ und 7 $\smile$ silbler   25, 26
               3, 7 und 7 $\smile$ silbler   18
               4 und 6 $\smile$ „   32
               4, 6 $\smile$ und 8   „   44
               4 und 8 silbler   4, 33, 35, 16?, 43?
               5 $\smile$ und 7 $\smile$ silbler   21
               7 und 7 $\smile$ silbler   11, 14, 17, 36, 38, 42
               7 $\smile$ und 8 silbler   13
               7, 7 $\smile$ und 8 silbler   12ᵃ
               11 und 14 silbler   24.

Bernart: 6 silbler   28, 36
               7   „   6
               8   „   5, 15, 31, 33, 40, 43
               6 und 6 $\smile$ silber   37
               7 „ 7 $\smile$ „   3, 4, 8, 9, 16, 20, 23, 30, 45
               10 und 10 $\smile$ silbler   12, 35, 42
               5 $\smile$ „   6 silbler   25
               5, 6 $\smile$, 7 und 7 $\smile$ silbler   18
               5 $\smile$, 6, 7 und 7 $\smile$ „   44
               7 $\smile$ und 8 silbler   7, 17, 19, 21, 26
               7, 7 $\smile$ und 8 silbler   24, 27, 29
               7 $\smile$, 8 „ 10   „   1
               8 und 10 silbler   10, 39, 41
               8, 8 $\smile$ und 10 silbler   13, 22.

Vom Binnenreim bei den ältesten Trobadors hat Pillet gehandelt: Beiträge zur Kritik der ältesten Troubadours, 89. Jahresbericht der Schlesischen Gesellschaft für vaterländische Kultur, Breslau 1911, S. 7 ff. Er hat den Binnenreim bei Cercamon V und Marcabru 9 und 24 besprochen. Bei Marcabru begegnet er außerdem im 19. Lied und ist vielleicht auch in 16 und 43 anzuerkennen. Ferner kommt wieder das Gedicht Jaufre Rudels 6ª in Frage. Bernart hat den Binnenreim nur in 10 und 20. Dort besteht der Zehnsilbler aus 4 + 6 (wie bei Marcabru 9), hier der Siebensilbler aus 3 + 4.

Für die Cäsur kommt nur der Zehnsilbler in Betracht, der sie fast durchaus nach der vierten Silbe hat. Nach der sechsten liegt sie etwa in den Versen 12, 19, 20, 38; 22, 7, 31; 35, 18, 25; 39, 48; 42, 17, 28, 29, 39. Lyrische Cäsur begegnet schon bei Cercamon 6, 27, 44;[1] bei Bernart 1, 39; 12, 26, 27, 29, 36; 13, 25; 22, 15, 24; 35, 45, 46; 39, 39, 45, 55; 41, 39; 42, 22, 27, 36, 40, 48, also immerhin in einer beträchtlichen Zahl von Fällen. In 10, 52 und 22, 63 liegt der Ton noch eine Silbe weiter zurück. Kaum eine Cäsur ist in den Versen 13, 55; 35, 22; 42, 38 anzunehmen. In 35, 43 würde man lesen wollen *Corona man | salutz et amistatz* „ich sende an Corona Grüße und Freundschaftsbezeugungen", wenn nicht in 23, 57 Corona sicherlich der Bote wäre. In 39, 23 ist hinter *cors* ebenso wie hinter *vi* eine kleine Pause zu machen (s. die Anm. zu diesem Verse).

Die Lieder Bernarts sind fast durchweg unissonans, d. h. in durchgehenden Reimen gebunden. Coblas doblas treten auf in 4, 9, 12, 19, 28, 30, 31, 36, 37 und in der Tenzone 2, Coblas ternas in 42. Coblas singulars zeigen nur die beiden Lieder 25 und 44. Auch hierin hat sich Bernart von den älteren Trobadors entfernt: Wilhelm IX hat fünf von seinen elf Liedern in coblas singulars gedichtet, Cercamon zwei von acht, Marcabru zehn von 40.

Auch der teilweise Reimwechsel ist bei Bernart selten geworden. Bei Wilhelm IX bleibt in fünf Gedichten von den beiden Reimen der Strophe der zweite bestehen, während der erste wechselt. Bei Cercamon ist das nur in einem Gedicht der Fall, bei Jaufre Rudel in zwei Liedern, beide Male schon in komplizierterer Art. Bei Marcabru dagegen tritt der gleiche oder ein ähnlicher Wechsel

---

[1] Bei Marcabru einmal epische Cäsur: 9, 34.

CXVI

(a oder a b wechseln, c oder b c oder b c d oder c d e bleiben) in
sechs bezw. acht, zusammen in 14 Gedichten ein. Bei Bernart
findet sich jenes einfachste Verhältnis von a und b gar nicht mehr.
In Nr. 30 aber wechseln a b c und der Schlußreim der Strophe d
bleibt, also doch noch im Grunde dasselbe Verhältnis. Komplizierter
sind 31 und 44, vor allem aber darin ganz verschieden geartet,
daß nicht mehr der Reime des Strophenabschlusses bleibt, sondern
Reime des inneren Schemas. Und hiermit wird die Basis der Form
verlassen, denn in jenem Beharren des Strophenschlusses können
wir den Überrest eines alten Refrains sehen. Hiervon ist auch in
Nr. 44 noch etwas geblieben, indem die drei Verse auf c beharren,
das erste c sogar Refrainwort bietet. In Nr. 31 ist das System
aber ganz verschieden.

Über andere Besonderheiten des Reimwechsels gibt die Liste
der Strophenformen Aufschluß.

Der grammatische Reim (eine der formalen Spielereien, die
ebensowohl ein Zeichen der naiven Freude jugendlicher Kunst sein
können, wie eine Alterserscheinung), findet sich zuerst bei Marcabru 14.
Bernart hat ihn 7 und 9. Das letzte dieser beiden Lieder zeigt
als weitere Künstlichkeit coblas capfinidas. Ein Ansatz zum
Vokalreim (über den S. 305 zu vergleichen ist) findet sich im
anda, onda, enda des 26. Liedes.

Der Refrainreim tritt schon beim Grafen von Poitiers auf
(Nr. 6: *am*), sodann, verhältnismäßig oft, bei Marcabru (3 *saucs*,
19 *cuidar* Binnenrefrain, 30 *vilana*, 35 *lavador*; in anderer Art
18 *escoutatz*, 31 *ai, oc*), einmal bei Jaufre Rudel (2 *lonh*). Bei unserem
Bernart begegnet er dreimal (13 *amor*, 41 *cor*, 44 *amor*). In all
diesen Fällen ist das Refrainwort bedeutungsvoll für den Inhalt
des betreffenden Gedichts.

Für den Hiatus gestatten die Leys bekanntlich, obwohl
sie eingehende Regeln gegen ihn geben (I, 22 ff.), große Frei-
heiten. Und so finden wir Hiate, bei Bernart wie bei den
anderen Trobadors, in großer Zahl. In manchen Fällen, in
denen die Überlieferung solche bietet, werden wir sie allerdings
aufheben dürfen, indem wir sogen. Hiatusformen einführen. So
führen die Anm. zu 9, 6; 13, 39; 39, 40; 41, 9 aus, daß man an
diesen Stellen für *que* als Form Bernarts *qued* wird ansetzen dürfen;
30, 31 habe ich *vid anc* geschrieben und hätte 17, 21 vielleicht
ad un tenen schreiben sollen, 14, 24 vielleicht *on ilh es*. Fast in

jedem Liede begegnet Hiatus zwischen Diphthong und Vokal. Aber solche Hiate werden von den Leys ausdrücklich gestattet. Ihnen wird man auch anschließen dürfen, wenn in 16, 24 *que i an*, 21, 59 *e i aprendon*, 12, 19 *no i es* die Vokale *e i* oder *o i* aus zwei Wörtern einen Diphthong bilden.

Gestattet wird selbst in der klassischen französischen Metrik der Hiat, der bei der Elision eines tonlosen Vokals noch übrig bleibt: *sabi' aver* 15, 10; 21, 32, *soli' om* 21, 3, *voli' esser* 33, 20, *deuri' esser* 22, 7, *auri' us* 33, 19, *deuri' om* 39, 49, *vilani' e foudatz* 22, 23, *cortezi' es* 33, 17. Um so härter sollte *sia el mon* 24, 23 gefühlt werden.

Gemildert wird ein Hiat durch eine Pause hinter dem ersten Vokal: 6, 62 *chanso, e*, 43, 51 *mort m'a, e*, und so findet sich in solcher Stellung wiederholt der sonst natürlich arge Hiat zwischen gleichen Vokalen *domna, a prezen* 6, 57, *parria, ames* 20, 19, *donma, al* 27, 53, *volgra, agues* 37, 58, *domna, ab* 39, 55, *fe, e* 31, 17, oder zwischen Diphthongen *plai, eu* 39, 31. Und eine geringe Pause kann auch da gemacht werden, wo einem vokalisch ausgehenden Wort durch *e* eine Wortgruppe angereiht wird. So erscheinen die zahlreichen Hiate dieser Art weniger schlimm: *e·l di e·l fai* 15, 54, *d'ira e d'esmai* 8, 19, *chamja e vira* 9, 33, *azira e dechai* 10, 42, *vergonha e paor* 13, 52, s. ferner 23, 6; 24, 18; 28, 50; 37, 59; 44, 75. Die Leys entschuldigen als unvermeidlich den Hiat der durch das Zusammentreffen von vokalischem Anlaut mit gewissen viel gebrauchten Wörtern entsteht. Sie führen *qui si ni so no quo* als solche Wörter an. Und so finden wir: *qui a* 19, 38, *qui ab* 23, 53, s. ferner 16, 31; 25, 42; *so es* 15, 5, *ni anc* 6, 7, *ni en* 25, 26, s. weiter 41, 39; 43, 51; 45, 15, *si apodcratz* 35, 5, Hiate, die allerdings zum Teil wenig erfreulich sind. Ihnen anzureihen wären dann Hiate mit dem Adverb *i* und mit dem Verb *a*, dem Pronomen oder der Konjunktion *o*: *i adrechura* 8, 32, *m'i aten* 15, 14, *i ai mes* 31, 6, *m'a en cuer* 12, 32, *passat a un an* 4, 54, vgl. 27, 63; 28, 46; 42, 47, *m'o assol* 27, 66, *o aya* 28, 42, *plus o atretan* 37, 29, ferner *fo al* 19, 33, *ja us* 19, 45; 22, 11; 39, 35. Die Schwierigkeit, das Zusammentreffen zu vermeiden, läßt sie wohl auch (I, 26) *yeu hay* entschuldigen, das wir 16, 37; 33, 8; 44, 19; 45, 55 treffen. Dagegen reden sie nicht von *sai eu* 16, 1; 22, 56; 39, 37, *sui eu* 40, 69, *cu eis* 16, 37; 25, 72, für welche die gleiche Entschuldigung zutreffen würde.

Cui eu 37, 6, *joi̯ ai* 39, 5, auch *per que i ai dan* 31, 20 sollten
sie als Zusammenstoß zweier Diphthonge jedenfalls verdammen.
Am härtesten ist *n'ai aize* 45, 3.

Abgesehen von den besprochenen Fällen, in welchen der Hiat
von den Leys mit mehr oder weniger gutem Grund geduldet wird,
und den anderen die wir aus gleichem Anlaß glaubten anfügen zu
dürfen, finden sich bei Bernart nicht allzu viele Fälle, immerhin
genug um zu zeigen, daß er dem Hiat keineswegs planmäßig aus
dem Wege ging: *autre amador* 6, 33, *bocha en* 39, 39, *agra amor*
23, 51, *sa onor* 12, 22, *se atraire* 12, 30, *pero ilh* 39, 29, *saubi anc*
43, 42, *agui enquisa* 44, 20, *ja ab* 36, 29; 41, 47.

Fast alle Gedichte Bernarts werden von einer Tornada begleitet. Nur vier Lieder (3, 5, 14, 24) entbehren sie, während 16
deren zwei haben. Allerdings ist die Überlieferung für die Zahl
der Tornaden sehr unsicher. Sehr oft steht die eine oder andere
nur in einer Gruppe von Handschriften oder gar nur in einer
einzigen. Wir haben schon gesehen, wie solche Verse dem Gedicht
erst nachträglich hinzugefügt werden konnten (S. XXX), so daß
sie ihm nicht wesentlich angehören, ihr Vorhandensein in den
Manuskripten mehr eine Sache des Zufalls ist. In anderen Fällen
aber gehörten sie zum Text des Liedes selbst.

Bekanntlich hat sich schon Dante über das Wesen der Tornada
geäußert (Convivio II, 12): „Dico che generalmente si chiama in
ciascuna canzone *tornata*, pero chè li dicitori che prima usarono
di farla, fenno quella perchè, cantata la canzone, con certa parte
del canto ad essa *si ritornasse*“. Diese Erklärung ist durch
de Bartholomaeis in Zweifel gezogen (Annales du Midi 19, 461),
der *tornar*, so wie es in diesem Worte angewendet ist, vielmehr
deutet als „l'opération de rouler le parchemin, après y avoir écrit,
et par conséquent, la *tornada* était l'action de rouler, c'est à dire
de clore la pièce à expédier“. Er sieht in der Tornada dasjenige,
was auf die Außenseite des zusammengerollten Pergaments als
Schluß des Liedes geschrieben wurde, die Adresse des Liedes.
Aber *tornar* heißt nicht „rollen“. Hierfür hatte das Provenzalische
das Wort *rollar*, woher denn *un rollat* „ein Schriftstück“ ist
(Levy VII, 371.) Will man das Wort *tornada* mit der Art der
schriftlichen Fixierung des Gedichts in Verbindung bringen, so
kann man nur die „Wendung“ des Blattes darin sehen, und so

denn allenfalls mit *tornada* das auf der Rückseite des Blattes Geschriebene bezeichnen.

Man könnte andererseits auch *tornada* als „Hinwendung" übersetzen, nämlich an diejenigen, Gönner, Freund, Spielmann oder Dame, welche der Dichter anreden will.

Aber müssen wir von der Erklärung Dantes, der den Dingen doch immerhin verhältnismäßig nahe stand, abgehen? Die ältesten Beispiele der Tornada scheinen sie eher zu bestätigen. Von den elf Liedern Wilhelms IX. haben sieben Tornaden. Nur in einem, Nr. 11 (Jeanroy VII), haben wir es mit zwei „Adressentornaden" zu tun; in den anderen sechs (Nr. 2, 4, 5, 6, 10, 12 = VI, II, III, VIII, XI, V) bilden sie den Abschluß des Gedichtes selbst, sind sie sein musikalischer Nachklang.[1]

Nicht anders bei Cercamon. Die einzige Tornada bei ihm, welche eine Adresse bietet, V, ist doch auch gleichzeitig ein Epilog des Liedes. In I, II, VI klingen die Tornaden nur dem Text des Liedes nach.[2] Ebenso sind die einzigen Tornaden Jaufre Rudels, 2 und 3 (nach Bartschs Zählung), Epiloge. Und fast durchaus bei Marcabru; nur 11 und 23, 12[b] und 36 geben die Adresse des Liedes; in den beiden letzteren aber ist die Tornada formell auch Epilog. Eine Unterschrifttornada hat Nr. 32.[3]

So überwiegt bei den älteren Trobadors durchaus die „Nachklangtornada". Vor allem aber stimmt zur Erklärung Dantes, daß auch die Worte der Tornada, wie Dante es von der Singweise sagt, in der ältesten Trobadorlyrik sehr oft eine Ripresa des letzten Strophenteils bilden (vgl. über die Ripresa im italienischen Volkslied D'Ancona, Poesia popolare[2] p. 343). Hierauf habe ich in der Anmerkung zu meinem Peire Rogier, S. 29 hingewiesen und als Beispiel Wilhelm IX. 4, Jaufre Rudel 2, Bernart 25, 15, 45, 4, Raimbaut d'Aurenga 41, 24 angeführt. Die Erscheinung ist aber weit häufiger, und auch mannigfaltiger, als mir in jener kurzen Notiz daran lag auseinanderzusetzen. Wir finden sie bei Wilhelm IX. noch in Nr. 12, mit genauer Wiederholung des letzten und Ähnlichkeit

[1] In Nr. 7 (IV) erfüllt die letzte Strophe den Dienst einer Tornada und zwar gleichzeitig als Epilog und Adresse.
[2] Tornadenstrophen statt der Tornaden bieten III, IV, VII, davon III als Epilog, die beiden anderen dienen beiden Zwecken.
[3] Die Tornadenstrophen in Nr. 15 und 34 bringen die Adresse, in Nr. 18 und 33 Unterschrift und Epilog.

des vorletzten Verses. In Nr. 11 (VII) stimmen die vier Verse beider
Tornaden fast genau überein; in Nr. 2 (VI) wiederholen v. 57
und 61 wenigstens das letzte Reimwort der letzten Strophe, in
Nr. 10 (XI) v. 41 *joi e deport* aus v. 39. In diesen letzten beiden
Fällen werden wir eine Abschwächung desselben wörtlichen Nachklanges sehen dürfen, begleitet aber von einer vollkommenen
musikalischen Ripresa. Bei Marcabru wiederholt in Nr. 8 die
Tornada getreu die letzten beiden Verse der letzten Strophe.
Ganze Verse klingen außerdem wieder in Nr. 14 (v. 52 = 50, 51
ähnlich 49), 17 (43 f. = 41 f.), 20 bis (37 = 35, 38 = 34, also in
chiastischer Stellung), 31 (in X, p. 149), 38 (in R, p. 188.) Wenigstens
teilweise Wiederholung eines Verses finden wir in 11, 22, 30, 37.
Auf Wiederkehr einzelner Reimwörter ist die Erscheinung beschränkt
in 5, 12 bis (v. 47, 48 : 45, 44, also wieder in chiastischer Stellung),
23 und 40.

Bei Bernart ist die Zahl der Adressentornaden weit größer
als bei den ältesten Trobadors. In 14 Fällen (Nr. 1, 8, 12, 19, 28,
29 VIII und IX, 31, 36, 41, 42 VIII und IX, 43, 45) wendet sich
der Dichter an einen Gönner oder Freund, in elf an seinen Spielmann (4, 6, 10, 18, 22, 23, 33, 35, 39, 44, 45), in vier (6, 20, 25, 30)
an die geliebte Dame, in zwei (8, 16) an sein Lied.

Wenn aber in Nr. 6, IX der Spielmann *Garsio* zu *Messatger*
geschickt wird, ihn um Rat zu fragen, was der Dichter tun soll, so
setzt die Tornada doch auch den Inhalt des Gedichtes fort, ist ein
rechter Epilog dazu. Ebenso wenn in den Tornaden zu 36 Bernart
sagt, daß er mit seinem *Escuder* durch die Welt vagieren möchte,
beide begleitet von dem liebsten was sie haben; und so in zahlreichen Tornaden, die eine Adresse enthalten.

Daneben aber haben wir auch viele reine Epilogtornaden. Ich
zähle deren 26, gegenüber den obengenannten 31.

So ist denn vielleicht die Tornada bei Bernart auf dem Wege,
den ursprünglichen Charakter als eines musikalisch-poetischen
Nachklanges des Liedes zu verlassen, sich, als Adresse, vom Körper
des Gedichts zu lösen. Aber weder bei ihm noch später ist das
grundsätzlich geschehen. Und auch im Wortlaut gibt die Tornada
Bernarts noch oft ihre Art als Echo der letzten Strophe zu erkennen.
Freilich ein so vollkommener Refrain, wie wir ihn bei Wilhelm IX.
und Marcabru kennen gelernt haben, findet sich bei ihm nicht.
Am weitgehendsten ist die Übereinstimmung in Nr. 25:

> .. *vilania fai*
> *qui'n mou mo coratge*
> *ni d'alre'm met en plai,*
> *car melhor messatge*
> *en tot lo mon no'n ai,*
> *e man lo'lh ostatge*
> *entro qu'eu torn de sai.*

VIII.   *Domna, mo coratge,*
> *·l melhor amic qu'eu ai,*
> *vos man en ostatge*
> *entro qu'eu torn de sai.*

und Nr. 15 (die Übereinstimmung findet zwischen den beiden Tornaden statt, nicht, wie ursprünglich, zwischen letzter Strophe und Tornada):

VIII. *Lo vers es fis e naturaus*
> *e bos celui qui be l'enten;*
> *e melher es, qui'l joi aten.*

IX. *Bernartz de Ventadorn l'enten,*
> *e'l di e'l fai, e'l joi n'aten.*

In 43 wird der Abschluß der letzten Strophe *E vau m'en, pus ilh no'm rete, Chaitius, en issilh, no sai on,* fast genau im Innern der Tornada wiederholt: *eu m'en vau, chaitius, no sai on.* In den beiden Tornaden zu Nr. 4 handelt es sich kaum noch um mehr als die Reimwörter: die ersten und letzten Reimwörter entsprechen sich in chiastischer Stellung: 57 *gabar e rire,* 60 *dire,* 61 *dire,* 64 *gabar e rire.* Ähnlich verhält sich in 41 der Abschluß der letzten Strophe und die erste Tornada: 47 *atretal,* 48 *mal,* 49 *mal,* 50 *atretal.* Ist es Zufall, daß auch die beiden Reimwörter der zweiten Tornada *sal* und *al* schon v. 40 und v. 8 als Strophenschluß stehen? Im künstlichen siebenten Gedicht entsprechen die Reimwörter der beiden Tornaden den Schlußreimen der beiden letzten Strophen, und zwar wiederum in chiastischer Stellung: 47, 48 *vei veya,* 55, 56 *mercei merceya,* 57, 58 *mercei merceya,* 59, 60 *vei veya.*

Und so gehören hierher noch Nr. 23, 56, 60 *dire folatge,* Nr. 36, 54, 56, 59 *talan,* Nr. 45, v. 42, 52 *cnansa* und v. 51, 55 *esperansa,* kaum noch Nr. 12, 38, 43 *vertutz* und Nr. 42, 28, 54 *que no la veya.*

Trotz der Verdunkelung des ursprünglichen Verhaltens wird

man den Zusammenhang mit der früheren Erscheinung nicht verkennen können.

So haben wir also auch noch bei Bernart die formalen Spuren der ursprünglichen Nachklangtornada, wie auch im Inhalt die Tornada bei ihm oft den Abschluß des Liedes bildet. Daneben hat sich die Adressentornada entwickelt, wobei die von de Bartholomaeis herbeigezogene mittellateinische Literatur von Einfluß gewesen sein mag. Als dritte Art haben wir bei Marcabru die „Unterschrifttornada" gefunden,[1]) für die man sich gleichfalls auf lateinische Beispiele berufen könnte, und auch sie kehrt bei Bernart wieder: 7, 57; 13, 55; 15, 53.

Aus dem Ursprung der Tornada, wie wir ihn anerkannt haben, ergibt sich, daß in ihr die Wiederholung von Reimwörtern aus dem vorhergehenden Liede nicht nur gestattet, sondern von vornherein das Gegebene ist; und so erklärt sich, daß man auch später diese Wiederholung immer gestattet hat. Die Frage, ob im Innern des Gedichtes ein Reimwort zweimal in gleicher Bedeutung vorkommen dürfe, scheint nie von einer festen Regel entschieden zu sein. Im Wesen des Reims liegt, daß eine solche Wiederkehr von Rechts wegen nicht statthaft sein kann; und so wird sie von guten Dichtern im allgemeinen gemieden. Bei der oft weiten Entfernung der Reimwörter in den *coblas unissonans* provenzalischer Lieder fällt aber dieser Fehler wenig ins Ohr, und so ist denn doch die Wiederholung des gleichen Reimwortes nicht unerhört. Bei Bernart werden wir sie nur zugeben, wenn die Überlieferung durchaus für sie spricht.

In der Tornada ist auch bei ihm die Wiederkehr, auch abgesehen von den genannten Fällen, ganz gewöhnlich. Es ist unnötig, Beispiele dafür anzuführen.

In einigen Fällen finden wir die Wiederholung zwar nicht in der Tornada, aber in der letzten Strophe. In Nr. 1 (*essenhamens* v. 20 und 52), 5 (*vens* steht v. 19 und 34) und 45 (*saber* v. 38 und 45) ist diese letzte Strophe eine Tornadenstrophe,[2]) nicht aber in 3 (*sove* v. 6 und 60 und *flama* 9 und 64) und 6 (*no* 15 und 56; ich habe mich nicht entschließen können, in v. 56 *dire razo* aus CDIKMQS aufzunehmen).

---

[1]) Siehe Suchier, Jahrbuch 14, 137.
[2]) Als solche ist auch 12, VI und 21, VII zu bezeichnen.

Innerhalb der Lieder bietet mein Text die Wiederholungen gleicher Reimwörter (* bei der Verszahl verweist auf eine Anmerkung zum Text): Nr. 5 *pogues* v. 11, 18*; Nr. 6 *pro* v. 16*, 32; Nr. 10 *fezes* 17, 24 (s. S. 59), *eschai* 5, 32, *jauzimen* 5, 19; Nr. 13 *mezura* 23, 41; Nr. 17 *té* 2, 28 (in wesentlich abweichender Bedeutung); Nr. 18 *vai* 2*, 24; Nr. 19 *amar* 35*, 38 (beruht auf offenbarem Fehler der Überlieferung); Nr. 21 *prezanz* 25, 41*; Nr. 22 *es* 4, 44, *pes* 18, 26*, *umana* 30, 45 (in verschiedener Bedeutung); Nr. 27 *dolha* 16, 34, *chauzit* 35, 53, *dire* 40, 41*, Nr. 31 sehr auffallend: *al cor calque dousa sabor* 10, *al cor d'una dousa sabor* 26; Nr. 35 *dire* 21, 33; Nr. 40 *par* 3, 63, *träitz* 13, 69, *ampar* 22, 51.

Liste der Reimendungen.

ada Lied 30, *ai* 7, 10, 16, 17, 18, 25, 27, 33, 36, 37, 43, *aih* 8, *aire* 4, 12, 29, 30, 37, 44, *ais* (38), *al* 28, 41, *alha* 35, *ama* 3, 12, *an* 4, 14, 28, 29, 31, 36, 37 (38), 39, 45, *ana* 22, 37, *anda* 26, *anha* 19, 25, *ans* 15, 21, 26, 30, 33, *ansa* 1, 25, 44, 45, *ar* 4, 19 (38), 39, 40, *ara* 3, *as* 30, *at* 6, 30, *atge* 19, 20, 23, 25, 42, *atz* 16, 22, 24, 35, *au* 13, 21, *aus* (oder *als?*) 15, *auza* 4, *aya* 7.

e 2, 3, 4, 16, 17, 25, 36, 41, 43, *egra* 3, *ei* 5, 7, 21, 24, *el* (38), *ela* 25, *elh* 7, *elha* 7, *en* 2, 3, 6, 10, 13, 15, 16, 17, 20, 27, 30, 31, *ena* 2, *enda* 19, 26, *endre* 4, *enha* 3, 18, *ens* 1, 5 (*enhs*), 39, *ensa* 30, *enta* 37, *er* 2, 4, 10, 15, 21, 25, 42, 43, 45, *er* 23, *ers* 33, *es* 2, 5, 10, 12, 14, 22, 31, *es* 20, *eya* 7, 29, 42.

ia 17, 21, 25, 30, 45, *ic* 24, *ida* 23, 30 (38), *ina* 18, *ir* 1, 2, 9, 13, 14, 25 (38), *ira* 9, 18, *ire* 4, 9, 12, 25, 27, 30, 35, 44, *is* 1, 20, 37, *it* 27, *itz* 33, 40, *iza* 44.

ó 6, 9, 20, 30, *ol* 27, *olh* 9, 25, 41, *olha* 9, 25, 26, 27, 42, *on* 5, 43, *ona* 9, 23, *onda* 26, 44, *or* 2, 6, 13, 19, 25, 28, 31, 36, 39, 44, *or* 41, *ora* 3, *orn* 2, 12, *ors* 22, *ort* 25, *os* 8, 28, *oya* 44, *oza* 3.

uda 8, 30, *ui* 29, *ura* 8, 13, 16, 24, 30, 44, *utz* 12, 19.

———

Die Sprache des Dichters.

Bernart de Ventadorn stammt aus dem Limouzin, und so dürfen wir erwarten, daß er sich in seinen Dichtungen der heimischen Mundart bedient hat, denn wenn auch Raimon Vidal in der berühmten Stelle seiner *Razos de Trobar* unter dem Namen *Lemozi* nicht

nur diese Provinz Frankreichs versteht, sondern auch *Proenza* und
Alvergna und *Caersin*, *e totas lor vezinas e totas cellas que son
entre ellas*, und wenngleich mit seinen Worten dort nichts über
die eigentliche Heimat der Trobadorsprache gesagt wird, so stellt
er doch das *Lemozi* an die Spitze derjenigen Landschaften, welche
die *parladura natural e drecha* besitzen.[1]

Die mittelalterliche Kanzleisprache des Limousin ist uns verhältnismäßig wohl bekannt. Die Documents historiques bas-latins,
provençaux et français concernant principalement la Marche et le
Limousin p. p. A. Leroux, E. Molinier et A. Thomas, Limoges 1885
enthalten eine Reihe provenzalisch geschriebener Urkunden, die
vom Ende des 11. Jahrhunderts bis zum Jahre 1288 reichen.[2] Viel
umfangreicher ist noch das Material, welches uns die von Chabaneau
im 35. und im 38. Bande der Revue des Langues Romanes veröffentlichten Dokumente bieten. Sie beginnen mit dem Jahre 1208
und reichen bis in das 14. Jahrhundert hinunter.[3]

Von literarischen Denkmälern ältester Zeit hat man den Boethius,
das Johannesevangelium und die Anciennes poésies religieuses dem
Limousin[4] zugeschrieben, und der Charakter ihrer Sprache wider-
streitet dem nicht.

Jene Urkunden, die uns die sichersten Zeugnisse der im
Limousin geschriebenen Sprache bieten, stammen aus dem Département Haute Vienne. Weit übler sind wir gegenüber der engeren
Heimat Bernarts, dem Département de la Corrèze, gestellt. Hier
scheinen Dokumente in der Mundart fast gänzlich zu fehlen. Herrn

---

[1] Siehe Crest. 123,51 ff. und H. Morf, Vom Ursprung der provenzalischen
Schriftsprache, Sitzungsberichte der Kgl. Preuß. Akad. der Wiss. Phil.-hist.
Kl., 14. XI. 12.

[2] Es sind in Bd. I die Nummern 10, 11, 15, 37, 38, 45, 48, in Bd. II
31—34, 39, 41, 47, 53, 57, 59, 60, 62, 63, 65, 66, 69, 72, 79. Von besonderem
Interesse ist uns die 41. Charte. Es handelt sich da um ein Abkommen,
welches im Jahre 1218 zwischen dem Kapitel und den Bürgern von Solignac,
vor Bernart von Ventadorn, Abt von Tulle, und vor Gui (v) von Limoges
geschlossen wurde. Die Mundart des Dokuments wird natürlich die von
Solignac, oder eher noch die des benachbarten Limoges sein; wir sehen
aber ein Mitglied der Vizegräflichen Familie von Ventadorn an ihm beteiligt.
Bernardus Abbas Tutelensis begegnete uns oben, S. VIII, Anm.

[3] Ihre Sprache hat Alfons Porschke darzustellen begonnen: Laut-
und Formenlehre des Cartulaire de Limoges, Breslau 1912.

[4] Chabaneau, La Langue et la Littérature du Limousin, Rev. des
Langues Rom. XXXV, 379 ss.

A. Thomas verdanke ich die Kenntnis einer Charte vom Jahre 1249, die in Héliogravure in der Notice généalogique sur la famille de Saint-Exupéry, Paris 1878, veröffentlicht ist.[1]) Einige andere Zeugnisse alter Mundart des Departements, die ich heranziehen wollte, sind mir durch den Krieg unzugänglich geworden.

Wenn nun aber die heimische Mundart der Dichtung Bernarts zugrunde gelegen haben wird, werden wir uns doch hüten, die Sprache seiner Lieder mit ihr zu identifizieren. Wenigstens ein halbes Jahrhundert Trobadorpoesie war ihnen voraufgegangen, und schon die ältesten Trobadors, für welche uns Wilhelm von Poitiers nur als ein glücklicherer Vertreter anderer, verschollener Dichter gelten kann, haben bereits eine gewisse Vulgärliteratur, und daher eine Literatursprache, vorgefunden.

So zeigen uns die Reime Bernarts die deutlichen Spuren einer Mischung verschiedener Mundarten. Die Liste der Doppelformen

---

[1]) B. Vigiers priors de Briua en Gausbertz senher de Malamort e de Briua a totz aquicus qui ueiran aquestas letras salut e patz. Nos fazem a saben a totz quen Willems de senh Ciperi donzeus que fo filhs Nugo de S. Ciperi denan nostra presensa establitz no forsatz ni costrehz ni dezenbutz per negun home ab sa certa sciensa de pura e de bona uolontat donet e autreget entreus vius en durabletat a tostemps a Nugo de senh Ciperi so fraire e a Peironella sa seror tot lo seu heret on que sia ni on que lagues deues so paire e los en establit heretiers a tostemps e desuestit sen e vestit en lor bonamen e franchamen e los en mes en corporal possessiu e juret sobre sanhs euangelis que ja mais ell ni hom per lhui en tot ni en partida demanda no lor fezes ni decontra no uengues. E sobre totas aquestas sobredichas chauzas renunciet a la exceptio de bauzia e dengan e a tot . . . h e a tot priuilegi de doalizi e a tot dreh escrih e non escrih e a tota condusma e a . . . facha o a far e generalmen a tota exceptiu quelh pogues pro tener se uolia uenir decon . . . utreget que si sa sor Peironella moria ses heret de marit que totz leretz fos a so fraire Hu . . . oria que fossa seror Peironella. E reconoc e cofesset denan nos lo dihz Willems que sos fraire Hugo auia paiat per lhui e delhiurat en aquens deudes que el lo dihz Willems deuia e en lhui garnir per uisitar lo sepulcre de nostre Senhor . DCC . e XL. sol. de leial moneda correu e . XIIIJ . st. de blat entre ciuada e segel e dos parelhs de draps de bruneta o de uert ab penas de conilhs que deu paiar lo dihtz Hugo a la domna lor maire que podo ualer . CCC . sol. de las cals vestiduras se apertenia la tersa partz a paiar al dih Willem. E conoc lo dihz Willems que tot aiso auia Hugo sos fraire delhiurat e paiat per lhui de tal maneira que el nera soutz e quitatz. Aiso fo fah lo dissapde denan la festa S. Laurens. E nos a maior fermetat ab lautrec del dih Willem saellem al sobredih Hugo e a Peironella sa seror aquestas letras ab nostres saeus. Dat. VII° idus augusti anno domini M^oCC^oXL^oIX^o.

unter seinen Reimwörtern ist verhältnismäßig lang, und sie bietet uns nicht nur verschiedenartige Flexionsformen, die als Folgen analogischer Wirksamkeit allenfalls in der gleichen Mundart nebeneinander bestanden haben könnten, sondern auch einige lautliche Entwicklungen, die wir nicht leicht als am selben Orte gleichzeitig existierend annehmen dürfen.

Doppelformen der Flexion.

Infinitive.

dir 1, 59, 64; 2, 10	*dire* 4, 49, 61; 12, 21; 25, 37; 27, 40 etc.
far 4, 39	*faire* 4, 5; 12, 32; 29, 7 etc.
afar 40, 62	*afaire* 29, 15.

Praes. Indic.[1])

1 Pers.:	*crei* 24, 23	*mescre* 43, 31, *recre* 36, 37; 41, 28; 43, 53, 59
	fatz 22, 7; 35, 4	*fau* 13, 21; 21, 21
	sui 29, 14, 57	*sô* 6, 47; 20, 49
	solh 41, 25	*sol* 27, 18
3. Pers.:	*cre* 3, 17; 36, 26	*crei* 7, 23
	adutz 12, 40	*adui* 29, 37.

Praes. Konj.

sia 17, 47, 58; 21, 46 etc.	*sei* 5, 35
esteja 29, 41; 42, 38, 54	*estei* 24, 39
prenda 19, 26; 26, 21	*prenha* 3, 7; 18, 21.

Partizip. Perf.

conques 5, 22; 31, 47	*conquis* 1, 50; 37, 14; 44, 27.

Lexikalische Doppelform.

talen(s) 3, 30; 5, 20; 17, 5	*talan(s)* 15, 9; 21, 1; 26, 12; 28, 32 etc.

Lautliche Doppelformen.

fe 4, 15; 16, 28 etc.	*fei* 21, 10
me 3, 50; 4, 2 etc.	*mei* 24, 31
merce 3, 5; 4, 4 etc.	*mercei* 7, 55, 57; 21, 42[2])
al 28, 45; 41, 8[3])	*au* 21, 13

---

[1]) Über die Formen *-ir, -ire* der 1. Ind. und des Konj. Praes., sowie der Subst. s. unten.

[2]) Immer *merces* 10, 15; 14, 12; 31, 23.

[3]) Die Formen auf *-al* könnten allenfalls alle in solche auf *-au* umgewandelt werden, nicht aber die auf *-au* in *-al*-Formen.

(aital) atretal 28, 37; 41, 47	aitau 21, 20
cal 28, 44; 41, 23	cau 13, 48
coral 28, 43	corau 21, 44
leial 28, 41; 41, 16	desliau 13, 47
mal 28, 47; 41, 48	mau 13, 39; 21, 45
val 28, 33; 41, 24	vau 13, 38; 21, 29
vida 23, 9; 30, 43	via 21, 59?
plaih 8, 3	plai 10, 42.

Das, was sich aus den Reimen des Dichters für seine Sprache erschließen läßt, ist etwa das folgende:[1]

Betonte Vokale.

1. Das Suffix -ariu reimt mit ferit, servio und *quaerio.[2]) Es wird aber weder durch die Form des Suffixes die Diphthongierung in den Verbalformen bewiesen, noch etwa durch *fer* 23, 28 die monophthongische Form des Suffixes. Das Limousinische kennt die Form -er für -ariu bis in das 14. Jahrhundert. Der Boethius bietet kein Beispiel; aber das Johannesevangelium *primer* (Bartsch-Koschwitz): 14, 18, die Anc. Poésies relig. *diner* 484, 25, *cavaler* 486, 63. Die ältesten Documents historiques *almosner* 11, p. 4, 12, 14; 5, 4; 21, 2, *diner* 21, 4 etc. (neben *almosneir* 4, 3, auch *moileir* 4, 22; 5, 9, 10 etc.), so auch noch „vers 1200": *eriter* I, p. 151, Nr. 32, 5, *chavalers* p. 153, Nr. 34, 6. Der früheste Beleg für -ier ist hier: *chavaliers* p. 157, Nr. 39, 2, *ereticra* z. 9 vom Jahre 1207. Seitdem häufiger -ier; aber noch a. 1259 auch *sester* p. 181, Nr. 66, 2, 6, 9 neben *Mercier* und *Matieu.* Auch die von Chabaneau veröffentlichten Dokumente zeigen zuerst -er, Bd. 35: *dener* 411, 6, *sester* ib., 3, 9, Bd. 38: *dener, diner* 73, 14; 74, 18, 20 etc., *moneder* 75, 1 etc. Daneben -eir und auch -ir. Später, aber erst im 13. Jahrhundert, wird auch in diesen Dokumenten -ier die übliche Form, s. Porschke, S. 27 ff. So werden wir für Bernart -er, oder, zumal Reime der flektierten Form mit der doch nicht ganz seltenen Endung -ers (vers, divers, sers etc.) fehlen, vielleicht eher noch -e^{i}r anzusetzen haben.

2. Auch die anderen Fälle, in denen e diphthongiert sein könnte, zeigen im Limousinischen zunächst Monophthong. Im

---

[1]) Siehe Richard Hofmeister, Sprachliche Untersuchung der Reime Bernarts von Ventadorn, Ausgaben und Abhandlungen aus dem Gebiet der Romanischen Philologie X. Marburg 1884.

[2]) Siehe Nr. 23, 28, 36, 44.

Boethius haben wir *Deu* 12, 16, 19, *eu* 43, 75 etc., *meler* 36, *vel(l)* 189, 235, im Johannes *Deu* 9, 12 etc., *eu* 9, 36, in den Doc. hist. I: *Deu*, p. 152, Nr. 33 (vers 1200) 2, 13, *esglcija, gleija* p. 149 (vers 1200) 22, 33, *seu* noch a. 1249 (Charte aus Corrèze z. 7), und a. 1256, Doc. hist. I, p. 177, Nr. 62, 55, *eu* Revue des Lang. Rom. 35, 411, 6, *demei* Revue des Lang. Rom. 38, 70, 25; 78, 11 etc. Andererseits freilich schon vereinzelt *ieu* im Joh. 15, 15 neben *eu* 9, 36 etc. Aber sonst treten auch diese Formen erst seit dem Beginn des 13. Jahrhunderts auf: *Dieu* Doc. hist. I, p. 157, Nr. 39 (a. 1207), 8, 13, *diesma* ib. 2, 5, 7, Revue des Lang. Rom. 38: *miellh* 195, 27, *viellh* 232, 10, *miei* 47, 17, *miech* 121, 28, *demiey* 47, 27; 48, 4 etc. Man ist jedenfalls berechtigt, bei Bernart de Ventadorn noch *e* für *ie* zu schreiben.

3. Noch sicherer dürfen wir für ŏ sein. Die Reime *-ǫlh, -ǫlha* freilich lehren uns nichts, da alle Reimwörter gleiche Bedingungen zeigen. Aber *joya* reimt 44, 1 mit *groya, ploya, poya*, und hierdurch werden *grueya, plueya, pueya* ausgeschlossen. Damit ist allerdings nur über die Möglichkeit des Reimes in der Poetik Bernarts entschieden, nicht über seinen allgemeinen Sprachgebrauch. Aber die sonstigen Zeugnisse des Limousinischen bestätigen den Monophthong für seine Zeit. Der Boethius allerdings bietet *uel* (oculi) 203, aber *noit* 90, *pois* 182, 197, *fog* 247, 251, *soli* (soleo) 82 (?) etc., die Doc. hist. I *loc* 149, 23, *pois* 151, 13, *mou* 152, 7 noch 1258 und 1274, *Poi* p. 181, 2; 188, 2 (neben *eglieija* 181, 4); *muou, luoc* finden sich a. 1264 p. 188, 12, 25. In den Dokumenten der RdLR. 35, 38 stehen allerdings *volha* und *vuelha, oi ucy, coissa cueissa, mou muou, foc fuoc, loc luoc luec* nebeneinander, aber die diphthongierten Formen treten im 13. Jahrhundert noch spärlich auf, werden erst im 14. Jahrhundert die Regel. So wird das *uel* des Boethius besonders zu beurteilen sein. Jedenfalls widerspricht *o* in den fraglichen Wörtern nicht der limousinischen Schreibart des 12. Jahrhunderts. Ob freilich nun auch beim Verb *morir* für die 1. Person *mǫr* anzusetzen ist, so daß 1. und 3. zusammenfallen? Neulimousinisch haben wir *mòre* oder *mòri*, also mit *ò*, aber dafür mit Personalendung.

4. Als Resultat des lat. ē in offener Silbe zeigen die Reime nebeneinander *e* und *ei*: *fc fei, me mei, merce mercei*. Die Reime mit *ei* finden sich bekanntlich bei Trobadors verschiedenster Herkunft: Gascogne (Marcabru), Bordelais (Arnaut de Maroill), Limousin

(unser Bernart), Perigord (Bertran de Born), Auvergne (P. Rogier), Viennois (Folquet de Romans), Provence (Raimbaut d'Aurenga), Languedoc (Guiraut d'Espanha, Bernart de Rovenac), Roussillon (Guilhem de Cabestanh), Katalonien (Guilhem de Bergueda). Sicherlich war *ei* nicht in allen diesen Gegenden heimisch. Das eigentlich südfranzösische Gebiet ließ e als *e* bestehen und erst die angrenzenden Gebiete im Westen und Norden (das westliche Angoumois, Poitou, die nordöstliche Auvergne) zeigen *ei*. Da wir die gleichen Reime, und auch die gleichen Reimwörter: *fei, mei, mercei*, zuerst bei Wilhelm von Poitiers finden, bei dem sie in der heimischen Mundart begründet sind (s. Jeanroy p. X; Görlich, Die südwestlichen Dialekte der Langue d'Oïl, S. 38), so werden wir sie bei den anderen Trobadors auf sein Beispiel (und das seines uns unbekannten Kreises) zurückführen dürfen.[1]

Die Form *crei* für die 3. Person ist von jenen *ei*-Reimen insofern zu trennen, als hier das *i* aus der 1. Person eingetreten sein könnte; ebenso ist *esplei* 5, 14 und *drei* 21, 32 besonders zu behandeln, die ja nicht *esple dre*, sondern *espleit dreit* neben sich haben. Dagegen wird *sei* = sit 5, 35 wieder als nordwestlicher Reim zu betrachten sein. In Poitou finden wir noch heute *sei* (s. Atlas ling. c. 517), und nach *sei* richtet sich dann wieder *estei* 24, 39.

Die Verbalform *fei* 24, 22 = fecit (auch bei Marcabru 25, 79, Folquet de Romans 6, 44, Peire Rogier 6, 49) könnte sich aus *feiron* erklären.

5. *ī*. Als limousinischer Reim wird *cle* 36, 50 gelten dürfen. Wenigstens führt Mistral *clena, clegna, clencha* für *clina* als limousinisch an. Chabaneau hat, Gram. lim. p. 38, als Beispiel für $c < \bar{\imath}$: *crêdo* < quiritat und *cren* < crinem. *Creda* „schreien" wird auch von Mistral als limousinisch genannt und vom Atlas ling. c. 355 bestätigt. Die Form *credo* findet sich auch sonst in Südfrankreich,

---

[1] Wenn bei Bertran de Born *Francei* für *Frances*, bei Giraut de Bornelh *arnei* für *arnes* reimten (s. Stimming, Bertran de Born[1] zu 80, 20, 8, Harnisch, S. 211), so könnte man hier limousinisches Verhalten sehen, da -es in der Tat zu -eis und weiter zu -ei wurde (s. Chabaneau, Gram. lim. p. 25, 80.) Aber die Formen auf -eis begegnen, soweit ich sehe, in den limousinischen Dokumenten erst im 14. Jahrhundert, und so wird man jene Reime von dieser späteren Entwicklung trennen müssen. Bernart hat nur *merces* etc. im Reim, Wilhelm IX. aber auch -*eis* (im III. Gedicht bei Jeanroy).

neben manchen anderen: *krado, kræde* (Hᵗᵉ Vienne), *kreido* (Hᵗᵉ Loire, Cantal), *kruo* (Drôme) etc., die sich alle aus endungsbetontem *kŗda* etc. erklären werden. *Cren* ist nach Mistral allgemein verbreitete Form für crinem. Der Atlas ling. c. 356 zeigt aber *krē* und *krī* durcheinander in Südfrankreich und in der Nähe Mistrals (Vaucluse und Bouches du Rhône) speziell *krī*. Corrèze hat vorherrschend *krī*, Hᵗᵉ Vienne *krē*.

6. *tezor* 41, 21 statt *tezaur* ist natürlich nördliche Lehnform, ebenso wie *joia* 44, 1 (vgl. *joi, enclostre* bei Wilhelm von Poitiers, Jeanroy p. XII.) Abgesehen von diesen beiden Wörtern ist *au* bei Bernart im Reim durchaus erhalten.

7. Die Form *cuda* 8, 38, die auch sonst im Reim gewöhnlich ist (s. Levy, Suppl. I, 424, Erdmannsdörffer, S. 35ᵇ), könnte sich zu *cuida* verhalten wie das limousinische *frars, cofrars, compars* gegenüber *frairs* usw. s. Revue 35, 412, 14; 413, 16, 22; 38, 33, 21, 23; 53, 28, 31; 68, 19 usw. und wie *cus : cuis* Revue 35, 416, 20; 38, 166, 2; 187, 2, 10, 18 etc. So könnten wir im Versinnern auch bei der so häufigen Schreibung der Hdss. *tut* für *tuit* bleiben. Ich habe hier aber doch, wie auch sonst, die unreduzierten Diphthonge behalten.[1]

Unbetonte Vokale.

8. Auslautendes tonloses -*a* erscheint als *e* in *vire* 30, 1 (über *vire* 27, 31 s. die Anm.). Schon Bartsch hat auf ähnliche Reime bei Arnaut Guillem de Marsan verwiesen: *terre : querre, ire : dire, guerre : querre* (s. Anm. zu Lesebuch 132, 39), die Suchier als gaskonische Reime erklärt (Jahrbuch 14, 307 Anm.). Der Reim, den Suchier aus Marcabru hinzufügt: *En abriu* v. 6 (Dejeanne p. 115) *amors vaire a mo vejaire a l'uzatge del trachor* ist nicht sicher, da *vair'* und *vejair'* zu lesen ist, also ebensowohl mit E *vaira* wie das in ACR stehende *vaire* ergänzt werden kann.

Umgekehrt wie hier *vire* für *vira*, sollte 9, 31 für das im Reim stehende *arazona arazone* (oder noch eher *arazon*) stehen. Ist für Bernart nun etwa auslautendes -*a* zu -*e* geworden, so daß *arazona* umgekehrte Schreibung sein könnte? Die limousinischen Dokumente berechtigen eine solche Annahme nicht. Sie zeigen -*a* durchweg erhalten. Wenn *cosdume, cosdumpne* gelegentlich neben *cosduma,*

---

[1] Über *melhura* hat Tobler, ein Lied Bernarts von Ventadorn (Sitzungsberichte d. Kgl. Pr. Ak. d. W. 1885, XLI, S. 945 f.), gehandelt.

cosdumpna begegnet: Doc. hist. I, p. 173, Nr. 57 (a. 1250) 311, 12, p. 175 (60, a. 1254) z. 4 etc., so dürfen wir hier frz. Einfluß sehen, da es sich nur um dieses eine Wort handelt, dieselben Dokumente sonst -*a* stets bewahren, und auch dieses Wort treffen wir noch 1258 und 1274 als *cosduma* wieder: Nr. 65 z. 17, 72 z. 4. Aber der Name *Ventadorn* begegnet uns in den Hdss. oft als *Ventedorn;*[1] der Ort 710 des Atlas ling., welcher der Heimat Bernarts von den im Atlas verzeichneten am nächsten liegt, zeigt *a* > *e*: *egül'e* c. 14, *ale* c. 18, *alubite* (alouette) c. 36 usw.; so wäre für des Dichters Sprache -*e* nicht ausgeschlossen. Ist aber nicht auch für diesen unregelmäßigen Reim die Heimat ebenda zu suchen, wo wir sie für -*ei* statt -*e* fanden?

9. Ein Schwanken zwischen Formen mit und ohne auslautendes tonloses -*e* findet sich bei den Wörtern auf -*ir* bezw. -*ire*. Es stehen nebeneinander die Infinitivformen *dire* und *dir*, die 1. Praes. Ind. *cossir, dezir, remir, vir, sospir* und *cossire, dezire, vire, remire, azire,* die Konj. Praes. *vir* und *cossire, mire, azire, vire*, endlich die Verbalsubst. *dezir* und *dezire, sospire, cossire*, s. die Reimendungen *ir, ire*.

Das Limousinische unterdrückt oft das *e* hinter *r* in Wörtern wie *Peer* (Petrum) Doc. hist. II, Nr. 10, p. 4, 18, *paer* p. 5, 11, 6, *frair* ib. I, p. 149, Nr. 31, 5; p. 151, Nr. 32, 4; 152, 33, 12, 15, *mair* (major) 157, 39, 16, *mair, cofrair* Revue 35, 412, 2, 4; 413, 30, 34; *trair* 38, 139, 2, *areir* ib., so schon im Johannes *pier* Bartsch-Koschw. 9, 6, 10, *Pèir* 9, 18; 10, 23 usw. Aber hiermit werden wir unsere Reime nicht zusammenzustellen haben, denn es handelt sich nur um Verbalableitungen auf -*ir*, bei denen die Analogie bald ein *e* getilgt (*dir, cossir, dezir*) bald eines hinzugefügt haben kann (*azire, mire, vire*).

Konsonanten.

10. Die Reime auf *e, es, is, os* scheiden *e, i, o* nicht von *é, í, ó*, d. h. das folgende *n* hat dem Vokal wohl eventuell geschlossene Aussprache gegeben, aber keine Nasalisation zurückgelassen, wie denn auch heute die betreffenden Vokale nicht nasale Aussprache haben.

---

[1] Siehe das Verzeichnis der Eigennamen, S. 396: so auch Doc. hist. I, p. 158 (a. 1218) usw.

i*

11. *n'* wird vor *s* in Nr. 39 mit *n* gereimt: *senhs, destrenhs, entenhs, depenhs* zu *vens, lens, sens, temens*. Reime dieser Art begegnen auch sonst vereinzelt bei den Trobadors. Folquet de Marselha reimt *Tan mou de corteza razo* (Stroński p. 19): *engenhs* 12, *genhs* 60 mit *lens, finamens, niens* etc. Zenker läßt Peire d'Alvernhe in der Trobadorsatire v. 69 *fenh* mit *fugen* etc. reimen. Der Reim ist hier aber ebenso unsicher wie der bei Gaucelm Faidit 167, 1 (MG 180, 2) und bei Peire Duran 339, 1 v. 9 (Inedita S. 231), die Zenker (Anm. auf S. 204) zur Vergleichung heranzieht. Dagegen reimt Chr. 3, 240 (Jaufre) *enpeint : apreisadament,* Croisade 8602 *tenhs,* 9570 *prenhs : -ens,* ib. 6053 *estranhs,* 6084 *planhs,* 6109 *gazanhs : ans.* Auch im Inlaut findet sich bisweilen *n* für *n'*. Bertran de Born reimt 9, 24 *retena : pena, mena, cadena,* Bernart Marti 63, 1 (MG 331) *sovenha, revenha, retenha : terrena, demena, asserena,* Arnaut de Maruelh 30, 10 (Bartsch-Koschw. 101) *sovena : alena, serena.* Hiervon hält sich Bernart de Ventadorn frei, s. *-enha* in Nr. 3 und 18, *anha* in 19 und 25, andererseits *ena* in 2. Auch die Reime *ens* in 1 und 5 enthalten kein Wort auf *enhs*. In Nr. 39 dagegen stehen zwölf Wörtern auf *-enhs* nur vier mit *-ens* gegenüber. So wird man sagen dürfen, daß Bernart die Absicht gehabt hat, auf *-enhs* zu reimen und daß ihm die Reime auf *-ens* untergelaufen sind. Ob er hierin der heimischen Mundart folgte, ist schwer zu sagen. Der Boethius schreibt *fen* 131, *plan* 159, *senor* 9, 37, 47, *franen* 104, die Poésies relig. *sener* 487; 103, *vergona* 491, 207, aber hier wird *n* wohl *n'* bezeichnen. Auch später finden wir Doc. hist. I *guaanatge* p. 157, Nr. 39, 3; *guaanadres* 158, 41, 19 etc., aber *preina = prenha* ib. z. 23. Revue 38 *senor senorias* 76, 16; 77, 9, *vena = venha* 77, 12, *vina = vinha* 89, 15, 16. Im allgemeinen ist inlautendes *n'* noch heute im Limousinischen erhalten (das auslautende ist in den meisten Teilen Südfrankreichs jetzt ebenso nach dem nasalen Vokal verstummt wie im Norden) s. Atlas ling. c. 50 araignée, 251 chataigne, 455 empoigner, 1180 saigner etc. Doch finden wir in Hte Vienne auch *rano* neben *ran'o, aran'o* c. 605, in IIte Vienne und Corrèze *sana, šana* (etwa von *sã, šã* = sang neu abgeleitet?); so kann Bernart allenfalls auch in seiner Heimat *n* für *n'* gehört haben.[1]

12. *l* begegnet in der Endung *al* sowohl als *l* wie als *u*. Die Endung *au* für *al* ist bei den Trobadors bekanntlich sehr häufig

---

[1] Vgl. Anm. zu 9, 44 über *atendre* für *ᵖatenhdre*.

(s. Hofmeister, Reime Bernarts von Ventadorn S. 23, Anm. 1, Harnisch
S. 196 f. usw.). Neben Nr. 13 und 21, die *al* und *au* mischen, hält
aber Nr. 28 und 41 die Endung *al*, wenigstens in der Schreibung
der Überlieferung, rein. Man kann das Verhalten Bernarts mit dem
seiner Heimat vereinen. Chabaneau sagt freilich Grammaire limousine
p. 96: *l* provençal ... est tombé chez nous après les voyelles grêles
et s'est vocalisé en *u* après les voyelles graves: *sou, fi, cû, nadau
couteu, côu*, und fügt noch hinzu: la règle est sans exception après
a etc. Das gilt aber in dieser Bestimmtheit offenbar nur für das
Limousinische, welches Chabaneau im Auge hat („chez nous" d. h.
in Nontron). Das Departement Corrèze liegt auf der Grenze des *al-*
und *au*-Gebietes. Der Atlas ling. gibt hier c. 914 *nadao* und *nadal*,
c. 1213 *sao, šau* neben *šal*. So mag *-al* und *-au* in Ventadorn zu
hören gewesen sein; für *al* sprach das lateinische Vorbild der
Sprache, das auch zu Bernarts Zeit nicht gleichgültig gewesen sein
wird, für *-au* aber das Beispiel Wilhelms von Poitiers, der *al*
gleichfalls als *au* reimt (éd. Jeanroy, Str. IV, VII; dagegen nur
al in V, 7—9, *als* V, 4—6, *el* V, 37—39, X, 1, 2, 7, 8, 16, 18, 22, 24).
Die alten Denkmäler schreiben zuerst meist *l*: Boethius *mal, altre,
fals* etc., aber schon *auca* „altiat" v. 167 (neben *alcor* 213). In
den ältesten Doc. hist. zwar meist *almosner, altreet, el* usw., aber
auch schon *autreet, autreament* II p. 4, 10, 17; 22, 17, 1 etc. Seit
1200 dann ganz gewöhnlich *au = al, autrear, eu = el, seus = cels,
sous = sols* etc. neben weiter geschriebenem *al* usw.

13. Die Aussprache von *ll* wird für den Auslaut durch die
Reime *auzel, ramel : cẹl* als *l* gesichert. Wenn die Reihe *-ẹla* nur
Wörter mit *ll* zeigt, beruht das wohl darauf, daß Wörter auf *-ẹla*
aus einfachem *l*, wie *gela*, wenig zahlreich sind. Die Heimat Bernarts
setzt *l* und *ll* gleich (s. Chab. p. 95 s., 110, Atlas ling. c. 118 *belo*).

14. *-vị-* tritt uns in *greya* 29, 49 als *y* entgegen. Diese Form
ist ja im Reim sehr gewöhnlich (s. Levy *grejar*, Harnisch S. 215).
Levy setzt zwei Verben: *grejar(ẹ)* und *greujar(ẹu)* an. *Greujar* aber
findet sich fast nur in endungsbetonten Formen, während *grei, greya*,
soweit ich sehe, auf stammbetonte Formen beschränkt ist. So wird
man beide zu einem Verbalsystem vereinen dürfen.

15. Daß *t* hinter *n* weggefallen ist, beweisen die Reimwörter
an, engan, dan, afan, sen, die mit *tan, semblan, chan, deman* usw.
reimen. Mit diesen Reimen und mit *ans, engans, dans* usw.: *lanz,
semblanz, chanz* usw. ist aber nichts für die Aussprache *ans* oder

anz entschieden. Es kann ebensowohl der dentale Verschlußlaut dort eingetreten wie hier geschwunden sein. Auch im Deutschen wird Hans sowohl Hans wie Hanz gesprochen, ohne daß man sich der Abweichung von Laut und Schrift bewußt wird. Die Umschrift des Atlas linguistique aber zeigt auch da wo nicht bloßer Nasalvokal steht, sondern Vokal + *n,* nicht *z* sondern *s* (s. c. 77, 108, 313 usw.).

16. Aber nicht nur hinter *n* ist *t* im Auslaut gefallen, sondern auch hinter Vokal konnte es schwinden. Zwar *csplei* 5, 14 kann nicht als durchaus sicheres Beispiel gelten, denn neben *esplcitar* steht, wie die Anmerkung zu diesem Verse ausführt, *esplejar.* Aber auch *drei* reimt 21, 32 auf *ei, plai* 10, 49; 16, 14; 17, 27; 18, 20; 25, 80 auf *-ai,* und hier müssen wir doch dieselbe Verstummung des *t* anerkennen, die wir schon in *au(t)* bei Wilhelm IX. (Jeanroy IV, 12) finden und später bei Bertran de Born 19, 22. Von solchen Reimen spricht besonders Lienig, Grammatik der Leys d'Amors, S. 108, der sie aus den verschiedensten Trobadors belegt. Bemerkenswert ist, daß die 3. Pers. Perf. *vit* dagegen, die oft als *vi* reimt, hier ihr *t* durch den Reim gesichert zeigt: 27, 33.

17. Neben *drei, plai* und *ditz* < dictu + s 33, 17 haben wir aber, in St. 8, wie es scheint, *plaih* usw. anzuerkennen (s. die Einleitung zu diesem Lied). In der Tat gehören sowohl *fait, plait, dreit* wie *fach, plach, drech,* dem Limousinischen an. Der Boethius schreibt *noit* 90, *dreita* 208, flektiert *drez* 120; Johannes *fait* 13, 9, *faita* 13, 34. Die ältesten Doc. hist. zeigen II p. 4, 3 *plact* mit etymologisierender Schreibung, aber *reit* < rectum 4, 12, *fait* 4, 18. Später oft im Masc. *fait* I p. 151, 8, 17, p. 152, 19 oder *faith, dreiht,* p. 158 (a. 1218) 12, 30, *dih, faih, dreih,* p. 177 (a. 1256), aber im Femin. immer *facha, dicha.* Auch die Charte aus der Corrèze vom Jahre 1249 hat *dreh, fah, escrih,* flektiert *dihz, dihtz, costrehz,* im Femin. aber *facha, sobredicha.* In den von Chabaneau publizierten Texten Revue 38: *faih* Nr. 135, 10, *faich* 133, 14, Revue 35: *befach* 413, 25, *noch* 412, 5, im Femin. *facha* 38, 134, 4 usw. So mag also die Entwicklung über *fait' fat'a* zu *faič fača* geführt haben. Die heutige Lautform ist im allgemeinen *fa, la, nuc, ue* < *fač, lač, nuč, ueč* (s. Chabaneau, Gram. lim. p. 65, Atlas ling. c. 533, 746 etc.), aber für Nontron gibt Chabaneau *fai* < *fait* als allein üblich an. Im Departement Corrèze bietet der Atlas ling. viermal *fc* gegen einmal *fat,* und je einmal *le* und *lcte* neben *la.* Diese Formen

mit *c* wird man auf französischen Einfluß zurückführen. Wir sehen aber wie auch schon früher die Heimat Bernarts auf einer Grenze der Entwicklung der Gruppe ct stand, so daß wir sowohl in *plai(t)* wie in *plaih, plach* heimatliche Formen bei ihm sehen können.

18. Zwischen Vokal ist t in der Regel als *d* erhalten, s. die Reimreihen *-ada, -ida, -uda*, während d wenigstens nach *i* schwindet: *aucia* 17, 31; 25, 59, *fia* 45, 33, *ria* 45, 39.[1]) Daß d intervokal fällt, ist eine alte limousinische Erscheinung; schon im Boeci *traazo* 57, freilich neben *trada* 8, *tradar* 66, Doc. hist. II p. 4 *veen* z. 7, 23, *aenant* p. 23, 3, I *guaanatge* p. 157, 3, *cea* = *seda* 158, 3. Hierher ja auch das bekannte *auven*, in den Doc. hist. II p. 5, z. 4, 6 *auent* (im Druck: *avent*). Der Wegfall zwischen *aa* scheint bei Bernart in *espa'* 45, 28 noch für die Quelle der Hdss. erkennbar zu sein. Soll man nun für ihn auch die limousinischen Formen *auvir, jauvir, lauvar* ansetzen?

Aber auch t ist gefallen in *cria* 45, 11. Der Reim findet sich auch sonst: im Kreuzlied *Lo senher que formet lo tro* (Zenker, Peire von Auvergne, S. 147, v. 14), Raimbaut de Vaqueiras, *Truan mala guerra* (Crescini, Manualetto, p. 284, v. 88). Er ist nicht limousinisch. Der Atlas ling. zeigt c. 355, daß das Wort westlich von der Rhone sein *d* bis heute durchaus erhalten hat: *kridu, kredo* usw. So spricht denn auf Grund solcher Reime Zenker, S. 12, das Gedicht 175, 1 seinem Peire von Auvergne ab und benutzt das Argument auch für das Kreuzlied gegen ihn. Eine ausschlaggebende Bedeutung haben aber diese Reime für die Verfasserschaft nicht, denn *guia, oblia, via* finden sich auch bei anderen als ostrhonischen (oder katalanischen) Trobadors (s. Hofmeister, S. 36 Anm.; Harnisch, S. 268[a]). Unser Lied 45 haben wir keine Veranlassung Bernart abzusprechen. Und so ist denn auch die Möglichkeit gegeben, in *via* 21, 59 vitam zu sehen (gegenüber *vida* 23, 9; 30, 43). Allerdings ist *via* = *vida* nicht eben ein häufiger Reim. Hofmeister, S. 36, belegt ihn bei Augier Novella (Drôme), Peire Cardenal (H[te] Loire), Guilhem de Cabestanh (Roussillon) und bei den Italienern Lanfranc Cigala und Ramberti de Buvalel. Da Bernart in Ostfrankreich war, könnte er ihn von dort mitgebracht haben; aber das gleichgeartete *guia* ist viel allgemeiner verbreitet, so ist diese

---

[1]) Auch bei anderen Trobadors scheint im Reim nur ganz vereinzelt *auciza, riza*, gar nicht *fiza* zu begegnen (s. Harnisch, 268[a], 275[b]).

Annahme östlichen Einflusses unnötig, und näher noch als ost-
rhonischer Ursprung, ist auch für diesen Reim der nördliche.

19. Daß auslautendes -(t)z als z gilt, nicht etwa als s, geht
vor allem aus dem Nebeneinander der Reimlisten -itz und -is, aber
auch schon aus der Reinheit der -atz- und -utz-Reime hervor. Über
die Verbalformen auf -at s. § 23.

20. si gibt i in baia < basiat, und entsprechend 1. Ind. Praes.
und 3. Konj. Praes. bai. Mit baia reimt apaia, esmaia, dechaia,
esglaia, raia, plaia (placeat). Die Aussprache des geschriebenen i
in diesen Wörtern ist von vornherein nicht zweifellos. Aber für
-oia sichert das dem Französischen entnommenen joya die Aussprache mit y, und somit auch für groya, ploya, poya. Im 7. Gedicht
legt der grammatische Reim -ai : -aia die Aussprache -aya jedenfalls
näher als -adža oder -aža. Auch daß dicam, amicam > dia 30, 26,
amia 45, 53 wird, läßt als Vorstufe diya, amiya, nicht diža, vermuten. So werden wir auch apaya, und nicht apa(d)ža, und so
auch veya, enveya, domneya, pleya etc., ferner maya, mayor usw.
zu lesen haben.

Mit dieser Aussprache trennt sich der heutigen Mundart zufolge
Bernart von seiner engeren Heimat, und schließt sich der Aussprache von Limoges, bezw. des Départements H^te Vienne an.
Chabaneau sagt in der Gram. lim. p. 70: L'i consonne, dans la
plupart des mots où il reste fluide à Nontron, et, en général, dans
le haut Limousin et le Périgord limousin, se condense en j (= ž)
dans le parler de Tulle: radiare > rayá, rajá; *habiamus > ayam
ajam; pluvia > plucia, plejo; prov. esglayar > eiglayá, eglojá. Und
dem entsprechend, doch mit z oder dz für ž, der Atlas linguistique
c. 101 habeam > H^te Vienne aya, Corrèze udza, c. 100 habeamus:
ayãm, adzã, c. 483 *exagiare: esaya, esadza. Selbst appuyer, das
in H^te Vienne und Corrèze als französisches Lehnwort apüiya lautet,
c. 48, hat in der Gegend von Ventadorn, n° 707, die Form apudza.
So scheint, daß Bernart in diesem Punkte nicht der Sprache seiner
engeren Heimat, sondern der des zentralen Limousin (oder etwa
wieder der des angrenzenden nordwestlichen Gebietes?) gefolgt ist.
Für baia aber ist auch das nicht zutreffend. si findet sich in den
limousinischen Dokumenten oft als i oder ij geschrieben: gleija
esgleija Doc. hist. 1 p. 149, 22, 23, maijo meijo 151, 8; 158, 9 etc.
Aber die moderne Aussprache gibt für Corrèze und H^te Vienne:
glezo egyeydzo egledžjo, mezu medzu mežu meizu, (cerise:) šireyzo

sereidzo sireidžio usw. an, nicht aber **esgleiyo, *maiyo* oder **mayo*, und so wird man auch für die alte Sprache *glei(d)ža* oder *gleidza*, nicht aber **gleiya*, anzusetzen haben. Diese Aussprache (*gleiyo, sireyo*) tritt im Département Lot, Tarn et Garonne ein und greift nach Tarn und Aveyron, nicht aber ins Limousin, über, so daß hiernach die Form *baia* wohl bei Uc de Saint Circ (Jeanroy 5, 41) und Daude de Pradas (MG. 351) eine heimische sein kann, zu Bernart aber aus dem Süden gekommen zu sein scheint. Es bleibt also zweifelhaft, ob wir mit Recht überall, auch im Versinnern, *bayar* für *baizar* etc. einführen würden.

Ob sich mit *bai : bais* auch *mai : mais* vereinen läßt, ist die Frage.

Flexion.

21. Für die Nominalflexion ergeben die Reime natürlich, daß sie genau beobachtet wird.

Der Vokativ Pluralis zeigt Nominativform in *senhor* 6, 1; 28, 9; 36, 1, denn es scheint mir sicher, daß die Anrede hier an eine Mehrheit erfolgt. Daß aber deshalb auch im Singular die Nominativformen im Versinnern einzusetzen sind, also *Bernartz, Peires* im zweiten Gedicht, usw., ist deshalb noch nicht ausgemacht.

Ob *-atge* im N. S. ein *s* hatte, läßt sich aus den Reimen höchstens insofern, und zwar bejahend, beantworten als sich unter den 54 Reimwörtern dieser Endung kein Nominativ befindet. 40, 1 würde ein auffallender Hiat entstehen, wenn man das *s* von *boschatges* streichen wollte.

termini scheint 19, 30 kein *s* im Nominativ gehabt zu haben, das daher denn auch beim Adjektiv fehlte. So würde auch 26, 4 das Wort ohne *s* zu stehen haben. Die Frage wird aber doch nicht mit Sicherheit beantwortet.

Die Flexionslosigkeit von *flor* im N. S. wird durch 44, 11 nicht, wie Hofmeister glaubt, bewiesen, dagegen zeigt 10, 36 sicheres *fes*.

Neutrale Formen des Adjektiv verzeichnet Hofmeister, S. 48, § 201.

22. Nicht durch den Reim, aber durch die Silbenzahl wird als angelehnte Form des weiblichen Artikels im Nom. Sing. *·l* bezw. *·lh* erwiesen: 15, 32; 26, 3; 30, 20; 36, 32; 39, 1; 40, 45.

23. In der Verbalflexion hat die 1. Pers. Ind. Praes. die Form ohne *-e*, wie die Reime *comens* 1, 1, *esper* 4, 20, *deman* 4, 58,

perdo 6, 40, *plor* 6, 49 usw. oder wie die Silbenzahl für *prec* 1, 37, *pes* 3, 7, *am* 3, 49 usw. zeigt. Bei den Verben auf -*irar* dagegen haben wir zwar einerseits: *remir* 1, 56; 9, 40; *vir* 9, 34, *sospir* 9, 37, *cossir* 13, 22; 38, 15, *dezir* 38, 25, andererseits aber auch *cossire* 4, 51; 25, 43, *dezire* 12, 18; 25, 39; 35, 25, *remire* 27, 32, *azire* 35, 31, vgl. Jeanroy in „Bausteine", S. 636 zu v. 9. Lied 13, 22 habe ich *trobi* aus den Hdss. akzeptiert.

Ebenso stehen im Konj. Praes. nebeneinander: *vir* 1, 39; 13, 10, wie *meravelh* 7, 41, *chan* 29, 4, *man* 29, 50 usw., aber *mire* 12, 16; 25, 45, *azire* 27, 22, *vire* 35, 15; 44, 64, *cossire* 44, 62, und hier auch bei anderen Verben als solchen auf -*irar*: *repaire* 29, 48, *esclaire* 29, 56, *camje* 1, 39, *alonje* 6, 11, *azesme* 13, 34, *parle* 21, 6, *leve* 27, 26, *laisse* 43, 48. So wird man *casse* 16, 7 auch als Konjunktiv nehmen.

Die 1. Praes. Ind. II ist als -*is* durch die Reime 1, 10; 37, 9 gesichert.

Die Endung des Konditionalis I wird als -*ara* durch 3, 1, 23 (dessen Attribution freilich zweifelhaft ist), bewiesen. Die Hdss. bieten auch im Versinnern mehrfach -*ara* für und neben -*era*. *Restera* 26, 48 zwar ist ohne Varianten, s. aber die Lesarten zu 2, 28, 42; 10, 31, 42. In 8, 11 sind vielleicht *estera* und *estaua* der Hdss. zu *estara* zu vereinen. *Estara* 17, 32 und *trobara* 40, 22 können dem Zusammenhang nach ebensowohl Konditionale -*ara* wie Futura -*ará* sein (vgl. Stimming zu Bertran de Born[3] 1, 11).

Mit diesen Formen auf *ara* statt *era* mag zusammengestellt werden *amassetz* 4, 59 in ADEIKMa gegenüber *amessetz* in CN, *mezurassem* (oder darauf zurückgehend) 28, 40 in a¹a² (MN) gegen *mezuressem* in CIKO (die anderen Hdss. weichen ab).

Im sechsten Liede finden wir v. 57 und 61 die Imperative *amat* und *chantat* durch den Reim gesichert. Zingarelli redet von ihnen Ricerche p. 67 und verweist auf gleiche Formen im Gedicht *Mei amic e mei fiel* (Bartsch-Koschwitz col. 19) und im Beda (ib. 255 ss.). In jenem Gedicht finden wir die Imperative *laisat* 19, 2, *aprendet* 19, 3, aber auch den Konjunktiv *sabjat* 9, die 2. Pers. *tu dit* 20, 8, 12, das Partizip. n. s. m. *vengut*, und zwar dieses gereimt mit neutr. *creut* und n. pl. m. *creubut*. Es handelt sich also nicht um die Imperativendung als solche, sondern um die bekannte altlimousinische Eigentümlichkeit, daß auslautendes *t* für *tz* steht, und zwar wie der Reim zeigt, nicht bloß als Schriftzeichen,

sondern als Laut. Das begegnet bekanntlich schon im Boethius und so finden wir in den Doc. hist. II, Nr. 48, z. 2 *panit* für *panitz* (s. Levy dieses Wort). Spuren hiervon finden sich, wie es scheint, in den Schreibungen unseres 22. Liedes. Das Original scheint dort v. 15 *fat, semblant,* 26 *blasmat,* 40 *grant* für *fatz* etc. gehabt zu haben (s. Anm. zu v. 15). Von solchem Lautwert des *-t* zeigen aber die Reime Bernartz sonst keine Spur. So dürfen wir jene Imperative nicht hiermit zusammenbringen, wohl aber mit den Formen des Beda. Denn in diesem Text ist, nach dem Bruchstück bei Bartsch-Koschwitz zu urteilen, das *tz* durchaus fest. Das kurze Fragment aber bietet die Imperative: *amat* 257, 7; 260, 33, *seguet* 257, 33; 260, 33 und *estendet* 257, 39 (freilich auch *fugez* 255, 31). So scheint sich also die Fortsetzung des lateinischen Imperativ in der Tat hier einmal bis an die Grenze des Nordfranzösischen erstreckt zu haben.

Von Einzelformen ist etwa noch zu nennen:

trai als 1. Praes. Ind., statt des von den Razos 83, 2, Leys II, 362, 366 verlangten *trac,* ist die im Reim gewöhnliche Form (s. Harnisch 161[a]).

escria 17, 54 gehört zu dem 12, 28 im Reim stehenden analogischen Infinitiv *escrire.* Mistral bezeichnet *eicrire* als limousinisch. Der Atlas ling. bestätigt das, läßt aber die Form ohne *u* auch ziemlich weit über die Grenzen des Limousin hinaus erscheinen. Freilich ist *escriure* die eigentlich südfranzösische Gestalt des Wortes.

Im starken Perfekt hat die 1. Pers. ein *i* in *saubi* 27, 2; 43, 42, *agui* 43, 17 (dagegen *partic* als 1. Perf. 37, 54).

vit als 3. Perf. 27, 33 ist durch den Reim gesichert (s. § 16).

Wenn wir nach dem Ergebnis der Untersuchung die Sprache unseres Dichters charakterisieren wollen, werden wir sie nicht eigentlich eine Schriftsprache nennen, denn es fehlt ihr diejenige Bestimmtheit, welche das Wesen einer Schriftsprache ausmachen sollte. Das Bemerkenswerte an Bernarts Sprache ist gerade das Schwanken in Lauten und Formen, wie wir es an den Reimen beobachten. Wir werden aber kaum irren, wenn wir gerade die Reime in erster Linie für diese Buntheit haftbar machen. Der Dichter bediente sich, dürfen wir glauben, im großen und ganzen seiner heimatlichen Mundart. Die Eigenheiten, die wir fanden, lassen sich fast alle als Limousinismen erklären, und vielleicht

wird sich bei genauerer Kenntnis der Sprachgeographie noch
manches als limousinisch ergeben, was wir jetzt nicht mit Sicherheit
als solches erkennen. So weisen die Anm. zu 2, 33; 4, 29; 22, 15
auf *semnar, mertsar, conoistre* als mögliche Limousinismen hin.
Unter ihnen könnte *conoistre*, wie das unter § 20 genannte *-aya* etc.,
einen Einfluß der Hauptstadt Limoges auf das weitere Limousin
bezeichnen.

Wenn uns andere Züge besonders nach dem Nordwesten ge-
wiesen haben, so werden wir sowohl an die politischen Beziehungen
des Limousin zu Poitou zu denken haben, wie an die literar-
historischen zur älteren Trobadorschule um Wilhelm IX. Wir haben
aber gesehen, daß nicht alle Abweichungen der Sprache Bernarts
von der limousinischen Mundart nach dieser Seite hinweisen. Seine
Sprache ist, wenn nicht eine Schriftsprache in unserem Sinne, doch
eine Kunstsprache, die nach Bequemlichkeit und in freier Wahl
zum Heimatlichen hinzubindet, was die Trobadordichtung bei ihren
Wanderungen vom atlantischen Ozean zu den Alpen an den
Wegen fand.

Für die Schreibung unserer Texte bemerke ich, daß das be-
wegliche *n* nur vor Vokal erscheint. Auch *mo to so*, die in den
limousinischen Handschriften auch vor Konsonant oft mit *n* geschrieben werden, habe ich dieser Regel unterworfen. Für die
Präposition *en* aber bin ich, der Bequemlichkeit des Lesers zuliebe,
von der Konsequenz (die ja in den Hdss. nie beobachtet wird)
abgewichen.

l vor Konsonant wird, abgesehen von flektierten Formen, als
u geschrieben nach *a c o*, obwohl die Manuskripte *l* noch lange
zu schreiben pflegen, nachdem die Aussprache schon *u* geworden
war oder ihr wenigstens sehr nahe stand.

Den aus lat. *ct* entstandenen Laut bezeichne ich, unter Berufung
auf § 17, im Auslaut durch *ih*, flektiert *-ihz*, im Femininum durch
ch: *faih, facha*; so denn auch *sainh suncha*, obwohl dieses Wort
durch Mischung volkstümlicher und gelehrter Art in den Manuskripten die verschiedensten Orthographien und auch Lautungen
erhält. Auch für tōti schreibe ich *tuih* und sollte nun wohl auch
cuih < cogito schreiben. Dem Reim *cuda* zufolge (s. § 7) bleibe
ich hier aber beim Dental.

Konsonantisches *i* wird *y* geschrieben, der aus lat. j, aus g vor e und i, usw. entstandene Laut als *j* vor *a o u*, als *g* vor *e* und *i*. Die alte Aussprache bleibt noch zu präzisieren. Schreibungen wie *jotze* Doc. hist. II, p. 5, Nr. 11, 4 (nach den Herausgebern vom Ende des XI. Jahrhunderts), *jutzia* ib. p. 21, Nr. 37, 1 lassen die moderne Aussprache als sehr alt vermuten.

Com, on usw. schreibe ich regelmäßig mit *o*. Die limousinischen Handschriften lassen sehr oft *u* dafür eintreten. Beiläufig bemerkt wechselt die Schreibung zwischen *o* und *u* nicht nur in diesen Fällen und in *dosca dusca*, in *ops* und *ups*, sondern auch, wie wir eben sahen, in *jotze* und *jutzia* und auch in *lui* und *loi* (s. *celoi* Doc. hist. II, Nr. 10, p. 4, z. 16), so daß der Laut *ü* gegenüber französischem *ü* denn doch für unsere Landschaft zweifelhaft bleibt. Vgl. dazu auch *jëona, dejëon* < jejūnum 9, 27, 28 im Reim mit *dona, don* etc.

Wenn von der so skizzierten Rechtschreibung in meinen Texten hier und da abgewichen wird, handelt es sich nicht um beabsichtigte Inkonsequenz; aber diese Mängel können sich wenigstens damit entschuldigen, daß der Dichter in seinen Niederschriften an ihnen sicherlich keinen Anstoß genommen haben würde.

Die Überlieferung der Gedichte.

Die Lieder Bernarts finden sich fast alle in einer größeren, viele von ihnen in einer sehr großen Zahl von Handschriften. Ganz vereinzelt sind diejenigen, die nur in einem oder in sehr wenigen Manuskripten überliefert werden. Nur in V stehen 5 und 20, nur in C: 40. Nr. 14 steht nur in LO, 18 in Ca, 24 in CE(W), 9 in DIKN. Dagegen findet sich z. B. Nr. 45 in 15 Hdss., Nr. 29 in 16, Nr. 16 in 17, Nr. 25 in 18, Nr. 7 und 31 in 19, Nr. 1 und 43 in 21, Nr. 41 in 22 Hdss.

An der Überlieferung sind sämtliche wichtigeren Liederhandschriften beteiligt mit Ausnahme von H.

In welchem Abstammungsverhältnis die provenzalischen Liederhandschriften, im Ganzen oder in ihren einzelnen Abschnitten, zueinander stehen, hat bekanntlich Groeber in seiner großen, peinlich sorgsamen Arbeit über „Die Liedersammlungen der Troubadours",

Rom. Stud. II, 337—670, festzustellen gesucht. Er ist aber trotz aller entsagungsvollen Bemühung zu keinem abschließenden Resultat gelangt. „Die Prüfung der überlieferten Texte der einzelnen Lieder wird nicht entbehrlich" (S. 656). Und so ist die erste Aufgabe des Herausgebers bei jedem Liede das Verhältnis der Lesarten zu untersuchen, einen Stammbaum der Überlieferung aufzustellen.

Die Einleitung eines jeden unserer Texte versucht dieser Aufgabe gerecht zu werden. Aber man wird sehen, daß nicht häufig ein ganz sauberes, sicheres Resultat erreicht wird. In stets engem Verhältnis zueinander stehen nur die bekannten Gruppen AB und IK. Dagegen zeigen schon DIK nicht ausnahmslos ihre übliche enge (im allgemeinen auch in den Liedern Bernarts aufrecht erhaltene) Verwandtschaft: in 12, 16, 19, 28, 35, 36, 41 scheinen sich IK von D zu trennen. Zu DIK, oder wenigstens zu IK, gehört fast stets N: 8, 9, *12, 16, 19*, 22, 26, 27, *28, 35, 36*, 39, *41*, 42, 44, 45 (die Lieder, bei welchen die engere Verwandtschaft sich nur auf IK, nicht auf D, erstreckt, sind durch kursiven Druck bezeichnet).

Eine andere Gruppe wird von PS gebildet: 1, 7, 16, 41, 43. Und alle die genannten Hdss. ABDIKPS pflegen, wie man aus den kritischen Ausgaben der Trobadortexte weiß, in engeren oder weniger engen Beziehungen zueinander zu stehen.

Ihnen gegenüber läßt sich kaum eine andere auch nur in diesem bescheidenen Maße geschlossene Handschriftengruppe erkennen.

In zweifellos engerem Verwandtschaftsverhältnis stehen Ma (s. Nr. 4, 6, 10, 12, 13, 16, 21, 25, 27, 28, 31, 37, 39, 42, 44, 45). Mit ihnen vereinen sich wechselnd O und V (MaO: Nr. 6, 12, 16, 37, 39, MaV: Nr. 27, 42, 44, MaOV: Nr. 39) und auch S^i (MaS^i: Nr. 6, 10, 13, 25, MaOS^i: Nr. 6). V ist indes oft auch enger an R gebunden (Nr. 6, 16, 17, 19, 22, 23, 31, 37, 45). Hier kommen wir aber schon zu derart schwankenden Beziehungen, daß sich allgemeiner gültige Aussagen nicht mehr aufstellen lassen.

Die Beziehungen, die sich so aus der Prüfung der einzelnen Liedertexte ergeben, sind zu vergleichen mit den Entsprechungen der Reihenfolgen der Lieder in den verschiedenen Handschriften. Übereinstimmungen der Reihenfolgen könnten ja zur Erkenntnis von Liedersammlungen führen, die den erhaltenen Manuskripten zugrunde liegen.

Die Reihenfolge in den Handschriften ist diese:

A : 35 30 16 25 29 12 42 10 1 31 17 44 43 36 41 27 8 7 19 6 28 4 45
22 39 33 15 37

B : (213, 4) 25 29 1 41 7 6 28 45

C : 1 43 41 25 10 42 7 33 27 (132, 12) 19 37 12 30 35 (344, 3) 45 36 44
3 13 29 21 16 17 15 23 18 26 40 8 6 31 28 39 4 (293, 40) 11 22 24

D : 25 29 12 43 16 36 30 35 41 27 8 7 33 42 10 1 31 17 44 6 19 28 ‖ [1]
39 45 22 26 9 4 13 38 15 23 (107, 49)

E : 43 (344, 3) 36 41 7 6 4 19 (293, 40) 11 24 (392, 27) (62, 1) (65, 2) (65, 1)

F : 41 27 8 7 42 12 1 31 29 43 36

G : 31 1 43 41 10 28 15 37 6 12 23 42 (331, 1) 21 30 7 19 33 35 17
(167, 49) 16 36 45 25 26

IK : 42 10 1 6 31 43 8 17 44 27 35 16 36 28 12 25 19 39 29 41 7 45 22
26 9 33 4 13 15 23 (167, 49) 30 38

L : (112, 2) 1 43 17 25 31 4 ‖ 7 (zwischen 30, 1 und 265, 1) ‖ 27 (zwischen
9, 14 und 10, 23)

M : 1 41 7 25 43 4 36 27 29 21 31 39 19 17 44 3 13 10 16 42 12 6 37

N : 19 39 29 41 10 28 43 31 36 12 42 16 35 17 44 27 8 4 21 37 9 45 22
33 26

N² : 31 10 7 1 6 43 8 17 44 27 35 16 36 28 12 42 25 19 41 39 29 45 22
26 9 33 4 21 30 3 13 15 37 38 (331, 1) 23 (167, 49)

O : 41 ‖ 31 ‖ 7 ‖ 17 ‖ 43 12 16 6 39 21 ‖ 37

P : 15 ‖ 41 43 25 16 1 31 7 42

Q : 1 10 43 41 16 6 12 29 42 31 30 7 19 35 33 27 25 17 36 (167, 49)
45 26

R : 33 27 (132, 12) 19 30 35 (133, 3) ‖ 28 ‖ 4 41 43 7 12 31 1 6 23 (331, 1)
16 39 36 29 8 25 44 37 45 42 (16, 13) 29 21 13 3 22 17

S : 7 21 36 1 31 6 19 41 43 25 16 4 12 29 35 44 3

T : 22 (366, 1) 1 25 ‖ 28

U : 1 31 43 41

V : 20 1 42 45 31 10 19 25 29 (242, 12) 43 39 22 37 35 27 17 (377, 4)
(377, 6) (234, 11) 34 5 16 12 23 44 6

W : 41 ‖ 7 2 43 45 31 ‖ 19 ‖ 1 ‖ 24

a : 36 3 41 42 (242, 12) 35 33 15 28 (76, 18) 29 10 1 27 4 7 43 31 16 25
44 12 21 6 13 37 39 19 (124, 7) (124, 1) (124, 2) (79, 22) 30 ‖ 28 (zwischen
364, 36 und 47, 8) ‖ 45 (zwischen 366, 27 und 366, 9).

Eine genaue Entsprechung der Folgen findet sich, wie wir
erwarten müssen, in IK. Mit IK stimmt im wesentlichen die Aufzählung der Lieder in der früher Cheltenhamer, jetzt Berliner,
Sammlung N² überein:

IK:	42		10		1 6	31	43 8 17 44 27 35 16 36 28 12		25
N²:		31	10 7 1 6				43 8 17 44 27 35 16 36 28 12	42	25

---

[1]) Der Abteilungsstrich bezeichnet, daß die von ihm getrennten Lieder
nicht unmittelbar aufeinander folgen, sondern durch andere geschieden sind.

IK: 19   39 29 41 7 45 22 26 9 33 4   13 15
N²: 19 41 39 29   45 22 26 9 33 4 21 30 3 13 15 38
IK: 23 (167, 49) 30 38
N²: (331, 1) 23 (167, 49).

Dagegen sind es in ADIKN nur noch einzelne Liedergruppen, die sich in ihren Folgen entsprechen. Zwei größere Gruppen umfassen ADIK:

A: 42 10 1   31   17 44
D: 42 10 1   31   17 44
IK: 42 10 1 6 31 43 8 17 44,
A: 45 22   39   33   15
D: 39 45 22 26   9   4 13 38 15 23 (167, 49)
IK: 45 22 26   9 33 4 13   15 23 (167, 49) 30 38

In der ersten stimmen AD genau, in der zweiten stimmen DIK untereinander mehr überein als eine von ihnen mit A.

Dazu nun kleinere Gruppen, die AD verbinden: 25 29 12; 41 27 8 7;

A: 35 30 16   ; 19 6 28
D: 16 36 30 35; 6 19 28

Nennen wir nach der Aufeinanderfolge dieser Gruppen in A die mit 35 beginnende A¹, mit 25: A², mit 42: A³, mit 41: A⁴, mit 19: A⁵, mit 45: A⁶, so ist die Folge in D: 2 1 4 3 5 6, so daß immerhin auch im ganzen eine gewisse Entsprechung stattfindet.

IK und N haben verschiedene Gruppen gemeinsam, werfen diese aber durcheinander. Nach ihrer Folge in IK sind es: a) 31 43, b) 17 44 27, c) 35 16, d) 19 39 29 41, e) 45 22 26 9 33. In N folgen sie als d a c b e; a und c stellen aber um: 43 31, 16 35.

Mit A stimmt auch die Coblensammlung F in zwei Gruppen AF 41 27 8 7 und

A: 12 42 10 1 31 17   44 43 36
F: 42 12   1 31   29   43 36,

aber in umgekehrter Folge.

Auch in PS zwei Gruppen: 41 43 25 16 und 1 31. Die zweite steht ebenso in ADFU. Von der ersten stehen ebenso in R: 41 43, umgekehrt in CGU: 43 41 nebeneinander.

Eine Übereinstimmung über die ganze Reihe hin findet in AB statt. Die Lieder in B stehen in der gleichen Folge wie in A, nur daß in A viele andere zwischen die Lieder von B treten. B ist also ein Auszug aus der Quelle von A.

Ebenso stimmt die Reihenfolge in Q im wesentlichen zu G:

```
G: 31 1    43 41 10    28 15 37 6 12 23    42 (331, 1)    21
Q:    1 10 43 41    16         6 12    29 42            31
G: 30 7 19 33 35        17 (167, 49) 16 36        45 25
Q: 30 7 19 35 33 27 25 17            36 (167, 49) 45
```

Und ähnlich entsprechen die wenigen Lieder in E ihrer Folge in C, abgesehen von den ausweichenden 36 und 19.

C stimmt in einer Gruppe zu G:

```
C: 1 43 41 25 10
G: 1 43 41    10,
```

in ein paar Gruppen zu R: 33 27 (132, 12) 19; 30 35, zu M: 44 3 13, zu MR: 29 21.

Zwischen den Handschriften MOa, die wir in ihren Lesarten verwandt fanden, läßt sich eine sehr allgemeine Entsprechung der Reihenfolge höchstens in einer Gruppe feststellen:

```
M:         16    42    12    6    37
O: 43      12 16              6         39 21
a: 43 31      16 25    44 12 21 6 13 37 39.
```

Weitere Übereinstimmungen, die sich in geringem Umfang zwischen verschiedenen Handschriften finden, können auf Zufall beruhen.

So können wir wohl eine Anzahl größerer oder kleinerer Sammlungen als Quellen unserer Handschriften erkennen. Allgemeinere Wertung für die Herstellung der Texte läßt sich aber aus ihnen kaum erschließen. Noch weniger ergibt sich etwa, daß eine oder die andere dieser Sammlungen gar auf die Zeit des Dichters zurückginge und die örtliche Nähe in den Manuskripten irgendwie auf die zeitliche Nähe der Entstehung schließen ließe. Man wird vermuten dürfen, daß die Lieder Bernarts lange Zeit auf losen Blättern umliefen, daß sie erst später zu Gelegenheitssammlungen vereint und dann wieder in größerem Umfang zusammengestellt wurden.[1]

---

[1] In der Anm. zu 6, 18 wird die Möglichkeit erwähnt, daß auch zwei verschiedene Fassungen eines Gedichtes der Überlieferung zugrunde liegen können. Fest greifbar ist diese Möglichkeit aber an keiner Stelle der Lieder Bernarts.

Lieder Bernarts.

1.

A 88 (248), B 56 (MG. 133), C 47, D 19 (60), D^c 248 (55, nur Str. 1; AdM. 13, 204), F 20 (45, nur Str. 4), G 9 (p. 27), I 27, K 16, L 19, M 37, P 17 (54, Arch. 35, 422), V 51 (Arch. 36, 400), a 87 (66, Rlr. 42, 323).

Ein nicht geringer Teil des Gedichtes ist in die Zitate des Breviari d'Amor aufgenommen, nämlich v. 17—24 (ed. Azaïs v. 33 506 —13), 25—32 (v. 33 666 —73), 33—36 (v. 30 727 —30), 49—56 (v. 31 473—80). Da ein kritischer Text des Breviari fehlt, beschränken sich unsere Variantenangaben (α) auf den Text Azaïs'. V. 33—36 werden auch von Raimon Vidal in seiner Novelle *So fo el temps* zitiert (ed. Max Cornicelius v. 489—92, = β^1), v. 33, 34 und 49 von demselben in den Razos de trobar (ed. Stengel, S. 75, = β^3; beide Zitate werden von den Hdss. in etwas abweichender Form überliefert).

Nur genannt wird unser Gedicht von N^2 in der Aufzählung der Lieder Bernarts unter Nr. 4.

In französierender Form ist das Gedicht teilweise in Hds. W 202 (s. Rom. XXII, 403) und in X 81 (s. P. Meyer et G. Raynaud, Le Chansonnier français de St-Germain-des-Prés) überliefert, v. 25 bis 32 auch im Roman de la Violette (s. ed. Fr. Michel v. 321 ff., Seelheim, Die Mundart des altfrz. Veilchenromans, Leipzig 1903, S. 10).

Die Melodie steht in den Hdss. GRW, s. Restori, Per la storia musicale dei Trovatori provenzali (Rivista Musicale Italiana II, 1895), Separatabdruck p. 39; Beck, Die Melodien der Troubadours, S. 30, 56.

Gedruckt ist das Lied: Raynouard, Choix III, 42; Mahn, Werke I, 16; Chaytor, Troubadours of Dante p. 120.

Für das Handschriftenverhältnis ist zunächst die Anordnung der Strophen maßgebend:

```
1 2 3 4 5 6 7 8    PRS
1 2 3 4 5 6 7      V
1 2 3 4 5 7 6 8    LU
1 2 3 5 4 6 7 8    a
1 2 3 5 6 7 4      Q
1 2 4 5 6 7 8      M
1 2 5 4 3 6 7 8    ABIK
1 2 5 4 3 6 7      D
1 2 4 3 6 7        GT
1 3 2 7 4 6 5 8 9  C
```

An der späteren Stellung der 5. Strophe ist nicht zu zweifeln (v. 41 würde sich an v. 16 nicht anschließen), so daß sich ABDIK durch einen bedeutungsvollen Fehler zusammenschließen. Str. 4 scheint in der Vorlage etwa am Ende oder am Rande gestanden zu haben, denn in ihrer Stellung weichen auch die anderen Hdss. von einander ab. In der Tat ist ihr Verhältnis zu 3 nicht sicher. Wir dürfen ihr wohl den Platz lassen, den sie in der Mehrzahl der Hdss. hat.

CLPQRSUVa werden durch v. 52 zusammengeschlossen. Ihre Fassung *E la bela (fresca) boac rizens* ist neben v. 41 *Anc (Ja) sa bela boca rizens* offenbar falsch, und doppelt unmöglich neben *e li dolz (gens) ris*, das in fast all denselben Hdss. in v. 51 steht. Nun zeigt freilich auch ABDIKT in *E·l vostre bels ensenhamens* Wiederholung des Reimworts aus v. 20. Immerhin ist diese Wiederholung eher zuzugeben als jene. Vielleicht hat *a* mit *aculhimens* das Richtige. Jedenfalls ergibt sich aus dem Vers die Zusammengehörigkeit der genannten Hdss. — GM, die hier abweichen, gehen sonst mit den unter sich eng verwandten L, PSU (s. v. 12, 20, 23, 43, 45, 55, 58) zusammen (s. v. 12, 33, 40, 60, bez. 23, 53, 54). Qa zeigen sich durch v. 5, 10, 12, 15, 23 eng verwandt. — T, das sich durch Strophenstellung und manche Varianten zu ABDIK stellt, hat doch auch mehrfach Beziehungen zur anderen Gruppe (CMRT: v. 7, 10).

Ein sauberer Stammbaum läßt sich kaum aufstellen. Man darf aber aneinander reihen, einerseits AB, DIK, andererseits G, M, LPSU, Qa. R und V gehören zur zweiten Reihe; ein bestimmter Platz in ihr ist ihnen nicht zu geben.

Keine der beiden Gruppen gibt an sich eine sichere Grundlage für die Textgestaltung. Man muß sich von Fall zu Fall für die jeweilige Lesart entscheiden.

I.   Ab joi mou lo vers e·l comens,
                et ab joi roman e fenis;
                e sol que bona fos la fis,
                bos tenh qu'er lo comensamens.
      5   per la bona comensansa
                mi ve jois et alegransa;
              e per so dei la bona fi grazir,
              car totz bos faihz vei lauzar al fenir.

II.   Si m'apodera jois e·m vens:
     10   meravilh' es com o sofris
                car no dic e non esbrüis
                per cui sui *tan* gais e jauzens;
                mas greu veiretz fin' amansa
                ses paor e ses doptansa,
     15   c'ades tem om vas so c'ama, falhir,
              per qu'eu no·m aus de parlar enardir.

III.   D'una re m'aonda mos sens:
                c'anc nulhs om mo joi no·m enquis,

I.   1. meu *Q*; los v. *V*; ·l *fehlt LM*   2. ab] en *L*; remon *D*, remaing *DcPS*; e *ausgeschnitten C*   3. la *ausgeschnitten C*; Et ab que bona fia *R* 4. Bon t. *a*; t.] cre *ABDIKT*, crey *LR*, sai *CG*; qes lo c. *LPSU*, qe sial c. *Q*, qe foral c. *a*; comenzamen *U*; Bos sai chels lo c. *Dc*, Per bon tenc lo c. *M*, Bona cre cer lacomençamens *T*, Crei quer bos lo c. *V*   5. Car de la b. c. *Qa*   6. Maue *L*; v.] nays *C*, don *R*; ioi *LTUV*   7. deu *a*; Per qieu deg mais *C*, Per so (o *M*; E pero *T*) deu hom *GMRTV*, E dei per cho *L*; finz *a*   8. Qe *DcGLQ*; bon *TU*; tot bon fag *a*; aug *CR*

II.   9. mapoderal i. *C*; ios *G*, ioi *LP*; e u. (·m *fehlt*) *M*   10. Merauillas fatz (fauc *B*, son *DIK*) car s. *ABDIK*, Merauilhœs con ho s. *M*, Merauilhem com o s. *R*, Meraueill me car o s. *GL*, Merauigllaf mer concor s. *T*, Quem meravilh cum o (qar o *PS*, cosil *Q*, comsil *a*) s. *CPQSa*, Qem mi meraueilh cō en s. *U*, Quemaranill me cō s. *V*   11. Quien *AGMRV*, Que *B*; d.] dit *G*, o d. *PS*, chant *ABDIKRT*; ni *M*; embrugis *C*, esbrois *DIKT*, mesbruis *G*, mesbrois *V*; d. o nomen esbruis *L*, ch. mimc esbaudis *R*   12. Cella don sui g. *ABDIK*, Sell per cui son g. *T*, Cum suy aissi g. *C*, Per cui soi tant g. *GL*, Per qien (qe *PSU*) sui tan g. *MPSU*, So don sui tan rics *Qa*, 'Zo per queu s. g. *V*; ni *G*; Mas per leis dō joi tā iauzenf *R*   13. Qa *M*; leu *a*; fis a. *U*   14. o *DIKT*; duptanfanfa *R* 15. t. o.] teinō *IK*; t.] ten *U*, rem *a*; ves son amic *QRa*   16. non auz *a*; del p. *PSV*; preiar *ABIKR*, parar *T*

III. *fehlt M*   17. res *R*; mauondaua *S*, maoncla(?) *a*; mon s. *QU*   18. nul(l) *GU*; o. *fehlt a*; iois *G*; h. no lom e. *a*; non e. *PSU*, no men e. *a Var.*

                                                1*

qu'eu volonters no l'en mentis;
20   car no'm par bos essenhamens,
        ans es foli' et efausa,
        qui d'amor a benanansa
ni'n vol so cor ad autre descobrir,
        si no l'en pot o valer o servir.

IV.   25   Non es enois ni falhimens
        ni vilauia, so m'es vis,
        mas d'ome, can se fai devis
        d'autrui amor ni conoissens.
        enoyos! e que'us enansa,
30   si'm faitz enoi ni pesansa?
        chascus se vol de so mestier formir;
        me cofondetz, e vos no'n vei jauzir.

V.   Ben estai a domn' ardimens
        entr' avols gens e mals vezis;
35   e s'arditz cors no l'afortis,
        greu pot esser pros ni valens;
        per qu'eu prec, n'aya membransa
        la bel', en cui ai fiansa,

19. Qanc *B*, Que *LQTVa*; loi m. *R*, lem m. *U*, liu m. *Va*; noilen m.
L   20. Ni *Qa*, E *R*, Qe *LPSU*; non p. *PU*; bon nisegnamentç *T*; no mes
bon e. *G*   21. Au *C*; es *fehlt U*   22. damors *R*   23. Nin u. *AB*,
Quen u. *DIKT*; cors *D*; Quaz om nauze son fin cor d. *C*, Qe (E *GL*, Qer
S, Si *U*) ia lo (la *GLU*) uol ad ome d. *GLPSU*, Qi (Qe *a*) vol ad autre
tot (tuç *Q*) son c. d. *Qa*, Ni (Nin *V*) uol ad hō son talan d. *RV*, E uol ad
autre son ioi (son cor *Var.*) d. *a*   24. Sel *G*, Sil *PS*; lin p. *GRTV*; *erstes*
o *fehlt LTU*; u. ou s. *L*, ualer e s. *U*
    IV.   25. en(n)oi *LQT*   26. vis] auis *T*   27. domes *FQ*, dom *T*;
fan *F*   28. Dautramor *R*; ni] c *FGLMPQSUa, fehlt α*; re *über* conois-
sens *R*   29. e] *fehlt IK*, a *Q*; que uos c. *L*, quis e. *M*   30. Car *AB*
DIKT, Qan(d) *GL*; faiis *D*, fag *IK*, fai *U*; De far *M*; enuois *T*; et p. *Q*
31. Cascun *QU*; v.] deu *ABCRa*, dec^t *D*; sos meftiers *G*; fornir *FGP*, f.
zu turmir *geändert a*   32. Men c. *a*; canfodetç *T*; e] en *T*; vos] uoi *U*;
vei] uai *S*; auzir *D*.
    V. *fehlt GT*   33. co(n)uen *MPSU*, seschai *LQaαβ¹*, eschai *Vβ³*,
sestai *β³*; dampn *D*; ardimen(t) *PQ*   34. avol *DVQaβ³*, aol *IK*; gen
IKQVaβ³; mal *IKLPQUa*   35. Car *ABM*, Qe *LPSU*; si bon(s) *CLMPSU*,
sardit *V*, sadreit *a*; cor *CLPQVa*   37. qieul *B*, qui il *D*, qiel *IKR*,
quel *V*; Pero p. *M*, Dunt p. *Q*; pr. qe naia *Q*; maia en m. *PS*   38. em
cui *D*

que no's chamje per paraulas ni's vir,

40   qu'enemics c'ai, fatz d'enveya morir.

VI.   Anc sa bela bocha rizens

non cuidei, baizan me träis,

car ab un doutz baizar m'aucis,

si ab autre no m'es guirens;

45   c'atretal m'es per semblansa

com de Peläus la lansa,

que del seu colp no podi' om garir,

si autra vetz no s'en fezes ferir.

VII.   Bela domna, 'l vostre cors gens

50   e·lh vostre belh olh m'an conquis,

e·l doutz esgartz e lo clars vis,

e·l vostre bels essenhamens,

que, can be m'en pren esmansa,

de beutat no·us trob egansa:

39. E nos c. *a*; canges *P*; paraula *DIKU*; ne u. *Q*   40. Me nemis *Q*; Qels (Qel *M*) enemics (ēneios *R*) fatz (faza *S*) *MPRSU*; den vera *a*

VI. 41. Ja *CDIKLMPS*, Ma *T*; sa] *fehlt U*, de sa *T*   42. Nom c. *V*; baissan *M*   43. Mas *C*; baissar *LM*, bazar *a*: Quab un sol d. b. *LPSU*; Cab ū dos bais quem det m. *R*.   44. autres *U*; Et sab a. *CLPRSa*, Sab un (un *übergeschrieben G*) a. *GM*; gairens *G*: no me stai g. *Q*, no mē guerif *R*   45. Atressi *CV*, Astretal *G*, Qatresi *M*, Catretals *IK*, Aissamen *L*, Eissament *PSU*, Atretal *a*; m'es] fezes *Q*. mer *a*: Tot aifim nū *R*   46. pelahus *A*, peleus *CGSU*, pelleu *L*, peleu *M*, peraus *P*, piraus *Q*, palaus *V*; Cum fo de p *C*, Come de p. *Q*; sa l. *ADIKRT*   47. de (del *G*) son c. *CDGIKRT*, dun s. c. *Q*; no pott nuls g. *T*   48. Sun *Ua*: se f. *T*; fes referir *M*; Si per eys loc no sen f. f. *CGIPS*, Tro per eus lou sen fazia (si era faitz *R*) f. *RV*

VII. 49. Bona *GLUVaβa*; ·l *fehlt DGIKMQTaβ*; nostra c. *D*; cor *U*; gen *R*   50. E *DIKMQT*; v. *fehlt U*; bels *L*, beus *Q*; oille *G*; Els uostres bels huelhs *RV*   51. Eil heill e. *AB*, El dous e. (efgard *G*) *CDGIKMT*, Le donz esgartz *a*, Li (Si *P*, El *R*. Lo *V*) bel semblant *LPRSUV*, E le dolç baisar *Q*, El gen parlars *a*; ab lo clar vis *A*, e lo clars (clers *a*) nis *BCDIKMTa*, el lo (lo *übergeschrieben*) genz (z *übergeschrieben*) ris *G*, e li (lo *Ra*) dous ris *LPRSUVa*, el gent ris *Q*   52. bo(n)s e. *BDIKT*; aculhimens *a*; bel parlars plasenz *M*; E la bella (fresca *R*) boc(h)a rizens *CLPQRSUVa*, E la bella cara plaifenç *G*   53. Qar *M*; be] il *Q*, en *a*; Qan b. men pr. aesmansa (aesmenansa *P*) *GPSU*, Qe ō (don *V*) pus men pren (prenc *V*) esm. *RV*   54. beltatz *L*; nos t. *DIKM*, non sai *GPSU*, no li sai *L*, non t. *Q*; esgansa *CQ*; Nous truep de b. eg. *a*

55 la genser etz c'om posc' el mon chauzir,
o no i vei clar dels olhs ab que·us remir.

VIII.   Bels Vezers, senes doptansa
sai que vostre pretz enansa,
que tantz sabetz de plazers far e dir:
60 de vos amar no·s pot nuls om sofrir.

(IX.   Ben dei aver alegransa,
qu'en tal domn' ai m'esperansa,
que, qui·n ditz mal, no pot plus lag mentir,
e qui·n ditz be, no pot plus bel ver dir.)

55. Quel V; genchor L, gensor Ta; es G; Le genzers est a; del mon al mieu albir $ABDIKT$, com puesc (poscha G) el mon chauzir $CGLQVaa$, qen tot lo mon si mir M, com anc pogues chauzir PSU, com puesca ia chauzir R 56. E $LPRSV$, Au Q; no·i] eu non IKT, eu noi a, no̅ G, non $MPQSU$, nom V, no a; clar *fehlt* $IKTa$; qiens Ma

VIII. *fehlt* $DGQTV$ 57. Bel $CLMPUa$; nezer $CPUa$; ses d. La; Enuers ses tota d. R 58. Vei $LPSU$; quel $BPSU$; uostres IK; auansa $ABIK$, enansa $CMPRSUa$; Vostre pretz creys et enansa C, Gardatz con uos pr. enansa M, Creys uoftres pr. et enansa R 59. Car R; tantz ABC, tan(t) $IKLMPRSUa$; plasers $ABCMR$, plaser $IKPSa$, saber U 60. Nuls hom nos pot de vos amar s. $LMPSU$, Per quieu de uos amar nom puesc s. C, Per com nos pot de uos amar s. R, Per qe nuls homs nos pot damar s. a

IX. *stelt nur in* C

Hds. W.

En ioi mof lou vers et comens
et en ioi reman et fenis
et sab que bone en est la fins
car bons et[1]) li comencemens
per la bone comencance
mi ven iois et alegrance
et per oc dei la bone fin grasir
que toz bens faz vei lausar al fenir.

Hds. X.

En ioi mof mon uers encomenz
et en ioi remaint et fenis
peroc que bona fous la fins
teng a bon lo comancaument

---

[1]) Von anderer Hand.

pir la bona comencance
mi uent iois et aligrance
et peroc deit la bona fins grazir
que toz bons faiz oi laudar au fenir.

De sa bele boiche riant
non cuidai baisant me tradist
kant par un baisar ma aucis
se par un autre nel raiaint
se ua de moi par sanblance
con de peleus la lance
cainz de son cop ne pout nus hom garir
sun autre foiz ne sen fait referir.

Il nest enuis ni faillimans
ne uilenie ce mest uis
fors de cels qui se font denis
dautrui amor et conoissant
enieus qui nos enance
de faire enui et pesance
chascuns se doit de son mestier fornir
mei confundaz et uos nen uei iauzir.

Dunc rien mabunde mes sens
conques nus mon grant nenquist
ke uolentiers ne len mentis
ce teng a boen ensengnelment.
car folors est et enfance
qui bien est damors enance
kose a home son pansar descobrir
se ne pot ou ualer ou iauzir.

Roman de la Violette:

Il nest anuis ne faillemens
ne vilonnie che mest vis
fors domme ki se fait denins
dautrui amour ne connissans
enuieus que vous en auanche
de moi faire anui ne pesanche
chascuns se velt de son mestier garir
moi confondes que vous nen voi joir.

Anmerkungen.

4. Von den gegenüberstehenden *tenh* MPQSUa und *cre(i)* ABDIKL
RTV (*sai* nur in CG) habe ich mich für *tenh* entschieden, weil es von den
Abschreibern weniger leicht eingeführt worden wäre. Freilich begegnet
genau die gleiche Konstruktion bei Bernart nicht wieder.

10. *Merauillas falz (son) car sofris* ABDIK oder *Que·m meravilh com o s.*, mit einigen Abweichungen, CPQSUVa? Da auch GLMRT, in verschiedenen Lesarten, mit *Merauilh* ... beginnen, wird die asyndetische Konstruktion als ursprünglich gelten dürfen.

12.	*Cella don sui g.*				ABDIK
	Per quieu (que) sui tan g.				MPSU
	„ *cui*	„	„	„	GL
	So don	„	„	*rics*	Qa
	Zo per queu sui g.				V
	Sell per cui son g.				T etc.

Tan steht in GLMPQRSUa, fehlt in ABCDIKTV. In der Vorlage hat vermutlich gestanden *Per cui sui gais e jauzens*, mit dem Mangel einer Silbe, welche von den Schreibern in verschiedener Art ergänzt ist. Die natürlichste dieser Ergänzungen ist *tan* (*dire alcu* „jemanden nennen" ABDIK begegnet sonst bei Bernart nicht).

23. Der Überlieferung nach sollte man eher *que·n* an den Anfang des Verses stellen. Aber die Hdss. weichen so stark ab, daß die Lesung überhaupt zweifelhaft wird. So darf man das auf beiden Seiten vertretene *ni·n* an Stelle des schwerfälligeren (*qui* . . .) *que·n* setzen.

31. Levy, unter *formir* 8, fragt zu diesem Vers: „ist 'jeder soll für seine eigenen Sachen sorgen, sich um seine eigenen Angelegenheiten kümmern' zu verstehen? Oder gehört die Stelle zu 7 'für sich sorgen, Vorteil, Nutzen ziehen', und ist zu deuten 'jeder soll aus seinem Tun Nutzen ziehen'?". Ich verstehe: „ein jeder sorgt naturgemäß für das, was seines Amtes ist, was seiner Art entspricht". Mein *mestier* ist das Lieben. Wenn Ihr denkt, mich in meiner Liebe wankend zu machen, so gebet diese Idee auf.

46. Die Lanze des Peleus ist wohl am ehesten aus Hygin, Fabel CI entnommen: Telephus Herculis et Auges filius ab Achille in pugna Chironis hasta percussus dicitur. ex quo vulnere cum in dies tetro cruciatu angeretur petit sortem ab Apolline quod esset remedium: responsum est, ei neminem mederi posse, nisi eandem hastam qua vulneratus erat. Vielleicht kannte Bernart die Stelle Hygins als Kommentar zu Ovid, Rem. am. v. 47, wo die Lanze Chirons als die vom Pelion „Pelias hasta" bezeichnet wird. Er konnte sie aber mit Recht auch Lanze des Peleus nennen, von dem sie ja Achill erhielt.

48. *per eis loc* CGPRSV ist erwägenswert, aber doch schlechter bezeugt. Bei jeder der beiden Lesarten wird der Inhalt der anderen Fassung unterverstanden.

55. Für die Lesart mit *chauzir* spricht nicht so sehr, daß *albir* sonst bei Bernart nicht bezeugt ist, als die Einschränkung des Urteils, die in *al meu albir* liegt. Und so werden wir denn auch in v.

58 aus derselben Gruppe von Hdss. *enansa* aufnehmen, obwohl es schon v. 29 Reimwort ist. Wir befinden uns ja in der Tornada. Übrigens begegnet auch *avansar* bei Bernart sonst nicht.

Nr. 1.

9

61—64. Diese Verse stehen nur in C. Sie sind so matt, daß man an ihrer Echtheit zweifeln darf. Wären sie echt, so müßte man sie vor VIII stellen.

Übersetzung.

I. Mit Freude hebe ich den Vers an und beginne ihn, und mit Freude hört er auf und endet er; und wenn nur das Ende gut ist, meine ich, wird es auch der Anfang sein. Um des guten Beginnes willen kommt mir Freud und Lust; und das gute Ende darf ich deshalb willkommen heißen, weil ich alles gute Tun am Ende loben sehe.

II. So überwältigt und besiegt mich Freude: Wunder ist es, wie ich's trage, daß ich nicht sage und hinausrufe, um wessen willen ich so froh und freudig bin! Aber echte Liebe werdet Ihr nicht leicht ohne Furcht und Sorge sehen, denn immer fürchtet man, gegen das was man liebt, zu fehlen, und so kann ich mich nicht erkühnen zu reden.

III. In Einem hilft mir mein Verstand: daß, wenn je mich einer nach „meiner Freude" fragte, ich ihn willig darob belügen würde: denn nicht Klugheit scheint es mir, sondern Torheit und Einfalt ist es, wenn, wer der Liebe Glück genießt, sein Herz einem Anderen öffnen will (es sei denn, daß er ihm helfen oder dienen kann).

IV. Kein Ärgernis und kein Fehl und keine Niedrigkeit ist, meine ich, so groß wie die von einem Menschen, der eines Anderen Liebschaft erraten und erkunden will. Ihr Argen, was fördert's Euch, wenn ihr mir Ärger und Leid schafft? Ein jeder tut, was seiner Art entspricht. Mich macht Ihr unglücklich, und Euch sehe ich keine Freude daher kommen.

V. Wohl steht einer Dame Kühnheit an unter schlechten Leuten und bösen Nachbarn; und schwerlich wird sie als trefflich gelten, verleiht nicht kühnes Herz ihr Kraft. Darum bitte ich die Schöne, auf die ich vertraue, sie sei dessen eingedenk, damit sie um des Geredes willen nicht ihren Sinn wende; denn vor Neid sterben die mir feindlich sind.

VI. Nimmer glaubte ich, daß ihr schöner lachender Mund mich verraten würde. Mit einem süßen Kuß tötet sie mich, wenn sie nicht mit einem anderen mich heilt. Ebenso erscheint er mir wie die Lanze des Peleus, denn von ihrer Wunde konnte man nicht gesunden, wenn man sich nicht ein zweites Mal von ihr treffen ließ.

VII. Schöne Frau, Euer anmutiger Leib und Eure schönen Augen haben mich gewonnen, und der süße Blick und das helle Antlitz und Eure schöne Art; denn, wenn ich es wohl abschätze, treffe ich keine die Euch an Schönheit gleicht. Die Anmutigste seid Ihr, die man in der Welt erblicken kann, oder ich sehe nicht hell aus den Augen, mit denen ich Euch anschaue.

VIII. Schönes Schauen, ohne Zweifeln weiß ich, daß Euer Wert steigt, denn so viel Gefälliges könnt Ihr tun und sagen: Euch zu lieben kann niemand sich enthalten.

(IX. Wohl darf ich froh sein auf eine solche Frau mein Hoffen gesetzt zu haben, denn nicht häßlicher kann man lügen, als indem man von
ihr Schlechtes sagt, und keine schönere Wahrheit kann man sagen, als von
ihr Gutes zu reden.)

2.

A 177 (505), D 143, E 212, G 100 (p. 326), I 155, K 141,
L 51, W 190. Gedruckt Choix IV, 5; Mahn, Werke I, 102; Galvani,
Oss. 76; kritisch nach allen Handschriften: Rud. Zenker, Die Lieder
Peires von Auvergne, Erlangen 1900, S. 139 (s. dort die Varianten,
von denen ich nur das Wichtigste in den Anmerkungen mitteile).

Von den 7 Handschriften (W kommt, da es nur Str. 1 und 2
enthält, kaum in Betracht) werden ADIK durch die falsche Überschrift *Peirol*, die mit der Anrede der Str. 2, 4, 6 in diesen Hdss.
selbst nicht übereinstimmt) zusammengehalten. Ihre Stellung zu
EGL aber bleibt unklar. Offenbar war schon die erste Vorlage
aller Manuskripte nicht fehlerfrei, und Lesarten, die uns als korrekt
erscheinen, mögen erst durch Konjektur entstanden sein. In v. 22,
23 zeigen alle Hdss. die falsche Stellung der Reime a b a b statt
a b b a. Liegt nun, wenn ADIKL in v. 15, 16 die gleiche unrichtige
Stellung haben, ein Fehler vor, der auf direkten Zusammenhang
dieser 5 Hdss. gegenüber EG weist, oder haben diese beiden einen
Fehler der ersten Vorlage berichtigt? Dass die Abweichung der
Reimordnung schon auf die Dichter zurückginge und wir hier etwa
ein Zeichen tatsächlicher Improvisation einer Tenzone zu erkennen
hätten, ist für v. 22, 23 nicht ohne Weiteres abzulehnen. Daß in
der 3. Strophe aber die Anrede nicht am Anfang stände, würde
nicht nur dem sonst Üblichen, sondern auch dem Gebrauch dieses
Gedichtes selbst widersprechen.

Gemeinsamen Fehler in EG darf man für v. 39 voraussetzen;
in v. 26 werden aber wieder GL im Unrecht sein. In v. 25 hat
nur D korrekte Silbenzahl; aber daß sich D hier selbst von IK
trennt, zeigt, daß diese scheinbar richtige Lesart erst sekundären
Ursprungs ist. Auch für v. 33 werden wir *semena* als Schreibung
der Quelle ansehen und in den Lesungen von A und GL Versuche
einer überflüssigen Korrektur sehen dürfen. So bieten denn die
Varianten in der Tat, wie Zenker S. 139 es gesagt hat, kein aus-
reichendes Material für die Aufstellung eines Stammbaums.

Nr. 2 (Grdr. 323, 4).

I.   Amics Bernartz de Ventadorn,
      com vos podetz de chant sofrir,
      can aissi auzetz esbaudir
      lo rossinholet noih e jorn?
5   auyatz lo joi que demena!
      tota noih chanta sotz la flor.
      melhs s'enten que vos en amor.

II.   Peire, lo dormir e·l sojorn
      am mais que·l rossinhol auvir;
10   ni ja tan no·m sabriatz dir
      que mais en la folia torn.
          Deu lau, fors sui de chadena,
      e vos e tuih l'autr' amador
      etz remazut en la folor.

III. 15 Bernartz, greu er pros ni cortes
      qui ab amor no·s sap tener:
      ni ja tan no·us fara doler
      que mais no valha c'autre bes,
          car, si fai mal, pois abena,
20   greu a om gran be ses dolor;
      mas ades vens lo jois lo plor.

IV.   Peire, si fos dos ans o tres
      lo segles faihz al meu plazer,
      de domnas vos dic en lo ver:
25   non foran *mais* preyadas ges,
          ans sostengran tan greu pena
      qu'elas nos feiran tan d'onor
      c'ans nos prejaran que nos lor.

V.   Bernartz, so non es d'avinen
30   que domnas preyon; ans cove
      c'om las prec e lor clam merce;
      et es plus fols, mon escien,
          que cel qui semn' en l'arena,
      qui las blasma ni lor valor;
35   e mou de mal ensenhador.

VI.   Peire, mout ai lo cor dolen,
           can d'una faussa me sove,
           que m'a mort, e no sai per que,
           mas car l'amava finamen.
    40   faih ai longa carantena,
           e sai, si la fezes lonhor,
           ades la trobara pejor.

VII.   Bernartz, foudatz vos amena,
           car aissi vos partetz d'amor,
    45   per cui a om pretz e valor.

VIII.   Peire, qui ama, desena,
           car las trichairitz entre lor
           au tout joi e pretz e valor.

──── ────

1. Über die Form des Namens *B. del* (wie Zenker hier mit DEGIKL, gegen *de* AW, schreibt) oder *de, Ventadorn* oder *Ventedorn* s. die Einleitung.

15, 16 umgestellt in ADIKL, s. oben.

19. *Abenar* scheint außer an dieser Stelle nur in der Flamenca belegt zu sein, und zwar dort in der Bedeutung „befriedigen, sättigen, Genüge tun", welche dann zur neuprov. „user, utiliser jusqu'au bout, épuiser, consommer" usw. (s. Mistral *abena*) überführt. Unsere Stelle scheint den Ursprung aus *a bé* sicher zu stellen, an dem man angesichts der modernen Bedeutung allenfalls zweifeln könnte.

22, 23 in allen Hdss. *P. s. f. al mieu pl. L. s. f. dos aus o tres.*

25. Wie im Text nur in D. A: *Non foron per nos p. g.*; (E?) GIKL: *N. foront (foron* IK) *pregadas per nos.* Die Quelle hat also wohl *per nos* enthalten, und man verzichtet ungern darauf; der Vers gestattet es aber doch nicht.

26. GT, haben *a* statt *tant:* „zu großer Qual würden sie es aushalten müssen, daß sie uns bäten, und nicht wir sie". Diese Lesart wäre ja nicht unmöglich, ist aber doch wohl nicht ursprünglich.

33. Zenker: *que cel qui semen' en arena* mit DIK gegen *semena a.* A, *en larena* E, *semna en larena* GL. Man wird sowohl *semena* aus ADEIK wie den Artikel, der in EGL steht, für die erste Quelle ansetzen dürfen, das Verbum aber als *sémena* oder vielmehr *sémna* lesen. Der Atlas ling. c. 1216 „semer" gibt zwar für das Dep. Corrèze gerade *samena samena* an, aber das Dep. H^te Vienne zeigt *sena, senna,* so daß wir die kürzere Form auch im heutigen Limousinischen finden.

39. Zenker: *Quar eu* mit EG gegen *Mas car* ADL. Vgl. 10, 29; 12, 5; 25, 32; 29, 23, wo vom Dichter überall gesagt wird, daß gerade seine Liebe ihm von der Dame als Unrecht gerechnet wird.

40. s. den gleichen Vers bei Bertran de Born, *Chazutz sui* v. 10, vgl. auch *Bels Monruels* v. 17 (Peire Rogier S. 92).

42. Zenker: *trobera*. Aber A hat *trobaua*, E *trobaria*.

43. *Amena* heißt vielleicht hier nicht nur allgemein: „leitet Euch", sondern: „führt Euch hierher zu uns".

48. Zenker: *amor* mit GIKL gegen *valor* ADE. Der Parallelismus mit v. 45 wird beabsichtigt sein.

I. Freund Bernart von Ventadorn, wie könnt Ihr Euch des Sangs enthalten, wenn Ihr hört wie die Nachtigall sich Tag und Nacht ergötzt? Höret wie sie fröhlich ist! Die ganze Nacht singt sie unter dem Laube. Besser versteht sie sich auf die Liebe als Ihr.

II. Peire, Schlafen und Ruhe liebe ich mehr als die Nachtigall hören; und nimmer würdet Ihr mir soviel sagen können, daß ich je in die Torheit zurückkehrte. Gottlob, der Kette bin ich entronnen, und Ihr und all die anderen Liebenden seid Toren geblieben.

III. Bernart, schwerlich wird tüchtig und höfisch sein, wer sich nicht zur Liebe hält; und nimmer wird sie Euch so viel Leides zufügen, daß sie nicht doch besser sei als irgend etwas anderes Gutes, denn, wenn sie übel tut, wird sie Euch hernach dafür entschädigen. Ohne Schmerz erlangt man schwerlich großes Gut, aber die Freude siegt alsbald über das Weinen.

IV. Peire, wäre die Welt zwei oder drei Jahre lang nach meinem Sinn beschaffen, wahrlich ich sage Euch, die Frauen würden nicht (von uns) gebeten werden, vielmehr erlitten sie so große Pein, daß sie uns die Ehre antäten uns zu bitten, und nicht wir sie.

V. Bernart, nicht geziemend ist, daß die Frauen bitten: vielmehr muß der Mann sie bitten und um Gnade anrufen; und wer sie und ihren Wert schilt, ist törichter als der welcher in den Sand säet, und von schlechter Lebensart geht solche Lehre aus.

VI. Peire, gar sehr schmerzt mich das Herz, wenn ich einer Falschen gedenke, die mich getötet hat; und ich weiß nicht weshalb, es sei denn, weil ich sie treu liebte. Lange Bußzeit habe ich erduldet, und ich weiß, wenn ich noch länger duldete, ich würde sie noch immer schlimmer finden.

VII. Bernart, Torheit führt Euch hierher, da Ihr Euch so von der Liebe trennt, durch die man Wert und Tüchtigkeit hat.

VIII. Peire, wer liebt ist von Sinnen, denn die falschen Frauen haben Freude und Wert und Tüchtigkeit hinweggenommen.

3.

C 53 (MG 208), D^a 163 (568), H 27 (84, Stfr. V, 440), M
45 (MG 701), R 59 (496, MG 702), S 68 (40, MG 259, Delius,
Ungedr. prov. Lieder S. 24), S^i (1, AdM. 17, 63), a 76 (55, Rlr.
42, 312).   Zitiert in N² Nr. 30.

Kritisch nach allen Hdss., aber ohne vollständige Variantenangabe, von Zingarelli, Studi medievali I, 594 (Separatdruck p. 2).

In DH wird das Gedicht Peire Vidal zugeschrieben; in S^i
fehlt die Überschrift mit v. 1—52.

Die Handschriften zerfallen durch viele Varianten (4, 13, 14,
17, 24, 36, 40, 49, 51) in zwei deutlich geschiedene Gruppen CMS
und DHRa.   Auf der Seite CMS scheiden sich CM von S (s. 9, 47,
54); auf der andern treten DH in engere Beziehungen (9, 11, 40,
44, 48, 53, 55, Fehlen der VI. Str.; dem gegenüber kommt das
Ha gemeinsame si(u) 39 nicht in Betracht).   DHa stehen R gegenüber 38, 39, 48, während DHR in 3 gemeinsam vom richtigen a
abweichen.

Man kann so mit ziemlicher Sicherheit den Stammbaum aufstellen:

Da Ra wie CMS das Lied Bernart zuschreiben, erscheint die
Attribution an Peire Vidal in DH als ein weiterer diesen beiden
gemeinsamer Irrtum.   Das festzustellen ist von Bedeutung, denn
das Gedicht könnte sonst in mancher Hinsicht Zweifel erregen.
Es steht in unserer Anordnung Bernartscher Strophenformen am
letzten Ende (s. Metrisches, in der Einleitung), weicht also in
seinem Bau von dem bei unserem Dichter Üblichen stark ab.
Auch die kräftigen Enjambements in v. 4, 15, 26 sind auffällig,
wie die Wiederholung der Reimwörter sove, flama und manches
andere.   Andererseits kehrt v. 29 bei Bernart 18, 28 genau wieder,
und 31—33 entsprechen 29, 17—19.   Die Endung des Conditional
-ara 1 und 23 heißt bei Vidal -era (s. Bartsch 21, 10, 19, 46, was
freilich ein anderes Mal -ara nicht ausschließen würde).   So dürfen
wir wohl bei der Zuweisung des Gedichtes an unsern Bernart bleiben.

I.   Amors, enquera·us preyara
          que·m fossetz plus amoroza,
          c'us paucs bes desadolora
          gran re de mal; e paregra
     5   s'era n'aguessetz merce.
          car de me no·us sove?   (— 1)
          mas e·m pes qu'enaissi·m prenha
          com fetz al comensamen,
          can me mis al cor la flama
     10   de leis que·m fetz estar len,
          c'anc no m'en detz jauzimen.

II.   Mout viu a gran aliscara
          et ab dolor angoissoza
          selh cui totz tems assenhora
     15   mala domna; qu'eu m'estegra
          jauzens, mas aissi m'ave
          que leis cui dezir, no cre
          qu'eu l'am tan c'a mi covenha
          l'onors ni·l bes qu'eu n'aten;
     20   et a·n tort, c'als no reclama
          mos cors mas leis solamen
          e so c'a leis es plazen.

I. 1. enqera uos S; preiera CDR, pregera MS, preiara Ha   2. f.]
forses D   3. pauc DR; b.] de bes DR, de be H; des(s)abora DR, de-
salora H   4. Que res (ren M) de mal noi paregra (noill pareia S) CMS,
Granre (Granreu D, Ganren R) de (del R) mal e paregra (paregna H,
pairegra R) DHRa   5. Seras R; maguessetz Ca   6. E quar C, Que
DHR, Mas M, Qar Sa; nous soue C, nous en soue D, nous en coue H,
no uos soue M, res nous soue R, nous desoue Sa   7. Mas fehlt C; eu
p. DHS, em p. a; que tot aissim p. C, quenaisi uos p. K   9. vis CM;
mis DHRSa; el c. DH   10. qim D; fe M, fay R; ses estat a; ben H,
ien R   11. fehlt R; des M; Canc mou en desiauzimen (descauzimen D)
DH, Et anc nolles deschausimen S, Et anc non des iauzimen a
II. 12. Mon M; aliscara D, alischera M, alisquera R, auscara H,
asescara S, a escarra a, mesquinera C   13. a CMS, ab DHRa   14. qe
CRa, qi DHMS; totz iorns C, tot ior MS, totz temps DHa, tostemps R
15. Ma la d. D; quel estrenha R; mestera DS, me egra H   17. silh CS;
leis DHRa, cell M; qe DHa; nom HR, nō a   18. qa nim D, qa men H,
qe mi S; soueigna DHR   19. Lonor M; be CHR, ben DMS; ni
ten H   20. Cant (Quan H) tot DH; qal S; nom a   21. Mon cor CS
22. cho D

III.   Totz tems de leis me lauzara,
                s'era·m fos plus volontoza,
      25   c'amors, qui·l cor enamora,
              m'en det (mais no·m n'escazegra):
              non plazers, mas sabetz que?
              envey' e dezir anese!
              e s'a leis platz que·m retenha,
      30   far pot de me so talen,
              melhs no fa·l vens de la rama,
              qu'enaissi vau leis seguen
              com la folha sec lo ven.

IV.   Tant es fresch' e bel' e clara
      35   qu'amors n'es vas me doptoza,
              car sa beutatz alugora
              bel jorn e clarzis noih negra.
              . . . .
              . . . .
      40   no·n die laus, mas mortz mi venha
              s'eu no l'am de tot mo sen;
              mas, domn', Amors m'enliama,

III. 23. temp *S*; lieis me *fehlt H*; lauzera *CDHMR*   24. Selam *M*;
Se tan ges plus m ... *H*; amoroza *CMS*   25. qui c. *D*, quel c. *Ra*;
cor *CMS*, cors *DHRa*; menamora *S*   26. Me d. *S*; no·m] non *S*, no *a*;
nescazegra *C*, nescasgera *D*, nescalegra *H*, escasegra *MS*, nescazera *R*,
meschazegra *a*   27. plaser *S*; s.] fa les *a*   28. Couieia *H*, Jeu uei *M*,
Enueg *R*, Ennei *Sa*   29. se lieis *a*   30. po *S*   31. nol fai u. *H*,
no faill uent *D*; v.] uen *R*; reis da *M*   32. uai *M*, vaut *a*; siguen *R*
33. Quo *C*, Com *DRS*, Con *HMa*; siec *R*

    IV. 34. Cant *R*; francha *H*; belh' e *fehlt R*, blancha *DHa*; clara
CDHa, sera *M*, clera *R*, claira *S*   36. de b. *CM*, sa beutatz *DHRa*,
de beutaz *S*; alugora *CR*, iorn colora *D*, tot iorn colora *H*, alegora *M*,
alugara *S*, alugera *a*   37. e clar e nueg n. *R*; E clareis iaut segra
DH   38, 39 *fehlen CM*; Tuit (Aut *a*) sei fait ou mielz coue(n). Son
(Sen *H*) fin (si *H*, siu *a*) e de beutaz (beaultat *a*) ple *DHa*, Tug
(*Raum*) siey fag sertanamen. Son si de beutat plazen *R*, Don chascune
qi la ue. Damar lei nons recre *S*   40. dio *a*; lau *R*; No dis qals ma
mort (mamamort *D*) *DH*; mauenha *CMS*, mi ueigna *DHRa*   41. non
lam *CM*, nous (neus *D*) am *DHa*, non am *R*   42. Masdomn *CM*,
Domna *DH*, Madompn *S*, Madonn *a*; amor *DH*; menlia *D*, me liama
S; *In R fälschlich Beginn einer neuen Strophe:* Amors menliama era

que·m fai dir soven e gen
de vos manh ver avinen.

V.   45   Doussa res, conhd' et avara,
          umils, franch' et orgolhoza,
          bel' e genser c'ops no fora,
          domna, per merce·us queregra,
          car vos am mais c'autra re,
     50   que·us prezes merces de me,
          car tem que mortz me destrenha,
          si pietatz no·us en pren.
          e s'eu mor, car mos cors ama
          vos, vas cui res no·m defen,
     55   tem que i fassatz falhimen.

VI.   Soven plor tan que la chara
          n'ai destrech' e vergonhoza,
          e·l vis s'en dezacolora,
          car vos, don jauzir me degra,
     60   pert, que de me no·us sove.
          e no·m don Deus de vos be,

43. Em *DHR*; s.] suau *a*:   44. tanz *DH*, mans *R*, maint *a*: ner
CMR, uers *DHSa*

V. 45. In *R* fängt die Strophe schon mit v. 42 an. Initiale fehlt
in *H*. cuinda e nera *C*, coindetæ nara *D*, coind' et renara *H*, coindete
nera *M*, cuende neraya *R*, coinde anara *S*, coinde tenara *a*   46. fresc *C*,
franc(h)a *DH*, franc *MRS*, franch *a*   47. Genser etz que *CM*, Bella
genser (gencher *D*) q' *DHa*, Belle genser c' *RS*; nom f. *C*   48. merce
qeill segra *DH*, merce ous qergra *S*, merce qe segra *a*   49. Quar mais
uos am dautra *CMS*, Car (Queu *DH*) uos am mais qantra *DHRa*
50. Qui eus *H*, E qer uos *M*; merce *CMRa*; de mi merce *DH*   51. Quar
mortz tem *C*, Qamors t. *M*, Qa mort t. *S*; Car tem camors *DHRa*; per
uos mestenha *CM*, per uos mestregna *S*, mi destreigna *DHRa*   52. pietat *Da*   53 bis 66 fehlen *R*.   53. seu mner *CMS*, si muor *DHa*;
quant *DH*; m. c.] amors *M*, mon cors *S*: mos cor am or *Si*   54. Vos
cui res nous (non *M*) mi d. *CM*, Uos nes (nei *DH*) cui res nom (non *a*)
d. *DHa*, Vas uos om ren nom d. *S*. Vos cui res nom d. *Si*   55. i fehlt
MSa; fatz *DH*, faissatz *a*

VI. 56 bis 66 fehlen *DH*   56. chera *C*, clera *M*, qara *S*, cara *a*
57. Nei *C*; destreh *C*, destreiça *M*, destrez *S*, desneu *a*; dolorent en en-
gojnosa *Si*   58. sem d. *S*, desadobra *Si*   59. v.] nous *M*; don] on *a*;
zausir *S*   60. Part *M*, Per *S*, Per il *Si*   61. non d. *Si*

s'eu sai ses vos com chaptenha,

c'aitan doloirozamen

viu com cel que mor en flama;

65   e si tot nom fatz parven,

nulhs om menhs de joi no sen.

62. Sieus sai *M*; sen *S*, sens *S*[i], senz *a*; con qe preigna *S*[i]   63. dolotrosamen *a*   64. q(u)i *MS*[i]; moir *S*[i]; mori e fl. *a*; Com cel qe mor et qafama *S*   65. si nom o f. *C*, sitot nom (mo *SS*[a]) f. *MSS*[a]   66. h. m.] homiels *a*; joi] iois *M*, mi *S*

5. Zingarelli: *m'aguesseta*. Aber nur in Ca steht *m'*, und es ist mit *n'* „darüber" = *del mal*, auch durchzukommen.

6. Die gemeinsame Quelle hatte offenbar eine Silbe zu wenig, die von den Hdss. in verschiedener Weise ergänzt wurde.

9—11 lassen mich zu einem sicheren Verständnis nicht gelangen. Zingarelli liest *vis* statt *mis* (und in v. 10 *fes*) und übersetzt: io penso che mi accada proprio come al principio, quando mi vedeste al cuore la fiamma per lei, che faceste star freddamente, per cui non me ne deste ancor godimento. Aber *ris* (das also *ritz* zu schreiben wäre) steht nur in CM, die von der dritten Hds. ihrer eigenen Gruppe im Stich gelassen werden. Erklärt wird es von Zingarelli nicht übel: è detto ad Amore, come colui che vide la fiamma da lui accesa e non fece altro per l'amante. *Me mis*, mit dem wir uns, den Hdss. nach, zunächst abzufinden suchen müssen, ist in der Tat wenig befriedigend: „als ich mir die Flamme ins Herz setzte". Wenn man ändern will, bietet sich, außer der Lesart von CM, etwa *quem mezetz* oder, den Buchstaben genauer folgend, *cam m'enceis* „als mir im Herzen die Flamme entbrannte", s. 17, 48.

In v. 10 faßt Zingarelli *fetz* als 5. Person auf. Das Verbum begegnet sonst bei Bernart nicht in dieser Person. Daß der Konjunktiv Praet. bei ihm *fezes* lautet, und nicht *fes*, ist kein wesentliches Hindernis hier *fetz* = *fezetz* zu setzen. Aber wenn wir *len* nicht mit Zingarelli adverbial auf die Dame beziehen, sondern adjektivisch auf den Dichter als „träge, unlustig, accidioso", so kann *fetz* als Subjekt *leis* haben. Von den beiden anderen Stellen, an denen *len* bei unserem Dichter begegnet, zeigt 39, 24 das Wort adjektivisch in der Bedeutung „langsam", 15, 48 adverbial, und wie es scheint, als „lässig" (vgl. Giraut de Bornelh 34, 73 *Len Me ren Que quem prezen*). So bleiben beide Verse unklar, und hat sie, IV, 361, mit richtiger Vorsicht, in der Lesart und in der Auffassung unbestimmt gelassen.

14. Raynouard übersetzt *assenhorar* an unserer Stelle „entourer de respect, d'obéissance, de soumission", und natürlich kann *assenhorar alcu.* und sogar in erster Linie, heißen „jd. zum Herrn machen". Aber hier neben *totz tems* werden wir es in seiner andern Bedeutung „beherrschen" nehmen und als Relativum *que* oder eher *cui*, dem *qi* der Hdss. entsprechend, schreiben.

17. *leis*, das bei Bernart nicht als Nominativ vorkommt, zeigt die von Tobler, Verm. Beitr. I², 241 ff. nachgewiesene Attraktion des Casus des Beziehungsworts durch das folgende Relativpronomen. Es ist nicht nötig, aus den Hdss. der weniger guten Klasse *sihl* aufzunehmen.

35. Zingarelli übersetzt: Amore stesso è in sospetto per me. Aber kann *ras me* heißen „für mich, in meinem Interesse"? Wenn 21, 44 *ja no ros anetz doptans res rostr' amic fin e corau* ebenso aufgefaßt werden könnte, so ist 26, 26 *Tan sui ras la belu doptans, Per qu'em ren a leis merceyans* sicher zu verstehen: „so sehr bin ich ihr gegenüber, d. h. vor ihr, in Furcht". Daß aber an unserer Stelle Minne als furchtsam vor dem Dichter hingestellt werden soll, darf man schwerlich annehmen. Die Überlieferung ist wohl falsch. Soll man lesen *ras leis?*

38, 39 haben offenbar in der ersten Vorlage gefehlt und sind von den verschiedenen Schreibern verschieden ergänzt (von R mit falschen Reimen!).

44. Die Überlieferung gestattet sowohl *vers* wie *rer* zu lesen. Zingarelli hat *vers* aufgenommen. Ich möchte *rer* in Verbindung mit *laus* v. 40 setzen: Ich sage von ihr kein Lob, keine Schmeichelei, sondern die einfache Wahrheit.

45. *Acara*, „geizig" mit Eurer Huld, steht dem *doussa* und *conhda* gegenüber, wie im nächsten Verse *orgolhoza* dem *umil* und *francha*.

60, 64. Die Reimwörter begegnen schon in v. 6 und 9. Es scheint, daß diese letzte Strophe wie eine Tornada behandelt wird.

I. Amor, noch würde ich Dich bitten, daß Du mir minniglicher wärest, denn ein wenig Gutes löscht den Schmerz von vielem Übel aus. Und das würde sich zeigen, wenn Du jetzt Mitleid hättest. Weshalb gedenkst Du meiner nicht? Aber ich glaube, daß es mir (jetzt) ebenso ergeht wie am Beginn, als ich mir die Flamme von derjenigen ins Herz setzte (?), die Du träge bleiben ließest (oder: die mich in trägem Bangen ließ?), da Du mir nimmer den Genuß ihrer Liebe gabst.

II. Gar sehr lebt in großer Not und in Schmerz und Angst der, den stets eine übelgesinnte Dame beherrscht: denn ich würde in Frohsinn leben, aber so geschieht es mir, daß die, welche ich begehre, nicht glaubt, daß ich sie so liebe, daß die Ehre und was ich sonst Gutes von ihr erwarte, mir zukomme. Und sie hat Unrecht daran, denn nichts verlangt mein Herz als sie und was ihr gefällt.

III. Immer wäre ich ihres Lobes voll, wenn sie mir nur mehr guten Willen bezeigte, denn Amor, der das Herz mit Liebe erfüllt, gab mir von ihr (mehr würde mir nicht zukommen) nicht Lust, sondern: wißt Ihr was? stetes Sehnen und Begehren! Und wenn ihr beliebt, mich als ihr eigen zu behalten, kann sie mit mir nach ihrem Willen tun, besser als der Wind mit dem Zweige tut, denn so folge ich ihr wie das Blatt dem Winde.

IV. So frisch und schön und hell ist sie, daß Amor furchtsam für mich (?, vor ihr?) ist, denn ihre Schönheit gibt dem schönen Tage Glanz und erhellt die finstere Nacht . . . Ich sage von ihr kein Lob, aber der

Tod möge mir ankommen, wenn ich sie nicht mit meinem ganzen Sinne liebe; denn, Fraue, Liebe schlägt mich in Banden, die mich oft von Euch manch schöne Wahrheit sagen läßt.

V. Süßes Wesen, freundlich und geizig, mild, edel und hochfahrend, schön und anmutig über alles Maß, Fraue, ich bitte Euch, da ich Euch mehr als irgend etwas liebe, daß Ihr Gnade mit mir habet; denn ich fürchte, daß der Tod mich bedrückt, wenn Euch nicht Mitleid mit mir ergreift. Und wenn ich sterbe, weil ich Euch liebe, gegen die nichts mich schützt, fürchte ich, daß Ihr Euch vergeht.

VI. Oft weine ich so, daß ich das Antlitz bedrückt und voller Scham habe; und das Gesicht wird bleich, weil ich Euch, daran ich mich erfreuen sollte, verliere, denn Ihr gedenkt meiner nicht. Und Gott möge mir nichts Gutes von Euch geben, wenn ich weiß, wie ich mich ohne Euch behelfen soll, denn so in Schmerzen lebe ich wie der, der in den Flammen stirbt, und wenngleich ich es nicht erscheinen lasse, fühlt (doch) kein Mensch weniger an Freude.

4.

A 92 (261), C 58, D 161 (556), E 105, I 32, K 20, L 22, M 39, N 145 (212), R 56 (472), S 59 (35), a 89 (68, Rlr. 42, 326), f 28, in N^2 als Nr. 27 genannt. Auch die von Milá y Fontanals genannte Hds. Vega-Aguiló A enthält fol. 77 das Gedicht (s. Rlr. 13, 55).

Die Melodie steht in R.

Gedruckt: Choix III, 47; Mahn, Werke I, 37.

Die Handschriften gruppieren sich zunächst nach ihrer Strophenfolge:

1	2	3	4	5	6	7	8	9	C
1	2	3	4	5	6	7	8		DEIKMNa
1	2	3	4	6	5	7	8	9	A
1	2	3	4	6	5	7	(9)		L (9 ist nachgetragen)
1	2	3	6	7	5				R
1	2	3	6	9					f
1	2	5	6	3	4	7			S

Die Umstellung des Strophenpaares 3 4 und 5 6 in S dürfen wir unberücksichtigt lassen. So ergibt sich durch die verschiedene Anordnung der Strophen 5 und 6 zunächst eine Gegenüberstellung von AL und allen anderen Hds. (Rf, deren Einordnung nach diesem Motiv nicht gegeben ist, stellen sich durch ihre Lesarten

zur Gruppe CD etc.). Welche Folge, 5 6 oder 6 5, die richtige
ist, läßt sich mit Bestimmtheit kaum sagen. Die Ordnung der
größeren Gruppe ist mir die wahrscheinlichere. 5 verbindet sich
besser mit 4; 6 leitet dann zu 7 hinüber.

Von den Hdss. außer AL (die auch in ihren Lesarten eng
zusammengehören) vereinigen sich EMNa durch zahlreiche Varianten:
2, 7, 13, 14, 31, 36, 48, 52, 56; andererseits gehen, wie fast stets,
DIK zusammen: 3, 13, 29, 31, 36, 38, 44, 52. CR haben bemerkenswerte gemeinsame Lesarten in 2, 14, 19, 36, 43, 50, Sf
in 2, 3, 11, 20. Aber C und R sind, wie immer, wechselnd in
ihren Beziehungen, und auch Sf gehen bald mit DIK: 2, 3, bald
mit EMNa: 11, bald zeigt zumal S enge Beziehungen zu AL: 18,
36, 37. Den vier Hdss. CRSf wird sich ein fester Platz nicht
geben lassen.

Aber auch die Stellung von AL zu DIK und EMNa läßt sich
kaum mit Sicherheit präzisieren. Die Varianten weichen so stark
von einander ab, daß man schon für die erste Vorlage zahlreiche
Verderbnisse voraussetzen kann, die dann in den drei Hdsgruppen
mehr oder weniger unabhängig von einander korrigiert worden
sind. Nichts beweist, soweit ich sehe, in bündiger Art einen
engeren Zusammenhang zwischen Gruppe A (AL) und D (DIK)
gegenüber E (EMNa) oder zwischen D und E gegenüber A. Eine
Zusammengehörigkeit von A und E gegenüber D werden wir ablehnen dürfen. Die Gruppe A verdient jedenfalls besondere Berücksichtigung. Ich drucke ihren Text für sich ab, daneben einen Text
nach den anderen Hdss., in welchem die zweifelhaften Worte durch
kursiven Druck hervorgehoben sind.

Hdss. AL

I. Amors, e que·ns es vejaire?   Amors, e que·ns es vejaire?
    trobatz mais fol mas can me?   trobatz *fol mas can me? (— 1)
    cuidatz vos qu'en si' amaire   cuidatz *qu'en si' amaire (— 1)
    e que ja no trop merce?   e que ja no trop merce?

I. 1. Amor *E*; A. qe uos es v. *S*   2. Trobatz mais (pus *CR*, dones
D, nos *IKSf*) fol (fols *D*, mas cant (qe *IKS*) me (mi *R*) *ACDIKLRSf*,
Non trobas (troba *E*) fol (fols *M*) mas (t. mais fol *a*) can (qe *M*) me
EMNa   3. Cuiatz nos *ACL*, Cuias dones (donc *a*) *ENa*; E cuiatz *M*,
que cuiatz uos *R*, Car (Vos *S*, Qu̅ *f*) noletz *DIKSf*; q̅ s. f; sia a. *A*
4. ges *S*; noi *CDIKR*; trueb *a*

5 que que·m comandetz a faire,   so que·m comandetz a faire
  farai o, c'aissi·s cove: farai eu, c'aissi·s cove:
  mas vos non estai ges be   mas vos non estai ges be
  que·m fassatz tostems mal traire.   que·m fassatz tostems mal

                                                              traire;

II. Eu am la plus de bon aire   Qu'eu am la plus de bon aire
10   del mon mais que nula re;   del mon mais que nula re;
     et ela no m'ama gaire: et ela no m'ama gaire;
     no sai cossi·s esdeve!   no sai per que s'esdeve!
     e can plus m'en cuit estraire,   e can eu m'en cuit estraire,
     eu no posc, c'Amors me te.   eu no posc, c'Amors me te.
15   träitz sui per bona fe,   träitz sui per bona fe,
     Amors, be·us o posc retraire!   Amors, be·us o posc retraire!

III. Ab Amor m'er a contendre,   Ab Amor m'er a contendre
     que no m'en posc estener,   que no m'en posc mais tener,
     qu'en tal loc me fai entendre   qu'en tal loc me fai entendre
20   don eu nul joi non esper   don eu nul be non esper;
     (anceis me fari' a pendre   ans per pauc me feira pendre

5. Que *ACLRf*, So (Cho *S*, Zo *a*) *DEIKMNSa*; comandatz *DESa*, comandest *Mf*; comanda *N*   6. o *ALR*, (i)en *DEIKNfa*, fehlt *CS*; Ai ieu fag *M*; quenaissis *C*, qaissim *LS*, .aisi *f*   7. Mas (Ma *S*) uos non estai ies (non istagues *S*) be *ADIKLS*, Mas (*ER*) uos non o (nom *R*) faitz ges be *CR*, Mas aisso non (nous *M*) estai (sta *N*) be *EMNa*, Mas a uos n. e. be *f*   8. Quen *I*, Qué *K*; feses *N*, f'aitz *R*, fachez *S*; lonc temps *A*, tot iorn *CRS*, tostemps *DEIKLMNaf*

II. 9. Eu *ALSa*, Quieu *CDEIKMNR*, J(?)eu *f*; la *fehlt N*   10. plus *f*; que] de *DIK*; res *R*   11. Et *ACDIKLR*, Mas *EMNSaf*; maima *ER*   12. Ni *f*; cossi *A*, per que *CDEIKMNRSaf*; mesdeue *D*, sendeue *R*   13. E(t) *ADIKLS*, Ans *C*, Las *EMNa*, Que *R*, Mas *f*; (i)eu *alle Hdss. außer*] plus *AL*; retraire *f*   14. Eu (E *S*) non puose *ADIKLSf*, Non puesc(c) ges *CR*, Non puose *EMNa*; camor *N*; rete *MNa*, me tē *f*   15. Trait *f*; son *DIK*   16. Amor *E*; o] e *IK*; dey *R*; beus puois *L*, ben o p. *MSf*, ben p. *N*

III. 17. Qien *C*; amors *f*; mes *S*; A. a. o cuh atendre *f*   18. Qu(i)eu *DIKR*; pos *A*; estener *ALS*, mais (mai *C*, plus *f*) tener *CDEIKMNfa*, ges partir mai *f* tener *R*   19. ma fag *C*, me faic *N*, man fag *R*, men fai *a*   20. eu] ia *C*; nuoill .1, gran *Sf*; be(n) *DEIKMNa*; non e.] nesper *f*   21. Anceis *AL*, Ans (A *M*, Anc *N*) per (per *fehlt a*) pauc *CDEIKMNRaf*; En tal loc *S*; faria a p. .1, en feira en feira (*sic*) p. *C*. me fe(i)ra p. *DEIKNa*, me faria a p. (e *und a von anderer Hand über der Linie*) *L*, no mi fai p. *M*, faria p. *R*, fara *S*, nö fay ar p. *f*; prendre *DIKS*

	car anc n'aic cor ni voler);	car *sol* n'ai cor ni voler;
	mas eu non ai ges poder	mas eu non ai ges poder
	que·m posca d'Amor defendre.	que·m posca d'Amor defendre.
IV.	Pero Amors sap dissendre	Pero Amors *sol* dissendre
	lai on li ven a plazer,	lai on li ven a plazer,
	e sap gen guizardo rendre	que·m pot be guizardo rendre
	del maltraih e del doler.	del maltraih e del doler.
	tan no·m pot m*er*tsar ni vendre	tan no·m pot *mersar* ni vendre
30	que plus no·m posca valer,	que *mais* no·m posca valer,
	sol qu'Ela·m denhes vezer	sol *ma domna·m denh* vezer
	e mas paraulas entendre.	e mas paraulas entendre;•
VI.	Eu sai be razon e chauza V.	*Qu'eu* sai be razon e chauza
	que posc' a midons mostrar:	que posc *a* midons mostrar:
35	que nuls om no pot ni auza	que *ges lonjamen non* auza
	enves Amor contrastar:	*aissi* Amor contrastar,
	car Amors vens tota chanza;	mas Amors vens tota chanza,
	e forsa·m de leis amar:	*que·m venquet* de leis amar:
	atretal se pot leis far	atretal se pot leis far
40	en una petita panza!	en una petita panza.

22. Car anc naic (nac *f*) *ACLRf*, Car sol nai (vai *a*) *DEIKMNa*, Canc nou ai *S*   23. ai *fehlt I*; ies *fehlt R*   24. damors *Rf*; puescaz amor *M*

IV. *fehlt Rf*   25. amor *E*; sap *AL*, sol *CDEIKMNSa*; d.] del d. *IK* 26. La *M*   27. E sap gen *AL*, Quem (Que *M*) pot be(n) (leu *C*) *CDEIKMNa*, E pot men *S*   28. Delh m. *C*, Dou m. *S*; dels d. *S* 29. *fehlt S*; no *CL*, non *Ea*, nō *IM*; mostrar *A*, comprar *CM*, mesfar *DIKLa*, esmersar *E*, mersar *N*; m. nōffendre *L*   30. plus *A*, *alle anderen*: mais: uo p. *LN*, non p. *S*   31. Sol qellam deignes uezer *AL*, Sol madomnam (madomna *N*) deing uezer (uoler *CEMNa*) *CDEIKMNa*, Sol midonz me des ueder *S*   32. sa p. *CEMNa*; paurala *N*; O en p. *S*: atendre *CEMN*

V. *fehlt f*   33. Tu *A*, Jeu *R*, En *Sa*, *alle anderen (CDEIKMN)* Queu; razos *R*   34. Per qe (qu *DIK*) puose (pot *R*) m. *DIKRS* 35. Que nuills hom non pot ni a. *AL*, *alle anderen (CDEIKMNRSa)*: Que (E *R*) ges loniamen non (nom *CR*) ausa (auzara *R*)   36. Ennes amor *ALS*, La suamor *C*, Aissi (Aifi *? D*) a. *DIK*, Amors aissi *EMNa*, La sia mor *R*; conqistar *ENa*   37. Car *AELS*, Mas *DIKMNa*; Quamors (Amors *R*) que u. *CR*   38. E forssam (forcham *L*) d. l. a. *AL*, Quem uenquet (venguet *DN*, uenzet *M*) *CDEIKMNSa*: lui *DIK*, nos *ENa*; Mi uēs de lieis ad a. *R*   39. pot de lieis *A*, si pot (per *D*) leis *CDEIKLNa*, repot leis *S*   40. pet.] penta (*sic*) *N*: En v̄ petit de taula *R*, Per u. p. causa *a*

VI Grans enois es e grans nauza
    tot jorn de merce clamar;
    mas l'amor qu'es en me clauza,
    no posc cobrir ni celar.
45 las! mos cors no dorm ni pauza
    ni pot en un loc estar,
    ni eu no posc plus durar.
    si·lh dolors no·m asoauza.

VII. Domna, res no vos pot dire
50 lo bo cor ni·l fin talan
    qu'e·ns ai, can be m'o cossire,
    c'anc re mais non amei tan.
    tost m'agran mort li sospire,
    domna, passat a un an,
55 no·m fos per un bel semblan,
    don si doblan mei dezire.

VI. *Ben es enois* e grans nauza
de tostems merce clamar;
mas l'amors qu'es en me 'n-
no·s *pot* cobrir ni celar. [clanza,
las! mos cors no dorm ni pauza
ni pot en un loc estar,
ni en *non o posc* durar,
si·lh dolors no·m asoauza.

Domna, *nuls om no* pot dire
lo *meu* bo cor ni·l talan
qu'eu ai. can *de vos* cossire,
c'anc re non amei tan. (-- 1)
mort m'agran li sospire,
domna, passat a un an,
(si) no fosso·lh bel semblan
per que·m doblon mei dezire.

VI. 41. Grans enois es *ALRSf*, Mout es enueitz *C*, Ben es ennegz (enueg *M*, ennoig *N*) *DEIKMNa*: e] en *DIK*; gran *LMNRf* 42. Tot ior(n) de m. *AL*, De tostemps m. *CDEIKMNSf*, De tot iorn m. *R*, De totz iorns m. *a*; cridar *Sf* 43. M. l'a.] Lamors *S*; lamor *ALRf*, lamors *DIKS*, amors *CEMNa*; qes en mi clausa *ADIKLMNf*, qe ses enclausa *CR*, ques e mi enclauza *E*, qe meses enclausa *S*, qes e menclauza *a* 44. Non puosc *AC*, Non pot *DIKf*, Nos pot *EMNR*, No(n) pois *LS*, Not pot *a*; obrir ni serrar *CDIKR* 45. Ja *IK*, Ni *R*; mons cors *D*, mon cor *EN*, mon cors *f* 47. non puosc plus d. *AL*, non o puesc d. *CDEIKMa*, non puosc d. *N*, non puosc ges d. *S*; Non pot longamen d. *R*, Ni non pot longuas d. *f* 48. Si la d. *EMNa*, Si d. *I*, Sil dolor *R*; nom (non *N*) suauza *EMNa*; no mafuauia *R*, non sa suauga *f* 49. D. res non vos pot d. *A*, D. nuls (nul *NR*) hom non (nos *M*, *fehlt N*) pot (sap *S*) d. *CDEIKMNRSa*. D. qar no uos aus d. *L*. 50. bon — fi(n) — *AL*, bon — bon — *CR*, fin — bon — *S*, Lo mieu bon cor nil t. (mil t. *a*) *DEIKMNa* 51. Quieus ai *ALa*, Quiev ai *CDEIKMNS*, Cai en uos *R*: q. be mo c. *AL*, q. de uos c. *CDEIKMNSa*, can mo c. *R* 52. Qanc (Can *A*) ren mais *AL*, Quar anc re *C*, Quanc IK (Cant *D*, Qe *S*) mais ren *DIKS*, Qe anc ren *EMNa*, Anc res mai *R* 53. Tost *AL*, Be(n) *CDIKRS*, Qe *M*, E *a*, *fehlt EN*; mort magron *EMNa*; dezire *R* 54. Et a paffat mai dun an *R* 55. Nom fos per un b. s. *AL*, Si no fossoil (fos lo *EN*, fos lō *R*, foscent *S*) b. s. *CDEIKNRSa*, Non fosson li b. s. *M* 56. Don si doblan (se doplon *L*) miei *AL*, Per quem doblon li (doblo lli *D*, dobloilli *IK*, doblom li *M*) *CDEIKMNa*; dezire *ACDIK*, cossire *EMNa*: Que maleniö miev martire *R*, Qe fai doblar mon martire *S*

VII. fehlt f

VIII. Non fatz mas gabar e rire,   Non fatz mas gabar e rire,
       domna, can eu re·us deman;   domna, can re vos deman;
       e si vos amassetz tan,   mas si vos amassetz tan,
60   alres vos n'avengr' a dire.   alres vos n'aveugr' a dire.

IX.   Ma chanson apren a dire,
       Alegret; e tu, Ferran.
       porta la·m a mo Tristan,
       que sap be gabar e rire.

VII. *fehlt LRSf*   57. faitz *E*, fas *IK*, fais *N*   58. quand ieu
reus d. *A*, quan uos sui denan *C*. can ren (res *Ea*) uos d. *DEIKMNa*
59. E *A, alle anderen* Mas (Ma *N*)   60. Dalre uos o uengra d. *C*;
Alreus auengra a d. *E*, Ben o auengra a d. *M*, Altreis auengra d. *N*,
Alre vos couengra d. *a*

IX. *fehlt DEIKMNRSa* (d. h. *steht nur ACf, nachgetragen, doch von*
derselben Hand, in L)   61. apr̄ *f*.   62. A. an dal feran *C*   63. lan *C*;
E porta la m. tr. *L*   62 63. A. e portas la aun tristan *f*   64. Qil *L*;
chantar e rire (rieire *f*) *Lf*

2. *mais fol* steht nur in *AL* und *a* (in welchem aber das *mas* hinter
fol fehlt). *Mais* steigert bei Bernart keine Adjektiva, so daß wir nicht
übersetzen dürfen: „findest Du einen närrischeren als mich", sondern:
„findest Du weiter einen närrischen außer mir". Das zweite *mas* ist von
Rechtswegen unter allen Umständen ein Pleonasmus, aber bei der formelhaften Verbindung von *mas can* ein durchaus erträglich gewordener, und es
wird nun schwer zu entscheiden sein, ob die Gruppen DE am Pleonasmus
Anstand genommen und deshalb (oder aus bloßer Flüchtigkeit) das erste *mais*
ausgelassen haben, oder ob schon die erste Quelle eine Silbe zu wenig gehabt und A nun sein *mais* erst eingesetzt hat.

3. Die erste Vorlage oder Gr. DE scheint gezeigt zu haben: *Cuidz*
qu'eu sia amaire. Wenn man das *a* von *sia* unelidiert stehen lassen darf,
würde der Vers vollständig sein. In der Tat aber haben wir bei Bernart
Hiate dieser Art zu beanstanden, und wir werden die Silbe in irgend
einer Weise ergänzen müssen.

9. Hier und v. 33 bietet die Fassung DE syntaktische Strophenverknüpfung. Hier ist sie überflüssig. V. 33 wird man sie gern annehmen.

15. *Per* begegnet bei Bernart nicht in Beteuerungen gebraucht
(obwohl er sagt *li juraria ... per mo fe* 25, 54): so werden wir nicht übersetzen: „ich bin, meiner Treu, verraten worden", sondern „ich bin durch
gute Treue (die ich Dir, Amor, bewies) verraten worden".

17. Es sollte gutem Stil nicht weniger entgegen sein, zuerst Amor
direkt anzureden und dann in 3. Person von ihm zu sprechen, als dies

Tobler in Beziehung auf die Dame des Dichters gesagt hat. Aber für beide Fälle werden wir hin und wieder einen solchen stilistischen Verstoß zugeben müssen.

29. *mertsar*, das nur in N (und im *esmersar* von E) steht, aber in *mostrar* von A und *mesfar* DIKLa noch durchscheint, fehlt zwar bei Raynouard und Levy, findet sich aber bei Mistral: *merça* „marchander". CM haben das seltene oder limousinische Wort übersetzt: *comprar*, die anderen haben es nicht verstanden.

31. *Ella* in AL muß sich, der Grammatik nach, auf *Amor* beziehen. Will aber der Dichter in der Tat behaupten, daß die Minne ihn bisher nicht gesehen oder angesehen habe, während er doch vorher sagt, Minne halte ihn fest und habe ihn verraten usw.? Die anderen Hdss. setzen für *ella* das natürlichere *ma domna* ein. Kann nun etwa auch *ella* die Geliebte bezeichnen, obwohl nur in der 2. Strophe von ihr die Rede gewesen war? Das wäre bei Bernart ungewöhnlich, aber nicht ohne Kraft. Ich habe zweifelnd *Ella* in diesem Sinne verstanden und durch großen Anfangsbuchstaben den Nachdruck bezeichnen wollen, der dann auf dem Worte ruht. Die Lesung *ma domna* aber hat alle Wahrscheinlichkeit für sich, und damit kann man denn wohl auch für v. 33 bei der Fassung *Qu'eu* der Gruppen DE bleiben.

34. Soll man *pose' a m.* oder *posca m.* oder *posc' a m.* schreiben? Ich habe wenigstens für A den Konjunktiv angenommen, da ja der Dichter v. 31f. die Möglichkeit eines Redens mit der Geliebten nur gesetzt hat. In der anderen Gruppe kann *a* der gemeinsamen Vorlage überhaupt gefehlt haben.

37. Übersetzung des bekannten Vergilschen (Ecl. X, 69) „Omnia vincit Amor".

45. *mos cors* s. zu 26, 10.

Übersetzung nach Fassung A, doch mit Umstellung der Strophen V und VI:

I. Amor, was scheint Dir? Findest Du noch einen Törichten außer mir? Denkst Du, daß ich lieben soll und daß ich nimmer Gnade finde? Was Du mir befehlen magst zu tun, werde ich tun, denn so muß es sein; aber Dir steht es nicht wohl an, daß Du mich immer Übles erdulden läßt.

II. Ich liebe mehr als Alles die Beste der Welt, und sie liebt mich in keiner Weise. Ich weiß nicht wie das geschieht! Und wenn ich noch so sehr versuche, mich dem zu entziehen, ich vermag es nicht, da Amor mich festhält. Verraten bin ich durch mein gutes Vertrauen, Amor; das kann ich Dir wohl sagen.

III. Mit Amor werde ich streiten müssen, des kann ich nicht umhin; denn dorthin läßt er meinen Sinn sich richten, woher ich keine Freude erwarte (vielmehr bin ich des Hängens wert, daß ich je Lust und Begierde danach hatte); aber ich habe keinerlei Macht, mich gegen Amor zu wehren.

IV. Doch Amor weiß hinabzusteigen, wo er will; und er weiß für Leid und Schmerz schönen Lohn zu geben. So viel kann er nicht mit mir feilschen und mich zahlen lassen, daß er es mir nicht mehr als vergelten könnte, wenn meine Herrin mich nur ansehen und meine Worte hören wollte;

V. (Denn) wohl weiß ich was ich meiner Fraue rechtens weisen kann: daß kein Mensch gegen Amor zu streiten vermag noch wagt, denn Amor besiegt jegliches Wesen. Und er zwingt mich, sie zu lieben; ebenso kann er in kurzer Weile mit ihr tun.

VI. Großer Kummer und großer Verdruß ist es, immer um Gnade zu rufen; aber ich kann die Liebe, die in mir eingeschlossen ist, nicht verbergen und verhehlen. Ach! mein Herz schläft nicht, noch ruht es, noch kann es an einem Ort verweilen. Und nicht kann ich's länger aushalten, wenn der Schmerz sich mir nicht lindert.

VII. Fraue, Nichts kann Euch, wenn ich's recht bedenke, das gute Herz und den treuen Sinn sagen, die ich für Euch habe, da ich doch nimmer irgend ein Wesen so sehr liebte. Die Seufzer, Fraue, würden mich alsbald getötet haben (mehr als ein Jahr ist's her), wäre es nicht um einer freundlichen Miene willen, um derentwillen mein Sehnen sich verdoppelt.

VIII. Nichts Anderes tut Ihr, Fraue, als spotten und lachen, wenn ich Euch um etwas bitte; und wenn Ihr mich auch nur sóviel liebtet, so müßtet Ihr mir wohl Anderes sagen.

IX. Meine Kanzone lerne zu sagen, Alegret; und Du, Ferran, trage sie mir zu meinem Tristan, der wohl zu spotten und zu lachen weiß.

5.

Einzige Hds. V 60. Danach gedruckt Archiv 36, 408.

I.   Anc no gardei sazo ni mes
           ni can flors par ni can s'escon
           ni l'erba nais delonc la fon,
           mas en cal c'oras m'avengues
    5   d'amor us rics esjauzimens,
           tan me fo bels comensamens
           qu'eu cre c'aquel tems senhorei.

II.   Be l'agra per fol qui·m disses
           tro aras, qu'en sui tan prion,
    10 que ja·m tengues tan deziron
           amors qu'en morir en pogues;

5. ries jauzimens   6. fo] son   9. son

mas aras sen e sui sabens
que totz autres mals es niens
vas lo dezir ab pauc d'esplei.

III.   15 A! tan doussetamen me pres
la bela qui·m te jauzion,
qued eu no·m posc saber vas on
re mais tan ben amar pogues:
car, on plus l'esgar, plus me vens
20 s'amors, e·m dobla mos talens
on eu mais d'autras domnas vei.

IV.   Depus anc la vi, m'a conques.
per que no l'er gen si·m cofon.
car volh mais perdre·ls olhs del fron
25 qu'eu ja re fassa c'a leis pes.
d'aitan cum poira, 'n essiens
no volh que·m si' adiramens,
que Deus aya faih de mi rei.

V.   Tota gens ditz que Vianes
30 es la melher terra del mon
e las melhors domnas i son.
doncs sabon tuih c' aisso vers es
c'aicestas son las plus valens,
e midons, que totas las vens,
es la melher qued el mon sei!

13. es] son   17. Que ieu   29. Totas   35. meillor que; sei] sen

4. cal c'oras] adverbiales s dem Gesamtausdruck angefügt, unter
Einwirkung von aoras und aras.

5. ries jauzimens darf getrost zu ries esjauzimens ergänzt werden,
sei es daß es oder daß es ausgefallen ist.

6. Die Dichter pflegen ihre Lieder mit dem Beginn des Jahres als
dem Anfang aller guten Dinge einzuleiten. Bernart meint nun: jedes
Liebesglück, in welche Jahreszeit es auch falle, sei ihm ein so schönes
Beginnen, daß er auf die Zeit nicht sehe.

7. Wechsel der Zeitanschauung, wie oft und wie ja auch schon hier
v. 1—3. — Ob aber senhorei 3. oder 1. Person ist: „daß diese Zeit Herr
sei", oder „daß ich zu dieser Zeit Herr sei", wird schwer auszumachen
sein. Ich habe die 3. Person angenommen.

9. „Daß ich in Beziehung darauf so tief drinnen bin"; oder soll man *que i* lesen?

14. *esplei*: Raynouard setzt als verschiedene Wörter an: 1. *esplet, esplec* „instrument, outil; hâte, presse" II, 104; 2. *esplec espleg esple espleit espley* „revenu, profit, produit, jouissance, service, abondance, satiété, excès" III, 183. Meyer teilt im Vocabulaire der Croisade den ersten Artikel Raynouards in zwei: 1. *a e.* „en hâte"; 2. „outils", beide in der Form *espleitz*. Levy bringt nur einen Artikel *esplech*, Supplwb. III, 268b, Petit Dict. 172b, unter dem er alle Formen *-ech eg ei ec et* und alle Bedeutungen vereinigt, und dem entspricht der eine Artikel *esplé* bei Mistral. Dagegen hat Levy, wie auch schon Raynouard, zwei Verba angesetzt: *esplechar -eitar* und *esplegar -eiar* (Mistral hat nur ein *esplecha*, das Altfr. dagegen auch *esploiier* neben *esploitier*). Das eine ist natürlich ,explicitare', das andere ,explicare'; beide bedeuten: employer, user, und wenn Levy die weiteren Bedeutungen differenziert, wird das mehr auf dem Zufall der Belegstellen beruhen, als daß es wirklich möglich wäre, die Bedeutungen auseinander zu halten.

Diesen beiden Verben entsprechend gelangen wir zu zwei Substantiven: 1. *espleit esplech* und 2. *esplec esplei*. Das erste ist gewöhnlich; das zweite könnte hier vorliegen, wie an anderen Stellen, welche *esplei esplec* zeigen. Aber es muß immer untersucht werden, ob nicht *esplec -eg -ei* als *espleits* auszusprechen oder ob in *esplei* nicht etwa ein *t* weggefallen ist, wie wir bei Bernart 21, 34 *drei* für *dreit* im Reime finden. So bleibt einstweilen die Doppelexistenz des Substantivs mehr theoretisch begründet als praktisch erwiesen.

17. *qued* s. Anm. zu 9, 6; 13, 39.

18. *pogues* schon v. 11 im Reim. Dort, oder allenfalls auch hier, könnte *degues* dafür eintreten.

18. *son* reimt hier mit festem *u* wie 43, 32; sonst auch (doch nicht bei Bernart) mit *ó*, s. Harnisch § 50.

I. Nimmer sah ich auf Jahreszeit noch Monat, noch wann die Blume erscheint, noch sich verbirgt, noch wann das Gras zur Seite der Quelle sprießt; sondern wann immer mir von der Liebe eine reiche Freude kam, war mir das ein so schönes Beginnen, daß ich meine, daß diese Zeit die Herrschaft habe.

II. Wohl hätte ich bis jetzt, wo ich so tief darinnen bin, den für einen Toren gehalten, der mir gesagt hätte, daß je Liebe mich so mit Sehnen erfüllen würde, daß ich davon sterben könnte. Jetzt aber fühle ich und weiß ich, daß alles andere Übel nichts ist gegenüber dem Sehnen mit wenig Erfüllung.

III. Ach, mit solcher Süßigkeit ergriff mich die Schöne, die mich freudig erhält, daß ich nicht weiß, wo ich je so gut lieben könnte; denn,

je mehr ich sie anschaue, umsomehr besiegt mich die Liebe zu ihr; und mein Verlangen verdoppelt sich, je mehr andere Frauen ich sehe.

IV. Seit ich sie je sah, hat sie mich erobert, weshalb es ihr nicht anstehen wird mich zu vernichten, denn lieber will ich die Augen aus der Stirn verlieren als irgend etwas tun was ihr mißfällt. Nichts will ich wissentlich tun, was sie erzürnen könnte, selbst wenn Gott mich zum König (dafür) machen wollte.

V. Alle sagen, daß das Land von Vienne das beste der Welt ist und daß die besten Frauen dort weilen. So wissen also alle, daß es Wahrheit ist, daß diese am meisten wert sind, und daß meine Frau, welche sie alle besiegt, die allerbeste ist, die in der Welt sei!

6.

A 92 (259), B 58 (MG. 1338, vgl. De Lollis, Stfr. 3, 692), C 57, D 20 (64), E 105, G 13 (p. 39), I 27, K 16, M 48, Q 26 (65, p. 53), R 57 (479), S 48 (29), S^i 1 (AdM. 17, 64), V 62 (Arch. 36, 410), a 96 (77, Rdlr. 42, 334), f 63. Anonym O 62 (99).

Die Melodie in G und R.

Gedruckt: Choix III, 88; MW. I, 34.

Durch die Strophenstellung:

$$
\begin{array}{lll}
1—7 & \text{ABDIKQ} \\
1—9 & \text{E} \\[4pt]
1\ 5\ 2\ 3\ 4\ 6\ 7 & & \text{G} \\
1\ 5\ 2\ 3\ 4\ 6\ 7\ 8 & & \text{M} \\
1\ 5\ 2\ 3\ 6\ 4\ 7 & & \text{S} \\
1\ 5\ 2\ 4\ 3\ 6\ 7\ 9 & & \text{R} \\[4pt]
1\ 5\ 7\ 6\ 4\ 2\ 3 & & \text{a} \\
1\ 5\ 7\ 6\ 4\ 2\ 3\ 9 & & \text{S}^i \\
1\ 5\ 7\ 6\ 4\ 2\ 3\ 8\ 9 & & \text{O} \\[4pt]
1\ 3\ 2\ 4\ 6 & & \text{V} \\
1\ 4\ 5\ 2\ 6\ 7 & & \text{C} \\
1\ 3\ 4\ 5\ 6\ 2\ 7\ 8 & & \text{f}
\end{array}
$$

teilen sich die Hdss. zunächst in 3 Gruppen:

1. ABDEIKQ
2. GMRS
3. OS^{i}a

Die richtige Stellung ist zweifellos die der ersten Gruppe. So wird durch die charakteristischen Abweichungen in 2 und 3 die innere Verwandtschaft dieser beiden erwiesen.

Die Verbindung zwischen 2 und 3 wird durch M hergestellt, welches mit 2 die Strophenstellung, mit 3 die charakteristischsten Varianten teilt (s. 14—16, 22—25, 29). Zugleich tritt f zu MOS'a. Auch CRV schließen sich ihnen an (s. 14—16, 29, 45, 47), während GS, die in der Strophenfolge MR ähnlich sind, zwar auch in den Varianten in wechselnder Verbindung mit ihnen und V stehen (s. 14, 16, 18, 21, 43), aber doch auch mit AB gehen (s. 14, 15, 49, 53). Also ungefähres Verhältnis:

Auf der anderen Seite sind AB und IK wie immer in sich eng verbunden. Dagegen bleibt die Stellung von D, E und Q zweifelhaft. Nicht einmal die gewöhnliche engere Zusammengehörigkeit von DIK geht aus den Varianten klar hervor. Offenbar haben sich die Überlieferungen gekreuzt, wie es z. B. D in v. 18 durch die Mischung der Elemente von AB und Q deutlich zeigt. Bemerkenswert ist in D auch die Schreibung des Stückes, die von der sonst üblichen mehrfach abweicht und so den Einfluß der Vorlage beweist.

Als Grundlage für den Text ist ohne Frage die erste Gruppe zu nehmen.

Die Hds. N² bringt zu unserem Lied eine Razo, die wir uns freilich auch selbst aus dem Liede hätten machen können (Pillet, Archiv 101, 199):

> Bernartz de Ventador si ama una domna gentil e bella, e si la servi tant e la honret q'ella fetz so q'el vole, en dics et en faichs. E duret longa sason lor jois en leiautat et en plasers. Mas puois cambiet voluntatz a la domna, q'ella vole
> 5 autr' amador; et el o saup e fo tris e dolens, e creset se partir d'ella, car mout l'era greus la compaignia de l'autre. Puois s'enpenset con hom vencuz d'amor, qe miels li era q'el

3. leiautat en en pl.

agues en leis la meitat, qe del tot la perdes. Puois, cant
era davan lei, lai on era l'autr' amics e l'autra gens, a lui
10   era semblans, q'ella gardes lui plus qe tota l'autra gen; e
maintas ves descresia so qe avia cresut, si con deven far tuit
li fin amador, qe non deven creser so qe vesen dels oills, qe
sia faillimenz a soa domna. Don Bernatz de Ventador si fez
aqesta chanson qe dis: Ar m'aconseillaz, seingnor.

I.   Era·m cosselhatz, senhor,
            vos, c'avetz saber e sen:
            una domna·m det s'amor,
            c'ai amada lonjamen;
      5   mas eras sai de vertat
            qu'ilh a autr' amic privat,
            ni anc de nul companho
            companha tan greus no·m fo.

II.   D'una re sui en error
      10   e·n estau en pensamen:
            que m'alonje ma dolor,
            s'eu aquest plaih li cossen.
            e s'aissi·l dic mon pessat,
            vei mo damnatge doblat.

I. 1. Acossellatz mi *C*, Ar macoffatz *R*, Ara mescoutatz *V*, Aras
consseilhatz *f*; senhors *R*   2. saberj ualor *ABV*, razo *C*   3. Cuna
BCDGIKQ; domna d. *f*; de *DQ*, deg *O*, dec *Sⁱ*; sabor *a*   5. E *Sⁱ*,
Et *f*; eral s. *BD*; sai *fehlt C*, fai *korr. zu* sai *a*; de] per *BRf*, en *MSSⁱ*;
ueritat *D*, uertatz *Sⁱ*; Ara sai eu la u. *O*   6. a] uol *M*, Kella au. *D*,
Quel(l) au. *Ef*, Que fay au. *R*; Qil au. am. priuatz *Sⁱ*   7. Ni *ABDEQ*,
Et *CGIKRSSⁱVaf*, Ez *M*; Canc *O*; nuls *D*   8. t.] plus *M*; greu
DOQRSSⁱ∇f; no f. *DS*, non f. *E*, nō f. *IKOaf*; fom *korr. zu* fon *a*

II. 9. D *fehlt I*; A una *Q*; res *CR*; Mas de cho *GS*   10. E(t)
e. *CEORSSⁱaf*, On e. *D*, E stau *G*, Qai estat *M*, Essui *Q*; en greu p.
GIKQ   11. Que malonga en *D*, Que maleuia *E*, Qalognat ai *GS*, Que
malongue *IK*, Qallongat *Q*, E sim dobla *V*, Qieu doblat ai *f*; Que
(Qa *O*) lonh (lones *OSⁱ*) aurai m. d. *COSⁱa*, Qe lonex (totz *M*) temps
naurai d. *MR*   12. Si *Q*; p.] tort *C*, plaiz *G*, plais *Sⁱ*, fach *M*, fait *V*
13. E s(i)eu (sie *R*) li (len *CO*) dic *CGORVSSⁱa*; son peccat *CO*, son p.
(pensatz *Sⁱ*) *GMSⁱV*, mon pensar *a*; E sim part de samistat *f*   14. Veo *D*,
Ueus *EGS*, Ueu *Q*, Neus *V*; Tenc (Teinh *a*) me per deseretat (desconor-
tatz *Sⁱ* *CMOSⁱaf* (s. v. 22), Tēraz per defefperat *R*

15　cal que'n fassa o cal que no,
　　re no posc far de mo pro.

III.　　E s'eu l'am a dezonor,
　　　　esquerns er a tota gen;
　　　　e tenran m'en li pluzor
20　　per cornut e per sofren.
　　　　e s'aissi pert s'amistat,
　　　　be'm tenh per dezeretat
　　　　d'amor, e ja Deus no'm do
　　　　mais faire vers ni chanso.

IV.　25　Pois voutz sui en la folor,
　　　　be serai fols, s'eu no pren
　　　　d'aquestz dos mals lo menor;
　　　　que mais val, mon essien,
　　　　qu'eu ay' en leis la meitat
30　　que'l tot perda per foldat,

15. que'n] che o *D*, qu(i)eu *BEIKV*, qem *G*, q̄ *R*; f.] dig *IK*; o]
au *DQ*; Damor e ia diens (deu *Si*) nom do(n) *CMOSiaf* (*s. r.* 23)　16. pos
IK; Pueis faire uers ni chanzon *CMOSiaf* (*s. r.* 24), Res no men pot esser
bo *GRSV*

III. *fehlt C*　17. Car *Oa*, E *fehlt Si*; l'am] uin *V*　18. Aurain
(Auran *E*) blasme de la gen *ABE*, Esqerns (Esquerenz *IKO*, Esqrn *R*,
Esqes *Si*) er (es *M*, et *a*) a (*fehlt IK*) tota gen *IKMOSiaf*, Enois (Et
nois *S*) er (Er enug *V*) a tota gen *GSV*, Escarniramen la gen *Q*, Aurain
blasme e skerniramen la cent *D*　19. m'en *fehlt Si*; tendramen *DQ*,
ter(r)amen *GS*, tenram(m)en *IK*; li meillor *RV*　20. coart *IKR*, cornat *O*;
s.] ren *Si*　21. saisi *AB*, sai seu *DQ*, sai sieu *E*, sassi *IK*; perc *R*;
mamistat *Oa*, mamistatz *Si*; E sim part de sa. *G*, E sai sill dic mon
penfat *M*, Ssaissim part de sa. *S*, E sim perac de sa. *V*　22. Ben t. *IK*;
Veus (U *Si*) mon dampnatge doblat (doblatz *Si*) *MOSiaf* (*s. r.* 14), Tec mo
p. d. *R*　23. deu *DQ*; no men do(n) *DE*, no do *G*; Qal qen (qe *M*,
qen *O*) fassa (que iatz *Si*) o qal qe no(n) *MOSiaf* (*s. r.* 15)　24. Mai
DQ; Faire mais *IK*; Res no men pot esser (tener *a*) bon (pro *Sia*)
MOSiaf (*s. r.* 16)

IV. 25. Mas *IKV*; uout *CIKV*, uolt *DGQS*, uouc *Si*; sui] es *CIKV*;
P. soi (ma *R*) mes *OR*; en] a *IKMORSVa*; . E pus ien uei la f. *f*
26. Gen *a*; . . . rai (*Anfang radiert*) *C*, ferai *O*, sera *S*; fol *DGOQ*;
s'eu] si *MR*; nom p. *f*　27. Daqest *DGIQRSf*, Daiqest *O*; dans *Si*; la
m. *Si*; meillor *Of*　28. Quar *CMR*, E *O*, Cal *f*; ual mai(s) *IKOSf*
29. Qe *S*; naia *DQS*, ai *IK*; En leis auer *CMORSi*, Auer en lieis la
m. *af*; meitatz *Si*　30. Que t. *CGIKOQRSSia*; perdre *CIKMORSVaf*;
fondatz *Si*

car anc a nul drut felo
d'amor no vi far son pro.

V. Pois vol autre amador
    ma domn', eu no lo·lh defen;
35 e lais m'en mais per paor
    que per autre chauzimen;
    e s'anc om dec aver grat
    de nul servizi forsat,
    be dei aver guizerdo
40 eu, que tan gran tort perdo.

VI. Li seu belh olh träidor,
    que m'esgardavon tan gen,
    s'atressi gardon alhor,
    mout i fan gran falhimen;
45 mas d'aitan m'an mout onrat
    que, s'eron mil ajostat,

31. Car anc non vi d. f. *AB*, Canc no ui nuill d. f. *DE*, Car anc a
nulh d. f. *CIKMRS'Vaf*, Quanc a negun d. f. *OQ*, Car anc negun d. f. *S*,
Canc a negus dur felo *G*   32. Nuill temps damor f. *ABE*, Damor
(Damar *OS'a*) non vi (vim *V*) f. *CGIKMORS'Vaf*, No ui damor f. *QS*;
faire *DEIK*, fat (?) *Q*; bon *S*; Damor faire son pro *D*
V. *fehlt V*   33. E (E *nachgetragen D*) puois u. *ABD*, Puois u. *E*,
Pos il u. *Q*, Sella (Sala *S'*) u. *CS'af*, E si u. *GIKR*, Sjll ha fait *M*, Si
ia u. *O*, Mas sil u. *S*; autre *fehlt a*   34. Midon *S*; (i)eu *steht ABGMSV'f*,
fehlt nach dompna *CEIKOQRS'a*, e *D*; no(n) loy *CERf*, noglol *D*, nö
lo *IK*, no li *OS'*, nollel *Q*, non ho *a*   35. las *DS*; m'en] ho *Ea*, lo *DQ*,
eu *O*, o *S'*, *fehlt R*   36. zausimen(t) *DS*; autressenhamen *CMf*, autre-
demē *R*; Peri qe autre iausimen *O*   37. dec] de *DQ*; si (se *O*) hom deu
(deit *O*) *OS'f*   38. De *fehlt S'*; nulz *G*; De tal seruizis *D*, Daital s.
EIK; forh(?)at *G*, esforzat *O*   39. deu *DEM*, deit *O*; degrauer *QS'*;
d. cobrar *CGS*; geerdon *D*, grat *R*   40. qi *GMO*, car *f*; qaitan g. *S*;
greu *DEGQ*; que aitals tortz p. *C*

VI. 41. b.] fals *ADQ*; Soi fals oilg tr. *D*, Sj (Mais *R*) fiei hueilh
galiador *MR*   42. Qi *MOS'*; me gardauō *G*, mefgareiron *M*, magardō *R*,
megardauon *S'*, mi esgardon *V*; Qem regardauon *Q*; tant *fehlt S'*; t. g.]
iauzen *D*   43. Sinaissi *ARS*, Satressi *BIK*, Atressi *E*, E saissi *OS'a*,
E sai se *Q*, Si aissi *f*; Aras esguardon *C*, Esgardon (*am Rande von jüngerer
Hand:* Senaissi gardon) *D*, Saissi esgardon *GV*, Esgardon aissi *M*   44. Trop *S*;
i *fehlt IK*; i f. *fehlt Q*; Per quey f. *C*; Fan hi trop de f. *M*   45. de tan(t)
DEGQS, daizo *V*; ma *CQR*; gent *C*, ben *MORSS'Vaf*; daitan er ben
onratz *S'*   46. sener (*von anderer Hand korrigiert:* seron) *D*, si neron *E*,
feram *IK*, seran *V*; mils *O*, trail, *korrigiert zu* mil, *a*; nul ainsteitz *S'*

          plus gardon lai on eu so,
          c'a totz aicels d'eviro.

VII.   De l'aiga que dels olhs plor.
    50   escriu salutz mais de cen,
          que tramet a la gensor
          et a la plus avinen.
          manhtas vetz m'es pois membrat
          de so que·m fetz al comjat:
    55   qu'e·lh vi cobrir sa faisso.
          c'anc no·m poc dir oc ni no.

VIII.   Domna, a prezen amat
          autrui, e me a celat.
          si qu'eu n'aya tot lo pro
    60   et el la bela razo.

IX.   Garsio, ara·m chantat
          ma chanso, e la·m portat
          a mo Messager, qu'i fo,
          qu'e·lh quer cosselh qu'el me do.

47. Mas *C*. Mais *MORSVa*, Mai *f*: gardanon *DIKQ*, engardon *E*. *g. korrigiert zu* esgardon *G*; lai on] lau *DQ*, lai *IK*; en *fehlt JlG* 48. *fehlt V*; Qe t. *DEGIKQS*; tot eel *O*, tot et cels *N*; Qe a totz cels *MSia*; denuiron *G*, denron *I*, dauiron *Si*; q̄ no fan [els dauirō *R*: Quaselhs que fon de uiron *C*

VII. *fehlt V* 49. eab los h. *ABGS*, qe (qieu *a*) dels h. *CDEIK* *MOQRSiaf*: oilg *D*, oill *N*; o. p. *fehlt Si* 50. m. de e.] mur . . n *Si* 51. E t. *ABDS*, Quieu *OQa*: meillor *AB* 52. co(n)vinen *GS*: A la p. bella a. *O*, Elus aumen *Si* 53. maūra·m. *ABGS*. mes (mos [?] *O*. *fehlt Si*) pueis m. *ORSiaf*: Quan me membra lamistat *C*, Que mes (Kel mes *D*, Quem nes *IK*, Qel mes *Q*) pueis cent uetz m. *DEIKQ*. Qar moutas ues mes m. *M* 54. De so *ABDQ*, Daiso *E*, Lamor *GMORSif*, Launor *S*, Lamors *a*; Quez elham f. *C*: f.] det *O*, fe *R*, *fehlt Si*; el e. *M*: Del iorn que det lo c. *IK* 55. Keu gli ui *D*, Queill *EGS*. Quiel *IK*, Qe il *O*. Quel *Si*; Qan descobric sa . faiço (. *Rasur*) *M* 56. Si qanc *DIKQ*, Que *E*, E *OSia*; no *DEGIKQ*; pot *G*. sap *DOQ*, saup *IKM*; dir hoc ni no *ABEGORSiaf*, dire (dir *IKQ*, rendre *M*) razo *CDIKMQS*

VIII. *nur in EMOf* (*in A hinter v. 56 vier leere Zeilen*) 57. amatz *Ef* 58. Lautre f; celatz f 60. E çill la b. r. *M*, C'autra b. r. *O*

IX. *nur in EORSi* 61. Qarzon *O*, Garcion *Si*; era ch. *E*; chantatz *Si*: Garssiō tost e uiatz *R* 62. Mon chantar sia portatz *R* 63. messatge *R*; qi f. *O*, que f. *ERSi* 64. Que calque conseill mi do *E*. Car anc pueis nō aic tāt bo *R*, Qel conseil qello me don *Si*

1. Raimon Vidal zitiert diesen Vers in den Razos p. 76 (B: *Ar me consilhatz senhor*, C: *Aram cosseillatz segnor uos cauetz saber e sen*) als Beispiel für den Vokativ Pluralis. So widerlegt er Zingarellis Auffassung des ersten Verses von *Pois preyatz me, senhor*, der in *senhor* einen Singular sieht (p. 46 des Separatabdrucks: il poeta canta per ubbidire ad *un signore*). Aus Raimon Vidal hat Jaufre de Foixa dasselbe Beispiel entnommen (Rom. IX p. 63).

4. Ich schreibe *lonjamen*, nicht *longamen*, da auch das Neulimou-sinische *lounjo* hat, s. Chab., Gram. lim. p. 166, § 11.

7. Über *Et* oder *Ni* entscheidet natürlich die Verteilung der Hdss. nicht. Im Allgemeinen scheint Bernart nicht durch *ni* einen negativen Satz an einen positiven zu knüpfen; aber 2, 10 steht ein diesem hier ent-sprechendes Beispiel.

11. Die Hdss. weichen so stark von einander ab, daß man eine mangelhafte erste Vorlage vermuten könnte. Aber die Lesart der Gruppe A ist jedenfalls einwandsfrei. Ist aber *alonge* 1. oder 3. Person?

13. Hier und v. 21 und schließlich auch an anderen Stellen (10, 21; 25, 23) könnten Zweifel entstehen, ob man *s'aissi* oder etwa *sai, si* lesen soll, wie die Hdss. in der Tat nicht selten trennen. Aber in v. 43 unseres Stückes in der Fassung von GOQ etc. ist kein Zweifel, ebenso in 44, 56 Version V etc. So ist auch hier *aissi* zusammenfassend, wie z. B. 8, 29; 23, 42; 43, 53, und wir werden übersetzen: „wenn unter solchen Um-ständen".

16. *pro* steht hier und v. 32 im Reim. Dort hat S *bo*, hier GRSV (so daß also in S *bo* wiederholt wird). Die Überlieferung zeigt, daß, wenn nicht der Dichter, jedenfalls die Quelle aller Hdss., an beiden Stellen *pro* geschrieben hat.

18. Die Varianten legen hier, wie an mancher anderen Stelle unseres Dichters, nahe, zu denken, daß schon die erste Quelle zwei Lesarten neben-einander gehabt hat. Ein solches Verhalten, das aus Petrarca's Autographen ja wohl bekannt ist, ist bei der Herstellung kritischer Texte aus der Er-wägung natürlich nicht auszuschließen, würde aber alle unsere Versuche ein Handschriftenverhältnis festzustellen, illusorisch machen.

22—24 haben in MOSiaf ihre Stelle gegen 14—16 vertauscht, und sicherlich würden 15, 16 am Schluß der dritten Strophe sehr gut am Orte sein. Aber es ist dann nötig, auch 21 gegen 13 auszutauschen, und das ist nur in M geschehen. So werden wir doch auch hier bei der Lesung der ersten Gruppe bleiben.

33. Vielleicht hat in der ersten Quelle *autre amador* Hiat gebildet und die Abschreiber haben erst in verschiedener Art eine Silbe ergänzt. Auch

43 scheint die Vorlage *S'aissi*, und damit eine Silbe zu wenig, gehabt zu haben, so daß auch *atressi* nur den Wert einer Konjektur hat.

47. DIKQ zeigen *gardaron*, das ja in der Tat zu *eron* besser paßt als das Präsens. Aber *so* bleibt ja durch den Reim gesichert. Die leb-

hafte Vorstellung des Dichters geht eben aus der Vergangenheit in die
Gegenwart über.

63. Soll man *qui fo* oder *qu'i fo* lesen? *Qui fo* heißt in der Regel:
„der verstorben ist", aber doch wohl auch „der einstmalige", ohne daß
immer der Tod das Aufhören veranlaßt hat. Immerhin wird die Lesart
qu'i fo vorzuziehen sein.

Diese letzten Verse stehen mit dem Anfang des Liedes in Widerspruch. Hier wird *Mesatger*, dort werden die Zuhörer um Rat gefragt.
Die zweite Tornada wird dem Gedicht erst später hinzugefügt sein, wie sie
ja auch nur in wenigen Hdss. steht. Freilich ist dies auch mit der ersten
Tornada der Fall, und diese gehört doch noch offenbar zum Gedicht selbst.

I. Nun ratet mir, Ihr Herren, die Ihr Wissen und Verstand habt:
eine Dame, die ich lange geliebt habe, gab mir ihre Liebe; aber jetzt
weiß ich in Wahrheit, daß sie einen anderen vertrauten Freund hat, und
nimmer war mir irgend eines Gefährten Gefährtschaft so leid.

II. Über eine Sache bin ich in Unruhe und mache ich mir Sorge:
daß, wenn ich ihr diesen Handel zugestehe, sie mir meine Pein verlängere
(oder: ich .... verlängere?); und wenn ich ihr also meine Meinung sage,
sehe ich meinen Schaden verdoppelt. Was ich auch tun oder lassen möge,
nichts kann ich tun, was mir dienlich ist.

III. Und wenn ich sie in Unehre liebe, werde ich allen Leuten zum
Spott sein, und viele werden mich für gehörnt und für allzu geduldig
halten. Und, wenn ich also ihre Freundschaft verliere, halte ich mich für
Lieb-verlassen, und Gott möge mir (dann) nimmer geben ferner Vers oder
Kanzone zu dichten.

IV. Da ich einmal in Torheit geraten bin, werde ich töricht sein,
wenn ich von diesen beiden Übeln nicht das kleinere wähle; denn besser
ist, denke ich, in ihr die Hälfte zu besitzen als das Ganze durch Torheit
zu verlieren; denn nimmer sah ich, daß ein treuloser Liebender seinen
Liebeslohn fand.

V. Da meine Dame einen anderen Liebhaber will, wehre ich es ihr
nicht; mehr unterlasse ich es aber aus Furcht als aus anderer Rücksicht; und
wenn je ein Mensch für einen wider Willen geleisteten Dienst Dank ver-
diente, so muß ich Lohn empfangen, der ich so großes Unrecht verzeihe.

VI. Ihre schönen falschen Augen, die mich so freundlich anschauten,
begehen großen Fehl, wenn sie ebenso nach andrem Ziele schauen; darin
nämlich haben sie mir große Ehre angetan, daß, wenn Tausend beisammen
wären, sie mehr dahin schauen wo ich bin, als auf alle die ringsum.

VII. Mit dem Wasser, das ich aus den Augen weine, schreibe ich
mehr als hundert Grüße, die ich an die Schönste und die Artigste sende.
Viele Male habe ich dessen gedacht, was sie mir beim Abschied tat: denn

ich sah sie ihr Antlitz bedecken, so daß sie mir kein Wort (nicht ja noch nein) sagen konnte.

VIII. Fraue, in der Öffentlichkeit liebet einen anderen und mich im Geheimen, so daß ich den ganzen Gewinn habe und er die schöne Rede.

IX. Garsio, nun singe mir meine Kanzone und trage sie mir zu meinem Boten der dort war, denn ihn bitte ich um einen Rat, den er mir gebe.

— · · — · —

7.

A 91 (257), B 57 (MG. 32), C 49 (MG. 1346), D 18 (56), E 104, F 20 (42, nur Str. 3), G 17 (p. 51), I 31, K 19, L 113, M 38, P 18 (56, Arch. 49, 286), Q 29 (71, p. 58), R 57 (475), S 39 (24, MG. 255), S^g 3, a 90 (69, Rlr. 42, 326), dem Peire Vidal zugeschrieben: W 190 (Rom. 22, 394), anonym O 44 (71).

Die Razos de trobar zitieren (p. 83) v. 41—43 (in der Überschrift zeigt Hds. B nach Stengel: *luzer*, Hds. C: *hizir*) als Beleg für die getadelte Form *retrai: Ja ma dompna nos merauelh Sil prec qem don samor nim bai* (B: *ai*) *Contra la foudat* (C: *Contral fondat*) *qeu* (B: *qi*) *retrai.*

N^2 nennt das Gedicht in seiner Aufzählung unter Nr. 3.

Die Melodie steht in den Hdss. GRW.

Herausgegeben ist das Lied von Delius, Ungedr. prov. Lieder S. 20 (nach S), Bartsch, Lesebuch S. 52 (nach B), Zingarelli, Ricerche (Studi medievali I, 604, Sep. 12, nach ABCDFOPSa).

Die Reihenfolge der Strophen ist die folgende:

1	2	3	4	5	6	7	8	9	G
1	2	3	4	5	6	8	9	7	E
1	2	3	4	5	6	7	9		R
1	2	3	4	5	6	8	9		AB
1	2	3	4	5	6				DO
1	2	3	4	5	7				W
1	2	3	4	6	7	8	9		IK
1	2	3	4	6	5	7	8	9	C
1	2	3	4	6	5	7	8		M
1	2	3	4	6	5	7			PS(L^2)
1	2	3	4	6	5				Q

```
1 3 2 5 4 6 7        a
1 3 2 5 4 6          L; am Rande, aber von gleicher
                     Hand, wird durch Buchstaben
                     die Reihenfolge als 1 2 3 4 6 5
                     bezeichnet und Str. 7 nach-
                     getragen, also wie PS.
  1 3 2 5           Sg.
```

Die Abweichungen beruhen vorzugsweise auf den Str. 5 und 7. Die 7. Strophe fehlte in den Hdss. ABDLOQSᵍ; sie ist nachgetragen in L² und E. Da die unvollständigen Hdss. nicht nur einer Klasse angehören, mag schon der gemeinsamen Quelle aller (die vielleicht nur die Str. 1 2 3 4 6 enthielt) die Strophe gefehlt haben und diese erst aus einer andern Quelle hinzugekommen sein. An ihrer Echtheit ist nicht zu zweifeln, und sie wird auch durch die erste Tornada (8) in AB(E) schon vorausgesetzt, wie denn auch inhaltlich das Gedicht ohne diese Strophe unvollständig erscheinen würde.

Der 5. Strophe ist von Zingarelli ihre Stelle den Hdss. CPS (und MQ) folgend gegeben worden. Seine Gründe hierfür (infatti nella str. *Ja ma dompna* si continua a parlare della *foudat* lamentata nelle precedenti; in *Nueg e jorn* si ripiglia il discorso iniziato in quella, dell' affanno amoroso; e finalmente nell' ultima, *Fin' amor*, si volge il discorso a quel *ric' amor*, di cui si parla nel penultimo verso della precedente) scheinen mir aber nicht zutreffend; vielmehr ist die Steigerung der Empfindung bei der Anordnung in AB etc. offenbar, und die (chiastische) Wiederkehr der Reimwörter in 6 *rei veya*, 7 *mercei merceya*, 8 *mercei merceya*, 9 *rei reya* ist für die Stellung von 6 vor 7 beweisend.

Durch die Varianten werden die Hdss. ABDEG allen anderen gegenübergestellt, s. v. 10, 32, 37—40; und mit ihnen geht oft auch W, s. v. 9 (*blanc* mit BDE), 15 (*promes*), 29, 37 (nicht aber 10, 24, 26 *dol*, 33, 38). AB werden durch das Fehlen der 7. Strophe, wie durch einzelne Lesarten (19, 26) näher vereinigt. In v. 9 trennt sich aber B mit DEW auch von A. Eine genauere Gruppierung innerhalb dieser Hdss. läßt sich nicht aufstellen.

Von den anderen werden LSᵍa schon durch die Stellung der Strophen 3 2 vereinigt. Die Varianten in v. 35, 39, 40 bestätigen diese Verwandtschaft, und zwar gehören La wieder enger zusammen (s. v. 10, 32). PS sind, wie oft, verwandt, vgl. v. 10, 14, 19, 24,

26, 32, 35 etc., und zeigen weiter mehrfach Beziehungen zu LS^{g}a, besonders aber zu S^g, s. v. 10, 14, 15, 19.

OQ werden vereint durch v. 15, 27, 30, 35, 42, 44; und mit ihnen geht wechselnd M zusammen: MO 19, 32, MQ 9, 27, 29, 35, 39, 40, 44, MOQ 27. C und R schließen sich auch diesen Hdss., und nicht der Gruppe A, an, und zwar C vorzugsweise an PS (26—29, 35, 40), R an Q (10, 32, 35, 39, 42, 47). Aber aus alledem ergibt sich kein deutliches Bild. Die Überlieferung hat sich offenbar mehrfach gekreuzt, wie es in L noch jetzt klar vor Augen liegt. Für die 5. und 7. Strophe wird man von vornherein andere Beziehungen annehmen müssen als für die übrigen. Durch das Fehlen der auch durch ihre Varianten wichtigen 5. Str. bleibt vor allem auch das Verhältnis von IK zu den beiden Hauptgruppen ungewiß. Von dem sonst so nah verwandten D sind die beiden Hdss. in diesem Liede jedenfalls getrennt.

Als zuverlässigste Gruppe erscheint ABDEG.

I.   Ara no vei luzir solelh,
         tan me son escurzit li rai;
         e ges per aisso no·m esmai,
           c'una clardatz me solelha
    5   d'amor, qu'ins el cor me raya;
         e, can autra gens s'esmaya,
         eu melhur enans que sordei,
         per que mos chans no sordeya.

II.   Prat me semblon vert e vermelh
   10   aissi com el doutz tems de mai;

I. 1. *Initiale fehlt S^g*; ui *PS*; lus(z)er *LPQS*   2. me] se *Q*; son] sui *O*; escurit *DIK*, escrurzir *O*, escoriç *Q*, esclarzit *R*, escuriz *S^g*, escurzat *a*; rais *S^g*   3. aitan *M*   4. clartatz *GIKL*, clartat *PQS*, clardat *R*. clartas *S^g*; soleia *D*; masolelha *CL*, maforella *S^g*   5. Damors que al c. *R*; qenz al (el) c. *PS*, q. al c. *S^g*   6. gen(t) *LMPQRS*; sesmai *S^g* 7. Ieum m. *C*; abanz *GIKQ*; e. q.] e ges nō *M*. que que *R*, e. chen *S^g* 8. mo(n) chan(t) *LPSS^g*, motz c. *a*: nois s. *A*, nos s. *R*

II. 9. Pratz *L*, Part *O*; me *fehlt a*; senbla *PS*, son *Q*; v.] blanc *BDE*, groc *IKQ*, gruec *M*; e *fehlt QS^g*; P. nert mi semblō uermelh *R* 10. Aissi cum el doutz t. *ABDEG*, Atressi cum el t. *CQR*, Eissamen cum el (al *La*, lo *PS*, los *S^g*) *IKLMPSS^{g}a*. E innern cum el t. *O*

si·m te fin' amors conhd' e gai:

neus m'es flors blanch' e vermelha

et iverns calenda maya,

que·l genser e la plus gaya

15   m'a promes que s'amor m'autrei.

s'anquer no la·m desautreya?

III.   Paor mi fan malvatz cosselh.

per que·l segles mor e dechai;

c'aras s'ajoston li savai

20   e l'us ab l'autre cossellia

cossi fin' amors dechaya.

a! malvaza gens savaya,

qui vos ni vostre cosselh crei,

Domnideu perd' e descreya.

IV.   25 D'aquestz mi rancur e·m corelh

qu'ira me fan, dol et esglai

11. t.] fay *R*; f. *fehlt Sg*; amor *GLOPQS*; coinde *A*, congt *D*. cneint
E, coint *GPQSSg*   12. Neis *O*, Nef *PS*, Neu *LQSg*; mi sembla *M*, me
par *O*; flor *LMOPQRSSg*, fiers *korr. zu* flors *a*: E neis f. *R*; bl. e *fehlt*
M; e *fehlt R*   13. iuern *G*, inner *O*, lynuer *L*, li ner *PS*; linern *R*.
linuer *Sg*, lineins *a*; c(h)alen de m. *PSSg*, chandela m. *Q*   14. Qe la g.
O, La *LPRSSg*, Car la g. *a*; genchor *L*, genzers *Ma*; li *M* 15. promes
ABEGIKMR, enpromes *D*, mandat *COLPQSSga*; qa *a*; s' *fehlt E*: nautrei
Sg; mamors lautreia *O*   16. Si qer *G*, Sencar *L*, Sencars *M*. Sainqer *O*,
Seqr *R*, Sanqer *korr. zu* Fanqer(?) *a*: lom *La*, lo *Sg*

III.   17. fai *LQR*; malnat *CR*, maluaiz *D*, maluafz *L*. maluais *Sg*
18. ·l *fehlt C*; siegle *L*, segle *MQ*, secle *PS*, segre *Sg*; mueir *M*: dechaia
D, dechaj *zu* de·chay *L*, deschai *OPQSSg*   19. Adones *PS*, E fay *R*;
sacoston *AB*; saluai *MOPS*; Ara sajustrũ li salnai (*sic*) *Sg*   20. lun
LSg; abj a *LP*; autre *D*, lautres *R*   21. Comsi *FS*. Com se *P*, Con e:
amor *FGPQRSSg*; deschaia *ABCLOPSSg*   22. Ai *BMPSa*. Hai *GL*.
E *R*; maluaiza *D*, maluada *R*; e ai niluaita *Sg*; gent: *CLPQRSSg*; saluaia
DLMOPSSg   23. Que *IK*; nij uc(?) *D*, nil *IKOSa*: cre *FPSa*. creia
O   24. Domids *G*, Dombre dieuſ *R*; perd *FIKa*, pert *Q*; mescreya *CO*.
mescrea *F*; pēs e (*darüber von jüngerer Hand* que·d. *D*. prec quel dechaia
ER, perc e mefercia *G*, prec qel qels *L*. descreia *LM*, prec el d. *PS*;
Domē de per e d. *Sg*

IV. *fehlt Sg*   25. Daqest *DPSa*. Daquetz *E*. Daqels *GMOQR*,
Daicho *L*; querelh *CRa*   26. Car mi *AB*. Quiras me *C*. Cara mi *G*,
Quira me (meu *PS*) *IKOPQS*. Qera *zu* Qjra mi *L*. Quiram *M*. Queras
me *a*; Quem fan eras *R*; d.] ira *AB*. ire *G*, dolor *IK*, al cor *M*: esmai

e pesa lor del joi qu'eu ai.

e pois chascus s'en corelha

de l'autrui joi ni s'esglaya,

30   ja eu melhor dreih non aya,

c'ab sol deport venz' e guerrei

cel qui plus fort me guerreya.

V.   Noih e jorn pes, cossir e velh,

planh e sospir; e pois m'apai.

35   on melhs m'estai, et eu peihz trai.

mas us bos respeihz m'esvelha,

don mos cossirers s'apaya.

fols! per que dic que mal traya?

car aitan rich' amor envei,

40   pro n'ai de sola l'enveya!

CIKLOPRS, desmai *a*: Chiram fau em donon et esglai (*über* gl *von jüngerer Hd.* m) *D*, Que iram fan et c. *E*

27. Qar *LMOQ*; Espesa *J*; p. l.] lur pesa *M*; lo iois *CIKa*, lo ioi *R*; ai] iai *S*   28. p.] maf *R*; chascun *S*; si c. *BCIKM*, se c. *GOQ*; conseilla *O*, qerelha *Ra*; Ez es fols qui sen coreilla *L*   29. ni] e(t) *GPSa*; sesmaia *ACIKLPSa*, esglaia *G*; E dautrui ioi sen apaia *R*   30. m.] maior *IK*, autre *OQ*; noi a. *E*, no haja *L*; Ia autre meillor dreiz naia *G*, Ieu *chant iu plus* (*auf Rasur*) dreit non aia *M*   31. Cam *Q*; sol] fin *IK*, dreg *R*; d.] mos chanz *M*; uenc *O*; Sol qab deportz uench *L*; guerre *E*, guercia *O*   32. Cel (Cil *G*) q. plus fort *ABDEG*, Selui (A cil *PS*, A quel *QR*) q. plus *CIKLMOPQRSa*; qui] que *BDEIKOPRS*; plui *Q*

V. *fehlt IK*   33. jors *Sa*; plor *A*, plaing *BQ*, pes *R*; p. e c. *Sa*; c.] sospir *Q*; plaing (*unterpunktiert*) e sospir e u. *D*, planh e sospir e u. *E*, *plaign* (*auf Rasur*) sospir e u. *G*   34. Pens *AG*, Pes *Q*, Plor *a*; s.] cossir *GQ*; Cossir e pens *B*; e] mas *C*, ma *PS*; E planc e s. e mapai *M*   35. O *D*, Con *M*, Cā *R*; mesta *AB*, me (mi *M*) uai (ua *R*) *MQR*; et *fehlt M*; pieitz *ABDEGMR*, mal *COPQSa*; E neguns hom tan (tal *C*) mal no trai *CPS*, E ou plus pess e plus mal trai *L*, E con plus pens eu piez mal trai *Sa*, Et on penz eu plus mal trai *a*   36. Ma *Sa*; us *fehlt LSa*; un (*fehlt Sa*) bon resp(i)eg (respit *Q*) *PQRSSa*; mi reueilha *LSa*   37. m. cossiriers *ABEG*, m. cossires *D*, m. coratges *COa*, mo(n) cora(t)ge *LPQSSa*; Qem uen al cor e mapaia *M*, Damor q mō cors mapaya *R*   38. Fols (Fol *DEG*) per que d. *ABDEG*, Fols (Fol *Q*) soi quar (qe *M*, qeu *QSa*) d. (qhai dit *L*) *CLMOPQRSSa*; ditz *E*; qieu *L*; mesmaia *Sa*; Ai fol cai dig qen *a*; qel m. *G*; trata *korrigiert zu* traia *a*   39. Car *ABDEG*, Pus *C*, Puis *O*, Pois *PS*, Pos *LSa*, Qar pos *M*, Qe pos *Q*, Mas *R*; aitan *ABCDEGPS*, tan *LMOQRSa*; t. ric(h)amen(c) *MQR*; me vey *R*; P. t. riche corage ennej *L*, P. t. ric corage nea *O*, P. t. ric coratge ennei *Sa*;

VI.   Ja ma domna no·s meravelh
           si·lh quer que·m do s'amor ni·m bai.
           contra la foudat qu'eu retrai,
                fara i genta meravelha
   45   s'ilh ja m'acola ni·m baya.
           Deus! s'er ja c'om me retraya
           („a! cal vos vi e cal vos vei!")
           per benanansa que·m veya?

VII.   Fin' Amor, ab vos m'aparelh;
   50   pero no·s cove ni s'eschai,
           mas car per vostra merce·us plai
           (Deus cuit que m'o aparelha!),
           c'aitan fin' amors m'eschaya.

P. t. ric coratgem vei *a*   40. Bem nai *C*, Ben nai *PS*, P. ai *M*, Rics soi *La*, Ric sui *Sg*; de *ABDEG*, ab *MPS*, am *Q*; ab sol que (qieu *L*, qen *Sg*) lan neya (lenueia *O*, la veia *LSga*) *CLOSga*; Qe bem nay lol q̄ la neya *R*

    VI. *fehlt Sg*   41. Ges *LPRSa*; mi d. *S*; merauilh *R*; Dama de uos m. *O*   42. Sielh *C*, Seill *L*, Siel *a*; prec *M*; don] deu *S*; mim b. *I*; Sel (Si *O*, Sieu li *R*) quer samor ne (ni eil *O*) dic qem (d. q. *fehlt R*) bai (lai *O*) *OQR*   43. segon *MR*; foldaz *G*, foldatz *L*; qu(i)eu *ABDEGIK LOR*, quieulh *C*, qom *M*, qem *PS*, qel *Q*, qeil *a*.   44. Farai *ABDELM*. Fara *CGIKQR*, Fura *O*, Ferai *PS*, Fora *a*; F. genta m. *ADEGLMOQ*, F. granda m. *B*, F. len (men *P*, en *S*) gran(t) m. *CPS*, Fora leu granz m. *a*, F. de mi m. *IK*, F. bela m. *R*   45. Sil ia *ABEG*, Si ia *CMa*, Sill ia no *D*, Sela *PS*; Si iam percolla *IKOQR*, Sim dona samor *L*; ni b. *PQ*   46. Dieus *BDEG*, A *CIKM*, Ila *OQ*, Ai *PRSa*; sera ia *O*, serra, korr. zu ser ia, *a*; Er ia doncs *A*; com me traia *D*, q̄i lam r. *R*; Haj dona per merceus atraja (*vgl. v. 54*) *L*   47. A *fehlt COQR*, Ai *MPSa*; Quals — quals *C*; ni *R*; vei] ui *D*; Quajasz de uoftrainic mercej (*vgl. v. 55*) *L*   48. bonamanza *O*; quen u. *E*, qe n. *M*; uaia *S*; Pos aitan gen uos merceja (*vgl. v. 56*) *L*

    VII. *fehlt ABDOQ, steht CEGIKMPRSa, am Rande L²*   49. amors *GIKMa*; a *GL²PS*   50. nos *CRS*, no *GL*, nō *IK*, nom *M*, non *Pa*; ni seschai *CGIKOR*, ni eschai *M*, ne meschai *LPSa*; Ab que nouf coue mefchaia *E*   51. Mas se p. *G*; par *PS*; merce sius p. *IK*, merce p. *LPS*; Pero si per tan cre em plai *E*, Mas sol com a midōs plai *R*   52. O dieus *C*, Deu *L²*; cre *EG*; men a. *IK*; Ben nei qe dieus mapareilha *M*, Si be es locx caparelha *R*   53. Qaitan *C*, Caital *E*, Que tant *GIKa*, Consi *M*, Caisi *L²PS*, Com de *R*; ric a. *CIKa*; amor *EL²PRS*; mefiaia *G*, descaia *P*, mefchay *R*

ai, domna, per merce·us playa
55   c'ayatz de vostr' amic mercei,
     pus aitan gen vos merceya!

VIII.   Bernartz clama sidons mercei,
             vas cui tan gen se merceya.

IX.   E si eu en breu no la vei,
60   non crei que lonjas la veya.

54. *fehlt* E; Ha d. GL²PS, A d. IK, E d. R; ·us *fehlt* PS   55.
fehlt E; Aiaz CGa; del L²PRS; amics G; merce Pa   56. *fehlt* E; aita
g. C; ges P, gens S; Pos qe tan g. M; vos] se G, si IK; Qe vaf vos tā
g. m. R
     VIII. *fehlt* DLOPQRSSga   57. Bernart C, Bernard G, Bernatz
M; cl. a sidonz G   58. Pos aitan(t) g. CE, Per qe t. g. M
     IX. *fehlt* DLMOPQSSga   59. E sim (sin E) breu dora CE, E si
breument no la nei G, E sapchatz sen br. R   60. cre BEGIK; qua l.
C, ca longaf E, ca leniaf G; A longaf cng que la v. R

Die Hds. W bietet das Gedicht wieder in halbfranzösischen Formen:

Ere non ve luisir soleill . tant mi sunt oscurci lou rai . et gins per
aico non mesmai . cune clartas mi soleille . damor qui al cor mi raie . et
quan laltre gens sesmaie . et meillor abaus que sordei . per que mon chant
non sordee.
     Prat mi semblent blanc et vermeill . ensement con el tans de mai .
mi ten fine amor cointe et gai . meu mest flors blanche et vermeille .
(quel *gestrichen*) et yuers kalende maie . quel gencors et la plus gaie .
ma prames que samor mautrei . sencor ne sen desautree.
     Paor me font malues couseill . per quel segle . et amor decai . querre
sa ioste en lieu saluai . et luns al autre conseille . con si fine amor decai .
ha maluaisc gens saluaige . qi vos nel vostre conscill crei . damedeu perde
et mescreie.
     Dalques mi reuen en coreil . qui re me fen dol et esglai . et peise
mei del ioi queu nai . et pos chascuns sen coreille . del altrui ioi et ses-
glaie . la ie meillor dreit non aie . qo plen deport non esguci . celi qui
pluz mi guerree.
     Noit et ior consir et vueil . plaig et souspir . maiz puis mapai . quan
mienz miratz et je pis trai . maiz vns bons respis mesueille . donc mon
consirrer sapaie . fol sui quan dic que mal traie . et pos ai tant riche
amor . eu uol ben ia vn sol ioi naie.
     Fine amor a vos maparcill . per ou non conuen ni sachai . maiz per
vostre merce vos plaie . dex que meu appareille . car se fine amor mi caie .
ha . dosna per merce vos plaie . quaias de vostre ami marce . pos ai tant
iaut si marcee.

2. Der Dichter sagt: ihm seien die Strahlen der Sonne verfinstert (die einzige Hds. Q hat *se*). Man wird aber hier nichts anderes sehen dürfen als die übliche Beziehung auf die Jahreszeit. In starkem Subjektivismus verbindet der Dichter auch die allgemeine Erscheinung mit der eigenen Seele.

7. *Melhurar* steht im Gegensatz zu *se esmayar*, das der Donat glücklich mit ‚timore deficere‘ übersetzt und das so mit *sordeyar* synonym wird.

10. Auch *doutz* in der Gruppe A mag, in Ergänzung eines schon in der gemeinsamen Vorlage zu kurzen Verses, erst durch Konjektur eingetreten sein.

15. Zingarelli nimmt *mandat* auf, indem er auf 21, 37 verweist (s. auch 26, 29). Daß *prometre* sonst bei Bernart nicht vorkommt, mag Zufall sein. Beide Wörter sind an sich gleich gut. Vielleicht aber tritt leichter *promes* für *mandat* ein als umgekehrt, und so mag in der Tat *mandat* das Richtige sein. Nach unserer Auffassung des Hds.-verhältnisses ist indes *promes* besser bezeugt.

16. Zingarelli sagt in der Anmerkung zu diesem Verse: Raynouard . . ., il quale legge però *promes* in luogo di *mandat*, traduce: *elle m'a promis qu'elle m'accorde son amour, si encore elle ne me le révoque*; dal che si vede come una falsa lezione costringa a sforzare il senso delle parole. *Desautreiar* è semplicemente il contrario di *autreiar*, concedere, consentire, accordare; e nella traduzione italiana non è possibile rendere la corrispondenza delle due parole del testo. Er selbst übersetzt: „perchè la più nobile e leggiadra mi ha fatto sapere che ella mi accorderebbe l'amor suo, per ciò che ancora non me lo contrasta“. Auch das erscheint mir nichtssagend. Ich verstehe den Satz als Frage, die mit ihrem Zweifel zur folgenden Strophe hinüberführt. Die gleiche Konstruktion: indirekte Frage statt direkter, liegt in v. 46 dieses Liedes vor, vgl. auch 18, 26 und Alf. Schulze, der altfrz. Fragesatz, S. 132 ff.

26. Da *esmai esmaya* in der ersten Strophe im Reim steht, kann hier nur *esglai esglaya* das Richtige sein.

28. Levy hält unsere Stelle für den einzig sicheren Beleg des Verbums *encorelhar* (s. Supplwbch). Auch hier wird man, mit Rücksicht auf *corelh* v. 25, das *en* abtrennen, indem man es entweder auf die *savai* bezieht: „jeder von ihnen“, oder, vorausnehmend, auf *de l'autrui joi*.

30. Zingarelli übersetzt: io non dovrei avere migliore diritto che di combattere e vincere solo col mio godimento colui che più mi combatte. Ich möchte die Beziehung zum Vorhergehenden enger gestaltet sehen, indem ich *no·n* statt *non* lese und *aver dreih d'alcu* übersetze mit „jemandem gegenüber Recht erlangen, in einem Rechtsstreit mit ihm (als Entschädigung, als Anspruch o. a.) etwas zugesprochen erhalten“, s. Levy *drech* 3. Auch 43, 50 heißt *aver dreih* „einen Rechtsanspruch haben“.

32. In Hds. W, die meist mit der Gruppe A geht, fehlt *fort*. So mag auch AB etc. seine Lesart erst der Ergänzung eines in der Quelle lückenhaften Verses verdanken.

33. *Pes* habe ich aus der Gruppe CL etc. entnommen, da die Gruppe A in sich uneins ist. Aber auch hier kann die gemeinsame Vorlage schon mangelhaft gewesen sein und das Wort überhaupt gefehlt haben.

35. Der Text sagt eigentlich „je besser es mir ergeht, desto mehr Leid habe ich". Es ist indes sehr wohl möglich, ja, wahrscheinlich, daß der Vers hier mit *et eu mal trai* genau dem v. 38 entsprach. In der Tat steht *mal*, wenn auch in verschiedenen Lesarten, in CLOPQSSga; *pieitz* ist dann mechanisch durch den vorhergehenden Komparativ herbeigezogen.

41 ff. Diese Strophe versteht Zingarelli wesentlich anders: Ormai non si meravigli la donna mia se contro questa specie di matti le chiedo che mi dia l'amor suo baciandomi; assai ne saranno turbati (*fara l'eu gran m.*) se mi abbraccia e mi bacia. Oh se sarà mai che alcuno mi ripeta quale (*a!* fehlt; der Vers hat aber dadurch eine Silbe zu wenig) io vi vidi e quale io vi vedo per la buona ventura che mi vedessi! *Foudat* in v. 43 bezieht Z. also auf die in den früheren Strophen gescholtenen *savai*. Der Ausdruck wäre aber viel zu schwach für deren Verruchtheit. Vielmehr ist *foudat* die Torheit, welche der Dichter eben mit seiner Bitte ausgesprochen hat. Umsomehr aber kann die Dame Wunderbares tun, indem sie ein so törichtes Verlangen erfüllt.

44. *Farai* der Hss. kann natürlich nicht 1. Person sein. Die wohlbezeugte Form kann aber bleiben, indem man *i* als Adverb abtrennt.

46. Hat die Vorlage etwa wieder eine Silbe zu wenig gehabt: *s'er ja c'om . . .,* so daß *Deus* in der Gruppe (A)B erst hinzugefügt wäre? *A(i)* in IKM etc. ist erst aus v. 47 herübergenommen (wo es COQR dann entfernt haben).

47. Die Parenthese soll wohl nicht sagen, in welch veränderter Gestalt der Dichter die Geliebte einst sah und jetzt sieht (oder aus dem Gedanken der Zukunft heraus, wie er sie, im Gegensatz zur Gegenwart, einst sehen wird), sondern es sind die Worte, die man (s. *om* v. 46) einst von ihm etwa sagen könnte, wenn sich sein Verlangen erfüllte.

49. Die Übersetzung gibt den Parallelismus zwischen *m'aparellh* und *m'aparelha* nicht wieder.

58. Z. übersetzt: tanto bene se ne fa meritevole, und das würde der 5. Bedeutung von *merceyar* bei Levy „verdienstvoll sein" entsprechen. Aber wenn Z. diese Übersetzung wählt, weil ‚si chiede grazia per sè' eine Wiederholung des v. 56 bringen würde, so ist gerade dieser Parallelismus ein Grund, dem Wort den gleichen Sinn wie dort beizulegen. Wir haben es wiederum mit dem bei Bernart so häufigen Echo der Tornada zu tun.

60. *lonjas* oder *a lonjas*.

I. Ich sehe jetzt die Sonne nicht leuchten, so verfinstert sind mir die Strahlen; aber deshalb verzage ich nicht, denn ein Licht sonnt mir von der Liebe her, die mir im Herzen strahlt; und wenn Andere zagen, steige ich an Wert eher als daß ich sinke, weshalb mein Lied an Wert nicht sinkt.

II. Die Wiesen erscheinen mir grün und rot wie in der süfsen Maienzeit; so frisch und fröhlich hält mich echte Liebe: Schnee ist mir weißes und rotes Blühen und Winter ist mir Maienfest, denn die Schönste und Fröhlichste hat mir ihre Liebe zugesagt. Ob sie mir sie nicht noch versagt?

III. Die üblen Ratschläge erregen mir Furcht, durch welche die Welt stirbt und verfällt; denn jetzt tun sich die Schlechten zusammen und einer ratschlagt mit dem anderen, wie echte Liebe zu Fall komme. Ach, Ihr schlechtes Volk, wer Euch und Eurem Rate glaubt, möge den Glauben an Gott und möge die ewige Seligkeit verlieren!

IV. Über diejenigen grolle ich und beklage mich, die mir Kummer, Schmerz und Bedrängnis erregen, und denen die Freude leid ist, die ich habe. Und da ein jeder von ihnen sich über fremde Freude beklagt und sich dadurch bedrängt fühlt, möge mir kein anderes Recht dafür werden als daß ich mit Lust allein den bekriege und besiege, der mich am heftigsten bekriegt.

V. Tag und Nacht denke, sorge und wache, klage und seufze ich; und dann werde ich ruhig. Wenn es mir noch so gut ergeht, dulde ich Leid. Aber eine gute Erwartung erwacht mir, woher mein Sorgen sich beruhigt. Narr, weshalb sage ich, daß ich Leid erdulde? Da ich so edle Liebe begehre, ist mir schon das Begehren Gewinn.

VI. Meine Fraue möge sich nicht wundern, wenn ich sie bitte, mir ihre Liebe zu schenken und mich zu küssen. Der Torheit gegenüber, von der ich rede, wird sie [da] ein schönes Wunder tun, wenn sie mich je umarmt und küßt. Gott, wird es je geschehen, daß man von mir (ach, wie sah ich und wie sehe ich Euch!) um des Glückes willen reden wird, das man bei mir sehe?

VII. Edle Liebe, Dir geselle ich mich bei. Doch ziemt es sich nicht, außer, weil es Dir durch Deine Gnade gefällt (Gott, meine ich, gibt es mir!), daß so edle Liebe mir zufalle. Ach, Fraue, aus Gnade gefalle Euch mit Eurem Freunde Gnade zu üben, da er Euch so schön um Gnade angeht!

VIII. Bernart bittet seine Dame um Gnade, die er so schön um Gnade angeht.

IX. Und wenn ich sie nicht binnen kurzem sehe, glaube ich nicht, daß ich sie lange sehe.

8.

A 91 (256), C 56, D 18 (55), F 19 (41, nur Str. 3 und 6), I 28 (MG. 33), K 16, N 144 (211, MG. 692), R 58 (486, MG. 691). Die Hds. N² zitiert das Lied als Nr. 7.

Die Melodie wird von R überliefert (s. Restori p. 88; Beck S. 30; Miscellanea Crescini p. 431).

Einen kritischen Text des Liedes habe ich in den Miscellanea di studi critici in onore di V. Crescini, Cividale del Friuli, p. 429 ss., gegeben, und dieser Veröffentlichung schließt sich natürlich unser Text hier an.

Strophenfolge:

$$
\begin{array}{llllll}
1\ 2\ 3\ 4\ 5\ 6 & \quad \text{ADIKNR} \\
1\ 2\ 4\ 5\ 6\ 7\ 8 & \quad \text{C}
\end{array}
$$

Die beiden Tornaden, die sich an *Bel Vezer* wenden, stehen einzig in C. Sie werden dadurch in ihrer Echtheit nicht verdächtig, denn *Bel Vezer* ist der am häufigsten bei Bernart wiederkehrende Versteckname; und wer sollte ein Interesse daran gehabt haben, für diesen *Bel Vezer* die an sich nichts sagenden Verse zu dichten? Aber die Tornaden gehören nicht zum Gedichte selbst, denn *Bel Vezer* ist nicht etwa die in ihm besungene Dame. Das Lied ist zunächst für die Zuhörer, wie für die geliebte Frau, mit der 6. Strophe abgeschlossen. Bei der Sendung an seine Gönnerin *Bel Vezer* wird der Trobador die beiden Tornaden hinzugefügt haben, die so vielleicht von vornherein nur in gewissen Abschriften enthalten waren. So erklärt sich das vereinzelte Auftreten in C.

Durch ihre Lesarten stellen sich ADIKN und, soweit es vorhanden ist, F zu einer im Ganzen übereinstimmenden Gruppe zusammen, während sowohl C wie R ihnen selbständiger gegenübertreten; und zwar weicht R am meisten ab (s. v. 4, 14, 16, 17, 19, 21, 26, 31, 32, 38, 41, 42). C geht hier und da, den anderen gegenüber, mit R zusammen (s. v. 2, 11, 46); öfter noch verläßt es R und stimmt mit der Gruppe A überein, oder endlich geht es seine eigenen Wege (s. v. 15, 31, 34, 42, 43, 45). C zeigt sich also, wie sonst, als eine auf verschiedenen Quellen beruhende, selbständig bearbeitete Handschrift.

Die Manuskripte der Gruppe A in ein sicheres Verhältnis zu einander zu bringen, reichen die Varianten nicht aus. Natürlich gehen IK, wie stets, zusammen (s. v. 3, 5, 21, 37). Dagegen tritt nicht etwa D, wie so oft, in enge Verbindung mit diesen beiden; sondern hier wechseln die Verbindungen, so dass ein klares Verhältnis nicht heraustritt. Übrigens haben die Abweichungen innerhalb dieser Gruppe für die Textgestaltung kaum Bedeutung.

So bleibt, da C nur als ein früher Vorgänger auf dem Wege kritischer Textherstellung zu betrachten ist, der freilich über sonst unbekannte Quellen verfügte, als Hauptfrage, ob wir der Gruppe ADIKN oder der Handschrift R folgen sollen.

Die Hdss. ACDIKN wiederholen in v. 26 und 34 das Reimwort *atraih*, R in v. 19 und 43 *agaih*.

In v. 19 lesen die Handschriften:

A:	*D'ira e d'esmai m'a traich*
DFIKN:	*Gitat m'a d'ir' e d'esmaich*
R:	*Tot m'a estort son agay*
C:	fehlt.

So erhebt durch die Zahl der Hdss. *esmaih* den größten Anspruch auf die Aufnahme in den kritischen Text. Die Reime Bernarts, ebenso wie die allgemeine Untersuchung seiner Sprache (s. § 16, 17 des sprachlichen Abschnitts in der Einleitung) zeigen indes, daß eine solche Form unserem Dichter fremd ist. Wir haben uns für die Lesart A zu entscheiden, sei es, daß hier die richtige Überlieferung vorliegt, sei es, daß eine in der ersten Grundlage aller Hdss. schon fehlerhafte Stelle in einwandfreier Art emendiert ist.

Das Reimwort, dessen Wiederholung in ACDIKN Anstoß gab, *atraih*, ist in v. 26 in Form und Bedeutung ohne Bedenken. Aber, während v. 34 alle Hdss. einig sind, haben wir v. 26 in R: *pertrag*. Dieses Wort macht nur insofern Schwierigkeiten, als wir schwanken können, ob wir *pertraire* mit „bereiten, herbeiführen" (Don. prov., 35a, 34 'ad aliquod opus necessaria facere') oder mit „vorzeichnen, darstellen, vor die Augen stellen" übersetzen sollen. Beides gibt einen guten Sinn. Jedenfalls ist durch einen Kopisten eher *atraih* für *pertraih* eingeführt worden als umgekehrt, und wir werden hier der Lesart des alleinstehenden R den Vorzug geben müssen.

Noch viel sicherer aber scheint mir dasselbe in v. 13—16 der Fall zu sein. Es stehen da einander gegenüber:

Gruppe A: *mais lai on Amors s'atura,*
er greu sobrada e vencuda,
si son coratge no muda
o alhors no met sa cura.

„Aber dort wo Amor sich bemüht, wird er schwer überwunden

und besiegt, wenn er seinen Sinn nicht ändert oder seine Gedanken andershin wendet."

> Hds. R: *mas lay on amor(s) s'atura*
> *er greu forsa defenduda,*
> *si son coratge no·l muda*
> *si c'alhors meta sa cura.*

forsa hat hier offenbar den Sinn, den Levy unter *forsa* 8) belegt:
„Festung, Befestigung". Also: Gegen Amors Ansturm konnte ich
mich nicht verteidigen, so lange er für jene Dame kämpfte. Jetzt
hat sich ihm sein Sinn selbst nach anderer Seite hingewandt (*sos
coratges no·lh muda*).

Man wird nicht zögern, diese Fassung als die ursprüngliche in den
kritischen Text einzusetzen. Und so sehen wir denn, daß R, welches
in der Regel, auch in den Gedichten Bernarts, eine unzuverlässigere
Textgestalt als ADIK überliefert, ihnen in diesem Liede gleichwertig, ja überlegen, gegenübertritt.

Denn auch in v. 2 scheint mir R, diesmal mit C verbündet,
das Richtige zu bringen:

> [*A! tantas bonas chansos*]
> ADIKN: *e tan bo mot* (oder: *tans bos motz*) *aurai fach*
> CR: *e tan(s) (quan* C) *bos vers aurai fagz (fag).*

Die Gegenüberstellung von *chanso* „Singweise" und *mot* „Text"
findet sich bei Bernart sonst nicht. Die Singweise heißt bei ihm
só 27, 6; 30, 25, und *só* und *mot* finden sich 27, 6 gegenüber.
chanso hat auch 6, 24 als Gegenwort *vers*. Eine andere Frage ist,
ob in v. 2 der Singular oder Plural stehen soll. Dem Plural
chansos würde auch hier die Mehrheit entsprechen, und es ist nicht
unmöglich, im Reimwort *faih* die Pluralform zu sehen (s. Chrest.,
S. IX). Aber neben dem indeklinablen *vers* schwanken CR zwischen
dem Singular *tan, quan* und dem Plural *bo(n)s* (auch die andere
Gruppe schwankt zwischen *mot* und *motz*), und wir werden eher
annehmen, daß der Plural unter Einwirkung des ersten Verses für
den Singular, als dass der Singular für den Plural eingetreten ist.

In v. 17 und 31 ist R zu verwerfen; v. 46 spricht gegen *siatz*
vielleicht die Wiederkehr des gleichen Wortes in v. 48, obwohl
dieses Argument beim mittelalterlichen Stil mit Vorsicht zu ver-
wenden ist; in v. 4 (*pesses : saubes*), 8 (*a : en*), 21 (*ab : de*), 38

(*say* : *dic*) ist es schwer, sich für eine der, übrigens wenig gewichtigen, Abweichungen zu entscheiden; v. 32 ist die asyndetische Fassung der Gruppe A lebendiger: dagegen wird *si est* R in v. 41 (: *sil* A etc.) schwerlich vom Abschreiber herrühren, und v. 42 ist die Beziehung auf die Person des Dichters in R wirkungsvoller als die allgemeine Aussage der anderen Lesart. In v. 11 steht *estava* R neben *estera* der anderen Hdss. Beides wird durch Sinn und Grammatik erlaubt. Es ist aber möglich, daß das Richtige erst aus beiden Formen gemeinsam zu erschließen ist. Der aus dem Plusquamperfectum entstandene Conditionalis I Konj. hat bei Bernart die alte Endung -*ara*, entweder für, oder wenigstens neben *era* (s. Zur Sprache § 23). So ist vermutlich auch hier ursprüngliches *estara* in verschiedener Richtung geändert worden.

Das Resultat unserer Untersuchung ist also, daß der Text aus R und aus A, DIKN, unter gleich abwägender Benutzung beider Seiten, herzustellen ist.

I.
    A! tantas bonas chansos
    e tan bo vers aurai faih,
    don ja no·m mezer' en plaih,
    domna, si·m pesses de vos
5   que fossetz vas me tan dura.
    aras sai qu'eus ai perduda!
    mas sivals no m'etz tolguda
    en la mia forfachura.

II.
    Vers es que manhtas sazos
10   m'era be dih e retraih
    que m'estara mal e laih
    c'ames et amatz no fos.
    mas lai on Amors s'atura,
    er greu forsa defenduda,

I. 1. Aj quantas C; chasos N 2. tan(t) ANR, tanz DIK, quan C; bon mot AIK, bos motz (mos) DN, bo(n)s vers CR; aurai] autret ei D 3. ja *fehlt* D; non me meser D, no mera IK, non meçer N 4. sieu (si C) saubes (saubet N) ACDIKN; sim pesses R 5. Qui IK 6. quieus AIK 7. nous ADN, no CIKR; metz AC, mes DIKNR 8. En] a R
II. 9. chansos I 10. Mer estat d. C 11. mestera ADIKN, mestaua CR 13. E C; amor R 14. Es A; sobrad(a) e nenenda ACDIKN, forsa defenduda R

15   si so coratge no muda
    si c'alhors meta sa cura.

III.   Mas era sni tan joyos
        que no·m sove del maltraih.
        d'ira e d'esmai m'a traih
20   ab sos bels olhs amoros,
        de que·m poizon' e·m fachura,
        cilh que m'a joya renduda,
        c'anc pois qu'eu l'agui veguda,
        non agui sen ni mezura.

IV.   25   Mout i fetz Amors que pros,
        car tan ric joi m'a pertraih.
        tot can m'avia forfaih,
        val ben aquest guizerdos.
        aissi·l fenis ma rancura,
30   que sa valors e s'ayuda
        m'es a tal cocha venguda:
        totz sos tortz i adrechura.

V.   Qui ve sas belas faissos,
        ab que m'a vas se atraih,
35   pot be saber atrazaih
        que sos cors es bels e bos
        e blancs sotz la vestidura
        (eu non o dic mas per cuda),

15. nol m. *R*; Som alhors son cor no m. *C*   16. O aillors (O en als *C*) no met sa c. *ACDIKN*, Si calhors meta sa c. *R*

III. *fehlt C* 17. Las eras *R* 18. de m. *FIK* 19. Dira e desmai ma traich *A*, Gitat (Guitat *D*) ma dir e desmaich (-ag, -ai, -aig) *DFIKN*, Tot ma estort son agag *R* 20. De *R*; amors 1 21. De *ADFIKN*, Ab *R*; poi fai men f. *F*, peizon em f. *IK*, paysson en f. *R* 22. qui ma *D*, qem ha *F* 23. Et anc de pueys laic *R*; neuda *D*, uezuda *IKR*, ueçuda *N* 24. aic *R*; No magui *D*

IV. 25. Ben a fag *C*; amor *N* 26. Que *CR*; atraich *ACDIKN*, pertrag *R* 28. aquist *C* 29. Aicill *D*; fenisc *CNR* 30. ualor *A*; sa uida *AD* 31. cuida *A*, corta *D*, cocha *IKN*; aital com chant u. *R*: Mes en trop bon loc u. *C* 32. i] mi *C*; Don totz sos tortz madrechura *R*

V. 34. uer si *D*, uasi *N*, nas si *R*; ma mon cor sostrag *C* 35. Ben pot s. *C* 37. blanc ios *R*; Blanca es sotz u. *C*; nestitura *IK*, uestedura *N* 38. d.] say *R*; cuida *A*

que la neus, can illı es nuda,
40   par vas lei brun' et escura.

VI.   Domna, si' st fals enveyos,
que mainh bo jorn m'an estraih,
s'i metion en agaih
per saber com es de nos,
45   per dih d'avol gen tafura
non estetz ges esperduda:
ja per me non er saubuda
l'amors; be·n siatz segura!

VII.   (Bels Vezers, un'aventura
50   avetz, et es ben saubuda:
qued om que·ns aya veguda,
de vos no fara rancura.

VIII.   Chanso, vai t'en a La Mura;
mo Bel Vezer me saluda.
55   qui c'aya valor perduda,
la sua creis e melhura).

39. Mas *C*; el *C*, ela *D*; cant es ilh n. *A*   40. Es nes 1. *C*; brune escura *IKR*, brune scura *N*

VI. 41. sil *AIKN*, sils *C*, si *D*, si est *R*; enoios *AD*. enuyos *C*, enuoios *IKR*, ennios *N*   42. Qui *AF*, Que *CIKNR*; maint ioi entier *ADIK*, mantz iois entiers *F*; sabon trop de mal plag *C*, ma ioi entier a frag *N*, man bon iorn man estrag *R*   43. Se uolon metren a. *C*   44. con *IK*, co *R*; com nes *N*; nos *CNR*   45. A ley da. *C*; daol *IK*   46. siatz *C*, sias *R*; ia *FIKN*   47. Que ja per mi ner s. *ADIKN*. Ia (Que *F*) per mi non er s. *CF*, Ni per mi non es s. *R*   48. Lamor *R*; s. aisi s. *N*

VII *und* VIII *nur in C*

8. *En (a) la mia forfachura*. *Forfaire* ist „sich vergehen, sich einer Strafe schuldig machen" (s. v. 27). So ist mit *forfaire, forfachura* sowohl der Begriff der Schuld wie der Buße verbunden (s. Levy, Supplwbch., *forfaire* 2). Bernart sagt also: „ich habe die Dame nicht in der Weise verloren, daß ich etwas dabei verwirkt hätte", d. h. ohne daß ich dabei eine Buße zu zahlen, eine Einbuße zu erleiden hätte", und so wendet er sich leichten Herzens einer anderen Dame zu.

21. *poizonar* ist hier nicht „empoisonner" wie Raynouard übersetzt, sondern „einen Liebes-, Zaubertrank geben" (s. Cligés 3057, 6632; Godefroy,

VI, 258 c). Die Bedeutung fehlt bei Levy. V. 23, 24 gehören dem Gedanken nach eher zu diesem Vers als zu 22.

31. *a tal cocha* „in solcher Not" oder vielmehr „in solcher Eile"? Amor hätte also durch die Schnelligkeit, mit der er dem Dichter Ersatz für die grausame Geliebte bot, seinen ganz besonderen Dank verdient. Vgl. Godefroy II, 178 *a coite, a grant coite*; Mistral *en concho, de concho*, usw., bei Bernart 30, 47.

41. *si' st = si ist*. Ob *eureyos* oder *euoyos*, ist auch hier, wie so oft bei den Trobadors, zweifelhaft.

47. Hier scheint C das einzig Richtige zu haben. Die Lesung von ADIKN verbietet sich durch *ner* statt *non er*, denn *n' = non* erscheint zwar vereinzelt bei den Trobadors (so bekanntlich bei Wilhelm von Poitiers, s. Chrest. 60, 8 Anm., Jeanroy p. 17, s. auch Levy V, 413 b), aber nicht bei Bernart; auch R ist offenbar falsch. C wird erst durch Konjektur hergestellt sein (s. F), hat aber wohl das Richtige getroffen.

Zweifelhaft kann in diesem Text noch die Reihenfolge der Strophen erscheinen. In v. 33 steht das Possessivpronomen in Beziehung auf die geliebte Dame, von der in der dritten, nicht aber in der vierten Strophe die Rede war. Auch sonst wird die Folge V, IV vorzuziehen sein. Mit dieser Umstellung würde also die Übersetzung etwa lauten:

I. Ah! so viele gute Kanzonen und so manchen guten Vers habe ich gemacht, um die ich mich nicht bemüht hätte, Fraue, wenn ich von Euch gedacht hätte, daß Ihr so hart gegen mich sein würdet. Jetzt weiß ich, daß ich Euch verloren habe; aber wenigstens seid Ihr mir nicht so genommen, daß ich Buße dabei zu zahlen hätte.

II. In der Tat ist mir oft gesagt und vorgehalten worden, daß es übel und unangebracht für mich wäre, zu lieben und nicht geliebt zu werden. Doch dort, wo Amor seinen Willen übt, wird eine Feste schwer verteidigt, wenn er seinen Sinn nicht ändert, so daß er seine Absicht nach anderem Ziele hin wendet.

III. Jetzt aber bin ich so guter Dinge, daß ich mich des Leids nicht erinnere. Aus Kummer und Zagen hat mich mit ihren schönen liebevollen Augen, mit denen sie mich wie mit einem Liebestrank verzaubert (denn nimmer, seit ich sie gesehen, hatte ich Verstand und Maß), diejenige befreit, die mir Freudigkeit zurückgegeben hat.

V. Wer ihre schönen Züge schaut, mit denen sie mich an sich gezogen hat, kann wahrlich wissen, daß ihr Körper schön und gut und weiß unter der Kleidung ist (ich sage das nur dem Vermuten nach), denn der Schnee erscheint gegen sie, wenn sie nackt ist, braun und dunkel.

IV. Gar trefflich handelte Amor, da er mir so edle Freude bereitete (oder: vor Augen stellte). Alles, was er mir gegenüber verschuldet hat, ist durch diesen Lohn wohl ausgeglichen. So lasse ich meine Klage gegen

ihn fahren, denn seine Hilfe und sein Beistand ist mir so eilends gekommen: all sein Unrecht macht er da gut.

VI. Fraue, wenn die falschen Neider, die mir manchen guten Tag
geraubt haben, sich auf die Lauer legten, um zu erfahren, wie es mit uns
steht, so seid um der Reden schlechter, schändlicher Leute willen nicht
voller Schrecken; nimmer wird durch mich die Liebe erfahren werden;
dessen seid gewiss!

(VII. Schönes Schauen, ein Los ward Euch zu teil, und das ist wohl
bekannt: daß wer Euch gesehen hat, sich nimmer über Euch beklagen wird.

VIII. Kanzone, geh nach La Mura; grüße mir mein Schönes Schauen.
Wer immer an Wert verloren hat, der ihre wächst und steigt.)

9.

D^a 160 (555), I 31 (MG 37), K 20, N 146 (215). N^2 nennt
das Gedicht als Nr. 25 seiner Aufzählung der Lieder Bernarts.

I.   Bel m'es can eu vei la brolha
        reverdir per mei lo brolh
        e·lh ram son cubert de folha
        e·l rossinhols sotz lo folh
    5   chanta d'amor, don me dolh;
        e platz me qued en m'en dolha,
        ab sol qued amar me volha
        cela qu'eu dezir e volh.

II.   Eu ja volh can plus s'orgolha
    10 vas me (mas oncas orgolh
        n'ac vas lei?), per so m'acolha
        ma domna, pois tan l'acolh
        c'a totas autras me tolh
        per lei, cui Deus no me tolha;
    15 ans li do cor qu'en grat colha
        so que totz jorns s'amor colh.

III.   S'amor colh, qui m'enpreizona
        per lei que mala preizo .

1. 3. som c. N; cubret K   4. Els IK; rossinol N; sot IK
6. queu DIN, que eu K
   II. 10. mas fehlt N   11. Noi u. N   12. lacueill DN; macuoill
IK   14. men t. N   15. quan g. N   16. samors IK
   III. 17. qil D, qui IK, quil N; me preiçona N   18. malla N

             me fai, c'ades m'ochaizona
20 d'aisso don ai ochaizo.
             tort n'a; mas eu lo·lh perdo:
             e mos cors li reperdona,
             car tan la sai bel' e bona
             que tuih li mal m'en son bo.

IV.   25 Bo son tuih li mal quem dona;
             mas per Deu li quer un do:
             que ma bocha, que jeona,
             d'un douz baizar dejeo.
             mas trop quer gran guizardo
30 celei que tan guizardona;
             e can eu l'en arazona,
             ilh me chamja *ma* razo.

V.   Ma razo chamja e vira;
             mas eu ges de lei no·m vir
35 mo fi cor, que la dezira
             aitan que tuih mei dezir
             son de lei per cui sospir;
             e car ela no sospira,
             sai qu'en lei ma mortz se mira,
40 can sa gran beutat remir.

VI.   Ma mort remir, que jauzir
             no·n posc ni no·n sui jauzire;
             mas eu sui tan bos sofrire
             c'atendre cuit per sofrir.

    20. don (dom *N*) ai ochaizon *DN*, don eu locaison *IK*   21. Torna *N*;
eu *fehlt N*; perdu *IK*   22. perdona *IK*
    IV. 25. queu *I*, que *K*; domna *N*   26. un don *DN*, per don *IK*
27. geçona *N*   28. baissar *IK*; deion *D*, desçaozion *N*   32. sa r. *DIKN*
    V. 33. rrazon *D*, raçon *N*, rasos *I*, rasous *K*; em nira *N*   34. non
nir *N*   39. mort *N*
    VI. 42. Non men p. ni sui i. *N*   44. per *fehlt I*

    6. Mit Ausnahme von K *que eu* haben alle Hdss. eine Silbe zu
wenig. Die adoptierte Lesung *qued eu* hat bei dieser Vereinzelung von
K natürlich auch nur den Wert einer Konjektur. Zur Hiatusform *qued*
oder *ques* s. die Anm. zu 13, 39; 39, 40 und 41, 9.

11. In DIK *nac*, in N *noi*, das dem Kopisten als französische Form für *n'aic* in die Feder gekommen zu sein scheint. Also: „gab es je" oder „hatte ich je deshalb Hochmut ihr gegenüber?" Eine bestimmte Entscheidung ist kaum möglich.

12. IK: *m'acuoill* „da sie mich doch nun tatsächlich so nimmt, daß . . ." oder „da ich so viel auf mich nehme, daß . . ." Aber die Übereinstimmung von DN spricht für *l'acoill* „da ich sie in solchem Maße annehme". Nehmen und Geben muß in der Liebe gegenseitig sein. Beides wird von meiner Seite aufs vollständigste geübt: ich gebe mich ihr hin und nehme sie ganz in mich auf.

16. „Ich nehme ihre Liebe in mich auf", also ähnlich dem in v. 12 Gesagten. Oder ist eine Vermischung der in Form und Bedeutung leicht zusammenfließenden Verba *colhir* und *colre* anzunehmen: „ich hege, pflege ihre Liebe", wie man 25, 66 *colh ardit* als „ich hege Mut" verstehen könnte?

20. IK *don eu l'ocaison* „dessen ich sie beschuldige". Wir werden uns wieder an die gemeinsame Lesung von DN zu halten haben: *don ai ochaizon*. *Ochaizo* ist „Anlaß zur Klage". So übersetzt auch Godefroy an einigen Stellen (V, 565 b) „droit, droit de revendication".

31. Die Form *arazona* für die 1. Person ist sehr merkwürdig. Sie wird aber von allen vier Hdss. überliefert, und es ist nicht leicht ersichtlich, welche Änderung hier eintreten könnte. Eine Erklärung der Form wird in der Einleitung, § 8 des Abschnitts über die Sprache, versucht.

32. Die Hdss. geben hier *sa razon*, in v. 33 *ma razo*. Beides ist möglich: „sie ändert mir ihre Rede", oder „sie ändert mir meine Sache". Der Ausgleich wird aber besser nach v. 33 erfolgen; *razo* „Sache, Angelegenheit" ist hier verwendet, wie sonst *afaire*, s. Marcabru, *A la fontana del vergier* v. 14: *tost li fon sos afars camjatz*. Barlaam und Josafas v. 12 587: *Del dyable est souvent tentés: Molt li mue ses volentés Et molt li change son affaire*.

39. *Ma mortz se mira en lei*: ich sehe ihre Schönheit an, und indem ich sie anschaue, spiegelt sich mir aus ihrem Anblick mein Tod.

44. *Atendre* bedeutet hier offenbar nicht nur „erwarten", sondern durch Geduld (*per sofrir*) das Erwartete auch erreichen. So scheint *atendre* mit *atenher* zusammengeflossen zu sein. Dem frz. *atteindre* entspricht ein prov. **atenhdre*, und dieses könnte im Dialekt Bernarts, der im 39. Stück *n* und *n'* miteinander reimt, sehr wohl *atendre* lauten, und so führt denn in der Tat Mistral unter *ategne* als limousinische Form auch *atendre* an.

I. Willkommen ist mir, wenn ich das Laub im Hain wieder ergrünen sehe und die Zweige von den Blättern bedeckt sind und die Nachtigall unter dem Laube von Liebe singt, von der ich Leid habe: und es ist mir lieb, Leid von ihr zu haben, wenn nur sie mich lieben will, die ich ersehne und begehre.

II. Ich begehre sie, auch wenn sie noch so sehr Hochmut gegen
mich bezeigt (denn, gab es je deshalb Hochmut ihr gegenüber?). So möge
ich denn meiner Fraue genehm sein, da sie mir in solchem Maße genehm
ist, daß ich mich allen anderen wegnehme um ihretwillen, die Gott mir
nicht nehmen möge; vielmehr gebe er ihr den Willen, das freundlich aufzunehmen, daß ich stets ihre Liebe in mich aufnehme.

III. Ihre Liebe nehme ich, die mich um deren willen gefangen hält,
welche mir ein übles Gefängnis bereitet; denn immer beschuldigt sie mich
um des willen, wodurch ich Anlaß (zur Beschuldigung) habe. Unrecht
tut sie daran; aber ich verzeihe es ihr; und auch mein Herz verzeiht ihr,
denn so schön und lieb weiß ich sie, daß alles Leid von ihr mir lieb ist.

IV. Lieb ist mir alles Leid, welches sie mir gibt; aber um Gottes
willen erbitte ich eine Gabe von ihr: daß sie meinen Mund, der nach
Speise hungert, mit einem süßen Kusse speise. Aber gar zu großen Lohn
verlange ich von ihr, die so reich belohnt; und wenn ich sie darum angehe,
ändert sie mir den Gang meiner Sache.

V. Meine Sache ändert und verkehrt sie mir. Ich aber kehre mein
Herz von ihr nicht ab, das sie so ersehnt, daß all mein Sehnen ihr gehört,
nach der ich seufze; und da sie nicht seufzt, weiß ich, daß mir aus ihr
mein Tod entgegen schaut, wenn ich ihre große Schönheit anschaue.

VI. Meinen Tod schaue ich, da ich ihrer nicht genieße noch genießen
kann; aber ich bin ein so guter Dulder, daß ich durch Dulden mein Ziel
zu erreichen hoffe.

10.

A 88 (247), C 48 (MG. 1344), D 19 (59, Mussafia p. 432),
G 11 (p. 32), I 27, K 15, M 46, N 138 (199), Q 25 (61, p. 50),
Sⁱ 2 (5), V 52 (Arch. 36, 402), a 86 (65, Rlr. 42, 322).

Unter dem Namen des Folquet de Romans steht das Lied in R 16
(124, MG. 820), in derselben Hds. R⁹ 81 (671) aber auch als von
Arnaut de Maruelh; unter dem Namen des Giraut de Bornelh in
P 4 (Arch. 33, 304, MG. 819). Das Register in C weist das Lied
auch dem Folquet de Romans und dem Arnaut de Maroill zu.
N² zitiert es als das zweite der Gedichte Bernarts. In W stand
es hinter fol. 190 (s. Rom. 22, 395, note 1).

Gedruckt ist es bei Raynouard, Choix III, 77 und Mahn,
Werke 1, 41.

Die Strophenfolge ist, wenn wir die durch NQa vervollständigte
Folge von ADIK zu Grunde legen, diese:

```
1 2 3 4 5 7        ADIK
1 2 3 4 5 6 7 8    N
1 2 3 4 5 6 7      Qa
1 2 3 4 6 7        MS^i
1 2 7 3 4 5 6 8    R?
1 2 7 5 4 6 3 8    G
1 2 6 4 3 5 7 8    C
  2 6 4 3 5 7 8    PR¹(W?)
1 2 5 6 4 3 7      V
```

Durch die Zahl und die Reihenfolge der Strophen werden, ebenso wie durch die Varianten, die Handschriften in ziemlich klare Gruppen geschieden. V. 22—26 stehen einander gegenüber:

ADIK	die anderen:
Garit m'agra si m'ancizes,	Garit m'agra si m'ancizes
c'adoncs n'agra faich son voler;	c'adoncs n'agra faich son plazer:
mas ieu no cre qu'ela fezes	mas lo sieu cors gais e cortes,
re c'a me tornes a plazer.	lo genser c'om posca vezer,
agra·n esglai e penedera s'en?	agra·n esmai e penedera s'en.

Die zweite Fassung hat den Vorzug, daß die Wiederholung des Reimwortes *fezes* (schon v. 17) vermieden wird. Aber die Fassung ADIK bringt in v. 24, 25 einen neuen und wichtigen Gedanken, während die andere nur aus banalen Worten besteht. Zudem ist in ADIK die innere Strophenteilung bewahrt, während die zweite Fassung Enjambement zeigt, und zwar in schärferer Form als in Str. 6, die sonst allein noch Enjambement hat. Die Wiederholung der Reimwörter wird auch sonst bei Bernart nicht gänzlich vermieden. So findet sich auch in diesem Lied noch *jauzimen* v. 5 und 19, *eschai* v. 5 und 33. Wir werden also in den genannten Versen ADIK für richtig halten. Alle anderen werden hier durch einen gemeinsamen Fehler zu einer Gruppe zusammengefaßt.

Die im Wesentlichen gleiche Gegenüberstellung finden wir in v. 2 (*Que* : *Can*), 3, 46.

Innerhalb der ersten Gruppe werden DIK durch v. 17 (*mes f.*) wieder zusammengehalten. IK stehen natürlich in ihrer üblichen engsten Gemeinschaft.

Auf der anderen Seite gehören MS^{i}a durch v. 12, 18, 24, 42,
47 zusammen, MS^i durch das Fehlen der 5. Strophe und durch 5,
6, 40, 45.

CGNPQRV trennen sich v. 26 durch *esmai* auch von MS^{i}a.

Unter ihnen treten CPR wieder durch die Strophenstellung
und durch zahlreiche Varianten zusammen: 12, 16, 23, 25, 29, 30,
33, 35, 38, 42, 49, PR noch enger durch das Fehlen der ersten
Strophe und durch Varianten in 13, 19, 51. Andererseits GNQ
durch 6, 7, 17, 24, 30, 40, NQ durch 44, 47. In v. 44 stellt sich
NQ durch *joya* auffallender Weise zu ADIK.

Unklar bleibt die Verwandtschaft von R^2 und V. V zeigt in
v. 46 (*aver*) einen gemeinsamen Fehler mit ADIK, gehört aber
sonst zur zweiten Gruppe, s. v. 22—26, und zwar zu CGNPQR:
v. 26, näher zu CPR in 9, 37, zu GNQ in 21, 42. Noch bestimmter
gehört R^2 zur zweiten Gruppe, und zwar besonders zu CPR, s. 16,
35, 37, 38, 49. In v. 3 aber stellt es sich mit V zu ADIK, in
v. 7 und 40 zu GNQ. Die Verwandtschaft mit V zeigt sich auch
in 9, 19 und 46, welch letztere Variante besonders charakteristisch
für die Mittelstellung der Hds. ist. Auch a schwankt, trotz seiner
Verwandtschaft mit MS^i, einige Mal. In v. 5 hat es mit ADIK
richtiges *seschai*, in 9 und 49 geht es mit GNQ.

Abgesehen von Hds. R^{2}V läßt sich mit mehr als gewöhnlicher
Sicherheit der Stammbaum zeichnen:

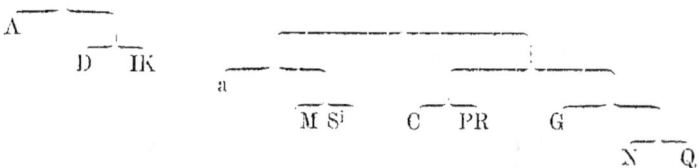

I.   Bel m'es qu'eu chan en aquel mes
            can flor e folha vei parer,
            et au lo chan doutz pel defes

I. *fehlt* PR 1. qu'eu] gen *a*; aicel S^i 2. Quan CGMNQR^{2}S^{i}V*a*,
Que ADIK; flors C; fueilla (fuell V) e flor .1QV, la fl. e la fu. R^2: v.]
neu Q, denon V; Q. nei fuoill e flor p. G 3. Eu S^i; aug] alt Q: lo
chan CDGIKMNS^{i}a, los chans A; doutz *fehlt* CGMNQS^{i}a; los dos chans
R^2. lo donz chant V; pels defes A, pel d. DIK, pels deues R^2. pel deues V.
pel bruelh espes CGMNQS^{i}a

del rossinhol matin e ser.

5   adoncs s'eschai   qu'eu aya jauzimen
d'un joi verai   en que mos cors s'aten,
car eu sai be que per amor morrai.

II.   Amors, e cals onors vos es
ni cals pros vo·n pot eschazer,
10   s'aucizetz celui c'avetz pres,
qu'enves vos no s'auza mover?
mal vos estai   car dols de me no·us pren,
c'amat aurai   en perdos lonjamen
celei on ja merce no trobarai!

III. (V.)   Pois vei que preyars ni merces
16   ni servirs no·m pot pro tener,
per amor de Deu me fezes
ma domna cal que bo saber!
que gran be fai   us paucs de jauzimen

4. Dels rossignols *A*. Del resillol *Q*, De r. *S^i*; maitis *Q* 5. sechai *I*, matrai *C*, me par *GMNQS^i*; naia *GNQ*; chausimen *N*; Adonex say un gran esbaudimen *R^2*, Ades mesiau per un ric i. *V* 6. i. uerais *NQ*, uerai (uerais *S^i*) ioi *MS^i*; q(u)i *GNQ*; mon cor *CGMQS^i*; enten *GQ*, senten *N*, salent *a*; quins e mon cor sesten *R^2*: Qim ten uerai e madutz tal talen *V* 7. sai] fai *a*; E sai de uer (dauer) *GNQ*, E de uer sai *R^2*, Quieu cre e sai *V*; p. a.] per (por *G*) aqel *CNQR^2*, damor *M*, p. samor *V*

II. 8. Amor *Q*; e c.] e cal *IKNV*, cals *QR^2R^2*, aical *S^i*; honor *NQS^iV*, iois *P* 9. Ni] Nil *I*, Au *N*, A *Q*; cal *GNQS^iV*; pro *NQS^i*, bes *CPR^1R^2V*; uos p. *P*, nos en p. *GNQa*, nō *R^2*, en p. *S^i*: chaber *G*, cader *NS^i*, chauser *Q*, chazer *a* 10. Si ausises *M*, Sauzirez *P*, Saucie. *Q*, Causiatz *V*; qa ne pr. *Q* 11. Qeunes *IM*, Que uas *CR^1R^2*, Que nes *DIK*, Que uer *GQ*, Quem uer *N*, Qui uas *PV*, Qui nes *a* 12. La(i)g *MS^ia*; M. v. e. *fehlt P*; qe *GNQ*; dols *fehlt a*, dol *GNQR^2S^i*; de mi dol(s) *CPR^1*; nos pr. *DIK*; dolor nous en pr. *V* 13. Camar *Q*; Qamar mi faitz *PR^1*; perdos *ACDIKR^1R^2*, perdon *GMNPQS^iVa*: loiaumen *S^i* 14. *fehlt S^i*; Cellici *AGMNV*, Cella *CDIKPQR^1a*, seleys *R^2*; on ja] o ia *G*, que ia *N*, qi *Q*; noi *Q*; trobaria *IK* (*in K von späterer Hand korr.* troberai); C. on ia non cre qem faza iai *M*

III. 15. Mas *R^2*; preiar *CGNPQR^1S^iVa*, piairs *K* 16. seruir *CGMNPQR^1R^2S^iV*, seruis *zu* seruirs *korr. a*; pro nom pot *CPR^1R^2*, no pot pro *N*; uo mi pot ualer *V* 17. lamor *GNQ*; d(i)eus *Qa*; mes f. *DIK*, nōm f. *R^1*; fazes *P*, fedes *Q* 18. Mi domn *S^i*, Midonz *a*; qanque *D*, un pauc de *S^ia*; un pauc de saber *M* 19. Car *V*; bem *R^1*; fa *S^i*; un pauc *CGMNQR^1R^2S^i*; chauzimen *CGR^2*, iaussimens *V*; poi deseinamen *P*, paus densenhament *R^1*

20   a cel que trai   tan gran mal com eu sen:

           e s'aissi mor, requisitz li serai.

IV. (VI.)   Garit m'agra si m'aucizes,

                  c'adoncs n'agra faih son voler.

                  mas eu no cre qu'ela fezes

25   re c'a me tornes a plazer.

                  agra'n esglai   e penedera s'en?

                  ja no creirai,   no m'am cubertamen,

                  mas cela s'en vas me per plan essai!

V. (IV.)   Del major tort qu'eu anc lh'agues,

     30   vos dirai, si'us voletz, lo ver:

20. Selui *CGP*, Acels *NQ*, Se cuy *R¹*, Aisil *Sⁱ*; q(u)i *CGQSⁱ*; tras *R¹*, trait *a*; ta *C*, cant *R¹*; gr. *fehlt Sⁱ*, greu *NR¹*; tant de mal *a*; logreu mal quieu ne sen *R²*; Cel per qi trai la gran dolor qieu s. *V* 21. E sai se m. *D*, E saysim m. *R¹*, Saissi (Se aissi *Q*) mauci *GNQV*; requisitz uos s. *A*, crey retragz li s. *C*, requirenz uos li s. *D*, reqifiç li s. *G*, requirenz (reqerēt *Q*, reqeren *Sⁱ*) li s. *IKQSⁱ*, recresitz li s. *M*, requere len s. (*con späterer Hand* requiriz li s.) *N*, qe retrais li s. *P*, que retrag lin s. *R¹*, reqezit li s. *V*, recrezentz li s. *a*: Pero sieu muer conqueritz li seray *R²*

IV. 22. Guerir *P*, Formit *R²*, Perit *V*; Gaug nagra gran sil ma. *M*, Grat nagra sil ma. *Sⁱ*; mausies *IK*, malcigues *N*, masizes *Pa* 23. Quaissi *CPR¹*, Quadonc *IKM*; agra *NQ*, magra *PV*, vagra *a*; faiç *GN*, fatz *M*; voler *ADIK*, plazer *CGMNPQR¹R²SⁱVa* 24. Mas ieu non cre quella fezes *ADIK*, Mas (Pero *GNQ*) lo sieu cors guay (gais c. *G*, gai c. *NQ*) e cortes *CGNPQR¹V*, Mas le sieus (Mal seu *Sⁱ*, Mas sos *a*) cors francs e cortes *MSⁱa*, Pero lo sieu franc cors cortes *R²* 25. Ren ca mi tornes a plazer *ADIK*, Lo (El *CR*, Es *P*) genser (gencor *N*, genzers *a*) quom puesca uezer *CGNPQR¹R²SⁱVa*, Laufengier con pogra uezer *M*, *nach v.* 25 Mas lo sieus hels cors cortes. Lo genser com puoscha uezer *IK* (*also 2 Verse zu viel*) 26. Agran (Nagra *Sⁱa*) esglai *ADSⁱa*, Nagra (Nauria *G*, Negra *N*) esmai *CGNPQR¹R²V*, Agra nesgai *I*, Agra nesglai (1 *später zu* h *gemacht?*) *K*, Esglai nagra *M*; o penedera (-ai *I*) sen *IK*, e pene eire e sen *N*, *et* pen *et* ir *et* sen *Q*, e penitera sen *Sⁱ* 27. cr.] seray *R²*; no mā (*e*), noman *IKPQ*, non am *R¹*, nū am *R²Sⁱ* 28. vas] de *CV*; Mas ela se uar *Sⁱ*; plana e. *a*; *et* sai *Q*; Mas ill zo (ilh o *R*) fai p. p. e. *PR¹*; Mays se *la sē ab mi par* . . . . say (*das Kursiv gedruckte in anderer Tinte nachgetragen*) *R²*

V. *fehlt MSⁱ* 29. Del (De el *Q*) mager t. *GNQa*, Gels magers tortz *V*: t.] ioy *R¹*; quezieu *CP*, qe anc *Q*, que yeu *R¹*; lagues *ACDIK PR¹Sⁱ*, agues *GNQV*, laic *R²*, nagues *a* 30. si vos (sius *PR¹*) platz *CPR¹*, si uos noletz *R²*; Se nolez uos dirai *GNQ*

amara la, s'a leis plagues,
e servira·lh de mo poder.
mas no s'eschai   qu'ilh am tan paubramen;
pero be sai   c'assatz for' avinen,
35   que ges amors segon ricor no vai.

VI. (III.)   Gran mal m'a faih ma bona fes,
que·m degra vas midons valer;
e s'eu ai falhit ni mespres
per trop amar ni per temer,
40   doncs que farai? ai las, chaitiu dolen!
c'a totz es mai   de bel aculhimen,
mas me tot sol azira e dechai.

VII.   El mon non es mas una res
per qu'eu joya pognes aver;
45   e d'aquela no·n aurai ges,
ni d'autra no·n posc ges voler.

31. Amerai *DGPQ*, Amarai *Na*, Amara *V*; se li p. *NQ*. sil il p. *P*. sa lui p. *V*; A merauillas sil plagues *R²*   32. Eil servira *AM*. E seruiral *CIKV*, E seruirai *Da*, E seruirail *GNQ*, E seruirai la *P*, E seruira la *R¹*, Lay seruida *R²*; de] a *CP*, en *R¹*, *fehlt R²*   33. sechai *I*; bassamen *CPR¹*   34. qe assai *Q*; qel fora auinen *R²*, qaissi fora viuen *a*   35. Quar *CPR¹R²*; amor *GNQR¹R²V*
VI. *steht in CGMNPQR¹S¹Va*, *fehlt in ADIK*; *in A vier leere Linien*   36. mi fai *M*, mai faitz *P*   37. Qim *M*; ab *CPR¹R²V*. uer *GNQ*, nas *MS¹a*; midon *NPQ*   38. faillitz *P*; E sieu ai f. ni m. *CPR¹R²*, Mas ar ai f. et m. *GNQa* (*in N* ar ai *später zu* sai *korrigiert*), Erai failbit e mieis pres *M*, Car ai falit aues pres *S¹*, E sieu ai en amar mejnspres *V*   39. amor *N*, seruir *V*; e(t) *GMNQR²S¹a*   40. Ar *MS¹*; quem f. *V*; ai] eu *GNQ*, yeu *R²*; c.] cami (?) *S¹*   41. esmais *NPQR¹*; bon *CPR¹a*, bel *GMNQS¹V*; Qa totz autres (autres es *S¹*) de b. a. *MS¹a*, Pus mos esmays no notz a res uiuens *R²*   42. E me tot sol *CPR¹*, Mas mi tot sol *GNQV*; azira *C*, ayira *P*, ayra *R¹*, adira *V*, el (il *G*) air *GNQ*; dechai *CNPR¹*, deschai *GQV*; Et a mi sol dona pena e esglai (ira et esmai *a*) *MS¹a*, Mais a mi eys euy azir e dechay *R²*
VII. 43. Al *N*. Quel *P*; nom es *IK*; mays nulha r. *R²*, neguna r. *V*   44. De *V*; qu'eu] que *MQS¹*; ioya *ADIKNQ* (*in N von späterer Hand* gran *übergeschrieben*, *aber* ioya *nicht geändert*), gran ioy *CGM PR¹S¹a*, fin ioy *R²*, gran gaug *V*; podes *G*   45. E (Ni *M*) daicela *MS¹*. Et aqella *PR²*; nol a. *GMNS¹*, no a. *P*, non laurai *a*   46. non puosc ics auer *ADIK*, non la puesc (pueis *M*) uoler *CMPR¹S¹*, no p. g. uoler *GQa*, no posc eu uoler *N*, non o puese uoler *R²*, non ho pusc auer *V*

pero si ai   per leis valor e sen,

e'n sui plus gai   e'n tenc mo cors plus gen,

car s'ilh no fos, ja no m'en meir' en plai!

VIII. 50   Messatger, vai,   e porta me corren

ma chanso lai,   Mo Frances, part Mauren;

e digas li'm que breumen lo verai.

47. Per ço *N*, Per cho *Q*; sim *V*: nai *CDIKPR¹V*; *in D*: E daquella *aus v. 45 nochmals geschrieben, dann aber der vollständige Vers 47*; Qar per leis ai u. e s. *M*, Car per lei ai pretz u. e s. *S¹*, Car pleitz ai . . . . pretz e sen *a*   48. E *CGNQ*; soi] cor *C*; gais *ADGMPR¹*, gai *CIK NOS¹a*; E men faz gai *V*; e'n t.] e t. *DGIKNQ*, entre *V*; mos cors *CG*, mon cor *NS¹V*; En tenc pus iay mon cor pus iauzen *R²*   49. E *GNQS¹a*, Qe *MV*; ia *fehlt CPR¹*; no men mezer *CPR¹R²*, nomen mer *DIK*, nö meser *M*, nom meset (?) *S¹*, nom mesera *V*; eu non amera (amara *a*) mai *GNQa*

VIII. *steht in CGNPR¹R²*   50. Messatie *R²*; corren] soven *N* 51. ch. a m. f. lai p. m. *PR¹*: Mauren *C*, moi ren *G*, mai ren (?) *N*, moiron *P*, mauron *R¹*, moren *R²*   52. E *fehlt N*; lim *C*, li *GNR¹R²*, len *P*; en breu *R²*; la uerai *G, undeutlich N*

_____

3. Die Handschriften sind geteilt zwischen *pel bruelh espes* und *doutz pel defes*. Die Art der Überlieferung gestattet zunächst keine sichere Entscheidung. Aber *espes* ist bei weitem häufiger als, in der hier vorliegenden Bedeutung, *defes*, und da dieses Wort in seiner Form zwischen *defes* und *deues* schwankt, war es vielleicht den Abschreibern nicht immer durchsichtig. Es begegnet aber bei Bernart wiederum 23, 15 und z. B. auch bei seinem Landsmann Giraut de Bornelh (s. Levy, *defes* 6). Endlich paßt *bruelh espes* auch dem Sinne nach nicht gut. Wir befinden uns ja im ersten Frühjahr, in welchem der Dichter Laub und Blüten erst erscheinen sieht.

5. Der Zusammenhang zwischen v. 5 und 7 ist wohl so zu verstehen: ich weiß wohl, daß ich aus Liebe sterben werde, wenn mir Liebesgenuß nicht zu teil wird. So ziemt es, daß ich der Liebe genieße.

13. Futurum exactum um das einstige Ergebnis eines vergangenen und gegenwärtigen Tuns zu bezeichnen, s. Tobler, Verm. Beitr. I², 253 ff.

15. Zwischen *preyar* und *servir* kann *merces* nicht die Gnade der Dame bezeichnen, sondern es muß das um Gnadeflehen des Dichters gemeint sein. *Merce* ist als Ausruf in Anführungszeichen zu denken, und wird als solcher in den Plural gesetzt. In analoger Weise gebraucht 35, 17 *rendre laus e merces e gratz* das Wort in der Bedeutung „Dank".

19. *Jauzimen* steht schon v. 5. Dort hat *N chauzimen*, hier *CG* dasselbe *chauzimen*. *PR paue d'ensenhamen*. Die Art der Überlieferung

gestattet nicht in v. 19 *chauzimen*, das in der Bedeutung „Erbarmen" gut passen würde, einzusetzen.

21. Die Hdss. weichen sehr stark ab, wohl weil sie das Wort *requisit* nicht verstanden. Der Dichter will sagen, daß die Dame sich schuldig machen wird, wenn sie ihn sterben läßt, und so wird er von ihr zurückgefordert werden. Und zwar bedient er sich eines juristischen Ausdrucks. Ein réquisitoire ist ja noch jetzt die Anklageschrift eines Staatsanwalts („acte du ministère public énumérant les charges qui pèsent sur l'accusé et requérant contre lui" sagt das Dict. général).

23. Es ist wohl nicht zu verstehen: sie hätte ihr Verlangen erfüllt, sondern: sie hätte es als ein erfülltes, denn nicht, daß sie selbst ihn töten wolle, setzt der Dichter voraus, sondern, daß ihr Wunsch sei, ihn tot zu sehen. — Im Folgenden schreiten die Gedanken sehr schnell fort, fast zu schnell, aber der Art Bernart's nicht widersprechend: „wenn sie mich aus meiner Pein erlöste, indem sie mich tötete, würde sie etwas tun was mir willkommen ist. Ich glaube aber nicht, daß sie mir etwas antun wird, was mir gefallen könnte. (So wird sie mich also nicht töten. Welches aber ist ihr Grund, mich am Leben zu lassen?) Etwa, daß sie sich davor entsetzte, mich zu töten, daß sie etwa Reue über ihr Benehmen fühlte? Und nun ganz unvermittelt die triumphierende Zuversicht des Dichters, daß die Dame seine Empfindungen denn doch nicht unerwidert lassen kann. — So scheinen sich mir die Gedanken des Dichters sehr glücklich aneinander zu reihen. Zugleich aber zeigt der Inhalt der Strophe, daß das Lied seinem Ende zueilt. Die 7. Strophe bringt zwar noch einmal den Rückschlag mutloser Stimmung (v. 45), zugleich aber die abschließende Gewißheit, daß die Liebe zur besten Frau dem Dichter auf alle Fälle zur Erhöhung der eigenen Persönlichkeit verhilft. So werden wir, gegen alle Hdss., diese, bisher vierte, Strophe unmittelbar vor 7 zu stellen haben.

35. *C'amors segon ricor no vai* zitiert Raimon Vidal unseren Dichter in *So fo el temps* v. 47.

46. *Voler* steht zwar schon v. 23 im Reim, aber dort als Subst., hier als Verb. Es liegt also kein Bedenken vor, das falsche *aver* (s. v. 44) in ADIKV durch dieses Wort zu ersetzen.

48. Wir erwarten *en sui plus gais*. Soll man hier einen frühzeitigen Deklinationsfehler sehen, oder darf man *gai* als Adverb betrachten (vgl. zu *len* die Anm. 3, 10, und s. Levy gai 2), oder hat V mit seinem *e m'en faz gai* das Richtige bewahrt?

Wir werden, dem Gesagten zufolge, bei keiner der überlieferten Strophenfolgen bleiben können. Wenn wir die in der Anm. zu v. 23 vorgeschlagene Umstellung der Strophen ausführen, und außerdem noch, wie mir richtig scheint, mit CPR, Str. 6 unmittelbar an Str. 2 schließen, und dann 5 3 folgen lassen, also 1 2 6 5 3 4 7 8, würde das Lied folgendermaßen zu übersetzen sein:

I. Es gefällt mir in jenem Monat zu singen, wann ich Blüten und Laub erscheinen sehe und früh und spät durchs Gehege den süßen Sang

der Nachtigall höre. Alsdann ziemt sich, daß ich einer wahren Freude genieße, auf die mein Herze harrt, denn ich weiß wohl, daß ich durch Liebe sterben werde.

II. Amor, was für eine Ehre ist es für Dich und welcher Gewinn kann Dir daher kommen, wenn Du den tötest, den Du so gefangen hast, daß er Dir gegenüber sich nicht zu rühren wagt? Übel steht Dir an, daß Du nicht Mitleid mit mir hast, da ich lange um nichts die geliebt haben werde, bei der ich nimmer Gnade finden soll.

III. (VI.) Gar übel hat mir mein gutes Vertrauen mitgespielt, das mir bei meiner Fraue helfen sollte. Und wenn ich gefehlt und mich vergangen habe, indem ich zu sehr liebte und fürchtete, weh, was soll ich Unglücklicher tun? Denn allen kommt sie freundlicher entgegen; nur mich allein haßt sie und richtet mich zu Grunde.

IV. (V.) Vom größten Unrecht, das ich je gegen sie beging, werde ich Euch, wenn Ihr wollt, die Wahrheit sagen: ich würde sie lieben, wenn es ihr gefiele und würde ihr nach meinen Kräften dienen. Aber es ziemt sich nicht, daß sie so armselig liebe; und doch weiß ich, daß es ihr wohl anstünde, denn die Liebe geht doch nicht nach Reichtum und Rang.

V. (III.) Da ich sehe, daß Bitten und um Gnade rufen und Dank mir nicht nützen kann, möge mir meine Fraue Gott zu Liebe irgend etwas zu gefallen tun; denn schon ein wenig Freude tut dem wohl, der so großes Leid trägt, wie ich es fühle; und wenn ich daran sterbe, werde ich von ihr eingeklagt werden.

VI. (IV.) Mich würde sie erlöst haben, wenn sie mich tötete, denn dann wäre ihr Wunsch erfüllt. Ich glaube aber nicht, daß sie irgend etwas tun würde, was mir zu Gefallen wäre. Würde sie sich denn davor fürchten und würde sie etwa Reue fühlen? Nimmer glaube ich, daß sie mich nicht heimlich liebt; aber sie verbirgt es mir, um mich zu versuchen!

VII. Nur ein Wesen ist in der Welt, durch das ich Freude haben könnte, und von ihm werde ich sie nimmer haben, und von einer anderen kann ich sie nicht einmal wollen. Durch sie aber habe ich Tüchtigkeit und Verstand, und ich bin fröhlicher um ihretwillen und halte mich besser, denn wenn sie nicht wäre, würde ich mich nicht darum bemühen.

VIII. Bote, geh' und trage mir eilends meine Kanzone dorthin zu meinem Franzosen, jenseits von Mauren, und sag ihm, daß ich ihn in Kurzem sehen werde.

11.

Bels Monruels, aicel que's part de vos.

Nicht von Bernart; kritisch abgedruckt in meiner Ausgabe des Peire Rogier S. 88 ff., nach der Hds. von Saragossa im Institut d'Estudis Catalans, Anuari 1907, p. 428.

12.

A 87 (245), C 51, D 16 (47), D^c 248 (60, Str. 4 und 5, AdM. 13, 205), F 20 (44, Str. 3 und 4), G 14 (p. 41), I 29, K 18, M 48, N 140 (204), Q 27 (66, p. 54), R 57 (476), S 61 (36), V 61 (Arch. 36, 409), a 95 (75, Rlr. 42, 332). Ohne Namen des Dichters in O 61 (97). In W stand das Lied hinter fol. 190 unter dem Namen Peire Vidals (s. Rom. 22, 395 n. 1); N^2 nennt es als Nr. 15 der Lieder Bernarts.

Die Melodie steht in G und R und ist nach G von Restori, Riv. mus. it. 3, 246, Separat, p. 37, veröffentlicht (vgl. auch die Note 2 dazu).

Gedruckt ist das Gedicht bei Raynouard, Choix III, 72; MW. I, 20, im Lesebuch von Bartsch S. 53 (nach M) und in seiner Chrestomathie[6] c. 61 (nach ACIOVa; E, das in der Überschrift genannt wird, existiert nicht).

Die Strophenfolge ist in allen Hdss. die gleiche, außer in MO, die 6 5 statt 5 6 stellen. Die Tornada steht nur in AIKNV; auch die 6. Str. fehlt in Ca. Die gleiche Strophenfolge wie in unserem Text hatte wohl auch Raimon Vidal vor sich. Er sagt in den Razos de trobar, p. 86 (Hds. B): *Per aqi mezeis deu gardar (totz hom prims), si vol far un cantar o un romans, que diga razons et paraulas continuadas et proprias et avinenz et qe sos cantars o sos romans non sion de paraulas biaisas ni de doas parladuras ni de razons mal continuadas ni mal seguidas, aisi com B. del Ventedorn, qe en primieras qatre coblas d'aqel chantar qe ditz „Ben m'an perdut de lai vas Ventedor", e ditz qe tant amava sa dompna qe per ren non s'en porria partir ni s'en partria, et en la quinta cobla ditz: „A las autras sui uei mais escazut, Car unam po, sis vol, a son ops traire".*[1]

Die Handschriften weichen sehr stark und in sehr verschiedener Gruppierung von einander ab, so daß sich ein zuverlässiger Stammbaum nicht aufstellen läßt. Als klare Gruppen treten uns nur IKN (passim) und M, Oa (s. v. 3, 4, 5, 11, 17, 29, 31, 34 und 9, 10, 15, 24, 32, 33, 35) entgegen. ADGS werden durch v. 11, 30, 35, 41 vereinigt.

---

[1]) Nach einer RV nahestehenden Überlieferung zitiert.

I. Be m'an perdut lai enves Ventadorn
    tuih mei amic, pois ma domna no m'ama:
    et es be dreihz que ja mais lai no torn,
    c'ades estai vas me salvatj' e grama.
5   ve·us per que·m fai semblan irat e morn:
    car en s'amor me deleih e·m sojorn!
    ni de ren als no·s rancura ni·s clama.

II. Aissi co·l peis qui s'eslaiss' el cadorn
    e no·n sap mot, tro que s'es pres en l'ama,
10 m'eslaissei eu vas trop amar un jorn,
    c'anc no·m gardei, tro fui en mei la flama,
    que m'art plus fort, no·m feira focs de forn;

I. 1. ma p. *N*, mon p. *a*; perdu *S*; enuer *M*, deuer *Q*; en lai ves
NRa, l. uer *O*, desai uas *V*; uentedorn *AC*, uentadorn *DIKMRS*, ueta-
dorn *G*, uentadour *N*, uentador *OQa*, uentadon *V* 2. Totz meus (mes *Q*)
OQ; p.] car *IK* 3. Per qe nō es dr. *M*, E nō es dr. *Oa*; la nom t. *D*;
qieu i. m. l. t. *M*, car co i. m. l. t. *O*, qe eu i. m. l. tor *a*; Per quieu non ai
ai mais talan que lai (quella *1*, quela *KN*) t. *CIKN*, Per qui eu non ai
talan que chant ·l· iorn *V*, Ne non ai cor qeu iāmai uer lai cor *Q* 4. Car
tant e. *A*, Cades e. (ista *IKN*) *CDGIKMNS*, Qe trop e. *Oa*; uar o; Per
que uers mi se stai *Q*; saluatge e gr. *C*, saluage strainha *M*; Tant es
vas mi braua e nos relama (?) *R* 5. Deus *D*, Uez *G*, Las *M*, Des *S*;
iraz *G*, marit *IKN*; irat semblan ni m. *M*; Tot iorn (Toz iorns *a*) mi fai
semblar irat (s. escor *O*, irat semblant *a*) e m. (moris? *O*, mor *a*) *ORa*,
Em fai tot iorn semblant pensis e m. *Q*, Pus tot ades mi fai s. trist e
m. *V* 6. Per qem *Q*; s' *fehlt O*; me] em *O*; deleiz *G*, delicig *N*, deleg *1*;
en s. *G*, em soior *a* 7. Q(u)e *CIKNOV*, E *a*; res *R*; al *CMS*; nō r. *O*,
non r. *Q*, marancura *M*; ni c. *AMQ*, nis *CDGIKNRSVa*, nim *O*

II. 8. Caissi *Q*; pes *G*; q(u)e *IKNSV*; serca lo chādorn *C*, seslaisal
c. *IKN*, se laissal iasorn *Q*, sesiais el cordon *V*; qestai ins el c. *M*; Si
com lo p. se laissa del chaisorn *O*, Si com lo p. se reliel (?) chadoř *R*,
Si con le p. seslaissa de calor *a* 9. Qe *IKN*, Qi *Q*; mot *ADGOQRSa*,
re(n) *CIKMN*, res *V*; tro] trut > true *a*: s'es] es *C*; qel es pr. a. la. *MOQa*;
E res no sap tro q̄s pr. en la lama *R* 10. Me (Mi) laissei (-ai) *DMOQR*;
v.] de *CMOa*, en *G*, a *R*; trop nos amar *Q*; enuers lci(s) trop un i. *IK*
11. Canc (Qieu *M*) non saup mot (re *M*) *ADGMRS*, Qanc nom (E nom *O*,
Ni nū *Q*, Qieu non *a*) gardei *CIKNOQVa*; tro (si *Oa*) fui en (el *a*) miei
l. f. *ACGIKMNOSa*, tro fo e mi *D*, tro qen (qc *R*) fui en l. f. *QRV*
12. Qi *CMO*, *fehlt a*; m' *fehlt A*; p. f.] forces *Q*; que non fai *AIKMNQ*,
no feira *CDGSa*, nom fera *OV*, no fera *R*; foc *OQV*; de *ADGOQRSa*, en
CIKNV, el *M*

c ges per so no·m posc partir un dorn,
aissi·m te pres s'amors e m'aliama.

III. 15 No·m meravilh si s'amors me te pres,
que genser cors no crei qu'el mon se mire:
bels e blancs es, e fresc e gais e les
e totz aitals com eu volh e dezire.
no posc dir mal de leis, que non i es;
20 qu'e·l n'agra dih de joi, s'eu li saubes;
mas no li sai, per so m'en lais de dire.

IV.   · Totz tems volrai sa onor e sos bes
e·lh serai om et amics e servire,

---

13. Et ab tot so *IKMN*, E ieu de leis *O*, Ni mon cor ges *Q*, Et de samor *a*; nom *CDSa*, nò *I*; pos *DG*; torn *CNa*, iorn *MOQS*; un d.] non torn *N*, ut d. *G*; Anc pus la ui no men parti ·l· dor *R*, Queras nom pusc de leis p. u. d. *V*   14. Caisim *IKNF*, Si mi *M*; t. p.] destrenh *C*, saizis *V*; amor *G*, amors *O*, samor *QRSV*; que (qui *CDG*) mal. *ACDGS*, e mi liama *IK*, e mal. *MVa*, e men liama *NOR*, et sa liama *Q*

III. 15. No m. *N*, No me merueil *Q*, Aom m. *V*, Non m. *a*; si samor(s) mi ten pr. *ACDGIKNQRS*, de samor (samors *O*) sem t. p. *MOVa*   16. Car *GIKMNOV*; tan gens *C*; crei *FM*, cuit *GQS*; cal m. *N*; La g. es q̄n tot lo m̄o se m. *R*   17. Bels e blancs es e fres (frex *D*) e gais e les *AD*, Bels e gens es e quars e blancs e les *C*, Bels es e gais (genz *G*, gent *QS*) e blancs e clars (clar *GQS*, francs *IK*, fresc *N*) e les (fres *FGQS*) *FGIKNQS*, Bellae gentil coinde gai e cortes *M*, Gais e humils franc e fin e cortes *O*, Gais e cortes humils e francs e finz *a*, El cors es bels auinens e cortes *R*, Bels huils e gens clars e fis e cortes *V*   18. toz aital *G*, tot aitals *K*, tot aital *MNOQV*, toz et tals *S*; qal *Q*; ieu] lo *C*; uolc *O*; nil *C*, ni *DFGNQRSVa*   19. p.] os *G*, sai *IKN*; mal dir *DFGS*; Non dirai mal *M*; d. l.] per so *F*; car *CINa*; i] li *O*; no i es ges *C*; Mas non i p. eu dir qel *Q*; Mas ges non puesc dire de leys car ges no i es *R*, Mas non p. dir de leis car non ges *V*   20. Quiel *ACKNR*, Qeu *DG*, Q(u)el *FISV*; Quien (Eu *Q*, Ben *MO*) lagrà d. *MOQa*; ioi] so *F*, ioie *Q*, lei *V*; se li s. *IKNV*, sieu lo (loi *a*) s. *Oa*, seu s. *Q*; Quiel dissera uoluntiers sil saupes *R*   21. li] lo *COQ*, lon *F*, o *M*, loi *a*; sai] iai *D*, fai *a*; so] cho *GQ*, qu(i)eu *IKMNa*, qes *O*; m'en] mo *DS*, lo *FQ*, mc *Ga*; del d. *IKMNa*; p. quel ne l. a d. *V*

IV. 22. t.] iorn *Q*; e sonor *CD*, sa honors *F*, sas honors *IKNVa*, son h. *O*, la h. *Q*; son b. *O*, ses b. *QS*; Tot en uolray sas amors e s. b. *R*   23. E serai *N*, Et sera *O*, E scraill *Q*; E scrai li hom amic *C*, E li serai homs amics *V*, E serai sieus lials (l. *fehlt R*) homs a. *MR*

f

e l'amarai, be li plass' o be·lh pes,

25   c'om no pot cor destrenher ses aucire.
no sai domna, volgues o no volgues,
si·m volia, c'amar no la pogues.
mas totas res pot om en mal escrire.

V.   A las autras sui . . . . . eschazutz;
30   la cals se vol, me pot vas se atraire,
per tal cove que no·m sia vendutz
l'onors ni·l bes que m'a en cor a faire;
qu'enoyos es preyars, pos er perdutz;
per me·us o dic, que mals m'en es vengutz,
35   car träit m'a la bela de mal aire.

---

24. Amarai la (leo *O*) *MOa*, Et aimerai la *Q*; be(u) li pl. o (e *D*ᶜ,
et *S*) beil (li *C*) p. *ACDD*ᶜ*FS*, o bel p. o (ol *N*) bel p. *GIKN*, o li pl.
o li p. *V*, si uol pl. o p. *M*, si ben pl. o ben p. *O*, si ben plaç au p. *Q*,
tot li plasso li p. *R*, cui qe plaiz o cui p. *α*   25. nom p. *α*; desteinher
M   26. Qeu n. s. d. *Q*; o] e *FG*, au *QS*; domnam v. ho nom v. *V*
27. *fehlt α*; Som u. *D*, Sieu u. *MN*, Se u. *O*, Qē sem u. *Q*; Sim uoliamar
far nō o p. *R*   28. Car *O*; tota r. *COS*, tota re *MN*, totz r. *V*; pot lom
KS, podon *O*; en *fehlt α*; escriure *A*, scrire *V*, escriuire *α*; Mas tot cant
es pot a me mal e. *R*

V. 29. De *Oα*; sui sai (aissi *CD*ᶜ, eu cbai *D*, ieu si *GM*) eschazutz
(esscanzutz *D*ᶜ) *ACDD*ᶜ*GM*, soi oimais (may huey *R*) escazutz (eschauç
N, escaiguz *S*) *NRSV*, sui si desescagutz *O*, me sui si eschauç *Q*, soi si
descalegutz *α*   30. La (Las *G*) cal(s) si uol *ACDGS*, Que cal(s) se uol
IKNα, Que qal(s) qis (qes *Q*) uol *MQ*, Que se uol *O*; uas si atraire
ADGSα, a sos (son *MQ*) ops atraire *CIKMNQ*, a sei atraire *O*, Cascunam
pot sis uol atraire *R*, Cascunam uol (*sic*) pot sis uol a sos obs traire *V*
31. Ab *RV*; Ab un c. *Oα*; no *CD*, ñ *G*, non *S*; sei car v. *O*   32. Lonor(s)
nil (els *C*, ail *D*ᶜ, el *G*) bes *ACD*ᶜ*GIKNS*, Lo ioi(s) nil be(s) *DF*, Lo
ben(s) nil (el *O*) gaug(z) *MOα*, La honor nel ben *Q*, Los bes nils mals *R*;
qi *G*; man *CDQSV*; de f. *D*ᶜ*GQV*   33. Que noi es esprigars *D*; quant
IKNQRV; uendutz *V*; Preiars ses prū es afans trop p. *M*, Pegar ses pron
sabes qes tot p. *O*, Qe re nol ual preiar qant es p. *Q*, Preiars sens pron
saber ges tot p. *α*   34. me·us o d.] mi (me) o d. *Dα*, me(mi)os d. *GS*,
mei lo d. *O*; E ieu sai ben *C*, Eu o sai ben *IKN*, Ni eu nol uol *Q*, Et
ieu dic *OR*, Et eu nol uuill *V*; qar *MR*; mal *GQRSV*; qeu en sui cō-
funduz *Oα*; Ez ieu men lais qar men es mals u. *M*   35. Quenganat
*ACDD*ᶜ*GS*, C(h)astiat *IKNQR*, Castiatz *V*, Qar (Qe *Oα*) trait *MOα*;
falsa *MOVα*; de bon a. *R*

VI.   En Procusa tramet jois e salutz
        e mais de bes c'om no lor sap retraire:
        e fatz esfortz, miracles e vertutz,
        car eu lor man de so don non ai gaire.
   40 qu'eu non ai joi, mas tan can m'en adutz
        mos Bels Vezers e'n Fachura, mos drutz,
        e'n Alvernhatz, lo senher de Belcaire.

VII.   Mos Bels Vezers, per vos fai Deus vertutz
        tals c'om no us ve que no si' erenbutz
        dels bels plazers que sabetz dir e faire.

VI. *fehlt Ca*   36. tr.] mant eu *Q*; mans *ADIKNS*, iois *GR*, ioi *MOV*, mos *Q*   37. Ab *IKN*; plus *A*; be(n) *GMOV*, ioi *IKNQ*; li *OQ*: pot *IKNOV*; com lor non pot r. *IK*, qieu non uos (u. *fehlt R*) sai r. *MR* 38. E sai qeu faz m. *O*, E fas y graus m. *R*; miraclas *GIKMNS*, miracla *Q*   39. li *NOQ*; de so] aisso *IKN*; dom *D*; Qieu man so lai don a mon ops nai g. *M*, Car lor (Qeu li *O*) tramet zo don eu (de qieu *R*) n. a. g. *ORV*   40. *farbige Initiale N*; qan(t) *ADORV*, co *GIKN*, con *M*, con *QS*; m'en] lom *V*   41. Mos bel uezer *G*, Mon bel uezer *V*; e'n] a *M*; fraitura *A*, faitura *DGRS*, fatz iratz *M*, faituratz *IKN*, fachuratz *V*; mos d. *ADGQS*, sos d. *IKMNRV*, son d. *O*; La on bel uezer afatura son d. *O*, Mon bel conort enaiman m. d. *Q*, Sela qien am e faitura sos d. *R* 42. aluernaz *G*, aluergna *M*, aluergnat *O*; En naluergnat *N*, El aluernhas *R*, E mos amic *Q*; lo] el *R*: seinhor *DMRV*: de beleuer (*sic*) *D*, del belcaire *G*, de belclaire *O*

VII. *fehlt CDGMOQRSa, steht AIKNV*   43. Pen bel uezer f. d. tan de u. *V*   44. nos u. *IKN*; Com non lo uey *V*: er(r)ebutz *IK* 45. De *IKN*; tels *A*; saubes *N*; Del bel semblan e dels bes qe sap f. *V*

4. *gram* (Rayn. Levy „triste, morne") hat hier natürlich den Sinn „finster, übelgesinnt".

8. *cadora* scheint nur an dieser Stelle vorzukommen. Rayn. führt sie zweimal an, und zwar in der aus *C* und *ADIK* gemischten Fassung *aissi col peis que s'eslaissa el chandora*, unter *chandora* II, 391 „de même que le poisson qui s'élance à la lueur", und unter *ama* II, 61 „ainsi que le poisson qui s'élance à l'appât". Es geht hieraus hervor, daß er die Bedeutung nur aus dem Zusammenhang erriet (bei „lueur" dachte er vielleicht an candorem). Bartsch hat (Glossar der Chrest.) die zweite Bedeutung „Köder, appât, amorce" angenommen. Levy I, 183 ff. gibt keine eigene Meinung und läßt das Wort im Petit Dictionnaire aus. Mistral kennt kein *cadour(n)*, führt aber unser *cadora* „amorce appât" unter *cadorno* an, das er indes mit „vieille vache, terme injurieux en Rouergue" übersetzt, das also mit unserem Wort schwerlich etwas zu tun hat.

Von den Varianten ist *cordon* in V leicht zu verstehen. Wir finden bei Mistral unter *cordo* „corde" auch die Bedeutung „vermille, corde garnie d'hameçons et de vers". So ungefähr haben wir in V auch *cordon* aufzufassen, und man könnte nun etwa *cadorn* aus *cordon* (*crdon* > *cardon* und, durch Metathese oder Verkennung des Wortausgangs, > *cadorn*) ableiten wollen. Aber *chadorn* R, *chaisorn* O, *iasorn* Q zeigen, daß wir es mit ursprünglichem *ca-* zu tun haben. C hat *qui serca lo châdorn*, also auch hier *ca-* und hinter dem *a* ein *n* oder *m*. Auch die Varianten helfen uns nicht weiter.

Ein einigermaßen ähnliches Wort hat Mistral in *cafourno*, das er mit „caverne, grotte" übersetzt und dann mit „trou où se cachent les anguilles, les crabes". Er verweist dabei auf *cauno* „terroir creux, cavité", *cauno dou pèis* „reduit où se retire le poisson". Aber wenn die Bedeutung allenfalls hier möglich wäre („wie der Fisch seinem Verstecke zu eilt und den, davor befindlichen, Angelhaken nicht sieht"; es fehlt aber dann die Angabe, wie der Angelhaken mit dem Versteck zusammenkommt), wie könnte die Form *cafourno* mit *cadorn* vereinigt werden?

Dem Zusammenhang nach ist in der Tat Raynouards Übersetzung „appât" wahrscheinlich. Das Wort bezeichnet dann wohl, mit technischem Ausdruck, eine besondere Art von Köder. Man kann sich aber schließlich auch noch manches andere als möglich vorstellen.

9. *non sap mot* oder *non sap re?* Für den Fisch paßt natürlich *re* besser, aber *non sap mot* heißt eben auch nur „weiß gar nichts davon" (so schon Boethius 132, ganz ähnlich wie hier, *no sap mot quan lo's prent*), und die Schreiber werden eher *re* für *mot* eingeführt haben als umgekehrt. Sollen wir aber zwei Verse weiter wieder *non saup mot* aus beinahe den gleichen Hdss. aufnehmen? Hier werden wir uns lieber für die andere Lesart entscheiden.

12 und 14 entscheiden die Hdss. nicht zwischen *que non fai* oder *no'm feira* und *que m'aliama* und *e m'aliama*.

17. Das Richtige aus den stark abweichenden Lesarten herauszufinden, ist wieder eine kaum lösbare Aufgabe. Ich bin AD gefolgt. *Fres* in A, das in FGQS im Reime steht, ist natürlich = *fresc-s*. *Francs* in IKOa geht ziemlich sicher auf dasselbe Wort zurück. *Gais* fällt unter den Adjektiven, die sämtlich körperliche Vorzüge bezeichnen, auf. St. 36, 36 legt nahe, dafür *gras* zu vermuten.

20. Da die Dame sich dem Dichter so unfreundlich erweist, würde er gern etwas Übles von ihr sagen, wenn er nur etwas wüßte. Der Grausamkeit hat er sie ja freilich schon beschuldigt. Auch dies legt nahe, in v. 17 nur körperliche Eigenschaften anzuerkennen.

26. Die geliebte Frau will nicht (s. v. 7), daß der Dichter sie liebt. Aber er liebt sie, ob es ihr gefalle oder nicht, denn man kann sein Herz nicht zwingen, wenn man es nicht geradeswegs tötet. Und so fährt er trotzig fort: „ich weiß keine Frau, sie wolle oder nicht, die ich, wenn ich will, nicht lieben könnte" („Wenn ich dich liebe, was geht's dich an?").

28. „Aber Alles kann man auf der Seite des Üblen anschreiben, kann man als Übel auffassen". Der Dichter meint es zwar gut mit seiner Liebe, aber die Dame will nichts davon wissen, hält seine Liebe für ein Übel, und so sagt er denn in der nächsten Strophe, daß er, von ihr verschmäht, den Anderen anheimfalle. Der Tadel Raimon Vidals (s. oben S. 67) bleibt aber, trotz dieser Entschuldigung, berechtigt.

29. In A ist der Vers zu kurz, und die vielfach abweichenden Lesarten der anderen Hdss. lassen als sehr möglich erscheinen, daß dies schon in der ersten Quelle der Fall war. Wie die Lücke zu ergänzen ist, wird schwer auszumachen sein. *Sai* ist dem Sinne nach sehr wohl annehmbar. Der Dichter hat erklärt, daß er für Ventadorn verloren ist. So bietet er sich denn den Damen hier, wo er weilt, an. OSa zeigen eine viersilbige Verbalform. Da 3, 26 *escazegra* im Reim steht, kann (wenn jenes Lied von Bernart ist) hier *eschazegut* angesetzt werden: *sai sai eschazegutz*. Aber ebensowohl ist eine andere Ergänzung möglich.

35. *Castiat* in IK etc. geht natürlich auf *Car trait* zurück, so daß diese Lesart der ganzen Gruppe IKNQRV MOa zu grunde liegt, und dem schwächeren *enganat* gegenüber ist wohl in der Tat *trait* hier am Platz.

36. Auch hier ist, und mit noch größerer Sicherheit, MORV (und G) mit *jois* im Recht gegen *mans* AD etc. Vers 40 verlangt hier *joi*. *Salutz*, das wohl *mans* veranlaßt hat, ist zwar „Gruß", aber zugleich mit dem Gedanken an die ursprüngliche Bedeutung „Heil".

41. Die Hdss. schwanken zwischen *faitura* und *faituratz*, und zwischen *mos drutz* und *sos dr.*

Faitura kann Substantiv sein oder 3. Praes. Ind. von *faiturar*; *faituratz* ist natürlich Partizip dieses Verbs.

Als Subst. belegt Levy das Wort (III, 265) in den Bedeutungen: 1. Gestalt, 2. Gesicht (?), 3. Zauberei, Behexung („*fascinus*" *Floretus*), 4. Kot (stercus). Raynouard übersetzt (III, 265) „façon, tournure". Afrz. ist *faiture* „action de faire, production; créature, personne; façon, forme" etc.

Das Verbum heißt: (Don. pro.) maleficiare, (Rayn. III, 283) enchanter, ensorceler, fasciner, (Levy III, 371) zaubern, bezaubern. Vielleicht kann es auch bedeuten: eine Gestalt geben, schaffen, hervorbringen.

Es fragt sich weiter ob *en* vor *fachura(tz)* aufzufassen ist als *en* „dominus" bez. als *e'n* „et dominus" oder als *en* „in" oder als *e'n* „et inde".

Man sieht die Fülle von Möglichkeiten, die sich bietet.

Wenn man *fachura* als Präsensform nimmt, wird man, da mit der Bedeutung „verzaubern, bezaubern" (die 8, 21 vorliegt) schwerlich durchzukommen ist, übersetzen müssen: „wie mir mein *Bel Vezer* davon zuführt und mir mein *drutz, en Alvernhatz* (oder mein *drutz* und Herr Alv.) davon schafft". Aber dagegen ist einzuwenden, daß *fachurar* „schaffen, hervorbringen" nicht nachgewiesen ist (auch frz. scheint auffallenderweise *faiturer* neben *faiture* nicht zu existieren).

Ist *fachura* Appellativum (vgl. 24, 40 *E port el cor . . . Sa beutat e sa fachura*), so wird man übersetzen: „ich habe nicht mehr Freude als mir davon in Gestalt (d. h. in seiner Schönheit) mein Bel Vezer zuführt,

mein *drut* und Herr Alvernhatz". Aber das würde kaum verständlich gewesen sein.

So werden wir in dem Wort doch einen Verstecknamen zu sehen haben, wie Bartsch(-Koschwitz) Chr. 63, 13, Zingarelli p. 38, Jeanroy Rom. 36, 119 verstanden haben; ob aber in der Form *en Fachura* „Herr Zauber" oder *en Fachuratz* „Herr Bezauberter" wird sich wieder mit Sicherheit nicht sagen lassen.

Und nun erhebt sich weiter die Frage, ob *Alvernhatz* und *Fachura(tz)* ein oder zwei Personen sind. Ei ne Person, nämlich so, daß Alvernhatz der „stregato di Belvezer" wäre, sieht Zingarelli darin (p. 39 und Anm. 1), und auch Jeanroy neigt sich dieser Ansicht zu. Bartsch(-Koschwitz) dagegen schreibt *e'n Alvernhatz*, scheidet also *F.* und *A.* als zwei Personen. Mir scheint, daß dies das Richtige ist, einmal weil Bernart sonst eher *n'Alvernhatz* als *en A.* gesagt hätte, mehr noch weil sonst die gleiche Person mit nicht weniger als 4 Bezeichnungen belegt sein würde: 1. *en Fachura(tz)*, 2. *drutz*, 3. *Alvernhatz*, 4. *senher de Belcaire*.

Die Lesart *sos drutz* anzunehmen, sind die Herausgeber wohl besonders dadurch veranlaßt worden, daß auch im Lied 29 Bel Vezer und Alvernhatz in enger Verbindung auftreten. So soll denn hier Fachuratz als der *drut* Bel Vezers mit Alvernhatz identisch sein. Aber *drut* ist ja auch der vertraute Freund des Mannes (s. Peire d'Alvernhe XI, 11 und die Beispiele bei Rayn. und Levy), und so ist kein zwingender Grund vorhanden, von *mos drutz* in ADGQS abzugehen.

- - - - -

I. Wohl haben mich alle meine Freunde dort in der Gegend von Ventadorn verloren, da meine Fraue mich nicht liebt. Mit Recht kehre ich nimmer mehr dahin zurück, da sie stets hart und üblen Sinnes gegen mich ist. Seht, weshalb sie mir ein zorniges und finsteres Antlitz zeigt: weil ich an der Liebe zu ihr meine Lust und meine Freude habe! und über nichts anderes hat sie sich zu beschweren und zu beklagen.

II. So wie der Fisch, der zu dem Köder (?) schnellt und nichts ahnt bis er sich am Haken gefangen hat, so eilte ich einst dem übergroßen Lieben zu, und hütete mich nicht, bis daß ich mitten in der Flamme war, die mich mehr brennt als Ofenfeuer täte; und doch kann ich deshalb mich keine Hand breit davon lösen, so hält ihre Liebe mich gefangen und fesselt mich.

III. Nicht wundert's mich, wenn ihre Liebe mich gefangen hält, denn ein anmutigerer Körper, glaube ich, spiegelt sich nirgends in der Welt: schön ist er und weiß und frisch und froh (voll?) und glatt und ganz so wie ich will und es begehre. Ich kann nichts Übles von ihr sagen, denn keines ist in ihr; denn gern hätte ich es von ihr gesagt, wenn ich etwas an ihr gewußt hätte! Aber ich weiß nichts Übles an ihr; so unterlasse ich, es zu sagen.

IV. Alle Zeit werde ich wollen was ihr zur Ehre und zum Guten gereicht, und werde ihr Lehnsmann und Freund und Diener sein, und werde

sie lieben, ob es ihr gefalle oder nicht, denn man kann ein Herz nicht zwingen, ohne es zu töten. Ich weiß keine Frau, mag sie wollen oder nicht, die, wenn ich wollte, ich nicht lieben könnte. Doch alles kann man übel deuten.

V. So bin ich denn den Anderen hier verfallen: welche immer will, kann mich an sich ziehen, mit dem Beding, daß mir die Ehre und das Gute, die sie im Sinn hat mir zu tun, nicht teuer verkauft werde, denn leidvoll ist das Bitten, wenn es umsonst geschieht. Aus Erfahrung rede ich, denn Übel ist mir daher gekommen, denn verraten hat mich die Schöne von schlechter Art.

VI. Nach der Provence sende ich Freude und Gruß („Heil!") und mehr von Gutem als ich zu sagen weiß. Und kraft- und wundervolle Tat wirke ich damit, denn ich sende ihnen von dem, was ich nicht habe; denn ich habe keine Freude, als soviel wie mir mein Schönes Schauen zuführt, und Herr Zauber (?), mein Vertrauter, und Herr Alvergner, der Herr von Beaucaire.

VII. Mein Schönes Schauen, durch Euch tut Gott solch Wunder, daß Keiner Euch sieht, der von der Lust, die Ihr zu sagen und zu tun wißt, nicht verzückt wäre.

13.

C 53, Dᵃ 161 (557), I 32 (MG. 113), K 20, M 46 (MG. 703), R 59 (495, MG. 113), Sⁱ 1 (3), a 97 (78, Rlr. 42, 335).

Das Lied stand auch in W, hinter f. 190 (s. Rom. 22, 395 n. 1). N² nennt es als Nr. 31.

Die Reihenfolge der Strophen ist in allen Hdss. gleich (abgesehen von der Tornada, die einzig in R steht); aber sie wird trotzdem nicht als richtig anzuerkennen sein, s. das vor der Übersetzung Gesagte. Auch die Lesart li in v. 37 ist m. E. ein Fehler in der gemeinsamen Quelle.

In den Anmerkungen wird ausgeführt, daß in v. 2 nur R das Richtige zu überliefern scheint. Ebenso isoliert sich, wie gesagt, R von allen anderen durch das Vorhandensein der Tornada.

Durch die Varianten in v. 2, 16, 22, 34, 54 werden CM, durch v. 22, 26, 36 CMa, durch (16) 26 CMSⁱa zusammengefaßt, andererseits durch 3, 20, 22, 25, 36 DIK. So ergibt sich, wenn auch in der 5. Strophe (s. v. 39, 45) CM in nähere Beziehungen zu DIK tritt, mit ziemlicher Sicherheit ein Stammbaum:

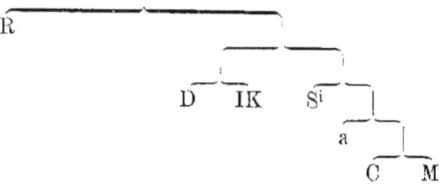

I.

Be·m cuidei de chantar sofrir
entro lai el doutz tems suau;
cras, pus negus no s'esjau
e pretz e donar vei morir,
5   no posc mudar, no prenha cura
d'un vers novel a la frejura,
que conortz er als autres entre lor;
e cove·m be, pois tan be·m vai d'amor,
c'aya melhor solatz a tota gen.

II. 10   Domna, vas cal que part que·m vir,
ab vos remanh et ab vos vau.
e sapchatz que de vos me lau
assatz mais que no sai grazir.
be conosc que mos pretz melhura
15   per la vostra bon' aventura;
e car vos plac que·m fezetz tan d'onor
lo jorn que·m detz en baizan vostr' amor,
del plus, si·us platz, prendetz esgardamen!

III.   Amors, aissi·m faitz trassalhir:
20   del joi qu'eu ai, no vei ni au

I. 1. Ben *MRSⁱ*; cuide *M*   2. Entro lay *R*, Mas quar *CM*, Josqua chai *DIK*, Josca (Josta *a*) sai *Sⁱa*; el] quel *C*   3. Era *MSⁱ*, Mas er *a*; Et apres u. *DIK*; nos sesjau *C*   5. Nom *C*; pueis *M*; nom *CM*   6. *fehlt D*; ab *CR*   7. cortz *M*; e. el a. *Sⁱ*; entrelhor *C*   8. Em cone be *M*; couen b. *CDIKa*; tam *C*; ben v. *IK*; pos mi vai ben da. *a*   9. Cai m. *Sⁱ*; totas gens *R*

II. 10. que·m] yem *C*, em *a*   11. r.] sui *M*   13. qieu *a*   14. mon *CRSⁱ*; precs *IK*   16. car] qant *DIK*; platz *CMSⁱ*; fassatz *C*, fassas *M*   17. quem *fehlt C*; ē baizans *R*; uostramors *I*   18. De *IK*, Pel *Sⁱ*; nesgardaṁ *R*

III. 19. fai *D*, fas *M*   20. De luy qieu als *R*; non] ni *DIK*; ue *M*

ni no sai que·m dic ni que·m fau.

cen vetz trobi, can m'o cossir,

qu'eu degr' aver sen e mezura

(si m'ai adones; mas pauc me dura),

25   c'al reduire·m torna·l jois en error.

pero be sai c'uzatges es d'amor

c'om c'ama be, non a gaire de sen.

IV.   Greu en sabrai mo melhs chauzir,

si sas belas faissos mentau,

30   que res mas lauzars no·m abau

e sas grans beutatz essernir.

res mais no m'en dezasegura!

pois tant es douss' e fin' e pura,

gran paor ai qu'azesme sa valor;

35   e lauzenger volon mo dan d'amor

e diran l'en be leu adiramen.

V.   Doncs lor deuri'eu be servir,

pois vei que re guerra no·m vau,

que s'ab lauzengers estau man,

40   greu·m poiria d'amor jauzir.

21. Non s. *S¹*, No s. *a*; quē d. *IK*, qe en dic *a*; di *M*; quen f. *I*, quē f. *K*, qe f. *a*   22. C. v. e (en *M*) trop plus mo c. (coissir *M*) *CM*, C. u. trop quant be mo (me *D*) c. *DIK*, C. u. trobi q̃ mo c. *R*, Gen conuentz e trop ui qe mo cusir *S¹*, C. u. entreblit pel c. *a*   23. a. a mesura *S¹* 24. m'aij nai *M*   25. reduyrem t. *CRM*, reuiron t. *S¹*; Cal (Car *D*) ren don t. *DIK*, Tal redirem t. *a*; ·l *fehlt DIKa*; ioi *CRS¹*, iorn *M* 26. fai *zu* fai *gebessert a*; qe cent uetz es da. *CMa*, que ben ueses da. *S¹*. q̄ uzaties da. *R*

IV. 28. eu s. *a*; sabra *D*; mon] lo *S¹*   29. las *M*, fas *zu* fas *a* 30. res] ren *CDIK*, tem *S¹*; mas] mos *DIKRa*; lausors *CMS¹a*; non *C* 31. A *CRS¹a*; sas grans *R*; beutatz *RS¹*; en seruir *C*, escarnir *DIK* 32. Ren *DIK*; desatura *S¹*   33. *erstes* e *fehlt M*; f.] sin *S¹*   34. on es mes sa uolor *C*, qua esmesa u. *DIK*, on es meza u. *M*, cades me sa u. *R*, co es me sa u. *S¹*, cazesmes sa u. *a* 35. lauzengierf *CR*; volum I, uolun *K*, *fehlt M*; mon] mot *R* 36. dirai leu *CMa*, diram lou *DIK*, diran li *R*, dira leu *S¹*; ben *CR*, mot *DIKMa*, mount *S¹*; airam eu *S¹*

V. *fehlt D*   37. Deurien b. *S¹*; lor] li *alle Hdss.* 38. r.] ten *a*; que sa g. *R*; non u. *M*; val *S¹a*   39. sap *Ra*, ab (s' *fehlt*) *CIKM*; mal estau *CIKM*, estauc mal *S¹*, en anc mal *a*   40. Com me p. *CIKM*, Greu me p. *RS¹a*; poirai *MS¹*

per leis es razos e mezura
qu'eu serva tota creatura;
neis l'enemic dei apelar senhor,
c'ab gen parlar conquer om melhs d'amor
45   tot lo pejor ad ops de be volen.

VI.   Amors, cil que·us volon delir,
           son enoyos e desliau.
           e si·us deschanton, me qu'en cau?
           no·s podon melhs envilanir.
50   be conosc a lor parladura
           qu'ilh renhon mal, contra natura.
           cist an perdut vergonha e paor,
           partit de Deu, tot per sordeg d'amor!
           et eu sui fols, si mais ab lor conten.

VII.   55 Ventadorn er greu mais ses chantador,
           que·l plus cortes e que mais sap d'amor
           m'en essenhet aitan com eu n'apren.

41. es eras m. *M*   42. Que *CIKM*   43. Neus *a*; l' *fehlt Sⁱ*; deu *Ma*   44. pallar *M*; d' *fehlt CRSⁱ*   45. a o. *CIKMSⁱ*, ad o. *Ra*; de] a *CIKM*, del *Sⁱ*

VI. *fehlt D*   46. sels *C*, aceil *IK*, cel *M*, *fehlt R*, cil *a*; cels gens n. *Sⁱ*   48. sius destansan *C*, sius . . . . (*Raum für 8 bis 10 Buchstaben*) *IK*, sieus des tan san *M*, sieu dels chant a *R*, sins deschantan *Sⁱ*, sius deschanton *a*; me] meu *a*; que cau *C*, que quā *I*, qe cau *Ka*, qe can *Sⁱ*   49. Nos podon *C*, Meus podom (podon *K*) *IK*, No uos pot *M*, Nols pot hom *Ra*, Nos pot hom *Sⁱ*   50. parladun *Sⁱ*   51. Quels *R*; reyon *Sⁱ*, teinhon *a*; mal *fehlt IK*   52 bis 57 *fehlen Sⁱ*   52. Sest *R*, Ast *zu* Cist *a*   53. Partitz *R*; t. per fordreg *C*, per sol lo ditz *R*, t. pel sordei *a*   54. Elieu *M*; fals *CMa*; leis c. *CM*

VII. *steht nur in R*   57. *Der letzte Buchstabe von* essenhet *weder ein klares* t *noch ein klares* tz, *vielleicht* t *mit einem Ansatz zum* z, *vielleicht* t *mit einem irrtümlichen Punkt.*

2. Die Hdss. DIKSⁱa haben *josqu'a sai* oder ähnlich (*CM* mit *mas quar* sind ihnen anzureihen). Daß *sai* nicht das Richtige sein kann, zeigt v. 6; wir befinden uns in der Winterszeit. So ist also jedenfalls *lai* in *R* korrekt. Ob *entro lai* oder *josqu'a lai* bleibt fraglich. Für *entro* spricht nicht nur, daß es mit *lai* in *R* steht, sondern auch, daß *entro* 25, 84 bezeugt ist, während *josqu'a*, vielleicht zufällig, bei Bernart nicht vorkommt.

10. Aus diesen beiden Versen scheint hervorzugehen, daß Bernart im Begriff steht von der Geliebten zu scheiden.

13. *grazir* ist die dankbare Äußerung des Lobes, welches der Dichter für die Geliebte in seinem Herzen findet.

15. *vostra bon' aventura* „das Gute, das mir von Euch zukommt". *Aventura* begegnet oft bei Bernart und nicht immer ganz natürlich eintretend, so daß man in der Tat eine Absicht, eine Anspielung darin vermuten könnte, wie Zingarelli getan hat. Aber auch bei anderen Trobadors ist das Wort recht häufig. Es wird wohl oft durch die Reimendung herbeigeführt worden sein.

18. Zu *lo plus* ist zu erinnern, was Ebeling zur Auberée v. 544 über *le soreplus* (auch prov. *lo sobreplus*) gesagt hat. Auch seine Beispiele für das Gegenüberstellen von *baisier* und *le soreplus* sind zu vergleichen.

22. Die Abweichungen der Hdss. legen nahe zu denken, daß der Vers in der Quelle um eine Silbe zu kurz war. Ob *trobi* in R ursprünglich ist oder für *trop* eingeführt wurde, um eine Lücke zu füllen, ist kaum zu sagen, s. das Kapitel über die Sprache § 23. Ich habe *trobi* hier stehen lassen; aber man kann ebensowohl mit DIK *be* ergänzen.

25. An der Ursprünglichkeit von *reduire* ist wohl nicht zu zweifeln. Das Wort ist in gleicher Verwendung aus der Trobadorsprache m. W. nicht belegt. Aber neuprov. heißt *au reduire* „à la rentrée des récoltes" und dann weiter „en résumé, en somme", so daß wir „schließlich" übersetzen können. Levys Frage, ob das hier genügt, dürfen wir bejahen.

Dieser Vers muß sich direkt an v. 23 anschließen und der dazwischen stehende eine Parenthese bilden, denn daß die Freude zur Qual wird, kann die Mahnung bringen mäßig und verständig zu sein, nicht aber begründen, daß Verstand und Maß kurze Zeit währen.

30. R liest mit DIK *mos*. Das Zusammentreffen wird zufällig sein, denn an der Richtigkeit von *mas* ist nicht zu zweifeln; die Form *mos* aber, welche freilich bei Levy V, 27 mehrfach belegt ist, wird man hier nicht anerkennen wollen. Die ganze Stelle bei Levy unter *dezasegurar* II, 216, wo aber die Strophe als unklar bezeichnet wird.

31. Auch hier wird R mit dem Plural *sas grans beutatz* das Richtige überliefern (vgl. 16, 43).

34. Wenn sie ihren Wert schätzt, wenn sie vergleicht, was sie ist und wie wenig ich bin, wird sie sich zu gut für mich halten, und die Neider werden sie darin bestärken.

36. *Adiramen* ist nicht recht klar: „sie werden ihr Verdruß sagen", entweder was mir zum Verdruß gereicht, oder was den Verdruß der Dame, ihren Unwillen gegen mich, erregt.

37. Das von sämtlichen Hdss. überlieferte *li* ist wohl mit Sicherheit durch *lor* oder *los* zu ersetzen (*servir* regiert bei Bernart sowohl den Dativ wie den Akkusativ, s. Glossar).

39. CIKM haben *que ab* für *que sab*, jedenfalls weil ihre Vorlage *ques* für die Hiatusform hielt, ein Beweis, daß *ques* statt *que* vor Vokal in ihrer Quelle geläufig war.

41. s. Wilhelm v. Poitiers VII, 25: *Obediensa deu portar A motas gens, qui vol amar.*

43. Vita nova, c. XI: ... neun nemico mi rimanca; anzi mi giugnea una fiamma di caritade, la quale mi facea perdonare a chiunque mi avesse offeso; e chi allora m'avesse domandato di cosa alcuna, la mia risponsione sarebbe stata solamente: Amore. Aber bei Bernart ist es Nützlichkeitserwägung, wenn er Feinde nicht kennt, bei Dante Folge der Süßigkeit, die seine Seele erfüllt.

44 f. Es ist die Frage, ob man *d'amor* zu *conquer* oder zum folgenden *tot lo pejor* ziehen soll: „man gewinnt ihn in Beziehung auf Liebe" oder „den in betreff der Liebe Schlimmsten". Das Letzte ist wohl vorzuziehen.

48 f. Die Verse sind von den Kopisten in verschiedenster Art mißverstanden; aber das Ursprüngliche läßt sich mit ziemlicher Gewißheit herausschälen. Fraglich bleibt, ob v. 49 *No·s podon* oder *No·ls pot om* gelesen werden soll. Vielleicht hat in der Vorlage *nons* (= *non·s*) *podō* gestanden und das ist für *nous* verlesen und als *no·ls* aufgelöst. Am angemessensten ist doch der Gedanke, daß sich diejenigen, welche Amor schaden wollen, dadurch selbst herabsetzen.

Deschantar ist vielleicht nicht als bloßes „verspotten" aufzufassen, sondern der Begriff des Singens mag darin noch zu erkennen sein: „wenn sie Schlechtes von Euch singen". Dann liegt hier eine Polemik gegen Genossen des Dichters vor, welche (wie etwa Marcabru) die Liebe geschmäht haben. Aber dazu paßt freilich nicht sehr gut die Absicht des Dichters, sich diesen Verächtern der Liebe dienstfertig zu erweisen, wie ich doch glaube, daß v. 37 sich an v. 54 schließen soll (s. unten), sondern das weist eher auf höhergestellte Widersacher der Liebe.

53. *tot per sordeg d'amor* „ganz zum Übel der Liebe (beschaffen oder gewillt)" gehört wie *partit de Deu* als Apposition zu *cist.*

56 f. Es ist nicht nötig, hier eine Hindeutung auf Eble von Ventadorn zu sehen, sondern es kann als *plus cortes e que mais sap d'amor* die geliebte Dame gemeint sein, und nur durch eine falsche Auffassung dieser Stelle mag dann die, an sich freilich nicht unwahrscheinliche, Nachricht (wir kennen ja Eble als Trobador) entstanden sein, daß Bernart das Singen von Eble von Ventadorn gelernt habe.

Auch daß das Lied in Ventadorn gedichtet sei, geht aus den Versen nicht hervor. Sie mögen nur den Sinn haben: ich Bernart von Ventadorn werde nie aufhören zu singen und so wird Ventadorn stets einen Sänger haben.

— ·· —

Daß die Strophenfolge, wie wir sie bisher beibehalten haben, in der gemeinsamen Vorlage aller Hdss. stand, geht aus der Überlieferung deutlich hervor. Schwerlich aber ist sie richtig. Str. II wendet sich direkt an die Dame, und v. 16—18 bilden den natürlichen Abschluß des Gedichtes. Vers 19 aber schließt trefflich an v. 8, so daß sich I und III zusammenfügen. VI werden wir dem Inhalt nach vor V stellen. Vers 46 schließt

sich wieder leicht an v. 35; 37 an 54. So schiebt sich VI als Parenthese zwischen IV und V; Vers 37—40 nimmt 35, 36 wieder auf, nachdem Str. VI die *lauzenger* hinreichend gekennzeichnet hat. Die ganze Folge wäre mithin: I III IV VI V II VII. So würde die Übersetzung lauten:

I. Wohl gedachte ich mich des Singens zu enthalten, bis hin zur süßen sanften Jahreszeit; jetzt, da Niemand der Freude pflegt und ich Wert und Freigebigkeit dahinsterben sehe, kann ich nicht umhin, mich in der kalten Zeit um einen neuen Vers zu bemühen, der den anderen zur Aufrichtung gereiche; und es ziemt mir wohl, da es mir so gut in der Liebe ergeht, daß ich für alle den besten Trost habe.

II (III). Amor, so läßt Du mich erheben: vor Freude die ich habe, sehe ich nicht, noch höre ich, noch weiß ich, was ich rede oder tue. Hundert Mal finde ich, wenn ich es mir bedenke, daß ich Verstand und Maß haben sollte (und dann habe ich sie auch: aber kurze Zeit währt es mir nur), denn schließlich wendet sich mir die Freude zur Pein. Aber ich weiß wohl, daß es Brauch in der Liebe ist, daß der der liebt, wenig Vernunft hat.

III (IV). Kaum werde ich wissen das zu wählen, was mir frommt, wenn ich von ihren schönen Zügen rede, denn nichts ziemt mir da als zu preisen und was sie an Schönem hat, wohl zu erkennen. Nichts läßt mich so sehr in Unruhe sein, denn so süß und fein und rein ist sie; große Furcht habe ich, daß sie ihren Wert erwäge: und die Schmäher wollen meinen Liebesschaden und werden ihr vielleicht darob sagen, was ihren Unwillen gegen mich erregt.

IV (VI). Amor, diejenigen die Deinen Schaden wollen, sind arg und falsch. Und wenn sie Übles von Dir reden, was kümmerts mich? sie können sich nicht gemeiner machen (als hierdurch). Wohl erkenne ich an ihrem Reden, daß sie übel und gegen die Natur handeln. Scham und Furcht haben sie verloren, die Gottverlassenen, der Lieb zum Leid Geschaffenen! und ich bin töricht, wenn ich weiter mit ihnen streite.

V. So sollte ich ihnen wohl zu Diensten sein, da ich sehe, daß Feindseligkeit mir nicht hilft; denn wenn ich mit den Schmähern übel stehe, würde ich schwerlich der Liebe genießen können. Um Ihret (meiner Dame) willen ist es recht und billig, daß ich Allem diene was da ist. Selbst den Feind muß ich wohl „meinen Herren" nennen, denn mit artigem Reden gewinnt man selbst den der der Liebe am meisten zuwider ist, dem Liebenden zu frommen.

VI (II). Fraue, wohin immer ich mich wende, bei Euch bleibe ich und mit Euch gehe ich. Und wisset, daß ich mehr Eures Lobes voll bin als ich es zu rühmen weiß. Wohl erkenne ich, daß ich an Tüchtigkeit durch das gewinne, was mir von Euch an Gutem zukommt; und da es Euch gefiel, daß Ihr mir an dem Tage, an welchem Ihr mir im Kusse Eure Liebe gabt, so viel Ehre antatet, schaut, so bitt' ich Euch, daß Ihr das Mehrere tut!

VII. Ventadorn wird kaum je mehr ohne Sänger sein, denn der höfischste und der am meisten von der Liebe weiß, lehrte mich so viel wie ich davon erfasse.

14.

L 68, O 141.

I.
Bernart de Ventadorn, del chan
vos sni sai vengutz assalhir.
car vos vei estar en cossir,
no posc mudar que no·us deman
5 co·us vai d'amor. Avetz-en ges?
be par que no·us en venha bes.

II.
Lemozi, no·us posc en chantan
respondre, ne i sai avenir.
mos cors me vol de dol partir.
10 bels amics, a Deu vos coman,
que mort m'a una mala res,
c'anc no·n me vale Deus ni merces.

III.
Bernart, s'anc *no·us* fetz bel semblan,
enquera·s pot esdevenir.
15 no·s tanh c'om ab amor s'azir
can la troba de son talan.
pane gazanha drutz d'ira ples,
car per un dol n'a dos o tres.

IV.
Lemozi, mout fetz gran enjan
20 la bela qui·m pogr' enrequir,
que, can mi poc de se aizir,
et ela·m tornet en soan.
no i a conort qui fort no·m pes,
car o ilh es, cosselh no·n pres.

I. 1. B. del u. *LO*; nentador *L* 2. chai *L* 4. qen *O* 6. bes]
res *O*

II. 7. non p. *O* 8. ni *O* 9. cor *L* 11. mortz *L* 12. no
me n. *L*

III. 13. no·us] uos *LO*; fesz *L*, fes *O* 14. Enqeraus p. *O*
16. trueba *L* 18. Qā *L*; o tr.] pres *O*

IV. 19. fesz *L*, fe *O* 20. enrichir *L* 21. aissir *LO* 22. Ez *L*
23. No haj *L*; que *L* 24. Qar ouï e cossseill noi pres *L*.

V.   25   Bernart, totz om den aver dan,
            s'a la cocha no sap sofrir:
            c'amors se vol soven servir:
            e si so tenetz ad afan,
            tot es perdut. s'anc re·us promes,
      30   si n' eran plevidas mil fes.

V. 28. cho tenesz *L.*   29. perdutz *L.*   30. Si nero *L.*, Si erant *O*

1. Man erwartet den unbestimmten Artikel *d'un chan.* Aber auch der bestimmte Artikel ist durchaus berechtigt. Man kann jemand mit dem Gesange angreifen, wie mit dem Schwerte oder der Zunge oder dem Worte. Der Artikel stellt also den einen Begriff, als bestimmten, anderen Begriffen gegenüber.

5. *aretz-en ges?* heißt natürlich nicht: „habt Ihr irgend etwas von Liebe?" d. h. „liebt Ihr überhaupt?", sondern „erlangt Ihr etwas von ihr?", vgl. 15, 10 *si ja re no·u sabi aver,* 43, 57 *ges no·u auretz de me* etc.

6. *ves* aus L, weil *res* in v. 11, wenn auch in anderer Bedeutung, wiederholt wird, und weil es auch in der Bedeutung noch besser paßt als *res.*

10 f. Vgl. 43, 54 *mort m'a e per mort li respon.* Da *mort m'a* wörtlich wiederkehrt, kann man dem Abschiedswort *a Dieu vos coman* hier, das *per mort li respon* dort für entsprechend halten, d. h. ich nehme Abschied von ihr, indem ich mich dem Tode hingebe.

13. In beiden Hdss. *s'anc vos f. b. s.* „wenn sie Euch freundliche Miene bot, kann es noch geschehen" (nämlich: daß Gnade Euch bei ihr hilft, und daß Ihr mehr erlangt als nur diese freundlichen Mienen). Aber man darf *vos* zu *no·us* verändern: „wenn sie Euch noch nicht freundliche Miene bot, kann es noch geschehen".

16. „Man darf sich mit der Liebe nicht erzürnen, wenn man sie nicht nach seinem Willen findet". Das wäre ganz glatt. Aber dann müßte stehen: *can no la troba de son talan,* oder, um den Vers richtig zu machen: *can no la trob' a son talan.* Es steht aber *can la troba de son talan.* Man kann verstehen:

a) „wenn er sie nach seinem Sinne findet", d. h. wenn die Liebe ist, wie er sie wünscht, nämlich was die geliebte Person angeht. Liebe zu einer trefflichen Dame ist an sich etwas so Köstliches, daß es nicht darauf ankommt, ob sie erwidert wird oder nicht.

b) „wenn er sie nach ihrem Willen findet", d. h. Minne hat naturgemäß ihren eigenen Willen, in den man sich schicken muß. So ist kein Anlaß zum Groll vorhanden, wenn man die Liebe nicht findet wie man selbst will, sondern wie sie will.

c) als Frage: „wann findet man sie (denn) nach seinem Willen?"

Aber bei dieser dritten Auffassung würde wohl stehen *can la trob' om d. s. l.?* Bei der zweiten würde das Possessivpronomen an sich schwerlich den Sinn genügend klar stellen. So bleibt die erste Auffassung übrig, wenn man nicht etwa vorzieht, eine Änderung in dem zuerst angedeuteten Sinne vorzunehmen.

19. Vielleicht sollte ich beim *engan* der Hdss. bleiben. Das Verb führt Mistral mit *g* als limousinisch an. Nur auvergnatisch und delphinatisch kennt er *enjanna*.

23. „es gibt keinen Trost, der mir nicht leid sei", d. h. es gibt keinen Trost für mich, sondern nur Leid. Der Relativsatz setzt an die Stelle des Beziehungswortes einen anderen Begriff.

So könnte man hier nur eine Redefigur sehen. Der einigermaßen gezwungene Ausdruck legt aber nahe, in *conort* den Verstecknamen zu vermuten. Es liegt auch sonst noch Veranlassung vor, das Lied dem Conort-zyklus zuzuweisen.

24. L: *car o ui e coussell no i pres* „denn ich sah es und erlangte dort keinen Rat (keine Hilfe)", O: *car o il es, conseil no'n pres* „denn wo sie ist, erlangte ich keine Hilfe". Beides ist nicht gerade verläßlich. Aber O würde insofern zu den Conortliedern passen, als Bernart in ihnen in der Tat sagt, daß er von seiner Dame flüchtete, weil er keine Gnade bei ihr fand.

28. Wenn Ihr für (zu) mühselig erachtet, der Liebe immer wieder zu dienen, so ist alles verloren, was sie Euch je versprach, wenn auch tausend Gelübde dafür verbürgt wären.

Ob *s'i erant* mit O oder *si n'ero* mit L, ist schwer zu entscheiden (jedenfalls nicht *s'i n'ero*, denn *eu* steht vor *i*). Die Lesart von L vermeidet den Hiatus.

I. Bernart von Ventadorn, ich bin hierher gekommen, Euch mit dem Gesange anzugreifen. Da ich Euch in Kummer befangen sehe, kann ich nicht umhin Euch zu fragen, wie es Euch in der Liebe geht. Gewinnt Ihr irgend etwas von ihr? Mir scheint wohl, daß Euch nichts Gutes daher kommt.

II. Lemozi, ich kann Euch nicht singend antworten. Ich vermag es nicht. Mein Herz will mir vor Leid vergehen. Lieber Freund, Gott befehl ich Euch an, denn mich hat eine Üble getötet, bei der mir weder Gott noch Gnade half.

III. Bernart, wenn sie Euch auch nimmer freundliches Antlitz bot (?), es kann wohl noch geschehen. Mit der Liebe soll man sich nicht erzürnen, wenn man sie (einmal) so gefunden hat wie man sie sich wünscht (? s. Anmkg.). Wenig gewinnt ein zorniger Liebhaber, denn statt eines Schmerzes hat er zwei oder drei.

IV. Lemozi, wohl beging die Schöne großen Trug, die mich reich machen konnte, denn als sie sich mir gewähren konnte, verschmähte sie mich. Keinen Trost gibt es dort, der mir nicht leid sei; denn wo sie sich befindet, fand ich keinen Rat.

V. Bernart, ein jeglicher muß Schaden leiden, wenn er in der Not nicht zu dulden weiß. Denn Liebe will, daß man ihr oftmals dient. Und wenn Du das für Mühsal hältst, ist alles verloren, wenn sie Dir je etwas versprach, und hätte sie es mit tausend Gelübden verbürgt.

15.

A 94 (266), C 55, D^a 161 (559), G 12 (p. 36), I 32, K 21, P 14 (44, Arch. 49, 82), a 82 (61, Rlr. 42, 319).

Im Breviari d'amor v. 33290 ff. werden v. 8—14 zitiert (9. damar, 14. Quan). N² nennt das Lied als Nr. 32.

Gedruckt bei Raynouard, Choix III, 56; Mahn, Werke I, 33; kritischer Text von Crescini, Atti del R. Istituto Veneto II, 319 (vgl. Jeanroy AdM. 16, 436) und Manualetto p. 209.

Über das Handschriftenverhältnis läßt sich mit Sicherheit nur sagen, daß natürlich IK, und daß CP zueinander gehören (10, 19, 41, 46, 52). ADIK gehen in der Regel zusammen (10, 52, 54). G schwankt zwischen DIK (25, 46, 53, 54) und CP (10, 41, 46, 52).

I.   Chantars no pot gaire valer,
si d'ins dal cor no mou lo chans:
ni chans no pot dal cor mover,
si no i es fin' amors coraus.
5 per so es mos chantars cabaus
qu'en joi d'amor ai et enten
la boch' e·ls olhs e·l cor e·l sen.

II.   Ja Deus no·m don aquel poder
que d'amor no·m prenda talans.
10 si ja re no·n sabi' aver,

I. 1. nom poc D; gaires ADIK   2. del c. CP   3. nol IK; del CP   4. noi ies fins G; Si non hi es P; die Reimendung in v. 4, 5 jeder Strophe -als a   5. cho DG; cabalus P   6. Qe joi a
II. 8. nō G; don] da P; aquel fehlt D   9. damar CP; nū Ga; prēga a   10. Si] Quan CP; sabria CGP

mas chascun jorn m'en vengues maus.
totz tems n'aurai bo cor sivaus;
e n'ai mout mais de jauzimen,
car n'ai bo cor, e m'i aten.

III.   15   Amor blasmen per no-saber.
              fola gens; mas leis no'n es dans.
              c'amors no'n pot ges dechazer.
              si non es amors comunaus.
              aisso non es amors: aitaus
        20   no'n a mas lo nom e'l parven,
              que re non ama si no pren!

IV.   S'eu en volgues dire lo ver,
              eu sai be de cui mou l'enjans:
              d'aquelas c'amon per aver.
        25   e son merchadandas venaus!
              messongers en fos eu e faus!
              vertat en dic vilanamen;
              e peza me car eu no'n men!

V.   En agradar et en voler
        30   es l'amors de dos fis amans.
              nula res no i pot pro tener,
              si'lh voluntatz non es egaus.
              e cel es be fols naturaus
              que de so que vol, la repren
        35   e'lh lauza so que no'lh es gen.

---

11. chascus iors *G*   12. Trostemps *P*, Tost *a*   13. Ennai *D*;
de lauçimen *G*   14. Qua *P*; enten *A*

III. 15. blasmon *P*, blasman *a*   16. Follas *A*   17. no p. *D*;
deschaer *a*   19. Aisso *AIKa*, Aq(u)o *CDGP*; amor *DG*   20. mais *DGa*

IV. 22. dir *P*   23. E s. *G*; mou] mov (*auf Rasur*) *G*; mõ *I*,
mon *K*; lengaz *D*   24. camors *P*   25. mercad(i)eiras *AC*, marcha-
andas *DIK*, merchaandas *G*; mercandas *P*; merchadanz e venals *a*   26. en
fehlt P   27. vila°°men (na *übergeschrieben*) *D*   28. eu *in a von*
anderer Hand; nö m. *DG*

V. 29. et eu] ren *zu e en geändert a*   30. fins *DG*, finz *a*;
lamor *GP*   31. noil *a*; ii pot pros *G*   32. Silh *CP*, Sel *DG*; engas *P*
33. cels *G*; bes *a*; naturals *G*   34. de cho *DG*, daco *P*; repen *G*.
pren *P*. reprent *a*; que no nol apren *A*   35. E lauza *AIK*; cho *DG*

VI.   Mout ai be mes mo bon esper,
        caut cela·m mostra bels semblans
        qu'eu plus dezir e volh vezer.
        francha, doussa, fin' e leiaus,
   40   en cui lo reis seria saus.
        bel' e conhd', ab cors covinen,
        m'a faih ric ome de nien.

VII.   Re mais no·n am ni sai temer:
        ni ja res no·m seri' afans,
   45   sol midons vengues a plazer:
        c'aicel jorns me sembla nadaus
        c'ab sos bels olhs espiritaus
        m'esgarda: mas so fai tan len
        c'us sols dias me dura cen!

VIII. 50 Lo vers es fis e naturaus
        e bos celui qui be l'enten;
        e melher es, qui·l joi aten.

IX.   Bernartz de Ventadorn l'enten,
        e·l di e·l fai, e·l joi n'aten!

VI. 36. mon boner *P*   37. Car *A*; el(l)am *CP*; mostram b. *G*;
bel *DGIK* 38. Qeus p. *G*; desire e *A*; vol *a*; auer *C* 39. Fr. e d. *D*,
Franque d. *P*; Franch e fina douz e l. *a*.   40. Enau lo rei *G*; rei serria
f·sals *a*   41. e *fehlt CGIP*; cor *GP*; auinent *a*   42. rich *a*; hom *P*;
neien *DGK*, noien *I*
    VII. 43. Rem non am mais ni f·sai *a*; tener *IK*   44. re(n) *CG*
46. Caq(u)el *DGIK*; iorn *CGP*   47. sols *a*   48. Masgarda *P*; mais *D*;
cho *DG*; ta lent *a*   49. Cun *a*; sol *Ga*; dia *G* (aus dias) *IKa*
    VIII. 51. bons a cel *A*   52. meilhers *P*; es *ADIK*, me *CG*, mi *P*;
mes *a*; qil *A*, q(u)el *alle anderen*; ior *IK*
    IX. 53. Bernat *C*; de *ACP*, del *DGIKa*; uentedorn *A*, uentador
D, uentadorn *CGKPa*; l' *fehlt a*   54. El di el fai *ADIK*, El ditz el
fay *CP*, Ei di el fai *G*, El dig el fag *a*; n' *fehlt CPa*

    1. *gaires ADIK*. Im Reim findet sich bei Bernart nur *gaire*. Hiatus-
stellung des Wortes. die für *gaires* geltend gemacht werden könnte, begegnet nicht. So bleibe ich bei der Form ohne *s*.
    2. 3. In *dal* möchte Crescini (Atti del Istituto Veneto p. 330) einen
Italianismus der Schreiber sehen. In 42, 41 *no·m volh mais d'a sos pes*

morer aber werden wir die Verbindung der beiden Präpositionen Bernart selbst zuschreiben. Auch v. 3 kann man allenfalls schreiben *chaus von pot d'al cor morer* „von innen heraus", und der freilich starke Pleonasmus mit *dins* in v. 2 ist gerade im Bereich der Präpositionen und Adverbien nicht anstößig.

10. *si ja re non sabia acer = si sabia que ja re non deques acer*.

12. Crescini übersetzt: „sempre vi avrò almeno il core propenso, ed assai più n'ho di godimento, perchè vi ho il core propenso ed ogni cura vi rivolgo". Er versteht also *bo cor* als „Neigung". *Acer bo cor* wird aber analog sein dem *acer malrais cor* 24, 17, *acer fela cor* 29, 36. *Bo cor* ist die Vorstufe des „cor gentil" des dolce stil nuovo. So sagt denn auch *m'i aten* in v. 14 vielleicht nicht, daß sein Streben auf *amor* gerichtet ist, sondern auf das *acer bo cor*.

15. Crescini liest *blasm'en*: „Amore ne biasima per grossezza folle gente". P hat *blasmon*, a *blasman*: und so ist *blasmen* zu lesen, mit der Endung, die ja schon durch den Boethius als limousinisch bezeugt ist. *fola gens* ist Apposition zu dem in der Verbform liegenden Subjekt.

18. Raynouard übersetzt *comunal* mit „vulgaire, bas", und das kann das Wort sicherlich bedeuten: „nur gemeine Liebe kann durch den Tadel der Toren zu Falle kommen". Sollen wir aber hier in *amor comunal* nicht „gemeinsame Liebe" d. h. „gegenseitige, erwiderte, belohnte Liebe" sehen? „Die Liebe kann deshalb nicht schlechter werden, wenn sie keine erwiderte Liebe ist". Schon die vorige Strophe hat gesagt, daß die Liebe an sich ein Gut sei, auch wenn sie nichts erreicht. Was der Dichter dort mit Bezug auf die eigene Person sagt, wird hier als allgemein giltig ausgesprochen. Und es liegt nicht etwa ein Widerspruch zu v. 29—32 vor, denn dort handelt es sich gerade um die Forderung, die sich aus dem Wesen der Liebe für den Liebenden ergibt, nämlich nichts anderes zu wollen als die Liebe will, d. h. sich in ihren Willen zu ergeben und zufrieden zu sein mit dem, was sie gibt. — V. 19 habe ich anders interpungiert als Crescini.

27. Ich sage in schändlicher Weise die Wahrheit, d. h. ich sage die Wahrheit, und es ist schändlich, daß sie so beschaffen ist.

35. *ell lauza* „ihr das lobt, das als richtig und verständig erklärt, — das von ihr verlangt".

46. „Der Tag scheint mir Weihnachten". Crescini übersetzt „solenne, festoso". Mehr als die solennità wird man die Freude des Weihnachtsfestes hervorheben dürfen. Auf Weihnachten als Tag der Freude und besonders des Genusses hat Chabaneau, Deux Manuscrits zu II, 52 hingewiesen. Als die beste Erklärung der Stelle aber können die Worte Mistrals dienen, mit denen er die bekannte Schilderung des Weihnachtsfestes in seinem Vaterhause beginnt (Moun Espelido, 2. Kapitel, p. 60): Fidèu is us ancian, ah! pèr èu la majo fèsto èro la vèio de Nouvè.

47. *ab sos bels ollz espiritaus M' esgarda* Raynouard übersetzt *espirital* „qui a de l'esprit, qui montre de l'esprit". Kennt aber das Mittelalter die Bedeutung von esprit, welche Raynouard hier anzunehmen

scheint? Bei Bernart kommt *esperital* sonst nicht vor, *esperit* dreimal.
An zwei Stellen bezeichnet es den Gegensatz des Geistigen zum Körperlichen; 40. 60 wünscht der Dichter mit der Geliebten *faire cambi dels
esperitz*, und die Folge würde dann sein, daß beide eine Gesinnung, einen
Willen hätten. Mehr als mit dem modernen esprit werden wir die *oth
espiritaus* mit den spiriti des dolce stil nuovo in Verbindung bringen
dürfen. Jede geistige und seelische Bewegung war für diese Poesie bekanntlich das Werk eines spirito. Und diese spiriti zeigen sich natürlich
besonders im Auge (s. P. Ercolo, Guido Cavalcanti e le sue rime, Livorno
1885, p. 131: una via negli occhi per la quale passa uno spirito dolente,
un amoroso sguardo spiritale; Vita nova ed. Scherillo, Anm. zu 14, 19).
Und hier kann denn auch die merkwürdige Stelle Uc Brune(n)es angezogen
werden, *Cortezamen mou en mon cor mesclansa*, v. 5: *enaissim sap ferir
de sa lansa Amors, qui es us esperitz cortes Que nous laissa rezer mas
per semblans, Que d'uelh en huelh salh e fai sos dous lous. E d'uelh en
cor, e de coratge en pes* (Toblerband S. 69). So sind denn die *oth espiritaus*
wohl weniger „geistvolle Augen" als Augen, in welchen die Geister seelischer Erregungen, und vor allem der Geist der Liebe, spielen.

48. *leu*] s. Anm. zu 3, 10. Sie tut das so lässig, so zögernd, so
selten, daß durch das Warten auf einen solchen Blick mir ein Tag wie
hundert Tage erscheint.

49. *dias* als nom. sg. im Breviari d'amor durch den Reim gesichert.
s. Levy II, 230 b.

50. *natural* „seinem Wesen entsprechend, wie er sein muß, wohlbeschaffen".

52. *melher es qui'l (que'l) joi aten* ADIK, oder *m. me quel j. a.*
CGP, oder *m. m'es quel j. a.* a? Crescini wählt die Lesart von a, die die
beiden anderen kombiniert. Ich würde gern die von A annehmen, denn
hier wird die Person, welche der Dichter meint, zuerst als unbestimmt
hingestellt; die zweite Tornada aber bringt die triumphierende Erklärung,
wer derjenige ist, der die Freude erwartet. Zweifeln macht mich nur,
daß DIK *quel* haben, das mit *melher es* schwerlich zusammengeht.

54. Crescini hält die Lesart von a für richtig: *e il detto e il fatto
ed il gaudio si attende*, und damit würden wir gern zufrieden sein. Alle
anderen Hdss. haben aber doch nun einmal die 3. Sgl. Praes. Und auch
das läßt sich hören. Freilich ist die Anordnung der Verben nicht der zeitlichen Ordnung des Tuns entsprechend: „er macht und sagt und versteht
ihn und erwartet davon die Freude". Aber das ist doch eine gewöhnliche
Erscheinung. Ich sehe keinen Grund von der so wohl überlieferten Fassung
abzugehen, die übrigens auch Jeanroy (AdM. 16, 436) schon als korrekt
empfohlen hat.

Für die beiden Tornaden vgl. Wilhelm IX *Pos vezem de novel florir*
v. 37 ff.: *Del vers vos dig que mais en val Qui ben l'enten ni plus
l'esgau, Quel mot son fag tug per engau Cominalmens. El sonetz qu'ieu
mezeis me'n lau. Bos e valens* (ed. Jeanroy p. 18).

I. Wenig kann das Singen taugen, wenn der Sang nicht aus dem Innern des Herzens herauskommt: und der Sang kann nicht aus dem Herzen kommen, wenn dort nicht echte Herzensliebe ist. Deshalb ist mein Singen erlesen, weil ich Mund und Augen und Herz und Sinn auf Liebesfreude gesetzt habe und halte.

II. Nimmer gebe Gott mir das Vermögen, daß mich kein Verlangen nach Liebe ergreife. Wenn ich auch wüßte, daß ich nie etwas von ihr erreichte, sondern jeden Tag mir daher Leid käme, so werde ich doch wenigstens stets einen edlen Sinn durch sie haben; und ich habe weit größere Freude von ihr, da ich den edlen Sinn habe und dabei beharre.

III. Sie tadeln die Liebe aus Unwissenheit, die Toren. Aber ihr ist das kein Schaden, denn Liebe kann deshalb nicht schlechter werden, wenn sie keine gemeinsame Liebe ist. Das ist nicht Liebe, die hat nur den Namen und den Schein davon, die nicht liebt, wenn sie nicht nimmt.

IV. Wohl weiß ich, wenn ich die Wahrheit darüber sagen wollte, von wem der Trug stammt: von denen, die für Geld und Gut lieben. Feile Krämerinnen sind sie! Wäre ich doch ein Lügner und Fälscher hierin! (aber) ich sage die schändliche Wahrheit darüber, und leid ist's mir, daß ich darin nicht lüge.

V. Im Wollen und Gewähren besteht die Liebe zweier echter Liebender. Nichts kann da gut sein, wenn der Wille nicht der gleiche ist. Und der ist ein wahrer Narr, der sie (die Liebe) tadelt für das was sie will, und das von ihr verlangt, was ihr nicht genehm ist.

VI. Gar gut habe ich mein Hoffen gestellt, wenn die mir freundliches Antlitz zeigt, die ich am meisten ersehne und sehen will, die edle, süße, echte und wahrhaftige, in welcher der König sein Heil finden würde. Schön, anmutig, wohlgeformt hat sie mich aus nichts zu einem reichen Manne gemacht.

VII. Nichts liebe ich mehr als sie, und nichts kann ich mehr fürchten: und nichts würde mir Mühsal sein, sofern es nur meiner Fraue gefiele. Denn der Tag erscheint mir als Weihnachten, an dem sie mich mit ihren schönen, von Lebensgeist erfüllten Augen anschaut; aber das tut sie so lässig, daß ein einziger Tag mir hundert Tage währt.

VIII. Der Vers ist vollendet und wohlbeschaffen und gut für denjenigen, der ihn wohl versteht; und besser ist er für den der die Freude erwartet.

IX. Bernart von Ventadorn versteht ihn, und sagt ihn und macht ihn, und erwartet von ihm die Freude.

16.

A 86 (242), C 54, D 16 (49), D^c 248 (59, Str. 5, AdM. 13, 205), G 20 (p. 60), I 29, K 17, M 47, N 141 (206), P 17 (53, Arch. 49, 284), Q 26 (64, p. 53), R 57 (482), S 58 (34), V 60 (Arch. 36, 409), a 93 (72, Rlr. 42, 329); unter dem Namen Arnaut de Maroills T 136, anonym O 61 (98). N^2 nennt das Gedicht als Nr. 12. Die Melodie wird von G und R überliefert (s. Beck, S. 58).

Gedruckt Raynouard, Choix III, 79; Mahn, Werke I, 26.

Strophenfolge:

1 2 3 4 5 6 7 8		AGPS
1 2 3 4 5 6		D
1 2 4 3 5 6 7 8		OTV
1 2 4 3 5 6		CMa
1 2 4 3 6 5 7 8		IKN
1 2 3 6 5		R
1 2 4 5 6 3		Q

Für die Beurteilung des Handschriftenverhältnisses ist entscheidend die Gestalt der Verse 25, 26 und, im Zusammenhang damit, die Stellung der Strophen III und IV.

Die Manuskripte lesen v. 25, 26 entweder:

> *Ilh m'encolpet de tal re*
> *don me degra venir gratz* ADGPS

oder:

> *Eu (Qu'eu OQTV) l'encolpei de tal re*
> *don me (li TV) degra saber gratz*
> *(don eu degra aver gratz IKN)* CIKMNOQTVa

Die erste Gruppe hat die Strophenstellung III, IV, die zweite IV, III.

Durch *Eu l'encolpei* schließt die Fassung an v. 15 an: *can eu midons sobrepren de la mia forfaitura*. Es scheint, daß so alles in bester Ordnung ist. Auch das *Qu'eu* in OQTV, das freilich in CIKMNa wie in ADGPS fehlt, rechtfertigt sich.

Nehmen wir die Lesart ADGPS an, so ist der Vorwurf der geliebten Dame (*ilh m'encolpet . . .*) zunächst nicht klar. Aber aus der Strophenfolge III IV ergibt sich, welches ihr Vorwurf war:

ras leis no sai tornatz, und: *tan n'ai estat lonjamen*. Gegen ihn
muß sich der Dichter rechtfertigen: er blieb *per bona fe* von ihr
fern, um der Geliebten nicht zu schaden. So muß sie ihn vielmehr
loben als tadeln (*gratz m'en degra renir*). Freilich war es eine
Torheit, sie so lange zu meiden (v. 20). Aber in der Liebe darf
man nicht Verstand suchen (v. 31).

So wird hier das Verschulden des Dichters und die Anklage
der Dame ersichtlich, die in den anderen Handschriften unklar
bleiben. Bei der Strophenfolge IV, III würde auch *per ma colpa
m'esdere* hinter der Zurückweisung *tort a qui colpa m'en fai*
stehen.

Dazu treten sprachliche Gründe: *don me degra saber gratz*
CM etc. muß nach dem Zusammenhang der Lesart heißen: „wofür
ich Dank wissen sollte". Einmal ist der Plural *saber gratz* m. W.
ungebräuchlich. Es heißt prov. *saber grat* wie frz. *savoir gré*.
Dann aber würde der Dativ *me* nur geeignet sein, Unklarheit zu
schaffen (TV setzt *li* dafür, während IKN in anderer, ungenügender,
Art korrigiert). So zeigt sich diese Fassung deutlich als unrichtig.

So steht denn ADGPS (unter denen sich GPS durch 7, 10.
18, 41 etc. noch näher verwandt zeigen) auf einer Seite, alle
anderen auf der anderen.

In der zweiten Gruppe gehen IKN, wie so oft, zusammen.
TV sind nahe verwandt (s. besonders 15, 28, 54); aber gelegentlich
steht auch T mit R dem V gegenüber.

Oa werden, wie auch häufig, durch 9, 11, 14, 35 etc. verbunden. Wir finden aber auch a mit M gegenüber O: 7, 15, 25,
43, 44; und zu MOa stellt sich oft C. Wenn also auch keine
ganz klaren Verhältnisse hervortreten, dürfen wir doch ungefähr
gruppieren: AD;GPS : IKN;Q:C,MOa:RTV.

1.   Conortz, era sai eu be
            que ges de me no pensatz,
            pois salutz ni amistatz
            ni messatges no m'en ve.

1. 1. Conortz *ACRa*, Conort *DGIKMNPQSTV*, Conhert *O*; fai *zu*
fai *a*; eu *fehlt G*   2. Ne g. *a*; g.] nos *R*   3. Quar *CTV*, Que *R*; a.]
miftaz *G*   4. messatges *DGPRS*, messatge *CQTV*, messatgiers *AIKNa*,
messagier *MO*; uen *G*

5   trop cuit que fatz lonc aten,
    et er be semblans oimai
    qu'en chasse so c'autre pren,
    pois no m'en ven aventura.

II.   Bels Conortz, can me sove
10 com gen fui per vos onratz
    e can era m'oblidatz,
    per un pauc no·n mor desse!
    qu'eu eis m'o vauc enqueren,
    qui·m met de foudat em plai.
15 can eu midons sobrepren
    de la mia forfaitura.

III.   Per ma colpa m'esdeve
    que ja no·n sia privatz,
    car vas leis no sui tornatz

5. c.] cre M, tug a: q(i)eu f. IKNS, qai f. MQa, qei f. P; fag IK, fauc T; Trop aurai fait G, Be sai trop fas R   6. El M; es CGMNO QVa; Ces b. T; semblant NOPQSV, semblam D: hueymais CD 7. Q. c. fehlt O; cas CIK, chaz M, chanche Q, chas T, chatz V, chan a: chaz·zo (zwischen beiden z Rasur, auf welche a (?) geschrieben ist G; que autre CT, que antrui M, qaltrui PS, cautrui a; cac ç cautrui N; Que so quien caf autre p. R 8. no manen G, no me uen N, nom uene O

II. 9. B. Conort D, Bel Conort GMPQS, Mon Conort CNOa, Mas conortz TV; canc O, cha T 10. Caut Q; ien fui ACTV, en sui D, gen f. GPS, gen; genç Q, fui ien IK, fui ienç N, fui gent a, sui gen M, sui ges O; Co fuy per nos gent o. R 11. E qan(t) era mo. ADGPQS, E car ar nos mo. C, Ar conosc que mo. IK, E qar era mo. M, Ara car nos mo. N, Et cara nos moi o. O, Mas cadora mo. R, E uei cara mo. T, Mas eras can mo. V, E car vos mi o. a 12. A (Ab R, E T) per pauc CM RTV, Per pauc qen non men dessen Q 13. Eu eis mo (mi A) ADGR, Queu eis mi PS, Qi eis mo V, Qieu meteis (meçeis) CIKMa, Per quieu meçeis N; Qeo meteps nai O; Que meesme uau qeren Q, Yeu eis mo aney queren R, Mas eu eif mo nau quirn T 14. Qiuem ACMNRVa, Quim DGIKPST, Em OQ; mis CIKMNVa: foudatz Oa 15. Qand ien APQS, Quant D, Que ia CMa, E car IKNO, Car ia TV; me mespren IK, me sorpren N, soba pren V; Can midonz ia s. G, Per midons quem sobre pren R 16. soa Q; Souen a sa forfaitura R

III. 17. colpa auf Rasur M; mas colpas R: sesdeue C, me (mi O) dene NOT, mendeue R 18. E(t) GPSa, Dunt Q; Que yeu nol s. R, Qieu non s. T; no s. MN; celatz GPS 19. Quen ners IK, Quen neis N; Qen uar leo O, Qe u. leiz a; sui auf Rasur M, fui N; Qen non fui nas le t. Q, Car no soi nas leis t. RT

20   per foudat que m'en rete.
tan n'ai estat lonjamen
que de vergonha qu'eu n'ai,
non aus aver l'ardimen
que i an, s'ans no m'asegura.

IV.   25   Ilh m'encolpet de tal re
don me degra venir gratz.
fe qu'eu dei a l'Alvernhatz,
tot o fi per bona fe.
e s'eu en amar mespren,

30   tort a qui colpa m'en fai,
car, qui en amor quer sen,
cel non a sen ni mezura.

V.   Tan er gen servitz per me
sos fers cors durs et iratz,
35   tro del tot si' adoussatz

20. foudatz *IM*, foldatz *R*, foltate *T*: q(u)i *DGMNOPS*: quem men
r. *R*   21. Trop *Q*; ai *ACDMOa*, nai *GIKNPQSV*; Tan ai *T*: Nay estat
tan l. *R*   22. E *R*; de uengna *O*; qu'eu] que *RTV*; n' *fehlt COa*
23. l *fehlt CIKMNOQRTVa*   24. Que i an *ADPS*, Qe cä *G*, Que i
torn (Quim) *IKQ*; s'ans] si *IK*, anz *PS*, se *Q*: Lai cylh nom a. *C*, Lai
on (an *a*) cill (illg *T*) no ma. *MOTVa*, Qne i tonr (*sic*) que no ma. *N*,
Que la mi non as. *R*

IV. *fehlt R*   25. Ill mencolpet *ADGPS*, Eu lencolpei (lencolpi
IKN) *CIKMNa*, Qneu lencolpei (lencolpiei *T*) *QTV*, Qeo lencolpe *O*;
daital *M*; ren *G*   26. me] eu *IKN*, li *TV*: v.] saber *CMOQTVa*, auer
IKN; grat *a*   27. Fe *ADGPS*, Mas fe *CIKMNOQTV*, Qe fe *a*; qe d.
CMV; a *stelt ADGPS*, *fehlt CIKMNOQTVa*; l *ror* alvergnatz *ADGIK*
NPQS, n *CMTV*, *weder* l *noch* n *Oa*; aluerngatz *AS*, aluernhatz *C*,
auergaz *D*, aluernatz *IKMN*, auergnatz *O*, ueignaz *P*, aruergnac *Q*, el-
nergnate *T*, aluerniatz *V*, alnernjatz *a*   28. o *fehlt I*;   Eu (th)o fi *TV*.
Tot le fei *O*; fis *CIKMN* (*aus* fi) *G*, fez *a*   29. Qe *T*: Mas eu *N*;
amor *Oa*; meins pren *CV*, mis pren *T*   30. a] na *GIKNTV*, es *Q*; qnil
V; mi f. *IKN*; f.] dai *O*, da *a*   31. Car *ADGOTVa*, Que *IKMNPQS*,
Qui que *C*; *Q*, cel qen amar *Q*   32. *C*.] Seus *N*, El *a*; Non a ges s. *Q*

V. 33. es *Q*; g.] ges *O*; seuitz *C*, seruit *IO*; Empero tant er per
me *T*   34. Sos fers (fels *S*) cors durs *ADGQS*, Son dur cor felh *CO*,
Sos durs cors fels (fers *M*) *IKMNRVa*, Sos cors fels *P*; et i.] ez iracmutz
De, airatz *M*; Seruite son gien cor orate *T*   35. Tro del tot sia (ser
DeGPS) a. *ADDeGPS*, Entro totz (tot *C*) sia doussatz *CMV*, Tro sia totz
a. *IKNOa*, Tro qe tot sia dolchar *Q*, Tro quem sia a. *R*, E tro ce fia
doussate *T*

ab bels dihz et ab merce;
qu'en ai be trobat legen
que gota d'aiga que chai,
fer en un loc tan soven,
40   tro chava la peira dura.

VI.   Qui be remira ni ve
             olhs e gola, fron e faz,
             aissi son finas beutatz
             que mais ni menhs no i cove:
45   cors lonc, dreih e covinen,
             gen afliban. conhd' e gai.
             om no·l pot lauzar tan gen
             com la saup formar Natura.

VII.   Chansoneta, ar t'en vai
50   a Mo Frances, l'avinen,
             cui pretz enans' e melhura:

36. Ab ben dir *C*, A bel (bels *T*) diz (dig *O*) *GOQT*, A blandir *M*:
a m. *MQ*   37. Qe *O*, Car *R*; ai b.] yeu ai *R*, aia *T*; lengeing *A*, lengen
DO, liien *IK*, ligen *MRV*, suen *N*, lingen *T*   38. Quel g. *CRV*, Qi g.
S; gocha *G*; que *ACDQRV*, qi *GT*, qan *IKMNOPSa*   39. Ferm *I*, *:u*
Fer *K*, Fert *O*, Fier *R*; ta *C*   40. Que *CQRTV*; trauca *CTV*; pera
DIKNPS

VI. 41. remire *PS*; ni] e *IKMNa*; bel r. nil u. *RV*; v.] obre *O*:
Tutç hom qi a midontç ue *T*   42. Oil *Q*; gole *OSa*; g. e(t) f. *NQ*;
faiz *D*; Front et huelhs bocca e fas *R*, Bocha frontç 7 uolltç es fatç *T*,
Gola & fron & huuils & f. *V*   43. Aissi son *IGPS*, Quaissi es *CM*,
Aissi es *D*, Quen leis es *IKN*, Caissi a *Q*, Aixi hi es *V*, Caissi i es *a*;
final *C*, fina *IKMNQVa*; Tant es sa fina b. *O*, Tant a finas sas b. *R*, Pot
dir ce b. *T*   44. Re *a*; men *OQ*; noill c. *M*; Mais ni menz noni c. *IK*,
E lieis plus noni c. *T*   45. loncs *PS*; auinen *Q*; Lonc cors *RT*; *C*, dreit
lonc *C*   46. Gens *O*; afliban *AD*, afiblan *Ca*, afublan(t) *GMO*, aflibat
IKQ, afiblat *NRTV*, aflibar *PS*; congt *D*, coint *GPQSTV*, cointes *O*
47. Com *MRV*; no(n) p. *DMQ*; Ço nō pose *O*, No la sai l. *T*; non la
lauza *Ca*   48. la *ACGMNOQRVa*, lo *DIKPS*; sap *GIKMOQ*; Com
laup f. n. *T*

VII. *fehlt CDMQRa*   49. ar] ara *AIK*, or *OPS*, la *V*; *C*, uai ten
lai *T*   50. A la francha couinen *A*, A franca na couinen *IK*, An (En *T*)
frances lo couinen *TV*, Vas (Ves *PS*) mon frances (frandes *O*, frazes *S*)
lauinen *GNOPS*   51. On *TV*

VIII.   E digas li que be·m vai,
              car de Mo Conort aten
              enquera bon' aventura.

VIII. *fehlt CDMQRa*   52. E *fehlt O*; diga(t)z *GIKNS*; qui *IK*; ben *IKOPS*   53. Car *AIK*, Q(u)e *GNOPSTV*; men *I, zu* mon *geändert K*   54. Joi e gran b. a. *AIK*, En qera (E enqueira *GN*) b. (son *N*) a. *GNOPS*, Quem uenha (uegna *T*) b. a. *TV*

4. Über *messatges* oder *messatgers* entscheidet die Überlieferung nicht. Die Abstracta der vorhergehenden Zeile empfehlen auch hier *messatges* in seiner abstrakten Bedeutung.

6. Futurum statt Praesens, s. Anm. zu 10, 13.

7. Über *chasse* oder *chas* s. § 23 der sprachlichen Einleitung, wo *chasse* für den Konjunktiv erklärt wird. Ist *chas* das Richtige, so ist es leicht, durch *quez* für *que*, oder in anderer Weise, eine Silbe zu ergänzen.

10. *ACDTV com (i)eu fui*. Es liegt aber kein Grund vor, neben *fui* das Subjektspronomen zu setzen. Die Überlieferung läßt vermuten, daß dem *com ieu* ein *com jeu* zu Grunde liegt. V. 33 unseres Liedes *tan er geu servitz* .., wie 31, 40 *com eu l'am finamen*, 33, 16 .. *son cors gai Com es beu faitz* lassen freilich erwarten: *com fui geu per ros o..* wie in IKMN(O)a, oder *com fui per ros geu o..* wie in R steht. Aber gerade weil das das Gewöhnliche wäre, darf man bei der Stellung *com gen* bleiben (vgl. frz. combien). Diese Nebeneinanderstellung gibt dem Ausdruck den Charakter des Ausrufs, nicht der bloßen indirekten Frage.

13. Ob im Anfang des Verses *Que* stehen soll oder nicht, läßt die Überlieferung zweifelhaft. — „Ich selbst suche es mir, ich selbst bin Schuld daran, daß Ihr mich vergeßt."

15. Da *eu* auch in DG fehlt, wird es in der Quelle nicht gestanden haben. Der Vers war dort vielleicht um eine Silbe zu kurz.

sobrepeure heißt hier nicht *surprendre* wie 26, 45, sondern *reprendre*, blâmer (s. Levy im Petit Dictionnaire).

23. *aus aver l'ardimen*. Pleonasmus.

27. Die beiden Hdssgruppen haben einerseits: *Fe qu'eu dei a l'Alcernhatz*. andererseits: *Mas fe qu'eu dei l'Alcernhatz* (Mas wäre, im Anschluß an v. 26, mit „denn" zu übersetzen). Es liegt nahe, wieder an eine Lücke der ersten Überlieferung zu denken.

Alcernhatz ist Obliquusform in Übereinstimmung mit npr. *Aucerguas* fem. *-asso* (vgl. *aucerguassoun* „petite bécassine").

34. *fels* steht auch in PS. Aber andere Vorwürfe als den der Härte hat Bernart der Geliebten hier nicht zu machen; so paßt *fers* besser. Eher kann die Wortstellung der Gruppe, welche *fer* und *irat* mit einander part, richtig sein.

38. Bernart kennt also nicht nur das Ovidische gutta cavát lapidem (ex Ponto 4, 10, 5) sondern auch die Fortsetzung: non vi sed saepe cadendo:

vgl. auch Ars amat. I, 475 Quid magis est saxo durum, quid mollius unda?
Dura tamen molli saxa cavantur aqua. — Vielleicht ist gelehrtes *caca* (aus
allen Hdss.) zu behalten: aber *chara* ist neulimousinisch.

43. Zum Plural *beutatz* s. 13, 31.

48. *lo* oder *la*? Die Mehrzahl der Hdss., und unter ihnen AG,
haben *la*. Das *-l* der vorhergehenden Strophe läßt *lo* erwarten, und so
haben DPS aus der Gruppe A. Das eine kann sich ebenso wie das andere
dem Schreiber unterschieben. Daß *cors* auch hier die ganze, äußere und
innere, Persönlichkeit bezeichnet, zeigt *conhd' e gai* in v. 46 (auch *conhde*
bezieht sich bei Bernart immer auf das Wesen, nicht den Körper). So
konnte um so leichter *la* vom Dichter für das grammatisch zu erwartende
lo gesagt werden.

I. Trost, nun weiß ich wohl, daß Ihr an mich nicht denkt, da mir
nicht Gruß noch Freundlichkeit noch Botschaft von Euch kommt. Gar zu
lange vermeine ich zu warten, und nun zeigt es sich wohl, daß ich jage
was ein anderer fängt, da mir kein Glück daher zufällt.

II. Lieber Trost, wenn ich daran denke, wie schön ich von Euch
geehrt ward und wie sehr Ihr mich jetzt vergeßt, bin ich alsbald dem
Tode nah; denn ich selbst suche mein Leid, der ich Torheit begehe, indem
ich meine Fraue für das eigene Vergehen schelte.

III. Durch meine Schuld geschieht mir, daß ich nicht mit ihr vereint bin, denn aus Torheit, die mich abhält, bin ich nicht zu ihr zurückgekehrt. So lange bin ich fern von ihr geblieben, daß ich aus Scham, die
ich darüber empfinde, nicht wage zu ihr zu gehen, wenn sie mich nicht
vorher (des freundlichen Empfangs) versichert.

IV. Dessen klagte sie mich an, woher mir Dank kommen sollte. Bei
der Treue, die ich dem Auvergner schulde, ich tat es ganz in gutem
Glauben. Und wenn ich mich liebend vergehe, hat Unrecht, wer mich
dessen beschuldigt, denn wer in der Liebe Verstand sucht, der hat nicht
Sinn noch Ermessen.

V. So lange wird ihrem grausamen, harten, grollenden Herzen von
mir gedient werden, bis es von guten Worten und von der Gnade ganz
erweicht wird; denn wohl habe ich beim Lesen gefunden, daß der fallende
Tropfen so oft auf eine Stelle trifft, bis er den harten Stein aushöhlt.

VI. Wenn man Augen und Hals, Stirn und Antlitz wohl beschaut,
da gibt es so viel Schönes, daß weder mehr noch weniger dort seine Stätte
hat: der Körper lang und gerade und wohlangemessen; schön kleidet sie
sich, und gefällig und fröhlich ist sie. Kein Mensch kann sie so artig
loben, wie Natur sie zu schaffen verstand.

VII. Canzoneta, nun geh zu meinem Franzosen, dem gefälligen,
dessen Wert steigt und besser wird;

VIII. Und sage ihm, daß es mir wohl ergeht, denn von meinem
Trost erwarte ich noch, daß mir Gutes geschieht.

Appel, Bernart de Ventadorn.   7

17.

A 89 (250), C 54, D 19 (62), G 19 (p. 57), 1 28 (MG. 115),
K 17, L 20, M 44, N 142 (208, MG. 969), Q 31 (77, p. 62), R
59 (498, MG. 115), V 58 (Arch. 36, 406): anonym O 47 (76).
N² nennt das Gedicht als Nr. 8.

Die Melodie wird durch G überliefert.

Die Strophenfolge ist in allen Hdss. dieselbe, abgesehen von
Q, dem die 6. Strophe, O dem die 8. Strophe fehlt, und von

V: 1 2 3 4 7 6   (5 und 8 fehlen)
R: 1 4 3 2 6   (5, 7, 8 fehlen).

Die Varianten ergeben ein engeres Verhältnis zwischen C und
M (v. 12, 22, 27, 36, 37, 45), OQ (v. 6, 10, 16, 21, 24, 27, 29,
34, 35) und wohl auch RV (Strophenzahl, v. 4, 30, 41). Aber
OQRV treten in wechselnde Verbindungen untereinander: OQV 17,
19, 28, 53, OQR 17, ORV Fehlen der VIII. Strophe, v. 43 (*donz*
fehlt), OR 25, 46, OV 42.

Ein klarer Stammbaum ergibt sich nicht.

I.   En cossirer et en esmai
            sui d'un' amor que·m lass' e·m te,
            que tan no vau ni sai ni lai
            qu'ilh ades no·m tenh' en so fre.
5   c'aras m'a dat cor e talen
            qu'eu enqueses, si podia,
            tal que, si·l reis l'enqueria,
            auria faih gran ardimen.

II.   Ai las, chaitius! e que·m farai?
10   ni cal cosselh penrai de me?
            qu'ela no sap lo mal qu'eu trai

I. 1. In c. *G*; consirers *O*, cossir *V*; *zweitens* en fehlt *O*, *am Rande
nachgetragen M*   2. qim *G*; laiss(a) *IKQ*; qim lance m te *L*   3. Qui
D   4. Qel *M*; Cades n. tenha en *GRV*   5. Caras *A*, Quara *CDM*,
Qnera *GLNOV*, Quira *IK*, Ara *Q*; Et am donat *R*; cor e *fehlt V*; talan
IKM   6. enquises *A*, enquira *R*, enqueris *V*; Que nenquezes *C*, Que
langeses *M*, Com enqez *O*, Qom lem qeses *Q*; seu p. *O*   7. Tals *O*; rei
QV; Tal res que sieu c. *R*   8. granz *O*
II. 9. chaitius *AIK*, c(h)aitin *CDGLMNOQRV*; e fehlt *O*, donex *R*;
quem| que *NOR*, qen *LQ*   10. O *OQ*; tenrai *I*, penra *L*   11. saup *K*,
sai *V*; lo| la *O*; q(u)ieu *KMR*

        ni eu no·lh aus clamar merce.
        fol nesci! ben as pauc de sen.
        qu'ela nonca t'amaria
  15   per nom que per drudaria,
        c'ans no't laisses levar al ven.

III.   E doncs, pois atressi·m morrai,
        dirai li l'afan que m'en ve? —
        vers es c'ades lo li dirai. —
  20   no farai, a la mia fe,
        si sabia c'a un tenen
          en fos tot' Espanha mia:
          mais volh morir de sennia
        car anc me venc en pessamen.

IV. 25 Ja per me no sabra qu'en m'ai
        ni autre no l'en dira re.
        amic no volh ad aquest plai.
        ans perda Deu qui pro m'en te:
        qu'eu no·n volh cozi ni paren,

12. Ni no(n) li a. *CM*   13. Folla res *ADIK*, Fol(s) nesci *CGLM NOQV*; as| ai *Q*; puc *C*; Nesci folh ab pauc dessien *R*   14. Q' *fehlt CLMNQ*; noca *COR*, noca > co *G*, none *IK*, noqe *V*; mamaria *Q*   15. nom| nō *G*, non *Q*, nem *V*; per| par *DIK*; Ges per nom de d. *LM*. P' ne seina drutheria *O*, Ni per nom ni per d. *R*   16. Canez *O*, Qane *Q*; no't| nū *Q*; Ans se laysaria metral nen *R*

III. 17. E *fehlt GOQV*; d. *fehlt R*; p. *fehlt Q*; m *fehlt CGIKLMN*; autresit^e m. *D*, cissamen me m. *OQR*; moria *V*   18. li *fehlt V*; qi *G*; me v. *Q*; ve] sai *V*; Del mal e del dezir quem ne *R*   19. es *fehlt C*, übergeschrieben *M*; lloli d. *M*; Eu hoc (uac *Q*) ades lo li (li *fehlt O*) d. *OQ*, Doncas sempres li o d. *R*, En oc semprel diria *V*   20. f.| fararai *C*, faria *GO*; se *fehlt L*; N. faria li mia fe *L*   21. S(i)eu *CO*; saubia *GL*; q' *fehlt MV*; tener *D*; qen tenemen *OQ*   22. Qe f. *V*; tota spagna *L*; Fos tota esp. *CM*   23. Anz *L*, Mas *IK*, Mai *Q*; v.| am *R*   24. Qe mi uengues *OQ*; men nen (espauen *getilgt*) en p. *M*

IV. 25. Ca *O*; saubra *IK*; q'eu *fehlt V*, qe *CQ*; m' *fehlt OR*; no·l s. zamai *L*   26. noill en d. *L*; Ni ad autre nom dirai re *Q*, No lin dira (*dies der ganze Vers*) *R*, Ni non li dira hom per me *V*   27. Camic *R*; qer *OQ*; plag *R*; Quar amic (amies *M*) non uol aquest p. *CM*, Ni no nuil dir daquest p. *V*   28. perg(u)a *CQV*, pgai *O*; deus *GQ*, die' *L*; qe *O*; llū te *M*, men reten *R*   29. Q' *L*; noi u. *D*; v.| prec *GOQ*; c.| amie *R*; nom pretz faderun p. *V*

                                                    7*

30   que mout m'es grans cortezia

c'amors per midons m'ancia;

mais a leis non estara geu.

V.   E doncs, ela, cal tort m'i fai,

qu'ilh no sap per que s'esdeve? —

35   Deus! devinar degra oimai

qu'eu mor per s'amor! — et a que? —

al meu nesci chaptenemen

et a la gran vilania

per que·lh lenga m'entrelia

40   can eu denan leis me prezen.

VI.   Negus jois al meu no s'eschai,

cau ma domna·m garda ni·m ve,

que·l seus bels douz semblans me vai

al cor, que m'adous' e·m reve;

45   e si·m durava lonjamen,

sobre sainhz li juraria

qu'el mon mais nulhs jois no sia;

mais al partir art et encen.

30. Car *RV*; m'es] es *CGMQRV*, er *O*; gran *CMORV*   31. Quamor *CM*, Samors *N*; mi douz *A*; mauseçia *N*   32. estara *ACDGMN*, estera *IKV*, istara *O*, stara *Q*: costa ren *R*.

V. *fehlt RV*   33. Adoncs *LO*: E Doncella *M*; tortz *LO*   34. s.] sal *D*; per *fehlt IK*; mesdeue *OQ*   35. Quar *C*, Dieu *DGN*, Ben *M*, Ma(i)s *OQ*   36. m.] mu muor *D*; mur pur samur *O*; a] ab *G*, ab zu a *Q*; Quieu pert l'amor et elha me *CM*   37. Quel *C*, Qal *M*, Ai *I* 38. Et ab g. *O*   39. Par *M*; quel 1. *CDIKMN*, qill 1. *G*, qe 1. *Q*; legua *A*; mostrelia (o *unklar, vielleicht zu* e *geändert*) *M*, metrelia *Q*, m̄trelia *R*   40. 1. *fehlt N*; ma presen *Q*.

VI. *fehlt Q*   41. Negun ioy *CM*, Nuill ioi *V*; no *fehlt IL*, ne *O*; se chai *O*; Nulh hoisoy contral mieu no satray *R*   42. Qui *V*; ·m *fehlt V*; gara *OV*; Cau midons mesgarda *R*; ni mi ue *D*, nim ui *IK*, mue *V* 43. sieu *L*; sieu bel dos semblan *C*, Car lo s. b. esgarz *O*, Segon lo bel s. *R*, Cab sol lo bel s. *V*; quem fai *RV*   44. q(u)i *CDLM*; Mes uil cades menbrassem te *R*, Madoba mon cor e·m r. *V*   45. d.] durmia *D*: E saissom (saissim *M*) dura *CM*   46. saint *O*; Sobrels faintz *L*: li nos *OR*; iuraraj *V*; Mas sobra fanz li i. *M*   47. Que m. *N*; n. iors .*A*, nulh ioy *C*, nuls ioi *M*: Del m. m. nuill iois no s. *G*, Qe nec mon mais no sia *O*, C'autre ioi el mon n. s. *R*, Que mais el mon ioy no s. *V* 48. Mar *R*: arg *L*: essen *R*

VII.   Pois messatger no·lh trametrai

      50   ni a me dire no·s cove,

           negu cosselh de me no sai;

           mais d'una re me conort be:

           ela sap letras et enten,

              et agrada·m qu'eu escria

      55   los motz, e s'a leis plazia,

           legis los al meu sauvamen.

VIII.   E s'a leis autre dols no·n pren,

              per Deu e per merce·lh sia

              que·l bel solatz que m'avia

      60   no·m tolha ni·l seu parlar gen,

VII. *fehlt R*   49. Ja *CV*, Los *O*; messatge *CM*, messagers *GL*
50. non c. *C*, nous c. *D*, nol c. *O*, nō c. *Q*; Ni no sabra zo quē naue
(s. v. 34) *V*   51. Negus *CO*; de mi] en me *CM*; Qe deuinar pogra huj
mai (s. v. 35) *V*   52. Mas en aço me c. *Q*; Quieu muir per samor mas
sai be (s. v. 36) *V*   53. Qe illa *O*, Qella *LQV*; sa l. *D*   54. agram *Q*;
agradam qieu e. *AKOQ*, agrada me qu(e) e. *CDGILMN*   56. Ligis *C*;
las *L*, lo *O*.

VIII. *fehlt ORV*   57. dol *CDILMQR*; ñ p. *G*, ne p. *M*   58. die' *L*;
merces sia *N*   59. que] qieu *L*, qil *Q*; nauia *GL*, mauria *M*   60. Nom
t. *ACDLMN*, Nō t. *GK*, Non t. *I*; Non perdes ni son parlamen *Q*

---

5. Wenn man nicht eine verschiedene Auffassung von *amor* in v. 2
und 5 zulassen will (*un' amor* in v. 2 als die Liebe des Dichters zu einer
bestimmten Dame, v. 5 als „Minne"), so muß man aus *un' amor* v. 2
schließen, daß Bernart eine Mehrheit personifizierter Minnen annimmt, von
denen eine seine gegenwärtigen Herzensangelegenheiten lenkt.

5. Viermal hintereinander beginnen die Verse mit der Konjunktion
que; ein stilistischer Verstoß der uns als unzulässig gelten würde, der
aber von den Trobadors nicht verurteilt zu werden scheint.

6. Da *cuquis* 1, 18 als 3. Person im Reim steht, wäre auch gegen
cuquises A nichts einzuwenden.

7. *lo reis* s. die biographische Einleitung.

15. *per nom de* belegt Levy (der sich dabei auf Tobler, Verm. Beitr.
I², 145 Anm. 1 beruft) als „mit der Bedeutung von". So wird hier *per
nom que* heißen: „in der Bedeutung daß" (sie Dich aus *drudaria* liebt;
LM haben *nonca t'amaria ges per nom de drudaria*). Es stehen also nicht
etwa *per nom* und *per drudaria* einander parallel: „nicht mehr dem Namen
nach als der *drudaria* nach", wie allerdings R verstanden hat.

16. *que* zieht den Schluß aus dem vorher Gesagten: „sie wird Dich nimmer lieben; derart, daß Du Dich eher vom Wind hinwegführen ließest (als daß sie Dich liebte)".

18 f. Soll man v. 18 als Frage, v. 19 als Versicherung, oder umgekehrt v. 18 als Versicherung und v. 19 als Frage auffassen? Im zweiten Fall wird man *ades* mit „je" übersetzen müssen, und da *ades* „immer" heißt, könnte im negativen Satz *ades no* „nimmer" (s. Levy, Suppl. I, 20 b), im hypothetischen Satz *ades* „je" heißen. Aber diese Entwicklung scheint nicht eingetreten zu sein. *Ades* heißt in erster Linie „zur selben Stunde, alsbald" (dann: alsbald bei jedem vorgestellten Eintreten eines bestimmten Geschehens, daher „immer"). So ist also v. 19 als Aussage, und nicht als Frage, zu verstehen.

21. *a un tenen* „(in einem Halten) auf einmal"; dann, wie das deutsche „auf einmal", sowohl „zugleich, ganz und gar" wie „ohne Unterbrechung" wie „alsbald".

28. *perda Deu* „er verliere Gott, den Anblick Gottes", d. h. er verliere die ewige Seligkeit, s. Levy *perdre Deu* und *gazanhar D.* unter *Deu*.

30. Minne würde eine artige Tat tun, wenn sie mich um meiner Geliebten willen tötete, vgl. 10, 22.

32. Ob *estará* oder *estára* (statt *estéra* s. zur Sprache des Dichters § 23) ist eine Entscheidung kaum zu treffen.

33. *E dones* stellt dem Vorwurf des vorhergehenden Verses eine ihn aufhebende Frage gegenüber, ist also etwa mit „aber denn" zu übersetzen.

39. Da *'lh* die Nominativform des weiblichen Artikels ist, ist *entreliar* hier intransitives Verbum.

41. *eschazer* „zufallen, zu Teil werden", dann „als gehörig zukommen, passend sein". Wir werden hier weitergehend übersetzen: „passen zu, gleichkommen".

44. *adoussar* und *revenir* können an sich sowohl transitiv wie intransitiv sein. CDLM haben *qui*, zeigen also intransitive Konstruktion. Da beide Verba bei Bernart sonst nur transitiv erscheinen, werden wir auch hier bei *que*, d. h. bei der transitiven Verwendung bleiben.

45. Aus v. 47 können wir wohl entnehmen, daß das Subjekt zu *durara*: *jois* aus v. 41 sein soll, nicht das Schauen v. 42, oder das *adoussar* v. 44. Schließlich kommt ja aber alles auf eines heraus.

49 ff. s. Ovid, Heroides IV, 10. Dicere quae puduit, scribere jussit Amor.

56. *legis*, statt des erwarteten Imperfekt Futuri, als Ausdruck nachdrücklichen Wunsches.

57. Ist *autre dol* „eines Anderen (in diesem Fall: mein) Schmerz"? s. Sordel 40, 578, Rlr. 44, 440 (167, 49) v. 29, Chr. 7, 244, bei Bernart 31, 30, oder bezeichnet es den vorgestellten, aber nicht ausgesprochenen Gegensatz zur gewöhnlichen, gleichgiltigen, Stimmung der Dame: „wenn nicht (etwas Anderes, nämlich) Schmerz sie ergreift . . . ."? s. Tobler, Verm. Beitr. III². 83. Die letzte Auffassung trifft wohl hier zu.

I. In Sorge und Unruhe bin ich um einer Liebe willen, die mich bindet und hält, denn ich gehe nicht soweit nach hier noch dort, daß sie mich nicht immer an ihrem Zügel halte; und nun hat sie mir Sinn und Begehr gegeben, um eine solche zu werben (wenn ich vermöchte), daß, wenn der König um sie würbe, er große Kühnheit beginge.

II. Weh mir Armen! was soll ich tun und was werde ich über mich beschließen? Denn sie weiß nicht das Leid, das ich dulde, noch wage ich, sie um Gnade zu bitten. Töricht Ding, wenig Verstand hast Du, denn nimmer würde sie Dich (so) lieben, daß Du ihr Trauter wärst. Eher ließest Du Dich vom Wind hinwegführen!

III. Also, da ich auf alle Fälle sterben muß: soll ich ihr den Kummer sagen, der mir von ihr kommt? — Wahrlich werde ich ihn ihr alsbald sagen! — Ich werde es nicht tun, meiner Treu, wenn ich auch wüßte, daß mir dafür auf einmal ganz Spanien gehörte; vielmehr will ich aus Unwillen darüber, daß mir das je in Gedanken kam, sterben.

IV. Nimmer wird sie durch mich erfahren, wie es mit mir steht, noch wird ihr ein Anderer etwas davon sagen. Bei dieser Sache will ich keinen Freund, vielmehr sei verwünscht, wer mir darin hilft; denn ich will dabei nicht Vetter noch Verwandten haben, denn es gilt mir als freundliche Tat, daß Minne mich für meine Fraue töte. Aber ihr würde es nicht wohl anstehen!

V. Welches Unrecht tut sie mir denn aber an, da sie nicht weiß, warum es geschieht? — Gott! sie sollte nunmehr erraten, daß ich um ihretwillen sterbe! — Und woran? — An meinem einfältigen Benehmen und an der großen Feigheit, durch die sich mir die Zunge bindet, wenn ich mich vor ihr zeige.

VI. Keine Freude kommt der meinen gleich, wenn meine Fraue auf mich sieht und mich anschaut; denn ihr schöner süßer Blick geht mir ins Herz hinein, das er mir mit Süßigkeit füllt und heilt. Und wenn sie mir lange währte: bei den Heiligen würde ich ihr schwören, daß es in der Welt keine Freude gebe außer dieser. Aber beim Scheiden entbrenne und glühe ich.

VII. Da ich ihr keinen Boten schicken werde und mir zu reden nicht zukommt, weiß ich keinen Rat mit mir. Aber mit Einem tröste ich mich: sie kennt und versteht Schrift; und so mag ich ihr gern die Worte schreiben, und wenn es ihr gefällt, lese sie sie zu meinem Heile.

VIII. Und wenn Schmerz sie nicht darob ergreift, so möge um Gottes und der Gnade willen (wenigstens) geschehen, daß sie mir die schöne Art, die sie für mich hatte, und ihr freundliches Reden nicht nehme.

18.

C 55 (MG. 704), a 84 (63, MG. 1440, Rlr. 42, 321).

Kritischer Text von Zingarelli, Ricerche su Bernart de Ventadorn, Studi Medievali 1, 602, separat p. 10.

Die Reihenfolge ist für Str. 3 und 4 verschieden. Die hier, mit a, als dritte gedruckte ist in C die vierte, und umgekehrt. Mit Recht hat sich Zingarelli für die Ordnung von a entschieden.

I.   E mainh genh se volv e·s vira
           mos talans, e ven e vai,
           lai on mos volers s'atrai.
           lo cors no·n pauza ni fina.
   5   si·m te conhd' e gai
           fin' amors, ab cui m'apai:
           no sai com me contenha!

II.   Ges amors no·s franh per ira
           ni se fenh per dih savai,
  10   can es de bo pretz verai.
           qui la te en dissiplina,
             re no sap que·s fai,
           que no cove ni s'eschai
             que nuls om la destrenha.

III. 15 Eu·m sui cel qu'e re no tira.
           si tot ma domna·m sostrai,
           ja de re no·m clamarai;
           car es tan pur' e tan fina
             que ja no creirai,
  20   si de so tort li quer plai,
             que merces no l'en prenha.

I. 1. engiein torn e uira a 2. ve e vay C; ven a iai a 3. saten C. 5. cueint C 6. amor C; a c. a

II. 8. no fail a 9. s. f.] sespert C; ditz a 11. Qe a 14. homs a

III und IV vertauscht C 15. Ieu s. C. Cum son a 17. Ni ja de clam non serai a 18. Qil es t. pura e f. a 21. merce C; len reprenha C. liea preignha a

IV.   Per mo grat eu m'en janzira;
          e pel bo talan qu'en n'ai,
          m'es vejaire que be'm vai.
25   gardatz: s'ela'm fos vezina,
          s'eu n'agra re mai? —
          eu oc, c'aissi m'o aurai,
          s'a lei platz que'm retenha.

V.   Messatger, mot me täina
30   car tost non est lai.
          viatz ven e viatz vai,
          mas la chanso lh'ensenha.

IV. 23. talent *a*   24. ben *a*   25. sillam *C*   27. Eu co *a*;
c̓ fehlt C; me a. *a*
V. 29. Mos messatgiers mataina *a*   30. hiest *C*, es *a*   31. ve *Ca*

1 f.   C: *E maindt genh se role es cira*
              mos talans e re e ray
              lai on mos volers s'aten.

„In mancher Art dreht sich und wendet sich mein Sinn und kommt und geht, dort, wohin mein Begehren sich richtet.“

         a: *E maint engiein torn e cira*
              mos talanz e cen a iai
              lai on mos volers s'atrai.

„In mancher Art (oder: in manchem Planen) dreht und wendet sich mein Sinn und gelangt da zur Freude, wohin mein Begehren sich zieht.“

Zwischen *genh* und *engenh* wird kein Unterschied zu machen sein. Die Bedeutung „Art und Weise“ (oder vielmehr die Möglichkeit, das Wort so zu übersetzen) könnte sich bei *engenh* ebenso einstellen wie bei *genh*. *s'aten* in C ist natürlich durch *s'atrai* zu ersetzen.

Zingarelli hat sich, vor allem der Alliteration wegen, für die Fassung von C entschieden: Evidente è l'allitterazione nei primi due versi, e per questo va scartato il *torn* di *a*, e così il suo *iai* per *ray* nel secondo. In der Tat besticht diese Fassung sogleich das Ohr. Und einen ganz ähnlichen, nicht so weit ausgedehnten, Klangeffekt zeigt der Anfang des 30. Liedes: *Lo tems vai e ven e vire Per jorns, per mes e per ans.* So scheint denn C das Richtige zu haben.

Aber a bietet die lectio difficilior. Es ist nicht leicht einzusehen, wie ein Schreiber das so landläufige *ven e vai* zum ungewöhnlichen, doch möglichen, *ven a iai* geändert haben sollte, während dem intelligenten Redaktor von C, gerade mit Anlehnung an Lied 30, die Einführung der

Alliteration naheliegen konnte. Überdies steht *vai* in v. 24 (und v. 31) im Reim, und wenn die Wiederholung gleicher Reimwörter, wie wir wissen, bei Bernart auch nicht ausgeschlossen ist, diese dreimalige Wiederkehr in dem so kurzen Gedicht ist doch bedenklich. Und *ren a jai* entspricht gut dem *ab cui m'apai* des 6. Verses: Vielerlei Gedanken und Absichten beunruhigen die Seele des Dichters; aber zur Freude gelangt sie, wenn er an seine Liebe denkt.

Andererseits scheint C in seinen ersten beiden Versen wieder trefflich den Zustand der Unruhe zu spiegeln, von dem v. 4 und 7 sprechen: *lo cors no'n pauza ni fina, no sai com me contenha*: Im Gedanken an die Geliebte kann das Sinnen des Dichters keine Ruhe finden.

Auch dem armen Textkritiker geht es angesichts dieser beiden Überlieferungen nicht anders als dem Dichter: *c manht genh se volr es rira sos talans e ren e vai.*

5. *conhde*, gegenüber *cucint* C wird durch 33, 12; 35, 28 gesichert.

9. Hier spricht die Alliteration für die Lesart von a. — *per dih savai* geht nach dem Zusammenhang auf schlimme Reden, die die Dame gegen Bernart geführt hat (s. v. 16). Der Dichter wäre seiner Würde schuldig, sich von ihr los zu sagen. Aber: wer die Liebe in Zucht halten will, der weiß nicht was er tut.

15—17.   C: *Jeu suj selh que re no tira*
                 si tot ma donam sostraj
                 ia de re nõ clamaraj.

         a: *Cum son cel qe ren non tira*
                 si tot ma donnam sostrai
                 ni ia de clam non serai.

Zingarelli nimmt die Lesung von C an und übersetzt: Io son colui che non sforzo punto sebbene la donna mia mi tolga alcuna cosa, e non muoverò querela (Anm.: insomma il poeta vuol dire che se la sua donna gli toglie di quel che prima gli aveva dato o fatto sperare, egli non la sforza, non cerca di riaverlo a forza). Aber *tirar* in der Bedeutung ‚sforzare‘ ist m. W. nicht belegt. Zu *sostraire* ergänzt Z. aus dem vorhergehenden Vers *re* (con *sostrai* bisogna sottintendere *re* del v. precedente). Aber das geht doch gerade bei seiner Übersetzung nicht.

tirar wird hier seine wohlbekannte Bedeutung „verdrießen" haben (Levy, Petit Dict. „être désagréable, pénible, ennuyer", sei es, daß man genau bei den Hdss. bleibt: *qu'e re no tira* „der in nichts verdrießt" oder lieber liest *que res no tira* „den nichts verdrießt". Der Dichter hat in Strophe II gesagt, daß seine Liebe durch Groll und schlimme Reden nicht getrübt wird; so verdrießt er seine Dame nicht durch Klagen, oder: so verdrießt ihn nichts.

sostraire „schmähen" (vgl. v. 9), s. Peire Rogier 1.25, und Anmerkung dazu, oder „entziehen", s. Bernart 8, 34 Var. C und Pariser Inedita S. 173, 66?

esser de clam in a muß wohl heißen „als Ankläger auftreten, Klage führen". Vielleicht ist es ein juristischer Terminus, wie v. 20 in der Anschauung des Rechtsstreits beharrt (*querer plai* „verhandeln wollen" wird

v. 20 von *clamar* „klagen" v. 17 deutlich unterschieden). Gestützt wird die Konstruktion durch das gleichbedeutende *esser de rancura*, das in dem vielleicht von Bernart verfaßten Stück 392, 27 v. 25 steht.

Im Anfang der Strophe hat a *Cum*, also: „da ich der bin, den nichts verdrießt ..." Dann muß aber in v. 17 der Nachsatz kommen: „werde ich über nichts Klage erheben". So müßte man dort doch die Lesart von C (oder ähnlich) annehmen. *Com* begegnet indes bei Bernart überhaupt nicht in der Bedeutung „da". Ich habe *Ieu* und *Cum* zu *Eu m* kombiniert. Ob in v. 17 die Fassung von C oder von a aufzunehmen ist, läßt sich schwerlich entscheiden.

22. *jauzira* läßt die Voraussetzung, welche 19—21 ausspricht, eingetroffen sein. Und schon der Gedanke an das mögliche Glück beseligt ihn jetzt (23, 24).

31. Die Rücksicht auf den Reim läßt die Konstruktion des ὕστερον πρότερον eintreten.

I. Dort wohin mein Wollen zieht, dreht sich und wendet sich mein Sinn in mancher Art, und kommt und geht. Das Herz ruht und rastet da nicht (oder: In manchem Denken dreht und wendet sich mein Sinn, und zur Freude gelangt er dort, wohin mein Wollen zieht. Das Herz ruht und rastet dessen nicht). So gut und fröhlich hält mich echte Minne, in der ich Ruhe finde: ich weiß nicht, wie ich mich halten soll!

II. Liebe nimmt durch Groll keinen Schaden, noch wird sie träge durch schlimmes Reden. Wer sie in Zucht halten will, der weiß nicht was er tut, denn nicht ziemt noch paßt, daß irgend jemand sie zwinge.

III. Ich bin der, welcher in nichts Verdruß erregt (oder: den nichts verdrießt). Wenn gleich meine Fraue mich schmäht (mir alles entzieht?), werde ich nicht Klage über irgend etwas erheben; denn sie ist so rein und fein, daß ich nimmer glauben werde, daß, wenn ich sie wegen ihres Unrechts angehe, sie nicht Gnade mit mir habe.

IV. Nach meinem Gefallen würde ich ihrer (dann) genießen; und, schon um des guten Denkens willen, das ich daher habe, scheint mir, daß es mir gut ergeht. Sehet: wenn sie mir nahe wäre, würde ich mehr von ihr haben? — Ja, doch! denn ich werde es (werde mehr) von ihr haben, wenn ihr gefällt, daß sie mich (als den ihren) bei sich behalte.

V. Bote, gar sehr verlangt mich, daß Du alsbald bei ihr seist. Geh schnell und komme schnell, aber lehre sie das Lied.

19.

A 91 (258), C 50, D 20 (65). D° 248 (56. Str. 4. AdM. 13, 204), E 106. G 17 (p. 52), I 30, K 18, M 43, N 136 (195). Q 29 (72, p. 59), R¹ 12 (83), S 50 (30), V 53 (Arch. 36, 402),

a 99 (81, Rlr. 42, 338). Dem P. Espanhol zugeschrieben R² 36
(301); das Register von C nennt B. Espanhol. In W 195 stehen
drei Strophen, ohne Namen des Dichters, mit Str. 5 beginnend.
so daß Bartsch das Gedicht mit diesem Anfang als 461, 156 aufführt (Rom. 22, 398).

N² nennt das Lied als Nr. 18.

Die Singweise wird von W überliefert.

Gedruckt: Raynouard, Lexique roman I, 329; Mahn, Werke
I, 42.

In DQa fehlen Strophe 7 und 8; 8 auch in MR²V.

IKN hat, den Strophenanfängen nach, die Folge 1 2 5 6 3
4 7 8; im Stropheninnern dagegen von der dritten Zeile ab 1 2 5 6
4 3 7 8. In N fehlte ursprünglich 7 8. Hds. a stimmt bei seiner
Folge 1 2 3 4 6 5 in v. 19, 20, bez. 27, 28 mit IKN überein,
dagegen in v. 21—24, 29—32 mit den anderen Hdss.

Auch zahlreiche Lesarten zeigen die enge Verbindung von
IKN, die Lesarten v. 3 und 15 die Verwandtschaft von IKNa.
Wir haben hier also die Gruppierung:

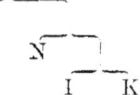

Engere Beziehungen zu einander zeigen ferner: DQ v. 6, 31,
34, 45, R²V v. 27, 28, 31, und nun wechselnd: DQR² v. 12, DQV
v. 14, 36, DQR²V v. 31, 43.

Ferner: GQ 4, GS 7, DGQSV 19.

Und diese kleineren Gruppen in verschiedener Verbindung mit
IKN und a: IKNR² 26, IKNR²a 15, IKNR²G 47, IKNDQ 34, IK
NDQV 14, IKNDQR²V 43, R²a 4, DQa 6.

Andererseits gehören CR¹ zusammen: 7, 13, 40, 52, und EM
7, 29, 37, 40, 46.

Aber die weitergehenden Bindungen sind zu vielfältig, als daß
sich irgend ein bestimmtes Verhältnis feststellen ließe: CR¹EM 46,
CR¹EMV 20, CR¹E 8, CR¹a 13. EMR²V 7, EMR²a 29, EMR²Va 37,
MVR² 49.

Im Wesentlichen wird A, trotz einiger selbständiger Fehler
(5, 22, 30, 37), das meiste Vertrauen verdienen. Aber auch diese
Hds. hatte vermutlich schon eine mangelhafte Vorlage (s. v. 35, 37, 49).

I.   Estat ai com om esperdutz
          per amor un lonc estatge,
      mas era·m sui reconogutz
          qu'eu avia faih folatge;
5   c'a totz era de salvatge,
      car m'era de chan recrezutz;
      et on eu plus estera mutz,
          mais feira de mon damnatge.

II.   A tal domna m'era rendutz
10   c'anc no·m amet de coratge,
      e sui m'en tart aperceubutz,
          que trop ai faih lonc badatge.
          oi mais segrai son uzatge:
      de cui que·m volha, serai drutz,
15   e trametrai per tot salutz
      et aurai mais cor volatge.

III.   Truans volh esser per s'amor,
        e cove c'ab leis aprenda;
        pero no vei domneyador

I. 1. Est *Q*; co *R²*; homs *Ga*; esperdut *R²*   2. un] en *CMNR¹V*; greu *V*; ostatge *MV*; P. amors e mon lengatic *R²*   3. eras s. r. *EM*: E soi men (me *a*) tart aperceubutz (s. r. 11) *IKNa*   4. Qer *D*, Car *GQ*; Qe fait auia f. *R²a*, Cauia f. gran f. *V*   5. totas *V*; era ades s. *AG*, era de s. *CDIKMN* (in *N* von späterer Hand: ades s.) *QR¹R²*, era des(s)alua(t)ge *ES*; Qe tot mera s. *a*   6. Ca *V*: Qaissim fos *DQ*, Caisi fui *a*; del c. *S*; chanz *G*; remansutz *D*, recreguz *G*, remasutz *Q*   7. on] cum *CR¹*; en *fehlt DEMR²V*; eu on *GS*; nestera *ER²*, estarai *M*, esteia *a*   8. Plus *ACER¹*, Mais *DGIKMNQR²SVa*; fera *GIKN*, sera *M*; domaie *I*, damaie *K*

II. 9. Ca *Va*; tendutz *a*   10. nō a. *M*, non a. *a*   11. men] me *CR¹*, ma *R²*; Mas er men sui (Et eram son *a*) reconogutz (s. r. 3) *IKNa*, Mas eram son a. *V*   12. Car *DQR²*; ai] nai *IKNR²*; Cauia f. *V*   13. Mas ieu s. *CR¹a*; segre *E*, segia *S*; No segray may so viatie *R²*   14. E serai cui quiens (a quius *V*) volatz d. *DQV*, E serai cui quem (queus *N*) uoilla d. *IKN*, A cuy quen nulhatz s. d. *R²*; drut *E*   15. trametra *C*, trameterai *MS*, mandarai *IKR²a*, mandrai *N*; to(t)z *DV*   16. mon *AEIKNR¹*, mais *CDGQR²SVa*, mai *M*

III. 17. Truan *M*; per damor *a*   18. Car dreich es *DQ*, Tan mi platz *V*; emprenda *E*; Car de leys cone capreuda *R²*, Ca leis conen qien a. *a*   19. E *V*; sai *DGQSV*, ue *M*; Pero noy a d. *R²*, E membrel del sieu amador *IKN* (s. r. 27), E prec la de son a. *a*

20   que menhs de me s'i entenda.
      mas bel m'es c'ab leis contenda.
      c'altra n'am, plus bel' e mellior,
      quem val e m'ayud' e·m socor
      e·m fai de s'amor esmenda.

IV.   25 Aquesta m'a faih tan d'onor,
          que platz li c'a mercem prenda:
          e prec la del seu amador
          que·l be quem fara, no·m venda
          ni·m fassa far lonj' atenda,
      30 que lonc terminim fai paor,
          car no vei malvatz donador
          c'ab lonc respeih no·s defenda.

V.   Ma domna fo al comensar
      franch' e de bela companha;

20. Qui *C*; miel(h)s *CEMVR*¹; s'i] se si *Q*: Quel ben quem (b. e q. *I*, b. qcil *a*) fara (fera *I*) nom (noill *IK*, non *a*) uenda (s. v. 28) *IKNa* 21. Nim fafa far longatenda *IKN*, Mas mais bel mes quen lieis satenda *a* 22. Caras *A*; Que lonc terminim fai (fan *N*) paor *IKN*, Quieu sai autra qui es m. *V* 23. Quim *CMV*; maint *Q*; v. aman *a*; e·m] en *GM*, m *R*¹; Quanc nõ ni (nie *N*) maluas donador *IKN* 24. emenda *DQa*; Cab lonc respeig nos defenda *IKN*

IV. 25. me fai *a*; Ma domnã fag *IK*, Ma domna ma fag *N*, E saquestam fai *V*; d'o.] doler *M*; Aquestam fay aitan do. *R*²   26. *am Rande von erster Hand nachgetragen G*, E *R*¹; Qe li p. *Dc*, Qeill p. *G*, Qel plaza *V*, Ca lies plaz *a*; renda *E*; que mercen p. *D*, cab m. p. *DcG*, qe m. p. *Q*, car mercen p. *S*; Sil plai ca sa mercem p. *IKNR*²   27. de son a. *DQ*: Pero (Per so *IK*) non sai (vei *a*) domneiador *IKNa*, Miellhs mira ca lunh (nuil *V*) a. *R*¹*V*   28. Qual b. *D*, Qe b. *S*, Els bes *R*¹*V*; fera *M*; quel fera *D*, qel fara *Q*; non u. *DD*ᶜ, nõ u. *G*, nol u. *Q*; Que menz (meils *a*) de mi si entenda (sentenda *a*) *IKNa*   29. Nom *EMR*²*a*; lonc *DQS*; Mas bel mes cab leis contenda *IKN*   30. Ionces *DD*ᶜ*Q*; ·m *fehlt CEQ*; lonc respieich mi fant p. *A*, Iones termes me fai p. *a*; Car lonc terme mi fa p. *R*², Cautra (Cautram *I*) nam plus belle meillor *IKN*   31. Car *AV*, Qieu *CR*¹*a*, Quanc *DQR*², Que *EGMS*; v.] dei *C*, ni *DQ*, nim *R*¹*V*; Qeu non neiz *Dc*; malnat *R*¹*R*²*V*; Quem ual e maiudem socor *IKN* 32. Qa *M*; lonces respiez *Dc*, lones termes *a*; Em fai de samor esmenda *IKN*

V. 33. do(m)nam *DGMR*¹   34. Pros e de b. *R*²; bona c. *DI KNQ*

35   per so la dei mais (amar)   (— 1)
      que si'm fos fer' et estranha:
      (Que) dreihz es que domna s'afranha   (+ 1)
    vas celui qui a cor d'amar.
    qui trop fai son amic preyar,
40   dreihz es c'amics li sofranha.

VI.   Domna, pensem del enjanar
      lauzengers, cui Deus contranha.
    que tan com om lor pot emblar
      de joi, aitan s'en gazanha.
45   e que ja us no s'en planha!
    loncs tems pot nostr' amors durar,
    sol can locs er, volham parlar,
      e can locs non er, remanha.

VII.   Deu lau qu'era sai chantar.   (— 1)
50   mal grat n'aya na Dous-Esgar
    e cil a cui s'acompanha.

35. E per so AV, Per aisso IK, Per qieu a; la *fehlt* V, lam IK, lan N; dei m. $AEIKMNa$, dei (deu S) eu m. $CDGQR^1R^2S$; amar *alle Hdss. außer* V; dei men m. lausar V 36. mal(a) DQV; fer estraingna IK, fere et estraigna N, fera et straigna S 37. Que (Quar DN) d. es (es *fehlt* A) $ACDEGIKNQR^1R^2S$, Dreitz es MVa, Bes tanh que R^1; dompna safranha $AEMR^1Va$, dompnas franha $CDGIKNQR^1S$ 38. quei D, quez E, q(u)e $IKNR^1R^2a$; damador C, damor E 39. Q̃ G: Qui (Si N) fai trop s. IKN, Es fa s. R^2; preian D, tarzar a: E sis fai lonjamen pr. V 40. que merces CR^1, camic DQR^2, camors EM, qe iois a; lo s. D

VI. 41. Don ney may p. R^2; p. de lenginhar C, p. de marujar a 42. Lausenger DQ; q̄ R^2; dieu R^1 43. Qa tant D, Caitant $IKNQV$, Caytā R^2, Per caitan a; q(u)ant $DEIKMNQ$; lor *fehlt* D; por e. C 44. a.] et tant S; se g. C, en g. (s' *fehlt*) NR^1R^2 45. E que] Sol ab qe DQ, Sol que $GIKNS$; ia us] negus IKN; sec pl. D; Ab sol cus de nos nos pl. R^1, Cab un de nos dos nos pl. V, Anz qe negunz hom sem pl. a 46. Loncs (Lonc CEM) temps pot $ACEMR^1$, Pot (Pert a) loncs (lonc $DIKN$) temps $DGIKNQSa$, Caixi pot V, Pueys poyra R^2; amor $DEGMQR^1R^2V$; vostramor N 47. Se] D, E NVa: q. er (es G) l. GI KNR^2V; Sol cap lezer E; uolam D, uueilhau M, poren V, vuillatz a 48. q. sera locs r. V; E quan (quam J) non er locs r. $JKMR^2$

VII. *fehlt* DQa, *von späterer Hand hinzugefügt (die ersten Buchstaben der Verse durch Schnitt weggefallen)* N 49. D.] . . . . s N; l. encara s. MR^2V; sai] sai ieu C; Selanqueiras s. c. E, Dieus laus enj̄r say yeu ch. R^1 50. Malgratz CR, ... grat N; naie V, aia N; na] *fehlt* G, ma NS; nad esescar IK; Mas grat naia ne don esgar M 51. E c. *fehlt* N; sel(h) CR^1V, sels R^2; ab $CEGMNR^1S$; cap leis R^2V

VIII.   Fis-Jois, ges no us pose oblidar,
            ans vos am eus volh eus tenh char,
                car m'etz de bela companha.

VIII. *fehlt DMQR²Va*   52. F. *ausgeschnitten* N; ges *fehlt* E; Quar
ieu ges *CR¹*; nos p. *S*   53. A. *ausgeschnitten* N; ten c. *R¹*   54. C.
ausgeschnitten N; mes *EGIKNS*

Hds. W.: Ma dosne fu al commencar . franche et de bone com-
paignie . per quei eu men dei mais lauar . que sel fust fel ne estraigne .
ben es dreis que dosna fraigne . vers celui qui la cor damar . que sel fait
son ami pregar . dreis es (sa, *gestrichen*) quamis li soufraigne.

Dosne pensaus mal enganar . losengier qui dex contraigne . car tan
con on en pot emblar . damar . itant en gadaigne . auan que neguns sen
plaigne . pot lamor longuement durar . car quan leus est deit on parlar .
et quant lieus non est remaigne.

Ma dosne me fait grant anor . quan li plas qua li contaigne . et prei
li de son amador . quel ben quele fara nou venge . non leisse far longe
atente . car lons termes mi fait paor . caine non vi maluaiz donador . que
lons respis non desfende.

3. *reconoisser* vereinigt hier, in seiner Gegenüberstellung zu *esperdutz* und in seinem transitiven Gebrauch, die beiden Bedeutungen „wieder
zu sich kommen" und „erkennen".

5. AG: *eru ades salvatge;* aber wir haben unter den zahlreichen
Reimen auf -*atge* bei Bernart sonst keinen Nomin. Sgl. So werden wir
auch hier den Nom. nicht anzuerkennen haben. Zu *esser de* vgl. das
Glossar.

14. *rolha* dritte oder (vgl. 12, 27) erste Person?

16. *mais* ist zweifellos vor *mon* vorzuziehen. Als Bedeutung könnte
man „ferner" annehmen, wie in *oi mais, no — mais* etc. und wie 5, 18;
13, 55; aber diese Bedeutung scheint das bloße *mais*, bei Bernart wenigstens,
in rein positiver Aussage nicht zu haben. So gehört *mais* hier steigernd
zu *acer cor rolatge.*

21. *contendre* „streiten" oder (in der Untreue) „wetteifern"?

33. *al comensar* nicht „im Anfang" als Gegensatz zu „später",
sondern „schon gleich im Anfang".

35. Die starken Abweichungen der Hdss. scheinen auf eine mangelhafte erste Überlieferung zu deuten. Die Abschreiber haben die Besserung
aber an falscher Stelle gesucht. *Amar* darf natürlich nicht zweimal in
derselben Strophe im Reim stehen; so wird es hier durch ein anderes Wort
zu ersetzen sein. Ich denke etwa an *merceyar*, das zwar bei Bernart zufällig in der Bedeutung „danken" nicht begegnet, aber sonst ja oft so
belegt ist.

37. Im Gegensatz zu v. 35 scheint hier die Überlieferung eine Silbe
zu viel gehabt zu haben. Mein Text schlägt vor *Que* zu streichen. Es
kann auch *dompnas franha* gelesen werden.

42. Wie *contrach* „debilis pedibus vel manibus" (Donatz) ist, wird *contranher* hier als „lähmen" zu verstehen sein.

45. Keiner der *lauzenger* soll sich beklagen können, daß er — beim Betrogen werden — zu kurz kommt. Oder soll der Vers heißen: Niemand möge sich darüber beklagen, daß wir die *lauzenger* betrügen? Der erste Sinn ist doch wohl gemeint.

49. M verdient für dieses Lied besondere Beachtung und bringt vielleicht hier mit *encara* nicht nur die geschickte Korrektur eines in der Quelle zu kurzen Verses, sondern die ursprüngliche Lesart.

I. Lange Zeit bin ich aus Liebe wie von Sinnen gewesen; aber jetzt bin ich dessen wieder bewußt geworden, daß ich Torheit begangen hatte; denn Allen war ich zum Verdruß, da ich das Singen aufgegeben hatte; und je länger ich stumm wäre, desto mehr würde ich mir Schaden zufügen.

II. Einer solchen Frau hatte ich mich ergeben, die mich nie von Herzen liebte; und ich bin dessen spät gewahr geworden, denn gar zu lange habe ich eitel geharrt. Nunmehr werde ich ihrem Brauche folgen. Wer mich will, mag mich zum Trauten haben; überall hin werde ich meine Grüße senden, und ich werde in höherem Grade ein flüchtiges Herz haben.

III. Ihretwegen will ich treulos sein, und es ziemt mir, daß ich bei ihr lerne; und doch weiß ich keinen Liebenden, der sich weniger darauf verstehe. Aber mir ist's recht mit ihr zu wetteifern, denn eine Andere lieb ich, eine schönere und bessere, die mir hilft und beisteht und mir freundlich ist und mit ihrer Liebe mein Leid vergilt.

IV. Sie hat mir soviel Ehre angetan, daß ihr gefällt mich in Gnaden anzunehmen; und ich bitte sie, daß sie das Gute, welches sie ihrem Liebenden antun wird, mir nicht (teuer) verkaufe und daß sie mich nicht gar zu lange harren lasse, denn ein ferner Zeitpunkt macht mir Furcht. Ich weiß keinen üblen Schenker, der sich nicht mit langem Aufschub verteidige.

V. Meine Fraue war (gleich) beim Beginn edelsinnig und von anmutigem Begegnen; darum muß ich sie mehr lieben als wenn sie hart und feindselig gegen mich gewesen wäre. Es ist Recht, daß eine Dame gegen den willfährig sei, der ein Herz hat zu lieben. Wer seinen Freund zu lange bitten läßt, dem wird es mit Recht an einem Freunde fehlen.

VI. Fraue, denken wir daran, wie wir die Kläffer täuschen (die Gott lähmen möge), denn so viel man ihnen an Freude nehmen kann, so viel gewinnt man davon. Und keiner von ihnen möge sich beklagen! Lange kann unsere Liebe währen, falls wir, wenn es am Ort ist, reden wollen und es unterlassen, wenn es nicht am Orte ist.

VII. Gott lobe ich, daß ich jetzt (wieder) singen kann, Frau „Süßem Blick" zum Trotz, und trotz derjenigen, der sie sich gesellt.

Appel, Bernart de Ventadorn.   8

VIII. „Echte Freude", Euch kann ich nicht vergessen; vielmehr liebe ich Euch und begehre ich und halte ich wert, denn Ihr seid mir von lieber Gesellschaft.

20.

Einzige Handschrift V 50 (MG. 793).

I.   Gent estera que chantes,
                s'a Mon Conort abelis,
                mas eu no cre que·m grazis
                re que·lh disses ni·lh mandes,
     5   car trop n'ai faih lonc estatge
                de vezer lo seu cors gen
                avinen   e d'agradatge;
                e lais m'en, si Deus be·m do,
                pel meu dan e pel seu pro;

II.   10   Mas fals lauzenger engres
                m'an lunhat de so päis,
                que tals s'en fai esdevis
                qu'eu cuidera que·ns celes
                si·ns saubes ams d'un coratge.
     15   e car me don espaven,
                vau queren   cubert viatge,
                per on vengues a lairo
                denan leis, ses mal resso;

III.   Car no parria, ames
     20   nulhs om que d'amor s'aizis,
                car per celar es om fis
                e·n estai de joi plus pres.
                donc, s'eu en pren bon uzatge,
                midons, c'a valor e sen,
     25   prec m'esmen   dins son ostatge
                l'afan, can veira sazo,
                e no i gart dreih ni razo.

4. Res   10. lausengiers   12. fan   19. paria   20. Nulh

IV.   E si·l plazia, ·m tornes
           al seu onrat paradis,
    30 ja no·s cuit qu'eu m'en partis;
           ans mor can no i son ades!
       —·Deus! can aurai vassalatge
           que denan leis me prezen?
           trop m'aten   en voupilhatge,
    35 car no sap, s'ai tort o no,
           per c'a dreih que·m ochaizo.

V.   Domna, ·l genzer c'anc nasques
           e la melher qu'eu anc vis,
           mas jonchas estau aclis,
    40 a genolhos et en pes,
           el vostre franc senhoratge, -
           e car me detz per prezen
           franchamen   un cortes gatge
           (mas no·us aus dire cal fo)
    45 c'adoutz me vostra preizo.

VI.   Domna, vos am finamen,
           franchamen,   de bo coratge,
           e per vostr' om me razo,
           qui·m demanda de cui so.

32. Dieu   42. des   45. Cadous   49. cui] qui

---

9. zu meinem Schaden aber zu ihrem Vorteil.

20. *sé aizir de*] vgl. se mettre à son aise, prendre ses aises, afrz. *soi aisier*.

27. Recht und Anspruch habe ich zwar nicht auf solchen Lohn. Dazu steht sie zu hoch über mir. Aber ohne Rücksicht darauf möge sie mir Gnade erweisen.

35. Sie kennt die Motive meines Handelns nicht, weiß nicht, daß ich aus gutem Beweggrund, aus Rücksicht auf sie, mich von ihr fern hielt.

42. Daß wir im *des* der Hds. den Konjunktiv zu sehen hätten („möget Ihr mir doch geben!" mit einleitendem *car* wie 31, 33), wird durch *fo* v. 44 widerlegt. So muß also das Perfekt darin erkannt werden. Erfolgt aber nun die Anknüpfung an v. 37, 38: „ich huldige Euch, weil Ihr die Schönste und Beste seid u n d w e i l Ihr mir ein Pfand gabet"? oder

8*

soll man v. 42 — 45 mit der Tornada verbinden: „Und weil Ihr mir das Geschenk eines Pfandes . . . gabt, liebe ich Euch, Fraue, treulich."?[1])

Die zweite Auffassung ist grammatisch die einwandfreiere. *E' car* leitet auch ganz gewöhnlich, einen dem Hauptsatz vorangehenden Kausalsatz ein. Aber der Gedanke, daß erst diese Gabe die Liebe des Dichters begründe, entspricht wenig Bernarts sonstiger Art; und vor Allem ist das starke Enjambement von Strophe zu Tornada nicht unbedenklich.

44. Welches das Pfand war, das die Dame, ohne selbst davon Kenntnis zu haben, dem Dichter geboten hatte, werden wir uns bescheiden müssen nicht zu erfahren.

In dem *us* eine Hinwendung an die Hörer zu sehen, wie sich Bernart ja häufiger in seinen Liedern an sein Publikum wendet, geht neben *vostre preizo* im nächsten Vers kaum an.

Mit der Huldigung, von der die vorangehenden Verse sprechen, hat das Pfand wohl nichts zu tun. *Preizo* in v. 45 zeigt ja den Bruch mit der vorangehenden Anschauung.

48. *per vostr'om me razo*] Nominativ nach Präposition, s. Stimming zu Bertan de Born[1] 1, 6 und Tobler, Verm. Beitr. I², 270 ff.

I. Artig wäre, wenn ich sänge, sofern es nur Meinem Trost gefiele; aber ich glaube nicht, daß er mir irgend etwas danken würde, was ich ihm sagte oder entböte; denn gar zu lange habe ich gezögert die Schöne, Anmutige, Liebliche zu sehen; und (aber), so wahr Gott mir Gutes geben möge, ich unterlasse es mir zu Leide und ihr zu Lieb.

II. Die falschen, zuwidern Kläffer haben mich nämlich aus ihrem Land entfernt; denn dér macht sich zum Späher, von dem ich gedacht hätte, er verberge uns, wenn er uns eines Herzens wüßte. Und weil ich meine fürchten zu müssen, suche ich versteckten Weg, auf dem ich heimlich, ohne Schaden ihres Rufs, zu ihr gelangen könnte;

III. Denn es würde nicht scheinen, daß einer liebt, der es sich mit der Liebe bequem macht; denn durch Verhehlen zeigt man sich zuverlässig und ist man daher der Freude näher. Also, wenn ich darin gutem Brauche folge, bitte ich meine Fraue, die doch weiß was gut und verständig ist,

---

[1]) Zweifeln kann man auch über die Bedeutung des *e* in v. 42. So lange *car* seine ursprüngliche, dem „weil" zu Grunde liegende Bedeutung bewahrte, war ein *e(t)* natürlich: *e car? me des per prezen* . . . aber das ist hier, abgesehen von Anderem, ausgeschlossen, weil der Antwortsatz dann nicht mit *me* beginnen könnte. In der Chrest. 7, 134; 20, 58 habe ich *e car*, im Zusammenhang mit ähnlichem *e que* neben *en que* (wie *e so que* neben *en aisso que*) als *en car* zu deuten versucht, so daß hier *e car* einfach heißen würde „indem, weil". Aber diese Deutung ist unsicher. Immerhin kann Chr. 20, 58 uns die Verwendung von *e car* hier vermitteln.

daß sie mir, wenn sie die Zeit dafür sieht, in ihrer Kammer das Leid lohne; und dann möge sie nicht auf Recht und Anspruch sehen.

IV. Und wenn es ihr gefiele, daß sie mich zu ihrem Paradies gelangen ließe, möge sie nicht denken, daß ich mich je davon trennen würde. Vielmehr sterbe ich, daß ich nicht alsbald dort bin. Gott! wann werde ich Mut haben, mich vor ihr zu zeigen? Gar zu feige ist mein Sinn, denn sie weiß ja nicht, ob ich Unrecht habe oder nicht, und so beschuldigt sie mich mit Recht.

V. Fraue, schönste die je geboren wurde, beste die ich je sah, mit gefalteten Händen, kniend oder aufrecht, bin ich demütig in Eurem edlen Dienst. Gabt Ihr mir doch zum Geschenk in gütiger Weise ein artiges Pfand (doch wage ich Euch nicht zu sagen, welcher Art es war), das mir Eure Haft versüße.

VI. Fraue, Euch liebe ich treulich, aufrichtig, aus gutem Herzen, und als Euren Dienstmann bekenne ich mich, wenn einer mich fragt, wem ich gehöre.

21.

C 54, G 16 (p. 47), M 42 (MG. 705), N 145 (213), R 59 (494), S 40 (25, MG. 256), a 95 (76, Rlr. 42, 333). Unter dem Namen Saill de Scola's: D^a 179 (638), I 107, K 93, unter dem Guillem Ademar's E 141 (MG. 370), anonym O 64 (101).

N^2 nennt das Lied als Nr. 28. Das Breviari d'amor zitiert aus ihm (als von Bernart herrührend) v. 25—32 : v. 32334 ff. (28 pr.] ric pretz, 29 amors, 30 v. que s. m., 31 tota la s., 32 no s.).

Herausgegeben von Delius, Ungedruckte Lieder S. 17 (nach S), kritisch von Zingarelli, St. m. I, 598, separat p. 6 (nach DEG MOSa).

Die Zahl und Folge der Strophen ist:

1 2 3 4 5 6 7 8	G
1 2 3 4 5 6 (7 8)	DIK[1]
1 2 4 5 3 6 (7 8)	N[2]
1 2 4 5 3 6 7	CEOS
1 2 4 5 3 6	MRa

---

[1] Für 7 8 s. die Variantenangabe.
[2] 7 und 8 erst von späterer Hand nachgetragen.

Durch die Folge 3 4 5 bez. 4 5 3 werden einerseits DGIK,
andererseits CEMNORSa gegenübergestellt. Dort schließen sich
dann DIK durch das Eintreten der falschen Zeilen 51—60 zusammen, hier MRa durch das Fehlen von Str. 7.

Durch die Varianten wird das so sich ergebende Verhältnis
im großen und ganzen bestätigt. DIK zeigen sich auch hier als
eng verwandt (s. v. 18, 25, 33, 37 etc.). DGIK haben gemeinsame
Fehler in v. 46 (+ 1), in v. 18 *(rei)* und 19 *(duc-s)*. Mit DIK
vereint sich E (das sonst mit OS zusammengeht, s. v. 44, 50—56,
und besonders mit S, s. v. 53, 54) in der V. Strophe (s. v. 36),
aber auch schon v. 2, und so auch mit DGIK in v. 35, wo CMN
ORSa das Richtige haben werden.

Andere Übereinstimmungen sind CM 11, 45, MS 16, Ma 28,
CMN 36, EOa 3, DIKCR 43.

Wenn auch zu einem klaren Stammbaum nicht zu gelangen
ist (vor Allem schwanken CR und a hin und her), so kann man
doch dem Wesentlichen nach das Verhältnis durch das folgende
Schema angeben:

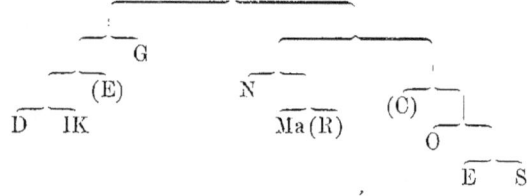

I.   Ges de chantar no·m pren talans,
          tan me peza de so que vei,
          que metre·s soli' om en grans
          com agues pretz, onor e lau,
     5   mas era no vei ni non au
          c'om parle de drudaria,
          per que pretz e cortezia
          e solatz torn' en no-chaler.

I. 1. nō p. *G*; talenz *O*   2. T. fort mi p. *E*; de *fehlt DEIK*;
cho *G*; ue *NOS.* , 3. metre·s] merces *Ea*, merce *O*, metre *N*; solion *NS*,
soliam *O*, solia hom *R*; en g.] grazir nei *E*, enans *M*   4. Cō *I*, Con *K*,
Cui *zu* Com *N*; pres *E*; honors *O*; lans *R*   5. aus *R*   6. Cū *O*
8. torna non chaler *R*

II.   Dels baros comensa l'enjans,
    10   c'us no·n ama per bona fei.
           per so·n sec als autres lo dans,
           e negus om de lor no·s jau.
           ez amors no rema per au,
               car be leu tals amaria
    15   qui s'en te, car no·s sabria
           a guiza d'amor chaptener.

III.   De tal amor sui fis amans
           don duc ni comte no·n envei;
           e non es reis ni amirans
    20   el mon, que, s'el n'avi' aitau,
           no s'en fezes rics com eu fau;
               e si lauzar la volia,
               ges tan dire no·n poiria
           de be que mais no·n sia ver.

IV.   25 Per re non es om tan prezans
           com per·amor e per domnei,
           que d'aqui mou deportz e chans

II. 9. Del *I*, Des *S*; comenz *D*, comense *S*; lençanç *N*, lenzan *O*
10. per] de *Nα*; a. pretz ni b. f. *E*; fe *NOSα*   11. P. son (so en *M*)
sec *CMα*, P. so (cho *DG*) nes (mes *D*) *DGIK*, P. son sortz *N*, P. so
ses *OR*; al'a. *CIKN*; autrels d. *M*; los dan *O*, le dans *α*; P. soi an li
autre los d. *E*, P. cell an los autre lo danz *S*   12. nuguf *G*; non j.
DIKS, no j. *G*, ·nous j. *M*, nons lau *O*   13. Et *DGIK*, Ni *CEMNO
RSα*; amor *DEGNOS*, a mon (?) *R*   14. tal *ENS*; ameria *MNS*
15. Q(u)e *CGIKO*; tem *C*; no s. *CDGIKNRS*, non s. *E*, nos s. *MOα*;
q̄ noi enten ni no s. *R*   16. damador *MS*

III. 17. Daital *M*; tals *O*, tris *zu* tal *α*; fins *C*, fin *MS*; aman *O*
18. Que *DGIKN*, Don *CEMORSα*; rei duc c. *G*, rei ni c. *DIK*, duc ni
c. *CEMNORSα*; enue *S*   19. reis *CEMRα*, rei *N*, res *O*, rex *S*, ducs
DIK, duc *G*; amiran *O*, umirans *E*   20. que *fehlt R*; si nauia tau *CSα*,
sel nauia (lauia *G*, auia *IK*) aitau *DGIK*, si naui atau *E*, se lauia tau
M, sauia tau *N*, sen auia (t. *fehlt*) *O*, sin aui aitau *R*   21. se f. *DG*,
(se *fehlt*) f. *IK*, sen f. *CEMNRSα*, ses f. *O*; fes *O*, fazes *α*; ric *Nα*, ris *S*;
f. r.] feços *G*   22. laisar *E*, laissar *R*   23. nom p. *R*   24. b. mais
qe n. *S*; si auen *D*, sia uers *R*; b. mais noi aja de uer *C*

IV. 25. tan *fehlt O*; o. t.] t. hom *DIK*; prezan *O*, preianz *S*, pre-
sentz *α*   26. Cō *I*, Con *K*; done *O*, domne *S*   27. deport *NS*, solatz *M*; Car qi mou de port e chan *O*

e tot can a proez' abau.

nuls om ses amor re no vau,

30   per qu'eu no volh, sia mia

del mon tota·lh senhoria,

si ja joi no·n sabi' aver.

V.   De midons me lau cent aitans

qu'eu no sai dir; et ai be drei,

35   que, can pot, me fai bels semblans

e sona me gent e suau;

e mandet me (per qu'eu m'esjau)

que per paor remania

car ela plus no·m fazia,

40   per qu'eu r'estau en bon esper.

VI.   Bona domna, conhd' e prezans,

per Deu ayatz de me mercei,

e ja no vos anetz doptans

ves vostr' amic fin e corau.

45   far me podetz e ben e mau;

en la vostra merce sia;

qu'eu sui garnitz tota via

com fassa tot vostre plazer.

28. ric pretz C, proesa $DGIKO$, fin pretz E, preç rics N, pres fin S, pretz ric a; qan tainh a pretz M; cabau Ma; cant los ioues esjan R 29. Nul(h) DR; s. a. *fehlt* O; res R; non *fehlt* D 31. D. m. *fehlt* O; total s. CMa, tot la s. DG, tota la s. $EIKORS$, tota s. N 32. sab O

V. 33. midon NO; mi l. *fehlt* O; laus R; aitan O; me lauze c. taus DIK 34. Q(u)e no CM; dire R; et ai] ellai M; dre S; et ai b. d.] e ben dei N, ci ben dire O, et ay ben de $\overline{q}y$ R 35. Qe (Qeu O) cant (tant *su* cant a) pot me fai bels (bel COS, bes N) s. (semblan CO) $CMNORSa$, Que quan mi pot far bels (bel G) s. $DEGIK$ 36. E sona mi $GORSa$, E sui amics (amic N) CMN, Ella o fai DIK, E]als mi fai E; coinde s. M 37. E *fehlt* DIK; mestau (?) D, mi lau S; quem nesiau CMR 38. r.] me r. S 39. nō CR, no EOS, non N, vom *zu* nom a; faria R 40. que ES; mestau MN, nestauc R

VI. 41. coinde e p. S; prezan O 42. merce $NOSa$; a. merce de mei C 43. nos non siaz d. $DIKR$, nous lonbes dostans E, non i annes doutanz S; E daisso no siatz d. C; doptan O 44. De $CEMNRS$, Ves $DGIK$, Del Oa; v.] bon G; fis NR, fins S; leiau E 45. men p. N; erstes e *fehlt* E; mal a; o b. o m. CM 46. En] Et en $DGIK$; la *fehlt* R 47. garitz O 48. facha IK; tot *fehlt* E

VII.   Fons Salada, mos drogomans

   50   me siatz mosenhor al rei.

          digatz li·m que Mos-Azimans

          mi te, car eu ves lui no vau.

          si com a Toren' e Peitau

            e Anjau e Normandia,

   55   volgra, car li covenria,

          agues tot lo mon en poder!

VIII.   Lo vers, aissi com om plus l'au,

          vai melhuran tota via,

          e i aprendon per la via

   60   cil c'al Poi lo volran saber.

VII. *fehlt MRa, von späterer Hand hinzugefügt N* 49. Fon *C*; saluda *O*; m.] bos *CDEIKO*, mos *GN*, bon *S*; drogomans *CI*, drugomanz *DK*, dragomans *E*, drugumanz *GNS*, drogaman *O* 50. Me siaz ves mosenhel rei *C*, Me siaz mon seignor al rei *DGIKN*, Siatz ves mon senhor lo rei *ES*, Nu siatz ves mon signer lo re *O* 51. li·m *fehlt G*; adimanz *GN*, aza man *O*; E digatz lim que per forfans *C* 52. tenc *C*; ieu ves] enuas *S*; car uus loin nō uau *O* 53. Per quieu corena e peitan *C*; tal nom emperiau *E*, tal hom emperau *S*, torena e peitau *GN*, coloine e peitau *O* 54. E tot aniou e n. *C*, Que amet en n. *E*, E mau en romania (*von späterer Hand ein* s (?) *zwischen* m *und* au *übergeschrieben und en zu em gemacht*) *G*, Ez anieu ez n. *N*, E mar e n. *O*, Que annet en n. *S* 55. car *GN*, que *CEOS*; li *GN*, belh *CO*, be *E*, ben *S*; coueria *O* 56. A.] Quez a. *E*, Qagnes *OS*; A. e fos el sieu poder *C*

VIII. *nur in G, von späterer Hand nachgetragen in N* 59 *und* 60 *in umgekehrter Folge, aber durch Punkte in die rechte Stellung verwiesen N* 59. E ia pren don *G*, E ia prendon *N*

51 *bis* 60: Digaz pos la lobam si· (asi *IK*) conques. Que si maiut deus ni fes. Al cor me (mi *IK*) stau sei dolz ris. — A (*fehlt IK*) dieu comant mon reial. El castel emperial (*der Vers fehlt IK*). Qeu men torn chai an baral (bartal *IK*). A cui bon prez aclis (si a. *IK*). E cobrar man (nan *IK*) proenzal. Car nuilla genz tant nom ual. l'er qe serai lor uesis (= *Vers* 26 *bis* 35 *von P. Vidal*, Mos cors s'alegr' e s'esjau, *Bartsch S. 22*) *DIK*

11. *es* oder *sec*? Obwohl auch *G* es, *OR* ses hat, ziehe ich *sec* vor, weil schwerlich dies für *es*, leichter *es* für *sec*, eingetreten ist.

Die Barone tragen die Verantwortung für das Sinken der Liebeslust, weil sie mit dem guten Beispiel des Minnedienstes vorangehen und auch die Mittel für ihn gewähren müßten. Manch einer möchte der Minne dienen; für sich ist er aber nicht imstande dazu. Erst am Hofe eines freigebigen Fürsten kann er beitragen das Trobador-Ideal des Lebens zu

verwirklichen. — Bei *saber* v. 15 kommt es also nicht nur auf das Wissen an, sondern auch auf das Können.

17. Mit Recht hat Zingarelli zu v. 22 hervorgehoben, daß *amor* hier nicht mehr die Liebe, oder wenigstens nicht allein, sondern die geliebte Dame bezeichne. Bernart redet ja wiederholt die Geliebte direkt als *Amor* an, s. Glossar.

18. Die Hdss. lesen entweder:

> *don duc ni comte non envei*
>
> oder: *don rei ni comte non envei.*

G kombiniert beides: *que rei, duc, comte.* In v. 19 haben dann die, welche v. 18 *duc* zeigen, *rei,* und umgekehrt (G auch in 19 *duc*). Man darf die Absicht einer Steigerung von 18 zu 19 annehmen. Dann gehört also *duc* in den ersten, *rei* in den zweiten Vers. Und dazu paßt, daß im altfrz. Epos immer *roi* und *amirant,* nicht *duc* und *amirant,* als entsprechende Würden nebeneinander treten.

21. *no s'en fezes rics:* „sich nicht darob reich täte", d. h. er würde empfinden reich zu sein, würde es aber auch zeigen.

28. Die Hdss. haben, abgesehen vom ganz abweichenden R, nebeneinander: *ric pretz* C, *pretz ric(s)* Na, *fin pretz* E, *pres fin* S, nur *pretz* M, *procza* DGIKO. Es scheint daraus hervorzugehen, daß wenigstens alle Hdss., welche *pretz* zeigen, auf eine Quelle zurückgehen, die nur dieses Wort, ohne eine Adjektiv, enthielt und dann allerdings eine Silbe zu wenig bot. Ist nun *procza* ebenfalls auf diese zu kurze Fassung, als eine andere Korrektur, zurückzuführen, oder haben wir darin die korrekte Lesung zu erkennen? Ich sehe kein Hindernis gegen diese letzte Annahme, der zufolge also ein *pezabau* zu *prez abau* verlesen wäre; daraus dann die anderen Lesarten.

36. Zingarelli liest *son' a mi;* unnötigerweise, da für das betonte Pronomen kein Anlaß vorliegt. Seine Meinung, daß *sonar* afr. *soner* im Sinne von „reden" nicht vorkäme, beruht auf einem Versehen. Beispiele sind im Glossar meiner Chrest. zu finden und begegnen auch im Altfranzösischen.

41. Die Wiederkehr des Reimwortes *prezanz* läßt sich aus den Varianten weder v. 25 noch hier beseitigen.

49 ff. Diese Tornadastrophe hat den Abschreibern große Schwierigkeiten gemacht und bereitet solche auch der Textkritik.

Zingarelli hat (p. 49 ff.) in den Hdss. zwei verschiedene Fassungen erkannt:

A: *Fons salada, los drogomans*	B: *Fonsalada, los drogomans*
50 *siatz ves mon senhor lo rei,*	*me siatz ves mosenhel rei;*
diguatz li que mos Azimans	*e digatz lim que per forfans*
mi ten quar ieu ras lui non vau;	*mi tene quar ieu ves lui no vau.*
si com a tal nom emperian	*si com a Torena e Peitau*
que annet en Normandia,	*e Anjau e Normandia,*
55 *volgra be que covenria*	*volgra, que be lh covenria,*
qu' agnes tot lo mon en poder.	*qu'agues tot lo mon en poder.*

Er lehnt A ab, weil er in Aziman die Königin Eleonore sieht und nun in dieser Lesung die enormità del fatto findet, che un amante scriva con perfetta impudenza al marito, e si tratta di un re, scusandosi di non andar da lui, perchè è occupato con la signora moglie! Und er entscheidet sich um so lieber für B, weil er hier in v. 53, 54 die gleiche Aufzählung der Besitzungen Heinrichs II. findet wie bei Wace im Roman de Rou (ed. Andersen I, p. 210, vv. 97—100).

Für Crescini (Nuove postille al trattato amoroso d'Andrea Cappellano, Venezia 1909, p. 79 ss.), der, mit Recht, Aziman nicht für Eleonore hält, fällt jener Grund der Ablehnung der Fassung A fort. In der Aufzählung der Länder Heinrichs II. in B aber fehlt ihm gerade die Hauptsache: England. So besitzen für ihn diese Verse nicht das Verdienst historischer Korrektheit. Er erklärt gerade A für die richtige Fassung und bezieht die Worte *si com a tal nom emperiau* geschickt auf die Tatsache, daß Heinrich der Sohn der Kaiserin Matilde war. E si badi che Enrico era figliuolo di Matilde imperatrice, la quale morì il 10 settembre 1167 a Rouen: imperatrice, perchè vedova già d'Enrico V imperatore, e del titolo sommo non mai privata dalla devozione de' Normanni, nel rimanente della sua vita, quantunque sposata, in secondi voti, al conte Goffredo d'Angiò. „*Mahalt l'empereriz*", dice la Chronique ascendante,

> *empereriz de Rume, ne pout estre plus halt.*

Ed Enrico, il figliuolo di Goffredo e di Matilde, fu appunto designato come „il figliuolo dell' imperatrice". Ecco la ragione della frase *nom emperiau!* Aveva già egli, Enrico, amministrata la Normandia, portandone il titolo ducale; ma ora, allo spegnersi della madre, egli ne diventava ancor più compiutamente signore. E si spiega così l' accenno all' andata del re in Normandia:

> *si com ha tal nom emperiau,*
> *que annet en Normandia,*
> *volgra, que be corenria,*
> *agues tot lo mon en poder,*

nella redazione dallo Zingarelli esclusa. E si spiega anche il vincolo che è tra il non muoversi del poeta e il muoversi invece del re (*non rau* v. 4; *annet* v. 6), l. c. p. 82.

Wenden wir uns zu den Handschriften: Auszuscheiden ist zunächst DIK, deren Vorlage in ein Gedicht Peire Vidals hineingeraten ist (s. die Varianten). Es fehlen die Hdss. MRa (und ursprünglich auch N). So bleiben CEG(N)OS.

Zingarellis Fassung A ergibt sich aus ES. Vers 54 ist *amet* in E ein offenbares Versehen, das durch *annet* in S korrigiert wird. In v. 53 hat E *Si com ha tal nom emperiau* d. h. eine Silbe zu viel. S freilich liest *emperau*, mit richtiger Silbenzahl. Aber *emperau* existiert m. W. weder provenzalisch noch französisch. Das gelehrte Wort konnte sein *i* schwerlich verlieren. Überdies stehen die Lesungen

> *emperiau* A
> und: *e peitau* B

offenbar in solcher Beziehung, daß entweder A aus B oder B aus A verlesen, bez. verändert ist. Auch von dieser Seite kommen wir zu einem
ursprünglichen -ri- oder -it-. In der Tat korrigiert Crescini den Vers auch
nicht, indem er *emperau* einsetzt, sondern er streicht *si* (p. 82, n. 3). Aber
si wird nicht nur von ES überliefert, sondern auch von GNO bestätigt.
So kommen wir für ES um den Neunsilbner nicht herum.

Die von Zingarelli vorgezogene Fassung B steht in C (doch auch hier
nicht ohne daß er korrigieren mußte. *Per quieu corena e peitau E tot
aniau e normandia* v. 53, 54 konnte so nicht bleiben). Aber *per forfans*,
gegen das Zingarelli das ihm anstößige *Azimans* austauschte, steht auch
nur in dieser, als keineswegs zuverlässig bekannten Hds. Für uns, die wir
gegen Azimans an sich kein Bedenken hegen, kommt diese Lesart kaum
in Betracht.

Nun bleiben aber noch die Hdss. GNO:

> *Fonz salada, bos drogomans*
> 50 *me siatz mon segnor al rei.*
> *digatz li que Mos Azimans*
> *me ten, car eu vas lui non vau.*
> *si com a Torena e Peitau*
> *e Anjau e Normandia,*
> 55 *volgra, car li covenria,*
> *agues tot lo mon en poder.*[1]

Hier also eine dritte Fassung, ohne die Bedenken von A und B. Denn
was Crescini gegen 53, 54 einwendet, ist doch unbegründet. Es gilt für
den Dichter, die Länder aufzuzählen, die dem englischen König außer
England gehören. England ist selbstverständlich; es ist ja in der Bezeichnung *lo rei* schon enthalten. Die Deutung von *nom emperiau* ist, so
sehr sie Crescinis Scharfsinn erkennen läßt, zu künstlich. Die Hörer des
Liedes hätten die Worte schwerlich in diesem Sinn verstanden. Noch ge-
zwungener ist die Verbindung: *ha tal-nom emperiau que annet en Normandia*. Und wie ist zu erklären, daß durch Verlesen des Richtigen,
jene, nach Crescinis Meinung textlich falsche, historisch aber korrekte Zusammenstellung der Länder entstanden sein sollte, welche Heinrich besaß?

57—60 stehen nur in G, dessen verhältnismäßige Zuverlässigkeit für
dieses Gedicht wir aber erkannt haben, und von zweiter Hand in N. Ihr
Inhalt trägt durchaus das Gepräge der Echtheit; nur daß die Verse dem
Lied vielleicht erst später beigegeben sind, als der Trobador es mit seinem
Spielmann zum Poi sandte, nachdem es früher dem König von England
geschickt war. Beide Geleite sind dann für verschiedene Gelegenheiten
bestimmt und schließen sich eigentlich gegenseitig aus.

58 f. würden dasselbe Reimwort zeigen, wenn wir nicht etwa *ria* in
v. 59 als vita zu deuten haben. Die sprachliche Einleitung führt aus, daß
diese Form allerdings sonst Bernart fremd, aber doch nicht ohne Analogien
bei ihm ist. Und wie paßt „auf dem Wege" in den Zusammenhang?

[1] Die Varianten s. im Apparat.

Nehmen wir *via* = vita, so spricht sich in den Versen ein nicht geringes Selbstgefühl aus. Aber solche Äußerungen sicherer Überzeugung eigenen Wertes überraschen ja nicht bei Menschen des Mittelalters und der Renaissance. Übrigens will der Dichter wohl besonders auf den Wert seiner Ermahnungen in den ersten beiden Strophen zurückweisen.

59. Neben *volran* im nächsten Verse würde man hier gern das Futurum sehen. Aber eine Änderung vorzunehmen wird nicht nötig sein.

Die Strophen III, IV, V haben in den Hdss. verschiedene Folge. Ich habe im Text die von DGIK behalten, weil mir G die relativ beste, jedenfalls die vollständigste, Überlieferung zu bringen scheint. In der Tat wird aber keine der handschriftlichen Folgen korrekt sein. Schon Zingarelli hat, und wohl mit Recht, vorgeschlagen unsere III und IV umzustellen. Dann würde also die Übersetzung des Liedes folgendermaßen lauten:

I. Keinerlei Lust kommt mir zu singen, so sehr bekümmert mich was ich sehe, denn (einst) pflegte man sich hart zu bemühen wie man Preis, Ehre und Lob erlangen könnte; doch jetzt sehe und höre ich nicht, daß man von Trautschaft rede, woher (denn) Wert und Tüchtigkeit und gesellige Lust in Gleichgültigkeit verfallen.

II. Bei den großen Herren beginnt der Trug, denn nicht éiner liebt mit aufrichtigem Sinn. Deshalb folgt daraus der Schaden für die Anderen, und kein Mensch hat von jenen Freude. Und die Liebe hört aus keinem andern Anlaß auf, denn manch einer würde wohl lieben, der es unterläßt, weil er nicht vermöchte sich zu benehmen wie es Minneart ist.

III. (IV.) Durch nichts ist der Mensch so trefflich wie durch Liebe und Frauendienst, denn hieraus erhebt sich Lust und Gesang und Alles, was zu Tüchtigkeit gehört. Kein Mensch kann ohne Tüchtigkeit taugen, weshalb ich nicht begehre, die ganze Herrschaft der Welt sei mein, wenn ich von ihr nicht Freude zu haben vermöchte.

IV. (III.) Einer solchen Liebe treuer Liebender bin ich, um die ich Herzog und Grafen nicht beneide; und kein König noch Emir ist in der Welt, der, wenn er eine gleiche hätte, sich nicht stolz darob erzeigte, wie ich tue. Und wenn ich sie loben wollte, würde ich nicht so viel von ihr sagen können, daß nicht noch mehr wahr wäre.

V. Meine Fraue lobe ich mir hundertmal mehr als ich zu sagen weiß. Und daran habe ich wohl Recht, denn, wenn sie vermag, zeigt sie mir freundliche Miene und spricht sie artig zu mir. Und sie entbot mir (dessen ich mich freue), daß es aus Furcht geschehe, daß sie mir nicht mehr antut, woher ich denn guter Hoffnung bin.

VI. Gute, anmutige, werte Frau, habet, um Gottes willen, Gnade mit mir, und nimmer hegt Eurem Herzensfreunde gegenüber Furcht. Ihr könnt mir Gutes und Böses tun; es stehe in Eurer Gnade; denn in jeder Weise bin ich bereit zu tun, was Euch gefällt.

VII. Fon salada, seid mein Dolmetsch bei meinem Herrn dem Könige. Sagt ihm, daß mein Magnet mich zurückhält zu ihm zu gehen. So wie er die Touraine und Poitou und Anjou und die Normandie hat, würde ich wollen (denn wohl käme es ihm zu), er hätte die ganze Welt in seiner Gewalt.

VIII. Der Vers wird immer besser, je mehr man ihn hört, und die, welche ihn im Poi werden hören wollen, lernen in ihm fürs Leben.

22.

A 93 (263), C 59, Dᵃ 160 (553), I 31, K 19, N 147 (217), R 59 (497), T 155, V 56 (Arch. 36, 405), a 102 (85, Rlr. 42, 342).

N² nennt das Gedicht als Nr. 23.

Gedruckt bei Raynouard, Choix III, 74; Mahn, Werke I, 28.

Die Strophenfolge ist:

1 2 3 4 5 6 7 9	ADIKNTa
1 2 3 4 6 7 8	RV
1 2 3 5 6 7 9 8	C

Durch diese Reihenfolge, wie durch die Varianten, werden ADIKNTa und C, RV einander gegenübergestellt.

Für die Zusammengehörigkeit von CRV s. v. 9, 49, 51, 54; die von RV geht aus der Gesamtheit der Lesungen hervor.

DIKT zeigen sich in v. 34, 39 als enger verwandt; in v. 39 zugleich DIKT und N, während v. 45, 46 DIKT mit A binden.

C trennt sich von RV in v. 43, 44; es geht mit a in 5 und 36, während in v. 8 wieder V mit a geht.

Der Stammbaum würde sich also ungefähr so gestalten:

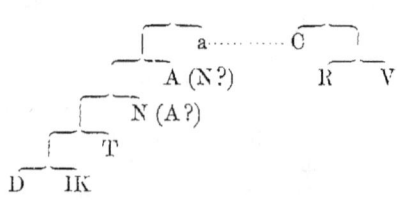

I.

Ja mos chantars no m'er onors
encontral gran joi c'ai conques,
c'ades m'agr' ops, si tot s'es bos,
mos chans fos melher que non es.
5   aissi com es l'amors sobrana,
per que mos cors melhur' e sana,
deuri' esser sobras lo vers qu'eu fatz
sobre totz chans, e volgutz e chantatz.

II. (IV.)

Ai Deus, can bona for' amors
10   de dos amics, s'esser pogues
que ja us d'aquestz enveyos
lor amistat no conogues!
Cortezia, mout etz vilana
c'az aquesta fausa gen vana
15   fatz conoisser semblans ni amistatz,
c'ar' es cortes lo plus mal essenhatz!

III. (V.)

Per merce prec als amadors,
chascus per se cossir e pes
del segle com es enoyos
20   e can pauc n'i a de cortes!

I. 1. Ges *RV*; Giamais cantar *T*; mes *RV* 2. En cotal g. *N*,
Contral g. *R*, Contra lo g. *V*; g.] ric *C*; que ay c. *R*; concis *T* 4. chan *I*;
mielherş *C*, melhor *R*, meillors *V* 5. Quaissi *C*, Caixi *V*; er *V*; lamor *TVa*;
cum lamors es s. *Ca*; sabraua *V* 6. que *fehlt a*; c.] chans *RV*
7. Deu ben esser *V*; sobriers *C*, sobiras *R*, sobran *T*, meiller *a*; q̄ f. *C*;
fauc *T* 8. S. t. c. 7 es uolgutç *T*, E s. t. ch. u. *V*, E s. t. e v. *a*;
chantanz *I*

II. 9. can] cum *A*, tan *C*, tā *R*, com *T*, tam *V*; foran a. *D*, fon
a. *N* 10. amic *T* 11. us] ieuf *T*; daquels *C*, daquest *NTV*; negus
dels c. *a*; enoios *A*, enuios *C*, onios *D*, enios *IK*, honoios *N*, cnuios *R*,
enueos *T* 12. amistatz no cognogues *I* 13. es molt *ACDIKNT*,
ben es *RV*, molt es *a*; trafana *A* 14. Car ad aq. *A*, Quaz aq. *C*, Car
aq. *DIKTa*, Caquesta *N*, Ca sesta *R*, Cant adesta *V*; falsa *fehlt A*; gens *C*;
gen false u. *R*; uilana *A* 15. Fai *AC*, Far *D*, Fat *IK*, Fatç *N*, Faitz
RV, Faç *T*, Fatz *a*; cono(i)stre *Na*; semblan *ADIKa*, semblantz *NTV*;
et *V*; semblansa damistatz (damistat *R*) *CR* 16. Q(u)er *CV*; es c.] c.
es *R*; ensenhat *R*

III. 17. Gran m. *RV*; merces *T*; al a. *V* 18. Ans q̄cx *R*, Cascun *T*; Pero si c. *a*; pens *T*; Qusquecs enprese cossires *V* 19. enneios
DIK, enuios *R*, enueios *T* 20. cam *T*, tan *V*; A tā *R*, Eitan *a*;
paucs *CV*

c'amors, pois om per tot s'en vana,
non es amors, mas *es* ufana,
et es enois, vilani' e foudatz,
qui no gara cui deu esser privatz.

IV. (II.)   25   Si tot m'es vergonh' e paors,
blasmatz m'er d'Amor; mas be·m pes,
car aquest lauzars no m'es pros
(e pois mos conortz no·n es res);
qu'eu vei que de nien m'apana

      30   cilh que no·m vol esser umana;
e car no·n posc aver joi ni solatz,
chan per conort cen vetz que sui iratz.

V. (III.)   Chauzit ai entre las melhors
la melhor qued anc Deus fezes;

      35   mas tan a va cor e doptos
qu'er' ai leis, era no·n ai ges.
que val aitals amors aurana,
can ges no pot una setmana
us bos amics ab l'autr' estar en patz

      40   ses grans enois e ses enemistatz?

    21. p.] mas *a*; se v. *RTa*   22. Non es a. *ACTa*, Non es ges a.
(amoros *D*) *DIKNRV*; anz es u. *A*, quans es u. *C*, mas u. *DIKRTVa*,
mal u. *N·*   23. enucitz *C*, enoios *D*, enuetz *R*; E senuois uilans e f. *T*.
24. Cui *V*; gera *T*, garda *a*; Quom no sapcha *C*; de e. *a*
    IV. *fehlt C*   25. mes] mens *D*, men *N*, ses *V*, me *a*; e *fehlt IKNV*
26. Blasmat mer *ADIKNT*, Blasma men *RV*, Blasmar mer *a*; ben p. *I*,
bū p. *N*; pes] pas *T*   27. aiqueſtç *T*; lauzar *a*; proos *I*, pro *T*; Que
aūst blasm̄ nō es bos *R*, Cad aquest blasme non es p. *V*   28. mō co-
nort *R*, mas c. *V*; nō es r. *IK*, no (nom *R*) ual r. *RV*, non e r. *T*   29. Car
u. *RV*; que *doppelt K, fehlt R*; qe mēina pana *a*   30. Si *V*; que
fehlt I, ci *T*, qi *a*; omana *T*   31. no p. *TV*   32. c. v.] can nen *V*;
queu soi *A*
    V. *fehlt RV*   33. Cunan sai qes de las m. *ADIKT*, Ben ai chauzit
de las m. *C*, Chaucit nai una la m. *N*, Chauzit ai entre las m. *a*   34. E
la genser *A*, Al mieu semblan *CN*, La meiller *DIKT*, Tot lo miels *a*;
qui anc *D*), qe anc *a*; dieu *T*   35. Car *T*; t.] leu *N*; alh cor uan e d. *C*
36. Queras (Qera *a*) lai eras (era *a*) non lai ges *Ca*; *zweites* ai] a *DNT*
37. Quem *C*; auraina *T*   38. Quanc *IKT*, Qe *a*; ies] hom *C*; poc *T*
39. Vos *D*, Un *T*, Luns *a*; ab l'a.] en autre *N*; am. estar ab autrē p. *C*,
am. un autrestar (atrestar *IK*) em p. *DIKT*   40. gran *AIKN*; enoi *A*;
dezamistatz *C*

VI.   Tostems sec joi ir' e dolors

e tostems ira jois e bes

(et en no cre, si jois no fos,

c'om ja saubes d'ira que·s es);

45   qu'eu pert per falsa laus umana

tal joi de fin' amor certana

que, qui·m mezes tot lo mon ad un latz,

eu preira·l joi per cui sui enjanatz.

VII.   Bela domna, vostre socors

50   m'auria mester, se·us plagues,

que molt m'es mal' aquist preizos,

en c'Amors m'a lassat e pres.

a Deus! can malamen m'afana,

can so que·m träis e m'enjana

55   m'aven amar, si tot me pez' o·m platz!

era sai eu qu'eu sui apoderatz.

VIII.   . . . .

          . . . .

VI. 41. teps *N*; sec] es *a*; iois *Aa*; ioy et ira e d. *V*; dolor *A*
42. ioi *T*; ire ioi bes *R*; t. t. ua ira e iois e b. *V*; Et ire ioy gran tals
vetz es *C* 43. *fehlt a*; Mas *A*; Quar sai be ieu *C*, E ia non crey *R*;
si iois *ADIKN*, si ioy *CT*, sira *RV* 44. *fehlt a*; Quom no saupra *C*,
Que ia saupes (sabes *V*) hom *RV*; dira *AC*, ira *DIKNT*, ioi *RV*; ques
fos *V* 45. Qi *Ta*; pert per] per *ADIKTV*; pert *CNa*, perc *R*; lauzor
ADKT, lauzors *I*, laus *CNRVa*; imana *C*, omana (?) *T* 45 *und* 46 *in*
I am Rande nachgetragen, Quieu *und* ioi *weggeschnitten* 46. Pert i.
ADKT, Tal i. *CNRa*, Per *I*; Layxi f. a. *V* 47. Que] O (?) *N*; ·m *fehlt T*;
mon daus lautre l. *C*; lat *I* 48. penral *DNTV*, pål *I*, pral *K*; guoi *T*;
cui] que *CR*, qen *V*

VII. 49. Bona *CRV*; domnal v. *V* 50. mestiers sieus *R*; plangues *I*;
Magra m. sa nos p. *C* 51. Que *ADIKNa*, Quar *CRV*, Ci *T*; m'es]
me *T*; aqest *V*, la *a*; *C*. mout me greua la dolors *C* 52. E *T*; camor *TV*; Damor quem ten l. *C*; laissat *I*, laisatç *T*; pros *T* 53. A(i)las
RV, Hai d. *a*; qan *Aa*, ca *DIKNT*, tan *R*, ta *V*; mapana *R*; Per dieu
fort m. mapana *C* 54. Quar *CRV*; so] cilh *C*; trax *V* 55. Meuen
a. *T*, Me fai a. *a*; si bem p. *C*; mes p. *I* 56. Aras say be *R*; qe s. *RV*,
cara s. *T*; Ara sui ieu del tot ap. *O*

VIII. *fehlt ADIKNTa, steht in CRV* 57. Mas daisso fai trop que
v. *C*, Mais bem fais q. v. *R*, Amors be faitz q. v. *V* 58. Ma dona qar
aissim soana *C*, Per (Car *V*) midons caissi mafaua *RV*

car de l'afan no me val amistatz
60   tan qu'eu disses que sui melhs sos privatz.

IX.   Messatgers, vai t'en via plana
a mon Romeu, lai vas Viana,
e digas li qu'eu lai fora tornatz,
si mos De-Cor m'agues salutz mandatz.

59. l'a. no mi val amistatz *CR*, l'a. non es sual meitatz *V*   60. Per
(Tan *C*) quien disses que soi mielhs (mielhs sui *C*) sos (ses *V*) privatz *CRV*

IX. *fehlt RV*   61. Messag(g)ier *CNT*   62. romeo *N*; l.] dreg *C*,
dreit *N*   63. dicas *T*; lim *C*; que *ACT*, quen *DIN*, q(u)ien *Ka*; for
ieu t. *C*   64. magues *ADIKT*, lagues *Na*; mandas *T*; Si no fos cilh
per qui sui enuiatz *C*

---

8. Die Abschreiber scheinen, wenigstens zum Teil, verstanden zu
haben: „mein Vers soll über alle Lieder verlangt und gesungen werden"
oder „soll über alle verlangten und gesungenen Lieder erhaben sein", und
daher haben TVa den Text geändert. Bernart meint aber jedenfalls, mit
freilich ungewöhnlicher Anwendung von *voler*, sein Vers solle über alle
Lieder erhaben sein, die gesungen oder auch nur geplant worden sind.

11. Daß hier *enveyos* zu lesen ist, obwohl die Hdss. meist *enoios*
haben oder nahelegen, geht aus v. 19 hervor, wo man bei *enoyos* bleiben muß.

15. Die vielfachen Schreibungen des Wortes im Anfang der Zeile
lassen vermuten, daß in der Vorlage *Fat* gestanden hat, welches aber, in
der bekannten altlimousinischen Art, als *Fatz* zu verstehen ist (s. § 23
des Kapitels über die Sprache). Und so werden wir auch annehmen, daß
das *semblan* der Hdss. für ursprüngliches *semblant* geschrieben ist, das
neben *amistatz* als Plural zu verstehen ist. Im Reim ist ja -*atz* sicher,
und trotzdem hat R hier und im folgenden Vers *amistat*, *ensemhat* geschrieben, vielleicht noch in Anlehnung an die Ortographie der Vorlage,
vielleicht auch nur als Folge des *semblan(t)*.

Der Sinn des Verses ist, wie der folgende Vers zeigt, nicht etwa:
„Du lässest die Neider (freundliche) Mienen und Freundschaft treuer
Liebender erkennen und verrätst daher diese", wie man etwa nach v. 9—12
erwarten könnte. Wie sollte Cortezia imstande sein, ihnen diese Kenntnis
zu geben? Sondern: „Du gibst den Niedriggesinnten so viel von Dir, daß
sie sich die Formen guten Benehmens und der Liebe aneignen, so daß ein
äußerer Unterschied zwischen *cortes* und *vilas* nicht mehr besteht (*Ai
Deus! car si fosson trian D'entrels fals li fin amador, E'lh lauzenger e'lh
trichador Portesson corns el fron denan!* 31, 33—36). Bernart hat den im
Anfang der Strophe ausgesprochenen Gedanken scheinbar fallen gelassen.
Wie er von diesem zum neuen Gedanken kommt, zeigt sich erst v. 23 f.: Die

Geliebte hat sich Einem anvertraut, der ein *cortes* schien, es aber nicht war. Nun verliert der Dichter *per falsa laus umana* (das geht auf die *lauzenger*, die seine Geliebte in falsches Vertrauen gelockt haben) seine Liebesfreude.

Die Hdss. Na, welche dem Original relativ nahe zu stehen scheinen, haben *conoistre* für *conoisser*. Die Form *kunétre* gehört jetzt, dem Atlas linguistique zufolge, der H^te Vienne (auch Dordogne und Puy de Dôme) an, gegenüber der allgemein südfranzösischen Form *kuneise*, welche auch die des Dep. Corrèze ist. Vielleicht hat Bernart mit der Hauptstadt des Limousin *conoistre* gesagt.

22. Die abweichenden Lesarten deuten auf einen zu kurzen Vers der Vorlage. Ich habe die Ergänzung von AC aufgenommen.

25 ff. Der Anfang der Strophe ist schwierig. Zwar die Lesart ist kaum zweifelhaft (RV haben in v. 26 *blasmamen d'Amor*, was ich nicht verstehe; vielleicht meinte ihre Quelle *blasma m'en(d) Amors* „Minne tadelt mich dafür"). Aber was wird von Amor getadelt und welches Lob ist kein Vorteil? Ich glaube, daß diese Strophe sich ursprünglich an I angeschlossen hat. *Blasmat* (oder vielmehr in der zu v. 15 bemerkten Art gelesen: *blasmatz*) *m'er* bezieht sich auf *vers* v. 7, *lauzar* v. 27 auf das von Bernart in v. 5 - 8 für sein Lied in Anspruch genommene Lob: Obwohl mein Vers so trefflich ist (oder: sich erweisen sollte *deuria*), wie ich eben gesagt habe, wird er mir, zu meiner Beschämung, von der Minne getadelt werden, denn die Geliebte wird doch nicht menschlich gegen mich sein wollen, und so erweist sich, was ich so lobe, als nutzlos.

26. *pes* ist wohl nicht Form von *pezar*: „aber wohl mag es mir leid sein" (in Parenthese, so daß *car* unmittelbar an *blasmatz m'er* anschließt), sondern 1. präs. von *pesar*: „denn ich denke es, weil das Lob mir nicht nützt". In v. 18 steht zwar auch *pes* von *pesar* im Reim, aber als 3. Konj. Präs., hier als 1. Ind. Präs.

28. Man würde mit *e pois* einen neuen Satz anfangen lassen können: *E pois mos conortz non es res (qu'eu vei que de nien m'apana Cilh que no·m vol esser umana) E car no·n posc aver jois ni solatz, Chan per conort cen retz que sui iratz,* wenn nicht die Strophe deutlich in 4 + 4 Verse zerfiele. So wird zu verstehen sein: „und dann (wenn mir mein Lied nichts nützt) wird es keinen Trost dafür für mich geben" (*l. no·n er res?*). *Conortz* wird hier, wie noch deutlicher v. 32, im Wortspiel mit dem Verstecknamen stehen.

33. Die Übereinstimmung von CNa spricht dafür, daß *Chauzit* die richtige Lesart ist, umsomehr, da DIKT im Anfang der nächsten Zeile wenigstens ungefähr mit a zusammengehen. Vielleicht kann man dort bei der Lesung von a bleiben: *tot lo melhs,* die sich unserem Ohr empfiehlt. — Für die Anwendung des Neutrums in Beziehung auf eine Person s. *so* im Glossar.

36. Die Lesung *Qu'era l'ai, era no l'ai ges* ist durch Ca schwach bezeugt. Ich würde sie sonst, wenigstens für den ersten Teil des Verses vorziehen, da ein Anlaß für das betonte Pronomen nicht vorliegt.

43. Die Mehrzahl der Hdss. läßt den Kummer durch die Freude erkennen, RV die Freude durch den Kummer. Der letzte Gedanke entspricht ja der üblichen Anschauung: erst wer den Kummer kennt, weiß die Freude recht zu würdigen. Vielleicht aber hat Bernart gerade in geistreichem Spiel das gewöhnliche Wort so umkehren wollen, daß es seiner Lage entspricht: „nur wer die Freude kennt, kann einen Kummer wie den meinen ermessen". Weshalb aber dann die tröstliche Zeile 42, die eher für die Fassung RV spricht? Es wäre wohl zu geistreich, diese Zeile als zweifelnde Frage hinzustellen.

45. Vgl. die Anmerkung zu v. 15.

57 ff. Von den beiden Tornaden muß natürlich, vorausgesetzt, daß beide echt sind (und das zu bezweifeln, ist kaum Anlaß), die an Amor gerichtete voranstehen. Aber der Wortlaut dieser Tornada ist sehr unsicher. Nur die letzte Zeile stimmt in den drei überliefernden Hdss. überein. Durch diese letzte wird in v. 59 wohl V, gegenüber CR, ausgeschaltet. Für 57, 58 stimmt R zu V gegen C. C ist richtig in der Silbenzahl und verständlich im Text:

> *Mas d'aisso fai trop que vilana*
> *ma dona, qar aissi-m soana,*
> *car de l'afan . . .*

RV haben zu kurze Verse, und sind in ihrer Lesung unsicher:

> *Amors, be faitz (Mais bem fais R) que vilana*
> *per (car V) midons, c'aissi m'afana,*
> *car de l'afan . . .*

Stehen sie aber nicht dem Ursprünglichen näher, während C die verderbte Vorlage korrigiert hat? Es wäre leicht aus CRV eine genügende Fassung herzustellen:

> *Mas Amors fai trop (oder be) que vilana*
> *per ma domna, c'aissi m'afana,*
> *car de l'afan . . .,*

aber das Original würde schwerlich damit getroffen sein (etwas anders stellt Zingarelli die Verse her, s. S. 34).

64. *m'agues* oder *l'agues?* Ohne die genauere Kenntnis der Verhältnisse scheint es unmöglich, sich mit Sicherheit zu entscheiden.

Nimmt man die zu v. 25 vorgeschlagene Umstellung der Strophen an, so würde das Lied besagen:

I. Nimmer wird mir mein Singen gegenüber der großen Freude, die ich gewonnen habe, eine Ehre sein, denn immer würde es für mich notwendig sein, daß mein Gesang, obwohl er gut ist, noch besser wäre als er ist. So wie die Liebe, durch die mein Herz gedeiht und gesundet, über Alles erlesen ist, so sollte auch der Vers, den ich dichte, über alle Lieder, beabsichtigte und gesungene, erlesen sein.

II. (IV). Wenngleich es mir zur Schande und Bestürzung gereicht, wird er (der Vers) mir von der Minne getadelt werden. So nämlich denke ich mir, weil dieses Lob mir keinen Nutzen bringt (und dann ist mir nichts ein Trost dafür); denn ich sehe, daß die, welche mir nicht menschlich sein will, mich mit nichts ernährt. Und da ich nicht Freude noch Lust von ihr haben kann, singe ich zum Trost (für Conort) hundertmal, daß ich bekümmert bin.

III. (V.) Unter den Besten habe ich die Beste erwählt, die Gott je schuf. Aber ein so schwach und furchtsam Herz hat sie, daß ich sie bald besitze und bald nichts von ihr habe. Was nutzt solch eitle Liebe, wenn ein guter Freund nicht eine Woche lang mit dem anderen in Frieden bleiben kann, ohne Verdruß und ohne Feindschaft?

IV. (II.) Ach Gott, wie gut wäre die Liebe zweier Freunde, wenn es geschehen könnte, daß keiner jener Neider von ihrer Liebe wüßte! Höfischheit, wohl bist Du niedrig, da Du dieses falsche leere Volk Benehmen und Freundschaft kennen läßt, denn der Ungebildeteste ist jetzt höfisch.

V. (III.) Ich bitte die Liebenden inständigst, daß ein jeder bedenke und erwäge, wie die Welt voller Verdruß ist und wie wenig Höfische es in ihr gibt; denn Liebe ist, wenn man sich ihrer allerwärts rühmt, nicht Liebe sondern Eitelkeit. Und es ist verdrießlich, niedrig und töricht, wenn man nicht darauf sieht, wen man sich zum Vertrauten nimmt.

VI. Allzeit folgt der Freude Kummer und Schmerz, und allzeit dem Kummer Freude und Gutes (und ich glaube nicht, daß, wenn Freude nicht wäre, man je vom Kummer wüßte was er ist); denn durch falsches menschliches Lob verliere ich eine solche gewißliche Freude, daß, wenn man mir die ganze Welt auf die eine Seite setzte (die Freude auf die andere), ich die Freude nehmen würde, um die ich betrogen bin.

VII. Liebe Fraue, Eure Hilfe tut mir Not, wenn es Euch gefiele (mir sie zu leihen), denn gar übel ist mir diese Haft, in der Minne mich gebunden und gefangen hält. Ach Gott, wie arges Leid habe ich, wenn ich, ob es mir lieb oder leid ist, das lieben muß, was mich verrät und betrügt! Jetzt weiß ich wohl, daß ich im Joche bin.

VIII. Minne, wohl handelst Du niedrig durch meine Fraue, die mir solch Leid zufügt, denn die Liebe hilft mir nicht so weit vom Leide, daß ich sagen könnte, ich wäre ihr der Vertrauteste.

IX. Bote, geh geradewegs zu meinem Romeu, dort nach Vienne, und sage ihm, daß ich dorthin zurückgekehrt wäre, wenn mein De-Cor mir (ihm?) Grüße gesendet hätte.

23.

C 55, Dᵃ 162 (560), G 14 (p. 42), I 32, K 21, R 57 (480),
V 61 (Arch. 36, 410), anonym X 89. Das Breviari d'Amor zitiert
v. 25—32, als von Bernart, s. v. 28727—34). (Bei Azais: 26.
tracheritz, 28. *am quez [fier]*, 29. *autres la raisona*, 30. *Dieus!
los sieus tortz [m'ochaizona]*, 31. *E mais enan*, 32. *Quez ieu
qu'ai fag*).

N² nennt das Lied als Nr. 36.

Die Singweise steht in R und X, vgl. Beck S. 60.

Strophenzahl und -folge:

1 2 3 4 5 6 7 8	C
1 2 3 4 5	G
1 2 3 4	DIK
1 2 3	X
1 2 4 5 6 7 8	V
1 2 4 5 7	R

Die Zahl und die Folge der Strophen, ebenso wie die Varianten
(s. 14, 30), stellen CGDIK und RV gegenüber. In der gemeinsamen
Quelle der ersten Hdss. haben Str. 6 7 8 gefehlt; C hat sie von
anderer Seite her ergänzt.

In der ersten Gruppe trennt v. 22 CDIK von G, das Fehlen
der 5. Strophe und v. 31 DIK von CG. So kann man den Stammbaum ansetzen:

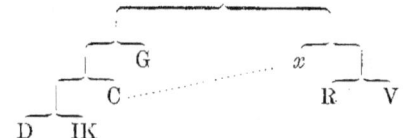

I.   La dousa votz ai auzida
            del rosinholet sauvatge,
            et es m'ins el cor salhida
            si que tot lo cosirer
       5   e'ls mals traibz qu'amors me dona,

I. 3. al c. *DIK*; Que mes dins lo c. s. *R*, Et es ins e mel cor
asalida *V*   4. toz *G*   5. Els malstraitz (-traich *G*) *CDGIK*, El mal-
tratz *R*, El martir *V*; dona *am Rande nachgetragen K*

m'adousa e m'asazona;
et auria·m be mester
l'autrui jois al meu damnatge.

II. Ben es totz om d'avol vida
10 c'ab joi non a son estatge
e qui vas amor no guida
so cor e so dezirer;
13 car tot can es s'abandona
vas joi e refrim' e sona:
15 prat e deves e verger,
landas e pla e boschatge.

III. Eu, las! cui Amors oblida,
que sui fors del dreih viatge,
agra de joi ma partida,
20 mas ira·m fai destorber;
e no sai on me repona
pus mo joi me desazona;
e no·m tenhatz per leuger
s'eu dic alcu vilanatge.

IV. 25 Una fausa deschauzida
träiritz de mal linhatge
m'a träit (et es träida,
e colh lo ram ab que·s fer);
e can autre l'arazona,
30 d'eus lo seu tort l'ochaizona;

6. Me leuia *R* 7. Cauram be miester *V* 8. Autre ioi (autre
unter ioi *geschrieben*) *R*, Altrui ioy *V*; m.] me *G*; a mon d. *R*.
II. 9. tot hom dal u. *V* 10. Queu i. *CDIK*, Cap i. *R*. Cab i. *V*;
Qe ioi n̄ a en sou eftage *G* 11. amors *GR* 13. Daus tot *V*; s' *fehlt*
IK; E per tot non labandona *R* 14. De *CDGIK*; rifinh *C*, refrim *DG*,
refrin *IK*; Vals e refrims critz nō s. *R*, Vas ioy es refrain es sona *V*
15. Pratz *CR*; refrims *C*, defes *DIK*; en uergers (s *dann getilgt*) *G*, e
uergiers *R*, en u. *V* 16. Combas *R*; plas *RV*; e *fehlt I*
III. *fehlt RV* 17. qui *C*; amor *G* 19. Cagra *G*, Agra *CDIK*
21. on] o *G*; rebona *C* 22. mon ioi *G*, mos iois *CDIK*
IV. 26. Trairitz *CV*, Tracheritz *D*, Trachariz *G*, Traicheritz *IK*,
E razitz *R*; dauol l. *V* 27. traitz *I*; e ses t. *V* 28. Eill *D*, Eil *IK*,
Quel *V*; A culhit so ab quem f. *R* 29. antra lau razona *V* 30. Deix
C, Deys *R*; los seus tortz *l'*; mochaizona *CDG*, machaisona *IK*, lochai-
zona *RV*

et an ne mais li derrer
qu'eu, qui n'ai faih lonc badatge.

V.   Mout l'avia gen servida
            tro ac vas mi cor volatge;
  35   e pus ilh no m'es cobida,
            mout sui fols, si mais la ser.
            servirs c'om no gazardona,
            et esperansa bretona
            fai de senhor escuder
  40   per costum e per uzatge.

VI. (VII.)   Pois tan es vas me falhida,
   (50)   aisi lais so senhoratge,
                e no volh que·m si' aizida
                ni ja mais parlar no·n quer.
   45   mas pero qui m'en razona,
                la paraula m'en es bona,
   (55)   e m'en esjau volonter
                e·m n'alegre mo coratge.

VII. (VI.)   Deus li do mal' escharida
   50   qui porta mauvais mesatge,
                qu'eu agra amor jauzida,
                si no foso lauzenger.
   (45)   fols (es) qui ab sidons tensona,   (+ 1)

---

31. E mais quenan *C*, Et auran en mais *DIK*, Et an×en mais
(*bei × ein Buchstabe getilgt*) *G*, Et an ne mais *RV*; lo *V*; der(r)eier *DG*
32. Que ien quai *CDIK*, Qet en cai *G*, Qieu que (qui *V*) nai *RV*; dampnatge *C*

V. *fehlt DIK*   34. quac *CG*, ac *RV*   35. Pueis quamors *CG*,
E pus ilh *R*; E pus nõ es il c. *V*   36. Be *V*; Fols serai si mais li s. *R*
37. Seruir *R*, Feruir (?) *V*   38. Et *C*, Es *G*, ē *R*; Car es..za *V*
39. Fan *C*, Fai *GV*; Fa del s. *R*

VI. (VII.) *fehlt DGIK*   41. Mas *C*, Pus *R*, Pois *V*   42. Q̄ issi
C, Aissi *R*; Ais il gart *V*   43. nelh *C*   45. Ab tot neis dõ mē so-
mona *R*   46. Car nõ es maneira bona *R*   47. Ans par com guizardon
quier *R*, E acueill ben e sofer *V*   48. Qui trop tem mal dig c. *R*, A
forza de mon c. *V*

VII. (VI.) *fehlt DGIKR*   50. maluat *V*   53. qui ab *C*, cap *V*

qu'e·lh perdo s'ela·m perdona,
55 e tuih cilh son mesonger
     que·m n'an faih dire folatge!

VIII.   Lo vers mi porta, Corona,
          lai a midons a Narbona,
          que tuih sei faih son enter,
60   c'om no·n pot dire folatge.

54. si ellam *C*; Per quel p. sim p. *V*   55. E son tut huil m. *V*
56. Quim *V*; dir uilanatge *C*, dire folatge *V*

VIII. *fehlt DGIKR*   58. de n. *C*, a n. *V*   60. dir uilanatge *C*,
dire folatge *V*

Hds. X:

La dolce uoif ai oide . del rosignolet faluage . qui fef en mon cor
saillide . si que tuit mei desier . et mal trait qamors mi done madoncist
et masaizone . et maurie bon mister . lautrui ioi en mon dannage.

Ben es uns hom dauol uide . qen ioi nō au son estage . et qen uraie
amor nō guide . son cor et son desier . car tot can qes sabandone . uers
amors refraint et sone . praz et defeis et uerger . landes . et plain . et
boscage.

Ev las cui amors oblide . qi sui fors de dreit uiage . alguez de ioi
men partide . mais ire en fai destorber . et nō sai ou me rebone . tot mon
ioi mi desacone . et nem tenaz pir leger . sen dic alcun uilanage.

———

1. Man sollte vielleicht bei Bernart *auida* oder *auvida* (und *jauvida*
statt *jauzida*) schreiben.
2. *sauvatge* „wild" oder „scheu"? d. h. soll der Gegensatz zu einer
gefangenen, gezähmten Nachtigall oder soll die Sinnesart des Vogels bezeichnet werden? Doch wohl das Letztere.
6. *asazonar* ursprünglich „der Jahreszeit anpassen" (z. B. „cultiver
en temps propice" Mistral), dann „(bien) disposer, apprêter, assaisonner,
angenehm, willkommen machen". Neben *adousa* scheint sogar der moderne
Sinn des frz. ‚assaisonner' natürlich. Man wird hier „mildern" übersetzen
dürfen. Im Gegensatz dazu: *mon joi me desazona* v. 22.
7. *auria*]. Man erwartet das Präsens. Der Redende setzt die Modus-
form der bedingten Rede, überläßt aber dem Redenden sich die möglichen
Bedingungen vorzustellen: „wenn ich Besserung suchen wollte, wenn es
überhaupt irgend eine Hilfe für mich gäbe" oder ähnlich.
14. *de joi* oder *vas joi* „aus Freude" oder „zur Freude hin". Ich
ziehe *vas* vor, das in der Vorlage von RV stand.
refrinh und *refrim'* == *refrima* sind in gleicher Weise möglich.
19. Mit *que* im Anfang (s. G) würde der Vers sagen, inwiefern sich
der Dichter außerhalb des rechten Weges fühlt. Der Ausruf *eu las* in

v. 17 würde an sich unabhängig stehen, aber durch die Nebensätze erklärt werden.

21. *reponre* (oder *rebonre* C) übersetzt Levy hier mit „verbergen". Vielleicht ist der stärkere Sinn „vergraben" anzunehmen, den Levy gleichfalls mehrfach belegt.

22. *mos jois* (CDIK, also alle außer G) setzt wohl noch, da es schwerlich Obl. Plur. ist, das Reflexivpronomen voraus *mi's desazona* „da meine Freude mir welkt", s. Levy II, 113.

24. Die Hörer erwarten natürlich nur Gutes und Edles vom Dichter zu hören. Aber in seinem Kummer und Groll kann er sich hinreißen lassen zu sagen, was er nicht sagen sollte.

25. *chauzit* „einsichtig" und zwar besonders inbetreff dessen, was zu gutem höfischem Leben gehört; *deschauzit* also: „unkundig" höfischer Art, mal-appris, oder sollen wir „unbarmherzig" verstehen? vgl. 10, 19 Anm.

28. Dieselbe sprichwörtliche Wendung 42, 30; vgl. Cnyrim Sprichwörter Nr. 779 ff.

30. Derjenige, welcher sie zur Rede stellt, ist freilich der Dichter. Grammatisch aber kann dem *autre* doch nur *l'ochaizona*, nicht *m'och.* (CDGIK), entsprechen.

31. *li derrer* könnte hier die Letztgekommenen bezeichnen, im Gegensatz zum Dichter, der sich schon so lange um die Geliebte bemüht hat. Eher aber wird es heißen: „die Schlechtesten", s. Chr. 63, 93 (Giraut de Bornelh).

32. *qued eu c'ai* (vgl. *quei* G) oder *qu'eu qui n'ai?*

38. Vielleicht tritt hier die *esperansa bretona* zum ersten Mal in der prov. Lyrik auf. Andere Stellen Birsch-Hirschfeld S. 53, Cnyrim Nr. 965 ff. Giraut v. Bornelh 77, 30 (Kolsen p. 428) bleibt freilich ebenso zu datieren wie dieses Gedicht. Bernart wird aber doch wohl die Priorität haben. — *Escuder* v. 39 bezeichnet hier offenbar einen unreifen jungen Menschen.

40. An beiden Stellen, an denen das Wort bei Bernart vorkommt, folgt ein Vokal, so daß über *costum* oder *costuma* nicht entschieden wird. VI. Obwohl die beiden Hdss., welche Strophe VI und VII enthalten, sie in umgekehrter Folge bringen, darf man sie getrost stellen wie es hier geschehen ist. Das zeigt der Inhalt mit seiner plötzlichen, anmutigen Wendung, und das zeigt das Reimwort v. 56, welches in der Tornada wiederklingt.

43. *aizit* „in erreichbarer Nähe, zur Verfügung", vielleicht auch „wohl geneigt".

50. *qui* oder *qu'i?*

53. Der Vers hat eine Silbe zu viel. Am besten streicht man wohl *es* und faßt den Vers als Ausruf.

56. *Vilanatge* steht v. 24 im Reim. So scheint *folatge* das Richtige zu sein. Man könnte freilich sagen, daß der Dichter sich hier gerade auf jenen Vers rückbezieht, so daß die Wiederholung kein Bedenken hätte. Aber V verdient in diesem Lied besondere Berücksichtigung; so nehme ich, zugleich mit Beziehung auf v. 53, hier und v. 60 *folatge* an.

58. Das Verhältnis von 53—56 zu 57—60 spricht dafür, daß von derselben Person gesprochen wird. So ist in der Tornada wohl von Bernarts Herrin in Narbonne (*a* V), nicht von der Herrin von Narbonne (*de* C) die Rede.

I. Die süße Stimme der scheuen Nachtigall habe ich gehört, und sie ist mir ins Herz gedrungen, so daß sie mir alle Sorge und Qual versüßt und mildert, welche Liebe mir gibt. Und wohl würde die fremde Freude mir in meinem Leid von Nöten sein.

II. Ein jeder führt fürwahr ein übles Dasein, der nicht bei der Freude weilt und der sein Herz und Sehnen nicht zur Liebe leitet; denn Alles was ist, überläßt sich der Liebe und schallt und klingt: Wiesen und Gehege und Gärten, Haiden, Ebenen und Wälder.

III. Ich, ach!, den die Minne vergißt, da ich vom rechten Wege ab bin, würde meinen Anteil an der Freude haben; aber Gram hindert mich daran und ich weiß nicht, wo ich mich verbergen (vergraben) soll, da er mir meine Lust vergällt. Und haltet mich nicht für leichtfertig, wenn ich irgend eine Schlechtigkeit sage.

IV. Eine falsche, niedrig gesonnene Verräterin von üblem Geschlecht hat mich verraten (und sie ist verraten und schneidet selbst die Rute, mit der sie sich schlägt); und wenn einer sie zur Rede stellt, beschuldigt sie ihn ihres eigenen Unrechts; und die Schlechtesten haben mehr von ihr als ich, der ich lange ihretwegen geharrt habe.

V. Gar gut hatte ich ihr gedient, bis sie mir ein flüchtiges Herz bewies. Und da sie mir nicht zu Teil ward, bin ich gar töricht, wenn ich ihr ferner diene. Dienst, den man nicht lohnt, und bretonisches Harren machen nach Fug und Brauch einen Mann zum Kinde.

VI. Da sie sich mir so entzogen hat, verlasse ich ihre Herrschaft; und nicht will ich, daß sie mir nahe sei, noch will ich ferner von ihr reden. Und doch, wenn mir einer von ihr spricht, ist mir die Rede von ihr lieb und ich freue mich gern daran und mein Herz wird mir froh.

VII. Gott gebe dem ein übles Los, der schlechte Botschaft (zu ihr?) trägt, denn ich würde der Liebe genossen haben, wären die Kläffer nicht. Ein Tor (ist), wer mit seiner Herrin streitet; ich verzeihe ihr, wenn sie mir verzeiht, und Alle sind Lügner, die mich Torheit von ihr haben sagen lassen!

VIII. Den Vers trage mir, Corona, dorthin zu meiner Herrin in Narbonne, denn all ihr Tun ist vollkommen; von ihr kann man keine Torheit sagen.

24.

C 59 (MG. 706), E 107 (MG. 1348); die erste Strophe anonym
W 202 (p. 403). W überliefert auch die Singweise.

Kritisch herausgegeben von Tobler, Ein Lied Bernarts von
Ventadour, Sitzungsberichte der Kgl. Preuß. Akad. der Wissenschaften zu Berlin, Phil. histor. Kl., 29. Okt. 85, XLI, S. 941 ff.

I.   Lancan folhon bosc e jarric,
           e·lh flors pareis e·lh verdura
           pels vergers e pels pratz,   (— 1)
           e·lh auzel, c'an estat enic,
     5   son gai desotz los folhatz,
           autresi·m chant e m'esbaudei
           e reflorisc e reverdei
           e folh segon ma natura.

II.   Ges d'un' amor no·m tolh ni·m gic,
    10   don sui en bon' aventura
           segon mon esper entratz,
           car sui tengutz per fin amic
           lai on es ma volontatz;
           que re mais sotz cel no·n envei
    15   ni ves autra part no soplei
           ni d'autra no sui en cura.

III.   Ben a mauvais cor e mendic
           qui ama e no·s melhura;
           qu'eu sui d'aitan melhuratz
    20   c'ome de me no vei plus ric,
           car sai c'am e sui amatz
           per la gensor que*d* anc Deus fei
           ni que sia el mon, so crei,
           tan can te terra ni dura.

    I. 2. e v. *C*; E flor par els en v. *E*   3. *Eine Silbe fehlt in allen
drei Hdss.* 4. Els auzels *CE*; estar *E* 5. guays *C* 7. E reflorisc
fehlt CE, von Tobler ergänzt

    II. 10. b.] gran bon *C*

    III. 18. Sel qui *C* 20. Que home *E*   21. quieu am *C*, que
am *E* 22. dieu *E*

IV.   25   Anc no fetz semblan vair ni pic
           la bela ni forfachura,
           ni fui per leis galiatz,
           ni no·m crei c'om *tan la* chastic,
           tan es fina s'amistatz,
      30   qu'ela ja·s biais ni·s vairei
           ni per autre guerpisca mei,
           segon que mos cors s'augura.

V.   Midons prec, no·m lais per chastic
           ni per gelos folatura,
      35   que no·m sent' entre sos bratz;
           car eu sui seus plus qu'eu no dic,
           e serai tostems, si·lh platz;
           que per leis m'es bel tot can vei,
           e port el cor, on que m'estei,
      40   sa beutat e sa fachura.

           ─────────

[VI.   Anc no vitz ome tan autic,
           si a bon' amor ni pura
           e per sidons si' amatz,
           no sia gais, neis sers e bric,
      [5]   si's de joi pres e liatz;
           que *de* fol cove que folei
           e de savi que chabalei,
              que pretz li·n creis e·lh melhura.]

     IV. 25─27. Anc no fui per l. g. *C*   28. non cre *E*; quelam
castic *CE*   30. brais *E*; vaire *CE*   31. gequisca *C*   32. sargura *E*
     V. 34. pel gelos follentura *C*   35. *fehlt C*   36. non *CE*   37. Et
o serai *C*, Et ho cerai *E*   39. meſtai *E*
     [VI. 1. vis *CE*; amic *E*   3. *fehlt E*; ſidons es ben a. *C*   4. neis
seis ebic *C*   5. Si es *CE*; lasatz *E*   6. Que fols cove *CE*   8. li
creſca *CE*; meillur *E*]

                    Die erste Strophe in W:
     Lan que fueille et bosc jaurrist . que flor sespan et verdure . per
vergiers et per praz . et lauzel qui sestai tenic sunt gai . per me lou
fueillas . altresi chant et mesbaude . et vif de joi et rauerde . et fueill
segont ma nature.

           ─────────

     Das Lied ist von Tobler nicht nur herausgegeben, sondern natürlich
von ihm auch so trefflich kommentiert worden, daß hier zu sagen wenig
übrig bleibt. Insbesondere hat er von *tener* und *durar* im Sinne von

„reichen" zu v. 24, von *folatura* zu v. 34, von *sentir* zu v. 35 eingehend gesprochen.

v. 3. Eine Silbe fehlt in allen drei Hdss. Tobler hat ergänzt *P. r. totz e p. p.*; nach 23, 15 könnte man lesen *P. r., deres e p.*

v. 5. Für *folhat* bringt Levy zwei Stellen bei, wo das Wort „Lattenholz" zu heißen scheint. Hier wird man es als das gleichbedeutende masc. zum französischen fem. *feuillée*, npr. *fuiado* „Laub, Laubdach" ansehen dürfen.

14. Ob *non* oder *no·n* „nichts weiter als sie" von ihm verstanden wird, ist bei Tobler nicht ersichtlich.

18. *melhurar* bezeichnet v. 19, wie das Folgende zeigt, das Gefühl der Beglückung, wie es der Liebende durch seine Liebe erfährt. Hier handelt es sich doch wohl um die innere Besserung des Liebenden, um die veredelnde Wirkung der Liebe, von der bei den Trobadors so oft die Rede ist. Eine Verschiebung des Gedankens, die für den Provenzalen kaum zum Bewußtsein kam, wie denn wieder *ric* v. 20 für ihn sowohl die äußere Geltung wie den inneren Wert bezeichnete. (Tobler umschreibt: „Er sieht an sich bestätigt, daß Liebe jeden über sich selbst emporhebe, der nicht armseligen Herzens sei; seit er weiß, daß er von der Schönsten auf dem Erdenrund geliebt ist, sieht er keinen, dem er höheren Rang einräumen möchte".)

21. Es ist zu ergänzen: *qu' am la gensor e soi amatz per la gensor*, mit einer ähnlichen Ungenauigkeit der Konstruktion, wie in dem *chascuns l'ama et porta fei*, von dem Tobler, Verm. Beitr. I², 112 handelt.

28. Von Tobler korrigiert.

Die in CE stehende letzte Strophe hat in der Vorlage von W offenbar nicht gestanden. Die Hds. enthält zwar nur die erste, läßt dann aber Raum für vier, nicht fünf, weitere Strophen. Die VI. Strophe fügt nichts zum Ausgesprochenen hinzu, ist weder im Gedanken, noch im Ausdruck glücklich, und enthält die schon früher angewendeten Reimwörter *melhura* und *amatz*. Tobler verwirft sie mit Recht (S. 944 f.): „Die an sich selbst schon mißratenen acht Verse mag ein Unberufener, dem etwa eine der echten Strophen fehlte, zum Ersatze verfaßt und seinem Buche einverleibt haben; die bekanntermaßen aus vielen Handschriften zusammentragenden Urheber von C und E aber haben wohl neben dem besseren Text auch den durch schlimme Zutat verderbten vorgefunden und das diesem eigene Gesätzlein nicht wollen umkommen lassen".

Ich halte diese Strophe nicht für eine beabsichtigte Ergänzung des Gedichtes, sondern für eine Cobla esparsa, die irgendein Unbekannter, in Anlehnung an die dritte Strophe unseres Liedes, gedichtet hat.

[1.] *antic* werden wir nicht eigentlich als alt zu verstehen haben, sondern (wie *jove* bekanntlich nicht nur jung an Jahren, sondern auch jung an Art und Gesinnung heißt) etwa als „verknöchert".

[4.] *bric*, das sonst Narr heißt, ist hier, neben *sers*, = „miser", wie der Donatz das Wort übersetzt. In v. 6 wird ja gerade das Benehmen eines Narren als abweichend hingestellt.

[5.] Das *si es* der Hdss. wird nicht, mit Tobler, als *s'es* zu verstehen sein, sondern als *si's* „so ist er von Freude eingenommen, wenn er liebt und geliebt wird".

[6 ff.] Der Gedanke ist: „Der Verständige muß nach einem edelfröhlichen Leben streben, wie es die gute Minne nach sich zieht, denn daraus erwächst ihm Preis. Von dem Toren freilich ist das nicht zu erwarten".

I. Wenn Wälder und Eichengestrüpp sich mit Blättern bedecken, und über Gärten und Wiesen die Blüte und das Grün erscheint, und die Vögel, die verdrossen waren, fröhlich unter dem Laube sind, dann singe auch ich und bin fröhlich und erblühe und grüne wieder und treibe Blätter nach meiner Art.

II. Nicht lasse ich noch weiche ich von einer Liebe, die sich mir, nach meinem Hoffen, zum Guten wendet, denn dort werde ich als treuer Freund gehalten, wohin mein Sehnen geht, denn nichts weiter unter dem Himmel begehre ich und nach keiner anderen Seite flehe ich, noch bemühe ich mich um eine Andere.

III. Wohl hat ein schlechtes und erbärmliches Herz, wer liebt und nicht besser wird. Ich bin um soviel gebessert, daß ich keinen Menschen reicher sehe als mich, denn ich weiß, daß ich die Schönste liebe und von ihr geliebt werde, die Gott je schuf noch die in der Welt ist (das glaube ich), soweit die Erde reicht.

IV. Nimmer zeigte die Schöne schillernde Miene, noch beging sie falsche Tat, noch wurde ich von ihr betrogen, noch glaube ich (nach dem, was mein Herz sich kündet), daß man sie dessen schelte (so wahr ist ihre Freundschaft), daß sie sich je wende und wanke und mich für einen Anderen verlasse.

V. Meine Frauc bitte ich, sie möge es mir um Scheltens noch um eines eifersüchtigen Toren willen nicht unterlassen, daß sie mich zwischen ihren Armen fühle, denn ich gehöre ihr mehr an als ich sage, und werde, wenn es ihr gefällt, ihr stets gehören, denn um ihretwillen ist mir lieb, was alles ich sehe, und wo ich auch sei, trage ich ihre Schönheit und ihre Beschaffenheit im Herzen.

[Cobla esparsa:]

[VI. Nimmer saht Ihr einen so verknöcherten Menschen, daß er, wenn er gute und echte Liebe hegt und von seiner Fraue geliebt wird, nicht fröhlich sei, selbst wenn er in Knechtschaft und Elend (?) lebe, so gehalten und gebunden von Freude ist er (dann), da es für den Toren geziemt töricht und für den Weisen trefflich zu handeln, denn Preis erwächst ihm dadurch und gedeiht ihm.]

25.

A 87 (243), B 56 (MG. 144), C 48, D 15 (45), G 21 (p. 65),
I 30, K 18, L 21, M 38, P 17 (52, Arch. 49, 283), Q 30 (76,
p. 61), R 58 (487), S 55 (33), S^g 1, S^i 2 (4), T 157, V 53 (Arch.
36, 403), a 93 (73, Rlr. 42, 330).

Das Breviari d'amor zitiert v. 61—72 unseres Liedes als
v. 33 681—92 (63. *b.*] *dolsa*, 64. *s.*] *joi*, 66. *Mos*, 67. *Pus de mi*,
68. *p. aver v.*, 72. *Amors pus ieu lam t.*, also im Text Azaïs' eng
an C anschließend). Die Razos de trobar führen (83, 11 ff.) v. 73 f.
als Beleg für falsches *trai* statt *trac* an: *Escontral [En contral]
dampnatge E la pena qieu trai* (die ersten beiden Verse lauten in
den Razos nach Hds. B: *Ara can uei la fuella Jos dels arbres
cazer*, nach C: *Qan uei la soilla Jos des arbres chazer*).

N^2 nennt das Gedicht als 17. von Bernart.

Die Singweise wird von R überliefert.

Gedruckt bei Raynouard, Choix III, 62; Mahn, Werke I, 14.

Die Strophenfolge in den Hdss. ist:

1 2 3 4 5 6 7 8	ABDGLPRST
1 2 3 4 5 6	MS^{i}a
1 2 3 4	Q
1 2 4 5 6 7 3	C
1 2 5 6 4 3 8	IK
1 2 5 3 4 6	S^g
1 2 5 4 6 3	V

Die Varianten stellen gegenüber ABDGLPST : IKMQS^{g}S^{i}Va,
s. v. 15, 22, 27, 41, 50, 51, 67, 72.

Innerhalb der ersten Gruppe treten zusammen: AB(D) v. 42,
PS v. 8, 23, 29, 54, 75. T geht in v. 14 mit AB, in 68, 69
mit D. Vers 72 zeigt, daß D die Lesungen beider Hauptgruppen
vor sich gehabt hat. G und L lassen sich nicht rein unterbringen.
In Vers 41 geht G mit IKQS^{g}S^{i}V, meist aber mit AB etc. und im
besonderen mit PS s. v. 73, 80, 85.

In der anderen Gruppe sind enger verwandt MS^{i}a s. v. 49,
54, 68 (MS^i 70, S^{i}a 35) und mit ihnen pflegt Q zu gehen: QMS^{i}a
20, 43, 45 (QMS^i 29, QMa 22, QS^{i}a 24, Qa 17).

V bald mit M, häufiger mit IK: VM 8, VMC 5, VMCa 7,
VIK 19, 57, 61, 63, VIKR 10, VIKCR 32, VIKMC 38, 66, aber

auch mit MS^iaQ ohne IK: 18, 37. S^g meist mit MS^ia: S^g MS^iaQ 43, S^g MS^iaR 45, S^g MS^iaQV 37, S^gMQa 22, S^gMVa 7, S^g MQS^i 29, dagegen mit IK: S^g IKV 4, 57, 63, S^g IKRV 32; mit beiden: S^g $IKMS^iVa$ 50, 51; nur S^gS^i : 15.

C stellt sich meist zur Gruppe $IKMQS^gS^ia$: 22, 37, 51, 67 und besonders zu MV, s. oben.

R dagegen geht meist mit ABGPST : 15, 51, 67, 72.

Über jene Hauptgruppierung hinaus kommen wir also nicht zu recht klaren Verhältnissen.

I.
Lancan vei la folha
jos dels albres chazer,
cui que pes ni dolha,
a me deu bo saber.
no crezatz qu'eu volha
flor ni folha vezer,
car vas me s'orgolha
so qu'eu plus volh aver.
cor ai que m'en tolha,
mas no·n ai ges poder,
c'ades cuit m'acolha,
on plus m'en dezesper.

II.
Estranha novela
podetz de me auzir,
que, can vei la bela
que·m soli' acolhir:

I. 1. Lai qan *MR*, Er can *V*; la *fehlt* *Q* 2. Justa lalbre *R* 3. A cui *G*, Qui *LR*; qen p. CQS^g, qui p. *DIK*, q, (= quem) p. *L*; nin d. *C*, os d. *R*, o d. *T* 4. deu] de S^i; bem (mot *C*, beu S^g) plazer $CIKS^gV$ 5. Nous *V*; cugetz *CMV*, creatz IKS^gT; qez eu *a* 6. Flors *LV* 7. Pos (Pus) CMS^gVa, Qan(t) *GQ*, Que S^i; Sol quen grat macuoilla *IK* 8. Cilh *CGRa*, Leis *MV*; uolgr(a) *CGLPSV*, uol *Q*, suoill IK, suelh *R* 9. Car *G*; q(ui)eu CS^ia 10. E *a*; no *GL*; non ai] nouí *T*; ges non ai p. *IKRV* 11. cre *M*, cut *T*; micuoilla *L*, ma tueilha *a*; c. q̄macueyla S^g, c. quem vuella *V*; Cades es qi macolla *Q* 12. Cō *G*, Con *Q*; me d. *DPSV*, mi d. $IKMQS^gS^ia$

II. 14. Pot hom *ABDLT*, Pode(t)z $CGPSS^gS^iV$, Podes *MQa*, Poires *IK*, Poira *R* 15. Quant eu u. *IKMQVa*; Quan remir la b. *C*, Qe ma fag la b. S^gS^i 16. Qim *QV*; s.] ia s. *Q*

ara no m'apela

ni·m fai vas se venir.

lo cor sotz l'aissela

20   m'en vol de dol partir.

Deus, que·l mon chapdela,

si·lh platz, m'en lais jauzir,

que s'aissi·m revela,

no·i a mas del morir.

III.   25   Non ai mais fiansa

en agur ni en sort,

que bon' esperansa

m'a cofondut e mort,

que tan lonh me lansa

30   la bela cui am fort,

can li quer s'amansa,

com s'eu l'agues gran tort.

tan n'ai de pezansa

que totz m'en desconort;

35   mas no·n fatz semblansa,

c'ades chant e deport.

17. Caras *ABC*, Ara *DGLPST*, Quera *IK*, Aras *M*, Ela *Qa*, Eras *RSợV*, Era *S*ⁱ 18. vas si] a se *Ca*, asse *Q*, a si *MSợS*ⁱ, assi *V* 19. cors *ABDGIKQTa*, cor *CLMPRSSợS*ⁱ*V*; ios *IKSợV*, sout *M*, desotç *T*; la-sella *Sợ* 20. Mi u. *CGIKRSợ*, Mi fai *MQS*ⁱ*a*, Ni u. *V*; dira p. *Sợ* 21. Deu *SợS*ⁱ; qi mo ch. *G*, qil m. ch. *LMPSSợV*; De lieis ce nom c. *T* 22. Sil platz men lais i. *ABDLPST*, Sius plas me l. i. *G*, Sil play me en i. *R*, Mi lais de lieys (le *S*ⁱ) i. *CIKS*ⁱ*V*, Mi (Men *a*) don de lieis i. *MQSợa* 23. Que sai(s)sim (saissiṣ *R*) r. *ABGQR*, Si nom renouelha *C*, Que sai sim r. *D*, Car saissim r. *IKM*, Que saissis r. *L*, Senaissim r. *PS*, Car aissis r. *Sợ*, Enaissi sim r. *S*ⁱ, Cieu sai ses r. *T*; Senaixis r. *V*, Qieu saissim r. *a* 24. de m. *Sợ*; Noi am m. *IK*, Non es m. *QS*ⁱ, Naia m. *T*, Noi es m. *a*

III. 25. Mou *A*; Mais (Jais *K*) nou ai f. *IK*, Non aurai m. f. *M* 26. aiur *V* 27. Ma bona e. *IKQRS*ⁱ*Va*, Niᵃ b. e. *M*, Mas b. e. *Sợ* 28. *Der erste Buchstabe unlesbar G*; c.] deccubut *V*, contondut *zu* con-fondut *a* 29. Car t. l. *IKR*, Aitan(t) l. *MQSợS*ⁱ, De tan l. *PS*; mo l. *V* 30. q(ui)eu *RSợS*ⁱ*Va* 31. li quis *Sợ*, lle q. *T*, li q. *a*; Quan quier sa-mistansa *C* 32. s'eu] seu *D*, si *RSợV*; lagues *ABDGL*, llages *M*, li agues *S*, agues *PQS*ⁱ*Ta*, lauia *C1KRSợV*; gr. *fehlt Sợ* 33. *fehlt S*ⁱ; Tan ai *T*; desperanssa *B*; Tam mi desenansa *M* 34. *fehlt S*ⁱ; tot *DG MPQSSợV*, tut *T*; me d. *DIKQSợT* 35. E *S*ⁱ*a*; fai *S*ⁱ; seblanssa *T* 36. em d. *BCRSợV*

IV.
    Als no·n sai que dire

    mas: mout fatz gran folor

    car am ni dezire

40   del mon la belazor.

    be deuri' aucire

    qui anc fetz mirador!

    can be m'o cossire,

    no·n ai guerrer peyor.

45   ja·l jorn qu'ela·s mire

    ni pens de sa valor,

    no serai jauzire،

    de leis ni de s'amor.

V.
    Ja per drudaria

50   no m'am, que no·s cove;

    pero si·lh plazia

    que·m fezes cal que be,

    eu li juraria

    per leis e per ma fe,

55   que·l bes que·m faria,

    no fos saubutz per me.

    en son plazer sia,

IV. 37. Al *DGPS*; sai] sia *T*; Non sai (ai *V*, sai *aus* fai *a*) mais *CMQSꝯSⁱVa* 38. mout] trop *CIKMV*; fauc grantç *T* 39. Qieu *a*; e *RSⁱa* 40. bellausor *I*, bellisor *PS*, belezor *Sꝯ*, belor *V* 41. Ben deuria aucire (alcire *D*) *ABDLPS*, Bem fetz pietz daucire *C*, Ben faria aucire (daucire *Q*) *GQSⁱV*, Bem fera (fara *Sꝯ*) ausire *IKSꝯ*, Ben mi fai aucire *M*, Fag ma pietz daussire *R*, Ben dorialfire *T*, Ben fau aueire *zu* B. fari aucire *a* 42. Cel canc *ABD*, Qui anc *CGIKLMPQSSꝯSⁱVa*, Ce anc *T*; fes *MSꝯ*, fe *SⁱTV*, fei *a*; Gardā sō m. *R* 43. Qe qan(t) mo c. *MQSⁱa*, Qe quant be mo c. *Sꝯ*; Et a mon albire *R* 44. Don *D*; gerer *auf Rasur M* 45. Que ial (ia *Sⁱ*, la *a*) iorn ques (quel *R*) m. *MRSꝯSⁱa*; Qe quant la remire *Q* 46. Nis p. *PS*; color *CIK*; Ni cossir sa u. *R* 48. li *Sⁱ*

V. *bis Schluß fehlt Q* 49. Ges *CMSⁱa* 50. Non am *DT*, Nō am *LR*, No man *P*; lam *IKMSꝯSⁱVa*; car *MSꝯSⁱVa*; non c. *Sⁱ*, nous c. *T*, nom c. *a* 51. Pero sil p. *ABDGLPRST*, Mas salei(s) p. *CIKMSꝯSⁱVa*; plazra *zu* plazia *a* 52. fezet *S* 53. Qieu *IKV* 54. Per lei(s) *ABCDGIKLSꝯTV*, En (E *M*) dieu *MSⁱa*, Per deu *PS*; e bona fe *M*, et e ma fe *Sⁱ*, e ma fe *a*; Sobre la mia fe *R* 55. Qes *S*, Quels *V*; ben *BGIKMSꝯSⁱ* 56. sauput *M* 57. E *D*; El (Al *V*) sieu p. *IKSꝯV*, En son bel p. *R*

qu'eu sui eu sa merce.

si·lh platz, que m'aucia,

60   qu'eu no m'en clam de re!

VI.   Ben es dreihz qu'eu planha,

s'eu pert per mon orgolh

la bona companha

e·l solatz c'aver solh.

65   petit me gazanha

lo fols arditz qu'eu colh,

car vas me s'estranha

so qu'eu plus am c volh.

orgolhs, Deus vos franha,

70   c'ara·n ploron mei olh.

dreihz es que·m sofranha

totz jois, qu'eu eis lo·m tolh.

VII.   Encontra·l damnatge

e la pena qu'eu trai,

75   ai mo bon uzatge:

c'ades consir de lai.

orgolh e folatge

e vilania fai

58. a *AB*, e *TVa*   59. Cil plag *a*; ppatz (?) *S^i*   60. Jeu *C*, Que *RS^i*; me c. *GT*, mi c. *M*; planc *V*; eu re *S^g*

VI. *fehlt Q*   61. dreg *M*; qem p. *MRS^g*, qes eu p. *a*; Assatz ai que p. *IKV*   62. Quieu *IKM*, Si *R*, Quar *S^g*, Can *V*; pert *fehlt IKS^i*, per *C*, perc *DGR*; eguell (?) *V*   63. doussa *C*, bel(l)a *IKS^{g}V*   64. Nil s. *S^g*, Els s. *T*; s. on ieu s. *R*; Nil ioy que a. s. *C*   65 *bis Schluß fehlt S^g*   66. Mos *CIK*, Mon fol *MS^{i}V*; fals *R*; ardirs *IK*, ardir *M*, ardit *S^{i}V*, argoil (*undeutlich und durch Korrektur*) *G*   67. Pus (Pos, Puois) *CIKMS^{i}Va*, Qan *DG*; uar mi sestraya *S^i*   68. *fehlt DT*; So (Cho) *AB CGLPS*, Si *IK*, Sela *MS^{i}a*, Silh *R*, Leis *V*; p. *fehlt S^{i}a*; p. a.] desir *V*; p. auer u. *C*; qez ieu plus u. *M*; e] ni *PS*   69. *fehlt DT*; Orguoill (Erguelh *etc.*) *GIKLPRSS^{i}Va*; dien *R*; v. *fehlt a*, nos *I*; sofrajna *V*, afrainha *a*; O. de nos sestraya *S^i*   70. Caran p. *ABCDVa*, Car en (cm) p. *GIKLPRST*, Qar tan p. *M*, Qe tan p. *S^i*; mi *GM*, me *S^{i}V*, mic *T*   71. qnē sesfragna *D*, quen s. *I*   72. Tot *CPS*, *fehlt IKMS^{i}Va*; Jois (Joi *S^{i}V*) quieu mezeis (meteis) *IKMS^{i}Va*; Amors pus ieu lam t. *C*, T. i. que eus mezeis. Queu eis lom t. *D*

VII. *fehlt IKMQS^{g}S^{i}Va*   73. Encontral *ABDRC*, Esconta d. *G*, Escontral d. *LS*, Escoltral *P*, Gies contral *T*   75. mon *ABDRT*, mont (molt) *CGLPS*   77. Enueg *C*

quin mou mo coratge

80   ni d'alre·m met en plai,

car melhor messatge

en tot lo mon no·n ai,

e man lo·lh ostatge

entro qu'eu torn de sai.

VIII.   85   Domna, mo coratge,

·l melhor amic qu'eu ai,

vos man en ostatge

entro qu'eu torn de sai.

---

79. Qui m. *DT*, Qim m. *GPF*; mou] creis *R*   80. E *G*; daltrem *ABDLR*, daltram (dautram) *CGPST*; en p. *fehlt T*   81. *fehlt T*; Ja *C*   82. *fehlt T*   83. loi o. *C*; E metil en gatie *R*, Eman loill estagie *T*   84. E tro *T*; que t. *P*; mou, *darüber* tron *D*; A la bela quem play *R*

VIII. *fehlt CMQS₉S¹Va*   85. Donal *G*, Dommpal *PS*   86. ·L *steht nur in A*; meiller *T*; que ai *R*   87. en *fehlt P*   88. E tro *T*; tron *D*

—

11. Vgl. 26, 16.

41. Die Hdss. schwanken zwischen *derer* und *faire*, und bei *faire* wieder in sehr verschiedener Art. GQS¹V haben *ben faria aucire*; das wird man lesen müssen *be fari'a aucire* „wohl sollte der getötet werden, welcher . . .“. Aber das macht sechs Silben aus. Die Konstruktion *be fai aucire* neben *bon aucire fai* (s. Levy, *faire* 21) „es ist gut zu töten“, welche gestatten würde zu lesen *be fari' aucire*, kommt m. W. nicht vor. *fera* (also *be fer' a aucire*) steht nur in IKS₉. So werden wir bei *deuria* bleiben. Über *be* oder *be·m* oder *be·n* entscheiden die Hdss. nicht.

61. Die Klage, welche der Dichter hier erhebt, richtet sich nicht gegen die Geliebte, so daß er mit der eben ausgesprochenen Versicherung, sich über nichts zu beklagen, in Widerspruch träte, sondern sie richtet sich gegen die eigene Überhebung. Diese ließ seine Wünsche sich gar zu anmaßend versteigen, so daß der Dichter in Gefahr geriet den Umgang mit der Geliebten zu verlieren.

80. Die Hdss. haben *daltrem* oder *daltram*. An „eine andere“ Frau ist schwerlich zu denken. *Altre* als Neutrum „Anderes“ aber kommt, wenigstens bei Bernart, sonst nicht vor. So schreibe ich *d'altre·m*.

84. *de sai* kann nicht mit *de lai* v. 76 gleichbedeutend sein, also ist es hier mit dem ursprünglichen Sinn von *de* als „von hier“ zu übersetzen.

86. ·l steht nur in A. Es wird also in der gemeinsamen Vorlage gefehlt haben, ist aber doch schwer zu entbehren.

I. Wenn ich das Laub von den Bäumen fallen sehe, wenn es auch Leid und Schmerz sei, mir muß es gefallen. Glaubt nicht, daß ich Blüte und Blatt sehen will, denn das, was ich am liebsten mag, ist hochfahrend

gegen mich. Wohl habe ich den Willen, mich von ihr zu wenden, aber ich vermag es nicht, denn immer meine ich, daß sie mich freundlich aufnehme, wenn ich am tiefsten in Verzweiflung bin.

II. Schlimme Kunde könnt Ihr von mir hören, denn wenn ich die Schöne sehe, die mich freundlich zu empfangen pflegte: jetzt ruft sie mich nicht und läßt mich nicht zu sich kommen. Das Herz unter der Achsel will mir darob vor Leid zerspringen. Gott, der die Welt leitet, möge mich, wenn es ihm gefällt, ihrer genießen lassen, denn wenn sie mir so widerspenstig ist, gibt es nur eines für mich zu tun: zu sterben.

III. Auf Vorzeichen und Los habe ich fürder kein Vertrauen, denn gute Erwartung hat mich vernichtet und getötet; denn, wenn ich die Schöne, die ich so sehr liebe, um ihre Liebe bitte, wirft sie mich so weit von sich, als ob ich großes Unrecht gegen sie hätte. So großes Leid habe ich darüber, daß ich ganz davon verzweifle; doch merken lasse ich's mir nicht, denn ich singe alleweil und treibe Kurzweil.

IV. Nichts anderes kann ich sagen als: gar große Torheit begehe ich, daß ich die Schönste der Welt liebe und begehre. Wohl sollte ich denjenigen töten, der je einen Spiegel machte! Wenn ich es mir wohl bedenke, habe ich keinen schlimmeren Feind. Nimmer werde ich an dem Tage, da sie sich spiegelt und ihres Wertes gedenkt, ihrer noch ihrer Liebe genießen.

V. Möge sie mich nicht in Buhlschaft lieben (denn das ist [bei dem hohen Werte, den sie besitzt] nicht angemessen), aber wenn ihr gefiele mir irgend etwas Gutes anzutun, würde ich ihr bei ihr selbst und bei meiner Treue schwören, daß das Gute, das sie mir täte, durch mich nicht kund würde. In ihrem Belieben stehe es, denn ich bin ihrer Gnade überlassen. Wenn es ihr gefällt, möge sie mich töten, denn ich beklage mich dessen in keiner Weise.

VI. Wohl ist es Recht, daß ich klage, wenn ich durch meine Überhebung die gute Geselligkeit und die Lust verliere, die ich zu haben pflegte. Wenig hilft mir der Wagemut, den ich hege, denn die, welche ich am meisten liebe und begehre, wird mir feind. Überhebung, Gott möge Dich demütigen, denn nun weinen meine Augen über Dich. Mit Recht schwindet mir alle Freude, denn ich selbst nehme sie mir.

VII. Dem Schaden und dem Leid gegenüber, das ich erfahre, habe ich meinen guten Brauch: daß ich immer dorthin denke. Anmaßung, Torheit und Schlechtigkeit begeht, wer mein Herz davon abwendet und es mir mit Anderem beschäftigt, denn einen besseren Boten habe ich nicht in der ganzen Welt, und ich sende es ihr zum Pfande, bis ich von hier zurückkehre.

VIII. Fraue, mein Herz, den besten Freund den ich habe, sende ich Euch zum Pfande, bis ich von hier zurückkehre.

26.

C 56 (MG. 707), Dᵃ 160 (554), G 22 (p. 68), I 31 (MG. 118), K 20, N 148 (219), Q 32 (81, p. 65).

N² nennt das Lied als Nr. 24.

Das Breviari d'Amor zitiert v. 29—35 (v. 31 800—06: 32. *thieis costa l'esp.*, 33. *tragels*, 34. *De g.*).

Strophenzahl und -folge:

```
1 2 3 4 5 6 7 8    CDIK
1 2 3 4 5 6 7      GQ
1 2 3 5 4 6 7 8    N
```

Durch die Varianten 17, 20, 32 werden CGQ und DIKN gegenübergestellt (daneben tritt *chaïr* v. 2 in GNQ zurück). GQ zeigen sich durchweg eng miteinander verwandt.

Eine weitere Gliederung der Gruppe DIKN läßt sich nicht vornehmen. Das Verhältnis ist also:

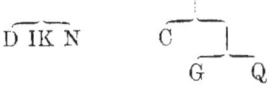

I.
> Lancan vei per mei la landa
> dels arbres chazer la folha,
> ans que·lh frejura s'espanda
> ni·l gens termini s'esconda,
> 5 m'es bel que si' auzitz mos chans,
> qu'estat n'aurai mais de dos ans,
> e cove que·n fass' esmenda.

II.
> Mout m'es greu que ja reblanda
> celeis que vas me s'orgolha,
> 10 car si mos cors re·lh demanda,
> no·lh platz que mot m'i responda.

I. 1. Lan qe *Q*   2. Del *IK*; chançer *D*, chair *GNQ*   3. qe f. *Q*   4. terminis *CDIKN*; sasconda *Q*   5. auzit *D*; mo *N*   6. Qui-stat *IK*, Questa *N*; naura ia mais *D*   7. Ar *C*

II. 8. ja *fehlt GQ*, la *N*   9. qi *GQ*   10. cors *fehlt GQ*

be m'auci mos nescis talans,
car sec d'amor los bels semblans
e no ve c'amors lh'atenda.

III. 15   Tan sap d'engenh e de ganda
c'ades cuit c'amar mi volha.
be doussamen me truanda,
c'ab bel semblan me cofonda!
domna, so no·us es nuls enans,
20   que be cre qu'es vostres lo dans,
cossi que vostr'om mal prenda.

IV.   Deus, que tot lo mon garanda,
li met' en cor que m'acolha,
c'a me no te pro vianda
25   ni negus bes no·m aonda.
tan sui vas la bela doptans,
per qu'e·m ren a leis merceyans:
si·lh platz, que·m don o que·m venda!

V.   Mal o fara, si no·m manda
30   venir lai on se despolha,
qu'eu sia per sa comanda
pres del leih, josta l'esponda,
e·lh traga·ls sotlars be chaussans,
a genolhs et umilians,
35   si·lh platz que sos pes me tenda.

VI.   Faihz es lo vers tot a randa,
si que motz no·i descapdolha,
outra la terra normanda,

12. mauzit *G*; nesi *N*   13. set *Q*; damors lo b. *GQ*   14. latenda
alle außer lan tenda *Q*
III. 15. de genh *C*, dengin *Q*   16. qu'amar] amar *N*, qa des *Q*
17. matruanda *CG*, me truanda *DIKN*, ma reuanda *Q*   18. Qa b. *G*,
Ca b. *Q*   19. so no·us es *IK*] conoyssetz *C*, conoisses *DN*, conoiseç *G*,
conoiscenç *Q*; enians *C*   20. tenh *C*, tenc *GQ*; uostre los d. *GQ*
IV. 23. meitta *Q*   24. Car me *GQ*   27. quem *CGQ*, quiem *DIK*,
quierā *N*; merceian *D*   28. o] e *Q*
V. 29. farai *N*, fora *Q*; ū m. *G*, no m. *Q*   30. on] o *Q*   32. de
lieys *C*, delleis *G*, de lei *Q*, del lieg *DIKN*   33. traial *GQ*, tragal *N*;
chalchanz *G*, chalçant *Q*   34. De g. *C*; humeliatz *IK*
VI. 36. totz *C*, toz *G*

part la fera mar prionda;
40   e si·m sui de midons lonhans,
vas se·m tira com azimans
la bela cui Deus defenda.

VII.   Si·l reis engles e·l ducs normans
o vol, eu la veirai abans
45   que l'iverns nos sobreprenda.

VIII.   Pel rei sui engles e normans,
e si no fos Mos Azimans,
restera tro part calenda.

40. ·m *fehlt* GQ; lognaç Q   41. sen D, sem IK; diamans C,
aimanz DIKN, adimanz GQ

VII. 43. engleis D; dux CGN, ducs D, duz IK, duç Q   44. Lo GQ
45. Quel liuerns C, Quenuernz D, Queiuerz N

VIII. *fehlt* GQ   47. diamans C, aimanz DN, azimanz IK   48. tro
la c. C

5. *auzitz* oder *auvitz* s. Anm. zu 23, 1.

10. Da sowohl corpus wie cor mit einem Possessivum in den alten
Sprachen Frankreichs Personenbezeichnungen umschreiben, ohne Rücksicht
auf die eigentliche Bedeutung der Wörter (s. Tobler, Verm. Beitr. I², 32,
34), kann man im Prov. bisweilen zwischen *cors* und *cor-s* zweifeln.
Bernart scheint jene rein mechanische Art der Umschreibung aber nicht
gebraucht zu haben. Wir dürfen hier, wie anderwärts (10, 6; 24, 32;
40, 46; 41, 42) *cors = cor·s* verstehen. Ernstliche Zweifel bleiben nur
4, 45, wo corpus neben *dormir, pauzar, en un loc estar* näher zu liegen
scheint. Aber angesichts jener Stellen, wo Bernart von seinem Herzen
wie von einer Person redet, möchte ich auch da *cor·s* annehmen.

14. *atendre* hier wie in *atendre un covinen, una promeza* (vgl.
Mönch von Montaudon, *Be m'enueja per Saint-Salvaire* v. 28 : *E qui·m
promet e no m'aten*. Raynouard bringt V, 323b *atendre sa paranda* aus
Bernart; in unserem Text ist diese Lesart von CEMN aber in die Varianten
verwiesen s. 4, 32).

15. Das Subjekt scheint das der letzten Verse sein zu müssen : *amors*.
Dann müßte der Sinn des Wortes von „Minne" plötzlich übergegangen
sein zu „Geliebte", wie ja das Wort bei Bernart oft die geliebte Dame
bezeichnet. Besser wird es aber sein auf das im Text freilich fernstehende,
dem Gedanken des Dichters aber doch stets vorschwebende, *celeis* v. 9
zurückzugreifen.

16. Vgl. 25, 11.

17. Die Hdss. schwanken zwischen *me trauuda* DIKN und *matruuuda*
CG (Q hat *ma reuuda*, schließt sich also an CG an). Raynouard las

atruanda und übersetzte das Verbum „allécher, affriander": V, 436 a „bien doucement m'allèche".˙ Dieselbe Bedeutung „affriander, allécher" gibt Mistral dem npr. *atruanda* im bas limousin. Aber ist das nicht erst aus Raynouard entnommen? Wie gelangt das Wort zu diesem Sinn? Es scheint heißen zu müssen: „zum *truan*, zum Landstreicher, Lumpen, Bettler machen". So übersetzt denn auch Mistral zuerst „acoquiner, rendre paresseux". Also hier: „auf gar süße Weise macht sie mich zum *truan*, bringt sie mich ins Elend, auf daß sie mich mit schönem Schein vernichte".

Besser aber wird man aus den anderen Hdss. *me truanda* aufnehmen. Freilich nicht im Sinne von „mendier, gueuser" (Raynouard) oder „traiter en truand" (Levy), sondern „betrügen (wie ein *truan*, also ungefähr agir comme un truand, das Levy auch, mit einem Fragezeichen, ansetzt). *truandar* ist synonym mit *mentir*, neben dem es z. B. bei Bertran de Born steht, s. Chr. 67, 15 *puois en Peitau lor men e los truanda Noi er mais tan amatz*, wie *truan* „lügnerisch, betrügerisch" neben *messongier* und *fals*, vgl. Chr. 29, 40 (Richart de Berbezil): *E mos fals digz mensongiers e truans Resorsera en sospirs et en plors*, Folq. de Marselha 155, 24 v. 19: *non aya cor truan c'ab bels plazers me cug traire* (= *traïr*), Croisade 4151: *baros de la terra que so fals e truans*, Flamenca 4265: *s'amors es falsa e truans* etc. So auch hier *truandar* neben *engenh* und *ganda* „betrügen".

19. Nur IK haben *so nous es*; die anderen *conoisses* oder Ähnliches. In der gemeinsamen Quelle scheint also *cono..ses* gestanden zu haben. Daß IK das Richtige erkannt haben, ist aber nicht zweifelhaft.

23. Die Rede, welche sich in v. 19 an die Dame gewendet hat, spricht jetzt wieder in 3. Person von ihr. Nach Toblers Grundsatz müßte also Str. III nach IV und V stehen. Das ist nicht unmöglich. Aber die Schwierigkeit von der wir zu v. 15 zu reden hatten, wird hierdurch nicht beseitigt. Und dem Gedanken nach schließt sich III sonst sehr gut an Str. II an. Man wird jenem Prinzip Toblers doch nicht für alle Fälle Gültigkeit zusprechen.

24. „Nahrung nützt mir nichts", so sehr zehre ich mich in Furcht und Liebe ab.

32. *pres del leih* oder *de leis?* Beides entspricht der Situation, und beides wird durch die Umgebung eigentlich überflüssig. Für *leih* entscheidet aber Ovid, der hier mit größerer Sicherheit als sonst als die Quelle Bernarts zu bezeichnen ist: Ars amat. II, 211 Nec dubita tereti scamnum producere lecto, Et tenero soleam deme vel adde pedi.

37. *capdolhar* heißt „emporragen", *descapdolhar* also „unter das Maß hinabgehen, minderwertig sein".

43. IKQ zeigen in *duz, duç* eine Form, die auf ducem zurückgehen würde; CDGN haben das in den Wörterbüchern allein verzeichnete *duc-s*. Natürlich würde auch *duz* ein Lehnwort sein; es ist aber nicht abzusehen, weshalb die so natürlich und dem venezianischen *doge* neben *duca* ungefähr entsprechende Form nicht gebildet worden sein soll. In den Text habe ich indes die durch Reime gesicherte Form aufgenommen.

I. Wann ich über die Haide hin das Laub von den Bäumen fallen sehe, will ich, ehe die Kälte sich verbreitet und die schöne Jahreszeit sich verbirgt, daß mein Sang gehört werde, denn mehr als zwei Jahr habe ich mich seiner enthalten, und es ziemt, daß ich das gut mache.

II. Gar schwer ist's mir derjenigen mich wieder dienstbar zu erklären, die mir gegenüber hochfährtig ist, denn, wenn ich irgend etwas von ihr erbitte, gefällt es ihr nicht, mir ein Wort zu erwidern. Wohl tötet mich mein törichter Sinn, da er dem schönen Schein der Liebe folgt und nicht sieht, was Liebe ihm halte.

III. Soviel List und Ausflüchte weiß sie, daß ich immer vermeine, sie wolle mich lieben. Gar süß betrügt sie mich, auf daß sie mich mit schönem Schein vernichte. Fraue, das ist kein Vorteil für Euch, denn wohl glaube ich, daß Ihr den Schaden davon habt, wenn Eurem Lehnsmann auf irgend eine Art Leid zustößt.

IV. Gott, der die ganze Welt umfaßt, lege ihr ins Herz, daß sie mich aufnehme, denn keine Nahrung hilft mir und kein Gut nützt mir. So sehr bin ich vor der Schönen in Furcht, daß ich mich ihr gnadeflehend übergebe: Wenn es ihr gefällt, möge sie mich verschenken oder verkaufen.

V. Übel wird sie daran tun, wenn sie mir nicht entbietet dahin zu kommen, wo sie sich entkleidet, damit ich nach ihrem Befehl ihr nahe sei, neben dem Bettrande, und ihr, knieend und demutsvoll, die wohlsitzenden Schuhe abziehe, wenn es ihr gefällt, daß sie mir den Fuß reiche.

VI. Ganz zu Ende ist der Vers gedichtet, derart, daß da kein Wort mangelhaft ist, jenseit des normannischen Landes, über dem wilden tiefen Meer. Und wenn ich mich von meiner Fraue entferne, wie ein Magnet zieht mich die Schöne an sich, welche Gott schütze.

VII. Wenn der englische König und normannische Herzog es will, werde ich sie sehen, bevor der Winter uns überrascht.

VIII. Um des Königs willen bin ich Engländer und Normanne, und wenn mein Magnet nicht wäre, würde ich bis nach Weihnachten bleiben.

27.

A 91 (255), C 49, D 17 (54), F 19 (40, Strophe 4 und 7), I 28, K 17, L 139, M 41, N 144 (210), Q 30 (75, p. 61), R 11 (81), V 57 (Arch. 36, 406), a 88 (67, Rlr. 42, 324), anonym O 27 (45).

N² nennt das Gedicht als 10. Raimon Vidal, *So fo el tems* v. 171f. zitiert v. 10 11 (10. *T. men d*. 11. *sabia*).

Gedruckt von Raynouard. Lexique roman I. 332; Mahn, Werke I, 45.

Die Strophenfolge ist:

1	2	3	4	5	6	7	8	ADIKN
1	2	3	4					O
1	2	3	5	6				V
1	2	3	6					QR
1	2	5	6	3	(4)			L (4 nachgetragen)
1	5	2	3	6	4			C
1	5	6	3	2	4			Ma

Vers 14—18 sind in AD(F)IKNO ausgetauscht gegen 59—63; 14, 15 in Ma durch 59, 60 ersetzt, 34—36 in CMa durch 61—63.

Daß die von mir gewählte Ordnung der Verse die richtige ist, ergibt sich m. E. unmittelbar aus dem Sinn. Die 4. Strophe fehlt in QRV, ist in L und in der Quelle von CMa erst hinzugefügt.

So erhalten wir eine gewisse Gruppierung der Hdss. durch Strophen- und Versanordnung.

Die Verwandtschaft von QR einerseits, von Ma andererseits wird durch viele Varianten bestätigt. Mit Ma geht oft V: 7, 48, 53 (VM 26). Mit MVa geht auch L: 38, 47, 53, aber bald näher mit Ma: 3, 4 6, 47, bald näher mit V: 41, 42 verknüpft. In 34, 35 zeigt sich L verwandt mit O. C fanden wir in v. 34—36 mit Ma vereint. In 6, 7, 8, 17 geht es mit R, in 11, 12, 21 mit QR, in 28, 33, 37 bez. 38, 40, 41 aber wieder mit Ma und VMa. So scheint die Grundlage von C mit QR verwandt zu sein; Str. 4 und 5 aber fehlten dort und wurden nach einer Ma nahestehenden Vorlage hinzugefügt. Ma zeigt in v. 14, 15 wie es scheint, Beziehung zur Quelle von ADIKN.

Da A(F)D und IKN sich wieder mehrfach voneinander trennen, s. v. 16, 35, 36, 37, 42, 57, 64, darf man das Verhältnis ungefähr so definieren:

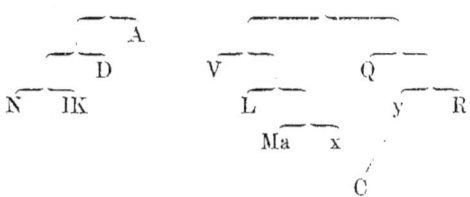

O gehört zu ADIK. Seine genauere Stellung bleibt aber ungewiß. Nach v. 2 würde es zwischen A und DIKN gehören.

I.   Lonc tems a qu'eu no chantei mai
             ni saubi far chaptenemen.
             ara no tem ploya ni ven,
                tan sui entratz en cossire
     5   com pogues bos motz assire
                en est so, c'ai . . . . . .
                  ·si tot no·m vei flor ni folha,
               melhs me vai c'al tems florit,
             car l'amors qu'eu plus volh, me vol.

II. 10   Totz me desconosc, tan be·m vai;
             e s'om saubes en cui m'enten,
             ni auzes far mo joi parven!
               del melhs del mon sui jauzire!
               e s'eu anc fui bos sofrire,
     15   ara m'en tenh per garit,
               qu'e re no sen mal que·m dolha.
               sí m'a jois pres e sazit,
             no sai si·m sui aquel que sol!

I. 1. Loncs *D*; chante *O*   2. Ne *C*, Nim *IK*, Nin *N*, Nen *Q*;
nausei *L*, saup *a*; contenemen *DKN*, contennemen *I*, contenimen *O*, cap-
temen *Q*   3. Mas ar *LMa*, Eras *R*; nom ten *N*, nom tem *O*   4. Si
CQR, Antz *LMa*; entrat *Q*, intrat *RV*; en greu c. *a*   5. Co *M*; bon *Q*;
mot *O*; aissire *IK*   6. est] aquest *CR*, c̄ *O*, un *V*; En un uers *LMa*;
apedit *AIKMN*, apit *C*, apendit *D*, aperit *LOQa*, pit *R*, apeditz *V*
7. Seu *O*; non *DQa*, no *LNRV*, nō *IKO*; nos par *M*, no par *V*, non
pars *a*; flors *L*; *am Rande nachgetragen:* Sol midons auzir lo uuelha *C*
8. men *a*; ua *O*; qel *LMQVa*; tep *Q*; floritz *V*; Se tot no uei quel tempz
florit (*also v.* 7/8 *zusammengeflossen, dafür v.* 7 *neugebildet und am Rande
nachgetragen*) *C und* (*ohne die Neubildung des* 7. *Verses*) *R*   9. Que
CQR, Pos *Ma*, Can *V*; la rens *A*, lamor(s) *CD1KLMNOQRVa*; tan(t) *Ma*,
pus ·*R*; uolc *O*, uol *Q*

II. 10. Tot *OQV*; desconort *DN*, desconois *a*; tam *CNVa*, can *I*;
ben u. *NQa*   11. s'om] souz *I*, so *N*, son *O*; sabia *M*; E sauzes dir *a*;
en] uas *CQR*; maten *CQRV*; cu eu mĩten *O*   12. Nō *O*, Ne *Q*; mauses
L; lauses mon ioi far p. *CQR*   13. Pels *a*; miel *Q*   14 *bis* 18 *gegen*
59 *bis* 63 *ausgetauscht AD(F)IKNO;* 14/15 *durch* 59/60 *ersetzt Ma*
14. fu *C*; s'ieu nai peu(a)e martire *ADFIKN*; Ecar a. f. bon s. *L*
15. Eras *R*; me t. *QR*; guerit *CD*, gueritz *RV*   16. Mentre *ADF*,
Qua re *C*, Quen ren *IKMN*, Qe re(n) *LQV*, Car re *R*, Ai qieu *a*; nom
s. *M*; d.] dol *R*; qil d. *D*, qui en d. *N*   17. Tan(t) *Ma*; i. p.] pres iois *C*,
pres ioy *R*; saizit *IK*, sasitz *R*, saizitz *V*   18. sai *fehlt C*; si s. *ADMR*,
sieu s. *FL*; aisselh *C*, aicel *Q*; qien s. *L*, qi s. *MQ*, qneu s. *N*, qim s. *V*

III.

El mon tan bon amic non ai,

20   fraire ni cozi ni paren,

que, si·m vai mo joi enqueren,

qu'ins e mo cor no·l n'azire.

e s'eu m'en volh escondire,

no s'en tenha per träit.

25   no volh, lauzengers me tolha

s'amor ni·m leve tal crit

per qu'eu me lais morir dē dol.

IV.

C'ab sol lo bel semblan que·m fai

can pot ni aizes lo·lh cossen,

30   ai tan de joi que sol no·m sen,

c'aissi·m torn c·m volv' e·m vire.

e sai be, can la remire,

c'anc om belazor no·n vit;

e no·m pot re far que·m dolha

35   Amors, can n'ai lo chauzit

d'aitan cum mars clau ni revol.

III. 19. Je m. *O*, Al m. *Q*; tam *CVa*, tā *R*   20. *erstes ni fehlt MNRa*   21. sim] son *I*; enqueran *N*; Si de mon ioi me ua (uay *R*) queren *CQR*   22. Qieu *L*, Qeu *a*; e] el *Q*; nol nazire *AOV*, nol azire *CDF*, nol naire *IKLN*, non lazire *MRa*, no laire *Q*   23. *Vor diesem Vers:* mi tuelha samor, *dann getilgt, R*; mi u. *AO*, lo u. *L*; uolc *O*; si men fai e. *Ma*   24. s'en] sein *IK*; men tejnatz *V*; trazit *ADFa*, trait *CIKLMNOR*, traitz *V*   25. uol *Q*; lausengier *MOQRV*, lauzenia *a*; macnella *MV*   26. Samo *F*; nin *ACR*, ni *D*, nen *Q*; leve] leuon *CQR*; Sa. min torn en t. c. *IK*, Mon joi ni metal c. *L*, Josta si nim moua tal c. *M*, Nin moua tals critz *V*, Midonz nim leu aital c. *a*   27. Don eu *O*; que *a*; men l. *FV*

IV. *fehlt QRV*   28. Per *CMa*, Ab *LO*; lo] so *a*   29. pot] luec *CM*, luecs *a*, poc *O*; ni a.] ni sazo *C*, ma sazon *M*, maces *D*, ni azes *IK*, ni aiies *O*; lolh] lo *CO*, loi *L*, sol *N*, li o *a*, *fehlt M*   30. *in N freie Zeile*; sol] sonc *O*; nou s. *D*, no s. *IK*, mou sen *MO*   31. Souen *CMa*, Aissim *L*; t.] salh *CM* (*aus* fail) *a*; e uolu *CM*, el uolu *L*; uol *IKN*, uolf *a*; tornen uolue *O*; e uire *M*   33. plus bella *CMa*, bella ior (iorn *I*) *IK*, belezon *O*; no *AN*; vi *a*   34. no·m] non *DIN*, nō *K*; far ren *IKN*; quim d. *D*; Per merceil prec que macueilha (*s. v.* 61) *CMa*, Ni ges ues mi no sorgoilla *L*, Qe ies uer mi nos orgoilla *O*   35. Samors *L*, Amor *N*; qan] quans *IK*, anz *L*, cauç *N*, ainz *O*; E pos tant ma (ma tan *M*) enrequit (*s. v.* 62) *CMa*   36. De tan *D*, De tans *IK*; qant *L*, can *O*; mars] mas *D*, la mars *IKN*; r.] nol *N*; No (Nō *M*, Nom *a*) sia qui (qim *M*) dona qui (ni qim *M*) tol (dol *a*) (*s. v.* 63) *CMa*

V.   Lo cors a fresc, sotil e gai,
            et anc no·n vi tan avinen.
            pretz e beutat, valor e sen
    40   a plus qu'eu no vos sai dire.
            res de be no·n es a dire,
            ab sol c'aya tan d'ardit
            c'una noih lai o·s despolha,
            me mezes, en loc aizit,
    45   e·m fezes del bratz latz al col.

VI.   Si no·m aizis lai on ilh jai,
            si qu'eu remir son bel cors gen,
            doncs, per que m'a faih de nien?
            ai las! com mor de dezire!
    50   vol me doncs midons aucire,
            car l'am? o que lh'ai falhit?
            ara·n fassa so que·s volha
            ma domna, al seu chauzit,
            qu'eu no m'en planh, si tot me dol.

V. *fehlt* OQR   37. f.] blanc *IKN*, blanch *L*; f. s.] plaçet (*von jüngerer Hand auf Rasur*) *D*; Labor (Sabor *a*) ai gent s. *CMa*, Cors a fresquet cuindet *V*   38. Canc *N*; Quanc hom n. *CMVa*, Anc hom n. *L*; no ui *M*   39. beltatz *L*, beutatz *M*; P. b. e u. e s. *IK*; Oils amoros boca rizen *V*   40. Na *IK*, An *N*; A trop (Et a truep *a*) mais quieu no s. d. *CMa*, Ha mais qez ieu no s. d. *L*, Gencer qeu no s. d. *V*   41. Bes *D*, Re *N*; De lei(s) non es (ai *C*) res a d. *CLV*, Res non es de lieis a d. *Ma*   42. dardimen *IKN*; Quab (Ab *a*) sol quilh fezes tan (*fehlt a*) dardit (*aus* dardir *a*) *CMa*, Mas qe hagues t. da. *L*, Mas qe preses tan dardimen *V*   43. n.] uetz *C*, ues *M*; on se d. *D*, on d. *a*; Qc la noig qant se d. *L*   44. menes *a*; a.] azir *IK*, damic *V*; Mi tengues en leig aizit *L*   45. Com f. dels b. *V*; bras *IKNa*; las *IKN*; Em feges de sos brasz la sol *L*

VI. *fehlt* O   46. Silh *CR*; no *nachträglich zu* nom *geändert L*; a.] manda *Ma*, asis *Q*; Si non ai iois l. *D*, Si non uau l. *IK*, Acar no sai l. *V*; iaz *C*   47. E no r. *L*, On ieu r. *Ma*; b.] gay *R*; qe remires son c. g. *V*; lo sieu c. gen (genz *a*) *LMa*   48. *fehlt* C; A (Ha *L*) cals (cal *LM*) obs ma f. *LMVa*   49. con *IM*, co *KNR*   50. ma dompn *IK*, midon *L*, madon *N*   51. o] au *Q*; que *A*, quar *CR*, q(u)eu *DNQ*, quien *IK*; o que l'ai *fehlt V*; qei ai chauzit *Ma*   52. Eram *DN*, Aram *LMVa*; fasso *C*, facha *L*; so que u. *DIKLN*, qelas u. *V*   53. al] el *QR*; chausir *N*; Tro (True *a*) son talan (sos talans *V*) naia complit (complitz *V*) *LMVa*   54. Que *Q*; nom plainz *A*, noquam p. *CQR*, no men (nom *K*) p. *DIKV*, nō p. *M*, no p. *N*, nom p. *a*; Qe ren no prez *L*; men d. *V*

VII. 55 Tan l'am que re dire no·lh sai;
          mas ilh s'en prend' esgardamen,
          qu'eu non ai d'alre pessamen
            mas com li fos bos servire.
            e s'eu sai chantar ni rire,
      60   tot m'es per leis escharit.
            ma domna prec que m'acolha,
            e pois tan m'a enriquit,
          no sia qui dona, qui tol.

VIII.   De cor m'a, coras se volha.
      65   ve·us me del chantar garnit,
            pois sa fin'amors m'o assol.

VII. *fehlt LOQRV und, bis auf v.* 61 *bis* 63, *die an Stelle von* 34 *bis*
36 *den Schluß des Liedes bilden, auch* CMa   55. T. lam dire re noil
sai *D*, T. lam ren dire (dir *F*) non len sai *FIKN*   56. M. il (sil *FIK*)
sen pres e. (prendes gardamen *IK*, preçes gardamen *N*) *DFIKN*   57. Que
DIKN; non soi dals en p. *IKN*   59 *und* 60 *als v.* 14, 15 *in* Ma, 59
bis 63 *als v.* 14 *bis* 18 *in* ADFIKNO   59. sai *aus* fai *a*   60. p. l.]
de lai per *M*; esclarit *O*   61. mal (*zu* ma *geändert K*) cuoilla *IK*
62. poscam *O*   63. Nŏ *I*; d. e q. *A*, e *fehlt DIKNO*; qui] que *A*, li *D*
        VIII. *nur in* ADIKN   64. ma *fehlt IKN*; que coras uoilla *DIKN*
65. Me ueo *D*, Maura *IK*, Men uenc *N*   66. sa *fehlt A*

6. Als Reimwort dieses Verses zeigen die Hdss.:

apedit	AIKMN
apeṇdit	D
apeditz	V
aperit	LOQa
apit	C
pit	R

Wir haben uns also zwischen *apedit* und *aperit* zu entscheiden. Raynouard
kennt weder das eine noch das andere Wort. Levy verweist im Supplwb.
I, 68 b, 69 b auf Stichel. Dieser bringt unsere Stelle unter beiden Formen
als „begehren", bez. „anfangen"; bei *apedir* aber auch eine aus Giraut de
Bornelh nach der Bartsch'schen Chrest. Es heißt dort (6. Aufl. 113, 33 ff.)
nach einer Strophe, die besagt, daß man den nicht bessern kann (*franher
i podetz mil bastos*), der gute Lehren nicht hören will:

        Per sagra- men c'om me plevis,
        non creiria, qu'ans tem que i perc
        mos chasties que totz bes assis;

pos trop l'esfreda l'apedirs,
ja coill' ardit, desc' aura mes
s'entencion en sos affars,
que mentre qu'es mancips e tos,
l'eschai solatz e pretz e dos.

Bartsch übersetzt „convoiter, begehren", bez. (6. Aufl.) „convoitise". Die Varianten sind bei Kolsen S. 425 zu finden. Wir sehen da, daß *apedirs* in ABDDcN steht, *aperdirs* in IK, *apendig* in Q, *aperdis* Sg, *apertris* in T. Auch hier zeigt das Schwanken der Hdss. die geringe Gebräuchlichkeit des Wortes.

Wie Bartsch verstanden hat, ist schwer zu sagen. Etwa: „Bei Eid den man mir schwören mag, ich würde nicht glauben (daß er sich bessern würde), denn ich fürchte vielmehr, daß ich meine Zurechtweisungen verliere . . . .[1]) Wenn ihn Begehren sehr erschreckt, möge er Mut fassen, sobald er seinen Sinn auf seine Sachen gestellt hat, denn so lange er jung ist, ziemt ihm Unterhaltung, Preis und Freigebigkeit". Ist aber nun die convoitise die eigene Begehrlichkeit, die eigene Habsucht? (vgl. v. 30 *qui's fai de l'autrui cortes, pos del seu sera sobr-avars, ges no m'es vis, aport razos c'a lui repairel guixerdos*), oder ist es die Begehrlichkeit seiner Lehnsmannen, der Spielleute etc., die ihn erschreckt? Ich möchte lieber die stärkere Interpunktion hinter *apedirs* setzen, *apedir* als das eigene „Begehren, Wollen, Streben", verstehen: Alle gute Lehren bleiben vergeblich, wenn den zu belehrenden das Streben (nach dem Guten) erschreckt. Er fasse aber Mut, sobald er seinen Sinn auf das eigene Tun gerichtet hat; dann wird er einsehen, was ihm ziemt, und sich danach bemühen.[2])

Die Grundlage für die Deutung des Wortes als „begehren (auch Levy, Petit Dict.: demander, convoiter), streben" ist natürlich die Annahme, daß wir es mit lat. appetere zu tun haben. Diese Annahme ist keineswegs unbedenklich, denn das Wort ist volkstümlich in den romanischen Sprachen kaum vorhanden. Als Lehnwort aber sollte es *t* haben, wie es in *apeter*, *apetimen* usw. in der Tat hat. Und auch die Bedeutung ist für unsere Stelle nicht eben überzeugend: „in dieser Singweise, die ich erstrebt habe". Eine bessere und vor allem sicherere Erklärung des Wortes aber vermag ich auch nicht zu geben. *Aperit* würde gleichfalls ein, sonst unbelegter, Latinismus sein: „diese Singweise die ich (eröffnet) aufgedeckt habe". Die Verwendung könnte sich dann vielleicht durch irgend eine lateinische, dem Dichter vorschwebende Stelle erklären.

Um endlich alle etwa auftauchende Möglichkeiten zu erwägen: pes ist, wie im Verse der Versfuß, so in der Musik der „Takt" (bei Dante dann bekanntlich das vor der Strophenmitte wiederholte musikalische Sätzchen), so könnte also *apedit* hier etwa heißen: „die Singweise die ich in p e d e s gebracht habe". Das würde aber bei Giraut gänzlich versagen.

[1]) *que totz bes assis?* Glossar *assis* „établi". Lies etwa: *que totz ben assis* „die ich alle wohl anbrachte"? Vgl. *assire* in unserem v. 5.

[2]) Ganz anders Kolsen, dessen Deutung aber sicher abzulehnen ist.

Appel, Bernart de Ventadorn.   11

16. Auch *mentre*, aus ADF, ist möglich. Es heißt dann „da", s. Peire d'Alvernhe 15, 36.

26. Es wäre leicht, die Form *leve* zu umgehen, indem man entweder eine der anderen Lesarten aufnimmt oder etwa *leu un tal crit* liest (s. CQR *leuon t. c.*), wobei dann *leu i t. c.* die Grundlage für A etc. werden konnte; aber sie darf wohl bleiben.

31. *Vire* zeigt, daß *torn* und *volv* erste Personen sind. Oder ist *vire* selbst, wie 30, 1, dritte Person: „Freude dreht und wendet mich"? Im Sinne würde das eine ebenso gut passen wie das andere.

36. Nur eine, untergeordnete, Hds. hat *can*. So ist *cum* nicht leicht anzutasten.

Für *revolver* bestätigt unsere Stelle die Bedeutung „einwickeln, um-hüllen", welche Suchier aus „Sünders Reue" v. 5 erschließt (Dkm. I, 214). Es liegt nahe, diesen Vers mit dem Aufenthalt Bernarts in England in Verbindung zu bringen.

41. Die Wiederholung des Reimwortes ist sehr auffallend, aber durch die Hdss. gesichert. Bernart hat vielleicht in *non es a dire* eine genügend starke Abweichung der Bedeutung gesehen, um die Wiederkehr des Wortes zu rechtfertigen. Auch *chauzit* begegnet 35 und 53, *dolha* 16 und 34. Der Dichter scheint in diesem Liede besonders sorglos inbetreff der Wieder-holung der Reimwörter verfahren zu sein.

45. *dels bratz* nur in V, das zwar gelegentlich besonders gute Über-lieferung zeigt, hier aber doch in seiner Vereinzelung nicht hinreicht, die Lesart zu stützen. Der Plural wäre freilich zu erwarten, wenn man in Ovid, Amores II, 18, 9: Implicuitque suos circum mea colla lacertos die Quelle für diesen Vers Bernarts sehen wollte.

48. Vgl. 15, 42.

54. Die Vorlage scheint eine Silbe zu wenig gehabt zu haben. Ebensowohl wie durch *en* (aus DIKV) kann der Vers natürlich auch auf andere Weise vervollständigt werden.

59. Auch sein Singen und sein Frohsinn gehören zu seinem Dienst. So schließt sich der Gedanke an das Vorhergehende und rechtfertigt, gegen-über A, die Stellung der Verse.

64. *De Cor* begegnet in 22, 64 als Verstecknamo. So liegt hier viel-leicht ein Wortspiel vor.

66. *asolver*] die Liebe löst mir den Gesang, löst mir Herz und Zunge zum Gesang.

Für die Ordnung der Strophen folgt unser Text der Gruppe ADIKN, die im allgemeinen als die zuverlässigste gelten darf. Fraglich aber ist die Stellung der vierten Strophe. Diese scheint von vornherein an zweifel-hafte Stelle geraten zu sein. In QRV fehlt sie überhaupt; in CLMa ist sie nachgetragen, oder steht sie (s. S. 156) wenigstens am Ende des Liedes. Vers 28—31 scheinen sich eng an 17, 18 anzuschließen, so daß IV un-mittelbar auf II folgen sollte; und III könnte dann ebenso gut hinter IV

wie jetzt hinter II stehen. Aber es ist zuzugeben, daß Str. V besser an
v. 34—36 schließt als an die jetzt III. Strophe, und doch kann man II
nicht erst hinter IV und die zusammengehörigen V und VI stellen.

In diesem Zweifel, ob die Folge I, II, III, IV . . . oder I, II, IV,
III . . . richtig ist, lasse ich die Ordnung der gewählten Handschriften
bestehen.

I. Lange Zeit ist's, daß ich nicht mehr sang und mich nicht recht
zu halten wußte. Jetzt fürchte ich nicht Regen noch Wind, so bin ich in
Überlegung eingetreten, wie ich zu dieser Singweise, die ich . . . .
habe, gute Worte setzen kann. Obwohl ich nicht Blüte noch Blatt sehe,
geht es mir besser als in der Blütenzeit, denn diejenige, die ich am meisten
haben will, will mich.

II. Ich kenne mich nicht, so gut ergeht es mir. Und wenn man
wüßte, wem ich huldige, und wenn ich es wagte, meine Freude erscheinen
zu lassen! Der Besten in der Welt genieße ich, und wenn ich je ein guter
Dulder war, jetzt halte ich mich dessen für geheilt, denn kein Übel fühle
ich, das mich schmerze. So hat Freude mich ergriffen, ich weiß nicht,
ob ich derselbe bin wie sonst.

III. Ich habe keinen so guten Freund in der Welt, einen Bruder
oder Vetter oder Verwandten, daß, wenn er mich nach meiner Freude aus-
fragt, ich ihn nicht in meinem Herzen dafür hasse. Und wenn ich die
Aussage darüber verweigere, halte er sich nicht für verraten. Ich will
nicht, daß ein Nachredner mir ihre Liebe raube noch mir ein solches
Geschrei erhebe, daß ich vor Leid vergehe.

IV. Denn schon vom freundlichen Blick, den sie mir erweist, wenn
sie kann und die Gelegenheit es ihr gestattet, habe ich so viel Freude, daß
ich meiner Sinne nicht mächtig bin, so drehe ich mich und wende mich
(im Freudentaumel). Und wohl weiß ich, wenn ich sie anschaue, daß nie
ein Mensch eine Schönere sah. Und Minne kann mir nichts antun, was
mich schmerze, wenn ich die Auslese habe von Allem, was das Meer um-
schließt und umwogt.

V. Sie hat einen frischen, schlanken und fröhlichen Körper, und
nimmer sah ich eine so Anmutige wie sie. Wert und Schönheit, Tüchtigkeit und Verstand hat sie mehr als ich Euch sagen kann. Nichts an
Gutem fehlt an ihr, wofern sie nur so viel Kühnheit hat, daß sie mich
eines Nachts dorthin bringt, wo sie sich entkleidet, an einen geeigneten
Ort, und mir aus ihrem Arm eine Schlinge um den Hals legt.

VI. Wenn sie mich nicht dort unterbringt, wo sie liegt, so daß ich
ihren schönen Körper sehe, warum hat sie mich dann aus dem Nichts
gemacht? Ach, wie ich vor Sehnsucht vergehe! Will mich denn meine
Fraue töten, weil ich sie liebe? oder worin habe ich gegen sie gefehlt?
Meine Herrin mag nun darin nach ihrem Belieben handeln, denn ich beklage mich nicht, wenngleich es mich schmerzt.

VII. So sehr liebe ich sie, daß ich ihr nichts zu sagen vermag. Aber sie möge mit Bedacht handeln, denn ich habe keinen anderen Gedanken als den, wie ich ihr ein guter Diener sei. Und wenn ich singen und lachen kann, so ist mir Alles durch sie zu teil geworden. Ich bitte meine Fraue, daß sie mich annehme; und da sie mich so reich gemacht hat, möge nicht wer gibt, der sein, welcher nimmt.

VIII. Von Herzen hat sie mich, wann sie will. Sehet mich zum Sang gerüstet, da ihre gute Liebe ihn mir gewährt.

28.

A 92 (260), B 58 (MG. 1339), C 57, D 20 (66), G 11 (p. 34), I 29, K 18, N 138 (200), R 47 (394), a¹ 83 (62, Rlr. 42, 320); dem Peire Vidal zugeschrieben: M 52, T 245, a² 117 (117, Rlr. 44, 227), e 54 (nicht benutzt), anonym O 37 (60).

N² nennt das Lied als 14. des Bernart von Ventadorn. Das Breviari d'amor zitiert v. 9—16 daraus als von P. Vidal (v. 28149 —56; trotz der Attribution folgt der Text bei Azaïs der Version CG: v. 9 *vos*, 11. *Qu'aquestz*).

Gedruckt bei Raynouard, Choix III, 57; Mahn, Werke I, 13.

Wenn wir die Strophenfolge von C zu Grunde legen, haben wir als Ordnung der Hdss.:

```
1 2 3 4 5 6 7 8 9      C
1 2 3 4 6 5 7 8 9      GIKNOa¹
1 2 5 6 4 3 7 8 9      ABDMRTa²
```

Vers 25, 26 der Ordnung CG.. schließen sich offenbar an v. 23, 24 an, so daß diese Folge III · IV und nicht die in A . . . IV · III die richtige ist. Vers 33 mit seiner Frage nach dem Wert des Lebens ohne den steten Besitz der Geliebten, knüpft an v. 31, 32, die sich auf eine späte Gewährung ihrer Liebe vertrösten wollten. So ist also hier die Folge in C: IV · V anzunehmen, nicht die von A . . . (in welcher wohl das Vorkommen von *viure* in unserem v. 33 wie in v. 13 dazu verführt hat V an II zu knüpfen), aber auch nicht die von GIK . . .

Durch die Strophenstellung werden sogleich zwei große Gruppen bestimmt, deren einer sich auch C anschließt. Diese Gruppierung wird durch die Varianten im Wesentlichen durchaus bestätigt, s. v. 5, 52, 53, 54, 56, 58. Innerhalb der Gruppe CG . .

nehmen aber C und a[1] eine besondere Stellung ein; indem sie sich trennen und entweder a[1] (s. 29, 31, 43, 47, 52) oder Ca[1] (26, 27, 32, 41, 47) mit der anderen Gruppe gehen. Beide Handschriften scheinen mehr als eine Quelle benutzt zu haben. Es treten dann weiter IKN wie gewöhnlich zusammen, und zu ihnen tritt O (s. v. 30, 32), das aber an anderen Stellen auch mit C (57) oder mit Ca[1] (48) oder auch mit CG (9) geht.

Auf der anderen Seite trennen sich MTa[2] durch die Attribution an Peire Vidal ab, wie durch eine Anzahl Varianten, bei denen aber auch R mit ihnen vereint ist (20, 25, 28, 35 der Version A = 36, 41, 44, 27 der Version C). Ma[2] gehören nach 2, 42, 45 (= 2, 18, 21) wieder enger zusammen.

ABD zeigen sich v. 8, 12 (aber auch ABDT v. 24) enger zusammengehörig, AB wieder v. 56.

Im Großen und Ganzen wird also, trotz einiger Kreuzungen, ein Stammbaum

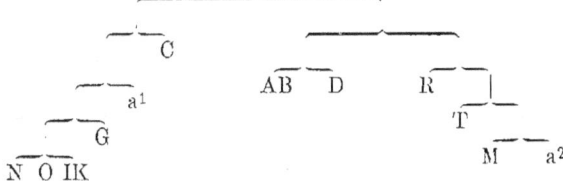

das Verhältnis angeben.

Fassung von CGIKNOa[1]:

I.
1. Lo gens tems de pascor
ab la frescha verdor
nos adui folh' e flor
de diversa color,
5. per que tuih amador
son gai e chantador

Fassung der Hdss. ABDMRTa[2]:
(Orthographie nach A)

I.
Lo doutz temps de pascor
ab sa doussa verdor
nos adui fuoilla e flor
de diversa color,
per que tuich l'amador
son gai e chantador

I. 1. ien IK, bel a[1]; del p. G 2. am Rande nachgetragen C; A N; doussa GO; color IK 3. adus N, adui (d später übergeschrieben) G; fuelh CIK 4. fehlt a[1]; diuersas O 6. e fehlt I

I. 2. la R; fresca Ma[2] 3. adutz MRT; fuelh R, fuogll T 4. diuersas colors a[2] 5. laimadors a[2] 6. chantadors a[2]

mas eu, que planh e plor,   mas ieu, que plaing e plor,
cui jois non a sabor.[1])   c'us jois no m'a sabor.

II. A totz me clam, senhor,   A totz mi clam, seignor,
10 de midons e d'Amor,   de midonz e d'amor.
c'aicist dui träidor,   aquist dui trahidor,
car me fiav'en lor,   car mi fiava en lor,
me fan viur' a dolor   mi faut viure ab dolor
per ben e per onor   per ben e per honor
15 c'ai faih a la gensor,   c'ai faich a la genssor,
que no·m val ni·m acor.   que no·m val ni·m socor.

III. Pen' e dolor e dan   Las! e viure qe·m val?
n'ai agut, e n'ai gran,   car no vei a jornal
mas sofert o ai tan. —   mon fin joi natural
20 no m'o tenh ad afan;   en licich, sotz fenestral
c'anc no vitz nulh aman,   blanc e fresc atretal
melhs ames ses enjan,   cum par neus a nadal,
qu'eu no·m vau ges chamjau   si c'amdui per egal
si com las domnas fan.   mesurem per cabal.

7. E a¹; qui *G*, sols *IK*, sol *N*, *fehlt Oa*¹; pl.] sospir a¹   8. Cui *CG*, Que *IKN*, Cu *O*, Qen a¹; ioi *O*; non a *CGO*, no ma *IKNa*¹
II. 9. t.] uos *CGO*   10. madōna a¹   11. Quaquestz *C*, Caqist *G*, Oaisil *IK*, Caisil *N*, Car cist *O*, Aquist a¹; dui *fehlt C*, diu a¹; traitor *G*   13. ab d. *C*   15. fat *N* 16. Qi ñ u. *G*; socor a¹
III. 18. Na aguda a¹; ai *Oa*¹, na *IK*   19. soffret *O*; s. oi aitan *N*   20. Ne no t. *I*, Nono t. *KN*; tenc *CO*, tien a¹   21. ne *O*; ui *C*, niç *G*, uist *IKN*, uit *O*; Anc no vegues a. a¹   22. Tan fort am s. e. a¹   23. *fehlt O*; n *G*; Queu no uauc ges cauçan *N*   24. Si co la d. *N*

7. ieu] ei *D*; qi *Ma*²   8. Cus *ABD*, Cui *MRTa*²; ioi *MR*, gio *T*; no ma *ABDRT*, non a *Ma*²
II. 9. senhors *Ra*²   10. damors *Ra*²   11. Aquisti *D*, A q̄st *R*, Acest *T*, Aqil a²; diu traidors a²   12. fizauan lor *M*, fifaua e lor *T*, fiza vendors a²   13. e d. *M*, a d. *RTa*²; dolors a²   14. bes a²; o *M*; honors a²   15. fac *T*; genzors a²   16. non v. a²
III. 17. e *fehlt T*; Las ieu muer e q̄ ual *R*   18. nō u. *M*   20. *fehlt D*; El l. *MR*, E l. *T*, E leis a²; al *MRT*; fenestragll *T*   21. frees *J*, freic *T*; atrestal *MR*, aitretal *T*   22. neu *D*, nieu *M*; Com neu de n. *T*   23. e.] cabal *R*; p. c.] cominal a²   24. Mezur en *D*, Mesuren *T*; Mesuram sem egal *M*, Murirem a egal *R*, Mesurassem engal a²

---

[1]) *lies*: c'us jois no m'a sabor.

IV. Pois fom amdui efan,
26 l'am ades e la blan;
    e·s vai mos jois[1]) doblan
    a chascu jorn del an.
    e si no·m fai enan
30 amor e bel semblan,
    cant er velha, ·m deman
    que l'aya bo talan.[2])

V. Las! e viure que·m val,
    s'eu no vei a jornal
35 mo fi joi natural
    en leih, sotz fenestral
    cors blanc tot atretal
    com la neus a nadal,
    si c'amdui cominal
40 mezuressem egal?!

No vim drut tant leial
que picitz o aia sal,
q'ieu·l port amor coral,
ela·m ditz „no m'en cal“.
enanz dic que per al
no m'a ira mortal;
e si per so·m fai mal,
pechat fai criminal.

Pois fom amdui enfan,
l'ai amada e la blan;
e vai m'amors doblan
a chascun jorn de l'an.
e si no·is trai enan
amors e beil semblan,
pos er voill e deman
que m'aia bon talan.

IV. 25. Los fon amdos e. *O*;
esfan *a*¹   26. Lai amada e C*a*¹
27. El nau *C*, E u. *GNa*¹, Les u. *O*;
mons ioi *N*, mamor *C*; E uai mamors duran *a*¹   28. chascuns *GO*
29. ñ *G*, non *N*, mon *O*; auan *a*¹;
E si noys trai auan *C*   30. Amors
*IKa*¹; a *Ga*¹, o *IKO*   31. Pus *C*;
denan *NO*; Q. en ueillā d. *G*, Q.
eil deman *a*¹   32. Geu *N*; maia *C*;
Tem qe naia t. *a*¹
    V. 33. e *fehlt O*, eu *G*; uiures
*IKOa*¹; quē *I*   34. Car *C*, Qant
*a*¹; v.] uen *a*¹; al i. *O*   36. E lieys
C, El !. *a*¹; al f. *C*   37. b.] graz
*a*¹; Blanque frefquatertal *C*   38. Cum
par n. *C*, Coma n. *a*¹   40. Nos
mesurē *G*, Meçuran seu *N*, Mesuren
sem *O*, Mesurassem *a*¹

IV. 25. uis *MRT*, uist *a*²; t.]
per tan *D*   26. Qi *M*; penz *a*²;
o a.] aia so *A*, o *fehlt R*, qaia *a*²
27. ·l *fehlt DMRTa*¹; part *M*   28
fehlt D; A leis de mi non (nol *R*)
cal *MRTa*²   29. dic *ADMTa*², ditz
B, di *R*; als *R*   30. No madira *M*,
Nomairo *T*   31. sim *R*; son f. *D*
    V. 33. fon *D*, foram *a*²; en-
fam *a*²   35. El uai mamor *MRTa*²
36. E *T*   37. nos *aus* vos *a*²; nos-
tai *T*   38. Amor *DMRT*; el *R*;
beil *A*, bell *M*   39. Puois er nuill
e denan *T*, Pos er veillam d. *a*²
40. Qe naia *MT*; talen *T*

---

¹) *lies*: m'amors.
²) *lies*: cant er velha, deman
         que m'aya bo talan.

VI. Anc no vitz drut leyal,
  sordeis o aya sal,
  qu'eu l'am d'amor coral,
  ela·m ditz: „no m'en chal“:
45 enans ditz que per al
  no m'a ira mortal;
  e si d'aisso·m vol mal,
  pechat n'a criminal.

VII. Be for' oimais sazos,
50 bela domna e pros,
  que·m fos datz a rescos
  en baizan guizardos,
  si ja per als no fos,
  mas car sui enveyos,
55 c'us bes val d'autres dos,
  can per fors' es faihz dos.

VIII. Can vei vostras faissos
  e·ls bels olhs amoros,

Pena e dolor e dan
n'ai agut e n'ai gran;
mas sofert o ai tan,
no m'o teing ad affan;
c'anc hom non vi aman,
mieills ames ses engan,
q'ieu no·m vau cambian
si cum las dompnas fan.

Ben fora oimais sazos,
bella dompna e pros,
qe·m fos datz guizerdos
d'un jazer a rescos,
car non sui enoios
(e ja per als no·us fos)
c'us bes val d'autres dos,
quan per forsa es datz dos.

Qan vei vostras faissos
e·l gen cors amoros,

VI. 41. ui G, uist IKN; drutz GO; No uitz drut tan l. C, Non sai (< fai) nuil t. l. a¹   42. Que meyns o a. s. C, Drut sordeis ait son al a¹   43. port amor C   44. A (E a¹) leis de me non cal Ca¹, Elañ dis nom cal N   45. Enanc C, Enan GN; dic C, fehlt O; Anz diz ben q. a¹   46. Nō (No N) uol GNO, Nom porta a¹   47. E si per so·m fai (uol a¹) m. Ca¹   48. Pecchatz I; na GIKN, fai COa¹; cominal C

VII. 49. razos a¹   50. Bona a¹   51. faitz guiardos a¹   52. En baizam g. G, En baisem O, Du baizar a rescos a¹   53. Si ça G, E ia (< ua) a¹   54. Mos c. G, Car nous a¹; enneios IKN, enoios GOa¹, enujos C   55. Eus O; uals G; dautre C   56. fors'] fosa C; fauz O

VIII. 57. C.] An O; vei] mir CO; uostra N   58. El O; oill G

VI. fehlt T   42. aguda A; ai D, lai Ma²   43. Mals R; sufer M, suffers R; sofforto aitan D   44. Ne mo t. M; tenc MR   45. Ne C. oras no ui a. D   46. Meill D   47. v. ies camjan a²

VII. fehlt T   51. Qen f. M   52. D'un zweimal in R   54. ia] iam D; non f. Da²   55. Cus bes fehlt, Raum für etwa 8 Buchstaben, R; dautre a²   56. f.] sors a²; forcas datz fos M; Quan forsa es damdos AB

VIII. fehlt T   57. uoftra R   58. cor D

be·m mcravilh de vos
60 com etz de mal respos.
e sembla·m trassios,
can om par francs e bos
e pois es orgolhos
lai on es poderos.

be·m meravill de vos
cum etz de brau respos,
car ben es tracios,
qand hom par francs e bos
e pois es orgoillos
lai on es poderos.

IX. Bel Vezer, si no fos
66 mos Denan-totz e vos,[1]
laissat agra chansos
per mal dels enoyos.

Bels Vezers, si non fos
mos enans totz eu vos,
eu laissera chanssos
per mal dels enoios.

59. Ben m. *GIK* 60. C. es *G*,
C. mes *IKa*[1], Com est *N*; mals *G*,
bel *IK* 61. semblan *CIO*, sembla *N*;
Qe bem par *a*[1]; traizos *GIKa*[1]
62. franc *O*; Qi par e fr. *a*[1] 63. es]
ses *N*; Qes mas o. *a*[1]

IX. 65. Bels nezers *IK*, Bel
ners *N*; f.] mos *O* 66. M. enans
totz en u. *CG*, Bos denan *später* >
Mos enanz *N*; Denan totz lais e
u. *O*, Mos clauandos e u. *a*[1] 67. Jeu
laissera c. *C*, Lais sadra c. *später*
> Laisat agra c. *N*, Sadagra c. *O*;
Eu guerpira *a*[1] 68. del *G*

60. C. ses *D*. C. mes *M*, Com
es *R* 62. oms *D*); per *a*[2] (> par)
D; Q. par hom fr. *A*; Cant home
se fenh b. *R*

IX. *fehlt T* 65. Bel nezer *MRa*[2];
nom f. *Da*[2] 66. Mas *D*); Mon da-
nantolz e u. *a*[2] 67. laisserai chan-
chos *D* 68. d.] uas *D*

8. *Cui jois non a sabor* oder *C'us jois no m'a sabor?* *C'us* steht
nur in ABD, ist also selbst für diese Klasse schlecht bezeugt. Andererseits steht *non a* gegenüber *no ma* nur in CGMOa*²*. Aber die handschriftliche Verteilung dieser Lesarten entscheidet kaum. *C'us jois no m'a
sabor* ist die kräftigere Lesart. Ich habe sie in den Text der Gruppe
GIK .. nicht aufnehmen können, da dieser die Vorlage dieser Hdss. wieder-
zugeben hat; sie wird aber m. E. die ursprüngliche sein.

23. *chamjar* oder *cambiar?* Bernart gebraucht sonst die zweisilbige
Form. So werden wir auch hier der Gruppe G folgen.

27. *Mos jois* hat zwar vielleicht in der Vorlage der Gruppe G gestanden, widerspricht ja aber deutlich dem Vers 8. So haben wir *m'amors*
als richtig anzuerkennen.

29—32. Der Schluß der Strophe ist offenbar mangelhaft überliefert.
Was in der Gruppe A steht, bez. in der Vorlage gestanden hat, soll viel-

---

[1] *lies*: mos enans totz en vos.

leicht heißen: „und doch macht Minne und schöner Schein (trotz *trai* ist *bel semblan* als Nom. pl. zu nehmen, s. *beil* A, *bell* M) keinen Fortschritt, wo ich jetzt bitte, daß sie mir freundliche Gesinnung hege". Die Vorlage der anderen Gruppe sagt: „und wenn sie mir nicht früher Liebe erweist und mich gütig anschaut, möge sie mich, wenn sie alt ist, bitten, daß ich freundliche Gesinnung gegen sie habe". Es ist kein Zweifel, daß dieser letzte, eigenartige, Gedanke der Absicht Bernarts näher kommt als jene banale Äußerung. In v. 32 aber halte ich das *m'aya* der Gruppe A, und der Hds. C (und a¹: *naia*) aus der anderen, für richtig. Also: „ich bitte sie, daß sie, wenn sie alt sein wird, gütige Gesinnung gegen mich haben möge".

34. *a jornal* „immer" s. Raynouard, Levy, Stroński.

36. Das Bett soll also unter dem Fenster stehen. Ob *fenestral* eine besondere (etwa höher als gewöhnlich gelegene) Art von Fenster bezeichnet, kann ich nicht sagen. Aus der Flamenca, in der das Wort oft begegnet, geht nichts derartiges hervor. Man tritt dort an das *fenestral* heran, öffnet es, und sieht aus ihm heraus. Es ist bei dem leichten Reim auf *-al* nicht anzunehmen, daß Bernart das Wort nur als Flickreim angewendet hat. Sah er ein bestimmtes Fenster in seiner Erinnerung, oder wollte er durch das Fenster zu der Geliebten gelangen, oder sieht seine Phantasie die Geliebte im hellen weißen Tageslicht unter dem Fenster weißglänzend wie der Schnee? Ich habe mich für das Letzte entschieden und daher *sotz fenestral* durch ein Komma von *en leih* getrennt: „die unter dem Fenster weiß wie der Schnee ist".

40. Was heißt *mezurar* hier? Dasjenige, was man messen will, legt man gern lang vor sich hin. Sieht der Dichter also sich und die Geliebte nebeneinander liegen? Auf die Gleichheit des Maßes kommt es dann freilich nicht an, sondern nur auf die Gleichartigkeit der Stellung. Schwerlich wird an „sich miteinander messen" (im Liebesspiel) zu denken sein.

42. Die Bedeutung des *aver sal* wird durch Mistral klar gestellt, der *aver saure* übersetzt „n'avoir pas perdu ses soins"; also hier: der seine Mühe übel verloren hätte". (Levy bringt unter: *aver salv* „gut angewandt haben", zwei Belege mit bestimmtem Objekt; die dritte Stelle, mit *o* wie hier, die Levy als unklar bezeichnet, soll wohl heißen: „Ihr werdet Eure Mühe nicht verlieren, denn Ihr werdet zu einem trefflichen und verständnisvollen Mann reden".)

55 f. Die Meinung ist wohl, daß ein Geschenk umsomehr wert ist, wenn der Gebende es eigentlich nicht aus freien Stücken schenkt, sondern sich erst dazu zwingen muß. Die Dame solle ihn also immerhin küssen, wenn sie es auch nicht will. Der hier so sophistisch angewandte Gedanke wird aber dann freilich nicht recht klar zur Geltung gebracht, denn, daß die Überwindung eine Selbstüberwindung sein soll, sagt *per forsa* nicht.

60. *com etz* oder *com m'etz* bez. *com etz*, und ebenso v. 64 *on es* oder *on n'es* bez. *on es*.

66. *Denan-totz*, das wir für einen Verstecknamen halten müßten, steht in IK und liegt wohl N, und vielleicht auch a¹, zu Grunde. C und G· aber haben mit der anderen Gruppe *enans totz en vos* und das wird, da *Denan-totz* sonst bei Bernart nicht begegnet, das Richtige sein. Bernart rechnet nur auf die Huld seines Bel Vezer und im Vertrauen auf ihn fährt er fort zu singen.

I. Die schöne Osterzeit mit ihrem frischen Grün führt uns Laub und Blüten von mancherlei Farbe herbei, woher denn alle Liebenden fröhlich und voll Sanges sind, außer mir, der ich klage und weine, denn keine Freude ist mir Lust.

II. Bei Allen, Ihr Herren, klage ich meine Fraue und die Minne an, denn diese beiden Verräter lassen mich, weil ich ihnen vertraute, in Schmerzen leben, um des Guten und der Ehre willen, die ich der Schönsten erwies, welche mir nicht beisteht und mir nicht zu Hilfe eilt.

III. Schmerz und Leid und Schaden habe ich daher gehabt, und habe sie noch in hohem Grade, da ich es so lange ertragen habe. Das rechne ich mir nicht als Kummer an, denn nimmer saht Ihr einen Liebenden, der mit weniger Trug gedient hätte, denn ich suche nicht den Wechsel, so wie es die Frauen tun.

IV. Seit wir beide Kinder waren, liebe ich sie stets und huldige ihr, und an jedem Tage des Jahres verdoppelt sich meine Liebe. Und wenn sie mir nicht eher Liebe und Freundlichkeit erweist, bitte ich sie, daß sie mir, wenn sie alt sein wird, geneigt sei.

V. Ach! was hilft mir zu leben, wenn ich nicht immer meine gute wahrhafte Freude im Bett sehe (unter dem Fenster ein Körper ganz ebenso weiß wie der Schnee zur Weihnacht!), so daß wir beide gleich lang nebeneinander sind (?)!

VI. Nimmer sahet Ihr einen treuen Liebenden, der seine Mühe übler verloren hätte, denn ich liebe sie mit herzlicher Liebe, sie sagt mir: „mich kümmert's nicht"; vielmehr sagt sie, daß sie aus keinem anderen Grunde tötlichen Haß gegen mich hege. Und wenn sie mir um dessen willen übel will, begeht sie sträfliche Sünde.

VII. Wohl wäre es jetzt an der Zeit, schöne und treffliche Frau, daß mir heimlich, küssend, Lohn gewährt würde, wenn schon nicht aus anderem Grunde, doch deshalb, weil ich voller Begierde bin; denn ein Gut ist deren zwei wert, wenn das Geschenk wider Willen gemacht wird.

VIII. Wenn ich Eure Züge und die schönen liebevollen Augen sehe, nimmt es mich von Euch Wunder, wie Ihr so unfreundlich im Reden seid. Und es erscheint mir als Verrat, wenn ein Mensch liebenswürdig und gut erscheint und dann, wo er Macht (dazu) hat, hochfahrend ist.

IX. Schönes Schauen, wenn ich meine Förderung nicht ganz und gar von Euch erwartete, dann hätte ich um der Argen willen vom Sang gelassen.

29.

A 87 (244), B 56 (MG. 68), C 54 (MG. 708), D 15 (46), D^c 248 (61, Str. 5 und 6, AdM. 13, 205), F 21 (47), I 30, K 19, M 41, N 137 (197), Q 27 (67, p. 55), R^1 58 (485), R^2 59 (493), S 62 (37, MG. 257), V 54 (Arch. 36, 403), a 85 (64, Rhr. 42, 321).

Das Lied stand, anonym, in W 193 (s. Rom. 22, 397). N^2 nennt es als Nr. 21.

Das Breviari d'amor zitiert v. 28461—8 daraus die v. 9—16 (im Text Azaïs: v. 11 *sopleja*, 12 *E vai*, 13 *A p.*, 16 *Quar no soy*).

Gedruckt steht es bei Delius, Ungedruckte Lieder, S. 15 (nach S), Bartsch, Lesebuch S. 51 (nach B).

Die Strophenfolge erscheint in den Hdss. recht kompliziert, indem die Verschiedenheit der Ordnung nicht nur, wie sonst fast immer, die vollständigen Strophen betrifft, sondern auch die Strophenteile. Wir müssen in unserer Liste zum Teil auch Strophenhälften, ja für a sogar Strophenviertel, berücksichtigen.

Unter Zugrundelegung unseres Textes ist die handschriftliche Ordnung diese:

1	2	3^a/7^b	4	5	6	7	8	9	AB
1	2	3^a/7^b	4	5	6				D
1	2	3^a/7^b	4	5	6^a/3^b 6^h		8	9	S
1	2	3^a/4^b	4^a/3^b 5		6	7	8		C
1	2	3^a/4^b	4/5¹)	5/4/3^{b}²)	6	7	8	9	a
	1	2	3	5	6^a/4^b	7	IKMN		
	1	2	3	5	6^a/4^b	R^2			
	1	2	3	5	6^a/7^b	4	Q		
	3	5	6	7	1	2	4	R^1	
	1	6	4	3	7	5	V		

---

¹) Str. 4 in a = v. 25/26 + 35/40.

²) Str. 5 in a = v. 33/34 + 27/28 + 21/24.

2   4   5   F[1])

5   6ª/4ᵇ   Dᶜ

Aus dieser Liste ergibt sich sogleich eine ziemlich detaillierte Gruppierung, die im Wesentlichen auch von den Varianten bestätigt wird. Die Verbindung dieser Gruppen und Einzelhandschriften zu einem klaren Abstammungsverhältnis will aber nicht gelingen, wie sich das auch schon aus den vorstehenden Listen ergibt. So muß sich denn der kritische Text seinen Weg tastend durch das Wirrnis der Varianten suchen.

I.   Lo rossinhols s'esbaudeya
          josta la flor el verjan,
          e pren m'en tan grans enveya

I. 1. Le *M*; rossinhol *QR¹R²V*   2. fl.] fuelha *R²*; uertchau *IK*, ner chan *Dα*; Can la flor es el uerian *R¹*   3. m'en] me *N*; gran *MR¹ R²V*; Et es men pres tals e. *AB*, E pres men es tals e. *D*, E pres men aital e. *Q*, E pren mes etals e. *S*

[1]) Es ist also

unser	in: AB	C	IKMQR¹R²V	S	a
IIIᵇ 21	—	IVᵇ 29	IIIᵇ 21	VIᵇ 45	Vᵇ 37
22	—	30	22	46	38
23	—	31	23	47	39
24	—	32	24	48	40

	ABFQR¹SV	Ca	DcIKMR²		
IVᵇ 29	IVᵇ 29	IIIᵇ 21	VIᵇ 45		
30	30	22	46		
31	31	23	47		
32	32	24	48		

	ABCFIKMQR¹R²SV		a		
Vᵇ 37	Vᵇ 37		IVᵇ 29		
38	38		30		
39	39		31		
40	40		32		

	ABCR¹Va	IKMQR²	S		
VIᵇ 45	VIᵇ 45	—	VII 49		
46	46	—	50		
47	47	—	51		
48	48	—	52		

	ABCIKMR¹Va	ABSD	Q	R²	
VIIᵇ 53	VIIᵇ 53	IIIᵇ 21	VIᵇ 45	—	
54	54	22	46	—	
55	55	23	47	—	
56	56	24	48	—	

qu'eu no posc mudar, no chan;

5   mas no sai de que ni de cui,

car eu non am me ni autrui,

e fatz esfortz, car sai faire

bo vers, pois no sui amaire.

II.   Mais a d'Amor qui domneya

10   ab orgolh et ab enjan

que cel que tot jorn merceya

ni·s vai trop umilian;

c'a penas vol Amors celui

qu'es francs e fis, si com eu sui.

15   so m'a tout tot mon afaire

c'anc no fui faus ni trichaire;

III.   C'aissi com lo rams si pleya

lai o·l vens lo vai menan,

era vas lei que·m guerreya,

20   aclis per far so coman.

per aisso m'afol' e·m destrui

4. Que $BDIKR^1S$; nom p. C, no pos D, nō p. IKR^1; mon ch. DVa
5. E $IKMNR^1R^2a$; . erstes de *fehlt* V; *zweites de fehlt* C 6. *fehlt* a;
eu *fehlt* D; am] ai Q 7. Mas Q, Aus R; e.] ei forz D; ca Q, can R^1;
s.] no sai S 8. Bos $ABDQR^1S$, Bon $CIKMNR^2Va$; motz R^1; p.] e IK
MNR^2V, poi S

II. *fehlt* V 9. Plui e da. Q; Pus ay damors que non deya R^1
10. ni R^1R^2 11. Q. sels IK, Q. cil QS, Qaicel a; qi $FMQSa$; totz
iorns A, tostemps IKN; sopleya CM 12. nei a; Ja ni nan Q; tro S
13. A p. R^2; pena v. amor Q 14. Qe f. S; soi R^1 15. C'aisso·m tol
$ABDFS$, So ma tout (tolt a, *fehlt* IK) $CIKMNR^2a$, E ço ma tolt Q;
Per so non ai damor gayre R^1 16. Car no sui $BCMR^1R^2$, Qeu anc no
f. Q; noil a; sui F; f. e t. R^1

III. 17. Aissi $ABDQSa$, Quaissi CMV, Catressi $IKNR^2$, Atressi R^1;
col ram $IKNR^1R^2$, c. lo ram V; r. sopleya CR^2V, r. soepleia D 18. o·l]
on le Ma, on lo R^1; uen(t) NQR^1R^2V; nan m. S 19. Fatz ieu nas l.
AB, Sui (Soi R^1, Son a) ieu u. l. CR^1a, Eu nas celei (celui S) DS, Era
nas l. (lui Q) $IKNQR^2$, Sui ennes l. M, So nas celey V; qim g. $DMSV$,
quen g. I, qiem a; guerriera $>$ guerrieia a 20. Per far totz iorns
$ABDS$, Aclis per far (fairel Q) $CIKMNQR^1R^2Va$; son coman $ABIKN$
R^1S, son talan CMR^2Va, seus comanz D, (faire)l seo coman Q 21. A
son (sos S) ops me gart em estui (mestrui D) ($= v. 53$) $ABDS$, Gent
inga de me es desdui ($= v. 29$) Ca, Per aisso (aco N) mafollem destrui
$IKMNR^2$, Mas aiçom seca et destrui Q, Mas eram destruy R^1, Mas aixim
dechai em destrui V

(don a mal linhatge redui),

    c'ams los olhs li don a traire,

    s'autre tort me pot retraire.

IV.   25   Soven me rept' e·m plaideya

    e·m vai ochaisos troban;

    e can ilh en re feuneya,

    vas me versa tot lo dan.

    gen joga de me e·s desdui,

   30· que d'eus lo seu tort me conclui.

    mas ben es vertatz que laire

    cuida, tuih sion sei fraire!

V.   Om no la ve que no creya

    sos bels olhs e so semblan,

22. Que si non em amic amdui (= v. 54) $ABDS$, Que dels sieus tortz (Que deys lo sieu tort R^1, Qar del seu eus tort a) me condui (= v. 30) CR^1a, Don (Car QV) a mal (Domna m. N) lignage (legnai Q) redui $IKMNQR^2V$ 23. Dautr amor no mes ueiaire (= v. 55) $ABDS$, Et es costuma (es ben costum a) de laire (= v. 31) Ca, Cams los (Ont mos Q, Que mos R^1, Ams mos R^2) oills (oill IK, huelh R^1) li don a traire $IKMNQR^2$, E don li mos huils a traire V 24. Que ia mais mos cors sesclaire (= v. 56) $ABDS$, Cuias (Cuidon a) tug sion sei (seu a) fraire Ca, Sautre (Si lunh R^1) tort mi pot (po M, sap Q) retraire $IKMNQR^1R^2$, Sautra men pot ren retraire T

IV. *steht* $ABCDFQR^1SVa$, *fehlt* $IKMNR^2$ 25. Souen(s) $ABDFS$, Tot iorn QR^1V; reten p. D, ten em p. Q, ret em p. S; Totz temps mauci em p. Ca 26. ochaizo CR^1; leuan $ABDS$, troban CFR^1Va, trouan Q 27. en] de C, *fehlt* Q; res V; folleya CR^1V, feoneia Q; E nom par qcil auer deia (= v. 35) a 28. torna C, geta R^1, en es S; Cor felon ni mal talan (= v. 36) a 29. Gen ioga (ioaga D, gaba FQS) de mi eis desdui (e d. BFS, e dedui D, e sesdui R^1V) $ABDFQR^1SV$, Mas som cofon em destrui (= v. 21) C, Mais laiga qe soau sadui (= v. 37) a 30. Que deus (deis D) lo sieu tort (del seu els t. F) mi conclui $ABDF$, Que de mal linhatge redui (= v. 22) C, E del s. t. me condui Q, Car totz los seus tortz mi redui R^1, Qe deis son t. condui lautrui S, Cab eis lo sieus tortz me condui V, Es peier qe cela qe brui (= v. 38) a 31. Mas ben es uertatz (uers S) que (qel R^1) laire $ABDR^1S$, Ams los huelhs li don a traire (= v. 23) C, Mas totz temps es uer quel l. F, E ço es ben uer q. l. Q, Qenaixis cuia lo l. V, Enian fa qe de bon aire (= v. 39) a 32. Cuia tuich sion (sia S) siei fraire $ABDFR^1S$, Sautre tort mi pot retraire (= v. 24) C, Cuidan qe tot s. sos fr. Q, Qe tot hom sia son fr. V, Sembla e non o es gaire (= v. 40) a

V. 33. Hom non la ve (Non la ue hom V) que non creia $ABDF$ R^1SV, Nulhs hom non ditz (es C) que (qui M) la (sol Q, leys R^2) ueya

35   e no cre qu'ilh aver deya

felo cor ni mal talan;

mas l'aiga que soau s'adui,

es peyer que cela que brui.

enjan fai qui de bon aire

40   · sembla e non o es gaire.

VI.   De tot loc on ilh esteya,

me destolh c'm vau lonhan,

e per so que no la veya

pas li mos olhs claus denan.

45   *(car) cel sec Amors que·s n'esdui*

e cel l'enchaussa qu'ela fui.

ben ai en cor del estraire

tro que vas midons repaire.

$CMQR^2$, Non es hom qui (que N) dellei neia D^cIKN, E ia nuls hom que la veia a 34. e] el Q, ni R^2a; Son belh nis ni s. s. CM, Ladreg cors nil bel s. D^cIKN, Siey bel huelh e siei s. R^1

35. E non (nol D) cre $ABDFSV$, Que (Quel CM) digua CD^cIKM NR^2, Que cuit ia Q, E non ges R^1; qel a. D^c, quella a. IK, quellauer N, qela a. SV; E qant il de ren foleia (= v. 27) a 36. nil D^c; mal estan V; Vas mi versa tot lo dan (= v. 28) a 37. qi M; sesdui ABQ, dui D, saidui IK, aduy R^1; Mas aiso confon em destrui (= v. 29) a 38. E p. D; piegers C, pes Q, peiors R^1, peior R^2; de D^cFQ; qi M; Car de mal linatge redui (= v. 30) a 39. Enians es q. CMV, E tā fa q̄ R^1; chi D^c, que N; Cuiar fay q̄s d. b. a. R^2, Ambz los oilz li don a traire (= v. 31) a 40. Semblal R^2; o *fehlt* DNS; Fa (Fai M) semblant e non es g. CMV, Sautre tort mi pot retraire (= v. 32) a

VI. 41. totz locs (luecs M) CD^cIKMNR^2; ella steia Q; sesteya R^2 42. d.] defui a; Me part de lui V; en u. QS 43. so] tal R^1V; q(i)eu QSa; v.] neu a 44. Claus mos oil li pas d. Q 45. Cel (Cil V) sec amor que nois nesdui (q̄s nesduy R^1, qe no esdui V) ABR^1V, Quar selh siec amor quis nesdui C, Ces sec amor qui nos nesdui D, Jen ioga de mi es (e N) desdui (= v. 29) D^cIKNR^2, Bes uenia de mi e sesdni M, Mas asson ops mesgai em desdui (= v. 53) Q, Mas aichom seca et destrui (= v. 21) S, Caicel sec amors nesdui a 46. E cel (cil V) enchaussa (lenc. ABV) que la fui (q. li C, qui la f. D, quel f. R^1, quil f. V) ABC DR^1V, Cab eis (leis N) los sieus tortz (lo s. t. IK, lo sieu tort R^2) mi conclui (condui MNR^2) (= v. 30) D^cIKMNR^2, E samic non esm ambui (= v. 54) Q, Qar a mal legnai redui (= v. 22) S, E il lencauza qi li fui a 47. Ben (Mout C, Quieu RV^1) ai en (el D, bon CR^1V) cor (Molt a bon c. a) del estraire $ABCDR^1Va$, Et es uers (uer D^c) tos temps que (queill N) laire (= v. 31) D^cIKN, Mas cuia si ben le laire M, Daltramor non mes ueiaire (= v. 55) Q, Pero nertatz es qel laire R^2, On mos oill li don a

VII.   Ja non er, si tot me greya,

    50   qu'enquer fin e plaih no·lh man;

            que greu m'es c'aissi·m recreya

            ni perda tan lonc afan.

            a sos ops me gart e·m estui,

            e si non em amic amdui,

    55   d'autr' amor no m'es vejaire

            que ja *mais* mos cors s'esclaire.

VIII.   Enaissi fos pres com eu sui

            Mos Alvernhatz, e foram dui,

            que plus no·s pogues estraire

    60   · d'en Bel Vezer de Belcaire.

IX.   Tristan, si no·us es veyaire,

            mais vos am que no solh faire.

---

traire (= v. 23) S   48. Tro (Ço D) que nas (Tro ē nas R¹, Entro n. V) mi donz repaire ABCDR¹Va, Cuia tut sion siei (sieu I) fraire DᵉIKNR², Que tutz sian siei confraire M, Qe iamamais mon cor sesclaire (= v. 56) Q, Sautre tort me saup retraire (= v. 24) S

VII. *fehlt* DQR²S   49. mi gᵉreia M, magreia R¹V   50. fi V; f. e *fehlt* B; pas IKN; nol m. N, nom m. V; Qenqer si mes lag noilh man M, Qe enqeras plag nol man R¹   51. Car R¹; mal ABa, greu CI KMNR¹V   52. perga CIKMNa; tot mon a. CV   53. A son o. AD, Al sieu o. Ba, A sos o. CIKMNR¹, Ca sos o. V; g.] tenc V; estui AB DR¹V, estrui CIK, estíu M, destrui N   54. nom em V; E si eram amic abduy R¹   55. Nom sembla ni CIKMN   56. Que ia mos cors sen esclaire (mon cor V; mos fis c. sesclaire B) ABDV, Quautramors lo cor (cors C) mesclaire CIKMN, Quem pogues lo cor esclaire R¹

VIII. *steht nur* ABCSa. *Vor* VIII *stehen in* S *als eine erste Tornada (an Stelle der fehlenden* VII. *Strophe) die vier Verse* 45 *bis* 48 *mit den Varianten:* 45 amors qi nos desdui, 46 encancha qi, 48 qes   57. en] ge S   58. aluerngatz A, aluergnatz B, aluernhatz C, aluernaz S, aluergniaz a   60. Dun bel ueder S

IX. *steht* ABSa   61. T. seu (se a) nocans nei (ue a) gaire Sa 62. qeu S

---

7. *fatz esfortz car* ... heißt natürlich nicht: „ich bemühe mich zu tun", denn dann müßte ja der Konjunktiv stehen, sondern: „es kostet mir Anstrengung zu tun", s. 35, 3.

8. *Bo* und *Bos* sind gleich gut bezeugt.

17. *C'* fehlt allerdings in wichtigen Hdss. Man wird aber eher annehmen, daß eine Strophenverbindung unterdrückt als daß sie hergestellt ist.

19. *Era ras lei* oder *Sui eu ras lei* oder *Sui enras lei?* *Fui* in v. 16 läßt hier *era* als richtig vermuten, wofür eher die Schreiber das Präsens, als für ein Präsens das Imperfekt eingeführt haben.

22. Ich verstehe: „wodurch sie sich auf ein übles Geschlecht zurück-führt“. Sie zeigt in ihrem Benehmen, daß sie *de mal aire* ist (vgl. 39, 40). *Reduire* ist intransitiv. Es wäre leicht das Reflexivpronomen einzuführen; aber wie intr. *revenir* transitiv werden kann (s. das Glossar), so kann transitives *reduire* auch objektlosen Gebrauch annehmen. Das Beispiel von intr. *reduire* bei Levy ist freilich zweifelhaft.

24. *autre tort*] ein anderes Unrecht als das, welches doch gar kein Unrecht ist.

26. *levan* oder *troban?* Gegenüber *levan* (vgl. Mistral *leva'n doute, leva'n blaime* „élever un soupçon, un blâme“) hat auch F, das sonst mit den in dieser Strophe zuverlässigen AB geht, *troban.*

30. *concluire* „durch einen Schluß der Schuld überführen, für schuldig erklären“. Psalm 30, 9 Nec conclusisti me in manibus inimici „Und über-gibst mich nicht in die Hände des Feindes“, Bartsch-Horning 29, 30 *S'il le concluent, ja li toldrunt la vie,* s. Godefroy II, 221ª.

31. *vertatz* nur in ABR[1]R[2]; in IKQ und auch in FS *ver.* In der Quelle fehlte vielleicht eine Silbe.

32. *Ce cuide li lere que tuit soient si frere,* Tobler, Proverbe au vilain Nr. 23 und Anmerkung dazu.

33. *Creya* wird bewiesen durch *reya* in v. 43, welches dort in allen Hdss. Reimwort ist.

35. *cre* steht also nicht mehr im Relativsatz, sondern zieht die Folgerung aus dem Vorhergehenden: „und er glaubt daher nicht . . .“

39 f. Vgl. 28, 61—64.

45, 46. Diese beiden Verse sind schwer herzustellen. Was gesagt werden soll, scheint klar: die Liebe folgt dem der sie flieht und flieht den, der ihr folgt. Die möglichen Ausdrucksformen sind dann etwa, je nach-dem man *cel* als Nominativ oder Akkusativ nimmt:

a) Der folgt der Liebe, welchem sie sich entzieht, und den verfolgt sie, welcher sie flieht,

> *cel sec amor cui's n'esdui,*
> *e cel enchausea qui* (oder *que*) *la fui,*

b) Dem folgt die Liebe, welcher sich ihr entzieht, und der verfolgt sie, welchen sie flieht,

> *cel sec amors, qui's* (oder *que's*) *n'esdui,*
> *e cel l'enchaussa qu'ela fui.*

S. 46 steht auch ungefähr so in den Handschriften (mit einigen Abweichungen) und zwar in der Fassung a in CDR[1], in Fassung b in ABV.

Vers 45 dagegen steht nirgends wie wir ihn gebildet haben, und kann ja auch gar nicht so stehen, denn er würde nur 7 Silben haben. Am nächsten kommt C, das ein *Quar* davor fügt (a schreibt *C'aicel*, das

auf *Car cel* zurückgehen, aber auch ursprünglich sein kann). ABDR¹V
führen vor *esdui* ein *no* ein, das ich nicht verstehe. Vielleicht hatte der
Vers in der Vorlage eine Silbe zu wenig, die in verschiedener Weise ergänzt ist. In keiner Hds. steht *celui*, das doch jede Unklarheit beseitigen
würde.

47, 48 verstehe ich: „ich habe gar sehr im Sinn, mich (der Liebe) zu
entziehen, bis sie zu meiner Frau zurückkehre". Jetzt nämlich bin ich
derjenige, der der Liebe folgt, und dem sie sich entzieht, während meine
Dame flieht und daher von ihr verfolgt wird. Ich möchte mich jetzt der
Liebe entziehen, bis der Augenblick kommt wo die Liebe meine fliehende
Dame erreicht hat, mit ihr vereinigt ist, und ich so sicher sein werde, bei
ihr ein liebevolles Herz zu finden. Sehr klar ist freilich dann Anschauung
und Ausdruck nicht.

49 ff. Diese Strophe nimmt zurück, was die vorhergehende gesagt hat.

56. Auch hier scheint die Vorlage eine Silbe zu wenig gehabt zu
haben, die dann teils durch *mais*, teils durch *en* ergänzt wurde.

60. Über diesen Vers s. den biographischen Abschnitt.

I. Die Nachtigall ergötzt sich neben dem Blütenschmuck im Ge-
zweig, und so großer Neid erfaßt mich darob, daß ich nicht anders kann
als singen; aber ich weiß nicht wovon und von wem, da ich nicht mich
noch jemand anders liebe, und kaum vermag ich einen guten Vers zu
dichten, da ich nicht voller Liebe bin.

II. Mehr hat von der Minne, wer einer Frau mit Überhebung und
Trug dient, als der der stets um Gnade fleht und ganz voll Demut ist,
denn Minne will kaum den, der offen und treu ist, wie ich bin. Das hat
mir Alles verdorben, daß ich nimmer falsch und trügerisch war;

III. Denn wie der Zweig sich dahin beugt, wohin der Wind ihn
führt, so war ich ihr gegenüber, die mir feindlich ist, geneigt, ihrem Befehle
zu gehorchen. Aus diesem Grunde fügt sie mir Leid und schweren Schaden
zu (wodurch sie sich in ein übles Geschlecht herabsetzt), denn beide
Augen möge sie mir ausreißen, wenn sie mir ein anderes Unrecht nach-
sagen kann.

IV. Oft schilt sie mich und streitet mit mir und sucht nach Vor-
würfen gegen mich; und wenn sie in irgend etwas übel handelt, dann
lenkt sie den ganzen Schaden auf mich ab. Artig spielt sie mit mir und
ergötzt sich, denn ihres eigenen Unrechts erklärt sie mich schuldig. Aber
wohl ist es wahr, daß der Dieb glaubt, Alle seien seinesgleichen!

V. Kein Mensch sieht sie, der ihren schönen Augen und ihrem Aussehen nicht Glauben schenke, und er denkt (daher) nicht, daß sie ein arges
Herz und einen üblen Sinn habe. Aber das Wasser, welches sacht daher
strömt, ist schlimmer als das, welches rauscht. Trug übt, wer von guter
Art scheint und es nicht ist.

12*

VI. Von jedem Ort, wo sie etwa weilt, fliehe ich und entferne mich; und damit ich sie nicht sehe, gehe ich geschlossenen Auges bei ihr vorbei. Dem folgt die Liebe, der sich ihr entzieht, und der verfolgt sie, welchen sie flieht. Ich habe im Sinn mich (ihr) zu entziehen, bis sie zu meiner Frau zurückkehre.

VII. Nimmer wird geschehen, so schwer es mir auch ist, daß ich ihr nicht Friede und Vertrag entbiete, denn ich kann meinen Sinn nicht ändern und so lange Mühsal verlieren. Für sich möge sie mich behalten und bewahren; und wenn wir beide nicht Freunde sind, will mir nicht scheinen, daß je von anderer Liebe mein Herz hell werde.

VIII. Wäre doch mein Auvergner ebenso ergriffen wie ich es bin, und wir wären zwei (von solcher Art), so daß er sich nicht . . . . entziehen könnte.

IX. Tristan, wenn es Euch auch nicht scheint, ich liebe Euch (noch) mehr als ich zu tun pflegte.

30.

A 86 (241, auch Archiv 33, 456), C 51 (MG. 709), D 17 (51), G 16 (p. 49), I 33 (MG. 119), K 21, Q 28 (70, p. 57), R 12 (84, MG. 119), a 103 (86, Rlr. 42, 343).

Im Register von C auch dem G. de Quintenac zugeschrieben. In N[2] als 29. der Lieder Bernarts genannt.

Kritisch herausgegeben von Suchier im Jahrbuch XIV, 307.

Die Strophenordnung ist in allen Hdss. die gleiche, nur daß A Str. 3 und 4 in umgekehrter Folge bringt.

Suchier unterscheidet unter den Hdss. drei Gruppen: das alleinstehende a, das er mit A bezeichnete, R und C = B[1] B[2], D A IK Q G = C[1] C[2] C[3] C[4] C[5].

Daß CR zusammengehören, geht aus den Varianten deutlich hervor, s. 5, 41, 45, 49. DIK bilden wieder ihre bekannte Gruppe. Mit ihnen geht A in 9, 36, dagegen G in 34, 38. Vers 55 ist in D vermutlich ebenso ergänzt wie in G, so daß auch dort GDIK zusammengehören. Andererseits finden wir gemeinsame Abweichungen in GR v. 10, QR v. 18, GQR v. 2, CGQR v. 52. So ist die Stellung sowohl von G wie von Q zweifelhaft; ebenso steht es mit a, dessen Abweichungen verschieden beurteilt werden können. Ein sicheres Verhältnis ergibt sich aus den Varianten wieder nicht.

I.
    Lo tems vai e ven e vire
    per jorns, per mes e per ans,
    et eu, las! no·n sai que dire,
    c'ades es us mos talaus.
  5 ades es us e no·s muda,
    c'una·n volh e·n ai volguda,
    don auc non aic jauzimen.

II.
    Pois ela no·n pert lo rire,
    a me·n ven e dols e dans,
  10 c'a tal joc m'a faih assire
    don ai lo peyor dos tans
    (c'aitals amors es perduda
    qu'es d'una part mantenguda),
    tro que fai acordamen.

III. 15 Be deuri' esser blasmaire
    de me mezeis a razo,
    c'auc no nasquet cel de maire
    que tan servis en perdo;
    e s'ela no m'en chastia,
  20 ades doblara·lh folia,
    que: „fols no tem, tro que pren".

IV.
    Ja mais no serai chantaire
    ni de l'escola n'Eblo,
    que mos chantars no val gaire
  25 ni mas voutas ni mei so;

I. 1. Lonc t. uau e ueing *A*; es u. *a*   2. iorn *DGQ*; i. e p. *GQR*   3. las] lay *R*; no s. *CDGRa*   4. us] üs *G*, uers *C*, uerz *R* 5. un *A*, uers *CR*, uns *G*; nois *A*, nous *IKQ*   6. Cunam *IK*, Qunon *a*; et ai *Q*   7. ac *Q* (*von erster Hand nachgetragen*) *G*, agui *a*

II. 8. *zweifelhafte Initiale R*, E pos *G*   9. e *vor* dols *fehlt ACDIK*, *steht GQRa* 10. Ca tal *A*, Caital *CDIKQa*, Car tal *GR*; me fait aissire *IK* 11. ei *DIKGQ*; destans *R* 12. E tals a. *a* 13. Que du. p. manteguda *D* 14. qem *a*

III. *Strophe 3 und 4 umgestellt A* 16, 17 *fehlt D* 16. per r. *a* 18. Que *AC*, Qui *a*, *fehlt DIKQR*, *erst später vorgetragen G*; Tan seruici (seruizi) *DIK*, Tan seruissa *RQ* 19. E sara *G*, E cilla *a* 20. d. la f. *D*, dobla la f. *IK* 21. Quel f. *DIK*; fol *G*; trol mal p. *A*; ten pro qe p. *Q*

IV. 23. ni blon *DIK*, ne blo *a* 24. Pos m. c. nom *a* 25. notas *R*

ni res qu'eu fassa ni dia,
no conosc que pros me sia,
ni no·i vei melhuramen.

V.   Si tot fatz de joi parvensa,
30   mout ai dins lo cor irat.
      qui vid anc mais penedensa
      faire denan lo pechat?
      on plus la prec, plus m'es dura;
      mas si'n breu *tems* no·s melhura,
35   vengut er al partimen.

VI.   Pero ben es qu'ela·m vensa
      a tota sa volontat,
      que, s'el' a tort o bistensa,
      ades n'aura pietat;
40   que so mostra l'escriptura:
      causa de bon'aventura
      val us sols jorns mais de cen.

VII. Ja no·m partrai a ma vida,
      tan com sia sals ni sas,
45   que pois l'arma n'es issida,
      balaya lonc tems lo gras;
      e si tot no s'es cochada,
      ja per me no·n er blasmada,
      sol d'eus adenan s'emen.

26. ren *Ga*; q̄ f. *R*   27. pro *GQa*   28. noi *Aa*, nō (no) *CD GIKQ*

V. 30. ei *GQ*; din *C*; iratz *IK*   31. Que *C*; niz *D*, nis *GQ*, uit *IK*   32. pechatz *A*   33. Con *R*   34. Mai *GQ*; sin breu temps nois *A*, sim (sin *R*) breu no si *CR*, seu breu iorn (seu breus ioiz *G*) nos *DGIK*, sen breu nos *Q*, si em breu no *a*   35. era *Q*

VI. 36. bes *ADI*; ·m *fellt a*   38. E *a*; sella tot *DGIK*, cil a t. *a*; o b.] a bistensa *CR*   40. Car *a*; chom m. *GQ*   41. Ad ops *CR*, Qus aiz *a*   42. un s. i. *C*, un sol iorn *DGIKQ*, un sol iorns *R*, us sol iornz *a*; que c. *CGQR*

VII. 43. Qua *IK*; non p. *CQ*; partirai *GIK*   44. sains *Q*, fanz zu sanz *a*; sans ni saus *A*, sas ni sals *D*   45. lalma *Q*; es *D*, neis *G*; lespigues i. *C*, leipiges i *R*; eissida *GQ*, issuda *IK*; Qe p. lay ma ner i. *a*   46. loncs t. *DGIKR*, totz t. *a*; los g. *AR*   49. deus *ADQ*, ds *G*, dieus *IK*, der *a*; emen *A*, za cemen *D*, semen *G*, camen *IK*, se ment *Q*, sesmen *a*; Sol mi do adenant semen *C*, Sol m do al denant si ment *R*

VIII.   50   Ai, bon' amors encobida,
             cors be faihz, delgatz e plas,
             frescha chara colorida,
             cui Deus formet ab sas mas!
             totz tems vos ai dezirada,
        55   que res autra no m'agrada.
             autr' amor no volh nien!

IX.   Dousa res ben enseuhada,
             cel que·us a tan gen formada,
             me·n do cel joi qu'eu n'aten!

VIII. 50. b. amor e complida *a*   51. fait *CDIKQR*, faich *G*;
delgat *R*, deliat *GQR*, grailles *IK*, deliatz *a*; e *fehlt QR*; plains *Q*; d. e
p. *fehlt D*   52. Fresca cara (caira *IK*) *AIK*, A frecha carn *C*, Ai fresca
aura *D*, Hai fresc(h)a c(h)arn *GQ*, Ab fresca carn *R*, Ai fresca cara *a*
53. dieu *C*; ab] de *a*; sas *ACRa*, las *DGIKQ*   54. desiranda *K*
55. *fehlt IK, nachgetragen G*; Quen *C*; r.] ies *A*; Qe ren als no *a*
56. Autramor *DGIKQ*, Autramort *R*, Daltramor *C*; no] ne *IK*, ni *Q*;
Ni autra non v. nin pren *A*, Daltramor non ai nien *a*
    IX. 58. Cels *IK*; q(u)ius *Ca*, qios *GQ*   59. Me d. *IRa*; n' *fehlt IK*

1. Über die Form *vire* s. die sprachliche Einleitung.
8. Vgl. 4, 57 *No·n fatz mas gabar e rire, Domna, can eu re·us
deman.*
9. In ACDIK fehlt *e* vor *dols*. Da *me en* schwerlich Hiatus bilden
kann, muß entweder *e* oder eine andere Silbe stehen.
10. Suchier hat in seinen Text *C'aital joc* aufgenommen, und in der
Tat steht *Ca tal* nur in A. Beide Konstruktionen sind möglich: *assire
un joc* wie z. B. 27, 5 *assire bos motz* „ordnungsmäßig hinstellen, anordnen", und *sé assire a un joc* (vgl. Bertran de Borns Escondich v. 19
S'ieu per jogar m'asset pres del taulier). Die Verteilung der Handschriften
entscheidet hier nicht über die Lesart, denn einerseits ist eine selbständige
Änderung sehr naheliegend, andererseits kann *c'aital* in v. 12 leicht einen
Fehler herbeigeführt haben. Mich veranlaßt gerade die eventuell ein-
tretende (wenigstens für unser Ohr sehr störende) Wiederholung des
Wortes in v. 10 und 12 hier *C'a tal* zu schreiben.
14. Ich schließe v. 12, 13 in Parenthese und knüpfe so 14 unmittelbar
an 10, 11, da sonst *amors* auch Subjekt zu *fai* sein müßte, der Gedanke
dann aber in v. 12—14 sehr übel herauskäme.
18. Die Vorlage hatte vielleicht nur *Tan servis en perdo* und die
fehlende Silbe ist dann in verschiedener Art ergänzt worden.
21. A bietet das Objekt: *tro'l mal pren.* Wir werden aber vielmehr
objektlosen Gebrauch von *penre* anzunehmen haben. Welchen Unannehm-

lichkeiten sich der unbedachte Tor aussetzt, ist ja in der Tat schwer zu sagen.

Der Gedanke, daß der Tor erst dann fürchtet, erst dann klug wird, wenn er den Schaden erlitten hat, findet sich ähnlich ausgedrückt bei Dalfinet 1 (A 569 Str. 2): *Jeu auch dir per usatge* (also als Sprichwort): *fols no tem tro qu'es chastiatz*, und bei Arnaut Catalan 6 (MG. 986, Str. 3): *Homs fols leu no·s chastia Tro qu'a pres dan angoissos* (s. Cnyrim, Sprichwörter, sprichwörtliche Redensarten und Sentenzen bei den prov. Lyrikern, 1888, Nr. 544 ff.). Sprichwörter, die umgekehrt sagen: wer sich vorsieht, erleidet keinen Schaden, führt Tobler an zu Proverbe au Vilain Nr. 28: *Ki est garniz, n'est pas huniz* etc. (vgl. auch ebenda zu Nr. 195 *Eschauvlez eve crient*).

24. 1. *no·m val gaire*.

25. Im Französischen scheint *volte*, wie Godefroy es übersetzt, eine danse, executée en tournant zu sein. Bei Dante ist *volta* bekanntlich der Übergang der Melodie von einem Strophenteil zum anderen (Vulg. Eloq. II, 10, 2: et Diesim dicimus deductionem vergentem de una oda in aliam, hanc voltam vocamus, cum vulgus alloquimur). Im Provenzalischen bezeichnet das Wort eine Art von Musik, von Gesang, und zwar wird es meist vom Vogelgesang gebraucht: Marcabru Dej. p. 165 v. 3 *Et auch lays e voutas e chans Dels auzels que·m fan esbaudir*, Giraut de Bornelh Chr. 22, 4 *aug las voutas dels auzeus*, Raimon de la Salas 409, 2, Lesebuch S. 101: *Solatz E chantars E voutas e lais Ai auzitz D'auzels petitz Pels plaissaditz*, Hofhalt der Liebe, Lesebuch 35, 40 *D'autra part ac un ombratge, On ac mant auzelet salvatge, Que canton la nueit e lo jor Voutas e lais de gran doussor*. Aber auch von menschlichem Gesang: Mönch von Montaudon, Trobadorsatire, Klein S. 24, v. 34: von Gaucelm Faidit: *No·n auzim pois voutas ni critz, Ni anc sos chanz no fo auzitz Mas d'Uzerqua entro qu'a Aien*, Folquet de Marselha 155, 2, Stroński p. 95, v. 7 *E·ill bella cui soi aclis: Cella·m plasz mais qe chançôs, Volta ne lais de Bretaigna*.

Natürlich wird die *Volta* eine Wendung der Tonfolge, einen schnellen Wechsel der Töne enthalten haben. Ob aber „Trillieren" bei den Vögeln, „Trillern" bei menschlichem Gesang das Richtige trifft, ist die Frage.

31. IK haben *uit* (wie 27, 33 im Reim steht), D *uiz*, GQ *uis*. So wird entweder *vit* oder *viz* (z < *vd*°) in ihrer Vorlage gestanden haben. Ich schreibe *vid* in Übereinstimmung mit der Orthographie alter Handschriften.

34. Der gemeinsamen Vorlage hat wohl wieder eine Silbe gefehlt.

36. „Gut ist, daß sie mich so besiegt, daß all ihr Wollen erfüllt wird."

38. *s'el' a ̗tort o bistensa* nimmt Bezug auf v. 34 *si·n bren no·s melhura*.

40. *que* knüpft, über 38, 39 hinweg, an v. 36, 37 an.

41. *c(h)ausa de* „in Sache von". Haben wir in dem auffallenden absoluten Kasus einen Einfluß scholastischer oder juristischer Sprache zu sehen, oder gerade volkstümlichen Gebrauch, wie frz. *chose*, ital. *cosa* so oft an die Stelle eines präziseren Ausdrucks treten? Oder soll man anders

lesen? — Suchier verweist auf Psalm 83, 11: quia melior est dies una in atriis tuis super milia, und es scheint sich in der Tat keine Stelle in der Bibel zu finden, die besser zu den Worten Bernarts paßte.

43. Dieser Vers greift auf v. 35 zurück, nachdem die Erwägungen der 6. Strophe dazwischengetreten sind.

45. *arma*, die Seele des Korns, ist das eigentliche Fruchtkorn, s. Meyer-Lübke, Etym. Wbch. anima. Bernarts Bild ist entweder von dem auf dem Felde stehenden Getreide genommen, aus dessen Ähre das Fruchtkorn gefallen ist und dessen Halm nun vom Winde getrieben wird, oder vom Dreschen oder Schwingen des Getreides. Dementsprechend muß man *gra*, das doch eigentlich das Korn selbst bedeutet, auffassen als den leeren Halm oder als das beim Dreschen übrig gebliebene Korn, die Spreu; und entsprechend ist *balayar* zu verstehen. — Die Dame ist die *arma* des Korns, die Seele des Dichters, der, von ihr getrennt, haltlos hin und herschwankt.

49. *deus adenan* ADQ, *dieus adenan* I, als aus de ipso, nicht de ex.

51. *pla* „ohne Unebenheit, ohne Ausweichung von der geraden Linie", hier nicht in horizontaler Richtung wie gewöhnlich sondern aufrecht, also „gerade, wohlgewachsen". Mit Recht stellt Raynouard IV, 551ª unseren Vers mit *lansa plana* und *detz grailes e plas* zusammen.

52. *chara* oder *charn?* *cara* in AIKa, *aura* D, *carn* in CGQR. Suchier hat *carn* aufgenommen, und dazu stimmt, daß nicht nur CGQR A bez. *Hai* oder *Ab* zeigen, sondern auch Da *Ai*. Aber während die Trobadors oft von der *cara* der geliebten Frau reden, ist von ihrer *carn* nicht üblich zu sprechen. *Ai* wird in der Quelle aus v. 50 versehentlich hierher gekommen sein und dann um eine Silbe zu sparen *carn* aus *cara* geändert sein.

56. In Analogie zu 31, 24 *de merce no i trop nien* kann man hier aus Ca *d'autr' amor* aufnehmen. Aber die anderen Hdss. sprechen durchaus für *autr' amor* und man wird dabei bleiben können.

I. Die Zeit geht und kommt und wendet sich, nach Tagen, nach Monaten und nach Jahren, und ich, ach, weiß nichts davon zu sagen, denn immer einer bleibt mein Sinn. Immer ist er einer und ändert sich nicht, denn eine begehre ich und habe ich begehrt, deren ich nimmer genoß.

II. Da sie das Lachen nicht dabei verliert, kommt mir Leid und Schaden daher, denn zu einem solchen Spiel hat sie mich gesetzt, bei dem ich zweimal übler daran bin (denn solche Liebe ist ohne Gewinn, die von éiner Seite unterhalten wird), bis sie eines Sinnes mit mir wird.

III. Wohl sollte ich mit gutem Grunde mich selber schelten, denn nimmer wurde ein Mensch von einer Mutter geboren, der so vergeblich gedient hätte; und wenn sie mich nicht davon kuriert, wird die Torheit verdoppelt werden, denn: „der Narr fürchtet nicht, bis er's erlebt".

IV. Nimmer werde ich ferner Sänger sein, noch von der Schule des Herrn Eble, denn mein Singen hilft mir nicht, noch meine Volten noch meine Weisen; und kein Ding das ich tue, und keinen Tag weiß ich, die mir von Nutzen seien, und keine Besserung sehe ich da.

V. Obwohl ich mir den Schein der Freude gebe, innen habe ich das Herz voll Kummer. Wer sah je vor der Sünde Buße tun? Je mehr ich sie bitte, desto härter ist sie gegen mich. Aber wenn sie sich nicht in kurzem bessert, wird es zum Scheiden kommen.

VI. Aber es ist wohlgetan, wenn sie mich zu all ihrem Willen beugt, denn, wenn sie es auch zu Unrecht verzögert: alsbald wird sie Mitleid darob haben; denn das zeigt die Schrift: im Glück gilt ein Tag mehr als hundert.

VII. Nie im Leben werde ich mich (von ihr) trennen, so lange ich heil und gesund bin, denn wenn das Korn heraus ist, flattert die Spreu lange hin und her. Und obwohl sie sich nicht beeilt hat, wird sie nimmer von mir deshalb getadelt werden, wenn sie sich nur von jetzt ab bessert.

VIII. Ach, gute ersehnte Liebe, wohlgestalteter, schlanker und gerader Leib, frisches farbiges Antlitz, die Gott mit seinen Händen formte! Allzeit habe ich Euch begehrt, denn keine Andere gefällt mir. Andere Liebe will ich nicht!

IX. Süßes, anmutvolles Wesen, der, der Euch gebildet hat, möge mir die Freude geben, welche ich von Euch erwarte!

31.

A 89 (249), C 57, D 19 (61), F 21 (46, Str. 3, 5, 6); G 9 (p. 25), I 27, K 16, L¹ 22, M 42, N 139 (202), P 18 (55, Arch. 49, 285), Q 28 (69, p. 56), R 57 (477), S 46 (28), U 88 (Arch. 35, 423), V 52 (Arch. 36, 401), a 92 (71, Rlr. 42, 328), anonym: L² 124, O 7 (10), W 191 (p. 395).

Das Breviari d'amor zitiert aus dem Liede (als von Bernart herrührend) v. 29252 ff. Str. II (v. 11 *ses amor*, 14 *Que*, 15 *repres*, 16 *E*, im Text Azaïs') und v. 31780 ff. Str. VII (49 *Bela*, 52 *Cum que pueis*), Terramagnino, v. 290 f. die v. 10 und 11 (Rom. VIII, 181); N² nennt es als erstes der Lieder Bernarts. Nicht einen provenzalischen Text, sondern eine italienische Übersetzung (mit der Strophenfolge von ADIKO) gibt die von Bartsch genannte Hds. g (Vat. 3205).

Die Singweise wird überliefert in G und W (s. Beck S. 59).

Herausgegeben ist das Gedicht von Raynouard, Choix III, 44; Rochegude im Parnasse occitanien p. 3; Galvani, Osservazioni 32;

Mahn, Werke I, 36; in meiner Chrestomathic St. 16, S. 55 (nach den Hdss. ACDFIMORV).

Zahl und Folge der Strophen:

```
1 2 3 4 5 6 7      ADIKO
1 2 3 4 7 6 5      U

1 2 3 6 7 4 5      CMa
1 2 3 6 7 5        V
1 3 2 6 7 5        R
1 2 3 7 4 5 6      Q
1 2 6 3 7 4 5      N
1 2 5 6 3 7        W
1 2 5 6 7 4 3      L²PS

1 4 3 6 5 2 7      L¹
1 4 3 6 5 7 8      G

3 5 6              F
```

Die Gruppierung der Handschriften, welche sich aus der Strophenzahl und -folge ergibt, wird im Wesentlichen durch die Varianten bestätigt, wenngleich die Abweichungen vielfach durcheinander gehen. Wir können im großen und ganzen drei Gruppen unterscheiden: ADFIK, GOL¹L²PS, MNQRVa.

Durch v. 20, 47 trennen sich DFIK von A, so daß sich diese Gruppe in

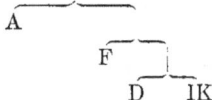

zerlegen läßt.

Die zweite zeigt PS fast stets identisch. Ihnen schließt sich zunächst L² an: v. 3, 8, 21, 50 etc, dann L¹L²PS: 23, 29, 32, 33, 40, 43, dann wechselnd O und G, s. 29, 30, 32, andererseits 21, 33, 49, beide 29, 32, 43; GL¹ zeigen sich in Strophenfolge und Varianten (s. 20, 21, 24 etc.) noch enger verwandt. Das Verhältnis ist also etwa:

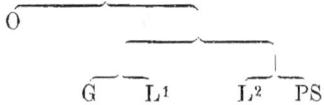

auch Q tritt bisweilen zu L¹L²PS: v. 23, 32, 49.

In der dritten Gruppe läßt sich am wenigsten ein engeres
Verhältnis erkennen. MNa zeigen sich durch 8, 15, 20, 51, 54
untereinander, aber wechselnd, verbunden. Am häufigsten sind Ma
vereint. Zu ihnen tritt R, bez. QR oder RV, bez. QRV: v. 43;
21; 24, 47; 8, 11, 45. Auch untereinander stehen QRV in
wechselnden Beziehungen: 3, 8, 38 etc.

C geht bald mit der Gruppe G: 21, 43, bald mit Gruppe M,
s. 11, 34 und Strophenfolge. Auch Q sehen wir schwanken. U
geht meist mit Q: 5, 15, 17, 24, 35, aber auch mit Ma: 43, mit
GL²PS: 21.

W schließt sich in der Regel der dritten Gruppe an, s. v. 8,
21, 43, besonders an a: 50, 51, 52.

I.
Non es meravelha s'eu chan
melhs de nul autre chantador,
que plus me tra·l cors vas amor
e melhs sui faihz a so coman.

5 cor e cors e saber e sen
e fors' e poder i ai mes;   ·
si·m tira vas amor lo fres
que vas autra part no·m aten.

II.
Ben es mortz qui d'amor no sen
10 al cor cal que dousa sabor;
e que val viure ses valor
mas per enoi far a la gen?
ja Domnedeus no·m azir tan

I. 1. meraneilla (a und ll später übergeschrieben) G, merauilbas R;
se ch. P   2. Meils (ls später übergeschrieben) G; nuls O, fehlt R
3. Qar L²PSU; mielhs MRV; trai mos C, mestal RV; plum tiral c. G,
p. ai lo c. a; cor DIKL¹L²NOPSUV; ad (az) L²PS, en RV   4. f.|
fis R; a sieu D, al s(i)eu GIKL²NPQRSUa; semblan L¹; Qeu mi s. f. a
son talen O   5. Que c. QU; Cors e cor L¹MOPSV; zweites c fehlt MQ;
sen] fes R   6. fehlt R; i a m. G, ni ai m. Q   7. E sim t. en uer Q;
amors GL¹L²; fre L²   8. Qua nulh C, Qeu uer G, Qennes L¹; nõ a. K,
no a. L¹, non i saten U; Q. ues autrafar non (nos L²) a. L²PS, Que(n) ren
als mon cor (mos cors a) no saten MNa, Que uas (en R) ren alre non
enten RV, Que ues ren altra no ma. Q

II. fehlt G   9. mort NQ   10. dolçe PQS   11. Donvs V;
uiuers K, viures a; amor CMNQRVa; E qe uiurcis s. u. L¹   12. enoilz
O; far enueg C   13. domnedieu L², damedeu PS; mazit a; tan no
madir V

qu'eu ja pois viva jorn ni mes,
15 pois que d'enoi serai mespres
    ni d'amor non aurai talan.

III.   Per bona fe e ses enjan
         am la plus bel' e la melhor.
         del cor sospir e dels olhs plor,
20   car tan l'am *eu*, per que i ai dan.
         eu que·n posc mais, s'Amors me pren
         e las charcers en que m'a mes,
         no pot claus obrir mas merces,
         e de merce no·i trop nien?

IV. 25 Aquest' amors me fer tan gen
         al cor d'una dousa sabor:
         cen vetz mor lo jorn de dolor
         e reviu de joi autras cen.
         ben es mos mals de bel semblan,
30   que mais val mos mals qu'autre bes;

14. Que *CNR*; p. *fehlt MO*, plus *S*; uiua pois *Q*, p. no u. *R*; j.]
ujor *L²*; Qe ieu uiua un j. *O*; ni un mes *M*   15. que] ia *DIKL¹PSV*,
fehlt L², ieu *Ma*, queu *N*, trop *U*; Qant eu *Q*; damor *L¹*, de uos *M*, de-
noil *O*, de mi *V*, de miei *a*; Can deueya *R*; serai denoi *NQU*; mespres
ADIKL²NPRS, repres *CL¹MOQRUa*, meinx pres *V*   16. E(t) *CL²MP*
QSUVa; damar *Q*; non a.] nhauraj *L²*, naurai *PS*, n. airai *a*; talen *L²*

III. 17. A *QU*; fej *L²*, fes *P*; e.] iam *IK*   18. plu *a*   20. Qe
GL¹, Mas *Ma*, Mais *N*, E *R*; tant lam *A*, trop (truep) lam *CNOa*, tan
lam eu *DFIKL¹*, trop lamai (lami *M*, lamei *Q*) *GMQ*, am la trop *R*, ieu
lam tan *V*; Quaitau lam eu *U*; quieu i ai *AN*, queu nai *GOQ*, que ai *M*,
que nai *V*   21. E *GL¹L²PRSUV*; que·n] no(n) *ADFIKMNa*, qem *O*;
puois *L¹*; als *CFL²PSU*, al *G*; quamors *CGL¹MN*, camor *PS*, samor *Qa*;
ma pres *MNQRa*; cal cor im pren *U*   22. Que *F*, E. (*Rasur*) *GNQ*,
En *MRV*; la carcer *FGL¹MRVa*, les carcers *L²*, carcer (la *fehlt*) *N*, le
chartre *Q*, les zartres *PS*, la carcre *U*; ont ylh *COV*, on el *G*, en qil *a*
23. Nom *AD*; posc *O*; obrir clau *O*, ubrir claus *R*; fors *L¹L²*, ses *O*, for
PQS   24. Ni *O*; merces *L²O*; E daquella *FGL¹NQRa*, E daicella *M*,
E daiqela *U*; non t. *AMOQRV*, nõ trou *G*

IV. *fehlt RVW*   25. amor *GQU*   26. s.] dolor *Q*; fina douchor
L¹   27. muert *a*; Que (Quē *N*) .c. u. (uei *O*) *NO*; lo conr *N*, li iorn *Q*;
per *Q*; douzor *OQ*   28. j.] cor *G*, iois *a*; altres *L²*, autres *MQ*, autre
NU, dautre *O*, altre *PS*   29. Tan(t) *CGL¹L²PQSU*, Tal *O*; lo m. *CL¹*
L²OPS, mon mal *NQ*; dous (dols) *CGL¹L²OPS*   30. Car *ADIK*; uals
O; mon *NOU*, lo *Q*; mal *G*; quautres *N*

    e pois mos mals aitan bos m'es,
    bos er lo bes apres l'afan.

V.   Ai Deus! car se fosson trian
    d'entrels faus li fin amador,
35   c·lh lauzenger e·lh trichador
    portesson corns el fron denan!
    tot l'aur del mon e tot l'argen
    i volgr'aver dat, s'eu l'agues,
    sol que ma domna conogues
40   aissi com eu l'am finamen.

VI.   Cant eu la vei, be m'es parven
    als olhs, al vis, a la color,
    car aissi tremble de paor
    com fa la folha contra·l ven.
45   non ai de sen per un efan,
    aissi sui d'amor entrepres;
    e d'ome qu'es aissi conques,
    pot domn' aver almorna gran.

  31. mon$s$ mal$s$ (s *übergeschrieben*) G, lo m. L^1L^2OUa, los mals NQ, lo mal PS; tan L^2; bon$s$ (s *übergeschrieben*) G, bon L^2NPSU; ses O, es Q 32. Bo mer M, Bos mer U, Bos mes a; Molt ual tal ben (zu tal$s$ ben$s$ G) GQ, Molt ualral (uarral PS) b. L^1L^2OPS; aprop A, aprob L^1

  V. 33. Si O; car se] ara C, quara M, caissi a; non foron U; Be(n) uolgra f. (qe f. G, fosen PS) GL^1L^2PS; frian, *darüber* trian N; Tug uolgra fosson dun semblan R 34. Entrels GL^1L^2PS, Dautres O, Dentres Q; flas D, falson Q; li f. a.] fins amadors O; Li fals drut el f. (els fals R) a. (dels finz amadors a) CRa, Li fals el f. a. M, Li fals entrel f. a. V 35. Quel C, E L^2Na, Que $OPQSU$, Els R; lausengiers L^2NP; e(t) L^2OPS; bausador Q; els trichadors R; E las falsas eill t. L^1 36. Portes un L^2OPQS; corn $CGOPQSU$, cornz L^2, cors N; deran zu deian a 37. l'aur] lor PS; dal R 38. Volgra a. $NQRa$; si eu labes Q 39. Per MV, Si O; mi don c. Q; d. i c. U 40. A.] Ay R, Tan be(n) L^1L^2PS; f.] tan f. R

  VI. 41. eu *feldt* N; ue G, lesgart U, gar V; mes ben R; parouen O 42. Al V; als u. U; e(t) al c. (cor P) PQS, e a la c. L^2 43. Q(u)eissamen(t) CL^2OPSV, Quaissamen(ç) GL^1, Q(u)atressi $MRUa$; tremplu G, trembli L^1L^2PSa, treble N, tremblei Q, tembla V; per p. R 44. lo foilla L^1; encontral Q, contra el v. a 45. par O; plus dun $GL^2M(Q)V$, pus cun R 46. Que si N, Qaisi O; Aissim sen $ADFIK$; sobrepres N; Tant sui damor forment espres Q 47. Et homes U; quaissi es $DFIK$ $MNRVa$; sorpres a; Hom qe damor cossir c. Q 48. Deu R; Pot (Pod) hom Ca; aver] far MV; piatat R

VII.   Bona domna, re no·us deman
     50   mas que·m prendatz per servidor,
            qu'e·us servirai com bo senhor,
            cossi que del gazardo m'an.
            ve·us m'al vostre comandamen,
            francs cors umils, gais e cortes!
     55   ors ni leos non etz vos ges,
            que·m aucizatz, s'a vos me ren.

VIII.   A Mo Cortes, lai on ilh es,
            tramet lo vers, e ja no·lh pes
            car n'ai estat tan lonjamen.

VII. 49. Bela $ADIKR$; r.] als A, plus CGL^1L^2PQSV; no^s d. G, no d. L^1L^2, nos d. N 50. qen p. P; a s. DL^2MPSa 51. Seruirai uos Na; co L^2 52. Cum que puois $ADIKN$, Coman qe G, Ço qe pois U; de g. PS; geredon deman L^2, d. gerdonan N, d. g. an UV; Qalqe sia giderdonan Q, Calqe sial guizardonam a 53. me (mi G) al (als U) CGL^2NU; uestre G, uostro Q; mandamen $CGNQ$ 54. Bel $GQRV$, Franch L^1, Bels U; cor PS; u.] gentil $GMQRUa$, adreit V; belh C, francs GU, gai L^1, gens OPS, franc QRV; humil c. Ma; F. c. gent h. e c. L^2 55. Vrs S; lions G, leon L^1L^2, lion Q, leons S; v. g.] uogues PS 56. Qim M; aociasz L^2, aucigat Q, anciez U

VIII. *nur in* CG 57. A ma tortre G 58. e noil qil p. G 59. Qar eu no la uei plus souen G

Hds. W:

Non es merauille seu chant . Mais de nul altre chantador . Quan plus trai lou cor vers amor . Et mau sui fais a son connaut . Cor et cors saber et sen . Et force et poder i ai mes . Sen ti — . — e vers amor lou fren . Qua nule altre — . ren non euten. —

Ben es mors qui damors non sen . Al cor qualque don de sabor . Et que virie sanz do..or . Fors per anni far ala gen . Ja damedex . on maint tant . Que ie ia viue ior ne mes . Pos que damor serai repres . Que damar non aurai taleu.

He . dex car se fusseu trian . Deutre fals fin amador . Que losengier . et tricador . —rtaisscn corne el front deuant . Tot laur—l mont et tot largant . Ivolgre aber dat. lauges . Per oc mi dosue conosghes . Ausi culam finament.

Qvant eu la ve mos bens peruent . Asex al vis a la color . Qualtresi tramble de paor . Con fait la foille contraluent . Non ab de sen contre vu enfant . Alsi ma amors soubrepres . Et dome qui si es conques . Pot len auer almosne grant.

Per bona fei et sanz engant . An la plus bele . et la meillor . Del cor souspir et des ex plor . Tan lamade que faz mon dant . Non pos mes . que samor ma pres . Et en la chartre ou el ma mes . Non pot clas oubrir fors merces . Et de merce non trop niant.

Bona dosna plus non demant . Mais quem prendas aseruidor . Seruirai vos con bon seignor . Qual qui sia guerredonant . Tot al vostre conmandemant . Bel cors ientix frans et corteis . Ors ne lyons nestes vos ges . Que maucias sa vos me rant.

---

15. Über *mespres* oder *repres* entscheidet das Handschriftenverhältnis nicht. Sie können genaue Synonyma sein und als solche für einander eintreten, denn auch *mespres* kann „getadelt“ heißen, s. Levy, Suppl. V, 256. Zunächst aber heißt *mespenre* „sich vergehen“, und in diesem Sinne findet es sich wiederholt bei Bernart.

que ist sehr unsicher bezeugt; aber *ja*, das in den zahlreicheren Hdss. steht, ist wohl erst aus dem vorangehenden Vers in diesen geraten.

20. Ob *tan* oder *trop* läßt sich wieder mit einiger Gewißheit nicht sagen. Aber auch *eu* steht ganz unsicher. Vielleicht fehlte in der gemeinsamen Vorlage eine Silbe.

33. *trian* „auslesbar, kenntlich“, mit der „Ausartung des Sinnes“, welche Tobler an französischen Participien Praesentis so vielfach beobachtet hat, s. Verm. Beitr. I², 36 ff.

38. *volgr'aver dat*]. Die Ungeduld des Dichters stellt sich die Erfüllung des Wunsches schon als eingetreten vor, und umsomehr die Verpflichtung des Gebens als erfüllt. Daher das bekannte Tempus perfectae statt imperfectae actionis.

40. *aissi (com)* aus dem Vergleichsatz (s. v. 43) in den indirekten Fragesatz eingedrungen.

48. Natürlich ist nicht die Frau diejenige, welche eine Gabe vom Mann empfängt, sondern umgekehrt soll es sein; *almorna* ist hier „Barmherzigkeit“. Und diese Barmherzigkeit kann sie haben (*pot*), d. h. sie hat sie dann mit gutem Grunde, mit Fug und Recht, und daher soll sie sie auch haben.

52. *Cossi que* oder *Com que pois.*

54. Der Kasus ist nicht gesichert, und so könnte man zweifeln, ob der Vers auf die Dame (*vostre*) oder den Dichter (*m'*) zu beziehen ist. Natürlich ist die Dame gemeint.

55. s. 32, 31. Vgl. Pulci, ed. Zenatti p. 16:

> *Non sei però nè tigre nè leone,*
> *Ma se' gentile e d'ogni pietà piena;*
> *Dov' è beltà, ragion vuol che vi sia*
> *Misericordia, amor e cortesia.*

I. Es ist nicht Wunders, wenn ich besser singe als irgend ein anderer Sänger, denn das Herz zieht mich mehr zur Liebe hin und besser bin ich zu ihrem Befehl geschaffen. Herz und Körper und Wissen und Verstand und Kraft und Können habe ich daran gesetzt. So zieht mich der Zügel zur Liebe hin, daß sich mein Sinn nach keiner anderen Seite richtet.

II. Wohl ist der tot, der von der Liebe nicht irgend süßen Geschmack im Herzen empfindet. Und was gilt Leben ohne Wert? nur Verdruß erregt es bei den Leuten. Nimmer möge Gott mich also hassen, daß ich Tag noch Monat lebe, sobald ich des Verdrusses schuldig bin und nach der Liebe keine Lust mehr habe.

III. In guter Treue und ohne Trug lieb ich die schönste und beste Frau. Aus dem Herzen seufze ich und aus den Augen weine ich, denn so sehr lieb ich sie, daß mir Leid daraus erwächst. Was vermag ich dabei, wenn Minne mich ergreift und das Gefängnis, in das sie mich geworfen hat, kein Schlüssel öffnen kann als Gnade und ich von Gnade da nichts finde?

IV. Diese Minne trifft mich so schön ins Herz mit süßer Lust: hundertmal am Tage sterbe ich vor Schmerz und hundertmal lebe ich vor Freude wieder auf. Wohl ist mein Leid von schöner Art, denn mehr gilt mein Leid als eines Andern Freude; und da mein Leid mir so gut erscheint, wird nach dem Kummer das Gute (wahrlich) gut sein.

V. Ach Gott, wären doch die echten Liebenden unter den falschen kenntlich, und trügen doch die Lügner und Täuscher Hörner vorne auf der Stirn! Alles Gold auf der Welt und alles Silber wollte ich da geben (sofern ich es hätte), wenn meine Fraue erkennen wollte, wie echt ich sie liebe.

VI. Wenn ich sie erblicke, ist es wohl sichtbar an meinen Augen, am Gesicht, an der Farbe, denn so zittere ich vor Furcht wie das Blatt vor dem Winde. Ich habe nicht so viel Verstand wie ein Kind haben würde, so unterliege ich der Wirkung der Liebe; und an einem Manne, der so besiegt ist, mag eine Frau wohl große Barmherzigkeit üben.

VII. Gute Fraue, um nichts bitte ich Euch, als daß Ihr mich zum Diener nehmt, denn als einem guten Herrn will ich Euch dienen, wie es mir auch mit dem Lohn ergehe. Sehet mich hier zu Eurem Befehl, edles, mildes, fröhliches und artiges Wesen! Ihr seid doch kein Bär oder Löwe, daß Ihr mich tötet, wenn ich mich Euch ergebe!

VIII. Meinem Artigen sende ich den Vers dahin wo sie ist, und es möge sie nicht verdrießen, daß ich so lange fern von ihr geblieben bin.

32.

Peirol, com avetz tan estat.

Siehe die Gedichte unsicherer Zuweisung.

33.

A 94 (265), C 49 (MG. 1347), D 18 (57), G 18 (p. 54), I 32, K 20, N 148 (218), Q 30 (74, p. 60), R 11 (80), a 81 (60, Rlr. 42, 318), d 265 (8).[1])

In N² wird das Lied als 26. von Bernart aufgeführt; in W stand es anonym fol. 193 (s. Rom. 22, 397).

Gedruckt von Raynouard, Choix III, 86; Mahn, Werke I, 21.

Die Strophenfolge in den Handschriften ist, gegenüber der unseres Textes:

        1 2 5 3 4 6 7   AIKNa
        1 2 3 5 4 6 7   CDG
        1 2 3 5   QR

Es ist kein Zweifel darüber, daß die 5. Strophe in der Überlieferung an falsche Stelle geraten ist, und durch ihre irrtümliche Einordnung werden die Hdss. sogleich in zwei Gruppen verteilt: AIKNa und CDGQR. Diese Verteilung wird durch die Varianten bestätigt, s. 9, 11, 13, 29, 32.

Freilich könnte die Zusammengehörigkeit von DG mit AIKNa durch v. 25 erwiesen werden, wenn dort der falsche Reim nicht aus der gemeinsamen Quelle stammte und durch C korrigiert wäre. Das wird aber der Fall sein, denn v. 9, 18 zeigen, daß D, bez. DG, in falscher Lesart mit CQR übereinstimmen. Das nähere Verhältnis auf dieser Seite wird durch Übereinstimmung von CDQR v. 8, 16, 17, 18, 20, 30, von CQR v. 6, 12, 15, 19, QR passim deutlich erwiesen (freilich CGQR v. 35, DG 19, 44):

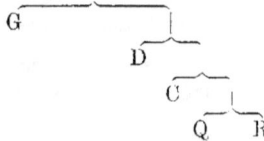

---

[1]) d in den Varianten nicht berücksichtigt.

Nicht ebenso klar ist das Verhältnis auf der anderen Seite.
AIK gehören zusammen (s. v. 36); aber AIKa v. 2, 15, dagegen
Na v. 22; also entweder:

I.   Pel doutz chan que'l rossinhols fai,
         la noih can me sui adormitz,
         revelh de joi totz esbäitz,
         d'amor pensius e cossirans;
     5   c'aisso es mos melhers mesters,
         que tostems ai joi volunters,
         et ab joi comensa mos chans.

II.   Qui sabia lo joi, qu'eu ai,
         que jois fos vezutz ni auzitz,
    10   totz autre jois fora petitz
         vas qu'eu tenc, que'l meus jois es grans.
         tals se fai conhdes e parlers,
         que'n cuid' esser rics e sobrers
         de fin' amor, qu'eu n'ai dos tans!

III. 15 Can eu remire so cors gai,
         com es be faihz a totz chauzitz,

I. 1. Per (Pels *N*) d. chanz *GN*; 'l *fehlt IK*; rossinhol *QR*
2. fui *D*; endormitz *AIKa*, adurmitz *CDGNQR*   3. Ressit > Jessit *a*;
tut *Q*   4. Damors *G*; pensis *D*; Pensius (Pensiu *Q*) damor *CQ*; cossiros *A*; Be sui damors en cossir grans *R*   5. Car mos (es *fehlt*) *a*;
m(i)elhers *CDGNQa*, meillors *IKR*; mesters *fehlt D*   6. Quane se (sei *C*)
amei i. *CQR*   7. acomença *Q*

II. 8. Ai *Q*; saubia *G*, sabra *a*; ioys *C*; nai *CDQR*   9. Que iois
fos vezutz (negutz *a*) ni auzitz *AIKNa*, Nel iois fos tals quen fos auzitz
C, Nil iois (ioy *GR*) fos tals qem (qē *G*) fos aisiz (aissiz *D*) *DGQR*
10. autres *CDIKQR*; ioi *QR*; forn p. *G*; T. a. fora iois p. *D*   11. Vas
(Mai *a*) qieu tenc qel mieus (qe mos *a*) iois es grans *AIKNa*, Vas que lo
(quel *D*) mieus iois (mien ioi *QR*) fora (fom *G*) grans *CDGQR*   12. Tal
GNQR; sen f. *CQR*, sei f. *G*; conhtes *C*, cointes *Q*, cütes *R*, cortes *a*
13. Quen *AIKa*, Que *N*, E *CDGQR*; s.] obrers *Q*   14. que nai *D*;
des t. *GRa*

III. 15. Quant ieu remire s. c. g. *AIKa*, Quant eu remir (e. li r. *D*) s.
(sos *N*) c. g. *DGN*, Souen li remir s. c. g. *CQR*   16. f. e gent ch. *CDQR*

sa cortezi' e sos bels ditz,
ja mos lauzars no m'er avans;
c'obs m'i auri' us ans enters,
20   si·n voli' esser vertaders,
tan es cortez' e ben estans.

IV.   Cil que cuidon qu'en sia sai,
no sabon ges com l'esperitz
es de leis privatz et aizitz,
25   si tot lo cors s'en es lonhans.
sapchatz, lo melher messatgers
c'ai de leis, es mos cossirers,
que·m recorda sos bels semblans.

V.   Domna, vostre sui e serai,
30   del vostre servizi garnitz.
vostr' om sui juratz e plevitz,
e vostre m'era des abans.
e vos etz lo meus jois primers,
e si seretz vos lo derrers,
35   tan com la vida m'er durans.

VI.   No sai coras mais vos veirai;
mas vau m'en iratz e maritz.

17. e *fehlt* a; De c. e de b. d. *CQR*, De sa c. e de s. b. d. *D*
18. enanz a; E si de (del *DR*) plus mi (men *D*) pren (ve͞ *R*) talans
(talenç *Q*) *CDQR*   19. mi] i *DG*; Ops lauria *C*, Ob si auria *Q*, O
puf i auria *R*   20. ·n *fehlt CDQR*, Son u. *G*

IV. *fehlt QR*   22. Sels *CI*, .els *K*; qi *G*; cuidam *D*, cudon a;
que s. *IK*; sai] gai *Na*   24. et] ni a; auzitz *IK* (*ursprünglich auch* a)
25. loignatz *ADGIKNa*   26. mielhers *Ca*, meillor *DG*, meillers *N*
27. es *fehlt D*; cossires *D*, conseriers *IK*   28. Quen *I*, Que *K*, Qei
r. a; sos] ses *D*

V. 29. nostrom sui (fui *G*) *CDGQR*; farai *G*   30. Del *Aa*, Al
CDQR, De *GIKN*; seruiçis *N*, seruise garinç *Q*   31. Vostre s. *Q*
32. uostre *Aa*, uostres *CDGIKNQR*; m' *fehlt CDGQR*; des abans *AIKNa*,
des enans *CGQR*, derenanz *D*   33. Ei a; etz] es *CIKQRa*, ses *D*, sec
G, est *N*; mieu *NQR*; ioy *R*   34. seres *DIKQa*, sere *N*; noz *D*
35. cum *AIKNa*, quan *CGQ*, co *D*, ca͞ *R*; uia a

VI. *fehlt QR*   36. mais coras (cora *IK*) *AIK*, quoras (cora a,
com *N*) mais (mas *D*) *CDGNa*; vos] sius *D*   37. Pus men nau i. *C*;
naue miratz *N*

> per vos me sui del rei partitz,
>
> e prec vos que no·m sia dans,
>
> 40   qu'e·us serai en cort prezenters
>
> entre domnas e chavalers,
>
> francs e doutz et umilians.
>
> VII.   Huguet, mos cortes messatgers,
>
> chantatz ma chanso volonters
>
> 45   a la rëina dels Normans.

38. men s. *D*; de lei p. *N*   39. no *Ga*   40. Quien s. *C*, Qeus
s. *D*, Qeu s. *G*   41. Entres d. *D*   42. Franc (< Franz) *a*
VII. *fehlt QR*   43. Huguet *AIKN*, Ugonet *CD*, Vegonet *G*, Nugo *a*;
mos *fehlt C*   44. mas chansos *D*, ma chançcos uolaters *G*   45. raina
DGIK; des n. *G*, d. romanç *N*

2. Die Handschriften schwanken zwischen *endormir* und *adormir*.
Nach Mistrals Angaben verteilen sich die beiden Wörter geographisch.
Er gibt *adormir* als rouergatisch, gaskonisch, bearnesisch und bordelesisch
an. Dafür, daß es auch limousinisch, neben *endormir* war, spricht aber
wohl sein Vorkommen auch im Altfrz., und da auch *N adurmitz* hat, kann
dies leicht das Richtige sein.

15. *remir* und *remire* sind beide Formen Bernarts. So ist nicht zu
entscheiden, ob er hier *remire* geschrieben hat oder ob die erste Vorlage
eine Silbe zu wenig zeigte.

16. CDQR haben *e gent chauzitz* „wie ihr Leib wohlbeschaffen und
ihr höfisches Benehmen und schönes Reden gut erlesen ist"; aber die Übereinstimmung von G mit der Gruppe A spricht für *a totz chauzitz*.
Chauzitz wird dann nicht Partizip sein, sondern wie 27, 53 *al seu chauzit*
„ihrer Wahl entsprechend": „wie ihr Leib aller Wahl, allen Wünschen
entsprechend, wohl beschaffen ist".

18. *araus*, das auch in Levys Petit Dictionnaire fehlt, werden wir,
in gleichem Sinne wie *enaus* Hds. a, mit „Förderung, Vorteil" übersetzen
dürfen: „mein Lob wird mir keine Förderung sein, keinen Vorteil bringen
(da es dem Wert der Dame nie gleichkommen wird)"; oder heißt *araus*
„Überschuß": mein Lob wird nie überschüssig sein, ihren Wert übertreffen?
22—25. Vgl. 44, 33—36.

39. d. h. daß Ihr mich dafür entschädigt, daß ich den König verlasse.

40. Die Hdss. sprechen für *qu'e·us*, nicht *qu'eu*. So ist *prezentier*
nicht „der sich zu bewegen versteht, von feinem Anstand" (s. Levy VI,
541 b), sondern „gefällig, dienstbereit". Bernart verspricht der Dame, auch
an den fremden Höfen als ihr Sänger zu dienen.

I. Durch den süßen Sang, den in der Nacht, wann ich eingeschlafen bin, die Nachtigall erhebt, erwache ich von Freude ganz benommen, und denke und sinne auf Liebe; denn das ist mein bestes Beginnen. Allzeit bin ich auf Freude bedacht, und mit Freude beginnt mein Gesang.

II. Wenn man die Freude kennte, die ich hege, indem man Freude sehen und hören könnte, dann wäre jede andere Freude gering gegen die, die ich besitze, denn meine Freude ist (wahrlich) groß. Manch einer tut sich schön und geschwätzig, weil er meint, er wäre im Übermaße reich an echter Liebe, und ich habe doppelt soviel davon wie er!

III. Wenn ich ihren freudevollen Körper betrachte, wie er nach allem Begehren wohl beschaffen ist, ihre höfische Art und ihr schönes Reden, dann (finde ich) wird mein Loben mir nie zum Vorteil gereichen, denn ein ganzes Jahr würde ich gebrauchen, wenn ich die Wahrheit davon sagen wollte, so höfisch und so wohl geartet ist sie.

IV. Diejenigen, welche vermeinen, daß ich hier sei, wissen nicht, wie die Seele ihr eng verbunden und nahe ist, obwohl der Leib sich von ihr entfernt. Wisset, der beste Bote, den ich von ihr habe, ist mein Gedanke, der mir ihre schönen Züge zurückruft.

V. Fraue, Euer bin ich und werde ich sein, zu Eurem Dienst bereit. Zu Eurem Lehnsmann bin ich verschworen und verpflichtet, und Euer war ich von Zeiten her. Ihr seid meine erste Freude, und so werdet Ihr die letzte sein, so lange mir das Leben währt.

VI. Ich weiß nicht, wann ich Euch je wiedersehen werde; aber bekümmert und voll Trauer gehe ich davon. Um Euretwillen bin ich vom Könige geschieden, und ich bitte Euch, daß es mir nicht zum Schaden sei, denn ich werde bei Hofe unter Damen und Rittern zu Eurem Dienste bereit sein, von guter Gesinnung, sanft und demütig.

VII. Huguet, artiger Bote, singet meinen Sang willig vor der Königin der Normannen.

34.

Per Dieu, Amor, en gentil loc cortes

nicht von Bernart, sondern von Guillem de Saint Didier, identisch mit 234, 15, daher unter den Gedichten des Anhangs gedruckt.

35.

A 86 (240), C 51, D 17 (52), G 18 (p. 56), I 29 (MG. 122), K 17, N 142 (207), Q 29 (73, p. 59), R 12 (85, MG. 122), S 64 (38, MG. 258), V 57 (Arch. 36, 406), a 80 (59, Rlr. 42, 317). N² nennt das Lied als 11. von Bernart.

Herausgegeben von Delius, Ungedr. prov. Lieder, S. 22 (nach Hds. S).

Strophenfolge:

```
1 2 3 4 5 6 7 8     ACGQRS
1 2 3 4 5 6 7       DIKN
1 2 6 7 3 5 4 8 9   a
1 2 7 3 4           V
```

Eng zusammengehörig sind IKN, s. v. 9, 24, 33, 40, Va v. 4, 6, 7, 16, 38, QR v. 14, 33, 40, 42. IKN verbinden sich mit QR in 1, 16, 39, mit V bez. CV in 12, 14. Andererseits aber finden wir QR mit DS gebunden v. 14, oder Q allein mit G v. 41, oder R mit C v. 6, 9, 27 usw., sodaß sich ein sauberes Verhältnis nicht ergibt. Die besseren Lesarten stehen jedenfalls auf Seite der Hdss. ADGS, die aber nicht durch gemeinsame Fehler zu einer Gruppe vereinigt werden (denn Abweichungen wie *sui* : *fui* ADG 26 sind nicht beweisend). A geht mehrfach für sich und hat vielleicht bisweilen allein oder fast allein die richtige Lesart überliefert.

1.   Per melhs cobrir lo mal pes e·l cossire
       chan e deport et ai joi e solatz;
       e fatz esfortz car sai chantar ni rire,
       car eu me mor e nul semblan no·n fatz;
5   e per Amor sui si apoderatz,
       tot m'a vencut a forsa, ses batalha.

T. 1. P. descobrir *IK* (*in K von späterer Hand am Rande:* miels cobrir) *NR*, P. escobrir *Q*; m. p.] maltrag *C*, maltrait *V*; Per meilz pes lo mal cobrir el° consire *G*   2. em d. *AV*, e(t) d. *CDGIKNQRSa*; em do ioy *V*; ioi e *fehlt R*   3. esfors < eflors *a*; car] cai *A*, can *V*, sieu *a*; chanter *Q*, gabar *V*; c. e r. *A*, c. ni r. *alle anderen*   4. Cades me m *Va*; men m. *NQ*; lunh *R*; no f. *D*, nom f. *V*   5. Car *V*, Qe *a*; si] tant *V*   6. Que *V*; man u. *R*; a f. ses b. *A*, ab f. et ab b. *CR*, a force sa b. *D*, a f. e a b. *GIKNQS*, per f. e per b. *Va*

II.　　　Anc Deus no fetz trebalha ni martire,
　　　　ses mal d'amor, qu'eu no sofris en patz:
　　　　mas d'aquel sui, si be·m peza, sofrire,
10　　c'Amors mi fai amar lai on li platz;
　　　　e dic vos be que s'eu no sui amatz,
　　　　ges no reman en la mia nualha.

III.　　Midons sui om et amics e servire,
　　　　e no·lh en quer mais autras amistatz
15　　mas c'a celat los seus bels olhs me vire,
　　　　que gran be·m fan ades can sui iratz;
　　　　e ren lor en laus e merces e gratz,
　　　　qu'el mon non ai amic que tan me valha.

IV.　　Molt me sap bo lo jorn qu'eu la remire:
20　　la boch' e·ls olhs e·l fron e·ls mas e·ls bratz
　　　　e l'autre cors, que res no·n es a dire
　　　　que no sia belamen faissonatz.

II. 7. El mon non es nuill treball V, El mont non ai ni trebail α
8. Ni m. V; qi n. Q, qe n. V; noi C; nol α; sofrir N, sofris < sostis α
9. E α: son DS, mes V, mer α; M. daquelh eis sui ieu si bon s. C, M.
aqel eis si bꝰ mes a s. G, M. aquel ai si ben me soi s. IKN, M. aqel mei
si ben mes assofrire Q, M. daquel neys soy si bo mes s. R　10. Lamors
N, Camor QV, Camar α; mi] cui G; amar] amors α; o Q; lei p. α　11. di
NQ; ben ADVa, tan(t) CGIKNQRS; b. seu I, b. se eu KN; b. car eu V;
sui] son V, sai α　12. Ges ADGS, So CR, Q(u)e IKNV, Il Q; Non r.
ges α; remaïs G; per la A, en la CDGIKNRSVa, ella Q; mea IK
III. 13. De midons CV, Midon Q; son V; homs R; erstes et fehlt
CV; amic IKNQ　14. Ni QR, Mais α; no li qer G, nol reqier V, noil
deman α; m. autras a. A, nuil autras a. CIKNV, m. dels altras a. DS,
mais al de samistatz G, m. des autramistat Q, m. de lautramistat R, plus
dautras a. α　15. quen celat GN; lo seu b. Q, loscus b. R; me v.]
remire V　16. ben f. DGNS, fai lesguartz c. CIKQ, fai lesgart c. NR;
son V, sois α; Que mout me fan gran ben (gaug V) q. Vα　17. ret V;
lor en] len CIKQR, li N; l. ab m. Q; merce NQ; m. ab dols g. CNR,
m. e mils g. IK, m. de bon g. Q　18. Car eu n. V; Qieu non ai mais
amics α; q(u)i CDQ; taz G
IV. 19. sa bon NQS; li i. Q; queu AC, qan(t) DGIKNQRS; Gran
mal mi uol so ditz can la r. V, Molt posc auer grant gaug cant l. r. α
20. la fr. A, el fr. CIKNQRS, la fort D, la gola α; el mans DIK, las
mans N, el man Q; el b. Q; La boche el oilz el fronz els mas G; Els
huils e la fron e la cara els b. V　21. cars Q; re(n) QRS; c. on non
a res qe d. V, c. don il nes ren a d. α　22. Aissi es totz b. α; bella-
menç GN; faysonat R; Gencer de leis no pot faire beutatz (s. v. 23) V

gensor de leis no poc faire Beltatz,
per qu'eu m'en ai gran pen' e gran trebalha.

V.   25   A mo talen volh mal, tan la dezire,
e pretz m'en mais, car eu fui tan auzatz
qu'en tan aut loc auzei m'amor assire,
per qu'eu m'en sui conhdes et ensenhatz.
e can la vei, sui tan fort envezatz:
30   vejaire m'es que'l cors al cel me salha.

VI.   Dins en mo cor me corrotz e·m azire,
car eu sec tan las mias volontatz. —
mas negus om no deu aital re dire,
c'om no sap ges com s'es aventuratz.
35   que farai doncs dels bels semblans privatz?
falhirai lor? mais volh que'l mons me falha!

VII.   Ab lauzengiers non ai ren a devire,
car anc per lor no fo rics jois celatz.

23. Genser *CGNRa*, Gen cor *S*; lei *GS*, le *Q*, se *a*; poc *AJK*, pot *CDGQRS*, puec *N*, sap *a*; Qe cau la uey son aitant ennejatz (s. r. 29) *V*
24. Per qu'eu] Eu *CQR*, Si to(u)t *IKN*; m'en ai] en trai *a*; 1. gran > greu *a*; 2. gr.] greu *a*; Uejaire mes qel coratge me failla (s. v. 30) *V*
V. *fehlt V*, s. aber zu v. 23, 24   25. talau(t) *CG*; ta la d. *D*; Jam voil eu mal so dic qant la remire *a*   26. pres *N*; p. me m. *D*; sui *ADG*, fu *C*, fui *IKNQRSa*; Anz men am mais car anc f. *a*; tan < ran *a*: auzartz *R*   27. auzes *CR*, aussei *D*; ause *Q*; Qeu anc en lei a. mon cor a. *a*   28. que m. *DS*; fuy *R*; Que ieu en s. c. *C*; cortes *CRa*, coingdes *D*, cointes *GQS*; effegnaz *D*; E faz meu plus c. *a*   29. fort *fehlt a*; uisiatz *A*, ennezatz *CIKNR*, enneisaz *DGS*, cnuersac *Q*, cnueziatz *a*   30. Cades mes vis *a*; cor *CGQRSa*; al c. *AD*, nes lieis *C*, na sill *G*, el s. *IK*, el sel *korrigiert zu* vas sel *N*, nes c. *QSa*, nes lo c. *R*; mi *fehlt a*; masailla *IK*, mi falla *Q*
VI. *fehlt V*   31. Inz *IKNa*; e] de *DQRS*; mi c.] mirasc fort *C*, men c. *G*, en c. *S*; corros *IKNR*; em naire *N*, en aire *Q*, e menayre *R*, em nazire *S*; me voil mal em preu ira *a*   32. set *a*; 1. mas *D*, 1. meas *IK*, la mia *NQ*   33. Quar *IKN*, Ne *Q*, Ni *R*; degus *R*; dec *CQR*; res *NQ*; aitals res *DGS*; aital re nom deu d. *a*   34. s. j.] sages *D*, sagues *S*; com] cui *Q*, qui *a*; sea nenturac *Q*   35. fare *Q*; del bel semblant *Q*; pr. *fehlt a*   36. li *GNR*, le *Q*; mais *fehlt C*, meillz *DG*, miel *Q*, meill *S*; mon *DGNQS*, dieus *a*
VII. 37. A *G*; A lausenger *Q*; ren (res *V*) que d. (deuiure *K*) *IKNV*   38. ric *GQ*; ioi *NQR*; Car ia nuil ioy (Qe ia nuls iois *a*) per els non er c. *Va*

e dic vos tan que per mon escondire
40   et ab mentir lor ai chamjatz los datz.
ben es totz jois a perdre destinatz
que*z* es perdutz per la lor devinalha.

VIII.   Corona, man salutz et amistatz
          e prec midons que m'ayut e me valha.

[IX.   45   E que·m volha, sia sens o foudatz,
             no·m pot esser ni afans ni trebalha.]

39. di *Q*; mon] mi *IKN*, me *QR*; A mi qe ual seu men uuill esc. *V*,
Daiso no mes seuals cab esc. *a*   40. Al metir *Q*, A mentir *R*, Cab mo
mentirs *V*; ai] a *D*; camgatz *C*, comiaz *D*, chiamiatz *a*; Al maior ioc ai
cambiat (cambiatz *K*) *IKN*; mos d. *NV*, m. deç *Q*   41. Bes *DS*, Bens
G; tot ioi *QV*; pore (*sic*) *GQ*, perda *V*; p. endestinatz *CRa*   42. Que
es p. *ADGS*, Quezes p. *C*, Quant es p. *IK*, Caisi perd hom *N*, Qe se perdon *QR*, Ces qes p. *V*, Quant perdutz es *a*; per] en *NR*, ca *Q*; d.] uilania.
diuinalla *D*

VIII. *fehlt DIKNV*   43. Corana *G*; amistat *Q*   44. midon *QS*;
Eil clam merce q. ma. e qem v. *a*

IX. *steht nur in a*

3. Vgl. 29, 7.
6. A steht ganz allein mit seiner Lesung *ses batalha*. Nichts-
destoweniger wird sie, gegenüber dem wiederholenden *a f.* et *a b.*, richtig
sein. Der Dichter ist eben der Gewalt der Liebe widerstandslos ergeben.
8/9. Jedes Übel bin ich willig zu ertragen, nur die Liebespein scheint
mir unerträglich (s. 5, 13 *totz autres mals es niens Vas lo dezir ab pauc
d'esplei*); aber gerade diese muß ich erdulden.
12. Zu *remaner* in der Bedeutung „unterlassen" tritt in der Regel
die Präposition *per* um die Sache, *en* oder *per* um die Person, zu bezeichnen, welche das Unterbleiben veranlaßt, s. die Beispiele bei Levy
VII, 208 f. So ist *per* in A das zu Erwartende. Aber gerade deshalb
glaube ich hier, im Gegensatz zu v. 6, nicht der Hds. A, sondern den
übereinstimmenden anderen folgen zu sollen.
20. *fron* ist provenzalisch immer masc. Im *la fron* der Hds. A(DV)
werden wir einen Italianismus sehen dürfen. — Der Kasus der Subst. in
diesem Vers ist, den Hdss. nach, der Obliquus. Es kann sich um ein
nachgestelltes mehrgliedriges Subjekt handeln, das im Obliquus stehen
darf (s. Tobler, Verm. Beitr. I², 233 Anm.), oder *sap ho* ist subjektlos und
la bocha usw. Apposition zu *la*, oder aber *sap* hat „sie", die geliebte
Dame, zum Subjekt und nun werden im absoluten Kasus die einzelnen
Teile an ihr aufgezählt. Die letzte Möglichkeit trifft hier wohl zu.

25. In *dezire* wird nicht die 3. Pers. des Konjunktiv zu sehen sein, abhängig vom Ausdruck des Empfindens („daß mein Sinn sie so begehre"), noch weniger 3. Pers. Ind., wie *vire* 30, 1, sondern 1. Ind., wie *fui auzatz* im nächsten Vers.

29. Afrz. ist *rezié* „geschickt, schlau, listig", *envoisié* dagegen „fröhlich", und ebenso scheint im allgemeinen das Prov. *reziat* und *envezat* zu scheiden. Aber npr. heißt *resia(t)* neben „gâté, choyé" (also in der Bedeutung dem lat. vitiatus näherstehend als das alte *reziat*) auch „enjoué comme un enfant, folâtre" (Mistral, der das Wort auch gerade als limousinisch aufführt), und so ist die Lesung von A hier nicht unmöglich. Vgl. aber *envezadura* in dem vermutlich von Bernart herrührenden Liede 392, 27.

30. Vielleicht ist *va'l* (= *vas lo*) *cel* zu lesen.

34. Er weiß nicht, welchem Geschick er sich anheimgegeben hat.

40. Die prov. Belege für *chamjar los datz* bei Levy II, 11 f. Die eigentliche Bedeutung ist doch wohl, entsprechend dem ital. *barattare le carte (in mano a uno)*, „jemandem anstelle der Würfel, mit denen er gespielt hat, andere in die Hand geben", sei es, daß der andere zuerst zu gute, d. h. falsche oder behexte, in der Hand gehabt hat, sei es, daß man ihm nun selbst gefälschte, ungünstige unterschiebt, und das ist natürlich die übliche Bedeutung des Ausdrucks (s. Semrau, Würfel und Würfelspiel im alten Frankreich, Beiheft 23 der Zts. f. rom. Phil. 1910, S. 75, 109 ff., wo auch darauf hingewiesen wird, daß jeder Spieler mit eigenen Würfeln gespielt haben muß), in beiden Fällen: jemandem das Spiel verderben.

IX. Die zweite Tornada steht nur in a und ist so schlecht gesichert. Man wird sie aber schwerlich deshalb für unecht erklären, weil Bernart nicht so ungalant gewesen wäre, seiner Dame auch ein törichtes Verlangen zuzutrauen. Verständige Wünsche zu erfüllen ist ja gerade kein Beweis hervorragender Liebe.

I. Um das leidvolle Denken und Sorgen besser zu verdecken, sing ich und treibe Scherz und zeige Freude und Lust: und ich tue mir Gewalt an, indem ich zu singen und zu lachen vermag, denn ich sterbe dahin und lasse nichts davon erscheinen; und so überwältigt bin ich von der Minne: gewaltsam, kampflos, hat sie mich ganz besiegt.

II. Nimmer schuf Gott Pein noch Qual, die ich nicht in Frieden ertrüge, außer der Liebesnot; aber gerade diese erdulde ich, so leid's mir ist, denn Minne läßt mich lieben wo es ihr gefällt; und wohl sage ich Euch, daß, wenn ich nicht geliebt werde, meine Trägheit nicht schuldig daran ist.

III. Meiner Herrin bin ich Lehnsmann, Freund und Diener, und keine anderen Liebesdienste fordere ich dafür, als daß sie heimlich ihre schönen Augen zu mir wende, denn großes Heil tun sie mir an, wann ich bekümmert bin; und Lob und Dank erstatte ich ihnen dafür, denn keinen anderen Freund hab ich, der mir in gleichem Maße helfe.

IV. Gar sehr gefällt sie mir, wann immer ich sie betrachte: der Mund und die Augen und die Stirn und die Hände und die Arme und der andere Körper, denn nichts ist da zu nennen, was nicht in schöner Art geformt wäre. Eine anmutigere als sie konnte Schönheit nicht schaffen, woher ich denn große Not und Qual von ihr erfahre.

V. Meiner Lust bin ich gram, da ich ihrer so begehre, und lobe mich, weil ich so verwegen war, auf so hohe Stätte meine Liebe zu richten, daß ich mich darob für klug und kundig schätzen kann. Und wann ich sie sehe, bin ich so froh: mir scheint, daß mir das Herz zum Himmel springe.

VI. In meinem Herzen grolle ich und zürne ich mir, daß ich meinen Begierden so folge. — Indes niemand sollte derart sprechen, denn man weiß nicht, was man damit auf das Spiel setzt. Was soll ich denn aus den vertrauten freundlichen Mienen machen? Soll ich mich ihnen versagen? Lieber will ich, daß die Welt mir versage.

VII. Mit den Nachrednern habe ich nichts zu schaffen, denn nimmer blieb edle Freude bei ihnen verborgen. Und das sage ich Euch, daß ich ihnen mit Leugnen und mit Lügen das Spiel verdorben habe. Wohl ist jede Freude dem Untergang geweiht, die durch ihr Spähen verloren ging.

VIII. Corona, meiner Fraue sende ich Grüße und Liebesbeteuerungen und bitte sie, daß sie mir beistehe und helfe:

[IX. Und was sie auch von mir verlangen mag, sei es klug oder töricht, es kann mir nicht Mühsal und Qual sein.]

36.

A 90 (253), C 52, D 16 (50), E 103, F 22 (49, Str. 3 und 5), G 20 (p. 62), I 29, K 18, M 40, N 140 (203), Q 31 (78, p. 63), R 57 (484), S 42 (26), a 75 (54, Rlr. 42, 311).

N² nennt das Lied als Nr. 13.

Die Singweise steht in G und R.

Gedruckt bei Raynouard, Choix III, 58; Mahn, Werke 1, 39.

Von der Strophenfolge unseres Textes weichen ab:

        1 2 3 4 6 5 7 8   Ra
        1 2 3 4 6 5   Q
        1 2 5 6 3 4 7 8   IKN

Durch die Varianten scheiden sich deutlich ADE(F)G von den anderen, s. v. 1, 19, 34, 36, 43, 48—51. Während diese vier Hdss. sonst offenbar die besseren Lesarten bringen, erscheint die Stellung der v. 48—51 in ihnen als weniger gut, sodaß sie hier-

durch zu einer Gruppe zusammengeschlossen werden. In ihr trennen
sich wieder DE durch 30, 33 (hier mit G), 54 von A.

Auf der anderen Seite gehören IKN, wie so oft, zusammen,
s. 4, 13, 32, 35, 41, 53 etc. Alles andere bleibt zweifelhaft.
Vers 34 legt eine Gruppierung IKMNR : CQSa nahe, und IKMN
gehen auch v. 8, 29, IKNR v. 36 zusammen. Andererseits stehen
Ca und QS in 4, 15, 30, 34, 52, bez. 29, 36, 48 in engerer Verbindung. Aber alle diese gehen auch andere Verbindungen ein,
C und Ca vor allem mit M: 7, 41, 43; 24, CMS 53, CMSa 21 etc.,
aber auch C mit IKN 33, mit IKMN 8 etc.; R geht oft mit S 4,
19, 41, 42, 59, mit MS 4, 15, 30 usw. Über v. 55 s. die Anm.

Ein sauberer Stammbaum ist also nicht zu erzielen.

I.   Pois preyatz me, senhor,
        qu'eu chan, eu chantarai;
        e can cuit chantar, plor
        a l'ora c'o essai.
    5   greu veiretz chantador,
        be chan, si mal li vai.
        vai me doncs mal d'amor?
        ans melhs que no fetz mai!
        e doncs, per que m'esmai?

II. 10 Gran ben e gran onor
        conosc que Deus me fai,
        qu'eu am la belazor
        et ill me (qu'eu o sai).

I. 1. preiatz (preguatz) mi *ADEG*, mi preiatz *CIKMNQRSa*;
2. chanterai *N* (-erai *auf Rasur*) *G*   3. Mas *M*; chanter *D*; Qant cuit
ch. eu pl. *G*   4. A lora co essai (co⁸ esai *D*, co eu sai *G*) *ADEG*, A
(Ab *I*) lora quieu masai *IKN*, Cora qeu o (men *Ca*) e. *CQa*, Manta ues
qem nasai *M*, Mantas uez qe mo (qieu o *R*) sai *RS*   5. veirez < venez *a*;
chantadors *a*   6. si *ADEG*, pus *CS*, q(u)an(t) *IKMNQRa*; mal lestai *R*
7. donc *GQ*, del *S*; Uai (Ua *C*) mi ben donc da. *CM*, A mi del mal da.
R, E uai me mal da. *a*   8. Anz *ADEGQa*, Mont *CIKMN*, Va *R*, *fehlt*
S; que] quanc *CIKMNa*; Melz qe non fez anc m. *S*   9. donc *DGN*;
quem nesmai *R*

II. 10. Grans bes *R*   11. Conos *DM*, Conosch *G*; q. D.] cades *Q*
12. Qar a. *S*; belezor *D*   13. Et il] Ella *M*, Et ills *S*; q(i)eu *AGMRSa*,
ben *DEQ*; o] mo *S*; Et elha me so s. *C*, Et ella mi quiel s. *IKN*

mas eu sui sai, alhor,
15   e no sai com l'estai!
        so m'auci de dolor,
        car ochaizo non ai
        de soven venir lai.

III.   Empero tan me plai
20   can de leis me sove,
        que qui·m crida ni·m brai,
        eu no·n au nula re.
        tan dousamen me trai
        la bela·l cor de sê,
25   que tals ditz qu'eu sui sai,
        et o cuid, et o cre,
        que de sos olhs no·m ve.

IV.   Amors, e que·m farai?
        si guerrai ja ab te?
30   ara cuit qu'e·n morrai
        del dezirer que·m ve,

---

14. Et *IKNQ*; sui *feldt E*; Mas aras soi a. *R*   15. nom s. *a*; sestai *Ca*, li uai *MS*, lis uai *R*   16. Si *S*   17. C.] E quar *E*; ai] sai *M*   18. Per *R*; anar *CMRS*; la *IK*

III. 19. Empero *A*, E pero *DEFG*, Mas pero *CIKMQ*, Jas pero *N*, Mas per *a*, Mantas uetz *RS*; tan ben nai (uai *N*) *IKN*, men assai *R*, can seschai *S*   20. li *QS*   21. Cui que cride *C*, Qi qen crit *M*, Qi q̃ crit *R*, Qi qe (qes *S*) cride *Sa*; ni b. *Ca*, nis b. *S*, ni qin b. *M*   22. au] ai *M*; res *R*   23. matrai *CFMN*, me trais *R*   24. bela c. *D*, bella c. *G*, bella al c. *S*; ab se *A*, a se *CMa*, del se *D*, de se *EIKNQS*, uas se *FG*, de me *R*   25. Qen *D*); tal *GMNQ*; Et calz d. qe *S*; Qzal dis q'eu soi lai *R*   26. Qel *Q*, O *R*; o — et o *A*, so — et so *CIKNRSa*, o — e *DEGM*, so — e *F*, se — el so *Q*; cui *CN*, cug *IKRa*   27. Que *ADEGRSa*, Ges *CIKMNQ*, Qan *F*; sos] ses *D*; non *DMS*, nõ *G*, no *N*; Ges des oils nũ ue *Q*

IV. 28. e] (y)eu *GQR*; q(u)e f. *CGIKMNSa*, qeu f. *Q*, q̃ f. *R*   29. Si g(u)errai (grerai *D*, garai *G*) ia *ADEG*, Guerrai ieu ja *C*, E garrai (girai *N*) mais (ges *M*) *IKMN*, Seu (Se *S*) ia garrai *QS*, E guerrai ja *R*, Non garrai ia (< garraira) *a*   30. Ara cuich qien m. *A*, Tal (Ta *C*) mal ai don m. *Ca*, Aram (Aran *E*) chan q(ui)eu m. *DE*, Qen am tã qen m. *G*, Del dezerier quem ue *IK*, Per ma fe ieu (yem *R*) m. *MRS*, Non can sai queu m. (über q. m.] que am tan) *N*, Cades cre qen m. *Q*   31. q(u)im *DGM*; te *MS*; Nõqan sai q̃u morrai *IK*, Q dezirier men ue *R*

si·lh bela lai on jai
no m'aizis pres de se,
qu'eu la mauei e bai
35   et estrenha vas me
so cors blanc, gras e le.

V.   Ges d'amar no·m recre
per mal ni per afan;
e cau Deus m'i fai be,
40   no·l refut ni·l soan:
e can bes no m'ave,
sai be sofrir lo dan,
c'a las oras cove
c'om s'an entrelonhau
45   per melhs salhir enan.

VI.   Bona domna, merce
del vostre fin aman!

32. Sil b. lai on i. *ACDGMQa*, Sill b. on ill i. *E*, Si la b. on i. *IKNS*, Si la belab cors gai *R*   33. No maizis pres de se (tant de se *DEG*, tant lonc se *M*) *ADEGM*, No macuelh pres de (apres *IKN*) se *CIKN*. Non mallegra louc se *Q*, Nos aizina de me *R*, Non ma deiosta se *S* 34. la manei e (ho *E*) b. *ADEG*. lembratz (labraz *QS*) e la b. *CQSa*, la teng(u)e la b. *IKMNR*   35. l(a) *vor* estr. *fehlt ADEG*, *steht CIK MNQRSa*; lestrenc *IKN*, lam tegna *Q*; envers *IKN*, lonc *QR*   36. S. cors blanc gras (grans *D*) *ADE*, S. c. gras blanc *G*, S. belh c. gras *C*, S. bel c. blanc *IKNR*, S. gen c. gai (grail *a*) *Ma*, Lo seu c. fresc (blanc *S*) *QS*; e ple *a*

V. 37. damor *CMa*, dōna *Q*; nō r. *G*, no r. *Q*   38. mals *S* 39. Anz *IKN*, Ainç *Q*: deu *Q*   40. Non *C*: refut *AGRa*, refus *C*, refug *DEFQ*, refui *IKMN*, refuc *S*; ni s. *Ca*   41. be *FG*. ioi *Q*; non aue *D*. nom naue *EG*, no men ue (*Qa*); alre naue *C*. autre mi ue *M*, locs sesdeue *IKN*, eu non ai re *RS*   42. be] gen(t) *QR*: cobrir *RS*: Ben sai s. *C*, Jeum sai s. *a*; lo d. *ADEF*, lafan *C*, mon d. *GIKNQRSa*, lo massan *M* 43. Ca las oras *ADEFG*, Qua lo saui *C*, Ca la cocha *IKN*, Quar al saui *M*, Ca la corsa *Q*, Car ad oras *R*, Cal a coza *S*, Ca las cochas *a*   44. Com san e. *AEFG*, Ques ane alunhau *C*, Con fan e. *D*, Que hom san esloingnan *IKN*, Que san ades loinhan *M*, Com se ane loignan *Q*, Com san atras (autras *S*) loinhan *RS*, Com se nauga loinhan *a*   45. Pe *E*; mieill *GMQ*; faillir *A*

VI. 46. Bella *GQ*; E dōex domna m. *R*   47. nostro *Q*: fin < sin *a*; Aiatz daquest uostre (aman *fehlt*) *R*

> qu'e'us pliu per bona fe
> c'anc re nou amei tan.
> 50   mas jonchas, ab col cle,
> vos m'autrei e'm coman;
> e si locs s'esdeve,
> vos me fatz bel semblan,
> que molt n'ai gran talan!

VII.   55   Mon Escuder e me
> don Deus cor e talan
> c'amdui n'anem truan;

VIII.   Et el en men ab se
> so don a plus talan,
> 60   et eu Mon Aziman!

48—51 *in dieser Folge CIKMNQRSa, in der Folge* 50, 51, 48, 49 *ADEG*   48. Qieus (Queu *DG*) pliu *ADEG*, Qeur am *CIKMNQa*, Qem prei *S*; per] de *M*; fe *auf Rasur G*; Quieus pleuisc per ma fe *R*   49. Anc *IKMN*; res *CR*; ame *Q*   50. Man *MS*; ab] e *a*; col] cap *CIKMNR*, cor *QS*; cli *CE*, de *G*, clui *Q*   51. Uos me reu *R*; e'm] en *S*, e *a*; Mius rent e mius coman *Q*   52. E sen l. *Ca*; loc *CQNR*, luec *a*; sendeue *RS*   53. Vos mi faitz *AEa*, Vos faz *D*, Mostraz (Mostras *IK*) mun *GIKN*, Fassat me *C*, Fassatz muu *M*, Fatz me un *QR*, Fazez me *S*   54. Car *R*; mou *IK*; bon t. *DE*

VII. *fehlt Q*   55—60 *in N alle Initialen der Verse weggeschnitten*   55. Lai a mon escudier *ADEGIKN*, Mon escudier et me *CMSa*, Nö escudier ab me *R*   56. Auem c. *C*, Ai eu c. *M*, Agues c. *R*   57. auem *CMSa*, nauen *D*, namē *G*, namem (?) *N*; tr.] auan *a*; Cabduy fossem tr. *R*

VIII. *fehlt Q*   58. E qel *ADN*, Et ilh (ills *S*) *CMS*, E quil(l) *EGIK*; amen *CM*, emen *G*, qe men *S*; Qelh agues *R*, E men essems *a*   59. que *M*; a pl. *A*, ai pl. *DIK*, pl. ai *E*, pl. a *GN*, pl. lla *M*; So que plus li atan *C*, So quama ses enian *RS*, Mon aziman (*dies der ganze Vers*) *a*   60. A.] aman *S*; Per far tot son coman *a*

---

1. Die Hdss. schwanken zwischen *pois me preyatz* und *pois preyatz me*. In dieser zweiten Stellung werden wir *me* für betont halten müssen: „Da Ihr mich bittet" (im Gegensatz zu einem Anderen, der etwa auch gebeten werden könnte). Ich nehme diese Lesart, die einem Abschreiber nicht leicht in die Feder gekommen sein würde, um so eher auf, als sie nicht nur in der besseren Gruppe ADEG steht, sondern auch in die Situation paßt, aus der ich das Gedicht hervorgegangen vermute, s. die Einleitung.

In *senhor* sieht Zingarelli, der Heinrich II. hier erkennt, den Vok. Sgl.; ich halte das Wort für Vok. Plur.

14. *sai alhor* „hier, an anderer Stelle", wie 44, 35.

24. Die Hdss. haben zum Teil in *se* das Pronomen gesehen und daher *vas se, a se, ab se* geschrieben; R hat *de me* dafür gesetzt. Da v. 33 das Reflexivum als Reimwort steht, ist kaum daran zu zweifeln, daß hier *sé* „Busen" zu lesen ist. So schreibt denn D *del se*; aber der Artikel ist zu entbehren, wie Tobler II², 110 gezeigt hat.

27. Ich folge der Gruppe ADEG mit *que*, obwohl das asyndetische *ges* dem Sprachgebrauch Bernarts wohl entsprechen würde.

Derjenige, den die Anderen sehen, ist nicht der Dichter selbst. Nur ein Schatten von ihm ist geblieben, während sein eigentliches Ich bei der Geliebten weilt.

30. Zu einer sicheren Lesung ist bei der starken Abweichung der Hdss. kaum zu gelangen. Aber A erweist sich in der sehr schwankenden Überlieferung der ganzen Strophe als so verständig, daß ich glaube, ihm ohne Gefahr folgen zu können.

43. Von den verschiedenen Fassungen hat man zwischen *c'a las oras* und *c'a la cocha* zu wählen. Ich entscheide mich für das erste, nicht nur, weil es in A steht, sondern auch, weil man in der Tat nur zuweilen, nicht allgemein, in der Bedrängnis dazu geführt wird, zu besserem Sprunge zurückzutreten.

44. *entrelonhan* und *entreslonhan* sind beide möglich. RS(M) deuten vielleicht auf *antreslonhan* ihrer Quelle, für welches das *antre* des Boethius und anderer Texte zu vergleichen wäre.

50. *cle*] s. sprachliche Einleitung § 5.

53. *vos* als erstes Wort wird durch a und auch durch *mostratz* GIKN bestätigt. Also das Subjekt neben dem Imperativ. Da zwischen *Vos* und *faitz* auch in D *me* fehlt und G sich hier an IKN anschließt, mag in der Quelle gestanden haben: *Vos, fatz me* oder *fatz m'un bel semblan*.

55 ff. Zingarelli stellt p. 46 s. die Lesarten der beiden Tornaden nach drei Hdsgruppen gegenüber:

ADGI (wozu EKN treten)

55 Lai a mon Escudier
  don Dieus cor e talan
  qu'amdui n'anem truan,

  E qu'el en men ab se
  so don ai plus talen,
60 et eu mon Aziman.

Die Varianten hierzu sind: 57. nauen *D*, namen *G*, namem (?) *N* 58. quil(l) *EGIK*; emen *G* 59. ai pl. *DIK*, pl. ai *E*, pl. a *GN*

CMR (und dazu S)

55 Mon Escudier e me
  ai en cor e talan
  qu'amdui anem truan.

  Et ilh amen ab se
  so que plus ll'atalan
60 et ieu mon Aziman.

Varianten: 55. Nō e. ab me *R*   56. Anem c. *C*, Ai en c. *M*, Agues c. *R*; Don Deus cor et talan *S*   57. fossem *R*   58. Et ills qe *S*; Quelh agues *R*   59. li atan *C*; So quama ses enian *RS*   60. Az.] aman *S*

a

<blockquote>
55 Mon Escudier e me
    doṅ Dieus cor e talan
    c'ambdui anem avan;
    E men essems ab se
    mon Aziman
60 per far tot son coman.
</blockquote>

Er entscheidet sich für a: „se questo non è il testo definitivo, perchè il verso penultimo è troppo corto, poco manca: quel *Mon Aziman* non può esser altro che una glossa, introdottasi poi nel testo, e il verso originario è *so que plus lli atalan* del precedente gruppo. S'intese molto bene in una poesia di Bernart de Ventadorn l'allusione ad Aziman, e la postilla, per dir così, è passata nel testo; ciascuno si è ingegnato di aggiustare alla meglio i versi che non tornavano. Mon Escudier è la stessa persona del *seignor*, cui si rivolge il poeta in principio, pseudonimo, a mio credere, del re Enrico: con lui e con la regina egli vuole stare sempre insieme".

Der Ausgangspunkt für Zingarelli ist seine Annahme, daß *Aziman* die Königin Eleonore sei. Wir werden, da wir diese Annahme nicht teilen, der Hds. a nicht denselben Wert beilegen wie er. Die unvollständige Gestalt der v. 58/60 zeigt uns, daß a vermutlich eine unvollkommene Quelle vor sich hatte. Der Text ist aus allen drei Gruppen gemeinsam zu gewinnen. Daß in v. 55 ADEG und IKN, die sonst verschiedenen Seiten angehören, einen gemeinsamen falschen Reim haben, erklärt sich entweder daraus, daß für die Tornaden IKN die gleiche fehlerhafte Vorlage hatte wie ADEG, oder daß schon die erste Quelle aller Hdss. den Vers falsch überlieferte und auch in CMRSa der Text erst auf Konjektur beruht. In der Tat ist auch *e me* nicht sonderlich befriedigend. Dem Dichter brauchte doch Gott nicht erst die Lust zu geben, die er offenbar schon besaß.

Zingarelli nimmt Anstoß an *truan*: „non è possibile dare una interpretazione plausibile di *truan*: vuole il poeta col suo Escudier far la vita del briccone e del truffatore, e condurre seco la regina?" Also auch hier wieder der Gedanke an die Königin, welcher Schwierigkeiten macht. Sicherlich ist der Wunsch des Dichters mit dem Freunde und den beiden Geliebten sorglos und glücklich wie die Zigeuner, oder besser wie die Vaganten,[1] durch die Welt zu ziehen, überraschend, aber vor allem weil

[1] Zur Bedeutung von *truan* in diesem Verse vgl. die bei Faral, Jongleurs p. 43, n. 1 zitierte Stelle, wo „trutannos" gleichgestellt wird mit „alios vagos scholares aut goliardos" (Concile de Trèves 1227, cap. 9). *truan* nennt auch Marchabrun im afz. Joufrois 3650 den Grafen von

er uns so romantisch modern anmutet. Gerade deswegen wäre er schwerlich einem Abschreiber eingefallen, während er gut zum Glücksgefühl der Liebessicherheit in v. 10—13, 19—27 usw. paßt. Es ist etwas von Vagantenstimmung im ganzen Liede.

I. Da Ihr Herren mich bittet, daß ich singe, so werde ich singen. Und wenn ich zu singen denke, weine ich zur Stunde da ich es versuche. Schwerlich werdet Ihr einen Sänger gut singen hören, wenn es ihm schlecht ergeht. Geht es mir denn schlecht in der Liebe? Vielmehr besser als je. Also, weshalb bin ich denn verzagt?

II. Ich erkenne, daß Gott mir viel Gut und Ehre erweist, da ich die Schönste liebe, und sie mich (denn das weiß ich wohl). Aber ich bin hier, an anderem Orte, und weiß nicht, wie es mit ihr steht. Das tötet mich aus Schmerz, daß ich nicht oftmals dorthin kommen kann.

III. Doch, wann ich ihrer gedenke, gefällt es mir so, daß, wenn man mich laut anruft, ich nichts davon höre. In so süßer Art zieht mir die Schöne das Herz aus der Brust, daß manch einer sagt, daß ich hier sei, und es auch denkt und glaubt, der mich mit seinen Augen nicht sieht.

IV. Minne, was soll ich tun? Ob ich bei Dir je genese? Vielmehr glaube ich jetzt, daß ich aus Sehnsucht, die mir ankommt, sterben werde, wenn die Schöne mich nicht dort, wo sie ruht, zu sich nimmt, so daß ich sie liebkose und küsse und ihren weißen, vollen und glatten Leib an mich presse.

V. Um Leid und Mühsal lasse ich vom Lieben nicht; und wenn Gott mir dabei Gutes tut, verweigere und verschmähe ich es nicht; und wenn mir Gutes nicht geschieht, weiß ich den Schaden wohl zu tragen, denn manches Mal ist's gut, daß man sich entfernt, um besser vorzuspringen.

VI. Gute Fraue, Gnade für Euren treuen Liebenden! denn ich verbürge Euch in guter Treue, daß ich nimmer ein Wesen also liebte. Mit gefalteten Händen und gebeugtem Halse liefere ich mich Euch aus und befehle mich Euch. Und wenn die Gelegenheit es gestattet, erzeigt mir freundliche Miene, denn gar großes Verlangen habe ich danach.

VII. Meinem Knappen und mir gebe Gott Lust und Willen als Vaganten davon zu ziehen,

VIII. Und er führe mit sich, was ihm am meisten gefällt, und ich meinen Magneten!

Poitiers, der sein Land abenteuernd verlassen hat und nun inkognito am englischen Hofe weilt.

Für die Konstruktion *anar truan* vgl. Chr. 80, 38 *Grimoartz Gausmars, qu'es cavayers e vai ioglars.* — Auch *auan* in a geht offenbar auf *truan* zurück. Man vergleiche die Form des alten *a* im Boeci.

37.

A 94 (267), C 50, G 13 (p. 38), M 49, N 146 (214), R 58
(489), V 56 (Arch. 36, 405; MG. 930), a 98 (79, Rlr. 42, 336);
unter dem Namen Peire Cardenals D^b 239 (811); anonym O 66
(104, MG. 929). N² nennt das Lied als 33. von Bernart.

Gedruckt von Raynonard, Choix III, 84; von Rochegude, Parnasse occitanien p. 5; Mahn, Werke I, 22; Bartsch, Lesebuch S. 49
(nach Hds. AC), kritisch Bartsch(-Koschwitz), Chrestomathie 63
(nach ACMRVa).

Reihenfolge der Strophen:

1 2 3 4 5 6 7	ACD^{b}G	
1 2 3 4	MNOa	(in N sind 5 6 7 später nachgetragen)
1 2 4 3 5 6	R	
1 2 4 3 5	V	

Wir erhalten so eine Teilung in drei Gruppen ACD^{b}G, MNOa,
RV, die auch von den Varianten bestätigt wird, s. v. 25, 27; 30;
38. Meist tritt ACD^{b}G allen anderen gegenüber, s. v. 7, 11, 12,
25, 33. Gleich in der ersten Zeile scheint mir AD^{b}G das Richtige
zu haben, sodaß hierdurch die beiden anderen Gruppen vereinigt
werden. Für die engere Zusammengehörigkeit von AG s. v. 23,
24. Die innere Gliederung von MNOa bleibt unsicher, s. v. 9, 27
für MNa, v. 1, 33 für NO.

I.   Can la frej' aura venta
            deves vostre päis,
            vejaire m'es qu'eu senta
            un ven de paradis
       5   per amor de la genta
            vas cui eu sui aclis,

I. 1. Ca *D^b*; la freidura *A*, la freid^{a}ura (a *von erster Hand übergeschrieben*) *D^b*, la *freida* aũa (*die kursiven Buchstaben auf Rasur*) *G*,
la (li *M*) do(u)ssaura *CMRVa*, laura dousa *N*, lautra dousa *O*; uenta *aus*
uenna *a*   2. Deuer *GN*, Deruer *O*, Denos *V*; nostre *AD^{b}ORa*, notre *V*,
uostre *CGMN*   3. Veiaire mes *AGMO*, Mes neiaire *CNRVa*; qe s. *G*
4. Dun *O*; Lo uen *D^b*, Odor *R*; v.] ram *MV*   6. A *MV*, Ves *N*,
Ver *O*; eu *fehlt G*; enclis *O*

on ai meza m'ententa

e mo coratg' assis,

car de totas partis

10   per leis, tan m'atalenta!

II.   Sol lo be que·m prezenta

sos bels olhs e·l francs vis,

que ja plus no·m cossenta,

me deu aver conquis.

15   no sai per que·us en menta,

car de re no·n sui fis;

mas greu m'es que·m repenta,

que*d* una vetz me dis

que pros om s'afortis

20   e malvatz s'espaventa.

III.   De domnas m'es vejaire

que gran falhimen fan

per so car no son gaire

amat li fin aman.

25   eu no·n dei ges retraire

7. En cui ai mes *AC* (En *auf Rasur*) *D*ᵇ*G*, On ai mes(s)a *NORVa*,
On meza ai *M*; mentenra *D*ᵇ, mentenda *a*   8. assis] sis *D*ᵇ*G*, *dann uf*
später übergeschrieben G   9. *fehlt V*; Qe de totā *O*; De tot autram p.
Ma, De tot auran p. (*am Rande* Car de tutas p.) *N*   10. *fehlt V*; Mon
cor *R*; tan] que *M*

II. 11. Sol lo] Pel *M*, Sil *V*, Si lo *R*; ben *ACG*, bes *D*ᵇ, ioi *MNO*
RV, iois *a*; qiu *O*; apres(s)enta *MV*   12. S. bels cors *A*, Siei be(i)l
huelh (oil) *CGa*, Seil beil oils *D*ᵇ, Sos bels olhs (hucilhs) *MNO*, Sos esgartz *R*; el francs (franc *CG*) uif *ACG*, el fres uis *D*ᵇ, el (e *a*) clars (clar
NOR) v. *MNORa*; Sey ul e son cler u. *V*   13. ia *fehlt Na*; Ja res pus
R; noi dessenta *D*ᵇ, nõ c. *G*, non c. *a*   14. Cre *C*, Sim *R*; deu *AD*ᵇ*GR*,
dieu *C*, degra *MNOVa*   15. qe men m. *MV*, qeu nos m. *NO*, qieu vous
m. *a*; sai q̄ uos ē mēta *R*   16. Car *ACD*ᵇ*G*, Qe *MNORVa*; res *R*;
no *C*; s.] sai *D*ᵇ, fon *a*   17. Mai *O*; m'es] cr *MRV*, es *Na*; qe r. *G*
18. Quna *G*; ueis *O*; di(t)z *Ca*; Per una v. quem d. *MRV*   19. Qel
NOa; prod *D*ᵇ, pro *O*, bos *R*; Cō maluatz sespauenta *V*   20. El *AD*ᵇ
NOa, E *CGMR*; maluais *O*, maluat *R*; E pros hom safortis *V*

III. 23. Pero *NOa*, De so *R*; que *D*ᵇ; nois fant g. *A*, nᵒ fan g.
(nõ *später übergeschrieben*) *G*   24. Amar a f. *A*, Amar li f. *G*, Amatç
li fins *N*; li] si *a*; aiman *R*   25. Eu non dei ies r. *ACG*, E non de ges
r. *D*ᵇ, Mas (Mai) eu non aus (dei *RV*) r. *MNORVa*

mas so qu'elas volran,

mas greu m'es c'us trichaire

a d'amor ab enjan

o plus o atretan

30 com cel qu'es fis amaire.

IV.   Domna, que cujatz faire

de me que vos am tan,

c'aissi·m vezetz mal traire

e morir de talan?

35 ai! francha de bon aire,

fezetz m'un bel semblan,

tal don mos cors s'esclaire!

que mout trac gran afan,

e no·i dei aver dan,

40 car no m'en posc estraire.

V.   Si no fos gens vilana

e lauzenger savai,

eu agr' amor certana;

mas so *en reire·m trai.*

45 de solatz m'es umana

26. q̄ la uolian *O*; uoldran *CG*   27. Mas (Tan *R*) greu mes *AC*
*D*ᵇ*GRV*, Quien (Que *N*) sai ben *MNa*, Sai ben *O*; us tr. *D*ᵇ, quus chantaire *M*, qe tr. *RV*, cū tranchaire *O*   28. A damor *AMa*, Damor aj *C*,
Ait damor *G*, Ai damor *D*ᵇ*N*, Aiamor *OV*, Aja ioi *R*; e.] nejā *a*   29. a.]
quatre tanz *a*; E pueis castieran (?; *am Rande* al: o plus o altretan) *N*,
E p. etrestan *O*   30. cel q(u)es *ACGRV*, cel cheˢ *D*ᵇ, sera *MOa*, siera *N*;
fin a. *V*

IV. 31. Domnas *M*; cudas *D*ᵇ   32. qi *O*, qeu *V*; queus a. *GR*
33. Caissim vezetz (uezes *D*ᵇ, veez *G*) m. *ACD*ᵇ*G*, Per quem faitz (fatz *M*,
fai *NO*) tan (ta *V*) m. *MNORVa*   34. E *ACD*ᵇ*G*, Ni *MNORVa*
35. Ha *G*, A *CR*; bella *N*, franche *a*; de bon aira *D*ᵇ   36. Faitz me
un *A*, Fezetz (Fessetz *C*, Fecffetz *R*) mun *CNRV*, Fares mi *D*ᵇ, Faichaz
me un *G*, Façetz mun *Ma*, Faites un *O*   37. Tals *NO*; don] que *M*;
mon cors *D*ᵇ, mon cor *NOR*   38. Que mout trac (trai *D*ᵇ*G*) gran afan
*ACD*ᵇ*G*, Que penc mal trac (trai *a*) gran (*am Rande:* que molt trai g.
a. *N*) *MNOa*, Per (Pel *R*) mal qe trac tan gran *RV*   39. non d. *NO*;
deu *D*ᵇ   40. Car *ACD*ᵇ*GR*, Q(i)eu *MNOa*, Que *V*

V. *fehlt MOa, von späterer Hand nachgetragen N*   41. gen(t) *RV*
42. lausengiers *GV*; sauais *V*   43. nagra *A*   44. Mas so men reire-
trai *A*, Mas aisso men retrai *CD*ᵇ*N*, Mas chom men retrai *G*, Mas no men
recreirai *R*, Mas souen for sestrais *V*   45. solas mens *R*

can locs es ni s'eschai,
per qu'eu sai c'a sotzmana
n'aurai encara mai,
c'„astrucs sojorn' e jai
50   e malastrucs s'afana".

VI.   Cel sui que no soana
lo be que Deus li fai,
qu'en aquella setmana
can eu parti de lai,
55   me dis en razo plana
que mos chantars li plai.
tot' arma crestiana
volgra, agues tal jai
com eu agui et ai,
60   car sol d'aitan se vana.

VII.   Si d'aisso m'essertana
d'autra vetz la·n creirai;
o si que no, ja mai
no creirai crestiana.

47. ca sotz mana *AC*, qa folmana *DᵇGN*; P. q. cre qe sotz humana *V*,
Per que cre que es mana *R*   48. en qem smai *N*; E quenquer naurai
mai *R*   49. Caustrux *G*, .uastrux (*Initiale zerstört*) *N*; safina cai *Dᵇ*;
gay *R*   50. El *DᵇR*; malatrucs *V*

VI. *fehlt MOVa*   51. Cellui *G*   52. Los bes *R*; li} lo *N*, me *R*;
me fe *Dᵇ*   53. Quen eysa la s. *R*   54. partic *R*; Quen en partic *Dᵇ*,
qam em (?) partic *N*   55. ditz *R*; en traçon *G*   57. Toto arma *G*,
Tota gen *R*   58. aignes *N*; aital *CGN*; Que es de sotz lo rai *R*
59. Volgrages tan de iay *R*   60. de tan *GN*; seu u. *A*, se u. *CDᵇGN*;
Com ieu ses feucha vana *R*

VII. *fehlt MORVa*   61. mes certana *AC*, mes certan . (*dahinter
in schwacher Schrift* a *hinzugefügt*) *G*; Altra uez li creria *N*; Daisso met
certana *Dᵇ*   62. Autra u. la c. *C*, Dautra ues la creirai *Dᵇ*, Daltra ueç
la crerai *G*, Si daicho me certana *N*   63. *fehlt Dᵇ*; O si (Asi *N*) ce nō
iamai *GN*   64. *fehlt Dᵇ*; creira *GN*

1f. Drei Handschriften haben *freid'aura* bez. *freidura* gegen sieben
douss'aura (oder *aura doussa*); im zweiten Verse sechs *nostre* gegen vier
uostre. Bartsch hat *douss'aura* in seinen Text aufgenommen, und wie
sollte auch ein kalter Wind als ein Hauch des Paradieses erscheinen?
Aber gerade deshalb: wie sollte ein Schreiber dazu kommen in diesem
Zusammenhang *freid'aura* für *douss'aura* zu setzen? Und wenn nun die

Dame im Norden wohnte und Bernart vielleicht gar sein Lied im Winter
erfand und vortrug, wie sollte er dann seinen Hörern versichern, daß er
vom Lande der Geliebten her einen süßen Wind fühlte? Die *freid'aura*
hier ist offenbar der *freidura* ähnlich, die ihm 44, 3 als *flor blancha, vermelh'e groya* erscheint. Gerade, daß ihm der kalte Wind aus jenem Lande
wie ein Hauch des Paradieses ist, ist das Wunder der Liebe.

    vostre v. 2 redet natürlich nicht die Dame an, von der ja unmittelbar
darauf in 3. Person gesprochen wird. Der Dichter spricht zu seinen
Hörern, mit denen er, wenn *vostre* richtig ist, wohl zusammen das Land
der Geliebten verlassen haben muß. Er kann z. B. zu Herren und Damen
des englischen Hofes singen, mit denen er nach Frankreich gekommen ist,
oder zu festländischen Hörern, mit denen er sich am englischen Königshof
befindet. Über *nostre* oder *vostre* entscheiden natürlich die Hdss. nicht. So
naheliegend es erscheint, bei einem Provenzalen, von dem wir wissen, daß
er an einem nordischen Hofe gesungen hat, zu vermuten, daß er sehn-
süchtig gerufen habe: *Quan la douss'aura venta Deves nostre päis,* läßt
sich ohne genauere Kenntnis der Umstände doch nichts Sicheres sagen.

    7. Um das Nebeneinander von *vas cui* und *en cui* zu vermeiden,
bin ich den Gruppen M und V gefolgt.

    11. Alle Hdss. außer D[b]a haben *ben* oder *joi* im Obliquus, also mit
der Attraktion des Kasus durch das Relativpronomen, welche von Tobler,
Verm. Beitr. I[2], 240 ff. besprochen worden ist.

    12. *francs vis* oder *clars vis? franc* wird im allgemeinen nur von
inneren Eigenschaften gesagt, während *clars vis* auch 1, 51 begegnet.
Aber ich mag doch von ACG auch hier nicht abgehen. Vielleicht trifft
das vereinzelte *fres vis* in D[b] das Richtige; vgl. 30, 52; 40, 30.

    14. *deu* läßt die Eroberung als eingetreten annehmen, *degra* stellt
sie nur als zu erwarten hin.

    15 f. „Ich weiß nicht, weshalb ich Euch darin etwas vorlügen soll
(nämlich, daß sie mir etwa mehr gewähren werde, s. v. 13), denn ich bin
von ihrer Seite in nichts sicher. Aber doch . . . ."

    25. Vielleicht hat die Quelle beider Gruppen nur gehabt *eu no dei
retraire* (— 1). Jedenfalls kann nicht hier und in v. 26 und 27 *mas* im
Anfang des Verses gestanden haben. Vers 27 aber ist es besser am Platz
als hier. So folge ich wieder der Gruppe A.

    28. Nach *greu m'es* erwartet man den Konjunktiv, und der steht in
G als *ait.* Das Provenzalische aber verlangt doch die zweisilbige Form,
und so finden wir in OV *Ai' amor,* in C *Damor aj',* in R. *Aja joi.* Wir
werden aber mit A (Ma) den Indikativ aufnehmen dürfen, der die leidvolle
Überzeugung des Dichters als zutreffend ausspricht. Da *ai* in der ersten
Vorlage aller Hdss. gestanden zu haben scheint, ist vielleicht eine
französische Form ihres Schreibers (*ait* wie in G) zu vermuten.

    31. Tobler sagt zu diesem Vers (Ein Lied Bernarts von Ventadorn,
S. 4 — bez. S. 944 — Anm.): „Der auch hier entgegentretende Übelstand,
daß der Dichter nach der Anrede an die Dame sich wieder an die Zuhörer
wendet und von ihr spricht, schwindet, wenn man in der 4. Strophe statt
Domna: Domnas mit der Hds. M und hernach *franchas* schreibt, so daß

die Bitte an sämtliche Frauen ergeht, wie unmittelbar zuvor über sämtliche geklagt worden ist". Aber hier hat eben nur M den Plural, und in v. 35 gar keine Hds. Und wir wissen, daß M in diesem Gedicht, wie oft, mit Oa zusammengeht, die beide hier den Singular haben. So ist der Plural schwerlich der Quelle entnommen. Darf man denn auch annehmen, daß der Dichter, der eben die Treue seiner Liebe beteuert hat, jetzt die Damen alle um ihre Huld bitten wird? (übrigens mit den Worten *fretz m'en bel semblan?*). Wir werden beim Singular bleiben müssen. Die Durchbrechung des von Tobler vorausgesetzten, allerdings natürlicheren, Verhaltens kann hier um so leichter eintreten, da der Anruf sich ja nicht an die wirklich gegenwärtige, sondern, nur in der Phantasie, an die abwesende Dame richtet.

44. In sieben Hdss. haben wir fünf verschiedene Lesarten. Das spricht dafür, daß in der Vorlage etwas nicht in Ordnung war. Vielleicht stand dort: *Mas so m'en retrai* (—1) „aber das zieht mich davon (von der *amor certana*) zurück". Gegen *Mais aisso men retrai* ist natürlich an sich nichts einzuwenden. Vielleicht aber hat A die Vorlage richtig wiedergegeben: *mas so m'en retretrai*, oder aber 'm hinter *en reire*: *mas so en reire 'm trai* „aber das zieht mich (in meinem Glück bei der Geliebten) zurück". Die Anschaulichkeit des *en reire* würde Bernart's Art wohl entsprechen.

47. *sai* spricht sehr starke Zuversicht aus, ist aber gerade deshalb schwerlich erst für *cre* eingetreten.

Andresens Vorschlag (Roman. Forsch. I. 450. *assets mana* „genug Manna" für *a sojornana* zu lesen, ist natürlich ohne weiteres abzulehnen.

49. *sojornar* würde hier gut in der Bedeutung „verweilen = geduldig sein" passen (und hernach liegt er), aber kann es das heißen?

58. *en aquella* oder *en eissa la setmana* ist nicht eben poetisch, aber deutet deshalb um so bestimmter auf eine wahrhafte Begebenheit hin.

60. Das grammatisch natürlichste Subjekt zu *cana* ist, der Umgebung nach, die Dame (s. v. 61). Zieht also die Dame Eitelkeit aus dem Gesange Bernarts, der ihr Lob verkündet? Doch wohl nicht. Das Subjekt muß wohl *chanar* sein: „das er (mein Gesang) sich auch nur dessen rühmt", daß er ihr gefällt. Ich sollte ihm noch mehr zu danken haben, daß er mir nämlich ihre Liebe gewinnt; aber auch mit ihrem Lobe bin ich schon froh.

61. Bartsch schreibt *Si d'aisso m'es certana. Autra vetz l'en crerai.* Das soll doch wohl heißen: „wenn sie mir dessen sicher ist, werde ich ihr ein anderes Mal darin glauben". Aber ist das befriedigend? Für *m'es certana* wird man vielleicht besser *m'esserfana* oder *me certana* (s. N) lesen „wenn sie mich dessen sicher macht (nicht bloß mit Worten, sondern mit Taten". *Encertar* ist vorhanden, gegen *encertanar, essertanar* gewiß nichts einzuwenden. — In v. 62 haben ADG. die besseren Handschriften. *d'autra vetz*, nur CN *autra vetz*. Kann *d'autra vetz* heißen: „ein anderes Mal"? Das andere *vetz* „habitude, manière, conduite" (Rayn. Levy): „wenn sie mich dessen durch anderes Benehmen vergewissert, werde ich ihr glauben" ist rach, und alle Hdss. haben *autra*. Ein Subst. *orecvo* (d'autr' vetz) existiert wohl italienisch, aber m. W. nicht provenzalisch.

I. Wenn die kalte Luft von Eurem (?) Lande her weht, scheint mir, daß ich einen Wind aus dem Paradiese fühle, um der Schönen willen, der ich ergeben bin, auf die ich meinen Sinn gestellt und mein Herz gesetzt habe, denn von allen Frauen trenne ich mich für sie; so sehr gefällt sie mir.

II. Schon nur das Gut, das mir ihr schönes Auge und das edle Antlitz gewährt, muß mich gewonnen haben, auch wenn sie mir nichts anderes zugesteht. Ich weiß nicht, warum ich Euch belügen sollte, denn ich bin von ihrer Seite keiner Sache (keines Zugeständnisses) gewiß; aber schwerlich kann ich (in meiner Liebe) reuig werden, denn einmal sagte sie mir, daß ein braver Mann in Kraft besteht und ein Feiger verzagt.

III. Die Frauen, scheint mir, begehen großen Fehl, indem die treuen Liebenden kaum geliebt werden. Ich soll freilich von ihnen nur das sagen, was sie wünschen, aber schwer ist mir zu ertragen, daß ein Betrüger mit Falschheit ebensoviel oder mehr von der Liebe hat als einer, der ein treuer Liebhaber ist.

IV. Fraue, was meint Ihr mit mir zu machen, der ich Euch so sehr liebe, da Ihr mich doch so leiden und aus Verlangen sterben sehet? Ach, Ihr Edle, Gute, wolltet Ihr mir doch einen Hoffnungsschein geben, von dem sich mein Herz erhelle! Denn große Qual erdulde ich und sollte doch da keinen Schaden nehmen, weil ich mich nicht entziehen kann.

V. Wenn das gemeine Volk und die widrigen Zuträger nicht wären, würde ich in Sicherheit Liebe haben; aber das zieht mich rückwärts. Wann die Gelegenheit ist und es sich ziemt, gewährt sie mir Güte und Huld, woher ich denn weiß, daß ich in Heimlichkeit noch mehr von ihr haben werde, denn „wem das Glück wohl will, der weilt in Lust und liegt", und wer Unglück hat, hat die Mühsal.

VI. Ich bin einer, der das Gute, welches Gott ihm erweist, nicht verschmäht; [denn] in eben der Woche, in welcher ich von dort schied, sagte sie mir in klaren Worten, daß mein Singen ihr gefällt. Jede Christenseele, wollte ich, möchte solche Freude haben, wie ich schon darüber hatte und habe, daß es (sie?) sich dessen rühmt.

VII. Wenn sie mir darüber Gewißheit gibt, werde ich ihr noch einmal (?) glauben, oder wenn nicht, werde ich nimmermehr einer Christenfrau Glauben schenken.

38.

Can la verz folha s'espan

s. Lieder unsicherer Zuweisung.

39.

A 93 (264), C 58, D^a 159 (551), I 30, K 19, M 43, N 136 (196), R 57 (483), V 55 (Arch. 36, 404; MG. 928), a 98 (80, Rlr. 42, 337); anonym O 63 (100, MG. 927). In N^2 wird das Lied als 20. von Bernart genannt. Die Singweise steht in R.

Gedruckt von Raynouard, Choix III, 53; Mahn, Werke I, 11; kritisch bei Crescini, Per gli studi romanzi, p. 19 (nach allen Hdss. außer N) und Manualetto p. 206 (nach ACDIR); in meiner Chrestomathie Nr. 18, S. 58 (nach ACDIMORV).

Strophenfolge:

1	4	6	5	2	3			AIK
1	4	6	5	2				DRN
1	4	6	5	7	2	3		Ma
1	4	6	7	3	5	2	8	O
1	7	3	5	2	4	6	8	C
1	6	2	4	3	7	5		V

Schon Crescini hat die Strophenfolge aller Hdss. verlassen. Er ordnet, auf Grund der bekannten Tobler'schen Regel, aber freilich nicht in strenger Durchführung derselben:

$$1\ 4\ 3\ 6\ 5\ 2\ 7\ 8.$$

Ich habe die Gründe der Reihenfolge, welche ich den Strophen in der Chrestomathie gegeben habe und jetzt wieder gebe, in der Zeitschrift 20, 387 dargelegt und komme hier nicht wieder darauf zurück. Sie wird sich durch sich selbst rechtfertigen müssen.

Durch ihre Varianten teilen sich die Hdss. in zwei deutlich geschiedene Gruppen ADIKN und MOVa. Für jene sind charakteristisch die Abweichungen in v. 8, 48, für diese v. 5, 26, 27, außerdem zahlreiche Stellen, an denen zweifelhaft ist, auf welcher Seite der Fehler liegt: 1, 6, 8, 11, 27, 30—32, 35, 43, 47. C und R nehmen an den Lesungen beider Gruppen Teil, und zwar so, daß C meist zu MOVa (und im besondern zu O, s. v. 12, 16, 37, Tornada) gehört, R eher zu ADIKN.

Die Untergruppierung ist auf beiden Seiten nicht klar. DN trennen sich von AIK durch das Fehlen der dritten Strophe und durch v. 4 (*Aussa*). Andererseits haben ADIK in v. 28 gemeinsam *deman*, AIK in v. 40 *dens*, DIKN in v. 43 *Per rer*. In der anderen Gruppe vereinen sich VOa durch *rert* v. 1, *dos* 40, *pogr* 47,

Ma durch die Strophenfolge und durch *Ans* 16, *soffrirai* .. 31,
vengues 36, *remira* 37, MV durch *ab meins de senhor* 14, Oa durch
dic 28.

I.   Can l'erba fresch' e·lh folha par

e la flors boton' el verjan,

e·l rossinhols autet e clar

leva sa votz e mou so chan,

5   joi ai de lui, e joi ai de la flor

e joi de me e de midons major;

daus totas partz sui de joi claus e sens,

mas sel es jois que totz autres jois vens.

II.   Ai las! com mor de cossirar!

10   que manhtas vetz en cossir tan:

lairo m'en poirian portar,·

que re no sabria que·s fan.

per Deu, Amors! be·m trobas vensedor:

ab paucs d'amics e ses autre senhor.

15   car una vetz tan midons no destrens

abans qu'eu fos del dezirer estens?

*Die Orthographie der Handschriften bezeichnet in v. 7 und 8
jeder Strophe meist die etymologische Mouillierung des* n, *welche
der Reim nicht kennt.*

I. 1. erba uertz e f. *C*, lerbaes fresca (uert *V*) e la f. *MV*, herbe
uert e f. *O*, lerbes vertz e f. *a*   2. E f. *Ca*, Els f. *M*, E flor *O*, El
fuelh *R*; flor *N*; brotonon *CM*, boten *N*, sespandis *R*, brotona *V*; per *CMO*,
pel *RVa*   3. Lo *V*; rosignol *N*; aut *a*   4. Aussa *DNRV*; sa *fehlt V*;
e m.] endreg *R*   5. lieis *CMOVa*; la] sa *N*; e ioy *bis* v. 6 de me *fehlt*
D   6. Joy ai *CKMORa*   7. Vas *C*, Var *O*, De *RV*; sui < fui *a*; p.
e sui claus e teins *O*   8. sel] il(h) *Ra*, est *V*; Caisel es i. *ADIKN*;
ioi *N*; t. los a. u. *CNORV*

II. 9. dezirar *R*   10. mur tan *D*; motas *R*; ieu *C*, eu en *IK*,
iem *N*   11. Que l. *CV*, Laire *K*, Lairons *N*; me p. *CRV*; Qem p. lairos
M, Qem laisera lairos *a*; emblar *CMORa*, panar *V*   12. Quieu *MRa*;
res *DNR*; sabrian *N*; Ja no s. dir q. *UO*; que f. *CMOa*; No sabria dir
que si f. *V*   13—16 *vertauscht mit* 45—48 *O*   13. ben *IKMOa*; uentador *O*, eissedor *a*   14. pauc *DIKNOR*; damic *IK*, dormos *O*; s.]
socors *C*, socor *a*; et ab meins de seinhor *MV*, e ses aindador *R*, et asenes
segnor *O*   15. t.] fan *a*; Ira midon una ueis *O*, Car siuals tan a midons
V; nom destreinhz *a*   16. Enans *CO*, Ans *Ma*; faz *O*, foz *a*; de d. *Ca*;
desteins *O*, esseinhz *a*; Que sos cors fos ab paucx dezirs e. *R*, Que un
baisar nagues a tot lo mejus *V*

III.   Meravilh me com posc durar
             que no·lh demostre mo talan.
             can eu vei midons ni l'esgar,
  20   li seu bel olh tan be l'estan:
             per pauc me tenh car eu vas leis no cor.
             si feira eu, si no fos per paor,
             c'anc no vi, cors melhs talhatz ni depeus
             ad ops d'amar sia tan greus ni lens.

IV. 25   Tan am midons e la tenh car,
             e tan la dopt' e la reblan
             c'anc de me no·lh auzei parlar,
             ni re no·lh quer ni re no·lh man.
             pero ilh sap mo mal e ma dolor,
  30   e can li plai, mi fai ben et onor,
             e can li plai, eu m'en sofert ab mens,
             per so c'a leis no·n avenha blastens.

V.   S'eu saubes la gen enchantar,
             mei enemic foran efan,

III. *fehlt DNR*   17. Bem meraveilh c. *V*   18. Car *V*; demostrei
O; Que ieu noil mostre *M*   19. e la gar *V*; nas m. uir lesgar *A*, uer
m. nuill esgar *IK*, midonz uei ni e. *a*   20. l' *fehlt C*; La boca els cils
tan gent estan *V*   21. A pauc no muer *V*; quieu enues *C*, car enues *a*;
P. p. maten car enuar leo *O*   22. Sim f. *A*; Sim feirja ades *V*; nom
f. *A*   23. vi] fo *A*, uis *V*; taillat *IKMOa*; enpenz *a*   24. fi $<$ si *a*;
tan sia *V*; greu *IK*; lens *A*, leinhs *C*
    IV. 25. Cant *I*; am] a *C*; la bella *V*   26. tan *fehlt MORV*;
dopti *M*, dot eo *O*, redupte *V*; blan *V*   27. Que de me non lause *C*,
Que ges de mi (me *a*) non laus *Ma*, Que ges non laus de mi *O*, Que de
mi eis non laus *R*, Que de ren als non laus *V*; preyar *CMORVa*   28. dic
CROa; ni nol(h) (non *D*) deman *ACDIKV*, ren (*fehlt N*) no(i)l man
NORa; Ni re daqo quieu uneil nol man *M*   29. Per so il s. *IK*,
Pero ben s. *MOa*, Mas il s. be *V*; Pueys sen m. m. e suefre m. d. *C*
30. Que *O*; fai mi *CMORVa*   31. canc *D*; q. noil p. *MOV*, car
noil platz *a*; soferti *A*, suefre *R*; soferc men *DIN*, sofeir men *K*;
hien sai esser sufreinhs *C*, soffrirai men al mens *Ma*, et eu pas ab
mens *V*   32. so] tal *R*; paresca b. *CR*; bistens *R*; Quar (Ca *a*) ieu
no uueilh a (quab *M*, ca *a*) leis (leo *O*) sia b. *MOa*, Quen no nuil re
ca leis s. b. *V*
    V. 34. foram *D*

35   que ja us no saubra triar
        ni dir re que·ns tornes a dan.
        adoncs sai eu que vira la gensor
        e sos bels olhs e sa frescha color,
        e baizera·lh la bocha en totz sens,
40   si que d'un mes i paregra lo sens.

VI.   Be la volgra sola trobar,
        que dormis, o·n fezes semblan,
        per qu'e·lh embles un doutz baizar,
        pus no valh tan qu'eu lo·lh deman.

45   per Deu, domna, pauc esplecham d'amor!
        vai s'en lo tems, e perdem lo melhor!
        parlar degram ab cubertz entresens,
        e, pus no·ns val arditz, valgues nos gens!

VII.   Be deuri'om domna blasmar,
50   can trop vai son amic tarzan,
        que lonja paraula d'amar
        es grans enois e par d'enjan,

35. ia *fehlt M*; us] hom *CM*, nul *O*, nuls *a*; Per so cus *R*; no
fehlt O; pogra *C*, saubria *N*, saupes *OR*; passar *CMOVa*   36. Res que
a nos *C*, Ren qi a no *O*; Ni dire queus (dir ren qem *a*) uengues a d. *Ma*,
Ni dire qua uos tengues d. *V*   37 *bis* 40 *vertauscht mit* 45 *bis* 48 *V*
37. A. uirieu per lezer *C*, A. iria ieu remirar *M*, A. uires per leixer *O*,
Donc uira eu madona *V*, A. ireu remiran *a*; melhor *R*   38. Los sieus
CV, Li soi *O*; Son cortes cors e *a*   39. ·lh *fehlt ADIKN*; la b. *fehlt O*;
b. tan la b. *R*; de *CO*, ses *M*, per *V*; Eil b. la b. a blaus deus *a*   40. Si
que (ca *A*) un *ADIKN*, Si que dos *COa*, Si que du *R*, Que de dos *V*;
paregron *AV*, paregran *M*, li paria *O*, puegra *a*; las deus *A*, lo sen(g)s
COR, lo cenz *D*, lo deus *IK*, los se(j)ns *MV*, lo cenc *N*, lo seinz *a*

VI. 41. Molt *O*; s.] souen *R*   42. Que *fehlt O*; o qen f. *M*
43. Per uer *DIKN*; Adonc (Cadoncs *V*) lemblera (llenbleri *M*) *MOV*,
Quieu li emblera *R*, Adoncs li emblet *a*; dous *fehlt R*   44. taut nom
ual *M*, reu non uail *a*; t. que *CRV*, qeu t. *O*; loi *MR*, li *OV*   45 *bis* 48
vertauscht mit 13 *bis* 16 *O*, *mit* 37 *bis* 40 *V*   45. Bona d. *V*; esplitan *M*,
espleitan *NOa*   46. Pos uai seu *a*; t.] requis *O*; perdou m. *O*; la m.
IK   47. degram *I*, pogram *V*, pogran *a*; pogron a cubert *O*; antreseinhs *a*
48. noi *C*, noms *D*, nō *IK*, nom *Ma*, non *O*, nous *V*; forsa *ADIKN*,
arditz cors *C*, ardir *O*; nos] mi *M*; sens *AIK*, ienz *D*); ualhay geinhs *C*,
v. esgeins *O*, v. mengienz *a*

VII. *fehlt ADIKN*   49. donas *V*   50. truep *a*; vai trop *M*; Car
nau lur amor tan lujuhau *V*   51. long *O*   52. g. *fehlt V*; part *O*;
d' *fehlt M*; p. desmau *a*; sembla damar enjhau *V*.

c'amar pot om e far semblan alhor,

    e gen mentir lai on non a autor.

55 bona domna, ab sol c'amar mi dens,

    ja per mentir eu no serai atens.

VIII.   Messatger, vai, e no m'en prezes mens,

    s'eu del anar vas midons sui temens.

---

    53. fair *a*   54. ges *O*; m.] menar *a*; lai *fehlt O*; a *Ol'*] val *C*, ai *M*, es *a*   55. ab *fehlt O*; denhs *C*, deinh *M*; al sol clamar me deinz (> teinz) *a*   56. ateintz *a*; m. no engesser a. *V*

    VIII. *steht nur CO*   57. mi p. *O*   58. Sien sui midonz nertader e no feins *O*

---

    14. Ohne einen anderen Herrn als Dich, so daß es Keinen gibt, der ein Interesse daran hätte, sich meiner Dir gegenüber anzunehmen.

    Ob *paucs* oder *pauc* wird durch die Handschriften natürlich nicht entschieden. Ich folge A um so lieber, da auch MV von der anderen Gruppe *paucs* hat.

    19. Crescini schreibt: *qand eu vas midonz vir l'esgar*. Das steht aber nur in A; schon IK weichen ab (DN fehlen leider, wie auch R). Die anderen Handschriften haben unsere Lesart. Diese ist immerhin am besten bezeugt und auch dem Sinne nach doch einwandfrei (*vei* und *esgar* sind nicht dasselbe und können sehr wohl nebeneinander stehen). Was man auch erwarten könnte: „wenn ich den Blick meiner Herrin sehe" *can eu de midons vei l'esgar*, steht in keiner Handschrift.

    23 f. *ad ops d'amar* werden wir in doppelter Geltung nehmen dürfen: ich sah nicht, daß ein zum Lieben besser erschaffener Körper zum Lieben lässiger und langsamer wäre (also Konstruktion ἀπὸ κοινοῦ, Tobler I², 137 ff.). Sonst würde man verstehen müssen: ,ich sah nie einen schöneren Leib (und zugleich einen) der für die Liebe gegenüber lässiger wäre', also zwei Komparative nebeneinander, die zunächst keinerlei Beziehung hätten. Die Vermittelung würde durch den Gedanken hergestellt werden, daß ein schöner Leib naturgemäß zum Lieben geschaffen ist.

    Crescini liest *c'anc non fo cors*, wiederum mit A. Diesmal wird aber A sogar von IK im Stich gelassen, und in der Tat ist das Zusammentreffen von *fo* und *sia* kaum erträglich. *Vi* und *sia* dagegen sind wohl nebeneinander möglich.

    28. Crescini liest, und die ersten drei Auflagen meiner Chrestomathie lasen, *ni no'lh deman*, entsprechend der Fassung nicht nur von ADIK und C, sondern auch von V. Daß *deman* zu *quier* nichts hinzubringen würde, ist kein entscheidendes Bedenken. Aber *deman* kehrt v. 44 als Reimwort wieder, und bei solcher Wiederholung ist es geraten, die Zuverlässigkeit der Überlieferung in Zweifel zu ziehen (daß hier der Indikativ, v. 44 der

Konjunktiv vorliegt, ist kaum eine hinreichende Differenzierung). Nun steht in MOa NR: ... *nol man,* und dagegen ist nichts einzuwenden. Vielleicht hatte die erste Vorlage *ni no·lh man,* mit Fehlen einer Silbe, die nun verschieden ergänzt wurde.

31. Unter den mannigfachen Lesarten der Hdss. ist *sofert* noch immer die wahrscheinlichste.

40. Crescini hat zwar seine erste Lesung *i paregron las dens* zugunsten unserer, weniger derben, aufgegeben; zweifellos mit Recht, da selbst D und N *lo cenz,* IK wenigstens *lo dens* zeigen. Dagegen ist auch sein Manualetto bei *c'a un mes* geblieben, obwohl *a* nur in A steht, schon die nächstverwandten DIKN *que un* lesen. Die Hdss. MR haben *qued u(n),* COa *que dos,* V *que de dos,* also überall ein *d* hinter *que.* Es wird sich nun fragen, ob wir *qued un mes* oder *que d'un mes* zu lesen haben. Für die Hiatusform *qued* kann man sich auf *reder, chaden* des Boethius, auf *adenan* und *ed,* neben *azenan* und *ez* etc. berufen. Andererseits bezeichnet *de* oft das Zeitmaß, s. Levy II, 17 a, Stimming zu Bertran de Born[1] 24, 24 und besonders Ebeling in Zts. 24, 538 ff. (wo auch von unserer Stelle die Rede ist, allerdings in einem Zusammenhange, der gerade die Lesung *qued un mes* rechtfertigen würde,[1]) und so wird man am sichersten bei *que d'un mes* bleiben.

52. Da *par* in keiner Hds. Nominativform hat, werden wir darin nicht das Adjektiv: „gleich dem Truge", sondern die Verbalform zu sehen haben: „scheint vom Truge her" = scheint vom Truge her zu stammen. Crescini, Per gli studi romanzi p. 24, übersetzt: „sembra inganno".

56. *aten(h)s] atenher* kann dreierlei bedeuten 1. „erreichen": „ich werde durch Lügen, im Lügen, nicht erreicht werden, Keiner wird mir darin gleichkommen". 2. „erreichen, treffen": „ich werde durch Lügen nicht getroffen, nicht verletzt werden", d. h. ich will Euer Lügen gern hinnehmen, wenn es nur unserer Liebe dient. 3. „erreichen, abfassen": „ich werde für Lügen, als Lügner, nicht abgefaßt werden. Godefroy übersetzt afrz. *attaindre* mit „punir, condamner", mit „accuser" (vgl. *Ja de parler ne fust atainst, Trop ert rices et de sens plains,* I, 460 c) und „convaincre". Es ist nicht leicht, sich zwischen diesen drei Möglichkeiten zu entscheiden.

---

[1] Über die Art des *de* bin ich anderer Ansicht als Ebeling. Er hält es für partitiv = „(nicht) einen Teil von ...“ Der Teilausdruck, der dann, anders als hier, Bezeichnung eines kleinsten Teils sein müßte: „(nicht) einen Augenblick von" oder ähnlich, könnte aber schwerlich ohne weiteres wegbleiben. Ich glaube, zumal das Maß in der Regel durch eine Zahl bestimmt wird: *de ·III· semaines ne leva; de la cité ne se remuent D'uit jors,* daß das *de* gleichzustellen ist mit demjenigen in: le duc est trop grand de la tête, il a fait un discours trop long d'un quart d'heure, „welches die Bezeichnung der Größe des Unterschieds einführt"; hier Unterschied der Zeit, vom Ausgangspunkt gerechnet.

I. Wenn das grüne Kraut und das Laub erscheint und die Blüte auf dem Zweige knospt und die Nachtigall laut und hell ihre Stimme erhebt und ihren Sang beginnt, habe ich Freude an ihr und habe Freude an der Blüte und Freude an mir und größere an meiner Herrin. Auf allen Seiten bin ich von Freude umschlossen und umgürtet, aber diese ist Freude, die alle anderen Freuden besiegt.

II. Wehe, wie sterbe ich vor (Liebes-)gedanken! denn so tief bin ich oft in Denken versunken: Diebe würden mich davontragen können und ich würde nichts wissen von dem, was sie tun. Bei Gott, Minne, wohl findest Du mich leicht zu besiegen: mit wenig Freunden und ohne anderen Herrn. Warum bedrängst Du nicht einmal ebenso sehr meine Herrin, bevor ich vor Sehnsucht vergangen bin?

III. Ich wundere mich wie ich es ertragen kann, mein Begehren ihr nicht zu zeigen. Wenn ich meine Herrin sehe und sie betrachte, stehen ihr ihre schönen Augen so wohl an, kaum halte ich mich, daß ich nicht zu ihr laufe. Und ich würde es tun, ließe ich es nicht aus Furcht, denn nimmer sah ich, daß ein so zur Liebe geschaffener Körper der Liebe gegenüber so zurückhaltend und langsam ist.

IV. So sehr liebe ich meine Herrin und halte sie wert und so sehr fürchte ich sie und huldige ihr, daß ich nimmer wagte, ihr von mir zu sprechen, und nichts verlange ich von ihr und entbiete ihr nichts. Aber sie kennt mein Leid und meinen Schmerz, und wann es ihr gefällt, tut sie mir Gutes und Ehre an, und wenn es ihr gefällt, gedulde ich mich mit dem Wenigeren, damit ihr nicht Tadel daher komme. •

V. Wenn ich verstünde, die Leute zu verzaubern, wären meine Feinde Kinder, so daß nicht einer irgend etwas zu ersinnen und zu sagen wüßte, was uns zum Schaden gereichte. Dann weiß ich, daß ich die Schönste sähe und ihre schönen Augen und ihre frische Farbe, und den Mund würde ich ihr nach allen Seiten küssen, so daß einen Monat lang dort das Zeichen zu erkennen wäre.

VI. Wohl würde ich sie allein finden wollen, daß sie schliefe (oder sich den Anschein davon gäbe), so daß ich ihr einen süßen Kuß raubte, da ich nicht so viel wert bin, sie darum zu bitten. Bei Gott, Fraue, wenig betätigen wir an Liebe. Die Zeit geht dahin und die beste verlieren wir. Mit verstohlenen Zeichen sollten wir reden, und da uns Kühnheit nicht hilft, helfe die List!

VII. Wohl sollte man eine Dame tadeln, wenn sie ihren Freund gar zu lange hinhält, denn langes Reden von Liebe ist großer Verdruß und scheint von Trug herzustammen, denn man kann lieben und nach anderer Seite hin freundlich tun und kann lügen, wo es keinen Zeugen gibt. Liebe Fraue, wenn Du nur geneigt bist mich zu lieben, im Lügen werde ich nimmer erreicht werden (als Lügner werde ich nicht abgefaßt werden).

VIII. Geh, Bote, und sie möge mich nicht minder wert halten, wenn ich furchtsam bin, zu meiner Herrin zu gehen.

——— — —

40.

C 56 (MG. 1439).

Herausgegeben von Zingarelli in Mélanges Chabaneau, Erlangen
1907, S. 1025 ff.

I.   Can lo boschatges es floritz
         e vei lo tems renovelar
         e chascus auzels quer sa par
         e·l rossinhols fai chans e critz,
   5 d'un gran joi me creis tals oblitz
         que ves re mais no·m posc virar.
         noih e jorn me fai sospirar,
         si·m lassa del cor la razitz.

II.   Per midons m'esjau no-jauzitz,
  10 don m'es l'afans greus a portar,
         qu'e·m perdrai per leis gazanhar,
         et er li crims mout deschauzitz.
         las! que farai? com sui träitz,
         si s'amor no·m vol autreyar!
  15 qu'eu no posc viure ses amar,
         que d'amor sui *engenöitz*.

III.   Ar sui de leis trop eissernitz!
         lenga, per que potz tan parlar?
         que de menhs me sol acuzar
  20 si que·m sui per las dens feritz.
         que·m n'es si fer s'eu sui delitz?
         ja no trobará, li m'ampar;
         mas ab doutz sentir d'un baizar
         for'eu tost d'est mal resperitz!

IV. 25 En greu pantais sui feblezitz
         per leis cui Beutatz volc formar,
         que *com* Natura poc triar,
         del melhs es *sos cors* establitz:
         los flancs grailes *et escuitz*

4. rossinhol   6. res   11. Quien p.   16, 27—29 *die kursiven Buchstaben verwischt.*

30 sa fatz frescha com roza par,
    don me pot leu mort revivar.
    dirai com? no sui tan arditz.

V.   De tal dousor sui replenitz,
        can de prop la posc remirar,
35   c'a totz jorns vei lo meu sobrar,
        ta fort sui de s'amor techitz;
        e·l freis es tals, qu'en sui marritz,
        can la vei de me deslonhar,
        que·l focs que m'en sol eschalfar,
40   fug, e remanh escoloritz.

VI.   Lo bes e·l mals sia·lh grazitz,
        pos de me denha sol preyar. —
        ara folei de trop gabar
        et es dreihs qu'en fos desmentitz!
45   domna, no·us pes si·lh lenga ditz
        so c'anc mos cors no poc pessar,
        tatz, bocha! nems potz lengueyar,
        et es t'en grans mals aramitz.

VII.   Autz es lo pretz qu'es cossentitz,
50   car sol me denhet saludar.
        moutas merces! Deus la·n ampar! —
        del plazer me sui engrevitz.
        totz l'autre bes m'es si frezitz
        que no·m valgra·n merce clamar.
55   clama·l cors que no pot cessar;
        et apres m'es parlars falhitz.

VIII.   Domna, s'eu fos de vos auzitz
        si charamen com volh mostrar,
        al prim de nostr' enamorar
60   feiram chambis dels esperitz!
        azautz sens m'i fora cobitz,
        c'adonc saubr' eu lo vostr' afar
        e vos lo meu, tot par a par,
        e foram de dos cors unitz!

    40. reman   41. ben el mal li sia g.   42. preguar.   45. sil l.
52. engrenitz   58. vuel

                                         15*

IX.   65   Ai! can brus sui, mal escharnitz!
             qu'eu no posc la pena durar,
             de tal dolor me fai pasmar,
             car tan s'amistat m'esconditz!
             ab bel semblan sui en träitz.
       70   que·m val? res no·m pot chastiar!
             mortz venh' a sel qui·m vol blasmar
             qu'eu no l'am mortz e sebelitz!

X.   Car forsatz m'en part e marritz,
             leu m'auci, mas greu fui noiritz,
       75   tal ira·m sen al cor trenchar,
             car me mor e volh trespassar,
             mas ses leis no serai gueritz!

     67. plasmar   68. samistatz

8. *lassar* kann an sich sowohl „ermüden“ wie „binden“ sein. Bernart gebraucht das Verbum im Sinne von „binden“ auch sonst von der Liebe, s. 17, 2; 22, 52. So ist auch hier kein Zweifel.

9. *no-jauzit* ist „unfroh“, vgl. *jauzit* „froh“, Levy IV, 253a (wie afrz. *jöi*, s. Tobler I², 155). Man kann *m'esjau* auf das Singen des Dichters beziehen; den Geboten der Liebe (und auch den Anforderungen seines Sängerberufs) entsprechend bemüht er sich, sich fröhlich zu erweisen, und so singt er, ohne in seinem Liebesgeschick Veranlassung dazu zu haben. Aber auch die Tatsache, eine solche Herrin, wie er sie hat, zu lieben, ist, der Trobadorminne zufolge, an sich beseligend, ohne daß der Liebende anderen Gewinn, andere Freude davon hat, so daß *m'esjau* sich auf diese Weise erklären kann.

11. Es ist wohl zweifellos *qu'e·m*, bez. nach der Lautform der Hds. *qu'ie·m*, für das überlieferte *quieu* zu schreiben, vgl. 43, 23. Vielleicht stand in der Vorlage *quiē*, oder auch *quien* mit der umgekehrten Schreibung *n* statt *m* vor *p*.

16. In der Hds. steht *engenoitz*. Aber *ng* ist erst in moderner Tinte hinzugefügt oder wohl vielmehr den gleichen aber verwischten alten Buchstaben nachgezogen. Das Verbum *engenöir* „erzeugen“ ist auch sonst bekannt, s. Levy II, 503b und Zingarelli, Mélanges Chabaneau p. 1031. — Für den Gedanken ist zu erinnern, daß Bernart wiederholt sagt, seine Dame habe ihn aus dem Nichts gemacht. So kann er auch sagen, er sei von der Minne erzeugt worden.

17. Der Dichter erschrickt über das, was er in der vorigen Strophe von seiner Dame gesagt hat.

21f. Zingarelli übersetzt: Che cosa è tanto feroce per me? Se io son distrutto, non troverei già chi abbia cura di me. Die Schwierigkeit

liegt im Verständnis des zweiten Verses. Es steht in der Hds. *ia no trobara li mampar.* Zingarelli ändert *li* zu *ki* und erhält so einen leicht verständlichen Text, für den man 3, 54 vergleichen kann. Aber es gilt doch, sich zunächst mit dem *li* abzufinden. Und es ist wohl möglich zu deuten: „sie wird nimmer finden, ich schütze mich ihr gegenüber". Der Dichter gibt sich verloren; ihm ist es gleich, wenn er zu grunde geht (v. 21); so wird er auch nichts tun, sich zu schützen. Aber freilich, wenn sie etwas für ihn tun wollte, dann wäre all sein Leid schnell geheilt.

24. *resperir* können wir mit „wieder beleben" gut übersetzen. Hier, neben *d'est mal,* natürlich nicht im eigentlichsten Sinne (Zingarelli: risuscitato, s. v. 31), sondern in dem schwächeren, den das Wort bei uns auch hat.

27—29. Die kursiv gedruckten Buchstaben sind durch einen Fleck unleserlich geworden. Zingarelli ergänzt *quant* und übersetzt: ell' è composta di quanto di meglio potè sceglier Natura. Zur Qualitätsbestimmung *melhs* paßt besser noch *com* als *quant.*

36. *techir* ist in erster Linie intr. „gedeihen, wachsen". Aber auch afrz. kommt es faktitiv vor: „wachsen machen, gedeihen machen" (s. Godefroy), und so hier „fördern".

39 f. Zingarelli verweist auf Dante, der in der Kanzone Cosí nel mio parlar sagt (v. 45 ff.) E'l sangue, ch'è per le vene disperso, Fuggendo corre verso Lo cor che il chiama, ond'io rimango bianco.

42. Zingarelli übersetzt: poichè si degna di lasciarmi pregare, und das wird wohl der Sinn sein, vgl. 41, 11 f. Aber der provenzalische Ausdruck ist nicht klar. Man würde noch den Artikel erwarten; also etwa: *pos sol de me denha'l preyar.* So wie der Vers steht, würde man als Subjekt von *preyar* die Dame vermuten (vgl. v. 50); aber daß die Dame etwas vom Dichter erbitten könnte, ist wohl ausgeschlossen (man könnte höchstens einen abgebrochenen Satz annehmen, dessen Fortsetzung dann gesagt hätte, welche — vermutlich nur in den Augen des Dichters bedeutungsvolle — Bitte die Dame ausgesprochen hat), und der Gedanke, daß die Dame geneigt sein könnte für ihn zu „beten", wäre ebensowenig trobadorisch.

52. In der Hds. steht *engrenitz.* Stichel verweist auf *agrenir* im Girart, = afrz. *agramir,* und übersetzt „erzürnt". Das Wort könnte, seinen Lauten nach, dann aber nur französisches Fremdwort sein und würde auch dann noch lautliche Schwierigkeiten machen. Levy lehnt Stichels Erklärung ab, gibt aber keine eigene Deutung. Zingarelli ändert zu *enqueritz* und übersetzt: Iddio gliene guardi molte grazie del piacere che ho impetrato. Er hat aber selbst berechtigte Bedenken gegen die Auslassung des Relativpronomens.

Man kann wohl *engrevitz* lesen. Afrz. ist *engrevir* im Sinne von s'aggraver belegt (s. Godefroy: *Par cascun jor li langors engrevissoit),* und Levy bringt *grevit* „Nachteil, Schade". *Sé engrevir* würde heißen „sich belasten, beschweren". Also: von der Freude her ist mir noch schwerer, noch schlimmer geworden. Ihr Gruß hat mich noch liebeskränker gemacht, denn nun begehre ich noch mehr, und jedes Gut, das es vorher

für mich gab, ist mir nun so erkältet, daß es mir nicht helfen würde,
wenn ich es erlangte. *Frezit* ist merkwürdig, aber verständlich und ein-
drucksvoll angewendet; *frei* übertragen als Gegensatz zu *pro*, s. Levy,
Suppl. (vgl., in anderer Art übertragen, Rbt. de Vaq. 392, 10 *Ma dona·m
fai tot refregir del caut, Que·m tol tot gaug, e tota ira·m dona*).

58. *com volh mostrar*, nämlich: in den folgenden Versen (60—64)?
Oder ist etwa *solh* zu lesen und der nächste Vers mit diesem zu verbinden: „wie ich es am Beginn unserer Liebe zu zeigen pflegte"? Denn
aus dem Gedicht scheint doch hervorzugehen, daß Bernart jetzt nicht erst
am Beginn seiner Liebe steht.

65. *bru* übertragen = „düster", vgl. Rambertino Buvalelli, *Pois rei
quc'l temps s'aserena*, v. 35: *car mos cors no·s refrena D'amar licis, que
tant m'es dura, M'es sos cors escurs e brus*.
mal escharnit, oder dafür *mal escharit* „übel beschieden"?

67. Zingarelli druckt zwar *plasmar*, wie in der Hds. steht, übersetzt
aber mi fa tramortire, also *pasmar*. Wenn das Volk vielleicht die beiden
Fremdwörter vermengte, Bernart wird das nicht getan haben.

68. *tan*] so, daß sie mir nicht mehr als ihren Gruß vergönnte. —
Die Hds. hat *s'amistatz* und so übersetzt Zingarelli „Con tal dolore mi fa
tramortire perchè la sua amistà tanto a me rifiuta". Aber *amistat* ist in
der Sprache der Trobadors „Liebe", und die setzt ja der Dichter bei der
Dame gerade nicht voraus. So verstehe ich das Wort als Objekt zu
esconditz.

74. Zingarelli übersetzt „ma dolorosamente io son vissuto". Aber
das ist zum mindesten sehr frei übersetzt. Darf man an 26, 24 denken
no·m te pro vianda und deuten: da ich kaum hinlänglich Nahrung zu mir
nehmen konnte um zu leben, wird sie mich leicht töten? oder an v. 16
unseres Liedes: *d'amor sui engenöitz*: Die Liebe hat mich zwar ins Leben
gerufen, aber sie hat mir so wenig Nahrung geboten, daß ich nur mit
Mühe aufgezogen wurde, und nun werde ich leicht getötet werden?

I. Wann der Hain erblüht ist und ich sehe, wie die Zeit sich wieder
verjüngt und ein jeder Vogel seine Gefährtin sucht und die Nachtigall
singt und ruft, dann erwächst mir aus einer großen Freude solch Vergessen, daß ich mich zu nichts anderem wenden kann. Tag und Nacht
läßt sie mich seufzen, so bindet sie mir die Wurzel des Herzens.

II. Um meiner Herrin willen bin ich ohne Freude froh, weshalb es
mir schwer ist meine Pein zu tragen, denn um sie zu gewinnen werde ich
mich verlieren, und das wird für sie eine gar ungehörige Missetat sein.
Ach, was soll ich tun? Wie bin ich verraten, wenn sie mir ihre Liebe
nicht gewähren will! Denn ohne zu lieben kann ich nicht leben, denn
von der Liebe bin ich erzeugt (?).

III. Jetzt bin ich gar zu klug in dem, was sie betrifft! Zunge, wie
kannst Du so viel reden? Denn schon für weniger pflegt sie mich so zu

beschuldigen, daß ich mich auf den Mund geschlagen habe. Was ist mir denn so arg, wenn ich vernichtet bin? Ihr gegenüber bin ich ohne Schutz; aber mit dem süßen Fühlen eines Kusses würde ich alsbald von diesem Leid wieder belebt sein.

IV. In großer Qual (Beunruhigung) werde ich kraftlos um ihretwillen, welche die Schönheit selbst bilden wollte, denn ihr Körper ist, wie Natur es erlesen konnte, aus dem Besten hergestellt: die Hüfte schlank und geschmeidig, ihr Antlitz erscheint frisch wie die Rose; weshalb sie mich, wenn ich tot bin, leicht wieder beleben kann. Soll ich sagen wie? so verwegen bin ich nicht.

V. Von solcher Süße bin ich erfüllt, wann ich sie aus der Nähe schauen kann, daß ich mich für alle Tage in Überfluß sehe, so bereichert bin ich von ihrer Liebe. Und wann ich sie sich von mir entfernen sehe, ist die Kälte derart, daß ich darüber in Schrecken bin, da das Feuer, welches mich von ihr zu wärmen pflegt, flieht; und ich bleibe farblos zurück.

VI. Das Gute und das Übel sei ihr gedankt, weil sie von mir auch nur das Bitten entgegennimmt. — Nun bin ich töricht im Prahlen, und es ist recht, wenn ich Lügen gestraft würde. Fraue, es sei Euch nicht leid, wenn die Zunge sagt was mein Herz nie denken konnte. Schweig, Mund! gar zu sehr kannst Du schwatzen, und großes Leid ist Dir daher bestimmt.

VII. Hoch ist der Lohn, der gewährt ist, da sie mich nur zu grüßen geneigt war. Vielen Dank! Gott schütze sie dafür! — Von dieser Lust her ist mir noch schwerer. Jedes andere Gut ist mir so erstarrt, daß mir nicht helfen würde, darob um Gnade zu rufen. Es ruft das Herz, weil es es nicht lassen kann, und hernach versagt mir das Wort.

VIII. Fraue, wenn ich von Euch in so köstlicher Weise gehört würde, wie ich es zeigen will (? s. Anmkg.), würden wir im Anbeginn unserer Liebe unsere Seelen austauschen! Dann wäre mir gar guter Sinn zu teil geworden, denn dann würde ich wissen wie es mit Euch, und Ihr wie es mit mir steht, gleich zu gleich, und wir wären so beschaffen, daß wir zwei geeinte Herzen hätten!

IX. Ach, wie im Unheil bin ich, in übler Weise verspottet (wie übel beschieden?), denn ich kann die Qual nicht ertragen, solchem Schmerze läßt sie mich erliegen, da sie mir in diesem Grade ihre Liebe versagt. Mit schönem Schein bin ich betrogen. Was hilft's mir? Nichts kann mich belehren. Der Tod möge dem ankommen, der es mir tadeln will, daß ich noch tot und begraben sie liebe.

X. Da ich gezwungen und in Trübsal von ihr scheide, tötet sie mich mit Leichtigkeit, denn mit Mühe ward ich genährt, solch Kummer fühle ich mir im Herzen schneiden. Ich sterbe und meine zu vergehen, da ich ohne sie nicht genesen kann.

41.

A 90 (254), B 57 (MG. 1337), C 47 (MG. 1343), D 17 (53), D^c 248 (57, Str. 3 und 5, AdM. 13, 204), E 103, F 19 (39, Str. 3 und 5), G 10 (p. 31), I 30, K 19, M 37, N 137 (198), O 4 (6), P 16 (50, Arch. 49, 87), Q 26 (63, p. 52), R 56 (473), S 51 (31), S^g Nr. 2, U 90 (Arch. 35, 424), a 77 (56, Rlr. 42, 313), f. 41; unter dem Namen Folquets de Marselha W 188 (Rom. 22, 391). — Das Breviari d'amor zitiert (v. 28873—80) die dritte Strophe (im Text von Azaïs: v. 20 *Dona, quan de vos mi s.*, 23 *Aital fas icu d. de cui mi cal*, 24 *Neguna res mon bon pessar nom val*), Raimon Vidal (p. 84) v. 28, in der Form *A per pauc de ioi nom recre* (so Hds. B; C hat *qe per pauc de tot ioi nomi recre*).

N^2 nennt das Gedicht als 19. von Bernart.

Die Singweise steht in GR und W.

Gedruckt von Raynouard, Choix III, 65; Mahn, Werke I, 19.

Strophenfolge:

```
        1 2 3 4 5 6 7      ABGPS
        1 2 3 4 5 6        DE
        1 2 4 3 5 6 7 8    O
        1 2 4 3 5 6 7      Uf
        1 2 5 3 4 6 7      IK
        1 2 5 3 4 6 (7)    N   (7 erst später hinzugefügt)
        1 2 5 3 6 4 8 7    a
        1 2 5 3 6 4        Q
        1 2 5 3 6 7 8      S^g
        1 2 5 6 3 4 8 7    M
        1 2 5 4            R
        1 5 3 6 2 4 7 8    C
        1 3 6 2 4     ·    W
        3 5                D^c F
```

Fest ist in der Ordnung nur die Stellung von Str. 1 2, durch die Überlieferung, der auch nichts widerspricht, und Str. 6 als letzter, durch das Verhältnis der Reimwörter zur Tornada: *atretal mal mal atretal.*

Zu bestimmen bleibt die Reihenfolge der anderen drei Strophen. Wenn man A zu grunde legt, hat man sich zu entscheiden zwischen der Ordnung:

3	4	5		ABDEGPS
5	3	4		IKN
5	3	(6)	4	Qa, (4 fehlt) S^g
5	(6)	3	4	M
4	3	5		OUf

V 41 (Str. 6) fügt sich zweifellos am besten an v. 23 24, so daß also Strophe 3 vor 6 zu stellen ist. Vers 33 (*Tals n'ia . .*) schließt sich gut an v. 16 (*tuih son faus vas me li plus leyal*) und die Erinnerung an die treulose frühere Geliebte nimmt dann den Gedanken des v. 37 wieder auf. So kommen wir also zur Folge

$$1\ 2\ 5\ 4\ 3\ 6\ 7,$$

die mithin von allen überlieferten Folgen abweicht.

Die 2. Tornada wird durch CMOS^{g}a nicht gerade sicher bezeugt. Es ist aber nicht abzusehen, wie ein Anderer als Bernart diese persönlichen Verse gedichtet haben sollte. Eher wird fraglich sein, ob beide Tornaden nebeneinander ihre Existenz haben sollten, oder ob etwa die eine, VIII, durch die andere, VII, ersetzt werden sollte. Sie können aber auch beide nebeneinander beabsichtigt sein. Die Reimwörter 40 *sal*, 48 *mal*, 49 *mal*, 51 *sal* könnten dann allenfalls die Stellung V VI VII VIII rechtfertigen.

Da die Ordnung mit voller Sicherheit nicht zu treffen ist, bleibe ich im Text bei der Reihenfolge von A, stelle die Strophen aber in der Übersetzung so um, wie ich es für richtig halte.

Durch die Reihenfolgen werden die Handschriften schon zu gewissen Gruppen vereinigt, und die Varianten bestätigen im allgemeinen diese Verwandtschaften. Auch in ihren Lesarten gehören ABDEGPS zusammen, s. 9, 23, 32, 38, 45, und zwar so, daß DE und (G)PS wieder kleinere Gruppen bilden, s. v. 48, Fehlen der 7. Strophe, andererseits 24, 38, 44. Ohne (G)PS stimmen ABDE überein in 6, 24, 38, wo man zwischen den Lesarten schwanken kann, und in v. 27, wo diese vier Hdss. wohl allein das Richtige haben.

IKN haben gemeinsame Lesungen in 19, 23, 32, 34, 38, 39, 43; OUf in 19, 23, OU in 24, 39, 40; QS^{g}a 13—16, 37—40, Qa 13—16, 29—32, 37—40, und zwar gehen wiederholt IKN und OUf: 10, 28, 32, 38, oder wenigstens IKN und f zusammen: 24, 30.

M gehört zur Gruppe IKN: 10, 24, 28, 31, 38, 40, aber geht auch mit Q v. 4, mit C v. 20, mit a v. 23 etc. Ähnlich steht es mit C und R, die auch in der Regel zu dieser Seite gehören. PS trennen sich in 13, 38 von AB etc. um sich zu IK etc. zu schlagen.

So erhalten wir zwar keinen reinen Stammbaum, aber ungefähr das Verhältnis:

AB, DE; G, PS, F.

PS; IKN; f, OU; S^g, Qa + M + C + R.

1.   Can par la flors josta·l vert folh
         e vei lo tems clar e sere
         e·l doutz chans dels auzels pel brolh
         m'adousa lo cor e·m reve,
5   pos l'auzel chanton a lor for,
         en, c'ai mais de joi en mo cor,
         dei be chantar, pois tuih li mei jornal
         son joi e chan, qu'eu no pes de ren al.

II.   Cela del mon qued eu plus volh,
10   e mais l'am de cor e de fe,
         au de joi mos dihz e·ls acolh

I. 1. part O, per U; flor CDEGNOQRSᵃf, fror U; costal f; ner f. QU   2. serem O, screintz f   3. Lo IKSᵃa, Le M, Els f; c(h)an(t) ABCEGOQSᵃU; Au delç ch. Q, Aug lo douç ch. N; del OSᵃ; auzes G, auzel IKOSᵃ, ausellet U; Et aug lo chans dauzels R; per b. MPQSSᵃU, pels b. Nf   4. Alegra mon c. M, Mallegra mon c. Q, Adoussa mor c. O, Quem adossal c. R, Madonsen mon c. f; mon c. IKMNOQUf; e(t) r. MQSᵃ, em rizentz f   5. Quan(t) CSᵃa, E pos Q, Mais R; lauzels Gf, ilh auzell M, lhausel S; chanta Q; al l. f. A, en l. f. Q, a lauzor R, ab lur f. Sᵃ, a lurs fos f   6. mais ABDEM, plus CIKNORSᵃaf, tan(t) GPQSU; Ieu plus ai R, Enai tant U, En ai plus a; en] dinz M; corf f; en ioi mon cor O   7. Deg C, Deu GQ, De U; qe GU, car IKMNPQRSSᵃf; toz PS; lo meu Q; j.] remal (?) U   8. iois e chantz Sᵃ; Sol de ioi ch. Q; qu'eu] q(u)e GR, car f; nom p. C; de ren fehlt E; als Rf

II. 9 Qella O, Celas Sᵃ; Qar cilh d. m. M; cal ABDGPS, que(s) CEIKMNRSᵃaf, cui OQU; pl.] tant O; m. quien plus n. Rf   10. plus AO; l' steht ABCDEGPQSᵃa, fehlt IKMNORU; E ai mais Sᵃ; de c.] e de c. O; Cui am de bon c. a   11. Auç N, Aus f; m.] motz f; d.] precs CEGRa, chanz M; An ben m. d. (m. pretz a, totz mos precx R) QRa, Aug ben mos prec Sᵃ; e macoil O, e los acuoil QSᵃ, e lo acueil a

e mos precs escout' e rete.

e s'om ja per ben amar mor,

eu en morrai, qu'ins en mo cor

15 li port amor tan fin' e natural

que tuih son faus vas me li plus leyal.

III. (V.)   Be sai la noih, can me despolh,

el leih qu'eu no dormirai re.

lo dormir pert, car eu lo·m tolh

20   per vos, domna, don me sove;

que „lai on om a so tezor,

vol om ades tener so cor".

s'eu no vos vei, domna, don plus me cal,

negus vezers mo bel pesar no val.

12. digz *E*, ditz *M*, prec *U*; auscolta *Q*, acoil *U*; Els digz (motz *R*) e. *CR*; *zweites* e *fehlt D*; E lo costoz e lo r. *Sᵍ*, E lescouta e lo r. *a* 13. si hom p. (ja *fehlt*) *CIKNPRS*; Em som iam p. *O*; Cora qeu (quem *Sᵍ*) fos damor aillor (alor *Sᵍ*) (*s. v.* 37) *QSᵍa* 14. en *fehlt M*, nō *O*; Et eu m. *U*; q'ins] qi *U*; en] in *G*; quar e(n) m. c. *CIKNf*, qar de dinz e m. c. *M*; Or sui daillor (De lor son *Sᵍ*, De lai soi ben *a*) uenguç al cor (*s. v.* 38) *QSᵍa*, Morrai car en m. c. *R* 15. e *fehlt CDf*; f. e tan coral *M*; Dōna merce (Merces domna *Sᵍa*) non ai par ni engal (*s. v.* 39) *QSᵍa* 16. Qe fals son t. *MOU*; f. en ues mil p. l. *G*; Ni nō sui francs tro qe deu mi uos sal (*s. v.* 40) *Q*, Tot ai can uoil eu non deman ren al *Sᵍ*, Res non suffraing sol qe dieus uos mil sal *a*

III. *fehlt R* 18. En l. *FGPSU*, E leit *O*, Eu let *Sᵍ*; q(u)e n. *CGIKOPSf*, qi n. *Q*; noi d. *COUa*; Qe el lieg non d. *M* 19. Qel d. *f*; perot *D*; lam t. *M*; qar iel mi t. *IKN*, qeu eis l. t. *OUf*, car lo mi t. *Q*, car eu mo toil *Sᵍ*, qaren lestoill *D²* 20. Per] Puois *D*; don] quan *IK*; Dona quan (qar *M*) de nos s. (mi s. *M*) *CM* 21. Quar *CMa*, E *GO*; on] nō *f*; o lom *Q*; tresor *FPQS*; Q la un ma son tresor *Sᵍ* 22. Si uol a. *GU*, Deu lom a. *Q*, Volon a. *f*; lo c. *Q* 23. Aital fatz ieu d. *C*, Quan uos non uei (*in K am Rande von späterer Hand:* Qan pens de uos d.) *IKN*, Per uos o dic d. *Ma*, Can pens de uos d. *OU*, Car nous uei d. *Q*, Tan pens de uos pros d. *f*; de cui mi c. *COUa*, de cui pluim c. *Q*, de quem c. *f*; Per uos lo dich domna de cui me chal *Sᵍ* 24. Negun *NQU*; nezir *D*, uezer *FGMN*, tresor *O*, tesors *U*; Nigun neer *Sᵍ*; lo mieu p. *ABDE*, mon bel p. *DeFGPS*, mon bon p. *IKMNOQSᵍaf*; pensier *ABDPSU*, pensar (pessar) *EFGIKMNOQaf*; nom u. *OPSa*, uals *Sᵍ*; Mas mon pessar neguna res nom ual *C*, Negun tesors me bel e mon pensier nom ual *U*, Null bō saber mon bon peusar nō ual *f*

IV. 25   Can me membra com amar solh
            la fausa de mala merce,
            sapchatz c'a tal ira m'o colh,
            per pauc vius de joi no·m recre.
            domna, per cui chan e demor,
     30   per la bocha·m feretz al cor
            d'un doutz baizar de fin' amor coral,
            que·m torn en joi e·m get d'ira mortal!

V. (111.)   Tals n'i a que*d* an mais d'orgolh,
            can grans jois ni grans bes lor ve;
     35   mas eu sui de melhor escolh
            e plus francs, can Deus me fai be.
            c'ora qu'eu fos d'amor a l'or,
            er sui de l'or vengutz al cor.

IV. 25. membr *A*; cui *OU̅a*, quieu *R*, quem *f*   26. f.] bella *f*;
m.] dura *IK*   27. Sapchatz *ABDEGMOPSaf*, Beus (Ben nos *QU̅*) dic
CIKNQRU̅; que t. (tals *a*) *CIKNa*, qaital *M*, tal *QU̅*, quen t. *R*; m'o
cuoill *ABDE*, men cueillh *C*, macuoill *GIKNOPQRSaf*, men tueill *M*,
nacoilh *U̅*   28. uios *DGPS*; iois *G*; non r. *a*; Que (Qua *CMU̅*) per pauc
de i. *CIKMNQRU̅af*; Puui (?) de ioia nom r. *O*   29. per quieu *Cf*, de
c. *M*; em d. *BCM*, en d. *U̅*, e damor (*über a später e geschrieben*) *G*;
E se om (Si ia hom *a*) per ben amar mor (*s. v.* 13) *Qa*, Dona per qui ai
amor *R*   30. Ab *M*; feireç *G*, firez *O*, metetz *CMR*, metes *IKN*; el c.
IKMN; Eu ne (men *a*) morrai car en (qe dinz *a*) mon cor (*s. v.* 14) *Qa*,
De la boca metes el c. *f*   31. Un *CIKMNR*; baissar *M*, baisza *P*; Li
port amor tan fin (fis *a*) e natural (*s. v.* 15) *Qa*, Dun dous baizar fins e
francs e lials *f*   32. Quem (Quim *DG*) torn en i. *ABDEGPS*, Quem
(Quen *I*, Que̅ *K*) met en i. *IKN*, Quey (Cora q̅i *R*) meta i. *CR*, Qem don
fin i. *M*, Qem metra ioia *O*, Qem tramet i. *U̅*; geit *D*, giet *EIKN*; em
(e̅ *R*) giet ira *CRf*, em luenh ira *M*, em iet lira *O*, em tol ira *U̅*; Que
tot (tut *a*) son fals uas mi li plus lial (*s. v.* 16) *Qa*

V. 33. Cal *I*, Gal *zu* Tal *K*, Tal *NPQSU̅f*; n' *fehlt DDᶜFGMPQS*;
Tals i son *R*; q(u)i *DDᶜFGMS*; aun *E*, a *OU̅f*; que*d* an] qan *P*, qant *Q*,
qe a *U̅*; m.] ama *Q*; derguelhs *R*; Tal me qui chi a m. do. *Sᵍ*   34. Canc
D, Ca *N*, Qe *Q*; 1. gr.] gran *P*; 2. gr.] grant *G*; gran(t) ioi e (gang ni *R*,
ioia e *f*) gran(t) ben *OQRU̅*; granz bes e (ni *a*) granz iois *IKNa*, gran
ben e gran ioi *Sᵍ*; li *MOQ*   35. Ma *Sᵍ*; eu] en (?) *O*; sui] so *G*; plus
bell *M*; estoil *Sᵍ*   36. franc(h) *GQSᵍ*; qa d. *Q*; d(i)eu *QSᵍa*, die *U̅*
37. Quoras *CRf*, Mas cor *M*; que f. *OU̅f*; damar *Cf*; en lor *CPS*, aillor *U̅*;
Do̅na per cui (cheu *Sᵍ*, qieu *a*) chant e (em *a*) demor (deport *Sᵍ*) (*s. v.* 29)
QSᵍa   38. Er sui nengutz (nengutz sui *F*) de lor *ABDEF*, Er sui de
(de > da *G*) lor nengutz (nencus *G*) *DᶜGPS*, Ara sui be nengutz *R*, De

merce, domna! non ai par ni engal.

40   res no·m sofranh, sol que Deus vos me sal!

VI.   Domna, si no·us vezon mei olh,
           be sapchatz que mos cors vos ve;
           e no·us 'dolhatz plus qu'eu me dolh,
           qu'eu sai c'om vos destrenh per me.

45   mas, si·l gelos vos bat de for,
           gardatz qu'el no vos bat' al cor.
           si·us fai cnoi, e vos lui atretal,
           e ja ab vos no gazanh be per mal!

VII.   Mo Bel-Vezer gart Deus d'ir' e de mal,
50   s'eu sui de lonh, e·de pres atretal!

---

lor (Dellor *N*) soi denengutz (deuengut *N*) *IKN*, De lor soi ben uengutz (uengut *f*) *Of*, Delor mes be uengut *C*, De lor sui uengutz tro *M*, Daillor sui be uencut *U*; Per la boccam metetz (me teç *Q*) al cor (s. v. 30) *Qa*, La bocha metez al cor *Sᵍ*

39. midons *CGMR*; M. d.] Ni *E*; ni] mi *M*; Merces (Merse *f*) midons noi (uos *f*) trop p. *IKNf*; Merces en ren (entent *O*) mi dons de cui mi cal *OU*; Un dolç baisar de fin amor coral (corals *Sᵍ*) (s. v. 31) *QSᵍa* 40. Res nom sofraing (sofrains *A*) *ABCDEFGPRS*, Tot ai qan uoil *IKMNf*; sol que dieus uos (uos dieus *R*) mi s. *ABDEFGPRS*, sol que lei dieus mi s. *CIKN*, sol qe dieus la mi s. *M*; E sa lei platz non ai (naia *U*) par ni engal *OU*, Qem met en ioi (mauten i. *Q*) en get lira (e get ira *Q*) mortal (s. v. 32) *Qa*, Chi mera ioi e i uech lira mortal *Sᵍ*

VI. *fehlt R*   41. nous] nos *DIKMNS*, non us *U*; mi oill *G*; non uion mes oil *Sᵍ*   42. Sapçaç be *G*; mon cor *CENQSᵍ*, mos cor *PU*; s. mon fin cor *f*; uei *Sᵍ*   43. Jes *IKN*; uos d. *Mf*, nō dulaz *Sᵍ*, non uus d. *U*; doles *IKN*, dolez *OQU*; q'ieu] ieu *C*, ų *O*; cum eu d. *U*   44. Car *DEIKNOU*, Ben *PS*; Eu sai con ne destren *Sᵍ*   45. E *CIKMNOQSᵍ Uaf*; batte *U*; defors *Of*   46. Garas *f*; que n. *DEIKMNOPQSᵍU*, qil n. *G*; Ben gardatz que nous b. *C*; bat] toz *PS*; cors *f*; nous bat dins al c. *Sᵍ*   47. Sel uos f. *O*, Se uus f. *U*, Seu f. *a*; enoi *fehlt D*; enoi uos a lui a. *CQf*, enoi e vos a lui a. *a*; Mas sius fai mal uos a lui a. *M*, Si o fas enoil fais ab lui atrestals *Sᵍ*   48. Qe *GPQS*, Ni *a*; ab] a *DSᵍ*, en *Q*, an *f*; no] el non *E*; ben] ren *OPQSSᵍUa*; mals *Sᵍ*; b. p. m.] ren al *DE* (*in D von jüngerer Hand korrigiert: ben per mal*).

VII. *fehlt DFQR, später nachgetragen in N*   49. Son *S*; sal *C*, gar *U*; d(i)eu *SᵍU*; d'ira e] e guar *C*, dire e *IK*, dira *f*   50. Sicus s. *IK*, Sil s. *M*, Can s. *OSᵍf*, Sen s. *P*, Sieil s. *a*; *erstes de fehlt U*; dapres *GO*; Sia de l. o de p. a. *C*

VIII.   Sol Deus midons e mo Bel-Vezer sal,
                tot ai can volh, qu'eu no deman ren al.

VIII. *nur in* CMOS*va*   51. Sal *a*; Sol deu(s) mi sal mon bel uezer
el grat (mon uezer e gard *S*9) *OS*9   52. quieu u. *S*9; nō d. *M*, nom
d. *a*; que (quieu *S*9) non pens de ren al *OS*9

Hds. W 188 bc:

Fouques de Marselle

Quant par la flor soubre el vert fueill . et vei lou tēs clar et seren .
lou douz chans des oiselz per brueill . malegre lou cor et renen . puis
cauzel chanten alor for . eu cai tan de ioi en mon cor . dei ben chantar .
que tuit li mien iornal . sunt en amour . et ne pens de —
    Bien sai la — que non dormi — eu me dueill . do — que la oulen
a son — nir lou cor . per vo — et non faz ren seu —
    Dosne se non vezen — que mon cor vos ve . e — que mi dueill .
queu sa — me . et sel ialos vos bat non bate lou cor . sel fai au — tretal .
ne ia avos ni gaaig ren .
    La ren el mont que ie miauz pluz aim de cor . et de fe . aut de ioi
dis et acueill . et mon prec escoute et re dosna per queu chante damor .
per la bouce men:tras el cor . dun douz baisar de douce amor coral . quin
met en ioi . sen iet lira mortal .
    Quan me membre con amar sueill . la false de male merce . amon
cor tal ira acuel a pou de ioi non recre . quer se hom per bē amar mor .
eu me morrai . quer a mon cor . la port amor tant fine natural . que tuit
sunt fals vers me li pluz leal.

———————

9. Sechs Handschriften, und unter ihnen die besten, haben *cal* für
que(s). Aber die Zusammenstellung *Cela — cal* geht doch nicht an. Erklären kann man *cal*, oder vielmehr *qual*, wenn man als Vorstufe die
früher (zu 39, 40) besprochene Hiatusform *qued* ansetzt. In der ihm nicht
geläufigen Form hat ein Abschreiber den längeren Strich des *d* als *l* gelesen, den niedrigen Bogen des Buchstabens mit dem voraufgehenden *e* zu
a vereinigt.
    24. Für das betonte Possessiv liegt kein Anlaß vor. Wohl aber
kann der Dichter sein Denken als ein gutes oder schönes bezeichnen; so
habe ich hier die Lesung von ABDE verlassen.
    27. *Acolh* ist, trotz seiner reichlichen Überlieferung, schon deshalb
nicht richtig, weil es in v. 11, wenn auch in 3. Person, im Reim steht.
Für die Verwendung von *colhir* kann man schon auf Boethius 50 verweisen: *Teirix col tot e mal sa razo.*
    28. Die Quelle von IK etc. hatte wohl *vius* ausgelassen, daher *Qu'a
per pauc.* Schwerlich ist es von den anderen Hdss. erst eingeführt, um
eine fehlende Silbe zu ergänzen.

35. *escolh*]. Unsere Stelle kann als eines der Übergangsbeispiele der Bedeutung „Schar" zu „Art" dienen, welche Jeanroy für seine Ableitung des Wortes, Rom. 41, 415 ff., gebraucht.

38. Da auch GPS *rengutz* unmittelbar vor *al cor* stellen, ist dies wohl die Wortstellung des Originals. Im Übrigen darf man bei der Fassung von ABDE bleiben.

46. *bat'al cor* oder *bata'l cor?* Die Hdss. entscheiden natürlich nicht. *bat'al cor* entspricht dem *feretz al cor* v. 30 und entspricht auch genauer dem *bat de for* des voraufgehenden Verses.

48. Über die Schreibung *gazinh* in A vgl. Else Wehowski, Die Sprache der Vida de la benaurada Sancta Doucelina, 1910, S. 22.

I. Wenn die Blüte neben dem grünen Laub erscheint und ich das Wetter hell und klar sehe und der süße Sang des Vogels im Hain mir das Herz mit Süßigkeit erfüllt und erquickt, muß, da die Vögel in ihrer Art singen, ich, der ich mehr Freude in meinem Herzen habe, wohl singen, da all mein Tagewerk Freude und Gesang ist; denn an Anderes denke ich nicht.

II. Die, welche ich von der Welt am meisten begehre (und ich liebe sie von Herzen und in Treue), hört gern meine Worte und nimmt sie auf und horcht meinen Bitten und behält sie. Und wenn je ein Mensch von gutem Lieben starb, werde ich davon sterben, denn in meinem Herzen drinnen trage ich so echte und wahrhafte Liebe, daß die Treuesten im Vergleich mit mir falsch sind.

III. (V.) Manch einer wird übermütig, wenn ihm große Freude und großes Glück begegnet; ich aber bin von besserer Art und werde trefflicher an Gesinnung, wenn Gott mir Gutes tut. Wann immer ich am Saum der Liebe war, jetzt bin ich vom Saum zum Herzen vorgedrungen. Dank, Fraue! Keiner ist mir gleich. Nichts mangelt mir, wenn Gott nur Euch mir erhält!

IV. Wenn ich mich erinnere, wie ich die falsche Unbarmherzige zu lieben pflegte, wisset, so kummervoll wird mir dann zu Mut, beinahe lasse ich bei Lebzeiten Freude im Stich. Fraue, um derentwillen ich singe und fröhlich bin, treffet mir doch durch den Mund ins Herz mit einem süßen Kuß aus echter herzlicher Liebe, der mich wieder der Freude zuwende und mich aus tötlichem Leide ziehe.

V. (III.) Wohl weiß ich, wann ich mich nachts entkleide, daß ich im Bett nicht schlafen werde. Den Schlaf verliere ich, denn ich raube ihn mir um Euretwillen, Herrin, an die ich denke, denn „dort, wo der Mensch seinen Schatz hat, will er auch immer seinen Sinn haben". Wenn ich Euch nicht sehe, Fraue, die Ihr mir am meisten am Herzen lieget, gilt kein Sehen so viel wie mein schönes Denken.

VI. Fraue, wisset wohl, daß, wenn Euch meine Augen nicht sehen, mein Herz Euch sieht. Und Ihr möget keinen größeren Schmerz haben als ich ihn habe, da ich weiß, daß man Euch um meinetwillen bedrängt. Aber, wenn der Eifersüchtige Euch von Außen schlägt, sehet zu, daß er Euch nicht im Herzen treffe. Wenn er Euch Verdruß antut, so (tut) Ihr ihm ein Gleiches, und nimmer gewinne er bei Euch Gutes durch Übles!

VII. Mein Schönes-Schauen behüte Gott vor Kummer und Leid, wenn ich ferne bin, und in der Nähe desgleichen.

VIII. Wenn Gott mir nur meine Herrin und mein Schönes-Schauen bewahrt, habe ich Alles was ich will, denn Anderes begehre ich nicht.

———

42.

A 88 (246), C 48 (MG. 1345), D 18 (58), D^c 248 (58, AdM. 13, 204, Str. 5), F 20 (43, Str. 5), G 15 (p. 44), I 26, K 15, M 47, N 141 (205), P 18 (57, Arch. 49, 286), Q 28 (68, p. 56), R 58 (491), V 51 (Arch. 36, 400), a 78 (57, Rlr. 42, 314); anonym X 88.

Genannt in N^2 als 16. Lied von Bernart.

Die Singweise in X.

Strophenzahl und -folge:

1	2	3	4	5	6	7	8	9	P
1	2	3	4	5	6	7	8		AGIKMNVa
1	2	3	4	5	6	7			D
1	2	3	4	5	6				R
1	2	3	6	5	4	7	8		C
1	2	3	4	7	5				Q
1	2	3							X
5									D^{c}F

Durch die Varianten stellen sich sogleich zwei Gruppen gegenüber (s. v. 1, 5, 6, 16, 18, 20): ADIKNP und CGMRVa. In der ersten werden durch v. 4, 39 DIKNP, durch v. 11 DIKN als näher verwandt zusammengestellt, sodaß wir das Verhältnis durch

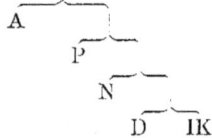

bezeichnen können.

Auf der anderen Seite wechseln die Beziehungen der Handschriften. Ca gehen häufig zusammen (s. v. 22, 31, 45, 49), M oft
mit V (3, 14, 15 etc.), aber auch G mit M (20, 27, 51) usw. Ein
klares Verhältnis ergibt sich nicht. Aus den Anmerkungen unseres
Textes wird hervorgehen, daß diese Gruppe, vor Allem aber V, für
dieses Lied besondere Aufmerksamkeit verdient. Q schwankt
zwischen beiden Gruppen.

I.   Can vei la flor, l'erba vert e la folha
           et au lo chan dels auzels pel boschatge,
           ab l'autre joi, qu'eu ai en mo coratge,
           dobla mos jois[1]) e nais e creis e brolha;
     5   e no m'es vis c'om re poscha valer,
           s'eras no vol amor et joi aver,
           pus tot can es s'alegr' e s'esbaudeya.

II.   Ja no crezatz qu'eu de joi me recreya
           ni·m lais d'amar per dan c'aver en solha,
    10   qu'eu non ai ges en poder que m'en tolha,
           c'amors m'asalh, que·m sobresenhoreya;
           e·m fai amar cal que·lh plass', e voler;

I. 1. vei] par *QRVa*; flors *Ga*; vert *ADIKNP*, fresc(ha) *CFGMQ
RVa*; e *fehlt a*; fl. e lerba fresql f. *R*   2. Qaug *a*; lo chanz *G*, los ch.
Q, los chans *R*; del auzel *IK*; per b. *Q*   3. Al lautre *P*; iois *G*; mai
MV, uei *N*   4. Puega *V*; mon *NV*; chans *C*, chant *V*, iois *N*, bes *R*;
e n. e c. (cres *G*) e b. *ACGMRVa*, em n. em c. em b. *DIKNPQ*   5. Que
ADIKNP, E *CGMRVa*; que *ADIKNP*, com *CGMRVa*; res *R*; puesc
P; r. p.] p. r. *C*, en p. *M*; Qe non es res qe molt p. *Q*   6. Cel (Sal *N*) que
n. u. *ADIKNP*, Seras (Sera *G*, Sara *M*) n. u. (uueill *M*) *CGMRV*, Sella
n. u. *Q*, Sel eis n. u. *a*; ioi et amor *ADIKN*, ior (?) en amor *P*, amor
(amors *GQR*) e ioi (o gaug *C*) *CGMQRVa*   7. Que *ADIKNPQ*, Pus
CMRV, Cant *G*, Mas *a*; salegre e *a*

II. 8. cuidaç *Q*; nous cugetz *V*, nos cug hom *a*; que *CG*   9. damor
Ra; par *P*; en *fehlt N*, i *GMQV*, ne *a*; en s.] esueilh *P*; p. mal qi auer
i solla *Q*   10. *fehlt P*; Car *V*, Ni *R*; en *fehlt CN*, de *Ra*; q(u)eu *DGI
KNQ*, quaissi *C*   11. Camor *QV*; m'a.] ma fag *C*; qim *GM*, em *V*;
sobr emseingoreia *DIKN*   12. faimamar *IK*; cal (qi *R*) qeil plassa
(plaz *D*, platz *IK*) *ADIKP*, liei quem platz *C*, cui li platz *G*, lai ol
platz *NQ*, zo qeil platz *a*; zo qeilh uen a plazer *M*, leis per plassen u. *V*

_____

[1]) *l.* poya mos chans?

e s'eu am so que no·m deu eschazer,

forsa d'amor m'i fai far vassalatge;

III.　15　Mas en amor non a om senhoratge,

e qui l'i quer, vilanamen domneya,

que re no vol amors qu'esser no deya;

paubres e rics fai amdos d'un paratge;

can l'us amics vol l'autre vil tener,

　　20　pauc pot amors ab ergolh remaner,

qu'ergolhs dechai e fin' amors capdolha.

IV.　　　Eu sec cela que plus vas me s'ergolha,

e cela fuih que·m fo de bel estatge,

c'anc pois no vi ni me ni mo messatge

　　25　(per qu'es mal sal que ja domna m'acolha);

mas dreih l'en fatz, qu'eu m'en fatz fol parer,

car per cela que·m torn' en no-chaler,

estauc aitan de leis que no la veya.

13. quier *C*; so] lieis *R*; qi no d. *G*, *mar* non *a*; non d. *P*, nō d. *V*; dei e. *N*, deues graçer *Q*　　14. m'i] men *MV*

III. 15. Qar *MV*, Nas *I* (*und zuerst auch K*); amar *A*; senhoria *C*, segniartge *a*　　16. lai q. *CNR*, lenqer *GQ*, lor q. *P*; Qi ab ergueilh v. *M* 17. Camors (Quamor *P*) non uol ren que esser (quessar *P*) *ADIKNPa*, Que (Qar *GR*) re (res *MR*) no uol (ual *R*) amors (amor *GQV*) quesser *CGMQRV*　　18. Paubre e ric *A*; amdos *ADIKP*, ābdos *G*, amors *CM NRa*, amor *QV*; daut p. *C*, de p. *V*　　19. Qan *ADIKNPQR*, Si *CGMVa*; l'us] us *V*　　20. Pot pauc lamors *A*, Pauc pot lamor(s) *DIKNPR*, Greu pot amor(s) *CQVa*, Lamars non pot *GM*; lorgoil *GV*　　21. Erguelhs *C*, Orgoilç *Q*, Querguelh *RV*; deschai *G*; amor *GQRVa*

IV. 22. Q(ui)eu *CMa*, Hie *P*; sec *fehlt N*; sella] sclui *Ca*, celei *G*, celleis *MR*, cele *Q*; Donc seu sec lui *V*; q(u)i *CGV*　　23. sella *AN*, sel(l)am *DIKP*, selui *Ca*, celei *G*, cele *Q*, elam *R*, a leis *V*; fui *DIKNP*, fo *Q*; E fug celleis *M*; qim *GQV*; fur *D*, fa *Q*, es *R*; que fon de que fon de be e. *N*　　24. *fehlt a*; Can *D*, Anc *V*; vi] uir *G*; me] lei *Q*; corage *G* 25. q'es] cay *R*, qi *a*; saul *D*, sal *GNPRa*; Per qe mal sap *Q*; ja *fehlt P*; Per quieu malbir que ma dona macuelha *C*, Per qe es mal qautra donna mac. *M*, Per qes be sal qe ia doues nom acnella *V*　　26. Ma *a*; liu f. *GMR*; fas — fas *DIKNR*, faiz — faz *G*, fauc — fauc *P*; me f. f. *Q*; fols *CNR*; p.] tener *M*　　27. Q(u)an(t) *GMQ*; cel *D*, selei *G*, celleis *M*, cele *Q*, clui *V*; qim *GV*; e *fehlt CM*, a *V*; Per qa selas q̄ tor a n. c. *R* 28. Estai *Q*; eitaut *G*, aitam *I*, ia tan *P*; lei *G*, le *Q*; q·eu *AG*; Estau de leis be tainh qe non la v. *M*, Estau de leys q̄ nō la ueya *R*

V.   Mas costum' es tostems que fols foleya,
30   e ja non er qu'el eis lo ram no colha
        que·l bat e·l fer, per c'ai razo que·m dolha,
        car anc me pres d'autrui amor enveya;
        mas, fe qu'eu dei leis e mo Bel-Vezer,
        si de s'amor me torn' en bon esper,
35   ja mais vas leis no farai vilanatge.

VI.   Ja no m'aya cor felo ni sauvatge,
        ni contra me mauvatz cosselh no creya,
        qu'eu sui sos om liges, on que m'esteya,
        si que de sus del chap li ren mo gatge;
40   mas mas jonchas li venh a so plazer,
        e ja no·m volh mais d'a sos pes mover,
        tro per merce·m meta lai o·s despolha.

VII.   L'aiga del cor, c'amdos los olhs me molha,
        m'es be guirens qu'eu penet mo folatge,

V. 29. Quar *Ca*; costums *A*; fol *GP*, foil *V*; qe fols totz temps
f. *DD^cFGIKNQ*   30. Era *D*; quieu eix *C*, qeu eis *a*, q(u)il eis *GN*;
E serai qeil qil eis *Q*; lo r.] loian *D*; nos c. *MRV*; coiha *a*   31. Quem
b. em (en *a*) f. *Ca*, Qil bat el f. *G*, *Q*. b. lo f. *Q*, Qil b. e f. *V*; p. qai
razon *AIKNPQ*, p. cab razon *D*, p. ques razos *V*, p. qai ben dreg (dreiz)
D^cG, p. qes ben dretz *R*; p. ques dregz que men d. *CM*, qem d. *IQ*   32. me]
nom *C*, ni *D^c*; p. dautrui a. *ADD^cFIKNPQ*, p. pueys (pux *V*, pui *a*)
dautr a. *CVa*, p. mais dautr a. *R*, p. de null autra (amor *fehlt*) *M*; amar *N*
33 *bis* 39 *fehlen Q*   33. q(u)e d. *GMVa*; dei] de *P*; e] en *P*, ni *RV*; dei si
m. b. *C*   34. Si] Ses *G*; tor e. b. e. *D*   35. Ai m. ue l. *P*; frarai *P*

VI. 36. no crezatz *C*, ñ aia *G*, non aia *M*, no maga *V*, no aia *a*;
feilon *G*   37. Ni ia uas me m. *M*; maluat *RV*; cossels *C*; crejra *V*
38. Que des sui sieus quitis *C*, Car sieus soi yeu liges *R*, Car sos hom
so l. *V*, Cades soi sieus liges *a*; q(u)ieu *GMRV*; mesteie *D*, mestia *P*;
sos hom ues hon queu an ni steia *N*   39. de sus del (pel *V*) cap *ACV*,
del cap desus *DGIKNP*, dels hucilhs del cap *M*, del suc del cap *R*, dessus
mon cap *a*; re *DIK*, ten *a*   40. M. m. j.] Mans iont e clins *M*, Mas
ionchas *P*, Lay mas iuntas *R*; li uenc *ADIKMP*, lim ren *CGNRVa*,
mi ren *Q*; al seu p. *GRa*, al seu uoler *V*   41. non *D*, ñ *G*, no *V*; da
Aa, de' *DGIKMNPQR*; dels seus p. *V*; E ia daisso no uuelh mon pens
m. *C*   42. Tro qab m. *M*; ·m *fehlt N*; meta] tenha *P*; p. merce ni men
l. *Q*; ois *A*, ons *C*, os *DIKMPQV*, la ous *G*, ō se *R*, oiz *aus* on *a*; merce
meta lai on d. *N*

VII. *fehlt R*   43. cors *M*; los] mos *MV*   44. penei *A*, penet
CDIKNQV, pēti *G*, pen *P*, penei *aus* penet *a*; dampnatge (damatge) *AD*
IKNPQ, folhatge *CGMV*, solatge *a*; garens qe penfiei gran f. *M*

45   e conosc be, midons *en* pren damnatge
s'ela tan fai que perdonar no·m volha.
pois meus no sui et ilh m'a en poder,
mais pert s'ela qu'eu el meu dechazer;
per so l'er gen, s'ab son ome plaideya.

VIII. 50   Mo messatger man a mo Bel-Vezer,
que cilh que·m tolc lo sen e lo saber,
me tol midons e leis, que no la veya.

(IX.   Amics Tristans, car eu no·us posc vezer,
a Deu vos do, cal que part que m'esteya.)

45. b. qieu (que *DIK*) ai dich (die *IK*) gran follatge *ADIK*; b. en
leis prendre dampnage *M*, b. dōna qai fait f. *NQ*, b. midons ... es damnatge *V*; Mas ben conosc que midon (mi donz *a*) pren dampnatge (dāpairatge
a) *Ca*, E conosc en midonz perde dampnage *G*   46. Car ai dig (C. audi *Q*)
so que soa amor (samor *P*, uostramor *NQ*) mi tuoilla *ADIKNQ*, Sella tan
fai (tal fa *C*, fai tan *M*, tant sai *a*) que perdonar nom (mi *C*) uuelha
CGMa, Si tan no fai quesperdonar me uuella *V*   47. Mas *a*; meu *IK*;
Quar mieus non son *C*; ilh] el *G*; Mas mans iontas (*damit bricht die
Niederschrift ab; ein leerer Raum ist gelassen*) *D*, Mas dreg uos fag
(faç *Q*) quiem fas (qem faç *Q*) per fol tener *NQ* (*v. 47—49 wiederholen
mit einigen Varianten v. 26—28, die aber auch an ihrer Stelle stehen*)
48. *fehlt DP*; Mas *AG*; elha *C*, ella *IKa*; p cela *G*; qu'eu] que *A*; Ben
conosc ieu qillim uol d. *M*, Car per celui quem ten e non (qim tenen
ennon *Q*) caler (*s. v. 27*) *NQ*, Mais i pert il en lo meu d. *V*   49. Per
que *CVa*; li er (ler *C*) mal *Ca*; hom se pledeia *V*; Estau(e) aitan(t) qe
uos dona non neia (*s. v. 28*) *NQ*

VIII. *fehlt DQR*   50. Lo messatge *V*   51. Quaissilh *P*, E cel *V*;
que (qi *G*) ma tout (tolt) *AGIKMN*, quem tolc *CP*, qim tol sai *V*, qem
tol *a*; s. el s. *AGIKMNV*, s. e lo s. *CPa*   52. Mi (Me) tol *AGIKMNV*,
Ma tout *CPa*; qi *G*, qieu *M*

IX. *nur in P*   54. qual qe part me stia *P*

Hds. X:

Quant uei parer lerbe uert et la fuelle . Et iau lo chant des auzels
par boscage . Et lautre ioi que iai en mon corage . double mes 'chans et
crest et nest et bruelle . adon mest uis con ren pusse naler . sorc non
poc amor ni ioie auer . car tot can kest salegre et sesbaudeie.

Ja non credaz qe de ioi me recreie . nō las damar per dan qauer en
fuelle . car ie nai gins en poder qe men tuelle . kamors masail qest soubre
seignorage . et fait amar cui qe plaz et noler . et seu aim o qe nō doi
eschader . force damor mi fait fair uaxalage . Car en amor nō au aīz

seignorage . et qi li qeir uilainement dõneie . ke ren nõ uol amor qesser
non deie . paubre et rich fai ben digal parage . kan luns amanz vol
laltre uil tener . greu poc amors a orgoil remaner . korgoil dechiet et
fine chaduelle.

---

4. Sowohl *dobla mos jois* wie *poya mos chans* können sich auf
andere Stellen Bernarts berufen: *poya mos chans* auf 44, 7 (und zwar
dort gerade nicht in der Fassung der Hds. V, die hier diese Worte zeigt,
sondern in der Fassung ADIK), *dobla mos jois* auf 28, 27 (wo wir allerdings
mos jois in *m'amors* korrigierten) und auf verschiedene analoge
Vorkommen von *doblar* (s. Glossar). Das Additionsexempel, dem zufolge
die Freude am Frühling mit der anderen Herzensfreude zusammen eine
doppelte Freude ausmacht, ist nicht gerade poetisch; auch paßt *dobla* nicht
so gut wie *poya* zu *nais e creis e brolha;* aber *poya mos chans* steht
nur in V, das selbst von CMRa im Stich gelassen wird. Es müßte also V
allein hier die richtige Lesart überliefert haben.

6. *era(s)* in CGMRV ist hier sehr wohl am Platz. So ziehen wir auch
im folgenden Vers die Lesung dieser Hdss. vor.

8. *crezatz,* oder mit QVa *cuidetz.*

12. Die Hdss. der Gruppe CGMRVa gehen in diesem Verse so auseinander,
daß in ihrer Vorlage offenbar irgend etwas nicht in Ordnung
war. Vielleicht fehlte *cal* (das freilich auch in ADIKP hinzugesetzt sein
kann).

15. Ich nehme an, daß *Qar* in MV von den Schreibern für das gleichbedeutende,
aber mißverständlichere *Mas* eingeführt ist.

17. In der Fassung der Gruppe A würde man den häßlichen Hiat
que esser durch Einführung der Form *qued* oder *quez* aufheben können.
Aber die andere Gruppe hat ihn ja von vornherein vermieden.

18. Um der viermaligen Wiederholung des Subjekts *amors* aus dem
Wege zu gehen, folge ich der Gruppe A.

20. Zwischen *greu* und *pauc* ist schwer zu wählen. GM weichen
von CQVa ab. Das zeigt eine gewisse Unsicherheit der Überlieferung in
dieser Klasse.

22. Vgl. 29, 45 f.

25. *mal sal* ist die Verneinung von *sal* wie *mala merce* 41, 26;
43, 37 die Negation von *merce, mal sembla* 43, 45 die Verneinung des
Scheines, *mala fe* Boeci v. 122, 125 die Treulosigkeit. So heißt *mal sal(v)*
es „es ist nicht wohlgetan" wie 28, 42 *aver sal* „gut angewandt haben".
In der Fassung von V: *es be sal que ja doncs no m'acuella* scheint *sal*
„sicher, gewiß" zu bedeuten.

26. ‚Ich selbst helfe ihr, der Beleidigten, zu ihrem Recht'.

32. *autrui amor* in Gruppe A würde die „Liebe zu irgend einem
Anderen" sein, mit Außerachtlassung des Geschlechts, also Mann oder
Weib. Das könnte freilich als noch stärker gelten als *autr' amor.* Aber

es kommt doch nur die Liebe zu einem Weibe in Betracht, und so ist *ɟa*
autr' amor das Natürlichere. Neben *autr' amor* mußte aber noch eine *ɘɾ*
Silbe den Vers vervollständigen. Vielleicht fehlte diese in der ersten *nɛ*
Quelle, daher einerseits *autrui* der Gruppe A, andererseits die Abweichungen *nɛ*
der anderen Gruppe.

39. An der Lesart *de sus del chap* kann bei der Art der Über- *-ɾ*
lieferung kein Zweifel sein. Was aber heißt das? Die folgenden beiden *nɛ*
Verse beschreiben die Commendatio des Sängers. Die mit den Flächen *nɛ*
zusammengelegten Hände (*mas mas jonchas*) bot der Vasall knieend (*no·m* *ɯ*
volh mais d'a sos pes mover) dem vor ihm stehenden Herrn dar, der sie *ɘɾ*
in seinen Händen empfing (*commendare manus suas in manus alicujus*, *,ɛ*
s. Karl von Amira, die Handgebärden in den Bilderhandschriften des *ɛɛ*
Sachsenspiegels, Abhdlg. der Kgl. Bayer. Akad. d. Wiss. I. Kl., XXIII, *,ɪ*
2. Abt., 1905, S. 242 ff. und die dort angeführte Literatur). Zur Commen- *-ɾ*
datio gehört offenbar auch schon, was in diesem Vers gesagt wird. Bei *iɛ*
Chérnel, Dictionnaire historique des Institutions, Mœurs et Coutumes de *ɘɾ*
la France werden unter Hommage mehrere Huldigungszeremonien be- *-ɛ*
schrieben, bei denen der Huldigende Gürtel, Schwert und Schild, oder *ɪɛ*
Hut, Handschuh und Degen vor dem Eide ausliefern mußte und sie erst *ɟa*
später wieder erhielt. So könnte hier mit dem *gatge de sus del chap* die *ɘɾ*
Kopfbedeckung gemeint sein, welche der, nicht Schwerttragende, Dichter *ɪɛ*
zum Zeichen der Huldigung ablieferte. Vermutlich handelt es sich aber um *ɪɾ*
einen viel ursprünglicheren Brauch. In fränkischer Zeit galt bekanntlich das *ɛɪ*
Abschneiden des Haares als Zeichen der Abhängigkeit (s. Victor Ehrenberg, *,ɾɛ*
Commendation und Huldigung nach fränkischem Recht, Weimar 1877, *,Ɉ*
S. 51 ff., wo auf Ducange s. v. *capilli* und auf Grimm, Rechtsaltertümer, *,ɪ*
S. 147 verwiesen wird). Später wird zwar das Haar nicht mehr ab- *-ɘ*
geschnitten (wie es allerdings bei der Tonsur der Geistlichen als Zeichen *ɪɪ*
der Unterwerfung üblich blieb), aber „der Herr ergreift zum Zeichen der *ɪ·ɪ*
Ergebung in die Unfreiheit das Haupthaar des Schützlings" (so Ernst *-ɨ*
Mayer, Italienische Verfassungsgeschichte von der Gotenzeit bis zur Zunft- *-ɨ*
herrschaft, I, Leipzig 1909, S. 210, der darauf hinweist, daß dieselbe Form *ɪɪ*
auch in Frankreich verwendet wurde, vgl. die bei Brunner, Deutsche *ɘ.*
Rechtsgeschichte II, S. 442 angeführte Literatur). Ob nun hier nur das *ɛ.*
Anfassen oder noch das Abschneiden des Haares gemeint ist, mag dahin- *-ɪ*
gestellt bleiben. Der Wortlaut läßt eher an das Letztere denken.

40. *li venh* oder *li·m ren?* Die vorhergehende Zeile enthält schon *ɪɪ*
ren, und achtlose Niederschrift wird eher *rendre* für *venir* als *venir* für *·ɪ.*
rendre eingeführt haben.

44—46 stehen wieder in den beiden Hdss.-gruppen scharf gegenüber. *·ɪ*

Gruppe A:

> *L'aiga del cor . . .*
> *m'es ben guirens qu'ieu penet mon dampnatge*
> *e conosc ben qu'ieu ai dich gran folatge*
> *(car ai dich so que so' amor mi tolha).*

Gruppe V ungefähr:

> *L'aiga del cor . . .*
> *m'es ben guirens qu'ieu penet mon folatge,*
> *e conosc be, midons en pren damnatge,*
> *s'ella tan fai que perdonar no'm volha.*

Ich entscheide mich für Gruppe V, denn 1. steht *tolha* schon v. 10 im Reim, 2. ist *penedre son damnatge* v. 44 eine fragliche Verbindung, 3. bietet Fassung V einen geeigneten Übergang zu den folgenden Versen, 4. ist das Vergehen, dessen sich der Dichter schon vorher anschuldigt, nicht eines des Sagens, wie Gruppe A hier annehmen läßt, sondern ein Vergehen der Tat (s. v. 23, 24, 32). — Zu einer sicheren Lesung der Verse 45, 46 in der Gruppe CGMVa ist aber leider nicht zu gelangen. Die Hdss. weichen stark ab, vor allem in v. 45, und vielleicht erklärt gerade dies, die Folge einer Unklarheit in der gemeinsamen Vorlage, die gänzliche Änderung in Gruppe A. — Gegenüber *mas* in Ca, das zunächst besticht, müssen wir bei der Übereinstimmung von GMV mit Gruppe A bei *e* bleiben, das auch vom Gedanken gerechtfertigt wird. Da der Dichter seinen Fehler bereut und sich wieder ganz in den Dienst der Dame stellt, ist die Gewißheit, daß der Schaden beim Verlust ihres Lehnsmannes ihr zufällt, die Folge, nicht ein Gegensatz zum Vorhergesagten. — Als Verbum vor *damnatge* wird durch *prendre* M, *pren* Ca und *perd* G wohl *pren* (vermutlich in der Schreibung *prend*) für die Vorlage bestimmt. So ist wenigstens das Wesentliche des Verses festgelegt.

48. AG haben *cella* oder ähnlich, CIKa *ella* (o. ä.), MV *ill* (o. ä.), NQ *celui*, DPR fehlen. Eine Vereinigung ließe sich ungefähr herstellen, indem man *pert s'ella*, mit *se* als ethischem Dativ, liest. Aber von Sicherheit bleiben wir auch hier entfernt. — V bietet wieder für sich allein eine wohl annehmbare Lesung.

51. Aus den Abweichungen der Hdss. in verschiedener Gruppierung (GM stellen sich in *ma tout* zu Gruppe A, in *el saber* außer ihnen noch V, das im ersten Versteil *tol sai* hat) kann man schließen, daß die Vorlage unvollständiges *que cill que'm tolc lo sen el saber* bot. Die Ergänzung der fehlenden Silbe kann dann in sehr verschiedener Art erfolgen. So wie sie durch *m'a tout* oder durch das an sich beachtenswerte *tol sai* vorgenommen worden ist, zerstört sie die Caesur, ohne Ersatz dafür zu schaffen. Vielleicht ist zu lesen: *mo sen e mo saber*.

IX. Die zweite Tornada ist wohl wieder eine von denen, die bei einer späteren Versendung den Gedichten hinzugefügt wurden.

——— . ———

I. Wenn ich durch das Gebüsch hin die Blüte, das grüne Kraut und das Laub sehe und den Sang der Vögel höre, verdoppelt sich meine Freude mit der anderen Freude, die ich in meinem Herzen habe (steigt mit der anderen Freude ..... mein Sang empor), und entsteht und wächst und knospt; und es scheint mir nicht, daß irgend taugt, wer jetzt nicht Freude und Liebe haben will, da Alles was ist, fröhlich ist und sich ergötzt.

II. Glaubet ja nicht, daß ich um des Schadens willen, den ich da zu haben pflege, von der Freude abstehe oder von der Liebe lasse, denn ich habe nicht in der Macht mich ihnen zu entziehen, denn Liebe fällt mich an und überwältigt mich und läßt mich lieben und begehren, wen immer es ihr gefällt; und wenn ich liebe was mir nicht zukommen soll, Liebesgewalt läßt mich dort ritterliche Tat leisten.

III. Denn in der Liebe hat man keine Herrschaft, und wer sie da begehrt, übt seinen Frauendienst schlecht, denn Liebe will nichts was nicht von Rechtswegen ist. Arme und Reiche macht sie beide gleich. Wenn ein Liebender den anderen gering halten will, kann die Liebe mit der Überhebung nicht lange zusammen weilen, denn Hochmut fällt und echte Liebe bleibt hoch stehen.

IV. Ich folge der, die gegen mich am hochfahrendsten ist, und die fliehe ich, die mir gütig war, denn nimmer sah sie mehr mich noch meine Botschaft (weshalb es nicht wohlgetan ist, daß mich je eine Dame annehme). Aber ich selbst helfe ihr dafür zum Recht, denn als Narren lasse ich mich erscheinen, da ich um deren willen die mich für nichts hält, so lange fern von ihr weile, sodaß sie mich nicht sieht.

V. Aber so ist's ja immer Brauch, daß der Tor töricht handelt, und nimmer wird geschehen, daß er nicht selbst die Rute breche, die ihn trifft und schlägt, woher mir mit Recht leid ist, daß mich je nach anderer Liebe Lust ergriff. Aber bei der Treue, die ich ihr und meinem Schönen-Schauen schulde, wenn sie mir noch einmal Hoffnung auf ihre Liebe gibt, werde ich nie wieder Niedrigkeit gegen sie begehen.

VI. Sie möge mir kein arg und abwendig Herz haben und keinem üblen Rate gegen mich glauben, denn ihr Dienstmann bin ich, wo immer ich sei, sodaß ich ihr vom Haupte oben mein Pfand gebe. Mit gefalteten Händen komme ich zu ihrem Dienst, und nimmer will ich von ihren Füßen weichen, bis sie aus Gnade mich dahin bringe wo sie sich entkleidet.

VII. Das Wasser, das vom Herzen her mir beide Augen netzt, ist mir wohl Zeuge, daß ich meine Torheit bereue; und ich weiß wohl, daß es meiner Herrin Schaden ist, wenn sie so weit geht, daß sie mir nicht verzeihen will. Da ich nicht mein Eigen bin und sie mich in der Gewalt hält, verliert sie mehr als ich in meinem Hingang. Deshalb wird es gut für sie sein, wenn sie sich mit ihrem Dienstmann einigt.

VIII. Meinen Boten sende ich an mein Schönes-Schauen, denn die, welche mir Sinn und Verstand raubte, nimmt mir meine Herrin und sie, sodaß ich sie nicht sehe.

(IX. Freund Tristan, da ich Euch nicht sehen kann, übergebe ich Euch Gott, wo immer ich weile.)

43.

A 90 (252), C 47, D 16 (48), E 102, F 22 (48, nur Str. 7),
G 10 (p. 28), I 28, K 16, L 19, M 39, N 139 (201), P 16 (51,
Arch. 49, 87), Q 25 (62, p. 51), R 56 (474), S 53 (32), U 89
(Arch. 35, 423), V 55 (Arch. 36, 404), a 91 (70, Rlr. 42, 327);
dem Peire Vidal zugeschrieben W 190 (Rom. 22, 394); anonym
O 60 (96), X 148.

N[2] nennt das Lied als 6. von Bernart.

Die Melodie steht in GRW, und in X 47[b] mit anderem Text,
s. Restori S. 89 (Riv. mus. it. II, 10); Beck S. 55.

Zitiert wird bei Ermengau, Breviari d'Amor (v. 29675—82)
die IV. Str. (ed. Azäis: v. 27 *mantener*, 28 *desmantenrai*, 29 *vei
neguna pro nom te*, 30 *destren*, 31 *dopt*] *gurp*, 32 *Car sai de sert
qu'atretals son*), bei Raimon Vidal, So fo el temps (v. 402—9) die
VII. Str. (ed. Cornicelius: 50 *Dieus*, 52 *non loy d.*, 56 *Faizitz*) bei
demselben, Razos de trobar p. 84, der 31. Vers (ohne Abweichung
von unserem Text), bei Terramagnino die Verse 25, 30f. (*Vas l.*]
Dayso; *T. l. autras en m.*), 33 f. (*Dayso f. b. femnas p.*; *p. qeu
li r.*) s. Rom. VIII, 181 ff. v. 260, 557 f., 546 f.

Die erste und zweite Strophe werden im Guillaume de Dole,
die erste in Gerbert de Montreuils Veilchenroman angeführt, s.
beide Fassungen am Schluß meiner Variantenangaben.

Die zweite Strophe steht auch im Chansonnier Vega Aguiló,
s. Rlr. 13, 56.

Gedruckt von Raynouard im Choix III, 68; Mahn, Werke I, 32.
Kritisch bei Bartsch, Chrestomathie (ursprünglich nach CIMR, seit
der 6. Aufl., col. 68 nach dem Text meiner Chrestomathie); Monaci,
Testi antichi prov. col. 41 (nach Bartsch); meine Chrestomathie
St. 17, p. 56 (nach ACDEFIKMORUV); Chaytor, Troubadours of
Dante, p. 118; Schultz-Gora, Altprovenzalisches Elementarbuch[2],
p. 146 (nach Appel[3]).

Strophenzahl und -folge:

1	2	3	4	5	6	7	8	QU	
1	2	3	4	7	5	6	8	C	
1	2	4	3	5	7	6	8	O	
1	2	4	3	5	7	6		MR	
1	2	4	3	5	7			Na	(in N Str. 5 von späterer Hand hinzugefügt)

1 2 4 3 6 7 5	K (und ebenso, aber ohne
	Str. 2, in I)
1 2 4 3 7 5 6	V
1 2 4 5 6 7 3 8	E
1 2 4 6 7 3 5 8	AGLPS
1 2 4 6 7 3	D
1 2	WX

In E ist Str. 1, in C Str. 6 verstümmelt.

Eine gewisse Gruppierung ergibt sich aus dieser Liste, und die Varianten bestätigen auch z. B. die nähere Zusammengehörigkeit von QU (s. 17, 19), von PS (s. 5, 24, 57—59). Aber bei diesem offenbar sehr populären Liede sind die Abweichungen der Hdss. scheinbar noch willkürlicher als sonst. An Aufstellung eines Stammbaums ist nicht zu denken. Glücklicherweiser läßt sich der Text aus den Übereinstimmungen der Handschriften mit ziemlicher Sicherheit herstellen.

I.   Can vei la lauzeta mover
         de joi sas alas contral rai,
         que s'oblid' e·s laissa chazer
         per la doussor c'al cor li vai,
    5   ai! tan grans enveya m'en ve
         de cui qu'eu veya jauzion,
         meravilhas ai, car desse
         lo cor de dezirer no·m fon.

II.   Ai, las! tan cuidava saber
   10   d'amor, e tan petit en sai!

I 1. la la oia(?) L; neu la laudetta Q   2. s.] las CDE, sal Q; s. a.] solas O   3. Quan C, Q(u)i DLMPS, Pois O; Essoblida Q, Queus oblid V; sobli a; e·s fehlt OR, e(t) MPQSU; laissas R   4. lin PS, lim U 3/4. Per la dolçor quai cor li uai. Soblida es laisa cader G   5. Ailas cals CIKMNVa, Ailas tal R, Ai dieus tals U; tan] com LPS; grant Q; mi ve U; v.] pre M, pren NOVa; Ha las com g. enueiam ue G   6. que u. ADGLPS, qem u. M, qeu nei N; Cuj quieu ne u. C, De leo cui nei O 7. Merauilla MQU; mai DEPQS, mes U; Merauilh me COa; q. al d. C, car neis d. O; desen N   8. cors PS; dedenz e ner I, del d. N, de deztrer a; nō f. Na, non f. PQS, no f. V ·

II. 9—16 fehlen I   9. Lasset V; quan(t) GKPQS; cudana a 10. tan] quant AEKPQS, ran a; pauch L; sai] fai a

car eu d'amar no·m posc tener
celeis don ja pro non aurai.
tout m'a mo cor, e tout m'a me,
e se mezeis e tot lo mon;
15   e can se·m tolc, no·m laisset re
mas dezirer e cor volon.

III.   Anc non agui de me poder
ni no fui meus de l'or' en sai
que·m laisset en sos olhs vezer
20   en un miralh que mout me plai.
miralhs, pus me mirei en te,
m'an mort li sospir de preon,
c'aissi·m perdei com perdet se
lo bels Narcisus en la fon.

IV.   25   De las domnas me dezesper;
ja mais en lor no·m fiarai;
c'aissi com las solh chaptener,

11. Quez *DGKL*, Quant *MU*; eu] sol *O*; Queu da. *N*; damor *CO*;
non p. *P*   12. Cellui *A*, De lieys *CRV*, Sele *zu* Cella *geändert G*,
Cella *MOQUa*; on *CKV*, onc *Q*; ias *U*   13. Quar *C*, Que *QR*; t. mal c.
CRU, t. ma c. *Q*; cor] gaug *N*; se *ACMU*, me *DEGLPQS*, fe *K*; e tot
mon sen *N*, e tol mon sen *O*, en bona fe *R*, e t. mal sen *Va*   14. me
ACMU] si *DEGKLNOPRSVa*; È tol me si *Q*; meteissa *G*   15. se·m]
aus fun *geändert a*, m *erst von späterer Hand übergeschrieben N*; caisim
t. *O*, poi s. t. *Q*; tolt *D*, tol *MQ*; laissa *GMPQSU*

III 17. A. pois non ac *QU*; de mon p. *a*; A. pueissas non pogui
aver *C*, A. de mi non agui p. *V*   18. De me poder *C*; meu *QV*; dolor *A*,
deslor *EIKLPQRS*, despueis *M*, depois *N*, de posc *O*, dalor *U*, delhora *V*,
de pueis *a*   19. Qes l. *G*, Que l. *I*, Qan mi l. *QU*; en *fehlt EQU*; de
mos (mois *G*) h. *AGLPSV*; Quelam fetz a mos h. *C*; Qe li plac qem laisset
v. *M*, Ca sos bels oils mi fes v. *N*, Pus elam mostret son voler *R*
20. que] qi *LQ*, don *N*; trop *Q*, fort *V*   21. M.] *fehlt O*, Mirail(l) *GL
NQSV*; p.] mas, *darüber von späterer Hand* pois, *N*; me *fehlt P*; mire *NQ*;
em te *D*, en ten *N*; En quem mire *R*   22. Ma m. *DNQVa*; preuon *G*,
prefon *Q*   23. Caisi *G*, Aissim *NOR*, Cami *V*; perde *QS*; perd *NP*,
perdi *Q*   24. bel *GLPQV*; marcesis *C*, marsilis *E*, narchisus *G*, narcius
MPSU, marcelius (*am Rand von späterer Hand* Narcisus) *N*, narcis *Q*,
marsili *R*, narcilis *a*; intz *M*; n. en la f. *fehlt V*

IV. 26. lors *LN*; no f. *DN*; fiçarai *N*, fierai *S*   27. Qaisim *U*,
Ais(s)i *OQ*; la *DINOU*, les *Q*; mantener *EIKNORVa*, c(h)artener *MQ*

enaissi las deschaptenrai.

pois vei c'una pro no m'en te

30 vas leis que·m destrui e·m cofon,

totas las dopt' e las mescre,

car be sai c'atretals se son.

V.   D'aisso·s fa be femna parer

ma domna, per qu'e·lh o retrai,

35 car no vol so c'om deu voler,

e so c'om li deveda, fai.

chazutz sui en mala merce,

et ai be faih co·l fols en pon;

e no sai per que m'esdeve,

40 mas car trop puyei contra mon.

28. Atressi *RU*, Totaissi *Va*; la *NO*; desmantenrai *EIKNORV*, des-
manterai *a*, deschartenrai *Q*   29. Car *CR*, Car cu *DE*; vei *fehlt A*;
que nulha *COQRa*, qe null *MN*, qe una *PS*; nom te *CDELOPQRSa*,
nom·te *G*, nom ten *N*; te] ne *M*   30. De *KMRUV*, Veis *G*, Ab *I*,
Per *Q*; Cellui *N*, Var leo *O*; q(u)im *DGOV*; auci *CORa*; en c. *a*   31. la *U*;
dopta *D*, dŏpt *G*, dopti *L*, dot *Q*; nescre *O*; Totas las autras ne descre *C*,
Totas las autres en m. *K*, Totas las autra mescre *N*, Aisi las antres en
m. *R*   32. Q(u)e *DEGLPS*, Qa *U*; be *fehlt N*, eu *Q*; catrestal *N*, catre
tal *Q*, catrestals *LV*; Quar s. que a. *CMR*; se] en *D*; car tal e son *O*

V. 33. Daisso f. *AIKOVa*, De ço se fai (se *übergeschrieben*) *G*,
De chos f. *L*, Aisse se f. *M*, Aiso f. *N*, De cho f. *PS*, De ços f. *Q*, Hai com
f. *U*; be *fehlt GMO*; femna *O*; apparer *G*   34. Madona, *später zu* Midon *geändert*, *G*; li r. *U*; recrerai *G*; segon qom r. *M*, per qelle reirai *Q*   35. Car
ADNOPSa, Que *CEGLMQRV*, Quanc *IK*, Quan *U*; uolc *IK*; non uol so]
uol so *CEQR*, so uol *MNUa*; qu'om deu u.] que deu u. *A*, quom no
deu u. *CENR*, que no deu (de *Q*) u. *MQUa*; Qe ço qom (qhō *L*) nol no
uol u. *GLS*, Caizo uol q̄ nō dei u. *O*, Qe zo cō no uol fa uoler *V*,
35/36. Que cho com li deueda fai (*von einer Zeile zu anderen gesprungen*) *P*
36. E tot so *IK*; li] lo *N*; ueda *EIK*, denea *Q*, uedela *R*   37. Chauç
GQ, Cauz *L*, Cateç (*von späterer Hand* Cauz) *N*, Claut *O*, Cauz *S*;
Vengutz es e (a *V*) *CV*; malas merces *E*   37 *bis* 40 *vertauscht mit* 45
bis 48 *Q*   38. Et *fehlt N*; faiç *G*, faic *O*, pres *R*; Et ai fat ben *Q*,
Com eu cai f. *V*; col f. el p. *A*, de fol en p. *ENOV*, de fols un p. *G*, cum
f. en p. *IKLMP*, del f. un p. *R*, de fols un p. *QS*, qel f. un p. *U*, con f.
el pen *a*; Aquest las caitiu deziron (*s. v.* 46) *C*   38—40 *vertauscht mit*
46—48 *UV*   39. Ni *GLPQS*; E sai be *V*; sesdene *EMR*, me ds (case
später hinzugefügt) *G*, me dene *LNOPQS*, mendeue *U*, E sai be tot dire
per que *C*   40. que *MO*, qa *Q*; truep *a*; t. p.] p. t. *AGLPQSU*, tan
puega *R*; Quar (Can *V*) cugej pojar *CV*; contra amon *A*, contral mon *CN*

VI.   Merces es perduda, per ver,
             (et eu non o saubi anc mai),
             car cilh qui·plus en degr'aver,
             no·n a ges, et on la querrai?
  45   a! can mal sembla, qui la ve,
             que*d* aquest chaitiu deziron
             que ja ses leis non aura be,
             laisse morir, que no l'aon!

VII.   Pus ab midons no·m pot valer
  50   precs ni merces ni·l dreihz qu'eu ai,
             ni a leis no ven a plazer
             qu'eu l'am, ja mais no·lh o dirai.
             aissi·m part de leis e·m recre;
             mort m'a, e per mort li respon,
  55   e vau m'en, pus ill no·m retc,
             chaitius, en issilh, no sai on.

VI. *fehlt a, in N von späterer Hand nachgetragen*   41. Amors
ADEMV; perdut *G*, percluda *M*; de uer *DE*, et es uer *GN*   42. Mas
MOQUV; o] mo *D, fehlt N*, lo *Q*; s.] conuc *MV*, sabia *Q*; anc *fehlt DEQ*,
huey *R*   43. Que *ADELPS*; cel *GV*; Que non la *C*, La perduda *O*,
Q. c. non la *U*; qe *AEIKNPSV*; en *fehlt N*; qui (que *R*, qil *U*) la d.
a. *CRU*, qui en d. a. *IK*, qui mais en cuiauer *MV*, q. plun degues a. *Q*
44. Et eu mais *U*; a g.] a ren *IK*, agues *PS*; et] mais *C*, doncs *MV*;
Non la aylas o. *R*; Et eu ola ia qeirai *Q*   45—48 *mit* 37—40 *vertauscht Q*
45. Hai *NQ*; quan] cum *AD*, com *GLNPQS*, con *O*, ta *V*; mal] ma *EO*;
com ascembla *G*; qe *V*; Ben grans peccatz es qui o ue *R*   46—48 *mit*
38—40 *vertauscht UV*   46. Caz *AD*, Qnil *IKN*, Qad *PS*; Caquest c. *E*,
Qe sest las c. *M*, Qi laichet chautrui *O*; A seis oillç chaitis iauçion (*am
Rande* Qe aqueſt) *G*, Asses oils chattiu desiron *Q*, Aicest las chaitiu
desiroiron *V*   47. Qui *MO*; aurai *G*, (h)aurai *LS*; Que non lausa clamar
merce *IK*, Qe senç le nō aurai mais be *Q*   48. Lais m. *M*, Laissem
m. *N*, Laissas m. *RV*; qen re no *M*, qi no *V*; noill auon *NS*; Lasse (*das
zweite s später eingefügt*) morir qe noill auon *G*, Lais mor sera nō ma bon *Q*

VII. 49. a m. *DFIKM*; Mas ues m. *N*, Enuer m. *Q*; no p. *GNPS*;
nol *R*   50. D(i)eus *ADFGIKLNPS*, Deu *Q*, Dreitz *E*, Dig *O*; nel
dreit (drech) *GL*, ne d. *O*, ni d. *V*   51. Ni sa lei *G*; nom v. *a*; per
pl. *N*   52. Quil(l) mam *ADEFGL*, Chil man *O*, Que mam *QV*, Qeill
man *S*; m.] plus *Q*; nolloi *G*, no loill *L*, no loi *M*, nolloill *N*, nollil *PS*,
nollel *Q*, nolol *R*, nō li *V*, non ho *a*   53. E sim *ADF*, Ai cum *O*,
Aixi *V*; p.] lays *C*; damor *CIKV*, da l. *P*; en r. *Oa*; Mout ma tengut en
lonc esper *N*   54. M.] Qe m. *N*   55. p. i.] sella *ADEFGLPQS*; no·m]
mī *Q*; Irai men cella no r. *N*   56. Faiditz *CR*, Marriç *N*, Chazutz *a*;

VIII.   Tristans, ges no·n auretz de me,
        qu'eu m'en vau, chaitius, no sai on.
        de chantar me gic e·m recre,
    60 e de joi e d'amor m'escon.

En issil caitius *KM*, Cais en eisil *O*, Chattius en aissi *Q*, E mexil e res *I*'; no] e non *OP*

    VIII. *fehlt NVa*   57. T. non auetz ies de me *A*, Tristeza non aue (aueç *GL*) de me *GLPQS*   58. Que (Et *GLPQS*) nau men (ua men *S*) marritz *AGLPQS*; no] e no *O*   59. mi lais *A*, me tuoill (tol *Q*) *GL PQS*; gec me r. *O*, g. en r. *P*   60. ioi damar *O*; mi lohn *E*

Hds. W:

    Quan· vei laloete moder de ioi ses ales contre al rai . que soublide et laisse cader . per la doucor quel cor li vai . he . tan granz enuide men pren . de co quest si en jausion . mirauill me qeu nies del sen . et cor de desirrier non fon.

    He . las tan solie saber . damor et con petit en sai . nainc damar non me po tener . cele donc ia ioi non aurai . tol me lou cor . et tol lou sen et sei meeme et tot lou. (*Das Ende des Liedes fehlt mit dem ganzen folgenden Blatt.*)

Hds. X:

    Qant uoi laluete montair de gai fafille contre roi . Qi soblide laixe aschadeir . par la doufour ca cor li ua . e . e . e . si grant anuide man prant da cor Ke uoi ke ioe gent mer la ui mer(?) . ke non descent . da cor . et desireir nos font.

    He lais tant cuide et belzaber damar et tant petit an sai . ke damar ne mi soi gardeir . celi dont ia prou an aurai . tout mi mon cuer . et tout mi meir . et moi mimes . et tout lou mont . et ciaz ke ia ne cesseront . fors desireir et cuer uolont.

    Guillaume de Dole, ed. Servois (Soc. d. anc. textes fr. 1893) v. 5195:

        Uns chevaliers de la contrée
        Dou parage de Danmartin
        Commença cest son poitevin:

        Quant voi l'aloete moder
        De goi ses ales contre el rai,
    5200 Que s'oblie et lesse cader
        Par lo douçor q'el cor li vai,
        Ensi grant envie m'en prent
        De ce que je voi [jauzion]!

    5200. Que so bete   5201. cors   5202. mest pris   5203. jan-zion *fehlt*

Miravile est que vis del sens
5205 Dont des[ir]ier nom fon.

Alas! tant cuidoie savoir
D'amor et point n'en sai!
Pas onc d'amar nom pou tenir
Celi dont ja prou n'en avrai.
5210 Tol mei lou cor et tol meismes
Et soi meesme et tol le mont,
Et portant el ne m'oste ren
Fors des[ir]ier et cor volon.

5205. non   5207. amor] onor   5208. non   5212. Et postant
el ne mosterent

Roman de la Violette ed. Fr. Michel, 1834, v. 4192 ff., korrigiert nach
Karl Seelheim, Die Mundart des altfrz. Veilchenromans, Leipzig 1903, S. 14
(Lesart des Msc. frçs. 1553).

Pour Aiglente talens li vint
de cest son provençal (poitevin) chanter:

Quant voi la loete moder
de ioi ses ele contre rai
qui soblide et laisse cader
pour la douchour cal cors li vai
dex tant grant annide mi fai
de li quant vi la jausion
(beschädigt) mirabillas sō cant fait
(beschädigt) anui le felon.

1. Ob Bernart den Vogel *lauzeta* oder *alauzeta* genannt hat, läßt
sich natürlich aus den Handschriften nicht entnehmen. Die meisten trennen
das *a* vom Substantivum ab, und die wenigen, welche *lalauzeta* schreiben,
beweisen selbstverständlich nichts gegen die Form mit anlautendem *l*.
Die modernen Dialekte haben beide Formen. Mistral führt gerade *lauseto*
als limousinisch an. So habe ich mich für *lauzeta* entschieden.
3. *que* ist, wie *qui* in DLMPS, als Relativum zu nehmen, nicht als
Konjunktion.
13. *me* ist als Reimwort von den Hdss. schlechter bezeugt als *se*,
auf das auch *sen* und *fe* zurückführen. Aber im nächsten Vers hat *se* die
unbedingte Majorität, und als Reimwort in v. 23 ist *se* ganz sicher. So
setzen wir hier doch *me* in den Reim.
28. *deschaptener* ist m. W. nur hier und einmal bei Giraut de Bornelh
belegt (s. Levy II, 119 b), dort synonym mit *estraire: a saubuda M'estrai
So que'm fes gai E m'en deschapte* „beraubt mich dessen". *Chaptener*

heißt „maintenir, gouverner, défendre", *deschaptener* mithin „des Haltes, des Schutzes berauben, im Stich lassen".

29. Da die Strophe hinter dem vierten Vers immer einen stärkeren Einschnitt zeigt, werden wir auch hier v. 29, 30 mit den folgenden, nicht den vorhergehenden Versen verbinden.

34. *per qu'e'lh o retrai:* weibliche Handlungsweise ist törichte Weise, und da sie eben unverständig, sinnlos, wie ein Weib handelt, muß ich es ihr vorwerfen.

35. *qu'om deu voler.* Natürlicher würde erscheinen „was sie wollen soll". Aber *om* steht in fast allen Hdss., und dem Gedanken kann ja sehr wohl der allgemeinere Ausdruck gegeben werden, wie auch im folgenden Vers das Verbot als von allgemeiner Auffassung ausgehend, ausgesprochen wird.

37. *mala merce* s. 41, 26, vgl. Anm. zu 42, 25.

38. Das 28. Proverbe au vilain lautet *Sages hon ne chiet ou pont*, was erklärt wird: *Sage home ne chara ja au pont, quar il decend*, nämlich vom Pferde, das er am Zügel über die holprige Brücke führt (s. Tobler, Prov. au vilain S. 13 und 124). Die Stelle, welche Schultz-Gora, Prov. Elementarbuch² S. 147 noch anführt: Richart von Berbezil, MG. 286, 1 *aissi cum cel que pass' un estreit pon, qui no s'ausa nula part desviar* scheint mir mit unserem Vers nichts zu tun zu haben.

48. *casse* 10, 7 zeigt, daß *laisse* bei Bernart Konjunktivform sein kann. Aber *lais se morir* ist natürlich ebenso möglich.

50. *lo dreihz qu'eu ai*, denn: Amor a null' amato amar perdona.

54. s. Anm. zu 14, 10. Ich verstehe also *mort* als mortem, „ich antworte ihr durch den Tod", nicht wie Schultz-Gora l. c. erklärt: „*per mort* ,als Toter', d. h. eigentlich ,an Stelle eines Toten'".

55. s. 45, 45—49.

57. Levy, Litbl. 1898, 155 schlägt vor, *aver* hier mit „erfahren, lernen" zu übersetzen, für welche Bedeutung er im Supplwb. I, 112b mehrere Beispiele bringt; also „Ihr werdet nichts von mir erfahren". Die genauere Übersetzung des *aver* an jenen Stellen ist aber wohl „entnehmen", und das zeigt, daß wir das Wort hier nicht in gleicher Weise übersetzen können. Im Zusammenhang mit dem folgenden *de chantar me gic e'm recre* verstehe ich: „Ihr werdet nichts (keine Kanzone und keinen Vers) von mir haben", s. 10, 45.

I. Wenn ich sehe, wie die Lerche aus Freude ihre Flügel gegen den Sonnenstrahl bewegt und sie um der Süße willen, die ihr zum Herzen dringt, sich vergißt und sich fallen läßt, ach, so großer Neid kommt mir dann auf wen immer ich fröhlich sehe, Wunder nimmt mich, daß nicht sogleich das Herz mir vor Sehnsucht schmilzt.

II. Weh mir! so viel glaubte ich von der Liebe zu wissen und so wenig weiß ich davon! denn ich kann nicht anders als die lieben, von der ich nie etwas erlangen werde. Mein Herz hat sie mir genommen,

und mich, und sich selbst und die ganze Welt, und da sie sich mir nahm, ließ sie mir nichts als Sehnsucht und begieriges Herz.

III. Nimmer hatte ich Gewalt über mich, noch gehörte ich mir an, seit der Stunde, da sie mich in ihren Augen in einen Spiegel sehen ließ, der mir gar sehr gefällt. Spiegel, seitdem ich in Dir mich spiegelte, haben mich die Seufzer aus der Tiefe getötet, so daß ich mich verlor wie sich der schöne Narziß in der Quelle verlor.

IV. An den Frauen verzweifle ich; nie werde ich ihnen mehr vertrauen. Ebenso wie ich für sie zu wirken pflegte, werde ich sie im Stiche lassen. Da ich sehe, daß auch nicht eine bei Der mir helfen will, die mich vernichtet, fürchte ich sie alle und mißtraue ihnen, denn ich weiß wohl, daß sie gleicher Art sind.

V. Darin läßt meine Fraue sich wohl als Weib erkennen (weshalb ich es ihr vorhalte), weil sie nicht will was man wollen soll, und das tut sie, was man ihr verbietet. Der Unbarmherzigkeit bin ich verfallen, und wie der Tor auf der Brücke habe ich gehandelt, und ich weiß nicht, weshalb es mir geschieht, außer weil ich mich zu hoch verstieg.

VI. Gnade ist wahrlich verloren (und ich wußte nichts davon), denn die, welche am meisten von ihr haben sollte, hat nichts; und wo soll ich sie (nun) suchen? Ach, wie kann man denken, wenn man sie sieht, daß sie mich armen Sehnsuchtsvollen, der nimmer ohne sie Gutes haben wird, sterben lassen mag, indem sie mir nicht hilft?

VII. Da weder Bitte noch Gnade, noch das Recht, welches ich habe, mir bei meiner Herrin helfen kann und es ihr nicht gefällt, daß ich sie liebe, werde ich es ihr nie mehr sagen. So scheide ich und lasse ich von ihr. Getötet hat sie mich, und mit Tod antworte ich ihr; und da sie mich nicht hält, gehe ich davon, elend, in die Verbannung, ich weiß nicht wohin.

VIII. Tristan, nichts werdet Ihr von mir haben, denn ich gehe davon, elend, ich weiß nicht wohin. Vom Singen lasse ich und stehe ich ab, und vor Freude und Liebe verberge ich mich.

44.

A 89 (251), C 52, D 20 (63), I 28, K 17, M 44, N 143 (209), R 58 (488), S 66 (39), V 62 (Arch. 36, 410), a 94 (74, Rlr. 42, 331).

N² nennt das Lied als neuntes von Bernart.

Gedruckt von Rochegude, Parnasse occitanien p. 7; Mahn, Werke I, 23; Bartsch, Lesebuch S. 50 (nach CS); derselbe, Chrestomathie⁶ col. 65 (nach ACIMRVa).

Die Handschriften zerfallen in zwei deutliche Gruppen: AD
IKN und CMVa, s. v. 7, 8, 20, 25, 26, 35, 37, 45, 46, 47, 51.
S geht in der Regel mit Gruppe A: v. 11, 40, 42, 49, 51, R öfter
mit Gruppe V: 3, 4, 11, 20, 39, 42, aber doch auch mit Gruppe A:
7, 8, 37, 45.

Die innere Gliederung beider Klassen geht aus den Varianten
nicht klar hervor. In der Gruppe V trennen sich CMa wiederholt
von V: v. 39, 54, 55, 64, 66, 69, aber es treten auch andere
Kombinationen ein. In den Anmerkungen werden die wichtigsten
Abweichungen besprochen, und es geht aus ihnen hervor, wie der
Hds. V in der Überlieferung auch dieses Stückes, wie für Stück 42,
besondere Wichtigkeit zukommt. Immerhin bleibt manche Lesung
unsicher. Um dem Nachprüfenden die eigene Entscheidung zu er-
leichtern, drucke ich die führenden Handschriften beider Gruppen,
A und V, nebeneinander ab, und gebe dann meinen Versuch eines
kritischen Textes, für den also V in besonderem Maße herangezogen ist.

Hds. A:	Hds. V:
I. Tant ai mon cor plen de joia,	Tant ai mon cor plen de joya,
tot mi desnatura.	tot me desnatura,
flor blancha, vermeilla e groia	flor blanca, vermeill' e bloya
mi par la freidura,	mi sembla fredura,
5 c'ab lo vent et ab la ploia	c'ap lo vent et ab la ploya
mi creis l'aventura,	mi ven l'aventura,
per que mos chans monta e poia	per que mos pretz mont' e poia
e mos pretz meillura.	e mon chant meillura.
tant ai al cor d'amor	tant ai el cor d'amor,
10 de joi e de doussor,	de joy e de douzor,
que l'iverns mi sembla flor	per que·l gel me sembla flor
e la neus verdura.	e la neus verdura.
II. Anar puosc ses vestidura	Anar pusc ses vestidura
nutz e ma camisa,	nutz e ma camisa,
15 que fin'amors m'asegura	car fin'amor m'asegura
de la freida bisa.	de la freja bisa.
mas es (fols) qui·s desmesura	cascus hom si desmesura
e nois ten de guisa,	si no·s ten de guisa,
per q'ieu ai pres de mi cura,	per qu'eu ai pres de mi cura,
20 des q'ieu aic enquisa	pus l'agui enquisa,
la plus bella d'amor,	la pus bela, d'amor,
don aten tant d'onor,	on aten tan d'onor,
si q'en luoc de ma ricor	car en luec de sa ricor
no vuoill aver Frisa.	no vuill aver Pisa.

III. De s'amistat m'enräisa,
26   et ai ne fiansa,
    que si vals eu n'ai conquisa
      la bella amistanssa,
    et ai en a ma devisa
30   tant de benananssa,
    que ja·l jorn que l'aia visa
      non aurai pesansa.
    mon cor ai en amor,
    e l'esperitz lai cor,
35   e si·m sui ieu sai, aillor,
      loing de lieis, en Franssa.

De s'amiztat me resissa;
    mas be·n ay fianza,
car sevals eu n'ai conquisa
    sa bela semblanza,
. . . .
. . . .
qe ja·l jorn q'eu l'aurai visa,
    non aurai pessanza.
mon cor ai pres d'amor,
    qe l'esperit lai cor,
mas lo cors es sai, aillor,
    lonc de lui, en Franza.

IV. Tant n'aten bon' esperanssa,
    vas que pauc m'aonda,
    c'atressi·m ten en balansa
40   cum la nau sus l'onda;
    del mal traich qe·m desenanssa,
    non trob on m'esconda;
    tota nuoich me vira e·m lanssa
    de sobre l'esponda.
45   tant trac pena d'amor
    c'a Tristan l'amador
    non avenc tant de dolor
      per Yzeut la blonda.

Qu'ieu n'ai la bon esperanza,
    mas petit m'ahonda,
c'autressi·m ten en balanza
    com la naus en la onda.
del mal pes, si·m desenanza,
    no sai on m'esconda;
tota nuit me vir e·m lanza
    desobre m'esponda.
puix trac pena d'amor
de Tristan l'amador,
que·n sofri manta dolor
    per Iseut la bronda.

V. Dieus, car mi sembles yronda
50   que voles per l'aire,
    q'ieu vengues de nuoich prionda
    lai al sieu repaire!
    bona dompna jauzionda,
    mor se·l vostr' amaire!
55   paor ai que·l cors mi fonda,
    s'aiso·m dura gaire.
    dompna, vas vostr' amor
    joing mas mans et ador!
    bels cors ab fresca color,
60   gran mal mi faitz traire!

Ai Dieus! car no fui ironda
    que voles per l'aire
e vengues per nueg prionda
    lai dins son repaire?
bona dona jauzionda,
    mor se·l vostr' amaire!
paor ai que·l cor me fonda,
    s'aixi·m dura gaire.
bela, per vostr' amor
jun las mas et aor!
gen cors ab fresca color,
    gran mal me faitz traire!

VI. Q'el mon non a nuill afaire
    don eu tant cossire,
    s'ieu aug de lieis ben retraire,
    que mon cor no i vire
65   e mon semblant no·n esclaire,
    que q'ieu n'auia dire,
    si c'ades vos er vejaire
    c'ai talan de rire.

Anc Deus no fetz nuil afaire
    de qu'eu tant cossire,
can de leis aug ren retraire
    qu'eu mon cor no·n vire
e mon talant m'en esclaire,
    que que·m n'aujat dire,
si c'ades vos er vigaire
    c'ai talan de rire.

<table>
<tr><td>

tant l'am per fin' amor
70   que maintas vetz en plor
per o que meillor sabor
m'en au li sospire.

</td><td>

tan l'am de bon' amor
que mantas vetz en plor
per zo car douza sabor
m'en au li sospire.

</td></tr>
</table>

VII.   Messatgiers, vai e cor   Mesatgier, vai e cor,
e di·m a la gensor   digas a la genzor
75   la pena e la dolor   . . . .
q'ieu trai e·l martire.   qu'eu trag e·l martire.

I.   Tant ai mo cor ple de joya,
tot me desnatura.
flor blancha, vermelh' e groya
me par la frejura,
5   c'ab lo ven et ab la ploya
me creis l'aventura,
per que mos pretz mont' e poya
e mos chans melhura.
tan ai al cor d'amor,
10   de joi e de doussor,
per que·l gels me sembla flor
e la neus verdura.

II.   Anar posc ses vestidura,
nutz en ma chamiza,
15   car fin' amors m'asegura
de la freja biza.
mas es fols qui·s desmezura,
e no·s te de guiza,

I. 1. Qvant *I*, Cant *K*   2. Totz *MR*; T. mi es (meis *a*) de natura *Ma*   3. Flor *ADNSV*, Flors *CIKMRa*; blanque u. *I*; e *fehlt IK*; groia *ADIKNa*, bloia *CMRV*, croia *S*   4. Me sembla f. *CMRVa*, Sembla la f. *S*   5. A lo u. *a*; et a la p. *Ma*   6. cr.] ucn *MVa*; l' *fehlt a*; mauentura *CM*   7. mos] mon *C*, mont *N*; pretz *CMVa*, chans *ADIKNR*, chant *S*.   8. E mon chan(t) *CV*, E mos chanz *Ma*; pretz *ADIKNRS*   9. el c. *V*   10. Do *M*   11. Que liuerns *AD* (lenuertz *IK*, li uenrç *N*, liuner *S*) *ADIKNS*, Per quel gel *CV*, Qe la nieus *M*, Que lo (le *a*) gels *Ra*; sebla *N*   12. la neu *CDS*, las n. *a*, linuertz *M*

II. 15. Car *MRV*, Pos *a*; amor *CSV*; me segura *DIK*   16. feja *C*; briza *D*   17. Mas *ACMa*, Et *DIKNRS*; fols *fehlt A*; qui d. *DIKN*; Mas tot(z) hom se d. *CMa*, Cascus hom si d. *I*; desnatura *M*   18. noi t. *N*; Si nos (nous *M*) t. *CMV*, Qi nos ren *a*

per qu'eu ai pres de me cura,

20   deis c'agui enquiza

la plus bela d'amor,

don aten tau d'onor,

car en loc de sa ricor

no volh aver Piza.

III.   25 De s'amistat me reciza!

mas be n'ai fiansa,

que sivals eu n'ai conquiza

la bela semblansa;

et ai ne a ma deviza

30   tan de benanansa,

que ja'l jorn que l'aurai viza,

non aurai pezansa.

mo cor ai pres d'Amor,

que l'esperitz lai cor,

35 mas lo cors es sai, alhor,

lonh de leis, en Fransa.

IV.   Eu n'ai la bon' esperansa.

mas petit m'aonda,

19. P. qem a. *R*; na prez *a*   20. Des *A*, Deis *DIKN*; Pus ag(u)i
CM, Pus q̄ aic *R*, Pois uos aic *S*, Pus lagui *Va*   22. *fehlt N?*; On *V*;
Don ieu a. *M*; naten *R*, aieu < aien *a*; gran honor *CMSa*   23. Si quen
ADIKN, Quar en *CMV*; ma r. *ADIKNa*, sa r. *CMV*; Quieu en l. de maior
R, Senes lieis ab ma r. *a*   24. uolgrauer *Sa*; pisa *CV*, frisa *alle anderen*

III. 25. men raiza *ADIKN*, me ressiza *C*, me resissa *V*, mesraiza *M*,
tenc assiza *R*, mes esqisa *S*, mi tcisa < mi reisa *a*   26. Et ai ne *AD
IKN*, Mas ieu nai *CMSa*, Mas ben ai *V*; Que ai esperansa *R*   27. Car *V*;
eu] quien *M*; si ual sieu *N*; Siuals que aurai c *R*; *nur conqisa erhalten a*
28. Sa bela s. *V*; amistansa *A*   29. *fehlt V*; en *ADIKNSa*, ne *CM*;
a *fehlt D*; Et ai a la mie d. *R*   30. *fehlt V*; de *fehlt a*   31. ia iorn *a*;
q(ui)eu *MVa*; laia *AIKNRSa*, lai *D*, laurai *CV*, lauerai *M*   33. Mon
ADIKNSV, Lo *CMa*, Qel *R*; en a. *ADIKNRS*, pres damor *CMV*, plen
damor *a*   34. E le. *ADIKNS*, Qel e. *CVa*, Qe mos e. *M*; lesperit *C*,
lesperuç *N*; lai] el *a*   35. E sim sui ieu sai a. *A*, E ieu sim sui sai
(sai *fehlt DIKN*) *DIKNS*, E lo cors estai *C*, El cors (Mas lo c. *V*) es
(estai *M*) sai â. *MVa*   34/35. Pus de nulh amador autre. Car lesperit
en lay cor *R*   36. Pres *C*; lieis] lieu *M*, mi *R*, lui *V*

IV. 37. Tant *ADIKNS*, Eeu *C*, Ieu *M*, Quieu *V*, Can *R*, Jeu *a*; n'aten
ADIKNRS, nai la *CMV*, nai *a*   38. Vas (Vos *I*) que pauc *ADIKNRS*,
Mas petit *CMVa*

23. *l.* qued en l.?   36. *l.* Lonh de lui?

c'atressi·m ten en balansa
40   com la naus en l'onda.
del mal pes que·m desenansa,
no sai on m'esconda.
tota noih me vir' e·m lansa
desobre l'esponda:
45   plus trac pena d'amor
de Tristan l'amador,
que·n sofri manhta dolor
per Izeut la blonda.

V.   Ai Deus! car no sui ironda,
50   que voles per l'aire
e vengues de noih prionda
lai dins so repaire?
bona domna jauzionda,
mor se·l vostr' amaire!
55   paor ai que·l cors me fonda,
s'aissi·m dura gaire.

39. Catressim ten *ADIKNSV*, Catressi sui *CMRa*; blanza *a*   40. nau *ARS*, naus *CD1KMNVa*; sus *ADIKN*, soz *S*, en *CMRVa*   41. De m. *N*; mal pens *a*; qim d. *M*; mal pes sim d. *V*   42. Non trob *ADIKNS*, No sai *CMRVa*   43. ue relansa *R*, uir em (en *S*) lanza *SVa*   44. Desobra *S*; la sponda *DIKS*, mesponda *V*   45. Tant *ADIKNRS*, Pueis *CM*, Puix *V*; trat *M*; Peigz trai *a*   46. Ca *ADIKN*, De *CMVa*, Qanc *RS*; tristans *R*   47. Non auenc (ac *R*) tant de *ADIKNR*, Queu (Que *C*, Qi *Ma*) sofri ma(i)nta *CMVa*, Non sofret maior *S*   48. ezeutz *R*, iseutz *a*; bronda *V*

V. 49. Dicus (Deu *S*) car mi (non *S*) sembles *ADNS*, D. ar sembles yeu *R*, Ai dieus car (ar *CM*) sembles *CMa*, A dieus car me fos *IK*, Ai dieus can no fui *V*   50. Quieu *IK*; nola en la. *S*, 50/51. Que uoles de nueg pregonda *N*   51. Que *ADIKNS*, E *CMVa*, Queu *I*; per n. *V*; pr.] per londa *D*, gronda *S*; Qestiers no sai com resconda *R*   52. L. dins (Ins en *a*) son r. *CMVa*, Danar el r. *R*   53. Bella *CM*, La bella *a*; gaudiunda *S*   54/55. Mor se·l (Morz es *RS*) vostr a. (nostrer. paire maire *R*) Paor ai quel cors (cor *RSV*) mi (non *S*) f. *ADIKNRSV*, Vostre fis amaire A paor (paors *M*) quel cors li f. (noil f. *a*) *CMa*   56. Sais(s)om *ADIKNS*, Saissil (*aus* Sai fil *a*) *CMa*, Saissim *RV*

45. *l.* pus (= plus)?

domna, per vostr' amor
jonh las mas et ador!
gens cors ab frescha color,
60   gran mal me faitz traire!

VI.   Qu'el mon non a nul afaire
don eu tan cossire,
can de leis au re retraire,
que mo cor no i vire
65 e mo semblan no·m n'esclaire,
que que·m n'aujatz dire,
si c'ades vos er vejaire
c'ai talan de rire.
tan l'am de bon' amor
70 que ·manhtas vetz eu plor
per o que melhor sabor
m'en an li sospire.

VII.   Messatgers, vai e cor,
e di·m a la gensor
75 la pena e la dolor
que·n trac, e·l martire.

57. Bela *V*; vas *ADIKNSa*, per *CMV*, *fehlt R*   58. Juns *C*; mas *ADIKNRSa*, las *CMV*; ador *fehlt*, *Lücke dafür*, *D*; et a.] vas cuy adzor *R* 59. Bels *AS*, Bel *DIKNR*, Gen *CMV*, Gentz *a*   60. Granz mals *S*; fai *M*, fait *S*

VI. 61. Qel *ADIKNRS*, El *CMa*; a] es *CM*; nulls *M*; Anc deus no fetz n. a. *V*   62. De qu(i)eu *RV*   63. S(i)eu (Ni *R*) aug de lieis ben (b. *fehlt D*; a. ren de lei r. *S*) *ADIKNRS*, Ni tant am de la (bell.. *M*) r. *CM*, Can de leis aug ren r. *V*, Ni cant cug de lieis r. *a*   64. Que (Quen *V*) mon cor noi (nom *N*, non *SV*) u. *ADIKNRSV*, Que de ioi nom u. *CMa*   65. mon talant *V*, mos semblantz *a*; non (nō *I*) esclaire *ADI KRS*, no sesclaire *Ca*, nos estraire *M*, nom nesclaire *N*, men e. *V* 66. Que qieu nauia (noia *S*) d. *ADIKS*, Cui que lanja d. *CMa*, Que un auia d. *N*, Qe qen auia d. *R*, Que quem naujat d. *V*   67. vos] mi *CMa*; er *ADNV*, es *CIKMRSa*   68. Caia t. *S*; de r.] del dire *CM*, dezire *R*   69. Talan *CMa*; per fin *ADIKNRS*, de mon *CM*, de bon *Va*   70. Que souen en planc en plor *R*   71. *fehlt S*; Per so car *RV*; douza s. *V*   72. *fehlt S*; li *fehlt a*

VII. *fehlt CDMa*   73. Mes(s)a(t)g(i)er *IKNRSV*   74. Digas *RV* 75. *fehlt V*   76. trag *V*; Cai (Car *K*) per lei el m. *IKN*

71. *l.* doussa s.?

3. *groya* mit Gruppe A oder *bloya* mit Gruppe V? Als Fem. zu *groc* ist zunächst *groga* zu erwarten, und so heißt die Form auch. Aber gerade im Limousinischen ist ˊcᵃ zu i̯ geworden, s. sprachliche Einleitung § 20, und so finden wir bei Bernarts Landsmann Bertran de Born *coya* < *cŏcat gereimt mit *poya, enoya* etc., s. 80, 37, 6. So ist lautlich gegen *groya* nichts einzuwenden.

bloi bezeichnet prov. wie afrz. fast immer die Farbe des Haares oder der Haut: „blond". Aber freilich finden wir auch den *marbre bloi* Rolant 12 und die *enseigne bloie* ib. 1578. So ist *bloya* hier vielleicht nicht unmöglich. Das Wahrscheinlichere ist neben *blancha* und *vermelha* aber doch wohl *groya*.

4. Für *par* gegenüber *sembla* kann man geltend machen, daß *sembla* v. 11 in allen Hdss. steht. Aber das Argument ist von fraglichem Wert. — In v. 11 ist der Akkusativ neben *sembla* gesichert. So kann auch in v. 3 der Akkusativ *flor* bleiben.

Daß die Kälte dem Dichter als Blume erscheint, ist kein genaues Bild. Vgl. v. 11.

6. *ven — vé l'aventura* würde für das provenzalische Ohr vielleicht nicht anstößig gewesen sein. *Creis* hat aber die größere Zahl von Hdss. (freilich ohne V) für sich und paßt besser zu den Verben der beiden folgenden Verse. — Eher möchte man *m'aventura* für *l'aventura* aufnehmen; aber es steht nur in CM.

7, 8. Klasse A: *chans-pretz*, Klasse V: *pretz-chans*. Das Eine ist dem Sinne nach ebenso möglich wie das Andere. Entweder folgt aus dem besseren Gesange höherer Ruhm (*pretz = onor e lau* wie 21, 4) oder aus dem gestiegenen Wert (*pretz = valor* wie 2, 45, 48; 13, 14; 27, 39) entspringt besserer Gesang. Auch die Verben passen zum einen wie zum anderen. *Melhurar* kann natürlich bei beiden stehen (s. 13, 14; 16, 51; — 21, 58), aber auch *poyar* kann vom Gesang gesagt werden (wenigstens in V 42, 4). Immerhin verbindet sich *montar* und *poyar* besser mit *pretz* als mit *chans*. So habe ich die Lesung von V eingesetzt.

11. *l'iverns me sembla flor* kann allenfalls durch v. 4 als möglich herausgestellt werden, aber eher ist *gels* aus Gruppe V, das „Eis" bedeuten kann, annehmbar, und *gels* und *neus* erscheinen als besseres Paar als *iverns* und *neus*, s. Grdr. 364, 30, v. 1: *Neus ni gels ni ploya ni fank* u. a. So hat in der gemeinsamen Quelle vielleicht gestanden *que'l gels me sembla flor*, und die fehlende Silbe ist in verschiedener Art korrigiert worden.

17 und 20 verdient die Gruppe A den Vorzug. *Mas* wird auch durch CM bestätigt; *totz om* ist müßig, *deis que* kräftiger als *pois que*.

23. *tan — si que* kommt bei Bernart sonst nicht vor; *quar* in CMV läßt *tan* ausrufend für sich stehen wie 4, 59; 9, 30; 28, 19. Sehr möglich ist aber, daß in der gemeinsamen Vorlage nur *qu'en*, in der ursprünglichen Fassung aber die Hiatusform *qued en* oder *quez en* gestanden hat. Auch für *ma ricor* tritt a auf die Seite der Gruppe A; aber *ma ricor* setzt die Erfüllung der in v. 22 ausgesprochenen Erwartung schon voraus und ist

daher hier weniger am Platze als *sa ricor*: „anstelle des in ihr liegenden Reichtums".

24. Die reiche Stadt Pisa lag der Vorstellung der Trobadors näher als das ferne und für den Südländer unwirtliche Friesland, dessen Herr zu sein, wenigstens dem Peire Vidal, als fragliches Glück erschien, s. 364, 14 v. 13. So ist auch hier die Lesart von CV wahrscheinlicher als die der zahlreicheren Hdss., wobei denn freilich *friza* die Hdss. Ma mit ADIKN vereinen würde.

25. ADIKN: *De s'amistat m'enraiza*
     CV: *De s'amistat me ressiza (resissa)*
     M: *De s'amistat m'esraiza.*

RSa weichen in offenbar verdorbenen Lesarten auch untereinander ab.

enräizar ist „einwurzeln", und man könnte wohl verstehen: *en s'amistat m'enräiza.* Aber *de* wird durch alle Hdss. bestätigt, und diese Präposition läßt sich mit *enräiza* schwer vereinigen. Daher hat M wohl geändert *m'esräiza* „aus ihrer Liebe entwurzelt sie mich", und so liest Bartsch in seiner Chrestomathie. Schon ihrer Vereinzelung wegen, abgesehen von Anderem, werden wir diese Lesart aber ablehnen. So bleibt *me ressiza*, auf das auch Hds. a mit ursprünglichem *mi reisa* zurückzuweisen scheint. Raynouard hatte aus unserer Stelle (V 168 a) ein *ressizar* „séparer, retrancher" erschlossen: „De son amitié elle me retranche". Stichel S. 71 lehnt das Wort ab. Levy, VII, 263 b, spricht sich nicht näher darüber aus, verweist aber auf das afrz. *reciser* „retailler, retrancher" bei Godefroy, das Raynouards Aufstellung stützen kann. Wie paßt jedoch das so verstandene Wort in den Zusammenhang? Das ganze Lied ist, trotz des vorübergehenden Rückschlags der Stimmung in der IV. Strophe, ganz voll jubelnder Hoffnung. Und auch in dieser Strophe beklagt der Dichter sich nur über die wechselnde Laune der Geliebten (39, 40 *atressi·m ten en balansa Com la naus en l'onda*). Und gleich hinter unserem Vers heißt es: *si·als eu n'ai conquiza la bela semblansa.* Da ist wenig wahrscheinlich, daß hier der Dichter sagt, die Dame habe ihn von ihrer Liebe abgeschnitten. Aber es ist auch nicht nötig, aus *reciza* einen Infinitiv *recizar* zu erschließen. Besser bekannt als das Verb ist das Adjektivum *recis* „zerschnitten, abgeschnitten; schwach, kraftlos, kläglich" (Levy VII, 262 b). Wir dürfen aus *recis* und *reciza* zusammen auf einen Infinitiv *°recire* < recidere schließen, zu dem *reciza* der Konjunktiv wie *auciza* zu *aucire* ist. Also „sie möge mich von ihrer Liebe abschneiden, mir die Hoffnung auf ihre Liebe versagen", *mas eu n'ai* oder *mas ben ai fiansa* „aber ich habe (doch) das Vertrauen darauf", und das knüpft an die II. Strophe: *Mas es fols qui·s desmezura E no·s te de guiza, Per qu'eu ai pres de me cura.*

27 f. Vgl. 35, 35, wo dem Dichter auch die *bel semblan* die Zuversicht auf die Erfüllung seiner Hoffnungen geben.

29. Levy II, 204 entscheidet sich in diesem Vers nicht zwischen den Bedeutungen „Meinung" (Bartsch), „Anteil" (Raynouard) und „Wunsch". „Nach meiner Meinung" würde die Worte des Dichters sehr abschwächen. Ob *deviza* „Anteil" in dem hier dann anzunehmenden Sinne heißt, ist

fraglich. Das Wort bezeichnet die „Teilung" die man vornimmt, und so „Entscheid" und weiter „Wille, Wunsch". So verstehe ich: „nach meinem Wunsche".

33. *pres* mit CMV, im Gegensatz zu *lonh* v. 36.

34. Über *esperit* s. Anm. zu 15, 47 und die Kommentare (D'Ancona, Scherillo etc.) zur Vita nova c. XIV.

Mit dieser poetischen Auffassung des oder der spiritus bei Provenzalen und Italienern stimmt nur sehr unvollkommen die naturwissenschaftliche überein, wie sie uns bei Bartholomaeus Anglicus, De proprietatibus rerum, l. III c. 22 (freilich mehr als ein halbes Jahrhundert nach Bernart, aber ebensoviel vor Dante) entgegentritt: Sicut ad regimen naturae exiguntur sensus et virtutes, ita ad perfectionem eiusdem exiguntur necessario spiritus quidam, quorum beneficio et motu continuo tam sensus quam virtutes in animalibus moderantur, ut suas peragant actiones. Dicitur autem spiritus, prout hic sumitur, quaedam substantia subtilis et aerea, virtutes corporis excitans ad suas peragendas actiones . . . . Spiritus est quoddam corpus subtile, vi caloris generatum, et in humano corpore per venas corporis vivificans, et per arterias pulsabiles anhelitum, vitam atque pulsum animalibus administrans, sensum et motum voluntarium mediantibus nervis et musculis operans in corporibus animatis. . . . . Unus igitur et idem spiritus corporeus, subtilis tamen et aereus, propter diversa officia in diversis membris diversis nominibus est vocatus: nam spiritus naturalis est in epate, spiritus vitalis in corde: sed spiritus dicitur animalis, prout in capite operatur. Hunc quidem spiritum non debemus credere humanam animam sive rationalem animam, sed potius (ut dicit Augustinus) eiusdem vehiculum et proprium instrumentum, mediante enim tali spiritu, anima corpori jungitur, et sine talis spiritus ministerio, nulla animae actio perfecte in corpore exercetur: unde istis spiritibus laesis et in suis effectibus qualitercunque impeditis, resoluta corporis et animae harmonia, rationalis spiritus in cunctis suis operationibus in corde impeditur, ut patet in maniacis, et in phreneticis, et aliis in quibus usus rationis saepius non habet locum, zu welch letzteren denn wohl auch die Verliebten gerechnet werden können. Den *Esperit* (der an unserer Stelle mit dem *cor* identisch scheint) vom Körper sich trennen zu lassen, vermag natürlich erst die dichterische Phantasie.

36. *lui* in V müßte auf *esperit* oder besser noch auf *cor* gehen, und würde dann sehr gut sein. Vielleicht ist auch hier V allen anderen vorzuziehen.

37. *atendre* . . . . *esperansa* wäre eine nachlässige Ausdrucksweise, die wir Bernart nicht ohne Not zuschreiben werden. Ich folge auch hier und v. 38 wieder CMVa.

40. *naus* mit Recht im Nominativ, denn es steht ja doch nicht dem *me* v. 39 gleich als Objekt zu *tener*, sondern: die Geliebte hält ihn so in Schwanken wie das Schiff schwankt. — *en l'onda*, oder, noch anschaulicher, *sus l'onda* (Gruppe A).

41. Nur Va haben *mal pe(n)s*. Trotzdem vermute ich, daß dies das Ursprüngliche ist, denn *maltrach*, wie die anderen Hdss. lesen, ist so banal,

daß jeder Schreiber es gedankenlos einsetzen konnte. *Mal pes* gehört der
Sprache Bernarts an; es steht 35, 1.

44. Wieder bringt V allein die Lesart *m'esponda*, die sehr möglicher-
weise einzusetzen ist.

45 ff. In den letzten Versen der Strophe ist die Fassung der Gruppe
A an sich einwandfrei. Trotzdem werden wir wieder der anderen Gruppe
folgen. Im Anfang von 45 stand vermutlich *pus* für *plus*. Dieses *pus*
wurde in der gemeinsamen Quelle aller Hdss. zu *pueis* mißverstanden und
gab so Anlaß zu den weiteren Änderungen. Daß auch die Gruppe A
ungefähr die Fassung von V vor sich hatte, scheint daraus hervorzugehen,
daß v. 47 auch S *sofret* zeigt. Die Alliteration *pus—pena* spricht vielleicht dafür, daß schon Bernart selbst *pus*, nicht *plus*, gebraucht hat.

49. Die Frage „warum bin ich keine Schwalbe?" ist so viel
lebendiger als der Wunsch „ach, wäre ich doch einer Schwalbe ähnlich",
daß auch hier offenbar der Lesart V, freilich mit Änderung von *fui* zu *sui*,
zu folgen ist (aus ähnlicher Empfindung hat IK zu *car me fos* geändert).
Der Konj. Imperf. *voles, vengues* neben dem Präsens *sui* ist dabei nicht
störend, denn der Wunsch ist doch auf alle Fälle unrealisierbar.

61. Auch hier könnte man V annehmen, aber A hat Strophen-
enjambement, und das ist etwas, was die Kopisten nicht leicht eingeführt
haben werden.

63. Dieser Vers bleibt bei den starken Abweichungen der Hdss.
wieder unsicher. Der Sinn ist klar: es gibt nichts was die Gedanken des
Dichters so stark beschäftigt, daß sein Sinn nicht sogleich abgelenkt
würde, wenn er von der Geliebten reden hört. S steht wieder mit *ren* der
Hds. V nahe, und seine Wortstellung ist sogar besser als *re retraire*. Ob
can oder *s'eu* im Anfang steht, ist gleichgiltig.

64. *no·n vire*: von dem in v. 61 genannten *afaire* weg, oder *no i
vire*: zu dem in v. 63 Genannten, das von der geliebten Dame erzählt
wird, hin. Eine sichere Entscheidung ist kaum möglich. Für *i* spricht
das *n'* der folgenden Zeile, das sich nur auf das über die Dame Gehörte
beziehen kann.

66. Zweifellos bringt V wieder die ursprüngliche Fassung. Nicht
was der Dichter von der Dame sagen hört, kann ihm gleichgiltig sein
(Gruppe A), und er wird nicht daran denken, wer es ihm etwa erzählt
(CMa), sondern: was man ihn reden hört, hat keinen Einfluß auf sein
Mienenspiel (*semblan* hier besser als *talan* V); seine Worte sind rein
mechanisch; sein Inneres ist nur mit der Geliebten beschäftigt, und so
scheint er lachen zu wollen, was immer er auch spricht. V zeigt noch
die altlimousinische Schreibung mit *t* statt *tz*, die aber nun auch erklärt,
wie der Vers von den Abschreibern mißverstanden wurde.

71. Auch hier kann V mit *doussa sabor* sehr leicht den richtigen
Text bewahrt haben.

75. Der Hiatus *pena e* ist kaum annehmbar. Es ist leicht eine Silbe
zu ergänzen, etwa *La greu pen'*, *La pesanz'* oder anderes.

I. So habe ich mein Herz von Freude voll, sie will mein Wesen ganz verrücken. Weißes, rotes, gelbes Blühen scheint mir die Kälte, denn mit dem Wind und mit dem Regen wächst mir das Glück, so daß mein Wert steigt und gedeiht und mein Sang gewinnt. So viel hab ich im Herzen von Liebe, von Freude und von Süßigkeit, daß der Frost mir wie Blüte scheint und der Schnee wie Grün.

II. Ohne Kleidung kann ich gehen, nackt in meinem Hemde, denn echte Liebe schützt mich vor dem kalten Nord. Doch ein Narr ist, wer nicht Maß hat und sich nicht hält wie's ziemt; und so habe ich auf mich Acht gehabt, seit ich um der Schönsten Liebe warb, von der ich soviel Ehre erwarte, daß ich, anstelle des Reichtums der mir von ihr kommen wird, nicht Pisa haben will.

III. Mag sie mich immer von (der Hoffnung) ihrer Liebe abschneiden; ich hab' doch gutes Vertrauen, denn ich habe wenigstens den schönen Anschein davon gewonnen; und wie ich es wünsche, ergeht es mir so wohl, daß ich am Tage da ich sie sehe, kein Leid haben werde. Mein Herz ist der Minne nahe, denn meine Seele läuft dort hin, aber der Leib ist an anderem Orte, hier, fern von ihr (der Geliebten, oder: von ihm, dem Herzen), in Frankreich.

IV. Ich habe von ihr das schöne Hoffen! Doch wenig nützt es mir, denn ebenso hält sie mich in Schwanken wie das Schiff auf den Wogen (schwankt). Vor dem leidvollen Denken das mich kränkt, weiß ich nicht wie ich mich verberge. Die ganze Nacht hindurch wendet es mich und wirft mich auf dem Bette hin und her: mehr Liebesnot erdulde ich als Tristan der Liebende, der gar viel Schmerz um die blonde Iseut erlitt.

V. Ach Gott, warum bin ich keine Schwalbe, so daß ich durch die Luft flöge und in tiefer Nacht dort in ihre Kammer käme?! Gute, freudvolle Fraue, Euer Liebender stirbt dahin! Wenn's nur ein Weilchen mir noch so ergeht, fürcht ich, daß das Herz mir schmilzt! Fraue, nach Eurer Liebe falte ich die Hände und bete! Schöner Leib mit frischer Farbe, großes Übel laßt Ihr mich dulden;

VI. Denn nichts gibt es in der Welt, warum ich also sorge, daß, wenn ich von ihr irgend etwas reden höre, ich mein Herz nicht dahin wende und mein Antlitz darob erhelle, so daß, was Ihr mich auch darauf sagen hört, es Euch immer scheinen wird als habe ich Lust zu lachen. So lieb ich sie aus guter Liebe, daß ich oftmals darüber weine, deshalb, weil mir die Seufzer schöner erscheinen (oder: denn über sie zu seufzen hat mir süßen Geschmack).

VII. Bote, geh, lauf, und sage mir der Schönsten die Not und den Schmerz und die Qual, die ich um sie erdulde.

45.

A 93 (262), B 59 (MG. 1340), C 52, Dᵃ 160 (552), G 21
(p. 64), I 31, K 19, N¹ 147 (216), Q 32 (80, p. 64), R 58 (490),
V 52 (Arch. 36, 401), W 191 (Rom. 22, 395); unter dem Namen
Peirols M 182, N² 82 (79), a 172 (179, Rlr. 45, 59).

In N² wird das Lied als 22. von Bernart aufgeführt.

Dᶜ 248 (54, AdM. 13, 204) zitiert die III. Strophe (15 *dirai
be tan*, 18 *Certes*, 19 *nõ d. fors*, also in der Fassung von GQ),
das Breviari d'amor v. 29057—63 die IV. Strophe (24 *la pogues
tener*, 25 *Per Crist ben f. f.*, 27 *So*, 28 *Ab espasa ni ab l.*, also
in der Fassung von CM), beide als von Bernart herrührend.

Die Melodie wird von W überliefert.

Gedruckt bei Raynonard, Choix III, 70; Mahn, Werke I, 29.

Strophenzahl und -folge unter Zugrundelegung der Mehrheit
der Handschriften, die zugleich den vollständigen Text bieten:

1	2	3	4 5 6 7 8 9						ABDGIKN¹Q
1	2	4	3 5 7						RV
1	2	4	5 3 7						CM
1	2	5	3 7						N²a
1	3	2	4 5						W

Ich bin beim Druck jener ersten gefolgt, da die von mir
für richtig gehaltene immerhin hypothetisch ist. Man wird aber
bei jener in der Tat nicht bleiben können. Str. VI wendet sich
einer anderen Dame zu, als der, von welcher das Lied bis dahin
gesprochen hat. Str. VII redet wiederum von der ersten. Nun
würde die schmerzliche Stimmung des Liedes freilich besonders
stark zur Geltung kommen, wenn wir in der VI. Strophe einen
Versuch des Trostes sähen, von welchem der Dichter in der letzten
zur vorhergehenden Stimmung zurückkehrte. Aber das wäre, in
der Weise wie es hier geschähe, kaum Art der Trobadors. Wir
werden VII vor VI stellen müssen. An den *bon esper* des v. 37
schließt sich dann die *bon esperansa* der beiden Tornaden. Zugleich klingt der letzte Vers der letzten Strophe (jetzt v. 42) im
v. 52 wieder, wie v. 51 in v. 55.

Aber auch die dritte Strophe steht kaum an rechter Stelle.
Man wird sie entweder mit RV hinter Str. IV stellen, so daß sich
der jetzige v. 22 erklärend an v. 13, 14 schließt, oder aber, noch

eher, mit CMN²a, erst hinter die jetzige V. Strophe, so daß v. 43 ff.
den Schluß aus v. 20—21 zieht.

Die Stellung wäre also dann 1 2 4 5 3 7. Mit Str. VII aber
wird das Lied ursprünglich, wie in jenen vier Hdss., geschlossen
haben. Die VI. Strophe und die beiden Tornaden stehen in einem
empfindlichen Gegensatz zu der Stimmung, die sonst das Lied beherrscht. Sie werden erst aus einer Zeit stammen, in der Bernart
seine Lieder an Conort richtete.[1]

Unter diesen Umständen würde sich also ergeben, daß schon
durch die Strophenordnung ABDGIKN¹Q zu einer Gruppe, andererseits RV und N²a zu wieder zwei Gruppen zusammengeschlossen
würden. Diese beiden würden dann wohl mit CM auf éine, kürzere
und ursprünglichere, Redaktion zurückzuführen sein.

Die Annahme einer solchen zweigespaltenen Überlieferung
wird durch die Varianten bestätigt. Wenigstens stehen sich auch
in ihnen ABDIKN¹ und CMN²RVa gegenüber, s. v. 15, 16, 17, 24,
25, 27, 34, 46.

GQ sind eng miteinander verwandt, und zwar gehen sie meist
mit Gruppe A, s. 16, 17, 24, 25, 34, gelegentlich aber auch mit
der anderen: v. 28, 35 (mit RV 15, MN²R 20, mit Ma 18).

In der Gruppe A werden AB durch v. 4, DIK z. B. durch
v. 46, DIKN¹ etwa durch v. 27 (*prena*) vereinigt.

Auf der anderen Seite treten CMN²a durch v. 29, 45, 49,
MN²a durch v. 31 zueinander, RV, außer durch die Strophenstellung, durch v. 15, 25, 29, 45, 49.

C verbindet sich mit RV in 5, 10, 32, 47 (nur mit V v. 18).
Wechselnde Beziehungen zeigen CM v. 25, MR v. 33.

Man kann das Handschriftenverhältnis, abgesehen von den
schwankenden GQ und von W, ungefähr so darstellen:

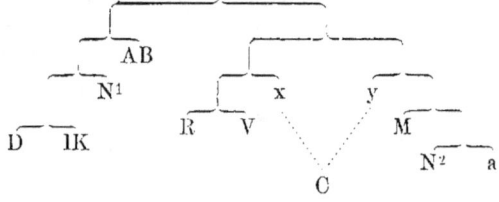

---

[1] Da könnte denn allenfalls ein *morria* v. 47, wenn es ursprünglich
war, zu ·*m m'iria* gemildert sein, da doch der Dichter nun von neuer
Hoffnung spricht.

I.   Tuih cil que·m preyon qu'eu chan,
             volgra saubesson lo ver,
             s'eu n'ai aize ni lezer.
             chantes qui chantar volria!
     5   qu'eu no·n saup ni chap ni via,
             pois perdei ma benanansa
             per ma mala destinansa.

II.   Ai las! com mor de talan!
             qu'eu no dorm mati ni ser,
    10   que la noih, can vau jazer,
             lo rossinhols chant' e cria,
             et eu, que chantar solia,
             mor d'enoi e de pezansa,
             can au joi ni alegransa.

III. (V.) 15 D'amor vos *dirai* aitan:
             qui be la saubes tener,
             res plus no·n pogra valer.
             per Deu, mout fo bona·lh mia!
             mas no·m duret mas un dia,

I. 1. sels CV; q(u)em $ABCN^2Ra$, q(u)i DG, q(u)e IKN^1QV, qim M
2. Volgra $ABDGIKMQ$, Volgran CN^1N^2RVa; saubresson C, saubessom I
3. nai $<$ vai a 4. Chante AB 5. saub $ADKN^1$, sai $BCMN^2RVa$,
sai *aus* saur (?) *geändert* G, sab I, sec Q; cham AB, cap CRV, chan DI
MN^1a, chāp G, chā K, chant N^2, cāp Q 6. perdieu D, perdi Q; bene-
nanza CN^1N^2, benanza V, beneanza a 7. *fehlt* D; bona d. IK
II. 8. cō mor G, comuer N^1R 9. Que MR; nom d. a; muor G,
mou Q, duerm' N^2, duerm R 10. Neus CV, E GQ, Anz Ma, Ni R; la
n.] legueg N^1 11. rossinhol CN^1N^2RV, ressillols Q; chat N^1; chan-
tatria C 12. q(u)e $ABIKN^1N^2R$, q(u)i $CDGMQVa$; chanter D
13. Moir N^2; de d(u)ol GQ, denneia MN^1, deuenia (?) N^2, denvei a
14. Car $BDIK$; uei C, au GQ, ai IK; e Q
III. 15. Damors R; vos dic ben aitan $ABDIKN^1$, vos puesc (p.
ieu a) dir aitan CMN^2a, dirai ben tan GQ, dirai aitan RV 16. Qui
ben la (lo GQ) saubes (saupes) tener $ABDGIKN^1Q$, Qui ben (Qe qui V)
la pogues aver CMN^2Va, Qui la pogues retener R 17. Ren N^2; plus
non (nom D) $ABDGIKN^1Q$, non la CMN^2Va, non li R 18. *fehlt* N^2;
Per dieu $ABDIKN^1$, Per crist CV, Sert M, Certas a; bon amia ABN^1a,
bonal m. $CDIKV$, bona la m. M; Certes bona foral mia GQ, Cāc precx
nom ualc ab la mia R 19. Ma D; non DN^1Q, nō $GIKMR$, nu N^2;
fors GQ; cun $DGIKN^1N^2Q$

20   per qu'es fols qui ses fermansa
     met en amor s'esperansa.

IV. (III.)   Amors m'a mes en soan
     e tornat a no-chaler.
     e s'eu l'agues en poder,

25   dic vos qu'en feira feunia!
     mas Deus no vol c'Amors sia
     res don om prenda venjansa
     ab coup d'espa' o de lansa.

V. (IV.)   Amors, e·us prec de mon dan,

30   c'autre pro no i posc aver.
     ja mais blandir ni temer
     no·us quer, c'adoncs vos perdria.
     ben es fols qui'n vos se fia,
     c'ab vostra fausa semblansa

35   m'avetz träit en fiansa.

VI. (VII.)   Pero per un bel semblan
     sui enquer en bon esper:
     mon Conort dei grat saber,

20. qels f. *a*; s. fiança *GQR*, s. fizansa *M*, sasfiansa *N²*   21. amors *R*; e sa sperança *N²*

IV. *fehlt N²a*   22. Amor *V*   23. a] en *M*; non calet (?) *Q* 24. Mas *GQ*; lagues en poder *ABDGIKN¹Q*, la pogues tener *CMRV* 25. Dic uos quien (quen *A*, que en *D*) *ABDIKN¹*, Per crist ben *CM*, Certas eu *GQ*, Beus dic quen *RV*; fera *DIKN¹*; felneia *G*   26. sil *A*, sill *B*, dieus *CMR*, ill *G*, il *IKN¹Q*; eu non uoil *D*, no uol dieus *V*; qüamor *CV*   27. Res *ABDGIKN¹Q*, So *CMRV*; prena *DIKN¹*; dunt en preigna *G*, dunc empregna *Q*; ueganssa *A*   28. Ab (A *N¹*) colp despa (despaza *IN¹*) ni de l. *ABDIKN¹*, Ab espasa (espada *GQ*) ni ab l. *CG MQRV*

V. 29. Amor *V*; ieus (eu *Q*) prec de mon (d. m. *doppelt in D*) d. *ABDGIKN¹QRV*, beus get a mon d. *CMN²a*   30. Pus nulh p. *R*; i *fehlt N²*   31. Ja, *am Rande* Car, *N¹*; bl.] baizar *MN²a*; Blandir iamais ni t. *Q*; tener *MN²*   32. q.] uuelh *CR*, uuill *V*, queer *D*; Nos qerai, *aber ai radiert*, *G*, Nos qerrai *Q*   33. Ben es fols *ACN²Va*, Mout es fols *BDGIKN¹Q*, Fols es *MR*; quen u. *DN¹*, q(u)i eu u. *IKMR*, qi u. *Q*; qui uos senfia *N²*   34. Cab una *GQ*, Qar u. *M*; falsa *ABDI KN¹Q*, bella *CGMRVa*; Cab bella uostra s. *N²*   35. trazit *A*, trahit *B*, trait *CDGIKN¹N²QRV*, Ma trait *M*; en fianssa *ABDIKN¹*, ses desfiansa *CGMQRV*, ses defiança *N²*, ses desfinanza *a*

VI. *fehlt CMN²RVa*   36. per *fehlt, über der Linie* ab, *G*

c'ades vol qu'eu chan e ria.
40   e dic vos que, s'ilh podia,
     eu seria reis de Fransa,
     car al plus qu'ilh pot, m'enansa.

VII (VI.)   Lemozi, a Deu coman
     leis que no·m vol retener,
45   qu'era pot ilh be saber
     s'es vers aco que·lh dizia,
     qu'en terr' estranha·m n'iria,
     pois Deus ni fes ni fiansa
     no m'i poc far acordansa.

VIII.   50   No m'o tenh a vilania
     s'eu m'ai sai bon' esperansa,
     pois ilh lai re no m'enansa.

IX.   Romeu man que per m'amia
     e per lui farai semblansa
55   qu'eu ai sai bon' esperansa.

39. v.] uos *A*, uoill *N¹*   40. si p. *DGN¹Q*   41. rei *N¹*   42. quel p. *N¹*, qi p. *Q*

VII. 43. Lomozin *G*; deus c. *N²*   44. qi *CGQVa*; qui o uol *N²*; nō u. *G*, non u. *N¹*; nom uole prō tener *R*   45. Quera *ABDGIKN¹Q*, Hueimais (Oimais) *CMN²a*, Aras *R*, Ara *V*; p.] deu *M*; s.] retener *a* 46. Ses (Ser *DIK*) uers aco *ABDGIKQ*, Sel uers aque *N¹*, Que uers es zo *CMRVa*, Ques uers so *N²*; q(u)il(l) *ABCDGIKN¹QR*, q(ui)eu *MN²*, quel *V*, qeil *a*   47. estraia *N²*; ·m *fehlt BDIKMN¹N²Qa*, *undeutlich G*; neria *IK*, iria *M*; estrangeneria *D*; Quen autra terra morria (mauria *R*) *CRV*   48. fe *GN²Q*; *zweites* ni *fehlt N²*; fermanza *CV*, ōransa *R*. 49. No mi poc (Nom p. *N¹*) far a. *ABDGIKN¹Q*, No mi ual ni (ni *fehlt N²*) a. *CMN²a*, No men pot traire a. *RV*

VIII. *fehlt CMN²RVa*   50. tēc *G*; Non so t. *N¹*   51. Suoi *B*; mais ai *AB*, mai sai *DIKN¹*, mai chai *G*, machai *Q*   52. ilai *Q*

IX. *fehlt CMN²RVa*   53. Romē *G*; que *fehlt GQ*   55. chai *GQ*, sa *I*

Hds. W:

(*Der Anfang fehlt*) sab ni champ ni vie . pos pe . . . enance . per ma mal destina . . .

Damor vos di verement . . . . tener . mais en deurie valer . . . . fol amie . mais non dure que o . . . es fol qui sans fermance . met . . . sesperance.

He . las con muir de talen . queu ... matin non seir . et la nnit
quan ... lou louseignol chante et crie . ma ... chantar solie . muir de dol
et de p ... queu nai ioi ne alegrance.

Amors ma mis al ncent . et torn .... nonchaler . mas seu la poges
tener ... fere vilenie . maiz dex non vol quamor sie ... ren donc leu
prende veniance . ob espade ne ob lance.

Amor prei vos de mon dan . qualque prou non pos veder . iames
blandir ne temer . ñ quier . car tot en perdic . ben es fol quen vos se fie .
par vostre false semblance . sui trahiz sanz desfiance.

—   ——   —

4. *chantes* könnte an sich als *chante*s d. h. als Konj. Präs. + Reflexivpronomen aufgefaßt werden: „es möge für sich singen, wer da will". Aber
dem steht *volria* gegenüber. Die Annahme wird in die Vergangenheit
gelegt: „es mochte singen wer Veranlassung hatte es zu wollen". Die
Anwendung des Imperfektum Konj. wie des Imp. Futuri ist bemerkenswert.
Lies in v. 3 *n'aic*?

5. Die Hdss. schwanken zwischen *cap*, *cham(p)* und *chan(t)*. *Cap*
entspricht dem neuprov. *pode pas trouba lou cap* = je ne puis pas trouver
le commencement (Mistral), vgl. apr. *in no saurec̨ cap* bei Levy, *cap* 4.
Für die Zusammenstellung mit *via* vgl. ital. *in capo alla strada*. Aber
cap ist schwach bezeugt. *Cham* AB werden wir als *champ* zu verstehen haben, wie in Q auch *cāp*, in W *champ* steht: „ich wußte kein
Feld dafür noch einen Weg". Dann haben wir hier campus in ähnlicher
Art bildlich verwendet wie in: avoir le champ libre pour faire qch., être
à bout de champ etc. Aber *no saber ni camp ni via* ist offenbar so wenig
gebräuchlich gewesen, daß auch die mit AB nächstverwandten DIKN¹
chan dafür setzen, das keinen Sinn gibt. *c(h)ami ni via*, an das zu denken
naheliegt, steht in keiner Hds. und würde eine Silbe zu viel geben. Das
afrz. *ne savoir ne vant ne voie* (s. Lancelot 6403, Ille et Galeron 3704,
3880, 5694 [s. Anm. zu diesem Vers], 6114] läßt sich paläographisch nicht
mit *cap*, *camp*, und selbst nicht mit *can* vereinigen. Am sichersten
werden wir uns noch immer für *cap* entscheiden.

8. s. *com mor de dezire* 27, 49.

15. In der ersten Vorlage hat vielleicht, mit Lücke einer Silbe, gestanden *vos dic aitan* und die Silbe ist von den Abschreibern in verschiedener Art ergänzt worden; vielleicht auch ist *dirai aitan* RV das Ursprüngliche (freilich mit häßlichem Hiatus) und von den beiden *ai* ist eines
in der Abschrift gefallen.

16. *aver* ist Reimwort v. 30. So bleiben wir hier bei *tener* und damit
bei der Gesamtlesung der Gruppe A.

28. *espa* in Gruppe A wird auf den Limousinismus *espaa* für *espaza*
zurückgehen. Schwerlich aber hat Bernart *aa* zu einer Silbe kontrahiert.
So hat denn der Vers eine Silbe zu viel. Man kann zu korrekter Silbenzahl kommen, indem man *o* für *ni* einführt (für *o* in negativem Satze s.
Zts. 32, 513 ff.). Und A bietet hier wohl die ursprünglichere Lesart, denn
jener Limousinismus wurde kaum erst von einem Abschreiber eingeführt.

29. Ich nehme *prec de mon dan* als die ferner liegende Lesart auf: *Get a mon dan* ist sehr gewöhnlich. Originell aber ist, daß Bernart die Minne um das bittet, was ihm Schaden bringt, daß sie nämlich sich ebenso von ihm fern halte, wie er sich nunmehr von ihr halten will.

30. *autre pro*: etwas anderes als Schaden, nämlich Vorteil. Man kann hier aber sagen, daß, in der Stimmung Bernarts, sein Schaden, sein Loslösen von der Liebe, in der Tat sein einziger Vorteil ist; also im eigentlichen Sinne: anderen Vorteil kann ich da nicht haben.

32. Wenn ich Euch auch durch *blandir* und *temer* gewonnen hätte, ich würde Euch doch wieder verlieren. W liest einfacheres *car tot en perd(r)ie*.

35. Gruppe A: *m'avetz trazit (träit) en fiansa*
Gruppe CV: *m'avetz trait ses desfiansa*.

„In (meinem) Vertrauen habt Ihr mich verraten", oder „Ohne Herausforderung (sei es ohne Herausforderung, d. h. Vergehen, meinerseits, oder ohne Herausforderung, d. h. Warnung, Eurerseits) habt Ihr mich verraten". *Trait en fiansa* „in Vertrauen gezogen" würde eine Silbe zu wenig bieten. *Desfiansa* verlangt einsilbiges *trait* für *träit*. Diese, sonst wohlbekannte, Form kommt bei Bernart nicht vor. Er gebraucht *trazit* bez. *träit*, wie *träis* als Indik. Präs. und Konj. Prät., s. Glossar. Natürlich wäre es leicht eine Änderung vorzunehmen, etwa *me träitz ses desfiansa* (und nun vielleicht mit dem Limousinismus der Orthographie *me trait* geschrieben, so daß wir dem *ma trait* der Hds. W nahekommen) oder, wie W, *sui träiz ses desfiansa*. Aber *träir ses desfiansa* ist ein Widerspruch in sich. Wie kann man denn „mit Herausforderung" verraten? So wird *ses desfiansa* von einem Schreiber bei einsilbig gelesenem *träit* zur Ergänzung des Verses gebildet sein. Freilich steht *fiansa* v. 48 im Reim. Diese Strophe kann aber, ihrer Anrede an Lemozi nach, als Tornadenstrophe gelten.

45—47. Die Verse weisen offenbar auf Lied 43, 55 f. In v. 47 ist fraglich, ob man lesen soll *qu'en terra estranha·m n'iria* oder *qu'en t. estr. morria*. Das erste entspricht dem *vau m'en* v. 55 des Lerchenliedes, *morria* dem vorhergehenden Verse: *mort m'a, e per mort li respon.* S. S. 270 [1]).

50. Da die verlassene Dame ihm nichts Gutes erwies, ist es nicht niedrig gehandelt, wenn der Dichter einer anderen zuwendet.

54. *far semblansa* hier nicht „den Anschein erwecken, so tun als ob", sondern „zur Erscheinung bringen, erkennen lassen daß". Dem entspricht auch der Indikativ *ai*, vgl. Yvain 3395: *Oez que fist li lions donques! Con fist que frans et de bon' eire, Que il li comança a feire sanblant que a lui se randoit.*

———————

Mit der oben besprochenen Umstellung der Strophen lautet also die Übersetzung:

I. Ich wollte, daß Alle die mich bitten zu singen, die Wahrheit erfahren, ob ich das vermag. Mochte singen, wer da wollte, denn ich wußte keinen Weg dazu, seit ich durch mein übles Geschick mein Glück verlor.

18*

II. Ach, wie sterbe ich vor Verlangen! denn ich schlafe nicht am Morgen noch am Abend, denn nachts, wann ich schlafen gehe, singt und ruft die Nachtigal; und ich, der ich zu singen pflegte, sterbe vor Kummer und Leid, wenn ich Lust und Freude höre.

III. Minne hat mich verschmäht und verworfen. Wenn ich sie in meiner Gewalt hätte, dann sage ich Euch, daß ich böse mit ihr verfahren würde! Aber Gott will nicht, daß Liebe etwas sei, an dem man mit Schwertschlag oder Lanzenstoß Rache nehme.

IV. Minne, um meinen Schaden bitte ich Euch, denn (anderen) Vorteil kann ich bei Euch nicht haben. Nie mehr will ich Euch hofieren noch fürchten, denn ich würde Euch dann (doch) verlieren. Wohl ist ein Tor wer Euch traut, denn mit Eurem falschen Schein habt Ihr mich in (meinem) Vertrauen (?) verraten.

V. Von der Liebe sage ich Euch: wenn man sie festzuhalten wüßte, dann würde nichts besser sein als sie! Bei Gott, gar gut war die meine, aber sie währte nur einen Tag. So ist ein Tor, wer ohne Bürgschaft seine Hoffnung auf die Liebe setzt.

VI. Limousiner, Gott befehle ich die, die mich nicht bei sich behalten will, denn nun kann sie wohl wissen, ob wahr ist, was ich ihr sagte: daß ich in fremdes Land gehen würde (in fremdem Lande sterben würde), da weder Gott noch Treue noch Bürgschaft mir bei ihr zum Frieden helfen konnten.

VII. Doch um eines freundlichen Anscheins willen bin ich noch in gutem Hoffen: Meinem Trost muß ich Dank wissen, daß er immer will daß ich singe und lache. Und ich versichere Euch, daß, wenn sie könnte, ich König von Frankreich wäre, denn so viel sie vermag, fördert sie mich.

VIII. Ich rechne es mir nicht als Schlechtigkeit, wenn ich hier gute Hoffnung habe, da sie dort mich in nichts fördert.

IX. Romieu melde ich, daß ich um meiner Freundin und um seinetwillen erscheinen lassen werde, daß ich hier gute Hoffnung hege.

Gedichte unsicherer Zuweisung.

B. Grdr. 70, 32.

A 181 (518, auch Arch. 34, 184), D 146 (509), I 155 (MG. 710), K 141, N 282 (454). ADIK setzen über das Gedicht den Namen Bernarts von Ventadorn (AIK auch den des Peirol).

Gedruckt von Bartsch, Chrestomathie 153 (nach AI).

Für die nähere Verwandtschaft von DIKN sprechen die Varianten in v. 15, 29, 31, für die von IKN v. 33.

Der Ursprung dieser Tenzone wird von vier Hdss., und da N stets derselben Klasse angehört, können wir sagen, von der gesamten Überlieferung, unserem Bernart zugesprochen, und so ist m. W. seine Autorschaft nie in Zweifel gezogen. Ja, Zenker hat, die provenzalische Tenzone S. 80, darauf aufmerksam gemacht, daß v. 18 vollkommen übereinstimmt mit 4, 53 ff. unseres Dichters:

> tost m'agran mort li sospire,
> domna, passat a un an,
> no·m fos per un bel semblan,
> don si doblan mei dezire,

und er hätte für v. 31 noch die Parallele 31, 55 hinzufügen können: *ors ni leos non etz vos ges.*

Schwierigkeiten machte aber der Name Peirols. Denn der uns bekannte Trobador Peirol gehörte einer späteren Zeit an als Bernart de Ventadorn, dem Ende des 12. und Anfang des 13. Jahrhunderts, und so hat man im Teilnehmer der Tenzone einen anderen Peirol sehen wollen. Zenker hat ihn ursprünglich l. c. mit Peire d'Alvernhe identifizieren wollen, hat aber diese Vermutung später nicht aufrecht erhalten. Zingarelli, Ricerche . ., Studi Medievali I, p. 363 (Separatdruck p. 56), hat in ihm den Joglar Peire gesehen, den nach Bertran de Born's Gedicht *Quan vei pels vergiers desplegar* v. 41 ff., die *vielha, que Fons-Ebraus aten* (welche die

Razo mit Eleonore von England identifiziert) zerstücken ließ
(s. Stimming[2] S. 86 ff.). Eine nähere Begründung dieser Hypothese
gibt Zingarelli nicht.

So hat die Kritik sich mit der Frage nach der Person Peirols
beschäftigt. Die andere Möglichkeit, daß zwar Peirol der bekannte
Trobador sein könnte, Bernart aber nicht der von Ventadorn, scheint
Niemand erwogen zu haben. Im Gedicht wird ja nur der Name
Bernart genannt; der Zusatz steht in der Überschrift von ADIK,
die zusammen nur éin Zeugnis abgeben. Der Ton aber, in welchem
Bernart in der 5. Strophe und vor allem in der Tornada der
Tenzone redet, entspricht durchaus nicht dem, was wir von unserem
Dichter gewöhnt sind. Wenn ich eine solche Verschiedenheit der
Tonart auch nicht als unmöglich hinstellen will, halte ich doch
die Verfasserschaft unseres Bernart weder durch das Zeugnis der
genannten vier Handschriften, noch durch die erwähnten Anklänge
für erwiesen.

    I.   Peirol, com avetz tan estat
              que no fezetz vers ni chanso?
              respondetz me, per cal razo
              reman que non avetz chantat,
      5   s'o laissatz per mal o per be,
              per ir' o per joi o per que,
              que saber eu volh la vertat.

    II.   Bernart, chantars no·m ven a grat
              ni gaire no·m platz ni·m sap bo;
     10   mas car voletz nostra tenso,
              n'ai era mon talan forsat:
              pauc val chans que dal cor no ve;
              e pois jois d'amor laissa me,
              eu ai chan e deport laissat.

    III. 15   Peirol, mout i faitz gran foudat,
              s'o laissatz per tal ochaizo.
              s'eu agues agut cor felo,

I. 1. Peirols *DIK*   2. fezest *IK*   5. laissat *N*

II. 8. Bernaz *D*), Bernartz *IK*   9. gaires *A*; sabon *IK*, sa bo *N*
11. e. a m. t. *IK*   12. del c. *N*

III. 15. Perol *A*, Peirols *DIK*; m. fezes *D*, fezest *IK*, fazes *N*
17. ahut *A*, aut *D*), auut *IK*, agut *N*; follon *D*

mortz fora, un an a passat,
qu'enquer no posc trobar merce.

20 ges per tan de chan no·m recre,
car doas perdas no m'an at.

IV.   Bernart, ben ai mon cor mudat,
que totz es autres c'anc no fo.
no chantarai mais en perdo

25   . . . .

mas de vos volh, chantetz jasse
de celei qu'en grat no·us o te,
e que perdatz vostr' amistat.

V.   Peirol, manh bo mot n'ai trobat
30   de leis, c'anc us no m'en tenc pro.
e s'ilh serva cor de leo,
no m'a ges tot lo mon serrat,
qu'en sai tal una, per ma fe,
c'am mais, s'un baizar me cove,
35   que de leis, si·l m'agues donat.

VI.   Bernart, ben es acostumat,
qui mais no·n pot, c'aissi perdo;
e la volps al sirieir dis o:
can l'ac de totas partz cerchat,
40   las sirieias vi lonh de se,
e dis que no valion re.
atressi m'avetz vos gabat.

19. Qenq(u)ier *IK*, Querque *N*   20. del ch. *N*

IV. 22. Bernar(t)z *DIK*   25. *fehlt in ADIK, in DIK ohne Spur
einer Lücke, in A leerer Raum für einen Vers,* A ioi o dich en ꝑu comp-
nat *N*   26. chantar *DIK*   27. no uos te *DIK*, nol uos te *N*   28. Eu
que perdez u. a. *N*

V. 29. Peirols *DIK*; mainz bos (bon *IK*) motz *DIKN*   31. E la
s. *DKN*, Ella s. *I*; serf a c. *D*; c. del leo *N*   33. Quen sa t. *I*, Qieu sai
t. *K*; una *AD*, autra *IK*, altra *N*   34. sim b. *DIK*; baissar *DI*

VI. 36. Bernar(t)z *DIK*   37. Que *DN*; caisso p. *DIK*   38. Que
la *A*, E la *DKN*, Ella *I*; sirieis *A*, serier *DIK*, cireis *N*   39. serrat *IK*
40. uic *A*; L. sercisas uit *D*, Laserrieisas ui *IK*, L. cereisas uezch *N*

VII.   Peirol, sirieias sou o be,

               mas mal aya eu, si ja cre

45   que la volps no·n aya tastat.

VIII.   ʼ   Bernart, no·m n'entramet de re,

               mas peza·m de ma bona fe,

               car no·n i ai re gazanhat.

VII. 43. Peirols *DIK*; sereisas *D*, seriesas *IK*, creisas *N*

VIII. 46. Bernarz *D*; no meu tramet *DIKN*   47. pessam *DIK*
48. ai] a *I*

---

17. *cor felo* ist hier ein feindseliges Herz, eines das bereit ist, Böses mit Bösem zu vergelten. -- Die Vorlage der Hdss. hat als Partizip von *aver* eine Form ohne *g* gehabt.

21. *doas perdas*] natürlich der Verlust der Liebe und des Gesanges.

25. Bei dem engen Zusammenhang von DIKN ist sicher, daß auch der Vorlage von N dieser Vers ursprünglich gefehlt hat, und daß der in dieser Hds. stehende Vers interpoliert ist.

38. Mistral kennt *cerie, cirèi, cirìei* etc. = *cereisié* (vgl. Atl. ling. 218, < *ceresius mit Suffixverschmelzung? also anders als *desier, consier* neben *desirier, consirier*, Thomas, Nouv. Essais p. 223). Soll *serieir* hier dreisilbig sein = *seriyeir*, so müßte *c'lh volps* gelesen werden.

46 ff. „Darauf (auf die Frage, ob der Fuchs von den Kirschen gekostet habe) lasse ich mich nicht ein". Inwiefern aber hat Peirol seine *bona fe* bewiesen, und worin ist sein Vertrauen getäuscht worden? Sind die Worte in unmittelbare Beziehung zum Vorhergehenden zu setzen? Dann würde man denken, daß auch Peirol sein Glück bei derselben Dame wie Bernart versucht hätte, und ohne Erfolg. Vielleicht aber wirft Peirol dem Bernart vor, daß die *bona fe* ihm gegenüber ohne Gewinn geblieben sei. Ich vermag den Zweifel nicht zu lösen.

I. Peirol, wie habt Ihr so lange verweilt, ohne einen Vers oder eine Kanzone zu dichten? Antwortet mir, aus welchem Grunde es unterbleibt, daß Ihr singt, ob Ihr es aus guter oder schlimmer Ursache unterlaßt, aus Leid oder aus Freude oder weshalb, denn ich will die Wahrheit davon wissen.

II. Bernart, zu singen ist mir nicht genehm, und es gefällt mir nicht, und ich mag es nicht. Da ihr aber ein Streitlied zwischen uns wollt, tue ich jetzt meiner Neigung Gewalt an: Wenig taugt ein Gesang, der nicht vom Herzen kommt; und da mich die Freude der Liebe verläßt, habe ich Sang und Lust verlassen.

III. Peirol, große Torheit begeht Ihr da, wenn Ihr es aus diesem Grunde laßt. Hätte ich ein arges Herz gehabt, so wäre ich seit mehr als einem Jahre tot, denn noch immer kann ich keine Gnade finden. Doch

deshalb lasse ich vom Sang nicht ab, denn nach zwei Verlusten steht nicht mein Verlangen.

IV. Bernart, wohl habe ich meinen Sinn geändert; ganz anders ist er als er jemals war. Vergeblich will ich ferner nicht mehr singen . . . . Von Euch aber will ich, daß Ihr immerdar von jener singt, die Euch keinen Dank dafür weiß, und daß Ihr Eure Liebesmühe verliert.

V. Peirol, manch gutes Wort hab ich von ihr gedichtet, von denen keines mir Gewinn gebracht hat. Doch, wenn sie eines Löwen Herz behält, hat sie mir keineswegs die ganze Welt verschlossen. Eine solche weiß ich, meiner Treu, von der mir lieber ist, wenn sie mir einen Kuß verspricht, als wenn sie mir einen gegeben hätte.

VI. Bernart, wohl ist es Brauch, daß, wenn einer nicht mehr (erreichen) kann, er es bei dem beläßt; und der Fuchs sagte es zum Kirschbaum: als er ihn von allen Seiten umschlichen hatte, sah er die Kirschen ferne von sich und sagte, daß sie nicht taugten. Ebenso habt Ihr mir gegenüber geprahlt.

VII. Peirol, wohl sind es Kirschen, aber verwünscht will ich sein, wenn ich glaube, daß der Fuchs nicht an ihnen genascht hat.

VIII. Bernart, darauf lasse ich mich nicht ein, aber um mein gutes Vertrauen ist mir leid, denn ich habe da nichts damit gewonnen.

— · —

70, 38.

Dᵃ 161 (558), I 33 (MG. 123), K 21. In N² als 34. von Bernarts Liedern genannt.

Gedruckt bei Zingarelli, Studi Medievali 1, 609.

Die drei Handschriften stellen die Strophen in die Folge 1 3 2, und Zingarelli hat diese Reihenfolge nicht beanstandet. Daß die Strophen so umzustellen sind, wie ich getan habe, wird sich aus dem Inhalt ergeben.

Bei der Art der Überlieferung ist die Attribution an Bernart natürlich nicht sicher. DIKN² können ja nur als éin Zeugnis gelten. Man würde die lebhaften Strophen, wohl ein Fragment, dem Dichter nicht gern absprechen; ich vermag darin aber doch nicht mit Gewißheit die Art Bernarts zu erkennen. Gleich der doppelte Ansatz der Frühjahrsschilderung in der ersten Strophe macht, wie mancher Zug der Sprache, bedenklich. Ebensowenig aber läßt sich das Stückchen dem Dichter mit Sicherheit aberkennen.

I.   Can la verz folha s'espan
            e par flors blanch' el ramel,
            per lo douz chan del auzel
            se vai mos cors alegran.
    5   lancan ve·ls arbres florir
            et au·l rossinhol chantar,
            adonc deu·s ben alegrar
            qui bon' amor saup chauzir.
            mas eu n'ai una chauzida
   10 per qu'eu sui *coindes* e gais.

II.   E se tuih el mon garan
            desoz la chapa del cel
            eron en un sol tropel,
            for d'una non a*i* talan.
   15 mai d'aquesta no·m cossir,
            que·l jorn me fai sospirar
            e la noih no posc pauzar
            ni·m pren talans de dormir:
            tan es grail' et eschafida,
   20 ab cor franc e dihz verais.

III.   S'eu fos a lei destinan,
            e for'eu dinz d'un chastel,
            que·l jorn manges un morsel,
            lai viuria sens afan,
   25 se·m don' aisso qu'eu dezir!
            de be far se deu penar,
            car se·m ten en lonc pensar,

Reihenfoige in allen drei Hdss.: 1 3 2.

I. 2. blanche e r. *D*, blanque el r. *I*, blanche el r. *K* 4. uai *DI*, ua *K* 5. uei los a. *DIK* 6. aug lo r. *DI*, auch lo r. *K*; rossignols *D* 7. A. se deu b. *DIK* 8. sap *DK*, saup *I* 9. n'ai] men ai *D* 10. cortes e g. *DIK*

II. 11. tot *DIK* 14. ai] a *DIK* 15. nõ c. *IK* 18. Ni num pr. *D*, Ni non pr. *IK*; talent *DIK* 19. esqaisida *D*, soasida *IK* 20. et ab d. *DIK*

III. 23. mangues *IK* 25. donaizcho *D*, Seu donaizo *IK* 27. se metent *DIK*

        no posc viure ni morir.

        ar eslonh en breu ma vida,

30   si com ja de mort me trais!

28. Ni p(u)ois u. *DIK*   29. esloing *D*, es loing *IK*   30. de
mort] damors *D*, damor *IK*

—   — —

5, 6. Die Hdss. haben die erste Person, welche Zingarelli behält.
Vers 7 und 8 zeigen, daß das Subjekt in der 3. Person steht.

8. Es ist eigentlich nicht nötig, das *sap* der Hdss. DK (das also in
der Vorlage stand) mit I in *saup* zu ändern. *Sap* begegnet oft genug als
Perfektum.

10. Zingarelli ändert das *cortes* der Hdss. in *coindes*. Wohl mit
Recht, wenngleich Zingarellis Begründung: ‚qui il *cortes* non significa
nulla‘ zu absprechend ist. Beide Verbindungen *coinde e gai* und *cortes
e gai* kommen oft vor; bei Bernart z. B. die erste 7, 11; 16, 46; 18, 5, die
zweite 10, 24 Var.; 31, 54. Diese letzte Verbindung aber wird in der Regel
von der Dame gebraucht; die andere wenden die Dichter auch auf sich
selbst an.

11. Zingarelli bleibt beim *tot* der Hdss. und fragt nun (Anm. zu
v. 21: „Alla mia difesa? alla mia misura? nel mio circolo“? O che *garan*
valga quasi ‚modelli‘? e *mon* mondo? E *tot* è da unirsi in *sitot* ‚sebbene‘?
Nè si potrebbe altrimenti nelle condizioni del verso. Er faßt also *garan*
als Verbalsubstantiv zu *garandar* auf („difesa“, also von *garantir*, kann
man ohne weiteres ablehnen). Die Bedeutung „Umkreis“ würde auch sehr
gut passen, aber *mon* müßte dann im Sinne des Genitiv stehen. Man
könnte dazu afrz. *finemont* vergleichen (s. Tobler I², 72 f. darüber und über
ähnliche Formeln). Aber das ist bedenklich, weil eine solche Konstruktion
nur als Latinismus möglich wäre und *garan* kein lateinisches Wort ist.
Garan kann aber auch Form von *garar* sein, zwar nicht „Alle die in der
Welt schauen“, aber wie afz. *veant* auch „sichtbar“ heißt (Tobler I², 45),
so kann hier übersetzt werden: „Alle in der Welt zu schauenden“ (vgl.
auch v. 21 *destinan a* „bestimmt für“).

15. Wir müssen übersetzen: „ich bekümmere mich nicht um mehr
als (um) diese“, also *no·m consir de mai que d'aquesta*, oder, wenn *de*
nach dem Komparativ steht und das „um“ nicht wiederholt werden soll,
no·m consir de mai d'aquesta, oder aber mit adverbialem *mai*: *no·m consir
mai de d'aquesta* „ich bekümmere mich nicht mehr als um diese“, und das
wird die vorliegende Konstruktion sein, nur daß *de* in doppelter Geltung
steht, wovon wiederum Tobler gehandelt hat (Verm. Beitr. I², 218 ff). Bei
for d'una v. 14 ist das gleiche möglich, aber *for* kann zwar *de* hinter sich
haben, verlangt es aber nicht.

22. Zingarelli ändert *for eu* (so nicht nur in D sondern auch in IK)
zu *fossem*. Das ist nicht notwendig. — Es ist nicht gesagt, daß der

Dichter sich in der Burg als Gefangener vorstellt. Er kann ja auch an eine Belagerung oder sonstige karge Verhältnisse soldatischen Lebens denken.

25. Oder mit Kongruenz der Zeitformen *se'm dones so qu'eu dezir*, aber der Wechsel der Zeiten läßt die Vorstellung noch lebendiger erscheinen.

28. Für das erste *ni* der Hdss. wird man sicherer *no* einsetzen.

29 f. *de mort mi trais* heißt wohl nicht „sie errettete mich vom Tode" sondern „sie zog mich aus dem Zustande des Todes", d. h. ehe ich sie kannte, war ich nicht lebend, vgl. *de nien m'a faih* 15, 42; 27, 48. — Dann liegt es nahe, im vorhergehenden Verse den Gedanken des Tötens zu sehen, also *eslonh.. ma vida* „sie entferne mein Leben, töte mich", nicht „sie verlängere es mir". (Die letzte Bedeutung würde an sich vielleicht keine Änderung des Präfixes, *eslonhar* zu *alonhar*, verlangen. Wenigstens bringt Levy aus Raimon Vidal auch *eslonhar* „aufschieben, hinhalten" neben *alonhar* bei. — Man kann in *eslonh* auch den Indikativ sehen wollen, also mit Apostroph. Der Konjunktiv ist aber doch wohl gemeint).

I. Wenn das grüne Laub sich entfaltet und die weißen Blüten auf dem Zweige erscheinen, erfreut sich mein Herz am süßen Sang des Vogels. Wann er die Bäume blühen sieht und die Nachtigall singen hört, dann soll sich wohl freuen, wer gute Liebe zu erwählen wußte; ich aber habe eine solche erwählt, von der ich voll Lust und Freude bin.

II. Und wenn alle, die in der Welt unter dem Himmelsmantel zu sehen sind (?), in einer Schar vereinigt wären, ich habe nicht Lust als auf eine. An mehr denke ich nicht als an diese, die mich am Tage seufzen läßt, und des Nachts kann ich nicht Ruhe finden noch habe ich Lust zu schlafen: so schlank und zierlich ist sie, mit edlem Herzen und wahren Reden.

III. Wenn ich ihr bestimmt wäre, und wäre ich in einer Burg, so daß ich (nur) einen Bissen am Tage äße, so würde ich dort ohne Pein leben, wenn sie mir das gibt, was ich begehre. Recht zu handeln sollte sie sich bemühen, denn wenn sie mich in langem Sehnen läßt, kann ich weder leben noch sterben. Jetzt entferne sie (? oder: verlängere sie?) mir bald das Leben, so wie sie mich einst aus dem Tode zog!

392, 27.

In C 127, R 61 (511) dem Raimbaut de Vaqueiras zugeschrieben, in E 108 dem Bernart de Ventadorn, in M 112 (und im Register von C) dem Raimon de Miraval.

Das Breviari d'Amor zitiert v. 33 596 ff. v. 33—36 dieses Liedes als vom *pro Guiraut de Quentinhac* herrührend. Sie lauten da:

> *Molt fai gran vilanatge*
> *cel que leu s'espaventa;*
> *qu'apres lo fer auratge*
> *vei que dols' aura venta.*

Der Dichter Giraut de Quintenac (Chabaneau: Quintenas, Ardèche) ist nur dem Matfre Ermengaud bekannt. Das von diesem ihm zugeschriebene Lied 34, 2 steht in CER unter dem Namen Arnauts de Tintinhac (Chab.: Tintiniac, Corrèze). Auch von diesem näheren Landsmann Bernarts wissen wir sehr wenig. Die drei ihm zugeschriebenen Lieder können ihrer Art nach sehr wohl einer alten Zeit des Trobadorgesanges angehören.

Unser Gedicht ihm zuzuweisen ist das Zeugnis Matfre Ermengauds kein genügender Anlaß.

Von den vier Hdss., die es enthalten, gehen CM auf eine Quelle zurück (s. v. 7 *folhs folls*, v. 30 *segon*). Auch in v. 11, 35 stehen CM und ER gegenüber. In 11 könnte *m'entensa* einen gemeinsamen Fehler von ER zeigen, so daß wir das Verhältnis

anzunehmen hätten. Vielleicht ist aber auch *m'entendensa* in einen mangelhaften Vers: *qu'en tal ai m'entensa* eingeführt. Wenigstens scheint, außer der zweifelhaften Zuweisung an Raimbaut de Vaqueiras, auch v. 7 mit *abstenensa* auf einen (ja auch sonst ganz gewöhnlichen) Zusammenhang zwischen CR hinzuweisen. Wir können also auch einen Stammbaum

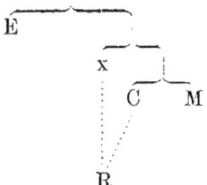

als möglich ansetzen.

So ist aus dem Handschriftenverhältnis höchstens der Schluß zu ziehen, daß Raimon de Miraval als Verfasser kaum in Betracht kommt. Dagegen bleiben

Raimbaut de Vaqueiras und
Bernart de Ventadorn

als Kandidaten bestehen. Die Ähnlichkeit der beiden Namen ist
in der Schrift, wenn man den Ortsnamen etwa als nur durch V
angedeutet ansieht, auch hinlänglich groß, daß man den einen für
aus dem anderen verlesen erklären kann. Welches ist aber nun
der richtige Name?

Wenn man die metrische Form des Gedichtes heranzieht, hat
Raimbaut sicherlich die geringeren Ansprüche. Bei ihm finden wir
nur ein Lied in Sechssilbnern, Nr. 20, und es sind männliche.
Weibliche Verse spielen bei ihm überhaupt nur eine untergeordnete
Rolle. Einen Reimwechsel wie in dem fraglichen Gedicht gibt es
bei ihm nicht. Alle seine Lieder sind durchgereimt oder haben
Einzelstrophen.

Bernart dagegen hat Strophen aus Sechssilbnern in 28, 36,
37, die ersten beiden auch männlichen, 37 aus männlichen und
weiblichen gemischt. Vollständig weibliche Strophen gibt es zwar
auch bei ihm nicht, aber in Nr. 3 sind von 8 Reimendungen
nur 2 männlich (e g), in 26 von 5 nur 1 (d), in 23 und 42 von
4 nur 1 (c); in 44 stehen zwar nur 2 weibliche Endungen einer
männlichen gegenüber, aber von 12 Versen der Strophe sind nur
3 männlich. Die gleiche Art des Reimwechsels begegnet bei
Bernart in Nr. 36.[1]

Aus Ausdrücken und Anschauungen auf einen bestimmten
Autor zu schließen ist bei den Trobadors, die sich in einem eng-
begrenzten Wort- und Gedankenkreis bewegen, ja mißlich. Hier
aber scheint mir nun doch die Übereinstimmung mit den Gedichten
Bernarts so weit zu gehen, daß wir dem Argument seinen Wert
wohl nicht absprechen können. Ich übergehe den landläufigen
Frühlingseingang. Für v. 5 vgl. *tota creatura* 13, 42, v. 6: *segon
ma natura* 24, 8 (*contra natura* 13, 51), v. 7: *se estener* 4, 18,
v. 8: *envezat* 35, 29, v. 9: *penedensa* 30, 31, v. 10: *a lonjas* 7, 60,
v. 11: *on ai meza m'ententa* 37, 7, v. 12: *agur* 25, 26, v. 13: *metre
sa cura* 8, 16, v. 15: *faire falhimen* 6, 44, v. 16: *mezura* viermal
bei Bernart, v. 17: *fachura* 24, 40, v. 18: *clar vis* 1, 51; 37, 12,
v. 19: *rancura* 8, 29, 52, v. 20: *senhoratge* dreimal, v. 21: *cela*

---

[1] Raimon de Miraval hat auch gleichen Reimwechsel in 406, 21, und
in 406, 35 (MG. 1083a, 1112) besteht die ganze Strophe aus weiblichen
Versen (zwar aus Siebensilbnern, nicht Sechssilbnern, aber die rhythmische
Wirkung ist sehr ähnlich). Indes haben wir ja geglaubt Raimons Namen
hier ausschalten zu müssen.

que·m fo de bel estatge 42, 23, v. 22: *linhatge* zweimal, v. 23: *jurar* 17, 46; 25, 54, v. 24: *refudar* 36, 40, v. 26: *esser de mal respos* 28, 60 etc. Ich hebe aus den folgenden Versen noch hervor: zu v. 29—32: 37, 11—16, zu v. 34: 37, 20 *pros om s'afortis e malvatz s'espaventa*, zu v. 37 vgl. 28, 29—32: *E si no·m fai cnan Amor e bel semblan, Qant er velha, deman Que m'aya bon talan*, zu v. 38 das *aver sal* 28, 42.

Der Mangel eines Spezialwörterbuchs zu Raimbaut de Vaqueiras und Raimon de Miraval läßt den Vergleich für sie nicht in gleichem Umfang durchführen wie für Bernart, aber in ebenso großer Zahl werden sich die Parallelen dort schwerlich finden. Die Wahrscheinlichkeit für die Verfasserschaft Bernarts ist jedenfalls eine recht erhebliche.

I.   Can lo dous temps comensa
           e pareis la verdura
           e·l mons s'esclair' e gensa
           e tot cant es, melhura,
5   chascuna creatura
           s'alegra per natura;
           eu sols fatz estenensa
           de far envezadura.

II.   En aspra penedensa
10   sui, s'a lonjas me dura,
           qu'en tal ai m'entendensa,
           don nulhs bes no m'agura.
           tot' ai meza ma cura
           en cor de peira dura;
15   e sai que fauc falhensa,
           car non am per mezura.

III.   En sa bela fachura
           ed en so clar vizatge

I. 1. lo ien t. *R*   2. pareis *verwischt R*; li *M*   3. mon *CER*; es clars e g. *M*   7. El *M*; folhs *C*, folls *M*; fauc *E*, fai *M*; abestenensa *C*, abstenensa *R*   8. esmeradura *R*

II. 10. si guaire *C*, si longes *M*, si trop *R*   11. mes mentensa *E*; Qen aital ai ma entensa *R*   12. On *E*; nulh *CR*; ben *C*; no maora *E*, nom atura *R*   13. Ar *C*, On *R*; T. aissi mes a ma c. *M*   14. perra *C*

III. 17. Quen *R*   18. E *C*; niatge *R*

12. *l.* no·s m'agura?

            paus tota ma rancura

20   com en ric senhoratge.

            tant es de bel estatge,

            rich' e de gran linhatge,

            qu'eu no cre, s'ilh o jura,

            refut mon omenatge.

IV.   25   E si·m tenh a tortura

            lo seu respos salvatge,

            sei olh m'en fan drechura,

            que·m son del cor messatge;

            qu'eu sai be per uzatge,

30   qu'olh no celon coratge.

            sol aisso·m n'asegura,

            qu'eu no·n ai autre gatge.

V.   Mout fai gran vilanatge

            qui trop leu s'espaventa,

35   qu'apres lo fer auratge

            vei que·lh dous' aura venta.

            s'a ·xx· ans o a ·xxx·

            agues sauva m'ententa,

            ges no planh mo damnatge

40   vas que ma joy' es lenta.

VI.   Domna pros e valenta,

            genser de la plus genta,

            faitz vostre, cors salvatge

            tan privat qu'eu lo senta;

20. Quon *M*   21. Es e de *C*; uzatge *E*   22. Rica e daut l. *E* 23. si tot i. *C*, neus qui mo i. *E*, sil(l) so i. *MR*   24. Refus *C*, Refuch *M*   IV. 25. E sim tenh a t. *C*, E sieu soi de rancura *E*, E sim ten a t. *M*, E si macordura *R*   26. Del *E*; siens *R*   27. nom f. *C*; fay *R* 28. Quieu soi *E*, Que s. *R*; cors *M*   30. Cueils *ER*; seg(u)on *CM*, celon *E*, sela *R*   31. n' *fehlt R*   32. Que *C*   V. 34. Caisi leu *E*   35. lo] de *R*; Quaprop lo brun *CM*   36. que *R* 37. s'a] *fehlt E*, Fu *M*; a *fehlt E*; Lieys nō planh lo dampnatie *R* 38. Ua que ma cor es lenta *R*   39. lo d. *M*; No plais sera mon d. *C*, Cab ·xx· ans o en ·xxx· *R*   40. Agues salua mententa *R*   VI. 42. las *E*   43. Faz *M*; cor amatie *R*   44. quei consenta *E*

19. *l.* m'aventura?

VII.   45 Car s'eu mor, domna genta,
            que ja nuza no·us senta,
            mos cors n'aura damnatge
            e m'arma n'er dolenta.

V. 45. Car yeu uuelh *R*   46. muza *C*, aiuda *R*; nos s. *M*   47. Lo
cor *E*   48. m'a.] lamor *R*

---

8. *envezadura*, s. *envezat* 35, 29. Das Wort scheint nur hier vorzukommen, und auch *envezat* ist nicht häufig.

9. s. *qui vid anc mais penedensa l'aire denan lo pechat* 30, 31.

12. „von der Keiner mir Gutes vorhersagt“. Aber wie sollte jemand
dem Dichter Gutes von der Dame vorhersagen, da doch Niemand von seiner
Liebe wissen darf? Man wird lesen dürfen *don nulhs bes no·s m'agura*.
Für die sog. passivische Bedeutung reflexiver Konstruktion s. 4, 56; 18, 8. —
maora in E geht wohl auf *m'äura* zurück, das einem *äut* für *agut* (wenn
auch nicht den lat. Lauten nach) entspricht, s. Var. zu 32, 17.

14. Die Verbindung *peira dura* kommt bei Raimon de Miraval
Nr. 35 vor, aber nicht auf das Herz angewendet: MG. 1112 c. 3: *e si tot
me desmezura . ges de lieis non parc m'espera . ans combat ab quiers de
sera . bastimens de peira dura.*

19. *rancura* heißt „Leid, Kummer, Klage“ (s. Levy VII, p. 24 ff.).
Wie konnte der Dichter sagen: *paus tota ma rancura en sa bella fachura?*
Das Wort ist schwerlich hier richtig. Vielleicht ist *ma rancura* vom
Schreiber der ersten Vorlage verlesen aus *m'aventura*: „mein ganzes Ge-
schick setze ich auf ihr schönes Antlitz“.

23. „wenn sie es mir auch schwört“ (CMR) oder „wenn man es mir
auch schwört“ (E)? In der nächsten Strophe ist gleich von dem *respos
salvatge* der Dame die Rede. So ziehe ich CMR vor.

25. *si·m tenh a tortura* „wenn ich ihre harten Worte für ein Unrecht
gegen mich halte“ (*tortura* „Unrecht“ wie Mönch von Montaudon, *Autra
vetz fui a parlamen* v. 10 u. a. O.) oder *si·m ten a tortura* „wenn ihre
harten Worte mich in Qual halten“? Die Lesung von E: *E s'ieu sui de
rancura Del sieu r. s.* scheint zu heißen „und wenn ich mich über ihre
harten Worte beklage“, vgl. *esser de clam* 18, 17, freilich in der Hds. a,
deren Lesart wir dort (vielleicht mit Unrecht) nicht aufgenommen haben.
Aus R + CM könnte man ein *atorturar* „foltern“ erschließen (und E könnte
dann auf ein gleichbedeutendes *s'ieu sui a tortura* zurückgeführt werden,
vgl. Mistral *siéu à la tourturo*). Aber nicht einmal *torturar* ist aprov.
nachgewiesen. Alle diese näheren oder entfernteren Möglichkeiten führen
zu keiner Sicherheit. Ich bleibe bei *tenh*.

38. *agues — planh —*: Durchbrechung der zeitlichen Anschauung.

44. Sowohl *sentir* CMR wie *consentir* E können sich auf Stellen
Bernarts berufen (s. 24, 35 und 37, 13 etc.). Mit Hinsicht auf v. 46 halte
ich *senta* für korrekt. Es bilden dann Echo 45 : 42, 46 : 44, 47 : 39.

48. *m'arma n'er dolenta*, also doch nach dem Tode. Will Bernart sagen, daß seine Seele in Verdammnis fallen wird, weil er die Geliebte nicht besessen hat? Oder wird seine Seele noch im Himmel Schmerz darüber fühlen? Auf beide Weisen verstanden, ist der Gedanke kühn. — Im Anschluß an R könnte man lesen *Ed Amors n'er dolenta* „ich werde den Schaden davon haben und Minne wird voll Trauer darüber sein". Aber *amor* ist, nur durch R, zu schlecht bezeugt.

I. Wenn die süße Jahreszeit beginnt und das Grün erscheint, die Welt hell und schön und Alles was ist, besser wird, freut sich, wie es die Natur will, jegliches Geschöpf. Ich allein enthalte mich der Lust.

II. In bitterer Pein bin ich, wenn es mir lange währt, denn auf eine Solche habe ich meinen Sinn gerichtet, von der mir kein Heil versprochen wird. All mein Denken habe ich auf ein Herz von hartem Stein gestellt; und wohl weiß ich, daß ich fehle, indem ich nicht mit rechtem Maße liebe.

III. In ihre schöne Gestalt und in ihr helles Antlitz lege ich all mein Geschick(?) als in edle Hut. Von so köstlicher Art ist sie, so edel und wohlgeboren, daß, wenn sie mir es auch schwört, ich nicht glaube, sie werde meine Huldigung zurückweisen.

IV. Und wenn ich über ihre harte Antwort Klage erhebe, geben mir ihre Augen Genugtuung, die mir des Herzens Boten sind, denn wohl weiß ich aus Erfahrung, daß die Augen das Herz nicht verhehlen. Das allein gibt mir Sicherheit, denn andre Bürgschaft hab ich nicht.

V. Gar niedrig handelt, wer zu leicht verzagt, denn: nach dem wilden Sturme sehe ich, daß die süße Luft weht. Wenn ich in 20 oder 30 Jahren mein Begehren erfüllt sähe, klage ich über meinen Schaden nicht, indem meine Freude sich verzögert.

VI. Treffliche, edle Fraue, schöner als die Schönste, zähmet Euren scheuen Leib dahin, daß ich ihn fühle;

VII. Denn, wenn ich so sterbe, schöne Frau, daß ich nie Euch nackt fühle, wird mein Leib Schaden davon haben und meine Seele wird in Schmerzen sein.

Lieder anderer Sänger, die vereinzelt Bernart von Ventadorn zugeschrieben sind.

B. Grdr. 16, 13.

A 55 (150, Arch. 51, 251), C 238, D 76 (271, Bertoni, Giorn. stor. d. lett. ital. 38, 141), E 90, G 80 (p. 250, Arch. 32, 407), I 133, K 119, M 126, O 20 (33).

Alle diese schreiben das Gedicht Albert(et) (de Sestaro) zu, R 58 (492) und auch das Register von C dagegen dem Bernart von Ventadorn.

Das übermütige Gedicht, das unter dem Schein der Verleugnung eine Anzahl hochgestellter Damen feiert, hat, wie schon oft erwähnt ist (Torraca, Le donne italiane nella poesia provenzale, 1901, p. 25 ss.; Bertoni, Giorn. stor. 38, 140; Fr. Bergert, Die von den Trobadors genannten oder gefeierten Damen, 1913, s. Verzeichnis S. 128) eine plumpe, wenn auch technisch nicht ungeschickte Erwiderung durch Aimeric de Belenoi erfahren, die, durch ihren in Wortlaut und Reimwörten engen Anschluß, für die Herstellung des Textes von Wichtigkeit ist, und die ich daher nach den Mss. A 347, C 147, D (Giorn. stor. d. lett. it. 38, 141), H 35 (115, Studj di fil. rom. 5, 469), I 126 (MG. 902) daneben abdrucke.

Eine Gruppierung der Hdss. erfolgt zunächst durch ihre Anordnung der Strophen:

1	2	3	4	5	6	7	8	9	IK
1	2	3	4	5	6	7	9		AD
1	2	3	4	6	7	5	8	9	O
1	2	4	5	6	7	3			CEG
1	2	4	5	6	7				R
1	2	3	7	—	—				M

In M bricht, durch das Fehlen eines Blattes der Hds., das Gedicht mit dem 5. Vers der 7. Strophe ab.

Einen Schlüssel für das Verhältnis der Hdss. scheint v. 21—24 zu bieten. Diese Verse stehen in folgender Reihe (die hier durch ihre Reimwörter bezeichnet wird):

ADGIKM	CE	O
leva	*leva*	*treva*
dolor	*dolor*	*meior*
treva	*fehlt*	*leva*
meillor	*fehlt*	*dolor.*

Sowohl der Vergleich mit dem Gedicht Aimerics de Belenoi, wie, sicherer noch, der Gedankenzusammenhang der Verse zeigt; daß einzig die Folge in O richtig ist: „Eva, die erste Frau, war der Anlaß, daß unser Friede mit Gott gebrochen wurde, woher wir noch jetzt allesamt Sünder sind. Und deshalb handelt ein jeder übel, der sich mit ihnen einläßt, denn man kann nicht erkennen, welche von ihnen besser ist als sie. Manch einer lobt sie, der gar nicht weiß, was es mit der Liebe auf sich hat, und nimmer Freude, Kummer oder Schmerz von ihr erfuhr". So stehen also dem einzigen O alle anderen gegenüber. Von ihnen trennt sich CE wieder durch das Fehlen der Verse 23, 24. Mit diesen beiden fanden wir durch Strophenstellung G und R gebunden, und dieses Verhältnis wird durch die Varianten bestätigt, die aber noch M zu diesen vier hinzufügen.

Schreibung nach A.

I.   En amor trob tant de mal seignoratge,
    tant lonc desir e tant malvatz usatge,
    per q'ieu serai de las dompnas salvatge,
    e no·is cuidon oi mais qu'eu chant de lor,
5   qu'eu ai estat lor hom e lor mesatge

I. 1. amors *R*; tantz *AIK*; mals (mal *D*) seignoratges *ADIKM*
2. Tanz (Tan *G*) loncs desirs *GIK*, T. loncs destrics *M*; tantz *AIK*; maluaiz *D*, maluais *EG*, maluat *R*; usatges *ADIKM*; t. de mal u. *C*
3. *fehlt R*; de] a *M*; saluatges *ADIKM*, saluate *E*   4. Ni *ADEGIM*; no *EGO*; cuidon *AGM*, cuiom *D*, cu(i)g hom *EIKR*, cuion *O*; cugetz *C*; qeu oimais c. *ADIK*, quey mais chante *C*, que ia mais c. *EMR*, qeu chan oimais *G*, oimais qeu c. *O*   5. Car estat ai *A*, Questat aurai (arai) *CIKM*, Car eu ai stat *D*, Quieu soi estat *E*, Oi sui esta *G*, Qeu ai estat *O*; mes(s)atges *ADIKM*; Car anut man per hom e per m. *R*

Aus den einzelnen Abweichungen ergibt sich eine ziemlich
klare Verwandtschaft:

ADIK: 7, 8, 13, 17, 21—24, 25, 29, 42, 48, 54, 55,

   DIK: 20, 27, 29, 32, 51,

     IK: 13, 29, 39, 45, 51, 58, 60

(dem gegenüber steht freilich AD: 36, 40, 45, 47, 52);

MRGCE: 11, 18, 22,

   RGCE: 13, 26, 30, 31, 39, 42, 45, 46, 49, 51—53,

     GCE: 19, 21, 27, 30, 37, 40, 47 (aber CER: 36, 50),

       CE: 23, 24, 29, 43.

Also ungefähr:

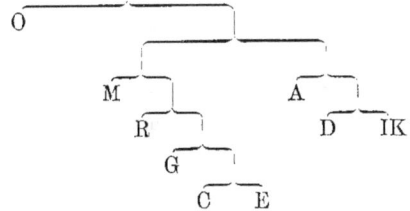

Bemerkenswert ist noch das wiederholte Übereinstimmen von
M mit O: 12, 17, 20 (DIK stimme mit O in v. 27, IK wenigstens
im Vorhandensein der ersten Tornada).

Als Verfasser kommt natürlich kein anderer als Albert in
Frage, den auch Aimeric in seinem Gegenliede viermal nennt.

I.   Tant es d'amor honratz sos seignoratges,
          que non i cap negus malvatz usatges;
          e car n'Albertz es de dompnas salvatges,
          non taing, com fals remaigna entre lor;
    5   qu'eu fui e son lo lur fizels messatges,

I. 1. honrat *I*   2. Que ieu no i trob *A*; Quom non hi cap ab
nulhs *C*; maluais *DI*   4. Nois t. *A*   5. lur] uer *I*; f. uas lor aitaut
f. *A*; messatge *C*

et enaussat lor pretz e lor valor,

e re no i trob mas destric e dampnatge.

gardatz s'ieu dei oi mais chantar d'amor.

II.   D'amor non chan ni vuoill aver amia

10   bella ni pro ni ab gran cortesia,

c'anc no i trobiei mas engan e bauzia

e fals semblan messongier trahidor;

e qand ieu plus la cuich tener per mia,

adoncs la trob plus salvatg' e peior;

15   doncs ben es fols totz hom q'en lor si fia;

et ieu agui ma part en la follor.

III.   Era veiatz de lor amor, si greva:

qe'ill primieira sap hom que fo na Eva,

que fetz a Dieu rompre covenz e treva,

20   don nos em tuich enqeras pechador;

per que fai mal totz hom c'ab ellas treva,

6. Et ai enansat *E*, Per enansar *M*, Et ay aussat *R*; lauzor *M*   7. Canc no i trobiei *ADIK*, Aras no y truep *C*, E re(s) noy truep *EMR*, Ara no il trop *G*, E noi trob *O*; destrics *ADIKMR*; dampnatges *ADIKM* 8. s'ieu] com *M*, si *R*; d'a.] de lor *M*; *G*. oimais seu deu (si del *A*) ch. da. *ADIK*, *G*. sai dreg qneymais chante da. *C*

II. 9. Damors *R*; uolc *O*   10. Guaya *C*; pros *EGMOR*; ab] sa *O*; scinhoria *M*   11. non t. *IK*, nŏ nŏ t. *O*; Quar (Qa *G*, Que *M*) re (res *R*) noi truep *CEGMR*   12. mensongiers *I*, lauzengier *MR*; trichador *MO*   13. q.] tant *D*; E qant ieu plus *ADIK*, Quades on plus (miells *M*) *CM*, On eu melz *O*; tenir *IK*; Cant yeu la cug ades trair per amia *EGR*   14. Et ieu *M*, Et e *O*; s. e p.] sabiaie p. *O*   15. Per so es f. *C*; tot *O*; sen f. *DIK*; Ben teng per foll cell qi en lor *M*; fol qiu lor amor se f. *G*   16. Et ieu ai mes *C*, Eu nai ben *D*, Et yeu ai (nai *IK*) be *EGIKMR*, Et eu agui *O*; Et ieu meteus ai p. *A*

III. *fehlt R*   17. Era gardatz *ADIK*, Ara ueiatz *MO*, Saber podem (poden *E*, podē *G*); si gr. *ADIK*, que gr. *C*, que leua *EG*, com gr. *M*, sagreua *O*   18. Qeill (Que *D*) pr. sap hom *ADIK*, La (Li *M*) p. sabem *CGM*, Premeira sabem *E*; Qe primeraiñ sabou qe fon ncua *O*; fonazeua *DIK*, fo as eua *G*, fo naçcua *M*   19. Ca deu fez r. *O*; couen *CEG*; Qe frais a dieu fc e couent *M*   20. Don nos em (nos sem *DIK*, nus sem *G*) tuich (nos en em *CE*) *ACDEGIK*, Per qe nem tut *M*; Per qe nos nem encarc tot p. *O*   21. Tals las lauza no sap damor qeis leua *ADIK*, E tal se fenh damar no sap ques (que *E*) leua *CEG*, Tal cre saber damor non sap qes leua *M*, Donc ben el tot hom cabellas treua *O*

et enansiei lor pretz e lor valor,
e non i trob ni destrics ni dampnatges,
anz son onratz car chant per lor amor.

II.   Ja mais n'Albertz non deu chantar d'amia,
10   que renegat a tota cortesia;
e car dompnas apella de bauzia,
be·l deuri' hom pendre cum träidor;
e dic vos ben, si la forssa fos mia,
ja noi agra nuill enemic pejor,
15   c'om non es pros, si en dompna no·is fia,
mas avols hom s'o ten a gran follor.

III.   La lor amors es bona, e non greua,
car si failli primieiramen na Eva,
la Maire Dieu nos en fetz patz e treva,
20   per que d'aisso nos non em pechador;
anz val ben tant totz hom c'ab ellas treva,

6. enansi *CD*, enaissi er *I*   7. destric ni dampnatge *C*   8. Per que nois taing quel oimais chant de lor *A*

II. 9. nalbert *C*   10. renegad *A*   12. Beill *I*; deuria hom *AC*, deu om *II*, deurion *I*; trachor *C*, traitor *D*   14. noil a. *D*   15. pro *D*; donas *C*   16. auol *AC*; lo t. *D*

III. 17. amor *CDI*   18. nazeua *C*   20. E *C*

> puois c'om no·n pot conoiser la meillor;
> tals las lauza, no sap d'amor qe·is leva,
> ni anc no·n ac joi, pena ni dolor.

IV.   25   El mon non a duquessa ni reina,
> si·m volia de s'amor far aizina,
> q'ieu la preses, ni la comtessa fina
> de Proenssa, *qu'es de beutat la flor.*
> de Salussa no vuoil que n'Agnesina
>
>   30   mi retenga per son entendedor,
> ni·l comtessa Biatritz, sa cosina,
> de Vianes, ab la fresca color.

V.   Si Salvatga, la bella, d'Auramala,
> qe de bon pretz a faich palaitz e sala,
>
>   35   non s'o tenga ad orguoill ni a tala,
> non amarai *ni* lieis ni sa sror,
> si tot de pretz son en l'aussor escala
> e son fillas d'en Colrat, mon seignor.

22. Canc non ac ioi ni plazer ni dolor *ADIK,* Ni non sen mal (ges *G*; Ni anc non nac *M*) ni pena ni dolor *CEGM,* Pois hom non pod conoiser la meior *O*   23. fehlt *CE*; Tal las lauda *O*; Per que fai mal totz hom (cels *G*) cab ellas (qua bella *D*) treua *ADGIK,* Et es ben pecs *cell (am Rande nachgetragen)* qi ab ellas treua *M*   24. fehlt *CE*; Pois com non (uo *G*) pot (Qar nulls noi sap *M*) conoisser la meillor *ADGIKM*

IV. *fehlt M*   25. Quel *ADIK,* El *CEGR,* Al *O*; es *ACDEIKR,* a *GO*; duchessa *A,* duguessa *CER,* contessa *GO*   26. Si (Qe *G*) de samor mi uolgues f. (me uol donar) a. *CEGR*; acina *O*   27. lan *CEGR,* fehlt *O*; pregues *CEG*; la] de *A*; ni comtesso la f. *DIK,* nes contessa la f. *O*   28. com ten per la meillor (genzor *DIK,* zenzor *G*) *ACDEGIKR,* qes de beutat la flor *O*   29. De polomuac *A,* Ni de plazasc *D,* Ni de plosas *IK,* E de (De *E*) salutz *CE,* De saluaza *G,* De saluda *O,* Ni des salutz *R*; naguesina *A,* nelguizina *C,* nainesina *DIK,* naguizina *E,* ainessina *G,* nagnexina *O,* nayaizina *R*   30. retengues *CEG*; Ni me tengues *R*   31. Ni la bela b. *CEGR,* Nes contessa b. *O*   32. la f. *AEGR,* sa f. *CDIK*; com ten per la meior *O*

V. *fehlt M*   33. Sil s. *A,* Si s. *DIK,* De saluaia *O*; Si la bella saluatia (saluasa *CG,* salussa *R*) *CEGR*   34. Q(u)i *DG*; fai(t)z *GR* 35. Ni so t. *E,* No sel t. *O*; tengues *CDEGIKR*; ab *O*; o.] enueg *IK* 36. amaria *ADG,* amera *CER,* amari *IK,* amerai *O*; licis *ADGO,* ni lieis *CEIKR*; ni saror *O*   37. Si de tot pr. *O,* Si de bon pr. *CEG*; lauzor *DGR,* ualor *C*; esala *O*   38. Ni *IK*; filba *C*; de c. *DIKOR*; colrat *AER,* corat *CG,* conrat *DIKO*

que entrels bos lo ten hom per meillor.
tals las lauza,[1]) non sap d'amor qe·is leva,
per que no·is taing que n'aia mais dolor.

IV. 25   E car mentau duquessa ni reina
qe·ill fezesson de lor amor aizina,
venques[2]) las en la pros comtessa fina
de Proenssa, on a tota valor!
De Salussa la bella n'Agnesina
30   fassa est clam a son entendedor,
la comtessa Biatritz, sa cosina,
si·l ve camjar en nuill' autra color!

V.   Si·l Saluatga es tant pros d'Auramala
cum n'Albertz ditz, non er mais dinz sa sala,
35   que no s'o tenga ad anta et a tala;
e si ja mais ve lieis ni sa seror
e no l'en fant tornar en un'escala,
non son fillas d'en Colrat lor[3]) seignor,

22. tenou p. *H*   23. damar *HI*; que sia *H*   24. no(n) t. *DIII*
IV. 25. duchessa *A*, duguessa *CD*; regina *C*   26. Quel *CDI*
27. Venca *A*; pro *H*   28. que a *A*, on es *C*   29. Na s. *H*; na arzina *C*,
nainesina *DI*, nainenzina *H*   30. F. en cl. *H*   31. beatritz *C*, biatrix *H*
32. e n. autre c. *A*
    V. 33. Si *I*; saluatges *C*, saluaia *DHI*; dautra mala *DIII*   34. Con
D; er] es *A*   35. Quil *A*; anta] enoi *A*; ni *C*   36. uci *ADIII*, uas *C*
38. de c. *I*; conrat *CDI*, corrat *H*; lor *ACIII*, lo *D*

---

[1]) *l.* blasma?   [2]) *l. etwa* venjes las en?   [3]) *l.* lo *mit D?*

pero s'amors m'agra ferit sotz l'ala,
40   s'amar degues, mas no·n ai ges paor.

VI.   Si n'Azalais de Castel e de Massa,
que tot bon pretz vol aver et amassa,
m'en pregava, tota·n seria lassa
anz que m'agues conquis per amador.
45   Dieus! qui la ve com el' es fresca e grassa,
sembla rosa novella de pascor,
e siei beill huoill lanson cairel que passa
lo cors e·l cor, mesclat ab gran doussor!

VII.   Si·m donava s'amor la pros comtessa,
50   cill del Carret, q'es de pretz seignoressa,
non faria per lieis un' esdemessa
(gardatz s'ieu dic gran orguoill o follor!),
que jes mos cors plus en dompnas non pessa;
oi mais lor er a percassar aillor,

39. La lor a. CER, De lor amor G, Per so samor IK; magrā G; ferir D   40. non ai ges AD, non ajan CEG, ges non ai IK, non i ai O, tot me fay R

VI. fehlt M   41. nalazais E, na alais O; maza G   42. Qi O; ajosta ADIK, uol auer CEGR; nolc auer e amassia O   43. Me p. R; pregues fort CE; laissa IK; toia en seria lassaz D   44. maues O; Se tot sembla fresca roia en pascor (s. 46) D   45. Gardatz cum es bella fr. e gr. (grassaz D) AD, Dieu(s) qui la ue cum es uermella e gr. CEGR, Si tot ses belle fresca gaia e gr. IK, Ma qi laue com ela e fr. e gr. O   46. Sembla r. n. AIK, Ben sembla r. n. O; Belha e fresca cum roza en p. CEGR, Anz que magues conquis per amador (s. 44) D   47. E siei ADIKR, El C, Eil(l) EG; Car sos bels oilz O; semblon AD, lanson CEO, lanzan G, laison IK, lansal R; quairels D); passca G   48. La cors G; Lo cor el cors R; Del cors al cor ab una gr. d. ADIK

VII. 49. li p. M; Si men (me E; Sim G) pregues ara la (ahoral C) p. c. CEGR   50. Qe G; del car(r)et ADGIK, dal caret O, de turet CR, de turer E, de qarcon M; qu' fehlt G   51. uas l. DIK; nulla esd. D, nuilla esmenda IK; Per lieys amar no fer u. e. C, Per so amor (samor E) no(n) feira (fera G) un e. EG, Qe per samor no ferom e. R   52. sieu ai dich o. ni f. AD, sieu (si R) dic (sai dit G) ardimen e (ni C, o R) f. CEGR, si (sai M) dic gran o. e f. IKM, seu dic granz o. o f. O   53. Que ies mos cors plus en d. ADIK, E pus mos cors (mon cor CE) en las d. CEGR, Qe ges mon cor mais de dompna O; nos passa D; Nieu no lo . . . Rest fehlt M   54. fehlt M; Enaus ADIK; las er ADEIK, las tut C, lor er O; für percassar lecrer Raum D; A percazar las er oimais a. G, Nos reman a p. a. R

car cui ferra la lor amors sotz l'ala,
40   aver en deu ardimen e paor.

VI.   Pero si·l ve la pros dompna de Massa,
cil que conquer totz iorns pretz et amassa,
e no·l bat tant entro qe·n sia lassa,
ja no·il sal Dieus son leial amador,
45   ni non sia lonc temps fresca ni grassa
ni non teigna son amic en pascor,
car es lo jois que tot autre joi passa
d'aqest segle et ab mais de doussor.

VII.   Per las autras e per la pro comtessa
50   del Carret vuoill que sia seignoressa
d'en Albertet una vieilla sotzmessa
d'avol home, car a dich mal de lor.
e . . . . . . dompna e mal no·l pessa,[1]
d'entre las pros s'en an estar aillor,

39. qui *ACDI*, qi *H*; fera *DI*; amor *CD*; soiz *H*
    VI. 41. pro *DHI*   42. Cylh *C*   43. no b. *H*   44. dieu *D*;
sol l. *H*   45. nol s. loncs t. *C*   47. iois] ioy *C*   48. de *fehlt D*
    VII. 50. caret *HI*   51. *fehlt C*; E den a. *A*; albert *AI*   52. a]
an *H*   53. E sil ia d. *A*, E sel lia d. *CDI*, E sil li a d. *H*; d. mal e
non p. *C*   54. Dautre *C*, Dentres *HI*; estat *DI*

---

[1] *l. etwa* E s'el a ja domna que mal no·il pessa.

55 q'ieu no vuoill jes que neguna m'aguessa
colgat ab se desotz son cobertor.

VIII.   Dompnas, oi mais non vuoill vostra promessa
ni . . . .

IX.   Seign'en Colrat, grans es vostra despessa,
60 don poj' ades e creis vostra lauzor.

55. *fehlt* M; Ni ges no uuoill *ADIK*, Quieu no uolgra (uoill ges *G*)
CEGR; Qeu no uoill delas mais la despessas *O*   56. *fehlt* M; C.
donpaia ades ab si d. *D*; son] un *G*; E gent maniar e dormir e soior *O*

VIII. *fehlt ADCEGMR*   57. Dompna non uoill oimas uostra des-
messa *O*   58. Ni no serai de uos entendedor *IK*, Ni uostre prez enassar
noit ni ior *O*

IX. *fehlt CEGMR*   59. Seingner conrat *DIK*; Ar qes conrat
granz es uostra promessa *O*   60. Qe p. *IK*; e c.] erreis *D*; u. ualor *IK*;
E uostre fait seran enqar maior *O*

---

1 ff. Über den Reim, ob *atge* oder *atges*, kann nur auf Grund der
kritischen Herstellung aller Gedichte Albertets entschieden werden. Bei
Aimeric de Belenoi sprechen die Hdss. für -*atges*.

14. O und M lassen als Anfang des Verses *et ieu* erscheinen. Aber
dann würden drei Verse hintereinander mit *et* beginnen. Freilich bleibt
der Anfang des 13. Verses ganz unsicher, so daß dort vielleicht *et* weg-
fallen sollte.

16. Man wird hier die Lesart von O als die beste, und schwerlich
erst nachträglich eingeführte, annehmen dürfen.

18. Zur Schreibung *nazeua* s. Levy, Suppl. V, 354, *na*.

22. S. die Übersetzung S. 292. Ich verstehe also *melhor* als Komparativ mit dem Artikel.

28. *melhor ACIER* sahen wir eben, v. 22, als Reimwort. Das
Gedicht Aimerics zeigt *valor*. Aber *ralor* steht v. 6 im Reim. Hds. O hilft
mit: *qu'es de beutat la flor*; aber das hier verbannte *c'om ten per la
meillor* stellt sich in O wieder in v. 32 ein, so daß es in der Vorlage auch
dieser Hds. hier oder dort gestanden hat.

40. Größerer *Cortezia* würde das *no·n ajan* aus CEG entsprechen.
Aber darauf kommt es ja hier nicht an, und die Hdss. entscheiden für
non ai ges.

51 f. Aimeric zeigt als Reimwort in diesem Vers *sotzmessa*, im
nächsten *de lor*. So ist, wie in Vers 28, die Überlieferung mindestens eines
der beiden Gedichte unsicher.

57. Durch das Lied Aimerics scheint ein Vers mit dem Reimwort
promessa sicher gestellt zu werden. So müßte denn IK hier die richtige
Überlieferung haben. Der folgende Vers aber zeigt in IK die Akkusativ-

    55 car ges no·is taing que neguna l'aguessa
        prestat d'invern son avol cobertor.

VIII.   Dompnas, totas li faitz don e promessa
            de tot son mal, car a dich mal d'amor.

    55. non t. *C*; que] on *H*; larguessa *H1*   56. Prestat *H*; de nuegz
C, diuer *D*, diner *H*, diuern *I*
    VIII. 57. li faitz *A*, li fan *CHI*, si fan *D*   58. d'amor] de lor *CD*

form statt des Nominativ, O dagegen *jor* statt *jorn,* so daß weder das
eine noch das andere befriedigt.
    59 f. Die zweite Tornada bringt in O an dieser Stelle *promessa:*

        (*M*)arges *Conrat, granz es vostra promessa,*
        e vostre fait seran enqar major.

Der Ton entspricht vielleicht besser dem scherzhaften Charakter des ganzen
Gedichts, und im Anfang wird Conrat (von Malaspina) mit seinem rechten
Titel angeredet. Eine sichere Entscheidung über den Text der Tornaden
wird kaum zu geben sein.

Br. Grdr. 62, 1.

    In C 364 dem Bernart de la Fon, in E 108 dem Bernart de
Ventadorn zugeschrieben. Das Breviari d'Amor (*a*) enthält die
3. Strophe (Azaïs v. 29 737) und gibt sie *en Bernart de la Fon;* und
damit wird die Frage der Autorschaft entschieden sein. Wir haben
keinen Anlaß, die Existenz dieses sonst unbekannten Dichters zu
bestreiten. Leicht aber konnte von einem Schreiber der Beiname
des berühmteren Bernart an die Stelle des anderen gesetzt werden.
Auch in Sprache und Stil deutet manches gegen unseren Bernart
(das Spiel mit *leu* in den ersten beiden Strophen, der Nominativ
razo v. 5, das getrennte Futurum *trobar-n'a* v. 13, das wenigstens bei
Bernart, vielleicht durch Zufall, nicht belegt ist). In der Gesinnung

und im bilderreichen Ausdruck wäre es seiner nicht ganz unwert. Ein
Anhalt für genauere Datierung des Liedes fehlt. Den ersten beiden
Strophen nach könnte es in die Zeit des Streites um das leichte
und das schwere Dichten fallen, in die Zeit Girauts von Bornelh
und Raimbauts von Aurenga.

Gedruckt ist das Lied bei Rochegude, Parnasse occitanien
p. 395; Mahn, Werke III, 338. Schreibung nach C.

I.   Leu chansonet' ad entendre
          ab leu sonet volgra far,
          coindet' e leu per apendre
          e plan' e leu per chantar,
    5   quar leu m'aven la razo,
          e leu latz los motz e·l so;
          per so m'en vuelh leu passar,
          quar de plan e leu trobar
          nulhs hom no·m pot leu reprendre.

II. 10 Totz hom qui leu vol mesprendre,
          leu er mespres de parlar;
          e qui trop leu vol contendre,
          ben leu trobar-n'a son par;
          e qui mal ditz a lairo,
    15 en dobl' en deu guizardo
          per dreg a prezen cobrar;
          mas yeu per negun afar
          no·m vuelh en maldir emprendre.

III.   L'escut e·l basto vuelh rendre
    20 e·m vuelh per vencut clamar
          ans que ves dompnas defendre
          m'avenha ni guerreyar.
          per sola leys, cuy hom so,
          dey aver franc cor e bo

I. 3. E c. *E*; Condetæ l. *C*   5. ma.... la r. *(die fehlenden Buchstaben durch einen Riß im Pergament zerstört) C,* mauenon r. *E*   6. leu]
ieu *C*; latz *fehlt E*   9. hom *fehlt E*; repende *E*

II. 10. que *E*; reprendre *C*, mespendre *E* 11. repres *C* 18. em-
pendre *E*

III. 21. dona *E*   22. ni *fehlt a*   23. P. so vas l. *a*; qui *E*;
homs *C*

25 per totas dompnas honrar,
    e si no·m ditz mon pezar,
    yeu no·m dey a lieys atendre.

IV.   Non dey mos belhs digz despendre
        en bona dompna blasmar.
30   si·l cor m'en devia fendre,
        no m'en sai estiers venjar
        mas que l'an querre perdo,
        qu'apres ai sen de Cato:
        qu'ab gent sufrir dey sobrar
35   mon amic, s'iratz mi par,
        qu'aissi torna·l fuecx en cendre.

V.   Si fin' amors vol deyssendre
        en leys que·m fai tant amar,
        qu'ins el cor merce li'ngendre,
40   far hi pot son ben-estar.
        pus m'a mes en sa preizo,
        no·l lays aver cor fello
        ves mi (que res ajudar
        no·m pot), qu'elha·m desampar,
45   qu'a merce no·m vuella prendre.

VI.   Chanso, vai midons preiar
        que son ben fag plus tarzar
        no·m vuella ni trop quar vendre;

VII.   Qu'ieu no l'aus merce clamar,
50   mas a sol lo sospirar
        pot ben mon fin cor entendre.

VIII.   S'ie·m puesc a sos pes gitar,
        ja no m'en volrai levar
        tro·m denh sas belas mans tendre.

26. si *m'o ditz (so bei Azaïs nach Hds.* b *eingefügt)* α   27. non
deg ab lieis contendre α
    IV. 35. sirat C
    V. 39. lengendre E   41. Mas mes ma E; prezo C   43. que
cui E   45. uueill E
    VI. *fehlt* C   48. uueill E
    VII. 51. Pon b. C
    VIII. *fehlt* C

10. *mesprendre* hier „tadeln", s. Levy *mesprendre* 2.

15. *guizardo* „Lohn, Entgelt" bedeutet hier natürlich „Strafe".

26, 27. Wie Azaïs diese beiden Verse liest: *E si m'o ditz mon pesar, Jeu non deg ab lieis contendre*, sind sie leicht zu verstehen. Aber die Überlieferung des ersten Verses bei ihm ist ganz unsicher und *contendre* im zweiten ist schon v. 12 Reimwort. Wir werden doch bei CE bleiben müssen: „Wenn sie mir nicht sagt was mir leid ist, muß ich mein Streben nicht auf sie richten". Das Herz des Dichters ist hoch gesinnt: nicht eine leicht zu gewinnende soll das Ziel meiner Liebe sein. Wer mir zuerst kein Nein entgegensetzt, möge von Anderen geliebt werden. — Ich glaube, daß man dem Verfasser des Liedes nicht zu viel Ehre antut, wenn man ihm diesen Gedanken zugesteht, obwohl er nicht ohne weiteres *leu ad entendre* ist.

33—36 s. Romania 25, 65—68.

B. Grdr. 65, 1, 2.

Die drei Gedichte, welche Bartsch unter den Namen des Bernart de Pradas gestellt hat, finden sich in der Hds. C, zwei davon in E, und zwar in C in der Reihenfolge:

Fol. 165 f.   *Sitot mai pres un pauc de dan*   .
              Ai sieu pogues mauentura saber
              Ab cor lial fin e certa,

E p. 109 die letzten beiden in der gleichen Folge.

C schreibt alle drei Gedichte dem Daude de Pradas zu, E die zwei, welche es enthält, dem Bernart de Ventadorn. Das Register von C aber gibt Bernart de Pradas als ihren Verfasser an, und unter diesem Namen zitiert auch das Breviari d'amor v. 28613 ff. die dritte Strophe des Liedes *Ab cor lial fin e certa*.

Daß dieses Gedicht nicht von Bernart de Ventadorn sein kann, geht schon aus dem Reim *ergul* v. 40 hervor. Eine solche Form mit *u* statt *ọ* und *l* statt *l'* ist bei ihm unmöglich. Dagegen findet sich noch jetzt *orgul* im Dictionnaire Patois-français du Département de l'Aveyron des Abbé Vayssier, Rodez 1879, d. h. in dem Département, welchem Pradas (arr. de Rodez) angehört.

So bleibt uns die Wahl zwischen Daude und Bernart de Pradas. Chabaneau hat vermutet (Biographies des Troubadours, unter Bernart de Pradas), daß wir nur einen Dichter, nämlich Daude de Pradas, anzuerkennen haben. Aber sowohl das Register von C wie Matfre Ermengaud kennen Bernart de Pradas, und E mit seiner Zuweisung der beiden Lieder an Bernart de Ventadorn spricht doch

auch für den Namen Bernart. So dürfen wir doch wohl bei der
Auffassung Bartsch's bleiben, und vielleicht auch mit ihm das dritte
Gedicht (Pariser Inedita S. 37) dem Bernart de Pradas zuschreiben.

Die Form des ersten Liedes: V (5 × 1) a b b a c d d c e e,
Achtsilbner, ist dadurch bemerkenswert, daß seine Reime die
Vokalskala durchlaufen:

a:	a	as	an	al	ar
b:	ę	ęs	ęn	ęl	ęr
c:	i	is	?	il	ir
d:	ǫ	ǫs	ǫn	ǫl	ǫr
e:	u	us	ǫn	ul	ur[1])

Dieser Eigentümlichkeit wegen hat Levy dem Gedicht eine
sorgfältige kleine Untersuchung gewidmet (Mélanges Wahlund
p. 207 ss.) und darauf hingewiesen, daß in der 5. Reihe die Reimendungen von *prion* v. 29, *mon* v. 30 (und von *orgul* v. 40) wohl
ähnlichen Klang mit *cru* 9, *dejus* 19, *reclus* 20 etc. gehabt haben
müssen, so daß wir auf *priun mun*, andererseits *cru* (nicht *crü*),
dejus (nicht *dejüs* etc.) geführt werden.

Schwierigkeiten macht Reim c³. Die Endung sollte -*in* lauten.
Für v. 28 schlägt Levy *reprin* vor, für welches er auf einige andere
Fälle hinweist. Für v. 25 weiß er keinen Rat. *te* aus *Ca* ist in
der Tat unmöglich; aber auch *ni ben* aus E ist ungenügend. Wenn
man von E ausgehend *bin* läse, so würde sich beim Abbé Vayssier
bin "osier, brin d'osier" bieten. Ich denke dabei an: *e pus a pres
homen e bin* (zu *home ni ben* umgestellt) "und wenn er den
Menschen in der Weidenrute (wie einen Vogel) gefangen hält".
Vers 32 würde dann auf dieses Bild zurückgreifen (da *bin* = vimen,

---

[1]) Gleich ausgesprochen wie hier tritt uns die Absicht des Vokalreims
kaum in einem anderen Gedicht entgegen. Gavauda aber zeigt die Tendenz
deutlich in zwei Liedern: 174,7 (Jeanroy VI, Romania 34, 521): a: *arc*,
b: *erc*, c: *orc*, d: *orca (orga)*, e: *erca (erga)*, f: *ougra, ombra*, g: *arca*,
und 174, 5 (Jeanroy IV, Rom. 34, 513): a: *ars*, b: *ors*, c: *urs*, d: *ers* (dazu
f: *ertz* bez. *ctz*, g: *er*, h: *ara*). Es wird aber auch kein Zufall sein, wenn
in 242, 44 Reim b in Str. 1, 2: *est*, 3, 4: *ist*, 5, 6: *ast* lautet, 335, 61 a: *anda*,
c: *onda*, e: *enda*, 404, 13: a in Str. 1, 2: *ert*, Str. 3, 4: *art*, 5, 6: *ort*; 461, 51 a
a¹: *er*, a²: *ar*, a³: *or*, b¹: *ir*, b³: *ier*, 461, 95 a: *ut*, b: *at*, c: *ǫt*, f: *ǫt?*,
d: *il*, e: *ęl*. Fraglicher mag die Absicht sein bei 217, 4b a: *or*, b: *ęr*,
d: *ir*, 281, 7 c¹, ²: *es*, c³, ⁴: *us*, c⁵, ⁶: *os*, 330, 3 b: *ar*, c: *or*, d: *ir*, 364, 23
a: *ur*, d: *ir*, e: *ar*, 381, 2 a: *ir*, b: *or*, d: *ar*, 421, 4 a: *ar*, b: *er*, c: *ir*.

son v. 27 = somnum ist, könnte man für *reprin* auch an reprimit, mit gelehrtem Vokal, denken).

Ein Lied genau gleicher Form begegnet nicht.

Das Gedicht ist, wie das folgende, nach beiden Hdss. schon bei Bartsch, Denkmäler S. 142 ff. abgedruckt, und so könnten beide hier übergangen werden. Aber die Denkmäler sind im Buchhandel kaum mehr zu finden; der Text wird auch in einigen Kleinigkeiten zu ändern sein. So mögen sie denn hier noch einmal folgen. Mit dem genannten dritten, fraglichen, Gedicht, Pariser Inedita S. 37, machen sie das gesamte bekannte kleine literarische Eigentum des keineswegs uninteressanten Trobadors aus.

Orthographie nach C.

I.   Ab cor lial, fin e certa
           franc e verai, de bona fe,
           sierf lai midons, e pro no·m te.
           mala sierf selh que grat no·n a.
    5 amada l'ai pus anc la vi,
           e no·n aten nulh guizardo.
           mas que·l plagues, et agra·n pro.
           azant mi pres, gen mi trahi.
           ab semblant cug et ab cor cru
   10 gratar mi fai lai on no·m pru.

II.   Cossi que·m me, no·lh serai vas,
           q'un' hora m'en venra us bes,
           que, si·l platz, penra li·n merces.
           e sitot s'es er sobeiras
   15 sos pretz valens e cars e fis,
           ges per aitan no sui doptos
           que bos esfortz no·m sia pros.
           e pus tan rica m'a conquis,
           no·m cug morir de joy dejus,
   20 que bona fes salva reclus.

I. 1. leial *E*   2. F. v. e de b. f. *E*   3. Ser *E*   4. ser sel *E* 5. pos *E*   6. nom a. n. guazardo *E*   8. me p. g. me t. *E*   9. cug *C*, cueg *E*

II. 11. cerai *E*   13. len *E*   14. ar *E*   17. non *E*   19. Nou *E*; deuis (?) *C*   20. fe *E*

III.   Amors no guarda pro ni dan,
             mas lai on vol, aqui s'enpren.
             non quier cosselh, mas son talen,
             que so que·l platz, vol metr' avan.
    25   e pus a pres home . . . .
             ni l'a pauzat la ma el fron,
             vergonha·l tolh e sen e son;
             e qui·l castia ni·l reprin,
             adonc s'abat el plus prion;
    30   e vol totz sols venser lo mon.

IV.   Quan plus m'esfortz, e meyns mi val,
             que penre cug tan ric auzel
            ·qu'ades mi fug, on plus l'apel.
             mas no m'en cal, si·m trac greu mal,
    35   que tan servisc en luec gentil
             que tot m'es belh, quant elha vol.
             e si m'acuelh mielhs que no sol,
             a mon dan giet, neys s'eron mil,
             fals lauzengiers ab lur ordul,
    40   . . . . ergul.

V.   Doussa domna, ab dous esguar
             no·m adoussetz vostre dur fer,
             don suy nafratz! a morir m'er!
             mas merce dei ab vos trobar,
    45   que nulha ren tan non dezir
             cum vos sola, endreg d'amor.
             cauzida·us ai per la gensor.
             si per aisso·m voletz aucir,
             res no sai a cuy m'en rancur.
    50   si! a vos, oc, en cuy m'atur!

III. 22. la *E*   24. enan *E*   25. nil te *Ca*, ni ben *E*   28. qui·l]
nil *a*; repren *CE'a*   29. Adonx *E*

IV. 31. mesfors *E*   32. auzelh *C*   33. me f. *E*; lapelh *C*   34. M.
re nom q. *E*   35. s. domna g. *E*   36. bel q. ela v. *E*   38. Get a
mon don *E*   39. ianglador *E*; ordil *C*, ordill *E*   40. Sol midons per
lor no serguelh *C*, Ratoires paren de ergueill *E*

V. 41. Cuengda *C*   42. Non adouses *E*   44. deg *E*   46. d'
fehlt *E*

9. Dem *ergul* v. 40 entsprechend kann man hier mit C *cug* schreiben; aber das Dictionnaire des Abbé Vayssier bringt *cuèch*, so daß auch die Schreibung von E gestützt wird. Auf alle Fälle handelt es sich um „gekocht" als Gegensatz zu *cru* „roh".

11. *no·lh serai ras* „ich werde ihr gegenüber nicht versagen".

14. *er*: natürlich will der Dichter nicht sagen, daß künftig der Wert der Dame weniger erlesen ist. In seinem Denken mischen sich die beiden Vorstellungen: „der Grund ihres jetzigen *ergul* ist der Gedanke an ihren hohen Wert" und „künftig wird sie mich trotzdem erhören".

20. *bona fes salva reclus* ist offenbar sprichwörtliche Redensart, ebenso wie v. 10 *gratar mi fai lai on no·m pru*.

Zu 25 und 28 s. oben.

32. Der Reim geht auf *al, el, il* etc. aus. Ich habe im Reim die Schreibungen von C: *auzelh, apelh, erguelh* geändert, wobei freilich die Konsequenz gestört ist, da im Versinnern die Orthographie von C beobachtet wird.

35. *elha* v. 36 kann für die Lesart von E: *domna gentil* geltend gemacht werden. Aber *luec gentil* enthält so deutlich den Begriff der „edlen Dame", daß *elha* ganz klar ist. So wird gerade eher E für C als C für E eingetreten sein.

39. E *ianglador*, vgl. 65, 3 v. 4: *janglos*. — Der Reim verlangt *ordul*, die Hdss. geben *ordil(l)*. *ordil* heißt „Gerätschaft". *ordul* kommt sonst m. W. nicht vor. Es liegt nahe, es mit *ordir* in Verbindung zu setzen, und so deutete Raynouard „trame".

40. Die Lesart ist ganz unsicher. Fest scheint nur *ergul*, als Reimwort, zu stehen. Die im Sinn klare Fassung von C macht ganz den Eindruck konjekturierter Lesung. E ist mir unverständlich. *ratoire* übersetzt Raynouard „nid à rats, propos indécent", was von Levy mit Recht zurückgewiesen wird. Afz. ist *ratoire* „ratière, souricière". Sich nach anderen, ähnlichen Worten umzusehen: Mistral *rataire, ratouiro* etc. lohnt kaum bei der Unsicherheit der Überlieferung.

41. V. 19 spielt mit *de joi dejus*, so wird man hier mit E *Doussa domna ab dous esguar No·m adoussetz ...* lesen dürfen.

41—43. Wie die Verse in den Hdss. lauten, wird man sie interpungieren müssen, wie bei uns geschehen. Man könnte allenfalls ändern: als Frage *no·m adoussatz ... nafratz?* oder bedingt *s'ab dous esguar No·m adoussatz v. d. f. ..., a morir m'er*; aber die Lesung der Hdss. ist, zwar ungewöhnlich im Ausdruck, durchaus verständlich und kraftvoll.

———— ——

Das zweite Gedicht hat die Form V d (d. h. 5 Strophen mit durchgehenden Reimen) a b a b c c d⌣, Zehnsilbner, für die sich wieder keine genaue Parallele findet.

Orthographie nach C.

I. Ai! s'ieu pogues m'aventura saber
  lo jorn qu'ieu vinc, pros dompna, denant vos,
  los huelhs e·l cor mi clauzera, per ver,
  quez ieu no vis vostras bellas fayssos
5 ni non auzis vostre parlar plazen
  ni remires vostr' amoros cors gen,
  qu'el fuec d'amor mi fai murir e viure.

II. Dieus! per que·m dis tan avinen plazer?
  que lai mi falh on mi ve plus coitos.
10 joy mi promet, e quan lo cug aver,
  suy ne plus luenh no vey dels huelhs amdos.
  ay! si er ja qu'ilh m'aya chauzimen?
  oc, ben leu lai, quant hom el monumen
  m'aura pauzat, fara mon nom escriure!

III. 15 Ai! ta mal n'ay, segon mon bon esper,
  cum soudadiers, qu'es del tot bezonhos,
  que fer en torr, de que no·s pot mover,
  e quan re quier, hom li's de belh respos
  e no·n a als. Tot atressi m'en pren,
20 qu'ieu quier e quier, e·l joys va·m defugen
  que m'es promes, que cug penre desliure.

IV. Et ab lieys meynhs que m'en degra valer
  paratges, pretz, beutatz, ricx cors joyos
  e sa valors, que fai mout gen saber
25 en ricas cortz de reys, d'autres baros,
  e notz m'en mais quar l'am tan francamen;
  e Dieus vuelha, blasmes non l'an seguen,
  qu'om la·n repte sai, e lai part Cogliure.

V. On plus hi a dompnas, mais sap valer
30 denan totas, on mais n'i a de pros;
  e lauzor a de totz, ses retener,

II. 13. el] en *E*
III. 15. A ca m. uai *E*   16. A s. *E*; soudadier *CE*   18. ren quer
E; les *E*   20. ioy *CE*   21. quel c. *E*
IV. 24. ualor *E*   27. blasme *E*   28. coglieure *C,* col liure *E*
V. 30. o. m. hi a dels pluzors *E*   31. El l. *E*

que la vezou gensar totas sazos.

e sa beutatz gens' ades per un cen,

on mais hi a dompnas e belh joven,

35 pascor, estiu et yvern freg ab giure.

32. gentar *E* 33. beutat *E* 35. yverns fregz *C*; fr. *fehlt E*

--

3. s. Bernart de Ventadorn 29, 44.

11. „... bin ich davon: weiter sehe ich nicht mit beiden Augen". Anstelle des Adverbs der Entfernung tritt der Satz welcher diese Entfernung bezeichnet. Man könnte auch *no'l rey* schreiben: „ich bin entfernter, als daß ich sie (*lo joy*) mit beiden Augen sehen könnte". Aber das ist überflüssig.

15. *segon m. b. e.* „im Vergleich mit meinem Hoffen".

17. „Der an einen Turm pocht, von dem er sich nicht entfernen kann" (so entkräftet ist er, daß er sich nicht weiter schleppen kann).

22. *raler* steht auch in v. 29 im Reim, freilich in nicht genau gleicher Bedeutung. Bartsch trennt *ral er* und gewinnt dadurch eine befriedigende Konstruktion: *ab lieys (me) ral er meinhs que degra, paralges* ... Aber *er* hat doch wohl offenes *e*. Wenigstens finden wir *era* mehrfach mit *ę* gereimt (s. Levy Suppl. III, 114 f.). Darf man eine andere, aus tonloser Stellung zu erklärende Form mit *ę* annehmen? Vielleicht ist zwischen III und IV eine Strophe ausgefallen, die uns die Konstruktion des v. 23 erklärt hätte. Auch *Ab lieys ai meinhs* würde genügen.

24. *fai gen saber* „erregt Wohlgefallen".

28. *Cogliure* ist doch wohl Collioure, das alte Caucoliberi castrum, ein kleiner Ort am Meer nahe der spanischen Grenze. *lai part Cogliure* also: „dort im spanischen Lande".

34. Eine unwillkommene Wiederholung aus v. 29.

B. Grdr. 112, 2.

Ges per lo freit temps no m'irais.

s. R. Zenker, Die Lieder Peires von Auvergne, Erlangen 1900, S. 149 ff., vgl. S. 11 f.

Dem Stammbaum Zenkers zufolge wäre die Autorschaft Bernarts nicht unmöglich. Trotz der auffallenden Ähnlichkeit des Gedankens in v. 32—36 mit Bernart 12, 26, 27, und trotz des Reimes *rassau*, der ihm wohl angehören könnte, scheint mir unser Dichter nicht

der Verfasser zu sein. Zur Entscheidung der Frage ist auch die
Hds. N noch heranzuziehen, welche Zenker nicht zur Verfügung
stand.

B. Grdr. 124, 1.

A 122 (348), C 166, D 56 (193), E 124, H 7 (24), M 167,
N 128 (182), R 30, 258 (MG. 1045), in allen diesen Daude de
Pradas zugeschrieben. In a 100 (83, Rlr. 42, 340) unter dem
Namen Bernart del Ventador.

Gedruckt Choix 3, 416; Mahn, Werke 3, 237.

Für das Verwandtschaftsverhältnis sind die Verse 29 und 16
entscheidend. V. 29 steht nur in Ca. Ist die Lesung dieser Hdss.
echt, und nichts scheint mir dagegen zu sprechen, so werden
ADEHMNR durch diese Lücke zu einer Gruppe vereinigt (auch in
v. 24 *bel s.* und v. 46 *En cui pr.* stehen Ca allen anderen gegenüber).

In v. 16 schwankt die Lesung zwischen *del mieu domnei* CRa
und *del sieu domnei* (s. die Anm.). Ist *del mieu domnei* richtig,
so erhalten wir aus 16 und 29 das Verhältnis Ca : R, ADEHMN,
im anderen, mir wahrscheinlicheren Falle Ca, R : ADEHMN. Aber
freilich ist R im allgemeinen schwankend in seinen Beziehungen.

ADH werden durch v. 5, 16, 35, 38, 42, 47 und AD wieder
durch 16, 24, 25, 42 zusammengeschlossen. Dem gegenüber wird
17 *plazera* AH, 10 *quel ben* und 48 *se uals* DH zurücktreten müssen.
EN werden etwa durch *aicest* v. 5 vereinigt. So kann man als
Stammbaum aufstellen:

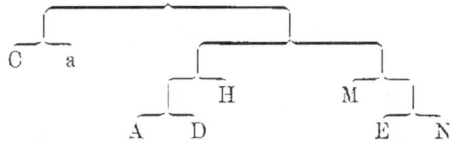

Da auch C das Lied dem Daude de Pradas zuschreibt, kommt
schon nach dem Hds.-Verhältnis das vereinzelte Zeugnis von a für
Bernart de Ventadorn nicht in Betracht.

Die Strophenform ist

VI 3 × 2 a ‿ b b a ‿ c c d d, Achtsilbner.

Trotz ihrer Einfachheit findet sie sich nicht genau wieder. Denn die Cobla 461, 155, die Maus mit unserem Gedicht zusammenstellt, hat 7 a ◡. Auch die Reimendungen sind andere. Ein Zusammenhang mit unserem Liede liegt also sicher nicht vor. Höchstens kann man sagen, daß die in der Cobla ausgesprochenen Anschauungen denen Daude's nicht unähnlich sind.

G 130, Arch. 35, 109, Bertoni p. 435, Q 108, Bertoni p. 258 a.

Ma don' am de bona guisa,
mas non ges tan qe·m sia fols,
ne no vol ges qe·m cost .V. sols
c'a toz jorns l'aia conqisa;
5   qe ja Deus no m'ajut ni·m sal,
s'eu ja li vaill, s'ela no·m val,
c'atretant li cuit far d'onor
com il a mi, se·l don m'amor.

1. am *fehlt* Q   3. uoi *G*   4. jorn *GQ*   5. Qa *G*; ni ma. ni mel sal *Q*   7. E tretant *Q*   8. se d. *Q*

Orthographie nach A.

I.   Ab lo douz temps que renovella,
         vuoill faire novella chansso,
         c'amors novella m'en somo
         d'un novel joi que mi chapdella;
5   e d'aqest joi autre jois nais.
         e s'ieu non l'ai, no·n poirai mais,
         mas ades ador e soplei
         a lieis cui am de cor e 'nvei.

II.   Tant mi par m'esperanssa bella
10   que be·m val una teneso;
         e puois espers mi fai tal pro,

1. *Zeile* 1—3 *verwischt M*   1. Per *R*; qui r. *C*, qes r. *a*   2. farire *N*; far er u. *R*   3. Camor u. me s. *N*   4. q(u)em c. *ER*, qim apella *M*, qi me c. *a*   5. daicest *EN*, daicell *M*; cautres *A*, contre *D*, cautre *H*; ioi *ER*   6. porrai *D*, potrai *a*   8. *fehlt M*; A *fehlt A*; et ennei *A*, e uei (uey) *CDENa*, ennei *H*; Ves lo pays on quilh estey *R*

II. 9. Sant *E*; lesperansa *R*   10. ben *E*; Qel ben *DHM*, Quebbes *R*; tenso *MR*, reneson *a*   11. E *fehlt DEHMR*, *steht ACNa*; p.] plus *N*; Plus es pres mi fai t. p. *M*

ben serai rics, si ja m'apella
ni·m ditz: „Bels doutz amics verais,
ben vuoil que per mi siatz gais,
15 e ja no·is vir per nuill esfrei
vostre fis cors del sieu dompnei.“

III.   Ar ai dich so qe·m plazeria;
e sai que no·is pot avenir,
que dompna non ditz son desir,
20 anz cela plus so que volria.
de son amic se' vol honrar,
e fai·s ades plus a pregar
on plus la destreing sos talans;
mas ben val dire bos semblans.

IV. 25 E qui ren sap de drudaria,
leu pot conoiser e chausir
qe·il beill semblan e·il doutz sospir
non son messatge de fadia.
mas talant ha de fadiar
30 qui so que ten, vol demandar,
per qu'eu conseill als fis amans
que prenden fassan lor demans.

V.   Mout sai qe·m tenran ad ufana
car eu ai dich que fis amics

12. Be fay r. *R*; ric *DM*; ja *fehlt AEMR*, *steht CDHNa*   13. doutz]
druz *D*; amic *N*   14. Bem *D*; iays *R*   15. nous v. *a*; esfre *M*   16. fis
fehlt AD, fis *CR*, fins *EHN*, gent *M*, fiz *a*; sieu aillor(s) d. *AD*, del mieu
d. *CRa*, del sieu d. *EMN*, sieu d. *H*

III. 17. Ara dic *C*; plairia *M*, playa *R*; qeill plazera *AH*; Ar ai
dig dreg so qem plazia *E*   18. salqes *A*, sa que (ques *D*) *DN*; qes n.
H; no p. *M*   19. dis *H*; desir] uoler *E*   20. An c. *C*; c. so que plus v.
AM   21. se] sen *AD*, si *E*, cel *a*   22. fas *R*   23. An *C*; talens *M*
24. dir *alle Hdss.*; us bos (bes *A*) s. *AD*, lo belh s. *C*, bo(n)s s. *EH*, los
bons s. *N*, le bels s. *a*; M. ben uol d. los s. *M*, Mas que ben uol dir los
talans *R*

IV. 25. E *fehlt a*; cui *DH*; r.] tan(t) *AD*; drudera *A*   27. b.
fehlt a; sembla *a*; Queb bel semblans *R*   28. Non *fehlt H*; som m. *M*;
messaties *R*   29. *fehlt ADEHMNR*, *steht Ca*; fadeiar *C*   30. Que *R*;
tem *M*; *nach* 30 (*statt* 29) E ditz no de so que uol far *R*   31. al f. *D*
32. Qen p. *CH*; preden *N*; lurs *DR*, luis(?) *HN*

V. 33. *fehlt a*; Moutç *N*; qen t. *M*; terran *H*, teran *N*, tenra *R*

35   i fai mout que pros e que rics
     si qan pot de sidonz s'apana;
     mas no i cuich far negun orguoill,
     si la ren qu'en plus am e vuoill,
     bai et abratz e vuoill saber
40   si·l platz qu'eu aia nuill plazer.

VI.   Lai on es proeza certana,
          vas Salve t'en vai, e no·t trics,
          chanssos, que·l seigner t'er abrics
          contra la folla gen vilana.
45   e·ls dos fraires de Rocafuoill,
          on fis pretz e jovens s'acuoill,
          sapchas a tos ops retener,
          si vols en bona cort caber.

35. E *M*; trics *ADH*   36. sapona *DH*   37. E *A*; non *AR*, uo
DH, noi *EMNa*; Mas ieu non cug ges far o. *C*   38. lam ten *A*, lã tem
D, lan ten *H*, la res *R*; qe p. *a*; e u. *ACDRa*, ni u. *EHMN*   39. Bais
EM; braz *DH* 40. pl. *fehlt H*; naya *C*, ai *H*; Si la uol quieu naya *R*
VI. 41. on] ent *D*; proça *N*   42. Daus *A*, Das *D*, Ves *CEa*, Vas
HNR, Vai *M*; albi *AD*, arle *C*, salue *EMNRa*, alue *H*; ten *fehlt D*; t.
v.] ren *a*; trisc *N*   43. Chanso(n) *CEMR*; senhers *Ca*   44. Contra
ACNa, Encontra *DEHMR*; la *fehlt EMR*; falsa g. trefana *C*   45. Als
A, El *DHMR*; duy frayre *R*, dous finires *M*, dus f. *a*   46. En cui (qui)
pr. *Ca*; fin *D*; s' *fehlt NR*; On fins e ioi neus sa. *M*, E cascus que saber
acuelh *R*   47. ton *N*; S. ab te ser ops tener *A*, S. (Sapchez *D*) a ton
ser ops retener *DH*   48. Si uol *A*, Se uals (*am Rande* a = o *D*) *DH*,
Se ualls *M*; bon c. *N*, bonas cortz *R*; saber *M*

5. *ADH* zeigen vor *autre* ein *c'*, das dem *c'* in v. 3 gleichstehen
muß: „und weil aus dieser Freude (*d'aquest joi* vorangestellt) andere
Freude entsteht". Vielleicht ist diese Fassung ursprünglich.

8. Die Überlieferung stellt *a* im Anfang des Verses außer Zweifel.
Am Schluß hat wohl *e rei* gestanden, das als *e 'rei* zu deuten ist. Ich
habe der Klarheit wegen in Anlehnung an *AH e 'rei* geschrieben.

16. „nimmer wende sich dein treues Herz von seinem Dienste ab".
CRa haben *del mieu d.* „vom Dienst bei mir". An sich ist beides gleich
gut. Es ist aber weniger wahrscheinlich, daß *sieu* für *mieu*, als daß *mieu*
für *sieu* eingetreten ist. In der Quelle von *ADH* scheint *del* ausgefallen
zu sein, und nun verstanden *AD s'ieu d.* und ergänzten zu *s'ieu alhors d.*;
mußten nun aber *fis* als überschüssige Silbe streichen.

24. In der gemeinsamen Quelle hat wohl gestanden: *Mas ben uol
dir los semblans.* Die fehlende Silbe ist in verschiedener Art ergänzt.
Am einfachsten ist es, *dire* zu lesen.

42. Die Form *aluc* in H zeigt, daß *albi* in AD schwerlich richtig
ist. Wir werden mit EMNRa hier den kleinen Ort Sauve im Dép. Gard
zu erkennen haben, bei dem noch heute die Ruinen eines Schlosses stehen.
Roquefeuil (v. 45) gibt es mehrfach in Südfrankreich (Dép. Aude, Gard,
Hérault, Var). Es handelt sich um das Schloß im Gard, dessen Ruinen
noch existieren. Der eine der beiden Brüder mag Raimond von Roquefeuil
sein, der Sohn des Bertrand d'Anduze und der Adelaide de Roquefeuil, der
uns oft in den Dokumenten aus dem Anfang des 13. Jahrhunderts genannt
wird. 1226 schwört er in Narbonne vor dem Erzbischof den päpstlichen
Legaten Gehorsam zu leisten (Devic u. Vaissette VI, 600). Im Gedicht
vom Albigenserkreuzzug wird er v. 3358 genannt. Im Testament der
Königin Maria von Arragon 1211 erscheinen Raimond und Arnaud de
Roquefeuil als Brüder (D. u. V. VI, 414).

Als Raimond die zweite Tochter Wilhelms VII. von Montpellier,
Guillemette, heiratete, waren Bermond de Sauve und Bernard de Sauve
Zeugen des Versprechens, welches Raimonds Vater, Bertrand d'Anduze,
in betreff der Erbschaft seiner Besitzungen leistete (ib. p. 47). Dem Arnaud
de Roquefeuil wurde 1227 Beatrix, die Schwester Pierre-Bermonds VII.
von Sauve und Anduze (die Tochter Pierre Bermonds VI. † 1215) verlobt
(ib. p. 396). So finden wir die Häuser von Roquefeuil und Sauve-Anduze
in enger Verbindung. Ob aber Raimond und Arnaud die hier gemeinten
Brüder sind, oder zwei andere Mitglieder des in den Charten des 12. und
13. Jahrhunderts oft genannten Hauses, wird erst, wenn überhaupt, in
einer kritischen Biographie des Daude de Pradas festzustellen sein.

46. Ob *En cui pretz* (Ca) oder *On fis pretz* (die anderen Hdss.) läßt
sich schwerlich entscheiden.

B. Grdr. 124, 2.

A 125 (359), C 164 (MG. 351), Dᵃ 169 (589), E 123, I 112,
K 97, N 135 (194), a¹ 492 (233, Bertoni p. 327), f 58, in allen
diesen dem Daude de Pradas zugeschrieben. In a 101 (84, Rlr.
42, 341) dem Bernart de Ventadorn. Anonym steht das Gedicht
in O 13 (22). Das Breviari d'amor enthält, unter dem Namen
Daude's de Pradas, v. 32 368 ff. Str. IV (33. *tornal ver*, 34. *Que c.*,
35. *uezer rei*, 38. *jois pr.*, 40. *non donc g.* Diese vierte Strophe
wird bei Bartsch als Nr. 461, 178 selbständig aufgeführt).

Aus den Varianten ergibt sich die Zusammengehörigkeit von
Cf (v. 2, 3, 13, 15, 20, 24, 30), natürlich auch von IK (28, 42,
44, 46) und wohl von ADIK (24). In v. 26 stehen ADIKa¹ mit
fresqua gegenüber CENOaf mit *fresqueta*. Ein sicheres Handschriftenverhältnis geht aus den Abweichungen nicht hervor.

Die strophische Form kehrt in genau entsprechender Weise nicht wieder.

Orthographie nach A.

I.
Amors m'envida e·m somo
qu'eu chant e fassa a saber
cossi·m ten amors en poder
e si m'es trop mala o no.
5 e pois vei qu'il m'en apella   (— 1)
c'ill sazos, q'ades renovella,
ben es dreitz qu'en chantan retraia
cossi·m conorta e m'apaia
uns jois qui s'es e mon cor mes
10 per bon respieich que m'a conques.

II.
De totz los bens qu'en amor so,
ai ieu ara cal que plazer,
car ieu ai mes tot mon esper,
mon penssar e m'entencio
15 en amar dompna coind' e bella,
e soi amatz d'una piucella,
e qan trob soudadeira gaia,
deporte mi, cossi qe·m plaia;
e per tant non sui meins cortes
20 ad amor, si la part en tres.

I. 1. mainda *Ef*, mauida *N*   2. Qeu en chant f. s. *O*; f. a s. *A*, a *fehlt DEIKNOaa¹*; e que f. parer *Cf*   3. Corsin *I*, Comsi *N*, Qe sim *f*; t. er en son (som *f*) p. *Cf*   4. E *ADN*, O *CEIKOaa¹f*; truep *a*   5. quez ill *E*, qe sil *a*   6. *fehlt O*; E la s. *IK*; r.] men apela *E*   7. quien *N*, quicu *f*   8. Cossi *DIK*, Consi *N*, Coissi *a¹*; conort *CENa¹*, conor *DIK*, conors *O*, conorta *af*; ma appaya *f*; Coissi cum ara map. *A*   9. Un *DENO*; joi *OE*; que *CENf*; mis *D*; qes e en m. c. (mes *fehlt*) *a¹* 10. Pel *A*; q(u)i *DIKOa¹*

II. 11. Cue (*sic*) *E*, E *O*; amors *Cf*   12. aras *CEf*   13. ai mes] mes er *A*; C. i. hi ai mes m. e. *Cf*; poder *O*   14. pe(n)sat *CNf*; matencion *N*   15. En unama d. *N*, E mais ma bona d. b. *C*, E mai ma mia bone e b. *f*   16. fon a. *D*, son amat *N*   17. soudaderia *a¹*   18. Deport mab licis *A*, Deporti me *Cf*, Deporto mi *D*, Deporte mi *EOaa¹*, Deport mi *IK*, Deporta mi *N*   19. men *DO*; apres *a*   20. Ves *Cf*; amors *O*; entrels *O*; Apart sill apart e. t. *E*

III.   Amors vol ben que per razo
              eu am midonz per mais valer,
              et am piucella per tener,
              e sobre tot qe·m sia bo
       25   s'ab toseta de prima sella,
              qand ill es fresca e novella,
              don no·m cal temer que ja·m traia,
              m'aizine tant que ab lieis jaia
              un ser o dos de mes en mes
       30   per pagar ad amor lo ces.

IV.   Non sap de dompnei pauc ni pro
              qui del tot vol sidonz aver.
              non es dompneis, pois torn' a ver
              ni cors s'i ren per guizerdo.
       35   aja·n om anel o cordella,
              e cuich n'esser reis de Chastella!
              pro es dompneis d'amor veraia,
              si joias pren e, qan pot, baia;
              e·l sobreplus teigna merces
       40   en thezaur e no·n done ges.

V.   Franca piucella de sazo
              mi platz, qand m'es de bel parer,
              c·is vai de josta mi sezer,

III. 21. Amor *EN*; que *fehlt E*   22. Qu(i)eu *EN*; am] a *a¹*
23. temer *ADIK*   24. totz *O*; qen *DIK*, que *N*; sapcha *Cf*; ben *a*
25. cel(l)a *CENaa¹*   26. il es fresca *A*, ies (es *a¹*) fresc(h)a *DIKa¹*, es
(ies *O*, eis *f*) fresqueta *CENOaf*   27. De *a¹*; non c. *AN*; cale t. *D*
28. Mas si mes *A*, Si maizi *C*, Mas si nes *DE*, Mas si nai *IK*, Maisme
N, Maicine *O*, Maiz me (> Maiz un) *a*, Maiz me *a¹*, Maisine *f*; cab l. *IK*,
que ab lui *N*; laia *Na*, iaza *O*   29. Am ser o des *a*   30. Par *N*; lo]
son *Cf*; c.] les *I* (> ses) *K*, fes *O*
IV. *fehlt a¹*   31. domne *N*; ni] mi *O*   33. torna en uer *A*, tornal
uer *Cf*   34. Ni cossilier *A*, Ni coissirer *D*, Cors si ret *E*, Ni co(n)siret
IK, Consirer *N*; ren > ten *a*   35. Non mas a. *A*, Nom a a. *D*, Qen aia
a. *IK*, Aian o a. *a*; o] a *D*; cortella *C*   36. E *fehlt E*; Cuia e. r. *IK*,
E cognoser r. *N*; n'esser] uezer *C*; rei *af*   37. Pros *O*, Prö *f*; dompna
A, dompnei *EN*   38. Si pren ioyas *C*; qam poc baisa *O*   39. Es s. *a*;
tenc a m. *O*   40. En chezaut *C*; e] o *A*; non o don *A*, non donc *CNOf*,
no(n) dont *DIK*, non·o done *E*, nol done *a*
V. *fehlt Df*, *als VI. C*   42. nes *a¹*; b. repaire *IK*   43. v.] neu
O; costa *C*

qan sui vengutz en sa maiso,
45   e si·l vuoill baisar la maissella
o·il estreing un panc la mamella,
no·is mou ni·s vira ni s'esglaia,
anz poigna cum vas mi s'atraia
tro qe·l baisars en sia pres
50   e·l doutz tocars de luoc deves.

VI.   De soudadeira coind' e pro
vuoill qe·m don' ab pauc de querer
tot so c'amors vol a jazer,
e non fassa plaig ni tensso
55   d'ostar camisa ni gonella,
anz danze segon qe·l vïella
cel que non a soing qe·is estraia
de far tot joc c'amors l'atraia;
e s'il n'avia mais apres,
60   ja del enseignar no·is feisses.

44. uenentz *IK*, nengnt *O*   45. sieul *A*, sil *Ca*, sill *E*, sel *IO*,
seil *KNa*[1]; uol baissar *I*   46. E *O*; ·il *fehlt K*; O tocar *C*; sa m. *E*;
mella *IK*   47. Nous *E*   48. poia *N*; A. li platz que *C*   49. True *a*;
baizar *CO*, bais(s)ar *IN*   50. E *IK*; tocar *CIKNOaa*[1]; del *IK*; leuc *N*;
defes *E*

VI. *fehlt D*, *als* V. *C*   51. cuemte p. *E*   52. ab] un *N*; den-
quer(r)er *IK*   53. uolc *O*; al *A*, a *alle anderen*   54. nom *aa*[1]; planc *O*
56. segonz *IK*; que u. *CO*; uieilla *I*, neila *N*, neille *O*, noilha *a*[1], niula
cella *f*; A. danz segon qes la v. *A*   57. nom a *a*[1]; s.] cor *C*, son *N*,
som *Oa*[1]; nestraia *A*; Qe nō a lo cor q̄ se. (Cel *in* niula cella *v. 56 enthalten*) *f*   58. t. so *AIK*, nul(h) ioc *Cf*, t. ioc *E*, t. ioi *N*, t. uec *O*,
t. iuec *aa*[1]; camor la fraia *O*; fare t. i. damors la. *a*   59. scl *N*
60. enseyar *N*

2. Nur A überliefert die Präposition vor dem Infinitiv, die also in
der gemeinsamen Vorlage gefehlt haben wird, aber für die Silbenzahl un-
entbehrlich ist.

5. Ea setzen die Hiatusform *quez* ein, um den Vers korrekt zu
machen. Die Ergänzung kann aber in verschiedener Art vorgenommen
werden.

18. In der Sprache des Daude de Pradas hat die 1. Person des Indic.
und des Konjunktiv Praesentis wohl -*e* gehabt, s. *aizine* 28, *danze* 56. So
habe ich auch hier *deporte* und 40 *done* für das Richtige gehalten. Die
Hdss. haben zum Teil die *e*-losen Formen eingeführt und die fehlende
Silbe dann in verschiedener Art ergänzt.

25. Das Italienische kennt ein: cavallo tra le due selle d. h. nè grande nè piccolo, und dann auch scherzhaft übertragen eine donetta tra le due selle d. h. nè bella nè brutta, nè vecchia nè giovane, nè alta nè bassa (Rigutini e Fanfani, Vocabolario della Lingua parlata, unter sella). Eine *toseta de prima sella* ist erklärlicherweise ein noch ganz junges Mädchen. Der folgende Vers ist also eigentlich pleonastisch.

53. Der Artikel *al jazer* steht nur in A, ist aber vielleicht doch einzusetzen.

B. Grdr. 124, 7.

A 124 (355, Arch. 33, 463; MG. 1048), C 170 (MG. 1047), D 57 (201, Mussafia, Del cod. Est. p. 434), E 123, I 112, K 97, N 134 (193), R 31 (266), a¹ 491 (241, Bertoni p. 325); in allen diesen unter dem Namen Daude de Pradas (a¹ *Vaude de Paradas*). In a 100 (82, Rlr. 42, 339) dem Bernart de Ventadorn zugeschrieben.

Die einzig sichere Gruppe ist CR, s. v. 2, 14, 15, 23, 25, 27, 33, 35, 37, 39. Beachtenswerte gemeinsame Varianten: aa¹ v. 23, REaa¹ v. 35, CREaa¹ v. 29, CRNEaa¹ v. 39. EIK v. 32 (*cura*).

Die Strophenform ist

$$\text{VI d} \qquad \text{a} \ \text{b}\smile\text{a} \ \text{b}\smile\text{c} \ \text{d}\smile\text{c} \ \text{d}\smile$$
$$8 \quad 7 \quad 8 \quad 7 \quad 8 \quad 7 \quad 8 \quad 7$$
$$\text{bez.} \quad \text{a}^1 \ \alpha^1 \ \text{a}^2 \ \alpha^2 \ \text{b}^1 \ \beta^1 \ \text{b}^2 \ \beta^2$$

Die gleiche Reimreihe a b⌣ a b⌣ c d⌣ c d⌣ mit gleichen Silbenzahlen kehrt bei Raimbaut d'Aurenga 32 wieder. Da aber dort der grammatische Reim fehlt, ist ein Zusammenhang abzulehnen.

Orthographie nach A.

I.   De lai on son miei desir   (— 1)
         car sai qe cill no·m desira,
         per q'ieu soven plaing e sospir;
         mas ill non plaing ni sospira.
5   per so de lieis fort mi rancur,
         et es dreita ma rancura,
         q'ieu non pens d'autra ren ni cur,
         et ill de mi non a cura.

I. 1. *Eine Silbe fehlt;* lei *a*; s. tug m. d. *R*   2. sai *fehlt I;* cill] si ilh *C*, ci *D*; no·m *fehlt CR*, nō *D*), non *Naa¹*; mazira *CR*   3. que s. *CNR*; souenc *IKN*   5. f. *fehlt E*, sort *a*   7. ren *fehlt C*, res *R*; c.] qir *a¹*   8. E il *a*

II.   Eu mi son tuich aquil conssir
      10   don nulhs fis amans cossira;
             e si be·m vau ni·m volv ni·m vir,
               mos cors no·is volv ni no·is vira
             de lieis que aten que·m meillur,
               que tot so qe·is vol, meillura,
      15   e sol c'aillors no se pejur
               amors, ab lieis non pejura.

III.   Totz los afans qe·m fai sofrir,
               mout voluntiers los sofrira,
             si 'la·m deignes sol acuillir
      20   tant gen cum ieu l'acuilira.
             ja no·ill agra cor fals ni dur.
               doncs, per que m'es ill tant dura?
             qe on plus ieu vas lieis m'atur,
               et ill meins vas mi s'atura.

IV.   25   Si s'agrades de mon servir,
               de tot mon sen la servira,
             car d'aqest mal qe·m fai languir,
               sai ben que puois non languira;
             mas ill non vol precs ni conjur,
      30   e si merces non conjura
             tant c'un pauc vas me s'adreitur,
               non aura de mi dreitura.

II. 9. E mi s. *N*, E men s. *a*; aques c. *N*   10. De que f. *A*; nulh
R; f. *fehlt E*   11. ben *DN*; Et on eu nau *a¹*; ni uolun *D*, nim uol *ER*,
ni uols *N*   12. M. cor *N*, Mon cor *R*; uolun *D*, uol *ER*, uols *N*
13. que m. *A*, qūē m. *N*, qes m. *a¹*; quaten que me azir *C*   14. totz
IK; quan(t) se uol *CR*, ques uos *E*, que u. *N*; me m. *R*   15. sol] fol
A; caillor *A*, qua loyres *C*, calhoyres *R*; nois p. *A*, nos p. *CR*, nō es p.
D, no sen p. *E*, no se p. *IKN*, non si p. *aa¹*   16. Quamors *C*; delleis
IK; nos p. *CEIK*

III. 17. lo *D*; qe f. *a¹*   18. lo s. *NR*   19. Sel(l)am *EIKNRa¹*;
sol *fehlt C*, sola *I*   20. con *a¹*   21. Ja *fehlt C*; cors *C*; flac *A*   22.
Donc *DNa¹*; ques il t. *a*   23. ieu] en *DIK*, *fehlt aa¹*; Que lai on pl.
ab l. *CR*   24. E *D*; v.] ab *CR*; i. uas me meins sa. *E*

IV. 25. mon] mi *CR*   26. Mot voluntiers la s. *R*; li s. *IK*
27. dest m. *CR*   28. plus *C*, pus *R*; nom l. *N*   29. M. ill non uol *A*,
M. nom (non *a¹*) ualon *CERaa¹*, M. non uolon *DN*, M. no uol *IK*
30. E *fehlt C*; no lam c. *C*, nom c. *DIK*, nō la c. *R*, noil c. *a*   31. cum
p. *Da*   32. N.] Ho n. *E*, Ja n. *IK*; mi] men *a¹*; dr.] cura *EIK*

V.   Non puosc mudar c'ades non tir
       lai on mos mals aips me tira,
35 qar tot mon cor m'a faich partir
       de lai, don ja no·is partira,
     si·l sieu esgart dousset e pur,
       qe·m fan cuidar qu'il es pura,
     mi dissesen qe·m fes segur
40 de lieis que no m'asegura.

V. 33. Nom *IK*; c'a.] que *CR*   34. abs *D*, aiz *a*   35. Qan *ACD*,
Car *ERaa*[1], Que *IK*, Ca *N*; lo c. *CR*   36. don] on *E*; ja *fehlt C*; nois
A, nom *Da*, nol *CEIKa*[1], non *N*; partiria *Da*[1], partiar *IK*   37. Sap
(Sab *R*) son e. *CR*, Si sei e. *I*, Sil sei esgrat *K*   38. Quim *a*; fan *AK*,
fa *CR*, fai *DEINaa*[1]; quel *IK*   39. Qem d. *E*; dissesen *A*, dis(s)es(s)a
CENa[1], disses *Da*, diseso *IK*, dieyssessa *R*; qe·m] ab qen *D*, q(u)e *ENa*[1],
q(u)eu *IK*, so qem *a*; fes *A*, fos *DEIKNaa*[1]; questes s. *CR*   40. nom
segura *C*, no me asegura *E*, non amasegura *a*[1]

———

1. Merkwürdiger Weise lassen alle Hdss. das Verbum vermissen,
und nur R versucht, in unzureichender Weise, die Silbenzahl zu vervollständigen. In Anlehnung an v. 35 kann man ergänzen *De lai part,
on son miei desir.*

15. ACR haben auch hier eine Silbe zu wenig (die CR freilich durch
alhoires auszugleichen suchen). IKNaa[1] ergänzen den Vers wenig befriedigend durch die volle Form des Reflexivpronomens. Vielleicht ist
s'enpejur, wie E konjekturiert, das Ursprüngliche, vgl. frz. empirer. Dann
darf man auch in v. 16 *no 'npejura* voraussetzen.

21. Weder gegen *flac* (A) noch gegen *fals* (alle anderen Hdss.) ist
ein Bedenken. Aber *flac* ist weniger banal. Vielleicht hat A hier, wie
in v. 38, 39 und vielleicht auch v. 29, allein die ursprüngliche Lesart
bewahrt.

29. A *ill non rol*, CERaa[1] *nom valon*. Gegen diese letzte Lesung
wäre nichts einzuwenden, wenn *prec* darauf folgte. Aber alle Hdss. haben
precs. Wenn die beiden Wörter nicht gleichen Numerus haben, ist eher
der Plural von *prec* und der Sgl. von *conjur* anzunehmen. Damit kommen
wir aber auf die Fassung von A, bez. IK. Vielleicht hat IK die Lesung
der gemeinsamen Vorlage bewahrt, die von den Abschreibern dann in verschiedener Art ergänzt ist.

30. Das Pronomen steht nur in CR und macht dort den Vers zu
lang, so daß C die Konjunktion E unterdrückt. Man wird das Pronomen
entbehren müssen.

36. Ich lasse auch hier mit A *no·is* stehen. Natürlich kann man
auch *no·l* aus CEIKa[1] aufnehmen.

37. Man wird entweder, wie ich getan habe, der Lesart von A folgen
müssen oder mit CR lesen: *S'ab son esgart ... Qe·m fa(i) cuidar qu'il es*

pura Me dissessa ... Aber auch dann muß man, wenn man nicht Daude de Pradas die flexionslose Nominativform zumuten will, aus A *gem fes segur* aufnehmen.

B. Grdr. 132, 12.

Si·l belha·m tengues per sieu.

s. St. Stroński, Le Troubadour Elias de Barjols, Toulouse 1906, p. 8 und p. XXVI.

B. Grdr. 133, 3.

A 51 (137, Arch. 51, 247), C 235, H 32 (100), N 263 (418), R 59 (501), alle unter dem Namen des Elias Cairel; in R¹ 12 (86) Bernart de Ventadorn zugeschrieben.

Durch die Varianten v. 4, 7, 58 werden CHNRR¹ der Hds. A gegenübergestellt (*ucirai* in N 58 ist wohl Korrektur). HN werden durch v. 12, 28, 47, 57, 58, CRR¹ durch 15, 17, 54, 58, CR wieder durch 31, 47, 57 zusammengefügt (aber RR¹ v. 2, 29, CNRR¹ v. 34, HR¹ v. 36). Als Stammbaum darf man aufstellen:

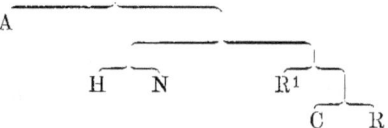

Die Form:

```
V d      a b b a c c  d d e e f f
         5 7 5 7 5 5  7 3 5 8 8 8
```

kommt kein zweites Mal vor.

Gedruckt ist das Lied Lexique Roman 1, 435; Mahn, Werke 3, 93.

Orthographie nach A.

I.   Estat ai dos aus
                q'ieu nou fis vers ni chansso,
                    mas era·m somo
                la fuoilla e·il flors e·l doutz chans

I. 1. *Die Initialen fehlen bei allen Strophenanfängen N*; Estant *C* 2. Quieus *C*; fi *RR¹*   4. La f. eil fl. el d. ch. *A*, F. e fl. e (el *C*) d. ch. *alle anderen*

<pre>
      5   qe·l rossignols fai,
                 q'ieu vei sai e lai
              cascun auzel ab sa par
                      dompneiar;
                 e pois tot cant es,
     10   s'alegra, ben sui entrepres
           s'ieu non chant e no m'asolatz;
           pero si·m sui alqes forsatz.
</pre>

<pre>
 II.   La forss' es tant grans
                 q'ieu chan, e jes no·m sap bo;
     15   e vi tal sazo
                 que chantars no m'er' affans,
                   c'avia·l cor gai;
                   mas era non ai
                 nuill joi qe·m fass' alegrar
     20   ni chantar;
                   pero s'ieu pogues
              far la meitat de so q'ieu pes,
              eu baissera las poestatz
              per qe·l segles es deshonratz.
</pre>

<pre>
 III. 25   Desonors e dans
              creis de malvaza razo,
                 qe·il prince e·il baro
              ant baissat pretz e bobans,
                 don valors dechai,
     30   e negun non sai
</pre>

5. rossinhol *CR*[1]   6. vei *fehlt A*   7. Vei qec *A,* Quascus *C;* sa
p. *A,* son p. *alle anderen*   7, 8. Cascus auzels domneiar ab son p. *R*
12. sin *HN;* alq' esforsatz *H*   12—19 *in C durch Ausschneiden verstümmelt; vorhanden ist nur:* pero s . . . La forsses . . . quieu chan . . . ia
sazo . qu . . . quauia lo c . . . ay . nulh io . . . ni chantar . . . la maitat . . .
sera las poe . . . es donra . . .

II. 14. e ies] car *RR*[1]   15. t.] ia *CRR*[1]; sazos *R*   16. chantar
NRR[1]   17. Quauia lo c. *CRR*[1]; cors *R*   18. eras *RR*[1]; non ai *fehlt R*
21. si p. *R*   22. la *fehlt A*   24. segle *R*

III. 25. Deshonor *C*   26. maluada *R;* maluayzas razos *R*[1]   27. e
li b. *A*   28. baissatz *HN*   29. Donc *H;* ualor *CHR*[1]; d.] chay *R,*
say chay *R*[1]   30. negus *R*[1]

per cui puosca redreissar,
qe·ill avar
ant tant sobrepres
totz cels qu'eron larc e cortes,
35   que ses colp los ant enchaussatz,
don chascus deu esser blasmatz.

IV.   Blasmes et engans
es, qui porta cor fello
ab humil faisso
40   et ab amoros semblans;
pero no m'eschai
q'ieu mi met' en plai
de lieis cui soli' amar,
q'enganar
45   l'en vi plus de tres,
mas er n'a tal chausit e pres
que n'a mi c·ls autres vengatz,
cui ella teni' enchantatz.

V.   Chansos, drogomans
50   seras mon seignor Coino,
e no·m ochaiso
car ieu no l'ai vist enans,
que la gens de sai
dizen q'el val mai
55   que negus; pero be·m par,
si parlar
negus en volgues,
q'ieu lo veirai anz de dos mes;

31. q' *R*; endressar *CR*   33. A t. *CR*   34. larcx *CRR¹*, lares *N*
35. colps *HR¹*; eysaussatz *R¹*
    IV. 37. Blasme *CR*   39. fais (*sic*) *R¹*   45. Lin *CR*; vi] ai *H*
46. na t. *A*, nai t. *HNRR¹*, ai t. *C*; chauzit e p. *AHN*, chauzida p.
CRR¹   47. Quem na *HN*, Qe ma *RR¹*; mi els] mielhs *CR*; nenzatz *HN*
48. enganatz *A*, enchantatz *CHNR¹*, enchantantz *R*
    V. 49. Chansos *AN*, Chanso *CHRR¹*   50. Seratz *R*; corno *A*.
como *CHRR¹*, coino *N*   51. no mon chaizo *N*   53. las *R¹*; gen *R*
54. que u. *CRR¹*   55. be p. *H*, ben p. *R¹*   57. Negus *A*, Nuls hom
HN, Nulh *R¹*; Unelh elh o (el *R*) u. *CR*   58. Quieu lo *A*, Per queul
HN, Per ql *CRR¹*; ueirai *AN*, neir(r)as *CHRR¹*

e si ma chaussoneta·il platz,
60   ma dompn' Yzabel sia·l gratz.

VI.   Nuills hom non pot ben chantar
                        sens amar;
                  pero s'ieu agues
              gaia dompna tal qe·m plagues,
65   jes no sui tant desesperatz
          q'ieu non ames, si fos amatz.

60. A ma dona i. *R*; yzabelz *A*, izabels *R*; Ma donira . bels *R¹*
VI. 61. Nulh *R*; homs *RR¹*   64. plages *R¹*   66. sieu f. *R¹*

--- --- ---

6. *sai e lai*, v. 53 *la gens de sai*. Das Lied wird im Orient entstanden sein (oder vor der Ausfahrt nach dem Orient? s. v. 58 *ieu lo veirai
anz de dos mes*), wie die Erwähnung des Herrn *Coino* und der *dompn'
Yzabel* zeigt, v. 50, 60, die beide nach der Romania weisen.

7. An sich ist sowohl *son par* wie *sa par* möglich, s. Tobler, Verm.
Beitr. I², 167. Für provenzalisch männliches *par* auf femin. bezogen s.
Mönch von Montaudon, *Autra vetz*, v. 29: *doncs serion cellas mieu par*,
für weibliches *par* auf masc. bezogen s. Chrest. 5, 63. Hier, wo das Verbum
dompneiar und das grammatisch doch nun einmal männliche Subjekt den
Gedanken des Weibchens so nahe legen, bleibt man besser bei *sa* aus A.

46. Hier hat offenbar A mit *n'a* das einzig Richtige. Nachdem die
Frau mehr als drei genarrt hat, hat sie jetzt eine solche Wahl getroffen,
dass sie ihr ganz und gar zur Unehre gereicht. Nur durch falsche Auffassung kann *n'ai* eingetreten sein. Eher dürfte man mit *chauzida pres*
CRR¹ einverstanden sein; aber HN lesen ja wie A. — Für den Wunsch
der Rache vgl. Mahn, Gedichte 453, Str. 5.

48. Hier werden wir lieber *enchantatz* „durch Zauber betrogen"
aufnehmen als das durch v. 44 zu nahe gelegte *enganatz* aus A.

50. Coino = Conon de Béthune, s. Schultz-Gora, Die provenzalischen
Dichterinnen, 1888, S. 11 und Literaturblatt für germ. u. rom. Phil. 1902,
Sp. 304 Anm.

57. Die Wiederholung von *negus* in v. 55 und 57 ist, wenigstens für
unser Ohr, nicht glücklich. Der Sinn der Verse 56, 57 ist doch wohl:
„wenn jemand (ihm) von meinem Liede sprechen wollte, so würde ich in
weniger als zwei Monaten bei ihm sein."

60. Yzabel s. Schultz-Gora l. c.; Bergert S. 75.

———

B. Grdr. 167, 49.

C 73, E 20, M 79, R 44 (371), a 153 (157, Rlr. 44, 440)
schreiben das Gedicht dem Gaucelm Faidit zu; Dᵃ 162 (561), G 19,

I 33, K 21, O 12 (18), Q 31 (79, p. 63) dem Bernart de Ventadorn, unter dessen Liedern es auch N² als Nr. 37 nennt. S 85 (50) gibt es dem Peirol.

Aus den Varianten ergibt sich eine Vierteilung der Handschriften. DIK gehören zusammen auf Grund von v. 2, 10, 13, EMOa nach v. 10, 14 (MOa wiederum nach v. 10, 13, Oa nach der Strophenstellung und nach v. 15, 20, 27; demgegenüber MO v. 14, EM v. 18, 30), GQ nach v. 8, 9, 10, 13, 15, 19 und CR nach v. 17, 25, 32. (Die Stellung von S bleibt unbestimmt; an einigen Stellen: 9, 10, 21, 24, geht es mit GQ, doch nirgends in entscheidender Weise.) Aber eine Vereinigung dieser vier kleinen Gruppen unter einander macht Schwierigkeiten. Der Reim des 5. Verses scheint schon in der Quelle unsicher gewesen zu sein, so daß man die Hdss. mit der Endung -ors nicht ohne Weiteres als zusammengehörig betrachten kann.

Wenn volon v. 14 falsch ist, würden CDGIKQRS den einzig richtigen EMOa gegenübertreten; aber v. 24 haben Ea de leis mit GQS gemeinsam, und v. 31 stellen sich DGIKOQSa gegenüber CEMR.

Die Attribution des Liedes an Gaucelm Faidit in CEMRa oder an Bernart in DGIKOQ zeigen zwar EMa, CR und DIK, GQ unter sich vereint; aber O wird hier wieder von EMa geschieden.

Ein einigermaßen sicherer Stammbaum ist also nicht möglich, und daher auch keine Zuweisung an einen der beiden Dichter auf Grund des Handschriftenverhältnisses.

Die metrische Form spricht eher für Gaucelm Faidit. Sie ist: IV d a b a b c d d a, Zehnsilbner. Strophen aus bloßen Zehnsilbnern hat Bernart in drei (Nr. 12, 35, 42, unter 45 Gedichten, nach Bartschs Zählung, d. h. 1 : 15), Gaucelm Faidit dagegen in 18 (Nr. 6, 14, 15, 22, 28, 30, 35, 36, 37, 39, 40, 41, 46, 57, 59, 60, 61, 63, unter 65 Gedichten bei Bartsch, d. h. 1 : ca. 4).

Die Rückkehr zum Anfangsreim findet sich bei Bernart in Nr. 32: a b b a c c a, bei Gaucelm in 36 a b b c d d c a, 39 a b b c c b b c a a, 59 a b b c c d d a a.

Ich finde im Gedicht nichts was mit einiger Bestimmtheit auf Bernart hinwiese. Vielmehr scheint mir Manches seiner Art zu widersprechen. So lasse ich das Lied bei Gaucelm Faidit, dem es Bartsch zugesprochen hat.

Orthographie nach D.

I.   Quant la fuoilla sobre l'albre s'espan
     e del soleil vei esclarziz los rais [1]
     e li ausel s'en van enamoran,
     l'us per l'autre, e fan voltas e lais,
5   et tot quant es, sopleia vas amor,
     mas sola vos, q'es greus per convertir,
     bona domna, per cui plaing e sospir,
     eu vau meiz morz entrels rienz ploran.

II. A! quom m'an mort fals amador truan,
10   que per un pauc de joi se fan trop gais,
     e car ades tot lor voler no·n an,
     ill van diçen c'amors torn' en biais;
     e d'autrui joi se fan devinador,
     e car son mort, cuidon autrui aucir;
15   mas de mi·us dic qe no m'en puosc partir.
     la gensor am, ja no·i ancz doptan.

I. 1. li fueilhæ s. *M*   2. es escazitz lo r. *C*, vei esclarziz (uezes
claritz *IK*) los r. *DIK*, son esclarzit (esclarzitz *F*, esclariç *Q*, escurzit *S*)
li (los *E*) r. (rai *GR*) *EGOQRSa*, es esclarzit sos r. *M*   3. auzels *R*;
se *C*, si *E*   4. Lus (Lun *E*) per lautre *DEGIKQS*, Luns (Lun *a*) pels
autres *CRa*, Luns ab lautre (lautres *O*) *MO*; en *EG*; notas *R*; lai *G*
5. uar *O*; amors *CDGIKORSa*, amor *EMQ*   6. solas *G*, tan sol *M*;
qest *M*, ches *O*; greu *DGIKOQSa*; p.] a *M*   7. Bella *O*; p. qeu pl. *Oa*
8. E *CEGQa*, En *DS*, Eu *IK*; Yeu chant *R*; entrels ioios p. *GQ*, entre
rire p. *a*; E uol mes mar entre ris e p. *O*

II. *als Str.* IV *Oa*   9. Ai *EM*; con *M*; Mas car *O*, Aqest *a*; m'
fehlt C; ma m. *S*; mors *Q*; fols *GQS*; amadors *GRa*, lauzengier *M*
10. Qi *a*; iois *GQS*; de j.] damor *MOa*; se fan *CGMOQRS*, los uei *DIK*;
si faun damor *E*, si fon truep *a*   11. E tant a. lo seu u. *O*; no an *IS*
12. Els *C*; uaun *E*, uau *G*; digan camor *O*   13. dautres *a*; jois *GQa*;
los uei *DIK*, fa(u)n se *CERS*, faisen *GQ*, se fan *MOa*; deuinadors *CDG*
IKQRSa, deuinador *EMO*   14. quan *MO*; sui *O*; mortz *COR*; cu(i)don
Ea, cuion *MO*, uolon *die andern*; autres *M*, autre *a*; auzir *M*, aucire *Q*
15. mi·us] mi *GQ*, mi uos *Oa*; qeus *GQ*, qeu *a*   16. Qel g. *a*; gencer
CDEGQRS, gensor *IKMa*; anes *D*; La ienser del mon am *R*; De lausenger
za no̅ i uauc d. *O*; do̅ptan *D*

---

[1] *l.* son esclarzit li rais?

III.   Soven la vao entrels meillors blasman
            et en mos diz toz sos affars abais
            per esproar de chascun son semblan
     20   e per saber de son prez, q'es verais,
            si es tengutz per tant bon entre lor.
            mas trop o posc demandar et auzir,
            qu'adonc n'aug tant a chascun de ben dir,
            per q'eu n'ai peiz e'n muer desiran.   (— 1)

IV. 25   Anc mais nuls hom non trais tant greu afan
            con eu per leis; mas lengiers m'es lo fais,
            quant eu esgart son gent cors ben estan
            e·l gent parlar ab que suau m'atrais,
            c·ls seus bels oilz e sa fresca color.
     30   molt se saup gen beutatz en lei assir.
            con plus l'esgart, mais la vei embelir.
            Deus m'en don ben, c'anc re non amei tan!

III. *als Str.* II *O*   17. Tot iorn *a*; nan *CR*; meillor *O*   18. Et
feldt R; en] ab *EM*; tut *Q*, tot *S*; a.] 7 fars *G*; tot (totz *C*) son afar
CRa, lo seu afar *O*   19. esperar *I*; chascuns *O*; des c(h)ascus *GQ*;
sieu s. *a*; talan *M*   20. s. lo seu fin p. v. *Oa*   21. E si es t. *R*, Sel
es t. *a*; tengut *GOQS*; bons *D*; lors *CDGIKRSa*, lor *EMOQ*   22. o]
en *EMRa*; Don t. li p. *O*   23. Adonc *O*; nauc *D*, nau *G*, naut *S*;
chascus *O*; tant de be a cascus d. *R*; Qa chascun naug adoncs tan de b.
d. *M*   24. p. (peis *Q*) de leis muer d. *EGQSa*, pecs de leo mor d. *O*;
Per quieu ne nau sai moren d. *C*, Per qeu nai peiz en vau plus d. *DIK*,
Per qez ieu nai piez en mueir d. *M*, Per qe huey may la puesc chātā lanzar
e v' dizan *R*
        IV. *als Str.* III *O*, *als* II *a*   25. trac *CR*, tras *M*; ta g. *S*; treu
D, gran(t) *GMQR*   26. leugatz *C*, leugier *GMQ*, leuges *S*; l. lo mi
fais *a*; C. faz per leo legier mes or lo f. *O*   27. Mas q. e. *O*, Cant ient
e. *R*, Qe q. e. *a*; lo *C*; g.] bel *R*; son cors e son (el seu *O*) semblan *Oa*
28. El genz p. *O*, El douz p. *a*; parlars *R*; matrais *CGIKQSa*, me trais
DE, mestrais *M*; ab que tan gen ma. *C*, aichi soi a mal trais *O*, p. qe
tan suau ma. *a*   29. El *D*, Eill *G*; El seu bel cors *O*, E li bel oil *a*,
El seu b. o. *S*; sa fresca color (colors *ERS*) *CEMORS*, sas frescas colors
DGIKQ, ab la fresca colors *a*   30. ben *M*, genz *O*; M. si uenc gent b.
R; beautaz *S*; en leis beutatz *EM*; aissir *IKS*, aisir *Q*   31. Cant *a*;
m.] plus *Oa*; la gard *S*; vei] uen *M*; abel(h)ir *CEMR*, embellir *DGIKO*
QSa   32. D(i)eu *MO*; mi (me) *CIKM*, men *DEGOQSa*; b.] ioi *M*; res
CR; ame t. *M* .

2. Die Hdss. weichen in vielfacher Art von einander ab. Keine Schwierigkeiten macht DIK mit *vei esclarziz los rais*, oder CM *es esclarzitz (escazitz* C) *lo* bez. *sos rais.* Aber die anderen haben *son esclarzit li rais* oder ähnlich. Levy fragt aus Anlaß eines aus Nîmes nachgewiesenen Plurals *rays(s)es* und unter Hinweis auf modernes *rais* und Plur. *raisses*, ob auch schon für die alte Sprache ein Obl. *rais* anzusetzen ist. Die Hdss. zeigen hier diese Form, und es ist wohl möglich, daß sie auch schon dem Dichter angehörte.

5. Der Reim c ist in den meisten Hdss. *-ors.* Nur M hat stets *-or*, E und O wenigstens in 3 (aber nicht ganz den gleichen) von den in betracht kommenden 4 Fällen. Durch v. 21 scheint *-or* sichergestellt. So ist denn auch hier *amor* zu lesen und sind v. 13 und 29 entsprechend zu gestalten.

10. Die *amador truan* frohlocken bald zu sehr, bald schelten sie zu sehr, und schädigen so auf die eine wie auf die andere Art die Liebe. Für den Versausgang erhebt sich eine ähnliche Schwierigkeit wie für v. 2. DIK hat *los vei trop gais*, die anderen *se fan trop gais.* In v. 13 müssen wir mit EMO lesen *fan se devinador.* Sollen wir nun in v. 10 die Lesung von DIK, in v. 13 die von EMO aufnehmen, oder sollen wir in v. 10 *far se* mit dem Obl., in v. 13 mit dem Nom. konstruiert sein lassen, oder soll man gar eine Obliquusform *gais*, wie v. 2 *rais*, annehmen? Ich habe mich für die zweite Möglichkeit entschieden.

14. Es wird leichter *volon* für *cuidon*, als *cuidon* für *volon* eingetreten sein.

24. Die Lesart von DIK ist wieder einfach und an sich annehmbar. Schwerlich aber ist das *mor, muer* der anderen Hdss., das zu *trop o puesc demandar et auzir* so gut stimmt, von den Abschreibern eingeführt. M liest *Per quez ieu n'ai peiz e'n mueir deziran.* Alle anderen aber lesen *Per qu'ieu*; dann würde in M eine Silbe fehlen. Die mit M gewöhnlich verbundenen Ea haben *de leis*, O: *de leo.* Hieß der Vers vielleicht: *Per qu'ieu n'ai peiz: de leis muer deziran!* „Dann höre ich jeden so viel Gutes von ihr sagen, daß es mir daher schlimmer ergeht: ich sterbe vor Sehnen nach ihr!"? oder aber: *per q'ieu n'ai peiz e'n muer leu deziran?*

31. Zwischen *embelir* und *abelir* ist eine sichere Entscheidung kaum möglich.

B. Grdr. 213, 4.

En pensamen mi fai estar amors.

s. Emil Levy, Guilhem Figueira, Berlin 1880, S. 63 ff.

B. Grdr. 234, 11.

A 131 (375), C 134 (MG. 537), D 117 (402), I 79 (MG. 364), K 63, M 119 (MG. 538), N 199 (303), O 1 (2), R 42 (350, MG.

364), T 193, U 119 (Arch. 35, 445), a[1] 270 (16, p. 28), alle unter dem Namen Guillems de S. Leidier; in V 59 (Arch. 36, 407) dem Bernart de Ventadorn zugeschrieben.

Die Handschriften dieses Gedichtes zeigen so vielfache und so abweichende Varianten, daß wir schon eine unsichere erste Vorlage annehmen dürfen. Ein Fehler dieser Vorlage ergibt sich schon daraus, daß die sonst stets vorhandene Strophenverknüpfung (als *coblas capfinidas* nach dem Terminus der Leys d'amors I, p. 280) zwischen Str. II und III fehlt. Hier ist also eine Lücke.

Sichere Fehler der Überlieferung liegen in einer Anzahl von Hdss. vor, indem sie gleiche Reimwörter in unmittelbarer Nähe wiederholen:

    V. 10 hat in CIKORTUVa[1]   als Reim *outratge,*
           „ ADMN   *follatge.*
    V. 12   „ ACMNORTUVa[1]   *follatge,*
           „ D   *oltrage,*
           „ IK   *damage.*

So hat AMN *follatge* sowohl in v. 10 wie v. 12.

    V. 34 hat in MRVa[1]   als Reim *paratge,*
           „ ACDIKNOTU   *coratge.*
    V. 36 hat in allen Handschriften   *coratge.*

Mithin würden sich dort AMN, hier ACDIKNOTU als näher verwandte Handschriften ergeben. Daß die Verhältnisse hier nicht einfach liegen, geht schon aus dem Schwanken von M hervor. M stellt sich zwar auch in v. 4 *agrades* zu ADN; sonst aber finden wir es durchaus mit CRV vereinigt: CMRV: v. 6, 12, 13, 15, 34, CMV: 7, 11, 12, 20, 21, 27, 28, 54, 56, MR: 13, 18, 30, 32, 41. Durch CV: 13, 18, 30 wird die Untereinteilung dieser Gruppe als

$$\overbrace{\overbrace{\text{M}\quad\text{R}}\quad\overbrace{\text{C}\quad\text{V}}}$$

bestätigt. R freilich trennt sich, wie wir es bei ihm erwarten dürfen, öfter von dieser Gruppe.

ADN zeigen sich auch in v. 8, 9, 34 als verwandt, AD noch in v. 20, 22.

Als dritte Gruppe zeigt sich OTUa[1] in v. 9, 34.

IK finden wir schwankend, bald mit D oder DN gebunden: 5, 16, 47, bald mit CMRV: 22, 34 oder mit OTUa[1]: 4, 5, 10.

Ein klarer Stammbaum ergibt sich so nicht. Man wird den Text mit Vorsicht aus den verschiedenen Gruppen herausschälen müssen. Aus den Anmerkungen wird sich ergeben, daß CMRV besondere Beachtung verdienen.

Gedruckt ist das Lied: Mahn, Werke II, 48.

Die Form

VI d   a b⌣a b⌣ ‖ c d d c,   Zehnsilbner,

ist von Lanfranc Cigala für ein Sirventes benutzt worden (Grdr. 282, 26) *Un sirventes m'aduz tan vil(s) razos*, von dem uns die Hds. F eine Strophe erhalten hat (Nr. 160, Stengel Sp. 53). Das Gedicht von Bernart Tortiz, 68, 1 *Per ensenhar los nescis amadors* (Prov. Inedita aus Pariser Handschriften, S. 42) hat zwar das gleiche Schema, aber andere Reimendungen. Ein Zusammenhang wird also nicht anzunehmen sein.

Orthographie nach A.

I.   Estat aurai estas doas sazos
          que non chantei, e fatz i mon dampnatge;
          mas er m'agr' ops bos vers o tals chanssos,
          c'agrades lieis, cui fatz lig' omenatge;
    5   et ai l'amada, puois son pretz auzic,
          e ren non ai mas quan lo bon esper;
          pero sivals si la pogues vezer,
          ab sol l'esgart mi pogr' ill faire ric.

I. 1. E tant a. *T*   2. Q(u)ieu *IKMR*; i *fehlt RT*; et ai faich m. d. *A*, et ai fat m. d. *U*, a fas a m. d. *O*   3. er] cor *T*; ma o. *C*; bo(n) *CRTU*, tal *O*; tal *ORU*a¹; chanzo a¹   4. Cagrades *ADMN*, Cazautes *IKTUV*a¹, Que chantes *C*, Ca dan ues *O*, Que plagues *R*; fanc *A*; liges *U*; menage *N*, omage *T*; a cuy fas h. *C*, cuy tenc om. *R*   5. Amada lai *A*, Et ai lamada *CM*, Et am tengut *DIKNOT*a¹, Cades lamey *R*, Quant tengut *U*, E als amada *V*; puois que *AC*, puois (pus) *DNRV*, de pois *IKTU*, des p(u)ois *MO*, do pois a¹; son bon pr. *DN*; sos pr. auzir *R*; a.] e dic a¹   6. Que re(n) *ADIKNOU*a¹, E res *CMRV*; ai] a *M*, ac *U*; sol *ADNR*, quan *CIKMOUV*, tan a¹; li *U*; Qeron no sai cant lo b. e. *T*   7. Q(u)e si ual(s) re(s) (rem *U*) *ADNU*a¹, Pero siuals (sauals *V*) *CMV*, E si uals no *IK*, Qa sel ual re *O*, Ce si uals istera *T*; si] s(i)eu *CIKM TV*a¹, qe sio *U*; uencer *N*; Mas sieu la p. u. *R*   8. De *ADN*, Cab *O*; l' *fehlt U*; pogra ylh far r. *CT*, pogra faire r. *IKMOR*

II.   Ab sol l'esgart qe·m mostres amoros,
    10   m'agr' il tant faich, per qu'ieu dic gran outratge,
           que lo sieus cors es tant valens e bos
           que, s'e·y enten, be sai que fatz follatge.
           dompna, s'ieu anc per trop amar faillic,
           no m'en devetz per orgoillos tener;
    15   mainz n'a el mon qu'an aqel eus voler,
           c'anc mi ni lor fors las denz non issic.

(III.)   . . . .

IV.   E pois tant es vostre pretz cabalos,
           ben es doncs dregz, c'aiatz en seignoratge
           un trobador qe·us chan en plan perdos,
    20   sol que·l deignetz culhir en agradatge.
           aquel sui ieu, q'anc re mais no·us queric;
           e s'ieu dic ben, que vos vengu' a plazer,

II. 9. l' *fehlt IKU*; qe m. *U*; fezes *CMV*, mostre *IK*, mostras *U*; amors *T*   10. tan] pro *ADN*, trop *R*; Magrassatz fair *C*, Magra t. f. *IKMV*; ar ai dich *A*, mas ieu d. *C*, per que d. *DN*, qieu d. *a¹*; follatge *ADMN*   11. Quar *CIKOTUa¹*, Mas *M*; s(i)eu *CRTUVa¹*; Qel s. ric pretz *R*; t. ricx e tan b. (pros *C*) *CMV*   12. siey e. *C*, scu e. *OU*, sieu lenquier *R*, sieu lenten *T*, si y e. *V*; cre (tem *IK*) que fatz gran f. (oltrage *D*, damage *IK*) *ADIKNOUa¹*, be sai que fas f. *CMV*, say quieu fas f. *R*, cre cer gran f. *T*   13. sanc hom *ADIKNOTUa¹*, sieu anc *CV*; E sieu anc iorn *MR*; sobramar *ADIKNOTUa¹*, trop amar *CMRV*; falhis *R*, failis *U*   14. Jes non me deu *R*; erguillossa *V*; tenir *T*   15. Motz *C*, Manc *O*, Mais *U*; al m. *TU*; quan *CMV*, ab *ADIKNOTa¹*, qanc *U*; acel *T*; Qe mas dautres an aqest u. *R*   16. Ca *IK*, Qant *M*; ni] e *U*; Que anc a mi f. *C*; for *IKMOTa¹*; la den *DIKN*; nom scic *T*, non essic *a¹*; Canc de liey nulh mieu senh calabitz *R*

    III. *fehlt*

    IV. 17. E *fehlt U*; pois] mas *V*; es *fehlt a¹*; cabals *T*   18. Be(i)s taing dompna *ADIKNOTUa¹*, Doncs ben es dregz *CV*, Ben es doncs dretz *MR*; que naiatz s. *C*, cacsetz de s. *R*   19. canailhier *M*, trobadors *U*; que uos c. *IKT*, qius c. *M*; de (des *T*) plau (pla(n)s *IKOT*) p. (dos *IK*) *ADIKNOT*, en (e, em) plau (plaus *MV*) p. *CMRVUa*; Dun t. quaiatz en p. p. *C*, Cauayer . . . (*Raum für etwa 7 Buchstaben*) *R*   20. Que lo d. *AD*, Sol quel d. *CMV*, E queus d. *IK*, Qe uos d. *ONTU*, Si lo deuetz *R*, Qeus o d. *a¹*; tener *ADIKNOU*, culhir *CMV*, tenir *RTa¹*   21. Aquel *ACR*, E q(u)el *DN*, Aicel *IKMOTUVa¹*; q(u)ez anc plus *ADIKNOTUa¹*, qanc res mais *CV*, qanc mais re *M*; non q. *N*, non us q. *U*; quesic *OUV*; canc ren pus a ō q̄ric *R*   22. Mas *AD*; sicus d. *A*, si d. *CV*; ben] res

o si que no, que m'o fassatz saber,
puois pendetz mi, s'ieu ja mais cansson dic.

V.   25   Cansson no dic, dompna, mas endreich vos,
a cui non aus trametr' autre messatge
mas dels sospirs q'ieu fatz de genoillos,
mans jointas, lai on sai qu'es vostr' estatge;
q'el mon non ai tant mortal enemic,
     30   ab cui trobes o aize o lezer
q'ieu vos pogues cubertamen vezer:
anc a seignor mieills de cor non servic.

VI.   Si per servir fos tant aventuros
c'umilitatz fraisses tant son paratge
     35   q'us doutz ales del sieu gen ris mi fos
dolsetamen aissis e mon coratge:

C, ren RU, re V; q(u)eus ADIKMNORUa¹, qua uos CV; uengues a p.
AD, tengues a p. O, deges a p. U, torn a p. V; plazen C; con us es
a p. T
     23. E A; E si no f. R; uos mo f. IK, qe mos f. O, qel me f. T; s.]
parer R; Disez me se non faz mi s. U   24. mi *fehlt* O; s'ieu] si AR;
ia *fehlt* U; chansos D
     V. 25. Canso(n)s NT; Non fauc caussos A; endreg de uos R, edrit
u. T   26. autre] mo C, entre M; mandar uostre m. R   27. los s.
ADIKNRTa¹, dels s. CMV, lo s. OU; sospir TU; que f. C, qen f. O, cen
f. T, qeus f. U, qe fai V; f. *fehlt* R; daginolos V   28. Mas ma(n)s (man
U) j. l. on sai (faç N, es R) u. e. (ostatge NU) ADIKNRTUa¹, Mas
jointas lai on sai ques u. e. CMV   29. = v. 32 O; Cal T; ta C; E seu
trobes quim dones lezer (s. v. 30) U   30. A MVa¹; Ab cel t. T; trobas
IK; *erstes* o *fehlt* NT; aize *fehlt* D; lesir T; t. oize o plazer IK (*in K
von später Hand am Rande* o aise o lezer), t. aizina o l. R; Ab quel t.
en a. o en l. O, Qal mon non ai tan mortal enemic (s. v. 29) U   31. *fehlt*
IK, *in K später am Rande nachgetragen*; Ce u. p. T, Qeus mi fezes U;
Ab queus p. celadamen(s) v. CV, De nos donna qeus (qⁱ nō R) poges auer
MR   32. *fehlt* N, = v. 29 O; a *fehlt* MRVa¹; mil T; A. s. de tan bon c.
MR; no uos s. R, nom s. a¹
     VI. 33. S(i)eu MR, De O; fos] soi R   34. Calmeitatz R; forsses
ADN, fraiches C, frais(s)es IKR, franques M, bais(s)es OTUa¹; t. s.]
uostre CMV; coratge ACDIKNOTU   35. Quel CMRV, Cun IK, Uns T;
anes C, ale R; de son gent (genz O) r. OT; mi] i D; el uostre rirem (rire
y C) f. CMV, del s. bel rire f. R; Qun gent alei de son gent cor ioios U
     36. Dolçamen N, Donzerament U, Doucetamenç a¹; intratz ADNa¹, a(i)ssis
CIKMRV, entrat OT, entres U; dinz IKMV

si anc nuills hom per ben amar fenic,
doncs fenir' ieu, si·m pogues eschazer,
mas pel respieich q'ieu pogues mais aver,
40   visquer' ieu pois ben leu al ver afic.

VII.   Un fol afic ant pres ist enveios
encontr' amor, e fant gran vilanatge:
s'una dompna lauzatz que sera pros,
clamaran vos feignedor, per usatge.
45   ieu no m'en feing, mas depuois q'ieu la vic,
vuelh sas onors e son pretz mantener,
sivals d'aitan c'autra non a poder
qe·m don lo joi qu'anc plus fort m'abellic.

37. nul *Ua*¹; Sanc neguns h. *MR*; p. sobramar f. *OTUa*¹; E sanc
(sang *V*) n. h. mays per fin ioy f. *CV*; f.] scruit *R*   38. *fehlt, Raum
für etwa 14 Buchstaben, R*; Donc(x) fenir(i)eu *CV*, Donc fenirai *M*, Eu en
(Ieu *IK*) finera *DIK*, En (E en *N*) fenira *NTa*¹, Eu (Em *U*) fenirai *OU*;
sim (sieu *CM*, sins *V*) pogues eschazer *CDIKMNVa*¹, se nol posc escander
O, sim deuetz eschazer *R*, se poges estaçer *T*, sem po mais auer *U*, Ben
dei fenir segon lo mieu uoler *A*   39. Mas per (pel *CMV*) r. *ACMRV*,
Mas sol per so *DNOTUa*¹, Mais per so *IK*; qem *DIKT*, quen *Na*¹; m. a.]
escader *U*; quades en cug a. *CMV*, q¹eu ne cug a. *R*   40. Visquer(a i)eu
(Visqerre eu *U*) p(u)ois be(n) leu (entroc *AIK*, bel eu *N*, ben *O*) al uer
(auer *T*) a. *ADIKNOTUa*¹, Visquera leu pueys alenera (al en eral *M*)
fic *CMV*, Ben leu uisquera tro que anera fic *R*

VII. 41. En *IKM*; sol *DNa*¹, tal *MR*; af.] assis *C*, anfic *U*; cest
DN, est *Ra*¹, et *TU*   42. Escontr a. *V*; amors *IK*; e] don *MV*; gr.
*fehlt a*¹; fan i u. *N*, fai o u. *O*, fait u. *T*; Encontra uos ō fan garan u. *R*
43. Que si unan l. *C*, Si ma d. l. *DIK*, Sunan l. *M*, Si una d. lauzar *N*,
Cuna d. l. *T*; lauzom *R*; qan *MV*, car *NOTUa*¹; sia *IKV*; pr.] bella e pr.
MV   44. Clamar uos an (nan *V*) *CV*; cl. uon f. *a*¹; feignedors *I*;
Clamera un enfcimdor *O*; . . . . . (*Raum für ca. 16 Buchstaben*) a per uzatge
R   45. Ges *ADIKNOTU*, Icu *CMV*, E ges *a*¹; Mais yeu nom f. *R*;
del po(i)s *DN*; anc *CTVa*¹, qanc *DIKO*, ēc *N*, qe *U*   46. Volgui *A*,
Vole *DN*; sonor *A*, sas (las *a*¹) honors *CIKOTUa*¹, sa lauzor (lauor *N*)
DN, sa honor *MRV*; sos pretz *CU*; mantener *CMV*, car tener (tenir *T*)
*ADIKOTa*¹, cap tener *NU*   47. de tan *N*, dautant *a*¹; Sim fatz siuals
A, Si faz daitan (de tan *D*) *DIK*, Estiers daitan *C*; qautre *T*, qaltre *U*;
nom a p. *a*¹; al p. *M*, ac p. *U*; Etrio cautra nom a pod'es *R*   48. cel j.
*DIKNOa*¹, tel j. *TU*; que *ACU*, don *R*, qant *T*, caitant *a*¹; pl.] ta *C*;
mablic *N*, mabelis *OV*

VIII.   Lo majer gaug qu'anc en mon cor sentic
    50   fon en durmens, qu'ieu somnhava un ser
         que·m laissava sas mas nudas tener.
         murir cugei del joy, quan m'esperic.

IX.   Amics Bertrans, digatz Bertran q'eu dic:
         trop s'i venget, si·l vengues a plazer;
    55   e del sieu tort lais ma merce venser,
         c'uoill no fant re a cel qui no la vic.

VIII. *fehlt* ADIKNUVa¹, *als* IX *CR*   49. gioi *T*; cor *fehlt O*; que
anc m. c. s. *C*, canc mon cors s. *T*; Lo maier gaug fō ē dormēs quieu en
amors sentic (*damit Ende des Gedichtes*) *R*   50. durmen *MO*; que *C*,
qeum *O*; Fu e durmentç cieu somiaua ueser *T'*   51. largaua *O*; sa ma
nuda *OT*   52. de i. *M*; De ioy cugei murir *C*; me espric *C*, respic *O*
     IX. *fehlt R, als* VIII. ACDIKNRUVa¹   53. *fehlt O*; Amic *V*;
bertran *DMVa¹*, b' *N*, beutron *T*, beutram *U*; *hinter* digatz] bertran
ADIKa¹, midons *CMV*, *fehlt U*; bertrans digatç *T*; quielh *C*, qeill *M*,
quel *V*; d. quec eu uos dic *N*   54. Mal *A*; sen *IKN*; uenguet *A*,
uengent *C*; uengues a p. (planc *N*) ADIKNOTa¹, uenia p. *CMV*, uenget
al p. *U*   55. O *a¹*; dels sieus tortz *CV*; Et eu del s. t. *U*; uoilla merce
auer *A*, lais ma (sa *IK*) merce uenser (uenir *Ca¹*, uener *M*) CDIKMTa¹,
lais mai merce ucnç *N*, lais menaches uezer *O*, ma merce uen er *V*
56. Quelh *C*, Queilh *M*, Q(u)oillz *NTU*, Qil *O*, Cuils *V*; fez *N*, faram *a¹*;
a lui canc *AD*, selhuy que (qi *MV*) *CMV*, a sel que (qi *NT*, canc *O*)
IKNOTa¹; lai u. *U*

---

     2. e fatz i mon d. steht in fast allen Hdss. A und U haben *ai
faich* (*fat*). Da der Dichter im Begriff steht, sein Schweigen zu brechen,
wäre das Perfectum zweifellos angebrachter als das Praesens. Es aber auf
Grund jener beiden Hdss. einzuführen, ist doch bedenklich. — Die Wiederkehr von *fatz* in v. 2 und 4 wäre leicht durch *fauc* zu beseitigen, wie A
(aber nur A allein) in v. 4 liest.
     4. Ob *agrades* oder *azautes*, bleibt unentschieden.
     5. Dem *Amada lai* A, *Et ai lamada* CM schließen sich *Cades lamey*
R und E als *amada* V an. *Et* im Anfang des Verses wird durch DIKN
OTa¹ bestätigt. Vielleicht hat die Vorlage gehabt: *Et ai l'amada, puois
son pretz auzic*, d. h. einen zäsurlosen Vers, bei dem sich die Abschreiber
nicht beruhigt haben. — Vgl. oben 65, 1 v. 5.
     6. Ein Stammbaum, der CMRV direkt auf die erste Vorlage zurück-
gehen läßt, gestattet für das schwerfällige *que* „unter solchen Umständen
daß" *et* zu schreiben.
     7. Auch hier scheint die Lesung von CMV richtig zu sein.
     10. *tan*, nämlich: mich reich zu machen. — *Ar ai dich* aus A würde
durch die Lebhaftigkeit des Ausdrucks besser gefallen. Aber A steht

allein mit seiner Lesart, und im Reimwort hat es einen offenkundigen Fehler. So bleibe ich bei *per qu'ieu dic.*

12. *sai* CMRV besser als *cre,* wie

13. das persönliche *s'ieu anc* besser ist als das allgemeine *s'anc hom.*

15. *quan* CMV = *qu'an.* Auch in R steht *an* und im *qanc* von U ist *q'ant* deutlich erkennbar.

18. Zwischen *Be·s taing dompna* ADIKNOTUa[1], *Doncs ben es dregz* CV und *Ben es doncs dregz* MR ist eine Wahl schwer zu treffen.

19. Die Hdss. schwanken nicht nur zwischen *e(n)* CMRUVa und *de* ADIKNOT, sondern auch zwischen *pla(n)* ACDNRUa und *pla(n)s* IKMOTV. *En* bez. *de perdos* ist ein adverbialer Ausdruck, dessen s als sogen. adverbiales aufgefaßt werden kann. So mag sich der Singular des Adjektivs rechtfertigen.

20. Durch *sol* (*quel degnetz*) in CMV wird *en plan perdos* zwar eingeschränkt, aber zugleich auch erklärt. So wird man auch aus den gleichen Hdss. *culhir,* statt *tener,* aufnehmen.

27. *los sospirs* oder *dels s.?* Man kann das letztere für die weniger leicht sich einstellende Lesart erklären. Aber eine sichere Entscheidung ist hierüber ebenso wenig möglich wie über

28. *Mas mas jointas lai on sai vostr' estatge* oder *Mas jointas lai on sai qu'es v. e.* Bei Bernart de Ventadorn wäre der Nominativ *estatge* nicht ohne Bedenken.

32. Für: „ich habe keinen Feind, dem ich nicht, falls er mir Gelegenheit böte Euch zu sehen, als meinem Herrn diente", tritt anakolutisch ein: „nimmer diente ich einem Herrn mehr von Herzen".

34. Die fehlerhafte Wiederholung des Reimworts v. 34 und 36 gehörte vielleicht schon der ersten Vorlage an und *paratge* in MRVa[1] ist nur Konjektur. — Zwischen *forsses, fraisses, baisses* ist eine sichere Wahl kaum zu treffen.

33 ff. Wenn ich durch Dienen erreichte, daß ein Hauch ihres Lächelns in mein Herz einträte, so würde das ein solches Übermaß von Liebe in mir erzeugen, daß ich daran sterben würde, wenn je ein Mensch an zu viel Lieben starb. — Da der v. 33 begonnene Vordersatz durch den zweiten Bedingungssatz v. 37 unterbrochen ist, wird sein Inhalt durch *Si·m pogues eschazer* noch einmal zusammengefaßt.

39. „aber durch die Erwartung, daß ich mehr erlangen könnte, würde ich dann vielleicht bis zum wahren *afic* leben." *Afic* heißt in der Regel „Bemühung, effort, aspiration". Aber in einer Stelle des Duran sartre übersetzt es Raynouard mit engagement; und ebenso Jeanroy, der das Gedicht neu herausgegeben hat: le Soulèvement de 1242 dans la Poésie des Troubadours, Annales du Midi XVI, 1904, p. 311 ss., v. 10: *Tostemps serai malvolens e enics Al rei Jacme, qar mal tenc sos afics, Qe·l sagramentz qu'el fes, son mois e trics.* *Afic* ist was man sich fest vornimmt zu tun und daher auch auszuführen verspricht. Ist hier also der *ver afic* das Versprechen der Dame, die Werbung des Trobadors zu erhören? Bei Marcabru 32, 16 aber begegnen die gleichen Worte *al ver afic* wie hier:

Al rer afic, Segon la penedenssa, N'auran perdo, und Dejeanne übersetzt
„au jugement dernier, selon la pénitence, ils obtiendront leur pardon".
So dürfen wir hier übersetzen „würde ich vielleicht bis zum jüngsten
Tage leben" (so auch De Lollis, Studj di filologia romanza IX, 154).

41. Eines törichten Unternehmens haben sich die Neidischen gegen
die Liebe unterfangen.

46. Als Reimwort ist *car tener* schwerlich richtig. Aber es ist zuzugeben, daß der Inhalt der beiden folgenden Verse eine schwache Definition
des *mantener sas honors e son pretz* ausmacht.

48. Man wird, den Hdss. entgegen, entweder hier *gaug,* oder in
v. 49 *joi* einsetzen müssen.

53 ff. Die Verse der zweiten Tornada setzen Vorgänge voraus, die
uns fremd sind, ohne deren Kenntnis aber ein genaues Verständnis nicht
möglich ist. Die Worte *trop s'i venget* erinnern an die Erzählung von
der Rache der Vizegräfin von Polignac für Guillems vermeintliche Untreue.
Dafür daß in v. 53 an zweiter Stelle *Bertran,* nicht *midons,* zu setzen ist,
spricht der Vergleich mit dem hier folgenden Gedicht 234, 15 v. 49, 50.
S. die Biographie Guillems bei Chabaneau p. 59 a.

· · · —

B. Grdr. 234, 15 (70, 34).

V 60 (Arch. 36, 408; MG. 794), dem Bernart de Ventadorn
zugeschrieben, f 73 dem G(uillem) de Sant Desdier. Daß das Lied
diesem Trobador angehört, hat schon P. Meyer auseinandergesetzt,
freilich ohne von der Attribution der andern Hds. zu sprechen. Er
hat es nach f in den Derniers Troubadours de la Provence p. 28 s.
zum Abdruck gebracht.

Die sehr einfache Form VI d a b b a c d d c, Zehnsilbner,
findet sich oft in der Trobadorliteratur (s. Maus 579, 3, wo indes
die Reimgeschlechter nicht geschieden sind und auch einige Kor-
rekturen vorgenommen werden müssen). Aber kein anderes Gedicht hat die gleichen Reime; so ist bei keinem dieselbe Melodie
vorauszusetzen. Bemerkenswert ist noch, daß v. 2, 4 und 8 jeder
Strophe (außer v. 34; l. *consentissa?*) epische Cäsur haben.

Der Text ist aus beiden, an sich oft mangelhaften Handschriften herzustellen.

Orthographie nach f.

I.   Per Crist, Amor, en gentil luoc cortes
        saupest assire tot mon cor e mon sen,

I. 1. Cr.] dieu *f*; c.] saubes *V*   2. assir *f*; Assire uos t. *V*

Appel, Bernart de Ventadorn.   22

per qu'ie·ns o dei mais grazir lonjamen
qu'ieu no·m cujara, esdevenir pogues:
5 que la gensor m'aves fait abellir
que si' el mon en fait ni en semblan.
tant es bella que hi conosc mon dan,
c'ap sol l'enveya cre que·m n'er a murir.

II.   Ben sai del mon que, s'a chauzir agues,
10 qu'ieu leis chauzira (si·s feran d'autres cen!),
per qu'ieu am mais de leis lo lonc aten
que de nuil' autra ren que far mi pogues.
mais trop ai mes autamen mon dezir,
per c'ai paor qu'ela·m torn en soan;
15 mas ieu non puesc capdelar mon talan
c'ades non vuelha lo miels del mont servir.

III.   Ric joy e car (e volgut e defes
c'ab cortezia monta son pretz valen)
ai ben trobat, qui que l'anes queren.
20 e qui que l'aia, per mi non o dic ges,
qu'ieu non l'aurai, ni no·m deu avenir.
pero be sai que, si Dieus m'ames tan
que de s'amor agues ni tan ni can,
sol que ren n'aia, sia·s el sieu chauzir.

IV. 25 Qui'n ric amor met son cor e son pes,
si tot li tarza, ric guizardon n'aten.
qui ric seinhor pot servir lonjamen,
si tot bistensa, pueissas leu pren merces.

3. mais] ben *f*   4. cugera *f*; no cuiaua quesd. *V*   6. ni] et *f*
7. quieu hi conocs *f*   8. sol *fehlt f*
II. 9. m. seu a ch. *V*   10. Quil ch. *V*, Quen l. ch. *f*; feiron *V*
11. lo bon a. *V*   12. Que dautra ren que donar *f*   15. Car ges *f*
16. m. quel mont se mir *f*
III. 17. e gran ai v. *f*   18. Cap proeza mon s. ric p. u. *V*,
Ab c. montan s. p. u. *f*   19. qui] can *V*; Trobat com deu auenir qui
lanes q. *f* 20. Ho *f*   21. non] en *V*   22. Mais non per so *f*; si D.]
sela *V*   23. Qe or sa. *V*; o t. o c. *f*   24. queu *V*; pro nai ab lo dezir *f*
IV. 25. Qui en a. *V*; p.] sen *V*   26. n' *fehlt f*   28. Si t. lis tarda
elo lin pren m. *V*

　　　　　el loi pot mais en sol un jorn grazir
　30　　e far honor, que cen paubr' en un an,
　　　　　per qu'ieu n'aten honor e joya gran,
　　　　　qu'en ric parage ai pauzat mon albir.

V.　　　Preguara la, si sol a leis plagues
　　　　　que·m consentis un celat parlamen,
　35　　car s'ieu la vauc vezer tot a prezen,
　　　　　diran mesonjas maint envios plaides.
　　　　　et enaissi pot ben esdevenir
　　　　　enans del fag, on cascuns a pueis dan;
　　　　　e si fossan acordat des aban,
　40　　abdui se pogran ab mens de bruit jauzir.

VI.　　D'una ren fan domnas gran nesies:
　　　　　c'ab lonc enquerre fan lur joi conoissen.
　　　　　cant hom las pregua, et ill n'auran talen,
　　　　　et es vejaire c'an ben lur amor mes,
　45　　per que·n fan plus de paraulas auzir?
　　　　　car asatz son saubut li devinan,
　　　　　que·n diran mais gran ren qu'elas non fan,
　　　　　que per enveya an fait mant joi partir.

VII.　　Chansoneta, vai·m a mon Bertran dir
　50　　que·l prec que·t fassa al sieu Bertran auzir.

　　29. E *V*; Que mais li pot *f*　　30. Que nul paupre non faria dun an *f*
31. P. que naten lonor el joi tan g. *f*
　　V. 33. Preyera la *V*; Ben la p. si a leis ar pl. *f*　　35. lai uau
uezen *V*　　37. Caital semblans fai amics departir *f*　　38. Et ans *f*; dels
faitz en c. *V*　　39. desenan *V*　　40. seu p. *V*; j.] partir *f*
　　VI. 41. f. la donas n. *V*　　42. Car l. e. fa *V*　　43. et elas nan t
V　　44. Els esueiaon ben car lur a. m. *V*, Et les uejaire que ben a samor
m. *f*　　46. saubutz *V*; Casatz son lo denuios deuinau *f*　　47. Que dizon
mais mil aitans que non es *f*　　48. Cab lur enuey *f*; enueyan mfait *V*
　　VII. *fehlt V*

　　4. Aus *cujaua* und *cugera* zusammen wird man *cujara* zu erschließen
haben, s. *preguara* v. 33.
　　16. Das Reimwort *serrir* steht hier in V, v. 29 in f. v. 29 ist es
sicher zu entfernen. So kann es hier stehen. Aber auch *qu'el mon se mir*
ist an sich möglich; nur scheint der Ausdruck des Begehrens zu stark für
die sonstige Haltung des Gedichts.

17 f. Weder V noch f scheint ohne weiteres annehmbar. Wenn die Verse aus beiden Fassungen so hergestellt werden dürfen, wie ich getan habe, ist ihr Sinn: Ich habe eine Freude gefunden, die ich begehrt habe und die mir doch verboten ist, weil sie (die Dame) ihren Wert noch durch artiges Benehmen erhebt (und weil so die Dame dem Bereiche meiner Wünsche entrückt wird).

22. Wenn Gott mir soviel Gunst erweisen will, daß ich von ihrer Liebe irgend etwas erhielte, möge es in ihrer Wahl stehen, mir zu geben, was es auch sei.

27. *lonjamen* steht schon v. 3 im Reim. Hier könnte man etwa *lejaumen* schreiben.

44. Die Lesart ist wieder unsicher.

46. *saubut* „erfahren, klug, geschickt" s. Levy: *saber* 29, vgl. *conen* u. a. bei Tobler I², 146 ff.

49. Der Biographie nach (s. Chabaneau p. 59) können die Verse nicht nur bedeuten, wie P. Meyer versteht „Chanson, va dire à mon Bertran (la marquise) que je la prie de te chanter à son Bertran (G. de Saint-Didier)", sondern auch: „Chansoneta, geh meinem Bertran (n'Ugo Marescalc) sagen, daß ich ihn bitte, daß er dich seinem Bertran (der Marquise de Polignac) vorsinge (oder vorsingen lasse)". Vgl. das hier vorhergehende Lied 234, 11 v. 53.

B. Grdr. 242, 12.

A q u e s t t e r m i n i s c l a r s e g e n s.

s. A. Kolsen, Sämtliche Lieder des Trobadors Giraut de Bornelh, Halle 1910, S. 34 ff.

B. Grdr. 293, 40.

P u s m o s c o r a t g e s s'e s c l a r z i s.

s. J.-M.-L. Dejeanne, Poésies complètes du Troubadour Marcabru, Toulouse 1909, p. 196 ss.

B. Grdr. 331, 1.

E n a b r i l, q u a u v e y v e r d e y a r.

s. meine Chrestomathie, Nr. 21, S. 62 f.

B. Grdr. 344, 3.

En aquest gai sonet leuger.

s. P. E. Guarnerio, Pietro Guglielmo di Luserna, Trovatore italiano del sec. XIII, Genova 1896, p. 31 ss.

B. Grdr. 366, 1.

A 149 (432), C 105 (MG. 182), Dᵃ 169 (590), Dᶜ 251 (98, Str. 1, 2, 6, AdM. 13, 373), I 57, K 43, N 83 (81), a 179 (189, Rlr. 45, 123), alle unter dem Namen Peirols. In T 155 (Bartsch, Denkm. 137) als von Bernart de Ventadorn.

Gedruckt: Mahn, Werke II, 19.

Das Handschriftenverhältnis ergibt sich zunächst aus der Zahl der überlieferten Strophen. Strophe V steht nur in Ta, dagegen fehlen VII und VIII in denselben beiden Handschriften. So stellen sich zunächst ACDIKN gegenüber Ta.

Für die Untereinteilung der größeren Gruppe kommt etwa v. 26 in betracht: *gein* AD, *gen* IK : *sen* CN, Ta, ferner v. 38 *ca t.*] *a t.* AIK; *m'amiga doussa* ACIK, *ma dous' amiga* DNa. Aber hier sind die Verhältnisse widerspruchsvoll.

Die Form: V d a⌣ b⌣ a⌣ c ‖ c d d, Zehnsilbner, begegnet nicht zum zweiten Mal. Orthographie nach A.

I.　　　Ab gran joi mou maintas vetz e comenssa
　　　　so don hom puois a dolor e cossire.
　　　　per mi'us o dic, que folla conoissenssa
　　　　aic d'un semblan, ab que'm trahinet gen
5　　 cill on anc plus m'entendiei finamen;
　　　　c'adoncs fui rics qu'esser cugei amatz;
　　　　aras s'es fort totz mos affars camjatz.

II.　　 Amors a pauc de vera mantenensa
　　　　(non o puosc mais celar ni escondire),

I. 2. a *und* e *fehlen* T　3. me lo d. T, mi o d. a; cai f. c. Ta 4. Dun feing s. a; quen I, quē K; tramet IK, tranet N; Donc fals semblant traitz mantas gient T　5. anc] an C; Felo don p. me. finamentz T 6. cuger A　7. fortz A; Ara es fait T; mos] nos D

II. 8. a] ab a　9. No lo p. T; puois IK, pois a; ni condire Dᶜ

10 que·il fals aman, qe·is fant fin en parvenssa,
la decazon per lor galiamen.
e las dompnas si·s n'ant colp' eissamen,
c'a penas er negus drutz, so sapchatz,
que non engan e non si' enganatz.

III. 15 Ma dompna·m fai morir per tal faillensa,
que l'estai mal, s'ieu lo ausava dire.
ill n'a·l pechat, et ieu la penedenssa;
e ges no·il trob ochaison de nien.
pesa·m car ai tant bon razonamen;
20 trop es mos dreitz conogutz e proatz;
mais volgra fos messonga la vertatz.

IV.   Ai! tant greu m'er, s'aissi pert m'entendensa
del bon esper on suoill mon cor assire;
pero trop n'ai orgoillosa temensa,
25 c'ab mal talan l'encolp e la repren;
e si·m sai eu d'amor lo meillor sen:
c'om ja de ren non se fezes iratz,
mas c'om saubes son mal soffrir en patz.

V.   Contra midontz non posc aver tenensa.
30 cant ieu l'esgart e vas mi la vei rire,
tota m'osta l'ir' e la malvolenza
la so' amors, que·m destregn dousament.
e s'anc mi fez mal ni äiramen,

10. Quels f. amans *CN*, Quel f. amanz *D*, Li f. a. *Ta*; fin *fehlt a*
11. dezazon *IK*; descann tot p. l. gabamen *T*   12. domna *N*; si nam
Na; si nam coplidamen *T*   13. es *DcN*   14. Qui *Dc*; o *Ca*; nom e. *N*

III. 15. ·m *fehlt IK*; Mi dontz mi fa *T*   16. Q(u)e(i)l stai *Aa*
auzana *I*, auçena *N*; lo a.] loy a. *C*, lausava *T*   17. Elal p. *T*, Cil al p. *a*
18. noi t. *T*; de] per *N*   19. Pensant car vi t. b. rasonamentz *T*   20. e
fehlt T; priuatz *T*   21. nol ce f. *T*; volgra *fehlt a*; messoina *K*; la] que *C*

IV. 22. A t. *CDIKN*; can *T*; m'er] met *D*   23. on] en *T*; aissire
T   25. lencolpe *A*, lencolpi *DIK*, lancolp *T*; e *fehlt IK*   26. damor ien
a; gein *AD*, sen *CNTa*, gen *IK*; si sai da. le major sen *T*   27. se f.
AIK, sen f. *CDNTa*   28. c'om] qi *a*; Ma ce s. *T*

V. *fehlt ACDIKN*   29. tenensa *T*, temensa *a*   30. ni v. mei *T*
31. mostra *T*   32. La siu a. *T*

can pais mos oils glotos sa grantz beutatz,
35 cujatz c'adonc li voilla mal? — no fatz.

VI.   Follatges es qui son affar bistensa.
           no·m tenrai mais d'aisso q'ieu plus desire.
           mais vuoill c'a tort m'amiga doussa·m vensa
           que per mon dreig plor ni plaigna soven.
40 merce·il qerrai d'eis lo sieu faillimen,
           tot enaissi cum er sa voluntatz,
           c'ab lieis no·m pot nuills plaitz esser malvatz.

VII.   El vers vos man, dompna, c'a vos mi ren,
           que res aitan no m'agrada ni·m platz;
45 e vailla mi ma fina voluntatz.

VIII.   En Vianes anera plus soven,
           mas per midonz remain sai Alvergnatz,·
           prop del Dalfin, car sos afars mi platz.

34. Con paus mos uogllz nella sua gr. b. *T* 35. C. la donc *a*; li uogll ja mal non patz *T*

VI. 36. Follatge *N*, Folla gens *T*, Solatges *a* 37. Non *IN*, Nō *K*; Non crerai m. caiso *T*; que p. *C*, queus p. *D*, don p. *N* 38. a t. *AIK*, ca (qua) *CDNTa*; mamiga doussam u. *ACIK*, ma dous (dolç) amigam v. *DDeNa*, ma bella domna uenca *T* 39. dreitz *T* 40. des lo s. f. *a*; Merce cerai del s. f. *T* 41. enanssi *A* 42. platz *D*; no p. nuil plag *N*

VII. *fehlt Ta* 43. Pl *N*; man] ma *D*; v. ni r. *D* 44. ni pl. *N*; plaiz *D* 45. maisina v. *D*

VIII. *fehlt Ta* 47. romanc *DIK*, remaing *N*; aluernatz *DIK*, aluernaç *N* 48. Pruep *C*; d. que soi essers m. p. *N*

. . .

5. Ein *no* scheint zu fehlen. Lies *Cela on pl. m'e. f.?*
19—21. Vgl. Bernart de Ventadorn 15, 26—28.
24. *orgoillosa temensa*] Die Furcht, die ich soeben ausgesprochen habe, auf die Hoffnung ihrer Liebe verzichten zu müssen, entstammt, da sie auf der Beschuldigung der Geliebten beruht, der Überhebung.
26. ADIK zeigen mit *genh* den Reim *u' : u* (andere Reime dieser Art führt Zenker, Peire d'Alvernhe, S. 204 zu v. 69 an; vgl. *en's : ens* im dritten Gedicht Bernarts). Wir werden aber aus CNTa *sen* aufnehmen, das im Sinn ebensowohl wie in den Lauten stimmt.
29. Meiner Fraue gegenüber habe ich keine Macht (*tenensa*). Ich kann ihr gegenüber keinen Groll aufrecht erhalten.

B. Grdr. 375, 10.

Humils e fis e francs soplei ves vos.

M. von Napolski, Leben und Werke des Trobadors Ponz de Capduoill, Halle 1880, S. 70 ff.

—

B. Grdr. 377, 4.

Hdss. E 166, V 58 (Arch. 36, 407). In E dem Pons de la Gardia, in V dem Bernart de Ventadorn zugeschrieben. Bernarts Autorschaft kommt, der ganzen Art des Gedichtes nach, nicht in Frage. Das Senhal *Tot mi platz,* das in v. 40 versteckt ist, bindet dieses Lied mit 377, 6 zusammen, das in E wiederum dem Pons de la Gardia zugewiesen wird und sicherlich unserem Bernart nicht angehört.

Das Schema ist:

V1			
7 $\smile$ a		$a^{1\,3\,5} =$	$c^{2\,4\,6}$
7 b		b $=$	d
7 b		c $=$	c
7 c		d $=$	b
10 d		e $=$	a
7 d			
7 $\smile$ e			

Die gleiche Form kehrt nicht wieder.

Gedruckt: Parnasse occitanien p. 325; Mahn, Werke 3, 204 (im Wesentlichen nach E).

1.   Mandat m'es que no'm recreja
    de chantar ni de solatz;
    e quar plus soven no fatz
    chansos, m'o tenon a mal
5 sill a cui chans e deportz abelis;
    et agrat de sos amis
    deu hom far, com que l'en prenda.

I. 4. Chanzo no mo tejnha m. *V* 5. chant e deport *V* 6. Que *V* 7. lin p. *V*

II.   Tota corteza fazenda:
              solatz, chanz e jocs e ris,
     10   mou ben d'amor, so m'es vis;
              qu'en totz pretz ajud' e val
       amors trop mais d'autra re, so sapchatz,
      ‛   et ades n'es hom coitatz
              de far so que ben esteja.

III.   15   Don', en cui pretz senhoreja,
              ab bel cors plen de beutatz,
              complit de totas bontatz,
              ieu muer! mas a vos non cal.
              pero nuils hom (d'aiso·m fauc ben devis)
     20   no·us er mais de cor tan fis!
              d'aiso no·us sai pas esmenda.

IV.   Non es nuls jornz, no m'ensenda
              dezirs de lei don languis.
              tal talent ai que la vis,
     25   c'un gran gaug complit coral
              m'ai quan la vei, e mais res tan no·m platz,
              car non pot esser iratz
              nuils hom lo jorn que la veja.

V.   Lo deziriers e l'enveja
     30   que·m ve de leis, par foudatz,
              qu'aisi·m soi enamoratz
              que no consir de ren al.
              merce vos clam, bela don' ap clar vis,
              qu'ieu non ai, tan soi conquis,
     35   poder qu'estiers m'en defenda.

II. 9. chant e joc *E*, ioys e chans *V*   10. Moc *E*   11. tot *V*
12. Amor trot *V*; sapchan *E*

III. 15. Donc *V*   16. bontatz *E*   17. Complitz *V*; beutatz *E*
19. n. h. *fehlt V*; fasi *V*   21. s. pus e. *V*

IV. 22. nuill *EV*; jorn *E*; nom uenga *E*, non essenda *V*   23. Dezir
E; El desirer de leis on l. *V*   26. Mes *EV*; re *E*; e re mais *V*   28. Lo
jorn nuil hom *V*; que la maneja *E*

V. 29. dezirier *EV*   30. foudat *V*   31. son *V*   32. Quieu
V; als *E*   33. car v. *V*   34. n. ai] soai *V*; son *V*   35. Esters p.
quem d. *V*

VI.   Sel qui ma chanso aprenda
               (sia loindas ho vezis),
               prec que la chant el päis
               al bel cors de linh reial,
     40   gai e cortes, del mon on tot mi platz,
               qu'en lei es bos pretz prezatz,·
               e cascuns lo li autreja.

VI. 36. que *E*   39. El *E*; lei r. *E*, lin r. *V*   40. de mont o mi
pl. *E*   41. bon *V*   42. cascun *V*

40. Rochegude (und ihm folgend Mahn) druckte *de Monto molt mi
platz*, und so setzt Fritz Bergert, Die von den Trobadors genannten oder
gefeierten Damen, Halle 1913, S. 104, eine Dame aus Monto als von Pons
de la Gard(i)a besungen an. Aber Rochegude hat den Vers durch Hinzu-
fügung von *molt* erst ergänzen müssen. Die Überlieferung von E war
mangelhaft (sie trennt übrigens *mont o*), während V die korrekte Silbenzahl hat. So haben wir zweifellos zu lesen: *el päis ... del mont, on tot
mi platz*.

B. Grdr. 377, 6.

Hds. E 166 (MG. 935), V 59 (Arch. 36, 407; MG. 934). In
E wiederum Pons de la Gardia, in V Bernart de Ventadorn zugeschrieben; s. zum vorigen Gedicht.

Die Form: VI d   a   b   b   c   c   a   d   d
                    5   5   5   5   7   5   7   7
kehrt nicht wieder.

I.   Tant soi apessatz
               et en gran esmai,
               que ben cre e sai
               que no·m plagr' onguan
     5   solatz ni deport ni chan;
               mas On-tot-mi-platz
               vol qu'ieu chan, et es mi gen
               que fassa son mandamen;

I. 1. son *V*; apoderatz *E*   4. ogan *V*   6. on] mon *E*   7. mi]
men *V*   8. Quieu *V*

II.   Qu'estiers nuill solatz
10   ni gran joi non ai,
        que trop peitz me vai
        que no fes antan.
    e s'aisi·m vauc meilluran,
    fora·m meils assatz
15 que fos mortz ab cor jauzen
    que s'ara viu malamen.

III.   Suau et en patz
        viu e meins d'esglai
        sel qui per assai
20   ama, e non ges tan
    que·n puesca morir aman.
    mas tant enlassatz
    m'i soi ieu joguan rizen
    c'uei mais noi puesc aver sen;

IV. 25   Que las grans beutatz
        e·l cors cueind' e gai
        e·l ric pretz verai
        e la valor gran
    c'a midons, qu'ieu dupt' e blan,
30   m'a mes en tal latz
    don molt dur trebaill aten,
    si no me val chauzimen.

V.   Tant hi fui onratz
        que·l covens mi plai
35   (si tot no·m estrai?)
        que·m fes en baizan.
    del bel mensongier semblan
        es mos cors pagatz,
    c'aisi m'o dis avinen
40   que ver me par, quan me men.

II. 11. De *E*   16. sera *V*
III. 19. que *E*   22. M. quant eslaisatz *E*   23. son eu i. *V*
24. non p. *E*
    IV. 25. En *V*   29. E m. *V*
    V. 34. couen *EV*   35. Si tot * mestrai (*bei* * *Lücke*) *V*   37. *für*
m. *Lücke V*   39. Am m..tz a. *V*

VI.   Mas molt soi iratz
                    e marritz d'un plai
                    en que·l pro de sai
                    avem pres gran dan:
         45   de la comtessa prezan,
                    dona de Burlatz,
                    que perdem, so m'es parven,
                    si Dieus encar no la·ns ren.

VII.   Mas nos avem conort gran
         50   e mon Tot-mi-platz,
                    que sel qui la ve soven,
                    non pot aver marrimen.

VI. 41. onratz *E*   42. mautz *V*   43. quels pros *V*; que uos
desrai *E*   45. En *E*
VII. 51. que *E*

5. Die Nominalflexion macht in diesem Gedicht an einigen Stellen
Schwierigkeit. Hier kann *deport ni chan* allenfalls Plural sein, oder als
nachstehendes Subjekt unflektiert stehen. V. 26—28 müßte Attraktion vom
Relativpronomen her eingetreten sein (s. zu Bernart 3, 17). V. 32 wird
man besser als im Plural: *si norm valon chauzimen* mit anderem Verb
lesen: *si no m'en a chauzimen*. Die Zahl der Verstöße gegen korrekte
Deklination ist aber auffallend groß.

6. Lautet das Senhal (*mon*) *Tot-mi-platz* oder *On-tot-mi-platz*? Hier
spricht Hds. V für *on* (während das *mon* aus E in *mos* geändert werden
müßte). Auch 377, 4, 40 könnte für *on tot mi platz* geltend gemacht werden.
V. 50 unseres Liedes aber zeigt in beiden Hdss. *mon*, und in der Tat wird
der Versteckname ja fast stets mit dem Possessivpronomen verbunden.

18. „in Frieden und geringerer Furcht lebt ...“ Es ist nicht notwendig *e* als *en* zu verstehen.

19. *per assai* „auf Probe“, nicht ernsthaft.

35. Vgl. Bernart de Ventadorn 7, 16 (18, 26).

45. Über die *Comtessa* (Azalais) *de Burlatz* s. Bergert S. 20 ff. Auf
welche Art den *pros de sai* (Azalais war seit 1171 mit Roger II. von
Béziers und Carcassonne vermählt; sind also die *pros de sai* diejenigen
welche am vizegräflichen Hof von Béziers leben?) die Gefahr des Verlustes
der Gräfin drohte, wird aus den Worten des Dichters nicht klar.

Glossar.

a, *vor Vokal* ad 1, 23; 17, 27; 22, 14, 47 etc.

Präposition. Örtlich: wohin 8, 53 etc., (*zu einer Person*) 4, 63; 6, 51 etc., (gardar ad alcu) 6, 48, *in hinein* 3, 9 etc. — *wo:* parven m'es als olhs 31, 42 etc.

Zeitlich: a nadal *etc.* 28, 38; 13, 6; 27, 8, a chascu jorn 28, 28, a jornal *immer* 28, 34, a ma vida 30, 43.

Dativ: 3, 18, 22; 5, 25; 6, 18; 9, 13; 10, 25 etc., *Dativ und Infin.* 6, 31; 17, 16, *Ziel, Bestimmung:* 4, 26; 10, 25; 15, 45; 17, 56, a *und Infin.:* 4, 17, 60; 40, 10, *Gemäßheit:* 2, 23; 30, 37; 31, 4, *Charakteristischer Umstand, Art und Weise:* 3, 12; 6, 17, 57, 58; 8, 31; 20, 17; 28, 13; 30, 38, *Begleitender Umstand, Gelegenheit:* 1, 8; 3, 8; 6, 54; 13, 50; 17, 36, 48; 23, 8. — *s.* d'a.

a *Interjektion* 5, 15; 7, 22, 47; 8, 1; 22, 53; 43, 45.

ab *Präposition: räumliche Vereinigung* 13, 11; 23, 10, *Gemeinschaft, Gesellschaft* 7, 20, 49; 18, 6; 36, 58; 41, 48; 42, 3; 43, 49, *feindliches Zusammensein* 4, 17; 13, 39, 54; 19, 21; 23, 53; 36, 29, *begleitender Umstand* 1, 1, 2; 3, 13; 5, 14; 28, 2, 13; 29, 10; 36, 50; 39, 31; 44, 5, *Eigenschaft* 15, 41, *veranlassender Umstand* ab sol que 9, 7; 27, 42; 39, 55, *Mittel, Werk-*zeug 1, 43, 56; 8, 20, 34; 13, 44 15, 47; 23, 28; 30, 53; 39, 47, apenre ab alcu 19, 18.

abandonar (ọ) *v.* I *tr. überlassen, rfl.* sé a. vas joi 23, 13.

abans *Adv.* des abans *von vornherein, von Zeiten her* 33, 32; a. que *bevor (mit Konj.)* 26, 44; 39, 16.

abauzir (*3. praes.* abau 13, 30; 21, 28), *v.* IIᵃ *intr. zukommen* 13, 30; 21, 28.

abelir *v.* IIᵇ *intr. gefallen* 20, 2.

abenar (ẹ) *v.* I *intr. gebr. Genüge tun, entschädigen* (2, 19).

aclî *aj.* I *gebeugt, demütig* 20, 39; (per far) 29, 20; vas alcu 37, 6.

aco *pron. determ. ntr.* 45, 46.

acolar (ọ) *v.* I *tr. umhalsen* 7, 45.

acolhimẹn *s. m.* Iᵃ *Empfang, Entgegenkommen,* esser de bel a. 10, 41.

acolhir (ọ) *v.* IIᵃ *tr. empfangen, aufnehmen* (alcu) 9, 11; 25, 11, 16; 26, 23; 27, 61; 42, 25, a. los dihz 41, 11.

acompanhar *v.* I *rfl.* sé a. ad alcu *sich jemandem zugesellen* 19, 51.

acordamẹn *s. m.* Iᵃ far a. *übereinkommen, eines Sinnes werden* 30, 14.

acordansa *s. f.* Iᶜ *Übereinkunft,* far a. *Übereinkunft herbeiführen* 45, 49.

acorre (ọ) *v.* V *intr. helfen* 28, 16.

acuzar *v.* I *tr. anklagen, beschuldigen* (de) 40, 19.

adęs *ar. zur selben Stunde, alsbald* 17, 19; 30, 39, *immer* 1, 15; 9, 19; 12, 4; 17, 4; 25, 36; 26, 16; 28, 26; 41, 22; 44, 67; 45, 39, *immer noch (mit Comparativ)* 2, 42; 22, 3, a. on 25, 11, a. can 35, 16; *vgl. Anm. zu* 17, 18.

adiramęn *s. m.* I*a Erzürnung, Groll* 5, 27, dire a. *sagen was Verdruß erregt* 13, 36.

adǫncs *ar. alsdann* 10, 5, 23; 13, 24; 39, 37; 45, 32.

adorar (ǫ) *v.* I *objektlos gebr. anbeten, verehren (eine Dame)* 44, 58.

adormir (ǫ) *v.* II*a h esser adormitz eingeschlafen sein* 33, 2.

adoussar (ǫ) *v.* I *tr. versüßen* ⁓ 20, 45; 23, 6. *mit Süßigkeit füllen, besänftigen (lo cor)* 17, 44; 41, 4, (alcu) 16, 35.

adrechurar *v.* I *tr. sos tortz gutmachen* 8, 32.

aduire (*3. pr. ind.* adutz 12, 40, adui 28, 3; 29, 37) *v.* V *tr. herbeiführen* 12, 40, ⁓ 28, 3, sé a. *herbeifließen* 29, 37.

afaire *s. m.* I*b Geschäft, Obliegenheit* 44, 61, so m'a tout tot mon a. *das hat mir alles verdorben* 29, 15.

afan *s. m.* I*a Mühsal* 15, 44; 29, 52, *Leid, Qual* 17, 18; 20, 26; 22, 59; 31, 32, tener ad a. 28, 20, traire a. 37, 38.

afanar *v.* I *tr. Leid verursachen* 22, 53, 58, *rfl. Mühsal, Kummer haben* 37, 50.

afar *s. m.* I*a adoncs saubr'eu lo vostr' afar . . . wie es mit Euch steht* 40, 62.

aflibar *v.* I *objlos. mit einer (Hals-) Schnalle schließen,* gen afliban (*als Zeichen guten Kleidens überhaupt*) 16, 46.

afolar (ǫ) *v.* I *tr.* (alcu) *zu Grunde richten* 29, 21.

afortir *v.* II*b tr. Stärke, Kraft geben* 1, 35, *rfl. Mut haben, mit Kraft handeln* 37, 19.

afranher *v.* V *rfl.* (vas alcu) *willfährig sein gegen jd* 19, 37.

agaih *s. m.* I*a* sé metre en a. *sich auf die Lauer legen* 8, 43.

agradar *v.* I *intr. gefallen* 17, 54 (que *mit Konj.*); 30, 55. — *Inf. Gewähren* 15, 29.

agradatge *s. m.* I *Gefallen,* d'a. *angenehm, hübsch* 20, 7.

agur *s. m.* I*a Weissagung* 25, 26.

ai *Interjektion des Schmerzes* 7, 54; 30, 50; 43, 5, ai las 10, 40; 17, 9; 27, 49 *etc.,* ai Deus 22, 9; 31, 33.

aicęl *pron. demonst. adj.* 15, 46, *pron. determ. subst.* totz aicels d'eviro 6, 48.

aicęst *pron. demonst.* 5, 32; 28, 11.

aiga *s. f.* I*c* Wasser 16, 38; 29, 37, a. que dels olhz plor 6, 49, l'a. del cor 42, 43.

aire *s. m.* I *Abstammung, Art.* de bon aire 4, 9 (la plus de-bon-aire); 29, 39; 37, 35, de mal aire 12, 35.

aire *s. m.* I *Luft* 44, 50.

aissęla *s. f.* I*c Achsel* 25, 19.

aissi *adv. so, in solcher Weise* 4, 6; 29, 51; 31, 46; 44, 56, *Folgerung aus dem Vorhergehenden ziehend* 8, 29; 23, 42; 43, 53, *bejahende, statt erwarteter verneinender, Antwort einführend* 18, 27, aissi que 3, 16, aissi son finas beutatz que 16, 43, *Folgerungssatz ohne* que 13, 19, aissi com *in solcher Weise wie* 7, 10; 29, 17, *in dem Maße wie* 21, 57; 22, 5, aissi co 12, 8; aissi com = com 31, 40 *s. Anm.,* s'aissi *oder* sai si *s. Anm. zu* 6, 13.

aissǫ *pron. demonstr. bez. determ. hinweisend auf einzelnen Begriff* 15, 19, *auf folgenden Satz* (que) 5, 32; 33, 5, (car) 43, 33, *zurückweisend auf Satz* 28, 47; 37, 61, per aisso *deshalb, dafür* 7, 3; 29, 21.

aital, aitau 21, *20 pron. aj.. so beschaffen, solch* 22, 37; (que) 30, 12; (com) 12, 18; aital re *etwas derartiges* 35, 33, *subst. auf vorgenannten Begriff weisend* 15, 19; 21, 20.

aitau *pron. subst., so viel (zurückweisend)* 19, 44; 37, 60, *(vorausweisend)* 45, 15, (com) 5, 26; 13, 57; 27, 36, d'a. que *in so viel, in so fern* 6, 45, *um so viel* 24, 19, cen aitans qu'eu no sai dire 21, 33, *adv. mit adj.* 7, 39, 53; 31, 31, *mit adv.* 7, 56; (com) 3, 63, *mit Verb, so daß* (que) 9, 36; 42, 28.

aize *s. m.* I *Gelegenheit* 27, 29; 45, 3.

aizir *v.* II[b] *tr. in eine Lage, an einen Ort bringen* 27, 46; 36, 33, *in Besitz setzen* (de) 14, 21, sé a. de *es sich bequem machen (in betreff)* 20, 20*. — aizit *bequem gelegen, geeignet* 27, 44, ~ *nahe (geneigt, vertraut?)* 23, 43*; 33, 24.

ajostar *v.* I *tr. zusammenbringen, vereinigen* 6, 46, sé a. *sich zusammentun* 7, 19.

al 28, 45; 41, 8, 52; au 21, *13 pron. ind. Anderes* no — ren al *nichts anderes* 41, 8, 52; per al no — *aus keinem anderen Grunde* 21, 13; 28, 45.

ala *s. f.* I[c] *Flügel* 43, 2.

albre, arbre *s. m.* I *Baum* 25, 2; 26, 2.

alcu *pron. aj. irgend ein* 23, 24.

alegransa *s. f.* I[c] *Freude* 1, 6; 45, 14.

alegrar (e) *v.* I *tr. fröhlich machen* (sé a. so coratge) 23, 48, sé a. *sich freuen* 42, 7.

alhor *adv. anderswo* 36, 14; 44, 35, *anderswohin (eine andere Person ist gemeint)* 6, 43; 8, 16; 39, 53.

aliamar *v.* I *tr. binden, fesseln* ~ 12, 14.

aliscara *s. f.* I[c] *Not, Pein* 3, 12.

almorna *s. f.* I[c] *Almosen, Barmherzigkeit* aver a. d'alcu 31, 48*.

alonjar (o) *v.* I *tr. verlängern* 6, 11.

alre(s) *pron. ind. Anderes* 4, 60; 25, 80*; 27, 57.

als *pron. ind. Anderes* ren als 12, 7, (mas *als, außer*) 3, 20; 25, 37, per als no — *mas aus keinem anderen Grunde* als 28, 53.

alugorar (o) *v.* I *tr. hell, glänzend machen* 3, 36.

ama *s. f.* I[c] *Angelhaken* 12, 9.

amador *s. m.* III *Liebhaber* 2, 13; 6, 33; 19, 27; 22, 17; 28, 5; 31, 34; (*n. s.* 4, 3; 29, 8; 37, 30; 44, 54).

aman *s. m.* I[a] *Liebender* 15, 30; 21, 17; 28, 21; 36, 47.

amansa *s. f.* I[c] *Liebe* 1, 13; 25, 31.

amar *v.* I *tr. lieben* 1, 15, 60; 2, 39; 3, 18; 4, 9 *etc.*, de bon'amor 44, 69, d'amor coral 28, 43, per drudaria 25, 50, a. vas . . . 5, 17, *objektlos* 4, 59; 21, 10, a. lo dormir 2, 9.

amdos *pron. beide* 42, 18, a. los olhs 42, 43, *nom.* amdoi *(wir) beide* 28, 25, 39; 29, 54; 36, 57.

amia *s. f.* I[c] *Freundin* 45, 53.

amic *s. m.* I[a] *Freund* 12, 2; 17, 27; 27, 19; 39, 14; (*als Anrede an Tristan*) 42, 53, *vom Herzen gesagt* 25, 86, midons soi hom et amics e servire 35, 13; = *Liebhaber* 6, 6; 7, 55; 19, 39, 40; 21, 44; 24, 12 *etc.* dos amics = amics et amia 22, 10, 39.

amiran *s. m.* I[a] *Emir* 21, 19.

amistat *s. f.* I[d] *Freundschaft; Freundschaft der Geliebten* = *Liebe* 6, 21; 24, 29; 40, 68; 44, 25, *der sich Liebenden* 22, 12, *Freundschaftsbezeugung* 22, 15; 35, 14; salutz et a-tz 16, 3; 35, 43.

amor *s. f.* I[d] (*n. s.* amors 22, 9) *Liebe:* fin'a. 7, 11; 15, 4; 18, 6; 33, 14, amar d'a. 28, 43; autreyar s'a. 7, 15; 40, 14, aver a. certana 37, 43, dar, donar s'a. 6, 3; 7, 42; 13, 17, enveyar a. 7, 39, faire a. az alcu 28, 30, saber d'a. 13, 56,

352

per a. de *um* . . . *willen* 10,17;
19,17: morir per s'a. (*aus Liebe
zu ihr*) 17,36; *Bezeichnung der
Geliebten* 21,17; 27,9?; 30,50;
44,33 (*Minne oder Geliebte*), (*personifiziert =*) Minne 3,35; 4,17;
17,31; 22,26,52; 28,10; 29,45;
31,21; 35,5,10, (*Anrede an die
Minne*)3,1; 4,1,16; 10,8; 13,19,46;
22,57; 36,28; 39,13; (Fin'a.)
7,49, (*zweifelhaft ob personifiziert*)
3,25; 17,2.

amoros aj. I *liebevoll im Benehmen,
freundlich* 3,2, olhs a. 8,20;
28,58.

amparar v. I tr. *schützen* 40,22*,51.

ams aj. (*o. m.*) *beide* 20,14, ams
los olhs 29,23.

an s. m. I a *Jahr* 2,22; 4,54; 26,6;
28,28; 30,2; 33,19.

anar v. I intr. (1.Praes.Ind. vau 13,11;
21,52, vauc cor Vokal 16,13,
3. Praes. Ind. vai 10,35; 16,52;
18,31; 43,4, 1. Praes. Konj. an
16,24; 3. l'ers. 31,52, Imperativ
vai 16,49; 18,31; 43,4) *gehen*
13,11; (vas alcu) 39,58; (*in einem
Zustande sein*) a. truan 36,57;
a. ses vestidura 44,13; *mit Infinitiv* 45,10, *mit Part. Praes.*
21,43, *mit Gerund.* 3,32; 20,16;
21,58; 27,21; 28,23; 29,12;
36,44; ~ a. al cor 17,43; 43,4;
ges amors segon ricor no vai
10,35; be·m vai (d'amor *oder
ähnlich*) etc. 13,8; 14,5; 16,52;
18,24; 27,8; 36,6,7; 31,52. —
rfl. anar s'en 8,53; 43,55; vai
s'en lo temps 39,46.

anc av. a. no *nie* 1,18,41; 3,11;
4,52, 5,1; 6,7 *etc.*, non-anc mai
nimmer 43,42, a. no *energische
Verneinung* 6,56; 28,21; 35,7, a. je
4,22; 6,37; 10,29; 17,24; 42,32.

ancar s. encar.

anceis av. *vielmehr* 4,21.

ancse av. *immer* 3,28.

angoissos aj. I *quälend* 3,13.

ans av. *zuvor* 16,24, a. que *eher
als, bevor* 2,28; 26,3, ~ *eher,
vielmehr* 1,21; 2,26; 9,15; 17,16,
28; 19,53; 36,8.

antic aj. I ~ *verknöchert* (24,41.)

aondar v. I intr. *helfen* 1,17; 26,25;
43,48; 44,38.

apanar v. I tr. *nähren* ~ 22,29.

aparelhar (e) v. I rfl. *sich zusammentun, sich gesellen* (ab)
7,49, ~ tr. *fügen, bereiten* 7,52.

apayar v. I rfl. *sich beruhigen,
seinen Frieden finden* 7,34,37;
18,6.

apedir 27,6 s. Anm.

apelar (e) v. I tr. *rufen* 25,17, *mit
dopp. Akkus., anreden als*
13,43.

apenre (1. praes. ind. apren 13,57,
1. pr. conj. aprenda 19,18) v. V tr.
erfassen, lernen 13,57, a. a dire
4,61, objektlos 21,59; (ab alcu)
19,18.

apercebre v. VI tr. *wahrnehmen*,
rfl. (de) 19,11.

apoderar (e) v. I tr. *überwältigen*
1,9; 22,56; 35,5.

apres av. *hernach* 40,56, *praep.
nach* 31,32.

aquel pron. dem. aj. *jener* 5,7;
10,45; 35,9, (can) 10,1; 37,53,
(a. que *solcher daß*) 15,8, *pron.
det. subst.* 15,24, (a. que *solcher
welcher*) 27,18.

aquest pron. dem. aj. *dieser* 6,12;
8,28; 17,27; 22,27, (*vom Redenden selbst*) 43,46, *subst.* 7,25;
19,25.

aqui av. *hier, dort* ~ 21,27.

ar 16,49; 40,17, ara, era, aras, eras
av. *jetzt* 3,5; 5,12; 6,1,5,61;
7,1,19; 8,6,17 *etc.*, tro a. que
5,9.

aramir v. II tr. *festsetzen* 40,48.

arazonar (o) v. I tr. *anreden, zur
Rede stellen* (de) 9,31; 23,29.

ardimeu *s. m.* Iᵃ *Kühnheit* 1, 33;
16, 23, faire a. 17, 8.

ardit *aj.* I *kühn* 1, 35; 40, 32, *s. m.*
Kühnheit 25, 66 (colhir a.); 27, 42;
39, 48.

ardre *v.* V *intr. brennen* ⁓ 12, 12;
17, 48.

arena *s. f.* Iᶜ *Sand* semnar en l'a.
(2, 33).

argen *s. m.* Iᵃ *Silber* 31, 37.

arma *s. f.* Iᶜ *Seele* tot'a. crestiana
37, 57, *Fruchtkorn* 30, 45*.

asalhir *v.* IIᵃ *tr. angreifen* ⁓ (14, 2
del chan); 42, 11.

asatz *av. sehr, viel* 10, 34; a. mais
13, 13.

asazonar (o) *v.* I *tr. mildern* 23, 6*.

asegurar *v.* I *tr. sichern, Sicherheit
geben* 16, 24; 44, 15.

asenhorar (o) *v.* I *tr. beherrschen*
3, 14*.

asire (*Inf.* 27, 5; 30, *10*, *Part.* assis
37, *8*) *v.* V *tr. setzen*, sé a. a un
joc ⁓ 30, 10*, a. bos motz en un
sô 27, 5, son amor en aut loc
35, 27, so coratge en alcu
37, 8.

asoauzar *v.* I *intr. sich mildern,
lindern* 4, 48.

asolver *v.* V *tr. lösen, freimachen*
⁓ 27, 66*.

astruc *s. m.* Iᵃ *einer, der Glück hat*
37, 49.

atäinar *s.* täinar.

atalentar (e) *v.* I *intr. gefallen*
37, 10.

aten *s. m.* Iᵃ *Warten, Harren*
19, 29.

atendre *v.* III *tr. erwarten* 3, 19;
15, 52, 54; 16, 53; 30, 59; 44, 22,
erreichen, erlangen (a. cuit per
sofrir) 9, 44*; *halten* no ve c'amors
lh'atenda 26, 14*, *rfl.* sé a. en, a,
ves *streben nach* 10, 6; 15, 14;
20, 34; 31, 8.

atenher *s.* 9, 44* (*Part. praes.* atens
39, *56*) *v.* V *tr. erreichen* 39, 56*.

Appel, Bernart de Ventadorn.

atraire *v.* V *tr. heranziehen, an
sich ziehen* 8, 34; 12, 30, *rfl. sich
hinziehen, streben nach* 18, 3.

atrasaih *av. sicherlich, durchaus*
8, 35.

atressi *av. auf ebensolche Weise,
ebenso* 6, 43; 24, 6; 44, 39, *ebenso
wohl* 17, 17.

atretal *pron. aj. ebensolch* 43, 32. —
av. ebenso (com) 1, 45; 4, 39;
28, 37; 41, 47, 50.

atretan *av. ebenso viel* (com)
37, 29.

atruandar *v.* I *tr. s.* 26, 17*.

aturar *v.* I *rfl. sich bemühen* 8, 13.

au *s.* al.

aucire (auci 3. *praes. ind.* 26, 12;
40, 74, aucia 3. *praes. conj.* 17, *31*;
25, *59*, aucis 3. *perf.* 1, *43*, aucizes
3. *praet. conj.* 10, *22*) *v.* V *tr.
töten* 10, 10; 12, 25; 27, 50; 31, 56;
36, 16.

augurar *v.* I *tr. vorhersagen, rfl.*
24, 32.

aur *s. m.* Iᵃ *Gold* 31, 37.

aura *s. f.* Iᶜ *Luft* 37, 1.

aurâ *aj.* I *luftig*; ⁓ *eitel, töricht*
amors à-na 22, 37.

aut *aj.* I *hoch* 35, 27, ⁓ 40, 49.

autet *av. laut* 39, 3.

autor *s. m.* III *Zeuge* 39, 54.

autre *pron. aj.* I *anderer* 1, 44;
2, 13; 5, 13; 6, 6 *etc.*, autra re
3, 49, vas autra part 24, 15; 31, 8,
dem Subst. nachstehend res autra
30, 55, l'autre cors *der übrige
Körper* 35, 21, cen vetz mor .. e
reviu autras cen 31, 28, *fernerer,
noch ein* autra vetz 1, 48, *eines
anderen* 31, 30; 33, 10 (17, 57?*),
autr'amor *Liebe zu einer Anderen*
42, 32, *Gegenüberstellung pleonastisch bezeichnend* 6, 36; 45, 30?*
— *Subst. ein Anderer* 7, 20; 16, 7;
17, 26; 1, 23; 24, 31, autra *eine
Andere* 10, 46; 19, 22; 24, 16;
irgend einer 23, 29, li autre *die*

anderen Menschen 13,7; 21,11,
las autras, totas autras 9, 13;
12, 29. — autrui *obl. einen An-*
deren 6, 58; 29, 6, *eines Anderen*
1, 28; 7, 29; 23, 8.

autreyar (ę) *v.* I *tr. gewähren* 7, 15;
40, 14, *rfl. sich hingeben* 36, 51.

auvir, auzir (*1. pr. ind.* au 13, 20;
21, 5) *v.* II^a *tr. hören* 2, 9; 10, 3;
21, 57; 25, 14; — 26, 5; 33, 9
(que) 21, 5, *jd. anhören* esser
auvitz d'alcu 40, 57, *objektlos*
13, 20.

auzar *v.* I *tr. wagen, mit Inf.* 1, 16;
4, 35; 10, 11; 16, 23; 20, 44; 27, 12;
39, 27, esser auzatz 35, 26.

avans *s. m. ind. Förderung, Vor-*
teil 33, 18*.

avansar 1, 58 *Var., s.* enansar.

avar *aj.* I *geizig* ~ 3, 45.

avenir *v.* VI *intr. herankommen,*
gelangen zu 14, 8, *zustoßen, ge-*
schehen 3, 16 (que); 5, 4; 36, 41;
39, 32, mortz m'avenha si . . 3, 40,
Var., zukommen, anstehen, müssen
4, 60; 22, 55.

aventura *s. f.* I^c *Geschick* un'a.
avetz que 8, 49; bon'a. *gutes Ge-*
schick, Glück 13, 15* (la vostra
b.a.); 16, 54; 24, 10; 30, 41* (chausa
de b. a.); a. = bon'a. 16, 8; 44, 6.

aventurar *v.* I *rfl. sich dem Ge-*
schick anheimgeben 35, 34.

aver (*3. Konj. Praes.* aya 7, 30;
1. Perf. aic 4, 22; 30, 7; (ac
9, 11 DIK), agui 8, 23, 24; 44, 20)
v. VI *tr. haben, besitzen* 1, 40;
6, 6, 29 etc., er'ai leis, era no'n ai
ges 22, 36, *mit eth. Dat.* 13, 24,
non sabra qu'en m'ai (*was mir*
fehlt) 17, 25, a. cor, dreih, esperansa, grat, joi, merce, tort *etc.*
s. diese Wörter, a. blasme *getadelt*
werden 6, 18 *Var.*, haben, erhalten,
erlangen 6, 39, 59; 7, 30; 14, 5;
15, 10; 18, 26, ges no'n auretz de
me 43, 57*, *mit Akkus. Subst. und*

praed. aj. 2, 36, a. o sal *s.* sal,
mort. m'a *s.* mort. a. per fol 5, 8,
a es gibt 14, 23, no i a mas del morir
25, 24, *es ist her* 4, 54; 27, 1. —
s. m. I^a *Habe, Besitz* 15, 24.

avinen *aj.* II *geziemend, hübsch,*
neutr. 10, 34; — 3, 44; 6, 52;
20, 7, mo Frances l'av. 16, 50.

avol *aj.* II *gemein, niedrig* 1, 34;
8, 45; 23, 9.

ayuda *s. f.* 1^c *Hilfe* 8, 30.

ayudar *v.* I *tr. helfen (die Geliebte*
dem Liebenden) 19, 23; 35, 44.

azaut *aj.* I *anmutig, schön* 40, 61.

azesmar (ę) *v* I *tr. abschätzen* 13, 34.

aziman *s. m.* I^a *Magnet* 26, 41, *s.*
Eigennamen.

azirar *v.* I *tr. hassen* 10, 42; 27, 22,
ja Domnedeus no m'azir tan 31, 13,
rfl. sich erzürnen 35, 31.

B badatge *s. m.* I *Harren, Müssig-*
keit, faire b. *harren, Zeit verlieren*
19, 12; 23, 32.

baizar, bayar (*3. Ind. Praes.* baya
7, 45, *1. Konj. Praes.* bai 36, 34,
3. Konj. Praes. bai 7, 42) *v.* I *tr.*
küssen 1, 42; 13, 17; 28, 52; 39, 39;
s. m. I^a 1, 43; 9, 28; 39, 43;
40, 23; 41, 31.

balansa *s. f.* I^c *Schwanken, Un-*
sicherheit ~ 44, 39.

balayar *v.* I *intr. flattern, hin- und*
herschwanken 30, 46.

barô *s. m.* III *Baron, hochgestellter*
Mann 21, 9.

batalha *s. f.* I^c *Kampf* ~ 35, 6*.

batre *v.* III *tr. schlagen* 41, 45, 46*;
42, 31.

bê, *vor Vokal* ben 1, 33; 5, 18 *etc.*
av. in guter Weise 1, 53; 5, 18
etc., ben estai 1, 33; 4, 7, ben
es que 30, 36, *die Aussage be-*
kräftigend 1, 61; 4, 16, 33; 8, 10;
16, 37; 35, 11; 39, 13, be — o be
— *mit Konj. sei es daß* — *oder*
daß 12, 24.

bê s. m. Iᵃ Gutes 3, 3, 19; 14, 6;
26, 25; 31, 30; 41, 34, dire be
1, 64; 21, 24, faire ben ad alcu
19, 28; 25, 52; 35, 16, *plur.* voler
los bes d'alcu 12, 22, mandar bes
gute Wünsche schicken 12, 37.

bęl *aj.* I *schön* 1, 41, 50; 3, 34;
4, 55; 5, 6 *etc.*, bel ver 1, 64, bela
razo 6, 60, bels dihz 16, 36; 33, 17,
bel solatz 17, 59, esser de bela
companha 19, 34, 54, bel m'es
(cant, que) 9, 1; 10, 1; 19, 21;
26, 5, bels amics *Anrede* 14, 10,
bela domna 1, 49; 22, 49, — *subst.*
la bela *Bezeichnung der Geliebten*
24, 26; 26, 26, la bela qui . . .
1, 38; 5, 16; 14, 20; 25, 15, la plus
bela 31, 18; 44, 21.

belamęn *av.* schön 35, 22.

belazǫr *aj. (comp.)* schönere 27, 33,
s. f. la b. *die Schönste* 25, 40;
36, 12.

benanansa *s. f.* Iᶜ *Wohlergehen,
Glück* 1, 22; 7, 48; 44, 30; 45, 6.

beutat *s. f.* Iᵈ *Schönheit* 1, 54; 3, 36;
9, 40; 24, 40, *pl.* 13, 31; 16, 43,
personifiziert 35, 23; 40, 26.

biaissar *v.* I *rfl. sich abwenden*
24, 30.

bistensar *v.* I *tr. verzögern* 30, 38.

biza *s. f.* Iᶜ *(Nord)wind* 44, 16.

blanc *aj.* I *weiß* 7, 12; 8, 37; 12, 17;
28, 37; 36, 36; 44, 3.

blandir *v.* IIᵃ *tr. durch Worte und
Handlungen zu gewinnen suchen*
28, 26; 45, 31.

blasmadǫr *s. m.* III *der tadelt*
30, 15.

blasmar *v.* I *tr. tadeln* 15, 15;
30, 48; 39, 49, blasmar que no
*mit Konj. veranlassen, daß nicht
(geschehe)* 40, 71, blasmat m'er
22, 26*.

blasme *s. m.* I *Tadel* 6, 18 *Var.*

blastęnh (*n. s.* -ens) *s. m.* Iᵃ
Schmähung, Tadel 39, 32.

blǫi *aj.* I *blond, hellfarbig* flors
bloya 44, 3?*.

blǫn *aj.* I *blond* 44, 48.

bô *aj.* I *gut* 1, 3, 4, 5, 7 *etc.*, bo saber
10, 18, saber bo *gefallen* 25, 4;
35, 19, *willkommen* 9, 24; 23, 46,
bona domna *als Anrede* 21, 41;
36, 46; 44, 53.

bǫcha *s. f.* Iᶜ *Mund* 1, 41; 9, 27;
15, 7; 35, 20; 39, 39; 41, 30;
(angeredet) 40, 47.

bǫsc *s. m.* Iᵃ *Wald* 24, 1.

boschatge *s. m.* I *Hain* 23, 16;
40, 1; 42, 2.

botonar (ǫ) *v.* I *intr. knospen* 39, 2.

braire *v. def. intr. schreien, zurufen*
36, 21.

bratz *s. m. ind. Arm* 24, 35; 27, 45;
35, 20.

brau *aj.* I *rauh, hart* 28, 60 *Var.*

bręu *aj.* II *kurz (zeitlich)* 30, 34
Var., subst. en b. *in Kurzem,
bald* 7, 59; 30, 34 *Var.*

breumęn *av. in kurzer Zeit* 10, 52.

bric *aj. töricht, elend* (miser 24, 44*).

brǫlh *s. m.* Iᵃ *Hain, Gehölz* 9, 2;
41, 3.

brǫlha *s. f.* Iᶜ *Knospen, Laub* 9, 1.

brolhar (ǫ) *v.* I *intr. knospen* ~
42, 4.

bruire *v. intr. lärmen (vom Wasser)*
29, 38.

brû *aj.* I *braun, dunkel* 8, 40, ~
düster 40, 65*.

Ca- s. cha-

cal *pron. interr. adj. welch* 10, 8, 9;
17, 10, 33, *(ausrufende Frage)*
7, 47, *(indirekte Frage)* 20, 44,
— cal que *aj. welch immer* 5, 4;
13, 10; 42, 54, *irgend welch, irgend
ein* 10, 18; 25, 52; 31, 10, — *subst.
welcher immer* 12, 30; 42, 12, *was
auch immer* 6, 15.

can *interr. av. wann? (dir. Frage)*
20, 32, *(indir. Frage)* 5, 2. —
conj. wann 2, 37; 3, 9; 4, 13, 58;

23*

9, 40, *(sogar) wann* 9, 9, *wenn*
1, 27, 53; 4, 51; 15, 37, bel m'es
can . . . 9, 1, *weil* 20, 31.

can *interrog. av. wie (Ausruf)* 22, 9,
20, 53; 40, 65; 43, 45, *wie sehr
(indir. Frage)* 16, 11. — *relat.*
tan can 12, 40, tot can 8, 27;
21, 28; 24, 38.

car *interr. weshalb?* 3, 6; 39, 15;
44, 49 V. — *conj. weil, da* 2, 39;
7, 39; 13, 16; 17, 24; 35, 26; 40, 73;
42, 32, per so car 1, 8; 37, 23,
denn 1, 20, 43; 3, 36; 4, 37, me
täina car no 18, 30, per pauc me
tenh car no 39, 21, meravilhas
ai, car . . 43, 7, *indem* 8, 26, fatz
esfortz car 29, 7; 35, 3, *Subjektsatz einleitend* 10, 12; 15, 28;
21, 39; 31, 59, *Objektsatz einleitend* 1, 11, *Wunsch einleitend*
31, 33; 44, 49 A.

carantena *s. f.* I⁰ *Fastenzeit* ∽
faire lonja c. 2, 40.

cel *s. m.* Iᵃ *Himmel*, salhir al cel
35, 30, re sotz cel 24, 14.

cel, *fem.* cela cilh 8, 22; 19, 51; 22, 30,
obl.m. celui cel *(auf Person bezogen*
10, 20; 40, 71), *f.* celei cela *pron.
demonstr. und determ. dieser,
jener.* — *zurückweisend auf Relativsatz* 16, 32, cel que *ein solcher
der, den* 18, 15; 37, 51.

celar (e) *v.* I *tr. verbergen* 4, 44;
35, 88, c. alcu *das Geheimnis je-
mandes verbergen* 20, 13, *objektlos* 20, 21, *rfl.* cela s'en *verbirgt
sich in Beziehung darauf* 10, 28,
a celat *heimlich* 6, 58; 35, 15.

cen *aj. num. hundert* 6, 50; 13, 22;
15, 49; 31, 28, cen aitans 21, 33.

cenher *(part. pass. sens* 39, 7) *v.* V
tr. umgürten, umschließen ∽.

certâ *aj.* I *zuverlässig*, amor certana
22, 46, esser certâ de 37, 61?*

cessar (e) *v.* I *objektlos, aufhören*
40, 55.

cest, *n. pl. m.* cist, *pron. subst. diese*
13, 52.

chabal *aj.* II *vorzüglich, erlesen* 15, 5.

chabaleyar (e) *v.* I *intr. vortreff-
lich sein, trefflich handeln* (24, 47).

chadena *s. f.* I⁰ *Kette* ∽ 2, 12.

chadern *s. m.* Iᵃ ? 12, 8*.

chaitiu *aj.* I *elend* 10, 40; 17, 9;
43, 46, 56, 58.

calenda *s. f.* I⁰ *Weihnachten* 26, 48,
c. maya *Maienfest* 7, 13.

chaler *v.* VI *intr. unpers. es liegt
mir an (de)* 13, 48; 28, 44; 41, 23,
tornar en no-chaler *gleichgültig
werden* 21, 8, *für nichts halten*
42, 27; 45, 23.

chambi *s. m.* I *Tausch* faire chambis
de *austauschen* 40, 60.

chamiza *s. f.* I⁰ *Hemd* 44, 14.

chamjar, cambïar 28, 23*?, *v.* I
tr. ändern, c. ma (sa) razo 9, 32*, 33,
c. los datz ad alcu ∽ *indem das
Spiel verderben, ihn betrügen*
35, 40*, *rfl. sich verändern* 1, 39;
28, 23.

chan *s. m.* Iᵃ *Singen, Gesang* 7, 8;
14, 1; 15, 2; 19, 6; 21, 27; 22, 4;
26, 5; 33, 7; 41, 8, *Gesang der
Vögel* 10, 3; 33, 1; 39, 4; 40, 4;
41, 3; 42, 2.

chansô *s. f.* Iᵈ *Gesang* 28, 67, *Kanzone*, vers e chanso 6, 24; 8, 1;
*Bezeichnung des Gedichts in dem
das Wort steht* 4, 61; 6, 62; 10, 51;
18, 82; 33, 44, *Anrede an das Gedicht* 8, 53.

chansoneta *s. f.* I⁰ *Anrede an das
Gedicht* 16, 49.

chantador *(u. s. chantaire* 30, 22)
s. m. III *Sänger* 13, 55; 31, 2;
36, 5 *aj. singend* 28, 6.

chantar *v.* I *tr. singen* 6, 61; 22, 8;
33, 44; (que . . .) 22, 32; *objektlos*
14, 7; 20, 1; 21, 1; 25, 36; 36, 2;
45, 1, sai chantar 19, 49; 27, 59,
(mit eth. Dativ) 24, 6; 45, 4;
Gegensatz: chantar plorar 36, 3.

(vom Gesang der Vögel) 9, 5; 41, 5; 45, 11; — *subst.* 15, 1; 22, 1; 30, 24; 37, 56.

chap *s. m.* I^a *Haupt* 42, 39; no saber ni chap ni via 45, 5*?

chapa *s. f.* I^c *Kappe, Mantel* ~ desoz la ch. del cel (38, 12).

chapdelar (e) *v.* I *tr. leiten, regieren* 25, 21.

chapdolhar (ǫ) *v.* I *intr. emporragen, aufrecht stehen* 42, 21.

chaptenemęn *s. m.* I^a *Benehmen* 17, 37, saber far ch. *sich zu benehmen wissen* 27, 2.

chaptenęr *v.* VI *tr. verteidigen, aufrecht halten* 43, 27, *rfl. sich benehmen* 3, 62; 21, 16.

char *aj.* I *teuer, lieb,* ar. tener c. 19, 53; 39, 25.

chara *s. f.* I^c *Antlitz,* frescha ch. colorida *(von der Geliebten)* 30, 52, aver la ch. destrecha 3, 56.

charamęn *av. köstlich,* ~ esser auzitz ch. 40, 58.

chárcer *s. f.* I^d *plur.* las charcers *das Gefängnis* 31, 22.

charn *s. f.* I^d *Fleisch* 30, 52*?

chassar *v.* I *tr. jagen* 16, 7.

chascû *pron. jeder, adj.* 15, 11; 28, 28; 40, 3, *subst.* 1, 31; 7. 28; ch. per se 22, 18.

chastęl *s. m.* I^a *Burg* (38, 22).

chastïar *v.* I *tr. zurechtweisen, belehren* 40, 70; ch. alcu que fassa *jd. dafür schelten, daß er tue* *(oder: jd. durch Zurechtweisung veranlassen etwas zu tun)* 24, 28; ch. alcu de *jd. veranlassen etwas nicht zu tun* 30, 19.

chastic *s. m.* I^a *Zurechtweisung* 24, 33.

chaussar *v.* I: sotlars be chaussans *gut sitzend* 26, 33.

chanza *s. f.* I^c *Gegenstand (des Sagens)* 4, 33, c. de *in Sache von, was anbetrifft* 30, 41*, lebendes *Wesen* tota ch. 4, 37.

chanzimęn *s. m.* I^a *Einsicht, Rücksicht,* per autre ch. 6, 36 (10, 19*).

chanzir *v.* II^b *tr. wählen* 13, 28; 22. 33 (38, 8, 9), *erkennen, sehen (oder wählen?)* 1, 55.

chanzit *s. m.* I^a *Wahl* aver lo ch. de 27, 35, al seu ch. *nach ihrer Wahl* 27, 53, a totz ch-tz *allen Wünschen entsprechend* 33, 16?*.

chavalęr *s. m.* I^a *Ritter* 33, 41.

chavar *v.* I *tr. aushöhlen* 16, 40.

chazęr *v.* VI *intr. fallen* 16, 38; 25, 2; 26, 2; 43, 3, ch. en mala merce 43, 37.

clam *s. m.* I^a *Klage,* esser de c. = sé clamar de 18, 17 *Hds. a.**

clamar *v.* I *tr. rufen* c. merce 2, 31; 4, 42; 7, 57; 17, 12; 40, 54, *rfl.* sé c. de *sich beklagen über* 18, 17; 25, 60, ad alcu 28, 9, *sich zu beklagen haben* 12, 7.

clar *aj.* I *hell, klar (vom Aussehen der Geliebten)* 3, 34, lo c. vis 1, 51; 37, 12?*, lo tems c. 41, 2. — ar. vezer c. *klar sehen* 1, 56, levar sa votz autet e c. 39, 3.

clardat *s. f.* I^d *Helligkeit,* ~ (d'amor) 7, 4.

clarzir *v.* II^b *tr. hellmachen* 3, 37.

clau *s. f.* I^d *Schlüssel* 31, 23.

claure *v.* V *tr. schließen,* olhs claus 29, 44, ~ l'amor qu'es en me clauza 4, 43, *umschließen* 27, 36; 39, 7.

clê *aj.* I *geneigt* 36, 50*.

co *s. com.*

cobertamęn *av. im verborgenen, heimlich* 10, 27.

cobir *v.* II *tr. bestimmen, zuteilen;* esser cobit ad alcu *zu teil werden* 23, 35; 40, 61.

cobrir (ǫ) *v.* II^a *tr. bedecken* 6, 55, *verbergen, verhüllen* 4, 44; 35, 1. *part.* cobęrt *bedeckt (de)* 9, 3, *verborgen, heimlich* 20, 16; 39, 47.

cǫcha *s. f.* I^c *Bedrängnis, Not* (14, 26), *Eile* 8, 31*.

358

cochar (o) r. I rfl. *sich beeilen* 30, 47.
col s. m. Iᵃ *Hals* 27, 45; 36, 50.
colhir (*1. praes.* colh 25, 66; 41, 27, *3. praes. konj.* colha 42, 30) r. IIᵃ tr. *pflücken* 23, 28; 42, 30, *nehmen, fassen* c. ardit 25, 66; *aufnehmen* s'amor colh 9, 16*, c. en grat 9, 15, a tal ira 41, 27*.
color s. f. Iᵈ *Farbe (der Blumen)* 28, 4, *(des Gesichts)* 31, 42; 39, 38; 44, 59.
colorir r. IIᵇ tr. *färben,* colorit *(schön)farbig* 30, 52.
colp s. m. Iᵃ *Schlag, Stoß* 1, 47; 45, 28.
colpa s. f. Iᶜ *Schuld* 16, 17; faire c. ad alcu de 16, 30.
com, co· 3, 62; 12, 8; 14, 5; 43, 38, av., ar. konj. *auf welche Art und Weise, in welchem Grade (ausrufende Frage)* 27, 49; 39, 9; 40, 13; 45, 8, *(indirekt fragend) wie:* dire c. 40, 32, saber c. 8, 44; 18, 7; 33, 23; 36, 15, membrar, sovenir c. 16, 10; 33, 16; 41, 25, meravilhar, meravilhas es c. 1, 10; 28, 60; 39, 17, estar en cossire c. *mit Konj.* 27, 5, garnitz soi c. *mit Konj.* 21, 48, se metre en grans c. *mit Konj.* 21, 4, aissi com = com (conoisser aissi c.) 31, 40*. — *(vergleichend) so wie* 40, 30; 19, 1; 21, 21; 40, 27, si aissi enaissi c. 3, 8, 33; 7, 10; 21, 53, 57, tan aitan c. 3, 64; 5, 26; 10, 20; 16, 48; 27, 36; 33, 35, atretal c. 1, 46, com si (*mit Konj.*) *als ob* 25, 32, *wie, in der Eigenschaft als* 31, 51.
coman s. m. Iᵃ *Befehl* far lo c. d'alcu 29, 20; sui faihz a so c. 31, 4.
comanda s. f. Iᶜ *Befehl* 26, 31.
comandamen s. m. Iᵃ *Befehl* 31, 53.
comandar r. I tr. *befehlen,* a faire 4, 5, a Deu vos coman 14, 10; 45, 43, rfl. sé c. az alcu 36, 51.

comensamen s. m. Iᵃ *Anfang* 1, 4; 3, 8; 5, 6.
comensansa s. f. Iᶜ *Anfang* 1, 5.
comensar (e) r. I *beginnen* tr. 1, 1; intr. 21, 9; 33, 7. — subst. al c. *beim Beginn* 19, 33.
comjat s. m. Iᵃ *Abschied* 6, 54.
companha s. f. Iᶜ *Gesellschaft* 6, 8; 25, 63, esser de bela c. 19, 34, 54.
companhô s. m. III *Gefährte, Teilnehmer* 6, 7.
comte s. m. II *Graf* 21, 18.
comunal aj. II amor c. *gemeinsame Liebe* 15, 18*, amdui c. *beide zusammen* 28, 39.
concluire (*3. praes. ind.* conclui 29, 30), r. V tr. *schuldig sprechen* 29, 30*.
confondre r. III tr. *zugrunde richten* 1, 32; 5, 23; 25, 28; 43, 30.
conhde aj. I *gefällig,* c. e gai 7, 11; 16, 46; 18, 5*, *Gegensatz zu* avara 3, 45, bela e conhda 15, 41, tals se fai conhdes e parlers 33, 12, c. et ensenhatz 35, 28.
conoissen aj. II *kundig,* farse c. de *etwas erspähen* 1, 28.
conoisser (conoistre 22, 15* Na) c. VI tr. *erkennen* 13, 14, 50; 22, 15; 30, 27; 31, 39; 42, 45.
conort s. m. Iᵃ *Trost* 13, 7; 14, 23; 22, 28, 32, s. *Eigennamen.*
conortar (o) r. I rfl. de *Trost finden* in 17, 52.
conquerre (*Part.* conquis 1, 50; 37, 14; 44, 27, conques 5, 22; 31, 47) c. V tr. *erobern, gewinnen* ～ (amor, joi, bela semblansa) 1, 50; 22, 2; 44, 27, esser conques *(durch Liebe)* 31, 47; 37, 14.
contendre c. III intr. *streiten (ab alcu)* 4, 17; 13, 54, *wetteifern (ab alcu)* 19, 21*.
contener r. VI rfl. *sich halten, sich benehmen* 18, 7.
contra praep. *gegen (örtlich)* 31, 44; 43, 2, c. mon *hinauf* ～ 43, 40, *ent-*

gegen, gegenüber ~ 7, 43, (feind-lich) gegen 13, 51; 42, 37.

contranher *v.* V *tr. lähmen* 19, 42*.

contrastar *v.* I *intr. streiten* (enves) 4, 36.

cor *s. m.* I (*n. s.* cor *oder* cors) *Herz: der Körperteil* traire lo cor de sê 36, 24, per la bocha·m feretz al cor 41, 30, batre lo cor 41, 46*, la razitz del cor 40, 8, l'aiga del cor 42, 43, lo cors mi fon 43, 8; 44, 55, foram de dos cors unitz 40, 64; — 43, 13; 44, 33, ~ *das Innerste* er sui vengutz del or al cor 41, 38. *Herz, als Sitz all-gemeinen Empfindens* 17, 44; 18, 4; 23, 3; 24, 39, *als Quelle des Ge-sanges* 15, 2, *als Sitz von Freude und Schmerz* 2, 36; 10, 6; 14, 9; 25, 20; 31, 19; 41, 4, 6; 43, 4; 44, 1, *liebenden Empfindens* 1, 23; 3, 9, 25; 7, 5; 9, 35; 31, 10; 41, 10; 44, 9, *des Grolls, Hasses* 27, 22; 29, 36; 30, 30; 35, 31; 40, 75; 42, 36, *der Gesinnung* 4, 50; 15, 12, 14; 24, 17, *von Lust, Absicht, Wollen* c. volon 43, 16, aver c. de, que 4, 22; 12, 32; 19, 38; 25, 9, aver en c. 29, 47, dar, donar c. de 9, 15; 17, 5; 36, 56, metre en cor que 26, 23, metre so cor a 31, 5, cor volatge 19, 16; 23, 34, va cor e doptos 22, 35, *des Mutes* 1, 35. — *Individualisierung des Herzens* 3, 21, 53; 4, 45; 9, 22; 10, 6; 12, 25; 22, 6; 23, 12; 24, 32; 26, 10; 29, 56; 31, 3; 35, 30; 37, 37; 40, 46; 41, 42; 44, 64. — De Cor *s. Eigennamen.*

coral, -au 15, 4; 21, 44, *aj.* II *herz-lich,* amor c. 15, 4; 28, 43; 41, 31, amic c. 21, 44.

coras *av. wann* c. mais *wann ferner* 33, 36, *mit Konj. wann immer* 27, 64.

coratge *s. m.* I *Herz* 19, 10; 20, 47, Sinn 8, 15; 20, 14; 23, 48; 25, 79; 37, 8; 42, 3.

corelhar (e) *v.* I *rfl. sich beklagen* 7, 25, 28.

correr *v. intr. laufen* 39, 21; 44, 34, 73. — corren *eilends* 10, 50.

corn *s. m.* Iᵃ *Horn* 31, 36.

cornut *s. m.* Iᵃ *Hahnrei* 6, 20.

corona *s. Eigennamen.*

corrossar (o) *v.* I *rfl. sich ärgern* 35, 31.

cors *s. m. ind. Körper* 8, 36; 16, 45; 28, 37; 30, 51; 36, 36; 40, 28, c. gen 1, 49; 27, 47; c. covinen 15, 41; gai 27, 37; 33, 15, *Gegen-satz zu* esperit 33, 25; 44, 35, cor e cors i ai mes 31, 5, *ein Körper* = *jemand* 12, 16; 39, 23, mos c. *ich* 10, 48, lo seu c. *sie* 20, 5, *An-rede an die Dame* bels, francs, gens c. 30, 51; 31, 54; 44, 59.

cort *s. f.* Id *Hof* 33, 40.

cortes *aj.* I *höfisch, wohlgesittet* 22, 16; 33, 21, 43, *artig, freund-lich* c. gatge 20, 43. — *s. m.* 13, 56; 22, 20. — *s. Eigennamen.*

cortesia *s. f.* Ic *höfisches, edles Tun* 21, 7; 33, 17, c. m'es que *mit Konj. wohlgetan erscheint mir daß* 17, 30, *personifiziert* 22, 13.

cosselh *s. m.* Iᵃ *Rat* 6, 64; 7, 17, 23; 42, 37, *Rat, Hilfe* 14, 24; 17, 10, 51.

cosselhar (e) *v.* I *tr.* alcu *jd. be-raten* 6, 1, *intr. Rat schlagen, beraten* 7, 20.

cossi *av. wie, indirekt fragend* 4, 12; 7, 21, c. que *mit Konj. wie auch immer* 26, 21; 31, 52.

cossir *s. m.* Iᵃ *sorgliches Denken* 14, 3.

cossirar *v.* I *tr. überlegen* 4, 51; 13, 22; 25, 43, *intr.* c. de *denken an* 4, 51 *Var.*; 25, 76; 44, 62, *über-legen* (com) 22, 18, *sorglich denken* 7, 33; 33, 4; 39, 9, 10.

cossire *s. m.* I *sorgliches Denken* 27, 4; 35, 1.

cossirer *s. m.* I^a *sorgliches Denken*
7, 37; 17, 1; 23, 4; 33, 27.

costum *s. m.* I^a *oder* costuma *s. f.*
I^c (*s.* 23, 40*) *Sitte, Brauch* 42, 29,
per c. e per usatge 23, 40.

coven *s. m.* I^a *Bedingung* 12, 31.

covenir *r.* VI *intr. zukommen,
ziemen* 3, 18; 16, 44; 17, 50; cove
que 2, 30; 13, 8; 18, 13; 19, 18;
21, 55, *subjektlos. mit Reflexivpron.*
4, 6; 7, 50; 25, 50.

covinen *aj.* II *geziemend, hübsch*
15, 41; 16, 45.

cozî *s. m.* I^a *Vetter* 17, 29; 27, 20.

creatura *s. f.* I^c *Geschöpf,* tota c.
jedes (menschliche) Wesen 13, 42.

creire (*1. praes. ind.* crei 24, 23,
3. pr. ind. cre 3, 17; 36, 26; crei
7, 23) *r.* III *tr. glauben, mit Objektsatz* 3, 17; 5, 7; 7, 60; 10, 24,
27; 12, 16; 18, 19, no·m crei que
24, 28, c. cosselh *einem Rate
glauben, ihm folgen* 7, 23; 42, 37,
c. alcu *jdm glauben* 29, 33;
37, 62, 64.

creisser *r.* VI *intr. wachsen* ∽ 8, 56;
42, 4; 44, 6, *erwachsen, entstehen*
∽ 40, 5.

crestiâ *aj.* I *christlich,* tot'arma
crestiana 37, 57. — crestiana
s. f. I^c *Christin* 37, 64.

criar (cria 45, 11) *r.* I *intr. rufen,
(vom Vogel) singen* 45, 11, *anrufen, zurufen* 36, 21.

crim *s. m.* I^a *Verbrechen* 40, 12.

criminal *aj.* II *verbrecherisch* pechat
criminal 28. 48.

crit *s. m.* I^a *Geschrei, Gerede* 27, 26;
Gesang (vom Vogel) 40, 4.

cubert, -tamen *s.* cob-.

cuda *s. f.* I^c *Denken, Einbilden,*
dire per c. 8, 38.

cui *s.* que.

cuidar *r.* I *tr. denken, glauben (mit
Inf.)* 9, 44; 13, 1; 33, 13; 43. 9.
(*mit Objektsatz*) 1, 42; 4, 3; 7, 52;
16, 5, (*Konj. im Objektsatz*) 20, 13;

25. 11; 26. 16; 29. 32; 33. 22. no·s
cug que . . . 20, 30, *beabsichtigen*
4. 13; 36, 3; 37, 31.

cura *s. f.* I^c *Sorge* metre sa c. 8, 18,
penre c. de 13, 5; 44. 19, esser
en c. de *sich bemühen um* 24, 16.

Da *praep. con heraus* 15, 2, 3*, mover
d'a sos pes 42, 41.

damnatge *s. m.* I *Schaden* 6, 14;
19, 8; 42, 45, *Leid* 23, 8; 25, 73.

dan *s. m.* I^a *Schaden* 13, 35; 20, 9;
30. 9; 36, 42 *etc.,* esser dans
ad alcu 15, 16; 21, 11; 26, 20;
33, 39, aver d. 28. 17; 31, 20;
37, 39, vas me versa tot lo d.
29, 28, e·us prec de mon d. 45, 29*.

dar *r.* I *tr. geben* 28, 51; 31, 38,
(jauzimen, plazer) 3, 11, 26,
(s'amor) 6, 3; 13, 17, (cor e talen)
17, 5, (per prezen) 20, 42.

dat *s. m.* I^a *Würfel,* chamjar los
datz 35, 40*.

daus *praep. von -her* 39, 7.

de *praep.* (*örtlich*) *Ausgangspunkt*
B. de Ventadorn, ∽ *s.* aire, *Ab-
stand* de prop, de lonh, de pres
40, 34; 41, 50, *Bestimmung* aicels
d'eviro 6, 48. — (*zeitlich*) *Ausgangspunkt* de l'or'en sai 43, 18,
Zeitmaß d'un mes 39, 40?*, d'autra
vetz 37, 62?*, *Zeit wo* de noih
prionda 44. 51.

Ausgangspunkt 1, 22; 3, 10;
6, 5, 49; 10, 45, *Trennung* 1, 60;
2, 12; 8, 19; 9, 34, *Ausgangspunkt eines Vergleichs* 6, 50;
19, 20; 24, 20; 25, 24, *partitiv*
12, 39; 1, 59; 2, 27; 3, 4, 66;
5, 21; 6, 16, 27; 10, 19, *Besitz*
1, 46; 20, 49, *Ausgangspunkt, Veranlassung eines Geschehens* 1, 47;
2, 37; 3, 6, 44, 54; 4, 28, 42; 5, 5;
6, 54; 7, 55; 8, 4. 18; 9, 5, 37;
10, 29 *etc., Gegenstand eines
Redens* 2, 24; *Mittel, Werkzeug*
1, 56; 3, 41; 6, 49; 8, 21; 10, 32;

19, 10, *Art und Weise* 10, 41;
12, 20; 18, 10; 19, 5, 54; 20, 7;
23, 9; 41, 11, *nähere Bestimmung
eines Subst.* 1, 54; 6, 48; 7, 10,
eines Zeitwortes 1, 16, 17, 31, 47;
4, 38; 19, 10; 40, 64.

dechazer *v.* VI *intr. in Verfall geraten* 7, 18, 21; 15, 17; 42, 21, *tr.
zu Fall, zu Schaden bringen*
10, 42. — *subst.* 42, 48.

defendre *v.* III *tr. verteidigen* 8, 14,
schützen 26, 42, *verwehren* 6, 34,
rfl. sich verteidigen 19, 32; (vas)
3, 54; (de) 4, 24.

defes,· deves *s. m. ind. eingehegtes
Land, Gehege* 10, 3*; 23, 15.

dejeonar *v.* I *tr. entfasten, speisen*
~ 9, 28.

delechar (e) *v.* I *rfl. Freude haben*
(en) 12, 6.

delgat *aj.* I *zart, schlank* 30, 51.

delir *v.* IIᵇ *tr. vernichten* 13, 46;
40, 21.

delonc *praep. zur Seite von* 5, 3.

demandar *v.* I *tr. bitten, fordern*
4, 58; 26, 10; 28, 31; 31, 49; 39, 44;
41, 52, *fragen* 14, 4; 20, 49.

demenar (e) *v.* I *tr. äußern* (joi)
(2, 5).

demorar (o) *v.* I *intr. sich unterhalten, Kurzweil treiben, fröhlich
sein* 41, 29.

demostrar (o) *v.* I *tr. zeigen* 39, 18.

den *s. f.* Iᵈ *Zahn* esser feritz per
las dens 40, 20.

denan *av. vorn, vor (örtlich)* pas
li d. 29, 44; el fron d. 31, 36. —
praep. vor (räumlich) 17, 40;
20, 18, 33; *(zeitlich)* 30, 32. —
~ Denan-Totz *s. Eigennamen.*

denhar (e) *v.* I *tr. geruhen zu (mit
Inf.)* 4, 31; 39, 55; 40, 42*.

depenher *v.* V *tr. malen* 39, 23.

deport *s. m.* Iᵃ *Lust* 7, 31; 21, 27.

deportar (o) *v.* I *intr. Kurzweil
treiben, sich belustigen* 25, 36;
35, 2.

depus *conj. seit* 5, 22.

derrer *aj.* I *letzt* 33, 34; *subst.* ~
li d. *die Schlechtesten* 23, 31*.

des, d'eus 30, 49*, deis 44, 20 *Var.,
von an,* d. adenan *von nun an*
30, 49, d. abans *von früher her,*
von vornherein 33, 32, d. que
sobald als 44, 20.

desa- *s.* deza-.

desazonar (o) *v.* I *tr. verderben*
23, 22*.

deschantar *v.* I *tr. Schlechtes von
jd. singen, ihn verspotten* 13, 48*.

deschapdolhar (o) *v.* I *intr. minderwertig sein* 26, 37*.

deschaptener *v.* VI *tr. im Stiche
lassen* 43, 28*.

deschauzit *aj. part. unkundig,
ungebildet, niedrig (oder unbarmherzig?)* 23, 25*, *ungehörig*
40, 12.

descobrir (o) *v.* IIᵃ *tr. entdecken,
enthüllen* 1, 23.

desconoisser *v.* VI *tr. nicht erkennen* 27, 10.

desconortar (o) *v.* I *rfl. verzweifeln*
25, 34. ·

descreire *(3. Konj. Praes.* descreya
7, 24) *v.* III *tr. den Glauben an
etwas verlieren* 7, 24.

desduire *v.* V *rfl.* (d'alcu) *Scherz
treiben mit jd.* 29, 29.

desse *av. alsbald, sogleich* 16, 12;
43, 7.

desenar (e) *v.* I *intr. den Verstand
verlieren, von Sinnen sein* 2, 46.

dessendre *v.* III *intr. herabsteigen*
~ 4, 25.

desfiansa *s. f.* Iᶜ *Herausforderung*
ses d. (45, 35*).

desliau *aj.* II *treulos* 13, 47.

deslonhar (o) *v.* I *(ohne rfl. im
Infinitiv) sich entfernen* 40, 38.

desmentir *v.* IIᵃ *Lügen strafen*
esser desmentitz de 40, 44.

desmezurar *v.* I *rfl. maßlos handeln* 44, 17.

desnaturar *v.* I *tr. aus der Natur, aus dem Gleichgewicht bringen* 44, 2.

desobre *praep. auf* 44, 44.

desotz *praep. unter* 24, 5.

despolhar (o) *v.* I *refl. sich ent-kleiden* 26, 30; 27, 43; 41, 17; 42, 42.

destinansa *s. f.* Iᵃ *Geschick* 45, 7.

destinar *v.* I *tr. bestimmen* esser destinatz a 35, 41.

destolre *v.* VI *refl. sich entfernen* (de) 29, 42.

destorber *s. m.* Iᵃ *Störung, Hinder-nis, Verdrießlichkeit* 23, 20.

destrenher *v.* V *tr. bedrängen, be-drücken* 3, 51, (la cara n'ai des-trecha) 57; 39, 15; 41, 44, *zwingen* 18, 14; 12, 25.

destruire *v.* V *tr. zu Grunde richten* 29, 21; 43, 30.

Deu *s. m.* Iᵃ *Gott (s. die Einleitung über des Dichters Verhältnis zu Gott in seinen Liebesangelegen-heiten).* Deus! 7, 46; 17, 35; 20, 32, ai (a) Deus! 22, 9, 53; 31, 33; 44, 49, per Deu 39, 13, 45; 45, 18, per D. li quer, li sia que, aya . . . 9, 26; 17, 58; 21, 42, per amor de D. 10, 17, a D. vos coman, vos do 14, 10; 42, 54, D. lau (que . . .) 2, 12; 19, 49, partit de D. *Gott-verlassener, Verdammter* 13, 53, perdre D. 7, 24; 17, 28*, si Deus be'm do 20, 8, Deus que'l mon chapdela 25, 21, Deus que tot lo mon garanda 26, 22.

devedar (e) *v.* I *tr. verbieten* 43, 36.

dever *v.* VI *tr. schulden* d. fe ad aleu 16, 27, *mit Inf. sollen, müssen, naturgemäß tun, von rechtswegen geschehen* 1, 7, 61; 3, 59; 6, 37, 39; 10, 37; 13, 23, 37; 16, 26; 17, 35 *etc.*

deves *praep. von her* 37, 2.

deves *s. m. s.* defes.

devi *s. m.* Iᵃ *Errater, Späher* 1, 27.

devinalha *s. f.* Iᵉ *Raten, Spähen* 35, 42.

devinar *v.* I *tr. erraten* (a *an, auf Grund von*) 17, 35.

devire *v.* V *tr. teilen* ab lanzengers non ai ren a d. 35, 37.

deviza *s. f.* Iᵉ a ma d. *nach meinem Wunsche* 44, 29*.

dezacolorar (o) *v.* I *refl. sich ent-färben* 3, 58.

dezadolorar (o) *v.* I *tr. einer Sache den Schmerz benehmen* 3, 3.

dezasegurar *v.* I *tr. die Sicherheit benehmen, außer Fassung bringen* 13, 32.

dezautreyar (e) *v.* I *tr. etwas Ge-währtes wieder entziehen* 7, 16.

dezenansar *v.* I *tr. Schaden, Leid zufügen* 44, 41.

dezeretat *aj. part. enterbt,* ~ *be-raubt* (d'amor) 6, 22.

dezesperar (e) *v.* I *refl. verzweifeln* (de) 25, 12; 43, 25.

dezir (-ir *oder* irc? 3, 28; 5, 14) *s. m.* Iᵃ *Wunsch, Sehnen* 9, 36.

dezirar *v.* I *tr. ersehnen (die geliebte Frau)* 3, 17; 9, 8, 35; 12, 18; 15, 38; 25, 39; 30, 54.

dezire *s. m.* I *Sehnen* 27, 49, *plur.* 4, 56.

dezirer *s. m.* Iᵃ *Sehnen* 23, 12; 36, 31; 39, 16; 43, 8, 16.

deziron *aj.* I *sehnsuchtsvoll* 5, 10; 43, 46.

dezonor *s. f.* Iᵈ *Unehre* (amar a d.) 6, 17.

dia (n. s. dias 15, 49*) *s. m.* I *Tag* 45, 19.

dih, ditz *obl. plur.* 33, 17, *s. m.* Iᵃ *Rede* 8, 45; 18, 9; 41, 11, bels dihz 16, 36; 33, 17.

dins *ar. drinnen* 30, 30, d. en *in* 35, 31. — *praep. in* 20, 25.

dire 4, 49, 61; 12, 21, dir 2, 10, (1. *Praes. Konj.* dia 30, 26) *v.* V *tr. sagen* 1, 11, 59, 63, 64; 2, 24; 3, 40; 5, 8 *etc., rezitieren, singen*

(chanso, vers) 4, 61; 15, 54, *mit eth. Dativ* 13, 21, *objektlos* 17, 50, no d. oc ni no 6, 56, per me·us o dic (*als eigene Erfahrung*) 12, 34, res no·n es a d. *da fehlt nichts* 27, 41; 35, 21, no·n sai que d. 30, 3.

dissendre *s.* dessendre.

dissiplina *s. f.* I^c *Zucht* tener en d. 18, 11.

divers *aj.* I *verschiedenartig* 28, 4.

dô *s. m.* I^a *Gabe, Geschenk* 9, 26; 28, 56.

doblar (ọ) *v.* I *tr. verdoppeln* 6, 14, *rfl. sich verdoppeln* 4, 56; 28, 27, *intr. sich verdoppeln* 5, 20; 30, 20; 42, 4.

dọl *s. m.* I^a *Schmerz, Kummer* 14, 9; 25, 20; 27, 27, faire d. ad alcu 7, 26, dols me pren de 10, 12; 17, 57, d. e dan 30, 9.

dolẹn *aj. leidvoll, bekümmert* 2, 36; 10, 40.

dolẹr (ọ) *v.* VI *intr. schmerzen* 27, 16, 34, 54, *rfl.* 41, 43; 42, 31, *un-pers.* 9, 5, 6; 25, 3. — *subst. m.* I *Schmerz* 4, 28.

doloirozamẹn *av. schmerzlich* viure d. 3, 63.

dolọr *s. f.* I^d *Schmerz* 3, 13; 6, 11; 22, 41; 36, 16 *etc.*, viure a d. 28, 13.

dọmna *s. f.* I^c *Frau, Dame* 1, 33; 2, 24; 3, 15; 5, 21; 6, 3 *etc.*, dom-nas e chavalers 33, 41, ma d. *meine (geliebte) Dame* 6, 34; 7, 41; 9, 12; 10, 18; 18, 16 *etc.*, d. *Anrede an die Geliebte* 3, 42, 48; 4, 49; 6, 57; 7, 54; 8, 4, 41 *etc.*, bela d. 1, 49; 22, 49; 28, 50, bona d. 21, 41; 31, 49.

domneyadọr *s. m.* III *der einer Herrin dient, Liebhaber* 19, 19.

domnẹi *s. m.* I^a *Frauendienst* 21, 26.

domneyar (ẹ) *v.* I *intr. einer Frau als Herrin dienen* 29, 9; 42, 16.

Domnedẹu *s. m.* I^a *Herrgott* 31, 13, perdre D. 7, 24.

dọn *relat. av. woher* (*Ort woher, Veranlassung, Beziehung*) 4, 56; 7, 37; 8, 3; 9, 5, 20 *etc.*, (*partitiv*) 12, 39. — *auf Person bezogen* 3, 59; 30, 7.

donadọr *s. m.* III *Geber* 19, 31.

donar (ọ) *v.* I *tr. geben; verschenken* que·m don o que·m venda 26, 28, ∼ (s'amor) 7, 42, (cosselh) 6, 64, (cor ad alcu) 9, 15; 36, 56, (un joi) 30, 59, (mal ad alcu) 9, 25, si Deus be·m do 20, 8, Deus li do mal'escharida 23, 49, Deus no·m do mais faire vers ni chanso 6, 23, ams los olhs li don a traire 29, 23, a Deu vos do 42, 54, *rfl.* sé d. espaven 20, 15, *objektlos* no sia qui dona qui tol 27, 63. — *s. m.* I^a *Freigebigkeit* 13, 4.

donc, doncs *av. also* 5, 32; 13, 37; 20, 23, *Frage einleitend* 10, 40; 27, 48, e d. *Frage einleitend* 17, 17, 33*; 36, 9, d. *innerhalb der Frage* 27, 50; 35, 35.

doptansa *s. f.* I^c *Zweifel* 1, 57.

doptar (ọ) *v.* I *intr. zweifeln* (de) 21, 43, *tr. fürchten* 39, 26; 43, 31, esser doptans vas alcu 26, 26.

doptọs *aj.* I *furchtsam* 22, 35, esser d. vas alcu 3, 35.

dormir (ọ) *v.* II^a *schlafen* 4, 45; 39, 42; 41, 18; 45, 9, *s. m.* I^a 2, 8; 41, 19.

dọrn *s. m.* I^a *Handbreit* 12, 13.

dọs (*n. m.* dui 29, 58) *aj. num. zwei* 2, 22; 6, 27; 15, 30; 22, 10; 28, 55, dos tans 30, 11; 33, 14.

doussamẹn *av. in süßer Weise* 26, 17; 36, 23.

doussetamẹn *av. in süßer Weise* 5, 15.

doussọr *s. f.* I^d *Süßigkeit* ∼ 40, 33; 43, 4; 44, 10.

dọutz, dọussa *aj.* I *süß* ∼ baizar, chan, esgart, sabor, semblan,

sentir, temps de mai, verdor,
votz *etc.*) 1, 43, 51; 7, 10; 9, 28;
10, 3; 13, 33; 17, 43; 28, 1; 31, 10;
33, 1; 39, 43; 40, 23, *von der Ge-*
liebten 13, 33; 15, 39, doussa res
Anrede an die Geliebte 3, 45;
30, 57, *der Dichter von sich*
selbst 33, 42, Dous-Esgar *s. Eigen-*
namen.

drẹih *aj.* I *gerade, aufrecht, recht*
gewachsen 16, 45.

drẹih, drẹi 21, 34 *s. m.* I*a Recht,*
gardar d. ni razo 20, 27, d. l'en
fatz 42, 26, aver d. *Recht haben*
21, 34; *(einen Rechtsanspruch*
haben) 7, 30*; 43, 50, aver d. que
Recht haben zu tun 20, 36, dreihz
es que *mit Konj.* 12, 3; 19, 37, 40;
25, 61; 40, 44.

drọgoman *s. m.* I*a Dolmetsch,*
Bote 21, 49 (*s. S. L, Anm. 1*).

drudaria *s. f.* I*c (durch die Tat*
sich beweisende) Liebe 17, 15,
parlar de d. 21, 6, amar per d.
25, 49.

drut *s. m.* I*a vertrauter Freund*
12, 41*, *Liebender* 6, 31; 19, 14;
28, 41.

duc (*Var.* dutz 26, 43*) *s. m.* I*a*
Herzog 21, 18; 26, 43.

dur *aj.* I *hart* 16, 40, ~ 8, 5; 16, 34;
30, 33.

durar *v.* I *intr. aushalten* 4, 47,
dauern, währen 19, 46; (*mit eth.*
Dativ) 13, 24; 15, 49; 17, 45;
33, 35; 44, 56; 45, 19, (*räumlich*)
reichen 24, 24, *tr. ertragen* 40, 66;
39, 17 (que no *mit Konj.*).

E, *vor Vokal* et (= ed?) 1, 6, 21;
3, 20; 4, 11; 7, 35 *etc.*, *bei Enclise*
e 1, 1, 9 *etc.*, *conj. und* e — e —
21, 45, *in verneintem Satz* no —
mas — e — 4, 57, *Gegensätzliches*
anreihend 3, 45, 46; 7, 47; 20, 9*;
36, 39, *Nachsatz einleitend* on
melhs — e peitz 7, 35, can — e —

14, 22, si — e 41, 47, *Frage ein-*
leitend 1, 29; 4, 1; 10, 8; 28, 33;
31, 11, *folgenden Ausrufeinleitend*
15, 25, e car 20, 42*, e donc s. donc.

efan *s. m.* III *Kind* 28, 25; 31, 45;
39, 34.

efansa *s. f.* I*c Kinderei, Torheit* 1, 21.

egal, engal *aj.* II *gleich* 15, 32,
subst. non ai par ni e. 41, 39, *av.*
meznrar e. 28, 40*.

egansa *s. f.* I*c Gleichheit* no·us
trob e. *Eures Gleichen* 1, 54.

ẹis, eus 23, 30; 29, 30; 30, 49 *pron.*
selbst; mit Pron. pers. eu e., el e.
16, 13; 25, 72; 42, 30, *nach Prae-*
position d'eus lo sieu tort 23, 30;
29, 30, d'eus adenan, deis que
s. des.

eissernit *aj. part.* I *klug* 40, 17.

ẹl *Pron. pers. betont sgl. nom. masc.,*
fem. ela 4, 11; 9, 38; 10, 24; 17, 11,
33, ilh 6, 6; 8, 39; 9, 32; 10, 33;
16, 25; 17, 4, 34; 23, 35 *etc., obl.*
m. lui, *fem.* leis, *plur. nom. m.*
ilh, *f.* elas 2, 27; 37, 26, *obl. m.*
lor 13, 7; 28, 12, *f.* lor 2, 28, 47,
tonlos dat. m. li, l'(en), ·lh, *f.* li,
l'(en), ·lh (lo li *ihn ihr* 17, 19, lo
·lh 9, 21), *acc. m.* lo, l', ·l, *fem.*
la, *plur. dat.* lor, *acc. m.* los, *f.*
las. — leis 3, 21, 22; 13, 41, ela
4, 31* *die geliebte Dame;* lui bezogen *auf* rossinhol 39, 5; *pron.*
determ. leis que *diejenige (Dame)*
welche 3, 10, 17; 45, 44, l' . . . que
denjenigen welcher 5, 8.

el = en lo.

emblar (ẹ) *v.* I *tr. wegnehmen* 19, 43;
39, 43.

emendar s. esmendar.

empero *av. indes* 36, 18.

empreizonar (ọ) *v.* I *tr. einkerkern*
~ 9, 17.

en, e 18, 1; 27, 16 *praep. örtlich:*
a) Ort wo 3, 64; 4, 46; 12, 9;
31, 36; 43, 38; 44, 40, en pes
20, 40, *b) Ort wohin* 12, 8; 16, 39.

zeitlich: 4, 40; 5, 4; 7, 59; 10, 1; 13, 2.

übertragen: a) 1, 38, 62; 2, 14; 4, 19, 43; 6, 9, 29; 15, 40; 17, 1, 4; 18, 11; 21, 46; 25, 26, 57, 58; 28, 66, en la mia forfachura 8, 8, en perdos 10, 13, e car 20, 42 (?) *, en *mit Gerund.* 13, 17; 14, 7; 28, 52. — *b)* 2, 11; 6, 25; 8, 43; 10, 6, 49; 25, 87; 43, 37. — en *mit Person verbunden* 15, 40; 28, 66 *etc.*

en, n', ·n, ne 23, 31; 44, 29, *pron. av. Ausgangspunkt, Entfernung (unbestimmt bei Verb der Bewegung) s.* anar; *(auf Person bezogen)* 4, 13; 16, 21; 31, 59, *Ausgangspunkt eines Tuns* 3, 52, 58; 5, 11; 6, 10, 19; 10, 28 *etc.*; *(bezogen auf Person)* 3, 11; 9, 24, *Ausgangspunkt eines Vergleichs* 15, 43; *(auf Person bezogen)*; 25, 82, *partitiv* 10, 38; *(auf Person bezogen)* 22, 36; una en 30, 6; 43, 29, *Werkzeug* 1, 48, *auf Satzinhalt zurückweisend* 8, 48; 17, 22; 30, 39, *pleonastisch vorausweisend* 7, 28; 20, 5.

en, ·n, *vor Namen stehend:* Herr 12, 41, 42; 29, 60.

enaissi *av. auf solche Weise* (com) 3, 7, 32; 29, 57; 43, 28.

enamorar (o) *v.* I *tr. mit Liebe erfüllen* 3, 25; *s. m.* I^a *Verlieben* nostr'enamorar 40, 59.

enan *av. zuvor, früher* 28, 29, *vorwärts* salhir e. 36, 45; *vielmehr* 28, 45, enans que cher als 7, 7.

enans *s. m.* I^a *Förderung, Vorteil* 26, 19; 28, 66.

enansar *v.* I *tr. fördern, helfen* 1, 29; 45, 42, 52, *intr. fortschreiten* 1, 58; 16, 51.

enardir *v.* II^b *rfl. sich erkühnen* (de faire) 1, 16.

encara 37, 48, enquer 29, 50, enquera 3, 1; 16, 54, anquer 7, 16, *av. noch* 16, 54; 29, 50; 37, 48,

bei der *Aufforderung* 3, 1, s'e.no in der *Frage* 7, 16.

encendre *v.* V *intr. entbrennen* (3, 9 ? *) 17, 48.

enchantar *v.* I *tr. verzaubern* 39, 33.

enchaussar *v.* I *tr. verfolgen* 29, 46.

enclaure 4, 43 *s.* claure.

encobir *v.* II^b *begehren* 30, 50.

encolpar (o) *v.* I *tr. beschuldigen* 16, 25.

encontra *praep. gegen* 25, 73, *gegenüber, verglichen mit* 22, 2.

encorelhar *s.* corelhar 7, 28*.

endormir 33, 2* *s.* adormir.

enemic *s. m.* I^a *Feind* 1, 40; 13, 43; 39, 34.

enemistat *s. f.* I^d *Feindschaft* 22, 40 (*plur.*).

engenh *s. m.* I^a *List* 18, 1*; 26, 15.

engenöir *v.* II^b *erzeugen* 40, 16*.

engres *aj.* I *lästig, zuwider* 20, 10.

engrevir *v.* II^b *rfl. sich belasten, beschweren* 40, 52?*.

enic *aj.* I *verdrossen* 24, 4.

enjan (engau *oder* enjan *s.* 14, 19*) *s. m.* 1^a *Trug* 15, 23; 21, 9; 29, 10; 37, 28, faire e. 14, 19; 29, 39, amar ses e. 28, 22; 31, 17.

enjanar *v.* I *tr. betrügen* 19, 41; 22, 48, 54.

enliamar *v.* I *tr. fesseln* ~ 3, 42.

enqi *s. m.* I^a *Verdruß* 1, 25; 22, 40 (*pl.*); 45, 13, enois es de far 4, 41, far e. ad alcu 1, 30; 31, 12; 41, 47.

enoyos *aj.* I *Verdruß erregend* 12, 33; 13, 47; 22, 19, *subst. der Verdruß, Ärgernis erregt* 1, 29; 28, 68.

enquera *s.* encara.

enquerre (*part.* enquis 1, 18; 49, 20) *v.* V *tr. suchen nach etwas* 16, 13, *fragen nach* 1, 18; 27, 21, *um eine Frau werben* 17, 6, 7; (d'amor) 44, 20.

enräizar *v.* I *tr. s.* 44, 25*.

enrequir *v.* II^b *reich machen* 14, 20; 27, 62.

ensenhar *etc. s.* ess-.

entendre *v.* III *tr. richten auf* (en) 15, 6, *verstehen* (un vers) 15, 51, 53; (letras) 17, 53, *hören* 4, 32, sé e. en *sein Streben richten auf* 4, 19, *sich verstehen auf* (2, 7); (i) 19, 20; en una domna *um eine Dame werben* 27, 11.

ententa *s. f.* I^c *Sinn, Streben* 37, 7.

enter *aj.* I *ganz* 33, 19, *vollkommen* 8, 42; 23, 59.

entrar (e) *v.* I *intr. eintreten* (en) ∼ 24, 11; 27, 4.

entre *praep. zwischen, örtlich* 24, 35, *unter, zwischen* 1, 34; 22, 33: 33, 41, triar d'entre 31, 34, *Gemeinsamkeit des Handelns* (e. lor) 2, 47; 13, 7.

entreliar *v.* I *intr. sich binden, verknoten* 17, 39.

entre(s)lonhar (o) *v.* I *refl. sich entfernen* 36, 44*.

entrepenre *v.* V *tr. ergreifen* ∼ esser entrepres de 31, 46.

entresenh *s. m.* I^a *Verständigungszeichen* 39, 47.

entro *praep.* e. lai *bis* (*zeitlich*) 13, 2; e. que *bis daß* 25, 84.

enveya *s. f.* I^c *Neid* 1, 40, *Begierde* 3, 28; 7, 40; 29, 3; 42, 32.

enveyar (e) *v.* I *tr. beneiden* 21, 18, *begehren* 7, 39; 24, 14.

enveyos *aj.* I *begierig* 28, 54, *s. m. Neidischer* 8, 41*; 22, 11.

enves *praep. nach-hin;* lai e. *dort bei* 12, 1, *gegenüber* 10, 11, *gegen* 4, 36.

envezat *aj.* I *froh* 35, 29*.

envilanir *v.* II^b *refl. sich gemein, verächtlich machen* 13, 49.

envirô *av. ringsum* aicels d'e. 6, 48.

era, eras *s. ar.*

erba *s. f.* I^c *Gras, Kraut* 5, 3; 39, 1; 42, 1.

erebre *v.* VI *tr. hinreißen* ∼ erenbut de *hingerissen von* 12, 44.

error *s. f.* I^d *Unruhe, Qual* 6, 9; 13, 25.

essai *s. m.* I^a *Versuch,* per plan e. *einfach um mich zu versuchen* 10, 28.

essayar *v.* I *tr. versuchen* 36, 4.

esbäit *aj.* I *part. außer Fassung* 33, 3.

esbaudeyar (e) *v.* I *refl. sich ergötzen* 24, 6: 29, 1; 42, 7.

esbaudir *v.* II^b *intr. fröhlich sein* (2, 3).

esbrüir *v.* II^b *tr. laut werden lassen, verkünden* 1, 11.

eschafit *aj.* I *schlank* 40, 29.

escharida *s. f.* I^c *Geschick* 23. 49.

escharir *v.* II^b *tr. zuteilen,* escharit zu teil geworden 27, 60.

escharnir *v.* II^b *tr. verspotten,* mal escharnit *l.* mal escharit *dem ein übles Los gefallen ist* 40, 65*?

eschaufar *v.* I *tr. erwärmen* ∼ 40, 39.

eschazer (3. *Konj. Praes.* eschaya 7, 53, 3. *Kondit.* eschazegra 3, 26) *v.* III, VI *intr. zufallen* 12, 29, *zu teil werden* 7, 53; 10, 9; 42, 13, *zukommen, sich ziemen, intr.* 3, 26, *rfl.* 7, 50; 10, 5, 33; 18. 13; 37, 46, *rfl. passen zu, gleichkommen* (a) 17, 41*.

esclairar *v.* I *tr. erhellen* ∼ son semblan 44, 65, *rfl. hellwerden* ∼ mos cors s'esclaira 29, 56; 37, 37.

escola *s. f.* I^c *Schule,* l'e. n'Eblô 30, 23.

escolh *s. m.* I^a *Art* 41, 35*.

escolorit *part. aj.* I *entfärbt, blaß* 40, 40.

escondire *v.* V *tr. aufkündigen, verweigern* 40, 68, *rfl.* (de) *ablehnen* 27, 23, *subst. Ablehnen, Leugnen* 35, 39.

escondre *v.* V *rfl. sich verbergen* 5, 2; 26, 4; 43, 60; 44, 42.

escoutar (ou) *v.* I *tr. anhören* 41, 12.

escriptura *s. f.* I^c l'e. *die heilige Schrift* 30, 40.

escrire 12, *28* (*1. Konj. Präs.* escria 17, *54*) *r.* V *tr. schreiben* 6, 50; 17, 54, e. en mal 12, 28*.

escudęr *s. m.* I^a *Knappe,* faire e. de senhor 23, 39*. *s. Eigennamen.*

escur *aj.* I *dunkel* 8, 40.

escurzir *r.* II^b *verdunkeln* 7, 2.

esdevenir *r.* VI *geschehen, intr.* 16, 17; 43, 39, *rfl.* 4, 12; 17, 34, si locs s'esdeve 26, 52.

esdevî *s. m.* I^a *Späher* 20, 12.

esduire *r.* V *rfl. sich entziehen* 29, 45*.

essenhamęn *s. m.* I^a *was ver- ständig ist* 1, 20, *gute Lebensart* 1, 52.

essenhar(ę) *v.* I *tr. lehren* 13, 57; 18, 32, essenhat *verständig* 35, 28, ben e. *gebildet, artig* 30, 57, mal e. *ungebildet (im Benehmen)* 22, 16.

ęsser (*1. Praes. Ind.* sô 6, 47; 20, 49, sui 29, *14, 57, 6. Praes. Ind.* son [*mit festem* n] 5, *31, 3. Konj. Praes.* sia 17, *47, 58*; 21, *46*; 25, *57 etc.,* sei 5, *35*) *r. intr. vorhanden sein, existieren* 10, 49; 15, 4; 19, 47, qui ro 6, 63?*, no es — mas 1, 25; 10, 43; 17, 47, *sich an einem Ort befinden* 2, 12; 5, 31, 35; 6, 47, 63 *etc., der Fall sein, statt haben* 7, 46; 29, 49; 42, 17, 30, *in einer Art sein, beschaffen sein (mit Reflexivpronom.)* 22, 3, 44; 27, 18; 33, 32; 43, 32, *Copula, mit Subst.* 4, 3; 6, 18; 10, 8 *etc. s.* enoi, meravilha, nien, ops, veyaire *etc., mit Adj.* 3, 22; 6, 8; 8, 5; 17, 22 *etc., mit Part. Praes.* 5, 12; 26, 40 *mit Part. Pass.* 2, 14, 22; 4, 15, 43; 6, 46 (*Passiv* 2, 25; 22, 26; 35, 11, *Perf. rfl. Verbs* 19, 6, 9; 33, 2; *Refl. im Dativ* 19, 3), *mit Adr.* 5, 9; 8, 44, *mit Adr. statt Adj.* 10, 48?*, e. a far tun *müssen* 4, 17; 27, 41 (non es a dire *s.* dire), e. de *herkommen, entstehen* 5, 27;

9, 37, e. d'alcu *jdm gehören* 20, 49, e. de bel acolhimen, de bo pretz *etc. eine Eigenschaft haben* 10, 41; 18, 10; 19, 54; 28, 60, e. de sal- vatge 19, 5*, e. de dos cors unitz *zwei geeinte Herzen haben* 40, 64, e. en *sich befinden in* (en error, en la vostra merce) 6, 9; 21, 46, *bestehen in* 15, 30, e. per *geschehen um-willen* 4, 55; 17, 58; 39, 22.

essernir *v.* II^b *tr. genau erkennen* 13, 31.

essertanar *v.* I *tr.* (alcu de) *ver- gewissern* 37, 61?*.

esfǫrtz *s. m. ind. Anstrengung,* faire e. car *kraftvolle Tat tun, indem ...* 12, 38; 29, 7*; 35, 3.

esgar *s. m.* I^a *Blick,* na Dous-Esgar *s. Eigennamen.*

esgarar *v.* I *tr. anschauen* 5, 19; 39, 19.

esgardamęn *s. m.* I^a *Obacht,* penre e. de *auf etwas achten, an etwas denken* 27, 56, *sorgen für* 13, 18.

esgardar *v.* I *tr. anschauen* 6, 42; 15, 48.

esgart *s. m.* I^a *Blick* 1, 51.

esglai *s. m.* I^a *Schrecken, Be- drängnis, Leid* 7, 26; 10, 26.

esglayar *v.* I *rfl. de Schrecken, Kummer empfinden* 7, 29.

essięn *s. m.* I^a *Wissen,* mon e. *nach meinem Wissen* 6, 28; en essiens *wissentlich* 5, 26.

esjauzimęn *s. m.* I^a *Genuß, Freude* 5, 5.

esjauzir *r.* II^a *rfl. sich freuen, fröhlich sein* 13, 3; 21, 37; 40, 9, de *sich erfreuen an, über* 23, 55.

eslaissar *v.* I *rfl. sich werfen auf, eilen, schnellen* (en, vas) 12, 8, 10.

esmai (esmaih *s. S.* 49) *s. m.* I^a *Unruhe, Sorge* 8, 19; 17, 1.

esmayar *v.* I *rfl. sich beunruhigen, verzagen* 7, 3, 6; 36, 9.

esmansa *s. f.* I^c *Schätzung, Er- wägung,* sé penre e. 1, 53.

esmęnda s. f. Ic *Entschädigung, Entgelt* 19, 24; 26, 7.

esmendar, em- 30, 49 (ę) *v.* I *tr. entschädigen für, gutmachen* 20, 25; *rfl. sich bessern* 30, 49.

espaa *s. f.* Ic *Schwert* 45, 28*.

espandre *r.* III *rfl. sich ausbreiten* 26, 3.

espavęn *s. m.* Iᵃ *Schrecken,* sé donar e. *Furcht empfinden* 20, 15.

espaventar (ę) *v.* I *rfl. Furcht haben* 37, 20.

espęr *s. m.* Iᵃ *Erwartung,* segon mon e. 24, 11, bon e. *Hoffnung* 15, 36; 21, 40; 42, 34; 45, 37.

esperansa *s. f.* Ic *Erwartung* aver s'e. en 1, 62, metre s'e. en 45, 21, bon'e. 25, 27; 44, 37; 45, 51, e. bretona 23, 38*.

esperar (ę) *v.* I *tr. erwarten, erhoffen* 4, 20.

esperdut *part. aj.* I *bestürzt* 8, 46, *benommen, von Sinnen* 19, 1.

esperit *s. m.* Iᵃ *Geist, Seele* 33, 23; 44, 34*, faire chambi dels esperitz 40, 60.

esperital *aj.* II *von Lebensgeistern erfüllt,* olhs esperitaus 15, 47*.

esplechar (ę) *v.* I *tr. ausführen,* tun 39, 45*.

esplęi *s. m.* Iᵃ *Ausübung (Erfüllung eines Sehnens)* 5, 14*.

espǫnda *s. f.* Ic *Bettrand* 26, 32; 44, 44.

esquęrn *s. m.* Iᵃ *Spott,* esquernus er *ich werde zum Spott sein* 6, 18.

ęst (si'st = si ist 8, 41) *pron. dem. dieser* 27, 6; 40, 24.

establir *v.* IIᵇ *tr. herstellen* 40, 28.

estar (3. *Ind. Praes.* estai 36, 15, 1. *Konj. Praes.* estęya 42, 38, 51, estęi 24, 39, 3. *Konj. Praes.* estęya 29, 41, 1. *Kond.* estęgra 3, 15, 3. *Kond.* estara 8, 11? *S.* 51) *v. intr. sich an einem Ort befinden* 4, 46; 24, 39; 29, 41; 42, 38, 54, estar pres de ∼ 20, 22, n'estauc

ich bin fern von 16, 21; 31, 59; 42, 28, *ich enthalte mich (zu tun)* 26, 6, *sich in einem Zustand befinden, mit adj.* 8, 49; 12, 4; 19, 7; 20, 39; 24, 4, *rfl.* e. *mit adj.* 3, 15; 19, 7, *mit adv.* e. len 3, 10*, e. mau ab alcu 13, 39, e. ben, mal 1, 33; 39, 20, ben estan *trefflich* 33, 21, estai be, gen, mal (que) 4, 7; 8, 11; 17, 32; 20, 1; (car) 10, 12, *mit präposit. Ausdruck* en cossir, bon esper, patz, pensamen 6, 10; 14, 3; 21, 40; 22, 39, estat ai com om esperdutz 19, 1; — *subjektlos* 7, 35; 36, 15.

estatge *s. m.* I *Sein, Verhalten* esser de bel e. 42, 23, *Weilen, Aufenthalt* aver son e. ab joi 23, 10, faire lonc e. de *sich lange fernhalten von* 20, 5, *Weile, Zeitraum* 19, 2.

estenęr *r.* VI *rfl. sich enthalten* (de) 4, 18.

estęnher *r.* V *tr. auslöschen, vernichten* 3, 51 *Var.*; 39, 16.

estraire *r.* V *tr. herausziehen, wegnehmen* ∼ 8, 42, *rfl. sich herausziehen, sich entziehen* (de) 4, 13; 29, 47, 59; 37, 40.

estranh *aj.* I *fremd* 45, 47, *abgewandt, feindselig* 19, 36, *seltsam, schlimm* 25, 13.

estranhar *v.* I *rfl.* vas alcu *gegen jd ein fremdes, feindseliges Benehmen annehmen* 25, 67.

estręnher *r.* V *tr.* (vas se) *an sich drücken* 36, 35.

estuyar (*oder* estuire?) *v.* I *rfl. sich einschließen, sich verwahren* 29, 53.

esvelhar (ę) *r.* I *rfl. erwachen* (*oder tr. erwecken?*) 7, 36.

ęu 1, 16, 19; 3, 15; 4, 3, 20 *etc.,* eᵘ 3, 7; 4, 51; 6, 64; 8, 6; 26, 27; 31, 51 *etc., obl.* mę *betont* 3, 50; 4, 2; 17, 10; 43, 13, 57, mei 24, 31, *tonlos* me 1, 6 *etc.* m' 1, 9, 17 *etc.* ·m 3, 7 *etc. Pron. pers. 1. Pers.,*

eu oc *in der Antwort* 18, 27, eu
las! ... agra 23, 17.

eus *s.* eis.

evirô *s.* enviro.

Fachura *s. f.* Iᶜ *Beschaffenheit, Gestalt* 24, 40, *vgl.* 12, 41*, *s. Eigennamen.*

fachurar *v.* I *tr. verzaubern, bezaubern* 8, 21, *vgl.* 12, 41*.

faih *s. m.* Iᵃ *Tat* 1, 8; 23, 59.

faire 4, 5; 12, 45; 29, 7, far 3, 30;
6, 16; 4, 39 (*1. Praes. Ind.* fatz
22, 7, fau 13, 21; 21, 21, *3. Praes.
Ind.* fai 10, 19; 17, 33; 25, 78 *etc.
6. Praes. Ind.* fan 28, 24; 37, 22,
3. Perf. fetz 3, 8; 6, 54; 8, 25 *etc.*,
fei 24, 22, *Part.* faih 8, 2) *v.* IV
tr. machen, herstellen 2, 23; 22, 34;
25, 42; 27, 48; 31, 4; 35, 23, cors
be-faih 30, 51, f. chan *singen (von
der Nachtigall)* 33, 1, *dichten* f.
vers, chanso 6, 24; 8, 2; 15, 54;
26, 36, que Deus aya faih de me
rei 5, 28, f. escuder de senhor
23, 39, *mit doppeltem Akkus.* ric
ome m'a faih 15, 42, *mit Akkus.
und Nomin.* sé faire devis, rics
etc. 1, 27; 20, 12; 21, 21*; 33, 12.
— f. lonc aten, badatge, ben ad
alcu, longa carantena, colpa ad
alcu, do, dol, enoi, esfortz, esglai,
esmenda, lonc estatge, falhimen,
ira, mal ad alcu, meravilha, onor,
paor, parven, plazer, mala preizo
ad alcu, so pro, rancura, bo saber
ad alcu, bel semblan, so talen,
lo voler d'alcu *s.* aten, badatge *etc.*
— *tun* 4, 5, 6; 6, 15, 54; 21, 39,
que farai? 10, 40; 35, 35; 40, 13,
non fatz mas gabar e rire 4, 57,
faire que pros *etc.* 8, 25; 22, 57,
mal o fara si no ... 26, 29, s'ela
tan fai que perdonar me volha
42, 46, *mit Reflex.* que'm farai?
17, 9; 36, 28, no sai que'm fan
13, 21; 18, 12; 39, 12, *Verbum*

Appel, Bernart de Ventadorn.

ricarium 3, 8; 15, 48; 29, 62;
31, 44; 36, 8, *objektlos* no farai
17, 20, *mit Casus des vertretenen*
Verbs 3, 31; 4, 39; 12, 12. — *mit*
Infinitiv 1, 40, 48; 3, 43; 4, 8, 19;
19, 39; 23, 56; 25, 18; 37, 33, *mit*
a *und Infinitiv* me fari' a pendre
4, 21, be fari' a aucire 25, 41*.

faissô *s. f.* Iᵈ *Antlitz* cobrir sa f.
6, 55, *pl. Bildung, Gestalt* 8, 33;
13, 29, *Züge des Gesichts* 28, 57.

faissonar (ọ) *v.* I *tr. gestalten,*
formen 35, 22.

falhimẹn *s. m.* Iᵃ *Vergehen, Verfehl*
1, 25, faire f. 3, 55; 6, 44; 37, 22.

falhir *v.* IIᵃ *versagen, im Stich*
lassen 40, 56; 35, 36, *sich ver-*
fehlen 10, 38, que lh'ai falhit
27, 51, vas alcu 1, 15, *part.* falhit
der sich vergangen hat 23, 41.

fals, faus 15, 26 *aj.* I *falsch* falsa
laus umana 22, 45, *einer der*
falsches sagt 15, 26, *falsch, treu-*
los 8, 41; 20, 10; 22, 14; 23, 25;
29, 16; 31, 34; 41, 16. — fausa
s. f. Falsche, Treulose 2, 37; 41, 26.

fatz *s. f. ind. Antlitz* 16, 42; 40, 30.

fẹ, fẹi 21, 10 *s. f.* Iᵈ *Treue* 10, 36;
41, 10; 45, 48, *Vertrauen* 4, 15,
amar per bona f. 21, 10; 31, 17,
tot o fi per bona fe 16, 28, juraria
per ma fe 25, 54, fe qu'eu dei
16, 27; 42, 33, a la mia f. 17, 20.

feblezir *v.* IIᵇ *schwächen, schwach*
werden 40, 25.

felô (*s. m.* III) *aj. arg, argsinnig*
6, 31, cor f. 29, 36; 42, 36.

fẹmna *s. f.* Iᶜ *Weib* 43, 33.

fenestral *s. m.* Iᵃ *Fenster* 28, 36*.

fẹnher *v.* V *rfl. träge werden, nach-*
lassen 18, 10.

fenir *v.* IIᵇ *tr. beenden* 8, 29. —
s. m. I *Enden* 1, 8.

fẹr *aj.* I *grausam, feindselig* 16, 34;
19, 36, *wild* la fera mar 26, 39,
schlimm 40, 21.

ferir *v.* IIᵃ *schlagen, treffen* 1, 48;

24

40, 20; 42, 31; ∼ 31, 25; 41, 30,
rfl. sich schlagen 23, 28, *intr.*
16, 39.

fermansa *s. f.* Iᶜ *Versicherung*
45, 20.

feuneyar (ę) *v.* I *intr. treulos
handeln* 29, 27.

feunia *s. f.* Iᶜ *Argheit,* far f. d'alcu
böse verfahren mit jd 45, 25, *Unwillen, Zorn* 17, 23.

fî *aj.* I *zuverlässig* 9, 35; 20, 21;
29, 14, fina *zuverlässig, wahrhaft (von der Geliebten)* 13, 33;
15, 39; 18, 18, fin' amansa 1, 13,
fin' amor 7, 11; 15, 4; 18, 6; 22, 46;
27, 66; 42, 21; 44, 15, fin amic,
amador, aman 15, 30; 21, 44; 24, 12;
31, 34; 37, 30, esser fis de *sicher
sein* 37, 16, *wahrhaft, echt, vollendet*
15, 50; 16, 43. — Fis-Jois *s. Eigennamen.*

fî *s. f.* Iᵈ *Ende* 1, 7, *Friede* 29, 50.

fiansa *s. f.* Iᶜ *Vertrauen* 45, 48,
aver f. en, de 1, 38; 25, 25; 44, 26,
m'avetz träit en f. 45, 35*.

fiar *v.* I *rfl. trauen (en alcu)* 28, 12;
43, 26; 45, 33.

finamen *av. treulich, wahrhaft* 2, 39;
20, 46; 31, 40.

finar *v.* I *intr. enden, zur Ruhe
kommen* 18, 4.

flama *s. f.* Iᶜ *Flamme* 3, 64, ∼
Liebesflamme 3, 9; 12, 11.

flanc *s. m.* Iᵃ *Weiche, Hüfte pl.*
40, 29.

flor *s. f.* Iᵈ *Blume (kollektiv)* 5, 2;
7, 12; 10, 2; 24, 2; 25, 6; 27, 7;
28, 3; 29, 2; 39, 2; 41, 1; 42, 1;
44, 3.

florir *v.* IIᵇ *intr. blühen,* florit *in
Blüte* 40, 1, lo tems f. *Blütenzeit,
Frühling* 27, 8.

fǫc *s. m.* 1ᵃ *Feuer* 12, 12; ∼ 40, 39.

fǫl *aj.* I *töricht* 15, 16; 25, 66, *s. m.*
Iᵃ 7, 88; 15, 33; 42, 29; 43, 38,
aj. subst. 4, 2; 5, 8; 6, 26; 13, 54;
17, 13; 23, 36, 53; 42, 26; 44, 17;

45, 20, 33, *der Dichter zu sich
selbst* 7, 38; 17, 13, fols no tem
tro que pren 30, 21*, ai be faih
co'l fols en pon 43, 38*.

folatge *s. m.* I *Torheit* 42, 44, faire
f. 19, 4; 25, 77, dire f. 23, 56.

folatura *s. m. Tor* 24, 34.

foleyar (ę) *v.* I *intr. töricht handeln*
40, 43; 42, 29.

fǫlh *s. m.* Iᵃ *Laub* 9, 4; 41, 1.

fǫlha *s. f.* Iᶜ *Blatt (oder Laub?)*
3, 33; 31, 44, *Laub* 9, 3; 10, 2;
25, 1, 6; 27, 7; 28, 3; 39, 1; 42, 1.

folhar (ǫ) *v.* I *intr. Blätter treiben*
24, 1, ∼ (*der Dichter von sich
selbst*) 24, 8.

folhat *s. m.* Iᵃ *pl. Laub* 24, 5*.

folia *s. f.* Iᶜ *Torheit* 1, 21; 2, 11;
30, 20.

folor *s. f.* Iᵈ *Torheit* 2, 14; 6, 25,
faire f. 25, 38.

fǫn *s. f.* Iᵈ *Quelle* 5, 3; 43, 24.

fǫndre *v.* III *intr. schmelzen, vergehen* ∼ 43, 8; 44, 55.

fǫr *s. m.* Iᵃ *Art und Weise* 41, 5. —
s. fors.

forfachura *s. f.* Iᶜ *Vergehen* 24, 26,
en la mia f. *mit meinem Ver-
wirken* 8, 8*.

forfaire *v.* IV *tr. verschulden* 8, 27.

formar (ǫ) *v.* I *tr. formen, bilden*
16, 48; 30, 53, 58; 40, 26.

formir *v.* IIᵇ *rfl. sorgen für, sich
kümmern um (de)* 1, 31*.

fǫrn *s. m.* Iᵃ *Ofen* 12, 12.

fǫrs, fǫr 41, 45 *adv. dc for außen*
41, 45, fors de *aus — heraus* 2, 12;
23, 18, *außer* (38, 14*).

fǫrsa *s. f.* Iᶜ *Kraft, Gewalt* 31, 6;
42, 14, venser a f. 35, 6, per f.
gewaltsam, zwangsweise 28, 56*,
Festung 8, 14 (s. S. 50).

forsar (ǫ) *v.* I *tr. zwingen (de faire)*
4, 38, forsat *gezwungen, wider
Willen* 40, 73, *erzwungen* 6, 38.

fǫrt *adv. Verbalbegriff steigernd* 7, 32;
12, 12; 14, 23; 25, 30; 35, 29; 40, 36.

foudat *s. f.* I^d *Torheit* 2, 43; 6, 30; 7, 43; 16, 14; 22, 23.

fraire *s. m.* I^b *Bruder* 27, 20, seu f. *seinesgleichen* 29, 32.

franc *aj.* I *edel (von Gesinnung und Benehmen)* 20, 41; 28, 62, *aufrichtig* 29, 14, f. vis 37, 12*, *von der Geliebten gesagt* 15, 39; 19, 34; 31, 54; 37, 35, *der Dichter von sich selbst* 33, 42; 41, 36.

Francęs *s. Eigennamen.*

franchamęn *av. in edler Weise* 20, 43, *aufrichtig* 20, 47.

franher *v.* V *tr. zerbrechen* ~ 25, 69, *rfl.* sé fr. *brechen, Schaden nehmen* ~ 18, 8, vas alcu *willführig sein gegen jd* 19, 37 (?).

frê *s. m.* I^a *Zügel,* tener en so f. 17, 4, si·m tira vas amor lo fres 31, 7.

fręih *aj.* I *(fem.* freja) *kalt* 37, 1; 44, 16, *s. m.* I^a *(n.* freis) *Kälte* ~ 40, 37.

frejura *s. f.* I^c *Kälte* 26, 3; 44, 4, *Zeit der Kälte* 13, 6.

fręsc *aj.* I *frisch* (erba, verdor) 28, 2; 39, 1, (color, chara, fatz) 30, 52; 39, 38; 40, 30; 44, 59, *(von der Geliebten und ihrem Körper gesagt)* 3, 34; 12, 17; 27, 37.

frezir *v.* II^b *intr. kalt werden, erstarren* ~ 40, 53*.

fron *s. m.* I^a *Stirn* 5, 24; 16, 42; 31, 36; 35, 20*.

fugir *v.* II^a *(3. Praes. ind.* fui 29, 46) *tr. fliehen* (alcu) 29, 46; 42, 23, *intr.* ~ 40, 40.

Gabar *v.* I *intr. prahlen* 40, 43, *scherzen* 4, 64 *(lobend), scherzen, spotten* 4, 57 *(tadelnd).*

gai *aj.* I *(fem.* gaya 7, 14) *fröhlich* 1, 12; 7, 11, 14; 18, 5; 28, 6, auzel g. 24, 5, cors gai 12, 17; 16, 46; 27, 37; 31, 54; 33, 15, *adv. statt adj.?* 10, 48*.

gaire *Bestimmungswort der Verneinung* no — g. 4, 11; 15, 1; 29, 40: 30, 24, no — g. de *nicht viel, nichts* 12, 39; 13, 27, si — g. *wenn irgend lange Zeit* 44, 56.

galiar *v.* I *tr. betrügen* 24, 27.

ganda *s. f.* I^c *Ausflucht* 26, 15.

garandar *v.* I *tr. umfassen* 26, 22.

garar *v.* I *tr. Acht geben auf* 22, 24.

gardar *v.* I *intr. sehen, hinsehen (nach einem Ort)* 6, 43, 47, *tr. ansehen* alcu 17, 42, *tr. ansehen, auf etwas sehen, berücksichtigen* 5, 1: 20, 27, *aufpassen, behüten* (alcu de ..) 41, 49, *objektlos* gardatz! *(als Einführung einer Frage)* 18, 25, *rfl. sich hüten* 12, 11, g. que no *mit Konj. verhüten daß ..* 41. 46, *hüten, aufbewahren* 29, 53.

garir *s.* guerir.

garnir *v.* II^b *tr. rüsten, bereiten, part.* garnit *gerüstet, bereit zu* (de) 27, 65; 33, 30; (com fassa) 21, 47.

gatge *s. m.* I *Pfand,* dar un g. 20, 43, rendre so g. 42, 39*.

gazanhar *v.* I *tr. gewinnen* 40, 11 *(die Geliebte);* 41, 48, *rfl.* sé g. *für sich gewinnen* 19, 44; 25, 65.

gęl *s. m.* I^a *Frost, Eis* 44, 11*.

gęlos *aj.* I *eifersüchtig* 24, 34. — *s. m. ind.* 41, 45.

gęn *s. f.* I^d *Leute* 31, 12; (falsa, fola, malvaza, vilana *etc.*) 7, 22; 15, 16; 22, 14; 37, 41, autra g. 7, 6, tota g. 5, 29; 6, 18; 13, 9, *plur.* avols gens 1, 34.

gęn *aj.* I *(fem.* genta 7, 44; 37, 5) *hübsch, anmutig* 1, 49; 4, 27; 7, 44; 17, 60; 20, 6, (tems, termini) 26, 4; 28, 1, *neutr.* gen es *es ist willkommen* 15, 35; *es steht an* 5, 23; 42, 49, gent estera que 20, 1, a leis non estara g. *ihr wird es nicht gut anstehen* 17, 32. — *Compar.* gensor *(nom.* genser) *schöner, anmutiger* 1, 55; 3, 56; 12, 16; 20, 37. — *Subst.* la genta *(Bezeichnung der Geliebten)* 37, 5, gensor *eine*

24*

Schönere 35, 23, la gensor (*die Schönste (Bezeichnung der Geliebten)* 6, 51; 7, 14; 28, 15; 39, 37; 44, 74. — gen *adv. schön, anmutig* 3, 43; 6, 42; 7, 56; 13, 44; 16, 33, 46; 21, 36; 30, 58; 31, 25; 39, 54; (*ironisch*) 29, 29.

geṇh *s. m.* I^a *Nachsinnen, Art des Denkens* 18, 1*, *List* 39, 48.

genǫlh *s. m.* I^a *Knie, a* gcnolhs *knieend* 26, 34.

genolhọs, a g. *knieend* 20, 40.

gequir *v.* II^a (*1. Praes. ind.* gic 24, 9) *rfl.* sé g. de *ablassen von* 24, 9; 43, 59.

ges *s. m. ind. irgend etwas* (*in der Frage*) 14, 5, *Bestimmungswort der Verneinung* no — ges *nicht irgend etwas* 10, 45, *nichts* 22, 36; 43, 44, 57, *starke Verneinung* 2, 25; 4, 7; 8, 46; 16, 2; 31, 55.

gẹtar (ẹ) *v.* I *tr. werfen* g. a so dan (45, 29*), *aus einem Zustande bringen* (d'ira mortal) 41, 32.

gọla *s. f.* I^c *Kehle, Brust* 16, 42.

gọta *s. f.* I^c *Tropfen* 16, 38.

grâ *s. m.* I^a *Korn(ähre, hier ohne die Frucht)* 30, 46*.

graile *aj.* I *schlank* 40, 29.

gram *aj.* I *übelgesinnt* (vasalcu) 12, 4*.

gran *aj.* II *groß* 4, 41; 6, 40; 9, 29, 40; 10, 19; 17, 8; 29, 3; 33, 11; (*dem Subst. nachstehend*) 31, 48, gran re *viel* 3, 4, *subst.* sé metre en grans *sich sehr bemühen* 21, 3.

gras *aj.* I *fett, rund* (*lobend vom Körper der Geliebten*) 36, 36.

grat *s. m.* I^a *Gefallen,* per mon g. *nach meinem Gefallen* 18, 22, colhir en g. *freundlich aufnehmen* 9, 15, mal grat n'aya . . 19, 50, *Dank* 16, 26, aver g. de 6, 37, rendre gratz ad alcu 35, 17, saber g. 45, 38.

grazir *v.* II^b *tr. gutheißen, loben* 1, 7; *dankbar anerkennen* 13, 13*; 20, 3; 40, 41.

grẹn *aj.* II *schwer* ∼ 40, 10; 2, 26; 6, 8; 40, 25, greu m'es que . . 26, 8; 29, 51; 37, 17, 27, *adv. mit Mühe* 8, 14; 40, 74, *mit Mühe, schwerlich* 1, 13, 36; 13, 28, 55; 36, 5.

grẹnyar (*3. Praes. Ind.* greya 29, 49) *v.* I *intr. leid sein* 29, 49.

grọi *aj.* I *gelb* 44, 3*.

guẹrra *s. f.* I^c *Krieg, Streit* ∼ (*in der Liebe*) 13, 38.

guerrẹr *s. m.* I^a *Feind* 25, 44.

guerreyar (ç) *v.* I *tr. bekriegen* ∼ 7, 31, 32; 29, 19.

guerir, garir *v.* II^b *tr. heilen* ∼ 1, 44; 10, 22; 27, 15; 40, 77, *intr. heilen* 1, 47; 36, 29.

guidar *v.* I *tr. führen, leiten* ∼ 23, 11.

guirẹn *s. m.* I^a *Bürge* 42, 44.

guiza *s. f.* I^c *Weise,* sé captener a g. d'amor *wie Minne es verlangt* 21, 16, sé tener de g. *in rechter Weise* 44, 18.

guizardô, -zer- *s. m.* I^a *Lohn* 8, 28; 9, 29; 31, 52, rendre g. 4, 27, aver g. 6, 39, dar g. 28, 52.

guizardonar, ga- (ọ) *v.* I *tr. belohnen* 9, 30; 23, 37.

gurpir *v.* II^b *tr. verlassen* 24, 31.

I *adv. dort* (*örtlich*) 5, 31; 6, 63, *dorthin* (*zur Geliebten*) 16, 24, *weist auf bestimmten Begriff* 21, 59; 31, 6, *auf Person „bei ihr"* 45, 49, *„bei Euch"* 45, 30, *auf genannten Gedankenkreis* 1, 56; 3, 55; 6, 44; 19, 20, *auf folgenden Gedanken* 7, 44; 8, 25; 15, 31; 31, 38.

ins *adv.* i. en *in-drinnen* 7, 5; 27, 22; 41, 14, *in-hinein* 23, 3, d'i. da *von innen heraus* 15, 2.

ira *s. f.* I^c *Zorn* 28, 46, *Groll, Kummer* 8, 19; 18, 8; 22, 41, 42; 40, 75; 41, 27, i. mortal 28, 46; 41, 32, faire i. ad alcu 7, 26.

irat *aj.* I *zornig* 12, 5; 16, 34, *be-kümmert* 22, 32; 30, 30; 33, 37; 35, 16.

irǫnda *s. f.* Iᶜ *Schwalbe* 44, 49.

issilh *s. m.* Iᵃ *Exil, Elend* 43, 56.

issir *v.* IIᵃ *intr. herausgehen* ∾ 30, 45.

ivǫrn *s. m.* Iᵃ *Winter* 7, 13; 26, 45; 44, 11 *Var.*

Ja *av. je* 5, 10, 25; 7, 45, ja no *nie, nimmer* 2, 10; 4, 4; 8, 47; 10, 27, *durchaus nicht* 7, 30; 8, 3, *nicht etwa* 19, 45, ja no mai(s) *nie ferner mehr* 6, 23; 37, 63, si ja no *wenn schon nicht* 28, 53.

jai *s. m.* Iᵃ *Freude* 37, 58.

jarric *s. m.* Iᵃ (*Eichen-*) *Gestrüpp* 24, 1.

jauzǫn *aj.* II *fröhlich* 1, 12; 3, 16.

jauzidǫr *s. m.* III *der* (*der Geliebten*) *genießt* 9, 42; 25, 47; 27, 13.

jauzimǫn *s. m.* Iᵃ (*Liebes-*) *Freude, Genuß* 3, 11; 5, 5; 10, 5, 19; 15, 13; 30, 7.

jauziǫn *aj.* I (*fem.* -ǫnda 44, 53) *freudevoll* 5, 16; 43, 6.

jauzir (jauvir) *v.* IIᵃ (*3. Praes. ind.* jau 21, *12*) *tr. genießen* 23, 54, *intr. Genuß haben von* (de) 1, 32; (*von der Geliebten*) 3, 59; 9, 41; 25, 22, *rfl.* sé j. de 13, 40; (d'alcu) 21, 12; (*von der Geliebten*) 18, 22, no-jauzit *ohne Freude, unfroh* 40, 9*.

jazǫr *v.* VI *intr. liegen* 27, 46; 36, 32, vau j. 45, 10; (*bei der Geliebten*) 37, 49, *s. m.* I 28, 52 *Var.*

jëonar (ǫ) *v.* I *intr. fasten* ∾ 9, 27.

jǫc *s. m.* Iᵃ *Spiel* 30, 10.

jogar (ǫ) *v.* I *intr. spielen* (d'alcu *mit jemd.*) 29, 29.

jǫi *s. m.* Iᵃ *Freude* 2, 48; 17, 41, 47; 19, 44; 20, 22; 22, 48; 25, 72; 27, 12; 28, 8; 30, 29; 31, 28; 40, 5; 41, 8; 43, 60; *Spiel mit dem Worte* joi 1, 1—9; 23, 8, 10, 14 ff.; 33, 3 ff.;

39, 5 — 8; 42, 3 — 8, fi j. 28, 35, *s. Eigennamen,* ric j. 35, 38, j. d'amor 15, 6; 22, 46, atendre j. 15, 52, 54; 30, 59, s'atendre en un j. 10, 6, anvir j. 45, 14, aver j. 7, 27; 12, 40; 13, 20; 21, 32; 22, 31; 35, 2; 41, 6; 44, 10, conquerre j. 22, 2, enquerre j. 1, 18; 27, 21, esperar j. 4, 20, sentir j. 3, 66, tornar alcu en j. 41, 32, aver jauzimen d'un j. 10, 6, jois torna en error 13, 25, vos etz lo meus jois 33, 33, li meu jornal son joi 41, 8, trametre jois e salutz *gute Wünsche und Grüße* 12, 36, de j. *freudig, gern* 12, 20; 41, 11. Joi *personifiziert* 27, 17.

jǫuher *v.* V *tr. vereinigen,* j. las mas *falten* 44, 58, mas jonchas 20, 39; 36, 50; 42, 40.

jǫrn *s. m.* Iᵃ *Tag* noih e jorn *Nachts und Tags* 7, 33; 40, 7, ja pois viva j. ni mes 31, 14, lo j. que *an dem Tage an welchem* 13, 17, *wann immer* 35, 19, ja·l jorn que — no *nie wann* 25, 45; 44, 31, lo j. *an jedem Tage* 31, 27, un j. *eines Tages* 12, 10, (a) chascun j. *an jedem Tage* 15, 11; 28, 28, tot j. 4, 42; 29, 11, (a) totz jorns *täglich, immer* 9, 16; 40, 35.

jornal *s. m.* Iᵃ *Tag, Tagewerk* 41, 7, a j. *täglich, immer* 28, 34*.

jǫs *av.* j. de *herunter von* 25, 2.

jǫsta *praep. neben* 26, 32; 29, 2; 41, 1.

jǫya *s. f.* Iᶜ *Freude* 8, 22; 10, 44; ✗ 44, 1.

joyǫs *aj.* I *voller Freude* 8, 17.

jurar *v.* I *tr. schwören* (que) 17, 46; (sobre sainhz) 25, 53, ome jurat e plevit 33, 31.

Lai *av. dort* 45, 52; (*bei der Geliebten*) 18, 30, *dorthin* 10, 51; 12, 3; 17, 3; 22, 63; 36, 18; 44, 34, lai on *dort wo* 8, 13; 18, 3; 24, 13;

374

35, 10, *unter Umständen wo, wenn*
28, 64; 39, 54, *dorthin wo* 4, 26;
6, 47; 26, 30; 27, 43; 31, 57, *dorthin wohin* 29, 18, de lai *dorthin*
25, 76, lai vas (enves) 12, 1; 22, 62,
entro lai en (*zeitlich*) 13, 2.

laih *av. häßlich, übel* 1, 63, l. m'estai
8, 11.

lairô *s. m.* III *Dieb* 29, 31; 39, 11,
a l. *verstohlen* 20, 17.

laissar *v. I tr. lassen, verlassen*
23, 42, *aufgeben* (chansos) 28, 67,
übrig lassen, hinterlassen 43, 15,
mit Inf. (tun)*lassen* 25, 22; 27, 27;
43, 3, 19, no·t laisses levar al ven
17, 16, lais m'en *ich lasse davon
ab, unterlasse es* 6, 35; 20, 8, sé
l. de far *unterlassen zu tun* 12, 21,
sé l. de far 42, 9, no·m lais que
no 24, 33.

lancan *conj. wann* 24, 1; 25, 1; 26, 1.

landa *s. f.* I^c *Haide* 23, 16; 26, 1.

lansa *s. f.* I^c *Lanze* 1, 46; 45, 28.

lansar *v. I tr. werfen rfl.* 44, 43,
∼ *heftig entfernen* 25, 29.

las *interj. wehe!* 4, 45; 28, 33; 40, 13,
eu, las! . . 23, 17; 30, 3, *s.* ai.

lassar *v. I tr. binden, fesseln* ∼
17, 2; 22, 52; 40, 8*.

latz *s. m. ind. Schlinge* ∼ 27, 45.

latz *s. m. ind. Seite* 22, 47.

lau 21, 4 *s. m.* I^a laus *s. f. ind.* 22, 45
Lob 3, 40, *phr.* rendre laus 35, 17.

lauzar, lauvar? (*1. Praes. ind.* lau
13, *12*) *v.* I *tr. loben* 1, 8; 16, 47;
21, 22, Deu lau *Gott sei Dank*
2, 12; (que . .) 19, 49, l. alc. re
ad alcu, *jemandem gegenüber etwas
als richtig erklären, es von ihm
verlangen* 15, 35*, sé l. de *zufrieden sein mit* 3, 23; 13, 12;
21, 33. — *Inf. s. m.* I^a *Loben*
13, 30; 22, 27; 33, 18.

lauzenger *s. m.* I^a *Verläumder,
Kläffer* 13, 35, 39; 19, 42; 20, 10;
23, 52; 27, 25; 31, 35; 35, 37;
37, 42.

lauzeta *s. f.* I^c *Lerche* 43, 1*.

lauzor *s. f.* I^d *Lob* (22, 45 *Var.*).

lê *aj.* 1 *glatt* 12, 17; 36, 36.

legir *v.* II^a *tr. lesen* 16, 37; 17, 56.

leih *s. m.* I^a *Bett* 26, 32; 28, 36;
41, 18.

leis *s.* el.

lemozi *s. Eigennamen.*

len *aj.* I *langsam, lässig* 39, 24, *av.
träge, unlustig* 3, 10 *, *lässig,
zögernd* 15, 48*.

lenga *s. f.* I^c *Zunge* 17, 39; 40, 45;
(*angeredet*) 40, 18.

lengueyar (ę) *v.* I *intr. schwatzen*
40, 47.

leô *s. m.* I^a *Löwe* 31, 55.

letra *s. f.* I^c *Buchstabe, pl.* 17, 53.

leu *av. leicht* 40, 31, 74, be leu *vielleicht* 13, 36; 21, 14.

leuger *aj.* I *leichtfertig* 23, 23.

levar (ę) *v.* I *tr. aufheben, hinwegführen* 17, 16, *erheben* la voiz
39, 4, un crit 27, 26, ochaizos
(29, 26 *Var.*).

leyal 41, 16 -au 15, 39 *aj.* II *treu,
aufrichtig* 28, 41.

lezer *s. m.* I^a *Möglichkeit* 45, 3.

liar *v.* I *tr. binden* (∼ 24, 45).

lige *aj.* ome l. *Lehnsmann* 42, 38.

linhatge *s. m.* I *Abstammung* 23, 26;
29, 22.

lo *Artikel sing. m. nom. und acc.,
angelehnt* ·l, *fem. nom.* la 1, 3, 55
etc., angelehnt ·lh 4, 48; 17, 39;
20, 37; 21, 31; 24, 2; 45, 18, *acc.*
la, *plural m. u.* li, *angelehnt* ·lh
1, 50; 24, 4 *etc., acc.* los, *fem.* las.
— *Bemerkenswerte Anwendung:
ohne vorherige Bezeichnung des
Begriffs* lo rei 15, 40, lo joi 15, 52,
los·motz 17, 55.

loc *s. m.* I^a *Ort* 4, 46; 16, 39; 27, 44;
29, 41, *auf die Geliebte angewendet*
4, 19; 35, 27, *Gelegenheit* 19, 47, 48;
36, 52; 37, 46, en l. de *an Stelle
von* 44, 23.

lonc *aj.* I (*fem.* lonja 6, 4 *) (*räumlich*)

schlank, großgewachsen 16, 45,
(zeitlich) lang 2, 40; 16, 5; 19, 2,
12, 29, 30, 46; 23, 32; 27, 1; 29, 52;
(lonja paraula d'amar) 39, 51. —
av. lonjas lange Zeit 7, 60.

lọnh av. fern 44, 36, weithin ∼ 25, 29,
esser de l. fern sein 41, 50.

lonhar (ọ) v. I tr. entfernen (alcu de)
20, 11, rfl. sich entfernen 26, 40;
29, 42; 33, 25.

lonhọr aj. II länger (zeitlich) 2, 41.

lonjamẹn av. lange Zeit 6, 4; 10, 13;
16, 21; 17, 45; 31, 59.

lor, lui s. el.

luzir v. IIᵃ intr. leuchten 7, 1.

Mâ s. f. Iᵈ, s. m. Iᵃ 35, 20 Hand
30, 53, jonher las mas, mas jonchas
20, 39; 36, 50; 42, 40; 44, 58.

mai s. m. Iᵃ Mai 7, 10. — s. mais.

mainh pron. aj. I (fem. manhta)
manch 3, 44; 6, 53; 8, 9, 42; 18, 1;
39, 10; 44, 70.

mais, mai 10, 41; 18, 26; 27, 1; 36, 8
av. mehr; steigert Verbalbegriff
2, 9; 3, 49; 4, 10; 5, 24; 6, 35;
13, 32; 17, 23; 19, 35; 29, 62, m.
val que mit Konj., besser ist daß
6, 28, am meisten 13, 56, mit Verb
und Subst. 4, 2*; 19, 16, mit Verb
und präpositionalem Ausdruck
10, 41.

no m. (mas) nicht weiter (außer),
nur 17, 47; 35, 14. —

ferner (zeitlich) 5, 18; 13, 55,
je ferner 2, 11; 29, 56, je 36, 8,
coras m. wann ferner 33, 36, no
m. nicht mehr 27, 1, nicht ferner
2, 25; 25, 25, ja m. no, ja no m.,
no ja m. nimmermehr, nie 6, 24;
42, 35, 41; 43, 26, no anc m. nie
43, 42.

adjektivisch gebraucht re m.
irgend etwas mehr, irgend etwas
anderes 18, 26; 40, 6, re m. no
nichts weiter 24, 14.

substantivisch gebraucht, m. de
mit Subst. 12, 37; 15, 13; 19, 8;
41, 6, 33, mit Zahl 6, 50; 26, 6,
on mais de je mehr 5, 21, no i a m.
del morir 25, 24, qu'en puesc m.?
31, 21.

mal, mau 13, 39; 21, 45 aj. I schlecht
böse 1, 34; 3, 15; 14, 11; 28, 60,
übel, schlecht beschaffen 9, 18;
23, 26, m. pes 35, 1, mals traihz
23, 5, ses mal resô ohne Schaden
des Rufes 20, 18, mala merce
Verneinung der Gnade, Ungnade
41, 26; 43, 37*, mal grat s. grat,
unheilvoll 45, 7.

av. schlecht, übel m. me vai (de)
36, 6, 7, m. o fara si no 26, 29,
estar m. ab alcu 13, 39, mal m'estai
que, car … es steht mir übel an
daß … 8, 11; 10, 12, Negation
bezeichnend mal sal es es ist nicht
wohlgetan 42, 25*, mal sembla
es scheint nicht 43, 45.

Subst. Uebel 3, 4; 5, 13; 6, 27;
9, 24; 36, 38; 40, 24, m. d'amor
35, 8, maus m'en ve 15, 11, per
m. de durch Schuld von 28, 68,
dire m. de 1, 63; 12, 19, faire m.
(ad alcu) 10, 36; 21, 45, penre m.
s. penre, sentir m. 27, 16, traire m.
4, 8; 17, 11; 37, 33, voler m. ad
alcu 28, 47.

malamẹn av. in übler Weise 22, 53.

malastruc aj. subst. Iᵃ unglücklich
37, 50.

maltraih s. m. Iᵃ übles Ergehen,
Mühsal 4, 28; 8, 18 (23, 5 los mals
traihz).

mandar v. I tr. entbieten, schicken
12, 39; 42, 50, lo coratge en ostage
25, 87 … ostatge 25, 83, entbieten,
sagen lassen alc re ad alcu 20, 4;
39, 28, m. faire 26, 29, … que
21, 37; 45, 54, m. fin e plaih 29, 50.

maneyar (ẹ) v. I tr. liebkosen 36, 34.

manh, manhta s. mainh.

manjar v. I tr. essen (38, 23).

la m. d'alcu 25, 58, penre alcu a m. 19, 26, merce·us prenha de 3, 50, trobar m. 4, 4; 10, 14; 31, 24, per m. prec . . 22, 17, per merce·lh sia que 17, 58, merce! *Gnade!* 36, 46; 41, 39, merces! *Dank!* 10, 15*, moutas merces! 40, 51, rendre merces 35, 17.

merceyar (ę) *v.* I *intr. um Gnade bitten* 26, 27; 29, 11, sé m. vas alcu 7, 58*, *tr.* 7, 56.

merchadanda *s. f.* I^c *Händlerin (hier: mit der eigenen Liebe)* 15, 25.

mertsar (ę) *v.* I *intr. feilschen* 4, 29*.

męs *s. m. ind. Monat* 5, 1; 10, 1; 30, 2; 31, 14; 39, 40.

messatge *s. m.* I *Botschaft* 16, 4; 23, 50, *Bote* 25, 81; 42, 24.

messatgęr *s. m.* I^a *Bote* 17, 49; 33, 26; 42, 50, *Anrede an den Boten des Liedes* 10, 50; 18, 29; 22, 61; 33, 43; 44, 73, *Versteck-name?* 6, 63; 39, 57 *s. S.* XLIX.

mescręire *v.* III *tr. beargwöhnen* 43, 31.

messongęr *s. m.* I^a *Lügner* 15, 26; 23, 55.

mespęnre *v.* V *intr. sich verfehlen* 10, 38; 16, 29 (en amar), mespręs *schuldig (getadelt?)* 31, 15*.

mestęr *s. m.* I^a *was zu tun obliegt* 1, 31, *Beschäftigung* 33, 5, m. m'a *mir ist nötig* 22, 50; 23, 7.

mętre (meira *1. pers. Kondit.* 10, 49) *setzen, legen, stellen, bringen* 22, 47; 27, 44; 31, 22; 42, 42, la flama me mis al cor 3, 9*, m. cor e cors en 31, 6, m. so coratge en plaih de *sich bemühen um* 25, 80, sé m. en plaib 8, 3; 10, 49; 16, 14, sé m. en agaih 8, 43, sé m. en grans 21, 3, m. sa cura, s'ententa, son esper, s'esperansa 8, 16; 15, 36; 37, 7; 45, 21, m. en cor ad alcu que 26, 23, m. en soan 45, 22.

męu 2, 23; 17, 41 *betontes Pron. poss. obl. m. sgl. mein, nom. sgl.*

męus 42, 47; 43, 18, *f. sgl.* mia 8, 8; 16, 16; 17, 22; 21, 30; 45, 18, *plur. n. m.* męi 41, 7. — lo męu *was mir gehört* 40, 35.

mezęis *pron. selbst,* me m. 30, 16; 43, 14.

mezura *s. f.* I^c *Maß,* sen e m. *Sinn und Ermessen* 8, 24; 13, 23; 16, 32, razos es e m. *es ist recht und billig* 13, 41.

mezurar *v.* I *messen, intr.* m. egal ∽ 28, 40*.

midęns *s. f. ind. meine Herrin (Bezeichnung der Geliebten)* n. 5, 34; 20, 24; 27, 50, *obl.* 4, 34; 10, 37; 15, 45; 16, 15; 17, 31; 21, 33 *usw.*

mil *num. adj. tausend* (14, 30), *subst. tausend Menschen* 6, 46.

miracle *s. m.* I (*Var.* -cla) *Wunder* 12, 38.

mirador *s. m.* I^a *Spiegel* 25, 42.

miralh *s. m.* I^a *Spiegel* 43, 20, 21.

mirar *v.* I *rfl. sich spiegeln* 12, 16; 25, 45; 43, 21, ∽ en leis ma mortz se mira 9, 39*.

mô *pron. pers. mein n. s. m.* mos 1, 17; 3, 21; 4, 45, *obl. s. m.* mô, mon 2, 32, *f. s.* ma 4, 61; 6, 11, 34; 17, 42, m' 1, 62, *pl. n. m.* mei 4, 56; 9, 36; 25, 70, *o. f.* mas 42, 40.

molhar(ǫ)*v.* I *tr. feucht machen* 42, 43.

mǫn *s. m.* I^a *Welt* 1, 55; 10, 43; 12, 16; 21, 31, 56 *etc.,* tot lo m. 22, 47; 25, 82; 43, 14, Deus que·l mon chapdela 25, 21, mais volh que·l mons mi falha 35, 36.

mǫn *s. m.* I^a *Berg,* contra m. *in die Höhe, aufwärts* 43, 40.

montar (ǫ) *v.* I *intr. aufsteigen* ∽ 44, 7.

morir (ǫ) *v.* II^a *sterben* 3, 53, 64; 5, 11; 25, 24, ∽ (lo segles, pretz mor) 7, 18; 13, 4, m. per amor, per ben amar 10, 7; 41, 13, m. de cossirar 39, 9, de dezire 27, 49, de dol 27, 27, de dolor 31, 27, de feunia 17, 23, de talan 37, 34;

45, 8, sé m. 17, 17; 35, 4; 40, 76;
44, 54.

m o r n *aj.* I *düster*, semblan m. 12, 5.

m o r s e l *s. m.* I^a *Bissen* (38, 23).

m o r t *aj.* I *tot* 40, 31, 72, ~ 31, 9,
mort m'a *hat mich getötet* 2, 38;
4, 53; 14, 11; 25, 28; 43, 22, 54.

m o r t *s. f.* I^d *Tod* 3, 51, en leis ma
mortz se mira 9, 39, mortz
m'avenha, venh'a sel . . . 3, 40;
40, 71, per m. li respon 43, 54.

m o r t a l *aj.* II *tödlich,* ira m. 28, 46;
41, 32.

m o s t r a r (ǫ) *v.* I *tr. zeigen* 15, 37,
zeigen, nachweisen, auseinander-
setzen 4, 34; 30, 40; 40, 58.

m o t *s. m.* I^a *Wort* 26, 11, *Textwort*
eines Liedes 26, 37; 27, 5, escrire
los motz *schreiben was man zu*
sagen hat 17, 55, ~ no saber m.
de *nichts ahnen von* 12, 9*.

m o u t *av. gar sehr (dem Verb voran-*
stehend) 2, 36; 3, 12; 6, 44, 45;
15, 36 *usw.,* m. mais de *viel mehr*
15, 13.

m o v e r (moụ) *v.* VI *tr. bewegen* 43, 1,
sé m. *sich bewegen* 10, 11, *ent-*
fernen 25, 79, sé m. *sich entfernen*
42, 41, *anheben, anfangen* 1, 1;
39, 4. — *intr. herkommen, aus-*
gehen von 2, 35; 15, 2, 3, 23; 21, 27.

m u d a r *v.* I *tr. verändern, wechseln*
8, 15, sé m. *sich verändern* 30, 5,
no posc m., no *mit Konj. ich*
kann nicht umhin zu . . 13, 5;
29, 4.

m u t *aj.* I *stumm (nicht singend)* 19, 7.

N', 'n *s.* en.

n a (*vor dem Namen*) *Frau* 19, 50.

n a d a l *s. m.* I^a *Weihnachten* 15, 46*;
28, 38.

n a i s s e r *v.* III *geboren werden* 20, 37;
30, 17, *entstehen* 5, 3; 42, 4.

n a t u r a *s. f.* I^e *Natur, Wesen* 13, 51;
24, 8, *personifiziert* 16, 48; 40, 27.

n a t u r a l *aj.* II *natürlich,* ~ dem

dem Wesen entsprechend, wahr-
haft fol n. 15, 33, joi n. 28, 35,
amor n. 41, 15, *wohlbeschaffen*
vers n. 15, 50*.

n a n *s. f.* I^d *Schiff* 44, 40.

n a u z a *s. f.* I^e *Verdruß, Unbehagen*
4, 41.

n e *s.* en.

n e g r e *aj.* I *schwarz,* noih negra
3, 37.

n e g ù *pron. aj.* n. no *kein* 17, 41, 51;
26, 25; 41, 24, n. ome *niemand*
21, 12; 35, 33. — *s. m.* n. no
Niemand 13, 3.

n e i s *av. sogar* 13, 43.

n e m s *av. zu sehr* 40, 47.

n e s c i *aj.* I *einfältig, töricht* 17, 13, 37;
26, 12.

n e u *s. f.* I^d *Schnee* 7, 12; 8, 39;
28, 38; 44, 12.

n i (*vor* i: ne ?14, 8) *konj. verbindet*
Satzglieder im verneinten Satz
1, 25; 5, 1; 6, 56; 8, 24; 10, 15, 16,
(*verbale Satzglieder*) 4, 45; 13, 20;
15, 43, *im Satz mit* greu 1, 36,
verbindet verneinte Sätze 4, 47;
13, 21; 14, 8; 15, 44, *knüpft ver-*
neinenden Satz an behauptenden
2, 10; 6, 7, *verbindet Satzglieder*
im Satz der Annahme 1, 28, 30;
27, 59, *der Begründung* 4, 22; 7, 29,
im Relativsatz der Annahme 1, 23;
16, 41; 25, 3, 45, *des Zugeständ-*
nisses (tan can) 24, 24, *im Satz*
der von einem der genannten
Satzarten abhängt 7, 42; 13, 21;
31, 14.

n i e n *s. m.* I^a *Nichts* 5, 13; faire de
n. 15, 42; 27, 48, no — n. *nichts*
31, 24, *in keinem Maße* 30, 56*.

n o i h *s. f.* I^d *Nacht* 3, 37; 27, 43,
la n. *nachts* 33, 2; 41, 17, n. e jorn
nachts und tags 7, 33; 40, 7, tota
n. *die ganze Nacht hindurch* 44, 43,
de n. prionda *in tiefer Nacht*
44, 51.

n o i r i r *v.* II^b *tr. aufziehen* 40, 74.

no *vor Konsonant,* non *vor Vokal*
av. *nicht* 1, 11, 25, *usw.,* anc no,
ja no, nulh no s. anc *usw., Verbum*
unausgesprochen 6, 15; 20, 35; —
3, 27, *durch Gedankenmischung*
(*nach Komparativ*) 12, 37; 13, 13;
22, 4; 24, 36; 29, 62; 36, 8; (*nach*
blasmar) 40, 72, no-chaler, no-
jauzitz, no-saber s. chaler *usw.* —
nein oc ni no 6, 56.

no̧m *s. m..* Iᵃ *Name* (*im Gegensatz*
zur Sache) 15, 20, per nom que
in der Bedeutung daß 17, 15*.

no̧nca *av. nimmer* (*ohne* no) 17, 14.

no̧s, ˙us *pron. pers. wir, uns* 2, 27, 28
usw.

no̧stre *pron. poss. unser* 40, 59.

novȩl *aj.* I *neu* 13, 6.

novȩla *s. f.* Iᶜ *Neuigkeit* 25, 13.

nualha *s. f.* Iᶜ *Trägheit, Untüchtig-*
keit 35, 12.

nul *pron. aj.* I n. — no *kein, nicht*
irgend ein 4, 20; 6, 7, 31; 26, 19;
44, 61, n. ome no *niemand* 1, 18, 60;
3, 66; 4, 35, nula re no *nichts*
15, 31, n. *irgend ein* 6, 38; 18, 14;
31, 2, nula re *irgend ein Wesen*
4, 10.

nut *aj.* I *nackt* 8, 39; 44, 14.

O *konj. oder* 1, 56; 6, 15; 27, 51, o —
o — *entweder — oder* 1, 24; 37, 29.

o *pron. dem. neutr. auf Satzinhalt*
vorausdeutend 1, 10; 7, 52; 30, 38,
zurückdeutend 4, 6, 16; 8, 38;
16, 13; 28, 19, *bezieht sich auf*
re mai 18, 27, *auf Adj.* 29, 40,
unbestimmt hinweisend 28, 42.

oblidar *v.* I *tr. vergessen* 16, 11;
19, 52; 23, 17, sé o. *sich selbst*
vergessen 43, 3.

oblit *s. m.* Iᵃ *Vergessen* 40, 5.

obrir (o̧) *v.* IIᵃ *öffnen* 31, 23.

o̧c *av. ja,* no poder dir oc ni no 6, 56,
in der Antwort eu oc 18, 27.

ochaizô *s. f.* Iᵈ *Veranlassung, Ge-*
legenheit 36, 17, aver o. *Anlaß*

zum Vorwurf haben 9, 20, *Vor-*
wurf trobar o-s ad alcu 29, 26.

ochaizonar (o̧) *v.* I *tr.* alcu de *jd*
beschuldigen, ihm Vorwürfe machen
9, 19; 20, 36; 23, 30.

oimai(s) *av. nunmehr* 16, 6; 17, 35;
19, 13; 28, 49.

o̧lh *s. m.* Iᵃ *Auge* 1, 50, 56; 6, 41, 49;
8, 20; 15, 7; 16, 42; 25, 70; 28, 58;
29, 34; 37, 12; 39, 20; 41, 41, olhs
espiritaus 15, 47*, volh perdre˙ls
olhs del fron si . . 5, 24, ams los
olhs li don a traire si . . . 29, 23,
mos olhs claus *indem meine Augen*
geschlossen sind 29, 44, virar sos
olhs ad alcu 35, 15, de sos olhs
no˙m ve 36, 27.

o̧me *s. m.* II *Mensch, Mann* 8, 51;
19, 1, *Lehnsmann, Dienstmann*
12, 23; 20, 48; 35, 13; 42, 49, o.
lige 42, 38, ric o. 15, 42, *man*
1, 15, 47; 19, 43; (*auf bestimmte*
Person zu beziehen) 41, 44, (*ir-*
gend)*einer* 1, 27; 6, 37, o. — no,
nul o. — no *kein Mensch, niemand*
1, 18; 3, 66; 4, 35; 24, 20; 29, 33,
nul o. *irgend einer* 18, 14.

o̧n, o 14, 24?, o˙ 27, 43; 29, 18 *av.*
wo 14, 24; 31, 57; 44, 42, (*auf*
Person bezogen) 10, 14; 37, 7, on
que *wo immer* 21, 39; 42, 38,
viatge per ou 20, 17, no˙m posc
saber vas on . . . tam ben amar
pogues 5, 17, *wohin* 29, 18; 43, 56.
on mais *je mehr* 5, 21, on plus
— plus 5, 19; 30, 33, on plus —
mais 19, 7, on melhs — e peihz 7, 35,
on plus *wenn am meisten* 25, 12.

o̧ncas *av. je* 9, 10.

o̧nda *s. f.* Iᶜ *Woge;* kollektiv 44, 40.

o̧no̧r *s. f.* Iᵈ *Ehre* 2, 27; 10, 8; 12, 22;
21, 4; 22, 1, *Ehre, die man durch*
die Liebe einer Frau erhält 3, 19;
13, 16; 19, 25; 44, 22, faire o.
12, 32; 28, 14; 36, 10; 39, 30.

onrar (o̧) *v.* I *tr. ehren* 6, 45; 16, 10,
onrat paradis 20, 29.

ǫps *s. m. ind. Bedürfnis*, o. es *es ist
nötig* 3, 47, o. a *es ist nötig* 22, 3;
33, 19, a o. de *für, zugunsten von*
13, 45, a sos o. *für sie* 29, 53, a o.
d'amar *für das Lieben* 39, 24.

ǫr *s. m.* I^a *Rand* 41, 37, 38.

ǫra *s. f.* I^d *Stunde*, a las oras *bisweilen* 36, 43, a l'ora que *wann*
36, 4, ora que *wann immer* 41, 37,
en cal c'oras *wann immer* 5, 4*,
de l'or' en sai que *seitdem* 43, 18.

orgǫlh *s. m.* I^a *Stolz, Übermut,
Überhebung* 25, 62, 69; 29, 10;
42, 20, 21, aver o. 41, 33; (vas
alcu) 9, 10.

orgolhar (ǫ) *v.* I *rfl.* vas alcu
*Übermut zeigen, sich überheben
gegen* 9, 9; 25, 7; 26, 9; 42, 22.

orgolhǫs *aj.* I *hochfahrend* 3, 46;
28, 63.

ǫrs *s. m. ind. Bär* 31, 55.

ostatge *s. m.* I *Bürgschaft, Geisel*
mandar alcu o., en o. 25, 83, 87.

ostatge *s. m.* I *Wohnstätte* 20, 25.

ǫutra *praep. jenseits* 26, 38.

Päis *s. m. ind. Land* 20, *11*; 37, 2.

pantais *s. m. ind. Verwirrung, Angst,
Beunruhigung* 40, 25.

paǫr *s. f.* I^d *Furcht* 1, 14; 6, 35;
22, 25; 31, 43, aver p. que 13, 34;
41, 55, faire p. 7, 17; 19, 30, perdre
vergonha e p. 13, 52, per p. reman
21, 38, si no fos per p. 39, 22.

par *aj.* II *gleich, gleichgeartet*, non
ai p. ni engal 41, 39, tot p. a p.
40, 63. — *s. f.* I^d *Weibchen* 40, 3.

paradis *s. m. ind. Paradies* 37, 4;
~ 20, 29.

paratge *s. m.* I *Geschlecht, Art*
42, 18.

paraula *s. f.* I^c *Rede* 23, 46; 39, 51;
plur. 1, 39; 4, 32.

parǫisser *v. def. intr. erscheinen*
24, 2.

parǫn *s. m.* I^a *Verwandter* 17, 29;
27, 20.

parer *c.* VI *intr. erscheinen, zur
Erscheinung kommen* 3, 4; 5, 2;
10, 2; 39, 1; 41, 1, *scheinen, erscheinen (als, wie) mit Subst.* 1, 20;
43, 33; 44, 4, *mit Adj.* 8, 40;
28, 62; 40, 30; 42, 26, *scheinen
daß* 20, 19. p. de *herzukommen
scheinen von* 39, 52*.

parladura *s. f.* I^c *Rede (hier verächtlich)* 13, 50.

parlar *c.* I *intr. sprechen, reden*
1, 16; 13, 44; 19, 47; 40, 18, p. de
21, 6; 23, 44; 39, 27. — *s. m.* I^a
Reden 17, 60; 40, 56.

parler *aj.* I *der redet*, sé faire
parlers *geschwätzig sein* 33, 12.

part *s. f.* I^d *Seite* 30, 13, vas cal que,
autra p. 13, 10; 24, 15; 31, 8, daus
totas partz 39, 7, calque part que
m'esteya 42, 54.

part *praep. jenseits (örtlich)* 10, 51;
26, 39, *(zeitlich) über hinaus*
26, 48.

partida *s. f.* I^c *Teil, Anteil* 23, 19.

partimǫn *s. m.* I^a *Trennung* 30, 35.

partir (*1. praes. ind.* part 40, 73,
partis 37, 9) *v.* II^a^b sé p. *scheiden,
sich trennen* (de) 2, 44; 12, 13;
20, 30; 30, 43; 33, 38; 40, 73;
43, 53, *intr. scheiden* 37, 9, 54,
mos cors mi vol de dol partir
14, 9; 25, 20, partit de Deu 13, 53.
— *s. m.* I^a *Scheiden, Abschied*
17, 48.

parvǫn *aj.* II *offenbar, sichtbar,
kenntlich* 31, 41, faire p. 27, 12,
sé faire p. *zeigen* 3, 65. — *s. m.*
I^a *Aussehen, Anschein* 15, 20.

parvǫnza *s. f.* I^c *Anschein* 30, 29.

passar *v.* I *intr. vorübergehen (im
Raum)* 29, 44; *(in der Zeit)* 4, 54.

pascǫr *s. m.* I^a *Osterzeit, Frühjahr*
28, 1.

pasmar *c.* I *intr. vergehen* 40, 67*.

patz *s. f. ind. Friede* 22, 39; 35, 8.

paubramǫn *av. ärmlich* 10, 33.

paubre *aj.* I *arm.* — *s. m.* 42, 18.

pauc *aj.* I *klein, wenig* 3, 3. — *s. m.*
I^a *bez. neutr. Weniges* 17, 13;
39, 45, us paucs de jauzimen
10, 19, ab p. de 5, 14, per p.
beinahe 4, 21, per p. no *beinahe*
16, 12, per p. — no *kaum* 39, 21;
41, 28, *Wenige* pauc (*sing.*) de
cortes 22, 20, ab paucs d'amics
39, 14, *adv. gebraucht* (*zeitlich*)
13, 24; 42, 20.

pauza *s. f.* I^c (*geringer*) *Zeitraum*
4, 40.

pauzar *v.* I *intr. ruhen, zur Ruhe
kommen* 4, 45; 18, 4.

pę *s. m.* I^a *Fuß* 26, 35, en pes *auf
den Füßen stehend* 20, 40, no·m
volh d'a sos pes mover 42, 41.

pechat *s. m.* I^a *Sünde* 28, 48;
30, 32.

pęihz *av. schlechter* 28, 26 (= 28, 42).
— *subst.* p. traire *Schlimmeres
erdulden* 7, 35.

pęira *s. f.* I^c *Stein* 16, 40.

pęis *s. m. ind. Fisch* 12, 8.

pęna *s. f.* I^c *Pein, Qual* 2, 26; 25, 74;
28, 17; 35, 24; 40, 66; 44, 45, a
penas *kaum* 29, 13.

penar *v.* I *rfl. sich bemühen* (38, 26).

pęndre *v.* III *tr. hängen* 4, 21.

penedęusa *s. f.* I^c *Buße* 30, 31.

penędre (*1. praes. ind.* penet 42, 44,
3. kondit. penedera 10, 26) *v.* III
tr. bereuen 42, 44, *rfl. Reue empfinden* (de) 10, 26.

pęnre (*1. praes. ind.* pren 6, 26;
3. praes. konj. prenda 19, 26; 26, 21,
prenha 3, 7; 18, 21) *v.* V *tr. nehmen*
(*bei der Wahl zwischen mehreren*)
6, 26; 22, 48, p. alcu per servidor
31, 50, p. alcu a merce 19, 26,
fangen 16, 7, *gefangen nehmen* ∼
5, 15; 10, 10; 12, 15; 22, 52; 29, 57;
31, 21, *rfl.* sé p. (en l'ama) *sich
fangen* 12, 9, p. cosselh 17, 10,
cura 13, 5; 44, 19, esgardamen
13, 18; 27, 56, esmansa 1, 53, bon
uzatge 20, 23, venjansa 45, 27,

cossi que vostr'om mal prenda
26, 21, *objektlos* 15, 21; 30, 21*.
tr. oder intr. entstehen (dols,
enveya, merces, pietatz, talans
m'en pren) 3, 50, 52; 10, 12; 15, 9;
17, 57; 18, 21; 42, 32.
subjektlos: ergehen enaissi·m
pren 3, 7.

pens- *s.* pes-.

per (pel 10, 3; 20, 9; 33, 1, pels 24, 3)
Praepos. A) *örtlich: durch, hindurch, über* — *hin* 41, 30; 9, 2;
10, 3; 20, 17; 24, 3; 40, 20; 41, 3;
44, 50.
zeitlich: lo tems vai per jorns,
per mes e per ans 30, 2.
∼ *vermittelnde Persönlichkeit,
tätiger Urheber* 10, 40; 8, 47; 16,
10, 33; 24, 22; 25, 56; 35, 5,
B) *für, an Stelle von*: non ai
de sen per un efan 31, 45, chascus
per se 22, 18, per me·us o die
12, 34, penre per servidor 31, 50,
gazanhar be per mal 41, 48, —
3, 48; 5, 8; 6, 20; 20, 42; 22, 17.
C) *Veranlassung, Mittel* 6, 30;
7, 18, 51; 8, 38; 9, 44; 10, 7, 39;
16, 17, 28; 21, 38, 55; 22, 45; 26, 31;
33, 1, *Art und Weise* 1, 45; 10, 28;
21, 10; 25, 49, *Veranlassung, Zweck:
um — willen* 1, 5, 12, 39; 4, 55;
6, 35; 7, 48; 8, 45; 9, 14, 37 *usw.*,
per Deu, per amor de Deu 9, 26;
10, 17, per ver *wahrlich* 43, 41. —
per aisso *deshalb* 7, 3; 29, 21,
per so — car 1, 7, per pauc (no)
beinahe s. pauc, per far *um zu
tun* 29, 20; 31, 12.
per que *weshalb* (*direkte Frage*)
7, 38; 36, 9; 40, 18, (*indirekte
Frage*) 17, 34, (*relativ*) 1, 37; 7, 8;
31, 20.

perdô *s. m.* I^a *Verzeihung*, en p.
vergebens 10, 13; 30, 18.

perdonar (ǫ) *v.* I *tr. verzeihen*
6, 40; 9, 21, *objektlos* 23, 54;
42, 46.

382

pęrdre *r.* III *tr. rerlieren, Verlust
erleiden* 39, 46; 42, 48, *(die Geliebte) verlieren* 3, 60; 8, 6; 45, 32,
be m'an perdut 12, 1, p. Den
s. Deu, perdre·ls olhs 5, 24, p.
benanansa, dormir, joi, valor *etc.*,
8, 55; 13, 52; 22, 45; 25, 62; 30, 8;
35, 42; 41, 19; 45, 6, p. afan, amor,
preyar 12, 33; 29, 52; 30, 12. —
sé p. *sich selbst verlieren, zu
Grunde gehen* 40, 11; 43, 23.

pero *konj. aber, indes* 7, 50; 10, 34;
13, 26; 19, 19; 25, 51, mas p. 23, 45.

pertraire *r.* V *tr. bereiten? darstellen?* 8, 26 (s. *S.* 49).

pęs *s. m.* I *ind. Denken,* mal p. 35, 1;
44, 41.

pessamęn *s. m.* Iª *Denken, Sorge*
6, 10; 27, 57, venir en p. *einfallen*
17, 24.

pessar, pensar (ę) *r.* I *intr. denken,
sorgen* 7, 33, (d'alcu) *denken an
jd.* 16, 2; (d'alcuna re) *denken an
etwas* 25, 46, *auf etwas bedacht
sein* 19, 41; 41, 8; 22, 18, sé p.
que sich denken daß 3, 7, sé p.
d'alcu que 8, 4. — *s. m.* Iª 41, 24.

pessat *s. m.* Iª *Denken, Gedanken*
6, 13.

pensęr *s. m.* Iª *Denken* (41, 24 *Var.*).

pensiu *aj.* I *gedankenvoll* 33, 4.

petit *aj.* I *klein* 4, 40; 33, 10. —
s. m. Iª *wenig* 25, 65; 43, 10;
44, 38.

peyǫr *aj.* II *schlechter, schlimmer*
2, 42; 25, 44; 29, 38. — *s. m.* Iª
d'amor tot lo p. 13, 45, *neutr.*
aver lo p. *übler daran sein* 30, 11.

pezansa *s. f.* Iᶜ *Beschwer, Leid*
1, 30; 25, 33; 44, 32; 45, 13.

pezar (ę) *r.* I *intr. leid sein* 5, 25;
14, 23, — 12, 24; 22, 55; 25, 3;
35, 9. — (car, si) 15, 28; 31, 58;
40, 45. — *subjektlos* peza li de
7, 27; 21, 2.

pic *aj.* I *bunt, schillernd,* ∼ *unzuverlässig* 24, 25.

pietat *s. f.* Iᵈ *Mitleid* 3, 52; 30, 39.

plá *aj.* I *eben*, via plana *geraden-
wegs* 22, 61, *glatt. zart* 30, 51*,
razo plana *gerade klare Rede*
37, 55, per p. essai *nur um zu
versuchen* 10, 28.

plá *s. m.* Iª *Ebene* 23, 16.

plai 10, 49; 17, 27; 18, 20, plaib 8, 3
s. m. Iª *Rechtshandel* ∼ 6, 12;
17, 27, mandar ad alcu fin e p.
Frieden und Vertrag 29, 50, metre
en p. *beschäftigen mit* 25, 80, sé
metre en p. *sich bemühen um* 8, 3;
10, 49; 16, 14, querer p. (ad alcu
de) *sich beklagen* 18, 20.

plaideyar (ę) *r.* I *intr.* ab alcu
mit jd. verhandeln 42, 49, *tr.* alcu
*einen Handel mit jd. anfangen,
ihm Vorwürfe machen* 29, 25.

planher *r.* V *intr. klagen* 7, 34;
25, 61; 28, 7, sé p. de *sich beklagen über* 19, 45; 27, 54.

plasmar *s.* pasmar.

plazęn *aj.* II *gefällig* 3, 22.

plazęr (3. *praes. ind.* plai 7, 51;
36, 19; 37, 56, platz 22, 55; 24, 37;
35, 10, 3. *praes. konj.* playa 7, 54)
gefallen 3, 29; 7, 51; 9, 6; 12, 24;
13, 16; 17, 55; 18, 28; 19, 26;
22, 50 *etc.* — *s. m.* Iª *Gefallen*
2, 23; 4, 26; 10, 25; 25, 57; 40, 52;
42, 40; 43, 51, *das was gefällt*
21, 48; (*plur.*) 1, 59; 3, 27; 12, 45.

plê *aj.* I *roll* 44, 1.

plevir *r.* IIª *tr. verbürgen* 36, 48,
ome jurat e plevit 33, 31.

pleyar (ę) *r.* I *tr. biegen, rfl.* 29, 17.

plǫr *s. m.* Iª *Weinen* (2, 21).

plorar (ǫ) *r.* I *intr. weinen* 3, 56;
25, 70; 28, 7; 31, 19; 44, 70, *Gegensatz zu* chantar 36, 3, *tr.* pl. aiga
dels olhs 6, 49.

plǫya *s. f.* Iᶜ *Regen* 27, 3; 44, 5.

plus (pus 44, 45*) *av. mehr* 6, 47;
24, 36; 31, 3, *mehr, weiter* 4, 47,
am meisten 15, 38; 25, 8, 68; 27, 9;
42, 22, can p. *wenn am meisten*

4, 13, *wenn noch so sehr* 9, 9;
tan no — que p. no 4, 30; com p.
je mehr 21, 57; on p. s. on. —
Adj. steigernd 1, 63; 3, 2; 6, 52;
7, 32 *etc.* — *s. m. ind. mehr* 21, 39;
37, 13, 29; 43, 43, al p. qu'ilh pot
45, 42, lo plus (*als das Küssen*)
13, 18*.
pluzọr *s. m.* li p. *die meisten
Menschen* 6, 19.
podẹr *v.* VI *tr. können (mit Infinitiv)* 1, 24, 36, 47; 3, 30; 4, 35
usw., d'ome qu'es aissi conques,
pot domn' aver almorna gran
kann sie = sollte sie 31, 48*, *mit
zu ergänzendem Inf.* 4, 14; 17, 6;
21, 35; 27, 29, ieu que'n posc mais?
31, 21, *objektlos* d'aitan com poira
5, 26, s'ilh podia 45, 40, al plus
qu'ilh pot, m'enausa 45, 42. —
s. m. I*ª Vermögen, Kraft* 15, 8,
de mo p. *nach meinem Vermögen*
10, 32, aver en p. 21, 56; 42, 10, 47;
45, 24, aver p. dè, que 4, 23; 25, 10;
43, 17, metre fors'e p. a 31, 6.
poderọs *aj.* I *mächtig, in der Lage
(zu tun)* 28, 64.
Pọi *s. Eigennamen.*
pọis *adv. hernach* 6, 53; 7, 34; 28, 63,
pois — pois que 31, 14. — *konj.
nachdem* 30, 45; 31, 15 (pois que),
seitdem 28, 25; 45, 6, *wenn* 12, 33;
22, 21, *da* 6, 25, 33; 7, 28, 56;
9, 12; 10, 15; 31, 31.
poizonar (ọ) *v.* I *tr. jdm einen
Zauber(liebes)trank geben* ～ 8, 21*.
pọn *s. m.* I*ª Brücke* 43, 38.
portar (ọ) *v.* I *tr. tragen* 31, 36, en
p. *wegtragen* 39, 11, p. la chanso,
lo vers ad alcu 4, 63; 6, 62; 10, 50;
23, 57, messatge 23, 50, port sa
beutat el cor 24, 39, p. amor ad
alcu 28, 27; 41, 15, *ertragen (afan)*
40, 10.
poyar (ọ) *v.* I *intr. ansteigen, sich
erheben* ～ 43, 40; 44, 7* (42, 4*).
prat *s. m.* I*ª Wiese* 7, 9; 23, 15; 24, 3.

prẹc *s. m.* I*ª Bitte* 41, 12, *das Bitten*
43, 50.
preizô *s. f.* I*d Gefängnis* ～ 9, 18;
20, 45; 22, 51.
preọn, priọn *aj.* I *tief* 26, 39, de
noih prionda 44, 51, *ar. tief* 5, 9,
li sospir de p. 43, 22.
prẹs *ar. nahe*, esser de p. 41, 50,
p. de *nahe bei* 20, 22; 26, 32;
36, 33; 44, 33.
prẹtz *s. m. ind. Preis, Wert* 40, 49,
esser de bo p. 18, 10, *Wert einer
Person* 1, 58; 13, 14; 16, 51; 44, 7,
p. e valor 2, 45, 48; 27, 39, *Ruhm*
(p. ed onor e lau) 21, 4, *personifiziert* 13, 4.
preyar (ẹ) *v.* I *tr.* p. alcuna *eine
Frau um Liebesgunst bitten* 2, 25,
28; 30, 33; — 19, 39; 40, 42, *objektlos* (2, 30), p. alcu que (*Akk.
der Person*) 3, 1; 19, 27; 27, 61;
33, 39; 36, 1, (*Objektsatz ohne
que*) 1, 37; 20, 25; 24, 33; (*Dativ
der Person*) 22, 17, e'us prec de
mo dan 45, 29. — *s. m.* I*ª Bitten
(um Liebe)* 10, 15; 12, 33.
prezan *aj.* II *tüchtig, trefflich* 21,
25, 41.
prezar (ẹ) *v.* I *tr. schätzen, wert-
halten* 35, 26; p. mens 39, 57.
prezẹn *aj. offenkundig.* a p. 6, 57.
prezẹn *s. m.* I*ª Geschenk,* dar per p.
20, 42.
prezentar (e) *v.* I *tr. darbieten,
gewähren* 37, 11, sé p. denan alcu
vor jd. hintreten 17, 40; 20, 33.
prezentẹr *aj.* I *dienstbereit* 33, 40*.
prim *s. m.* I*ª Beginn,* al p. de 40, 59.
primẹr *aj.* I *erste* 33, 33.
privat *aj.* I *vertraut* 6, 6, esser p.
de 16, 18; 22, 60, p. a 22, 24, p.
ed aizitz *eng verbunden* 33, 24,
semblan p. 35, 35.
prọ *aj.* II *tüchtig, trefflich* 1, 36;
8, 25; 28, 56; 37, 19.
prọ *s. m.* I*ª Vorteil, Nutzen* 10, 9;
pros m'es *es ist mir Vorteil, nutzt*

384

mir 22, 27; 30, 27, far so p.
6, 16, 32, aver (lo) p. de 6, 59;
7, 40: 43, 12; 45, 30. p. tener
nützen 10, 16; 15, 31; 17, 28;
26, 24; 43, 29, pel meu dan e pel
seu p. 20, 9.

proeza *s. f.* I*c Trefflichkeit* 21, 28.
prometre *v.* V *tr. versprechen* 7, 15.
prop *av. nahe,* de p. 40, 34.
pur *aj.* I *rein,* ∼ 13, 33; 18, 18.

Que 1. *Fragepronomen (Formen
masc. n.* qui, *obl.* cui, *neutr.* que,
qu' 26, 14.) *Bemerkenswerte An-
wendungen*: Amors m'en det . . .
sabetz que? 3, 27, Amors e que·us
es vejaire? 4, 1, als no sai que
dire mas . . . 25, 37, no ve qu'
amors l'atenda 26, 14, no sai de
que ni de cui (dei chantar) 29, 5,
que·m n'es si fer, si . . .? 40, 21.
2. *Relativpronomen (vor Vokal*
qu' 1, 15; 3, 19; 6, 54 *etc.,* qued
22, 34; 39, 40*; 41, 9*, *sonst von
Formen zu bemerken:* nom. s. m.
beziehungslos qui, *aber* que 13, 56,
bezogen que, *auch persönlich* 3, 64;
8, 51; 10, 20 *und* qui 7, 32, *auch
sächlich* 14, 23, *nom. s. f.* qui *auch
sächlich* 9, 17, que 4, 43; 16, 38,
auch persönlich 2, 38; 29, 19, *obl.
sgl.* cui *beziehungslos und bezogen
auf Personen* 16, 51; 25, 30; 30, 53,
aber una res per que . . . 10, 37,
que *bezogen auf Personen und
Sachen, auf Sachen auch nach
Präpos.* 10, 6; 22, 52; 33, 11, *aber*
cui 2, 45; 22, 48, *nom. pl. m. bezogen auf Personen* qui, *auch*
que 6, 2; 7, 26, *auf Sachen* que
6, 42).
3. *Relatives Adverb.* (tro)aras
que 5, 9, una mala res c'anc no·n
me vale Deus 14, 12, aicel jorn
que 15, 47; 25, 45, tals . . . qu'eu
n'ai dos tans 33, 14, cen aitans
qu'eu no sai dir 21, 34.

4. *Konj. als, nach Komparatir*
2, 9, 28; 3, 47; 4, 10; 6, 36 *usw.*
5. *Konj. daß (vor Vokal* qued
s. 9, 6*; 39. 40*, *bez.* ques *s.* 13, 39*),
Einführung des Subjektsatzes 3, 29;
4, 8; 7, 46; 8, 9, *des Objektsatzes*
1, 4; 3, 2, 50; 4, 3; 7, 42; 24, 35,
*des mit Präpos. einzuleitenden
Satzes* 1, 18, 39 *usw., der Annahme
„wenn auch" (mit konj.)* 5, 28,
der Aufforderung 19, 45; 26, 28,
*so daß, derart daß, unter solchen
Umständen daß* 6, 56; 12, 27;
31, 56; 33, 9; 42, 28, que no *derart daß nicht, ohne daß (mit Ind.)*
39, 12; 43, 48; *(mit Konj.)* 1, 19;
37, 13, nonca — c'ans no *(mit
Konj.)* 17, 16, *durch Gedankenmischung im unvollständigen Satz*
o si que no 37, 63, per nom que
s. nom.

tan que 2, 11, 28; 3, 18; 5, 7
usw., tan no — que no 17, 4,
aitan que 9, 36, d'aitan que 6, 46,
si que 6, 59; 39, 40, aissi que 3, 17.
denn 1, 15, 40; 3, 15; 4, 6; 6, 55 *usw.*
ab que, per que, pois que, sol
que *s. per usw.*

querer, querre *(Kond.* queregra
3, 48) *v.* V *tr. suchen* 16, 31; 20, 16;
43, 44, chascus auzels quer sa par
40, 3, *suchen, begehren* q. alc. re
ad alcu 6, 64; 9, 26, 29; 25, 31;
35, 14; 39, 28; 42, 16, q. *mit Inf.
wollen* 23, 44; 45, 32, q. que 3, 48;
7, 42; 9, 26.

Rai *s. m.* I*a Strahl (der Sonne)* 7, 2;
43, 2.
ram *s. m.* I*a Zweig* 9, 3; 29, 17, colh
lo r. ab que·s fer 23, 28; 42, 30.
rama *s. f.* I*c Zweig* 3, 31.
ramel *s. m.* I*a Zweig* (38, 2).
rancura *s. f.* I*c Klage* 8, 29, faire
r. d'alcu *Klage führen über jd.* 8, 52.
rancurar *v.* I *rfl. sé* r. de *sich beklagen
über, sich ärgern an* 7, 25; 12, 7.

randa *s. f.* I^c *Äußerste, Ende*, tot

randa *s. f.* I^c *Äußerste, Ende*, tot
a r. *ganz und gar* 26, 36.

rayar *v.* I *intr. strahlen* ∼ 7, 5.

razitz *s. f. ind. Wurzel* ∼ la r. del
cor 40, 8.

razô *s. f.* I^d *Recht*, razos es e mezura
13, 41, gardar dreih ni r. 20, 27,
a r. *von Rechts wegen* 30, 16, aver
r. que *mit Konj. Recht haben, zu
tun* 42, 31, *Sache, Angelegenheit*
ilh me camja ma r. 9, 33*, *Gegenstand der Rede* r. e chauza 4, 33,
no poder dire razo *nichts sagen
können* (6, 56 *Var.*), la bela r.
Rede (im Gegensatz zum Tun) 6, 60.

razonar (ǫ) *v.* I *rfl.* sé r. per (*mit
Nom.*) *sich erklären für, sich
bekennen als* 20, 48, *intr.* r. de
reden von 23, 45.

rê *s. f.* I^d *Ding, Sache*, d'una re *in
Beziehung auf etwas* 1, 17; 6, 9,
totas res *alles* 12, 28; tal, aital re
etwas derartiges 16, 25; 35, 33,
gran re *viel* 3, 4, ren al(s) *etwas
anderes* 12, 7; 41, 8, 52, nula re
nichts 15, 31, re *irgend etwas*
4, 58; 10, 25, re no, no re *nichts*
21, 25; 22, 28, re mai *irgend etwas
mehr* 18, 26, re mas — no *nichts
weiter als* 13, 30, en re *in irgend
einer Art* 29, 27, e(n) re no *in
keiner Art* 18, 15; 27, 16, re no
in keinem Maße, gar nicht 41, 18;
45, 52.

Wesen, Person 14, 11; 45, 27,
doussa res *Anrede an die Geliebte*
3, 45, autra re, re autra *ein
anderes Wesen* 3, 49; 30, 55, nula
re *irgend ein Wesen* 4, 10, re mais
irgend ein anderes Wesen 5, 18,
re no *Niemand, kein Wesen* 4, 49,
52; 36, 49.

reblandir *v.* II^a *tr. sich freundlich
erweisen, dienen* 26, 8; 39, 26.

recire *v.* V *tr. abschneiden, part.*
recis 44, 25*.

reclamar *v.* I *tr. verlangen* 3, 20.

reconǫisser *v.* VI *tr. erkennen*,
reconogutz me sui *ich bin mir
bewußt geworden* 19, 3*.

recordar (ǫ) *v.* I *tr. in die Erinnerung zurückrufen* 33, 28.

recręire *v.* III *rfl. sich lossagen
von* (d'alcu) 43, 53, *verzichten auf,
abstehen von* 19, 6; 36, 37; 41, 28;
42, 8; 43, 59, (*beziehungslos*) 29, 51.

reduire *v.* V *intr.* (a mal lignatge)
redui *führt sich zurück auf* 29, 22^e,
al r. *schließlich* 13, 25*.

reflorir *v.* II^b *intr. wieder auf-
blühen* (∼ 24, 7).

refrimar (*oder* refrinher? *s. Var.*)
v. I *intr. wiederhallen* 23, 14*.

refudar *v.* I *tr. verschmähen* 36, 40.

rẹi *s. m.* I^a *König* 5, 28; 15, 40;
17, 7; 21, 19, 50; 26, 43, 46; 33, 38;
45, 41.

rëina *s. f.* I^c *Königin* 33, 45.

rẹire *av.* traire alcu en r. *oder*
reiretraire *v.* V *tr.* alcu *jd.
rückwärts ziehen, zurückbringen*
(37, 44*?).

remanęr *v.* V *intr. bleiben* 2, 14;
13, 11; 42, 20, (*mit adj.*) 40, 40,
unterbleiben 19, 48; 21, 38 (car);
en 35, 12*, *aufhören* 1, 2; 21, 13.

remirar *v.* I *tr. anschauen* 1, 56;
9, 40, 41; 27, 32; 33, 15; 35, 19;
40, 34, *objektlos* 16, 41.

rẹndre (*bez. limousinisch* redre) *v.*
III *tr. zurückgeben* 8, 22, *geben*
(guizardo) 4, 27; (laus e mercos
e gratz) 35, 17; (so gatge) 42, 39,
rfl. sich jd. übergeben 19, 9; 26, 27;
31, 56 (42, 40?).

renhar (ǫ) *v.* I *intr. handeln, sich
benehmen* 13, 51.

renovelar (ǫ) *v.* I *intr. wieder neu,
jung werden* 40, 2.

repairar *v.* I *intr. zurückkehren*
(vas alcu) 29, 48.

repaire *s. m.* I *Wohnstätte* 44, 52.

repęnre *v.* V *tr. tadeln* (alcu) 15, 34
(31, 15?).

25

repentir (ę) v. IIª *bereuen, rfl. von etwas lassen* 37, 17.

reperdonar (ǫ) v. I *tr. hinwieder verzeihen* 9, 22.

replenir v. IIᵇ *tr. erfüllen* 40, 33.

reponre v. V *rfl. sich verbergen, vergraben* 23, 21*.

reptar v. I *tr. tadeln, Vorwürfe machen* 29, 25.

requisit *aj.* I requisitz li scrai *ich werde von ihr durch Klage zurückgefordert werden* 10, 21*.

rescǫs *aj. part.* I *verborgen*, a r. *verstohlen* 28, 51.

resô *s. m.* Iª *Wiederhall*, ∽ *Ruf* 20, 18.

respęih *s. m.* Iª *Erwartung* 7, 36, *Aufschub* 19, 32.

resperir v. IIᵇ *tr. wieder beleben* 40, 24 *.

respondre v. III *tr. antworten* 26, 11; (*objektlos*) 14, 8, per mort li respon 43, 54.

respǫs *s. m. ind. Antwort*, esser de mal r. 28, 60.

restar (ę) v. I *intr. bleiben (örtlich)* 26, 48.

retenęr (ê) v. VI *tr. zurückbehalten* alcu (*als Liebhaber*) 3, 29; 18, 28; 43, 55; 45, 44, r. los precs d'alcu 41, 12, r. alcu de *jd. zurückhalten von etwas* 16, 20.

retraire v. V *tr. darstellen, schildern (in Worten), sagen* 12, 37; 37, 25; 44, 63, *tadelnd sagen, vorwerfen* 4, 16; 7, 43; 29, 24; 43, 34, r. alcu per . . . *jd. nennen um — willen* 7, 46, sé r. *sich etwas sagen* 8, 10.

revelar (ę) v. I *intr. widerspenstig sein* 25, 23.

revelhar (ę) v. I *intr. aufwachen* 33, 3.

revenir (ê) v. VI *tr. erquicken* 17, 44; 41, 4.

reverdeyar (ę) v. I *intr. wieder grün werden* ∽ 24, 7.

reverdir v. IIᵇ *intr. wieder grün werden* 9, 2.

reviure r. III *intr. wieder aufleben* 31, 28.

revivar v. I *tr. wieder aufleben lassen* 40, 31.

revǫlver v. V *tr. sich winden um, umhüllen* 27, 36 *.

ric *aj.* I *reich* 15, 42; 24, 20, sé faire r. de *sich reich tun wegen, stolz sein auf* 21, 21, esser rics d'amor 33, 13, *erlesen* 5, 5; 7, 39; 8, 26; 35, 38. — *s. m.* Iª *Reicher* 42, 18.

ricǫr *s. f.* Iᵈ *Reichtum* 10, 35; ∽ 44, 23*.

rire v. V *intr.* (*1. Praes. Konj.* ria 45, 39) *lachen* 1, 41; 4, 57, 64; 27, 59; 35, 3; 44, 68. — *s. m.* 1 *Lachen* 30, 8.

rossinhǫl *s. m.* Iª *Nachtigall* 2, 9; 9, 4; 10, 4; 29, 1; 33, 1; 39, 3; 40, 4; 45, 11.

rossinholęt *s. m.* Iª *Nachtigall*, r. sauvatge 23, 2.

rǫza *s. f.* Iᶜ *Rose* 40, 30.

Sâ *aj.* I *gesund*, saus ni sas 30, 44.

sabęr v. VI *intr. gefallen*, s. bo 25, 4; 35, 19, *tr. wissen (Objektsatz mit* que) 1, 58; 5, 32; 6, 5; 8, 6; 9, 39, esser sabens que 5, 12, (*asynd. Objektsatz*) 2, 41; 33, 26, (*indir. Fragesatz*) 3, 62; 4, 12; 5, 17; 15, 23; 17, 25, 34; 18, 12; 25, 37; 33, 36; 37, 15; 45, 45, (*unvollst. Fragesatz*) 2, 38; 3, 27, *wissen, kennen* 4, 33; 13, 56; 17, 11, 51; 33, 8; 39, 29; 43, 9, no saber mot de *nichts ahnen von* 12, 9, saber letras *lesen können* 17, 53, no sai domna . . . c'amar no la pogues 12, 26, saber grat 45, 38, *kennen als* tan la sai bel' e bona 9, 23, si·us saubes d'un coratge 20, 14, *kennen lernen, erfahren* 8, 47; 21, 60, *zu tun wissen, tun können* 1, 59; 2, 10; 4, 25; 15, 10, 43; 16, 48; 19, 49; 21, 15; 39, 33, *Objekt zu ergänzen* 12, 20, 21.

s. m. I^a *Gefallen,* bo saber *was gut gefällt* 10, 18, *Wissen* s. e sen 6, 2; 31, 5; 42, 51, no‑s. *Unwissenheit, Torheit* 15, 15.

sabọr *s. f.* I^d *Geschmack, Gefallen* 31, 10, 26, aver s. 28, 8; 44, 71.

sai *av. hier, nach hier* 17, 3; 25, 84*, 88; 33, 22; 36, 14; 45, 51, 55, *zeitlich* de l'or' en sai 43, 18.

sainh *s. m.* I^a *Heiliger; Reliquie,* jurar sobre s‑z 17, 46.

sal *aj.* I *heil,* s. e sâ 30, 44, sela en cui lo reis seria saus 15, 40, mal s. es *es ist nicht wohl getan* 42, 25*, aver o s. *seine Mühe bei etwas nicht verloren haben* 28, 42*.

salhir *v.* II^a *intr. springen* 36, 45, ∼ 23, 3; 35, 30.

saludar *v.* I *tr. grüßen* 40, 50; 8, 54.

salut *s. m.* I^a *Gruß* (escrire, mandar, trametre) 6, 50; 12, 36*; 16, 3; 19, 15; 22, 64; 35, 43.

sanar *v.* I *intr. gesunden* ∼ 22, 6.

sauvamẹn *s. m.* I^a *Errettung* 17, 56.

sauvar *v.* I *tr. bewahren* 41, 40, 51.

sauvatge *aj.* I *wild, scheu* 19, 5; 23, 2*, *grausam* 12, 4; 42, 36.

savai *aj.* I *schlecht, hart* 7, 22; 18, 9; 37, 42, *s. m.* I^a 7, 19.

savi *s. m.* I^a *Weiser* (24, 47).

sazir *v.* II^b *tr. ergreifen* ∼ 27, 17.

sazô *s. f.* I^d *(rechte) Zeit* 20, 26; 28, 49, mauhtas s‑z *oftmals* 8, 9, *Jahreszeit* 5, 1.

sẹ, ·s *Pron. rfl.* 1, 27, 31, 39, 60 *usw.*; *betont* 36, 33, 58; 43, 23. — *Rfl. an Stelle eines Passiv* 4, 44 *Var.,* 56; 18, 8, 9.

sê *s. m.* I^a *Busen* 36, 24*.

sebelir *v.* II^b *tr. begraben* 40, 72.

sẹgle *s. m.* I *Welt* 2, 23; 7, 18; 22, 19.

segọn *praep. gemäß, entsprechend* 24, 8, 11, amors s. ricor no vai 10, 35. — *konj.* s. que *nachdem was* 24, 32.

sẹgre *v.* III *tr. folgen* (alcu) 29, 45; 42, 22; *folgsam sein* 3, 32; la folha

sec lo ven 3, 33; (l'uzatge, las volontatz *u. a.*) 19, 13; 26, 13; 35, 22, *zeitlich folgen* 22, 41, *als Folge sich ergeben* 21, 11.

segur *aj.* I *gewiß* (de) 8, 48.

semblan *s. m.* I^a *Schein, Anschein, Aussehen,* esser‑s *zur Erscheinung kommen* 16, 6, creire lo s. 29, 34, esser de bel s. 31, 29, faire s. *sich den Anschein geben* 39, 42, 53, no faire s. *sich nichts merken lassen* 35, 4, *Aussehen, Miene, Blick* 12, 5; 24, 25, (faire, mostrar *usw.*) bel s. 4, 55; 15, 37; 17, 43; 26, 18; 27, 28; 36, 53; 44, 65; (*auch aus der Ferne* 37, 36); (*plur.* bels s‑s) 21, 35; 26, 13; 33, 28; 35, 35, s. = bel s. 22, 15.

semblansa *s. f.* I^c *Anschein* 44, 28, faire s. *zur Erscheinung bringen* 25, 35; 45, 54*, per s. *dem Anschein nach* 1, 45.

semblar (ẹ) *v.* I *tr. erscheinen als* (*mit Akk.*) 44, 11, *intr. erscheinen als* (*mit Nom.*) 7, 9; 15, 46; 28, 61, s. de bon aire 29, 40.

semnar (ẹ) *v.* I *objektlos, säen* 2, 33*.

sẹn *s. m.* I^a *Sinn, Verstand* 13, 27; 15, 7; 16, 31; 17, 13; 31, 45; 35, 45, s. e mezura 8, 24; 13, 23, saber e s. 6, 2; 31, 5; 42, 51, s. e valor 10, 47; 20, 24; 27, 39, amar de tot so s. 3, 41, baizera·lh la bocha en totz sens *in allen Richtungen* 39, 39.

sẹnh (*nom.* sẹns) *s. m.* I^a *Zeichen* 39, 40.

senhọr *s. m.* III *Herr* 12, 42; 23, 39; 31, 51; 39, 14, *Anrede* apelar alcu s. 13, 43, mo s. lo rei 21, 50, *Anrede an die Zuhörer* 6, 1; 28, 9; 36, 1.

senhoratge *s. m.* I *Herrschaft, Gewalt* 20, 41; 23, 42; 42, 15.

senhoreyar (ẹ) *v.* I *intr. Herr sein* ∼ 5, 7*.

senhoria *s. f.* I^c *Herrschaft* 21, 31.

25*

sens *s.* cenher.

sentir (ẹ) *v.* II^a *fühlen, empfinden* 3, 66; 10, 20; 27, 16; 31, 9; 37, 3; 40, 75, s. entre sos bratz 24, 35, s. que ... 5, 12, sé s. *sich seiner bewußt sein* 27, 30. — *s. m.* I^a *Fühlen* 40, 23.

sẹr *s. m.* I^a *Abend* 10, 4; 45, 9.

sẹr *s. m.* I^a *Knecht* (24, 44).

serê *aj.* I *heiter* (tems) 41, 2.

servidọr (*n. s.* servire 12, *23*; 27, *58*; 35, *13*) *s. m.* III *Diener* 31, 50.

servir (ẹ) *v.* II^a *tr. dienen* (alcu) 16, 33; 23, 33, 36, *rfl. statt Passiv* amors se vol soven servir (14, 27), *intr.* ad alcu 10, 32; 13, 37, *unbestimmt ob tr. oder intr.* 1, 24; 13, 42; 30, 18; 31, 51. — *s. m.* I^a *Dienen* 10, 16; 23, 37.

servizi *s. m.* I *Dienst* 6, 38; 33, 30.

sẹs, senes 1, 57 *praep. ohne* 1, 14; 3, 62; 20, 18; 21, 29; 22, 40; 28, 22; 39, 14, *abgesehen von* 35, 8, esser ses 13, 55, ses aucire *ohne daß man tötet* 12, 25.

setmana *s. f.* I^c *Woche* 22, 38; 37, 53.

sẹu, *f.* sua 8, 56 *pron. poss. betont, sein* 1, 47; 6, 41; 17, 43; 19, 27 *usw.*

si, s' *konj. wenn* (*mit Ind.*) 1, 30; 5, 23; 6, 13, 21; 7, 42, 45, 59 *etc.* (*mit Konj.*) 2, 41; 18, 25; 20, 2, 8; 22, 44, 50 *etc.*, wenn *auch* 29, 61, si no *wenn nicht* 1, 24, 44; 3, 52; 4, 48 *etc.*, si tot *obwohl* (*mit Ind.*) 3, 65; 22, 3, 25; 27, 7, mais — que si *mehr als wenn* 19, 36, com si *als ob* (*mit Konj.*) 25, 32. — *ob* (*indir. Frage*) 20, 35; 45, 3, 46, (*indir. Frage als direkte*) 7, 16*, 46; 18, 26.

si *av. so* 1, 9; 7, 11; 18, 5; 27, 17, e si *und auch* 33, 34, si com 21, 53; 28, 24, si que *so daß* 6, 59; 8, 16; 23, 4; 26, 37; 27, 47, *vorgestellten Gegensatz einleitend* 10, 47; 13, 24; 39, 22.

sidọns *s. f. ind. seine Herrin* 7, 57; 23, 53.

sivaus *av. wenigstens* 8, 7; 15, 12; 44, 27.

so *pron. dem. neutr. dies, das* (*zurückweisend*) 1, 26; 24, 23, (*vorausweisend auf Objekt- oder Subjektsatz*) 9, 16; 29, 15; 30, 40; 36, 16, *determ.* so que *das was* 3, 22; 6, 54; 15, 34; 16, 7; 27, 52, (*auf Person bezogen*) 1, 15; 22, 54; 25, 8, 68; 42, 13, per so (que, car) *deshalb* 1, 7; 9, 11; 12, 21; 15, 5; 37, 23, *damit* 29, 43.

sô, *f.* sa, s' *n. pl. m.* sei 29, 32 *pron. poss. unbetont sein, ihr.*

sô *s. m.* I^a *Singweise* 27, 6; 30, 25.

soan *s. m.* I^a *Nichtachtung* (tornar, metre en s.) 14, 22; 45, 22.

soanar *v.* I *tr. nichtachten, verschmähen* 22, 58; 36, 40; 37, 51.

sobrâ *aj.* I *überlegen, vorzüglicher* 22, 5, 7.

sobrar *v.* I *tr. überwinden* (8, 14 Var.), *intr. im Überfluß vorhanden sein* 40, 35.

sọbre *praep. auf* 17, 46; *über hinaus* ~ sobrâ s. 22, 8, de sobre *auf* 44, 44.

sobrepẹnre *v.* V *tr. überraschen* 26, 45, alcu de *jd. anschuldigen, jdm etwas vorwerfen* 16, 15.

sobrẹr *aj.* I *im überreichen Besitz* (de) 33, 13.

sobresenhoreyar (ẹ) *v.* I *tr. ganz in der Gewalt haben* 42, 11.

socọrre *v.* V *tr. helfen* 19, 23.

socọrs *s. m. ind. Hilfe* 22, 49.

sofertar (ẹ) *v.* I *rfl. sich gedulden, verzichten auf* (de) 39, 31.

sofranher *v.* V *intr. mangeln, fehlen* 19, 40; 25, 71; 41, 40.

sofridọr, *n. s.* sofrire 9, *43*; 27, *14*; 35, *9 s. m.* III *Dulder.*

sofrir (1. *Praes. ind.* sofris 1, *10*) *v.* II^a b *tr. dulden, ertragen* 9, 44; 28, 19; 35, 8; 36, 42; 44, 47, (car)

1,10, s é s. de *sich enthalten von* 1, 60; 13, 1 (39, 31 *Var.*). — *part. praes.* sofren *einer der duldet, daß die Geliebte mit anderen Umgang hat* 6, 20.

sojǫrn *s. m.* I[a] *Ruhe* 2, 8.

sojornar (ǫ) *v.* I *rfl. Kurzweil haben* 12, 6; 37, 49*.

sǫl *aj.* I *allein* 10, 42; 15, 49; 30, 42; 39, 41, *zwischen Präpos. und Subst.* ab sol 7, 31; 27, 28, de sola 7, 40, *av. allein* 37, 11, 60, *auch nur* 4, 22 *Var.*; 40, 42, 50, sol no *nicht einmal* 27, 30, sol *mit Konj. wenn nur, wofern nur* 15, 45; 19, 47; 30, 49; 31, 39; 41, 51, sol que *mit Konj. wenn nur* 1, 3; 4, 31; 41, 40, ab sol que *mit Konj. wofern nur* 9, 7; 39, 55.

solamęn *av. allein, nur* 3, 21.

solatz *s. m. ind. Trost, Unterhaltung* 13, 9, *Freundlichkeit des Benehmens* 17, 59; 37, 45, *Freude, Lust (im Verkehr)* 21, 8; 22, 31, 25, 64; 35, 2.

solęlh *s. m.* I[a] *Sonne* 7, 1.

solelhar (ę) *v.* I *intr. leuchten, glänzen* 7, 4.

solęr (ǫ) *v. defekt. pflegen* 21, 3; 25, 16; 27, 18; 40, 19; (*praes. in praet. Bedeutung*) 25, 64; 29, 62; 40, 39; 41, 25; 43, 27.

sonar (ǫ) *v.* 1 *intr. tönen, widerhallen* 23, 14, *tr. s.* alcu *jd. ansprechen, zu ihm sprechen* 21, 36*.

sopleyar (ę) *v.* I *intr. flehen (vas* alcu) 24, 15.

sordęis *av. übler* ... sordeis o aya sal 28, 42, *subst.* tot per s. d'amor 13, 53*.

sordeyar (ę) *v.* I *intr. schlechter werden* 7, 8, *sich schlechter befinden* 7, 7.

sǫrt *s. f.* I[d] *Los (durch welches das Geschick geweissagt wird)* 25, 26.

sospir 43, 22, sospire *s. m.* I *Seufzer* 4, 53; 44, 72.

sospirar *v.* I *intr. seufzen* 7, 34; 9, 38; 31, 19; 40, 7, s. per 9, 37.

sostenęr *v.* VI *tr. aushalten, erdulden* 2, 26.

sostraire *v.* V *tr. schmähen (oder: entziehen?)* 18, 16*.

sotil *aj.* II *zart, schlank* 27, 37.

sotlar *s. m.* I[a] *Schuh* 26, 33.

sǫtz *praep. unter* 8, 37; 9, 4; 24, 14; 25, 19; 28, 36.

sotz m â: a sotzmana *heimlich* 37, 47*.

sovęn *av. oft* 3, 43, 56; 16, 39; 29, 25; 36, 18.

sovenir (ê) *v.* VI *intr.* me sove de *ich erinnere mich an* 2, 37; 3, 6, 60; 8, 18; 36, 20; 41, 20, (com) 16, 9.

suan *aj.* II *sanft, lieblich,* lo tems s. 13, 2. — *av. sanft, lieblich* 21, 36, *sacht, leise* 29, 37.

sus *praep. auf* 44, 40 *Var.*, de sus de *von herab* 42, 39.

Tâ *av.* so 40, 36 (*vielleicht auch an anderen Stellen* tan *als* tâ *aufzufassen*).

tafur *aj.* I *schurkisch* 8, 45.

täinar *v.* I *intr.* me taina car *ich erwarte mit Ungeduld daß* 18, 29.

tal *aj.* II *solch* (t. que, don) 1, 62; 4, 19; 12, 31; 16, 25; 19, 9; 21, 17 etc.; (*mit asynd. Bestimmung*) 8, 31; (t. per que ...) 27, 27, *dem Subst. nachstehend* 12, 44. — *Subst. m.* I[a], *f.* I[d] t. que *ein solcher welcher, daß, eine solche welche, daß* 17, 7; 20, 12, *manch einer, der* 21, 14; 33, 12; 36, 25, tals n' i a que 41, 33.

talan 4, 50; 15, 9; 21, 1; 26, 12; 30, 4; 36, 54; 56, 59; 37, 34, talen 3, 30; 5, 20 *s. m.* I[a] *Sinn, Gesinnung* 30, 4, aver bo t. de 18, 23, aver bo, fi t. ad alcu 4, 50; 28, 32, aver mal t. 29, 36, *Sinn, Neigung, Lust* 18, 2; 26, 12; 31, 16; 35, 25; 39, 18; 44, 68, *Verlangen, Sehnen* 36, 54, 59, morir de t. 37, 34; 45, 8, *Verlangen, Wunsch* 5, 20; 15, 9;

21, 1, far so t. d'alcu 3, 30, dar
cor e t. 17, 5; 36, 56.

t a l h a r *v.* I *tr. schneiden, schnitzen*
39, 23.

t a u *aj.* I *so viel (Plural)* 8, 1, *so
manch (Sing.)* 8, 2. — *s. m. so viel*
4, 59 (*mit Gebärde des Wenigen*),
dos taus *zweimal so viel* 33, 14,
um zweimal so viel 30, 11, t. de
(*mit Subst.*) 2, 27; 13, 16; 19, 25;
21, 23; 25, 33; 26, 15, *so vieles*
(que *daß*) 2, 10; 27, 30, *Einleitung
des Objektsatzes* 35, 39; 42, 46,
(*zeitlich*) *so lange* 28, 19, t. can
so viel wie 12, 40, (*räumlich*) *so
weit wie* 24, 24, t. com *so viel wie*
19, 43, *so lange wie* 33, 35; (*mit
Konj.*) 30, 44.

   av. so, so sehr, beim Adj. 1, 12;
2, 26; 6, 8, 40; 8, 26; 9, 43; 10, 20
etc., *beim Adv.* 6, 42; 7, 58; 10, 33
etc., *beim Verb* 3, 18, 56; 4, 52;
9, 30; 17, 3; 21, 2, *beim Verb mit
Adj.* 3, 34; 5, 6; 7, 2; 9, 23 *etc.,
beim Verb mit Adv.* 16, 33; 27, 10,
t. — *per que* 31, 20.

t a n h e r *v.* V *rfl. sich ziemen* (14, 15).

t a r t *av. spät* 19, 11.

t a r z a r *v.* I *tr. hinhalten* (son amic)
39, 50.

t a z e r *v.* VI? *intr. schweigen* 40, 47.

t e *s.* tu.

t e c h i r *v.* II *tr. wachsen machen,
gedeihen machen, fördern* 40, 36*.

t e m e r *v.* V *tr. fürchten* 27, 3; (alcu)
45, 31; (*die Geliebte*) 15, 43, (que)
3, 51, (*mit Inf.*) 1, 15, *objektlos*
10, 39; 30, 21, sui temens del anar
39, 58.

t e m s *s. m. ind. Zeit* 30, 1; 39, 46,
aquel t. *zu der Zeit* 5, 7, *Jahreszeit* (t. doutz, florit, clar e serê,
suau, de pascor) 7, 10; 13, 2; 27, 8;
28, 1; 40, 2; 41, 2, *s.* tostems.

t e n d r e *v.* III *tr. hinreichen* 26, 35.

t e n e n, a un t. *auf einmal, sogleich*
17, 21*.

t e n e r *v.* VI *tr. halten, festhalten*
4, 14; 17, 2, *besitzen* 33, 11; 45, 16,
t. alcu car no (*mit Ind.*) *jd. ab-
halten (zu tun)* 21, 52, *an einem
Ort halten* 41, 22, *in einem Zustand halten* 5, 10, 16; 7, 11; 10, 48;
12, 14, 15; 17, 4; 18, 5, 11; 44, 39,
t. pro s. pro, *halten, schätzen ad*
afan, a vilania 28, 20; 45, 50, t.
char (*adv.*) 19, 53; 39, 25, t. vil
42, 19, *halten, meinen* (que) 1, 4,
halten für t. per (*mit obl.*) 6, 19;
23, 23; 24, 12; 27, 15, 21, — *rfl.*
sé t. ab amor (2, 16), sé t. de guiza
sich geziemend halten 44, 18, sé
t. de far *sich enthalten* 21, 15;
43, 11, per pauc me tenc que no
(*mit Ind.*) 39, 21. — *intr. reichen*
24, 24.

t e n s o n a r (ọ) *v.* I *intr. streiten* (ab
alcu) 23, 53.

t e r m i n i *s. m.* I *Termin* 19, 30,
Jahreszeit 26, 4.

t ẹ r r a *s. f.* Iᶜ *Land* 5, 30; 26, 38;
45, 47, *Erde* 24, 24.

t e z ọ r *s. m.* Iᵃ *Schatz* 41, 21.

t i r a r *v.* I *tr. ziehen* 26, 41; 31, 7,
verdrießen 18, 15*.

t ọ l r e (*1. Praes. ind.* tolh 25, 72;
41, 19, *3. Praes. ind.* tọl 27, 63,
part. tọut 2, 48; 29, 15, tolgut
8, 7) *v.* VI *tr. wegnehmen* 17, 60;
27, 25; 42, 51; (*aus der Welt*)
2, 48, so m'a tout tot mon afaire
que 29, 15, *eine Person wegnehmen* 43, 13, (*die Geliebte*) 8, 7;
9, 14; 42, 52, *rfl. sich etwas wegnehmen* (joi, dormir) 25, 72; 41, 19,
sich entziehen (ad alcu) 9, 13;
(d'amor) 24, 9; 25, 9, *aufhören*
(de faire) 42, 10, *objektlos* 27, 63.

t o r n a r (ọ) *v.* I *tr. wenden; an einen
Ort, in einen Zustand versetzen*
20, 28 (*zurückversetzen*); 41, 32;
42, 34, t. en soan, en no-chaler
14, 22; 42, 27, *rfl. sich drehen,
wenden* 27, 31, *intr. zurückkehren*

2, 11; 12, 3; 16, 19; 22, 63; 25, 84, 88, *sich wenden zu, ausschlagen zu* (a plazer, a dan, en error, en no-chaler) 10, 25; 13, 25; 21, 8; 39, 36.

tǫrt *s. m.* I^a *Unrecht* 6, 40; 18, 20; 23, 30; 29, 24, 30, *pl.* 8, 32, aver t. 3, 20; 9, 21; 16, 30; 20, 35; (ad alcu) 10, 29; 25, 32, faire t. ad alcu 17, 33, a t. *zu Unrecht* 30, 38.

tǫst *av. schnell, alsbald* 4, 53; 18, 30; 40, 24.

tostǫms *av. immer* 3, 14; 15, 12; 24, 37; 30, 54.

tǫt *pron. ind. aj.* I *ganz* 3, 41; 6, 59; 17, 22, tota gens 5, 29, *alle* 1, 8; 2, 13; 6, 48; 8, 32; 9, 24 *etc.; jeder* 4, 37; 5, 13; 13, 42, t. jorn 4, 42; 29, 11, totz tems *s.* tostems, — *aj. statt av. ganz und gar* 12, 18; 25, 34; 27, 10; 33, 3, me t. sol 10, 42, *beim Superl. aller-* 13, 45; 22, 34 *Var.*

    av. 13, 53; 26, 36; 28, 37; 44, 2, s. si tot.

    subst. m. plur. alle Menschen 5, 32; 10, 41, totas *alle Frauen* 5, 34; 37, 9, *neutr. Alles* 16, 28; 27, 60, t. can *alles was* 8, 27; 21, 28; 23, 13; 24, 38, lo t. 6, 30, del t. *ganz und gar* 16, 35, per t. *überall* 22, 21; (*an alle Personen*) 19, 15.

träidor *s. m.* III *Verräter* 28, 11, *adj. verräterisch* 6, 41.

träir (*3. Praes. ind.* träis 22, 54, *3. Praet. konj.* träis 1, 42, *Part.* träit 4, 15; 12, 35; 23, 27; 27, 24; 40, 13, 69; 45, 35*) *v.* II^b *tr. verraten.*

traire (*1. Praes. ind.* trai 7, 35; 17, 11; 25, 74, *1. Praes. konj.* traya 7, 38, *Part.* traih 8, 19) *v.* V *tr. ziehen, ausziehen* (los sotlars) 26, 33, *hinziehen* 31, 3, *ausreißen* (los olhs, lo cor) 29, 23; 36, 23, ~ t. de mort *aus dem Zustand*

des Todes ziehen? (38, 30*), t. d'ira 8, 19, *erdulden* mal t., t. mal 4, 8; 7, 38; 10, 20; 17, 11; 44, 60, t. peihz 7, 35; t. pena 25, 74; 44, 45.

träiritz *s. f. ind. Verräterin* 23, 26.

tramętre *v.* V *tr. übersenden, schicken* 6, 51; 12, 36; 17, 49; 19, 15; 31, 58.

trassalhir *v.* II^a *intr. erzittern* (*vor Liebe*) 13, 19.

trassio (*Var.* träizo) *s. f.* I^d *Verrat* 28, 61.

trebalha *s. f.* I^c *Pein* 35, 46.

tremblar (ę) *v.* I *intr. zittern* (*vor Furcht*) 31, 43.

treucar (ę) *v.* I *tr. schneiden, objektlos* 40, 75.

trẹs *num. drei* 2, 22.

trespassar *v.* I *intr. sterben* 40, 76.

triar *v.* I *tr. auslesen* 40, 27, *erkennen* 39, 35, trian *auslesbar, kenntlich* 31, 33*.

trichadǫr (*n. s.* trichaire 29, 16; 37, 27) *s. m.* III *Betrüger* (*in der Liebe*) 31, 35.

trichairitz *s. f. ind. Betrügerin* (*in der Liebe*) 2, 47.

tro *praep. bis,* t. aras que 5, 9, t. part calenda 26, 48. — *Konj. bis daß* (*mit Ind.*) 12, 11; 16, 40; 23, 34; (*mit Konj.*) 16, 35, t. que *bis daß* (*mit Ind.*) 12, 9; 30, 14; (*mit Konj.*) 29, 48.

trobar (ǫ) *v.* I *tr. finden* 4, 2, no·us trob egansa 1, 54, t. ochaizos ad alcu 29, 26, t. merce 4, 4; 10, 14; 31, 24, *mit doppeltem Akk.* 2, 42; 39, 13, 41, (*beim Lesen*) *finden* 16, 37, *eine Erfahrung machen* 40, 22, *finden, der Meinung sein* 13, 22.

trǫp *av. zu sehr* 9, 29; 10, 39; 12, 10; 16, 5; 19, 39; 29, 12; 40, 43; 43, 40.

tropęl *s. m.* I^a *Schar, Haufen* (38, 13).

truan *s. m.* I*a* *Landstreicher, Vagant*
anar t. 36, 57*, *aj. betrügerisch,*
treulos 19, 17.
truandar *v.* I *tr. betrügen* 26, 17*.
tu, *obl.* tẹ 43, *21, verbunden* te 16, 49
pron. pers. Du 4, 62, *Anrede an*
die Minne 36, 29.

Ufana *s. f.* I*c* *Prahlerei* 22, 22.
umâ *aj.* I *menschlich, vergänglich*
22, 45, *menschlich, gütig* 22, 30,
de *freundlich gewährend* 37, 45.
umil *aj.* II *herablassend, mild* 31, 54.
umiliar *v.* I *rfl. sich demütigen*
29, 12, umilian *demütig* 26, 34;
33, 42.
un, û, *f.* una *num. ein* 4, 54; 10, 43;
28, 55; 45, 19, *ein und derselbe*
30, 4, 5; 42, 18, us ... ab l'autre
22, 39, us no *nicht einer* 19, 45;
21, 10; 22, 11; 39, 15, 35; 43, 29,
Übergang zum unbest. Artikel
1, 17; 3, 3; 4, 46; 6, 9, *unbest.*
Artikel 2, 37; 4, 40; 5, 5; 6, 3;
7, 4 *etc.* — *subst. Einer* (l'us ab
l'autre) 7, 20, una *eine Frau* 30, 6.
unir *v.* II*b* *tr. vereinen* 40, 64.
uzatge *s. m.* I *Brauch* 13, 26; 19, 13,
aver, peure bon u. 20, 23; 25, 75,
per costum e per u. *nach Sitte*
und Brauch 23, 40.

Vâ *aj.* I *unzuverlässig* 22, 14, 35.
vair *aj.* I *bunt, schillernd,* ∼ *un-*
zuverlässig semblau v. e pic 24, 25.
vaireyar (ẹ) *v.* I *rfl. sich wandeln,*
unbeständig sein 24, 30.
valẹn *aj.* II *tüchtig* 1, 36; 5, 33.
valẹr (3. *Praes. ind.* vau 13, 38;
21, *29) v.* VI *intr. wert sein (mit*
Wertbestimmung gaire, mais, plus,
re, tan)˙6, 28; 15, 1; 21, 29; 30, 24;
35, 18; 45, 17, (*mit Akk. des ver-*
glichenen Maßes) 28, 55; 30, 42,
mais val que *mit Konj. es ist*
besser daß ... 6, 28, viure que·m
val? *was gilt mir, was hilft mir*

zu *leben* 28, 33, que·m val *was*
hilft mir? 40, 70, *helfen* 1, 24;
10, 37; 13, 38; 14, 12; 39, 48;
40, 54; 43, 49, (*von der Geliebten*
dem Liebenden gegenüber) 19, 23;
35, 44, *helfen, gut machen, ver-*
gelten 4, 30.
valọr *s. f.* I*d* *Wert, Tüchtigkeit (des*
Menschen) 2, 45, 48; 8, 55; 10, 47;
31, 11, (*der Geliebten*) 13, 34; 25, 46,
v. e sen 20, 24; 27, 39, *Hilfe* 8, 30.
vanar *v.* I *rfl. sich rühmen* (de)
22, 21; 37, 60.
vas *praep. Richtung gegen (örtlich)*
8, 34; 12, 30; 13, 10; 16, 19; 21, 52;
22, 62; 39, 21, estrenher vas sé
36, 35, sé eslaissar vas 12, 10,
(*freundlich*) esser aclis vas 29, 19;
37, 6, valer v. alcu 10, 37, vas on
posc amar? 5, 17, (*feindlich*) 3, 54;
8, 5, (doptar) 3, 35; 21, 44; 26, 26,
(orgolh) 9, 10, 11, ∼ *gegenüber* jd.
1, 15; 7, 58; 10, 28; 19, 38; 23, 41,
im Verhältnis zu 5, 14; 8, 40;
33, 11; 41, 16.
vassalatge *s. m.* I *Tapferkeit* 20, 32,
far v. *ritterliche Tat leisten* 42, 14.
ve· (*in* ve·us) *Interjektion: seht!* 12, 5;
27, 65; 31, 53.
vejaire *s.* veyaire.
vẹlh *aj.* I *alt* 28, 31.
velhar (ẹ) *v.* I *intr. wachen* 7, 33.
vẹn *s. m.* I*a* *Wind* 3, 33; 17, 16;
27, 3; 31, 44; 37, 4; 44, 5.
venal, -au *aj.* II *käuflich* 15, 25.
vendre *v.* III *tr. verkaufen* 26, 28,
teuer verkaufen ∼ 12, 31; 19, 28,
Übles antun 4, 29.
venir (vê) *v.* VI *intr. kommen (ört-*
lich) 16, 4; 20, 17; 25, 18; 36, 18,
li venh a so plazer 42, 40, ∼ anar
e venir *hin- und hergehen* 18, 2,
(*zeitlich*) 30, 1, ∼ *eintreffen* a tal
cocha m'es vengnda 8, 31, ∼ *her-*
kommen, entstehen (jois, mals,
gratz mi ve *etc.*) 1, 6; 12, 34;
15, 11; 16, 26; 17, 18 *etc.*, mortz

venh'a . . 3, 40; 40, 71, *gelangen zu*
(vengut er al partimen) 30, 35,
v. a plazer, a jai *etc.* 4, 26; 15, 45,
en pessamen me venc 17, 24.

venjansa *s. f.* I^c *Rache* penre v.
45, 27.

vensedọr *aj.* I *besiegbar* 39, 13.

vẹnser *v.* III *tr. besiegen* ∼ 1, 9;
4, 37; 5, 19; 7, 31; 35, 6, ela·m
vens a tota sa volontat 30, 36*,
Amors me venquet de leis amar
4, 38 *Var.*, *übertreffen* 5, 34; 39, 8.

ventar (ẹ) *v.* I *intr. wehen* 37, 1.

vẹr *aj.* I *wahr, neutr.* mais es ver
21, 24. — *s. m.* I^a *Wahres, Wahrheit* 1, 64; 3, 44 (?)*, vers es 5, 32;
8, 9; 17, 19; 45, 46, dire lo ver de
2, 24; 10, 30; 15, 22, saber lo ver
45, 2, per ver *wahrlich* 43, 41.

verai *aj.* I *wahrhaft* 10, 6; 18, 10.

verdọr *s. f.* I^d *Grün* 28, 2.

verdura *s. f.* I^c *Grün* 24, 2; 44, 12.

vergẹr *s. m.* I^a *Garten* 23, 15; 24, 3.

vergọnha *s. f.* I^c *Scham* 16, 22;
22, 25, perdre v. e paor 13, 52.

vergonhọs *aj.* I *voller Scham* 3, 57.

verjan *s. m.* I^a *Zweig* 29, 2; 39, 2.

vermẹlh *aj.* I *rot* 7, 9, 12; 44, 3.

vẹrs *s. m. ind. Vers* (*Dichtgattung*)
29, 8, v. e chanso 6, 24; 8, 2, *Bezeichnung des Gedichtes in dem
das Wort steht* 1, 1; 13, 6; 15, 50;
21, 57; 22, 7; 23, 57; 26, 36; 31, 58.

versar (ẹ) *v.* I *tr. wenden* (vas me
versa tot lo dan) 29, 28.

vẹrt *aj.* II *grün* 7, 9; 41, 1; 42, 1.

vertadẹr *aj.* I *wahrhaftig* 33, 20.

vertat *s. f.* I^d *Wahrheit* 15, 27;
29, 31, sai de v. 6, 5.

vertut *s. f.* I^d *Wunder* faire v. 12,
38, 43.

vestidura *s. f.* I^c *Kleidung* 8, 37;
44, 13.

vẹtz *s. f. ind. Mal,* una v. *einst* 37, 18,
manhtas v. 6, 53; 39, 10; 44, 70,
cen v. 13, 22; 22, 32; 31, 27, car
una v. no . . .? 39, 15, autra v.

1, 48, d'autra v. *ein anderes Mal*
37, 62 (?)*.

veyaire *s. m.* I *Ansicht, Meinung;*
v. m' es que *mir scheint daß* . . .
(*mit Ind.*) 18, 24; 37, 21; 44, 67,
(*mit Konj.*) 35, 30; 37, 3, no m'es
v. que (*mit Konj.*) 29, 55, que·us
es v.? 4, 1, si no·us es v. *wenn es
Euch auch nicht zur Erscheinung
kommt* (*es ist doch der Fall*)
29, 61.

vezẹr (*1. Praes. ind.* vẹi 5, 21; 7,
47, 59; 21, 2, *3. Praes. ind.* vẹ
16, 41; 36, 27, *1. Praes. konj.* vẹya
7, 60; 29, 43; 42, 28, 52, *3. perf.*
vit 27, 33, *part.* vis 44, 31, vegut
8, 23, 51; 33, 9) *v.* IV *tr. sehen*
(alcu) 5, 21, 22; 7, 59; 29, 33;
33, 36, *ansehen* 4, 31; 16, 41; 17, 42,
v. alcu *jd. besuchen* 10, 52; 15, 38;
20, 6; 26, 44, *sehen, daß etwas
vorhanden ist* 7, 48 (ad alcu);
19, 19, 31; 20, 26; 25, 6; 27, 7;
28, 41, v. que . . . 43, 29, *in einer
Eigenschaft sehen* 1, 13; 6, 14;
24, 20; 36, 5; 41, 2, cal vos vi e
cal vos vei! 7, 47, v. far 1, 8, 32;
7, 1; 9, 1; 10, 2; 13, 4; (*mit Dat.
der Person*) 6, 32, 55, *objektlos*
1, 56 (v. clar); 13, 20, v. en un
miralh 43, 19. — *s. m.* I^a *Sehen*
41, 24.

vezî *aj.* I *nahe* 18, 25, *s. m.* I^a *Nach-
bar* 1, 34.

veziat *aj.* I *fröhlich* 35, 29?*.

via *s. f.* I^c *Weg* vai s'en via plana
22, 61, no·n saup ni chap ni via
45, 5*, tota via *stets* 21, 47, 58.

via *s.* vida.

vianda *s. f.* I^c *Nahrung* 26, 24.

viatge *s. m.* I *Weg* 20, 16, ∼ fors
sui del dreih v. 23, 18.

viatz *av. schnell* 18, 31.

vida 23, 9; 30, 43, via 21, 59?* *s. f.*
I^c *Leben* 33, 35, apenre per la
via 21, 59?*, esser d'avol v. 23, 9,
a ma v. *Zeit meines Lebens* 30, 43.

vil *av. gemein, gering,* vil tener 42, 19.

vilâ *aj.* I *niedrig denkend und handelnd* 22, 13, 57; 37, 41.

vilanamẹn *av. in niedriger, gemeiner Weise* 42, 16, vertat en dic v. (*so daß die Wahrheit zur Unehre — doch nicht für den Redenden — gereicht*) 15, 27.

vilanatge *s. m.* I *Niedrigkeit* dire v. 23, 24, faire v. vas alcu 42, 35.

vilania *s. f.* I^c *Niedrigkeit* 1, 26; 22, 23, faire v. 25, 78, *Feigheit* 17, 38.

virar *v.* I *tr. drehen, wenden* 44, 43, (los olhs, l'esgar, lo cor) 35, 15; 39, 19 *Var.;* 44, 64, *rfl. sich drehen, wenden* 13, 10; 27, 31, *sich wenden, sich verändern* 1, 39; 18, 1, *sich zuwenden* 40, 6, *sich abwenden* 9, 34, *intr. sich wenden* 30, 1.

vis *s. m. ind. Antlitz* 1, 51; 3, 58; 31, 42; 37, 12, *Ansicht* so m'es vis *das scheint mir* 1, 26, no m'es vis que *mit Konj.* 42, 5.

viu *aj.* I *lebend* 41, 28.

viure *v.* III *anom. intr. leben* 3, 12, 64; 28, 33; 31, 11, 14; 40, 15.

volar (ǫ) *v.* I *intr. fliegen* 44, 50.

volatge *aj.* I *flüchtig, unstät* cor v. 19, 16; 23, 34.

volẹr (*1. Praes. ind.* vǫlh 9, 8; 25, 68, *1. Praes. konj.* vǫlha 25, 5, *3. Praes. konj.* vǫlha 9, 7) *v.* VI *tr. wollen* 12, 18; 15, 34; 35, 45; 37, 26, *haben wollen* 6, 33; 10, 46; 17, 27, (*als Geliebte oder Geliebten*) 9, 8; 19, 14, 53; 25, 68; 27, 9; 30, 6; 41, 9, *erstreben* 12, 22; 13, 35 (s. be, mal),

planen, beabsichtigen (*im Gegensatz zum Ausführen*) 22, 8*, v. mais *s.* mais, v. (que) *mit Konj.* 5, 27; 21, 30, 55; 45, 2, v. faire *tun wollen* 1, 23; 40, 26, *seiner Natur nach tun* 1, 31; (14, 27), *im Begriff stehen zu tun* 14, 9; 40, 76. — *Mit Dativ des Refl. pron.* (*das Objekt ist zu ergänzen*) 10, 30; 27, 52, 64. — *Objektlos* 12, 26 (volgues o no volgues); 15, 29. — *S. m.* I^a *Wollen* 4, 22; 10, 23; 18, 3. — be-volen *s. m.* I^a *Liebender* 13, 45.

volǫn *aj. sehnend, begehrend* 43, 16.

volontat *s. f.* I^d *Wille* 15, 32; 24, 13; 30, 37; (*plur.*) 35, 32.

volontẹrs 33, 6, 44, -er 23, 47 *av. gern, bereitwillig* 1, 19.

volontǫs *aj.* I *willig* 3, 24.

vǫlver *v.* V *tr. wenden,* ~ voutz sui en la folor 6, 25, *rfl. sich drehen, wenden* 18, 1; 27, 31.

vǫs, *angelehnt* ·us *pron. pers. betont und unbetont. Anrede an die Zuhörer* 6, 2 *etc.* (s. *S.* LX), *an Amor* 3, 1; 4, 1; 7, 49; 10, 8 *etc., an die Geliebte* 1, 54; 3, 54; 13, 11; 16, 10; 19, 52; 20, 46; 28, 59; 30, 54; 31, 55 *etc.*

vǫstre *pron. poss. betont und unbetont* 1, 49, 50, 58; 7, 23, 51; 13, 15; 20, 41, 45, *subst.* 33, 29.

vǫtz *s. f. ind. Stimme* (*der Nachtigall*) 23, 1; 39, 4.

voupilhatge *s. m.* I *Feigheit* 20, 34.

vǫuta *s. f.* I^c *Art des Gesanges* 30, 25*.

Eigennamen.

Alegrǫt 4, 62 *Spielmann, s. S. L Anm.*

n'Alvernhatz 12, 42; l'A. 16, 27; moᴅ A. 29, 58 *s. S. XLII.*

Amǫr *s. Glossar und S. LXXVII ff.*

Anjau 21, 54.

moᴅ Aziman 21, 51; 26, 47; 36, 60, *s. S. XXXIV.*

Belcaire 12, 42; 29, 60.

Bel-Vezǫr 1, 57; 8, 49, 54; 12, 41, 43; 28, 65; 29, 60; 41, 49, 51; 42, 33, 50, *s. S. XLII.*

Bernart 2, 1, 15, 29, 43; 7, 57; 14, 1, 13, 25 (32, 8, 22, 36, 46); B. de Ventadorn (2, 1) 15, 53.

bretô *aj. I bretonisch,* esperansa bretona 23, 38*.

Conǫrt 16, 1, mo C. 16, 53; 20, 2 [22, 28, 32]; 45, 38, Bel C. 16, 9 *s. S. XXXVIII.*

Corǫna 23, 57; 35, 43 *s. S. L Anm.*

mo Cortǫs 31, 57 *s. S. XLVIII.*

mo De-Cǫr 22, 64 *s. S. XLVIII.*

mo Denan-Tǫtz 28, 66*?

na Dous-Esgar 19, 50 *s. S. XLIX.*

n'Eblô 30, 23 *s. S. XXXI.*

englǫs *aj. I englisch* 26, 43, *s. m. Engländer* 26, 46.

moᴅ Escudǫr 36, 55 *s. S. XXXV,* XLIX.

Espanha 17, 22.

en Fachura(t) 12, 41* *s. S. XLV.*

Ferran 4, 62 *s. S. L Anm.*

Fi-Jǫi 19, 52 *s. S. XLIX.*

Fonsalada 21, 49 *s. S. L Anm.*

mo Francǫs 10, 51; 16, 50 *s. S. XLIX.*

Fransa 44, 36; 45, 41 *s. S. XXXVII.*

Friza (44, 24*).

Garsiô 6, 61 *s. S. L Anm.*

Iseut 44, 48.

Lemozî 14, 7, 19; 45, 43 *s. S. XXI Anm.*

Maurǫn 10, 51 *s. S. LIII.*

Messatgǫr 6, 63; 39, 57? *s. S. XLIX.*

La Mura 8, 53 *s. S. XLVII, LII.*

Narbǫna 23, 58 *s. S. LII.*

Narcisus 43, 24.

norman *Normanne* 26, 46; 33, 45, dux normans 26, 43, terra normanda 26, 38.

Normandia 21, 54.

Pǫire 2, 8, 22, 36, 46.[1]

Peirǫl (32, 1, 15, 29, 43).

---

[1] *Daß die Tenzone mit keinerlei Sicherheit dem Peire d'Alvernhe zugeschrieben werden kann, hat Zenker S. 2 f. ausgeführt.*

Peitau 21, 53.
Peläus 1, 46*.
Piza 44, 24*.
Lo Pǫi 21, 60.
Proęnsa 12, 36.

lo rẹi 15, 40; 17, 7; 21, 50; 26, 43;
  33, 38 *s. S.* XXXIV ff.
la rëina dels Normans 33, 45.
mo Romęu 22, 62; 45, 53 *s. S.* XLI, L.
Torẹna 21, 53.

Tristan *der Liebhaber der Isolde*
  44, 46, *Versteckname* 29, 61; 43, 57,
  mo T. 4, 63, amics Tristans 42, 53
  s. S. XLVII.

Huguęt 33, 43 *s. S.* L *Anm.*

Ventadǫrn (2, *1*); 12, *1*; 13, 55;
  15, 53.[1])
Viana 22, 62 *s. S.* XLI.
Vianęs 5, 29.

---

[1]) *Der Name des Heimatschlosses des Dichters findet sich in den Überschriften der Liederhandschriften als* uentadorn, uentedorn *oder* uentador, *auch mit dem Artikel* Bernart del uentador(n). Ventadorn *ist die übliche Form in BEFKMPRTU, auch in D,* uentedorn *dagegen in ACI,* uentador *in GLN²SV, aber auch in D und T, del* nentador *besonders in O af, vereinzelt auch in D, del* uentadorn *in P und meist in D, vereinzelt in 1Ka. Es begegnet noch:* b. da uentador *in LS, da* uentadorn *M und* b. la uentador *in N. Entsprechend verhalten sich die Manuskripte in der Biographie und in den Liedern 2 v. 1; 12 v. 1, und 15, 53, wie in der Satire Peire d'Alvernhes 323, 11 v. 19.*

Die Verbindung mit dem Artikel erklärt sich leicht bei den Formen ohne n. *Wir dürfen annehmen, daß der Ortsname dann als das Appellativum* ventadou npr. ventadou *aufgefaßt ist „lieu favorable pour vanner, pour éventer le grain, partie d'une aire où l'on évente" (Mistral). Für die Aussprache des Dichters wird aber die Form mit* n *durch den Reim 12, 1 sichergestellt, ebenso für seinen Partner in der Tenzone 2 v. 1, für Peire d'Alvernhe 323, 11 v. 19, während in 185, 2 (Hds. A Nr. 526) der Name der Maria de uendedor auf* ǫr *gereimt wird. In den historischen Dokumenten findet sich* -orn *und* -or *durcheinander.: Gottfried von Vigeois hat* Ventadour *und bildet das Adjektivum* Ventadorensis (*s. oben S.* VII f.).

Das Glossar und die Namenliste umfassen nur die Gedichte Bernarts. Unsichere oder nicht von Bernart herrührende Stellen sind in Parenthese gesetzt. Die Abkürzungen sind die gleichen wie die in meiner Chrestomathie (s. dort S. 338). Ein Stern hinter der Verszahl deutet auf eine Anmerkung zum Verse. Die Fälle, in denen es von Interesse schien, auf den Reim zu verweisen, sind durch kursive Verszahl bezeichnet. Die Verbalformen sind nur so weit berücksichtigt, wie sie bemerkenswert und durch den Reim oder die Silbenzahl gesichert sind. Orthographische Schwankungen sind auch im Glossar nicht immer vermieden.

Register.[1]

Grammatik. Stilistik. Metrik.

Artikel, der bestimmte Artikel bemerkenswert angewendet [14, 1], nicht ausgesprochen [36, 24].

Casus, Casusflexion verletzt 348; *cor* oder *cor-s* [26, 10]; Nominativ nach Praeposition [20, 48]; Casus obl. des nachgestellten Subjekts oder Aufzählung im absol. Obl. [35, 20]; Attraktion des Casus vom Relativpronomen her [3, 17; 37, 11]; 348 (377, 6, 5).

Genus, Neutrum von Person gebraucht [22, 33], Genus von *par* 325 (133, 3, 7).

Laute: *g* zwischen *a* und *u* gefallen 280 [32, 17], 289 (392, 27, 12); *i* aus *a* entstanden: *gazinh* [41, 48]; *n'* wird zu *n*: *132*; 343 (366, 1, 26); *u* aus *o*: *ergul, culh* 308 (65, 1, 9); adverbiales *s* [5, 4; 15, 1].

Pronomen fem. der 3. Person ohne weitere Bezeichnung auf die ge-

liebte Dame angewendet [4, 31]; 308 (65, 1, 35).

Relative Konstruktion in passiver Bedeutung 289 (392, 27, 12), s. Glossar *se*; der Relativsatz ersetzt das Beziehungswort durch einen anderen Begriff (*no i a conort que fort no·m pes*) [14, 23].

Stil: Anrede gefolgt von Aussage in dritter Person [4, 17; 37, 31; 44, 53, 63]; (234, 11, 13—32, 33 —52). — Indirekte Frage statt direkter [7, 16]. — Ungeschickte Fülle der Verknüpfung [17, 5]. — Gedankenmischung [16, 48]; 308 (65, 1, 14). — Pleonasmus [16, 23]. — Ungenauigkeit der Konstruktion [24, 21]. — Wort in doppelter Geltung [39, 23]; 283 [38, 15]. — Sprichwörter 308 (65, 1, 20).

Strophenverknüpfung [4, 9].

Verbum: Form *sap* ⚊ *saup* 283 [38, 8]. — Verwendung der Zeit-

---

[1] Die nicht in Parenthese stehenden Zahlen beziehen sich auf die Seiten, und zwar die in kursivem Druck auf die Seiten der Einleitung, die [eckig eingeklammerten] auf die Lieder Bernarts, die (rund eingeklammerten) auf die Lieder anderer Trobadors.

formen: Wechsel der Zeitanschauung [5, 7]; 289 (392, 27, 38).
- Tempus perfectae statt imperfectae actionis [10, 13; 31, 38].

— Praesens statt Futurum [21, 59];
Futurum und Imperfectum Futuri
statt Praesens [16, 6; 23, 7].

Lexikalisches.

afic 336 (234, 11, 39).
amenar [2, 43].
assai, per a. 348 (377, 6, 19).
atorturar 289 (392, 27, 25).

destinan 283 [38, 11].

empejurar 321 (124, 7, 15).
envezat, -adura 289 (392, 27, 8).
er 310 (65, 2, 22).
eslonhar 284 [38, 29].

felo 280 [32, 17].

garan 283 [38, 11].
guizardo 304 (62, 1, 15).

mespenre 304 (62, 1, 10).

ordil, ordul 308 (65, 1, 39).

par 325 (133, 3, 7).

rais 329 (167, 49, 2).
rancura 289 (392, 27, 19).
ratoire 308 (65, 1, 40).

saubut 340 (234, 15, 46).
sella, tozeta de prima s. 319 (124, 2, 25).
sericir 280 [32, 38].
soudadier 67*.

tenensa 343 (366, 1, 29).
tortura 289 (392, 27, 25).

Eigennamen.[1])

Agnes von Montluçon *9*.
Agnesina von Salussa 296 f. (16, 13,
  29; 9, 21, 29).
Aiglina *66**.
Aimeric von Belenoi 291 ff.
— von Pegulhan *111*.
Alaiz von Montpellier *9*; *17*.
Alberic Taillefer von Vienne *50*.
Albert(et) von Sestaro 291 ff.; 293
  (9, 21, 3, 9, 51).
Alvernhatz 343 (366, 1, 47).
Amor der Liebesgott *79**.
Anonyme Lieder *108* (461, 202);
  111 (461, 84).
Archambaut von Comborn *9*.
Arnaut s. Rocafuelh.
— von Maruelh *12*.

Arnaut von Titinhac *112*.
Auramala s. Salvatja.
Azalais von Burlatz 348.
— von Castel und Massa 298 (16,
  13, 41).

Beatritz von Dia *101*; *104*; *109*.
— von Monferrat *47*.
— von Sauve 315.
— von Vienne 296 f. (16, 13, 31; 9,
  21, 31).
Beaucaire *44*.
Bermont s. Sauve.
Bernart 277 f. [32, 8, 22, 36, 46];
  s. Sauve.
— Marti *63*; *66*; *84**; *110*.
— Tortitz 331.

[1]) Außer den in Bernarts Liedern genannten (s. S. 395 f.).

Berichtigungen und Nachträge.

S. XXI f. Es sollten die Worte de qi q'el fos fils gesperrt sein, nicht e det
li ... gen parlar, denn auf jene bezieht sich natürlich das Wort
„verständig".
„ XXIII Z. 8 füge hinzu: 41, 21 = Matth. 6, 21.
„ XLVIII Z. 9 v. u. l. „anderen".
„ 1 Z. 4 füge hinzu: Q 25 (60, p. 50), R 57 (478), S 44 (27), T 156, U 87
(Arch 53, 422). (Alle diese Handschriften sind aber benutzt worden.)
„ 9 Z. 13 v. u.: tötete.

S. 12 Z. 15 statt: Einleitung] s. Anm. zur Namenliste S. 396.

„ 18 Anm. v. 9—11: Vielleicht sind diese Verse von der Anrede an Amor zu trennen und sprechen sie von ihr in dritter Person, so daß v. 9 *mes*, v. 11 *det* zu lesen ist.

„ 29 Z. 29 l. statt 18] 31.

„ 106 Z. 13 l. *mainh*.

„ 143 Z. 25 l. daß man sie dazu bringe, ... daß sie sich je wende.

„ 178 Anm. 45, 46] s. Ovid Am. 2, 19, 36.

„ 206 v. 26 l. *cuid'*.

„ 208 Anm. v. 1] vgl. S. 278 [70, 32, 13].

„ 215 Anm. v. 1] Die Dame du Fael kannte den Vers als *Can la douss' aura venta* (s. P. Meyer, Recueil d'anciens textes p. 368, v. 39). Das zeigt aber nur die frühe Verbreitung dieser Lesart.

„ 262. Varianten zu v. 41] füge hinzu: *m. traich* ACDIKMNRS.

„ 293, 295, 297, 299, 301 l. in der linken Ecke oben statt 16, 13] 9, 21.

„ 323 v. 27 l. *prince'*.

„ 325 Anm. v. 48] *enchantatz* wird durch *chansos* v. 49 bedingt.

„ 343 Z. 4 v. u. l. statt: dritten] neunundreißigsten.

Bemerkte Inkonsequenzen der Schreibung: 1, 6 me, 55 posch'; 2, 40 lonja; 4, 1 veyaire, 30 poscha; 5, 26 com; 7, 22 mauvaza; 10, 23 so; 12, 4 sauvatj'; 15, 5 chabaus; 18, 11 ten; 19, 22 autra; 21, 13 ed; 22, 14 ad; 26, 16 me, 33 traya·ls, 37 deschapdolha; 27, 36 com; 30, 44 saus; 35, 37 lanzengers; 39, 25 char; 40, 39 eschaufar.

Inhalt.

404

Druck von Ehrhardt Karras G. m. b. H., Halle a. S.

I

c aussamenç trem plu de paor.
Con fai la fola contral uen.
Bonar de sen plus dun enfan.
Aisi sui damor entrepres.
Come qel aissi coges.
Por dona auer amor tan gran.
Ben uolgra qe fosson trian
Entreis fals u fin amadr.
Eil lausenger eil trichadr.
Partisson com el fron denan.
E or laur del mon etur largen.
I uolg auer dat seu lagis.
Sol qe madona conegues.
Aisi com eu lam finamen.
Bona domna plus no deman.
Eus gen predic pseuidor.
Ecus suuau com lo segnor.
Coman qe del guiderdon man.
Veus mi al uestre mandamen.
Del cors gentil franc ecortes.
Eus ne lions no nes uos ges.
Qe mauciaz sa uos miren.
Aima tortir la ou iles tramet lo-
vers enoil gil pes
Qar eu no lauer plus souen

uein
B roi moulo uers el començ. et

Ab tot reman efenis. eisol qe bona

tos la fis bons sai qer lo comença

menz ... pla bona comcança me

uen lois 7 alegrança. pd deum la

bona fin gracir qe tos bons fait uei

laucar al fenir.

Bonia podera los emuenç
Qetau ell me caro sofris.
Qeu nodir enomes brius.
Pau soitar gais ni ausenç.
Eus greu uerez sinamaza.
Ves pior eses doptiça.
Qa des temom uers co qa ma fallir.
P qeu no maus d parlar i ardir.
Mo es noi ni fallimenç
Ri uilania co mes uis.
Eus dome qat se fai deuins.
Daltrui amor econoissenç.
Enoios eqeus enanga.
Qand fait enoi ni pesança.
Cascus se uol de sos meisters fenir.
Qi cofundez e uos no ueniauiar.
Duna ren ma lunda mos senç.
Qanc nuillom mo lois nomeqis.

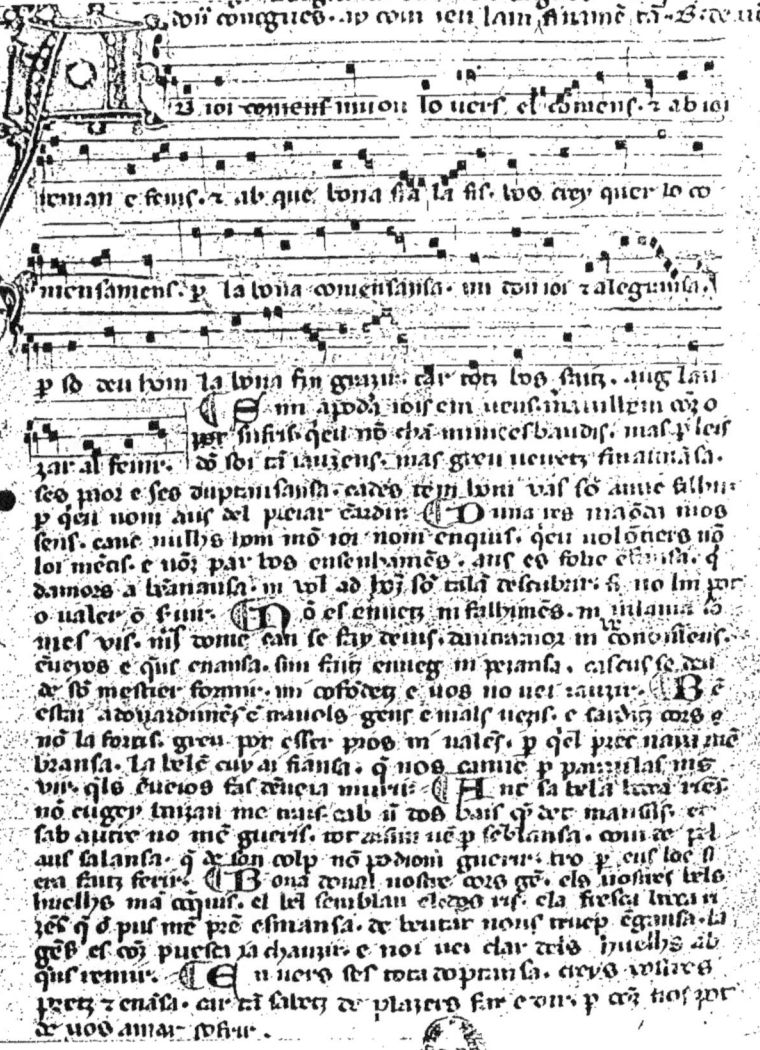

le anne· p deu me· puie forsan· car ges leu· no poiria· pou est
obliuos· z far plazes smssos· m de la correzia· del uostre cors
torps· ᶜ Laf mala fuy nos· car aisin foi cuntrary· cae pueif
no fou razos· qeu fos guys m pagarz· anf for m costums· q ꝛef
no far q̇ far pueif no ruellh q paos m mee· m lontan· m ru
lha ꝫm porria· negu acorauuen· trem fay lua uole· maif lam
sors manssira· p deu no ay uale· 33· de uentadorn

mors e quemf es neiauf uolury· puf fol mifer

ni· que eludz ros quei siamanr· e que la nor uriep menir

que q̇ comandou a fane· finan o eufst coue· e nos nome fury

Queu am la
ges le· quem farz· ror for malrrauir·   puf de lo aur· del
ref· z ela nom aymia gaur· no far· p q̇ seruoeuf· q est iru   mo maif q̇ nulha
me eng estuair· no puese ges amors me re· maiu sor· p
boua fe amors leuf o rey aeruair· ᶜHb amor mer a
contredze· deu no me· puese ges proprr maif rener· qu ral
luoe man farg euredze· do yeu nullh ior· no esp· maif y pine
faria pender· carant nare cor m uoler· maif yeu no ay pod
q̇ puesca amors refendre· ᶜ Granf enuey es e gri
naunza· re ror for mee clamair· mal lamor q sof eclauza·
nos por ubuir m sarrar· m mos cors no rorm m pruza·
m por e.i· ioc estnir· no por logame onnaur· fil color no ma
fuama· ᶜ Dona nullh bom no ꝛor onr· lo lo cor ml lo
cula· car eu uos cam mo costur· aue res mai no amer cri·
le magro mort h rrnie· z a pissar mal oim· m· si no fos
so lrl semblan· q maleuo mier magnie· ᶜ Teu far
le ꝛrnos e cauza· p que ror mi oos mostrar· e ref lagame

Nr. 4,   R 56c·

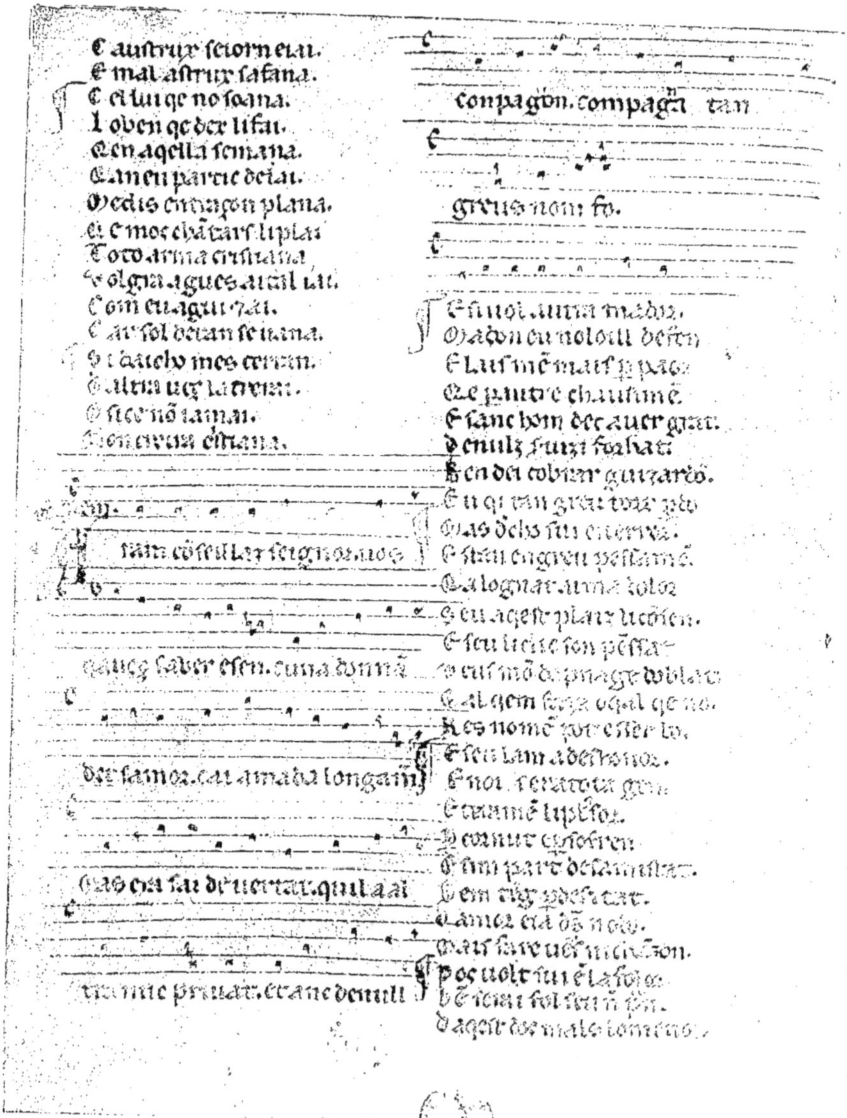

P ueremaduu

vna costelbaq sembras uoq camer ualer e sen

vna donum der samor. cur amada louramien maif cars ca

p uertar. que ter auramne phide z ane te mill cou
si uol aurauma una ve
no lor cefte e laif may p
companha. tru gru nom to. q P auademe saue
mer gra ce nuls sur
far le der ali guar. teu q u gui ter pa q una ve
cenuozer eriora estan e penlaume. q louer tenipo
estar dolor. sieu agit plag li coste. e siellore mo
p resinar. cal q falla o cal q no. res nome
Pus manesa la solp. lr serar sols si no
maif lo menor. cur maif uil mo estieu. e tieif
q ror pore p soluar. cur seamilh daur selo.
to pro. e sieu lan a deldnoz esiu or a ro
me li mellor. p curr e p suffie. e sail per sanu
p detenre amor o ta vieuf noz comaif
b. maif. Maif sier buelh gunuadg q a
alli gardo aliuro. mor plan gua sulbune maif
dar. q sun or aunar. mare garas lau o ter
selo amuo. D claigr q uro buelho ple
maif de e. q rramer a la gerloz z a la puf
uer mer puers meburac. lamoz q se al
sa fuiso. cone nom pr dir ce mi no
mo chauar sia potan a uro resane q
cur no me rar lo

Nr. 6,   R 57 c.

alaia lonestrenf logtranf.
f fitor nofes coitadi
J apme ñ er blafmada.
$ ol ds adenan feme.
Chaurona mozs encobidi.
C orf ben fauch del ur eplanf.
bai frescha charn colorida
C in der fozmer ablas mãs.
Toz trinfuos ai defuada ge nr alura
a lrra moz no uoill nien. | nomagenda.
Dolca rez ben enfeignada.
C el qioc atan gen fozmada
o° edon eel toi geu naten.

ita no uei luzir folleill. tan m̃

son escurzit lurai. eges paicho no

mes mai. cuna elartar me folle

illa. damoz qinz el coz mi una. eqat

altra genz fes mala. cum eillor

abanz ge fordei. per que mos cha

nz no fordeia.

Cpiat mi fenblon uerr cu meill.
Aiffi com el dolz temf demai.
S im ten fin amoz coinz egai.
ncuf mef florz blanche u meilla
Et iuern caleta maia.
a el genter elapluf gaia.
oza pmer ge famoz mautrei.
Siger nolam defautreia.
Cpaoz mi fan maluaz ofeill.
p qel fiegles muoz edechai.
Cara faioston lisaitai.
fluf ablautre ofeilla.
Coffi fin amoz defechaia.
bai maluafa genz fauaia.
Q m uos ni ure ofeill erei.
domidõ peir emefereia.
Caigels mi nicur em coreill.
Cara mi fan ire 7 efgiai.
Epefa loz del toi geu ai.
fpx chafcuf fe coreilla.
delatrui toi 7 efgiaia.
la autre incillor drez naia.
cab fol deport uenz eguerrei.
cu gi pluf fort mi guerreia.
Auoich eiorn plazn fofpir eueill
penfecõfur epoi majni.
on meillz mestar 7 cu peiz trai.
oraf ufos refpeich mef ueilla.
dun moz ofireff fapaia.
fol p ge dic gel mal traia.

Pus ab mi dns nom uol ualer · preçer m iuce mi dieg
quieu al mi aleys no uen a plazer · deu lam tamai nou
lol puau · aissim iuie ze lieil em reeiu moer ma e y moer li
respon · e uau me · pus ill) nom ree kuzin ꞇ isill) uo liuo
Merces es pouda · ꝑ uz ieu no o saupi buer mai · car
sith q la regiu auer no la uy las q la quan · lf guis pra
az es q o u · q aqst cuineu deuu · q ia ses lieil non auia b
lailar muiri · q nõ las. · B· de uenriadeu ·

as yo uei liuu soleil) · tam me son esclaziu
li uay · e ges ꝑuiso nom esmay · cuna cardar me sole

sa · amozs que al coz mi uay · e cant auia gen sebiuia

ieu melliur qui quz foray · p que mos cluui nof sbi
iar uez mi semblo uermell) · aueli co el
tempo di mai · sus fu finamozs euce ga · e ueis
za · floz blanca uuella · e liuern cileuat mam · la
gruser e la pus gra · ma puner q famor mauner · se
no iam desaunra · Paz me fu meluar coslell) · p
q segles moz e zebar · e fu fauistan li fmaiu · ela ab
laures coslelha · coisi finamor zebaia · e maluai gen fauai
a q uos m uestre æ elec · aeir · zoimbre dieul prec q ze
clara · Daqis me uaiquir em qirll) · q em euu zul
ꞇ esmay · e pria liuz lo rei qeu m · e mas caruif te quell)
e dauirin toi feu apaiu · ra ieu melloz dieg · nõ aui · cuis g
dieg deꝑoz ueuf e guerrer · aql q pus me guerreia · hu
eg e iou iefs coslir · e zell) · plane e folpir · e puuf mapau · ca
mielhs me ui z iau · y en nay · mas un lo iel · pieg mef
uelha · damoz q no æa · ma pauu · fols foi car die q mai
pauu · mas ca rume me uzy · q zem uay fol q la ueui
Cos ma dona uos mauill) · fieu li qer famoz m q bai
segon la foldur · jeu zcuu · fua lela mauill) · si iam uola

greu mes caussun recreia. in pai ni loc afan. a fos obs
nie gare em echar. e si eram anne ab dur. auina mor noi
es uenme. q̃ paguel lo cor eselaue. Lo rossinhol festa
ueira. es la flor es el uiam. e pren men tan qͥ eueui̇a.
q̃ no puesc mudar ne chan. e no sai a q̃ ni a cui. car
ren no ai mi ni auciup. ans fas eissors em say taire lo
mon pus no soi amanc. Pus ab amors q̃ no aria
ab eiguelh ni ab eram. q̃ sei que tot ior nicoia. uis uu
nrop humilian. capenal noi amors seluu. q̃s saner e sio
si com ieu soi. p so no ai damor gayre. car no sui fals
e sehmie. Por ior me reprem planaia. em uai och
auzo nobui. e sola e res solem. uas mi geta tor lodi
q̃ ieu ie me e selony. car tan los seus ioru uu reduy. uu
te eselaui q̃l laur. euia aig sun sei finir. a̅

cuiral touas chausos. e tui los uebrs uu
si fug. tan ia nos mercreu plag. dona sim pusso detos
que fosses uai un em dui. auy sai queiu a poura.
uaa misalo nom es colgum. alauna forta uua
ero es q̃ mauers saies. mein leoig e reture. q̃
ẽduia mal e lag. eames z auau no fos uuau

emat s ual mon eseien.
e en nura culer lamentat.
e e tor poa per foldat.
ane anegus dur felo.
amor n in far son pro.
Iseu beil oill traidor.
eme gardano tan gen.
auisi esgardon ailloz.
molt ifan gran fallimen.
as detan man ben bonıat.
esenpn mil aiostat.
plus gardon lai on son.
e tor auelf den mon.
delaıga cabloe oill ploz.
fscno salur mais dece.
e uameralazenroz.
talaplus comunen.
antas uez maula membrat.
I amor gem fezal contrat.
eull in aibrir sa faucio.
ane no por dıre oe neno.

Ben mau jour lai enuesueca

dim tuit mei amif poz madona

noma ma. et es be dırez, qetama

is lai no torn. cades esta uarsm

senbla maz onorn. car en camoz

mu delrez en sorozn. nu deren .al

nos tancıra in clama

Aissi colpes qires laissel chaluin.
e n sap mot nro qe ses psenlama.
oes laisser en etropamar un ıorn.
e fe n saup mor t fur en m lastama
e emare pf fort noscuta fox osorn.
e gres pelo n pos partır uz doren.
I issun tr ps amor q maliama.
No mırauil fetamoz mı tr ps.
e e gezer coz nocur ql mo senire.
hels es egenz eblas eclar estrez.
G toz artal come uol nidesire.
No os mal dır deleıf qe no ıes.
e eu nagra dız deıoi seu lisabes
eras noufaı pelo melaıt declire
Toz arrnfuol diarsa honoz. esos boz
ell seran hom namıes esuire.
elameran obel plaça obel pes.
G om no por coz destregner fez auare.
Bofaı donna uolguer enonolguer.
u ını uolıa camar nola pgues.
mas toraf res por boz en mal esare.

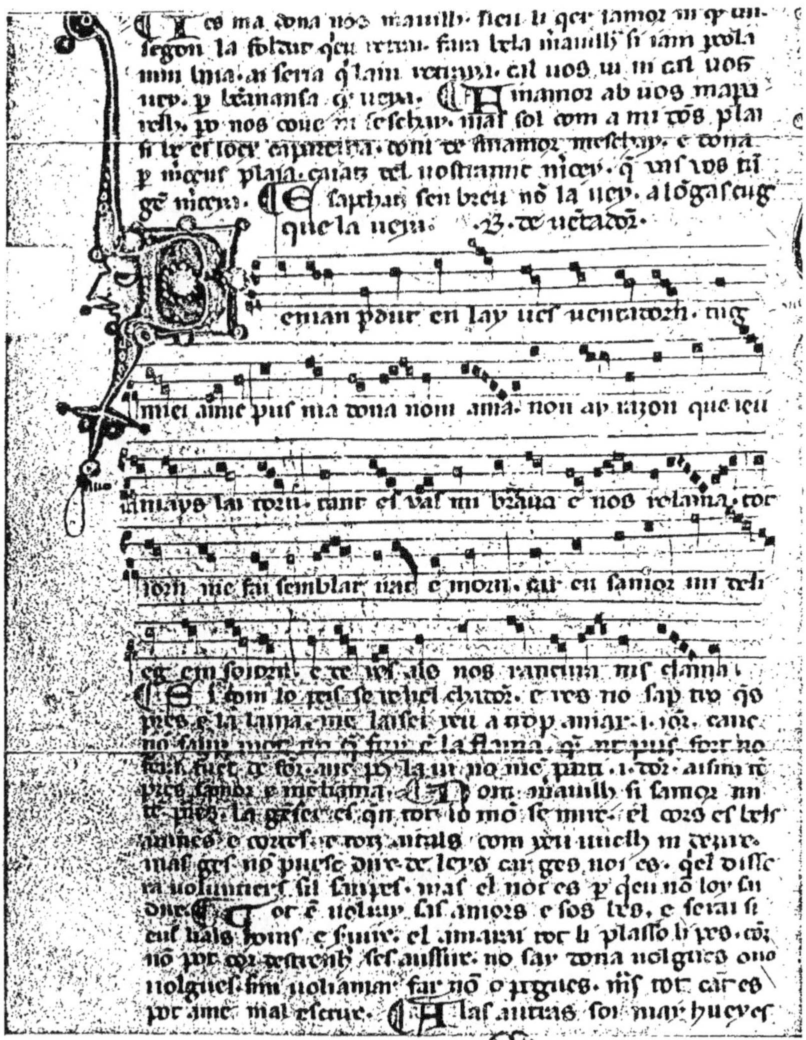

os ma dona uos manulh. fiou li qer lamor in q̄ un
segon la folaur qeu retan. fam tela manulh si iam pola
min luua. ai serra q̄ lam retanni. eil uos in in eil uos
uey. y beananfa q̄ uey. ⁊ inamor ab uos mapi
rell. ꝑo nos coue ni seschar. mai fol com a mi tos plai
si tr el loc capneira. coni tr anamor mestray. e cona
ꝑ mecue plaia. euiat tel uostanni nicey. q̄ ui uos ti
ge micrai. ⁊ saphat seu breu nō la uey. a logasauig
que la uey. B. te uctadoi.

B eman ponr en lay uei uentreori. mei
mei anne ꝑui ma tona nom ama. non ay razon que ieu
aniays la tori. tant es ual mi brana e uos retama. toi
tori me fai semblar uai e mozn. eu eu samoz mi teli
es em soigni. e te uei alo nos raneima mis clann̄i
⁊ l com lo pei se refuel chutoi. e ros no say ny q̄o
ꝑei e la lama. me laisei uu a uoy amiar. � i. ioi. enie
no saim mer no q̄ sini. e la flama. q̄ me ꝑui sert ho
Keuet te foi uir ꝑi la ui no me piui. i. toi. aisim ni
ꝑei sembi e mefiama. ⁊ om manulh si lamoz un
te pieti la gese ei qu tor lo mō se mire. el coz es tris
annee o cortel. e tor uitals. com ꝑu uuelh in tepire
mai ges no puese dire te leri eu ges nor es. qel disse
ra uolunuei si sil suirei. mai el nor es ꝑ qen nō loy su
dueii ⁊ or e uoleui sii amoiz e sos tei. e serai si
eul uals soini. e suuii. el amaeu tor li plasso li ꝑo. ci.
no ꝑoi coi tetueuli sei ausliir. no say tona uolgnes ono
nolguei sini uolianni far nō o ꝑgues. mi tot eir es
ꝑor ame. mial escrue. ⁊ las antias soi mar hueyei

gan eu esgar so gen cors be estan.
elgen parlar a bdje siau ma taic
fall sem beis oillz e las frescas co
gois resap ge beltaz e lei assiu flos.
qem plus lesgard mais l'auei
eubeur.
deus medun be car re no amstan.

Quort era sai ben qe ges de

mi no pensaz per salus ni mi

staz ni messages nomen uen.

Trop auuai fait loc aten. reolen seblaz

or mai qeu charzzo qal tre pren por n

mauon auentura.

Teu comort qem mi soue.
qon gen sui puos ponraz.
e qan era moblidaz.

pun paue no muor dese.
eu eis mo ua engeren. qim uer dsolau
can midonz la sobre pren.
delam ia forfatura.
p ma culpa mer deue.
sia no sia celaz.
car uas leis no sui tornaz.
p foldat qi me rete.
can nai estat longa me.
de deuergogna qeu nai.
no aus auer lardime.
qe ca sanz no ma segura.
si men colpet d'tal ren.
don mi dgra uenir graz.
fe qeu di ala iuergnaz.
tot ofis p lona fe.
e feu enamar mes. pren.
tort na qi colpa me fau.
dar qi enamor qer feu.
qel non a fen ni mesura.
tan er gen fuiz pine.
pos fere cors dur'e ma.
tro deitor se adolchaz.
a bel diz qab merce.
qeu ai ben trobat legos.
qe qocha d'aiga qi chai.
fer en un loc tan soue.
tro caua la peira dura.
e ben remira n iue.
cillz e gola front e faz.
disi son finas beltaz.
qe mais ni mеiz noi conue.
qors lon dreit e conuen.
gent a fublat cost egau.
qom nol pot lau qar tagen.
qom la sap formar natura.
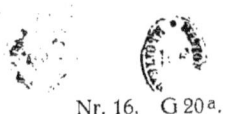 qançoneta ai ten uai ar ve

on amaria · q̃ fara la uoſtra mia · anuey com̃ la uolen
taiſar · t̃ u guilhelmes arſeipia · chauſo uay qͥ re
chant et uia · e q̃ mas mitos conorquͥ · · · · · ·

q̃uorz anaſ ſay ieu te · que nos te mue nõ
ponſaız · que ſabuz m amiſtaız · m meſſatgres nom̃e
ue · le tai nop tas lone atꝛh · i er te ſemblanſ huey
may · qͣ ſo quieu cas autre pren · puſ no men
uen auentura ·
B rio conorz ai m ſoue · co
ſuy p uos get oꝛaız · mas eruoi mo
blaiız · ab ẏpauc no miuer teſſe · p
eu eiſ mo auey q̃e · q̃ met te ſol
uaz enplaẏ · p m̃ dos q̃ ſobre pꝛe ſoue a ſa foꝛtaua ·
P er mal colpaſ meꝺɑiͥz · q̃ ieu nol ſia puaız · eu
no ſoi uaſ leys comaız · y folaıẏ q̃ me iere · uaẏ eſtat
cm loiamen · e de rꝰgonha q̃n aẏ · non aueʒ au arome
qͣ lam nõ aſegura · Q m̃ bel iennia mi re ſioni
i huelhs locca e faẏ · tanɑ a ſuaſ ſas leuraız · q̃ maiſ
m mieuſ non coue · loc corꝛ · ꝺꝛeg e comuñe · get aſ
blat ɑiende gaẏ · com nol por lauzar m̃ ge · com la
ſauẏ ꝼemar nauua · T auer ge ſmẏ y nie
ſos ouiꝛ corꝛ fels i neẏa · auo q̃ ſia aꝺoſſaẏ · ab belſ
otẏz ab merce · car ieu ai trobar hge · ql goraꝺɑ
ꝺaıgua q̃ chaẏ hier e · ụiɑ ta ſoue · que caua li
peira ꝺura · B ꝺe ueniaꝺɑ ·

auc terra ꝼreꝺɑl ꝼuelhapaiʒ el ꝼirelh ſeꝺſ
ꝺiſ pel ueriam · el roſſinhꝓl auẏeiz e clar · aͧſa ſa noꝛ

efaim dice dels vels seblaz puaz.
fab radi meilz uoil qel mo mi failla.
Alaui fegers ñ ai re adeuire.
Caranc plor noforie iois celaz.
Edic uos ta qe pmo escodir.
fr abmtir loi ai caniaz los daz.
beyes toz iois apze destinaz.
ae ez poiiz plaloz dinnalla.
forma mat faluz qamiftaz.
E pire midonz q niauit eïnualla.

jreim.

Ncostrer q eues mai sucdun

amoz qim lazi eïn re. qe ti no uai

nici nilai. qa des nō trgna en fon

fre qeia madat coz etalen. qeu en

qefes si podia. tal qe sil reis leqe

ria. auria faiz gñ ardimen.

haulas chaitiu eqe faiai.
Aigal cōseill petri deine.
aella nocap lomal qeu trai.
nieu noill aus clamar nice.
fol nesa ben as pauc desen.
aella noe tamaria.
pno qe pdiudaria.
canz not laises leuar aiue.
done uis atresli mozai.
dimili lafaniqi menue.
Serres cades lolidinai.
Nocuria alamia fe.
Si caubia qa iin tene.
en fos tota spagua mia.
ouis uoill morir desconia.
Caranc mi uec en pesame.
Jayni nocabia qeu mai.
Ni altre noill eudini re.
Amic no uoill adaqest plu.
Anz pdi os qi p mete.
Aeu no pire cōsin ni paren.
ae molt es granz cortesia.
Camoze pmidbz mancui.
ouis alei no estaia gen.
Gdones eila qal tozt mi fai.
aill no sap pqe ses deue.
aeu duinar degra oimai.
aeu muioz pslamoz qabqe.
Al meu nesa capteneme.
Er alagra uilania.
p qill lengua mētrelia.
ant eu dena lei me psen.
Aegus iois almeu nofeschai.
ean madona garda nimue.
ael seis bele dolz fen blaz mi uiai.
il coz qima dolgem reue.
Gim duraiia loniame.

a tosa uoiz ay auziat · del rossinholet siluatge

que mes qis to cor saltidi · si que cor lo costireu · el trei

nuit camois mic dona · me tema emassazona · z auram la

B en es cor bo raisi
uiat · cap tot no lu so es
tane · e q uas amors no

mesher iei · a mon ampnarie.

nerre p tor no latandoii uale · e i efemis cru no semu·
prau · e auce · e agiers combas e plas e loicauie.
falsa resenruar · e tazu re mal lui barge · ma neur e es pais
a enlhut se ab q fiere car aiune la razona· teps lo sten ns
loctaroii · z q ne mais li terrie·qeu qu au fag tot baia
tge. (our laum qe snuda no ac uas un cor melane
e purs ilh nom es cobira· folo sai si mais li qee suu · cor no
gazaicoma· e espasa bicroma· fi tot sentr· elenaier p coshi
comennere e punane. (us tit es uas un salhbot oi
si laie seu sui loraige · e no tuucli q saipiat · ui erauis pur
lur no ger · ab tor neif co mc sonoma· car no eu ramenu
buii aus par com guiuairi qen q uop tuu uil

b abil cau uoi ueuxiar· los puu uiua tge

els ceuuiuia ficui· e tei las aiguas escianur · z auig lo rosii

uibel bauzeur· leou del teiu ficiu· el cos chau ql amiela
E u aql teui fi
ellb ua prisau ostiui
cera · me tip mon tor renouclar· pintics amois rairu
ab ecuulaur· z ab aunni· z ab buin· ab muui· e om fed

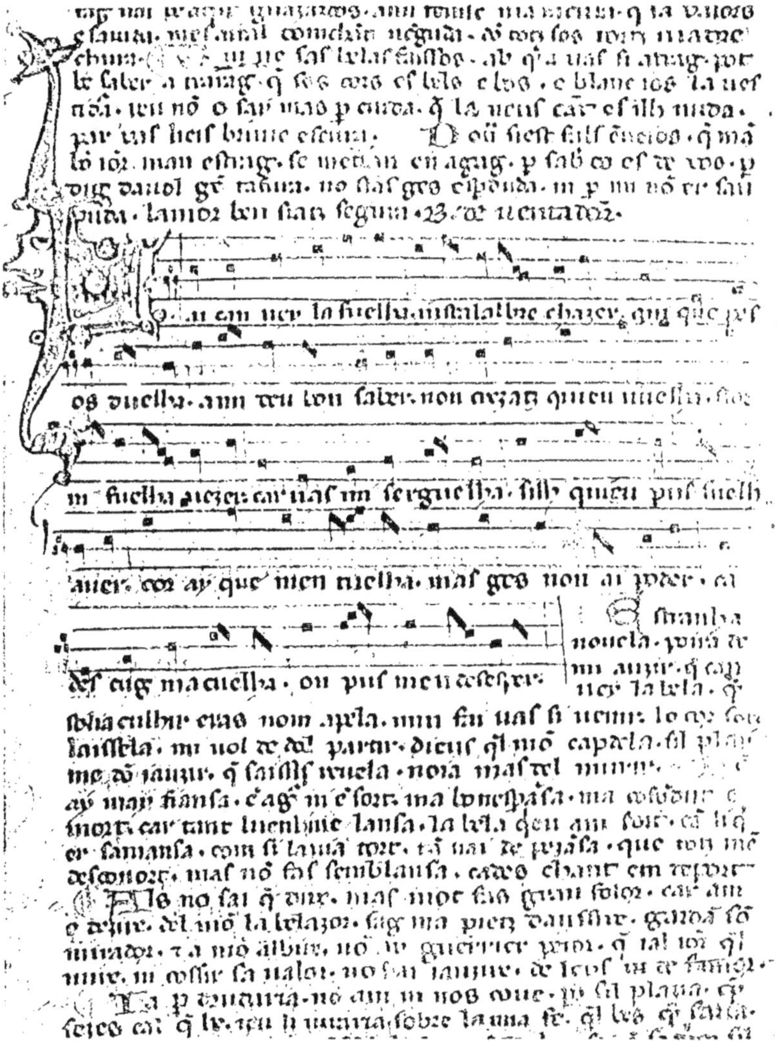

Nr. 25, R 58b.

ous cu .mia credença.
Tan qui amei follame.
Eunso cum un disen.
Se fins qi mal comg̃i.
p qeu n.uia etendença.
Qe p proar mon talen.
Ouigẽs mal començame.
ous era sui apiruença.
Qe magia por tem ps tenença.

Bernard
de uentator

Pones meruicia seu chan mei d

nul autre chantador. oe plum ti

ral corsuers amor. cin ellç sui faiç

al seu coman. cor ecors e saber esen.

eforç epoder ta mes. sim tira uas

amors lo fres qen uer alt̃a part no

maten aqest amor mi fer tan gen.

al cor duna dolça salor. cen ucr mor

loi orn de dolor. creuiu de cor al tras

cen. tint es mos mals de dolç seem

blan qe mais ual mos mal cautre

bes. e q̃is mon mal .ucah on mes,

Qoir ual tal ben apo la tan.

P tua fe eses enui.
am la plus belle clameillor.
del cor suspir edeis oille plor.
Qe trop l ainii p qeu rt a d aui.
fqen pos. il q ainor mi pren.
& la cuiter onel ma ines.
no por claus obrir maiys mers.
Edigella no trou nien.
Qan e eu la uebemes piien.
Als oill çal ins als color.

al mom fraces lauine.
lui pres enançemeilluta.
eligaz li qe bem uai.
ae demon conoztaten.
enqeira bonaueura.

[musical staff]

Pos pgaz mi seignoz. qeu chut

[musical staff]

eu chantem. qant aut chitar

[musical staff]

eu ploz aloza coeu sai greu uei

[musical staff]

reg chantadoz ben chant qan

[musical staff]

mal liuai uai mi done mal da

[musical staff]

moz am meilz qe no feg mai

[musical staff]

edone pqe mes mai grie tr qui

[musical staff]

...egrat tondoz

onosch qe dõ mi fai.
acu am labella foz.
et ilmi qeuo fai.
oaf cu fai chau ailloz.
eno fai coz lestai.
cho maua d doloz.
lai ochaison ñ ai.
desouet uenir lai.
ep tan mi plai.
ean delei mi soue.
ae qim crdai nim brai.
fu no auch nulla re.
tan dolzamen mi nai.
labella coz uai fe.
ae tal diz qeu sui chai.
et ocudai etre.
ae d foc oillz nõ fie.
Amoz eu qe farai.
digarai ui ab te.
acu am tã qeu mozai.
del desirer qim ue.
fu bella lai on uai.
flomaugf tan defe.
acu lamauei ebai.
et estregua uaf me.
hon cozs graf blanc ele
fee amai nõ rere.
p mal ni paffan.
eqan deuf mi fai be.
nol refur nil scau.
eqan be nom naue.
fai ben sofrir mon dau.
lalif ouif coue.
fom tan eutre logn.i.
p meill fillir euan.
bella donna mere.
del uostre fin am.tu.

color. e langeial. tã la hyu torsenf. fi q̃ dimeg. ṽ pair
gta lo seuf. ... Ē rias commuer de deiuir. q̃ inohis
uer. e coskir riul. lauros me torran embl. m̃ gen ief
no sabria q̃o fau. p dieu amors lou notas verisen
ab pauc amuer. e seo agraua. car vou amen. erim dos
nõ retiguif. q̃ fou cros fos ab paiity eriis estembe.

uf mi pretau senlor. quieu chant ieu

chantirai. e eiue aug chantar. plor.mauraf ues qeu

o fai. greu uenen chanteidor. ben diau. aim mal leihail ei

mi del mal amor. ui muelhs que no tol mav. e touer
... mais tro e gran lonor. co
nose que dieus me fai. qeu aim la
p quem resinai. telaior a ilh me quieu o fai. mas ais
foi allor. e no fau com. ul uai som. auisi de dolor. car o
clanjo nõ ai. p loue amar lai. ... mantas vez me issa
es de leis me soue. qq̃ erta m̃ q biaix. veu nõ auge millf
ref. ni voisame me tuns la trilal cor de me. q̃ral dis
qeu foi lai. o so aug e foar. q̃ de sos huelhs nõ ue
cm̃ inureu. q̃ deirier men ue. fi la trilab cors gai. vos
arina de me. qeu la regue labri. e leihenlf loc me sõ
ltl cors blãe e le. ... eder domna mie-aiat uoihe

Nr. 36, R5...

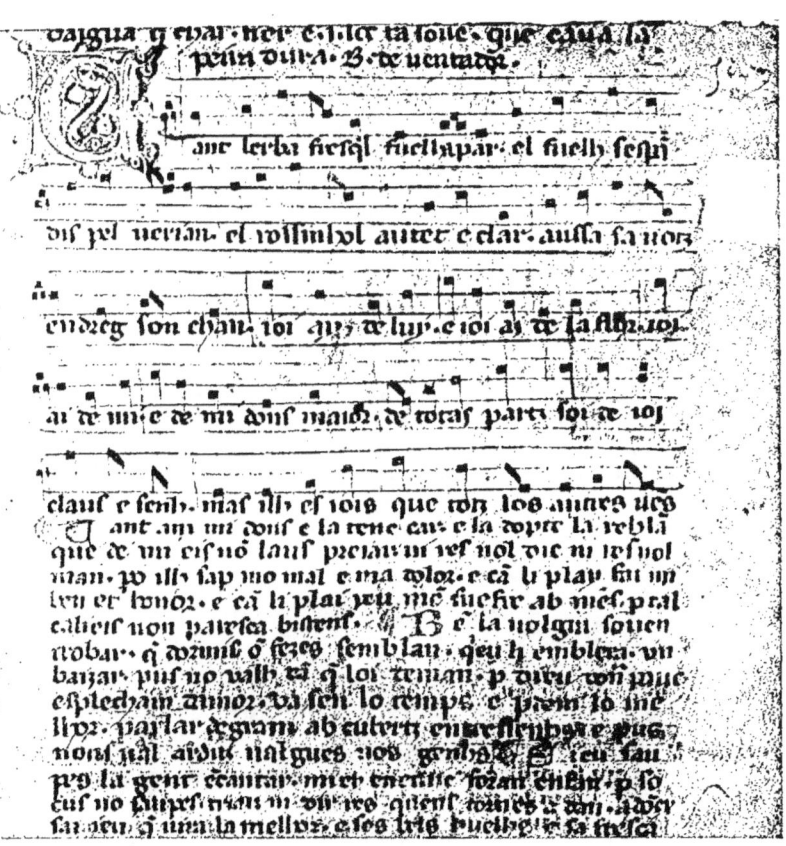

Nr. 39, R 57ᵈ.

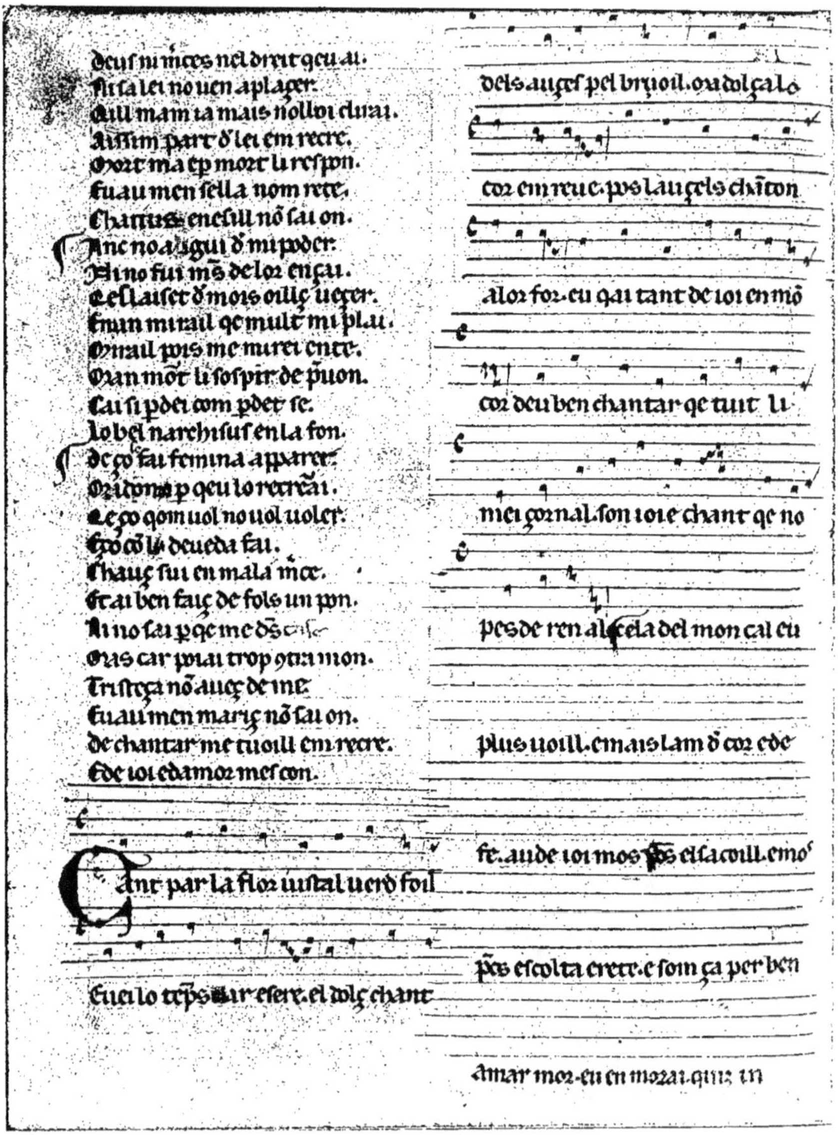

deuf ni mces nel dreir geu ai.
fi fa lei no uen aplager.
Qull maiu ia mais nollor durai.
Auffim part d'lei em recre.
Gwr ma ep mort li respon.
fuaumen fella nom rete.
Chanuss enesull nõ fai on.
Anc noa ugui d mi poder.
Ai no fui mõ de lor enfeu.
e ef laifer d mois oille uefer.
emun mirail qe mult mi plai.
Omail pois me mirei entre.
Oan mõt li fofpir de puon.
Cai fi pder com pder fe.
Lo bel narcifuf en la fon.
de ço fai femina apparer.
Ozidonia p qeu lo recreai.
e ço qom uol no uol uoler.
e pro cõ li deueda fai.
Chauç fui en mala mœ.
er ai ben faiç de fols un pon.
Ai no fai pqe me dõ
Oas car poiai trop gran mon.
Trifteça nõ aueç de me.
fuaui men mariç nõ fai on.
de chantar me tuoill em recre.
e de ioi e d amor mef con.

Cant par la flor iuftal uerd foil

e uei lo tps clar e fere. el dolç chant

(right column — musical notation with text underlay:)

dels auges pel briuoil. ou dolç e la lo

cor em reue. pos l au gels chãton

alor for. eu qai tant de ioi en mõ

cor deu ben chantar qe tuit li

mei iornal. fon ioie chant qe no

pes de ren al. e ela del mon cal eu

plus uoill. e mais l am d cor e de

fe. au de ioi mos fos el fa coill. e mos

pos escolta eretre. e foin ça per ben

amar mor. eu en moçai quiz ini

nos auzara· la sia mor constan· amors q nos tom cauza
mi nos de leis ad amar· anestal por de leis far· e u ap
nir de raula· B·de uertadom·

an pir la flor ailiat uert fuelh· e uen lo tems
clar e serr· z aug lo chans auzels pel bruelh· quem a tos
fai cor em reue· mais lauzel chanron a lauzor· feu plo
ai de roi eu mon cor· dei ren chantar car rug li mier ior

Seia
del mo geu
nal· son joi e chan que no prui de ren als· plo mielh
e plo ami· de cor e de fe·auli rorz mos preiy· els acuelh· els
mors escom· e uere· e si lyui p len amiar mor· mozran car
e mo cor li port amior· rii fine narural· q aug son fals vas
mi li plo hai· als i fo q an mais deripielhs· ca gra
gaug m grd tr loi w· mais fou de mellor esfuelh· e
pur ftauer cau deeus me fu w· coraf quieu fos amier a
loz· ara for ti uegure al cor· mee mi cont non ai pir m e
gal· res nom sofianli fol que vos deeus mi fal· ar
mi melrea geu amar melh la falsa de mala mier· ttaif dic
qui al uri miraelh· e p paure de roi non uere dona pri

XXII

Qeu uolanters nolen mentis.
Car no es bon enseignamenz
Anç es follia: en fança
Et amor abenenici.
Qalauol adhome descobrir.
Qel nol uol poz oualor osuir.
Anc la bella loca rigenç.
Hon au dei baisin me trais.
Cui abun dolç baisar mais eis.
Cal X utri e nomes gauuenç
Astretal mef p scemblança
com de peteus la lança.
Qe del son colp no poclionsgarir.
Se pvioloc no sen feces ferir.
Bona domna nostre cors genç.
Cui use beill oillç man cogio.
Et dolç esgard el genuis.
Et abella caun plaiseng.
Cant ben men prendaesmaig.
De beltar no sai engança.
La gen ter es cvz poscha elmod causir
O no uei clar delç oillç abqu rem uz

Qan uei la L.audeta mouer: d sor

Las alas cotrial raupla dolçor qil

cor li uai. soblida es laisa cader. la

La so grad en uei.due de cui que

uei a ruugon. meruellas au car

de se lo cor de desirer nom fon.

ha.Li s gant eu laua saber.
Amor ceint ptrit en sai.
Qe eu damar no pos tener.
Seila dund ia p non aura.
Tolt ma mon cor etolt maine.
E si meteissi etor lo mon.
E cant sim dole nom laita ren.
Ques desirer eco uolon.
Delas domnas mi desesper.
La mais ls lor nom fiarai.
Caisi com la s sol captener.
En aissi las descaptenrai.
pois uei cuna pro nom te.
veislei qim destrui em cofon.
Tutas las dopt elas mescre.
Qe ben sai qaueretal se son.
Deixes es pour res uen.
Fe eu nono raibi anc mai.
Qa el qe plus en desgruier.
Hon agres qon la gesan.
ha com asembla qi laue.
Aseis oillç eharis cuuçion.
Qe ta seslei no auran be.
Las einorir qe noill auon.
pois amidone no pot ualer.

... a de ioi en mon cor. es len chantar. car tug li mei ioi ... Se la
del mo qeu
nal. son ioi e chan que no pris de ren als: plo mielh
e plo am de cor e de feaulte totz mos prec. els acuelh. els
mos escoen. e rete e si bom p ben amar mor. morrai eu
e mo cor li per amor. tu fine naniral. q aug son fals vas
mi li plo hai. ... als i so q an mais derquielh. es gra
guug m gra le lor re. mas ieu sor de melhor escuelh. e
puis flaner ein dieus me fai te. coras quien fos amor a
lor. ara soi te neguiti al cor. mer un cont non ai pue me
gal. res nom sofianh sol que vos dieus mi sal. ... ar
mi mebra qeu amar fuelh. la falsa de mala nie. teus die
qu tal via mariielh. q p palie de ioi nos. vene dona prn
qui ai amor. y la lueum meten al cor. i tos carzar de si
namor coral. cora qi meta ioi e ger uia mortal. B douelar si.

Can vei la lauzeta mouer de ioi las alas

p al iai que sobbra l uisfat chazer. p la dossor cal cor

li uav. ai las tal enueia mentte. de qui qeu ueira

iauzion. meiauilhas ai en uie lo cor de aruuel no fo
... las tan auaua fus aimors e tã per e fai.
ear teu aimar nos puese ten. de levo to pricer no au
rai. q toute mal cor e toife. e si meteis e cor lo mon.
e cui fim toue nom laisser re. mas aguier e cor volo
... De las donas mi desch. iamais e lor no fi au
eaifi to las fuelh nuantei. ancilh las afmantean. pus
vei que nulha pro nom te. de leis q uissi em co fon.
aisi las toipe e las mesere. car cuy que auerial fi son.
... que no agny de un poder. ni no fiip mieus telore
fai. pus elam mother fo holer e i. miralh q mor me
play. miralh e q moe em te. ma moer li sofpir de poi
ou. aussim perey ain peer se lo bel mar fih e la fon.
... D aiffos fai le femma pmer. ma toua p qeu lo re
nay. car uol fo com ni coi noler. e fo com li uecxla fai
eafhi eaiurs foi e mala uiae. er av te pres del fol o p.
e no fav p q fendeue. mais air ein puega counuinon.

Im gleichen Verlage erschien vom Herausgeber früher:

Zur Entwicklung italienischer Dichtungen Petrarcas.

Abdruck des Cod. Vat. Lat. 3196
und Mitteilungen aus den Handschriften Casanat. A III, 31
und Laurenz. Plut. XLI N. 14.

———

1891. gr. 8. VIII, 195 S. ℳ 6,—

Deutsche Geschichte in der provenzalischen Dichtung.

Rede bei Übernahme des Rektorats
gehalten in der Aula der Kgl. Universität zu Breslau
am 15. Oktober 1907.

———

1907. 8. 16 S. ℳ 0,50

Gui von Cambrai, Balaham und Josaphas.

Nach den Handschriften von Paris und Monte Cassino.

———

1907. 8. LXXXII. 467 S. ℳ 14,—

Francesco Petrarca, Die Triumphe.

Kritischer Text.

Mit 7 Tafeln. 1901. gr. 8. XLIV, 476 S. ℳ 14,--

Francesco Petrarca, I Trionfi.

Testo critico.

—

1902. kl. 8. VI, 132 S. ℳ 1,—

Aeneas Sylvius, Eurialus und Lukrezia. Uebersetzt von Octovien de Saint-Gelais. Nebst Bruchstücken der Anthitus-Uebersetzung. Mit Einleitung, Anmerkungen und Glossar herausgegeben von Elise Richter. 1914. 8. LXIII, 189 S. ℳ 8,—

Arbeiten, Sprachgeographische. kl. 8.
1. Gamillscheg, E. und Spitzer, L., Die Bezeichnungen der „Klette" im Galloromanischen. 80 S. u. 1 Karte. ℳ 4,40

Barlaam und Josaphat. Die provenzalische Prosa-Redaktion des geistlichen Romans. Nebst einem Anhang über einige deutsche Drucke des 17. Jahrhunderts. Herausgegeben von Ferdinand Heuckenkamp. 1912. 8. VIII, CIV, 155 S. ℳ 8.-

Beutler, Martin, Der Wortschatz in Edmond Rostands Dramen. Eine stilistische Untersuchung. 1914. 8. VIII, 85 S. ℳ 2,—

Cullmann, Arthur, Die Lieder und Romanzen des Audefroi le Bastard. Kritische Ausgabe nach allen Handschriften. gr. 8. VI, 149 S. ℳ 4,—

Foerster, Wendelin, Sankt Alexius. Beiträge zur Textkritik des ältesten französischen Gedichts. (Der Aufbau, Nachweis von Lücken und Einschiebseln.) (Sonderabdruck aus den Nachrichten der K. Gesellschaft der Wissenschaften zu Göttingen. Philologisch-historische Klasse, 1914.) gr. 8. S. 131—168. ℳ 1,20

Kalbow, Werner, Die germanischen Personennamen des altfranzösischen Heldenepos und ihre lautliche Entwicklung. 1913. 8. VI, 179 S. ℳ 7,—

Kristian von Troyes. Wörterbuch zu seinen sämtlichen Werken, unter Mitarbeit von Hermann Breuer verfasst und mit einer litterargeschichtlichen und sprachlichen Einleitung versehen von Wendelin Foerster. 1914. XXI, 237, 281 S. ℳ 10.
gebd. ℳ 11,—

Lommatzsch, Erhard, Gautier de Coincy als Satiriker. 1913. 8. X, 123 S. ℳ 4, -

—, Ein italienisches Novellenbuch des Quattrocento. Giovanni Sabadino degli Arientis "Porrettane". 1913. kl. 8. 52 S. ℳ 1,60

Müller-Marquardt, Fritz, Die Sprache der alten Vita Wandregiseli. 1912. 8. XVI, 255 S. ℳ 8.—

Raoul von Soissons, Lieder. Herausgegeben von Emil Winkler. 1914. kl. 8. X, 96 S. und 2 Tafeln. ℳ 3.—

Ritter, Otto, Die Geschichte der französischen Balladenformen von ihren Anfängen bis zur Mitte des XV. Jahrhunderts. X, 208 S. ℳ 6.

Druck von Ehrhardt Karras G. m. b. H. in Halle (Saale).

www.ingramcontent.com/pod-product-compliance
Lightning Source LLC
Chambersburg PA
CBHW052341020726
47503CB00001B/62